Texas

A l'initiative du gouverneur, un commando de Texans éminents se réunit pour préparer une histoire de l'État.

A partir de ce simple fait, fidèle à une tradition qui lui est propre, James A. Michener tisse sa trame magique.

Remontant jusqu'au début du XVIe siècle, il relate les fortunes diverses de ceux — Espagnols, Mexicains, Écossais, Allemands et bien d'autres — qui s'aventurèrent et s'établirent sur ce territoire.

Depuis les conquérants espagnols de Mexico, qu'un mélange de piété et de cupidité conduisit vers le nord en quête des cités perdues et de leurs richesses mythiques, jusqu'aux magnats du pétrole et ranchers milliardaires à la majesté dynastique, l'auteur fait revivre à un cortège impressionnant de Texans, riches et pauvres, saints et pécheurs, pionniers et profiteurs, les grands moments de leur histoire.

Ainsi, combinant adroitement les faits et la fiction, James A. Michener réussit ici une évocation inoubliable de l'État le plus riche, le plus vaste, le plus varié et le plus turbulent de la fédération. Un État qui ne cesse de captiver l'imagination du reste du monde.

Né en 1907 à New York. Études de lettres, de philosophie et d'histoire. Il se consacre d'abord à l'enseignement, puis, la guerre ayant éclaté, s'engage dans la marine. Les combats auxquels il prend part lui inspirent son premier livre, Pacifique Sud, *couronné par le prix Pulitzer en 1947. Suivent des œuvres comme* Sayonara, la Source, Colorado Saga, Chesapeake, l'Alliance, Pologne, *qui connaissent, partout dans le monde, un immense succès.*

Ouvrages de James A. Michener traduits en français

Retour au paradis
Flammarion, 1954

Sayonara
Presses de la Cité, 1964

La Source
Robert Laffont, 1966

Pacifique Sud
Flammarion, 1970

Les Dériveurs
Stock, 1972

Colorado Saga
Flammarion, 1975
Le Livre de poche, 2 vol., 1977

La Course aux étoiles
Mazarine, 1983

AUX ÉDITIONS DU SEUIL

Chesapeake
roman, 1979
coll. « Points Roman », 1981

L'Alliance
roman, 1982
coll. « Points Roman »
2 vol., 1986

Pologne
roman, 1984
coll. « Points Roman », 1987

Texas
roman, 1987

James A. Michener

Texas

tome II

roman

TRADUIT DE L'AMÉRICAIN
PAR GUY ET FRANÇOISE CASARIL

Éditions du Seuil

TEXTE INTÉGRAL

EN COUVERTURE : Albert Bierstadt,
Surveyor's Wagon in the Rockies,
(détail) 1859 (?). Saint Louis Art Museum.

Titre original : *Texas*
Éditeur original : Random House, New York
ISBN original : 0-394-54154-5

ISBN 2-02-010509-8, tome II
ISBN 2-02-010510-1, édition complète
(ISBN 1re publication : 2-02-009633-1)

8

Le Ranger

LA GUERRE DU MEXIQUE (1846-1848)

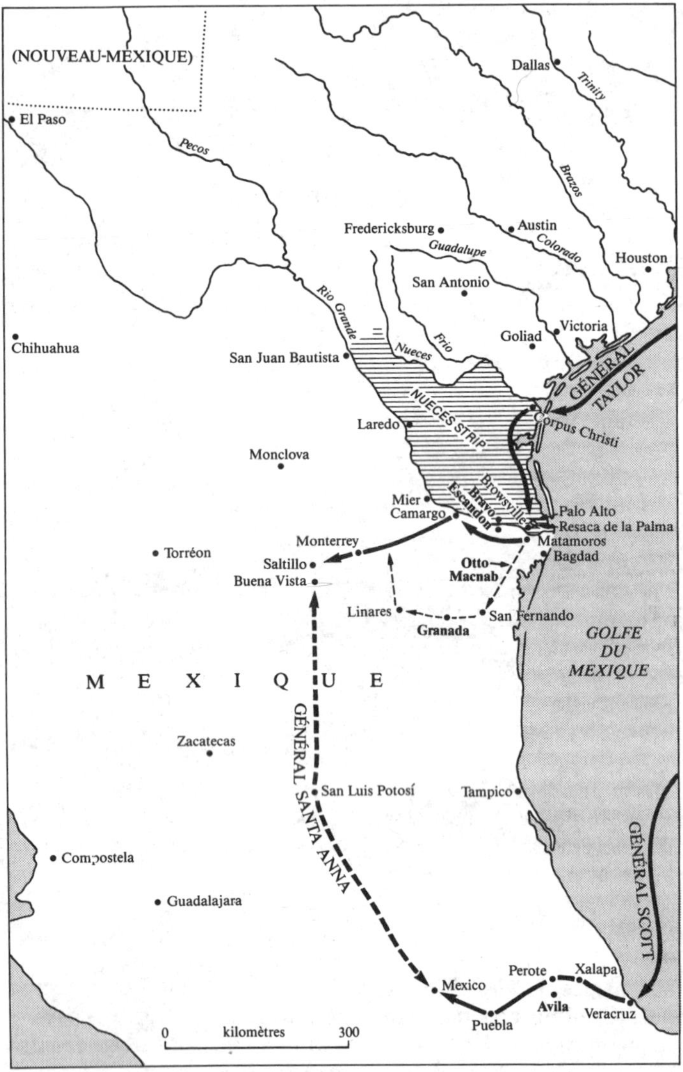

Ce fut un interlude, un entracte tragi-comique que peu de Texans avaient souhaité, mais que la plupart reconnurent par la suite comme un grand tournant de leur histoire. A une époque où l'État, à peine accepté dans l'Union, aurait dû s'efforcer de définir des formes gouvernementales et des priorités, le Texas se trouva impliqué dans la guerre du Mexique de 1846-1848, événement mineur sur le plan militaire mais retentissant au niveau de la diplomatie.

A l'intérieur, les effets sur le Texas furent minimes : deux batailles et un désastreux engagement de cavalerie se déroulèrent sur son territoire, et ses citoyens envahirent un pays étranger, où ils se firent remarquer pour leur bravoure et leur indiscipline. Plus important, des hommes des vingt-huit autres États – et de l'Iowa, qui devint le vingt-neuvième en 1846 – servirent sous le drapeau de l'Union au Texas, et adressèrent dans leurs foyers de navrants récits « de sinistres espaces vides, de sécheresse, de Mexicains et de serpents à sonnettes ». Surtout, les grands journaux envoyèrent des correspondants de guerre, des dessinateurs et un certain Harry Saxon, qui emportait dans ses bagages un matériel invraisemblable pour rendre compte à sa manière du Texas et de la guerre. Les articles et les dessins circulèrent de par le monde et contribuèrent à lancer la légende du Texas.

L'armée américaine ne se trouvait pas au Texas par hasard, ni en réponse à une menace précise du gouvernement mexicain. En fait, les relations entre les deux pays s'étaient dégradées progressivement à la suite d'agissements de part et d'autre de la frontière. Le président Polk, partisan actif de l'annexion du Texas, avait résolu de lui adjoindre le Nouveau-Mexique et la Californie du Nord pour ouvrir définitivement les États-Unis sur le Pacifique. Comme le Mexique ne s'intéressait pas au développement de ces régions, ou se révélait incapable de les mettre en valeur, Polk supposa que les Mexicains accepteraient de les vendre à un juste prix, pour se débarrasser de ce fardeau.

Il commença donc par envoyer une armée importante à Corpus Christi, au nord du Nueces Strip, et prévint son commandant en chef d'être prêt à attaquer le cas échéant. Ensuite, il dépêcha à Mexico un ambassadeur personnel, John Slidell, avec mission d'offrir cinq millions de dollars pour le Nouveau-Mexique et vingt-cinq millions pour la Californie ; il était prêt à payer jusqu'à quarante millions de dollars si le Mexique ajoutait d'autres territoires.

A la tête des troupes de Corpus Christi se trouvait un général hargneux, connu pour son courage, son entêtement et sa muflerie. Il était arrivé au Texas avec l'ordre de protéger la frontière américaine et de n'envahir le Mexique que si une action hostile exigeait d'inévitables représailles. Zachary Taylor semblait bien l'homme de la situation : ses manières d'homme de la frontière le rendaient sympathique au Texas, et sa façon réaliste et pratique d'envisager la guerre faisait de lui un adversaire efficace devant une armée mexicaine plus pittoresque que redoutable. Taylor avait cependant un problème délicat à résoudre : où se trouvait la frontière texane qu'il était censé protéger ?

Ni l'Espagne ni le Mexique ne s'étaient souciés de délimiter précisément la province de Tejas par rapport aux autres districts du Sud. On supposait à Mexico que cette ligne de démarcation sans importance se trouvait du côté du Nueces et du Medina ; lors de la sécession du Texas, en 1836, l'administration mexicaine avait sincèrement cru que ces fleuves marquaient encore la limite entre le nouveau Texas et les anciennes provinces de Coahuila et de Tamaulipas. L'infâme Nueces Strip demeurait pour elle mexicain. Mais la république du Texas puis les États-Unis avaient toujours situé cette frontière plus au sud sur le río Grande. En 1845, le Nueces Strip était donc plus contesté que jamais.

L'offre de John Slidell d'acheter tout le nord du Mexique, jugée offensante, fut catégoriquement repoussée. Dès qu'il l'apprit, le président Polk estima que les relations entre les deux pays ne pouvaient que se détériorer davantage, mieux valait donc que le général Taylor et son armée se rapprochent du Mexique. Fin mars 1846, Taylor sauta le Nueces Strip pour prendre position près de l'embouchure du río Grande. Il n'ignorait pas que cette invasion d'un territoire que le Mexique considérait comme le sien provoquerait une réaction, et il se prépara à livrer bataille.

Taylor, le vieux pète-sec grincheux, avait peut-être l'esprit aussi lent que ses jeunes subordonnés le croyaient parfois ; sa sottise et ses gaffes n'étaient ignorées de personne, mais, quand un ennemi prenait une position définie sur un terrain reconnu, Taylor, soixante-deux ans et asthmatique, savait exactement ce qu'il fallait faire. En quittant Corpus Christi, il donna un ordre qui lui valut la sympathie de tous ses officiers :

« Au bout de cinq kilomètres dans le désert, que l'on chasse tous les parasites des deux sexes qui se sont collés à cette armée. S'ils refusent de repartir à Corpus de bon gré, qu'on les mette aux fers, et qu'on les raccompagne avec une baïonnette dans les reins. »

Ainsi, d'un seul coup de balai, il débarrassa la troupe de plusieurs centaines de prostituées, maquereaux, joueurs, trafiquants de whisky, voleurs et gagne-petit, alors à la traîne de toutes les armées.

Parmi ces indésirables se trouvait un grand bonhomme prétentieux qui avait réalisé une petite fortune en vendant aux soldats de Taylor une infinité d'articles : whisky, tabac, chaussettes, pains de sucre, cigares, grands chapeaux pour remplacer le modèle inadapté que fournissait l'intendance, et (disaient les méchantes langues) les faveurs de jeunes Mexicaines qui semblaient toujours affluer partout où il se rendait.

Dès que l'ordre de se débarrasser de toute cette racaille fut lancé, un ancien de West Point originaire de Caroline du Sud et très à cheval sur le règlement, Persifer Cobb, prit la décision d'arrêter cet individu indélicat, dont il avait observé et déploré les agissements. Mais, quand l'« individu » en question fut appréhendé, Cobb se trouva en plein scandale politique.

« Je suis sénateur de l'État du Texas ! beugla le prisonnier. Et général de la milice ! »

Les autres détenus, interrogés par Cobb, confirmèrent ses déclarations :

« C'est le sénateur Yancey Quimper, le héros de San Jacinto, et vous allez vous trouver dans de sales draps, colonel, parce qu'il a le bras long.

– Maudit Texas ! grommela Cobb entre ses dents. Où, ailleurs que dans ce pays, trouve-t-on un général dirigeant une maison de passe ? »

Quimper exigea d'être conduit devant le général Taylor et menaça Cobb de le faire casser de l'armée par ses « relations à Washington ». Le colonel céda, et Yancey Quimper comparut le jour même devant Taylor.

« Vous êtes vraiment sénateur ? lui demanda le général.

– Chargé des affaires militaires.

– Et que diable faisiez-vous donc au milieu de la racaille de mon armée ?

– Je veillais sur mes intérêts immobiliers dans la région. »

Le mensonge était si éhonté que Cobb intervint sans y être invité :

« Il tenait boutique, il vendait de l'alcool et pire...

– J'étais général dans l'armée du Texas, répliqua Quimper en se mettant au garde-à-vous, et j'exige des excuses. »

Pendant un instant, Persifer Cobb, craignant que le général Quimper décide de se joindre aux volontaires texans, devint livide ; mais le général Taylor, qui en avait vu d'autres et savait parfois se montrer impérial, lança soudain :

« Foutez le camp d'ici. Vous êtes sans doute un imposteur ! »

Le sénateur-général Yancey Quimper battit en retraite en marmonnant des menaces qu'il ne pourrait jamais mettre à exécution...

Au sud du río Grande, un Mexicain qui espérait cette

guerre depuis douze ans éprouva curieusement des sentiments partagés au moment où elle se déclencha, à cause d'un événement qu'il n'avait sans doute pas prévu : à quarante ans, Benito Garza venait de tomber amoureux.

Quand il devint manifeste que le Mexique, pour sauvegarder son honneur, devait s'opposer à toute intrusion yanquie dans le Nueces Strip, territoire mexicain, Garza se dirigea vers le nord pour assister le général Mariano Arista dans sa défense de l'intégrité du pays. Il avait pris la tête des éclaireurs d'Arista, car nul ne connaissait mieux que lui la région contestée. Il était prêt à donner sa vie.

Mais à son arrivée à Matamoros, où le río Grande se jette dans le golfe, il trouva dans l'intendance un fournisseur de bœuf salé, du nom de José López, dont la fille, fort séduisante, portait un nom très en faveur auprès des mères espagnoles dévotes : María de la Luz, traditionnellement abrégé en Lucha. Lucha López, quand Garza la rencontra à dix-neuf ans, possédait un charme étrange et une volonté de fer. Élancée, sa beauté était inhabituelle, en ce sens qu'elle n'avait les traits ni parfaits ni réguliers : les pommettes hautes et des volumes fortement marqués trahissaient son origine indienne. Les cheveux, d'un noir de jais et qu'elle portait tressés, accentuaient la flamme des yeux noirs et perçants.

Quand Garza la vit apporter un panier de vivres à son père, qui négociait le prix du bœuf avec le général Arista, il remarqua dans le regard de la jeune fille une grande tristesse et il demanda à López :

« Pourquoi votre fille est-elle si mélancolique ?

– L'homme qu'elle devait épouser a été tué de l'autre côté du fleuve, pendant qu'il gardait son bétail.

– Qui l'a tué ?

– *Tejas Rinches !* »

Ainsi prononçait-on, le long du fleuve, le nom détesté des Rangers.

« Il était pourtant sur ses terres, non ?

– Bientôt ils viendront nous tuer à Matamoros. »

Au cours de ses longues années passées en selle, Benito avait rencontré et courtisé plus d'une jolie fille, mais son mode de vie l'avait toujours empêché d'envisager le mariage. Aussi, à la vue de Lucha, il eut peur. Il savait que les guerres, les raids et les révolutions ne pourraient faire de lui un bon mari.

Mais Lucha López n'était pas facile à oublier, et pendant les six semaines qui précédèrent les hostilités Garza lui fit la cour, avec timidité au début, puis avec une ardeur croissante. Un jour, comme il la quittait à regret, il se dit : Elle tisse une toile autour de moi, comme une araignée attrape une mouche au piège. Et je suis ravi d'être pris dans ses rêts.

Leur relation ne suivit pas le cours habituel, car, les rares fois où ils parvenaient à déjouer la surveillance de la duègne, ils discutaient souvent d'affaires militaires :

« Est-il vrai que le général Taylor a dix mille hommes ? demanda la jeune fille un jour.

– Je suis allé dans le Nord deux fois. Sûrement pas dix mille, mais ils sont très nombreux.

– Alors la guerre est inévitable ?

– C'est certain.

– Et elle touchera Matamoros ?

– Je ne vois pas comment il pourrait en être autrement.

– Pouvons-nous gagner ? »

Benito se posait cette question depuis des mois, mais il aurait été bien en peine de répondre tout de suite et sans ambiguïté.

« Si nous n'avions pas envoyé Santa Anna en exil, nous aurions une chance de reprendre le Tejas.

– Santa Anna est donc un si bon général ?

– Il sait réunir la racaille de la terre et la fondre en une magnifique armée. Si nous l'avions en ce moment...

– Mon père pense beaucoup de bien du général Arista.

– Moi aussi. Il se comportera en soldat, mais...

– Mais ce n'est pas Santa Anna ?

– Il n'y a qu'un seul Santa Anna au monde. Et nous le laissons se morfondre à Cuba.

– Tu vas te battre contre les Norte-Americanos ?

– Jusqu'à ma mort. »

Elle l'embrassa avec ferveur.

« Benito, je pense comme toi. Ils nous harcèlent. Jamais nous ne pourrons vivre avec eux... Jamais.

– Comment ton fiancé est-il mort ?

– Ils lui sont tombés dessus pendant qu'il regroupait son

bétail. Il avait conduit les bêtes de l'autre côté du fleuve, comme chaque année en avril. Ils l'ont pendu en juillet. Sans procès. Il était mexicano, cela leur suffisait. »

La haine dans sa voix répondit en écho à celle de Garza, et cette rage mutuelle contre l'oppresseur renforça leur amour. Benito hésitait pourtant encore à s'engager, mais à son étonnement Lucha lui déclara :

« Cette grande bataille... Ce combat qui durera toute notre vie, Benito, j'ai envie d'y participer avec toi. Le mariage, la maison, un jardin tranquille, nous ne connaîtrons jamais ce bonheur... »

Il posa deux doigts sur les lèvres de la jeune fille :

« Il faudra que ce soit le mariage, Lucha. J'ai trop vu les Norte-Americanos se moquer de nos femmes quand... Les soldaderas ne se marient pas. Mais avec une jeune fille respectable comme toi, il faut que ce soit le mariage.

– Je ne suis pas respectable ! lança Lucha. Je suis une femme du Mexique nouveau, qui sera libre.

– Je suis un homme du Mexique nouveau, du Mexique qui forcera le respect de toutes les nations. Marions-nous ou séparons-nous. »

Les parents de Lucha, notables de Matamoros et propriétaires de vastes domaines où López élevait tout son bétail, s'opposèrent violemment à cette union :

« Il a quarante ans ! Il pourrait être ton père ! » Et : « C'est un bandit. Un bon bandit, je l'avoue, car il est dans notre camp, mais tout de même un bandit. Quelle vie de famille peux-tu espérer avec un homme de ce genre ?

– Quelle vie de famille espérez-vous pour moi si les Rinches continuent de traverser le río Grande ? » répliqua-t-elle.

Se rendant compte que leur fille était prête à suivre Garza, mariée ou non, les parents de Lucha se résignèrent à précipiter son mariage.

« Mais pourquoi avec Garza ? dirent-ils. Une jeune fille aussi jolie que toi ! Tu peux épouser qui tu veux. Et ce major d'Arista qui ne cesse de te faire les yeux doux ?

– Quelle différence entre un major et un bandit ?

– Je l'ignore, avoua la señora López, mais je suis certaine d'une chose : une soldadera qui suit l'armée ne vaut pas mieux qu'une puta. »

L'impasse fut résolue d'une curieuse manière. Parmi les patriotes mexicains prêts à tous les sacrifices pour leur pays se trouvait un prêtre renégat, né en Espagne et connu sous le nom de padre Jesús. Pendant plusieurs années, sans grand espoir mais avec un courage incroyable, il s'était battu pour la liberté mexicaine. Grand, maigre, ascète-né à la volonté de fer, il portait des vêtements d'ecclésiastique et combattait la corruption et l'injustice partout où il les découvrait : dans l'Église, en politique, dans l'armée ou dans la société en général.

Le padre Jesús ne se souciait plus de signaler ses allées et venues à ses supérieurs religieux, tous conservateurs. Comme la guerre menaçait sur les frontières septentrionales de sa patrie d'adoption, il s'était rendu sans autorisation sur le río Grande pour offrir son aide, et la troupe appréciait ses efforts.

Apprenant les conflits de la famille López, le padre Jesús proposa une solution simple.

« Señora López, votre fille est une perle. Vous avez raison de désirer la marier à un homme sage. Mais elle est comme moi l'enfant de la révolution qui doit balayer le Mexique. Il est logique qu'elle épouse Benito Garza, car il représente l'honneur du Mexique de demain. Jamais ils n'auront comme vous une maison, un jardin et six enfants. Mais ils vivront avec leur patrie dans le cœur comme moi. Laissez-les se marier. »

Les parents refusèrent, et, quand Lucha les supplia de céder, ils lui rappelèrent que la tradition et la loi plaçaient toute jeune fille sous la dépendance de son père jusqu'à vingt-cinq ans. Elle ne pouvait pas se marier sans son consentement, et, si elle s'y risquait, le mariage serait annulé et elle perdrait ses droits d'héritage.

Si le padre Jesús avait raison de présenter Benito Garza comme le prototype du nouveau Mexicain, il aurait pu continuer en affirmant : « Je suis le prototype du nouveau prêtre catholique. » Quand il apprit que les parents de Lucha s'entêtaient dans leur refus, il dit aux amoureux :

« Suivez-moi sur le champ de manœuvres. »

C'était là que se rassemblaient les « irréguliers » comme lui, ramassis confus d'aventuriers et de patriotes prêts à soutenir l'armée régulière dès que commenceraient les hostilités. Le prêtre maria aussitôt le couple mal assorti : lui, deux fois plus âgé que la fiancée, fils de la révolution et du désordre ; elle, fille de la classe moyenne respectable, destinée à un riche propriétaire terrien.

A peine la cérémonie impromptue s'achevait-elle qu'un émissaire traversa le río Grande :

« Les soldats norte-americanos ! A moins de vingt kilomètres du fleuve ! »

Aussitôt, le nouveau marié embrassa son épouse et sauta à cheval pour rejoindre le général Arista à son quartier général, où un groupe de vétérans de la frontière se rassemblait.

« Permettez-moi de partir avec eux comme éclaireur ! » supplia Garza.

Sa requête fut acceptée ; parmi toutes les troupes, régulières et irrégulières, nul ne connaissait mieux que lui le *chaparral* du Nueces Strip.

« Il faudra avancer sans bruit et faire preuve de ruse, dit-il à la cavalerie régulière quand ils traversèrent le fleuve. Si les Norte-Americanos ont des Rinches comme éclaireurs, ils seront sur leurs gardes. »

Les Américains, plus de soixante et fort bruyants, n'avaient pas de Rangers comme éclaireurs ce jour-là. Commandés par deux capitaines compétents, dont un ancien de West Point, ils se montraient imprudents : leurs chevaux soulevaient des nuages de poussière et les cavaliers ne cessaient de bavarder entre eux.

Garza, en tête de la formation mexicaine, regarda, incrédule, l'ennemi s'avancer comme en pays conquis. Où croient-ils donc aller ainsi ? N'ont-ils pas d'éclaireurs à leur tête ? Bon Dieu ! Pas un seul Ranger !

Sans plus de bruit qu'un crotale dans l'herbe, Garza retourna auprès de la cavalerie et aida son commandant à tendre un piège à la patrouille imprudente, qui se trouvait à moins de trois kilomètres du fleuve. Les Mexicains disposèrent leurs cavaliers et gardèrent en réserve pour l'embuscade leurs redoutables lanciers aux piques acérées comme des aiguilles.

Garza partit en avant-garde avec les meilleurs irréguliers et chevaucha au galop sous le nez des Norte-Americanos.

Une fusillade éclata, mais Benito et ses hommes esquivèrent cette première charge en galopant en tous sens pour désorienter les Norte-Americanos et les attirer dans le piège.

La bataille fut violente et brève. Au moment où la cavalerie américaine allait rattraper Garza, apparemment pris de panique, celui-ci lança le signal, et les lanciers du général Arista entrèrent en action. Avant même que les dragons de Pennsylvanie, de l'Ohio et du Missouri s'aperçoivent de ce qu'il leur arrivait, ils étaient entourés et faits prisonniers tous jusqu'au dernier : soixante-trois hommes.

Le hasard voulut que seize d'entre eux furent tués ou gravement blessés ; les Mexicains libérèrent un des blessés pour qu'il informe le général Taylor de cette défaite humiliante. Furieux que ses troupes se soient comportées avec aussi peu d'efficacité sur le champ de bataille, Taylor se réjouit néanmoins que les Mexicains aient franchi le rìo Grande et tué des soldats américains. Il fut en mesure d'envoyer au président Polk la dépêche qu'attendaient tous les partisans de la guerre contre le Mexique : « Des troupes mexicaines ont envahi aujourd'hui le sol de la patrie et tué des citoyens américains. Nous devons considérer que les hostilités ont commencé. »

L'armée de Taylor avait trois points faibles, et il en prit douloureusement conscience ; ses chevaux, quoique grands et robustes, n'avaient pas l'habitude de manœuvrer dans un climat méridional comme celui du Strip ; il disposait de trop peu d'éclaireurs connaissant bien le terrain ; et surtout, ses soldats étaient sans expérience, et les officiers se demandaient comment ils se comporteraient au feu. Quand l'État du Texas offrit à Taylor un groupe de Rangers bien au fait des combats dans le chaparral, le général en chef ne sut que décider : d'un côté, l'idée d'accepter dans ses rangs une bande de Texans indisciplinés ne lui plaisait guère ; mais, de l'autre, en tant que général responsable de la sécurité d'une armée nombreuse dans un pays inconnu, il avait besoin de bons éclaireurs, or il n'en possédait pas parmi ses troupes régulières. Non sans atermoiements et réticences, il accepta enfin :

« Il nous faut des éclaireurs de confiance. Faites venir les Texans. »

Des officiers de West Point, comme le lieutenant-colonel Cobb, le prévinrent des risques.

« Les Texans sont peut-être d'excellents cavaliers mais votre expression ne peut leur être appliquée.

– Quelle expression ? grommela Taylor.

– *De confiance.*

– Ils ont obtenu leur indépendance les armes à la main, non ?

– A leur manière.

– Une manière fort efficace : en tuant des Mexicains ! lança le vieux grognard. Avant que nous les prenions dans l'Union, la moitié des pays d'Europe les invitait à se joindre à leur empire.

– Peut-être, mais je les crois incapables de s'intégrer à une armée régulière.

– Pourquoi ? Nous leur ferons prêter serment et nous placerons à leur tête des officiers *de confiance.* Comme vous, Cobb...

– Vous avez vu leurs tenues ? De la chienlit.

– Cobb, n'avez-vous pas remarqué que je porte rarement l'uniforme ?

– Général, je vous en prie : n'encouragez pas les Texans. Ils se croient encore libres et indépendants. Ils nous fourniront des hommes, mais ils vont encore pinailler sur les conditions.

– Ils vont *quoi* ?

– Le gouvernement de l'État tient à négocier, général.

– Qu'est-ce que vous me racontez ? tonna Taylor.

– L'État mettra à votre disposition deux régiments entiers, mais à ses conditions : durée d'engagement variable et solde à un taux supérieur, comme si la Prusse nous offrait ses unités en imposant ses normes.

– Je ne veux pas de ça !

– Alors vous vous passerez des Texans.

– Vous voulez dire qu'ils pourraient rentrer chez eux au bout de trois mois si cela leur chantait ?

– Ils y tiennent absolument. Ils ont toujours été mobilisés dans ces conditions. »

Un colonel du Mississippi expliqua :

« Ce sont des paysans. Ils aiment retourner dans leurs fermes pour s'occuper de leurs champs. Bien entendu, ils reviendront sous les drapeaux quand la récolte sera rentrée – s'ils en ont encore envie.

– Et ils refusent de porter notre uniforme ! ajouta Cobb. Ils ne veulent pas de nos chevaux. Ni de nos fusils. Chaque Texan croit en savoir plus long sur la guerre que toute la population de New York, et il tient à se battre à sa manière, vêtu comme il se sent le mieux. »

Taylor commença à s'impatienter.

« Qu'est-ce que vous croyez ? Je sais bien qu'ils vont nous compliquer la vie. » Pendant plusieurs minutes, dont il se souviendrait amèrement au cours des mois qui suivirent, il songea à se priver des services de cette racaille ingouvernable, mais il finit par grogner : « Nous prendrons leurs deux régiments. » Puis il ajouta des paroles que Cobb – hélas ! – ne devait jamais oublier : « Puisque vous semblez les connaître si bien, Persifer, vous me servirez d'officier de liaison avec eux. »

A l'époque, les rôles des armées de l'Union comptaient de nombreux officiers portant le prénom inhabituel de Persifor ou Persifer. On ignore l'origine de ce nom curieux et les raisons de sa popularité soudaine, mais il y avait un général Persifor Smith, un colonel Persifer Carrick et une incroyable quantité de majors Persifor Ceci et de capitaines Persifer Cela. Il ne reste aucune trace de simples soldats ayant porté ce prénom.

Le Persifer Cobb qui servait sous les ordres du général Taylor venait d'une riche plantation de coton qui occupait presque toute l'île d'Edisto, au large des côtes de la Caroline du Sud. Quand il eut vingt ans, à la fin de son éducation de gentleman, son père annonça : « Toute famille du Sud qui se respecte doit avoir un fils dans l'armée. Persifer, entre à West Point ! »

Le jeune homme s'était conduit avec honneur à l'austère

école militaire, et, après son entrée dans l'armée régulière, il s'était efforcé de personnifier, dans la pensée et par ses actes, le meilleur de la tradition sudiste. Il affectait l'accent traînant du Sud et défendait au mess et au combat les valeurs ancestrales de la chevalerie. Mais, sur les chemins poudreux du Texas, il n'était guère heureux !

La première raison de son malaise venait de son grade. Il était colonel, et l'un des plus valeureux de toute l'armée, mais pas encore colonel à part entière, seulement lieutenant-colonel, et convaincu à juste titre qu'il méritait un grade plus élevé. La première lettre à son frère cadet, qui dirigeait la plantation d'Edisto en son absence, témoigne de ce mécontentement.

Río Grande
30 avril

Mon cher Somerset,

Les Rangers du Texas sont parmi nous, la plus vile racaille indisciplinée et sans doute criminelle que j'aie jamais vue ; leur présence dans l'armée doit redonner espoir aux généraux mexicains. Le plus navrant, pour nous qui avons peiné pendant des années pour obtenir nos promotions, c'est de voir qu'en arrivant dans le camp ils ont organisé une élection – oui, une élection ! – pour choisir leurs officiers. Hier, un Texan sans un seul jour d'école militaire s'est présenté en annonçant que l'État du Texas l'avait nommé colonel. Et aujourd'hui il arpente le camp en se targuant d'un grade supérieur au mien ! Un diplômé de West Point, comme moi avec douze années de bons services dans toutes les spécialités militaires et toutes les régions du pays, se trouve subordonné à un paysan qui, la semaine dernière, traînait derrière ses vaches sans avoir jamais entendu parler d'Hannibal ou du maréchal Ney.

Le général Taylor m'a demandé, et j'ai bien entendu accepté, de prendre sous ma responsabilité la compagnie M de Rangers. Ils nous serviront d'éclaireurs. Je ne t'en décrirai que trois. Le capitaine Garner – un capitaine qui n'a jamais été lieutenant, n'oublie pas, un capitaine par la vertu du Saint-Esprit ! – est très grand, très mince, avec une énorme moustache pendante et un ceinturon de cuir de quinze centimètres de large. Il porte ce qui lui tombe sous la main, souvent une veste de l'armée mexicaine (il prétend l'avoir prise sur le cadavre d'un officier qu'il a abattu sur le río

Grande). Taciturne, mauvais, obstinément muet quand on le reprend, il va et vient tel un ange de la vengeance, n'accepte des ordres de personne et ne songe qu'à conduire ses hommes dans quelque raid de son propre chef. Dans notre armée régulière, on ne le tolérerait pas deux jours.

Son assistant, peut-être un lieutenant mais sans grade précis (car les Rangers se moquent de ces subtilités !), ne doit pas avoir plus de vingt ans, bien qu'il se dise âgé de vingt-six ans. Je ne connais que son prénom, Otto, mais il est inoubliable : petit, guère plus de soixante kilos, sec, blond, silencieux et avec des yeux d'un bleu très pâle. Il ne sourit jamais, son regard vous transperce. Les autres le considèrent comme le meilleur Ranger de tous. On le remarque surtout à son costume, qu'on appelle dans la région *duster*, ou cache-poussière : c'est une sorte de manteau très léger qui va du col jusqu'en haut des bottes, avec seulement trois boutons pour le fixer sur le devant. Celui d'Otto est presque blanc. Le duster est censé vous protéger de la poussière pendant les longues chevauchées, mais, quand Otto traverse notre camp dans cet accoutrement, on dirait un fantôme égaré, car ses petits pieds semblent à peine bouger sous l'ourlet. Le jour de son arrivée, je lui ai dit, plutôt sèchement : « Personne ne porte ce genre de vêtement dans ce camp. » Il m'a répondu : « Moi, si ! », et il est parti en se dandinant comme un canard. J'ai renoncé à lui enseigner la discipline.

Le troisième Ranger ne ressemble à personne que tu aies pu voir à Edisto. Il se fait appeler Panther Komax, à cause d'une toque en peau de panthère qu'il porte à toute heure, avec la queue qui pend sur l'oreille gauche. Personne n'a su me dire d'où il venait ; quand je lui ai posé la question, il s'est bien gardé de répondre. « Les gens m'ont chassé quand j'ai cogné un autre type sur la tête avec un manche de hache pour filer avec son cheval et sa femme. » Textuel ! Avec le cheval en premier ! Il parle de la Géorgie, du Massachusetts et du Missouri, mais sans jamais prétendre qu'il y a vécu. Je le décrirais comme une touffe de poils, car il a une énorme tignasse d'un noir de charbon qu'il retient derrière ses oreilles avec un lacet de peau de daim. Sa barbe dissimule presque toute sa figure, et d'épais sourcils menaçants lui tombent sur les yeux. De longs poils noirs poussent sur le dos de ses mains. Il mesure plus d'un mètre quatre-vingts et je n'ai jamais vu un regard plus méchant que le sien. Je ne m'étonne pas qu'on l'appelle Panther, parce que c'est une bête fauve. Son fusil est très lourd et la lame de son couteau mesure trente centimètres. Les Rangers m'ont raconté qu'il

avait participé à la ridicule expédition Mier de 1842 – la racaille texane avait envahi le Mexique, persuadée de vaincre l'armée mexicaine ! Santa Anna les avait faits prisonniers et ordonné qu'un Texan sur dix soit fusillé, choisi par tirage au sort. On plaça des haricots dans un pot de terre : haricot blanc, la vie ; haricot noir, une balle dans la tête. J'ai demandé à Komax s'il avait tiré son haricot. « Ouais, blanc ! » lança-t-il. Puis j'ai voulu savoir s'il avait été incarcéré à la prison de Perote, au cœur du Mexique. « Ouais. Tué deux gardiens et filé ! » C'est un homme effrayant, capable de tout. Pourquoi voulait-il retourner au Mexique ? lui ai-je demandé. « J'ai des comptes à régler. » Tels sont les hommes qui doivent me servir d'éclaireurs : des rufians. Dieu ait pitié de l'officier chargé de discipliner ces éléments, et Dieu ait doublement pitié des Mexicains qui se trouveront devant eux, car mon ordonnance m'a appris un détail intéressant : « Vous connaissez le petit Otto ? Les Mexicains ont tué son père et son oncle, les Comanches sa mère et sa tante. Il n'a peur de rien. Il fonce, et rien ne l'arrête. »
Je ne suis pas heureux au Texas. Je serai soulagé quand nous traverserons enfin la frontière.

Ton frère,
Persifer.

Une fois résolus les problèmes de reconnaissance et de cavalerie, le général Taylor put déployer ses troupes inférieures en nombre selon une formation très efficace qui lui permettrait d'utiliser au mieux son artillerie lourde. A Palo Alto, le 8 mai 1846, et à Resaca de la Palma, le lendemain, il remporta deux victoires qui chassèrent les Mexicains en déroute sur l'autre rive du río Grande. Persifer Cobb, cité pour sa bravoure au combat, reconnut que ses « infâmes Texans » s'étaient admirablement comportés.

Somerset,

Il n'est pas de gloire plus belle que la fumée des combats sur le champ d'une bataille durement gagnée. Le général Arista, pour couper nos approvisionnements, avait conduit ses troupes au cœur du Nueces Strip. Nous lui avons donné une bonne leçon, au cours d'une bataille de deux jours à laquelle ont participé des milliers de soldats. J'avais reçu l'ordre de

contourner le flanc droit de l'ennemi. J'ai rarement vu journée aussi étouffante. Rien de commun avec les grandes manœuvres ! Et, sans la prestation remarquable de notre artillerie, nous aurions peut-être perdu.
Les Mexicains se sont battus avec un courage auquel nous ne nous attendions guère, mais ce qui m'a stupéfié, c'est l'habileté de mes Texans. Je les crois capables, à plein galop, de fournir une plus grande concentration de feu que n'importe quelle autre unité dans le monde.
Je me trouvais avec le jeune Otto, dont le duster volait derrière lui, et il s'est montré si compétent que, après avoir mis la cavalerie mexicaine en déroute, j'ai tenu à discuter avec lui. Il s'appelle Macnab, et il est de bonne famille – ce qui compte pour beaucoup, je pense. Quand nous nous sommes lancés sur l'ennemi, il avait deux fusils, deux pistolets, deux poignards et deux revolvers d'une nouvelle marque, qu'il appelle Colts, conçus pour le Texas et fabriqués à Paterson dans le New Jersey. Il peut tirer dix coups avec ses deux Colts le temps que j'en tire un seul avec mon pistolet classique. Et sa dextérité étonnante lui permet de recharger et tirer dix coups de plus sans descendre de cheval. Avec vingt hommes de sa trempe à côté de soi, on peut repousser n'importe quelle attaque mexicaine. Ce soir, je suis assez content de mes Texans.

Persifer.

P.S. Figure-toi que Macnab, le petit tueur, vient de me présenter une surprenante requête : il veut quitter l'armée temporairement. Tu ne devineras jamais pourquoi. Pour se marier ! Oui ; il m'a dit, tout timide, qu'il connaissait la jeune fille, une Allemande, depuis plusieurs années. « Elle a accepté votre proposition ? lui ai-je demandé. – Je ne lui ai pas encore parlé », m'a-t-il répondu. N'était-ce pas risqué, lui ai-je fait remarquer, d'aller si loin faire la cour à une jeune personne dont il ne connaissait pas les intentions ? Il me stupéfia en avouant : « Nous n'avons pas encore échangé un seul mot. – Pas un mot ? – Non. – Alors, comment savez-vous si elle acceptera ? – Je le sais. » Renversant, non ?
Je lui ai demandé, avant son départ, si je pouvais compter sur son retour. « J'ai plusieurs affaires à régler avec le Mexique. Je reviendrai », m'a-t-il répondu. Le plus curieux, Somerset, c'est qu'il commence déjà à me manquer. C'est le genre d'homme que l'on a envie de trouver à ses côtés quand la bataille commence.

Un après-midi, en revenant de Fredericksburg, Emil annonça à la famille Allerkamp :

« On m'a dit qu'un des Rangers du général Taylor venait de prendre une chambre chez les Nimitz : il est en permission. »

Mme Allerkamp, qui regardait justement Franziska à ce moment-là, vit sa fille se raidir et poser ses deux mains à plat sur sa robe.

« Lequel est-ce ? demanda Ludwig.

– Macnab. »

Mme Allerkamp vit Franziska rougir jusqu'aux oreilles.

« Un merveilleux combattant ! commenta Ernst, Ranger à ses heures. Il n'a peur de rien. »

Mais Ludwig remarqua à son tour le visage écarlate de sa fille et lui demanda sèchement :

« Franziska, que se passe-t-il ? »

Très droite, le corps tendu comme pour répondre à un assaut, les mains immobiles sur ses genoux, Franziska déclara à mi-voix :

« Il est venu pour m'épouser. »

Ses paroles provoquèrent un éclat :

« Tu ne lui as jamais parlé !... Comment sais-tu pourquoi il est ici ? Qu'est-ce qui t'a mis dans la tête une idée pareille ?

– Il est venu pour m'épouser et je l'épouserai », répondit-elle simplement.

Sa détermination semblait inébranlable.

Son père ne pouvait laisser passer un défi de ce genre :

« Tu as manigancé quelque chose avec ce garçon ?

– Non, répondit-elle, rougissant sous l'offense. Comment l'aurais-je pu ?

– Alors c'est vrai ? Vous ne vous êtes jamais parlé ?

– Jamais.

– Mais comment peux-tu dire qu'il est venu t'épouser ?

– Je le sais et il le sait. »

Elle semblait si résolue que son père renonça, mais sa mère prit le relais.

« N'est-il pas catholique ?

– Si, répondit Ernst. Mais je crois qu'il s'est converti seulement pour obtenir des terres.

– N'est-il pas irlandais ? insista Thekla.
– Tous les Irlandais ne sont pas catholiques.
– On m'a affirmé le contraire ! » lança Mme Allerkamp avec un regard noir à la brebis égarée.
Emil intervint, sur un autre plan :
« On m'a dit aussi que quelqu'un avait réclamé une concession juste à l'ouest de la nôtre.
– Comment ! lança Ludwig.
– Les papiers seraient arrivés d'Austin.
– Et tu crois que ce serait ce Macnab ?
– Pour nous défendre contre les Comanches, il serait bien utile, non ? Il sait se battre. »
Ludwig, furieux, se leva de table, sortit de la cuisine, sella son cheval et se rendit en ville. Il n'aimait pas remettre à plus tard des obligations déplaisantes.
Il s'arrêta devant la maison des Nimitz, qui construisaient une annexe pour loger les voyageurs de passage à Fredericksburg, et lança :
« Est-ce que vous avez chez vous un nommé Macnab ? » Sans attendre la réponse, il ouvrit la porte et se trouva nez à nez avec Otto. « C'est vous, Macnab ?
– Lui-même.
– Celui qui s'est battu avec Ernst dans le Nueces Strip ?
– Mais oui.
– Et sous le général Taylor pendant les grandes batailles ?
– Il n'y en a pas d'autre.
– Êtes-vous venu ici pour épouser ma fille ? »
Otto ne s'attendait pas à ce que sa proposition soit abordée de façon si cavalière. Il était arrivé trois jours plus tôt pour étudier les terres qu'il venait d'acquérir, voisines de celles des Allerkamp, et il avait appris avec soulagement que Franziska ne s'était pas encore mariée. Il avait décidé d'annoncer sa présence à Ernst le lendemain, puis de rencontrer Franziska un ou deux jours plus tard. Il ne comptait pas parler à ses parents avant la semaine suivante – et voici que le père survenait comme un diable, très en avance sur l'horaire...
« Voulez-vous vous asseoir, monsieur Allerkamp ?
– Merci, répliqua Ludwig, toujours furibond. Comment connaissez-vous ma fille ?

– Je l'ai vue… Deux fois… En allant chercher Ernst.
– Quel genre de secrets partagez-vous avec elle ?
– Aucun. Nous ne nous sommes jamais parlé.
– Et en la voyant…
– Oui. En la voyant. Et d'après ce qu'Ernst m'a dit.
– Il vous a parlé de sa sœur !
– Jamais. Seulement de votre famille. Et j'ai décidé… »

Otto ne continua pas. Ou bien M. Allerkamp comprenait ce qui peut pousser un jeune homme à vendre sa terre et à aller si loin dans le désert, ou bien il ne le comprenait pas. Et, s'il avait oublié les émotions et les désirs que suscite parfois la vue d'une belle jeune fille, à quoi bon lui parler ? Comment Otto aurait-il pu lui décrire les nuits le long de l'Ohio, quand il avait pris conscience pour la première fois de ce que représente un foyer ? Comment aurait-il pu lui faire partager la tragédie qu'il avait vécue lors du meurtre de Martin Ascot par les Comanches ? Et pouvait-il lui dire qu'il était amoureux de Franziska depuis le premier regard ?

« Vous êtes catholique ? lança Ludwig brusquement .
– Nous ne pouvions pas faire autrement pour obtenir des terres », répondit-il, puis il éclata d'un rire nerveux. « Peine perdue, nous n'en avons jamais obtenu.
– Êtes-vous catholique à présent ?
– Qui sait ?
– Tous les Irlandais le sont, non ?
– Je ne suis pas irlandais.
– Mais d'où venez-vous ? lança Allerkamp, déconcerté.
– D'Écosse.
– Vous êtes *écossien* ?
– *Écossais*. Et ma mère était allemande. »

Allerkamp demeura bouche bée, les yeux fixés sur le jeune homme assis en face de lui, puis il demanda à voix basse :

« Que me dites-vous là ?
– *Écossais*. Nous disons *écossais*. Pas *écossien*.
– Mais après ?
– Ma mère ? C'était une Allemande de Baltimore.
– Comment s'appelait-elle ?
– Berthe.
– Je veux dire, son nom de famille.

– Je ne sais pas. Je ne l'ai jamais su. »

Pour Allerkamp, c'était incroyable : avoir une mère allemande et oublier son nom, le nom qui vous donnait accès à la plus grande de toutes les races !

« Vous avez oublié ! Vous avez oublié le nom allemand de votre mère !

– Je ne l'ai jamais su. »

Pendant un instant, les deux hommes se firent face, puis Allerkamp se leva en poussant un cri de joie et embrassa son futur gendre :

« Vous êtes allemand ! C'est merveilleux... » Otto, qui n'avait jamais considéré son ascendance germanique comme un atout, ne put rester indifférent à cet égard plus longtemps, car Allerkamp le prit de nouveau par les épaules et s'écria : « Venez ! Il faut annoncer tout de suite à Franziska que vous êtes allemand. »

Il entraîna Otto dans la rue, décidé à partir sur-le-champ vers la ferme, à plus de dix kilomètres de là.

« Il fait presque nuit, protesta le jeune homme.

– Si elle vous a attendu si longtemps, elle mérite de savoir ! répliqua Ludwig sans s'arrêter pour si peu. Nous lui avions trouvé quatre bons maris – cinq en comptant Quimper –, mais elle n'en a voulu aucun. Jamais nous n'avions compris pourquoi elle refusait. Elle a mentionné votre nom ce soir pour la première fois, quand Emil nous a appris votre arrivée chez les Nimitz.

– Qu'a-t-elle dit ? voulut savoir Otto en montant à cheval.

– “ Il est venu pour m'épouser. ” Elle devait le savoir dès le début. »

Les deux hommes suivirent la piste qui sortait de la ville, et lorsque apparurent les étoiles, de plus en plus claires, ils se laissèrent aller à leur grande joie : Allerkamp, parce que sa fille avait enfin trouvé un bon mari allemand ; Macnab, parce que son étrange cour aboutissait selon ses désirs.

Comme ils arrivaient près du Pedernales, Allerkamp confia à Otto :

« Pas un jour ne se passe sans que je pense à l'Allemagne, aux vins, aux chants, aux promenades en forêt, aux bons plats paysans que j'aimais, aux conversations avec Metzdorf dans sa boutique. J'éprouve une telle nostalgie que je crois mon cœur prêt à se briser... Mais, sais-tu ce que je ne regrette jamais, Otto ? La tyrannie et les faux-semblants des prédicateurs. La liberté est tout. La liberté est le sel de la vie, qui rend nos peines douces à supporter. La liberté est l'unique fondement possible du mariage, du foyer, des enfants. »

Otto comprit la vérité universelle de ces paroles en voyant la nouvelle ferme des Allerkamp, près du Pedernales, car aucune famille n'aurait eu le courage de s'installer si loin de tout, si elle n'avait aspiré à la liberté qu'assurent l'espace et la distance.

Quand les deux hommes entrèrent dans la cuisine, ils trouvèrent Thekla Allerkamp et ses deux fils, mais Franziska était allée se coucher, et son absence déçut manifestement Otto.

« Debout, Franziska ! Sors du lit ! Il est venu te demander en mariage ! » s'écria Ludwig.

Mme Allerkamp disparut dans la petite chambre, et Otto resta planté au milieu de la cuisine – en proie à une grande nervosité.

« Il est venu exactement comme Franziska l'a dit ! » annonça Ludwig à ses fils.

Thekla réapparut avec sa fille aux yeux encore endormis, qui clignaient dans la lumière de la cuisine. Pendant un long moment, les deux jeunes gens se regardèrent, au septième ciel, puis Ludwig rompit le charme en criant, avec une joie manifeste :

« Et il est allemand ! »

Après ses retentissantes victoires de Palo Alto et Resaca de la Palma, le général Taylor aurait très bien pu traverser le río Grande et poursuivre les Mexicains démoralisés jusqu'à San Luis Potosí, par exemple. Mais c'était un homme prudent, qui ne se voyait pas en territoire ennemi sans lignes d'approvisionnement bien assurées. Il traîna les mois de mai, juin, juillet et une partie d'août avant de se diriger vers la ville-forteresse du nord du Mexique, Monterrey, et, quand il partit enfin, il n'avait aucune idée précise de l'itinéraire à suivre.

Dans son incertitude, il demanda au capitaine Garner de prendre seize de ses Rangers et une unité de dragons pour explorer la longue route du Sud, par Linares, tandis que des patrouilles de reconnaissance de l'armée régulière repéreraient un autre itinéraire, plus direct mais sans doute plus dangereux, le long du río Grande. Garner emmena ses deux compagnons habituels : Panther Komax, qui s'était révélé une vraie terreur pendant les deux grandes batailles, et Otto Macnab, revenu de Fredericksburg, que Garner appelait « mon artillerie de droite ».

Les Rangers étudièrent un itinéraire qui traverserait la petite ville de San Fernando, où ils s'attendaient à une résistance, mais Macnab et Komax, partis en tête, découvrirent que la ville n'était même pas défendue. Les dragons mirent à la tête de leur colonne leur cuisinier noir, qui écorcha *Yankee Doodle* sur un violon qu'il avait apporté de son Alabama natal, et les vainqueurs défilèrent ainsi dans le village vide.

Au cours de l'attaque du bourg suivant, Granada, les Rangers se comportèrent de façon fort différente, et les troupes régulières en restèrent suffoquées. Ce village sans importance était défendu par un ramassis de mauvais éléments de l'armée mexicaine. Se voyant inférieurs aux Norte-Americanos, en nombre et en puissance de feu, ils tirèrent deux ou trois coups de fusil pour la forme et battirent en retraite. Mais quelques jeunes de l'endroit décidèrent de protéger leur village.

Ils s'embusquèrent sur les toits des maisons pour tirer sur les envahisseurs et eurent le malheur de tuer un Ranger du nom de Corley, qui chevauchait aux côtés de son ami Lucas. Voyant tomber son compagnon d'armes, Lucas partit au galop et se mit à tirer sur tout ce qu'il voyait. Il mitraillait avec une telle intensité que d'autres Rangers, dont Komax et Macnab, le crurent en danger et se précipitèrent.

Le capitaine Garner et ses hommes étaient à peine arrivés au centre du village que le massacre devint général.

« Mais qu'est-ce qui leur prend ? » s'écria un engagé de l'Illinois, stupéfait.

Il ne pouvait pas savoir qu'Otto Macnab avait assisté au massacre de Goliad, ni que Panther Komax avait dû, un pistolet contre la tempe, choisir un haricot dans un pot, ni que le Ranger Lucas venait de perdre son meilleur ami, ni que le Ranger Tumlinson avait vu le ranch familial incendié et son père abattu par des bandits qui se faisaient passer pour des patriotes mexicains. L'homme de l'Illinois ne pouvait pas concevoir la haine radicale que la plupart des Rangers portaient à tous les Mexicains, ni comprendre qu'ils désiraient faire expier à cette petite ville tous les torts dont ils avaient souffert, réels, comme les meurtres et les incendies, ou imaginaires, comme les actes barbares attribués par la légende aux Mexicanos.

En lisant le compte rendu de l'incident de Granada, le lieutenant-colonel Cobb, outré par la brutalité de ses Texans, interrogea personnellement tous les soldats de l'armée régulière témoins du massacre. Certain de la véracité de ses rapports, il se rendit sous la tente du général Taylor pour réclamer le renvoi des Rangers dans leurs foyers.

« Impossible, répondit Taylor.

– Ils détruiront votre armée.

– Comment cela ?

– Ils massacrent les Mexicains sans raison. Tout le pays va se soulever contre nous.

– C'est un risque à courir. Ils sont mes yeux et mes oreilles. Je ne peux pas m'en passer.

– Vous savez qu'ils ne prennent aucun prisonnier ?

– Santa Anna non plus, quand il se battait contre eux.

– Allons-nous nous abaisser au niveau de Santa Anna ?

– Les Texans sont différents. Ils ont eu leur pays. Ils ont leurs règles. Rappelez-leur cependant qu'ils ne se battent pas contre Santa Anna, cette fois.

– Avec votre respect, mon général, tout cela finira par une tragédie. Renvoyez-les. Sans attendre. »

Le général Taylor, conscient des difficultés qui se présenteraient, refusa d'en entendre davantage. Un mois plus tard, Cobb se félicita lui aussi d'avoir les Texans à ses côtés : quand l'armée arriva devant Monterrey, tout le monde s'aperçut que l'on aurait du mal à s'emparer de cette ville importante, avec ses forts, ses batteries de canons et son dédale de ruelles que la population civile en armes défendait.

L'escarpement au sud de la route, appelé Federación, était couronné par un fort important ; celui du nord, Independencia, comportait un bâtiment massif, aux murs puissants mais en ruine, nommé l'Évêché. Prendre Monterrey ne suffisait pas ; il fallait aussi s'emparer de ces deux hauteurs ; si on les laissait aux mains de l'ennemi, l'artillerie mexicaine empêcherait de tenir longtemps la ville.

Les Rangers, appuyés par un détachement important des meilleurs soldats de l'armée régulière, sous les ordres du général Worth, reçurent la mission de prendre les deux redoutes pendant que Taylor s'emparerait de la ville proprement dite. Les Texans contournèrent la position par le nord durant la nuit du 19 septembre, puis, le lendemain matin, par la route de Saltillo. Il ne leur restait plus qu'à réussir l'ascension des deux hauteurs sous le feu ennemi, puis à prendre un fort sur l'une et un palais fortifié sur l'autre.

Le lundi 22 septembre, toujours sous la pluie, le général Worth décida de s'attaquer à Federación. Les hommes mirent six heures à gagner, non sans mal, les positions d'où ils lanceraient la charge finale. A midi, tout était en place.

« Allons-y ! » lança le capitaine Garner sans trahir la moindre émotion.

Les Texans s'élancèrent. Chaque fois que le feu ennemi les ralentissait, les troupes régulières les rattrapaient, mais le soleil parut soudain, et les Texans, habitués à la chaleur torride, réagirent mieux que le reste de l'armée.

« C'est le moment ! » lança Garner.

Les Rangers repartirent. Ils gagnèrent la crête de l'escarpement et détournèrent si bien l'attention des défenseurs que les soldats, haletants, se rendirent maîtres de leur secteur. Sans cris de joie ni de guerre, l'officier montra la citadelle, et, comme une armée de fourmis implacables, les hommes submergèrent le fort, non par leur nombre mais par leur puissance de feu et par la force irrésistible qu'ils incarnaient.

A 3 heures, par cet après-midi humide et étouffant, Federación et son fort tombèrent entre leurs mains. Mais, avant que les Texans aient eu le temps de se féliciter, Garner leur montra Independencia, au nord :

« Nous le prendrons demain. »

Sans vivres, sans tente ni protection contre la pluie

intermittente, les Rangers passèrent une nuit agitée. Lucas, qui avait déclenché le massacre de Granada, demanda à Macnab :

« Tu crois que nous pourrons grimper sur l'autre ? Elle a l'air plus raide.

– On verra bien.

– Ce bâtiment de pierre... C'est autre chose que le fort.

– On verra.

– Tu n'as pas eu peur, aujourd'hui ? Je veux dire... Tu es tellement plus jeune que moi... » Et, comme Otto ne répondait pas, il avoua : « J'ai eu une trouille bleue.

– C'est bien normal.

– Demain, je pourrai me battre à côté de toi ? Je n'ai jamais vu un homme tirer aussi vite.

– Je me bats toujours avec Panther Komax.

– Je sais. Mais est-ce que je peux suivre ?

– Rien ne t'en empêche. »

A 3 heures du matin, quand la pluie cessa, les Rangers lancèrent leur attaque sur Independencia, mais l'escarpement était si abrupt qu'il semblait absolument impossible de le gravir. La voix calme de Garner l'indomptable, qui trouvait des prises même sur le rocher lisse, les encouragea. Les hommes montèrent.

Cette fois, l'armée régulière resta à la traîne. Près du sommet, les Mexicains se mirent à tirer depuis leurs murailles protégées, et Otto se retrouva avec Lucas, au bord de l'épuisement.

« Respire à fond », lui dit Otto. Il tendit sa jambe droite pour que Lucas puisse la saisir, et il hissa ainsi jusqu'à son niveau l'homme défaillant. Ils se reposèrent un instant, à bout de souffle, puis Otto montra une crevasse dans les rochers. « Plus facile, on dirait. »

Il entraîna Lucas jusqu'à la crête de la colline.

Sur la partie dégagée, les troupes régulières se battaient comme des diables et repoussaient sans cesse l'ennemi vers le bastion de l'Évêché. Mais Garner, voyant les Mexicains engagés avec l'armée, rallia ses Rangers texans et les dirigea vers la porte de la forteresse. Ce fut une lutte intense et sauvage, mais, avec la puissance de feu de leurs Colts à répétition, les Texans abattirent purement et simplement la défense mexicaine.

« Otto ! » cria Panther Komax.

Ils s'élancèrent vers l'entrée de l'Évêché, massacrèrent une vingtaine de Mexicains et se frayèrent un chemin à l'intérieur. Ils se trouvèrent alors isolés de leurs compagnons ; mais, ils s'en doutaient, pas pour longtemps. Bientôt, Garner et une poignée de ses meilleurs hommes les rejoignirent.

Le carnage fut bref mais sans pitié, car les Mexicains n'avaient aucun moyen de résister au feu mortel des Colts. Vers la fin des combats, un courageux Mexicain qui s'était terré dans une position sans issue continua de tirer sur les Texans. Sa dernière balle se logea dans le ventre du Ranger Lucas, qui mourut dans d'atroces souffrances.

Macnab, en le voyant tomber, pivota brusquement, repéra le Mexicain embusqué et lui fit sauter la cervelle.

Les deux escarpements étaient pris, la chute de Monterrey assurée. La route de Saltillo ainsi ouverte, la grande bataille du Nord devint inévitable, car un adversaire mexicain beaucoup plus puissant et compétent que le général Arista préparait une armée à San Luis Potosí, une armée si immense qu'elle chasserait sans doute à jamais les Norte-Americanos du sol mexicain.

Si le président Polk et le général Taylor avaient voulu cette guerre, c'était Benito Garza qui avait déclenché les combats, par son audacieuse incursion au nord du río Grande. Il n'avait pas participé au désastre de Monterrey : en tant que chef incontesté des forces irrégulières du Nord, on l'avait appelé dans le Sud, où il allait assister à une stupéfiante série d'événements qui devait modifier le cours des hostilités.

A La Havane, le dictateur exilé Santa Anna, menacé de mort immédiate s'il retournait au Mexique, avait reçu en secret des envoyés officiels des États-Unis. Le rusé général leur fit observer qu'un vieux radoteur comme Zachary Taylor ne parviendrait jamais jusqu'à Mexico :

« Franchement, déclara-t-il, il est incompétent. » Puis il analysa avec une intuition remarquable les autres faiblesses de la position américaine : « Si vous essayez de débarquer à Veracruz et de vous frayer un chemin jusqu'au plateau central, tout le Mexique se soulèvera contre vous et coupera vos lignes d'approvisionnement. Aucune armée ne peut réussir une invasion sur des distances pareilles sans approvisionnement assuré. » Les Américains répliquèrent que leurs troupes vivraient sur le pays. « Jamais, répliqua Santa Anna. Les patriotes détruiront tout en une seule nuit. »

Ces arguments étaient si convaincants que le président Polk, espérant résoudre par un coup d'audace une impasse, lança une des plus extraordinaires manœuvres stratégiques de toute l'histoire.

« Dans quelle mesure pouvons-nous compter sur Santa Anna ? demanda Polk à ses conseillers. Ne pouvons-nous pas le mettre à l'épreuve, puis l'utiliser à notre avantage ?

– Risqué. C'est un renard.

– Nous sommes rusés nous aussi », répliqua Polk, vantardise que nul n'oublierait dans les années suivantes.

D'autres négociateurs partirent pour La Havane, où ils se virent offrir par Santa Anna une proposition cynique :

« Je ne vois qu'un moyen sûr de mettre fin à cette guerre. Faites-moi déposer à Veracruz par votre flotte avec un demi-million de dollars en or. Je serai votre agent, et je mettrai un terme à cette malheureuse affaire à des conditions favorables pour vous et acceptables pour le Mexique.

– Mais le Mexique vous acceptera-t-il ?

– Dès que je poserai le pied à Veracruz... J'ai perdu ma jambe pour cette ville, ne l'oubliez pas. La population de Veracruz me vénère. Je peux tout régler en une semaine. »

Les émissaires américains n'étaient pas des idiots ; avant d'accepter l'offre, ils l'examinèrent sous tous les angles. Mais Santa Anna avait une bouche d'or et savait assez d'anglais pour leur jeter de la poudre aux yeux. Il les persuada qu'il était un noble patriote désireux de mettre un terme à une guerre désolante dans des conditions favorables pour les deux camps.

On conclut un accord : Santa Anna recevrait une énorme somme en or, avec promesse d'une autre somme à la signature du traité de paix ; un bateau battant pavillon britannique serait mis à sa disposition à La Havane ; et le commodore David Conner, commandant de la flotte américaine des Antilles, recevrait du président l'ordre de laisser passer le bateau de Santa Anna à travers le blocus américain. Si nécessaire, le commodore Conner pourrait couler tout bateau mexicain s'opposant au retour du héros sur le sol natal.

Ce fut alors que Benito Garza reçut de Cuba des instructions sibyllines : « Gagnez immédiatement Veracruz et préparez une réception spectaculaire pour une arrivée secrète. » L'ordre lui déplut, mais il était patriote et donc prêt à servir là où son pays avait besoin de lui.

Benito interrompit donc toutes ses activités, y compris sa lune de miel, et prit la direction du sud, par des chemins secondaires qui lui permirent d'éviter les patrouilles des Norte-Americanos. Il atteignit ainsi Potosí et continua jusqu'à Veracruz, où il organisa clandestinement la lie de la population pour une de ces grandes manifestations qui s'épanouissaient régulièrement au Mexique. Il ne savait rien de ce qui se préparait. Il pensait qu'un général opposé au gouvernement actuel allait faire un *pronunciamiento* pour proposer un nouveau plan de salut public – le trente-troisième depuis 1821, en comptant ceux qui n'avaient duré qu'un seul après-midi d'ivresse. Estimant non sans raison que tout serait mieux que la situation actuelle, il n'hésitait pas à soutenir le nouveau *grito*.

Il fut fort surpris, le matin du 16 août 1846, quand le sauveur du pays arriva non de quelque caserne de l'intérieur, mais du petit vapeur anglais *Arab*, escorté jusqu'au port par la flotte des États-Unis ! Même alors Benito ne devina pas l'identité du héros, puis il l'aperçut sur la passerelle, avec sa jambe de bois de cérémonie. Il poussa des cris de joie enthousiastes, mais presque personne ne le suivit, et le dictateur ressuscité posa le pied sur son pays dans un silence presque complet. Sept ou huit hommes, autour de Garza, scandèrent « Santa Anna ! Santa Anna ! » mais tous se demandaient : Qu'est-ce qu'il a derrière la tête, cette fois ?

Antonio López de Santa Anna se retrouvait une fois de plus *el Supremo* du Mexique avec plus de pouvoirs que jamais. Il prendrait le commandement de toutes les forces armées, au Nord et au Sud. Mais se battrait-il ou livrerait-il le pays aux Norte-Americanos, comme certains le craignaient ?

Quand Benito et une vingtaine de fidèles discutèrent avec Santa Anna ce soir-là, il leur expliqua ses intentions : « Écraser le général Taylor à Saltillo. Repousser le général Scott à la mer s'il essaie de débarquer à Veracruz. »

Le président Polk, par sa manœuvre « rusée », avait déposé sur le sol mexicain le seul chef ayant une chance de déjouer les plans grandioses de l'Amérique – après lui avoir donné les dollars américains qui lui permettraient de réussir !

Quand il apprit que Santa Anna, rentré au Mexique avec le titre de dictateur suprême, réunissait une armée immense qu'il conduirait vers le nord, le général Taylor se trouva confronté à des décisions difficiles. Le président Polk, démocrate, se rendait compte que la presse ne cessait d'encenser le général Taylor, conservateur acharné, depuis ses victoires de Palo Alto, Resaca et Monterrey. Taylor n'allait-il pas profiter de sa popularité militaire pour se faire élire président en 1848 ? Il fallait l'éviter à tout prix, car le général, aux yeux de Polk, ferait un président déplorable.

Manœuvre habile sur le plan politique comme sur le plan militaire, Polk interdit à Taylor de quitter Monterrey : ne risquait-il pas de se faire prendre au piège dans le vaste désert qui sépare Saltillo de San Luis Potosí ? Quand les officiers de Taylor reçurent ces ordres, ils en décelèrent aussitôt le point faible : « Cela nous empêche de poursuivre les Mexicains en déroute jusqu'à Saltillo pour les écraser », et Persifer Cobb adressa à son frère une lettre pleine d'amertume.

> La seule bonne nouvelle que je puisse t'adresser, c'est que pendant cette oisiveté forcée nous avons eu la sagesse de renvoyer tous les Texans chez eux. Oui, tous, et je suis enfin libre : je peux dormir la nuit. Sais-tu qu'au milieu des combats une compagnie du Texas a refusé de se battre à pied en prétendant que tout Texan avait droit à un cheval ? Mon cher, ils ont voté ! A la veille d'une bataille, ils ont voté pour

déterminer s'ils se battraient ou non. Il y a eu trois cent dix-huit voix contre, deux cent vingt-quatre pour, et ils ont quitté l'armée. Oui, Somerset ! Enfin, le général Taylor s'est décidé. Il m'a fait venir. « Je ne veux plus voir vos Texans, m'a-t-il dit. Envoyez-les chez eux. » J'avais envie de lui rappeler que ce n'étaient pas *mes* Texans, mais j'ai simplement salué et transmis l'ordre au capitaine Garner. « Vos Rangers sont renvoyés. Emmenez-les. » Et que supposes-tu qu'il a fait ? Il m'a regardé fixement de ses yeux de glace et il m'a lancé : « Nous avons voté hier soir de partir à la fin de notre deuxième engagement de trois mois. Vous ne nous renvoyez pas. Nous avons décidé de rentrer chez nous. »

En un sens, je regrette de perdre Otto Macnab, non pas parce qu'il me plaisait, car c'est un tueur implacable, mais j'aurais aimé comprendre comment un homme si jeune peut s'être forgé un caractère si fort. A ce que j'ai pu voir, il est plus habile tacticien que le capitaine Garner, et plus maître de soi au combat que Panther Komax. Mais je ne parviens pas à comprendre sa sauvagerie.

Le bruit court que le général Taylor ne tiendra pas compte des ordres et marchera sur Saltillo, pour provoquer Santa Anna. J'espère qu'il s'y résoudra, mais, quand j'ai discuté de cette éventualité avec ses aides de camp, ils m'ont alarmé : « S'il le fait, il aura encore besoin de *vos* Texans. Il les méprise, mais il ne peut se passer de leur compétence. » Mon Dieu ! Ils vont peut-être revenir !

Otto Macnab, « démobilisé » à Monterrey le 29 septembre 1846, gagna Laredo puis San Antonio avec Garner et Panther, qui le quittèrent là pour aller au comté de Xavier.

« Mon souvenir à tous », lança Otto en guise d'adieu.

De San Antonio, il prit au nord vers la colonie allemande de Fredericksburg et, du haut d'une colline, il aperçut de loin la maison de bois que les Allerkamp avaient bâtie pour leur sœur pendant son absence. Le soir tombait. Une lumière s'alluma, et Otto arrêta son cheval pour fixer ce symbole du bonheur de vivre. Cette lumière venait de sa propre maison. C'était sa propre lumière dans le désert. Émù par cette puissante sensation d'amour et de civilisation, il éperonna son cheval et dévala la colline en criant à tue-tête :

« Franziska ! Franziska ! »

Elle sortit devant la porte en s'essuyant les mains à son

tablier, et Otto se dit : C'est pour *elle* que je me suis battu.

Il passa toutes ces journées d'automne à travailler d'arrache-pied pour améliorer sa maison. Le samedi, à Fredericksburg, il jouait avec les enfants des voisins, leur enseignait des jeux, galopait avec eux dans les champs. Franziska, en le voyant gambader ainsi, aurait aimé lui annoncer qu'elle attendait un enfant, mais il n'en était rien.

Des menaces planaient déjà sur cette vie paisible. Apprenant que les Texans étaient engagés dans la guerre contre le Mexique et qu'un grand nombre d'hommes valides avaient franchi le río Grande, les Comanches se rapprochèrent des villages des Blancs, et l'on recommença à craindre les massacres, les enlèvements et les incendies.

Les Allemands avaient acheté des fusils et enseigné à Thekla et à Franziska à tirer et à recharger les armes. Aucun Allerkamp n'allait travailler seul dans un champ. Ou bien il emmenait un autre homme, ou bien une femme montait la garde avec un fusil chargé, debout sur une souche.

« Ernst est différent, expliqua Franziska à son mari un soir, peu après son retour. Nous ne voulons pas que tu t'inquiètes, mais il va avec les Comanches.

– Quoi ? »

Otto s'assit brusquement sur la paillasse.

« Il a appris leur langue. Il leur parle.

– Pourquoi ?

– Il essaie de les convaincre de faire un traité de paix durable avec nous, les Allemands. Il leur explique que nous sommes différents. Qu'on peut nous faire confiance !

– Mon Dieu ! Ne sait-il pas ce qui s'est passé au palais de justice de San Antonio ?... Le massacre ?

– Il leur dit que ce n'est pas notre faute. Qu'avec des Allemands ce ne serait jamais arrivé.

– Mais Victoria ! » Otto se leva, troublé, et se mit à arpenter la petite chambre. « Les Comanches sont nos ennemis. Tu n'as pas vu ma mère... Ma tante... Franziska, c'était affreux.

– Ernst prétend que cela ne doit pas continuer ici. Ce n'est pas inévitable. Avec nous, les Allemands...

– Il faut que je parle à Ernst. »

Malgré les protestations de Franziska et l'heure tardive,

il se rendit dans la maison voisine et réveilla son beau-frère, qui se faisait appeler Uncas, comme le héros de Cooper.

« Je sais qu'il y a eu des massacres, Otto, et je sais à quel point tu aimais ces deux Mexicaines. Les Comanches sont cruels, mais il faudra bien faire la paix un jour.

– Avec les Comanches, jamais.

– Que se passe-t-il ici ? » lança la voix de Ludwig. Les deux jeunes gens lui expliquèrent qu'ils parlaient des Comanches. « Allez vous disputer dehors et laissez les braves gens dormir ! »

Les jours qui suivirent, Franziska parla à son mari d'un immigrant allemand qu'Otto ne connaissait pas : Ottfried Hans, Freiherr von Meusebach, un de ces admirables gentilshommes d'Europe, curieux de tout. Né dans un duché allemand, éduqué dans plusieurs universités d'Allemagne, il parlait cinq langues et semblait destiné à suivre son frère aîné dans la carrière diplomatique, quand on l'avait envoyé au Texas pour étudier les colonies allemandes, encore bien fragiles, au nord de San Antonio. Immédiatement séduit par les libertés démocratiques de ce pays neuf, il abandonna son titre de *Freiherr*, prit un prénom américain, et se fit appeler John O. Meusebach.

Dès son arrivée Ernst Allerkamp lui assura :

« Je travaille avec les Comanches depuis deux ans. Je parle leur langue. Je crois connaître leur cœur. Ils m'ont assuré que la paix est possible, mais seulement avec nous, les Allemands. »

Bientôt, Meusebach et Ernst tombèrent d'accord sur tous les points. Les anciens colons du Kentucky les avertirent :

« Vous n'étiez pas encore là quand le président Lamar a posé les principes de notre attitude à l'égard des Indiens : éviction ou extermination. Aucun Blanc ne peut vivre en paix avec eux parce qu'ils ne sont pas humains comme nous. »

Mais, pour Ernst, la paix était possible, et il se porta volontaire pour diriger une expédition au milieu des Comanches, si quelqu'un avait le courage de le suivre.

« Et il y a eu des volontaires ? demanda Otto à Franziska.

– Meusebach.

– Le noble Allemand ?
– Oui. »
En cette fin d'année 1846, les deux jeunes gens qui discutaient sous le porche des Allerkamp étaient donc prêts pour la grande aventure, Ernst parmi les Comanches, Otto au Mexique, si l'armée le rappelait.

L'expédition Meusebach au cœur de la Comanchería se rassembla au milieu de janvier 1847. Quand Otto comprit que ces hommes allaient s'enfoncer en territoire ennemi, où ils risquaient d'être torturés à mort, il insista pour accompagner les nombreux chariots, mais Ernst s'y opposa.
« Non, c'est une mission pacifique. »
Meusebach partageait son avis.
Otto, excédé par cette tentative futile, les prévint :
« Vous mourrez empalés devant un feu de joie. Mais n'appelez pas les Rangers au secours. Il sera trop tard. »
Il se demandait s'il ne devait pas, pour protéger ces obstinés, réunir une poignée d'hommes comme lui et suivre discrètement les pacifistes, quand il entendit Franziska l'appeler de la porte de la cuisine :
« *Liebchen !* »
Un seul mot, mais leur amour était devenu si intuitif que si Franziska prononçait *Liebchen* avec une certaine inflexion de voix Otto savait aussitôt qu'elle avait une chose importante à lui dire.
« Eh bien ? » demanda-t-il, en lui consacrant toute son attention.
Elle rougit, hésita puis murmura :
« Je vais avoir un bébé. »
Elle n'ajouta rien et il se retint de sauter au plafond ou de l'embrasser avec ferveur. Il inclina simplement la tête et elle fit de même.
Mais cet instant parfait fut interrompu brusquement par l'arrivée de Panther Komax qui braillait à tue-tête :
« Macnab ! le général Taylor nous réclame à Saltillo ! Garner emmène les meilleurs hommes de la compagnie M. » En voyant Franziska, le colonel la souleva dans ses

bras, la lança en l'air et cria : « Où as-tu pêché celle-là, petit morpion ?

– Lâche-la ! ordonna Otto. Elle va avoir un enfant. »

Panther recula, examina le couple et claqua la langue : « Frau Macnab, vous êtes belle. Oui, belle ! »

Il lui donna un gros baiser et sa moustache recouvrit un instant tout le visage de la jeune femme. C'était le second homme qui l'embrassait, et elle n'en revenait pas de son audace.

Avant le départ, Franziska prit Otto par la main et l'entraîna à l'écart pour lui chuchoter :

« Pendant que tu étais au Mexique, ton ami Yancey Quimper est venu à Fredericksburg pour acheter des terres, ouvrir un magasin, je ne sais quoi d'autre. Personne ne lui a fait confiance, alors il est reparti. Mais il s'est arrêté ici, il m'a posé des questions et... Otto, il voulait savoir... Si tu étais tué à la guerre... S'il pourrait venir me parler, et... » Elle hésita, sachant que, si elle révélait le reste de cette visite, Otto partirait peut-être sur-le-champ tuer Quimper, mais la pensée qu'Otto allait risquer sa vie l'obligea à parler. « Il a essayé de m'embrasser. Je l'ai repoussé et lui ai ordonné de sortir. Il s'est arrêté à la porte pour me lancer : " N'oubliez pas, Franziska, je voulais vous épouser avant même qu'Otto ne vous voie. S'il lui arrive quelque chose... " » Otto ne répondit rien. Il demeura les bras ballants contre son duster de toile tandis que sa femme ajoutait : « Il souhaite ta mort, Otto. Je t'en prie, veille bien sur toi.

– Il est temps de partir ! » lança Komax.

Les deux Rangers, avec plusieurs chevaux de réserve et l'arsenal habituel d'Otto, prirent la route du sud. Ils rattrapèrent Garner et le reste de la compagnie à Laredo, traversèrent le río Grande et continuèrent vers Saltillo, où le général Taylor avait établi son camp en attendant l'arrivée de Santa Anna, à la tête de la grande armée mexicaine.

« Risquons-nous de subir des raids de partisans mexicains ? demanda Otto.

– Tant que Benito Garza est en vie, il y a du danger, répondit Garner. Surtout que l'armée de Taylor n'a pas d'éclaireurs sur son périmètre. »

Le lieutenant-colonel Cobb, qui prendrait les Rangers sous ses ordres comme auparavant, conduisit Garner auprès du général Taylor, toujours aussi bourru :

« Mauvaise situation. Santa Anna marche vers le nord, c'est certain. Mais selon quel trajet et avec combien d'hommes ? Il faut que je le sache.

– Et vous voulez que nous le découvrions ? demanda Garner, sans fanfaronnade.

– C'est pour cela que je vous ai fait venir. » Le général hésita, puis décida de parler franc : « J'étais diablement content de vous voir partir, capitaine Garner. Jamais vu de soldats plus turbulents ! N'êtes-vous donc pas capable de leur imposer un peu de discipline ?... Mais je suis diablement content de vous voir de retour ! » ajouta-t-il sans laisser à Garner le temps de répondre. Il avait sans doute envie de lui serrer la main, de lui donner l'accolade militaire, mais à la place il bougonna : « Tout dépendra des quelques jours qui viennent. Trouvez-moi ce qu'ils ont derrière la tête ! »

Garner décida de partir avec huit Rangers pour une reconnaissance prolongée au sud de Saltillo. Il réunit ses hommes sur la belle place de la cathédrale, où le Français René-Claude d'Ambreuze avait fait la cour à Trinidad de Saldaña. Leur tâche serait dangereuse ; s'ils étaient découverts, des hordes de lanciers mexicains se lanceraient à leurs trousses. Mais on pouvait compter sur l'habileté des Rangers, et, même si un seul d'entre eux survivait pour rapporter les renseignements nécessaires au général Taylor, la reconnaissance serait considérée comme un succès.

A la sortie de Saltillo, les hommes de Garner pénétrèrent presque aussitôt dans un terrain qui semblait sculpté dans le rocher par le dieu de la guerre, en prévision de quelque apocalypse. Le défilé, étroit, était bordé à l'est par des montagnes trop hautes pour qu'on les escalade, mais le piémont offrait un terrain en pente douce permettant une charge de cavalerie. Vers l'ouest, à une gorge profonde succédaient des collines basses, où la cavalerie ne pourrait pas se déployer mais où l'infanterie se battrait à merveille. Si le général Taylor venait du nord et rencontrait le général Santa Anna de front sur ce terrain, l'issue de la bataille dépendrait de l'habileté avec laquelle chaque général utiliserait les pentes douces de l'est avec sa cavalerie et la gorge de l'ouest avec son infanterie.

« Ce ne sera pas facile », lança Panther à Otto, qui étudiait ce terrain accidenté. Macnab garda le silence : qu'aurait-il pu répondre ? Et Panther ajouta : « Mais il faut sans doute livrer la bataille à l'endroit où elle se présente. »

Comment les Rangers utiliseront-ils ces pentes de l'est, se demanda Otto, si les lanciers de Santa Anna attaquent soudain ?

Le 20 janvier 1847, Garner et ses hommes s'avancèrent jusqu'aux avant-postes de l'armée mexicaine en marche, et, si braves que fussent les Rangers, ils tremblèrent en découvrant du haut d'une colline la multitude de soldats que Santa Anna conduisait vers le nord.

« Des colonnes à n'en plus finir, lança Panther.

– Pouvez-vous repérer le camp où ils s'arrêteront ce soir ? demanda Cobb en plaçant la main devant sa bouche pour assourdir sa voix.

– Par là-bas...

– Panther, lui demanda Garner quand ils redescendirent. Peux-tu partir avec trois hommes au-devant des troupes pour créer une diversion ? Laisse-les te poursuivre de ce côté sans te faire rattraper.

– Ne vous en faites pas. Même s'ils nous rattrapent, nous nous en débrouillerons...

– Panther, évite de te faire rattraper, c'est un ordre. Tu dois les amuser. Parce que Macnab et moi allons foncer jusqu'au cœur de leur camp, et nous voulons qu'ils te poursuivent, toi et pas nous, vu ? »

Otto mit pied à terre, ôta son duster blanc, le plia avec soin et le confia à la garde d'un des trois Rangers qui ne participeraient pas à l'opération. Il remonta son pantalon, tâta ses deux Colts, plaça ses deux anciens pistolets dans les fontes et remonta en selle.

Déguisés en Mexicains, Garner revêtu d'un serape coloré, ils s'élancèrent vers les avant-postes de Santa Anna. A l'intérieur des lignes, ils mirent pied à terre, entravèrent leurs chevaux et se mirent à noter les dispositifs et la puissance de feu de l'ennemi.

Pendant trente-six heures, ils demeurèrent dans le camp mexicain. L'un d'eux montait la garde pendant que l'autre dormait ; au début de la deuxième nuit, comme les Mexicains bavardaient entre eux et que la surveillance se relâchait, ils rampèrent très près des tentes. Dans l'ombre de l'une d'elles, Macnab reconnut un officier penché pour retendre les cordes : Benito Garza, à moins de quinze mètres.

« Capitaine, souffla-t-il à Garner. Garza, j'en suis sûr. Je vais le tuer. »

Garner le retint :

« Le moindre bruit nous serait fatal.

– Mais c'est le cerveau des francs-tireurs.

– Je le sais. Seulement l'armée américaine a besoin de renseignements. » Comme Otto hésitait, il ajouta : « Si c'est tellement important pour toi, Otto, va le tuer. Tu ne t'en sortiras pas vivant... Mais laisse-moi un quart d'heure d'avance. Je serai en sécurité.

– C'est important, répondit Macnab.

– D'accord. »

Mais, comme il repartait vers les chevaux entravés, une autre personne sortit de la tente pour respirer l'air de la nuit, et les deux Rangers aux aguets virent que c'était une femme, jeune et belle, digne, la femme de quelque officier. Sa présence empêcha Macnab de s'élancer, revolvers aux poings, et Garner lui prit le bras comme pour l'entraîner. Garza réapparut, posa le bras autour de la taille de la femme et l'embrassa.

Qui pouvait être cette ombre ? Elle avait à peine vingt ans, semblait-il, et Garza devait approcher de la quarantaine... Mais ils étaient amoureux, cela ne faisait aucun doute.

« Il est marié ? chuchota Garner.

– Qui sait ? » répondit Otto.

Les deux Rangers battirent en retraite et dormirent à une centaine de mètres de leurs chevaux, avec le serape de Garner étendu sur leurs deux corps. Au lever du jour, ils se mirent en selle, partirent tranquillement vers le nord, saluèrent les sentinelles comme s'ils faisaient une tournée d'inspection et, apercevant une brèche dans les lignes, ils se lancèrent au galop comme des fantômes terrifiés, sans un regard en arrière vers les hommes qui tiraient. Les balles sifflaient à leurs oreilles...

Le général Taylor, émerveillé par leur audace, s'assombrit en apprenant leurs estimations des forces de Santa Anna.

« Nous devons battre en retraite, dit-il. Si nous restons, nous serons pris au piège. » Il remercia Garner et se tourna pour remercier Macnab à son tour, mais le petit Ranger était déjà parti. « Où est-il passé ? »

Garner montra au général Otto en train de récupérer son duster. Il le secoua pour chasser la poussière, enfila les manches et se considéra prêt pour la bataille imminente.

Benito Garza, à la tête des éclaireurs de Santa Anna, n'apprit pas que des espions américains s'étaient infiltrés dans les lignes mexicaines. Les sentinelles qui avaient tiré sur Garner et Macnab ne rendirent pas compte de l'incident, de peur d'être fusillés pour leur maladresse.

Il demeura sous sa tente avec sa femme Lucha López et quelques officiers de l'armée régulière. Comme les deux armées étaient très proches l'une de l'autre, la bataille ne pourrait pas être évitée et les Mexicanos avaient un avantage manifeste.

« Cette fois, Lucha, nous les anéantirons », lança Garza plein d'espoir.

Il passa la matinée à organiser le départ de sa femme vers l'arrière avec les autres épouses de l'armée, mais, à midi, ses éclaireurs lui annoncèrent une nouvelle incroyable :

« Le général Taylor bat en retraite. »

Il embrassa Lucha, alla vérifier ce renseignement étonnant, constata de ses yeux que les Américains se repliaient précipitamment, mais ne se laissa pas abuser par leur tactique :

« Ils cherchent un champ de bataille plus favorable, et ils font bien. »

Mais il avait raison d'espérer malgré tout, car Santa Anna, en traversant le Mexique en liesse, sa jambe de bois dans l'étrier, avait accompli son miracle habituel : réunir une multitude immense pour en faire une armée à tous égards respectable. Chaque fois qu'un ennemi menaçait, espagnol, français ou américain, il savait galvaniser le patriotisme des foules et conservait aux yeux du peuple son fabuleux charisme de héros romantique.

Santa Anna de nouveau en selle ! Le pays fut parcouru d'un frisson. Santa Anna de nouveau à la tête de l'armée ! Les fantassins marchèrent avec plus d'ardeur, les lanciers chevauchèrent avec plus d'élan. Santa Anna allait venger sa malheureuse défaite de San Jacinto, renouveler ses premiers triomphes d'El Alamo et de Goliad. On reprendrait le Tejas. On sauverait le Nouveau-Mexique et la Californie. Au soleil couchant, presque tous les Mexicanos de l'armée étaient persuadés que le lendemain Santa Anna célébrerait son anniversaire par une autre victoire stupéfiante.

Il faillit le faire. Tout bien pesé, il aurait dû : non le 22 janvier, où les deux camps firent à peu près jeu égal – avec, pour les Américains, beaucoup de morts et la perte de plusieurs positions importantes –, mais le 23, quand la supériorité numérique des Mexicains (trois contre un) et leur plus grande mobilité auraient dû se faire sentir.

Vers le milieu de la matinée du premier jour, l'attaque au pied de la falaise de l'est, que Garner et ses hommes avaient prévue, commença par la charge furieuse de plusieurs compagnies de lanciers, soutenues par des dragons capables de tirer très vite. Le général Taylor, livide, vit les Mexicains sur le point de tourner le flanc gauche de son armée. Comprenant que, s'ils y parvenaient, la cavalerie mettrait en pièces ses réserves et provoquerait la déroute de toute l'armée américaine, il demanda à tous les hommes disponibles de combler les brèches creusées par les lanciers. Une poignée de cavaliers et de nombreux fantassins se portèrent au-devant de la merveilleuse cavalerie de Santa Anna.

Le vieux pète-sec avait peut-être l'esprit lent, mais ce n'était pas un imbécile. La grande stratégie n'était pas son fort, mais, une fois la bataille engagée, il savait déployer ses forces au moment critique. Il s'accrocha en général têtu qui livre peut-être son dernier combat.

Au moment où tout semblait perdu, il appela pour sauver la situation un homme du Mississippi qu'il méprisait depuis longtemps. Douze ans plus tôt, le colonel Jefferson Davis, alors âgé de vingt-sept ans, avait enlevé la fille de

Taylor, Sarah, et l'avait épousée contre la volonté du général. Taylor ravala son orgueil et ordonna à Davis de contenir la cavalerie mexicaine avec des fusiliers du Mississippi, que soutiendraient les Rangers du Texas. Davis, à la tête de ses troupes, dirigea une charge brillante.

Les Rangers avaient à leur tête Persifer Cobb, impatient de se mesurer aux fameux lanciers mexicains. Il remarqua, non sans soulagement, que Garner et Komax se trouvaient à sa gauche et Otto Macnab à sa droite. Ce dernier tiraillait avec ses pistolets comme une mitrailleuse humaine.

Voyant la défaite évitée, le général Taylor eut l'élégance de déclarer à son gendre :

« Colonel Davis, ma fille s'est montrée meilleur juge que moi en matière d'hommes. »

Mais aucun Américain ne considérait qu'il avait remporté une victoire. Les pertes semblaient énormes. Par le nombre et la qualité de ses combattants, l'armée mexicaine s'était emparée de positions avantageuses. A la tombée de la nuit, persuadé qu'il allait subir le lendemain une défaite écrasante, le général Taylor réunit ses officiers dans une atmosphère lugubre.

« Pourrons-nous les contenir s'ils attaquent à l'aube ? demanda-t-il.

– Nos hommes et nos chevaux sont épuisés.

– Mais peuvent-ils accomplir un dernier effort ?

– On peut toujours essayer, mais... »

La discussion se poursuivit la moitié de la nuit. Vers 1 heure du matin, Taylor suggéra que les meilleurs éclaireurs texans aillent voir où et comment se déploierait l'attaque mexicaine à l'aube. Le lieutenant-colonel Cobb crut apercevoir des larmes dans les yeux du général.

« Faites de votre mieux, Persifer. J'ai connu votre oncle Leander. Un homme de qualité. Habile avec les chevaux, le bougre ! »

Le capitaine Garner insista pour que Cobb reste en sécurité avec le général Taylor, mais le colonel de Caroline du Sud tint à partager les dangers que couraient ses Texans. Ils s'enfoncèrent loin en territoire ennemi... 2 heures du matin, à peine quelques signes sporadiques d'activité. 3 heures du matin, la nuit d'hiver plus sombre que jamais, les Mexicains tassés les uns contre les autres pour se tenir chaud. 4 heures, toujours le même silence de mauvais augure. 5 heures, à peine une lueur de feu de camp ici et là.

A 6 heures, l'aube allait trahir leur présence, les Rangers être vraiment en danger, et Cobb conseilla de redoubler de prudence, mais Panther Komax, comme s'il n'avait rien entendu, se dressa sur ses étriers, lança vers l'horizon un regard incrédule et cria :

« Nom de Dieu ! »

Le soir de la grande bataille de Buena Vista, où les Mexicains s'étaient trouvés à deux doigts d'une victoire retentissante, le général Santa Anna avait rassemblé ses officiers, lui aussi, et les hasards de la guerre sont si étranges qu'il leur avait posé à peu près les mêmes questions que Taylor.

« Pourrons-nous les écraser demain matin ? demanda le Napoléon unijambiste de l'Ouest.

– Les lanciers et la cavalerie ont fait le maximum cet après-midi.

– Peuvent-ils recommencer ? »

Silence. Nul n'osait dire au dictateur généralissime, à *el Supremo, Benemérito de la Patria,* que la chose était impossible, mais il comprit de lui-même que la cavalerie mexicaine était épuisée.

« Et l'infanterie ? »

Nouveau silence. Aucune autre infanterie au monde n'aurait supporté les souffrances quotidiennes des paysans qui formaient la masse de l'armée de Santa Anna. Engagés « volontaires » avec un pistolet sur la nuque, ils marchaient pieds nus, vêtus de minces chemises de coton, même au cœur de l'hiver. Ils grelottaient et mouraient de dysenterie, car l'armée n'avait ni infirmerie, ni médicaments pour soigner les fièvres qu'ils contractaient. Malgré ces mauvais traitements et ces privations, ils étaient obéissants et braves. Quand on leur ordonnait de courir sur une ligne ennemie, en général, ils l'enfonçaient. Le lendemain, si on leur commandait d'attaquer l'armée américaine affaiblie, ils le feraient jusqu'à ce que leurs cadavres s'amoncellent à hauteur d'arbre.

Mais leurs officiers gardèrent le silence.

A la surprise générale, Santa Anna changea le cours de la discussion :

« Nous avons remporté aujourd'hui une grande victoire, n'est-ce pas ?

– Oui, général.

– N'avons-nous pas pris plusieurs positions importantes ?

– Certes.

– Et de nombreux drapeaux ennemis ?

– Oui. Cortès en a sept à lui seul. Je les ai vus.

– D'autres trophées ?

– En grand nombre. »

Santa Anna s'adressa alors à un homme dont il était certain de la fidélité, même dans la pire adversité, un homme qui lui avait toujours fourni des réponses sincères.

« Garza, pouvons-nous les battre demain ?

– Absolument.

– Pourquoi cette réponse, alors que tous les autres...

– Parce que je sais ce qui se passe dans leur camp, dit-il en se tournant vers Saltillo et les lignes américaines. Ils tiennent un conseil de guerre comme celui-ci, et ils se savent vaincus.

– Vont-ils battre en retraite ? »

Garza réfléchit. Il connaissait bien les Norte-Americanos. Il savait que Zachary Taylor n'était pas le genre de général intelligent qui regarde les choses de haut, mais un acharné qui s'accroche à une position jusqu'à ce qu'on l'en chasse.

« Battre en retraite... répéta-t-il lentement. Peut-être pas, mais... »

Santa Anna en avait assez entendu. Au seuil même d'une victoire qui l'aurait immortalisé, il donna l'ordre de repli.

« Immédiatement. Nous rentrons à Potosí.

– Excellence ! » protesta Garza.

Mais les dés étaient jetés.

« Levez le camp. Abandonnez tout ce qui n'est pas nécessaire dans l'instant, et replions-nous. Avant l'aube. »

Garza se précipita vers la tente où son épouse dormait.

« C'est fini, Lucha, lança-t-il en la secouant. Nous retournons à Potosí.

– Oh non ! s'écria-t-elle, persuadée elle aussi que le lendemain verrait leur victoire.

– C'est la fin de Santa Anna, répondit Garza avec une grande tristesse. Mais pour nous, ce ne sera jamais fini. S'ils veulent nous voler nos terres au sud du Nueces, qu'ils se préparent à les payer de leur sang. »

C'était cette fuite vers le sud aux premiers feux de l'aurore qui avait tellement surpris Panther Komax et les autres Rangers.

Le jour où le général Taylor comprit qu'il avait gagné la bataille de Buena Vista – si l'on n'y regardait pas de trop près –, il congédia aussitôt les Rangers :

« Merci pour vos valeureux efforts. Avant votre départ, je tiens tout de même à ce que vous entendiez le rapport rédigé par le lieutenant-colonel Cobb. »

L'officier de Caroline du Sud, guindé dans son plus bel uniforme, s'avança devant les troupes rassemblées.

> Nul ne conteste que les Rangers du Texas aient accompli de façon satisfaisante toutes les missions militaires qui leur ont été confiées, mais ils ont malheureusement fait preuve d'un manque de discipline dont je résumerai les conséquences en ces termes :
> – bagarres générales, volontaires contre réguliers : cinq ;
> – infractions au règlement passibles de cour martiale : cent dix-neuf ;
> – délits passibles de cour martiale : onze ;
> – meurtres : quatre ;
> – meurtres de citoyens mexicains : quatre-vingt-quatre ;
> – tentatives de meurtre : onze ;
> – insubordination et actes de mutinerie : soixante et un ;
> – lâcheté devant l'ennemi : neuf [à ces mots plusieurs Rangers protestèrent : « Non ! Non ! », mais les accusations continuèrent] ;
> – désertions : dix-sept ;
> – renvoyés pour incapacité générale : dix-neuf ;
> – renvoyés pour folie, aucune autre explication de leur conduite ne paraissant raisonnable : onze.
> Le Ranger connu sous le nom de Panther Komax, à l'origine de la bagarre de la nuit dernière, responsable de plus de six

cents dollars de dégâts à du matériel appartenant à l'État, et qui a envoyé son supérieur au diable de façon grossière, est passé devant un tribunal d'exception qui a rendu le verdict suivant : « Le Ranger Leroy Komax, connu sous le surnom de Panther, sera renvoyé avec blâme et entendra *la Marche du salaud.* »

Panther demeura au garde-à-vous, mais de nombreux Rangers, y compris le capitaine Garner, crièrent : « Non ! Non ! », car il n'y a pas pire honte, dans l'armée, que d'écouter les fifres jouer les notes de *The Rogue's March,* puis d'être expulsé des rangs par un sergent qui vous prend par le fond du pantalon.

Quatre immenses sergents entourèrent Panther pour le conduire en face de la fanfare, qui entonna aussitôt l'air insultant réservé à l'expulsion des soldats. Dès les premières notes, un cinquième sergent, plus costaud que les autres, saisit Komax par le fond de son pantalon et le fit défiler ainsi, « à l'échalote », sur le terrain de rassemblement. Jamais un homme traité de la sorte ne pourrait servir de nouveau dans l'armée régulière, et Panther aurait dû accepter sa punition en silence, mais, sur le bord du terrain, au moment où le sergent allait le lâcher, il se retourna et mit au défi l'armée américaine :

« Donnez-moi six Rangers, et je vous ferai sortir la merde par les yeux, à tous, tant que vous êtes ! »

Quand il disparut, Persifer Cobb, imperturbable, continua la lecture de la citation :

– Actes de bravoure : innombrables ;
– dévotion au devoir : sans précédent ;
– patriotisme : incontestable.
[Il marqua un temps puis ajouta :]
Rangers du Texas, vous êtes inoubliables.

Le général Taylor se mit au garde-à-vous et salua.

Au cours de ces journées mouvementées de la guerre du Mexique, Otto s'inquiéta souvent d'Ernst Allerkamp et de son expédition pacifique dans la Comanchería. Sur le chemin du retour au Texas, il dit à Komax, apparemment peu touché par son renvoi sans honneur de l'armée :

« Je parie que ces gars, chez les Indiens, ont eu la vie plus dure que nous. »

Dès son arrivée, après s'être assuré de la bonne santé de Franziska, il demanda :

« Qu'est-il arrivé à Ernst ? »

Elle sonna aussitôt la cloche avec laquelle les femmes Allerkamp appelaient leurs hommes – deux coups courts, un coup long pour Ernst –, et, quelques instants plus tard, celui-ci arriva des champs, ravi de revoir son beau-frère. Il lui résuma modestement l'événement remarquable dont il était l'un des principaux artisans.

> Trois jours après ton départ au Mexique, Herr Meusebach a lancé son expédition dans la Comanchería, et j'ai pu le conduire auprès des principaux chefs. J'ai servi d'interprète et nous avons eu de longs palabres, parce que les chefs indiens aiment répéter tout à plusieurs reprises.
> Pendant les heures où je ne travaillais pas, je me suis lié d'amitié à un jeune guerrier comanche. Avec ses cheveux blonds et son teint pâle, ce devait être un Blanc. Au début, il ne voulait rien m'expliquer, mais je lui ai donné du tabac, et sa langue s'est déliée : « Je m'appelle Thomas Lyons. Je vivais à côté d'Austin. Les Comanches ont pillé ma ferme et tué mes parents. Ils m'ont enlevé. J'aime bien être indien et je n'ai aucune envie de revenir à Austin, où se trouve mon frère. »
> Je pouvais le comprendre ; quand j'étais enfant, je rêvais moi aussi d'être indien. Mais je lui ai demandé : « Qui est ce petit Mexicain qui te suit partout ? » Et la réponse de Thomas Lyons m'a choqué : « Je l'ai capturé au cours d'un raid sur le río Grande. » Je lui ai proposé d'emmener l'enfant pour le rendre à ses parents, et il s'est étonné : « Pourquoi ? »

Ernst se tut, encore troublé par le fait que les Indiens avaient eux aussi des esclaves. Otto lui demanda :

« Que s'est-il passé pour les Comanches ? »

Meusebach avait, par sa patience et son habileté, mis sur pied un traité qui devait être ratifié à Fredericksburg deux semaines plus tard.

« Ernst ! lança Otto, alarmé, les Comanches ne respectent jamais leurs traités.

– C'était le passé, intervint Franziska. Les choses ont changé. Ernst a raison. Il est temps de faire la paix. »

Macnab, stupéfait d'entendre une femme – et surtout une Allemande bien élevée – s'opposer à ses idées, demeura sans voix. Il la regarda – petite, volontaire, les cheveux tressés comme si elle était encore une fillette – et il renonça à discuter. Il la prit dans ses bras et lui murmura :

« Je suis revenu pour construire une vraie maison. Notre foyer. Si le traité d'Ernst assure notre sécurité, je l'accepte. » Il l'embrassa deux fois, puis ajouta : « Mais quand ces Indiens viendront dans notre ville, je serai sur mes gardes. Tu peux en être certaine. »

Par un beau matin de mai, les Comanches arrivèrent, craintifs, sur leurs petits chevaux maigres. Se rappelant la fin tragique de l'entrevue de San Antonio, ils insistèrent pour une précaution supplémentaire :

« Ils ne déposeront les armes, traduisit Ernst, même leurs poignards, que si nous faisons de même, tous, au milieu de la route. »

Meusebach supplia les Allemands d'accepter ces conditions, et, malgré l'opposition d'Otto, l'on se mit à entasser les armes. Deux Indiens et Macnab gardèrent le tas.

Otto aurait aimé se trouver dans l'hôtel pour assurer la sécurité de la réunion, mais Meusebach s'y était opposé, et il était donc assis dehors, sous le soleil de mai, à moins d'un pas de ses deux Colts à cinq coups, prêt à les saisir si les choses tournaient mal. Il remarqua que les deux braves se tenaient eux aussi non loin de leurs armes, en cas de crise. Il pourrait facilement les prendre de vitesse et les abattre, se dit-il. Puis il calcula comment, après avoir supprimé les deux gardiens, il pourrait se retourner vers la maison des Nimitz pour tuer les chefs indiens s'ils tentaient de se joindre à la mêlée.

Mais la tragédie de San Antonio ne se répéta pas, parce que John Meusebach et Ernst Allerkamp avaient convaincu les Comanches et les Allemands que ce petit paradis au milieu des collines, cet éden parsemé de mille fleurs sauvages était différent du reste du Texas : un havre de paix et de bon sens au milieu des coups de feu.

On convint du traité. Les braves et les Allemands

récupérèrent leurs armes. Quand il ramassa ses revolvers, Macnab murmura entre ses dents.

« Attention à la prochaine pleine lune. »

Il désirait la paix autant que quinconque à Fredericksburg, mais il continuerait de préparer la guerre.

A Pâques, comme il l'avait prédit, les Comanches revinrent. Par une nuit calme et douce, ils descendirent furtivement vers la ville endormie.

Otto Macnab, toujours sur ses gardes, fut le premier à voir leurs silhouettes terrifiantes se détacher sur l'horizon argenté. Il courut vers ses armes en criant :

« Franziska ! Vite ! Apporte-moi de la poudre ! »

Mais Ernst l'arrêta et lui montra les collines environnantes : sous la belle lune de Pâques, les Indiens avaient allumé des vingtaines de feux pour signaler aux Allemands que dans ces vallées la paix régnait et régnerait à l'avenir.

Otto, émerveillé, posa ses armes pour admirer les feux, à côté de Franziska. Mais Ernst ne les voyait plus : Uncas avait baissé la tête, les yeux pleins de larmes.

Le général Zachary Taylor ne parvint pas à écraser l'armée mexicaine après sa victoire contestable de Buena Vista, et le général Winfield Scott reçut l'ordre de débarquer à Veracruz et d'en finir en remontant vers Mexico. Avec une armée de seulement dix mille Américains pour soumettre des millions de Mexicains sur leur propre sol, il dut prendre des mesures draconiennes. Quand des guérilleros attaquèrent ses lignes d'approvisionnement, la nuit et en dehors des règles de ce qu'il appelait la « guerre civilisée », il lança une série d'instructions implacables :

> Pas de quartier pour les assassins, les voleurs ou tout homme sans uniforme qui attaque nos convois. Ils sont aussi dangereux pour les Mexicains que pour les troupes américaines et ils seront éliminés.
>
> Mais l'on observera certaines règles. Les prisonniers seront mis à mort avec un certain décorum. Je ne veux pas de prisonniers massacrés. Il faut les arrêter, les placer en détention, réunir un tribunal, les condamner sans délai, puis les fusiller.

Les Américains, qui avaient protesté si énergiquement contre les actes sauvages de Santa Anna à El Alamo et à Goliad, allaient appliquer à peu près les mêmes règles !

La deuxième décision de Scott fut peut-être plus significative, car, pour avoir sous ses ordres des hommes prêts à agir avec acharnement, il demanda à l'armée de rappeler sous les drapeaux le plus grand nombre possible de Rangers du Texas. Sur sa requête, le capitaine Sam Garner accepta de quitter sa ferme et de rassembler de nouveau sa compagnie M, s'il pouvait convaincre Otto Macnab et Panther Komax de l'accompagner.

Garner n'eut aucun mal à réengager la « Panthère », mais, quand il arriva chez les Macnab, il trouva Otto complètement absorbé par son fils Hamish.

« Écoutez ! Il faut que je reste ici pour aider Franziska. Vous savez, capitaine, pour un homme, avoir un fils, ce n'est pas rien. Regardez sa petite main, il ne peut même pas la tenir droite. Et, un de ces jours, il braquera un Colts. »

Garner eut du mal à croire qu'Otto, le plus redoutable de ses Rangers, se fût apprivoisé ainsi. Le troisième matin de son séjour, au petit déjeuner, il s'adressa à Mme Macnab :

« Franziska, j'ai encore besoin d'emmener votre mari. »

Elle accepta :

« Je crois qu'il ne refusera pas. Faites attention. Tous. »

Quand la compagnie se rassembla, la présence de Panther dans les rangs surprit Otto.

« Comment oses-tu repartir après avoir entendu *la Marche du salaud* à Saltillo ? »

Komax balaya l'objection d'un geste :

« C'était dans le Nord. Scott est dans le Sud. » Otto lui rappela que l'armée gardait des dossiers. « Je sais, je sais ! répliqua Panther. En temps de paix, les gars dans mon genre n'intéressent pas ces beaux messieurs. Mais dès que la guerre éclate, et Scott en a plein les bras, ils sont bien contents de me voir arriver.

– Ne crains-tu pas que ton dossier te suive ?

– Quand Scott le verra, il criera : “ C'est exactement le fils de pute qu'il me faut ! ” Il me fera peut-être officier !... »

Un vaisseau de guerre les déposa dans le port torride de Veracruz, et ils s'alignèrent le long du bastingage du remorqueur qui les conduisait à terre. Ils ne purent retenir un hurlement de joie en reconnaissant à sa silhouette austère, tirée à quatre épingles, l'officier de liaison qui les attendait : Persifer Cobb, enfin colonel à part entière pour ses actes de bravoure.

« Nous revoilà ! lança Komax avec de grands gestes.

– Oh non, non ! » cria Cobb, excédé d'avoir encore cet énergumène sous ses ordres.

Mais, après le rassemblement, il retrouva son sourire pour décrire au capitaine Garner la nouvelle mission des Rangers.

« Nous allons tenter ce qu'aucune grande armée de l'histoire récente n'a jamais osé. Avec une poignée d'hommes, coupés de tout renfort, nous allons essayer de conquérir et de pacifier un pays entier. Nous sommes les Hernan Cortés du XIXe siècle, et nous courons le même danger que lui. » Il leur définit l'itinéraire jusqu'à la capitale : « Des guérilleros s'attaquent aux colonnes que nous envoyons dans ces montagnes. Notre travail, c'est de les en empêcher. De les éliminer. Sans faire de quartier. »

Persifer Cobb, fidèle à ses principes, essaya d'inculquer un minimum de discipline à « ses » Texans. En vain. Malgré les ordres, les Rangers buvaient l'eau qui leur tombait sous la main, et la dysenterie les immobilisa aussitôt pour une semaine. Ils étaient trop malades pour se lever, à plus forte raison pour se battre. Les plus résistants, Macnab et Komax, reprirent vite du poil de la bête, mais leur capitaine, atteint non seulement de dysenterie mais du vomito, demeura alité.

On conseilla au colonel Cobb de renvoyer Garner sur le premier bateau en partance, mais le Ranger refusa, et ses hommes le portèrent sur un brancard jusqu'à la ville de Jalapa, dans les hauteurs. A cet endroit splendide, où la jungle de Veracruz faisait place à de belles maisons fleuries au milieu de vergers et de pâturages couverts de bétail, Garner se rétablit peu à peu. Certains ont affirmé plus tard que s'il avait été en pleine santé, et donc capable de commander personnellement ses hommes, la tragédie d'Avila ne se serait peut-être pas produite, mais le colonel Cobb n'a jamais partagé cet avis :

« Tous les Texans deviennent des assassins dès qu'ils ont un Mexicain en face d'eux. Si le capitaine Garner avait été rétabli, je suis persuadé qu'il aurait pris la tête de ses hommes, lors de cet incident honteux. »

Dans les forêts humides et torrides qui conduisent à l'altiplano, on l'appela la *desolación de Avila,* et ce fut la conséquence d'une action audacieuse de Benito Garza, le chef des guérilleros. Il attendit dans la jungle que le détachement du capitaine Garner soit très étiré sur la piste, puis il frappa soudain le point le plus vulnérable, au centre. L'attaque prit au dépourvu le capitaine Garner, encore très affaibli ; avant que ses hommes puissent le protéger, trois épées l'empalèrent. Rassemblant ses forces, il se redressa sur sa selle, essaya de rattraper ses hommes puis bascula sur l'encolure de son cheval.

En le voyant tomber, les Rangers poursuivirent tous les Mexicains en vue, et leur rage aveugle s'abattit sur l'innocent village d'Avila, où l'un des hommes de Garza s'était réfugié.

Ils arrivèrent au galop sur la place centrale, en tirant sur tous les Mexicains qu'ils aperçurent. Le guérillero riposta et toucha en plein front l'homme qui se trouvait à la droite de Komax. Il tomba comme un oiseau de sa branche, sans saigner beaucoup, mais le trou de la balle était si apparent sur sa peau livide de fièvre que tous les Rangers qui sautèrent par-dessus son cadavre le virent.

Personne ne sortit vivant de la maison où s'était caché le guérillero, pas même les trois enfants. Méthodiquement, les Texans pénétrèrent ensuite dans la demi-douzaine de maisons d'adobe qui entouraient la place. Par malchance, Komax et Macnab sortirent de la dernière maison, qui se trouvait juste en face de la porte ouverte de l'église. Sans ralentir, ils s'y engouffrèrent et tuèrent trois vieillards qui s'y étaient réfugiés. Ils dévastèrent tout et lancèrent les objets sacrés au milieu de la rue. En quittant le village, dans un dernier sursaut de rage, ils abattirent six vaches.

De tous les environs, les protestations s'élevèrent, et l'évêque déposa une plainte. Le colonel Cobb convoqua les Rangers accusés.

« Des francs-tireurs nous ont attaqués, expliqua Komax.

– Est-ce exact, Macnab ? demanda Cobb.

– De la maison à la porte marron.

– Y avait-il des guérilleros à l'intérieur ?

– Oui, colonel, répondit Macnab.

– Mais l'église ! La profanation de l'église ?

– Trois guérilleros à l'intérieur, lança Komax.

– Vous les avez vus entrer ? demanda Cobb à Macnab.

– Oui.

– Et qu'avez-vous fait ?

– J'ai monté la garde dans la rue. Je savais que Panther et ses hommes pouvaient s'en charger.

– Vous avez bien vu les francs-tireurs ? De vos yeux ?

– Deux fois. Quand ils sont entrés. Et une fois morts. »

Le colonel Cobb se tourna vers l'évêque et les autres protestataires :

« Messieurs, je suis sûr que vous avez reçu le texte des ordres du général Scott concernant l'élimination des guérilleros. Il s'agit de votre sécurité, aussi bien que de la nôtre.

– Mais les enfants... insista l'évêque.

– Nos hommes ne peuvent pas vérifier à l'avance, au péril de leur vie.

– Et l'église ? Les vêtements sacerdotaux, l'autel ?

– Le major Wells vous remettra une déclaration signée attestant que des guérilleros connus se sont malencontreusement réfugiés dans l'église ; au cours de la poursuite, des dégâts mineurs se sont révélés inévitables. Nous accorderons des dommages. »

Un peu plus tard, après l'enterrement du Ranger mort, quand les tombes des habitants d'Avila furent couvertes de fleurs et l'église réparée, Cobb demanda à Komax et à Macnab :

« Y avait-il vraiment des guérilleros dans l'église ?

– Il aurait pu y en avoir », répondit Panther.

Un civil de New York accompagnait les Rangers : un nommé Harry Saxon, rouquin de vingt-deux ans, croulant sous une invraisemblable quantité de matériel qu'il défendait avec un pistolet de cavalerie. Au début, les hommes de Cobb l'avaient pris pour une sorte de médecin, mais Saxon ne jetait pas un coup d'œil aux blessés et tremblait à la vue du sang. Komax, surprenant un regard hostile du nouveau venu, lui lança d'une voix tonnante :

« Qui es-tu donc, petit ?

– Harry Saxon, *New York Dispatch.*

– Journaliste ?

– Ouais.

– Et pourquoi tous ces trucs-là ?

– Je suis photographe.

– Quoi ? »

Saxon s'expliqua :

« Je fais des tableaux. On les appelle daguerréotypes. »

C'étaient des mots nouveaux pour les Rangers, et ils se rassemblèrent pour assister au miracle de la photographie. Sans le savoir, Harry Saxon allait occuper une place unique dans l'histoire du monde : c'est lui qui a pris les premiers clichés d'une armée en bataille. La photographie qu'il réalisa ce jour-là, avec les bâtiments dévastés d'Avila en fond de champ, le rendit célèbre. Elle survivra aussi longtemps que les hommes aimeront conserver un souvenir visuel de leurs exploits.

Ce daguerréotype, remarquablement clair et évocateur, représentait l'église saccagée, un âne entravé, et, au premier plan, deux Texas Rangers sauvages au regard menaçant : l'immense Panther Komax, barbu, échevelé avec son bonnet de fourrure de guingois sur la gauche ; et le petit Otto Macnab aux joues lisses, le duster de toile tombant jusqu'aux orteils, dont l'œil dur semblait dire : « Qui s'y frotte s'y pique. » Ce tableau exprimait bien le jeune Texas en guerre, impatient de se venger des insultes du passé.

La relation écrite par Saxon de l'entrée victorieuse des Texans à Mexico, sommet de leur croisade de pacification, aurait des échos encore plus importants pour le nouvel État que ses photographies. Surpris par le comportement insolent des Rangers, il ne comprit pas ce qu'il avait sous les yeux, et, lorsque des graveurs de New York traduisirent son récit en illustrations de presse, tous les États-Unis se demandèrent, incrédules : « Mon Dieu, est-ce cela, le Texas ? Avons-nous accepté dans notre Union des hommes de cet acabit ? »

> Apprenant que les Texans allaient arriver dans la capitale, je quittai Mexico par la route de l'est, en direction du petit village d'Avila, où j'espérais les rencontrer quand ils sortiraient de la jungle. J'arrivai un matin fatidique et pris le petit déjeuner avec leur capitaine Sam Garner, maigre comme un épouvantail, les traits tirés par la dysenterie. « Nous leur apprenons, me dit-il, qu'on ne peut pas arrêter un homme sûr de son bon droit et décidé à avancer, surtout quand il a deux Colts .44, et que les autres n'en ont pas. » Une heure plus tard le capitaine Garner était tué par un guérillero mexicain.
>
> Sans leur capitaine, les Rangers étaient d'humeur sombre lorsqu'ils entrèrent à Mexico ce matin, mais nul n'aurait pu prévoir comment s'exprimerait leur rage. Aux environs de la capitale, un grand Ranger velu répondant au nom de Panther Komax cria soudain : « Mes amis, rappelons à ces fumiers qui commande. »
>
> Je pensais qu'ils allaient partir au galop, décharger leurs Colts, mais non ! ils avaient dans la manche une vraie réaction texane, que je n'aurais jamais imaginée : ils se vêtirent de la façon la plus burlesque, chacun dans une tenue différente ; ils ébouriffèrent leur barbe, placèrent leurs Colts en évidence, coiffèrent leurs grands chapeaux, puis prirent sur leurs chevaux toutes les positions imaginables, certains couchés sur l'encolure comme s'ils dormaient, d'autres assis sur le côté, en amazone, pour faire des grimaces aux Mexicains rassemblés le long des rues. Huit ou neuf, dont Panther, avec des fleurs rouges dans les cheveux, s'étaient tournés face à la queue de leur cheval, comme si c'était là leur manière habituelle de monter.
>
> Aucun ne prononça un mot. Par leur attitude insolente, ils annonçaient leur arrivée dans la capitale. Les gens de Mexico qui avaient entendu parler de leurs exploits les appelaient *los Tejanos sangrientes,* et un incident survenu ce jour-là confirma qu'ils méritaient bien ce nom. Un pickpocket audacieux, croyant Panther Komax endormi sur son cheval, lui subtilisa le foulard de couleur vive que la plupart des Rangers portent autour du cou. Sans protester, sans un geste

de trop, Panther prit son Colts, tua le voleur d'une balle dans le dos, se pencha pour lui reprendre son foulard, le rattacha autour de son cou et continua d'avancer. Croyez-moi, la foule s'était écartée. Les Texans arrivaient.

Le colonel Cobb ne parla pas à son frère de l'horrible incident du 13 février, et Harry Saxon ne le signala pas à New York, car c'était trop honteux ; on le qualifia plus tard d'un des actes les plus injustifiables de l'armée américaine. Dans l'après-midi, une bande de voleurs armés de couteaux surprirent un Ranger du nom d'Adam Allsens dans un quartier mal famé de la ville. Il ne fit apparemment rien pour les provoquer, et, même quand ils s'attaquèrent à lui, il leur laissa prendre son foulard et son chapeau, conscient de ne pouvoir se défendre devant une bande si nombreuse. Encouragés par leur succès, les Mexicains le poignardèrent et le laissèrent pour mort dans le caniveau.

Macnab et deux autres vinrent à son secours. Ils le trouvèrent fort mal en point. Une estafilade sur sa poitrine avait mis son cœur à nu : les deux hommes qui le portèrent au quartier général virent battre l'organe. Dix-huit ou dix-neuf Rangers furent témoins de l'agonie d'Allsens : ils virent son cœur ralentir, battre irrégulièrement, puis s'arrêter. Ce soir-là, Macnab ne put avaler une bouchée.

Vers 10 heures le lendemain soir, quand les rues de la capitale furent bondées de monde, Panther Komax passa d'un Ranger à l'autre, sans dire un mot. Chacun à son tour se leva et quitta la salle. Peu de temps après, Harry Saxon demanda :

« Où sont-ils passés ? »

Personne ne put répondre et Saxon alla trouver le colonel Cobb :

« Je crois qu'il se prépare quelque chose. Vos hommes ont gardé un silence étrange pendant tout le dîner.

– Ils ressentent la perte d'Allsens », répondit Cobb en offrant à Saxon un cigare et un verre de whisky.

Les deux hommes discutaient des conditions favorables du traité de paix quand Saxon crut entendre une fusillade dans le lointain.

« N'est-ce pas vos hommes qui tirent ?

– Vous n'y pensez pas ! répondit Cobb. En pleine nuit ! »

A 11 heures, le volume des coups de feu augmenta.

« Ce ne peut être que des Colts ! » fit observer Saxon.

Cobb le rassura :

« La compagnie des fusiliers marins qui s'entraîne.

– En pleine nuit ?

– Pourquoi pas ? »

Puis les coups de feu se rapprochèrent, et il s'agissait bien de revolvers. Saxon et Cobb sortirent, mais la fusillade venait de s'arrêter.

Au petit déjeuner, aucun Ranger ne fit allusion aux coups de feu de la nuit précédente. Au milieu de la matinée, la police mexicaine montra à Harry Saxon les brancards de bois sur lesquels on recueillait les cadavres trouvés dans les rues chaque matin : une douzaine de brancards, avec plus de cinquante corps entassés. Saxon demanda ce qui s'était passé. Un officier expliqua :

« Les Rangers se sont vengés. »

On compta sous ses yeux cinquante-trois cadavres – des maquereaux, des pickpockets, des tueurs à gages, mais aussi de simples citoyens tués par hasard. Certains avaient reçu trois ou quatre balles en plein visage.

Toute la journée, Saxon essaya de reconstituer l'incident, mais personne ne lui avoua qu'une bande de Rangers – une douzaine –, avec Panther Komax à leur tête, avaient parcouru les bas-fonds de la ville et exécuté tous ceux dont la tête ne leur revenait pas.

En fin d'après-midi, Saxon se rendit à la morgue, où il vit quatre-vingts cadavres de plus. De ce jour, personne à Mexico ne chercha noise aux Rangers du Texas.

Le photographe Harry Saxon prit deux autres daguerréotypes d'intérêt historique. L'un montre trois combattants, bien cadrés avec en arrière-plan le Popocatépetl : le colonel Cobb – raide et net dans son uniforme impeccable – en train de parler à Komax et Macnab, vêtus comme deux dégénérés.

L'autre cliché, aussi élaboré que le premier était spontané, avait exigé de longues négociations. Il représentait le général mexicain Antonio López de Santa Anna en grand uniforme avec huit grosses médailles, accompagné par le chef des guérilleros, Benito Garza, efflanqué par la vie dans la jungle, le regard ardent au-dessus de ses énormes moustaches. Le texte que Saxon envoya avec ces deux clichés remarquables explique les conditions dans lesquelles ils ont été pris et rend compte de la fin de cette étrange guerre :

> Votre correspondant a eu le privilège de participer aux derniers moments de la guerre du Mexique. Apprenant que le général Santa Anna, principal responsable du déclenchement des hostilités, puis de la défaite mexicaine, allait être envoyé en exil, disgracié, je me présentai au quartier général mexicain dans l'espoir de photographier ce personnage haut en couleur.
>
> A mon retour au camp des Rangers, je trouvai leur colonel et les deux membres les plus pittoresques de la compagnie en grande conversation. Ils acceptèrent de ne pas bouger le temps que je mette en place mon appareil. Mais ils ne cessèrent pas de parler, et je rapporte ici leur conversation :
>
> COBB : C'est exact. Santa Anna traversera nos lignes demain à 8 heures.
>
> KOMAX : Tuons-le !
>
> COBB : Pas question ! Il a un sauf-conduit du général Scott.
>
> KOMAX : Santy Anny est un boucher. Faisons-lui goûter notre boucherie.
>
> COBB : Macnab, ne pouvez-vous faire entendre raison à ce sauvage ?
>
> KOMAX : On ne vous a jamais fait tirer un haricot dans un pot de terre. Vous n'avez jamais vu votre père transpercé d'un coup de lance, et de sang-froid, alors qu'il était prisonnier.
>
> COBB : Voulez-vous que le monde civilisé nous juge sans honneur ? Mais qui êtes-vous donc ? Une bande de misérables salopards ? Vous voulez vraiment souiller le bon renom du Texas ? Devenir la honte du monde entier ?
>
> KOMAX : Nous allons réfléchir.
>
> Incapable d'obtenir une promesse, Cobb se redressa de toute sa taille, salua, et quitta ses hommes.

Il faisait un beau soleil quand le général Antonio López de Santa Anna passa au milieu des lignes, entre deux haies de soldats américains.

Dans sa voiture découverte tirée par quatre chevaux, deux cochers à l'avant et deux laquais en uniforme à l'arrière, le général, qui venait de se marier, avait à ses côtés sa femme enfant et en face de lui Benito Garza et Lucha López. Au moment de monter dans la voiture, Garza s'était écrié :

« Mon général, le cœur du Mexique part en exil avec vous. »

La main crispée sur son épée au pommeau garni de diamants – pour dissimuler qu'il tremblait –, Santa Anna donna l'ordre : « En avant ! », puis regarda droit devant lui. Il passa en silence entre la double file des Rangers, à moins de deux mètres de lui, de chaque côté. Il ne les regarda pas, car il savait qu'ils avaient juré de le tuer, et il se demandait sur quel signal ils frapperaient.

Chaque Ranger le fixa avec toute l'amertume d'années de souffrance, mais aucun sans doute avec plus d'émotions mêlées que leur colonel, Persifer Cobb : Mon Dieu, que ce moment passe vite ! Et qu'ils ferment leurs grandes gueules !

Otto Macnab regarda Santa Anna comme pour graver les traits du Mexicain dans sa mémoire, puis il tourna la tête et se figea en reconnaissant Benito, assis en face du général. Pendant un instant, les deux amis d'autrefois devenus adversaires à jamais se dévisagèrent – les yeux noir d'ébène de Garza plongèrent dans le regard bleu céruléen de Macnab –, et une sorte de respect se mêla à la haine et à la confusion. Ni l'un ni l'autre ne fit un geste.

Sans raison, la voiture ralentit, et l'instant de la rencontre se prolongea. Puis les chevaux repartirent, mais les deux hommes continuèrent de se regarder jusqu'à ce que la poussière du chemin les séparât. La guerre était finie.

Une guerre troublante, que peu de gens avaient souhaitée, en dehors de Polk et des expansionnistes. Son importance n'apparut que plus tard, sous trois angles différents.

Tout d'abord, c'était le prolongement inévitable de la révolution texienne de 1836. Jamais les autorités mexicaines n'avaient accepté la perte de leur province, et, comme le Mexique avait autant de patriotes exaltés que le Texas, les tentatives de reconquête se seraient succédé. L'intervention des États-Unis avait mis un terme à ces complots.

En second lieu, la guerre du Mexique se présenta comme une application directe du nouveau slogan de la « destinée manifeste ». Des patriotes américains estimaient qu'ils devaient contrôler le continent de l'Atlantique au Pacifique. Des rêveurs texans voulaient tout conquérir jusqu'à l'isthme de Panama, et les illuminés de Nouvelle-Angleterre ne songeaient qu'à l'annexion du Canada et lançaient même plusieurs campagnes militaires dans ce sens. La victoire des États-Unis contre le Mexique assura définitivement l'accès au Pacifique.

Enfin, la guerre eut un effet psychologique remarquable sur le nouvel État du Texas – de façon indirecte, car les hommes et les officiers qui se battirent appartenaient surtout aux vingt-sept autres États de l'Union. (Ce fut en fait la répétition générale d'un autre conflit beaucoup plus important, la guerre dite « de Sécession », la guerre entre les États, de 1861-1865, qui menaçait déjà.) Mais à cause des récits de journalistes comme Harry Saxon, à cause des lithographies splendides de Currier et de Ives, le reste du pays se fit une image romantique et souvent favorable du nouvel État. Le Texas Ranger devint un personnage légendaire – moitié Panther Komax pour son indiscipline, moitié Otto Macnab pour son efficacité impitoyable. Un déluge de romans à quatre sous racontèrent les aventures de Davy Crockett, de Jim Bowie et des Rangers. L'épopée de la vie texane se répandit dans tous les États-Unis, des années avant que l'on entende prononcer le mot *cow-boy* ou même que le premier *longhorn* gagne le Nord.

Bien entendu, tous les soldats qui avaient servi au Texas ne rentrèrent pas chez eux en chantant des louanges. Un volontaire de Pennsylvanie déclara : « Si l'on me renvoie au Texas, je me trancherai la gorge. » Et un général avoua plus tard : « Si j'étais propriétaire de l'Enfer et du Texas, je louerais le Texas et j'habiterais l'Enfer. »

La guerre laissa une seule séquelle impossible à surmonter : elle intensifia l'hostilité qui existait déjà entre Texans et Mexicains. Le comportement sauvage des Rangers dans la région de Monterrey et à Mexico fit d'eux, dans tout le pays, *los Tejanos sangrientes,* même si le long du río Grande, on continua à les appeler simplement *los Rinches*.

La guerre provoque souvent des transformations inattendues de la vie sociale, et celle-ci apporta à l'Amérique et au Texas un curieux bienfait. Au cours des négociations avec Santa Anna, ce rusé compère déclara à un groupe d'hommes d'affaires américains : « Pendant mon séjour au Yucatán, je suis tombé sur un produit qui assurera sans doute votre fortune. Il s'appelle *chicle.* »

Ce fut ainsi que le chewing-gum arriva aux États-Unis.

Le Texas reçut un cadeau presque aussi intéressant, car l'un des plus beaux daguerréotypes d'Harry Saxon fit naître une légende. Panther Komax, plus hirsute que jamais, pose avec un peón mexicain agenouillé à ses pieds. Ce cliché accompagnait le texte suivant :

> Je dois avouer que j'ai reconstitué cette photographie le lendemain de l'incident. Quand je suis sorti, la nuit des meurtres de Mexico, il était trop tard, et nous n'avons rien découvert. Je suis rentré, mais je suis reparti dans les rues peu après, soupçonnant un incident grave. Je suis tombé sur la fin du massacre. Komax et son associé Otto Macnab venaient de tirer sur quelqu'un et se trouvaient à court de munitions. Voyant ce peón, capable à ses yeux d'avoir trempé dans le meurtre d'Allsens, Macnab voulut lui trancher la gorge mais le Mexicain esquiva, se jeta à terre et saisit la botte de Komax.
>
> La botte, à force de servir, était en triste état, et le peón, cordonnier de son métier, indiqua au Ranger que, si on lui fournissait les outils, il réparerait la botte. Macnab, qui parle un espagnol excellent, posa son couteau et interrogea le pauvre bougre. Il se nommait Juan Hernández – comme tout le monde – et il était bon cordonnier. Oui, il pourrait réparer la botte de Komax et lui en faire une paire de meilleures : « Si je faisais des bottes aussi mauvaises, ma mère me battrait ! » assura-t-il.
>
> Komax releva l'homme, et, au cours de cette nuit de carnage, la compagnie de Texas Rangers s'enrichit d'un

bottier qui ne nous quitte plus et répare toutes nos chaussures.

Quand les Rangers descendirent du transport de troupes dans le port animé d'Indianola, sur la baie de Matagorda, Otto resta trois jours chez son beau-frère Theo Allerkamp puis, sur un cheval que lui donna Theo, il repartit vers Fredericksburg.

Quand il arriva au confluent du Pedernales avec le Colorado, il se trouva en haut d'une colline, en face non d'un champ de quarante ou de quatre-vingts arpents mais d'une étendue sans limites, une bénédiction de la nature : un éden parsemé de mille fleurs sauvages. Il se figea un instant, puis prit le chemin de son foyer.

Benito Garza rentra également chez lui, mais au milieu d'un pays déchiré. Épuisé par de longues journées de guérilla, il quitta Veracruz avec sa femme et trois chevaux réquisitionnés, aussi épuisés que leurs cavaliers. Le couple traversa la jungle avec peine et monta sur l'altiplano, où il vit les dévastations d'Avila et les autres destructions de la guerre. Partout, le salaire de la défaite : des villages où ils s'étaient cachés, désormais méconnaissables ; des blessés qui s'appuyaient sur des béquilles improvisées ; des enfants au ventre distendu ; les châtiments subis par tous ceux qui avaient obéi à Santa Anna.

Au cours des premiers jours de ce triste pèlerinage, Benito refusa d'en rendre responsable son héros :

« Non ! Ne dis pas cela, Lucha ! Santa Anna avait un bon plan, mais tout s'est écroulé.

– Ses plans s'écroulent toujours.

– Il reviendra. Je te le promets. Il débarquera à Veracruz, comme cette fois. Seulement… »

Quand les Garza arrivèrent près du río Grande, avant de prendre à l'est vers Matamoros, ils s'arrêtèrent pour regarder au-delà du fleuve le Nueces Strip encore contesté et durent se résigner à une conclusion brutale : « Santa Anna nous a trahis. Avec le gouvernement actuel, rien à espérer. Jamais le Mexique ne connaîtra la paix, et nous

n'avons aucune chance de chasser les Norte-Americanos. »
Mais, au plus profond de leur désespoir, ils virent l'occasion d'un salut personnel, et Benito formula leur serment :

« Les *Yanquis* qui essaient de nous voler le Strip ne connaîtront pas une seule nuit de sécurité. Leur bétail n'y paîtra jamais en paix. Par Dieu, Lucha, ils paieront le prix de leur arrogance. Promets-moi de ne jamais renoncer.

– Je promets. »

… Le commando

Nous attendions tous avec impatience notre réunion d'avril qui devait se tenir à Alpine, authentique ville de la frontière, six mille et quelques habitants au cœur du Texas occidental, dans le pays accidenté des grands ranches. Au sud d'Alpine, le long du río Grande, se trouve le Big Bend National Park, à l'écart de tout, hérissé de pics et creusé de canyons, semi-désert détruit par le surpâturage en 1944, quand on l'avait décrété réserve nationale, aujourd'hui miraculeusement sauvé dans sa splendeur primitive. Vers le nord, comme pour le défendre, s'élèvent les Guadalupes, points culminants du Texas, avec Fort Davis, la mieux restaurée des anciennes places fortes de l'État.

Alpine, à 1 367 mètres d'altitude, glacée en hiver, plus de trente degrés en été, a réussi à conserver les façons de vivre d'autrefois. Elle est le chef-lieu du comté de Brewster, région presque dépeuplée de la taille de plusieurs départements français.

« Par chez nous, m'dame, expliqua le chauffeur-guide de l'autocar, on ne compte pas en arpents ou en hectares mais en sections. Le ranch Baker, sous vos yeux, a cinquante-cinq sections, ce qui représente plus de quatorze mille hectares. Taille moyenne, je dirais, parce qu'il faut soixante hectares de cette terre nue pour nourrir une unité… Une unité, m'dame, c'est une vache et un veau, avec un autre veau en chemin. Alors les Baker ne peuvent nourrir que deux cents et quelques vaches sur leur ranch, c'est pourquoi nous les classons *moyens*. »

Ransom Rusk avait fourni les avions pour nous amener à Alpine, et, en sortant du petit aéroport, je remarquai deux pancartes, qui servirent d'introduction à ce qui allait s'avérer une de nos meilleures sessions :

PEINTURES À L'HUILE AUTHENTIQUES
À PARTIR DE 3,50 DOLLARS

Et la deuxième :

MOTEL DIRIGÉ
PAR D'HONNÊTES TEXANS DE NAISSANCE

Nos réunions devaient avoir lieu à l'université Sul Ross, bel ensemble de bâtiments en brique rouge, perchés sur le flanc de la montagne. Une vraie surprise nous y attendait : un sexagénaire aux cheveux d'argent et aux yeux pétillants dont le visage irradiait d'enthousiasme à l'état pur :

« Je suis le professeur Mark Berninghaus, histoire du Texas, et nous allons nous entasser tout de suite dans ces deux grands breaks. » Il conduirait la voiture de tête avec les membres du comité. Il nous présenta ensuite un jeune homme à la carrure imposante qui portait un énorme Stetson : « Le Ranger Cletus Macnab. Si vous connaissez un peu l'histoire de la frontière, vous vous souvenez qu'il compte parmi ses ancêtres le légendaire Ranger Otto Macnab, ainsi que le non moins célèbre Oscar Macnab, Ranger lui aussi. »

Macnab, impeccable dans son complet gris perle de whipcord, s'inclina devant nous, mais sans ôter son chapeau. A la jeune fille du SMU qui avait organisé la réunion, il lança :

« Le petit personnel, avec moi. »

Nous prîmes la route du sud vers les deux villes jumelles : Polk du côté américain et Carlota du côté mexicain. Cent trente kilomètres de paysage absolument vide – même pas une station-service –, mais qui nous permirent, grâce au professeur Berninghaus, de découvrir un Texas que peu de visiteurs ont jamais vu.

« Remarquez la végétation et ses changements à mesure

que nous descendrons vers le río Grande : six cents mètres de dénivellation. » Les deux voitures étaient reliées par radio, et tout le monde put suivre ses explications : « Ici, paysage de désert, un buisson pour une zone de la taille d'un terrain de rugby. » En effet, de rares plantes basses s'accrochaient à la terre aride, rouge et caillouteuse. Des touffes vert foncé avec de nombreuses feuilles étroites qui s'ébouriffaient comme des tignasses mal soignées : « Le sotol, une des plantes les plus fréquentes de nos plateaux désolés. Souvenez-vous de sa couleur verte, car je vous réserve une surprise. » Imperceptiblement, le paysage changea – en pire, me dis-je –, et nous entrâmes au cœur d'un vrai désert, mais sans les dunes de sable que l'on associe généralement à ce paysage. « Le désert de Chihuahua, nous expliqua Berninghaus, s'étend sur mille trois cents kilomètres du nord au sud et trois cent vingt kilomètres d'est en ouest. Voici une de ses plantes caractéristiques. »

Il nous montra une plante remarquable, très haute, pareille à une touffe de roseaux, composée de quarante ou cinquante tiges minces portant chacune un bouquet de petites fleurs rouge vif : l'ocotillo, parfaitement adaptée à ce milieu aride.

« Regardez ! s'écria Mlle Cobb comme nous descendions dans une vallée protégée. Quelle est donc cette fleur ? »

Au milieu d'une sorte de buisson de grosses feuilles marron sans beauté s'élevait très haut vers le ciel, sur une forte tige semblable à un tronc, une magnifique gerbe de fleurs blanches bordées d'or.

« Un yucca d'une espèce particulière, répondit Berninghaus, mais gardez vos émotions pour un peu plus loin. A la sortie de cette dépression, vous allez voir un spectacle unique : une forêt de yuccas... De toutes les espèces... Splendides. »

Nous arrivâmes en haut d'une petite côte, et s'étala devant nous une vision du Texas que rien n'effacerait : une image si différente, si grandiose, qu'elle semblait représenter l'État dans sa forme originale.

C'était une petite forêt de trois espèces de yuccas : le yucca noble que nous avions déjà vu, une variété plus belle, la dague espagnole, et un véritable arbre au gros tronc noueux qui portait une grosse touffe de feuilles assez haut au-dessus du sol, puis une magnifique collection de fleurs blanches en plein ciel.

Nous descendîmes ensuite vers des régions où la végétation était fort différente. Berninghaus nous fit remarquer une fleur des plus étranges ; en fait, un groupe de plus de cent fleurs réunies en un globe rond, semblable à un cactus de plus d'un mètre vingt de diamètre. Je m'aperçus que chaque plante formant le globe avait de puissantes épines entrelacées à celles de ses voisines, pour rendre le globe impénétrable. Ces épines prouvaient qu'il y avait bien un cactus sous le bouquet étonnant d'un violet délicat.

« A l'automne, chaque fleur produit un fruit épineux de couleur vive. Une fois épluché, c'est un délice. Il a goût de fraise.

– Et comment s'appelle cette plante ? demanda l'un de nos étudiants, par l'intercom.

– Le cactus-fraise », répondit Berninghaus en riant.

Un peu plus bas, nous tombâmes sur un arbuste de couleur grise, avec de minuscules feuilles à cinq épines. Berninghaus s'arrêta. Il coupa une branche pour nous montrer que le bois, à l'intérieur, était d'un jaune vif, comme on en rencontre rarement dans la nature.

« Les Indiens s'en servaient pour teindre leurs couvertures. C'est l'un de nos arbustes les plus précieux : le cenizo, certains disent ceniza. Communément : le buisson baromètre.

– Pourquoi ?

– Si nous passons à un endroit où il a plu récemment vous le verrez. »

Après la pluie, le cenizo se couvre soudain de fleurs violettes, pareilles à celles du lilas.

Quand nous nous arrêtâmes pour prendre des boissons fraîches à Polk, village américain isolé de tout, le Ranger Macnab nous annonça :

« Nous allons passer à Carlota, pour que vous ayez une idée de ce qu'est parfois une ville frontière mexicaine. En toute honnêteté, je connais des villes plus importantes qui sont beaucoup mieux. Celle-ci est lamentable. »

Quatre fois plus grande que Polk, Carlota était cent fois plus minable. On avait l'impression que le temps avait hésité, s'attendant sans doute à ce qu'une révolution incendie les maisons. La richesse fabuleuse du Mexique n'avait pas pénétré jusque dans ces rues misérables, repoussantes. Les murs d'adobe s'écroulaient, personne ne nettoyait les caniveaux, qui servaient d'égouts. A la porte des magasins, des bouteilles brisées ; aux coins des rues, de vieilles voitures rouillées. La gare avait perdu ses tuiles, et l'agent de police qui montait la garde portait un uniforme démodé et rapiécé.

Carlota ! Le nom d'une impératrice européenne devenue folle pendant que son époux essayait de gouverner le Mexique... Nous étions tous contents de retraverser le pont vers Polk. A notre arrivée, nous n'avions guère apprécié la petite ville américaine, mais elle nous parut soudain un havre de civilisation. Ransom Rusk ne put s'empêcher de remarquer, en quittant Carlota :

« Je comprends maintenant pourquoi ils veulent tous venir aux États-Unis. Je ferais de même, si je vivais là. »

Nos breaks suivirent ensuite le río Grande en direction du nord-ouest, passèrent devant un fort d'adobe abandonné depuis longtemps, puis traversèrent la ville poussiéreuse de Presidio, célèbre pour ses records de température en été.

« Où allons-nous à présent ? demandai-je.

– Je vous réserve encore quelques surprises », me répondit Berninghaus, le sourire aux lèvres.

Je n'imaginais pas qu'un paysage aussi vide et désolé puisse encore me surprendre, mais, au bout de la route – une des plus désertes et des moins pittoresques du Texas –, nous arrivâmes dans un minuscule village, Ruidosa, six maisons et une mission espagnole, le Sacré-Cœur, en ruine mais construite comme un fort, sous un soleil de plomb.

Elle conservait encore son toit, mais sans doute pas pour longtemps. Sa façade demeurait solide, avec une entrée de bois probablement barricadée plus d'une fois contre les assauts des Apaches. Une belle ruine qui témoignait du courage des missionnaires et de leur entêtement à civiliser cette partie du Texas.

Et ce fut après Ruidosa que commença la partie la plus intéressante de notre voyage. Les voitures contournèrent la mission pour prendre une piste que ne signalait aucune de nos cartes. Elle suivait le cours sinueux du río Grande pendant une trentaine de kilomètres vers le nord, avec toujours sur notre gauche les montagnes du Mexique. Dans l'intercom, nous entendîmes la jeune femme du SMU demander au Ranger Macnab :

« Dites-nous la vérité. Cette piste va quelque part ou est-ce un kidnapping ? »

Il répondit :

« Je vous emmène au bout du monde. »

Nous nous arrêtâmes au milieu du village d'adobe de Candelaria, l'un des établissements humains les plus isolés et les moins accessibles du Texas et des États-Unis, où les gens vivent aujourd'hui à peu près comme au siècle dernier.

« Rendez-vous compte, nous dit Berninghaus. Devant vous une frontière internationale ; au-delà, sur presque deux cents kilomètres, rien. »

Nous descendîmes à pied vers le río Grande, fleuve au nom magique, si étroit et peu profond ici qu'un pont suspendu de cordes tendues sur des cables métalliques suffisait à le traverser. Nous vîmes un Mexicain, portant un vieux bidon cabossé pourvu de poignées en fil de fer, traverser sur les planches branlantes pour faire ses courses à Candelaria.

« Regardez : vous avez sous les yeux l'image du commerce des grands empires ! » s'écria Berninghaus. Nous gardâmes le silence, confondus par l'immensité du Texas et la petitesse de son fleuve historique. Berninghaus nous fournit une explication : « Les Américains du Nouveau-Mexique et du Texas retirent pour l'irrigation tellement d'eau du río Grande, que le fleuve disparaîtrait purement et simplement. Mais il reçoit près de Presidio les eaux d'un affluent mexicain important, le río Conchos. En fait, le célèbre río Grande que nous admirons tellement dans le Sud devrait s'appeler le Conchos. Ses eaux viennent surtout du Mexique. »

Des bruits montèrent du village.

« Je crois qu'ils sont arrivés », lança gaiement le professeur. Des étudiants de Sul Ross nous avaient apporté un pique-nique qu'ils disposaient sur des couvertures à l'ombre des arbres. « Je ne ferai pas d'exposé, nous annonça Berninghaus. Je voulais que vous vous imaginiez dans la peau d'immigrants espagnols, il y a quatre cents ans. Je voulais vous montrer le grand Texas vide qu'ils ont rencontré. »

Au retour, sur une piste non balisée au milieu des montagnes et des canyons, je remarquai que Berninghaus semblait très attentif au paysage.

« Si je me souviens bien, nous dit-il, c'est dans la prochaine vallée que les majorettes grimpent la colline. » Quand nous atteignîmes la crête suivante, toute la colline était effectivement couverte de quelque chose d'étrange. « Regardez-les : feuilles d'or en bas, feuilles vertes en haut. Ne dirait-on pas une bande de majorettes sur les gradins d'un stade le jour d'un grand match ?

– Mais qu'est-ce que c'est ? demanda l'un des étudiants.

– Encore des sotols. Les feuilles mortes dorées au pied de la plante, les feuilles vertes en haut. Chaque fois que j'entre dans cette vallée, la vie me paraît plus belle. »

Cent kilomètres de route perdue jusqu'à Marfa, l'une des plus belles villes d'élevage de l'Ouest, avec un palais de justice splendide, puis nous prîmes à l'est, et, en arrivant aux environs d'Alpine, je vis la troisième pancarte de la journée, éloquente et elliptique à la fois :

O.N.U. HORS DES U.S.
U.S. HORS DU TEXAS

9

Loyautés

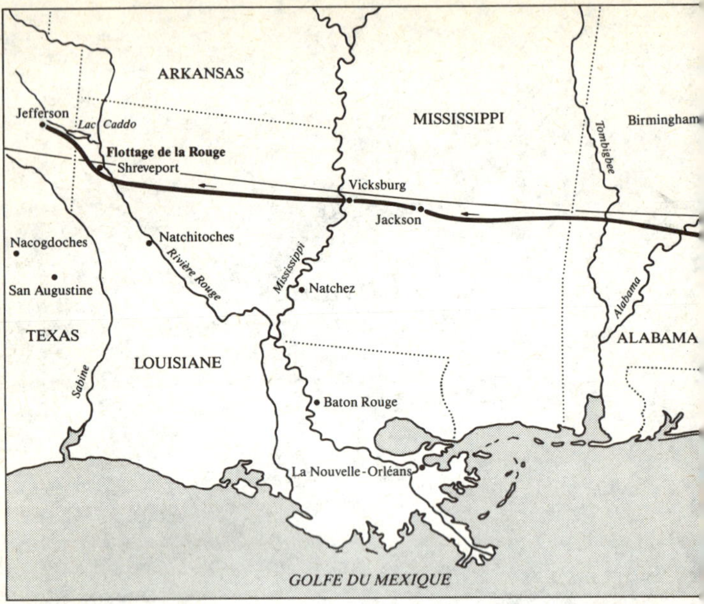

LA PISTE D

Dès que ce fut compatible avec sa conception de l'honneur militaire, Persifer Cobb donna sa démission à Veracruz. L'aide de camp du général Scott, le général Cavendish, originaire de Virginie, tenta de l'en dissuader :

« Colonel Cobb, depuis Washington nous avons toujours eu un Cobb parmi nos chefs. Nous ne pouvons pas vous laisser partir.

– Jamais plus je n'accepterai l'humiliation que j'ai dû subir pendant cette guerre. Privé d'un véritable commandement. Condamné à travailler avec ces Texans.

– Savez-vous que nous avons proposé votre nom pour une promotion ?

– Trop tard.

– Vous voulez dire que vous ne l'accepterez pas si elle arrive ? »

Cobb se montra poli, mais résolu :

« Sans aucun doute, mon général. »

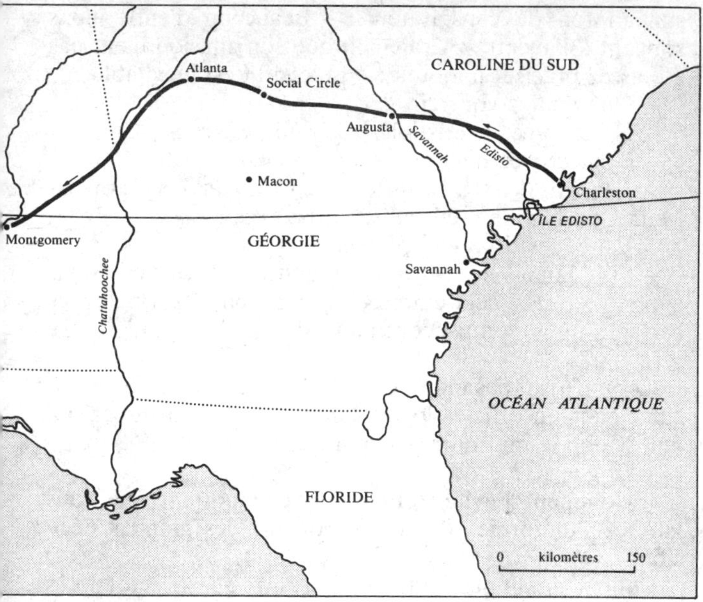

:OTON (1849-1850)

Il remercia Cavendish pour sa sympathie et voulut prendre congé, mais le général recula son fauteuil, se leva et le prit par le bras :

« Persifer, mon cher ami, allons faire un tour…

– Si vous voulez, mon général. »

Dans le jardin public, en face du golfe de Campeche inondé de soleil, les deux officiers regardèrent un moment la sinistre forteresse de la baie, San Juan de Ulúa, où des prisonniers mexicains condamnés à Veracruz pourrissaient dans des cellules sans lumière.

« Vous ne reviendrez pas sur votre décision ? demanda Cavendish. Vous partez, c'est définitif ?

– Je l'ai décidé il y a deux ans. Au moins.

– Je comprends votre amertume. Mais comprenez-vous que nous ne pouvons pas vous perdre ?

– Je n'en vois pas la raison.

– Moi, si. » Il attira Cobb plus près de lui et lui murmura

sur un ton de conspirateur : « Beaucoup d'entre nous songent à l'avenir. » Craignant que son allusion n'eût pas été assez précise, il ajouta : « Le conflit est inévitable.

– Que voulez-vous dire ?

– Deux forces irrésistibles : le Sud, le Nord.

– Vous croyez que…

– J'en vois des signes partout. Je le lis dans les journaux. Même ma famille y fait allusion dans ses lettres.

– Est-ce aussi grave que cela ?

– Pis. Jamais le Nord ne renoncera à ses pressions agressives, et si cela empire, comme j'en suis à peu près certain, nous serons contraints de quitter l'Union. Ce sera… »

Cobb n'avait pas interrompu le général et celui-ci hésita, car c'était un officier loyal : prononcer le mot lui faisait mal. Cobb le murmura à sa place :

« La guerre ?

– Comment l'éviter ? Il est donc important que vous gardiez l'uniforme. Parce que le jour des grandes décisions… »

Cobb n'aimait pas envisager une autre guerre si tôt après celle-ci, qu'il avait trouvée tellement déplaisante. Il essaya de mettre fin à la conversation, mais Cavendish, après avoir écarté le voile dissimulant l'avenir, refusa de le refermer :

« Chaque officier en uniforme devra faire un choix. Les hommes comme moi se battront pour le Sud jusqu'à ce que Richmond disparaisse sous vingt mètres de neige. Des matamores comme certains que nous connaissons bien resteront avec le Nord. Mais les vrais soldats donneront leur vie pour défendre les droits du Sud. Il faut que vous restiez avec nous.

– Je n'en présente pas moins ma démission », répondit Cobb.

Il retourna à ses quartiers, où il prépara ses bagages pour embarquer sur le premier bateau en partance.

Quand il débarqua, enfin civil, à La Nouvelle-Orléans, et qu'il vit la montagne de balles de coton prêtes à partir pour Liverpool, où étaient fixés les prix mondiaux, il n'eut qu'une hâte : retourner à la plantation familiale de l'île d'Edisto pour prendre en main la production. Avant de s'engager à West Point, il avait tout appris sur le coton, car la plantation Cobb produisait depuis des décennies le meilleur coton du monde : le célèbre Sea Island, qui possède les plus longues fibres connues et une graine d'un noir brillant si facile à enlever à la main.

Dès qu'il eut retenu une chambre d'hôtel et organisé son voyage en direction du nord-est, il demanda l'adresse d'un journal que sa famille lisait depuis 1837, et qui servait de Bible à tous les planteurs de coton. Quand il se présenta au rédacteur en chef du *New Orleans Price Current*, un ancien professeur du Mississippi, celui-ci le reçut à bras ouverts :

« Un Cobb d'Edisto ! Je ne m'attendais guère à en voir un dans mon bureau. Soyez le bienvenu, cher monsieur.

– Je rentre chez moi après avoir servi dans l'armée et j'aimerais savoir comment se présente le marché en ce moment.

– Jamais vu pire.

– Pas possible ? »

Le journaliste lui remit le manuscrit de son rapport annuel, et Cobb comprit la situation avant même d'avoir terminé la lecture du troisième paragraphe.

> La révolution commerciale qui a détruit le crédit en Grande-Bretagne, puis s'est répandue dans presque tous les pays du continent européen et aux Indes, a bloqué soudain notre prospérité... La révolution en France et le renversement de la monarchie de Juillet nous ont assené un coup encore plus sévère. Ce mouvement en faveur des droits du peuple s'est étendu rapidement à d'autres pays d'Europe, et vu l'état tumultueux des affaires politiques le crédit commercial s'est complètement tari et les échanges se sont arrêtés...
> Tout cela a provoqué la baisse des prix du coton la plus rapide dont nous ayons été les témoins. A Liverpool, jamais le coton américain ne s'est vendu en aussi faibles quantités... De nombreuses usines anglaises ont purement et simplement fermé leurs portes et les autres ont dû recourir à des réductions d'horaires.

Cobb, la bouche soudain sèche, demanda :

« Est-ce vraiment aussi grave ? » Le journaliste lui tendit le relevé des prix du Middling vendu à La Nouvelle-Orléans. « A combien estimez-vous le prix de revient d'une livre de coton, rendue à La Nouvelle-Orléans au jour d'aujourd'hui ? lui demanda le colonel avant de lire.

– Dans les meilleures conditions, sept *cents*. »

Cobb sentit la tête lui tourner : 2 septembre 1847, douze *cents* cinq huitièmes et donc un profit raisonnable ; 26 novembre, après l'arrivée des premières mauvaises nouvelles, sept *cents* et demi, juste de quoi rentrer dans les frais ; 28 avril 1848, au moment où l'Europe se désintégrait, six *cents*, soit une perte sèche sur chaque vente.

« Voyez-vous une évolution favorable à court terme ? » demanda-t-il.

Le journaliste lui montra ses notes explicatives pour cette année désastreuse :

> La Royal Bank de Liverpool a suspendu ses paiements...
> Fermeture de nombreuses compagnies commerciales anciennes et de bonne réputation...
> De nombreux contrats avec des mandataires américains annulés sans recours...
> Abdication forcée du roi Louis-Philippe, qui renonce au trône de France...
> Les pires conditions en Europe depuis 1789...
> Les émeutes « chartistes » menacent la paix en Angleterre...
> La population d'Irlande prête à s'insurger...

« Mais notre merveilleuse victoire au Mexique a dû influencer le marché favorablement », protesta Cobb.

Avec sa règle, le journaliste montra une note de deux lignes à la fin de son rapport pessimiste :

« Ceci vous montre comment le reste du monde a évalué votre guerre : *Les hostilités contre le Mexique se sont achevées avec succès ; le Mexique a cédé la Californie et autres territoires aux USA*.

– Que pouvons-nous faire ? demanda Cobb.

– Oh, ceux qui produisent du Sea Island à longues fibres, comme vous, n'ont aucun souci immédiat. Regardez les prix : Fibres courtes de Caroline du Sud : 280 671 balles de cinq cents livres à sept *cents* neuf seizièmes. Ils ont perdu une fortune là-dessus. Longues fibres de Sea Island : 18 111 balles, dont la majeure partie en provenance d'Edisto ; les prix ont assez bien tenu : dix-neuf *cents* et demi. »

Telle était donc la grande différence : fibres courtes, huit *cents*, longues fibres, dix-neuf *cents*, et à Edisto on ne produisait que des longues fibres. D'autres plantations auraient produit du Sea Island, bien entendu, si leur sol l'avait permis, mais ce n'était pas le cas, et elles étaient condamnées à une espèce plus difficile et moins profitable.

« N'avez-vous pas en Géorgie un frère qui produit des fibres courtes ? demanda le journaliste.

– Un cousin, répondit Cobb en souriant. Le frère de mon père s'est senti insulté à je ne sais quel propos, il y a des années. Vers 1822, si je me souviens bien, et il est parti pour la Géorgie, en annonçant qu'il y ferait fortune. Mais, bien entendu, il n'était pas question de produire du Sea Island dans ces collines rouges. Il a dû se contenter de fibres courtes et ne s'en est jamais très bien sorti.

– Pourquoi n'est-il pas retourné à Edisto ?

– Quand un Cobb s'en va, c'est pour de bon.

– N'avez-vous pas dit que vous veniez de quitter l'armée ?

– Absolument.

– Mais tout de même, en cas de troubles... »

Le journaliste laissa sa phrase en suspens, exactement comme le général Cavendish.

Cobb, qui avait refusé d'envisager cette possibilité à Veracruz, répondit en soldat et en homme d'honneur :

« Si l'Union se trouvait menacée de troubles, je reprendrais les armes, bien entendu. Mais vous aussi, n'est-ce pas ? »

RENDEMENTS MOYENS (RÉELS) DU COTON DANS NEUF ÉTATS
(en livres par arpent)

Floride	250	Louisiane	550
Tennessee	300	Mississippi	650
Caroline du Sud	320	Arkansas	700
Géorgie	500	Texas	750
Alabama	525		

Le silence qui suivit se prolongea ; de toute évidence, aucun des deux hommes ne désirait le rompre le premier. Puis le journaliste prit Cobb au dépourvu en changeant complètement de sujet :

« Votre cousin de Géorgie devrait étudier ce tableau, lui dit-il. Je voulais le publier dans mon rapport annuel mais j'ai préféré attendre pour vérifier certains chiffres stupéfiants. »

« Ces chiffres peuvent-ils être exacts ? s'écria Cobb, étonné par la dernière ligne.

– J'en suis convaincu. Mais je tiens à une seconde vérification. S'ils sont confirmés, nous les publierons. Votre cousin et vous ferez bien de songer au Texas. Ce sera sans doute notre premier État producteur. » Cobb trouva l'idée ridicule, mais le journaliste reprit son dossier et fit observer : « La leçon de tout ceci, Cobb, c'est que le coton se porte bien – et vous et moi du même coup – lorsque l'ordre règne partout dans le monde. Pourquoi les Français chassent-ils un roi tout à fait valable ? Pourquoi les maudits chartistes fomentent-ils des troubles en Angleterre, comme ces imbéciles de révolutionnaires dans les États allemands et l'empire d'Autriche ? Et, tant que nous y sommes, dites-moi pourquoi l'on permet aux abolitionnistes de faire les hurluberlus dans notre pays.

– Ils n'ont pas intérêt à fomenter des troubles en Caroline du Sud. »

Très vite – et comment aurait-il pu en être autrement ? – Persifer Cobb était passé, du refus de toute guerre, à la défense de l'Union en cas de troubles, puis à celle des valeurs du Sud.

« Le monde se porterait beaucoup mieux, lança le journaliste, si chacun savait se contenter de ce qu'il a. Dites-moi, au Texas, avez-vous entendu parler d'agitation contre l'esclavage ?

– Au Texas, la seule chose que j'ai entendue, c'est le bourdonnement des moustiques.

– Je vous envie cette plantation d'Edisto. Une des meilleures du monde.

– J'ai bien l'intention qu'elle le reste. »

L'île d'Edisto était un paradis de basses terres formé dans l'océan Atlantique par les dépôts d'alluvions de l'Edisto, fleuve côtier aux nombreux méandres venu des hautes terres de Caroline du Sud. Pentagone irrégulier d'une quinzaine de kilomètres de longueur du côté de l'océan, l'île ne s'élevait qu'à deux mètres au-dessus du niveau de la mer. Le trait dominant du paysage demeurait encore de vastes garennes de chênes splendides, certains à feuilles caduques mais la plupart à feuilles persistantes, partout ornés de magnifiques coulées de « mousse espagnole ». Les champs de l'île donnaient des récoltes miraculeuses, le sol était si meuble et léger qu'on aurait pu le labourer avec une cuillère à café.

Environ cinquante Blancs vivaient dans les grandes plantations de l'île, avec quinze cents esclaves noirs. En dehors des petits jardins potagers et de quelques arpents de riz, l'unique culture était le coton Sea Island : on le semait en mars, on l'égrenait en septembre et on l'embarquait pour Liverpool sur les bateaux d'Edisto en janvier.

Toutes les familles blanches qui possédaient une « maison de plantation » sur l'île – de beaux édifices avec des galeries à colonnes blanches – occupaient également une demeure plus somptueuse sur Battery, à Charleston, situé à une quarantaine de kilomètres. C'était dans cette ville sympathique que se déroulait en fait la vie d'un planteur de Caroline, et Persifer Cobb avait hâte de la retrouver. Son père et son épouse seraient à Charleston et il était impatient de les revoir, mais il estimait que son devoir l'obligeait à se présenter d'abord à la plantation, que dirigeait son frère.

Il aimait beaucoup Somerset, son cadet de quatre ans, et il lui avait confié la plantation sans regret lorsqu'il était parti à West Point. Ses lettres pendant la guerre du Mexique témoignaient de leurs bonnes relations – c'étaient davantage les épîtres d'un ami que celles d'un frère aîné – et il était impatient de revoir Sett, comme toute la famille l'appelait.

Son voyage de retour s'acheva donc à un croisement de routes, trente kilomètres à l'ouest de Charleston. Les Cobb y avaient construit une petite cabane où vivait un esclave âgé chargé de conduire les membres de la famille jusqu'au bac qui assurait la traversée vers Edisto. Cet esclave portait le nom extraordinaire de Dioclétien, parce qu'un colonel Cobb du passé, féru d'histoire romaine, croyait sincèrement que l'aristocratie du Sud descendait de la noblesse romaine. Il avait donné à tous les serviteurs de sa maison des noms d'empereurs romains, sauf à son valet de chambre personnel, qu'il appelait invariablement Suétone, car, disait-il : « Suétone est responsable de tout ce que nous savons des premiers Césars. Il a écrit *le* livre. Et toi aussi, Suétone, sur ta peau, tu es responsable de tous les Césars de cette maison. » Il s'arrangeait toujours pour avoir douze domestiques, pour pouvoir lancer sa plaisanterie favorite : « Mon Suétone et ses douze Césars. »

Dioclétien, ancien esclave de maison plein d'astuce, qui savait que son bonheur dépendait de la bonne humeur de ses divers maîtres, donna l'impression d'être transporté de joie en voyant le colonel rentrer de ses guerres :

« Allez chercher les chevaux ! cria-t-il à ses fils. Nous devons conduire le général Cobb au bac ! » Mais dès qu'il fut seul avec son épouse, aussi âgée que lui, il murmura : « Le vieux pète-sec est de retour avec ses grandes idées. Pas bon du tout pour Somerset. »

On prépara rapidement un cabriolet, Cobb prit les rênes et Dioclétien l'accompagna jusqu'au bac, promenade agréable d'une quinzaine de kilomètres. Chemin faisant, l'esclave raconta les événements de l'île. Comme il avait servi dans la maison des maîtres pendant plusieurs années, il parlait assez bien l'anglais, mais comme il était ce que l'on appelait un *Gullah Nigger*, il utilisait plutôt la langue *gullah*, très vivante et imagée, espèce d'anglais du XVIe siècle émaillé de mots de la côte d'Afrique. Persifer Cobb l'avait apprise dans son enfance et encourageait Dioclétien à l'utiliser.

Ils traversèrent d'interminables étendues marécageuses dont les eaux calmes et les roseaux agités par le vent plaisaient énormément à Cobb. Soudain Dioclétien passa à l'anglais pour parler des affaires des maîtres :

« Votre dame Tessa n'a jamais été en meilleure santé. La

dame de M. Sett, Mme Millicent, n'est pas très bien. Elle a deux enfants à présent.

– Deux garçons, n'est-ce pas ?

– Garçon et fille. Très beaux tous les deux. »

Dioclétien expliqua qu'il avait lui-même deux petits-enfants, « très beaux tous les deux » eux aussi. Quand le cabriolet arriva en vue du bac, l'esclave se mit à crier et à faire claquer son fouet, qu'il avait pris des mains de Persifer. Il voulait attirer l'attention du batelier, qui se montra ravi, lui aussi, de revoir le colonel après une aussi longue absence.

« Comment sont les Mexicains ? voulut-il savoir. Et les Mexicaines, est-ce qu'elles dansent toutes comme on le dit ? »

Les trois hommes discutèrent de la guerre, puis Dioclétien prit congé de son maître.

« Nous espérons que vous resterez ici longtemps, colonel. Vous êtes ici chez vous. »

En parfait gullah, Persifer remercia l'esclave de la promenade agréable et monta aussitôt dans le bac, que le batelier poussa à la gaffe sur le bras peu profond de l'Edisto.

Avant que la petite embarcation n'accoste, des esclaves sur l'île avaient sellé un cheval pour le colonel et envoyé un gamin sur une mule prévenir la maison des maîtres du retour de Persifer. Tout le long du chemin bordé d'arbres, l'enfant courut en talonnant les flancs de la mule. A tous ceux qu'il rencontrait, il criait : « Le colonel Cobb est revenu ! Le colonel Cobb est revenu ! »

Il y avait onze kilomètres entre le débarcadère du bac et la jolie maison blanche à un étage où vivait Somerset, en tant que directeur de la plantation, avec son épouse Millicent et leurs deux enfants. Le gamin avait répandu efficacement la nouvelle, car à l'arrivée de Persifer tous ceux qui travaillaient dans la maison, ainsi que dans les ateliers des environs, s'étaient réunis au bout de la longue allée débouchant sur la galerie à colonnes pour offrir au maître l'accueil enthousiaste auquel il s'attendait. Dix Blancs et une cinquantaine de Noirs agitaient les bras tandis qu'il avançait au petit trot, escorté par le serviteur qui avait sellé son cheval. Avec modestie mais sans servilité excessive, l'esclave ralentit et Persifer continua seul. Il portait l'uniforme de son pays mais sans les galons ni les insignes montrant qu'il avait été colonel.

Il s'arrêta brusquement, surpris de voir sous la galerie une personne qu'il s'attendait à trouver dans le climat plus salubre de Charleston : son épouse, Tessa Mae, fille d'une grande famille de Caroline, jeune femme mince, très sûre d'elle, qui parlait rarement sans peser ses mots, et qui pour cette raison forçait l'attention de Persifer autant que son affection.

« Ma chérie ! s'écria-t-il. Quel bonheur de vous voir ! »

D'un bond léger, il sauta de cheval et la prit dans ses bras.

Par-dessus l'épaule de Tessa Mae, il vit alors son frère, un peu plus lourd que lui mais d'une même allure virile. Persifer admira son costume : de belles bottes d'Angleterre ; un pantalon ajusté, coupé par le meilleur tailleur de Charleston ; une chemise à col ouvert, d'un bon tissu français ; et une écharpe italienne beige, négligemment nouée autour de son cou. C'était un bel homme de trente et un ans, plutôt timide de caractère, qui semblait diriger des plantations depuis sa naissance et avait l'intention de continuer. Bien qu'il fût calme et réservé, il n'y avait en lui aucune mollesse – comme trop souvent chez les fils cadets des familles de planteurs lorsqu'ils se rendaient compte qu'ils n'hériteraient jamais du domaine familial. Il était également manifeste qu'il aimait beaucoup son frère aîné : il n'attendait que l'occasion de le montrer.

« Somerset ! s'écria le colonel en s'avançant vers son frère. J'ai tellement pensé à toi et à cette maison quand je t'écrivais...

– Des lettres magnifiques ! coupa Millicent Cobb en s'avançant pour recevoir un baiser enthousiaste. Vous devriez écrire des romans, Persifer. Je croyais voir ce Panther Komax s'avancer vers moi au milieu des bois.

– Vous auriez passé un mauvais quart d'heure, Lissa, avec ce gredin-là !

– Il portait vraiment un bonnet de panthère ? demanda un des gamins.

– Oh oui ! Et il sentait aussi le fauve !... Où sont nos enfants ? demanda-t-il à sa femme.

– A l'école. A Charleston. »

On convint aussitôt que les deux couples partiraient à Charleston au plus tôt, à la grande maison sur Battery, et l'on donna à l'esclave responsable du bac de la plantation – très différent du bac ordinaire que Persifer avait utilisé pour se rendre dans l'île – l'ordre de préparer le bateau et les rameurs pour le charmant voyage vers la « perle des côtes du Sud ».

La conversation roula sur les prix du coton, et Persifer raconta ce que le journaliste de La Nouvelle-Orléans lui avait appris de l'incidence des conditions adverses en Europe.

« Les barons allemands devraient aligner tous ces agitateurs contre un mur et vider un chargeur dessus, dit Persifer.

– Accorde-leur encore un peu de temps, ils le feront. »

Ils trouvaient tous les deux injuste que des paysans d'Europe, et surtout d'Irlande, provoquent des troubles qui perturbaient le marché de Liverpool et, quand son frère lui apprit l'effondrement de la Royal Bank, Somerset s'étonna :

« Bonté divine ! Des émeutiers qui acculent une grande banque à la faillite ! J'ai été ravi d'apprendre la façon dont les Texans ont réglé la question des émeutes, à Mexico. L'Europe aurait bien besoin de cinq ou six régiments de Texas Rangers.

– Je t'en prie ! répliqua le colonel. Ne les envoie nulle part. Même pas dans l'Empire ottoman. »

Plus tard dans la soirée, quand les frères furent seuls, ils sentirent qu'il leur fallait parler ouvertement de l'avenir de la plantation, maintenant que Persifer avait quitté l'armée, mais ni l'un ni l'autre n'osait aborder si vite cette question délicate, et Persifer souleva un autre sujet brûlant, mais plus général :

« A La Nouvelle-Orléans, les gens parlaient ouvertement – ou, en tout cas, on devinait ce qu'ils avaient en tête – d'une rupture possible entre nous et nos oppresseurs du Nord. As-tu entendu ce genre de propos ici, Sett ?

– D'aussi loin que je me souvienne. Mais seulement par les irresponsables qui semblent s'épanouir dans cet État et en Géorgie. Une rupture avec le Nord contraindrait des gens comme toi et moi à renoncer à plus d'un avantage.

– Quels avantages nous reste-t-il donc ?

– Le coton. Chaque jour que je vis, chacune de mes expériences me prouve que le reste du monde a besoin de notre coton. Le coton est notre rempart. »

Sur cette note rassurante, ils allèrent se coucher.

Ils se levèrent tôt, se rendirent à pied à l'embarcadère de la plantation, s'installèrent dans leur chaloupe, où six esclaves étaient déjà en position. En quittant le quai, ils avaient le choix entre deux itinéraires : ils pouvaient tourner vers l'est et s'engager sur l'océan Atlantique, où une traversée rude de trente milles marins les conduirait à Charleston ; ou bien ils pouvaient tourner vers l'ouest et pénétrer dans un merveilleux couloir maritime, au milieu des terres, qui les conduirait à la même destination, par un itinéraire enchanteur abrité de la houle.

Si les deux frères étaient partis seuls, ils auraient sûrement choisi la haute mer, mais avec leurs épouses à bord ils préférèrent glisser au milieu des vastes étangs jusqu'au promontoire sur lequel se trouvaient les belles demeures et les arbres majestueux de Charleston.

Le vent cessa de souffler. On amena la voile et les esclaves, dos musclés luisant au soleil, se penchèrent sur les avirons tandis que leurs voix se mêlaient en une douce mélopée. Bientôt le bateau se rapprocha de son amarrage, proche de Battery.

Ils embouquèrent enfin le chenal étroit qui dessert la magnifique baie, charme de Charleston. En face d'eux s'élevaient les murailles de Fort Sumter, inexpugnable sur son rocher ; et, tandis que l'on hissait de nouveau les voiles, Persifer évoqua San Juan de Ulúa, forteresse comparable, sur le même grand océan.

Le Noir qui tenait la barre accosta sans bavures et ses quatre passagers débarquèrent sur Battery, une des rues les plus majestueuses du pays. La colline sur laquelle elle se trouvait était très basse, juste ce qu'il fallait pour que les maisons reçoivent la brise de la mer.

La demeure des Cobb, vue de la rue, n'était qu'un modeste bâtiment de briques rouges à deux étages avec deux fenêtres banales à chaque étage mais sans porte d'entrée. En voyant cette façade toute simple pour la première fois, nul n'aurait soupçonné – à moins de connaître les habitudes de Charleston – la grandeur paisible dissimulée derrière ces murs quelconques. Mais il suffisait de faire quelques pas sur la gauche et de franchir la belle grille de fer forgé, placée entre deux robustes piliers de briques : on entrait alors dans des jardins de conte de fées, ornés d'élégantes statues de marbre rapportées d'Italie, avec des allées de briques au tracé paresseux entre de belles fontaines, le tout enclos par la longue galerie décorée de fer forgé sur la gauche et le haut mur de clôture sur la droite.

Ce mur, de plus de trois mètres de haut, était d'une perfection extraordinaire, car ses briques disposées en motifs charmants attiraient l'œil le long de son immense étendue. Le haut du mur dessinait une suite de courbes gracieuses, en anse de panier, avec à chaque pointe une petite urne de marbre. Par les après-midi de chaleur, on pouvait s'asseoir sous la galerie et déguster un thé à la menthe en étudiant les variations du mur comme on étudie une symphonie ou un tableau.

La galerie était le chef-d'œuvre de cette excellente maison. Elle s'étendait sur presque trente mètres, sur deux niveaux ; de proportions délicates, appuyée sur des colonnes de fer, elle donnait l'impression de flotter. Des chaises de rotin, autour de tables couvertes de verre, formaient des petits îlots sympathiques qui pouvaient réunir jusqu'à vingt visiteurs, confortablement installés. Et elle était abondamment fleurie : des plates-bandes couraient tout du long, et des pots de fer grillagés grimpaient jusqu'en haut des piliers. Au premier regard, on recevait une impression de vie facile, la promesse d'ombre par une journée brûlante, de merveilleux aperçus sur la baie voisine et une constante invitation au repos.

Dès que les frères Cobb franchirent la grille, ils virent sous ce porche, dans l'une des plus petites enclaves, leur père Maximus Cobb, âgé de soixante-douze ans, ses deux cannes appuyées contre un siège inutilisé. Cheveux blancs, portant un bouc blanc taillé avec soin mais pas de moustache, il était entièrement vêtu de blanc, de ses chaussures au panama coûteux posé sur une table à côté de sa tasse de thé.

Il ne se leva pas pour accueillir ses fils, car il aurait eu besoin de ses deux cannes, mais il tendit ses deux mains vers Persifer et l'étreignit pendant quelques instants avec un plaisir et un amour manifestes.

« Suétone ! appela-t-il. Viens voir ! »

Mais Suétone, esclave presque septuagénaire et chargé de dignité autant que d'années, n'apparut pas. A sa place se présenta un beau Noir de taille moyenne, d'environ trente ans, à la peau très sombre et aux cheveux très courts. Ses yeux brillaient et son sourire constant montrait des dents extrêmement blanches. La vie autour de lui ne l'amusait pas, car il était douloureusement conscient de sa condition d'esclave, mais il préférait se faciliter l'existence et il s'était aperçu que le meilleur moyen d'éviter les difficultés était encore de sourire, quelle que soit l'absurdité de la situation qu'on lui imposait ; et bien entendu, malgré son anglais excellent, il s'adressait à ses maîtres en petit nègre, comme ils l'escomptaient :

« Suétone, lui y en a travailler la cuisine.

– Trajan ! » s'écria le colonel Cobb en voyant la silhouette apparaître sur le seuil.

L'esclave sourit avec une affection sincère et s'avança pour serrer la main que Persifer lui tendait.

Plus jeune que Persifer de trois ans et plus âgé que Somerset d'un an, Trajan avait grandi avec eux, avait joué à tous leurs jeux sauvages dans les marais d'Edisto puis, à leur suggestion, avait été envoyé à la demeure de Charleston où il avait aussitôt reçu un nom romain. Il était resté très attaché aux deux garçons et n'avait jamais été témoin d'une méchanceté de leur part à l'égard des Noirs – d'autres jeunes maîtres de Charleston n'étaient pas exempts de reproches à cet égard. Jamais Trajan n'avait eu peur quand l'un d'eux, en colère, lui criait : « Maudit Nègre ! Je vais briser ta tête de brute ! » S'ils s'y essayaient, il esquivait leurs coups sans peine, et les jetait à terre jusqu'à ce que tous s'écroulent de rire ensemble.

Sous leur influence, il avait abandonné son gullah pour apprendre un bon anglais. Et, en échange, il leur avait appris le gullah, ce qui les aidait beaucoup dans leurs relations avec les Noirs aux champs. Trajan lança un regard approbateur au corps presque émacié de son ami Persifer, si fringant dans son uniforme militaire, et dit :

« Il est rentré chez nous. »

Ces simples mots, prononcés manifestement du fond du cœur, touchèrent beaucoup Persifer, et il serra plus fort la main de son esclave.

Maximus Cobb n'avait chaque jour qu'un temps de veille limité, entre ses longues siestes, et il savait que ses jours étaient comptés. Il demanda donc à Trajan d'ordonner aux esclaves de modifier la disposition de la galerie pour placer quatre fauteuils à côté du sien. Puis, quand les esclaves furent repartis et les deux couples installés en face de lui, il aborda directement le problème que devait affronter la famille :

« Quand nos ancêtres se sont installés à Edisto, la loi anglaise exigeait que les biens de la famille soient remis intacts au fils aîné. En Caroline du Sud, cette loi a été abolie, mais nous, les Cobb, continuons de l'honorer comme les autres familles notables du passé. De même que mon père m'a confié la plantation plutôt qu'à Septimus, pour que je puisse améliorer le coton Sea Island qui nous a valu notre prospérité, de même je dois la remettre maintenant à Persifer, qui prendra les décisions nécessaires au cours des décennies à venir. »

Il inclina la tête à l'adresse de Persifer, qui inclina la sienne à son tour, puis il prit la main de Tessa Mae dans la sienne.

« Quand la responsabilité de la plantation me fut confiée, continua-t-il lentement en regardant Somerset, mon frère cadet Septimus jugea qu'on lui avait fait un grand tort, et, comme vous le savez tous, partit en Géorgie, terrible bannissement qu'il s'est imposé lui-même. Jamais je n'ai pu le convaincre de revenir, il a préféré végéter là-bas, dans ce pays sauvage.

« Somerset, je sais que la situation va être difficile pour toi, car tu avais toute raison de supposer que ton frère ferait sa vie dans l'armée. Il n'en a pas été ainsi. Le voici de retour, et la responsabilité de la plantation lui revient. Je sais que tu l'accepteras de bonne grâce, et je n'ai aucune envie que tu files en Géorgie comme ton oncle Septimus. Je te supplie de rester pour aider ton frère à diriger notre très vaste plantation. Il a besoin de ton aide, et moi aussi. »

Ni Somerset ni Millicent ne firent de réponse ; depuis le jour de l'année précédente où ils avaient reçu la première lettre où Persifer annonçait sa décision de quitter l'uniforme, ils savaient que le jour de la grande décision viendrait tôt ou tard, et ils en avaient souvent discuté entre eux, sans jamais rien laisser paraître de leur inquiétude à Tessa Mae ou au vieux père. Ils avaient même adressé à leur cousin Reuben, dans les collines de Géorgie, une missive secrète : « Quel genre de terre y a-t-il dans votre région ? Est-il difficile de cultiver les espèces à fibre courte ? » Reuben avait répondu avec enthousiasme – mais on ne pouvait pas en tenir compte, car ce que disait Reuben était trop souvent excessif – qu'il fallait être fou pour perdre son énergie sur des plantations épuisées de Caroline au rendement de trois cents livres par arpent, alors que ses bons champs de Géorgie rendaient cinq cent cinquante livres. Il avait ajouté un paragraphe qui trahissait d'anciennes rancœurs :

> Il faut être stupide et dément pour se croire supérieur dans la société sous prétexte que l'on cultive quelques livres de coton à longues fibres et à graines noires faciles, alors que son voisin en Géorgie cultive des récoltes énormes avec des graines vertes difficiles. Le monde du coton est dominé par les hommes de la fibre courte et, si tu as le moindre bon sens, tu deviendras l'un de nous.

Mais ces décisions déchirantes furent remises à plus tard, car Maximus Cobb recevait, ce soir-là, l'élite de Charleston dans sa demeure près de la mer. On ouvrit toutes grandes les grilles de l'arrière : six esclaves en livrée bleue guidèrent les cabriolets et les phaétons qui déposaient l'aristocratie des plantations devant la longue galerie ; Suétone, dans une tenue somptueuse digne d'un palace français, accueillait chaque invité par ses titres et nom ; et Trajan, dans le même appareil, les conduisait à la table du punch pour leur premier verre.

Un orchestre jouait. Des couples dansaient dans le vaste salon et sous la galerie. Les bougies du lustre scintillant de cristal de Bohême et les lampes à huile de baleine raffinée disposées le long des murs de brocart projetaient une lumière douce sur les beaux visages. Tout le monde semblait heureux de voir Persifer revenu chez lui, à sa place.

La soirée fut une des plus gaies que la demeure des Cobb ait connues depuis des années, et le couronnement en fut l'instant où Maximus frappa le plancher avec une de ses cannes pour annoncer :

« Nous souhaitons la bienvenue à notre fils Persifer, dont le nom a été souvent cité dans les dépêches venant de tous les champs de bataille du Mexique. Demain, il reprendra la direction de nos plantations, et nous lui présentons tous nos vœux. »

Chacun leva son verre ; on porta des toasts à la réussite de Persifer ; et, dans chaque voiture qui quittait l'allée circulaire ce soir-là, quelqu'un demandait : « Et que va faire le jeune Somerset, à présent ? »

Le jeune Somerset était un homme chevaleresque qui ne contesterait jamais les droits de son aîné sur les plantations Cobb, mais il n'était pas question qu'il reste, et son épouse Millicent, l'une des femmes les plus sages de Charleston, ne le lui permettrait pas. Sur les conseils de cette femme de tête, Somerset afficha un calme absolu pendant les derniers mois de 1848, uniquement soucieux (semblait-il) de mettre son frère au courant des complexités de la grande plantation d'Edisto. Mais, au fond de lui, il ne cessait d'envisager les diverses solutions pratiques qui se présentaient à lui.

« Sett, lui disait Millicent avec une détermination inflexible, nous sommes obligés de partir. Et je pense qu'il faut le faire avant la fin de l'année.

– Non. Je ne partirai pas avant que la prochaine récolte soit plantée. Mais nous nous en irons. »

Ils avaient six options possibles, que Millicent passait en revue chaque fois qu'ils en discutaient, toujours dans le même ordre, selon ses préférences :

« La première solution : acheter une plantation près de Charleston, mais aurons-nous l'argent ? La deuxième : prendre la plantation Musgrave, comme les vieux propriétaires l'ont suggéré de temps en temps... jamais directement bien entendu, mais ils ont tâté le terrain. La troisième : directeur salarié d'une des grandes plantations, il y en a beaucoup de libres, mais je n'en voudrais pas, et toi non plus, j'en suis certaine. La quatrième : puisque Persifer quitte l'armée, tu pourrais y entrer, mais seulement dans la milice et il te faudrait débuter avec un grade tellement bas ! La cinquième : aller près de ton cousin Reuben en Géorgie, mais cela semble si désolant quand on a connu Charleston. La sixième : rompre toutes les amarres, partir pour de nouvelles terres et se faire de nouveaux amis au Mississippi. »

Froidement, toujours prêts à étudier même les options les plus déplaisantes, ils analysaient les côtés positifs et négatifs de chaque solution et se retrouvaient toujours au même point, ne sachant trop à quel saint se vouer. Une de leurs difficultés à prendre une décision venait du fait qu'ils ne pouvaient obtenir aucune indication précise sur l'argent dont ils disposeraient. Sett avait bien entendu un compte bancaire personnel, mais il ne contenait que huit mille dollars ; jamais il n'avait reçu de salaire et il ne possédait aucune terre à vendre. Il avait toujours supposé qu'à la mort de son père il y aurait assez d'argent liquide pour partager entre les deux fils, mais rien n'était moins certain, parce que, dans une grande famille de planteurs comme les Cobb, il y avait souvent, selon le proverbe : « Force terres, force Nègres, guère d'or. »

Mais une autre femme Cobb entra alors en lice, jamais ouvertement, sans trahir ses desseins à quiconque, hormis son mari dans le secret de la nuit. C'était Tessa Mae, fille d'une famille dont la prospérité n'avait dépendu que d'un principe : « Entre en possession d'une bonne plantation et ne prends jamais d'hypothèque sur ton bien. »

« Persifer, chuchotait-elle dans le noir, je suis contente que tu aies quitté l'armée. J'avais besoin de toi ici. Nous devons faire l'impossible pour que Sett et Lissa s'en aillent.

– Jamais je n'entreprendrai rien qui…

– Persifer, c'est eux ou nous. Je te le dis : si le brave Sett traîne ici trop longtemps, il perdra vite son charme et sa réserve pour se muer en un vrai salopard.

– Tessa !

– Occupe-toi de lui. Je me charge de Lissa. Mais il faut qu'ils partent. »

Au début de 1849, Millicent s'aperçut que la cohabitation sur la plantation devenait insupportable : « Sett, cette Tessa Mae est une garce. Rusée en plus. Elle a suggéré trois fois que nous pourrions partir en Géorgie. Et Persifer, toujours tout sucre et tout miel, tellement comme il faut, ne cesse de te lancer des piques. J'en ai assez. Je veux apprendre de ton père quelles sont tes perspectives financières réelles. Et je veux l'apprendre tout de suite. »

Contre l'avis de son mari, elle partit à pied à la jetée, toute seule, grimpa dans la chaloupe et demanda aux six esclaves de la conduire à la maison de Battery, où elle franchit la grille de sa démarche gracieuse, prête à affronter Maximus, assis sous la galerie.

« Somerset et moi avons besoin de savoir sur quel argent nous pourrons compter. »

Le vieillard se racla la gorge. Il n'avait jamais discuté de ces questions avec des femmes, pas même avec son épouse, une des héritières Radbourne. Il essaya de biaiser :

« Avec Edisto... Notre revenu de cette vaste plantation... Sett n'a aucune inquiétude à se faire.

– Mais si nous voulions acheter une plantation à nous ? insista Millicent.

– Ce serait d'une stupidité extrême.

– Nous ne sommes pas de cet avis, lança-t-elle carrément.

– Moi, si », répondit-il, refusant d'en discuter davantage.

Il l'invita à déjeuner et, bien qu'elle ait eu l'intention première de refuser cette politesse, parce qu'il était avant tout un vieillard solitaire à l'affût de compagnie elle resta. Mais ce fut une erreur. Quand les esclaves se retirèrent de la salle à manger, elle revint à la charge :

« Père, vous devez vraiment nous expliquer, à Sett et à moi, ce que sera notre situation...

– Quand je mourrai ?

– Je n'ai pas dit ça.

– Vous l'avez pensé.

– Pas du tout. Je pense seulement que mon mari est un adulte de trente-deux ans et que vous le traitez comme un gamin de treize ans.

– Pourquoi vous souciez-vous de problèmes d'argent ? Avez-vous jamais manqué de quoi que ce soit ?

– Parce que nous songeons peut-être à partir en Géorgie. »

Ces paroles à peine prononcées, elle les regretta : le vieillard parut se refermer soudain, comme si son frère, mort après une longue séparation, venait de les lui lancer de nouveau au visage. Surmontant sa répulsion, il demanda :

« Vous iriez en Géorgie ? »

Dans sa bouche, on eût dit un endroit lépreux à qui avaient été refusés tous les charmes de la Caroline. Millicent voulut se rétracter mais, avant qu'elle en ait le temps, Trajan entra pour desservir – et ce fut à cet instant qu'elle se dit : Quand nous partirons, il nous faudra emmener Trajan.

A son retour à la maison d'Edisto, qu'ils partageaient maintenant avec Persifer et Tessa Mae, elle dit à Sett d'une voix très calme :

« Ton père m'a pour ainsi dire renvoyée. Il a refusé de me parler. A Edisto, nous passons pour millionnaires. Dans les rues de Charleston, nous sommes des mendiants. Je veux que tu saches exactement combien nous avons. En dollars. »

Quand il apprit que sa femme avait révélé leurs conversations concernant leur éventuel départ en Géorgie, Somerset fut pétrifié, car il savait à quel point cela avait dû blesser son père. Mais il faudrait bien évoquer ouvertement cette possibilité un jour, et il conclut que Millicent avait peut-être obtenu un résultat positif : elle avait ouvert la discussion. Le lendemain, ils adressèrent une lettre à leur cousin Reuben en Géorgie, pour lui demander conseil.

Par une belle journée du mois de juin, quand le coton fut bien pris et sarclé, Reuben Cobb et son épouse Petty Prue, tous deux âgés de vingt-six ans, descendirent à Charleston et tout faillit exploser. Reuben, un mètre quatre-vingts, mince et élégant comme tous les Cobb, avait les cheveux d'un roux flamboyant, cas unique dans la famille. Il arborait de longues moustaches, rousses elles aussi, qu'il aimait tortiller entre ses doigts quand il développait de sa voix puissante un argument rencontrant quelque opposition. Lors du premier grand dîner en son honneur, accordé à regret par son oncle Maximus, il était sous la galerie en train de discuter de coton, et ses exclamations violentes pénétrèrent bientôt dans le salon voisin, peuplé surtout de spécialistes de Sea Island :

« La fibre courte est la reine. Les usines de Manchester en demandent autant que nous pouvons en produire. Et, croyez-le ou non, l'homme à la tête de la fibre courte prendra la direction de ce pays. »

L'œil du cyclone géorgien était Petty Prue, minuscule mais séduisante fille d'un pasteur méthodiste qui n'avait pas planté un rang de coton de son existence mais qui avait enseigné à sa fille tout ce qu'elle avait besoin de savoir : « Pour t'en sortir dans la vie, tu dois plaire aux gens. » Elle ne mesurait guère plus d'un mètre cinquante, ne pesait pas plus de quarante kilos et avait mis au point un accent du Sud tellement traînant qu'elle arrivait à prononcer en trois syllabes les mots les plus courts. Elle regardait son interlocuteur dans les yeux, adressait des sourires enchanteurs aux hommes ainsi qu'aux femmes, comme si chacune était tour à tour la plus belle de l'assistance, comme si chacun avait le plus d'esprit. C'était un oiseau charmeur, tout en or et argent, qui balayait la réserve habituelle des réceptions du Sud avec un enthousiasme irrésistible débordant sans cesse de ses lèvres à la moue adorable.

Deux femmes qui observaient dans un angle de la pièce les deux Cobb en visite remarquèrent : « On voit bien qu'ils ne sont pas de Charleston. » Mais ils y auraient été admis volontiers, s'ils l'avaient voulu, car ils étaient charmants, spontanés et bien élevés, même selon les normes géorgiennes. Surtout, ils assuraient à qui voulait les entendre qu'au moment critique leur loyauté à l'égard du Sud demeurerait inflexible.

« Nos hommes balayeront le terrain, si jamais l'on en arrive à l'épreuve des armes, tonna Reuben depuis sa position près du bol de punch. Demandez donc à Persifer. Au cours de la guerre du Mexique, pas un seul officier du Nord ne pouvait se comparer aux meilleurs des nôtres. Ne me parlez pas de kilomètres de voies ferrées, ni d'usines qui crachent de la fumée. Ce qui compte, c'est le caractère. »

Quand s'acheva cette première soirée fort animée, ces dames et ces messieurs de la bonne société de Charleston convinrent que les Cobb de Géorgie étaient non seulement acceptables, mais vraiment amusants : « Dommage qu'il nous ait quittés. Nous avons besoin d'hommes de sa trempe. » Et pour Petty Prue : « Manifestement pas aristocratique, et elle parle fort, seulement sa bonté vous fait fondre le cœur. Invitons-les. »

Mais ce fut sur la plantation que le Cobb de Géorgie révéla ses vraies qualités. Reuben possédait la capacité rare de remarquer ce qui aurait dû sauter aux yeux de tous et de trouver vite des solutions valables.

« Ton sol est en train de se dégrader, Persifer. Par rapport au nombre de Nègres employés, tu ne pourras jamais t'en sortir sur cette plantation. » Persifer lui fit observer qu'il pourrait toujours importer des engrais. « Et gaspiller ainsi la moitié de tes bénéfices ! s'écria Reuben. A ton âge, avec tes compétences, tu devrais partir d'ici.

– Et aller où ? demanda Persifer sans dissimuler son dédain. En Géorgie ?

– Non. C'est également condamné. Le rendement par Nègre baisse de plus en plus.

– Où, dans ce cas ?

– Au Texas. »

Persifer se détourna. Qu'un homme de bon sens puisse songer à quitter le paradis agricole d'Edisto pour émigrer dans les solitudes sauvages du Texas ne méritait aucun commentaire. Mais Sett Cobb, à qui jamais cette idée ne serait venue, parut intrigué.

Reuben prit dans sa poche une coupure de presse, d'un journal de La Nouvelle-Orléans, et Persifer, la lisant, crut entendre l'écho d'une discussion antérieure :

« J'ai vu ces chiffres au bureau du journal, à La Nouvelle-Orléans. » Ils étaient maintenant imprimés noir sur blanc : Caroline du Sud, 250 livres par arpent. Texas, 750. « Et tu crois à ces chiffres ? demanda-t-il.

– J'ai écrit aux experts, répondit Reuben qui tremblait presque d'excitation. Ils m'assurent que pendant les premières années, dans un sol vierge, ces rendements se sont confirmés cent fois.

– Mais pour combien de temps ? demanda Persifer.

– Suffisamment pour faire fortune. Et, quand ils baisseront, tu auras les moyens d'aller sur des terres nouvelles. Bon Dieu, c'est peut-être l'aventure la plus passionnante de toute l'Amérique ! Persifer, Sett, partons tous dans l'Ouest. »

L'idée qu'un Cobb puisse échanger Edisto contre le Texas répugnait tellement à Persifer qu'il l'écarta d'un geste hautain. Mais, quand Reuben et Petty Prue furent seuls avec Somerset et Millicent, la discussion reprit :

« Sett, Lissa, nous devons tous partir au Texas, sincèrement. Nous sommes au bout du rouleau, en Géorgie. Vous l'êtes de toute évidence à Edisto. Nous pouvons y acheter un domaine, des meilleures terres, à deux dollars l'arpent. Prenez vos chariots, vos Nègres et assez d'argent pour débuter dans un nouveau paradis. » Il s'interrompit brusquement pour demander : « Sett, combien peux-tu réunir en liquide, si tu grattes les fonds de tiroir ?

– Difficile à dire. J'ai mis quelques milliers de dollars de côté, mais...

– Que me racontes-tu là ? Combien ?

– Huit mille. Et je suppose que Père me donnera quelque chose...

– Ne compte pas là-dessus. Son père n'a rien donné à mon père. Mais pourras-tu emmener tes esclaves ?

– Lissa et moi en avons chacun six, des esclaves personnels. Nous pourrons sûrement en disposer.

– Nom de Dieu ! Excusez-moi, madame. Mais je parle de cinquante à soixante esclaves. Vous pourrez sans doute convaincre votre famille de vous laisser en emmener au moins cinquante. »

De toute évidence, il étudiait cette possibilité depuis plusieurs mois, car il sortit de sa poche une liste rédigée avec soin de tout ce que Petty Prue et lui devaient emporter pour une expédition de ce genre. Somerset et Millicent s'étonnèrent : il avait pensé à tout.

« Je procurerai l'égreneuse, parce qu'il faut la meilleure. Je fournirai les semences, les meilleures souches mexicaines, confirmées par des expériences sur des sols comme ceux que nous trouverons au Texas. Et j'emporterai la forge.

– Combien de chariots as-tu envisagés ? » demanda Somerset.

Reuben prit une autre liste dans sa poche. La taille des chariots et le nombre de mules ou de bœufs pour les traîner étaient précisés, ainsi que le contenu prévu. Au total trente-sept, et Millicent demanda :

« Pourquoi cette hâte ? Vous n'êtes pas contraints de partir. C'est nous qui ne pouvons faire autrement. »

De sa voix haut perchée, avec son adorable accent du Sud, la petite Petty Prue avoua ses vraies raisons :

« La Géorgie a changé. Des vieillards édictent des règles impossibles. Ce que nous cherchons, c'est une nouvelle vie, un endroit où nous pourrons investir notre argent et notre énergie pour construire notre propre paradis. »

Millicent s'étonna que ce petit bout de bonne femme à peine sortie de l'adolescence s'exprime avec autant d'audace :

« Vous êtes prête à courir d'aussi grands risques ?

– J'ai *envie* de les courir. La Géorgie m'ennuie. »

L'accent de Petty Prue pouvait faire sourire, mais Millicent observa le menton volontaire de la jeune femme et la remarque ne lui parut pas drôle du tout.

« Après tout, c'est vous qui avez envoyé cette lettre, pas nous, reprit Petty Prue. Et vous l'avez fait parce que vous saviez qu'ici tout est fini pour vous. C'est la meilleure idée que vous ayez eue. »

Mais, quand les trois couples Cobb dînèrent ensemble le deuxième soir, une des motivations de Reuben le rouquin commença à se faire jour :

« J'aimerais aller au Texas pour une autre raison. Je voudrais ne pas perdre de vue la partie nord du Territoire indien qu'on appelle Kansas. » C'était la première fois que ce nom était prononcé à Edisto, et dans la bouche de Reuben il semblait très étrange, chargé de menace. « De grandes décisions vont être prises au Kansas, et j'ai bien envie...

– Quel genre de décisions ? demanda Millicent.

– Sur l'esclavage. Si ces porcs du Nord peuvent nous empêcher d'emmener nos esclaves dans un territoire ouvert comme le Kansas, ils peuvent mettre un terme à tout notre progrès.

– Le Texas restera-t-il partisan de l'esclavage ? demanda Somerset.

– Absolument ! s'écria son cousin. Ils se sont battus contre Santa Anna parce qu'il voulait abolir l'esclavage. Les Texans savent défendre leurs droits.

– Je ne jurerais de rien, en ce qui concerne le Texas... commença Persifer.

– D'où viennent les Texans ? l'interrompit Reuben, du Tennessee, un État à esclaves. De l'Alabama, du Mississippi, de la Géorgie, tous des États à esclaves. Le Texas répondra présent quand nous aurons besoin de lui.

– Aurons-nous besoin de lui ? » demanda Persifer.

Dans le silence qui suivit, on entendit striduler les sauterelles dans la nuit tiède. Enfin, Reuben se décida à exprimer ses idées :

« J'ai rencontré quelques abolitionnistes. Infiltrés en Géorgie. Oh, ils avaient bonne mine, mais le cœur absolument corrompu : ils viennent nous voler nos biens. Ils ne renonceront jamais. Or des hommes comme nous trois ne céderont pas non plus. Il y aura une épreuve de force.

– J'aurais cru que tu préférerais te trouver sur place, dit Persifer, qui tenait son cousin de Géorgie pour violent.

– En Géorgie, chaque homme de bien comptera pour un. Au Texas, il comptera pour deux.

– Et pour quelle raison ?

– Parce que la plupart des grandes décisions seront prises là-bas. Le Texas est la clé de l'Ouest. La clé du Kansas. Et l'une des clés qui permettra de tenir le Mississippi. J'ai envie de me trouver là où je compterai pour deux. »

Les hommes sortirent sous la galerie, où Somerset essaya d'expliquer calmement qu'à son avis la véritable disparité entre le Sud et le Nord ne venait pas de l'esclavage mais de la façon honteuse dont le Nord exploitait les matières premières du Sud, puis faisait voter par le Congrès, qu'il contrôlait, des droits de douane excessifs qui empêchaient le Sud d'importer d'Europe les produits fabriqués dont il avait besoin.

Millicent, qui avait déjà entendu cet argument, fit

comprendre à Petty Prue qu'elle avait envie de poursuivre leur conversation sur le Texas en privé et, dès que Tessa Mae alla se coucher, les deux jeunes femmes s'installèrent à la lueur vacillante d'une bougie pour discuter des problèmes qu'allait poser le déplacement d'une civilisation à plus de mille cinq cents kilomètres vers l'ouest.

« Cela ne vous effraie pas ? demanda Millicent.

– Pas du tout. Des milliers de familles s'en vont en Californie chaque semaine. Si elles y parviennent, nous pouvons facilement arriver au Texas. » Elle s'arrêta, comme si elle cherchait le mot juste : « Ce serait en fait comme un grand pique-nique… qui durerait une centaine de jours.

– Une centaine de jours !

– Oui, Reuben a tout calculé. Depuis Edisto…

– Il a l'air certain que nous partirons.

– Moi aussi. » Imperturbable, sûre de son fait, la petite Géorgienne de vingt-six ans, déjà mère de trois enfants, continua : « Le moment est venu, voilà tout ce que je peux dire. Comme un jeune homme de vingt ans avec une jeune fille de dix-huit ans… Quand c'est le moment, tout ce qui semblait confus et difficile trouve sa place. Il est grand temps que vous partiez d'ici, Sett et vous. Voilà tout. »

Dans les jours qui suivirent, quand il devint manifeste que Somerset et son épouse allaient renoncer sans histoires à toute rivalité au sujet de la plantation d'Edisto, Persifer et Tessa Mae se montrèrent d'une générosité surprenante. Leur père n'avait pas encore tranché la question de l'argent dont Sett disposerait, mais la décision viendrait en son temps ; en attendant, Persifer assura à son frère :

« Tu pourras emmener vingt de nos hommes d'Edisto, pas de problème.

– Trajan est à Charleston, mais j'aimerais l'avoir.

– Tu auras Trajan. Je l'expliquerai à Père. »

Millicent désigna neuf des meilleures servantes, des femmes qui savaient coudre des robes et des chemises, et elles lui furent accordées ; Tessa Mae en ajouta deux autres avec qui Lissa s'entendait bien, ce qui porta le total à trente-deux. Persifer, songeant aux difficultés du voyage, déclara :

« L'ouest de l'Alabama et le Mississippi n'ont pas de

bonnes routes. Vous aurez besoin des meilleurs chariots. »

Il ordonna à ses charrons et à ses menuisiers de réparer neuf chariots qui existaient déjà et d'en construire sept autres, mais, une fois établies les premières listes provisoires de matériel, il s'avéra que Sett ferait bien d'en acheter trois de plus à Charleston.

Maximus Cobb poussa des hauts cris pour la perte de Trajan, qu'il était en train de former comme maître d'hôtel, mais ses fils refusèrent de céder, et Persifer mena le combat :

« Un gentleman de Caroline a droit à au moins un domestique parfait. Cela lui confère de la distinction. Et, pour Sett, Trajan sera idéal. » Comme son père continuait de protester, Persifer ajouta : « Ils étaient comme des frères. »

Le vieillard dut renoncer.

Quand vint le moment où l'on ne put plus ajourner la question de l'argent, Maximus déclara :

« Je vais te dire une chose. Si tu partais en Géorgie comme mon frère Septimus, tu n'aurais pas un sou. Pas un sou. Mais puisque tu vas au Texas pour préserver notre style de vie du Sud... Et répandre la bonté et la justice... » Il tapa soudain avec sa canne à poignée d'ivoire sur le sol et des larmes lui montèrent aux yeux : « Pourquoi les jeunes se croient-ils toujours obligés de partir ? Quel tort t'avons-nous fait, Somerset ? Dis-moi !

– Le moment est venu », répondit Somerset.

Son père parut accepter sa réponse car il sortit une lettre de sa poche – la copie d'une lettre, dont l'original avait déjà été envoyé à une banque de La Nouvelle-Orléans. Avant de la remettre à son fils cadet, il dit avec une tristesse manifeste :

« Mon cadeau pour votre nouvelle vie, à Lissa et à toi. »

C'était un billet à ordre de vingt mille dollars.

Le dimanche 30 septembre 1849, les frères Cobb, leurs épouses et leurs cinq enfants se réunirent à la demeure de Charleston où l'on avait invité un pasteur épiscopalien à dire des prières. Puis Suétone et trois de ses Césars –

Tibère, Claude et Domitien – servirent un magnifique festin. Trajan s'occupait des quatre chariots qui quitteraient Charleston le lendemain matin pour se joindre aux quinze autres venus du bac d'Edisto par la grand-route.

Ce fut une belle journée et, en fin d'après-midi, les deux couples se promenèrent avec leurs enfants sur Battery et admirèrent Fort Sumter dans la baie. Le soir, des chanteurs vinrent d'une demeure voisine et plusieurs familles qui avaient envisagé d'unir leurs enfants à ceux de Somerset passèrent faire des adieux gênés, car ils perdaient des candidats de choix pour des mariages futurs.

A l'aurore, tout le monde se mit en branle. Les quatre chariots avec leurs chevaux de louage étaient prêts pour le voyage épuisant jusqu'à l'endroit du rendez-vous avec les chariots plus lourds venus directement d'Edisto. On échangea des baisers, des larmes, des étreintes et des prières. Enfin le vieux Maximus agita l'une de ses cannes, et la famille Somerset Cobb quitta l'une des plus belles maisons de Caroline et la plus riche des îles de la côte.

Mais ce fut au crépuscule de cette première journée qu'eurent lieu les vrais adieux. Au moment où la petite caravane arriva près de l'endroit où le chemin du bac d'Edisto rejoignait la route principale, les enfants Cobb, dans le chariot de tête, crièrent à leurs parents :

« Oh, regardez ! »

Devant eux, dans l'ombre de plus en plus dense, attendaient les quinze chariots d'Edisto. Tout autour s'étaient réunis non seulement les esclaves qui les accompagneraient au Texas, mais plusieurs centaines d'autres, venus à pied de l'île pour faire leurs adieux.

On ne dormit pas beaucoup cette nuit-là, des groupes se formèrent ici et là, on échangea des petits cadeaux et des confidences en gullah, on savoura de précieux instants d'amitié que l'on ne pourrait plus partager. De mémoire d'homme, aucun Cobb d'Edisto n'avait jamais séparé de ses parents un seul enfant d'esclave. Et même en ce jour aucune famille ne serait brisée – par exemple, Trajan et son épouse emmenaient leur fils Hadrien – mais, inévitablement, des frères et des sœurs adultes se voyaient pour la dernière fois, tandis que d'autres quittaient à jamais leurs parents âgés. Malgré le chagrin, tandis que la nuit s'écoulait, des voix se mirent à chanter – des cantiques doux, psalmodiés en gullah.

« Oh, je ne te reverrai jamais ! » s'écria une jeune fille à l'homme qu'elle aurait épousé s'il était resté à Edisto...

A l'aurore, la caravane de dix-neuf chariots s'ébranla : quatre Blancs et trente-deux esclaves, plus trois nouveau-nés.

Le 2 octobre 1849, la lente migration vers l'ouest commença, le chariot de Trajan en tête. Les mules et les bœufs avançaient de leur pas mesuré et à midi les conducteurs avaient appris quelle distance il fallait laisser entre les attelages pour ne pas disparaître dans un nuage de poussière. En fin d'après-midi, lors du premier arrêt, la caravane s'étirait sur plus de deux kilomètres et, lorsque le dernier chariot rejoignit les autres, les esclaves échangèrent plus d'un quolibet.

Hommes et femmes, tous se mirent au travail : ils plantèrent les tentes des maîtres, s'occupèrent des bains, préparèrent le repas du soir. Ce premier soir, ce fut comme un jeu bruyant car les cuisinières et les servantes ne retrouvaient pas les ustensiles, ne savaient plus où était la literie. Mais, sous la direction sévère de Trajan, tout rentra vite dans l'ordre.

Il y avait deux cent quinze kilomètres d'Edisto à la frontière de la Caroline du Sud, en face de la ville d'Augusta. Somerset avait calculé que la caravane franchirait la distance en douze jours, mais le samedi, alors qu'ils se trouvaient à mi-chemin, Millicent annonça d'une voix ferme qu'elle n'avait pas l'intention de voyager le dimanche. Lorsque Somerset voulut protester, il s'aperçut que tous les esclaves soutenaient son épouse. Ils poussèrent les hauts cris :

« Nous n'avons jamais travaillé le dimanche. Ce n'est pas bien. » Pour Mme Cobb, il s'agissait de religion ; pour les esclaves, à la religion s'ajoutait la coutume, et la coutume avait encore plus de poids à leurs yeux. « Travaille six jours, dit Dieu. Même Lui travaille six jours. Mais le septième, plus personne ne travaille : ni Dieu ni homme. »

Trajan avait pris la tête de la rébellion et, le premier samedi au coucher du soleil, Sett ordonna donc de planter les tentes plus solidement que d'habitude, car rien de ce qu'il aurait pu dire ou faire n'aurait changé la situation : ils resteraient sur les rives de ce ruisseau pendant deux nuits.

Le deuxième samedi, la halte forcée l'irrita davantage, car ils venaient d'arriver sur la rive de la Savannah, qui se trouve en Caroline, et ils voyaient déjà les maisons d'Augusta de l'autre côté du fleuve.

« En nous levant à l'aube, nous pourrions arriver en ville assez tôt pour les prières du matin », lança-t-il.

Lissa ne voulut rien entendre :

« Le dimanche est sacré. Si nous le profanons au début de notre voyage, quels maux Dieu va-t-il déverser sur nous plus tard ? »

Sett répliqua que Dieu avait bien d'autres soucis qu'un petit groupe de chariots sur la route d'Augusta, mais Millicent refusa d'en démordre.

Ils entrèrent dans Augusta le lundi 15 octobre très tôt dans la matinée et consacrèrent les deux journées suivantes à des achats : il leur manquait tant de choses ! Sett se figurait que ces emplettes feraient plaisir à son épouse, mais, retournant aux chariots dans la soirée du mardi, il la trouva en larmes, tournée vers l'autre rive du fleuve :

« Je ne reverrai plus la Caroline. Regarde, Sett, c'est le plus doux, le plus adorable État de l'Union. »

Longtemps il resta près d'elle, sans quitter des yeux cet État plein de charme où il avait été si heureux et dont il demeurait si fier.

La semaine suivante fut pénible : une lente avancée sur les routes mal entretenues du nord de la Géorgie. Pendant trois jours entiers, sous une pluie battante, ils continuèrent vers l'ouest et traversèrent les bourgades de Greensboro et de Madison. Le jeudi matin, quand le ciel se dégagea, Sett retrouva sa bonne humeur. Au petit déjeuner, il annonça :

« Tout le monde à l'affût, aujourd'hui et demain. Peut-être une grande surprise. »

Les enfants montèrent sur le chariot de tête avec Trajan et scrutèrent la route à l'avant comme des éclaireurs indiens. Vers midi leur attention fut récompensée, car ils virent arriver sur une mule un géant noir, qui leur cria en arrivant :

« C'est vous, les Cobb d'Edisto ? » Trajan agita son fouet, le fit claquer en l'air. Le grand Nègre arrêta sa mule, leva les bras au ciel et brailla : « Alléluia ! Je vous ai trouvés ! »

C'était Jaxifer, le « régisseur » des Cobb de Géorgie, envoyé sur la route à la rencontre de la caravane. Il avait hérité de son nom d'une curieuse manière. Reuben Cobb, qui désirait conserver des liens sentimentaux avec ses cousins d'Edisto, l'avait appelé Persifer, en l'honneur du héros de la famille, mais en gullah le nom s'était corrompu en Jaxifer.

« Mon boulot, je vous montre le chemin », expliqua-t-il, et quand tous les chariots furent alignés derrière lui il talonna sa mule en criant : « Alléluia ! Nous partons au Texas ! »

Le 26, il chevaucha avec eux toute la journée en criant à tous ceux qu'il croisait : « Alléluia ! Nous allons au Texas ! » Le soir venu, il expliqua aux enfants, qui l'avaient adopté car il était aussi dynamique et braillard que son maître :

« Demain, nous arrivons chez nous. La plus belle ville de Géorgie.

– Comment s'appelle-t-elle ? demandèrent les enfants.

– Social Circle.

– Ce n'est pas un nom de ville !

– C'est le nom de celle-ci. Et c'est la reine de la Géorgie. »

Le samedi dans la matinée, il les précéda sur les dernières routes poussiéreuses conduisant à Social Circle, beau village qui se flattait de posséder deux égreneuses mécaniques de coton, des entrepôts pour stocker les balles terminées, et un vieux puits magnifique au milieu de la rue principale. C'était là que les attendaient Reuben et Petty Prue. Ils offrirent aux voyageurs des louches d'eau fraîche.

« Notre ville avait un autre nom autrefois, expliqua Petty Prue, mais, comme tout le monde se rassemblait autour de cette pompe pour échanger les nouvelles, elle est devenue Social Circle. »

Après vingt-sept journées de voyage dans la poussière, les Cobb d'Edisto furent enchantés des cinq journées qu'ils passèrent à Social Circle. La rue principale était bordée de neuf grandes demeures, avec de belles colonnes blanches qui soutenaient de jolis balcons desservant l'étage supérieur. Partout des corbeilles de fleurs, et de belles allées couvertes de gravier pour les voitures.

« Il y a des gens qui gagnent de l'argent ici ! s'écria Sett.

– Tout le monde en gagne... pour le moment, répliqua Reuben. Ces gens savent cultiver le coton et faire travailler leurs esclaves. »

Sett s'intéressa particulièrement aux égreneuses mécaniques ; comme il produisait du Sea Island, il n'avait jamais traité le coton à fibre courte – il avait même cru que personne ne pourrait le faire. Reuben le conduisit à une égreneuse qui appartenait collectivement à tous les Cobb de la région, robuste bâtiment de bois à un étage, dont le rez-de-chaussée était ouvert comme un hangar pour que les esclaves puissent y conduire deux attelages de deux chevaux en une ronde continue. Les chevaux étaient attelés à de longs timons de bois montés sur un poteau central, qui tournait lentement mais en développant une force importante.

Ce poteau s'élevait très haut dans la salle de l'étage, où son mouvement circulaire constant fournissait la force motrice nécessaire à l'égreneuse proprement dite, une Eli Whitney de cinquante peignes. Les boules de coton blanc passaient entre ces peignes, les graines vertes solidement fixées au coton en étaient arrachées et elles tombaient au rez-de-chaussée sur une glissière, après avoir été dépouillées des derniers filaments par des brosses métalliques.

« Ce n'est guère différent de ce que nous faisons à la main avec le Sea Island en Caroline, murmura Somerset en constatant l'efficacité de l'égreneuse.

– Splendide, non ? lança Reuben en le poussant du coude. Et quelle simplicité ! Comme le travail du coton était difficile avant qu'on l'invente ! Tu te rends compte, Sett ? ajouta-t-il d'un ton triste. Nous avons rêvé, dans le Sud, d'une égreneuse comme celle-ci pendant des centaines d'années. Et même essayé de temps en temps un modèle grossier. Puis un maudit instituteur du Massachusetts arrive ici en vacances ou je ne sais pourquoi, étudie la question une semaine et sort cette merveille ! »

Avec une admiration profonde, il observa l'égreneuse qui détachait sans cesse la fibre de sa graine ; tant que les petits Nègres faisaient avancer les chevaux et que le poteau central tournait sur son axe, l'égreneuse miraculeuse accomplissait en une heure ce que des milliers de doigts agiles avaient du mal à faire en un mois, autrefois, en Virginie.

« Comme l'histoire peut se montrer ironique, Sett ! C'est la plus grande invention de l'humanité, en tout cas pour notre Sud, et le génie qui l'a mise au point n'a pas gagné un sou.

– Je l'ignorais. Les égreneuses ont beaucoup moins d'importance pour le Sea Island.

– Whitney a perdu son brevet. En fait, il n'a jamais pu le faire respecter. Son égreneuse a joué un rôle tellement vital que tout le monde l'a simplement copiée. Ah, les avocats ! »

Tandis que Reuben prononçait ces paroles, son cousin remarqua qu'il fixait l'égreneuse d'un air étrange, comme pour se souvenir de chaque élément de son mouvement, de façon à pouvoir le reproduire au Texas. N'était-ce pas bizarre, puisque l'on pouvait acheter une égreneuse n'importe où pour cent cinquante dollars ? Toutes les plantations importantes de coton avaient les moyens de s'en équiper.

Pendant cinq jours, les habitants de Social Circle reçurent les émigrants dans leurs belles demeures, et Millicent s'écria, à l'un des dîners :

« Vous avez prouvé que vous méritez vraiment votre nom. C'est le cercle le plus social dans lequel je me suis trouvée. »

Un banquier lui répondit en portant un toast :

« Aux Cobb, le premier groupe qui quittera la Géorgie pour le Texas sans avoir le shérif à ses trousses. »

Le 1er novembre, les Cobb de Géorgie mirent leurs chariots en ligne, et Millicent, stupéfaite, en compta trente-huit.

« Dieu du ciel, Prue, est-ce que vous emmenez tout ce que vous possédez ?

– Oui », répliqua la jeune femme.

Et la caravane se forma. Chariots d'Edisto : dix-neuf ; chariots de Géorgie : trente-huit ; esclaves d'Edisto : trente-deux ; esclaves de Géorgie : quarante-neuf ; Blancs d'Edisto : quatre ; Blancs de Géorgie : cinq ; plus une bible d'Edisto et plusieurs pièces remarquables de Géorgie.

Le vendredi, Sett découvrit à quel point ces pièces étaient remarquables lorsqu'il constata qu'il s'agissait des éléments métalliques, démontés, de l'égreneuse dont il avait étudié le fonctionnement quelques jours plus tôt. Il reconnut la peinture jaune et surtout le mécanisme des peignes qui portaient, moulé dans le métal, le nom du fabricant. Reuben Cobb, le soir même où le banquier vantait son honnêteté, avait volé l'une des deux égreneuses de la ville.

« Oh, elle m'appartient pour ainsi dire, expliqua celui-ci. C'est une égreneuse Cobb, pas de doute. Elle appartenait aussi aux autres Cobb, mais ils me doivent beaucoup d'argent ; ils en trouveront une autre. »

Sett nota cependant que, malgré ces paroles rassurantes, Reuben suivait un itinéraire fort compliqué pour éviter Atlanta, tout en maintenant une sentinelle sur ses arrières au cas où des hommes du shérif essaieraient de récupérer la machine.

Un jour où le chariot de tête s'enlisa profondément dans la boue du Mississippi, les Cobb d'Edisto entrevirent le côté le plus sombre du caractère de leur cousin. Après avoir crié pendant plusieurs minutes à Jaxifer de faire avancer le chariot, Reuben perdit soudain son calme et frappa l'esclave en plein effort avec le premier fouet qui lui tomba sous la main. Il donna au grand Noir silencieux dix-sept ou dix-huit coups sur les reins, et l'on n'aurait su dire qui, des Blancs et des Noirs d'Edisto, en fut le plus révolté, car, pendant toutes les années où il avait dirigé la plantation de l'île, jamais Sett Cobb n'avait fouetté un esclave. Il lui était arrivé de les punir et même parfois de les jeter dans le cachot de la plantation, mais jamais il n'en avait fouetté un seul, ni n'avait permis à ses régisseurs blancs ou noirs de le faire.

Les Blancs et les Noirs furent peut-être aussi révoltés les uns que les autres, mais ces derniers souffrirent davantage : Trajan se contractait chaque fois que le fouet tombait, et les femmes d'Edisto avaient le souffle plus court, car cet incident des marais du Mississippi démontrait bien ce que signifiait en réalité l'esclavage : quand un esclave était fouetté, tous les esclaves se sentaient fouettés.

Lorsque Trajan, frémissant sous l'outrage, voulut s'avancer pour aider Jaxifer, Sett leva la main pour l'arrêter et, sans qu'un mot fût échangé, Trajan comprit le message de son maître : « Nous autres, d'Edisto, n'agirons jamais ainsi. »

Dans les États du coton régnait une règle coulée dans le bronze : jamais un maître blanc ne critiquait un autre maître blanc en présence d'esclaves, et Somerset respectait très scrupuleusement cette règle, si bien qu'à la fin de la flagellation il eut honte d'avoir révélé ses sentiments profonds à son esclave Trajan. Il tenta d'apaiser sa conscience en se rendant auprès de Reuben, ce soir-là :

« Tu as eu du mal avec Jaxifer. Ce chariot était vraiment embourbé.

– Parfois, les hommes comme Jaxifer ont besoin d'être corrigés.

– Sans doute, Reuben. Sans aucun doute. » Puis il ajouta d'un air dégagé : « A Edisto, jamais nous n'avons fouetté nos Nègres. »

Et il prononça ces paroles avec une telle fermeté que Reuben comprit. Qu'il batte ses propres esclaves, soit ! Mais qu'il ne touche jamais à ceux de Sett !

Une famille sudiste de bonne souche, partout où elle se rendait dans le Sud, semblait avoir un cousin ou une relation d'affaires qui avait quitté les Carolines ou la Géorgie quelques années auparavant. A Vicksburg, ville importante non loin du Mississippi, les Cobb rendirent visite à deux charmantes sœurs célibataires, les deux Miss Peel, dont les parents avaient quitté Charleston quarante ans auparavant pour acheter une vaste plantation le long du grand fleuve.

Les sœurs, incapables de trouver à Vicksburg des prétendants d'un niveau social acceptable pour leurs parents, avaient langui, selon leur expression amusée, « dans un merveilleux célibat ». C'étaient des dames fort aimables, vives, pleines d'esprit, et promptes à lancer des remarques désobligeantes sur leurs voisins.

Leur jolie demeure située sur une hauteur, à l'extrémité nord de Cherry Street, dominait la plaine sombre du fleuve.

« Ce que vous voyez au plus près n'est pas le Mississippi, expliqua l'une des Miss Peel. C'est le Yazoo Diversion : un canal qui permet à notre ville d'être un port fluvial. Mais au-delà... Plus loin dans le noir... Les jours de pleine lune, le Mississippi brille comme un long collier de perles.

– C'est gentil à vous de nous recevoir de façon si somptueuse ! s'écria Petty Prue. Parce qu'à notre départ de Vicksburg nous nous séparerons.

– Oh, mon Dieu ! Vous n'allez pas vous quitter ?

– Provisoirement. Somerset et Millicent prendront un bateau du Mississippi jusqu'à La Nouvelle-Orléans, puis remonteront la rivière Rouge. Pour prendre toutes les dispositions au Texas, pendant que Reuben et moi conduirons les chariots par la piste.

– Millicent, fit observer l'une des sœurs Peel, enthousiaste, Somerset et vous n'êtes pas obligés de descendre jusqu'à La Nouvelle-Orléans. Les deux fois où nous y sommes allées, notre gros bateau s'est arrêté au milieu du Mississippi et un petit bateau est venu de la rivière Rouge pour prendre des passagers. Comme c'est romantique de changer de bateau en plein océan, pour ainsi dire. J'ai eu envie de quitter ma cabine pour monter sur un de ces petits bateaux et voir jusqu'où il m'emmènerait.

– Mais voyons, Lissa, vous n'allez tout de même pas manquer La Nouvelle-Orléans ! lança Petty Prue. Toutes ces boutiques...

– Je n'aime pas beaucoup faire les magasins, répondit Millicent. J'ai hâte d'arriver dans notre nouveau domaine. »

Les sœurs Peel s'adressèrent alors à Petty Prue.

« Vous n'allez pas traverser l'Arkansas dans ces chariots sans confort, alors que vous pourriez vous rendre au Texas dans un grand bateau !

– Je suis mon mari, répliqua la petite Géorgienne impertinente. Je vais où il va.

– Mais le bateau serait si agréable !

– Après trois mois de chariot, j'ai le dos renforcé. »

Elle surveilla le chargement des chariots que Reuben conduirait, et les accompagna sur les bacs qui leur feraient traverser le Mississippi pour prendre la piste du Texas. Elle lança aux Cobb d'Edisto :

« Nous vous rejoindrons vers le 1er février. Et que les terres soient déjà choisies, parce que Reuben aura envie de planter son coton ! »

Les deux familles se séparèrent donc, l'une à la tête de la longue caravane, l'autre vers le rendez-vous « romantique », au milieu du fleuve, où un vapeur beaucoup plus petit attendait les passagers désireux de remonter la rivière Rouge. On fixa de lourdes passerelles pour réunir les deux bateaux, et les quatre Cobb avec sept de leurs esclaves, deux chariots démontés et six chevaux furent transportés. Les sirènes hurlèrent et les émigrants se lancèrent dans un des voyages les plus surprenants qu'il leur serait donné de faire.

Le bateau de la rivière Rouge n'était pas grand et sentait la vache et le cheval. Le menu n'avait rien de comparable à celui de l'autre bateau. Mais le fleuve lui-même et ses rives étaient passionnants : les enfants Cobb furent enchantés de voir les rives si proches et des plantations si différentes des leurs.

« Ce ne sont pas des plantations, leur expliqua leur mère, qui s'intéressait autant qu'eux à ce nouveau pays. Ce sont des fermes. Travaillées par des Blancs. »

Elle découvrait une autre image de l'Amérique, qu'elle n'avait connue que par ouï-dire. Et la puissance latente de ce mode de vie lui faisait beaucoup d'effet.

« Aurons-nous une ferme comme celles-ci ? demandèrent les enfants.

– Pendant un an, peut-être, répondit-elle en riant. Mais, au bout de deux ans, nous aurons une plantation exactement comme Edisto. Le cousin Reuben s'en chargera. »

Près de Shreveport, les Cobb purent observer l'une des merveilles de l'Amérique, comme l'expliquèrent deux hommes rougeauds qui accompagnaient un groupe d'esclaves pour les vendre aux enchères publiques à leur arrivée au Texas :

« Juste devant vous, bloquant tout, plus solide qu'un barrage. Ce que nous appelons le *grand flottage* de la rivière Rouge.

– De quoi s'agit-il ? demanda Somerset.

– Un miracle de la nature, répondit l'un des deux hommes, visiblement émerveillé. Remarqué pour la première fois par des Blancs en 1805. Et ils n'en revenaient pas. Il y a des siècles, des arbres énormes, déracinés par des orages et coincés dans les méandres de notre fleuve paresseux.

– Cela arrive un peu partout, enchaîna son ami, mais sur la rivière Rouge, les arbres avaient gardé tellement de terre entre leurs racines touffues que des mauvaises herbes, des arbustes et même de petits arbres ont pu y pousser.

– Exactement. Et plus d'arbres tombaient, plus d'arbustes poussaient dans la terre de leurs racines. Voilà ! Regardez ! Un grand fleuve entièrement bloqué. »

Effectivement, la masse impénétrable d'arbres et de racines, couronnée de végétation et d'adorables fleurs épanouies, formait un véritable barrage.

« Sur quelle distance ? demanda Cobb.

– Ah ! La première relation de 1805 parle d'un flottage de cent trente kilomètres de long sur parfois plus de trente kilomètres de large. Ces messieurs de Washington ont ordonné de dégager le fleuve, et tout le monde a essayé, car le flottage transformait en marécages peut-être un million d'arpents de bonne terre arable.

– Et pourquoi ne l'a-t-on pas dégagé ?

– Tout le monde a essayé, je vous dis, répliqua l'un des deux trafiquants d'esclaves. Même l'armée est intervenue. Mais, pour chaque mètre que l'on enlevait en aval, dix mètres poussaient en amont. Aux dernières nouvelles : presque deux cents kilomètres, une masse compacte, rien ne peut l'attaquer.

– Alors pourquoi sommes-nous venus ici ? demanda Cobb.

– Encore un miracle ! Appelez vos enfants, ils verront des miracles. »

Les quatre Cobb restèrent à côté des trafiquants d'esclaves tandis que le vapeur se dirigeait du côté droit du flottage. Au moment où le bateau parut bloqué, il vira à gauche, puis à droite, sur une série de méandres stupéfiants, au milieu d'une jungle de conte de fées s'étendant sur des dizaines de kilomètres dans toutes les directions.

Les trafiquants d'esclaves semblaient prendre à cette mystérieuse traversée autant de plaisir que les Cobb :

« Rien de comparable n'a existé nulle part ! Le flottage fait remonter tellement le niveau des eaux que les affluents, à travers la forêt, sont de petits cours d'eau navigables. Et vous n'avez pas encore vu le plus beau. »

En effet, au sortir de la forêt aquatique, un grand lac mystérieux et sombre s'ouvrit devant eux.

« Il s'appelle Caddo, expliqua l'un des hommes. D'après le nom d'une tribu d'Indiens qui vivait autrefois sur ses rives. »

Ce lac avait des milliers de tentacules qui serpentaient entre les collines et plus de cent détours soudains qui permettaient au bateau d'avancer alors que tout passage semblait bloqué. Les beaux chênes verts qui bordaient cet immense marécage plurent particulièrement aux Cobb, car de toutes les branches basses pendaient de grosses touffes de « mousse espagnole » ; le lac Caddo leur rappelait Edisto et, lorsqu'ils consultèrent la carte, ils s'aperçurent que les deux endroits, si éloignés, se trouvaient en fait à la même latitude : 32° 30′.

Après maintes manœuvres complexes, le vapeur sortit du lac Caddo et, le 24 janvier 1850, pénétra dans une petite rivière bordée de cyprès en faisant marcher sa sirène : il entrait dans le port fluvial de Jefferson (Texas). Population, mille trois cents habitants ; distance d'Edisto, mille six cents kilomètres.

Quand Somerset et Trajan retrouvèrent Reuben Cobb et ses chariots à Shreveport une semaine plus tard, ils avaient une grande nouvelle à annoncer :

« La terre presque la même, expliqua Trajan aux autres esclaves. De premier ordre pour le coton. Les charpentiers sont déjà en train de nous construire des maisons. »

Somerset se montra encore plus enthousiaste :

« Reuben, tu nous as conduits vers la fortune. »

Sans lui laisser dire un mot de plus, son cousin l'interrompit :

« Avant toute chose, Sett, je veux te parler ainsi qu'à ton valet Trajan. »

Somerset s'étonna : qu'avait-il donc pu se passer ?

« Le premier jour de notre voyage à l'ouest de Vicksburg, leur raconta Reuben, nous sommes tombés sur un homme dont les esclaves n'avaient pas l'air en bon état. Il n'était pas en très bonne santé lui non plus, le salopard. Il m'a supplié de lui prêter un de nos esclaves pour conduire son chariot le reste de la journée. Par bonté d'âme, je lui ai prêté Hadrien.

– Où est mon fils ? s'écria Trajan.

– Disparu. Cet enfant de salaud l'a volé. C'était un piège.

– Disparu ? gémit Trajan.

– Ouais. Volé. Mais nous comptons bien le reprendre. »

Il proposa de préparer des chevaux, de s'armer et de partir avec Jaxifer, Trajan et Somerset à la recherche du voleur. Pendant deux jours, les Cobb fouillèrent la campagne en interrogeant tous les gens qu'ils rencontraient.

Somerset n'avait jamais vu son cousin aussi furieux.

« Nom de Dieu, Sett, voler un jeune garçon comme ça ! Séparer de son père un enfant de cet âge ! Trajan, si nous l'attrapons... »

Ils ne l'attrapèrent pas, ni ce jour-là ni plus tard. Quand il fut manifeste qu'ils ne retrouveraient plus cet enfant plein de promesses, qui valait bien trois cents dollars, la fureur de Reuben Cobb ne fit qu'augmenter et, le soir où ils renoncèrent à leurs recherches, les deux cousins parlèrent à Trajan.

« Aussi longtemps que je vivrai, Trajan, dit Somerset, les larmes aux yeux, je rechercherai ton fils. Je le retrouverai. Je le retrouverai pour toi.

– Nous avons un petit orphelin, dit Reuben à l'esclave, en lui prenant l'épaule. Un brave gamin, je crois. Pas tout à fait de l'âge de ton fils, mais veux-tu t'occuper de lui ? Je te paierai une compensation. »

Le fils de Trajan ne fut jamais retrouvé.

L'établissement de la plantation Cobb à Jefferson tourna vite au numéro de cirque : dès son arrivée, Somerset avait trouvé trois mille arpents tout à fait à son goût, mais c'était un domaine mis en valeur, avec une partie des terres déjà défrichées, dont le propriétaire demandait trois dollars soixante-quinze *cents* l'arpent, prix que Reuben jugea excessif. La propriété se trouvait juste au sud du village et appartenait à un Écossais entreprenant qui répondait au nom de Buchanan. Il avait accepté quatre cents dollars d'acompte.

Reuben, persuadé qu'il pourrait trouver de meilleures terres à un bien meilleur prix, surgit à l'imprcviste dans la demeure de Buchanan stupéfait et exigea le remboursement des arrhes en prétendant que l'Écossais était un voleur, un parjure et un malfaiteur, qui avait perfidement trompé Somerset sur le domaine et sa valeur. Buchanan, de plus en plus surpris, répondit qu'il ne rendrait l'argent sous aucun prétexte. Reuben le mit en garde : il était, lui dit-il, un avocat expérimenté de Géorgie, spécialiste du droit agraire et, si Buchanan ne remboursait pas immédiatement le dépôt, il allait se retrouver devant le juge accusé de délits plus graves que ceux que Reuben lui avait lancés au visage.

Quand il eut récupéré les quatre cents dollars, Reuben ordonna aux charpentiers qui construisaient les abris des esclaves sur les terres de Buchanan de tout démonter pour récupérer le bois. Où faudrait-il reconstruire les cabanes ? lui demanda-t-on.

« Je vous le dirai dans trois jours. »

Infatigable, il se levait avant l'aurore dans le petit logement que la famille avait loué dans la maison d'un pasteur baptiste, et il chevauchait jusqu'au soir sur toutes les pistes tracées, à la recherche de terres, proches ou lointaines, qui seraient à vendre. Le quatrième jour, il avait jeté son dévolu sur trois mille arpents à quelques kilomètres à l'est de la ville, très bien situés sur la rive nord du cours d'eau reliant Jefferson au lac Caddo. Le domaine appartenait à une veuve incapable de le mettre en valeur, maintenant que son mari était mort. Mais, sachant l'emplacement excellent, elle en demandait trois dollars l'arpent, ce que Reuben jugea encore excessif.

Il fit donc à la veuve une cour assidue, lui expliqua

qu'elle avait tout intérêt à vendre un domaine qu'elle ne pourrait jamais défricher et à s'installer à La Nouvelle-Orléans, où elle mènerait une existence agréable pour le reste de ses jours. Elle répliqua qu'elle n'était jamais allée à La Nouvelle-Orléans et n'y connaissait personne. Reuben lui assura :

« J'y connais des gens de bonne réputation. Quand vous aurez vendu, je vous accompagnerai sur le vapeur avec votre argent et des lettres de recommandation. Vous bénirez le jour où vous m'avez rencontré. »

Lorsqu'il apprit la tournure prise par les négociations, Somerset se récria :

« Je me refuse à tromper une veuve. »

Il aimait beaucoup le domaine et pensait sincèrement que Reuben avait trouvé de meilleures terres que lui. Il était donc prêt à payer les trois dollars que réclamait la femme, mais Reuben ne voulut rien entendre.

« Vous savez ce que nous allons faire ? dit-il à la veuve. Si vous persuadez M. Adams, votre voisin, de me vendre sa terre à un dollar l'arpent, je vous donnerai deux dollars vingt-cinq *cents* l'arpent pour votre propriété. » Et, quand M. Adams refusa, Reuben lui promit : « Si vous pouvez convaincre M. Larson de me vendre ses deux mille arpents de basses terres qui vous touchent... Ils sont inondés manifestement tous les ans et ne valent pas grand-chose... Si vous pouvez le convaincre de me les vendre à vingt *cents* l'arpent, je vous donnerai un dollar vingt-cinq l'arpent pour votre domaine. »

Trois propriétaires étaient donc impliqués dans le marché, et Reuben se mit à discuter avec un quatrième, un certain Carver, de l'achat de huit cents arpents des meilleures terres défrichées qu'il ait jamais vues, attenants aux autres propriétés. Il proposa trois dollars l'arpent alors qu'elles en valaient manifestement quatre.

Comme l'affaire mijotait, chacun des quatre propriétaires soupesant les avantages de sa participation à ce marchandage complexe, Reuben passa d'une ferme à l'autre en fin d'après-midi et prévint tout le monde que son offre n'était valable que jusqu'au lendemain à midi. Il rentra chez lui ce soir-là, persuadé que le lendemain soir Somerset et lui seraient enfin en possession de leur future plantation : les trois mille arpents de la veuve, les quatre mille arpents vierges de M. Adams, les deux mille arpents de basses terres « inutilisables » de M. Larson, et les huit cents arpents défrichés de M. Carver. Une affaire énorme, qui épuiserait presque tout l'argent liquide des cousins, mais Reuben savait que c'était le seul moyen de s'assurer la possession d'un domaine important au Texas.

Il se coucha heureux, enchanté de ses manœuvres, mais se réveilla en sursaut à 4 heures du matin, haletant comme si quelqu'un l'étranglait :

« Le flottage ! » lança-t-il à sa femme, et il traversa le couloir d'un bond pour réveiller Somerset : « Ne comprends-tu pas, Sett ? Ils veulent vendre parce qu'ils savent que l'on va faire sauter le flottage.

– Que racontes-tu ?

– Le flottage ! Le flottage ! A la minute où le fleuve sera débloqué, nous perdrons toute l'eau de notre rivière. Aucun bateau ne remontera plus à Jefferson. Ces terres ne vaudront même pas cinquante *cents* l'arpent. »

Affolé, il enfila ses vêtements à la hâte et se rendit à l'endroit où se trouvaient les chevaux des Cobb. Il appela Jaxifer et sauta en selle :

« Va les voir tous les quatre ! cria-t-il à Somerset. Dis-leur que je reviendrai dans cinq jours. Que j'ai l'appendicite… »

Comme personne ne trouvait Jaxifer, il réveilla Trajan pour aller inspecter le flottage avec lui.

Somerset, fort gêné de rendre visite aux quatre vendeurs, décida de leur expliquer que son cousin avait été appelé d'urgence à Shreveport pour recevoir une grosse somme d'argent, envoyée de Géorgie. Quand la veuve lui demanda si l'autre M. Cobb avait réellement des amis influents à La Nouvelle-Orléans, Somerset la rassura :

« Il prendra soin de vos intérêts, croyez-moi. »

Cinq jours plus tard, Reuben revint, épuisé mais heureux et prêt à conclure les quatre achats :

« Même Dieu ne pourrait pas l'enlever. »

Le niveau de l'eau à Jefferson semblait garanti pour l'éternité.

Les Cobb obtinrent leurs neuf mille huit cents arpents au

prix que désirait payer Reuben. Quand le marché fut conclu, il en voulut deux cents de plus, pour faire dix mille arpents tout rond. Il découvrit un pauvre diable qui possédait quatre cents arpents des plus mauvaises terres basses, inondées deux fois par an et lui acheta le lot à dix *cents* l'arpent.

Presque rien, aux yeux des Cobb, ne distinguait Jefferson, peuplé par des immigrants responsables des États du Sud, d'une bourgade de taille identique située en Alabama ou en Géorgie. Mais les attraits de chacun de ces deux États s'associaient ici, et cet angle nord-est du Texas était un véritable paradis émaillé de fleurs.

« Pas étonnant qu'on l'appelle l'Italie de l'Amérique », s'écria Millicent par une belle matinée de février.

Elle admirait les arbres magnifiques et les premières fleurs des champs qui commençaient déjà à apparaître de toutes parts.

Reuben, qui ne perdait jamais de vue les affaires et l'avenir, dressa la liste des arbres qui attendaient la hache :

« Nous avons six espèces de chênes. J'ai vu des hêtres, des centaines de beaux frênes, des érables, des sycomores et deux essences précieuses pour faire des bardeaux et des clôtures : le cyprès et le cèdre rouge. Mais je veux vous montrer à tous une véritable merveille. »

Il les conduisit au pied d'un arbre qu'aucun d'entre eux n'avait jamais vu. Il donnait beaucoup de branches mais ne poussait pas en hauteur. Son écorce se hérissait d'épines énormes.

« Il porte deux noms, leur dit Reuben. *Bois d'arc* – c'est français – et *oranger des Osages*. Vous pouvez voir quelques oranges de l'an dernier dans les branches.

– Elles sont bonnes ? demanda Millicent.

– Même pas pour les vaches, répondit son cousin. Mais regardez bien le bois. » Il coupa une petite branche de l'oranger pour montrer aux femmes la couleur jaune clair du bois et de la sève. « C'est un bois très dur et, si nous en plantons deux rangs en quinconce, au bout de deux ans nous aurons des haies qu'aucun bétail ne pourra traverser.

Vous verrez beaucoup d'orangers des Osages à Lakeview. »

Reuben tenait absolument à appeler la plantation Lakeview.

« Mais il n'y a pas de lac, lui fit observer Sett.

– Il y en aura un », lui répliqua le rouquin, têtu.

Même quand la plantation serait installée, les cousins ne planteraient en coton qu'une superficie relativement faible. La majeure partie du domaine resterait en bois, ou en pacages pour les bêtes à cornes et les porcs. Mais dès que le premier champ de coton fut ensemencé, avant même la construction des maisons, Reuben ordonna à tous les esclaves, avec six ouvriers salariés de la ville équipés de mules et de traîneaux de fer, de creuser sur plus d'un mètre de profondeur un immense terrain déjà en contrebas, non loin de la rivière.

« Laissez une digue assez large pour retenir l'eau », précisa-t-il.

Il creusa aussi dur que n'importe quel esclave tandis que les mules charroyaient la terre pour dessiner les berges du lac futur. Quand tout le monde fut épuisé, il accorda aux hommes deux journées de repos, puis il les remit à la tâche pour bien aplanir le fond puis creuser un canal de deux mètres qui relierait la rivière à l'endroit où s'élevait l'appontement de la future plantation.

Les hommes creusèrent ce canal en utilisant une technique intéressante. Les ouvriers de la ville attelèrent leurs mules à un lourd appareil de fer ressemblant à une très large pelle à ordures, coupante à l'avant et pourvue de côtés hauts et de deux manches au lieu d'un. Quand les mules tiraient cette énorme pelle, l'homme qui tenait les manches pouvait enfoncer la lame coupante et trancher une grosse motte de terre humide, qui restait dans la pelle. Les mules traînaient la pelle pleine sur les bords du canal, où l'homme versait la motte.

Quand le canal fut bien creusé, assez large pour accueillir un bateau venant du lac Caddo, Reuben annonça :

« A présent, la fête ! »

Il ordonna aux esclaves d'abaisser le haut de la digue qui retenait la rivière jusqu'au niveau de l'eau. Puis il creusa des trous dans la paroi de la digue, y plaça des explosifs et ordonna à tout le monde de se reculer. Les charges explosèrent, la digue s'écroula et les eaux du bayou se précipitèrent dans le lac artificiel et dans le canal où l'on construirait l'embarcadère.

Sur la pente douce de la colline, de l'endroit où s'élèveraient les maisons des Cobb, les femmes et les enfants regardaient leur lac se remplir.

« Comme c'est beau ! » s'écria Petty Prue.

Millicent, plus réservée, en convint.

C'était une pièce d'eau splendide, et qui serait encore plus belle au milieu des arbres que Reuben se proposait de planter.

Les deux cousins n'étaient pas sots. Ils n'avaient jamais cru un seul instant que deux familles aussi différentes que les leurs – et deux hommes de tempéraments aussi mal assortis – pourraient posséder une plantation en commun. Dès que l'achat de la terre fut réglé, ils consultèrent un avocat de Jefferson – il y en avait trois – pour définir clairement ce qui appartenait à chacun.

« Le lac, les dix arpents de terre autour et l'accès à la rivière resteront indivis, n'appartenant à aucun de vous en propre, avec chacune des deux maisons possédant un droit égal d'accès et d'utilisation, à perpétuité. Ai-je bien compris ?

– Absolument.

– Et cela inclut l'embarcadère qui y sera construit, ainsi que l'égreneuse mécanique et les bâtiments annexes servant d'entrepôts.

– D'accord, dit Reuben. Nous partagerons les frais de construction et nous en serons propriétaires conjointement. Mais ne mentionnez pas seulement l'égreneuse. Je voudrais que vous ajoutiez : *ou toute autre fabrique que nous déciderions d'installer*.

– Et de quel genre ? demanda l'avocat.

– Nous verrons bien », répliqua Reuben.

Avant même la construction de l'appontement et des maisons de la famille, il entreprit avec Trajan et Jaxifer le plan de l'ensemble « industriel » qu'il avait en tête depuis longtemps. Comme aucun cours d'eau ayant une dénivellation et un débit suffisants ne traversait la propriété, il ne pouvait pas utiliser la force motrice de l'eau. Il n'avait guère envie de recourir au système classique des égreneuses mues par des chevaux tournant en rond sans fin. Il engagea trois excellents charpentiers de la ville – à un dollar dix *cents* la journée, et ils fournissaient les outils et les clous – et il construisit avec eux le bâtiment à deux niveaux de l'égreneuse selon la tradition, à l'exception du rez-de-chaussée, beaucoup plus bas de plafond qu'à l'habitude.

Trajan le mit aussitôt en garde :

« Aucun cheval ne pourra passer là-dessous.

– Nous aurons beaucoup mieux qu'un cheval. »

Il fit construire par les esclaves une plate-forme de maçonnerie sur laquelle serait boulonnée une machine à vapeur de dix chevaux. Il comptait la faire venir de Cincinnati, où l'on fabriquait apparemment toutes les bonnes machines de l'époque.

Mais l'égreneuse n'était qu'une partie de son plan : on fixa une grosse courroie de cuir au volant de la machine et elle fit tourner, à l'étage, un long axe qui comportait quatre courroies de cuir. La puissance développée ne serait pas suffisante pour faire tourner quatre machines en même temps, mais seulement deux. La première courroie serait bien entendu reliée à l'égreneuse. La deuxième retournait au rez-de-chaussée où elle ferait fonctionner la grosse presse permettant de mettre les balles en forme, avant de les envoyer à La Nouvelle-Orléans, à destination de Liverpool. La troisième et la quatrième étaient réservées aux innovations dont Reuben se montrait si fier, les machines sur lesquelles il comptait pour assurer le progrès matériel de la plantation de Lakeview.

La troisième courroie courait jusqu'à un appentis voisin, qui abritait un moulin : une grosse meule de pierre tournait lentement contre une autre meule, dormante, et produisait une excellente farine lorsqu'on mettait du blé entre les pierres, ou une belle poudre d'or quand on voulait moudre du maïs. La quatrième courroie faisait marcher la scie à ruban, et il lui fallait tellement d'énergie qu'elle ne pouvait pas fonctionner en même temps que l'égreneuse ou le moulin.

On égrenait et pressait le coton moins de six mois par an ; le moulin et la scierie pouvaient servir à n'importe quel moment, et ce furent eux qui déterminèrent la marge de bénéfices de la plantation. L'égreneuse, qui consommait moins d'énergie que les trois autres machines, constituait la base de l'économie, le sang de la plantation, mais, une fois assuré le pain quotidien, la qualité de l'existence dépendait de ce que l'on pouvait réaliser en plus. Seuls de rares génies comme Reuben Cobb comprenaient cette indépendance ; la grande majorité des Texans n'y parviendrait jamais – et, de génération en génération, les producteurs et leurs banquiers diraient successivement : le coton est roi, le bétail est roi, le pétrole est roi, l'électronique est reine. Toujours ils se fourvoieraient, car c'est la combinaison créatrice d'efforts conjoints, plus l'ingéniosité et le dur labeur des hommes et des femmes impliqués, qui demeure « reine » en toutes circonstances.

Les quatre appareils associés de la plantation constituèrent une des premières preuves de ce lieu commun. Quand les bâtiments furent construits et toutes les machines en place, Trajan en prit la direction. Il avait appris à réparer les courroies de cuir quand elles cassaient, il savait surveiller l'alimentation en eau de la machine à vapeur ; il savait quelle essence de bois augmenterait l'efficacité du foyer ; et, mieux que Reuben lui-même, il appréciait les relations subtiles entre les quatre éléments de l'ensemble. Seule l'ingéniosité de Reuben Cobb, formée par son apprentissage studieux en Géorgie, avait permis la construction du bâtiment et la mise en place des machines, mais c'était Trajan qui assurait la réussite de tout l'ensemble, car il avait le don subtil de la mécanique, caractéristique de nombreux Américains remarquables.

L'emplacement du lac avait été si judicieusement choisi que Reuben Cobb put construire sa demeure sur un promontoire dominant la pièce d'eau, et Somerset Cobb la sienne juste un peu plus haut, avec une aussi belle vue. La grande différence se situa dans l'architecture même des deux maisons.

La construction des dortoirs des esclaves et le creusement du lac avaient appris aux Cobb que Jefferson ne manquait pas de main-d'œuvre salariée compétente à environ un dollar par jour. La raison même invitait les Cobb à payer les salaires et à utiliser ces artisans, capables de bâtir un bon logement d'esclaves, protégé de la pluie, pour moins de cinquante dollars. Une maison de Blancs complète, dans le style dog-run, coûterait environ six cents dollars. Somerset et Millicent se firent bâtir une de ces maisons, très vite et sans confort, avec l'intention de l'abattre pour en construire une meilleure dans les années à venir.

Reuben, très conscient de sa position sociale à Jefferson, agit tout autrement. Au lieu des quatre petites pièces traditionnelles situées aux quatre points cardinaux, il construisit quatre pièces de dimensions surprenantes ; et, au lieu de les percher sur des tas de pierre à chaque angle, il fit creuser par des esclaves et des ouvriers de la ville des fondations importantes, d'un mètre vingt de profondeur, qu'il garnit de pierres, de gravois et d'argile détrempée pour constituer une base solide, inébranlable. Au-dessus, il construisit également un dog-run, mais le dégagement central avait presque huit mètres de large, et le toit n'était pas d'un seul tenant ; la charpente robuste était recouverte de bardeaux refendus de cyprès, taillés dans les arbres de Lakeview.

A la surprise générale, Reuben accorda peu d'attention à la galerie. La sienne fut plus étroite et plus courte que celle de son cousin ; une fois terminée, plusieurs personnes, y compris les ouvriers qui l'avaient construite, ne manquèrent pas de la critiquer : « Un immense dégagement et une galerie riquiqui. Ça ne va pas ensemble. »

Ils ignoraient les intentions de Reuben. Dès que la plantation commença à prospérer, il fit trois choses d'une audace étonnante : il ferma les deux extrémités du dégagement central en veillant à un bel effet architectural de portes et de fenêtres ; il construisit à chaque bout de l'axe une cheminée de pierre, ce qui relia les deux moitiés de la maison l'une à l'autre ; et il remplaça la galerie trop courte par un porche magnifique soutenu par six colonnes doriques de marbre, venues par bateau et à grands frais, segment par segment, de La Nouvelle-Orléans.

Le Cobb rouquin, comme on l'appelait familièrement

dans la ville, possédait maintenant une demeure qui n'aurait pas déparé à Charleston ou à Montgomery. Elle était nette, blanche, spacieuse, et l'heureuse association des deux cheminées de pierre et des six colonnes de marbre lui conférait une distinction qui sautait aux yeux dès qu'on l'apercevait, à l'instant où le vapeur accostait au débarcadère du lac. Mais ce qui plaisait le plus à Reuben, quand il jugeait l'effet d'ensemble, c'était la haie d'orangers des Osages, en pleine croissance, qui protégeait sa splendide demeure neuve.

Tandis que les Cobb s'installaient ainsi, Yancey Quimper, dans le comté de Xavier, progressait à pas de géant. Apprenant la mort du capitaine Sam Garner, sur les hauts plateaux du Mexique en 1848, il s'était dit : Il laisse une veuve vraiment charmante, et deux enfants. Avec toute la terre qu'elle possède, elle va avoir besoin d'aide.

En fait, Garner n'avait pas amassé un grand domaine : six cent quarante arpents pour ses services à San Jacinto ; quelques arpents achetés par sa femme Rachel ; plusieurs centaines d'autres reçus à la place d'une dette impayée. Mais l'ensemble se trouvait au cœur de Campbell, le chef-lieu du comté, et valait la peine qu'on s'y intéresse.

Tout en surveillant la veuve Garner d'un œil attentif, de peur que quelque aventurier lui coupe l'herbe sous le pied, le général Quimper attendit ce que l'on appelait un « délai de décence », puis passa à l'attaque, toutes voiles dehors. En fait, dans une colonie de la frontière comme le Texas, où les femmes étaient rares, le délai de décence pour une jolie veuve se situait entre trois semaines et quatre mois. Les hommes avaient besoin de femmes ; les femmes, de protection ; et les orphelins représentaient un avantage supplémentaire, nullement un handicap.

Le jour où Quimper décida de parler à Rachel Garner, il insista surtout sur la responsabilité qu'elle avait à l'égard de ses enfants – ce qui n'était pas hypocrite car il aimait beaucoup les deux gamins.

« Vos fils méritent la meilleure éducation », lui dit-il d'un ton de pasteur patelin.

Mais au cours des visites suivantes il aborda les problèmes que poseraient à Rachel les huit cent quarante arpents qu'elle avait sur les bras. « Aujourd'hui ils ne valent rien, peut-être un dollar l'arpent. Mais dans l'avenir, Rachel... » Il ne l'appelait plus que par son prénom, mais veillait toujours à ce qu'un des enfants fût près de lui quand il parlait. Il insista sur les difficultés que rencontrerait une femme sans mari si elle essayait d'exploiter un trop grand domaine. Il souligna que les terres se trouvaient pour moitié en ville et pour moitié en pleine campagne, ce qui augmentait les complications.

Puis un jour d'avril 1850, il prit soudain les deux mains de Mme Garner, en l'absence des enfants, et la regarda comme s'il était soudain en proie à une passion incontrôlable :

« Rachel, vous ne pouvez pas vous charger toute seule d'une ferme et de deux adorables enfants. Permettez-moi de vous aider. »

Après avoir prononcé ces paroles décisives, il quitta la cuisine, comme accablé de gêne, et ne reparut pas de deux jours entiers. Mais le troisième matin il arriva, débordant d'excuses pour son comportement inconsidéré au cours de sa visite précédente. Avec un soulagement extrême, il entendit Mme Garner lui répondre :

« Inutile de vous excuser. Vous étiez saisi par une émotion sincère, et je vous en respecte davantage encore. »

Quand on annonça le mariage, Rachel Garner reçut une visite inattendue. Un grand gaillard hirsute et fruste, qui ne jouissait pas d'une réputation favorable dans la communauté : Panther Komax. Son mari lui avait dit de cet homme : « Une bête. Excellent un fusil à la main, mais c'est une bête. »

Panther n'y alla pas par quatre chemins :

« Ne l'épousez pas, madame Garner.

– Que dites-vous ?

– Il ne fait jamais rien sans calcul.

– Mais voyons...

– Il veut vous prendre vos terres. Il veut s'emparer de tout.

– Mes enfants ont besoin d'un père.

– Ils n'ont pas besoin de lui. » Dans le silence qui suivit,

Panther parcourut des yeux la cuisine impeccable, puis reprit : « Vous vous débrouillez très bien comme ça. Le capitaine Garner serait fier de vous. »

Entendant le nom de son mari, Rachel se rembrunit, comme si Komax se montrait déloyal en évoquant dans la conversation cet homme exceptionnel, héros incontesté. Mais elle répondit, comme si Garner pouvait l'entendre :

« Sam voudrait que ses enfants aient un père. Il comprendrait... Qu'est-ce que le général Quimper vous a fait ? lança-t-elle à Panther, soudain agressive.

– Rien, répliqua Komax. Mais quand je le compare à votre mari... Ça me fait mal au ventre. »

En réalité, Quimper avait fait beaucoup de mal à Panther, et dès que le mariage avec Rachel Garner fut célébré, en présence des enfants, le général se consacra entièrement à une affaire qui retenait son attention depuis un certain temps.

Comme les autres habitants du comté de Xavier, il n'en avait pas cru ses yeux quand Komax était revenu du Mexique, en 1848, avec un petit bottier mexicain nommé Juan Hernández, capable de fabriquer les meilleures bottes que l'on ait jamais vues dans la région. Elles étaient souples et pourtant si robustes que les épines du mesquite ne pouvaient les pénétrer. Trois personnes qui en portaient assurèrent que des serpents à sonnettes, « et pas des petits, vous pouvez me croire, gros comme mon mollet », avaient mordu leurs bottes sans que les crocs percent le cuir. On commença donc à dire beaucoup de bien des bottes Komax partout où des hommes savaient apprécier le travail du cuir.

En fait, les bottes de Juan connurent un tel succès que Panther ne put en fournir à tous ceux qui en désiraient, même quand il augmenta le prix à quatre dollars la paire. En décembre 1849, quand les hordes de prospecteurs traversèrent le Texas pour participer à la ruée vers l'or de Californie, en suivant la route de terre – par El Paso –, Komax fut harcelé par des quantités de chercheurs d'or qui lui proposèrent jusqu'à quarante dollars pour une paire de bottes de Juan.

Komax réagit fort intelligemment :

« Descends à Matamoros ou à Monterrey, dit-il à son

bottier. Trouve-moi cinq ou six bons cordonniers. Amène-les ici et nous ferons fortune si ces Californiens continuent de passer. » Avant que Juan ne s'en aille, Komax lui saisit le poignet : « Tu me promets de revenir, hein ?

– *Amigo,* lui répondit le Mexicain en espagnol, jamais je n'ai aussi bien vécu. J'ai confiance en toi. »

Hernández revint très vite à Xavier avec cinq bottiers mexicains qui, sous ses ordres et sous la direction de Panther, fabriquèrent des bottes de qualité. La ruée vers l'or, en Californie, tourna court, mais la clientèle texane ne cessa de s'arracher tout ce que Komax pouvait produire.

Le prix s'était établi à onze dollars la paire, douze dollars si Hernández décorait la partie supérieure avec les motifs mexicains qu'il aimait. Il préférait le symbole de son pays : l'aigle farouche qui attaque le serpent à sonnettes, mais la plupart des Texans ne l'appréciaient pas. « Un maudit vautour qui bouffe un ver de terre », disaient-ils, et ils demandaient à la place l'étoile solitaire du Texas, avec des pistolets aux canons croisées. Juan faisait aussi bien l'un que l'autre.

Le principal avantage d'une botte Komax, c'était qu'elle vous allait bien. A cet égard, elle n'avait pas sa pareille. Jusque-là, les bottiers du Mexique et du Texas avaient fabriqué des bottes simples : lourdes, carrées, massives, avec le pied droit semblable au pied gauche. Ces bottes étaient si inconfortables que les acheteurs devaient parfois les porter pendant six mois avant qu'elles s'adaptent à leurs pieds – ou vice versa. Juan Hernández avait changé tout cela. Il dessinait sur un morceau de papier le contour exact des pieds du client, le gauche évidemment différent du droit, puis il fabriquait les bottes en fonction de ces modèles. Et, quand le client les chaussait, il pouvait s'écrier, soulagé : « Elles me vont ! »

Le commerce lucratif que Komax avait établi, en se liant simplement d'amitié avec un cordonnier en larmes sur le point de se faire trancher la gorge, attira l'attention de plus d'un citoyen de Xavier. Pourquoi n'avaient-ils pas songé eux-mêmes à faire venir des bottiers de Matamoros ?... Personne n'étudia l'entreprise de Panther avec plus de soin que le général Quimper. Un après-midi où un nouveau groupe d'émigrants en route pour la Californie réclamait des bottes à cor et à cri, il s'écria :

« Cette espèce de veau idiot possède une mine d'or ! »

Quimper était offusqué, profondément, qu'un individu aussi peu respectable que Komax fût tombé sur un filon pareil. Il jugea de son devoir que les « opérations de manufacture », comme il disait, passent entre des mains honnêtes. Et qui aurait été mieux qualifié que lui-même pour assumer la direction de la fabrique ? Il parlait espagnol et connaissait des hommes de bien susceptibles d'acheter les bottes ; de toute évidence, on pouvait lui faire confiance, puisqu'il possédait des terres et de l'argent.

Pour réaliser ce transfert, le général Quimper avait besoin de la coopération d'un juge ou d'un shérif ; dans le Texas de la frontière, les juges et les shérifs se mettaient à la disposition des notables de bonne réputation – surtout s'ils venaient du Tennessee ou de l'Alabama et avaient quelques pièces d'or dans les poches. Yancey opta pour une attaque sur trois fronts et, un matin, le juge Kemper convoqua Komax dans son cabinet :

« Panther, vous risquez la prison pour avoir fait venir ici tous ces Mexicains. »

Aucune loi ne l'interdisait ; les Mexicains en règle avec la justice avaient toujours eu le droit de traverser librement le río Grande, mais le juge parlait d'un ton menaçant, et une visite de Komax au shérif Bodger confirma ses dires :

« Nous avons l'œil sur toi depuis quelque temps, Komax. Et sur tes opérations illégales. »

Mais, le coup décisif, ce fut l'arrivée de six hommes armés à l'atelier des bottiers : ils menacèrent de tuer tout le monde, si les Mexicains ne décampaient pas du Texas.

Quimper lui-même, à qui une brute comme Panther faisait une peur bleue, intervint seulement après que les menaces eurent préparé le colosse. Onctueux et rassurant, il annonça la bonne nouvelle : il pourrait protéger Panther et arranger les choses avec la justice en débarrassant le malheureux de ses Mexicains qui lui valaient tous ses ennuis.

Par ce stratagème simple mais efficace, le général Quimper entra donc en possession de l'entreprise de fabrication de bottes, et il faut lui accorder qu'il sut vraiment la développer. Il fit de la publicité à Houston et à Austin, se rendit dans tous les forts de l'armée des États-Unis, où il présenta ses excellentes bottes aux officiers, et il établit la marque de bottes « General Quimper » aussi efficacement que Samuel Colt l'avait fait pour son revolver, ou que John B. Stetson allait le faire pour ses chapeaux. Au cours de la guerre sur le point d'éclater, les généraux et les colonels du Nord comme du Sud porteraient des Quimper, comme on disait ; mais très peu de simples soldats en auraient, à moins de les avoir volées sur un cadavre d'officier. Yancey n'aimait pas vendre aux hommes de troupe.

Les Cobb possédaient à présent onze mille arpents, car Reuben en avait acquis huit cents de plus – des marécages relativement inutiles le long de la rivière. Pour les exploiter, ils disposaient de quatre-vingt-dix-huit esclaves, la plupart utilisés dans les champs, mais pas tous. L'expérience leur avait appris qu'un esclave robuste ne pouvait pas cultiver efficacement plus de dix arpents de coton ou six de maïs, la majeure partie des terres demeurait donc incultes, exactement comme Reuben l'avait désiré. « Aujourd'hui ces arpents de basses terres n'ont l'air de rien, mais le moment venu ils seront sans prix. » Quand on lui en demandait la raison, il souriait sans répondre. Il avait l'intention de les entourer d'une digue et de jouer à la roulette du paysan : énorme récolte les années sans inondation, perte totale si la rivière passait par-dessus sa digue. « Mais même les années d'inondation nous serons gagnants, expliquait-il à son cousin, parce que l'eau apportera de nouvelles alluvions arrachées aux terres d'autrui pour enrichir les nôtres. »

Les champs de coton des Cobb ne ressemblaient à aucun autre dans la région, ils ne méritaient même pas le nom de champs : ce n'étaient que de simples espaces entre de grands arbres. Au début de mars, l'esclave à la charrue ne pouvait guère suivre un sillon longtemps sans rencontrer un tronc qui l'arrête, et fin mars, quand les pieds de coton levaient, on aurait dit de simples taches vert pâle éparses dans la forêt, au petit bonheur la chance. Mais chaque arbre qui gênait la culture avait été « bridé », incisé jusqu'au cœur, et mourait lentement. En deux ans il se dessécherait ; un an de plus et on pourrait l'abattre sans peine et arracher la souche.

Reuben n'avait pas l'intention de se laisser brider, ni par la nature, qu'il attaquait avec acharnement, ni par les abolitionnistes du Nord, qui menaçaient sa prospérité et son style de vie. Il redoutait davantage ces derniers que la première. « On peut maîtriser la nature. S'il vient une grande inondation, on fait le dos rond, on la laisse passer, puis on l'utilise à son propre avantage. » Lakeview comportait trois sortes de basses terres : les bas-fonds, sous l'eau la plupart du temps ; les basses terres moyennes, qui représentaient un risque raisonnable ; et les basses terres « hautes » (si l'on peut dire), inondées des siècles plus tôt quand les rivières avaient un débit plus irrégulier, mais dorénavant relativement à l'abri des crues. C'était sur ces terres riches que les Cobb avaient planté leurs premières récoltes et construit leurs maisons. Reuben, certain que le grand flottage durerait toujours, ne s'inquiétait nullement des problèmes d'eau.

Ce qui le préoccupait, c'était la question des esclaves, car dans un pays lointain comme le Texas, où il était difficile de se réapprovisionner, ils prenaient une valeur considérable ; et, s'il en était dépossédé par les fourberies des nordistes, il perdrait non seulement l'investissement qu'ils représentaient, mais la capacité d'exploiter sa plantation. La valeur moyenne d'un esclave adulte de sexe masculin, à Jefferson, était passée à neuf cents dollars et il fallait compter sur sept cent cinquante dollars pour une femme. Comme Sett et Reuben n'avaient emmené que des esclaves comptant parmi les meilleurs, leur investissement (sans parler des enfants) s'élevait à plus de soixante mille dollars. Le prix d'un bon esclave ne cessait d'augmenter et Reuben calculait que, avec l'accroissement naturel des naissances, qu'il évaluait à 2,15 % par an, et l'achat judicieux de nouveaux esclaves à des planteurs qui cessaient d'exploiter, Sett et lui seraient en 1860 à la tête de cent cinquante esclaves valant plus de mille dollars par tête – un bien qui méritait d'être protégé.

Reuben se mit donc en état d'alerte quand arriva à Jefferson un journaliste du Nord, un certain Elmer Carmody, qui annonçait franchement à tout le monde ce qu'il avait en tête : « J'écris une série d'articles sur le nouveau Sud – Alabama, Mississippi, Texas... Nous connaissons déjà le Sud traditionnel, mais le Texas intéresse beaucoup les gens du Nord. »

Il parlait à qui voulait l'écouter et s'intéressait avec intelligence à tous les détails de la vie des plantations ; il prenait des notes précises sur les conditions économiques et financières. Pendant son séjour dans la petite ville, il entendit parler à plusieurs reprises des « frères » Cobb, comme on les appelait, car la taille et les ambitions de leur plantation forçaient l'admiration. « Cher monsieur, ils ont les meilleures machines de tout le Sud, traditionnel ou nouveau. » Plusieurs Jeffersoniens proposèrent à Carmody de le conduire à Lakeview, mais il préféra attendre, et, le cinquième matin de son séjour, Reuben Cobb passa effectivement le voir.

« Nous avons appris que vous désirez écrire sur nous.

– C'est bien mon intention.

– Et dire du mal, je suppose ? »

Carmody leva les deux mains en un geste qui voulait exprimer sa stricte impartialité.

« Je me borne à rapporter les faits, monsieur Cobb. Et les faits que j'ai appris m'indiquent que votre frère et vous...

– Mon cousin. Il vient de Caroline, moi de Géorgie.

– Serait-ce abuser que de...

– A mes yeux, votre présence dans cette ville est déjà un abus. Mais, si vous voulez voir une plantation sous son meilleur jour, je serai fier de vous montrer la nôtre. »

Reuben était à cheval, et il supposait naturellement que Carmody disposait d'une monture. Quand le journaliste avoua qu'il n'en avait pas, Cobb se hâta d'emprunter un cheval à un commerçant chez qui il se servait.

« J'ai appris que vous possédiez plus de dix mille arpents. Pourquoi êtes-vous si... »

Carmody avait rarement le temps de terminer une question, car Cobb s'intéressait tellement à tout qu'il devinait quels renseignements un homme intelligent désirait obtenir.

« Nous croyons au Texas, répondit-il en se tournant vers le journaliste. Nous sommes prêts à y investir toutes nos économies.

– Combien vous a coûté ce domaine, en moyenne ? »

Cobb, cette fois, fut pris au dépourvu. Aucun homme du Sud n'aurait osé poser une question pareille à un propriétaire de plantation. Autres questions interdites : Combien d'arpents ? Combien de balles de coton ?

Et Carmody de demander aussitôt :

« Combien de balles espérez-vous vendre ?... Est-il exact que vous avez votre propre appontement ? » reprit-il avant que Cobb ait eu le temps de répondre.

Quand ils arrivèrent à Lakeview, Carmody avait fait la conquête de Reuben, car il posait ses questions impertinentes sans la moindre duplicité, en une progression rationnelle qui vous forçait à répondre. Quand le jeune journaliste de vingt-six ans se trouva en présence des quatre adultes Cobb – chez qui il demeura trois jours –, la conversation fut toujours très précise. Dès le départ, Reuben lui demanda :

« Êtes-vous abolitionniste ?

– Je ne suis rien, répliqua Carmody. Je regarde, j'écoute, je rends compte.

– Et qu'allez-vous écrire sur nous ? Ici au Texas ?

– Que vous êtes le dernier îlot d'esclavage profitable.

– Vous reconnaissez donc que nous faisons des bénéfices.

– Vous en faites, mais pas pour longtemps. Et cela coûte énormément à votre société. »

Reuben rougit et faillit prononcer des paroles violentes, car il ne mâchait pas ses mots dès qu'il défendait le Sud et ses traditions particulières. Mais il désirait également entendre une explication logique du point de vue nordiste, et il se contint :

« Pourquoi dites-vous que nos bénéfices manifestes coûtent beaucoup à la société ? »

Aussitôt, Carmody se lança dans une analyse détaillée :

> Prenons le cas de deux immigrants récents. L'un va au Texas, comme vous ; l'autre en Iowa – État qui s'est joint à l'Union

à peu près à la même date. Chacun d'eux apporte dans son nouveau domicile la même quantité d'argent, la même quantité d'intelligence et d'énergie. Je pense qu'à long terme l'homme qui a émigré en Iowa aura tous les avantages. Et la cruelle différence, c'est qu'il ne sera pas embarrassé par des esclaves, alors que vous les aurez sur les bras.

La différence se manifestera dans tous les aspects de la vie, mais surtout de deux manières essentielles, la production et le gouvernement démocratique. Prenons d'abord la question de la production. Comme l'homme de l'Iowa n'a pas d'esclave, il ne peut pas se lancer dans une monoculture comme le coton. Il doit rechercher des récoltes complémentaires, ce qui augmente ses compétences. Très vite, tout ce dont il a besoin pour vivre se trouve localement. Lui faut-il un maçon, il peut en engager un. Lui faut-il un mécanicien, il y en a un dans le voisinage. Très vite s'établit une société diversifiée, capable de subsister indépendamment de tout, par l'échange d'argent contre des services.

L'homme qui est venu au Texas avec ses esclaves ne peut pas suivre la même voie. Il doit appliquer toute son énergie et celle de ses esclaves à une seule culture commerciale, le coton. Certes, le coton peut rapporter de gros bénéfices. Mes recherches m'indiquent que même un pauvre exploitant réussit à produire du coton à sept *cents* la livre. Une bonne gestion permet de ramener le prix de revient à cinq *cents* trois quarts. Donc, même si l'on est contraint de vendre à sept *cents*, on survit, et, si l'on peut en obtenir seize *cents*, c'est la fortune. Je crois même que dans quelques années vous pourrez sans doute faire mieux. Mais il vous faudra acheter davantage d'esclaves et davantage de terres. Que se passera-t-il quand le sol se dégradera ? Vos bénéfices n'auront pas été investis dans la création d'une société polyvalente. Aujourd'hui, l'an prochain et dans les années à venir, chaque fois que vous aurez besoin de quelque chose, il vous faudra le commander à Cincinnati. Vous ne fabriquez pas les produits essentiels dont dépend toute organisation complexe, et un jour ou l'autre vous paierez très cher le prix de cette négligence.

Huit ou neuf fois, au cours de mes voyages, j'ai entendu des gens intelligents déclarer : « Il nous faudra peut-être entrer en guerre un jour, pour nous protéger des Yankees... pour sauver notre style de vie. » Ces gens m'ont convaincu de leur sincérité, et je ne doute pas que leurs jeunes hommes sont les plus braves du monde. Mais, monsieur Cobb, si le Nord possède toute la production industrielle, tous les chemins de fer, tous les arsenaux, tous les chantiers navals, il gagnera à long terme, si courageux que soient les hommes du Sud. Et, avant que vous ne combattiez mes arguments, laissez-moi vous dire encore que le prix le plus lourd que vous payez à cause de votre économie esclavagiste est votre retard à établir un gouvernement démocratique, un système efficace d'éducation et tous les services que l'on est en droit d'attendre d'une société moderne. Vous n'avez pas d'écoles publiques parce que la moitié de votre population – la moitié nègre – n'en a pas besoin. Votre ami de l'Iowa possédera bientôt des bibliothèques et des maisons d'éditions, mais vous n'en aurez pas. Il bénéficiera d'une vie politique active, divisée entre des partis raisonnables, alors que vous serez dominés par le parti unique des esclavagistes. Tel est le prix terrible que vous payez pour votre institution rétrograde. Vous devriez l'abandonner dès demain.

Chacun des Cobb avait des dizaines d'arguments à faire valoir contre la thèse de Carmody, et celui-ci les écouta tous, en hochant aimablement la tête lorsqu'ils étaient valables, et en la secouant chaque fois que ses interlocuteurs se laissaient emporter par leur imagination au lieu de s'en tenir aux faits. En toute sincérité, il ne recherchait que des renseignements et, lorsqu'il leur assura qu'il n'était pas abolitionniste, ils le crurent.

« Je n'ai aucun préjugé. J'ai étudié Adam Smith et il m'a appris que l'économie gouverne pour une grande part les efforts de l'humanité ; or plus j'essaie de comprendre l'économie du Sud…

– L'*économie* ? Qu'est-ce que c'est ? demanda Petty Prue.

– Tout ce que nous produisons : notre travail et notre commerce. Par exemple, la chose la plus intéressante que j'ai vue à Lakeview – et, permettez-moi de vous le dire, c'est une magnifique plantation, et vous êtes des gens étonnants –, la chose la plus intéressante… Non, je vous laisse deviner. »

Les Cobb répondirent : leur lac artificiel, qui n'existait pas avant leur arrivée, leur complexe mécanisé autour de la machine à vapeur, peut-être le fait qu'ils avaient simplement incisé les arbres au lieu de les abattre.

« Non, non, répondit Carmody. L'esclave Trajan. C'est

lui qui fait marcher votre atelier. L'égreneuse, la presse, le moulin, la scierie. Il s'occupe de tout. Sincèrement, je n'ai pas vu un meilleur mécanicien que lui en Iowa. Et vous devez avoir dans ces champs autour de Jefferson... »

Il écarta les bras pour inclure toute cette région du Texas. Il s'était tellement emballé qu'il en perdit le fil de son raisonnement ; les idées cascadaient dans sa tête à une telle vitesse que cela lui arrivait parfois.

Il discuta ainsi avec les Cobb pendant deux jours, et la veille de son départ, Reuben lui dit :

« Vous en savez tellement sur nous que j'ai envie de vous engager comme directeur.

– Vous m'avez presque convaincu que le système des plantations est viable.

– Presque, mais pas tout à fait ? lui demanda Somerset.

– Non. Cette forme de vie est condamnée. Son économie ne peut que se dégrader.

– C'est là que vous vous trompez, s'écria Reuben. Si nous pouvons continuer d'emmener nos esclaves vers l'ouest, nous conserverons le Paradis à jamais. »

Carmody se raidit, et Petty Prue regretta que son mari se soit exprimé si ouvertement, car elle sentait que leur jeune visiteur réagirait – c'était dans son caractère.

« Monsieur Cobb, dit-il, la nation ne vous le permettra pas. Elle ne vous permettra jamais d'emmener vos esclaves ne serait-ce qu'à dix kilomètres à l'ouest du Texas. »

Reuben devint écarlate et les muscles de son cou se contractèrent. Petty Prue s'interposa, le sourire aux lèvres :

« J'ai préparé une petite libation en l'honneur de votre départ, monsieur Carmody... »

La tempête fut écartée, mais avant de se retirer pour la nuit, Carmody apprit à Reuben une nouvelle qui le fit réfléchir :

« Un peu plus en amont sur la rivière Rouge, j'ai rencontré Hutchinson, le prédicateur méthodiste. Ce n'est pas un très bon orateur. En chaire, je veux dire. Mais il ne manque pas de sagesse. Il m'a dit qu'il avait appris à lire et à compter à plusieurs esclaves de la région. Il s'est aperçu que certains étaient remarquablement intelligents. »

Le jour où Elmer Carmody quitta Jefferson, Reuben

Cobb et deux de ses voisins partirent à cheval vers le nord, vers la vallée de la rivière Rouge, sur la frontière du Territoire indien, à une centaine de kilomètres. Ils posèrent quelques questions sur les allées et venues du pasteur méthodiste Hutchinson et, quand ils l'eurent repéré, ils sollicitèrent le concours de plusieurs propriétaires de plantations de la région : au cœur de la nuit, ils appréhendèrent le prédicateur efflanqué, aux yeux de chien battu, et le ligotèrent à un arbre. Ils l'avertirent que s'il continuait de prêcher l'insurrection aux esclaves de l'endroit ils le tueraient. Puis ils le fouettèrent jusqu'à ce qu'il perde conscience. Ils le laissèrent attaché à l'arbre et rentrèrent chez eux.

Juste avant Noël 1850, les Cobb firent la connaissance du général Yancey Quimper ; au début, sa belle allure et son patriotisme manifeste leur plurent, mais ils hésitèrent à lui accorder un soutien sans réserve. Reuben Cobb, toujours chatouilleux dès qu'on touchait aux droits du Sud, estimait que Quimper avait parfaitement raison de s'opposer au compromis d'Henry Clay qui limitait l'expansion de l'esclavage. Il défendit Quimper avec une ardeur particulière quand celui-ci s'opposa à la partie du compromis qui déterminait les frontières du Texas.

« Regardez cette carte ! Voyez ce qu'ils nous ont fait ! » s'écriait Quimper en expliquant comment le Congrès avait volé d'immenses régions qui auraient dû faire partie du Texas. « Nous avons arraché tout ce territoire au Mexique, nous l'avons gagné les armes à la main…

– Est-il exact que vous étiez à la tête de l'infanterie à San Jacinto ? demanda Somerset.

– Les seize minutes les plus importantes de l'histoire du Texas, répondit Quimper. En ces minutes décisives, nous avons gagné toutes ces terres, et voici que le Congrès nous en dépouille. »

Sa carte forçait l'attention, car elle montrait dans ses frontières de 1836 la république du Texas, limitée à l'ouest par le río Grande, de sorte que Santa Fe en faisait partie, et il y avait également une large bande de territoire qui s'étendait très loin dans ce qui deviendrait plus tard les États du Colorado et du Wyoming, et comprenait les meilleures terres du Nouveau-Mexique et de l'Oklahoma.

« Si nous gardons ces frontières, tonna Quimper, nous serons un des plus grands pays du monde. »

Somerset essaya de le calmer :

« Général, vous oubliez que le Congrès nous a versé dix millions de dollars pour nos droits.

– Aucun honnête Texien ne vendrait son droit d'aînesse pour un plat de patates.

– Nous nous appelons *Texans*, à présent. La page est tournée.

– Ah ! s'écria Reuben. Vous entendez ça, général ? C'est la première fois que mon cousin dit *nous* en parlant du Texas. Jusqu'ici, c'était toujours *vous*, comme s'il était en visite.

– Oui, je sens que je fais partie du Texas, avoua Sett. Jamais les autres États ne nous permettront de conserver toutes ces régions immenses, surtout vers le nord, mais je crois que nous devrions garder le río Grande pour frontière à l'ouest.

– Exactement ! cria Quimper. Et nous aurons Santa Fe pour contrebalancer El Paso. »

D'un geste large, il abandonna généreusement le Colorado et le Wyoming, mais ses doigts rapaces voulaient conserver Santa Fe dans l'orbite du Texas.

Les cousins Cobb se laissèrent donc charmer par cet homme affable et sa jolie femme, mais quand Quimper quitta Lakeview ils ne surent trop que penser. L'essentiel de ce qu'il disait semblait juste, or l'essentiel de ce qu'il faisait était faux. Très vite, Reuben et Sett prirent à son égard des attitudes différentes. Reuben, toujours impatient d'agir, s'associa à Quimper – il se serait offusqué si le beau parleur avait lancé une campagne sans faire appel à lui – mais Sett, prudent et meilleur juge en hommes, conçut quelques soupçons. Millicent l'encouragea dans ce sens :

« C'est un imposteur, lui dit-elle un jour où ils étaient seuls. Ne t'en es-tu pas rendu compte ?

– Certes. Mais je vois aussi qu'il ne manque pas de bon sens lorsqu'il parle du Sud et du Nord.

– C'est facile. Écoute-le quand il parle, mais ne le suis pas quand il agit. »

En 1854, Yancey Quimper revint à Jefferson avec une bande de dix-neuf patriotes sudistes déterminés à entraîner le Kansas dans le camp esclavagiste. Il était prêt non seulement à conduire ses hommes dans ce territoire, mais aussi à mettre au pas tout abolitionniste du Nord qui se serait infiltré au Texas. Il était tellement enflammé, tellement convaincant que Reuben Cobb l'accompagna sans hésiter.

Ils entrèrent au Kansas discrètement, en trois groupes séparés. Pendant quinze jours, ils ne firent rien, sauf reconnaître le pays et établir des itinéraires de fuite en cas d'attaque par des forces nordistes supérieures. Bien entendu, il n'y avait encore aucune force nordiste, supérieure ou inférieure. Puis ils tombèrent sur deux fermes isolées, occupées par des familles venues de l'Illinois ; ils les encerclèrent et les attaquèrent au cours de leur dernière nuit dans la région.

« On ne tue personne ! » ordonna Quimper à ses hommes lorsqu'ils avancèrent.

Les Texans se précipitèrent sur les maisons en hurlant et exécutèrent les instructions de Quimper avec une telle rapidité qu'ils prirent possession des lieux avant même que les occupants songent à se défendre. On conduisit les deux familles sur un coteau voisin, et elles regardèrent flamber dans la nuit les maisons qu'elles avaient construites au prix de tant d'efforts.

« Repartez chez vous ! les prévint Quimper. Les gens de votre espèce ne sont pas les bienvenus par ici. »

Quand cette milice retraversa la rivière Rouge, reconnue par le Congrès comme la frontière nord du Texas, Quimper apprit que le révérend Hutchinson, pasteur méthodiste déjà puni pour son action incendiaire auprès des esclaves, continuait ses manigances. Quimper, Cobb et trois autres se rendirent à son presbytère et le pendirent.

Puis le groupe se sépara. Cobb se dirigea vers Jefferson, à l'est, et Quimper vers Xavier, au sud. Mais ils s'étaient promis mutuellement : « En cas de troubles, vous pouvez compter sur moi. »

Lorsque Elmer Carmody publia son récit de voyage, *le Texas, en bien et en mal*, il ne pouvait prévoir que son jugement prudent sur deux éléments de la communauté texane, les Anglais et les Allemands, placerait ces derniers en danger de mort. Voici d'abord ses remarques générales sur une petite ville typique du Texas à l'époque :

> Au sud du Brazos, j'ai passé une nuit dans l'auberge d'un certain M. Angeny, d'origine inconnue. Il recevait quatre clients ce soir-là, mais il nous expliqua : « Je n'ai rien à manger ici, sauf un peu de pain de maïs, du lard et du sucre. » Et ce fut notre dîner. Il n'avait pas non plus de couvertures, et les deux lits dans lesquels nous avons dormi à quatre, tout habillés pour ne pas geler, étaient pleins de punaises. Pas d'eau chaude pour se laver, bien entendu, et même pas de pot de chambre. Très peu de foin pour nos chevaux. L'addition ? Un dollar cinquante par homme, quatre-vingt-cinq *cents* par cheval.

Carmody, dans cette humeur morose, partit vers l'ouest après avoir traversé Austin, qu'il jugea lamentable pour une capitale d'État : « La plus laide de toute l'Amérique, des crachoirs partout et de la barbaque. » Il arriva enfin à Fredericksburg, qu'il porta aux nues :

> J'étais perdu dans ces réflexions fort tristes lorsque, en suivant un méandre du Pedernales, je tombai sur les deux belles maisons de pierre de la famille Allerkamp. Dès que je les aperçus, je compris que je passais de la barbarie à la civilisation.
> Les arbres étaient taillés comme il se doit quand on les plante près des maisons. La pelouse était verte et des fleurs s'épanouissaient dans des massifs bien nets auxquels on avait visiblement accordé beaucoup de soin. Les maisons, de belle allure et construites en pierre, n'avaient aucun espace où le vent puisse pénétrer, comme toutes celles que j'avais vues jusque-là au Texas. Tout exprimait l'ordre, la respectabilité, un sens judicieux de l'économie.

Carmody n'ignorait pas que le récit de voyage d'un homme du Nord dans une région aussi sensible que le Texas prêterait le flanc à de nombreuses critiques, mais il n'imaginait guère les fureurs qu'allait déchaîner son portrait favorable des Allemands, comparés aux « barbares » qu'il avait rencontrés ailleurs. Ses commentaires sur les planteurs de coton blancs se révélèrent particulièrement dangereux :

> L'on m'a assuré depuis mon entrée au Texas que la culture du coton ne pouvait exister que par le travail d'esclaves. Aucun Blanc ne pourrait semer et récolter cette plante exigeante. Mais j'ai vu dans les collines les Allemands produire très bien du coton. Ils le font pousser de manière efficace, ils le mettent en balles avec plus de soin que les autres, et ils le vendent à meilleur prix à Galveston, La Nouvelle-Orléans et Liverpool. Fredericksburg démontre que l'essentiel de ce qu'affirment les Texans sur l'esclavage n'a aucun sens.

Un écrivain possède certains avantages. Il peut publier des jugements de ce genre puis filer du pays. Mais ses écrits demeurent et engendrent de l'amertume. Dans les années qui suivirent la publication de l'ouvrage de Carmody, de nombreux citoyens du Texas se mirent à considérer les Allemands comme un groupe allogène qui refusait de suivre le grand courant de la vie texane : des crypto-abolitionnistes, voire des traîtres à l'égard du patriotisme fondamental de l'État.

Quand le général Quimper rendit visite aux Cobb, ils étaient furieux de ce que Carmody avait écrit à leur sujet, mais il les interrompit, sans même les laisser exprimer tous leurs griefs :

« Il a abusé de votre courtoisie ? Soit ! Que peut-on attendre d'autre d'un écrivain ? Mais ce n'est pas tout : regardez donc sa façon de louer les Allemands. Et surtout ce qu'il dit sur l'esclavage. » Il prit le livre de Carmody et lut avec emphase le passage sur la culture du coton sans esclaves, puis : « C'est de la trahison ! Il faudra bien que nous apprenions un jour les bonnes manières à ces Allemands. Ils envahissent notre pays puis il veulent nous donner des leçons de bonne conduite ! Si nous les surprenons en train de corrompre nos esclaves… »

Il avait mis le doigt sur un des aspects les plus étranges de la vie du Sud : de nombreux planteurs estimaient sincèrement que les esclaves – en tout cas les leurs – étaient suprêmement heureux dans leur état de servitude ; mais en même temps ils redoutaient toujours un soulèvement des esclaves et la propagande subversive du Nord. On ne cessait de proférer des menaces de pendaison, de flagellations et de répressions terribles dès que l'on soupçonnait les esclaves « heureux » de fomenter en secret un massacre général. La crainte de révoltes d'esclaves à Nacogdoches avait provoqué des châtiments sanglants et, sur la rivière Rouge, l'on avait pendu plusieurs pasteurs blancs soupçonnés de « corrompre nos esclaves loyaux ».

Plus personne ne songea à châtier les « perfides » Allemands au début de juin 1856, quand on apprit au Texas le comportement « insensé » de John Brown et de ses fils, au Kansas.

« Ils ont assassiné des sudistes ! » criait le général Quimper en faisant courir la nouvelle de porte en porte. Avant même que les détails de l'affaire soient vérifiés, Quimper et Reuben Cobb se lancèrent de nouveau sur la piste du « Kansas sanglant ». Avec les dix-neuf hommes qui les accompagnaient, ils formèrent un appui important aux agents du Sud en train de faire campagne pour qu'un éventuel plébiscite dans le territoire assure la légalité de l'esclavage. Sur ces vingt-deux défenseurs énergiques de la position sudiste, seuls quatre hommes possédaient des esclaves – Quimper n'en faisait pas partie – et pas plus de treize étaient originaires d'États du Sud. Mais ils étaient tous prêts à risquer leur vie pour défendre l'idéal sudiste. Comme l'expliqua Quimper après une vive escarmouche où quatre abolitionnistes trouvèrent la mort :

« J'ai la conviction profonde que les choses doivent être comme elles le sont dans le Sud. C'est la volonté de Dieu. Et il faudrait être aveugle pour ne pas voir que l'avenir du Texas dépend de notre loyauté à l'égard de nos frères du Sud. »

Quand Cobb et Quimper retournèrent chez eux avec la nouvelle sensationnelle de leurs victoires au Kansas –

« neuf abolitionnistes exécutés sans perdre un seul Texan » –, ils essayèrent de mobiliser les enthousiasmes pour lancer une action – sans préciser laquelle – contre l'Union. Mais, sur cette voie, ils se heurtèrent aussitôt au caractère inflexible de Sam Houston, bien décidé à défendre l'Union et à maintenir son bien-aimé Texas sous la protection du gouvernement central.

Quimper, efficace dès qu'il fallait faire preuve de cruauté politique, mena la campagne pour humilier le « vieil ivrogne », comme il l'appelait toujours : « Il siège au Sénat des États-Unis et il fait tout ce qu'il peut pour rabaisser le Texas. Il vote toujours contre nos intérêts. On croirait un abolitionniste ! »

Ces accusations étaient en partie justifiées car, dans les derniers mois de sa vie, Sam Houston, âgé de soixante-quatre ans, cessa de se montrer hésitant, comme il l'avait souvent été, pour prendre parti fermement et non sans quelque héroïsme en faveur de l'Union, malgré toutes les injustices commises à l'égard de l'État qui l'avait élu : « Je soutiens l'Union qui a fait notre grandeur et, s'il existe des déséquilibres temporaires, j'estime qu'ils peuvent être corrigés. » Quand on le poussait dans ses derniers retranchements, il reconnaissait qu'il demeurait, comme toujours, un partisan convaincu de l'esclavage, mais il jugeait que l'esclavage pourrait subsister et même progresser dans le cadre des institutions existantes, et il suppliait ses compatriotes texans de défendre leurs conceptions dans le cadre de la Constitution.

Le chaos semblait imminent, mais Sam Houston exprima toujours la voix de la raison. Plus les passions s'enflammaient autour de lui, plus il prenait une attitude de conciliation. Il implorait ses amis, du Nord et du Sud, de rester fidèles au bon sens. Lorsqu'il avait estimé nécessaire, pour sauver l'Union, de voter pour le compromis de 1850 – seul moyen à ses yeux d'éviter la dissolution du Congrès –, on l'avait dénoncé comme traître à la cause du Sud. Et, quand il s'éleva avec encore plus de force contre la « loi honteuse » du Kansas-Nebraska de 1854, on le traîna dans la boue.

Tout cela permit au général Quimper de montrer à Houston et au reste de l'État à quel point le Texas méprisait à présent son ancien héros :

« Prouvons au vieil ivrogne que nous ne plaisantons pas. Élisons tout de suite son remplaçant au Sénat.

– Mais il a encore deux années à siéger. Jamais on n'a insulté un sénateur de cette manière !

– Nous le ferons, et il sera la risée de tout le pays. »

Quimper parvint à convaincre ses collègues du Sénat du Texas de désigner le remplaçant de Sam Houston alors que celui-ci siégeait encore au Sénat des États-Unis.

Mais Houston était un lutteur et, en 1859, il stupéfia Quimper et ses acolytes en annonçant que, puisqu'on lui refusait de siéger au Sénat, il poserait sa candidature comme gouverneur de l'État, sur un programme de maintien du Texas dans l'Union. S'apercevant que l'opinion n'était plus prête à le suivre sur ce point, il monta une campagne personnelle remarquable, sillonna l'État et mit en œuvre toute sa puissance de persuasion. Les gens se rassemblaient en foules immenses pour le voir et, même s'ils repoussaient son programme, ils le soutenaient personnellement. Certains pensaient que le vieil ami des Indiens pourrait résoudre la question indienne qui troublait les comtés de l'Ouest. Puis l'on compta les voix : cet homme qui nageait pourtant contre le courant avait gagné une fois de plus. Ce fut le couronnement d'une carrière sans équivalent dans l'histoire de l'Amérique : représentant au Congrès pour le Tennessee, deux fois gouverneur de cet État, deux fois président de la république du Texas, sénateur des États-Unis, et enfin gouverneur de l'État du Texas. Aucun autre homme politique américain n'avait connu autant de hauts et de bas. Chacune de ses victoires ou presque avait été suivie d'une défaite humiliante. Et maintenant que l'Union se trouvait en danger, il se lançait dans une défense héroïque de ses principes.

Ce ne serait pas facile. Le général Quimper, encouragé par les ennemis de Houston, ressortit de ses tiroirs son vieux pamphlet de 1841 et ajouta une nouvelle salve d'accusations :

> Nous savons depuis des années que Houston est un ivrogne, un bigame, un menteur, un escroc qui a dépouillé plus d'une veuve, et un lâche qui a évité les batailles et les duels équitables chaque fois que c'était possible. Mais savions-

nous que c'était un ennemi du Sud, traître aux intérêts du Texas, un pantin entre les mains des abolitionnistes, un voleur des deniers publics ? Tel est le véritable Sam Houston, et il ne saurait nier aucune de ces accusations, car la nation entière, et le Texas en particulier, sait qu'elles sont exactes.

Quand se rapprocha l'élection présidentielle cruciale de 1860, Quimper continua d'accumuler les charges contre Houston, et les incertitudes qui planaient sur le sort de la nation encouragèrent bien des gens à croire ces accusations. Quelques mois après sa surprenante victoire électorale, la réputation de Sam Houston sombrait déjà dans le trente-sixième dessous. Peut-être s'est-il senti condamné à jouer le rôle principal dans une tragédie grecque des ambitions détruites, mais il n'en a pas moins continué, et ses actes démontrent qu'il faisait passer sa foi dans l'Union avant la sauvegarde de sa réputation au Texas.

Vue du Texas, l'élection présidentielle de 1860 peut se résumer en quelques mots, mais elle n'est pas facile à comprendre. Le nouveau Parti républicain avait désigné comme candidat un ancien représentant de l'Illinois au Congrès, Abraham Lincoln, dont le nom même était une injure dans tout le Sud ; quand des planteurs comme les Cobb ne pouvaient éviter de le prononcer, ou bien ils crachaient par terre, ou bien ils juraient.

Les démocrates, partagés sur la question de l'esclavage, s'étaient divisés en factions qui nommèrent trois candidats. La somme des voix qu'ils obtinrent (2 810 501) dépassait très largement les voix de Lincoln (1 866 352), mais le système électoral de l'époque permit cependant à l'avocat de l'Illinois de devenir président d'une nation douloureusement divisée sur une question vitale. Toutes ses voix provenaient des États du Nord. Au Texas, il n'obtint pas un seul vote : son nom ne figurait même pas sur le bulletin. Et dans l'ensemble des États du Sud, qu'il devait essayer de gouverner, il obtint en tout moins de cent mille voix. La tragédie devint inévitable, et les hommes de tous les partis le sentirent.

Tout ce que Sam Houston avait désiré sauver – les valeurs pour lesquelles il s'était battu – était condamné.

Mais il demeurait gouverneur et, de son poste d'influence, il entendait maintenir le Texas dans la voie de la sagesse. Tant qu'il serait à la barre, il ne se produirait aucun acte inconsidéré.

Mais, pour tenir le Texas en main, il lui fallait combattre les têtes brûlées comme le général Quimper et les modérés – relativement – comme Reuben Cobb, que les divers raids à la John Brown avaient terrifiés. Dès que le résultat de l'élection présidentielle fut publié, des milliers de Texans comme Quimper et Cobb se mirent à réclamer : « Sécession immédiate ! Abe Lincoln n'est pas notre président ! » Houston, vigoureusement opposé à la sécession, rappela à ses Texans que l'Union existait encore et continuait de protéger leur liberté comme dans le passé. C'était mobiliser l'État contre lui.

Lorsque la Caroline du Sud, toujours le premier État à défendre ses droits, quel qu'en soit le prix, vota la sécession le 20 décembre 1860, Houston redoubla d'efforts pour empêcher son État de suivre. Quimper et ses amis sécessionnistes décidèrent alors de promulguer eux-mêmes la loi :

« Rassemblons une convention de délégués élus et chargeons-les de déterminer quelle position prendra le Texas. »

Quand il devint manifeste que cette tactique révolutionnaire réussirait, Houston s'inclina devant l'inévitable et s'efforça de donner à la manœuvre un semblant de légalité. Il convoqua les assemblées en session spéciale et ce furent les élus de l'État et non les acolytes de Quimper qui réunirent la convention.

Cette assemblée bouillonnante de passion était déterminée à rompre avec l'Union et, dès qu'un délégué tentait de persuader ses collègues de demeurer loyaux, la galerie le conspuait – ce qui inspira l'une des phrases célèbres de l'histoire du Texas : « Quand la racaille siffle, que les patriotes tremblent ! »

On décréta un plébiscite, et le peuple du Texas décida en faveur de la sécession par 46 153 voix contre 14 747, même si cette décision devait provoquer une guerre civile. Ce scrutin offre une image intéressante des attitudes texanes : en effet, moins de dix personnes sur cent possédaient un esclave ou plus, mais presque huit votants sur dix défendirent les droits du Sud. Et, quand viendrait l'épreuve des armes, neuf Texans sur dix seraient favorables à la guerre.

A l'annonce de ces résultats, le général Quimper se sentit justifié, car ils démontraient que son ancien ennemi, Sam Houston, était répudié par l'État qu'il devait gouverner.

« Il doit démissionner ! brailla Yancey. Il a perdu notre confiance. »

Comme toujours, Houston ne tint aucun compte de ces protestations. A qui voulait l'entendre il assurait, quoique sans conviction :

« Oui, oui, le Texas s'est retiré de l'Union. Mais cela ne signifie pas que nous nous sommes associés à la Confédération.

– Que voulez-vous dire ? demandaient des hommes comme Reuben Cobb.

– Le vote signifie que le Texas est redevenu un État indépendant, assez fort pour ne tenir compte ni du Nord ni du Sud, répondait Houston. Reprenons notre destin en main. »

Piètre alternative, et la majorité avait trop soif de guerre pour suivre son avis.

Houston, presque septuagénaire et en mauvaise santé, livra alors sa dernière bataille. Encore gouverneur de l'État, mais méprisé par tous et calomnié par le général Quimper, qui le provoqua de nouveau en duel, il se retira dans la résidence du gouverneur, à Austin, et réfléchit à ce qu'il devait faire.

Les nouvelles lois du Texas décrétaient que, s'il désirait conserver sa charge, il lui fallait prêter un serment d'allégeance à la Confédération. C'était assez facile, sauf pour un homme d'honneur : « J'ai toujours été loyal à l'Union. Ma langue se collerait à mon palais si je prêtais un serment contraire à mes opinions. » Il décida qu'au moment de l'épreuve, si des hommes comme Quimper le forçaient à nier sa fidélité à l'Union, il démissionnerait.

Mais, avant qu'il soit contraint d'agir, une échappatoire s'offrit à lui. Le président Lincoln proposa secrètement d'envoyer des troupes fédérales au Texas pour aider Houston à conserver son poste et donc à maintenir le Texas au sein de l'Union. C'était fort tentant, mais Houston ne pouvait en discuter qu'avec un homme d'honneur susceptible de respecter le secret. Il convoqua quelqu'un qu'il n'avait rencontré qu'une seule fois : Somerset Cobb. Lorsque celui-ci se présenta à Austin, Houston lui demanda :

« Au cours du débat sur la sécession, Cobb, vous avez exprimé la voix de la raison. Comment voyez-vous les choses à présent ?

– La guerre est inévitable, lui répondit Cobb, qui n'avait pas fait tout ce chemin à cheval pour se contenter de platitudes. Le Sud se battra vaillamment, vous pouvez en être certain, mais nous perdrons. »

Les deux hommes gardèrent le silence, tourmentés par des questions de loyauté. Houston demeurait loyal à l'Union, idéal splendide défendu avec tant de compétence par Andrew Jackson à l'époque où le jeune Sam apprenait encore les ficelles de la politique. Mais il était également loyal au Texas, l'État qu'il avait ressuscité de ses cendres brûlantes. Dieu, comme il aimait le Texas !

Cobb, pour sa part, serait éternellement loyal aux principes selon lesquels il avait été élevé en Caroline du Sud et, si son État natal déclarait la guerre, il le soutiendrait. Mais il était également devenu loyal au Texas, et il voyait que la voie dans laquelle le Sud s'engageait ne pouvait aboutir qu'à la défaite. Il n'en proposerait pas moins ses services à une cause qu'il savait perdue. Les loyautés, qui troublent l'homme et le déchirent, l'ennoblissent aussi – plus que la plupart des autres émotions humaines.

« Que dois-je faire, Cobb ?

– Pouvez-vous, dans l'honneur, prêter le serment d'allégeance à la Confédération ?

– Non.

– Alors, il vous faut démissionner.

– Et l'offre que fait Lincoln d'un soutien militaire ? Pour me maintenir au pouvoir ? »

Cobb garda le silence. Comment le gouverneur d'un État pourrait-il accepter l'appui d'une armée extérieure pour conserver sa charge, alors que la population de cet État avait clairement montré qu'elle désapprouvait ses idées ? En parlant d'honneur, Cobb avait touché le nerf vital qui dictait la conduite des meilleurs hommes, en cette époque de danger. Des hommes comme Cobb et Houston avaient été élevés dans la tradition d'honneur propre à la Virginie et à la Caroline ; dans leur enfance, ils avaient lu Walter Scott et s'étaient imprégnés de la conception de l'honneur que représentent ses héros intrépides. Ils s'étaient battus en duel pour prouver leur intégrité et, quand la première épouse de Sam Houston s'était conduite de façon très particulière, son sens de l'honneur l'avait empêché d'expliquer sa propre position. Maintenant, l'honneur exigeait de Somerset Cobb qu'il réponde à l'appel des clairons, et l'honneur imposait à Houston de refuser l'offre d'aide du président Lincoln, car elle entraînerait aussitôt le Texas dans la guerre. Il n'y avait pas une chance sur dix mille que Cobb refuse de se battre pour le Sud ; et à peu près aussi peu de chances que Houston accepte une aide extérieure pour conserver dans la honte un poste de gouverneur qu'il avait déjà perdu dans les faits.

Pour la deuxième fois de sa vie – dans sa jeunesse au Tennessee et maintenant au Texas –, Houston se trouva confronté au devoir moral de renoncer au poste de gouverneur. Et renoncer au Texas suscita en lui beaucoup plus d'amertume que sa première débâcle. Le 15 mai, les dignitaires de l'État désireux de combattre dans le camp des sudistes en cas de guerre révoquèrent leur serment d'allégeance à l'Union et firent vœu de défendre la Confédération.

Sam Houston refusa. Et on le cita à comparaître le samedi 16 mars à midi pour jurer allégeance au nouveau gouvernement. Dans la soirée, le vieux lion lut la Bible, bavarda paisiblement avec sa famille, puis monta dans sa chambre, qu'il arpenta toute la nuit. Lorsqu'il descendit prendre le petit déjeuner, hâve et le visage défait, il dit à son épouse :

« Margaret, je ne le ferai jamais. »

Vers midi, il se retira dans la cave du Capitole, s'assit dans un vieux fauteuil, prit son couteau et se mit à sculpter un bâton de noyer. Du haut de l'escalier, un messager du gouvernement cria trois fois :

« Sam Houston ! Sam Houston ! Sam Houston ! Venez prononcer le serment d'allégeance ! »

En silence, il continua de rogner son bâton, renonçant ainsi à l'État-nation qu'il avait fait naître.

Sam Houston aurait préféré un exil en silence, mais il y eut de telles protestations populaires pour qu'il explique son attitude qu'il finit par accepter de se défendre au cours d'une réunion publique tenue à Brenham, petite ville à l'est d'Austin. L'on vint de très loin entendre sa tentative de justification.

Lorsqu'ils apprirent l'existence de cette réunion, le général Quimper et les autres partisans inconditionnels du Sud entrèrent en fureur : « Ses opinions sont de la trahison pure et simple ! » Une demi-douzaine de voyous annoncèrent qu'ils tireraient sur Houston dès qu'il monterait sur l'estrade. Des amis pressèrent l'ancien gouverneur d'annuler la réunion, mais battre en retraite dans ces circonstances n'était pas dans son style :

« Je parlerai. »

Millicent et Petty Prue Cobb firent le voyage de Jefferson à Brenham pour entendre le discours historique. Le grand âge de Sam Houston les surprit. Il avait les cheveux hirsutes, ses épaules étaient réchauffées par le serape mexicain qu'il affectionnait. Ses yeux étaient enfoncés dans leurs orbites mais l'on devinait en eux la même flamme ancienne : la passion du combat.

« Regarde ! murmura Millicent. Il a vu Quimper ! »

Houston venait en effet d'apercevoir son assassin en puissance et le saluait en inclinant la tête.

« Regardez ces hommes ! » s'écria Petty Prue assez fort pour que les autres l'entendent.

Tout le monde se tourna vers les six acolytes de Quimper, qui se rapprochaient de l'estrade.

« Mon Dieu ! » murmura Millicent.

Petty Prue, à son tour, vit que les deux Cobb venaient de monter sur l'estrade, pistolet au poing.

« Ne tirez pas ! cria-t-elle. Je vous en supplie, mon Dieu ! que personne ne tire !

– Nous nous sommes réunis ici ce soir, déclara Reuben d'une voix calme, pour écouter un homme qui va tenter de justifier ses erreurs. Nous sommes opposés, mon cousin Sett et moi, à tout ce que Sam Houston représente. Nous jugeons que ses actes sont une honte pour le Texas, mais il a sauvé cet État à San Jacinto, et nous proposons de le laisser s'exprimer. »

Une partie de la foule applaudit, mais ce furent les paroles de Somerset qui électrisèrent la salle :

« Si quelqu'un tente d'interrompre cette réunion, Reuben et moi l'abattrons. »

Il braqua ses deux armes sur Quimper tandis que son cousin tenait les voyous en joue.

« Laissez-le parler ! » cria la foule.

Quand le tumulte prit fin, le vieux lutteur s'avança, serra autour de ses épaules le serape élimé et dit :

> J'aime les applaudissements de mes concitoyens, mais jamais je ne sacrifierai mes principes dans le but de gagner la faveur ou l'approbation du public. J'ai entendu la foule me conspuer dans les rues de Brenham, et mes amis m'ont prévenu que ma vie serait en danger si j'osais exprimer mes convictions sincères.

A ces mots, Quimper et ses hommes firent un pas en avant, mais Sett Cobb leva légèrement ses pistolets et murmura :

« Reculez ! »

> Jamais je n'échangerai notre Constitution fédérale et notre Union pour la Constitution des confédérés et un gouvernement dont le principe de sécession ne saurait durer et s'achèvera forcément dans la révolution et la ruine.

Ce rejet catégorique de la Confédération, à laquelle presque chaque membre de l'assistance avait solennellement accordé sa loyauté, au risque de perdre la vie, scandalisa le public, y compris les cousins Cobb, mais le vieux lutteur continua :

> Le coton n'est pas roi. Les pays d'Europe ne se battront pas dans notre camp pour défendre les livraisons de notre coton. Un homme du Sud, même s'il pratique mieux les armes à feu, ne vaut pas dix hommes du Nord. La guerre civile qui se

> prépare sera acharnée et de longue durée. Le sol de notre Sud bien-aimé s'imprégnera du sang précieux de nos fils et de nos frères...
> Je ne peux pas, je ne veux pas, fermer mes yeux à la lumière et à la raison. Les dés ont été jetés par vos meneurs sécessionnistes, à qui vous avez permis de semer et de répandre les graines de la discorde. Vous ne manquerez pas de récolter pour longtemps la terrible moisson de la conspiration et de la révolution.

La foule garda le silence. Quimper et ses sbires s'écartèrent pour laisser passer Sam Houston, et les cousins Cobb baissèrent leurs armes. Le vieux lutteur quitta ainsi la scène politique du Texas.

Quel soutien le Texas pouvait-il apporter à la Confédération ? Il se trouvait très éloigné des champs de bataille et ne possédait aucune industrie importante. S'il voulait armer ses hommes, il lui fallait s'adresser au Mexique pour trouver fusils et munitions.

La population, encore faible – 420 891 Blancs, 182 566 esclaves et 355 Noirs affranchis –, était dispersée en communautés de moins de mille habitants. Deux villes seulement, Galveston et San Antonio, avaient environ cinq mille habitants.

La Confédération ne pouvait pas non plus compter sur le Texas pour un nombre important de recrues car, dans un État agricole, on avait besoin des hommes dans les fermes. D'ailleurs, les exemptions au service militaire étaient ahurissantes : fonctionnaires de la Confédération et de l'État, postiers et facteurs, bateliers des bacs, pilotes des bateaux, cheminots, professeurs, télégraphistes, hommes d'Église, mineurs, tout enseignant s'occupant d'aveugles ou ayant une classe de plus de vingt élèves, infirmiers, gardiens des asiles, pharmaciens (un par pharmacie) et ouvriers des manufactures textiles. La situation était d'autant plus complexe que tout homme déclaré bon pour le service armé pouvait acheter un remplaçant et rester chez lui. En outre, la plupart des Texans voulaient se battre dans la cavalerie et, comme pour la guerre du Mexique, ne désiraient s'engager que pour de brèves périodes clairement définies et ne se battaient que sous les ordres d'officiers texans qu'ils éliraient eux-mêmes.

La règle classique, pour toutes les armées du monde, veut qu'une population ne fournisse pas plus de dix pour cent de son total à la conscription. Le Texas, avec moins d'un demi-million de Blancs, aurait dû fournir au mieux cinquante mille soldats à la Confédération. Malgré toutes les exemptions, il en envoya entre soixante-quinze et quatre-vingt-dix mille.

Reuben Cobb, puisqu'il exploitait une égreneuse de coton, était normalement exempt : « La Confédération ne peut survivre que si son coton continue de parvenir sur les marchés européens ; c'est ce qui nous procurera l'argent dont nous avons besoin pour armer et nourrir nos soldats. »

Mais, pour Reuben, cela ne comptait pas. Le premier jour où l'on accepta des volontaires, il s'engagea.

« Trajan et Jaxifer peuvent s'occuper de l'égreneuse aussi bien que moi », dit-il à Petty Prue.

Et il partit se battre, certain que ses Nègres de confiance assureraient la prospérité de la plantation.

Il avait l'expérience des combats et fut donc accueilli à bras ouverts, mais on jugea qu'il serait plus utile non pas dans l'Est, avec le général Robert E. Lee, très estimé au Texas à cause de ses guerres de frontière contre les Comanches, mais au sein des forces qui défendaient l'État, du côté de la rivière Rouge. Élu capitaine par ses hommes, il se mit à patrouiller son secteur pour assurer la sécurité de la Confédération dans cette région peu peuplée. Il aurait préféré une mission plus active. Il se proposa soit pour la campagne du Mississippi, soit pour ce que le général Quimper appelait « notre tentative de reconquérir Santa Fe », mais, à sa vive déception, on ne fit pas appel à lui.

Son poste n'avait qu'un avantage : il pouvait de temps à autre rentrer à Lakeview dans sa famille. Ses deux fils étaient bien entendu sous l'uniforme, l'un dans la brigade du Texas, l'autre avec son compatriote texan Albert Sidney Johnston. Leur mère Petty Prue avait donc pris la direction de la plantation, assistée quand c'était possible par son cousin Sett. Somerset Cobb aurait pu, lui aussi, faire valoir son droit à l'exemption – comme tout propriétaire de plus de vingt esclaves – mais il s'était porté volontaire dès le début des hostilités. Le gouvernement avait décidé qu'il était plus utile pour surveiller les livraisons de coton, qui constituaient la richesse des confédérés, à La Nouvelle-Orléans, dont le port était encore ouvert. Les courageux bateliers du fleuve forçaient le blocus pour livrer les précieuses balles aux bateaux anglais et français qui attendaient.

« Est-ce que nous gagnons ? demanda Sett à son cousin au cours d'une de ses visites imprévues.

– Tu en sais plus long que moi.

– Des troubles du côté de la rivière Rouge ?

– Beaucoup, si l'on savait toute la vérité. Nous soupçonnons des insurrections dans la région. Nous veillons de très près. » En époussetant ses belles bottes General Quimper, il demanda avec sollicitude : « Comment vont les femmes ? Est-ce que Petty Prue se montre capable de... »

Il laissa sa phrase en suspens, trahissant à quel point il s'inquiétait de laisser une si grande plantation entre les mains d'une femme.

« Nous lui donnons toute l'aide que nous pouvons.

– Nous ?

– Oui, Trajan et moi. En fait, c'est lui qui dirige tout, tu le sais.

– Les machines. Mais sûrement pas...

– Reuben, nous devons utiliser au mieux les compétences. Tu sais que je dois partir à la première occasion.

– Ta présence est nécessaire ici, Sett.

– C'est impossible, avec mon fils et mes deux neveux sous l'uniforme... Quelles nouvelles as-tu reçues des garçons ?

– John m'écrit que la brigade du Texas a livré plus de batailles que n'importe quelle unité de l'armée. Partout où elle se trouve, elle livre un combat décisif. Au moment critique, Lee fait toujours appel à Hood.

– Il n'a pas été blessé, ni rien ?

– Dieu veille sur les braves... Je le crois vraiment, Sett. Quand deux hommes montent au combat, c'est le lâche qui meurt le premier. » Il réfléchit un instant puis demanda : « Et comment va Millicent ?

– Assez mal. Mais elle n'a jamais été robuste, tu le sais. L'absence des enfants, la mienne et la tienne...

– Ne la laisse pas se tourmenter. J'ai ordonné à Petty Prue de ne pas avoir de chagrin parce qu'elle a deux fils sous les drapeaux. En fait, elle devrait se réjouir. Lee et les hommes comme Jeb Stuart sont en train de bousculer les Yankees.

– Est-ce que tes hommes, je veux dire les plus sages, demanda Sett avec précaution, croient encore que nous pourrons gagner cette guerre ? »

Reuben bondit :

« Quelle question horrible ! Dans ma propre maison ?... Nous *devons* gagner, reprit-il en se forçant au calme. L'avenir du Sud...

– Mais *pouvons*-nous gagner ? » insista Sett.

Reuben répondit à côté de la question :

« Je vais me porter volontaire pour aller dans l'Est, avec Lee. »

Il soumit sa demande et elle fut acceptée, mais il fut retardé par une équipée lamentable dans laquelle l'entraîna le général Quimper.

Quand on analysa comté par comté le plébiscite du Texas sur la sécession, l'on s'aperçut que, sur un total de cent cinquante-deux (dont cent vingt-deux organisés), dix-huit avaient signifié leur désir de demeurer au sein de l'Union : sept le long de la frontière nord, où les traditions du Sud ne pouvaient s'affirmer en raison de l'afflux constant de colons venus du Nord ; dix comtés « allemands » du centre de l'État, où l'abolitionnisme s'était fortement enraciné ; et le comté d'Angelina, isolé et inexpliqué, dont le vote défiait toute justification logique. Également dangereux, onze autres comtés n'avaient voté pour la sécession qu'avec une majorité inférieure à dix pour cent. Le Texas ne s'était donc pas montré aussi unanime dans sa défense du Sud que les Cobb l'avaient prédit.

Dans les collines, des abolitionnistes passionnés faisaient le tour des colonies allemandes pour essayer d'enflammer les résidents par leurs discours contre l'esclavage. A

Fredericksburg, ils suscitèrent des réactions dans certaines familles qui jugeaient l'esclavage intolérable, mais ne reçurent aucun encouragement des Allerkamp ou de leur fille Franziska, dont le mari était reparti le long du Nueces, à la recherche de Benito Garza. Ils embrigadèrent cependant trois familles, qui les mirent en contact avec d'autres Allemands abolitionnistes.

Après avoir évalué la situation de la région, certains abolitionnistes revinrent chez les Allerkamp avec une proposition alléchante :

« Nous savons tous que l'esclavage est une plaie. Nous savons qu'il rabaisse l'homme qui le pratique et celui qui le subit. Ce que nous proposons n'a rien de bien radical et ne fait de mal à personne. Cela ne peut provoquer aucune opposition parmi tous ceux qui soutiennent la Confédération.

– Et que proposez-vous ? demanda Ludwig, car il cherchait depuis longtemps une solution de ce genre à sa propre confusion.

– Nous quitterons provisoirement le Texas. Nous nous éloignerons de tous ces méfaits, de toute cette tuerie. Nous partirons tranquillement au Mexique, sans faire de mal à personne, et nous y attendrons que cette guerre insensée s'achève. »

Le 1er août 1862, soixante-cinq Allemands, dont Ludwig Allerkamp et son fils Emil, partirent vers l'ouest, puis vers le sud, pour échapper à la guerre.

Le général Yancey Quimper, qui se sentait responsable de la sécurité de la Confédération, que la menace vienne de la rivière Rouge ou de Fredericksburg, avait infiltré dans la colonie allemande un espion du nom d'Henry Steward, qui lui rendit compte en ces termes :

> Quinze cents Allemands rebelles en armes se sont rencontrés en secret dans les environs de Fredericksburg, où personne ne parle un mot d'anglais, à un endroit isolé qui porte le nom de Lion Creek. Je sais que ces hommes se proposent de terroriser des villes comme Austin et San Antonio, puis de traverser le río Grande pour entrer au Mexique, d'où ils

s'embarqueront pour La Nouvelle-Orléans, avec l'intention de se joindre à l'armée nordiste.

A la lecture de ce rapport, Quimper, qui tenait à l'œil les sympathisants nordistes de la rivière Rouge, imagina aussitôt un contingent de quinze cents soldats dans l'uniforme bleu des fédéraux et résolut de les empêcher de nuire. Il serait parti vers le río Grande sur-le-champ pour leur livrer bataille, mais, quand il présenta sa requête au major Reuben Cobb, celui-ci temporisa :

« Vous n'avez que le rapport d'un seul espion, d'ailleurs peu fiable, si ce que j'ai appris sur lui est exact. »

L'expédition vers le sud fut donc ajournée. Dans les discussions qui suivirent, Cobb fit remarquer plusieurs points faibles dans le récit de ce Steward.

« Comment savons-nous qu'ils ont l'intention de s'engager dans l'armée nordiste ? Quelle preuve avons-nous qu'ils ne veulent pas simplement se réfugier au Mexique ? »

Trois jours plus tard, on retrouva l'espion Steward avec la gorge tranchée.

Ulcéré par ce meurtre, Cobb devint encore plus impatient que Quimper de punir les Allemands, et ils partirent ensemble dans le sud de l'État pour se placer sous les ordres du surprenant capitaine Duff, renvoyé de l'armée pour conduite infamante en temps de paix, mais réintégré au début de la guerre. Les quatre-vingt-quatorze cavaliers de Duff repérèrent les soixante-cinq Allemands qui fuyaient à pied sur les rives du Nueces, fleuve habitué aux actions violentes, à moins de quatre-vingts kilomètres de la frontière mexicaine.

« Nous ne devons pas les laisser s'échapper, chuchota Quimper à Duff.

– Ils ne s'échapperont pas. »

Le soir du 9 août 1862, à deux pas du Mexique et de la sécurité, Ludwig Allerkamp éprouva une sensation désagréable lorsque les chefs du détachement allemand en fuite décidèrent de passer une nuit de repos à la belle étoile plutôt que de continuer à marches forcées vers le río Grande.

« Nous ferions mieux de quitter le Texas au plus vite », insista Ludwig.

Le commandant l'apaisa en lui assurant qu'aucune troupe confédérée ne les inquiéterait. Qui se soucierait de leur départ au Mexique ?

C'était une douce soirée d'été, encore embellie par un dindon tué la veille, les inévitables chants en chœur et même plusieurs bouteilles de bière San Antonio, qui permirent aux Allemands de porter des toasts à leurs foyers texans : « A notre retour, le jour de la paix ! » Bien entendu, à la fin du repas, commencèrent les débats organisés dont les Allemands ne sauraient (semble-t-il) se passer, quelles que soient les circonstances. Un homme de Fredericksburg servit de président pour la discussion sur le thème : « les Espoirs brisés de l'Allemagne », et un médecin fit de même pour « les Problèmes de santé que nous rencontrerons au Mexique ». A la fin des débats, Ludwig Allerkamp proposa :

« Je pense que nous devrions poster dix sentinelles. » Quand les autres demandèrent pourquoi, il répondit : « Nous sommes d'âge militaire et nous quittons le pays. On peut nous arrêter comme déserteurs. »

Tout le monde railla ses craintes.

Au soleil couchant, le général Quimper déclara :

« Quelle chance de les avoir rattrapés ! »

En fait, il était amèrement déçu. Au lieu des quinze cents Allemands annoncés par son espion, ils étaient moins de soixante-dix.

« Ils ne sont peut-être pas nombreux, dit-il à Duff, mais ils forment un noyau dangereux. »

On prit toutes les précautions pour qu'aucun ne s'échappe.

Les confédérés purent s'avancer très près des Allemands sans se faire repérer, ce qui les étonna. Le détachement qui avait traversé le Nueces pour couper la route des fuyards éventuels fit beaucoup de bruit quand deux hommes tombèrent à l'eau, mais cela n'alerta même pas les dormeurs.

A 3 heures du matin, Ludwig Allerkamp s'éveilla et appela Emil, qui ne répondit pas. Inquiet, il partit à sa recherche, mais tomba aussitôt sur un groupe de soldats qui se mirent à tirer au jugé dans le noir ; ils le manquèrent mais tuèrent son fils, qui s'était levé d'un bond au premier coup de feu.

Puis la fusillade devint générale, et extrêmement confuse. Les soldats confédérés, armés de Sharp meurtriers, tiraient au hasard sur la masse des Allemands terrifiés qui essayaient d'établir une ligne de défense pour riposter. Très vite, la discipline et la puissance de feu supérieures de l'armée l'emportèrent, et il devint manifeste que les Allemands ne pourraient pas se défendre longtemps.

Certains tombèrent, blessés à mort. D'autres se jetèrent dans le Nueces pour fuir vers le nord. La plupart demeurèrent pour combattre contre un détachement largement supérieur. Allerkamp, pris de rage parce que son fils venait d'être abattu dans un combat aussi dénué de sens, refusa de s'enfuir. Quand le jour se leva il vit autour de lui tous ses amis. L'un d'eux cria :

« *Lass uns unser Leben so teuer wie möglich verkaufen!* » (Vendons notre vie aussi chèrement que nous le pourrons !)

Ce qu'ils firent.

Trois soldats revêtus de l'uniforme gris du Sud chargèrent Allerkamp et le percèrent de leurs baïonnettes en lançant leur cri de guerre : « Pour la liberté du Sud ! » Quand l'escarmouche sanglante prit fin, peu après l'aurore, on compta dix-neuf Allemands et deux confédérés tués, dans l'une des actions les moins justifiées de toute la guerre.

Il y avait aussi neuf Allemands blessés. Ne voyant aucune possibilité de fuite, ils se rendirent. Si l'on se souvient de cette « bataille du Nueces » avec tellement d'amertume, c'est à cause de leur sort. Le capitaine Duff demanda à Quimper de l'aider à les traîner tous à l'écart. Quand le major Cobb l'apprit, il s'écria instinctivement :

« Oh, mon Dieu ! »

Il voulut se précipiter. Trop tard. Il entendit des coups de feu, puis Duff et Quimper revinrent, le sourire aux lèvres.

« Nous ne faisons pas de prisonniers », lança Duff.

Sur les trente-sept Allemands qui avaient pris la fuite, huit seraient abattus un peu plus tard, en essayant de traverser le río Grande, neuf autres seraient tués ailleurs. Un seul retourna discrètement à Fredericksburg, le reste passa soit au Mexique, soit en Californie où, comme Quimper l'avait craint, certains s'engagèrent dans l'armée de l'Union.

Pendant le trajet de retour à la rivière Rouge, le major Cobb réfléchit à cette action insensée et, en tant que partisan du Sud, il se sentit obligé de lui trouver une excuse : si les Allemands avaient fui au Mexique, ils auraient sans doute gagné La Nouvelle-Orléans ou Baltimore pour se battre contre nous... Nous avons institué la conscription et ils ont refusé de s'y soumettre... C'est la guerre, et ils ont tué plusieurs de nos hommes... Mais aucune bonne raison ne pourrait justifier les actes de Quimper. Nom de Dieu ! Aucun gentleman de ma connaissance n'abattrait neuf prisonniers sans défense.

A la suite de cet examen de conscience, Cobb prit deux grandes décisions. La première allait de soi : Je ne mettrai plus jamais mon honneur entre les mains de ce Yancey Quimper. Il me dégoûte. La deuxième décision, témoignage de sa maturité, s'exprima dans une lettre à son épouse :

> J'ai beaucoup réfléchi depuis peu à l'honneur et à la guerre, et surtout à ces belles conversations que nous avons eues avec les sœurs Peel à Vicksburg. J'en ai assez des compromis. J'aime les héros des romans de Walter Scott et je désire me conduire comme eux. J'ai commis une erreur terrible en appelant notre plantation Lakeview. Cela ne signifie rien. Désormais, avec ta permission, ce sera Lammermoor. Ce nom me chante au cœur.

Cobb avait refusé de repartir avec Quimper vers la rivière Rouge et il supposait qu'il y aurait des tensions entre eux quand ils se retrouveraient face à face. Mais Quimper se montra plus jovial que jamais – au point d'en paraître écœurant :

« Magnifique de vous avoir avec nous, Reuben. L'affaire est importante.

– Yancey, la façon dont vous avez traité ces prisonniers

allemands... commença Cobb en essayant de dissimuler son mépris.

– Nous avons bien fait, coupa Quimper pour ne pas entendre de critique. Mais il se prépare une affaire beaucoup plus grave. »

Le lendemain, Cobb se trouvait avec lui quand il reçut le rapport de deux espions :

> Des éléments hostiles se sont infiltrés de l'Arkansas. Ils ont accumulé beaucoup d'armes et conspiré avec des citoyens du Texas pour organiser un vaste soulèvement. Quand ils lanceront le signal, nos esclaves doivent collaborer en tuant tous les Blancs de la région, y compris les femmes et les enfants.

Cobb, se rappelant que l'autre espion de Quimper avait annoncé quinze cents Allemands alors qu'il n'y en avait même pas soixante-dix, n'accepta pas sans réticences ce nouvel appel à la violence. L'enquête discrète qu'il ordonna lui apprit que le plan d'insurrection existait bel et bien et qu'une centaine d'hommes étaient impliqués. Une fois encore, il se trouva donc associé à Quimper, bon gré mal gré, et participa ainsi à l'un des événements les plus surprenants de la guerre, en ce qui concerne le Texas.

Les partisans de la Confédération, pris de peur, remirent leur sécurité entre les mains du général Quimper. Avec une habileté consommée, celui-ci organisa l'attaque contre les conspirateurs. Cela permit l'arrestation de soixante-dix traîtres, et l'on envisagea sérieusement de les pendre. Le général Quimper soutint à grand fracas cette décision, mais le major Cobb rallia les citoyens les plus sages qui optèrent pour une procédure plus raisonnable. Un comité de citoyens, réuni spontanément, désigna pour faire office de tribunal douze notables de la région, dont deux médecins et deux pasteurs. Ils seraient à la fois juges, jurés et bourreaux, et statueraient sur le sort des accusés selon les règles de l'équité.

Bien entendu Quimper, avec ses nœuds coulants tout prêts, désirait éviter cette procédure laborieuse, mais Cobb et ses partisans refusèrent et, le 1er octobre 1862, le tribunal improvisé se réunit. Le premier groupe de prisonniers fut très vite expédié. Ainsi :

Docteur Henry Childs, en accord avec la décision de cette cour, vous quitterez votre lieu de détention le quatrième jour d'octobre 1862 entre l'heure de midi et celle de 2 heures, pour être pendu par le cou jusqu'à ce que mort s'ensuive, et que Dieu ait pitié de votre âme.

Les exécutions eurent lieu en début d'après-midi, pour que la population puisse se réunir sous l'arbre des pendus, un orme majestueux à l'entrée de la ville. Trois et parfois quatre cadavres se balançaient à ses branches en même temps. Aucun spectateur ne critiqua ces pendaisons, car les victimes avaient été jugées en toute légalité et les condamnations appliquées sans rancœur. En outre, on s'intéressa beaucoup à la façon dont chaque condamné affrontait la mort. Ceux qui se conduisaient avec dignité étaient applaudis. A titre posthume.

Et l'horrible litanie se poursuivit : Ephraïm Childs, frère du précédent, pendu ; A.D. Scott, pendu : « Il observa calmement les préparatifs de son exécution. Et, quand vint le dernier moment, il sauta pesamment de la charrette ; il tomba de près d'un mètre et son cou se disloqua. Il est mort sans qu'un seul de ses muscles ne se contracte » ; M.D. Harper, pendu ; I.W.P. Lock, pendu : « Du début à la fin, sa conduite fut révélatrice de sa nature dépravée, et il mourut en exprimant ce refus de la mort qui est en général la marque d'un cœur mauvais et corrompu. » Son crime, comme celui des autres : préférer l'Union au Sud.

Après vingt pendaisons, dans la même atmosphère de fête, le major Cobb ne put dissimuler plus longtemps son écœurement devant la prétendue légalité de ces actes. Il avait de bonnes raisons de croire que plusieurs innocents avaient été pendus. Il alla parler à certains membres du jury, qu'il savait plus humains que les autres, pour leur conseiller de ne plus ordonner d'exécutions. Ses arguments furent si convaincants – « l'excès ne peut que jeter le discrédit sur notre cause » – que les pendaisons cessèrent. On libéra dix-neuf détenus qui auraient sans doute été exécutés sans l'intervention de Reuben. La plupart des citoyens approuvèrent cette décision car ils se lassaient d'entendre sonner la cloche appelant la foule à se rassembler sous l'arbre. Mais Quimper tempêta contre ce qu'il appela « un déni de justice ».

« Pendez-les tous ! » criait-il sans cesse, si bien que les éléments les plus violents de la ville reprirent son cri en écho. Il serait parvenu à organiser une émeute pour envahir la prison si Cobb et les autres n'avaient pas calmé les esprits en convainquant la foule qu'elle souillerait sa juste cause en se livrant à un acte aussi condamnable. Mais pendant la nuit, dans les bois non loin de la ville, quelqu'un – on n'a jamais su qui – assassina deux citoyens très estimés, partisans de la Confédération. Plus rien, désormais, ne pouvait sauver les hommes encore en prison. Quimper tenait à les pendre sans délai ; Cobb insista pour un procès en bonne et due forme. Le procès eut lieu : quinze minutes de témoignages précipités, puis un verdict d'amertume.

> C.A. Jones dit le Bossu, James Powers dit le Charpentier, Thomas Baker dit le Vieux, et neuf autres jugés en même temps, tous déclarés coupables et condamnés à la pendaison, le procès ayant prouvé l'existence d'un complot dont l'amplitude, l'infamie et la traîtrise sont sans équivalent dans les annales du crime.

Ainsi, trente hommes coupables seulement d'avoir pris parti pour une position morale inacceptable furent pendus ; trois qui avaient de vagues liens avec l'armée confédérée furent jugés par une cour martiale et pendus ; deux autres furent abattus au cours d'une tentative d'évasion. Mais il n'y eut aucun lynchage, jamais la foule ne se laissa aller à la violence. Simplement, dans l'atmosphère de la guerre, les hommes qui se dévouaient à une cause ne pouvaient accepter aucune justification à la cause de leurs adversaires. Même dans sa fureur, le jury parvint à conserver une apparence d'ordre. Il acquitta et libéra vingt-quatre des accusés que l'on fit comparaître devant lui.

Cobb, homme de caractère violent qui avait toujours livré ses batailles à visage découvert, fut littéralement révolté par ces pendaisons. Dans une lettre à Petty Prue, postée le jour des dernières pendaisons, il écrivit :

> Il y avait en prison un homme accusé d'être déserteur de l'armée du Sud et voleur de chevaux. Comme ce jour-là le jury n'avait pas encore fourni son contingent de nordistes à pendre, les hommes assoiffés de sang qui attendaient dans la rue arrachèrent ce pauvre type de la prison et le pendirent.

Deux jours plus tard, Cobb quitta sans permission son poste de la rivière Rouge, gagna sa plantation et annonça qu'il organisait une unité pour se battre sous les ordres du général Lee. Parmi ses premiers volontaires se trouvait son cousin Somerset, qui s'excusa ainsi auprès de son épouse malade :

« Lissa, mon cœur se brise quand je te vois en si mauvaise santé, mais je ne peux pas demeurer bras croisés pendant que tant d'autres meurent pour notre cause. »

Le patriotisme enthousiaste des deux cousins tiédit beaucoup quand on leur apprit qu'ils ne serviraient pas dans la cavalerie, avec Lee, mais dans une unité d'infanterie.

« Tout Texan ayant un tant soit peu de dignité fait la guerre à cheval, explosa Reuben, pas à pied. »

Ils partirent à pied vers Vicksburg, point charnière d'une victoire encore possible, où le régiment auquel ils appartenaient avait déjà pris position. Les soldats sous les ordres de Reuben commençaient à rechigner :

« On ne nous a pas encore donné de chevaux, et c'est une honte. Nous n'avons pas assez de fusils, et c'est une catastrophe. Notre général est un homme du Nord, et c'est écœurant. »

Oui, l'armée qui devait défendre Vicksburg avait à sa tête un quaker de Philadelphie, ancien élève de West Point malgré sa religion pacifiste. Il avait épousé une belle du Sud, en Virginie, et se considérait comme un résident de la plantation de sa belle-famille. Il était devenu plus sudiste que Jefferson Davis. Il n'avait pas hésité un seul instant au moment de la grande décision entre le Nord et le Sud ; il avait choisi le camp de sa belle-famille et s'était vite affirmé comme l'un des généraux confédérés les plus compétents. Il venait de recevoir un commandement dont dépendait la sécurité du Sud et ses hommes, tous nés dans le Sud, n'approuvaient pas cette décision. Il se nommait John C. Pemberton.

« Avec tous les soldats splendides que nous possédons, grommelait Reuben Cobb, pourquoi nous remettre entre les mains d'un homme du Nord dont la loyauté demeure douteuse ? La chute de Vicksburg entraînerait la perte du Mississippi, or, si le fleuve tombe aux mains des nordistes, la Confédération se trouvera divisée et le Texas n'en aura plus pour longtemps... Si le Texas tombe, ajoutait-il en baissant la voix, le monde s'écroulera. »

Il eut également des ennuis avec un Texas Ranger affecté à son unité, le capitaine Otto Macnab, qui s'était présenté au bivouac hérissé de fusils et de pistolets. Certains hommes du détachement de Cobb possédaient des Enfield à longue portée, d'autres avaient de vieux Sharp capables de faire sauter une maison, certains avaient emporté les vieilles carabines à un coup de la frontière dont se servaient leurs grands-pères contre les Indiens.

Mais plus de vingt hommes de sa compagnie étaient sans armes, ce qui mettait le major Cobb en fureur. Il envoya lettre sur lettre à Austin pour réclamer des fusils. Il n'y en avait pas, lui répondit-on, et il inspecta donc sa troupe, à la recherche d'hommes possédant plusieurs armes. Bien entendu, il tomba sur l'arsenal du capitaine Macnab, mais lorsqu'il voulut dépouiller l'ancien Ranger de ses armes les difficultés commencèrent :

« Je ne donne mes fusils à personne.

– C'est un ordre ! Et quand je donne un... »

Cobb se souvint brusquement des documents que lui avait présentés Macnab et de la recommandation de Somerset : « Reuben, ne te mêle jamais des affaires des Rangers. Mon frère Persifer en a eu sous ses ordres : c'est une armée dans l'armée, ils ne se soumettent qu'à leur propre loi. – Ils sont sous mes ordres à présent, avait répondu Reuben. Macnab fera ce que je lui dirai. – N'y compte pas trop », lui avait répondu son cousin.

« Trouvez-vous raisonnable, reprit Cobb, de posséder deux fusils alors que d'autres hommes n'en ont pas ?

– Je sais me servir d'un fusil. Eux, peut-être pas. »

Les choses auraient mal tourné si Somerset n'était pas intervenu :

« N'avez-vous pas servi sous les ordres de mon frère au Mexique ?

– Le colonel Persifer Cobb ? » demanda Macnab et, lorsque Sett acquiesça, Otto ajouta : « Il sait se battre. J'espère qu'il est dans notre armée en ce moment.

– Non, lui répondit Cobb. Il s'occupe de notre plantation familiale, en Caroline. »

C'était encore exact quelques semaines auparavant, car l'on avait demandé à Persifer, comme à tous les directeurs de grandes plantations du Sud, de rester chez lui pour assurer la production des matières premières indispensables à l'effort de guerre. Mais, dès que la fortune des combats commença lentement à tourner en faveur du Nord, des hommes comme lui se firent engager sous les drapeaux. Un ancien de West Point comme Persifer fut évidemment accueilli à bras ouverts.

Trois Cobb de la même génération se trouvaient donc maintenant sous l'uniforme gris : le colonel Persifer dans le nord de la Virginie ; le major Reuben à la tête des réserves du 2e tirailleurs du Texas ; et le capitaine Somerset. Les cinq fils des trois familles étaient également sous les drapeaux et, dans les plantations, les épouses des officiers se consacraient aux champs et aux machines : Tessa Mae à Edisto, Millicent à Lakeview, Petty Prue à Lammermoor. Les Cobb étaient en guerre.

Le major Cobb, sagement, renonça à forcer Macnab à lui remettre un de ses fusils, et il n'eut pas à le regretter car le petit capitaine inflexible rentra au camp un jour avec sept fusils qu'il avait « trouvés » dans les fermes des environs.

« Ils tireront, dit-il à Cobb. Pas forcément droit mais, si l'ennemi est assez près, quelle importance ? »

Lorsque le contingent passa sur la rive est du Mississippi, le major Cobb découvrit que ses Texans devraient se battre pour gagner Vicksburg, car un détachement important de l'Union leur barrait la route. Sans doute lui aurait-on pardonné de rebrousser chemin dans ces conditions, mais l'idée ne lui vint pas à l'esprit. Il partit lui-même en reconnaissance, évalua les difficultés, puis rassembla ses hommes :

« En faisant un crochet rapide vers l'est, nous pouvons contourner les troupes nordistes puis nous rabattre rapidement et entrer dans Vicksburg où nous attendent les nôtres.

– Qui protégera notre flanc gauche s'ils apprennent nos intentions et décident de nous attaquer ? demanda Macnab.

– Je pensais à vous.

– Donnez-moi une vingtaine de bons tireurs et je me charge de les retenir. »

Pendant la moitié de la nuit, Otto entraîna son commando. A 2 heures du matin, il ordonna :

« Allez voler quelques heures de sommeil. »

Il continua d'étudier le terrain sur lequel ils allaient se battre. Juste avant l'aube, un volontaire de Galveston demanda :

« Si nous entrons dans Vicksburg, pourrons-nous tenir la ville avec un général comme Pemberton à notre tête ? »

Otto lui en fit la promesse solennelle, comme s'il prononçait un serment sacré :

« Quand nous aurons pris position à Vicksburg, même le diable ne pourra pas nous en déloger. »

Cette promesse téméraire ne s'appliqua pas à la bataille du lendemain matin, à Big Black River, car les bleus du général Grant lancèrent une attaque si puissante qu'ils repoussèrent les lignes avancées des gris jusqu'aux portes de Vicksburg.

Au cours des batailles et des escarmouches précédentes, le capitaine Macnab, âgé de quarante et un ans, et très rompu aux manœuvres des combats, n'avait jamais envisagé d'éviter l'affrontement, mais il avait toujours choisi sa position et provoqué la situation dans laquelle il pensait être le plus efficace. Mais, ce jour-là, la bataille dégénéra en une confusion si extrême que tous les plans, toutes les mesures de prudence furent balayés. Otto se retrouva dans une telle mêlée générale de bleus et de gris que, saisi de désespoir, il se déchaîna comme un forcené. Abandonnant ses fusils, il déclencha avec ses Colts un tir de barrage si violent qu'il repoussa à lui seul presque une escouade entière de Yankees. En cet instant, ce n'était plus un soldat mais l'incarnation de la Guerre. Avec leur supériorité numérique fantastique, les troupes du Nord voulurent s'emparer des berges du petit cours d'eau que les Texans s'efforçaient de traverser. Il parvint à contenir les bleus le temps que le détachement finisse de se replier. Il resta seul à l'arrière, parcourant des yeux le champ de bataille que les Yankees venaient d'abandonner, bien que leurs tireurs d'élite embusqués l'eussent encore sous leur feu.

« Macnab ! cria le major Cobb de loin. Que faites-vous donc, nom de Dieu ?

– Je cherche mes fusils. »

Quand il eut repéré l'endroit où il avait laissé ses fusils pendant l'échauffourée, il s'y rendit calmement, se baissa pour les ramasser, puis repartit vers Vicksburg.

Le 19 mai, le général Grant concentra 35 000 soldats de l'Union devant les défenses de Vicksburg, longues de près de quinze kilomètres. Il avait en face de lui 13 000 soldats confédérés, bien retranchés, avec 7 000 hommes de réserve. Le plan de bataille des nordistes était fort simple : « Franchir les défenses, prendre la ville, et bloquer l'accès du Mississippi aux confédérés. Quand ce sera fait, le Texas sera coupé de la Confédération et il tombera de lui-même. » Chaque Texan qui se battait à Vicksburg savait donc qu'il défendait en fait l'avenir de son propre État.

Dès que son énorme armée fut en position, Grant ordonna une attaque pour sonder les lignes confédérées. A sa vive surprise, il fut repoussé. Pendant les deux jours qui suivirent, il prépara le bombardement d'artillerie le plus intense de l'histoire (jusque-là). Il utiliserait toutes les pièces à sa disposition – des centaines de gros canons – et commencerait à 6 heures du matin.

Le soir du 21 mai, il réunit ses commandants et leur expliqua la puissance formidable qu'il se proposait de déployer contre les sudistes.

« Réglez vos montres. A 10 heures précises, le tir de barrage de l'artillerie cessera. Vos hommes quitteront alors leurs positions, attaqueront la colline et submergeront l'ennemi. »

Pour la première fois dans l'histoire du monde, toutes les unités sur un vaste front attaqueraient au même moment.

« Il se produira de sales escarmouches ! lança un capitaine de l'Illinois à ses troupes, mais leurs lignes tomberont entre nos mains avant midi. Ensuite, l'entrée dans Vicksburg ne sera qu'une promenade. »

Pour atteindre les lignes des confédérés, les soldats de l'Union devaient descendre dans un vallon assez prononcé, puis monter une pente abrupte et charger au pied même de fortifications habilement disposées. Il y en avait de trois sortes : la redoute, grande levée de terre carrée facile à tenir si l'on avait assez d'hommes ; le redan, avancée triangulaire qui permettait une concentration de feu sur les attaquants ; et la lunette, petit croissant massif aux pentes raides, difficiles à prendre d'assaut.

Le redan était occupé par de rudes combattants des marais de la Louisiane, des détachements venus de diverses régions du Sud tenaient la redoute du Chemin-de-Fer et le 2ᵉ tirailleurs du Texas se trouvait au point clé de la ligne : la lunette qui protégeait la principale route d'accès à la ville. Ce fut là que le détachement de réserve du major Cobb rejoignit enfin son régiment.

Pendant la violente canonnade matinale du 22 mai, les hommes de Cobb s'abritèrent comme ils purent, ne songeant qu'à survivre jusqu'au moment de l'attaque.

« Pourquoi ne ripostons-nous pas ? demanda un gamin de dix-sept ans, effrayé.

– Parce qu'ils ont des canons et que nous n'en avons pas », répliqua Reuben Cobb sèchement.

A 10 heures moins dix, toutes les batteries yankees se mirent à tirer le plus rapidement possible pour offrir à leurs troupes un supplément de couverture. A 10 heures pile, les monstres se turent. Et, dans le silence effrayant qui suivit, les clairons se mirent à sonner. D'abord un seul, puis un deuxième, repris par les échos de la vallée, face aux positions ennemies.

Et l'infanterie attaqua. D'abord sur la pente douce, puis au fond de la vallée, puis sur la colline raide qui protégeait la ligne des confédérés. Il fallut environ dix-huit minutes aux mille et quelques soldats bleus chargés d'attaquer la lunette des Texans pour traverser le terrain découvert. Depuis l'intérieur de la fortification, on avait l'impression que jamais les nordistes n'atteindraient leur but, qu'ils avanceraient à jamais dans le lointain, pareils à des personnages de rêve dans un paysage hors du temps. Mais la redoutable ligne bleue parvint au pied des fortifications bien assez vite, puis se jeta sur la lunette où se livra un combat aussi sauvage que confus. Avec leurs fusils, leurs pistolets, leurs revolvers, leurs baïonnettes et leurs masses, les défenseurs du Texas repoussaient les assaillants de l'Union, en une mêlée sanglante.

L'affrontement se prolongea des heures durant. Otto Macnab empêcha ses hommes de céder à la panique en passant d'un groupe à l'autre pour leur lancer des encouragements et, chaque fois qu'un point semblait faiblir, il se précipitait sur la brèche. Il repoussa un si grand nombre d'assauts que ce fut par miracle qu'il survécut.

Au début de l'après-midi, les Yankees cessèrent d'attaquer pour permettre à leurs batteries, en position dans les collines voisines, de pilonner le secteur sous un véritable déluge de mitraille. Sans doute espéraient-ils déloger ainsi les Texans affaiblis, mais, lorsque la canonnade cessa et que les bleus revinrent à la charge, le 2e tirailleurs du Texas, indompté, les repoussa encore.

Le massacre s'intensifia, gâchis grotesque d'existences, gris et bleus unis dans la mort sur les pentes d'une lunette qui ne serait jamais prise. Le Sud faillit la perdre vers 2 heures et demie, quand un capitaine résolu de l'Illinois lança une charge avec une telle bravoure qu'il surgit en plein milieu de la lunette, suivi par neuf ou dix Yankees. Douze autres étaient sur le point de se joindre à eux, les Texans allaient être battus et Grant posséderait l'unique brèche dont il avait besoin pour briser la ligne.

A cet instant, alors que Macnab repoussait un assaut violent dans son propre secteur et que Reuben Cobb avait fort à faire dans le sien, le capitaine Somerset Cobb, faisant preuve d'un courage qu'il ne croyait sûrement pas posséder, bondit sur le capitaine nordiste et le tua d'un coup d'épée. L'homme de l'Illinois chancela, ses mains se crispèrent dans le vide et il s'écroula.

Sur ces entrefaites, un gamin d'à peine quinze ans arriva dans la lunette par le système de tranchées qui la reliait au reste des défenses :

« La redoute du Chemin-de-Fer va tomber ! » cria-t-il.

Les Texans se tournèrent vers l'édifice, sur leur droite. Le messager ne se trompait pas. La redoute, vaste et moins bien construite, était protégée par une pente beaucoup moins raide que la lunette des Texans. Les Yankees étaient en train de la prendre. Certains avaient déjà pénétré dans le fort, d'autres semblaient sur le point d'y parvenir. Si les nordistes pouvaient placer des tireurs d'élite dans la redoute, la lunette texane serait condamnée.

En un dixième de seconde, le major Cobb et le capitaine Macnab comprirent dans quel péril se trouvaient les défenses confédérées. Sans se consulter, ils s'élancèrent, suivis de cinquante de leurs hommes, pareils à des chevreuils affolés, baissant la tête, sur l'espace découvert séparant les deux fortifications avancées. Ils arrivèrent juste à temps pour participer à l'engagement le plus violent de la journée, les bleus et les gris réunis en une mêlée confuse – et toujours le Nord sur le point de remporter la victoire.

Avec quinze de ses hommes, Macnab s'élança directement sur les premiers soldats yankees. Plusieurs gris tombèrent au cours de la fusillade, mais l'élan de la contre-attaque stabilisa la brèche. Un peu plus loin, les troupes fédérales continuaient d'avancer.

« Cobb ! » cria Otto.

Le major rouquin, qui avait perdu sa casquette dans le feu du combat, se précipita vers l'ennemi. Une balle le toucha en plein visage et son crâne explosa.

« Avec moi ! » lança Macnab.

Sa petite voix aiguë était si autoritaire, si étrange aussi parmi les bruits de la bataille, que ses hommes se regroupèrent derrière lui et, dans une ultime charge, repoussèrent les attaquants hors des murs.

Grant n'avait pas remporté sa victoire. Les confédérés avaient tenu bon, de la redoute du Chemin-de-Fer, au sud (que le major Cobb et le capitaine Macnab avaient sauvée à la dernière minute), jusqu'au sanglant redan de la Palissade, au nord. Le siège de Vicksburg, long et cruel, allait commencer.

L'horreur de Vicksburg n'est pas liée à ces charges sauvages de la première journée, car les hommes des deux camps s'élançaient dans le feu du combat et la mort survenait de façon si explosive, si soudaine, que seul le silence d'un compagnon au milieu du tumulte vous apprenait qu'elle avait frappé. L'horreur proprement dite commença dans la nuit de ce 22 mai ; dans l'espace découvert entre les deux lignes ennemies, gisaient plusieurs milliers de soldats de l'Union blessés. Pour des raisons qui n'ont jamais été expliquées, le général Grant décida de les laisser là plutôt que de solliciter la trêve habituelle pour ramasser les morts et recueillir les blessés. Peut-être croyait-il que le lendemain les confédérés seraient si épuisés qu'il pourrait remporter un triomphe facile – il voulait n'accorder aucun répit à l'ennemi. Quoi qu'il en soit, il abandonna ses blessés au froid de la nuit ; pis encore, il les laissa toute la journée suivante – une matinée très chaude suivie d'un après-midi torride.

Plusieurs de ces hommes en train de mourir sur le champ de bataille poussiéreux se trouvaient si près de la lunette que les Texans pouvaient les entendre gémir et supplier qu'on leur apportât de l'eau. D'autres gisaient si près des lignes fédérales que leurs camarades de l'Union entendaient eux aussi leurs plaintes. Mais sur l'immense champ de bataille, l'ordre demeura :

« Pas de trêve. »

La nuit suivante n'apporta aucun apaisement, au contraire : les blessures suppuraient, la gangrène s'installait. La douleur et l'odeur étaient insupportables. Les souffrances provoquées par cette décision honteuse de ne pas évacuer le champ de bataille rendaient leurs spectateurs fous de haine.

« Si je vois Grant, hurla un Texan dans la nuit, espérant qu'un soldat du Nord l'entendrait, je le vise entre les yeux ! »

Vers 2 heures du matin, Otto Macnab, qui avait livré plus d'une guerre et savait comment un soldat a le droit de mourir, ne put supporter cette situation plus longtemps. Il quitta la lunette, sortit parmi les agonisants et, chaque fois qu'il trouvait un soldat nordiste sur le point de mourir de ses blessures gangrenées, il l'achevait d'une balle. Le bruit attira l'attention d'un homme du Missouri qui faisait de même près de ses lignes. Quand ils se rencontrèrent dans le noir, ni l'un ni l'autre ne songea un seul instant à tirer.

« Bleu ?
– Yank. Quelle unité ?
– Texas. Et toi ?
– Missouri.
– Nous avons des gars du Missouri avec nous. De bons soldats.
– Tu connais un sergent du nom d'O'Callahan ?
– Je ne connais presque personne.
– Si tu tombes sur lui...
– Je le lui dirai.
– C'est mon frère. Un brave gosse. »

Quand Otto retourna dans ses lignes, il demanda autour de lui, dans la lunette et dans la redoute du Chemin-de-Fer, si quelqu'un connaissait un gars du Missouri nommé O'Callahan.

Le matin du 24 mai, à la suite d'une requête des confédérés, le général Grant contremanda son ordre inhumain. On convint d'une trêve et des soldats de chaque camp allèrent sur le champ de bataille recueillir les cadavres et les blessés. A la fin de la trêve chacun regagna ses lignes, la guerre recommença, et le général Grant dut reconnaître amèrement qu'il ne pourrait pas prendre Vicksburg par un assaut direct. Il lui faudrait assiéger la place, et il adopta aussitôt des mesures dans ce sens. Pas un seul homme, pas un morceau de pain, pas un cheval ne pourrait entrer dans Vicksburg – ni en sortir – et le dernier bastion sur le Mississippi tomberait ainsi.

Mais, pendant la trêve, des soldats des deux camps s'étaient rencontrés, et un respect mutuel était né. Invariablement, au cours des soirées calmes, les hommes fraternisaient et chantaient. Les troupes du Nord évitaient d'insulter leurs nouveaux amis avec le *Battle Hymn*, tandis que les sudistes chantaient rarement *Dixie*. Souvent, dans la nuit tombante, un groupe de sudistes entonnait la chanson qu'ils aimaient le plus, et les soldats du Nord se taisaient.

Nous nous aimions tant, Lorena,
Plus que nos lèvres ne l'osaient,
Et comme la vie serait belle, Lorena,
Si notre amour ne s'était pas fané.

Parfois certains hommes du Nord ricanaient, mais même les moins sensibles se taisaient quand une voix de ténor chantait en solo l'amour et la mort.

Dieu merci, nos ans sur la terre
Ne sont qu'un instant mineur.
Ici-bas, tout n'est que poussière,
Là-haut, nous serons cœur à cœur.

Otto ne s'intéressait guère à ces chansons qui parlaient trop de la mort, mais il s'arrêtait au milieu de ses promenades sur le champ de bataille dès que des soldats du Nord entonnaient une chanson qu'il n'avait jamais entendue auparavant : *Aura Lee.* Elle parlait de l'amour tel qu'il s'en souvenait, et parfois, quand les voix se taisaient, il continuait de fredonner la musique en essayant de se rappeler les paroles :

Aura Lee, Aura Lee,
Nymphe aux cheveux d'or,
Près de toi le soleil pâlit,
Et dans la nuit tu luis encor.

Il pensait à Franziska en ces termes.

Au cours des semaines suivantes, quand la faim commença à torturer les entrailles des Texans, Somerset Cobb et Otto Macnab firent deux brèves expéditions – comme en rêve. Cobb se rendit à Vicksburg chez les sœurs Peel qui l'avaient reçu en 1850, lorsqu'il partait au Texas ; Macnab traversa le champ de bataille en pleine nuit pour échanger des propos sur leurs situations respectives avec O'Callahan, du Missouri.

Les sœurs Peel possédaient encore leur maison de Cherry Street, mais, comme elle était exposée aux tirs d'artillerie des vaisseaux fédéraux naviguant sur le Mississippi, elles vivaient, ainsi qu'une grande partie de la population du quartier, dans des grottes sous la colline. C'était une chance, car leur maison avait déjà reçu deux obus.

Comme tous les habitants de Vicksburg, les sœurs Peel avaient cru que Grant serait vite contraint de se replier, mais les semaines passaient sans espoir d'approvisionnement et elles comprirent que la défaite était inévitable. Elles refusaient cependant de se l'avouer.

« Vraiment ? Ce beau jeune homme qui venait de Caroline avec vous ?...

– De Géorgie. Mon cousin.

– Tué le premier jour ?

– En combattant.

– Je me rappelle qu'il nous a lu un chapitre d'*Ivanhoé.*

– Il adorait Walter Scott. Nous avons appelé notre plantation du Texas *Lammermoor.*

– C'est joli. Très joli.

– Mademoiselle Emma, j'aimerais que nous ayons, dans l'armée, des provisions à partager avec vous...

– Non, major. C'est nous qui regrettons de ne rien avoir à vous donner. »

Miss Etta Mae lui demanda :

« Ma sœur a raison. Vous êtes major, maintenant ? » Avant qu'il puisse répondre, la grotte où ils se trouvaient fut secouée par une pluie d'obus lancés des vaisseaux de guerre. Quand elle s'arrêta, une canonnade des batteries installées à terre lui succéda aussitôt. « Ils nous tiennent sous un feu croisé, reprit Miss Etta Mae. C'est mortel. Cette semaine, trois esclaves de cette rue ont été tués. »

Les sœurs Peel ne quittaient leur grotte que pour prendre un peu de soleil, les jours calmes, mais même alors elles n'étaient pas à l'abri d'un obus égaré, venu du fleuve ou des collines. Elles étaient devenues squelettiques, mais demeuraient toujours d'excellente humeur et pleines d'esprit, encourageant chaque soldat qu'elles croisaient.

Le soir du 1er juillet, Otto Macnab, torturé par la faim plus que de coutume, alla se promener sur le champ de bataille au cours de l'habituelle trêve spontanée. Il découvrit, fort surpris, que les sapeurs yankees avaient encore rapproché leurs tranchées de la lunette texane. Il voulut mesurer la distance minuscule qui séparerait les deux lignes au moment où la bataille recommencerait le lendemain, quand l'interpella une voix qu'il fut ravi d'entendre : celle d'O'Callahan.

« Sept pieds, le gris ! Un peu plus de deux mètres.
– Vous pourrez cracher dans notre lunette.
– Cracher à dix centimètres n'est pas facile avec vous, les rebelles. »

Les deux hommes s'assirent côte à côte sur le bord de la tranchée fatale. Ils savaient tous deux que si les sapeurs du Nord avançaient encore de trente centimètres la position du Texas pourrait être détruite à la dynamite.

« Tu crèves de faim, non ?

– Eh bien, euh... » Il n'était plus question de crâner. Macnab était capable de plaisanter avec la mort, ou avec les difficultés de l'Union à obtenir la victoire, mais il n'était plus en mesure de blaguer à propos de sa faim. « Une sacrée façon de terminer une bataille.

– C'est le seul moyen que vous nous laissez, bande de salopards obstinés. »

Lorsqu'ils se séparèrent, l'homme de l'Union regarda autour de lui puis s'approcha de Macnab :

« Je risque d'être fusillé. Si l'on t'attrape, dis que tu l'as volé. »

Et il glissa dans la poche d'Otto deux quignons de pain et un morceau de fromage du Wisconsin.

De retour à la lunette, Macnab décida qu'en tant qu'être humain, et surtout en tant qu'officier, il devait partager avec ses hommes ce trésor inattendu. Il en fut incapable. Il grignota en douce un petit morceau de fromage : jamais il n'avait rien goûté d'aussi délicieux ; il sentit la vie fuser dans son corps comme si les organes se criaient l'un à l'autre : « Enfin de la nourriture ! »

Il avait consommé lentement, en secret, l'un des morceaux de pain et presque tout le fromage quand une ordonnance lui signifia :

« Le colonel veut vous voir. »

Le colonel, un docteur en médecine du Connecticut diplômé de Yale mais devenu le défenseur de cette lunette sur le Mississippi, lui demanda :

« Vous avez appris, pour le major Cobb ?

– Non.

– Il était allé voir deux vieilles dames de ses amies. Pour leur apporter un peu de pain, je suppose. A la sortie de leur grotte, un obus de l'Union l'a touché.

– Il est mort ?

– La déflagration lui a emporté le bras gauche. L'esclave qui nous a prévenus prétend qu'il a perdu presque tout son sang.

– Puis-je aller le voir ?

– Nous avons besoin de vous ici. Vous êtes le major Macnab, à présent. Et votre mission consiste à contenir les sapeurs, au pied de notre lunette.

– Oui, mon colonel. »

Le 2 juillet, toute la journée, Macnab étudia le meilleur moyen de faire rouler d'énormes bombes amorcées sur la pente, jusque dans la tranchée des nordistes, à moins de trois mètres. Il réussit à faire sauter toute une longueur de tranchées avec tous ses occupants, et ses hommes se rassemblèrent autour de lui pour le féliciter. Ce fut la dernière action décisive autour de la lunette des Texans, car pendant la nuit les soldats de chaque camp, sans ordre du général Grant, du général Pemberton ou de quiconque, décidèrent tranquillement que cette partie de la guerre était finie.

« Pemberton a envoyé une lettre à Grant, annonça un nordiste. J'ai parlé à l'ordonnance.

– Je crois que Pemberton a l'intention de se rendre sans délai, rapporta un gris. Mais Grant tient à une grande cérémonie pour la fête nationale, le 4 juillet.

– Pour nous, c'est fini aujourd'hui. »

Otto partit à la recherche d'O'Callahan, mais personne ne l'avait vu. Il se dirigea vers la tranchée qui avait amené les lignes de l'Union si près des siennes.

« Encore cinq ou six jours, dit-il à un bleu, et vous auriez réussi.

– Nous aurions réussi aujourd'hui si un petit malin de votre camp n'avait pas déchaîné l'enfer sur nous.

– Vous connaissez un nommé O'Callahan ?

– Un des gars que vos bombes roulantes ont eus, cet après-midi.

– Mort ?

– Sans doute pas. J'ai vu les infirmiers l'emporter. »

Dans le lointain, Otto entendit des chants. *Aura Lee* du côté nordiste, puis, en un dernier acte de défi des confédérés, *The Bonnie Blue Fag*, fredonné au début par les sudistes vaincus, puis de plus en plus fort, avec plus d'un nordiste reprenant en chœur :

Nous sommes tous frères,
Nés dans ce secteur.
Nous luttons pour la terre,
Fruit de notre sueur.

Sur le front de Vicksburg cette nuit-là, il n'y avait pas un seul Noir en uniforme, dans un camp comme dans l'autre. Les Noirs étaient l'enjeu du combat, mais ils ne participaient pas. Un soldat confédéré qui dirigeait une égreneuse de coton à Nacogdoches résuma l'opinion du Texas à ce sujet :

« Aucun Nègre ne pourrait tenir un fusil. Ils ne serviraient à rien. »

Juillet 1863 fut un mois de deuil à la plantation de Jefferson ; les Cobb semblaient frappés de tous les côtés. Petty Prue, dans la grande maison de Lammermoor, apprit la mort de son mari à Vicksburg et celle de son fils aîné à Gettysburg. Son second fils se battait quelque part en Virginie. Par les matins torrides, elle se demandait si elle aurait la force de sortir de son lit : son existence lui était devenue aussi oppressante que la chaleur.

Mais il fallait qu'elle dirige la plantation : quatre-vingt-dix esclaves à faire travailler, le coton à livrer à la Confédération ; donc, chaque matin, elle se mettait à l'ouvrage comme si son mari n'était absent que pour la semaine et le coton promis à un négociant de La Nouvelle-Orléans. La récolte mûrissait, la cueillette allait commencer, mais Prue ne savait pas encore comment elle expédierait les balles quand tout serait ramassé, car le blocus yankee de tous les ports de mer empêchait les livraisons de matières premières à Liverpool. Le coton poussait, mais on ne pouvait pas l'envoyer. Et si l'on accumulait les balles à Jefferson, près de la frontière, les forces de l'Union risquaient de monter une expédition pour les incendier, ainsi que les plantations, et pour libérer les esclaves.

Depuis que le bassin du Mississippi était tombé aux mains des nordistes, ce genre d'incursion devenait de plus en plus probable, et une femme seule comme Petty Prue, qui passait pour frivole en temps de paix, se trouvait confrontée à des problèmes qu'elle ne semblait guère en mesure de résoudre.

Ces mauvaises nouvelles avaient également brisé Millicent. Au milieu de juillet, un télégramme lui parvint d'Edisto, *via* La Nouvelle-Orléans. Le colonel Persifer Cobb, l'irréprochable gentleman sorti de West Point, venait de mourir à Gettysburg. La dépêche s'achevait ainsi :

FILS JOHN TUÉ LUI AUSSI. VOULEZ-VOUS REVENIR TOUS DIRIGER PLANTATION ?
TESSA MAE.

Millicent, affaiblie par les privations de la guerre, fut incapable d'affronter les changements qu'annonçait ce message. Elle se souvenait que Tessa Mae à la langue de miel avait encouragé l'expulsion de Somerset, et elle ne désirait retourner là-bas sous aucun prétexte. Mais ces considérations égoïstes s'estompèrent quand elle songea au double deuil de Tessa Mae et à son désarroi dans cette vaste plantation où elle se retrouvait seule. Pendant une grande partie de la matinée, elle pleura pour la veuve solitaire d'Edisto et pour toutes les autres veuves que cette guerre faisait.

Ceci l'incita à penser à elle-même : elle ne savait même pas si Somerset était encore en vie. Au cours des derniers jours de Vicksburg, un obus yankee lui avait arraché le bras gauche. Il avait tellement perdu de sang qu'on l'avait cru mort, puis des soldats de son unité, dans un camp de prisonniers du Mississippi, avaient fait savoir que deux vieilles dames de la ville avaient recueilli le major Cobb – « pas le rouquin, l'autre ; et vous pouvez remercier Dieu de cette circonstance, ajoutait un officier qui écrivit à Jefferson, car s'il était tombé dans un de nos hôpitaux ou dans un camp de prisonniers des Yankees il serait mort ».

Peut-être était-il mort tout de même. Et peut-être son fils

Reverdy était-il mort lui aussi. Peut-être les Yankees allaient-ils envahir le Texas et incendier les plantations, comme ils le faisaient dans d'autres régions de la Confédération. Les possibilités de catastrophe étaient si accablantes que Lissa refusa de les envisager. Sa santé, toujours fragile, commença à se dégrader sérieusement. Quand la chaleur devint plus intense, elle éprouva de plus en plus de difficultés à respirer et, par un après-midi torride, elle dut s'excuser auprès de son énergique cousine :

« Petty Prue, je ne tire pas au flanc. J'aimerais bien aider, mais je suis vraiment malade, et j'ai peur.

– Reste couchée, Lissa. Je me débrouillerai. »

Prue n'aurait rien pu faire seule, comme de nombreuses femmes du Texas contraintes de diriger de vastes domaines en l'absence de leurs hommes, mais elle s'aperçut qu'elle pouvait compter sur ses esclaves, notamment sur Jaxifer de Géorgie et sur Trajan d'Edisto. Sans maître blanc pour le houspiller et le frapper parfois, Jaxifer assuma un rôle de plus en plus important, donnant des ordres aux autres esclaves et veillant à ce qu'ils les exécutent. Ce fut lui qui cacha un petit troupeau de bétail dans des taillis pour éviter que les agents du gouvernement le réquisitionnent. De temps à autre, il abattait l'une des précieuses bêtes au milieu de la nuit et apparaissait le matin venu avec des quartiers de bœuf d'origine mystérieuse. Il y avait de la viande pour tout le monde.

Trajan se montrait encore plus ingénieux. Il savait trouver les arbres à miel, qui fournissaient de quoi remplacer le sucre. Il chassait les ours et savait fumer leur viande pour faire un bacon aussi savoureux que celui de sanglier.

Il offrit même à Petty Prue un succédané de café :

« On prend du maïs séché et de l'okra carbonisé, on les mélange avant de les moudre...

– Le goût n'est pas... n'est pas mauvais ?

– Oh, ce n'est pas du café ! Et ça n'a pas goût de café. Mais ça y ressemble un peu. »

Souvent, pendant cet horrible mois de juillet, Petty Prue se demanda pourquoi ses esclaves ne s'enfuyaient pas. Il n'y avait plus aucun maître pour les en empêcher, mais ils restaient, sans contrainte, pour faire marcher les deux plantations.

« C'est parce qu'ils sont heureux ici, expliqua Prue à ses voisines. Ils préfèrent être esclaves quand ils ont un bon maître. »

A mi-voix, le dimanche à l'église, elle demandait aux personnes plus âgées : « Croyez-vous que les esclaves sont au courant de ce que ce M. Lincoln a fait ? » Les Blancs savaient que, le 1er janvier 1863, le président de l'Union avait essayé de mettre en application la Proclamation d'émancipation qui libérait les esclaves. Mais des contrôles stricts avaient permis aux Blancs de régions reculées comme Jefferson d'empêcher la nouvelle de parvenir à leurs esclaves. Des hommes comme Jaxifer et Trajan continuaient de travailler, légalement libres mais toujours esclaves dans les faits.

« Ne leur dites rien ! » recommanda Petty Prue à Millicent et à ses deux filles.

Un Blanc âgé du village, en visite pour solliciter les bons produits de Lammermoor, leur donna une bonne raison de garder le silence :

« La Proclamation d'émancipation ? Une honte ! Le décret le plus cynique du diable de la Maison-Blanche !

– Il faudra bien libérer les esclaves un jour, protesta Millicent.

– C'est ce que pensent beaucoup. Pour des raisons économiques ? » Le vieil homme haussa les épaules. « Le jeune homme qui est venu chez vous, ce Carmody qui a écrit le livre sur nous... il n'avait pas tort sur toute la ligne. Mais jamais les esclaves ne seront libérés de la manière que Lincoln prétend.

– Qu'a donc encore dit ce jean-foutre ? » demanda Petty Prue.

Elle avait envie de croire tout le mal que l'on pouvait dire du président, responsable d'un si grand nombre de tragédies.

« Ce n'est pas ce qu'il a dit. C'est ce qu'il n'a pas précisé.

– Mais encore ?

– De la duplicité pure et simple ! Une duplicité sans nom : il a libéré les esclaves dans toutes les régions de l'ancienne Union dans laquelle il n'exerce plus aucun pouvoir. Et il ne les a pas libérés là où il est encore président.

– C'est à ne pas croire ! lança Prue.

– Oh, mais si ! Vos esclaves, ici au Texas – où les décisions de Lincoln n'ont pas le moindre poids, Dieu merci –, sont libres. Ainsi que ceux de Caroline, de Géorgie et du reste de la Confédération. Mais au Maryland, au Tennessee, au Kentucky et même en Louisiane, où les fédéraux sont les maîtres, ils ne sont pas encore libérés. Parce que le brave Abraham Lincoln ne veut pas froisser les partisans du Nord dans ces États ! Que le diable emporte leurs âmes ! » Les quatre femmes Cobb avaient du mal à avaler cette farce immorale des nordistes, mais le vieil homme reprit : « Là où il peut, il ne fait rien ; là où il ne peut pas, il agit. N'importe quel patriote de bon sens a envie de lui tirer une balle dans la peau… »

Les propriétaires de plantations avaient une raison supplémentaire de se méfier car, le jour où les esclaves apprendraient qu'ils étaient libres, ils déserteraient et le coton pourrirait dans les champs. Ils continuèrent donc de dissimuler à leurs esclaves la nouvelle de l'émancipation : toute personne qui divulguerait l'information, ou même y ferait allusion, serait aussitôt pendue.

Mais un nouveau problème se posa bientôt : que faire de la récolte ? Il était désormais impossible de l'expédier à La Nouvelle-Orléans. Petty Prue réfléchit pendant des semaines, puis le même vieillard, patriote inflexible, vint de Jefferson tenir conseil avec elle :

« Si j'étais plus jeune, madame, j'essaierais de forcer le blocus pour envoyer ce coton à Liverpool, vous pouvez en être certaine. Mais je n'ai plus l'âge et aucune femme ne saurait y parvenir toute seule.

– Que puis-je faire ?

– Ne dites rien à personne, répondit le vieil homme d'un ton de conspirateur en entraînant Petty Prue vers l'égreneuse. Ce coton est le sang de la Confédération. Nous n'avons aucune industrie textile pour le traiter, comme l'a écrit votre ami l'écrivain. Et nous avons peu de chemins de fer. Mais, par Dieu, nous avons du coton, et le monde en a besoin. Sur votre appontement, il vaut aujourd'hui un *cent* trois quarts la livre. A bord d'un bateau à destination de l'Europe, sa valeur serait d'un dollar soixante. Vicksburg est tombée, Lee a été repoussé à Gettysburg, nous devons trouver un moyen quelconque d'embarquer ces balles pour l'Europe.

– J'essaierai n'importe quoi », répondit Prue.

Le vieil homme regarda le bayou que des bateaux auraient dû remonter, puis se détourna comme si des larmes lui montaient aux yeux.

« Par eau, aucun espoir. Même si vous parveniez à le livrer par voie de terre à Galveston, les Yankees l'intercepteraient une fois à bord du bateau. » Puis son regard s'éclaira. « La seule solution serait de contourner la difficulté en conduisant votre coton à Matamoros, au Mexique. Vous aurez là-bas un marché aussi vaste que le monde.

– Je ne comprends pas, répondit Petty Prue.

– Les vaisseaux de guerre du brave Abraham nous bloquent de toutes parts. Certes, quelques bateaux rapides forcent son blocus pour entrer et sortir de nos ports sur l'Atlantique, mais ils ne sont pas nombreux. Le Texas est fermé lui aussi. Brownsville est resté ouvert un certain temps mais Lincoln l'a également bloqué. Que nous reste-t-il donc ? Matamoros, juste en face de Brownsville, de l'autre côté du río Grande. »

Il lui apprit que parfois jusqu'à cent bateaux attendaient en même temps au large de Matamoros pour charger du coton.

« Pourquoi Lincoln ne les coule-t-il pas ? demanda Prue.

– C'est la flèche ultime de notre carquois ! s'écria le vieillard. Qu'est-ce qui peut encore nous permettre de gagner la guerre demain, dites-moi ? » Petty Prue secoua la tête, en signe d'ignorance. « L'intervention de l'Angleterre et de la France dans notre camp pour assurer les livraisons du coton... Lincoln n'ose pas se mettre l'Europe à dos. Et il est donc obligé de laisser les bateaux anglais et français entrer à Matamoros et y remplir leurs cales. »

Petty Prue se tourna vers les balles en train de s'accumuler sur l'appontement de Lammermoor.

« Je conduirai notre récolte à Matamoros », dit-elle.

Une fois la décision prise, elle ne revint jamais sur sa parole. Avec une énergie qui aurait alarmé son mari, elle travailla sans relâche, et son enthousiasme enflamma l'imagination de ses esclaves.

« Nous avons deux solutions possibles, dit-elle au début des discussions avec Jaxifer et Trajan. Nous pouvons couper à l'ouest vers Waco, où de nombreuses livraisons se rassemblent, et vendre au gouvernement. Nous perdrons la moitié du bénéfice. Ou bien nous pouvons descendre en ligne droite vers Matamoros et vendre nos balles jusqu'à quatre-vingts *cents* la livre. »

Les deux hommes écoutèrent, puis Jaxifer demanda :

« Vous viendrez avec nous ?

– C'est mon coton. Ma responsabilité. »

On chargerait quatre chariots très robustes, chacun avec cinq balles de cinq cents livres chacune. Si le coton pouvait être livré au Mexique, cela représenterait huit mille dollars : le jeu en valait la chandelle. Mais, le soir où Petty Prue fit ses derniers préparatifs pour le voyage, une esclave affolée se précipita dans la maison :

« Madame, vite ! Mme Lissa se trouve mal. »

Millicent était morte en travaillant avec ses esclaves : elle préparait des confitures et des fruits au sirop. Petty Prue ne versa pas une larme ; elle s'assit et fixa le parquet ciré en silence : la vie était devenue trop complexe pour qu'elle ressentît encore du chagrin.

Le vieil homme se rendit aussitôt à Lammermoor, où son aide se révéla précieuse, non par ce qu'il fit, car il était très frêle, mais par le conseil intelligent qu'il donna à Petty Prue, et par son analyse perspicace de la situation :

« Bien entendu, vous pouvez partir avec votre coton, madame, mais qu'arrivera-t-il à la plantation ? Êtes-vous sûre que Somerset reviendra un jour, si sa blessure est aussi grave qu'on l'a dit ? Sans vous, sans Jaxifer, sans Trajan, qui s'occupera de l'exploitation ? Les corbeaux ?... Dieu sait que je me proposerais pour diriger votre plantation pendant votre absence si je le pouvais, mais je suis trop vieux. Je ne vivrai sans doute pas jusqu'à la fin de cette guerre. Et si je mourais en votre absence...

– Que dois-je faire ?

– Vous avez deux trésors : ces balles et la plantation. Le second est plus important que le premier.

– Mais il faut que je protège les deux, répliqua-t-elle, têtue.

– La seule manière, c'est d'envoyer votre coton au Mexique avec Trajan et Jaxifer.

– Puis-je leur faire confiance ?

– Avez-vous un autre choix ? Il faut que vous restiez ici avec le grand Matthew, vous pouvez compter sur lui... Quant au reste, priez que tout se passe pour le mieux. »

De nouveau, une fois sa décision prise, Petty Prue ne recula pas. Elle inspecta les quatre chariots pour vérifier ce que Jaxifer lui avait assuré : ils supporteraient la charge et les mille kilomètres de piste. Elle regarda les hommes les charger : trois balles en bas, deux balles par-dessus, et elle s'assura que chaque chariot emportait assez de graisse pour les essieux. Quand tout fut prêt, elle demanda au vieillard de remettre, à chacun des quatre esclaves qui conduiraient les chariots, la copie d'une lettre préparée par le juge de Jefferson à sa demande :

Jefferson,
comté de Marion, Texas.
21 juillet 1863.

A qui de droit,

Nous certifions par les présentes que le porteur de cette lettre, l'esclave connu sous le nom de TRAJAN, est employé officiellement par le gouvernement de la Confédération pour livrer du coton à Matamoros (Mexique) et revenir ensuite dans sa plantation comme ci-dessus. Le gouvernement appréciera l'assistance et la protection que vous lui accorderez dans l'accomplissement de cette mission importante.

Henry Applewhite,
juge de la cour du comté.

Parcourir les mille kilomètres de Jefferson au río Grande avec les chariots lourdement chargés représentait un voyage d'au moins deux mois. Il fallait traverser les fleuves à gué et contourner les forêts. Il fallait aussi choisir son itinéraire avec soin, car il y avait partout des hommes sans scrupules prêts à profiter de la situation, surtout dans le cas d'un convoi confié à des esclaves. Mais Trajan ne manquait pas de ressource. A quarante-sept ans, il n'avait peur de rien et, avec l'aide de Jaxifer, il se proposait de livrer ce coton au Mexique et de gagner à sa maîtresse une petite fortune.

Au bout d'une semaine de route, Trajan vit s'avancer vers eux de l'ouest deux chariots bien chargés de balles, mais sans conducteurs.

« Qu'est-ce que ça peut bien être ? » demanda-t-il à ses compagnons en gullah.

Comme personne ne trouvait de réponse, il quitta son chariot et se dirigea à pied vers ce mystère roulant. Soudain une voix d'enfant lui cria :

« N'avancez pas davantage ! »

Il se trouva en face d'une très longue carabine, dans la main minuscule d'un gamin. Sur le deuxième chariot, un enfant encore plus petit braquait un fusil dans sa direction.

« Qu'est-ce qui vous prend ? demanda Trajan en faisant signe aux enfants de baisser leurs armes.

– Pas un pas de plus ! » le prévint le premier gamin.

Trajan comprit qu'il ne plaisantait pas et s'arrêta ; il montra ses mains vides et demanda :

« Qu'est-ce que vous faites là ? »

Les deux enfants se consultèrent du regard, puis avouèrent qu'ils conduisaient le coton de la famille à Galveston.

« Où est votre père ?

– Mort à Vicksburg.

– Vous n'avez pas d'oncle ?

– Ils sont à la guerre.

– Votre mère ?

– Elle travaille à la ferme.

– Galveston n'est pas le meilleur endroit où…

– Ne faites pas un pas de plus. Elle m'a dit que des gens essaieraient de… »

Trajan s'aperçut que les enfants étaient au bord de l'épuisement. Celui du deuxième chariot se mit à pleurer et son frère aîné lui cria :

« Arrête, bon sang ! On nous attaque ! »

Mais le plus jeune ne put retenir ses sanglots. Les journées précédentes avaient été trop longues, trop pénibles, et voici qu'ils étaient accostés par une bande d'esclaves qui voulaient leur couper la gorge.

« Je veux rentrer chez nous.

– Bien sûr. Et moi aussi... » dit Trajan. Quelque chose dans son ton dut toucher le cœur de l'aîné car il se mit à pleurer à son tour. « Écoutez : gardez vos armes, mes enfants. Mais vous devez vous reposer un peu. »

Quand les deux chariots rejoignirent le convoi des Cobb, les deux enfants dormaient déjà à poings fermés. Trajan les prit dans ses bras et les déposa tout endormis sur son propre chariot, en proie à une émotion confuse, car ces enfants avaient à peu près l'âge de son fils quand on l'avait volé. Il avait souvent ressassé le malheur de sa vie, il s'était souvent inquiété de l'endroit où se trouvait Hadrien. Ce jour-là, il se demanda : Aurait-il été aussi brave que ces deux enfants pour défendre leurs balles de coton ?

Quand les enfants s'éveillèrent enfin, conscients d'être à la merci de ces Nègres inconnus, Trajan les réconforta de son mieux, mais quand il voulut leur expliquer pourquoi ils ne devaient pas aller à Galveston, où les bateaux des nordistes étaient à l'affût pour voler le coton des confédérés, ils soupçonnèrent une fourberie.

« D'accord, d'accord, leur répondit l'esclave. Nous continuerons ensemble le plus longtemps que nous pourrons, puis vous nous quitterez pour Galveston et l'ennemi. »

Michael, l'aîné des enfants, était assez âgé, à onze ans, pour se convaincre de la duplicité de Trajan et de ses trois compagnons, surtout Jaxifer, très noir et d'apparence féroce.

Trajan lui-même ne se faisait pas une idée très claire de la situation ; il comprenait qu'en livrant le coton à Matamoros il aidait la Confédération, déterminée à le maintenir à tout jamais dans la servitude. Ce qu'il faisait était donc stupide en un sens. Mais il savait aussi que depuis son enfance il avait vécu une vie modeste mais satisfaisante avec les Cobb d'Edisto. En s'installant au Texas, ses maîtres n'étaient pas devenus plus mauvais. Trajan estimait que tous les esclaves seraient libérés sans doute avant sa mort, car il avait appris par des rumeurs, et par les enseignements subversifs de certains pasteurs méthodistes, que des Noirs vivaient en liberté dans de grandes régions du pays.

Il avait connu une bonne douzaine d'esclaves qui avaient essayé de s'enfuir vers le Mexique ; la plupart s'étaient fait reprendre très vite – les maîtres possédaient des chiens dressés pour ça. D'autres étaient revenus de plein gré, incapables de traverser la vaste étendue désolée qui encerclait le petit paradis verdoyant de Jefferson. Trajan avait vu les hommes des deux groupes sauvagement fouettés pour leur tentative d'échapper à la servitude, mais il savait qu'une poignée d'esclaves résolus avaient obtenu la liberté au Mexique ou étaient morts dans la tentative. Il n'avait jamais éprouvé le besoin de fuir les Cobb, car c'étaient d'aussi bons maîtres que le système le permettait, malgré le caractère parfois violent de Reuben. Mais une chose était certaine : si les nouveaux maîtres qui prendraient Lammermoor en main faisaient preuve de brutalité, il n'hésiterait pas à s'enfuir.

Pourquoi les trois autres esclaves et lui ne décidèrent-ils pas de profiter de la situation pour se rapprocher autant qu'ils le pourraient du Mexique, s'emparer de l'argent du coton et fuir vers la liberté ? Parce que tout ce qu'ils connaissaient et aimaient était centré sur Lammermoor. Dans le cas de Trajan, un autre facteur s'ajoutait : on lui avait confié une responsabilité, et il se sentait contraint par l'honneur de remplir sa mission.

Alors qu'il réfléchissait à ces conflits et envisageait des réponses capables de renforcer ses chances de liberté, un problème beaucoup plus urgent se posa à lui :

« Nous voulons aller à Galveston, lui dit Michael un matin. Nous pensons que vous êtes en train de nous emmener de force pour nous voler notre coton. Rendez-nous nos armes.

– Mais c'est vous qui les avez, lui répondit Trajan. Vous les avez gardées.

– Alors nous pouvons aller à Galveston ?

– Mais oui. C'est entendu depuis toujours.

– Où est-ce ? »

Trajan demanda aux deux gamins de s'asseoir à côté de lui.

« Je ne sais pas où est Galveston, leur avoua-t-il. Mais

nous le demanderons à la première personne que nous croiserons sur cette route. »

Incapables de croire que Trajan leur disait la vérité, les enfants avaient envie de s'isoler pour discuter du piège dans lequel ils étaient tombés, croyaient-ils, avec le coton de leur mère. Mais ils avaient peur de le faire, persuadés que les esclaves les tueraient sur place. Ils furent donc remplis de joie en voyant arriver du sud un groupe de cavaliers, manifestement des Blancs.

Leur déconvenue n'en fut que plus amère quand les cavaliers s'arrêtèrent près du chariot de tête, car le chef du groupe était un colosse à l'air terrifiant, couvert de poils, très sale, le regard mauvais, et coiffé d'un bonnet de panthère, avec la queue pendant sur le côté gauche de son visage.

« Sergent Komax, armée confédérée. En mission avec ces hommes pour rassembler tous les chariots de coton à destination de Matamoros et assurer leur sécurité.

– Galveston, c'est dans quelle direction ? demanda Michael très poliment.

– Peu importe. Tout le monde va à Matamoros. Vous, les Nègres, qu'est-ce que vous faites ici ? »

Trajan, méfiant et très poli lui aussi, ordonna à Jaxifer de présenter la lettre du juge de Jefferson. Il n'avait pas l'intention de montrer sa propre copie, de peur que les soldats ne la gardent. Komax demanda à l'un de ses hommes de lui lire le sauf-conduit, puis grogna :

« Nous avons rencontré beaucoup d'esclaves qui conduisaient le coton de leur plantation dans le Sud. Vous vous joindrez à eux. »

Komax n'eut aucun mal à convaincre Trajan mais, lorsqu'il se tourna vers les deux enfants, il se trouva nez à nez avec les deux carabines qui avaient intimidé l'esclave.

« Nous allons à Galveston ! » lança Michael de sa voix qui muait.

Son frère ajouta :

« Un pas de plus, nous tirons. »

A la surprise de Trajan, le grand colosse velu s'arrêta aussitôt et recula d'un pas.

« Parlez à ces gosses ! ordonna-t-il à Trajan.

– Vous réagissez comme s'ils allaient tirer !

– A leur âge, je l'aurais fait. »

Trajan dut convaincre les deux gamins qu'aller à Galveston était non seulement stupide mais interdit. Pressentant que s'ils insistaient ils seraient abattus et leur coton volé, les enfants baissèrent leurs armes mais, pendant le reste de ce dangereux voyage, ils restèrent près de Trajan, car Panther Komax les terrifiait.

A la fin de la semaine, trois autres chariots avaient rejoint le convoi et, pendant la semaine suivante, quatre de plus arrivèrent. La caravane dépassa Victoria et contourna la ville portuaire de Corpus Christi, bloquée par les vaisseaux de l'Union. Quand Komax parvint au gué du Nueces, d'autres francs-tireurs confédérés avaient rassemblé une bonne douzaine de chariots. Panther donna des ordres stricts :

« Nous entrons dans le Nueces Strip. Nous restons en formation serrée pour trois raisons : les bandits de Benito Garza risquent de nous attaquer ; des soldats de l'Union risquent de débarquer pour nous couper la route ; et tout retardataire risque de mourir faute d'eau potable. En avant ! »

Plus de deux cents kilomètres à franchir au moment le plus torride de l'année. Les animaux de trait chancelaient parfois sous la chaleur oppressante. Les hommes souffraient autant et même les esclaves – pourtant insensibles à la chaleur, disait-on – transpiraient et se lamentaient. Parfois on avait l'impression que rien n'était en vie sur ces vastes plaines côtières, si plates, sans le moindre vallon ombragé, sans le moindre ruisseau rafraîchissant. Les conducteurs s'enveloppaient le crâne et le visage dans des chiffons. On eût dit des fantômes gris de poussière, assaillis par les feux de l'Enfer.

L'eau était rationnée. Au plus mauvais moment du voyage, les hommes et les animaux épuisés s'allongèrent simplement par terre pendant la journée. Il n'y avait d'ombre que sous les chariots. Demeurer couché ainsi à transpirer de tous ses pores semblait stupide, mais ce repos permettait cependant aux bêtes de récupérer pour avancer pendant les nuits fraîches. Puis le miracle du Texas se produisit : car partout où l'on voyage dans ce vaste État, les terres arides et hostiles font vite place à de verts pâturages. Komax conduisit sa caravane sans incident dans la vallée du río Grande, paradis fragile où quelques paysans industrieux commençaient à utiliser l'eau du fleuve pour produire les meilleurs fruits et les plus belles vaches laitières du continent. Rarement voyageurs furent aussi heureux de trouver de l'ombre et de l'eau fraîche.

A Brownsville, des convois comme celui de Panther Komax arrivaient sans cesse et, comme il n'y avait qu'un minuscule bac surmené pour transporter les balles sur l'autre rive du río Grande, le chaos régnait. Les hommes qui avaient la plus grande gueule et les plus mauvaises manières immobilisaient le bac, et, bien que Panther fût avantageusement nanti dans ces deux domaines, il découvrit vite qu'il avait peu de chances de forcer le passeur à prendre le coton de quatre esclaves et de deux gamins.

« Pourquoi attendre ? dit-il à Trajan. Vous pouvez le pousser sur l'autre rive à la nage.

– Moi ?

– Oui, lui expliqua Panther. On décharge les balles sur le bord du fleuve, puis on les fait basculer dans l'eau et on plonge. On gigote des pieds comme un chien et la balle avance. Ce n'est pas la mer à boire.

– Pas moi !

– Si vous ne le faites pas, personne ne le fera à votre place ! »

Il montra aux esclaves comment amener les balles jusqu'au bord du fleuve, puis comment sauter derrière la balle et la pousser jusqu'à l'autre rive, mais Trajan avait une peur bleue.

« Le coton ne flotte pas. Et moi non plus.

– Mais c'est faux. Le coton flotte. Il y a assez d'air dans ces balles : elles flottent comme un bateau.

– Si l'eau mouille le coton, il est perdu.

– Les balles sont comprimées. L'eau ne pénétrera pas de plus d'un centimètre... Le coton flotte. Tu flottes. Rien ne se mouillera sauf ta vieille peau noire. Et tu reviendras avec le bac vide. »

Trajan avait peur de l'eau, mais Jaxifer et les deux autres

étaient littéralement paralysés. Jamais, semblait-il, les balles des Cobb ne seraient livrées aux négociants de l'autre rive, prêts à payer une fortune pour les avoir. Panther maudit alors tous les Nègres du monde en des termes qui auraient dû donner la chair de poule à Trajan, mais qui ne le touchèrent nullement, car il n'était pas question qu'il plongeât dans le fleuve. Alors l'ancien Ranger ôta presque tous ses vêtements et s'approcha du río Grande, pareil à un épouvantable singe velu. Il ordonna aux esclaves de pousser la lourde balle dans l'eau, lança un dernier juron et plongea après le coton. A peine avait-il commencé à battre des pieds qu'il entendit sur sa droite une voix d'enfant s'écrier :

« C'est facile ! »

Michael pilotait déjà la première des nombreuses balles qu'il ferait traverser ce jour-là...

Avec un nouveau chapelet d'insultes, Komax sortit de l'eau, saisit Trajan par la peau du cou et brailla :

« S'il peut le faire, tu le peux aussi ! »

Et Trajan, tremblant comme une feuille de bouleau, plongea dans l'eau, battit des pieds et découvrit que le poids de cinquante hommes ne pourrait pas faire couler une balle de coton bien tassée.

Au voyage suivant, même le petit Clem, le cadet de Michael, poussa sa balle sur l'autre rive ; mais personne, même pas Komax avec tous ses jurons, ne put obtenir que Jaxifer et les autres esclaves plongent dans le fleuve.

Trajan et les deux gamins, en retournant à chaque fois avec le bac, firent passer ainsi tout leur chargement. Puis l'esclave proposa aux enfants :

« Clem, tu es le plus petit, tu veilleras sur notre coton, de l'autre côté du fleuve. Jaxifer restera ici. Toi et moi, Michael, nous allons gagner une fortune. »

Et c'est ce qu'ils firent : ils invitèrent les convoyeurs de coton ayant peur de l'eau à leur confier leurs balles pour la traversée jusqu'à la rive mexicaine.

Bien entendu ils se faisaient payer, et il y avait tellement de balles à piloter qu'en quelques jours de baignade ils accumulèrent une somme coquette. Ils auraient continué leur commerce indéfiniment si des problèmes d'un ordre différent ne s'étaient pas présentés.

Il fallait maintenant qu'ils concluent un marché pour leur coton et surveillent son embarquement sur un cargo en partance, et ceci les jeta dans le tourbillon fantastique de Matamoros. La ville mexicaine se trouvait à une quarantaine de kilomètres du golfe, dans les terres. Plus de soixante petits voiliers sillonnaient le fleuve, sans jamais dépasser le milieu du courant, qui marquait la frontière. Chaque patron de bateau criait : « Donnez-moi vos balles ! Je les apporterai aux gros bâtiments qui attendent dans le golfe. » Si l'on adoptait cette solution, la confusion devenait encore plus grande car, une fois en mer, le pilote tournait aussitôt vers le sud, dans les eaux mexicaines, où deux cents bateaux de tous les ports d'Europe avaient des marins postés sur le pont, qui criaient dans leurs porte-voix : « Nous livrerons votre coton à Liverpool ! » Vers le nord, parfois à moins de cent mètres, rôdaient les vaisseaux de guerre de la marine de l'Union : ils ne quittaient jamais les eaux américaines mais ils étaient prêts à fondre sur tout bateau chargé de coton qui dépasserait la frontière d'un pouce.

La comédie se renouvelait chaque jour. Des cargos appartenant à des négociants de New York supposés loyaux aux nordistes partaient sans vergogne vers des ports français ou anglais – vers n'importe quel port neutre en fait – où ils recevaient sur-le-champ la caution de telle ou telle puissance européenne, avide de coton. Ensuite, devenu bâtiment privilégié de ce pays, chaque cargo américain allait se joindre à la flotte en attente à Matamoros, pour acheter sa cargaison de balles. En échange, il apportait aux confédérés des canons et des obus, des fusils et des machines, des vêtements et des vivres. Si le gouvernement confédéré parvenait à livrer son coton à un vaisseau affrété par un pays européen, il pouvait acquérir en échange à peu près n'importe quoi.

Mais, dans ce repaire de tricheurs, de voleurs et de meurtriers, comment un esclave comme Trajan et deux gamins comme Michael et Clem pouvaient-ils espérer livrer leur coton à la flotte en attente ? Il existait un moyen. Le gouvernement confédéré avait dépêché à Matamoros un homme astucieux et efficace, chargé de réunir le coton parvenu sur la rive mexicaine et de le convoyer par voie de terre au port improvisé de Bagdad – simple rangée de hangars branlants le long d'une plage découverte –, où il le remettait à un combinard mexicain encore plus retors, qui se chargeait de l'embarquement.

Le responsable de la Confédération n'était autre que le jovial Yancey Quimper, toujours vêtu en grand uniforme, possédant toutes les qualifications d'un bon intermédiaire et prêt à payer n'importe quel pot-de-vin pour parvenir à ses fins. Le Mexicain, toujours tiré à quatre épingles dans un uniforme rouge vif bardé de médailles, répondait au titre d'*el capitán.* Les deux combinards étaient bien assortis – les médailles du Mexicain aussi fausses que le grade militaire de Quimper. A eux deux, ils contrôlaient le mouvement du coton confédéré vers les marchés du monde.

Les finances de cette opération plutôt louche ne manquent pas d'intérêt : coût de production du coton, sept *cents* la livre ; valeur sur une plantation texane de l'intérieur, un *cent* trois quarts ; valeur sur la rive nord du río Grande, vingt-deux *cents* ; sur la rive sud, trente-sept *cents* ; livré par le général Quimper au port de mer improvisé de Bagdad, quarante-neuf *cents* (dont il empochait six *cents*) ; livré par El Capitán sur un bateau en attente, quatre-vingt-neuf *cents* (dont il empochait sept *cents*) ; débarqué sur les docks de Liverpool, un dollar soixante (dont l'armateur du bateau retenait la plus grosse part).

Comme des milliers de livres de coton étaient embarquées chaque jour, les deux compères faisaient manifestement fortune. C'était également le cas de nombreux autres patriotes qui avaient réussi à éviter les batailles. Le fait qu'un simple capitaine vole un *cent* de plus par livre qu'un général aurait pu devenir déplaisant, mais Quimper se rattrapait en achetant à son compte – au lieu de négocier pour le gouvernement – cinq ou six balles par jour, s'il pouvait forcer un malheureux vendeur à les céder au plus bas prix. Il revendait ces balles par l'entremise d'un capitaine de bateau russe, avec qui il avait conclu un accord tacite.

Des hommes comme le major Reuben Cobb s'étaient montrés loyaux à leur idéal de l'honneur, d'autres, comme Sam Houston, loyaux à leur idéal de gouvernement. Mais il était également possible qu'un homme ne soit loyal qu'envers lui-même et s'adapte en souplesse à toute tempête capricieuse susceptible d'influer sur ses intérêts. Yancey Quimper avait vu, dans les efforts de l'Union pour étouffer la Confédération, l'occasion rêvée d'assurer sa fortune personnelle. Toute situation qui permet à un homme noble d'exprimer ses sentiments élevés est exploitée comme une occasion de profit par tous ceux qui considèrent ces sentiments d'un œil cynique.

Comment un homme de caractère aussi mou et de talent aussi limité était-il parvenu à s'imposer sur autant de théâtres de la guerre ? Pendant les préliminaires au Kansas, lors du massacre des Allemands, responsable des pendaisons sur la rivière Rouge, et maintenant chargé de contrôler les expéditions du marché du coton à Matamoros, sans parler des mois passés à traquer les insoumis qui fuyaient la conscription dans les maquis du nord-est de Houston ?... Une bonne raison : la guerre se prolongeait de façon horrible et les meilleurs hommes de la nation mouraient jour après jour. Les autres devaient se charger de tout le reste. En fait, un homme comme Quimper se trouvait impliqué par la force des choses. Il se trouvait à Brownsville parce que la Confédération avait besoin de lui là-bas. Les braves comme Somerset Cobb et Otto Macnab participaient aux combats, seuls les lâches restaient pour les opérations scandaleuses comme l'expédition du coton le long du río Grande.

Il semblait fort improbable que de naïfs vendeurs de coton comme Trajan et Michael reçoivent le moindre sou s'ils risquaient leur coton dans l'engrenage de Quimper, mais ils possédaient un atout : Panther Komax. Le colosse velu aimait le Texas, et cela signifiait qu'il détestait Abraham Lincoln et le Nord. Il avait escorté son convoi au milieu des difficultés et il était déterminé à ce que « ses balles » arrivent à bon port. Plus important, il n'avait pas oublié que Yancey Quimper lui avait volé Juan Hernández, son bottier. Soupçonnant que le général essaierait de s'emparer du coton de ses protégés, il accompagna ceux-ci, revolver au poing, et dit :

« Quimper ! Vous allez livrer ces balles à votre capitaine russe, et vous ne retiendrez aucune commission, même pas la vôtre. »

Terrifié par le revolver enfoncé dans ses côtes, le front en sueur, Quimper conduisit le coton, Trajan et les enfants à Bagdad, avertit El Capitán : « Affaire spéciale ! » et conclut un marché qui assura aux vendeurs un honnête bénéfice. Komax et les enfants regardèrent de la plage le voilier russe appareiller pour l'Europe.

A Brownsville, Komax organisa le virement des fonds de ses protégés par lettre de crédit sur une banque anglaise : « Pour qu'on ne vous vole pas en chemin. » Michael n'avait guère confiance en cette méthode, craignant que Panther ne les vole comme le général Quimper avait tenté de le faire, mais Trajan, qui avait déjà vu des lettres de crédit à Lammermoor bien qu'il ne sût pas les lire, assura aux enfants que Komax leur disait la vérité :

« L'argent va vous attendre chez vous. Les maîtres font les affaires ainsi. »

Mais il avait un problème. Par ses efforts inlassables lorsqu'il avait poussé les balles d'une rive à l'autre du río Grande, il avait accumulé plus de cent dollars. Il savait que s'il retournait à la plantation avec cet argent on l'accuserait de l'avoir volé. Il demanda à Komax de lui fournir une déclaration écrite certifiant que l'argent lui appartenait vraiment.

« Je ne sais pas écrire », lui répondit Panther.

Un de ses hommes, à sa place, rédigea le précieux document :

Brownsville, Texas.
9 novembre 1863.

A qui de droit,
Ce sertifica prouve que l'esclave Trajan a gagner 139,40 dollars de faire nagé les bales de cotton sur le Rio Grand. Cet argent et a lui bien gagner, je le jure.

Johnson Carver,
armée confédéré.

Trajan était si préoccupé par les arrangements financiers qu'il n'avait pas remarqué ce qui se passait parmi les autres conducteurs. Jaxifer n'était plus le jeune pitre bruyant que Trajan avait rencontré en arrivant à Social Circle mais un homme robuste, responsable et réfléchi.

« Micah est parti », annonça-t-il à Trajan.

Micah avait trouvé l'occasion de fuir au Mexique tentante. Il n'avait pu résister. Il avait sans doute déjà gagné Monterrey et la liberté.

Cela mettait les trois autres esclaves de Lammermoor devant un choix très difficile et ils en discutèrent, en utilisant le gullah le plus impénétrable.

« Pourquoi retourner à l'esclavage ? demanda Jaxifer.

– Micah n'a rien fait de mal, répondit Trajan, de façon évasive. S'il avait vraiment envie de la liberté...

– Mais nous trois ?

– Le Mexique est là. De l'autre côté du fleuve. Jamais tu ne seras plus près.

– Si je pars, essaieras-tu de m'en empêcher ? » demanda Jaxifer.

Il était manifeste que le troisième esclave, Oliver, ne tenterait rien.

Trajan réfléchit longuement à la question de Jaxifer, car elle plongeait au cœur des relations entre Noirs et Blancs, au cœur de son propre dilemme :

« Tout homme a envie d'être libre. C'est peut-être la plus grande chose de sa vie. Si tu crois vraiment que tu dois le faire, Jaxifer, va-t'en.

– Et toi ?

– Moi, euh... Aucun homme ne désire la liberté plus que moi-même. J'ai perdu mon fils parce que les gens savent qu'on peut voler un esclave sans avoir d'ennuis. Et j'ai perdu ma femme, usée par le travail.

– Alors, viens avec moi.

– Non. J'ai envie d'être libre plus qu'aucun de vous. Mais la liberté viendra un jour au Texas, c'est certain. » Il hésita avant d'exposer ce qui comptait le plus pour lui : « Mieux vaut travailler dur pour la liberté dans un bon pays comme le Texas qu'accepter une liberté facile dans un moins bon pays, comme le Mexique... » Sans laisser à Jaxifer le temps de lui répondre, il ajouta : « La nuit, je me dis parfois : Trajan, tu as construit Lammermoor autant que n'importe quel Cobb. Lammermoor est aussi à toi... Je ne veux pas abandonner un endroit que j'ai construit.

– Mais, là-bas, tu resteras esclave.

– Pas pour toujours.

– Tu crois ça ?

– Si je ne le croyais pas, je me trancherais la gorge.

– Si je traverse le fleuve, demanda Jaxifer, enverras-tu des soldats à mes trousses ?

– Oh, Jaxifer ! Comment oses-tu poser une question pareille ?

– Alors pourquoi ne m'accompagnes-tu pas ? »

De nouveau, Trajan réfléchit avant de rapporter :

« J'ai donné ma parole à Mme Petty Prue et au vieux bonhomme. Je dois livrer le coton, toucher l'argent et le ramener.

– Mais l'argent est parti par la banque. C'est ce que tu m'as dit...

– L'argent est parti, oui. Maintenant, c'est mon tour. Je rentre chez moi. A Jefferson. »

Sur la rive du río Grande, Jaxifer regarda en silence ses vieux compagnons Trajan et Oliver. Puis il leur tourna le dos et se dirigea vers les balles en attente le long du fleuve. Il en poussa une à l'eau. Si terrifié qu'il fût, il plongea, saisit un coin de la balle à pleins bras et battit des pieds avec frénésie tandis que le coton l'entraînait vers la liberté.

Seul le hasard poussa Panther Komax à lancer son convoi de retour sur la piste à la date où il le fit, car, au début de novembre, les troupes de l'Union débarquèrent en force et s'emparèrent de Brownsville, ce qui mit fin au commerce de Matamoros-Bagdad. Pour prouver qu'ils ne plaisantaient pas, les soldats organisèrent des incursions vers les villages isolés, attaquèrent les convois qui se dirigeaient vers le sud, incendièrent les chargements ou firent éclater les balles pour répandre le coton dans le paysage comme s'il s'était soudain mis à neiger sur ces plaines torrides.

Un soir, un de ces commandos tomba sur Komax et son convoi.

« Courez vous cacher ! » cria Panther aux esclaves et aux enfants.

Quand il se retourna avec sa poignée de soldats pour repousser l'assaut, une rafale de balles nordistes mit fin à sa vie de violence.

Le major Somerset Cobb ne retourna à Lammermoor qu'après la reddition de Lee à Appomattox. Il avait perdu son bras gauche et ne pesait même pas soixante kilos quand il remonta la rivière Rouge. Le docteur de l'hôpital de La Nouvelle-Orléans l'avait enfin laissé partir : « C'est Dieu qui vous a sauvé, Cobb. Nous n'y sommes pas pour grand-chose. »

A Shreveport, il fut ravi de retrouver le grand flottage, et son cœur déborda d'émotion quand le petit vapeur se glissa dans le lac Caddo. Enfin il revit les cyprès noueux et la mousse espagnole tombant en festons des chênes verts qui bordaient les rives.

Comme toujours, le vapeur donna un coup de sirène en arrivant à Lammermoor, et Somerset regarda avec un plaisir renouvelé les esclaves à bord du bateau préparer le déchargement des marchandises à destination de l'appontement « as de cœur ». Avec un enthousiasme juvénile, il expliqua à un passager novice :

« Nos esclaves ne savent pas lire, vous comprenez. Alors nous marquons nos colis avec des piques ou des trèfles, pour indiquer où il faut les livrer. Nous sommes l'as de cœur. »

Le petit vapeur accosta, et la douleur du retour se substitua à la joie : il vit les champs pleins de mauvaises herbes et les bâtiments que personne n'avait repeints, mais l'égreneuse était encore debout... Puis Trajan s'avança vers lui : le meilleur esclave qu'un homme ait jamais eu. Cobb sauta à terre, la manche vide de sa redingote retenue par une épingle. Il embrassa le Noir.

« Quel plaisir de rentrer chez soi, Trajan.

– La guerre a été longue, maître. »

Lentement, car Sett était très fatigué, ils remontèrent la pente vers la maison, et une petite femme, d'une minceur effrayante, s'avança à leur rencontre. C'était Petty Prue, beaucoup plus usée par les années de guerre que Sett n'aurait pu l'imaginer.

Elle tendit la main et dit :

« Deux plantations ici, c'était stupide. Je les ai réunies, Sett. »

Elle avait décidé d'unir non seulement leurs terres, mais aussi leurs deux vies.

Le 23 juin 1865, Jefferson s'anima soudain, car un capitaine de l'Union escorté par quatorze soldats arriva sur la place, fit sonner le clairon et annonça aux citoyens blancs rassemblés :

« Je suis ici pour m'adresser également à vos anciens esclaves. Faites-les venir. »

Il attendit, très raide, l'arrivée des Noirs, puis il fit signe au soldat de sonner le clairon de nouveau. Un sergent cria :

« Silence ! »

Et les mots fatidiques furent prononcés :

> Citoyens de Jefferson ! Ce 19 juin, le général Gordon Granger, de l'armée des États-Unis, a promulgué à son quartier général de Galveston l'ordonnance générale numéro trois. Tous les esclaves sont libres. Ceci implique une égalité absolue entre les anciens maîtres et leurs esclaves. La nouvelle relation entre les Blancs et les Noirs sera celle d'un employeur à un travailleur salarié. [A ces mots, il se tourna vers les Nègres.] Nous vous conseillons, maintenant que vous êtes des hommes libres, de rester où vous êtes et de travailler pour un salaire. Nous vous informons solennellement que vous ne serez pas autorisés à venir réclamer dans les postes de l'armée et que, si vous refusez de travailler, personne ne subviendra à vos besoins. Vous devez vous trouver un emploi et vous avez tout intérêt à conserver, moyennant un salaire, votre place actuelle.

Le capitaine recula de trois pas, satisfait de l'effet qu'il avait produit, puis fit signe à son sergent, qui cria :

« Anciens esclaves ! Vous êtes libres ! »

Il y eut des murmures, exprimant davantage la confusion des Noirs que leur satisfaction.

« Esclaves, vous n'êtes plus esclaves, dit le capitaine. Vous êtes aussi libres que moi ou que... » Il chercha des yeux un Blanc, repéra Somerset Cobb et le montra du doigt : « Aussi libres que cet homme. »

Un vieil esclave du premier rang tomba à genoux, leva

les mains au-dessus de sa tête et cria d'une voix cassée :

« J'ai vécu assez vieux pour le voir. Loué sois-Tu, mon Dieu ! »

Quand tout ce qu'impliquait la grande nouvelle eut fait son chemin dans les esprits, il n'y eut aucun cri de joie, aucune danse d'allégresse sur la place. Les Blancs s'étonnèrent du calme et de la dignité avec lesquels les anciens esclaves accueillirent leur liberté. Mais il se produisit cependant à Jefferson des scènes qui marquèrent cette journée mémorable. Une Noire, obéissant à une impulsion que personne ne put jamais expliquer, saisit son fils de sept ans par les épaules, le secoua violemment, lui cria :

« Tu n'es plus esclave à présent, alors sois sage, hein ? »

Puis elle éclata en sanglots.

Le major Cobb, qui connaissait bien ses anciens esclaves, passa au milieu d'eux pour leur confirmer que l'inconnu en uniforme leur avait bien dit la vérité :

« Oui, vous êtes libres ! »

Mais sa tentative de conciliation échoua quand le grand Matthew courut vers lui, brandit le poing sous son nez et cria :

« Je ne travaillerai plus jamais pour vous !

– Qu'est-ce que je fais de tes frusques ? lui cria une femme de la buanderie.

– Tu peux les jeter au feu ! lança-t-il, sans cesser de secouer son gros poing vers Cobb. Je ne travaillerai plus pour vous, et je ne travaillerai plus pour la petite salope ! »

Instinctivement, Cobb leva le bras droit, mais un soldat de l'Union s'interposa.

Le sens profond de la véritable émancipation – non du geste fallacieux du président Lincoln quelques années auparavant – s'exprima à Lammermoor le lendemain dans l'après-midi. Au milieu des clameurs de fête, Trajan se présenta à la maison des maîtres, où il était rarement entré, frappa poliment à la porte et demanda Somerset. Avec respect, il lui dit :

« Major Cobb, vous avez repris la plantation en main, je peux m'en aller.

– Quoi ? »

Pour Somerset, c'était comme l'explosion d'une bombe.

« Je veux un endroit à moi. Je n'ai plus envie de vivre dans les logements d'esclaves, ici, à Lammermoor.

– Mais tu as aidé à bâtir cette plantation. Tu en fais partie.

– J'ai toujours bâti pour les autres. Maintenant, je veux bâtir pour moi. »

Cobb appela celle qui était devenue sa femme et, quand Petty Prue apprit la décision inattendue de l'ancien esclave, sa réaction fut la même que celle de Sett :

« Ne t'avons-nous pas toujours bien traité ? »

Trajan refusa de se laisser entraîner dans une discussion sur la situation passée. Très droit, comme on lui avait appris à se tenir quand il s'adressait à un maître, il répondit :

« Je suis revenu du Mexique, il y a deux ans. J'ai l'argent que j'ai gagné en nageant dans le fleuve. »

Voyant l'incompréhension se peindre sur les traits des Cobb, il leur montra le certificat signé par Johnson Carver, au cours de son aventure avec les deux gamins. Et, dans la pièce silencieuse, il songea à ces deux enfants pleins d'audace, si pareils à son fils ; il baissa la tête, accablé par le chagrin. Il fut incapable d'ajouter un mot et les Cobb le laissèrent partir, persuadés que l'émancipation lui avait dérangé l'esprit.

Le lendemain, le major Cobb et son épouse invitèrent leur ancien esclave dans la même pièce, et lui demandèrent cette fois de s'asseoir.

« Trajan, commença Sett, nous pensons qu'avec ton argent... Nous sommes ravis que tu aies tellement gagné. Je connais plus d'une famille blanche prête à... »

Petty Prue, moins émue, intervint :

« Ne dépense pas ton argent pour de la terre. Tu as été si fidèle, nous t'apprécions tellement... »

Mais les paroles se bloquèrent dans sa gorge.

« Ce que nous proposons, reprit son mari, c'est de te donner cinq arpents de nos terres. La parcelle voisine des grands chênes. »

Trajan se leva.

« Pendant toutes ces années, j'ai repéré un petit coin de terre, tout près de Jefferson. Je l'ai acheté hier.

– Un esclave ? Acheter de la terre ? »

Les mots avaient jailli de la bouche de Petty Prue, qui regretta aussitôt de les avoir prononcés.

« Je l'ai achetée. J'ai payé en dollars et je m'en vais ce matin. Votre servante, Pansy, va partir avec moi.

– Mais, Trajan ! s'écria Petty Prue en plein désarroi. Tu m'as aidée de façon tellement merveilleuse ! Tu as conduit notre coton au Mexique et tu es revenu... Nous pensions que tu te plaisais, ici ? » ajouta-t-elle, au bord du désespoir.

Trajan se dirigea vers la porte, bien décidé à ne se laisser fléchir par aucun argument de ces bons maîtres. Plein de dignité, il dit :

« Vous pouvez dire que j'étais fidèle, parce que je l'étais. Vous pouvez dire que je suis revenu quand j'aurais pu fuir, parce que je l'ai fait. Et vous pouvez dire que j'étais respectueux aussi, parce que j'ai apprécié la façon dont vous avez dirigé cette plantation en l'absence des hommes, madame Prue. J'ai essayé d'être un bon esclave, mais ne dites jamais que cela me plaisait. »

Et il partit.

Peu de temps après, le major Cobb et son épouse montèrent dans leur voiture – vieille et mal entretenue – pour se rendre à Jefferson. A l'entrée de la ville, ils trouvèrent la petite maison pour laquelle leur ancien esclave Trajan avait dépensé vingt-deux dollars cinquante *cents*, y compris un arpent de terre. Les fleurs du printemps se fanaient déjà mais celles de l'été s'épanouiraient bientôt.

« Nous sommes venus te faire une proposition, Trajan.

– Je vous attendais.

– Comment ça ? » demanda Petty Prue en acceptant la chaise que son ancienne servante Pansy lui offrait.

Les autres restèrent debout, car il n'y avait qu'un siège.

« Parce que vous avez besoin de moi. Vous ne pouvez pas vous passer de moi pour faire marcher votre égreneuse et les autres machines.

– C'est la vérité, avoua Cobb. Nous avons besoin de toi.

– Tu nous manques, dit Petty Prue. Et nous avons confiance en toi.

– Je suis prêt à te racheter cette maison, proposa Cobb

avec enthousiasme. Je te donnerai la terre dont je t'ai parlé et tu pourras...

– C'est ma maison, répondit Trajan. C'est ici que nous vivons, Pansy et moi. Si vous voulez nous donner du travail, nous irons travailler chez vous. Mais, la journée finie, nous reviendrons ici. »

Il parlait avec une telle détermination que les Cobb en restèrent sans voix ; ils avaient du mal à croire qu'un Noir renonce à un si grand avantage matériel au nom d'un principe.

Le silence se prolongea, puis le major fit une proposition pratique :

« Nous te donnerons une mule pour faire le trajet. »

Trajan accepta avec reconnaissance, puis lança une suggestion à son tour :

« Pour faire marcher l'égreneuse de façon satisfaisante, il nous faudra le grand Matthew. »

Les Cobb remarquèrent que Trajan avait dit *nous*, comme s'il avait repris les choses en main. Mais Somerset pouvait-il pardonner au grand Matthew son geste de menace ?

« Non, répondit-il gravement. Matthew a essayé de me frapper et je ne peux pas pardonner une chose pareille.

– Croyez-vous que, de son côté, il n'ait pas beaucoup à vous pardonner ? »

Cobb réfléchit un instant puis demanda :

« Voudra-t-il revenir ? »

Trajan présenta alors une requête surprenante :

« Major Cobb, madame Prue, je savais que vous viendriez et je me doutais de ce que vous me proposeriez ce matin. Je savais aussi que j'accepterais, parce que j'aime Lammermoor. Mais il fallait que je me place en position de force.

– Tu as emprunté de l'argent ?

– Oh, non ! lança-t-il en éclatant de rire. Je suis trop malin pour jeter l'argent par les fenêtres. J'ai encore tout, sauf ce que j'ai versé pour ma terre.

– Alors quoi ?

– Les fonctionnaires de l'Union nous harcèlent. Gentiment, bien entendu, mais ils nous obligent à prendre des noms de famille. Ils sont venus me voir hier, vraiment insistants. Voici le nom qu'ils m'ont donné... [il hésita] à ma suggestion. Si vous ne m'en voulez pas trop... »

Il montra aux Cobb une carte portant son nouveau nom : TRAJAN COBB.

« Bienvenue à la liberté », lui dit Petty Prue.

... Le commando

Le magazine *Washington Insider Post* faillit gâcher complètement notre réunion de deux jours, en mai, où nous devions discuter des conséquences pour le Texas de l'immigration sudiste en provenance d'États comme la Géorgie et l'Alabama. Trois jours avant notre session, le magazine révéla dans un article de fond les délibérations secrètes d'un comité chargé de choisir un nouveau directeur à la Smithsonian Institution. Le journaliste révélait les noms des quatre candidats les plus probables, non dans l'ordre alphabétique mais classés selon leurs chances. Mes amis du commando furent surpris de trouver mon nom en quatrième position mais avec la mention : « L'outsider capable d'étonner tout le monde. C'est manifestement le favori des intellectuels du comité. »

Avant même notre première réunion à Dallas, ville au rythme fou dont la vitalité me passionnait, plusieurs journalistes voulurent m'interviewer, et à peine eurent-ils terminé que le commando prit le relais.

« C'est un poste très important », leur dis-je, mais je me corrigeai aussitôt : « Ce sera un poste important pour celui qui l'obtiendra.

– Quelles sont vos chances ? demanda Rusk, passant comme toujours à la question cruciale.

– Vous avez lu l'article. Le dernier en ligne, mais pas encore battu.

– En avez-vous vraiment envie ?

– N'importe quelle personne dans ma situation en rêverait, Ransom. C'est le meilleur poste de ce genre dans le pays. Mais mes chances... »

Il me coupa, demanda un téléphone, et huit minutes plus

tard il avait parlé à ses amis texans du Congrès : il leur avait ordonné – et non demandé – d'entrer dans la danse et de faire en sorte que j'obtienne cette nomination. Il téléphona ensuite à Gene Wright, le député de Fort Worth, président du groupe parlementaire de la majorité, pour lui demander son appui.

La majeure partie de notre première journée fut gaspillée à d'inefficaces discussions sur mes chances d'obtenir ce poste à Washington, mais la situation fut replacée dans sa juste perspective par l'arrivée, en fin d'après-midi, d'un des rédacteurs en chef de l'*Insider*. Il nous pria de l'inviter à prendre un cocktail et divulgua au cours de la conversation l'état des délibérations :

« Je le regrette sincèrement, Barlow, mais j'ai toute raison de croire que le comité de sélection a lancé votre nom dans la course uniquement pour éviter l'accusation de chauvinisme. La majorité des candidats possibles venaient des universités classiques du Nord et de Californie, et ils ont voulu que les journaux parlent tout de même d'un nom du Sud ou de l'Ouest. Le vôtre couvrait le Texas et le Colorado ; il donnait l'apparence d'un équilibre équitable.

– Attendez une minute ! protesta Rusk, toujours très corrosif dès que l'on attaquait le Texas. Vous ne pouvez pas vous servir d'un Texan comme paravent pour ce genre de combine. Nom de Dieu, nous serons bientôt l'État le plus puissant du pays.

– Mais l'université du Texas ! Jamais un comité national ne… »

Quimper intervint aussitôt pour défendre l'institution dont il était l'un des régents :

« Notre université ne le cède à aucune autre.

– Dans les milieux académiques ? Allons donc ! Souvenez-vous, il y a quelques années, du spectacle lamentable de ce régent Quimper qui mettait à la porte toutes les têtes qui ne lui revenaient pas.

– C'était mon père ! explosa Quimper. Et vous avez raison : certains individus l'ont accusé de se mêler de ce qui ne le regardait pas. Mais tous ceux qui le connaissaient le considéraient comme un génie. Et, de toute manière, le Texas possède maintenant deux institutions universitaires de premier ordre.

– Lesquelles ? » demanda le visiteur.

La réponse de Quimper étonna tout le monde :

« L'université du Texas, et les Arts et Métiers. »

Il avait souvent dénigré les Arts et Métiers au cours de nos réunions, mais à présent il les défendait. La différence, c'était qu'avec les compatriotes texans il pouvait plaisanter, mais, en face d'un homme de l'extérieur susceptible de critiquer, il faisait front commun.

« Ce sont de bonnes écoles, concéda le journaliste de Washington, mais de second plan.

– Qu'est-ce que vous racontez ? lança Quimper, écarlate tandis que son parler texan s'accentuait. Nous avons deux prix Nobel.

– Oui, mais vous les avez engagés longtemps après leurs travaux. Jamais vous ne produirez vous-mêmes un prix Nobel.

– Vous savez tout, vous les beaux messieurs de Washington, n'est-ce pas ?... Vous m'écœurez ! » lança Quimper, en se retirant de la conversation.

Mais Mlle Cobb prit le relais et se montra très efficace :

« N'oubliez pas, jeune homme, que le pouvoir s'accumule en ce moment au Texas à un rythme surprenant. A chaque recensement, davantage de représentants au Congrès. Davantage d'industries. Davantage de tout ce qui touche et excite l'Amérique. Malheureux gens du Nord ! Vous allez passer le reste de votre vie à danser sur une musique texane. Vous devriez commencer à vous y habituer.

– On ne peut échapper à certaines règles, répliqua le journaliste, diplômé d'Amherst et de Yale. Le Texas possédera la puissance brute mais jamais l'autorité intellectuelle. Vous dépendrez toujours des autres régions et d'institutions académiques d'un niveau plus élevé.

– C'est la sottise la plus grosse que j'aie entendue depuis longtemps, grommela Rusk. Dans les domaines qui comptent aujourd'hui, le Texas est toujours en tête... Et il le restera.

– Quels domaines ? railla l'homme de Washington.

– Le pétrole, l'aéronautique, les microchips et la croissance démographique.

– Quand vos puits de pétrole tariront, vous deviendrez

un autre Arizona. Pittoresque mais sans importance dans le pays.

– Mon petit, lança Rusk en se penchant en arrière sans quitter des yeux le jeune “ expert ”, mon petit, sur la totalité du pétrole contenu dans notre sol en 1900, combien croyez-vous que nous en avons pompé jusqu'ici ? Eh bien, répondez-moi, puisque vous croyez tout savoir sur le pétrole.

– La proportion ? Soixante-dix pour cent exploité, trente pour cent de réserves.

– Mon petit, nous avons à peine pompé vingt pour cent. Les techniques actuelles ne nous ont pas permis de mieux faire. Donc quatre-vingts pour cent du pétrole texan se trouve encore sous nos pieds – un sacré réservoir, non ? – en attendant qu'un génie invente une meilleure pompe, un meilleur système d'exploitation. Nous l'inventerons quand il le faudra, vous pouvez en mettre la main au feu.

– Et l'homme qui l'inventera recevra le prix Nobel ! » lança Quimper d'un ton rageur.

Comme la discussion avait débuté à mon sujet, je me sentis obligé d'y participer :

« J'avais envie de la direction de la Smithsonian. Qui ne le désirerait ? Orienter les destinées des annales de la nation... Mais en un sens ce n'est pas ma place. C'est un travail de musée. Centré sur le passé. Les grandes batailles de l'avenir se livreront ici, au Texas. Plus encore qu'en Californie.

– Mais quelles sont donc les chances que notre champion obtienne cette place ? demanda alors le professeur Garza à l'homme de Washington.

– Inexistantes. Le comité désignera une personnalité de plus de prestige, et d'une origine plus acceptable. Mais le simple fait d'avoir inclus Barlow sur la liste était un vote de confiance. Dans vingt ans, si la situation évolue comme Mlle Cobb l'a suggéré, quelqu'un du Texas sera envisageable.

– Dans vingt ans, répondit Rusk d'un ton définitif, nous enverrons nos jeunes voir Washington et New York comme nous les envoyons aujourd'hui visiter Anvers et Milan. Des échos historiques intéressants, mais à l'écart des grands courants de l'époque. »

Le lendemain, notre orateur, professeur à l'université chrétienne du Texas, nous offrit un antidote apaisant aux discussions enflammées de la veille.

« Je vous préviens tout de suite, nous dit-elle, je suis originaire de Géorgie et j'ai terminé mes études en Caroline du Sud. Je suis donc passionnée par tout ce qui touche le Sud, et plus je creuse dans notre passé, plus j'éprouve de respect pour la tradition sudiste. Je vous prie de me laisser faire étalage de mes préjugés favorables. »

Le journaliste de l'*Insider* nous avait entraînés dans un avenir turbulent, elle nous conduisit courtoisement dans un valeureux passé :

« Quand j'étais étudiante, les professeurs du Sud évitaient systématiquement la malencontreuse expression : *guerre civile*. Jamais il n'y avait eu de guerre *civile*, affirmaient-ils. L'adjectif impliquait que, dans un État comme la Virginie, la moitié des familles se seraient rangées dans le camp du Nord et auraient pris les armes pour défendre cette cause – contre l'autre moitié résolue à se battre pour le Sud. Non. Ce fut une guerre entre des États. Massachusetts contre Alabama. Et, quand certains citoyens d'un État partagé, comme le Missouri, le Kentucky ou le Maryland, se sont battus contre des citoyens de ce même État, ils l'ont fait à Vicksburg ou à Shiloh, jamais dans leur État d'origine. La guerre de Sécession a été une guerre entre États souverains. Hélas, aujourd'hui, pour les historiens du Sud comme pour ceux du Nord, l'expression *guerre civile* n'est plus discutée.

« Sans doute est-il impossible de considérer le Texas comme un véritable État sudiste, mais l'on ne saurait ignorer l'influence profonde exercée par les mœurs du Sud. En 1836, le Texas ressemblait au Nord, car d'importantes couches en provenance du Connecticut et de l'Ohio s'étaient déposées sur la première immigration venue du Tennessee et du Kentucky. Mais dans les vingt-six années suivantes, disons jusqu'en 1861, l'influence du Sud devint prédominante.

– Le vote en faveur de la sécession a été supérieur à trois contre un, rappela Rusk.

– La domination culturelle était encore plus importante. Les rares enfants texans qui allaient à l'école avaient des instituteurs du Sud. Les jeunes qui poursuivaient leurs études le faisaient dans les universités du Sud. On trouvait des livres d'auteurs du Sud dans les librairies tenues par des hommes du Sud. On lisait des journaux du Sud. » Elle se tourna vers le professeur Garza : « Sans doute n'apprécierez-vous pas, professeur, mais des études récentes tendent à démontrer que l'image du cow-boy texan n'a pas été inspirée par les prototypes du Mexique, mais surtout par les habitudes des toucheurs de bestiaux venus des États du Sud.

« Et la nourriture ! Les traditions du Sud demeurent dominantes. Les Texans adorent les okras, par exemple. C'est l'un des légumes les plus riches du monde. Il n'est pas originaire du Texas et les États du Nord n'en consomment pas. Dans le Sud, c'est un aliment de base. On peut dire que l'une des contributions les plus décisives du Sud à la vie quotidienne du Texas a été l'introduction de l'okra.

« De même pour le pain de maïs. Et pour le thé glacé, devenu la boisson nationale du Texas, avec un soupçon de citron ou de menthe. Et j'aime beaucoup, comme de nombreux Texans, le *riz sale*.

– Qu'est-ce que c'est ? » lança Garza.

Notre conférencière le regarda comme s'il était tombé du ciel avec la dernière pluie.

« Vous ne connaissez pas ce plat délicieux ? Riz à la vapeur, arrosé de bouillon, avec des abattis de volaille, des oignons émincés et du piment ? Professeur Garza, vous n'avez pas vécu !

« L'influence la plus durable demeure la langue, continua-t-elle. Le célèbre accent traînant du Texas n'est autre que le parler du Sud profond, déplacé vers l'ouest. Mais je pense souvent que la plus importante importation du Sud est l'esprit chevaleresque – et la courtoisie à l'égard des femmes. Les hommes qui sont partis du Sud vers l'ouest connaissaient leur Walter Scott sur le bout des doigts. Ils se considéraient comme les avatars d'une époque héroïque. Ils vivaient sur le qui-vive, toujours prêts pour un duel si quiconque attentait à leur honneur. Ils interprétaient la notion de loyauté de façon exclusive et n'hésitaient pas à risquer leur vie conformément à leurs convictions. Passionnément amoureux de la liberté, ils sacrifiaient tout pour la conserver. Et, comme les champions d'autrefois, ils n'avaient pas peur de défendre des causes perdues.

« Le Texas d'aujourd'hui est la Caroline d'hier, et cela ne se manifeste en aucun aspect de la vie autant que dans l'attitude du Texan à l'égard des femmes. Vous nous chérissez, nous honorez, nous protégez, mais vous voulez aussi que nous restions *à notre place*. Dans aucun État de l'Union, le statut social de la femme n'est plus élevé qu'au Texas. La femme est littéralement révérée. Mais rares sont les États où ses libertés sont plus limitées. Si j'avais dix-neuf ans, quarante-cinq centimètres de tour de taille, une peau sans défaut et de beaux yeux verts pétillants, le Texas serait un endroit rêvé parce que j'y serais appréciée. A cet âge, ma taille devait bien atteindre soixante-quinze centimètres et j'avais le teint plutôt brouillé. Alors, avec mon QI voisin de cent soixante, le Texas n'était pas la résidence idéale.

– Aucun État du monde ne traite les femmes avec autant de déférence que le Texas ! s'écria Quimper.

– Bien entendu. Mais l'esprit chevaleresque a aussi ses travers.

– Je voudrais bien savoir lesquels ! lança-t-il, ulcéré.

– Voyez-vous, la courtoisie chevaleresque, c'est la façon dont l'homme décide qu'il doit traiter la femme. Il définit les rapports et elle n'a pas la parole. J'aimerais des relations établies sur des bases plus équitables.

– Quand vous les aurez, vous ne les apprécierez pas ! répliqua Quimper.

– Peut-être. Mais j'essaie de prouver deux choses : la première, c'est que les valeurs que vous défendez sont essentiellement celles du Sud ; la deuxième, c'est qu'il est plus facile de les incarner, monsieur Quimper, quand on possède neuf ranches et dix-neuf puits de pétrole. »

Il Magnifico surprit notre conférencière en revenant soudain à la discussion de la veille :

« Savez-vous, professeur Frobisher, que l'on refuse un poste important dans le Nord à notre poulain Travis Barlow, simplement parce qu'il est du Texas ? Parce qu'il ne sort pas de Harvard ou de Chicago ?

– J'ai du mal à le croire.

– C'est la pure vérité. Et nous devons tous lutter contre cela, au Texas. Or, si nous sommes stigmatisés, c'est surtout parce que nous avons adopté, comme vous l'avez dit, toutes ces règles et ces coutumes du Sud.

– Sans doute. Je me demande parfois si les cinquante années qui viennent ne verront pas l'effort décisif du Sud pour rétablir sa suprématie sur la nation. Les Caroliniens et les Virginiens ne sont pas assez puissants pour y parvenir à eux seuls. Ils se serviront du Texas comme cheval de bataille. Avec votre puissance et votre duplicité, ils ont une chance de réussir. »

Elle rangea ses papiers en vrac dans sa serviette, le sourire aux lèvres.

« Quand on arrive à l'âge de quarante-sept ans et que l'on a un peu de tête, on découvre que la course sera terminée beaucoup plus tôt qu'on ne croyait. Et comme on n'a qu'une seule existence à vivre, une seule occasion de laisser sa marque, je tiens à me trouver là où ma présence comptera. Au Texas. »

10

Le fort

FORT SAM GARNER (1869-1874)

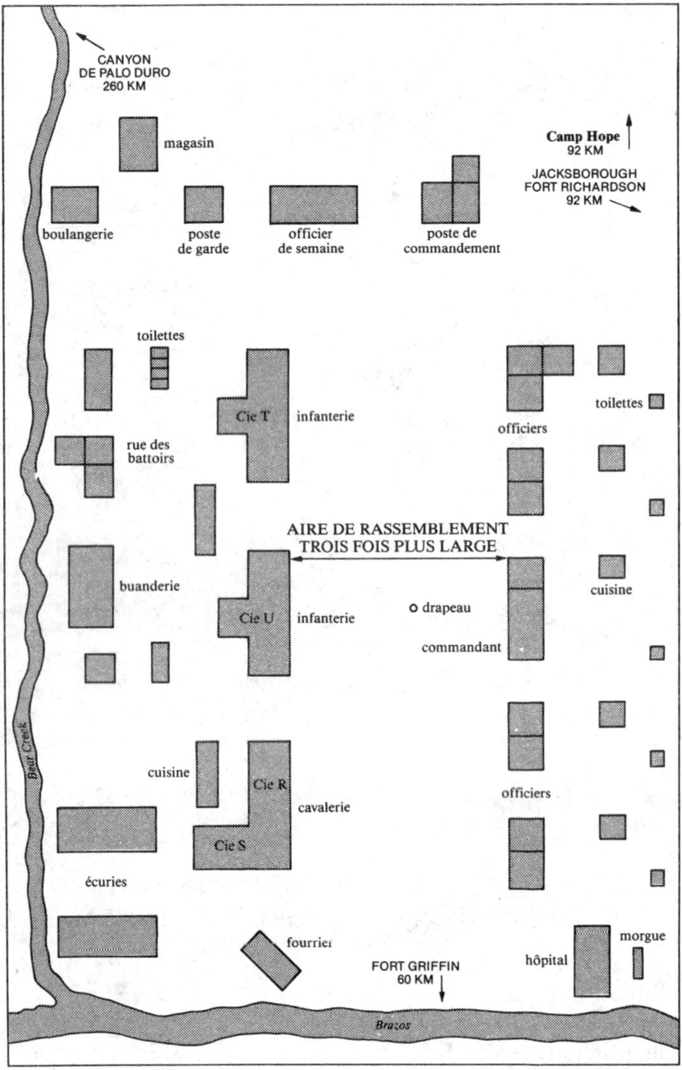

Quand Ulysses Grant, l'un des généraux les plus sanguinaires de l'histoire des États-Unis, assuma la présidence en 1869, tous les officiers qui servaient dans l'Ouest s'en félicitèrent. « Nous allons pouvoir enfin régler la question des Indiens une fois pour toutes. » Et ils s'y préparèrent.

Mais, à leur stupéfaction, Grant inaugura une politique de paix généreuse et humaine – révolutionnaire – pour inciter les tribus indiennes qui guerroyaient encore à établir des relations harmonieuses avec les colons blancs, envahisseurs de leurs plaines. Au lieu de confier à l'armée le soin de présider aux « affaires indiennes », il invita les Églises d'Amérique à désigner au sein de leurs congrégations respectives des hommes de bonne volonté qui accepteraient d'immigrer dans les réserves de l'Ouest pour représenter l'autorité de l'État. Ils auraient pour tâche d'obtenir l'allégeance des Indiens par la douceur, en distribuant gratuitement des vivres et en offrant un exemple de fraternité chrétienne. Le Trésor public fournirait des fonds pour la mise en œuvre de la nouvelle politique. En retour, on escomptait que tous les Indiens vivraient en paix dans leurs réserves. On les initierait à l'agriculture et leurs enfants apprendraient à l'école le catéchisme et le port des vêtements convenables au lieu de leurs peaux de daim et de leurs plumes.

Quand le capitaine Hermann Wetzel, ancien combattant de l'armée prussienne et de la guerre de Sécession, affecté au 14e régiment d'infanterie en mission d'occupation au Texas, lut les nouveaux ordres, il lança les feuillets sur la table :

« Jamais le général Grant, que j'ai connu, n'a signé une ineptie pareille ! »

Opinion partagée par la majorité de l'armée, qui voyait sa liberté de manœuvre réduite et ses prérogatives décapitées. A l'instar de Wetzel, de nombreux officiers résolurent de saboter la mise en application de ce qu'ils considéraient comme une directive mal inspirée.

Le groupe religieux qui montra le plus d'enthousiasme à fournir du personnel civil pour le nouveau système fut celui dont les principes se trouvaient le plus en contradiction avec les méthodes militaires : les quakers de Pennsylvanie, dont la doctrine fondamentale était le pacifisme. Dans la nouvelle politique indienne, ils virent l'occasion de démontrer que la persuasion amicale rendait de meilleurs résultats que la force militaire. D'ailleurs, ils s'appelaient *amis,* et leur Église était la Société des amis. Ils formaient un petit groupe, concentré surtout en Pennsylvanie et au New Jersey, mais ils avaient acquis une fâcheuse célébrité dans tout le Sud en raison de leur opposition énergique à l'esclavage. Des Texans loyaux comme Reuben Cobb et Yancey Quimper traitaient les quakers de « maudits imbéciles et fauteurs de troubles », opinion partagée dans tout l'État, car les hommes qui s'étaient battus contre les Indiens, notamment les Apaches et les Comanches, ne pouvaient pas imaginer comment les pacifistes quakers allaient manœuvrer ces sauvages : « Il va y avoir du grabuge quand un Comanche comme le chef Matark se retournera contre ces bigots. »

L'un des premiers hommes proposés pour cette mission étonnante fut un jeune paysan du village de Buckingham, dans le comté de Bucks, en Pennsylvanie. Le nom du village rappelait que le fondateur du mouvement quaker, George Fox, avait des relations étroites avec le Buckinghamshire en Angleterre. « Earnshaw est un bon quaker », disait-on de lui ; et, quand arriva la lettre du président Grant demandant aux quakers de l'endroit de désigner des hommes qualifiés pour cette nouvelle mission délicate, les anciens pensèrent aussitôt à Earnshaw Rusk, célibataire de vingt-sept ans. « C'est comme si Dieu le désignait pour compléter les bonnes œuvres de notre fondateur, le saint Fox. » Sans prévenir Rusk, ils avancèrent son nom.

Rusk donnait une impression de sainteté ; grand, très

mince, de manières réservées et d'apparence peu soignée, il semblait détaché de tout, tel un prophète mineur de l'Ancien Testament. Même dans son enfance, il paraissait ascétique et différent : le bas de son pantalon tombait à vingt centimètres au-dessus de ses chevilles, et les manches de sa veste à quinze centimètres au-dessus de ses poignets. Sa piété se révéla avant l'âge de dix-neuf ans, quand, au cours d'une assemblée, les anciens l'invitèrent à prêcher sur la décence dans le comportement humain. A vingt ans, il s'aventura derrière les lignes confédérées, en Virginie et en Caroline du Nord, pour inciter les esclaves de ces États à s'insurger et à réclamer leur liberté. Son innocence l'avait protégé, car il s'était trouvé dans trois ou quatre situations périlleuses, desquelles il ne s'était tiré que par miracle. Un jour, au sud de Richmond, une famille noire qui le jugeait irresponsable l'avait caché dans une égreneuse de coton alors qu'un commando s'était mis à sa recherche ; en Caroline du Nord, une femme qui possédait des esclaves mentit aux enquêteurs qui venaient arrêter le jeune idéaliste. Après leur départ, elle lui dit :

« Rentrez chez vous, jeune homme. Vous vous rendez ridicule. »

Mais, pendant l'été 1865, quand tout ce qu'il avait prêché fut devenu réalité, il revint auprès des esclaves qui lui avaient sauvé la vie et chez la brave femme de Caroline pour leur apporter des vivres et de l'argent réunis par les quakers de Philadelphie. Il pria avec les Noirs et avec les Blancs en leur assurant que Dieu avait ordonné qu'ils le sauvent en 1862 pour qu'il puisse revenir à présent les aider à se lancer dans une existence meilleure. La femme de Caroline – dont la ferme avait été incendiée par les soldats de Sherman, pris de folie – l'avertit de nouveau qu'il se rendait ridicule ; mais il resta trois semaines avec elle pour l'aider à déblayer les ruines et à dégager l'emplacement d'une nouvelle maison. Elle conclut :

« Rusk, vous êtes un saint en chair et en os; vous n'appartenez pas à ce monde. »

Les responsables désignés par le président Grant pour examiner les candidatures aux nouveaux postes furent ravis d'enrôler cet homme qui semblait remplir toutes les conditions : « Il est robuste. Il n'a pas de femme susceptible de créer des complications et des dépenses. Et il aimera les Indiens comme il a aimé les esclaves. »

Une seule voix s'opposa : celle d'un homme âgé qui possédait un commerce à Philadelphie. Il craignait qu'un missionnaire aussi naïf qu'Earnshaw Rusk ait du mal à traduire sa piété en action pratique.

« J'ai bien peur que, si nous lâchons ce jeune homme au milieu des Texans, ils le dévorent tout cru.

– Il n'ira pas au Texas, expliqua un membre du comité. Nous l'enverrons quelque part dans le Territoire indien.

– Ce n'est pas très loin... » sourit le vieux négociant.

Le comité, impatient d'annoncer sa première nomination, passa outre aux objections et annonça au président Grant qu'« Earnshaw Rusk, cultivateur quaker très respecté de Buckingham (Pennsylvanie), célibataire et en parfaite santé, serait à même d'occuper le poste d'agent indien des États-Unis, à Camp Hope, sur la rive nord de la rivière Rouge (Territoire indien) ». Grant, impatient lui aussi de lancer son programme, accepta la recommandation. « Nous avons trouvé l'homme idéal pour apprivoiser les Comanches. »

Earnshaw était en train de labourer ses champs quand un journaliste local fondit sur lui.

« Rusk ! Le président Grant vous a nommé à un poste important du gouvernement ! »

Ne s'attendant nullement à recevoir pareille nouvelle, Earnshaw voulut d'abord vérifier. Puis, le message dans la main gauche, les rênes dans la main droite, il leva les yeux vers le ciel :

« Tu m'as choisi pour une noble tâche. Aide-moi à la remplir selon ta volonté.

– Mais c'est le général Grant qui vous a choisi ! » lança le journaliste.

Quand la nomination officielle parvint à Buckingham, Rusk s'adressa pour la dernière fois à l'assemblée du Premier Jour :

> Il me faut démontrer à l'armée et à la nation entière que notre politique de paix, de compréhension et de fraternité est la voie choisie par Dieu pour inciter les Indiens sauvages à une association productive. J'estime de mon devoir d'œuvrer

au milieu des Indiens comme je l'ai fait au milieu des esclaves, et je suis certain que les résultats seront identiques. Si William Penn a pu apporter la paix à ses Indiens, je ne doute pas de pouvoir agir de même avec les Apaches et les Comanches. Je sollicite vos prières.

Un homme d'affaires quaker qui avait voyagé au Texas chuchota à son voisin :

« Face aux Comanches, William Penn n'aurait pas résisté plus de dix minutes. »

Au moment où Rusk exprimait ainsi ses espérances en Pennsylvanie, la nombreuse famille de Joshua Larkin se préparait à établir ses quartiers sommaires sur un site que Larkin avait déjà reconnu, à une centaine de kilomètres à l'ouest de la nouvelle bourgade de Jacksborough, au Texas. Des officiers de l'armée stationnés non loin, à Fort Richardson, prévinrent les Larkin, à leur arrivée, qu'ils couraient des risques graves en s'aventurant si loin vers l'ouest, et le capitaine George Reed, pessimiste de caractère, se montra carrément grossier :

« Nom de Dieu, Larkin, si vous vous pointez par là-bas, comment pourrons-nous vous protéger ?

– Six fois, au Texas, nous avons poussé plus à l'ouest, toujours sur de meilleures terres. Et six fois on nous a lancé le même avertissement : " Les Wacos vous auront. " " Les Kiowas vous auront. " Et maintenant vous nous dites : " Les Comanches vous auront... " » Larkin, dont le visage ridé ressemblait à une carte des terres de la frontière qu'il avait conquises, donna une claque amicale sur l'épaule de Reed : « Nous avons toujours eu moins peur que l'armée.

– Vous ne vous êtes jamais battus contre les Indiens, comme l'armée, répliqua Reed en imitant l'accent traînant mais rugueux de Larkin.

– C'est parce que nous sommes plus malins que les Indiens, et vous, non.

– Vous venez de l'Alabama, pas vrai ?

– Et comment !

– Je sais depuis vingt ans qu'on ne peut jamais rien faire entrer dans la tête d'un gars de l'Alabama.

– C'est pour ça que nous avons conquis le monde.

– Jusqu'à un certain point ! répliqua Reed, montrant son uniforme bleu.

– Vous aviez les grandes usines et les chemins de fer », répondit Larkin sans rancœur, tout en préparant ses chariots pour la dernière étape. « Si nous nous étions battus à armes égales, les Yankees n'auraient pas fait long feu.

– Mais pourquoi cette frénésie de partir vers l'ouest ? demanda un autre officier.

– Il y a deux sortes d'Américains en ce monde, répliqua Larkin. Ceux qui regardent vers l'est et ceux qui regardent vers l'ouest.

– Ce qui veut dire ?

– Les hommes de l'Est s'occupent de magasins, de banques et de chemins de fer. Ils ont des dollars dans les yeux. Nous, les hommes de l'Ouest, nous recherchons les fleuves indomptés, les forêts profondes, les prairies sans limites. Dans nos yeux, nous avons le soleil couchant. Et nous continuerons d'avancer jusqu'à ce que nos pieds trempent dans le Pacifique. Sans cesser de fixer ce soleil couchant.

– Vous n'avez pas peur des Indiens ? demanda l'officier.

– Nous nous battons contre des Peaux-Rouges depuis cinquante ans. Aucune raison de s'arrêter en si bon chemin... Quant à moi, je n'ai jamais tué un seul Indien, se hâta-t-il d'ajouter. Et je n'ai pas l'intention de commencer. »

Le lendemain matin, les seize pionniers prirent la piste : Joshua, ses deux frères mariés, les trois épouses, un frère célibataire – Absalom – et neuf enfants de tous âges.

« Les voilà partis, s'écria un soldat quand les roues des chariots se mirent à grincer. Des israélites qui se déversent sur le pays de Canaan. »

Ils partirent vers le nord-ouest, le long de pistes presque inconnues, jusqu'à la vallée du Brazos, l'aorte du Texas.

« Nous remonterons un peu, puis nous tomberons sur Bear Creek, qui vient du nord. La plus jolie petite rivière que vous ayez jamais vue. Au confluent, nous serons chez nous. »

C'était un voyage d'une centaine de kilomètres ; à raison

de vingt-cinq kilomètres par jour, ils atteindraient leur nouveau domaine au terme de la quatrième journée. Joshua demanda à son frère Absalom de chevaucher en avant-garde, et ce dernier ne cessait de revenir au galop pour prévenir les chariots que de la crête suivante ils verraient des merveilles. Et c'était la vérité, car ils s'avançaient dans les grandes plaines de l'ouest du Texas, horizons sans limites d'herbe et de ciel. Rares étaient les arbres, inexistantes les plantes dont ils auraient pu se nourrir.

Grâce à diverses manœuvres, les Larkin avaient obtenu les droits de propriété de six mille arpents de cette vaste étendue, au prix de quatre *cents* l'arpent, et ils s'apercevaient maintenant que ce n'était pas une affaire. Mais l'endroit possédait quatre avantages, comme l'avait signalé Joshua après son expédition de reconnaissance : « Du bétail innombrable, des chevaux sauvages à prendre au lasso, de l'eau en permanence, et de l'espace vide partout où l'on pose les yeux. »

Tout le monde poussa des cris enthousiastes quand Absalom revint pour signaler :

« Le Brazos droit devant ! Plus qu'une journée de voyage ! »

Il ne se trompait pas, et lorsque les Larkin suivirent la rive nord, ils eurent l'impression de se trouver de nouveau en sécurité. Au confluent avec Bear Creek, ils s'arrêtèrent sur une petite hauteur et examinèrent leur terre promise :

« Il n'y a encore rien, mais nous allons construire. Et tout sera à nous. »

Ils avaient emmené quelques animaux domestiques, plusieurs bons chevaux et six chariots contenant un assortiment stupéfiant de tout ce qu'ils avaient eu l'occasion d'amasser : des vêtements et des médicaments, des clous, des marteaux et du bois de construction, des essieux et des roues, des casseroles, des fourches et deux bibles.

Les Larkin étaient baptistes, démocrates, anciens combattants de l'armée confédérée, tireurs d'élite et sans peur ni reproche. Leurs épouses venaient de trois confessions différentes – baptiste, méthodiste et catholique –, mais elles connaissaient toutes la « Harpe sacrée », cette musique religieuse vibrante du Sud. Et, tandis qu'ils plantaient leurs tentes dans leur nouveau domaine, ils s'unirent tous dans une hymne avec les neuf enfants. Quand le cantique s'acheva, Joshua s'écria :

« Seigneur, nous sommes arrivés. Le reste est entre vos mains. »

Pour défendre les trois maisons de torchis qu'ils allaient construire, ils avaient apporté tout un arsenal : des Sharp, des Colts, des Enfield, des Hawken et des Springfield. Chaque enfant âgé de plus de cinq ans était entraîné au tir. Les Larkin ne prévoyaient aucun ennui, car ils s'étaient installés cinq fois déjà sur des territoires occupés par des Indiens, et ils étaient toujours parvenus à neutraliser les sauvages, notamment en faisant du troc avec eux, et en se montrant équitables. Bien entendu, quand la politique indienne du Texas s'était réduite à l'expulsion puis à l'extermination, les valeureux ancêtres des Larkin avaient contribué à la première et applaudi la seconde. Mais la génération actuelle, installée en avant-garde dans une région plus dangereuse, en face d'Indiens plus redoutables, n'aspirait qu'à la paix.

Ils passèrent deux jours à creuser sans relâche un vaste abri de terre où ils dormiraient en attendant, puis Joshua s'attaqua à la deuxième préoccupation de tous les Texans :

« La terre est à nous. L'eau, il faut la mériter. » Il chargea tous les hommes et les gamins, même les plus jeunes, de construire en travers d'une ravine un barrage grossier qui retiendrait assez d'eau pour former ce qu'en Alabama on appelle un étang et au Texas un réservoir. « Avec un bon réservoir, dit Joshua, nous réglerons la question du bétail et des chevaux. Mais il faut maintenant gagner un peu d'argent comptant. »

Il divisa sa main-d'œuvre en deux groupes : l'un pour prendre des chevaux sauvages au lasso et réunir du bétail errant, qu'il pourrait vendre à Jacksborough, l'autre pour parcourir les plaines avec les puissantes carabines Sharp pour tuer des bisons. Ils les écorcheraient, avec l'aide des chevaux qui tireraient sur les peaux velues, puis ils les mettraient en balles pour les expédier sur les marchés de l'Est. Bien entendu, ils laissaient pourrir les carcasses.

C'était du sale travail, et, à mesure que les bisons

s'éloignaient vers l'ouest, le trajet jusqu'aux terrains de chasse devenait de plus en plus pénible, mais Joshua ne cessait de houspiller ses frères :

« Attrapez des chevaux. Rassemblez du bétail. Tuez des bisons. »

Sa stratégie était très efficace, car, si les Larkin pouvaient réunir des chevaux et du bétail, ils posséderaient la base d'un ranch profitable ; et, s'ils parvenaient à exterminer les bisons, les plaines deviendraient inhabitables pour les Indiens. Les frères Larkin n'avaient aucun désir d'exterminer les Comanches ; ils ne voulaient que les repousser dans les réserves du nord de la rivière Rouge, pour que le Texas demeure comme il devait être : libre de tout Peau-Rouge.

« Accordez-nous trois ans de paix, lança Joshua un jour, faites venir les soldats à quatre-vingts kilomètres plus à l'ouest, dans une nouvelle chaîne de forts, et cette terre sera pacifiée. »

Il n'avait jamais prétendu que Bear Creek deviendrait leur demeure permanente. Avec un de ses frères il avait déjà exploré des terres à plus de trois cents kilomètres vers l'ouest, où des canyons verdoyants s'enfonçaient profondément dans la terre, avec beaucoup d'eau et même des arbres. Avec le temps et l'entêtement, les Larkin posséderaient un jour ces canyons.

La tribu Comanche qui avait à sa tête le chef Matark, vieux lutteur des guerres des plaines, occupait depuis de nombreuses générations la région de douces collines à l'ouest de Bear Creek. De cette place forte, elle avait lancé des incursions à plus de trois cents kilomètres vers le nord, dans les terres de l'Oklahoma, et même à huit cents kilomètres vers le sud, en plein Mexique. Les Comanches y avaient massacré des tribus indiennes rivales et pillé les villes des Blancs, notamment El Paso et Saltillo. Ils venaient de connaître plusieurs décennies sans une seule défaite majeure, car, suivant la stratégie du chef Matark, ils évitaient les poursuites de l'ennemi, ainsi que les batailles rangées : ils n'attaquaient que les adversaires sans défense.

C'étaient des combattants cruels et rusés, tout à fait capables de se défendre et sans la moindre pitié quand un ranch isolé semblait mal protégé.

A l'automne 1869, l'apparition téméraire du clan Larkin au confluent du Bear Creek avec le Brazos troubla tellement le chef Matark qu'il prit une décision inhabituelle : il réunit un conseil de guerre (d'ordinaire, il prenait lui-même toutes les décisions militaires).

« Combien sont-ils ?

– Quatre hommes, tous bons tireurs. Trois femmes sachant tirer elles aussi. Neuf enfants, certains en âge de se battre.

– Comment osent-ils s'installer sur nos terres ?

– Ils comptent sur Fort Richardson pour les défendre.

– A quelle distance sont-ils du fort ?

– Trois jours de marche vers l'ouest.

– Trois jours ! s'écria le chef. Cela nous laisse le temps de les anéantir tous... N'auraient-ils pas pris un accord avec les soldats ? ajouta-t-il, soupçonneux. Des détachements dissimulés dans les gorges, qui nous attendraient pour attaquer ?

– Aucun soldat n'est venu à leurs cases de terre. Jamais.

– N'y a-t-il pas un secret ?

– Rien. Si nous les attaquons, l'armée ne pourra pas nous atteindre avant deux jours. »

Matark, que les rapports de ses jeunes braves ne satisfaisaient pas pleinement, prit le conseil de deux vieillards, témoins de nombreuses batailles. Le plus âgé, complètement édenté, ne semblait plus vivre que par la force de sa volonté.

« Ce n'est pas l'armée. Ce n'est pas le nombre des fusils dans leurs trois cases de terre. Ce qui nous détruira, c'est leur façon de tuer nos bisons.

– A chaque lune, les animaux s'éloignent davantage.

– Et sont moins nombreux.

– Si ces Visages-Pâles restent à Bear Creek...

– Et s'il en vient d'autres, comme c'est toujours le cas ?...

– Que devons-nous faire ?

– C'est difficile, répondit le plus âgé. S'il suffisait de prier pour que le fort de Jacksborough soit le dernier.

– Ils avancent toujours leurs forts plus près. De tout temps. Et ils continueront.

– Jusqu'où nous repousseront-ils ? »

Les deux vieillards se regardèrent. Ils n'osaient exprimer leur désespoir.

« Ils nous repousseront jusqu'à la mort du soleil couchant, dit enfin le plus âgé.

– Pas sans mal ! lança Matark, révélant la stratégie tragique qu'il avait l'intention d'appliquer.

– Non ! s'écria le moins âgé des deux sages, heureux de percevoir le courage dans la voix de son chef. Ce sera comme aux temps anciens, quand tout le monde se dressait contre nous. Les Kiowas, les Apaches, les Mexicains, les Texans. Nous les attaquerons tous. »

Sur cette exhortation au combat, qui faisait revivre la bravoure des Comanches contre tous leurs ennemis, une grande euphorie anima l'atmosphère, et des flèches imaginaires sifflèrent aux oreilles des conspirateurs. Les Comanches attaqueraient de nouveau, sans relâche. Ils vaincraient toute l'armée des bleus. Ils protégeraient leur territoire et chasseraient les envahisseurs, maintenant et à jamais.

« Nous les détruirons ! » décréta Matark.

Partagés entre la crainte et la joie, les vieillards se hâtèrent de révéler la décision aux braves. Ils se rendaient compte qu'à long terme cette stratégie était vouée à l'échec, mais ils estimaient que le geste devait être fait. La situation était sans espoir ; ils n'ignoraient ni leur faiblesse numérique ni la puissance des forts texans, pleins de soldats en uniformes bleus.

Ils savaient aussi que les forts du Nouveau-Mexique, d'Arizona et de Californie permettraient à la cavalerie de frapper les Indiens de tous les côtés à la fois. Ils se sentaient donc condamnés, mais il n'était pas question qu'ils abandonnent sans combat les plaines qu'ils avaient toujours défendues. Ils étaient fiers que leur chef soit prêt à assumer ce fardeau. Ils crièrent donc au milieu des jeunes guerriers :

« C'est la guerre ! »

Leurs voix fortes masquèrent leurs craintes.

Cent dix-neuf guerriers comanches quittèrent leur camp

près des sources du Brazos et s'élancèrent en trois groupes séparés, sans bruit, vers Bear Creek. A l'aube du troisième jour, le 15 octobre 1869, juste après le lever du soleil, ils se jetèrent sur les trois cases de boue.

Ils tombèrent sur Absalom en train de soigner ses chevaux. Ils l'abattirent d'un coup de tomahawk, puis emportèrent la moitié des chevaux. Ils attaquèrent la case de l'ouest avant que les occupants puissent organiser sa défense ; ils s'en emparèrent et tuèrent la femme et les deux enfants, mais réservèrent le mari pour des tortures rituelles ultérieures.

A la deuxième case, la lutte fut plus chaude ; Micah Larkin et son épouse étaient prêts, avec un véritable arsenal qui leur permit de faire échec aux assaillants pendant plus d'une heure. Mais les munitions s'épuisèrent ; les Indiens poussèrent leurs chevaux jusqu'aux murs et tirèrent par les ouvertures. Ils abattirent la femme avec son enfant, mais non l'homme, comme pour la première case.

Joshua Larkin, sa femme et leurs deux enfants, dans la plus grande des trois maisons, se défendirent avec une détermination redoutable. Neuf Indiens moururent en tournant autour de la case, et Matark dut prendre lui-même la tête de la charge. Les Indiens mirent le feu au toit de chaume pour forcer les occupants à sortir. Dès que Joshua apparut, un Indien l'abattit, mais sa femme fut capturée vivante. Sur les six enfants, trois furent tués à coups de tomahawk sur le crâne, deux autres percés à coups de lance, et Emma Larkin, âgée de douze ans, fut emmenée vivante pour divertir les jeunes guerriers.

On ne saurait comprendre l'histoire du Texas sans analyser la nature de la « guerre indienne » dans les plaines du Nord-Ouest. Et il faut rappeler que pendant trois décennies des dizaines de cultivateurs, d'éleveurs et de commerçants furent massacrés chaque année par les Indiens – un bilan effarant. Mais ce qui indignait le plus les pionniers, c'était la manière dont ils perdaient la vie. Dans cette atmosphère, aucune paix avec les Indiens ne paraissait possible.

A Bear Creek, deux des plus jeunes enfants furent saisis par les talons et lancés contre des rochers, trois périrent sous la hachette indienne, trois autres de coups de lance.

Absalom et Joshua moururent d'un coup de tomahawk en combat « loyal », peut-on dire, et deux femmes périrent également dans le feu de la bataille. Les Indiens recherchèrent ces quatre cadavres après le massacre, pour les mutiler en grande cérémonie. On leur coupa les oreilles, les seins, et l'on profana leurs organes sexuels de la façon la plus sauvage, la plus repoussante.

Mais ce furent les quatre prisonniers, trois adultes et une fillette, qui subirent la véritable terreur de la guerre indienne. Les deux hommes furent ligotés à un poteau dans les braises de leur maison incendiée. On leur lança des charbons ardents tout en les amputant lentement de leurs membres. On leur arracha les parties génitales, qu'on leur présenta devant les yeux, après leur avoir coupé les paupières, puis on les leur enfonça dans la bouche. On leur creva ensuite les yeux et on les laissa rôtir à feu doux.

La femme fut gardée pour la fin. Même les rapports officiels du massacre, compilés par le capitaine Reed, de Jacksborough, évitent de décrire en détail tout ce qu'elle dut subir.

> Aucun des quinze cadavres n'était entier. Des têtes coupées. Des bras et des jambes dépecés. Des seins tranchés. Des orbites vidées. Aucun buste n'était intact. D'après ce que j'ai vu de mes yeux, quatre adultes ont été brûlés vifs après les tortures les plus horribles.
>
> Je n'imagine pas qu'un chef aussi sage que Matark est supposé l'être puisse croire que de tels actes chasseront nos pionniers ou dissuaderont notre armée de lancer des représailles. Quand j'ai enterré les quinze corps, dans leur tombe commune, j'ai fait serment de les venger. Et, à mon retour, hier soir, j'ai exigé que les hommes de Fort Richardson prononcent le même serment : « Je chasserai sans relâche ce tueur sauvage, même s'il se cache au bout de la terre. Ces morts seront vengés, ou je mourrai dans l'entreprise. »
>
> Mais, après le serment, le soldat qui note les noms de tous les pionniers qui passent nous rappela que la famille Larkin se composait de seize membres. L'un d'entre eux doit encore être en vie. Avec l'aide des hommes qui ont participé à l'inhumation, nous avons reconstitué la famille et conclu qu'une fillette du nom d'Emma, âgée d'une douzaine d'années, ne se trouvait pas parmi les morts. Elle doit être avec les Indiens, et, avec l'aide de Dieu, nous la sauverons.

Il envoya ce rapport au quartier général de San Antonio, qui le transmit aux services de la division à Chicago.

En effet, la petite Emma était encore en vie, dans un camp du côté des canyons, où elle avait déjà été violée à maintes reprises par de jeunes guerriers. Les femmes, jalouses, et les gamins, par jeu, avaient commencé à lui brûler les oreilles et le nez.

Le général quatre étoiles William Tecumseh Sherman, à Washington, envoya au capitaine George Reed, du 14ᵉ d'infanterie stationné à Fort Richardson, près de Jacksborough (Texas), des ordres brefs et précis :

> Vous vous rendrez immédiatement au confluent du Bear Creek et du Brazos, pour y établir un fort du type classique au Texas et dans le Territoire indien. Vous prendrez avec vous deux compagnies du 14ᵉ d'infanterie et deux compagnies du 10ᵉ de cavalerie, plus l'encadrement qui s'avérera nécessaire, sans dépasser le contingent autorisé de douze officiers, cinquante-huit sous-officiers, deux cent vingt hommes de troupe, huit musiciens et quatorze auxiliaires (total : trois cent douze). Le fort portera le nom de Sam Garner, pour honorer la mémoire du capitaine des Rangers qui s'est distingué avec tant d'héroïsme à la bataille de Monterrey. Vous organiserez la cérémonie qui convient. Votre mission consiste à protéger les colons américains, à établir des relations amicales avec la réserve indienne de Camp Hope, dans le Territoire indien, et à capturer, puis à châtier le chef comanche Matark, s'il entre au Texas.

Fin octobre 1869, le capitaine Reed, trente-trois ans, cheveux en brosse, rasé de près, en forme physique parfaite et au dossier militaire sans tache, fit prendre à son contingent la piste de l'ouest. Trait caractéristique de la condition dans laquelle il exercerait son commandement pendant les trente années suivantes, il manquait soixante-dix hommes à son effectif théorique de trois cent douze – et notamment un certain lieutenant Renfro, que son épouse, Daisy, aussi habile qu'active, était parvenue à maintenir trois ans de suite en mission « temporaire » à Washington.

Depuis la fin de la guerre de Sécession, Renfro avait évité toute affectation sur la frontière et espérait y échapper encore cette fois.

Plusieurs aspects de Fort Garner méritent qu'on s'y arrête. Tout d'abord, ce n'était pas un fort au sens habituel du terme, car il ne possédait aucune muraille de protection et n'offrait aucune défense contre un ennemi. Deux douzaines de bâtiments s'élevaient simplement sur un vaste terrain découvert.

Ensuite, ces bâtiments n'étaient au début ni de pierre ni de brique, mais de bois, de torchis, de tout ce qui tombait sous la main.

Troisièmement, même ces bâtiments de fortune n'existaient pas quand les deux cent quarante-six hommes arrivèrent sur les lieux. La troupe devrait les construire en plus de son service normal. Jusque-là, tout le monde vivrait sous la tente. Mais, comme l'hiver approchait, les hommes travaillèrent avec diligence, sans que les officiers aient besoin de les pousser, car, sans maisons, ils gèleraient la nuit, même s'ils transpiraient pendant la journée.

Enfin, quand le général avait envoyé deux compagnies du 10e de cavalerie au fort, il savait qu'il créait pour le capitaine Reed un problème permanent, car le 10e de cavalerie était un régiment composé entièrement de Noirs. A l'animosité habituelle entre les fantassins et les cavaliers, s'ajoutaient les haines plus amères liées à la différence de couleur.

Un aspect typique de ce fort du Texas, en 1869, aurait surpris les soldats nordistes qui le construisaient s'ils avaient connu les faits : leur groupe de bâtiments d'adobe sans mur de fortification ressemblait de façon frappante à l'ancien presidio que l'armée espagnole avait construit à San Antonio cent cinquante ans plus tôt. Les soldats américains réagissaient exactement comme les soldats espagnols à des problèmes géographiques et logistiques similaires.

Mais le trait le plus étonnant demeurait la nature de l'encadrement d'officiers et de sous-officiers, tel qu'il apparaît sur le rôle.

Détail remarquable, aucun gradé – à part un Noir sorti du rang – n'était né dans un État du Sud, car la région

OFFICIERS DE FORT GARNER

Officier	Date de naissance	Épouse	État de naissance	Affectation	Grade permanent officiel	Grade temporaire pendant la guerre
Reed, George	1836	Louise	Vermont	compagnie T 14e d'infanterie commandant du fort	capitaine	général de brigade
Minor, Johnny	1839	Nellie	Wisconsin	compagnie R 10e de cavalerie	capitaine	colonel
Wetzel, Hermann	1829	Bertha	Allemagne	compagnie U 14e d'infanterie	capitaine	colonel
Sanders, Tom	1840	Ruth	Maine	compagnie T 14e d'infanterie	lieutenant	capitaine
Harrison, Tom	1843		Iowa	compagnie S 10^e^ de cavalerie	lieutenant	lieutenant-colonel
Logan, Jim	1844		Irlande	compagnie S 10e de cavalerie	sous-lieutenant	major
Masters, Andrew	1845		Illinois	compagnie U 14e d'infanterie	sous-lieutenant	capitaine
Toomey, Elmer	1849		Indiana	compagnie R 10e de cavalerie	sous-lieutenant	
Renfro, Lewis	1838	Daisy	Ohio	compagnie S 10e de cavalerie détaché à Washington	lieutenant	colonel
Jaxifer, John	1827		Géorgie	compagnie R 10e de cavalerie	sergent-chef	sergent-chef

entière venait de se rebeller – même des anciens de West Point comme les généraux Lee et Davis avaient été infidèles à leur serment de défendre l'Union : « On ne peut jamais faire confiance à un homme du Sud et il n'est pas question de les accepter dans notre armée. » Parmi les nombreux forts qui protégeaient le Texas à l'époque, aucun ne serait occupé par des Texans.

La présence d'un Allemand et d'un Irlandais à Fort Garner n'avait rien d'inhabituel ; des milliers de volontaires originaires de ces deux pays avaient servi dans les rangs de l'Union et s'y étaient souvent distingués. C'était même ces anciens combattants européens qui formaient en général l'ossature de l'armée de la frontière. Ils étaient agressifs, maniaques de l'ordre serré – et l'on pouvait compter sur eux. Avec Hermann Wetzel et Jim Logan, Fort Garner possédait ses deux meilleurs éléments. Le Prussien, strict sur la discipline, était responsable de tous les fantassins ; le second, cavalier audacieux et rieur, commandait les Noirs.

La dernière colonne du tableau témoignait du crève-cœur ressenti par les officiers d'un fort de frontière en temps de paix : tous, sauf le jeune sous-lieutenant Toomey, avaient occupé pendant la guerre de Sécession un rang beaucoup plus élevé que leur grade actuel. La paix revenue, le personnel militaire avait été réduit de façon radicale : plus d'un million d'hommes sous les drapeaux en 1865 ; trente-sept mille à présent. Même l'officier le plus obtus pouvait se rendre compte qu'il demeurerait pendant des années et des années sans promotion.

Tel était donc Fort Garner en 1869, un ramassis de bâtiments improvisés sans rien de bien remarquable, mais alignés par rapport aux points cardinaux avec la même précision que s'ils étaient construits en marbre. Reed y avait veillé.

Après avoir consulté Wetzel, qui possédait un sens aigu de la tactique, Reed avait décidé d'établir le fort à l'est de Bear Creek pour que d'éventuels Indiens venus de l'Ouest soient obligés de traverser ce ruisseau ou le Brazos avant d'attaquer. Pour se protéger des crues, il avait fait creuser le lit des deux cours d'eau durant deux semaines, puis renforcé la digue de terre du réservoir construit par les Larkin.

Fort Garner se trouvait à cent kilomètres à l'ouest de Jacksborough et à la même distance au sud de Camp Hope, dans le Territoire indien. Les quartiers des officiers, bâtiments pourvus chacun d'une cuisine et de toilettes séparées, formeraient la limite vers l'est de l'aire de rassemblement. Les casernements de la troupe s'élevaient à l'ouest. Au nord se trouvaient les bâtiments de service, et au sud l'infirmerie et le magasin du fourrier.

En guise de protection, vers l'ouest où l'ennemi rôdait, les écuries formaient une sorte de ligne défensive au bout de laquelle, vers le nord, se trouvait l'une des curiosités d'un fort de l'Ouest : la rue des Battoirs, où les lavandières salariées, parfois des Mexicaines, parfois des prostituées sur le retour, mais le plus souvent les épouses des simples soldats, lavaient les uniformes six jours par semaine. Quand les hommes de Fort Garner n'étaient pas en reconnaissance, ils se présentaient dans des tenues toujours impeccables, surtout les soldats-bisons, comme on appelait les Noirs, parce que leurs cheveux crépus ressemblaient aux poils de ces animaux.

L'expression *soldat-bison*, péjorative au début, avait été acceptée comme un gage d'honneur par la cavalerie noire. Devenir soldat-bison n'était pas un petit exploit. La preuve ? L'effectif de deux cent quarante-six hommes allait se réduire bientôt à deux cent trente-deux, à la suite de désertions et de combines pour éviter une affectation difficile, mais sur les cent trente-quatre cavaliers noirs seuls deux hommes déserteraient en trois ans, alors que quatorze fantassins blancs avaient déjà filé de Fort Garner à la fin du quatrième mois. La plupart des Noirs s'étaient engagés dans l'armée de l'Union aux jours les plus sombres de la guerre, et ils avaient servi avec héroïsme. Ils avaient combattu à la fois l'ennemi avoué du Sud et l'ennemi insidieux du Nord. Dès le départ, ils avaient compris qu'on ne les aimait pas, que leur présence n'était pas désirée, et, une fois la paix rétablie, cette hostilité s'était exprimée de mille et une façons mesquines et malignes.

Par exemple, à peine le rassemblement quotidien se faisait-il dans les règles depuis trois jours que Wetzel se plaignit à Reed :

« Général ! [car entre soi on se donnait les grades du

temps de guerre] quand les troupes forment les rangs matin et soir, les soldats-bisons se présentent au sud comme il se doit, devant leurs écuries. Mais pourriez-vous ordonner au colonel Minor de tenir ses Nègres à l'écart de mes hommes ? Leur odeur est intolérable. »

Quand Reed aborda la question avec Minor, l'homme du Wisconsin ne montra aucune animosité, pas plus que ses cavaliers lorsqu'il leur demanda en plaisantant :

« Un petit peu plus au sud, les gars, pour n'offenser personne. »

Les cavaliers savaient à quel point on les appréciait quand, au moment décisif d'une attaque indienne, ils surgissaient pour prêter main forte à l'infanterie tenue en échec par les fusils des Peaux-Rouges. Être soldat-bison s'avérait parfois désagréable, mais il y avait aussi des satisfactions, et c'était pour ces bons moments que les soldats noirs s'entraînaient sans relâche.

Dans tous les forts de la frontière, un certain nombre d'épouses demeuraient avec leur mari, souvent dans des conditions de vie épouvantables. Fort Garner possédait deux de ces femmes étonnantes. A peine les cabanes de torchis avaient-elles reçu leur toit que Louise Reed, l'épouse du commandant, et Bertha Wetzel, celle du plus âgé des officiers d'infanterie, firent leur apparition dans un chariot de marchandises qu'elles avaient réquisitionné à Jacksborough. Mme Reed, accompagnée de sa fille de dix ans que la traversée des plaines avait enchantée, emportait tous les ustensiles que Mme Wetzel et elle-même avaient pu réunir non seulement pour leur famille, mais pour toutes les familles du fort.

Lorsque les deux femmes arrivèrent sur l'aire de rassemblement, les hommes applaudirent, car ceux qui servaient depuis quelque temps dans les quatre compagnies savaient combien ces femmes énergiques contribuaient au bien-être des soldats. Deux jours plus tard, tout allait déjà mieux. Mme Reed donna un thé, auquel participèrent les huit officiers et les quatre épouses ; le lendemain, Mme Wetzel apporta ses théières rue des Battoirs, où elle assura aux lavandières que, si elles avaient le moindre problème avec les hommes, elle les soutiendrait. Elle leur servit des sandwiches et s'enquit de leurs prénoms.

Les deux femmes se ressemblaient beaucoup. Elles étaient l'une et l'autre un peu plus grandes que la moyenne et un peu plus minces. Mme Reed venait du Vermont, l'État de son mari ; Mme Wetzel avait rencontré son époux allemand dans un fort du Minnesota. Toutes deux étaient très liées à leur Église protestante, et ni l'une ni l'autre n'ignoraient que leur mari ne bénéficierait sans doute d'aucune promotion avant la retraite. Elles avaient aussi le même âge, un peu plus de trente ans, et bien que leur physique fût ingrat, elles avaient acquis avec les années de service la noble patine que donnent le sens du devoir et l'amour d'un foyer bien tenu.

Un élément de Fort Garner leur déplaisait : Johnny Minor, l'un des meilleurs officiers de la cavalerie, déjà affligé de la lourde tâche de commander à des Noirs, avait une jolie petite femme répondant au nom de Nellie qui lui donnait beaucoup de tracas. Elle n'éprouvait que mépris pour l'affectation de son mari et humiliait les cavaliers noirs en refusant même de leur adresser la parole. A ses yeux, ils n'existaient pas, sauf quand elle parlait d'eux aux autres femmes : elle appelait les soldats-bisons « ces singes » et les accusait d'empêcher Johnny Minor d'obtenir la promotion qu'il méritait.

Mme Reed ne tolérait pas ce genre de propos et faisait taire Nellie dès qu'elle se lançait sur cette voie, mais Mme Wetzel, si admirable à d'autres égards, partageait la méfiance instinctive de son mari pour les soldats de couleur :

« Le colonel Wetzel m'explique sans cesse, quand nous parlons le soir, à quel point ils sont irresponsables. Il dit que c'est déjà une calamité de servir dans la cavalerie... »

Et, au moment le plus mal choisi, elle exposait avec force les redoutables théories de son mari :

« Dans n'importe quel régiment de cavaliers, pas seulement avec ces malheureux Noirs. Le colonel me dit toujours : “ Les chevaux exigent tellement de fourrage, et il faut tellement de chariots pour le porter, que la cavalerie se borne à caracoler autour de la mangeaille des bêtes.

Dans tous les combats, l'infanterie arrive la première pour faire le sale boulot, tandis que la cavalerie reste à la traîne, ralentie par son fourrage. " »

Mme Reed, épouse d'officier d'infanterie, était du même avis. Mais les insuffisances de la cavalerie la préoccupaient moins que le comportement de Nellie Minor. La jeune femme trouvait le temps long dès que son mari partait en mission de reconnaissance avec ses cavaliers noirs. Le premier après-midi, elle organisa un thé pour les autres épouses. Le deuxième après-midi, elle emmena la fille Reed faire un petit galop le long du Brazos. Le troisième après-midi, suivant le bon exemple de Mme Wetzel, elle se rendit à la rue des Battoirs pour encourager les femmes, mais les conditions dans lesquelles les lavandières travaillaient lui soulevèrent le cœur et elle n'avait d'ailleurs aucun sujet de conversation à partager avec elles.

Le quatrième jour, elle sella elle-même un des chevaux réservés aux épouses et fit une promenade le long de Bear Creek, de façon à croiser l'Irlandais Jim Logan lorsqu'il rentrerait de sa promenade matinale vers le nord. Ils se rencontrèrent, assez loin du fort, puis chevauchèrent ensemble pendant plusieurs kilomètres, fort agréables, en direction de Jacksborough. Ils ressentirent tous deux comme de l'électricité dans l'air.

« On dirait le calme avant l'orage », fit observer Nellie.

On était en plein hiver 1870, mais elle avait raison de penser que de grands événements s'annonçaient, car non seulement l'intérêt qu'elle portait à ce bel Irlandais serait bientôt connu au fort, mais les Comanches de l'Ouest se préparaient à attaquer.

Ce jour-là, ni elle ni Jim Logan ne se soucièrent beaucoup des Indiens. Lorsqu'ils s'enfoncèrent derrière une petite colline, près du réservoir des Larkin, où personne ne pouvait les voir, Nellie se rapprocha de l'Irlandais :

« Vous montez extrêmement bien.
– C'est mon père qui m'a appris, en Irlande.
– A quoi ressemble l'Irlande ?
– Beaucoup plus vert qu'ici.
– Elle vous manque ?
– Nous y crevions de faim.

– Vous vous êtes bien conduit à la guerre ?

– Je sais m'occuper des chevaux et je sais me battre. On m'a nommé major.

– Je sais. Vous n'êtes pas irrité de vous retrouver sous-lieutenant ?

– Oh, les guerres... J'ai eu de la chance d'avoir fait ma guerre très jeune. Et, pour tout vous dire, madame Minor, je suis content d'être lieutenant pour de longues années. Même pendant la guerre, je méritais à peine de devenir capitaine, avoua-t-il avec un beau sourire franc et sincère. Sûrement pas major. Mais je suis un excellent lieutenant. »

Elle se pencha vers lui et l'embrassa.

« Vous êtes un homme captivant, major. Et, à mes yeux, vous serez toujours major. »

Il lui prit le bras et l'attira vers lui pour un long baiser. Ils comprirent tous deux que, s'ils descendaient de cheval, ils commettraient l'irréparable. Aussi s'en retournèrent-ils lentement vers le Bear Creek, qu'ils suivirent en feignant l'indifférence jusqu'à ce que le fort apparaisse à l'horizon.

« Ne devriez-vous pas rentrer seule ? » remarqua Logan.

Nellie convint que ce serait plus prudent. Avant de se séparer, elle se rapprocha de lui et l'embrassa avec encore plus de passion.

« J'ai tellement envie d'être près de vous, Jim », lui dit-elle.

Mais il répondit simplement :

« Johnny est mon supérieur, n'oubliez pas. »

Elle partit tout droit vers le fort et Logan fit un long crochet vers l'est pour arriver, beaucoup plus tard, par la piste de Jacksborough. Mais ce genre de manœuvre ne pouvait abuser longtemps. Fort Garner apprit vite qu'il avait une dangereuse liaison amoureuse à résoudre, et Mme Reed n'avait pas l'intention de laisser une jeune écervelée lassée de la vie sur la frontière mettre en péril la position déjà difficile de son mari. Comme toujours, elle alla directement à la source des ennuis – ou, plutôt, elle convoqua la source en question chez elle.

« Asseyez-vous, Nellie. En tant que votre aînée et l'épouse du commandant de ce fort, j'ai le devoir de vous mettre en garde. Vous jouez un jeu très dangereux.

– Mais...

– Je ne veux pas entendre d'excuses bancales. Nellie, dans un fort de l'Arkansas, vous vous êtes conduite de la même façon et vous avez failli briser trois carrières. Cessez de tourner autour du major Logan.

– Je n'ai nullement...

– Pas encore. Mais vous en avez l'intention.

– Comment osez-vous dire une chose pareille ? Je ne suis pas obligée...

– Vous êtes obligée de vous conduire convenablement tant que vous demeurerez sous les ordres de mon mari. »

Nellie blêmit :

« Je ne ferai de tort à personne, dit-elle à mi-voix.

– Nellie, ne pouvez-vous donc trouver le bonheur avec votre mari ? C'est un homme merveilleux. Mon mari l'estime beaucoup.

– Il commande des Nègres, il sent le Nègre et il n'arrivera jamais à rien.

– Si vous croyez cela, Nellie, répliqua Mme Reed sèchement, il vous faut quitter ce fort aujourd'hui même. » La jeune femme voulut répondre, mais Mme Reed lui fit signe de se taire. « J'ai dit *aujourd'hui.* Faites vos bagages et allez-vous-en ; si vous restez, vous provoquerez une tragédie.

– Je ne peux pas partir. Je n'ai aucun endroit où aller. »

Elle se mit à pleurer.

Mme Reed n'essaya pas de la consoler. Elle attendit que les larmes tarissent puis demanda, d'une voix neutre mais non sans compassion :

« Qu'allons-nous faire ?

– Nous ?

– Cela me concerne autant que vous.

– Je ne peux pas partir. Je vous l'ai dit. Je n'ai nulle part où me rendre.

– Alors voici ce que vous devez faire : aimez votre mari. Aidez-le comme Mme Wetzel et moi aidons les nôtres. Croyez-moi, je ne cherche pas à donner de leçon de morale. Mais quand je pressens des ennuis de façon si évidente, je ne peux pas... » Elle hésita, lutta contre sa propre émotion. « Nellie, dit-elle, je crois que nous devrions prier. »

Les deux femmes d'officier, dans l'avant-poste le plus

éloigné de leur civilisation, s'agenouillèrent et prièrent. Quand elles se relevèrent, Mme Reed prit Nellie par la main :

« Vous a-t-on jamais promis que la vie de femme d'officier serait agréable ? Croyez-moi, la tempête qui vous assaille en ce moment passera vite.

– Je suis déchirée, madame Reed.

– Vous êtes-vous trouvée dans un fort isolé entouré de neige avec dans vos bras votre fils en train de mourir ? C'est cela, être déchirée. Or même ce genre de tempête passe.

– J'essaierai de résister. »

Mme Reed eut envie de répondre : « Je prierai pour vous », puis : « Je vous surveillerai », mais elle se tut, car il lui vint une idée beaucoup plus pratique : elle demanderait à son mari d'envoyer le jeune Irlandais le plus souvent possible en mission de longue durée, loin du fort.

Parmi les hommes de la frontière qui suivirent de très près la mise en place de Fort Garner, se trouvait un fugitif de petite taille et décharné, avec des yeux bleu très pâle et le bras gauche légèrement atrophié ; il attendait, tapi à Santa Fe, l'occasion de se glisser de nouveau au Texas, son État préféré. Il se nommait Amos Peavine et ses ancêtres avaient hanté jadis le Terrain-Neutre, no man's land peuplé de bandits, à la frontière de l'ancienne Louisiane.

A cause de son infirmité, il avait dû se montrer plus malin que les autres, et il avait très vite acquis une solide réputation de voleur de grands chemins et de tueur implacable. Il était si fourbe et il frappait si vite qu'on l'avait surnommé « le Crotale ». Plus d'un avait essayé de l'abattre, mais, conscient de son handicap physique, il s'était si bien entraîné à utiliser ses armes qu'il était toujours le premier à dégainer, et à tirer. Quand son agresseur tombait, il inclinait cérémonieusement la tête.

Les hommes de la frontière supposaient que sa main gauche atrophiée ne lui servait à rien dans la pratique, mais ils se trompaient. Crotale Peavine pouvait glisser son bras gauche le long de sa ceinture pour constituer un point d'appui solide sur lequel il posait son arme quand il tirait. Il se montrait si rapide et précis que, même en faisant très attention, on ne remarquait jamais son geste exact.

En ces journées mouvementées, il s'était mis à porter deux Colts et, comme sa main gauche était pour ainsi dire inutilisable, il les fixait tous les deux sur sa hanche droite. Jamais personne ne l'avait fait, et il passa presque un an, en 1863, à perfectionner les étuis de ses deux revolvers. L'année suivante, il lima les canons pour que les armes sortent plus facilement. Cela lui permit de gagner une fraction de seconde sur son adversaire. Il inventa aussi un bon moyen de faire réagir la détente plus vite à la pression de son index : il lima la retenue jusqu'à ce qu'un soupir suffise à lâcher le ressort.

Peavine ne faisait pas d'encoches sur ses crosses pour garder le souvenir de l'efficacité de ses armes ; mais il était connu comme « le petit salopard d'à peine soixante kilos, capable de tirer plus vite que ne frappe un crotale, et de façon plus mortelle », cette réputation lui suffisait. A dix-neuf ans, c'était déjà un authentique bandit du Texas.

Pendant la guerre, il avait sillonné la frontière du Nord, tantôt dans le camp de l'Union, plus souvent avec les confédérés, mais toujours si peu fiable qu'à la fin les deux armées le recherchaient pour le pendre. Il avait donc jugé préférable de quitter le Texas.

« Je me suis fait un paquet d'ennemis dans cet État. Nord ou Sud, ils ne pigent pas qu'un homme doit tout de même gagner son croûton. Je n'ai plus d'avenir par ici. » Mais surtout : « Merde, avec la paix, les chariots vont cesser de circuler, et personne n'aura plus l'occasion de faire sa pelote dans le coin. »

Il s'était replié lentement vers Santa Fe, selon le vieux principe que, « si un type n'arrive pas à s'en tirer au Texas, il peut toujours réussir au Nouveau-Mexique ». Après avoir essayé en vain de tirer parti du commerce mal protégé avec le Mexique, il découvrit qu'il y avait de l'argent à gagner dans un autre commerce, vieux de plusieurs siècles quoique particulièrement déshonorant. Les Indiens des plaines avaient besoin de whisky et de fusils, et des générations de marchands sans vergogne avaient trouvé des moyens fort lucratifs de leur en procurer. Des Espagnols l'avaient fait au XVIIe siècle, des Français au XVIIIe, des

Mexicains au début du XIXe, et maintenant, une bande d'aventuriers venus du Kentucky, du Mississippi et du Texas continuait la tradition.

Amos Peavine était le plus audacieux de tous, car il commerçait avec la plus redoutable des tribus. C'était un comanchero, hors-la-loi qui parcourait la Comanchería, vaste étendue désertique qui coïncidait avec le territoire occupé par les bisons. Il « travaillait » notamment dans les plaines du Texas ; et quand il apprit l'établissement d'un nouveau fort à Bear Creek il se réjouit, car, malgré l'accroissement des risques, il en résulterait deux conséquences favorables pour lui : les Indiens menacés auraient besoin de davantage de fusils, et les lents convois militaires qui traverseraient les plaines pour livrer les armes et les munitions seraient plus faciles à attaquer. Tout comanchero vraiment habile volait les fusils à l'armée, les vendait aux Comanches, puis servait d'éclaireur aux soldats lorsqu'ils décidaient d'attaquer les Indiens bien armés. Les comancheros prospéraient en période de troubles, et n'hésitaient donc pas à provoquer ceux-ci, le cas échéant.

Pendant que Mme Reed sermonnait la jeune Nellie Minor sur la conduite d'une femme mariée dans un fort de la frontière, Crotale Peavine se trouvait à plus de trois cents kilomètres vers l'ouest, à califourchon sur un vieux cheval essoufflé et traînant à la longe un *burro* des Rocheuses, qu'il avait obtenu d'une famille mexicaine grâce à l'argument le plus convaincant du monde : il avait abattu tout le clan en une seule fusillade.

Il venait de se lancer dans une mission pleine de dangers divers, et tout homme ayant peur de la nature, des Indiens ou des représailles de l'armée des États-Unis aurait hésité à s'engager ainsi sur les plaines vides, à la rencontre du chef Matark. S'il n'y prenait pas garde, quand il descendait de cheval, des scorpions et des serpents l'attendaient ; la mort par déshydratation guettait ceux qui manquaient les points d'eau – rares, tièdes et excessivement alcalins. S'ils le trouvaient, les Indiens de tribus en guerre contre les Comanches l'abattraient, et il courait le même risque avec un Comanche s'il ne se faisait pas reconnaître assez vite. Enfin, les nouveaux forts se multipliaient, avec des commandants énergiques, impatients de se lancer sur les traces des comancheros.

Amos Peavine, qui poursuivait son chemin au milieu de ces dangers de plus en plus pressants, ne manquait pas de courage, voire d'héroïsme, car les puissances du mal exigent autant de ténacité que les anges du bien. Ce qui lui manquait, c'était le caractère. Peavine avait de la volonté à revendre, mais aucune force de caractère ; il n'était même pas systématiquement mauvais. Comme au bon vieux temps de la guerre, il était prêt à collaborer avec n'importe qui, quitte à le trahir le lendemain. En ce moment, il avait un projet alléchant, qui lui offrirait des bénéfices substantiels s'il était exécuté rapidement. Mais il lui fallait tout d'abord rencontrer Matark.

Il avait quitté le Nouveau-Mexique, refuge des comancheros comme lui et des autres bandits qui ravageaient le Texas, pour pénétrer dans un autre refuge connu dans tout l'Ouest sous le nom de canyon de Palo Duro : une immense dépression creusée dans le roc sur plus de cent cinquante kilomètres de longueur par des millions d'années de ruissellement des eaux vives, si déserte et effrayante que rares étaient les Blancs qui la traversaient. Mais ceux qui le faisaient découvraient des merveilles. De hautes murailles de roches aux couleurs vives bordaient des vallées d'une surprenante richesse, aux prairies toujours vertes, où un homme aurait pu conduire et nourrir des milliers de têtes de bétail sans que jamais elles s'enfuissent de ce corral naturel.

Aucun éleveur n'avait pu en faire l'expérience, car les Comanches avaient atteint Palo Duro avant eux : c'était depuis plus d'un siècle leur cachette la plus sûre, leur sanctuaire. Dans le canyon, vers le centre, s'élevait un tas de rochers rougeâtres baptisés « le Château », et c'était vers ce point de rencontre traditionnel que Peavine se dirigeait.

Il ne suivait pas le chemin bien tracé du fond du canyon : c'était se jeter dans un piège trop dangereux ; il restait sur la piste beaucoup moins facile de la corniche sud, ce qui lui permettait d'examiner les profondeurs sans perdre de vue ce qui se passait sur l'autre corniche, car le canyon n'était pas très vaste dans sa largeur nord-sud. Le Château apparaîtrait bientôt de la piste sur laquelle il traînait son burro rétif, et Peavine comptait donc rencontrer sous peu les Indiens qu'il cherchait. Bien entendu, il pouvait encore tomber sur un lieutenant idiot de l'armée, en quête de gloire, qui s'était vanté devant ses troupes d'envahir Palo Duro et de rapporter le scalp de Matark. Souvent, ces hommes ajoutaient : « Et nous sauverons Emma Larkin », car le sort de la fillette restait toujours présent dans la conscience des soldats.

En se signant comme un vrai catholique convaincu, Peavine dirigea son cheval fourbu vers l'extrême bord du canyon, tira sur la longe de son burro, puis entreprit la descente sur le sentier raide et rocailleux. Il parvenait au point le plus dangereux de son expédition de plus de trois cents kilomètres, car il chevauchait si près de la muraille du canyon que n'importe quel serpent à sonnettes, éveillé de son sommeil hivernal, aurait pu le frapper en plein visage depuis une anfractuosité du rocher. Et, si des Indiens ennemis ou des troupes en maraude lui tendaient un piège, c'était à cet endroit qu'ils sauteraient sur lui. Mais il termina la descente sans anicroche, parvint au fond du canyon, et se retrouva dans le paysage de rêve qu'il avait eu plusieurs occasions d'apprécier.

Autour du Château, les terres plates nourrissaient une herbe fort riche, protégée de tous les orages et sous un climat si égal – frais en été, chaud en hiver – qu'on croyait pénétrer dans un paradis terrestre indien. Dans ce refuge, des squaws plus aventureuses que leurs sœurs avaient même essayé de faire pousser des légumes à partir de semences prises au cours de raids contre les ranches des Visages-Pâles.

Peavine fit signe aux sentinelles invisibles mais qu'il devinait présentes. Il passa la langue sur ses lèvres en songeant aux mots comanches qu'il allait prononcer, puis il dirigea son cheval vers le camp indien : collection surprenante de tepees, car, au cours de leurs déplacements vers le sud, à partir de leur patrie d'origine située dans les Rocheuses, les Comanches avaient adopté plusieurs sortes de tentes. Certaines, très hautes, montées sur de grands piquets de cèdre recouverts de peaux de bison, évoquaient les tepees des Cheyennes. D'autres, plus rondes, se formaient sur des branches ployées, comme les tentes des Utes. Les plus remarquables, inspirées par les Pawnees, étaient de petits tepees construits sur quelques piquets de longueur moyenne. Les Comanches, tribu errante, ne possédaient à l'origine qu'une culture originale rudimentaire ; ils avaient emprunté un peu à tout le monde. Mais leur courage farouche et leur indicible cruauté à l'égard de leurs prisonniers, ils ne les devaient qu'à eux-mêmes.

« Je cherche le chef Matark ! » cria Peavine en pénétrant au milieu des tepees, disposés sans ordre particulier, et il répéta son cri jusqu'à ce qu'un groupe de jeunes braves vienne l'entourer, après avoir abandonné la créature à demi nue qu'ils étaient en train de martyriser. « N'est-ce pas la petite Larkin ? » demanda le Crotale aux jeunes guerriers.

Ils se tournèrent vers elle, visiblement surpris que quelqu'un songe à donner un nom à cette épave à peine humaine. Ils lui avaient déjà carbonisé les oreilles, et son nez disparaîtrait de la même manière lente avant la fin de l'été. Elle devait avoir treize ans, et, malgré ses souffrances, elle conservait par miracle assez d'intelligence pour comprendre que la venue d'un Blanc, n'importe lequel, constituait pour elle une chance de libération.

Elle s'avança donc d'un pas hésitant vers Peavine, en priant pour qu'il remarque sa présence, mais le comanchero se détourna et deux jeunes braves ramassèrent des pierres qu'ils lui lancèrent :

« Va-t'en ! »

Matark et ses quatre épouses occupaient un grand tepee de style cheyenne dont les piquets de cèdre dégageaient un parfum agréable. L'entrée basse obligeait les visiteurs à s'accroupir, mais l'intérieur était spacieux et décoré de peaux de wapitis qui retraçaient l'histoire de cette branche de la tribu. Matark lui-même, grand et ténébreux, personnage étonnant, exerçait sur ses hommes une autorité fort compréhensible : il possédait une intelligence supérieure.

« Quelle nouvelle occasion vous amène ? demanda-t-il.

– Un renseignement venu de Saint Louis.

– Ah bon ?

– Cavin and Clark vient d'obtenir un contrat pour livrer

des fusils, en grand nombre et avec des munitions, au nouveau fort de Bear Creek.

– Oh ! » Matark ne tenta pas de dissimuler l'importance qu'il accordait à une nouvelle aussi agréable. Attaquer avec succès un convoi aussi décisif lui fournirait des armes peut-être pour trois ans. Mais, dès que des Blancs étaient impliqués, il avait des soupçons. « Si vous avez eu le temps de l'apprendre, dit-il, les fusils ne sont-ils pas déjà arrivés ?

– Le système, chef. Vous connaissez le système. »

Et les deux complices rirent ensemble de l'incroyable stupidité de l'armée des États-Unis, qui plaçait des hommes comme le capitaine Reed dans des avant-postes isolés comme Fort Garner, puis ne leur accordait aucune autorité ni responsabilité sur leur approvisionnement et leur armement. Des officiers chargés des transports, dans des bureaux de Washington, choisissaient le transporteur le meilleur marché – ou celui qui leur donnait le plus gros pot-de-vin – et utilisaient donc en général la compagnie ayant les conducteurs les moins sérieux et les chevaux les plus faméliques. Cavin and Clark, de Saint Louis, battait à cet égard tous les records. Les marchandises qu'on lui confiait mettaient parfois un an et demi pour parcourir mille kilomètres, et à l'arrivée il manquait toujours quelque chose, car les charretiers de Cavin and Clark avaient la mauvaise habitude de vendre ceci ou cela à des colporteurs le long de la route.

Matark comprit aussitôt : il aurait tout son temps pour intercepter le convoi. Et il pourrait même éviter peut-être les risques inhérents à une embuscade, car les comancheros arrivaient parfois à « s'arranger » avec les conducteurs de Cavin and Clark : deux cents dollars pour tout un convoi.

« Pourriez-vous acheter les fusils ? demanda Matark.

– Ils me connaissent trop bien. J'ai tué deux de leurs conducteurs.

– Alors nous devrons nous en emparer ?

– Je pense qu'il n'y a pas d'autre moyen.

– Les chariots auront-ils une escorte ?

– C'est probable. Un nouveau fort. Un nouveau commandant.

– Et de jeunes officiers ardents, ajouta Matark. Soit. J'enverrai les plus courageux de mes jeunes braves.

– A mon arrivée, j'ai vu vos jeunes s'amuser avec une Blanche. Serait-ce la fille Larkin ? demanda Peavine.

– Oui.

– Vous savez, je pourrais obtenir pour vous une forte somme si vous me laissiez la ramener aux Texans.

– J'ai mes plans à son sujet, dit Matark. Vous avez raison. Elle nous rapportera beaucoup d'argent.

– Je ne peux donc pas la ramener ? Voyez-vous, continua le rusé compère sans attendre la réponse du chef, il faudra un jour ou l'autre que je fasse la paix avec les Texans. Plus de commerce. Je vieillis. Si je pouvais me présenter avec la fille Larkin, je serais reçu en héros... »

Matark le dévisagea en songeant : Oui, et tu te retournerais aussitôt contre nous, Crotale ! Tu te mettrais à la tête des tuniques bleues pour les conduire dans ce canyon. Pendant un instant de rage muette, il songea à appeler ses braves pour abattre Peavine, mais le comanchero devina ses pensées et se hâta de lancer :

« Vous savez que vous avez besoin de moi. Pour continuer d'obtenir des fusils, vous ne pouvez pas vous passer de moi.

– Oui », concéda Matark.

Le marché fut conclu. Peavine recevrait sa récompense en pièces d'or mexicaines si les fusils tombaient entre les mains des Indiens. Mais, en quittant la tente de Matark, il prit grand soin de rechercher Emma Larkin ; si elle était délivrée un jour, il voulait qu'elle puisse certifier qu'il avait essayé de l'aider.

Il la trouva tapie dans l'ombre d'un tepee, abandonnée pour l'instant par ses bourreaux. Aussi décharnée qu'un cadavre, elle avait les ongles et les cheveux d'une saleté repoussante. Il ne restait que des nœuds informes de chair à la place où se trouvaient autrefois ses oreilles, et son nez était dans un triste état. Elle tremblait de tous ses membres, et, en la regardant, Peavine se demanda comment les Comanches pouvaient se livrer à des pratiques aussi abominables avec leurs prisonniers.

Mais, quand il se rapprocha de la fillette, en cachant son dégoût, une transformation se produisit : lorsqu'elle leva les yeux, ce n'était plus un animal terrifié par les tortures mais une petite tigresse possédant la même volonté de survivre que le Crotale lui-même. Elle ne mourrait pas facilement sous les supplices des Comanches !... Pendant un instant, il eut envie de la prendre dans ses bras et de l'emmener pour le raid contre le convoi d'armes. La vie qu'il menait lui avait appris à respecter l'obstination, et cette enfant s'obstinait à vivre contre des terreurs qui auraient rendu fou plus d'un adulte à l'âme chevillée au corps.

« Je m'appelle Amos Peavine, dit-il. Je voudrais pouvoir vous aider. »

C'étaient les premiers mots en anglais qu'elle entendait depuis le massacre, et elle fut manifestement ravie de se rappeler leur sens.

« Je suis Emma Larkin, murmura-t-elle.

– Je sais. Je dirai aux autres que vous êtes vivante. »

Un jeune guerrier survint.

« Toi ! Recule ! » cria-t-il.

Et d'une pierre bien ajustée il blessa la jambe de la fillette. Sachant que si elle n'obéissait pas sur-le-champ les tortures recommenceraient, elle s'enfuit comme un chien craintif ; mais Peavine, qui surprit une flamme dans son regard, devina qu'elle n'avait pas peur. Elle jouait la comédie pour éviter qu'on lui lance des pierres. Une nuit, se dit le comanchero, elle tranchera la gorge de quelqu'un. Bonne chance, petite ! Puis il se consacra entièrement à l'organisation de l'embuscade contre le convoi de Cavin and Clark.

Quand le capitaine Reed apprit officiellement de Washington que ses armes et ses munitions devaient arriver en mai par l'intermédiaire de Cavin and Clark, il attendit le convoi pour septembre.

« Je suis tout de même inquiet pour ces armes, avoua-t-il à son adjoint, le lieutenant Sanders. Qu'allons-nous faire ?

– Nous en avons besoin. Peut-être vaudrait-il mieux envoyer un détachement de cavalerie à Fort Richardson pour protéger les chariots depuis Jacksborough.

– Je n'en ai pas reçu l'ordre.

– A votre place, je le ferais quand même.

– Qui enverriez-vous ?

– Les risques d'attaque ne sont pas grands. Je désignerais le jeune Toomey. Oui, Toomey. Avec le sergent Jaxifer, qui connaît bien le pays. »

Sanders, bien que n'appartenant pas au 10e de cavalerie, avait eu largement le temps de juger Jaxifer, vieux soldat de quarante-trois ans. Grand, très noir de peau, presque sans cou, il avait des avant-bras capables de culbuter un ours. D'une vivacité surprenante à pied, il s'élançait tête baissée dans l'action. A cheval, rien ni personne ne pouvait l'arrêter. Il parlait peu, n'évoquait jamais ses antécédents et, si on l'interrogeait à ce sujet, répondait qu'il venait de New York, alors qu'officiellement il était né en Géorgie. Il s'était engagé dans les forces de l'Union en 1863, après avoir fui la Confédération en traversant le río Grande à la nage. Son obéissance automatique et sa bravoure manifeste lui avaient valu le grade exceptionnel de sergent-chef. Quand des Noirs du Nord qui n'avaient jamais connu l'esclavage lui demandaient son opinion sur le système, il répondait : « J'ai eu de mauvais maîtres, et aussi de meilleurs. Mais j'ai fui les deux. » Le fait de survivre dans une armée qui le méprisait prouvait son intelligence.

Il se montrait dur avec ses hommes : « Notre unité doit être la meilleure de l'armée. Marchez droit ou je vous brise les reins. » Même Wetzel, qui avait fait reculer la cavalerie noire sur l'aire de rassemblement, complimentait parfois Jaxifer sur la manière dont ses hommes se présentaient. « Beaucoup plus de précision dans l'armée prussienne, bien entendu, mais excellent selon les normes américaines. » Un jour, Wetzel posa même la main sur le bras de Jaxifer pendant qu'ils regardaient leurs hommes manœuvrer en ordre serré : « Nous avons un fort de premier ordre. Nous pouvons en être fiers. »

John Jaxifer était bien le genre de sous-officier que l'on envoie épauler un jeune lieutenant au cours d'une reconnaissance. Mais la mission perdit beaucoup de son importance quand Fort Richardson annonça le plan du quartier général pour le convoi Cavin and Clark : « Le général Grierson enverra un détachement pour protéger les chariots jusqu'à mi-chemin. Vous prendrez le relais à Three Cairns. »

« Si l'escorte venue de Fort Richardson se joint aux hommes de Fort Garner, ils seront trop forts pour nous, observa le chef Matark quand il apprit l'arrivée des chariots à Jacksborough et les dispositions prises pour leur protection.

– Les hommes de Fort Richardson rebrousseront chemin et nous n'aurons à combattre que la petite escorte envoyée par Fort Garner, le rassura Amos Peavine.

– Dans ce cas, où attaquerons-nous ?

– Pendant la deuxième moitié du trajet. Pour éviter que Fort Richardson envoie des renforts. » Et Peavine révéla tout ce qu'il savait : « Huit chariots, chacun avec un conducteur et un homme armé. Cela fait seize fusils en tout, mais les conducteurs de Cavin and Clark n'aiment pas se battre. De vrais lâches. Quant aux soldats-bisons, le combat ne leur fait pas peur ; à mon avis, trois d'entre eux valent bien vingt d'entre nous. »

Tous les comancheros disaient *nous* quand ils parlaient avec les Indiens.

Un éclaireur survint soudain, frémissant d'excitation mais le rire aux lèvres.

« Venez voir ! Il faut que vous voyiez ça ! »

Il conduisit les deux hommes à deux kilomètres vers le sud, où deux autres éclaireurs attendaient, à plat ventre sur le bord d'une légère crête. Au-dessous, près d'un petit réservoir, un soldat qui avait ôté sa tunique bleue et une jeune femme qui semblait vraiment très jolie étaient en train de faire l'amour. Pendant un moment, les cinq hommes les observèrent d'un œil approbateur.

« Allons-nous les tuer ? » demanda l'un des éclaireurs.

Les autres songèrent à l'étonnement des amants interrompus dans leur plaisir par quatre Comanches et un Blanc au bras atrophié.

Les Indiens s'apprêtaient à charger, mais Peavine les retint.

« Cela mettrait le fort en alerte.

– Ils sont si loin…

– Leur absence serait remarquée. On trouverait leurs

cadavres... Ce sont les chariots que nous voulons », lança-t-il d'une voix dure.

Mais avant de repartir il se retourna pour regarder longuement les deux amants dans leurs ébats, près du réservoir.

Fin mai 1870, les huit chariots aux essieux grinçants quittèrent Jacksborough au milieu d'un nuage de poussière que les éclaireurs comanches repérèrent aussitôt. Ils n'étaient escortés que par sept cavaliers : quatre Noirs en tête, deux à l'arrière, et un officier blanc qui allait et venait le long du convoi. Chaque conducteur était son propre maître et n'obéissait nullement à l'armée, dont il ne faisait pas partie : il suivait la piste comme il l'entendait et le cortège n'avançait guère en bon ordre.

« A votre place, lança un soldat aux charretiers, je redresserais un peu la colonne.

– Occupe-toi de tes chevaux, nous nous occuperons de nos mules.

– Vous aurez besoin de nous si les Comanches attaquent.

– Si, si, si ! Vous n'avez que des *si* à la bouche.

– S'ils attaquent, nom de Dieu, il faudra mettre ces chariots en ligne.

– Ils sont en ligne depuis Saint Louis ! »

Les hommes de Grierson escortèrent les chariots sans encombre jusqu'à Three Cairns. Les Indiens qui les observaient sans cesse se dirent : Si nous attaquons trop tôt, les hommes de Fort Richardson reviendront au galop leur prêter main forte. Si nous attaquons trop tard, les hommes de Fort Garner entendront le combat et viendront à la rescousse. Leur embarras augmenta quand le détachement de l'Est, ravi de se promener dans les plaines, resta avec les hommes de Fort Garner jusqu'au matin du deuxième jour, pour éviter les corvées fastidieuses de la vie de garnison, à Jacksborough.

« Quand vont-ils s'en aller ? murmura Matark.

– Qui sait ? répliqua Peavine. Des soldats ! Avec ces idiots, on ne sait jamais. »

Mais les hommes de Fort Richardson repartirent ce matin-là, chevauchèrent vers l'est pendant un moment, puis tirèrent plusieurs coups de feu en l'air. Plusieurs conducteurs répondirent, puis Elmer Toomey, vingt et un ans, fils d'un paysan de l'Indiana et frais émoulu de West Point, se trouva à la tête de son premier détachement important. Il ne quittait pas des yeux l'horizon sans limites devant lui, à l'affût d'un orage ou d'Indiens. Parfois, on apercevait quelques arbres. Parfois, sur les quatre points cardinaux, on n'en voyait pas un seul.

Le sergent Jaxifer allait et venait lentement le long des chariots pour vérifier la position de ses dix cavaliers, mais sans jamais adresser la parole ou même regarder les seize charretiers, écœurés à l'idée qu'ils étaient protégés par des Nègres. L'un d'eux, un sale type de Virginie qui aurait vendu la moitié de son chargement à Jacksborough si la cavalerie n'avait pas veillé au grain, protesta auprès du lieutenant Toomey :

« Tenez ces Nègres à l'écart, hein ? Et, si vous voulez mon avis, nous nous sommes battus dans le mauvais camp pendant la guerre civile.

– Ce sont des soldats de l'armée des États-Unis, répliqua Toomey sèchement. Et je suis officier dans leur compagnie.

– Pas de quoi s'en vanter ! ricana le charretier.

– Prenez garde, salopard. Un mot de plus et je vous fais mettre au trou quand nous arriverons. »

Le conducteur, sachant que l'officier ne pouvait exercer aucune autorité sur lui, éclata de rire.

« Mon petit ami, ne jouez pas au soldat avec moi. Allez donc cajoler vos Nègres. »

Le lendemain, une heure après le lever du jour, le même charretier hurla, saisi de terreur :

« Les Comanches ! Où est l'armée, nom de Dieu ? »

Seize charretiers indignes de confiance et onze soldats ayant à leur tête un lieutenant sans expérience durent soudain résister à l'assaut de plus de cent guerriers indiens, sur un terrain n'offrant aucune protection. Ils n'étaient pas battus d'avance, car les cavaliers noirs étaient des combattants aguerris – et leur lieutenant blanc allait prouver qu'il méritait bien son grade.

« Formez le cercle avec les chariots ! » cria-t-il. Il conduisit lui-même le chariot de queue vers celui de tête et montra comment se placer. « Sergent Jaxifer ! Tous vos hommes derrière la ligne des chariots ! »

Comme les charretiers étaient lents à obéir, il menaça de les tuer sur place. Et, avant que les Indiens n'attaquent, il avait placé sa colonne dans la meilleure position défensive. Mais personne, même pas les Noirs les plus aguerris, ne s'attendait à la violence avec laquelle les Comanches frappèrent.

« Encerclez-les ! Mettez le feu aux chariots ! » ordonna Matark de son poste de commandement.

Ses guerriers formèrent un énorme cercle autour des chariots et se mirent à tourner en sens inverse des aiguilles d'une montre, ce qui leur permettait de tirer en appuyant leur fusil sur leur bras gauche, sans ralentir leur galop. Un groupe de quatorze braves pourvus de brandons enflammés se détacha du cercle et fondit sur les chariots pour essayer de mettre le feu aux bâches de toile. Six tombèrent sous les balles, mais les huit autres lancèrent leurs brandons, que les charretiers éteignirent.

A l'intérieur du cercle de chariots, on ne lança aucun ordre, car nul n'avait besoin d'encouragement. Chacun savait à quelles tortures il serait soumis s'il perdait la bataille. Personne ne songeait à se rendre. Ce serait un combat à mort. Plusieurs charretiers demandèrent à leurs amis : « S'ils nous prennent, si c'est la fin, tue-moi. »

Les huit charretiers et leurs huit conducteurs montrèrent qu'ils pouvaient se servir de leurs armes avec détermination, ce qui maintint les Indiens à une certaine distance des chariots. Ils avaient perdu onze hommes, et pas un seul membre du convoi n'avait reçu de blessure grave.

Toomey restait au milieu des conducteurs pris de panique, qui commençaient à accuser les Noirs de leur avoir porté malheur.

« Ces maudits Nègres, on ne peut pas compter sur eux. Ils ne valent pas mieux que les Indiens. »

Toomey interpréta ces réactions honteuses comme un signe de peur, mais décida tout de même de rassurer les civils.

« Mes hommes savent tenir une position. Nous nous en tirerons. »

L'un des charretiers lui montra, vers le nord, une horde d'au moins quarante guerriers hurlants qui s'avançait en rangs serrés.

« Attendez pour tirer ! » ordonna Toomey, sachant que Jaxifer ferait de même avec ses hommes.

Il appela deux soldats pour l'aider à défendre l'endroit que les Indiens semblaient sur le point d'attaquer et se campa, les talons enfoncés dans le sol sablonneux, comme si rien ne pourrait le faire bouger.

Les Comanches se montrèrent fort acharnés au cours de cette charge, qu'ils croyaient décisive, et, malgré de lourdes pertes sous le feu continu des Noirs et des charretiers, quelques-uns bondirent au milieu du cercle de chariots, par une brèche faite par des mules mortes. Ils ne s'arrêtèrent pas, et ceux qui voulurent saccager au passage n'en eurent pas le temps ; ils furent aussitôt abattus à coups de crosse. Les Indiens avaient brisé la ligne, mais sans la désorganiser, et ils avaient essuyé dans leur tentative des pertes énormes. Ils réussirent cependant à emmener une bonne partie des chevaux, et, si les mules des chariots n'étaient pas restées harnachées, ils les auraient également volées. Les hommes du 10e de cavalerie se retrouvaient à pied.

Toomey, accablé par la perte des chevaux, décida de ne trahir ni peur ni consternation, de crainte que les civils ne soient pris de panique.

« Sergent Jaxifer. Comment vont vos hommes ?

– Très bien, lieutenant. »

La perte des chevaux ne les tracassait guère, car ils savaient que dans les engagements de ce genre, il leur fallait combattre neuf fois sur dix à pied. Les Comanches organisèrent un nouvel assaut de front, dirigé cette fois contre l'endroit où se trouvaient les conducteurs, car ils s'étaient aperçus que c'était le point le plus faible du cercle.

Toomey, debout derrière les charretiers, fit tourner de nouveau ses talons dans le sable pour les enfoncer, mais quand les Indiens surgirent, il fut incapable de les contenir. Il reçut deux coups de tomahawk, l'un sur la tête, l'autre sur le bras gauche.

Jaxifer prit aussitôt le commandement, bien décidé à sauver le reste de son escorte. Mais, lorsqu'il voulut indiquer aux charretiers comment se placer pour augmenter l'efficacité de leur tir, ils refusèrent de lui obéir.

« Aucun Nègre ne me donne des ordres ! »

Il ne réagit pas. Il dit lentement :

« Deux charretiers, un cavalier. Cela nous permettra de mieux couvrir l'espace.

– Ne me touche pas, Nègre !

– Allez à ce point faible.

– Je ne reçois pas d'ordres... »

Le sergent Jaxifer s'arrêta et sourit :

« Vieux, nous allons survivre. Ils ne nous battront pas. Jamais. Mais nous ne réussirons qu'en faisant preuve d'un peu de bon sens. C'est la première fois que vous vous battez contre les Indiens. Pour moi, c'est la seizième. Je n'ai jamais été vaincu, et je ne le serai pas davantage aujourd'hui. Alors, maintenant, occupez les espaces vides. »

Après avoir placé les hommes à leur poste il jeta une couverture sur le cadavre de son lieutenant, et son cœur se serra. Aussi longtemps qu'il resterait sous l'uniforme, on se souviendrait de lui comme « le sergent noir qui a perdu son commandant blanc ».

Jusque-là, aucun défenseur des chariots n'avait vu le chef Matark, et nul ne pouvait savoir qu'un Blanc l'aidait à organiser le combat. Mais s'ils avaient appris la présence du comanchero derrière la première petite colline, les défenseurs auraient deviné qu'il s'agissait d'Amos Peavine, car la réputation du Crotale s'était répandue dans tous les forts. C'était le comanchero qu'ils craignaient le plus, tout en le méprisant. Personne n'aurait été surpris de le voir impliqué dans cette affaire.

A 9 heures et demie, Peavine conseilla à Matark :

« Usez leur résistance. Envoyez vos hommes dans une direction différente à chaque fois.

– Se rendront-ils bientôt ? »

Peavine n'osa pas lui répondre que le comportement des

Comanches à l'égard des prisonniers ne permettait pas d'escompter une reddition. Il biaisa :

« Les chariots seront à nous avant midi.

– Je prendrai la tête de la prochaine charge. »

Peavine ne s'en réjouit guère, car il avait souvent observé que la mort d'un grand chef provoquait des problèmes de succession délicats : les amis de l'ancien chef devenaient soudain les ennemis du nouveau. Que se passerait-il si le chef Matark périssait sur cette plaine déserte au cours d'un assaut infructueux qu'il avait – lui, Peavine – recommandé et organisé ? Il avait tout intérêt à ce que Matark survive, et il lui conseilla donc de ne pas participer à la charge :

« Vous êtes indispensable ici.

– Je suis indispensable là-bas. »

Quand la charge commença, il en prit la tête et la dirigea vers l'endroit où trois chevaux avaient été abattus. De nouveau, ses hommes atteignirent le cercle et de nouveau les soldats noirs les repoussèrent par l'efficacité de leur tir.

Mais Matark avait constaté la faiblesse des défenseurs et s'était aperçu que leur officier était mort.

« Nous aurons les chariots à midi », lança-t-il. Sa prédiction se serait réalisée, sans la prudence de deux hommes qui n'étaient pas encore engagés dans la bataille de Three Cairns.

Hermann Wetzel ne dormait jamais tranquille tant qu'un de ses hommes, fantassin ou cavalier, était absent du fort auquel il était affecté. Sa conscience allemande et son amour de l'ordre prussien le hantaient tant qu'un seul soldat n'était pas en sécurité. L'absence de Toomey le mettait d'autant plus mal à l'aise que le jeune lieutenant n'avait pas encore fait ses preuves. Wetzel interrompit brusquement son petit déjeuner pour se précipiter vers les quartiers de Reed.

« Three Cairns n'est pas bien loin et Toomey ne manque pas de compétence, lui répondit celui-ci.

– Mais ces officiers de cavalerie n'entendent rien à la

tactique. Et il commande des Nègres, qui n'entendent rien à rien.

– Je vous en prie, colonel !

– Je suis tout de même inquiet. Très inquiet. »

Reed posa son couteau et sa fourchette et les rangea méticuleusement près de son assiette.

« Je me fais également du souci. Que me conseillez-vous ?

– J'enverrais un détachement à leur rencontre. Les Comanches n'ont pas bougé depuis trop longtemps. »

Reed lança aussitôt l'ordre de rassembler le reste de la compagnie R du 10e de cavalerie pour intercepter le convoi. De l'effectif autorisé de quatre-vingts hommes, Fort Garner n'en avait obtenu que soixante-huit ; l'un d'eux avait déserté, dix-sept étaient de garde ou à l'infirmerie, et douze (y compris le jeune Toomey) se trouvaient à Three Cairns. Trente-huit hommes répondirent donc à l'appel.

Reed prendrait bien entendu la tête du détachement, et Wetzel, qui détestait la cavalerie, ferait office de commandant du fort pendant son absence : on pouvait compter sur lui pour le défendre si les Indiens attaquaient par surprise après le départ des cavaliers.

Reed aurait aimé emmener Jim Logan, officier de cavalerie, mais l'Irlandais s'avéra introuvable – parti en reconnaissance, assurèrent ses hommes –, et, quand Reed vérifia discrètement, il apprit que Mme Minor était absente elle aussi.

« Minor, lança-t-il, vous commanderez en second. »

Dix-huit minutes après avoir pris la décision d'aller à la rencontre du jeune lieutenant, Reed s'engagea sur la piste de l'est avec Minor et trente-huit soldats-bisons.

Les éclaireurs trouvèrent les traces du détachement de Toomey mais aucun signe d'activité indienne. Un vieil éclaireur possédant un quart de sang indien décida de faire un écart vers le nord et revint avec une nouvelle inquiétante :

« Général Reed ! Cent ou deux cents Comanches se sont dirigés vers l'est, il y a environ six jours. »

Le chef Matark était donc sur le sentier de la guerre.

« Il va attaquer les chariots entre Jacksborough et ici. A

moins qu'il cherche à nous tendre un piège. Qu'en pensez-vous, Minor ?

– Il peut nous attirer dans le désert, puis attaquer le fort.

– Wetzel s'en chargera. Que faisons-nous ?

– Il ne cherche sûrement pas à nous attirer vers l'est, puisque cela nous rapproche des chariots. »

Les trente-huit cavaliers aux tuniques bleues éperonnèrent leurs chevaux. A peine avaient-ils parcouru quelques kilomètres qu'un autre éclaireur rapporta la nouvelle que Wetzel avait redoutée instinctivement :

« Des centaines de Comanches. Ils livrent bataille. »

Sans ralentir, Reed lança ses ordres.

« La moitié à gauche, la moitié à droite. Mais dès que nous repérerons leur poste de commandement, tout le monde fonce dessus. Sans tenir compte des chariots. »

Lorsqu'ils parvinrent sur une colline d'où ils purent apercevoir le convoi encerclé par les Indiens, Reed ordonna à son clairon de sonner la charge. Les cavaliers noirs s'élancèrent au galop.

Les hommes de Reed manœuvrèrent avec précision. Son groupe le suivit vers le nord et les cavaliers de Minor prirent au sud, où ils abattirent plusieurs Indiens. Ils se rejoignirent de l'autre côté du cercle puis firent volte-face pour repousser la charge de près de quatre-vingts Comanches. L'engagement dura une dizaine de minutes, mais les tuniques bleues furent bousculés vers les chariots, où les défenseurs les soutinrent de leur feu continu.

Puis la bataille se transforma en mêlée. De nombreux Indiens tombèrent, ainsi que cinq hommes de Reed. Minor reçut une balle dans la hanche gauche, mais le cercle demeura intact et les Indiens durent se replier. L'attaque contre le convoi de Cavin and Clark à Three Cairns avait échoué. Trente et un Indiens et neuf défenseurs étaient morts ; la bataille était terminée.

Quand Reed apprit le décès de Toomey, il se dirigea vers l'endroit où gisait le corps, écarta la couverture et salua :

« Je suis certain qu'il est mort en brave.

– Sans doute, lança un charretier. Mais je porterai plainte contre ces maudits Nègres. Ils nous ont laissé tomber. »

Reed fit la sourde oreille, et un instant plus tard un autre charretier lui assura :

« Le sergent noir, il n'y a pas plus brave. C'est lui qui nous a organisés.

– Je n'en attendais pas moins de lui », répondit Reed.

Reed devait prendre une série de décisions difficiles, mais, comme il avait mûrement réfléchi à la situation, il ne perdit pas une seconde. Avant tout, il devait connaître exactement ses forces.

« Sergent Jaxifer, combien d'hommes ?

– Commencé avec le lieutenant Toomey et dix hommes. Toomey et trois hommes morts, trois blessés. Reste cinq, y compris moi-même.

Reed se tourna vers le caporal Adams, qui l'avait accompagné.

« Commencé avec vous, le colonel Minor et trente-huit hommes. Cinq morts. Minor et trois hommes blessés. Trente et un hommes en état de combattre.

– Avant toute chose, nous devons escorter ce précieux convoi à Fort Garner. Mais nous attraperons tout de même Matark avant qu'il ne quitte le Texas. »

A la déconvenue horrifiée des charretiers de Cavin and Clark, il désigna les six soldats-bisons et le caporal Adams pour escorter le convoi jusqu'à sa destination. Bien entendu des protestations s'élevèrent : les conducteurs auraient voulu que tous les soldats restent avec eux. Reed écouta les récriminations quelques secondes, puis dégaina son revolver et appela Adams :

« Caporal, si un de ces hommes vous fait des ennuis, abattez-le. »

Il entendait poursuivre Matark, mais en l'absence du caporal Adams, il ne lui restait que trente-cinq hommes, dont lui-même, pour livrer bataille à une force comanche beaucoup plus nombreuse. Cette infériorité numérique ne l'inquiétait nullement, car, s'il se trouvait sans officier, il avait à ses côtés le sergent Jaxifer – une petite armée à lui seul. Avec ce genre d'homme, il pouvait donner du fil à retordre aux Indiens qui battaient en retraite.

Vingt minutes après la fin de la bataille de Three Cairns, Reed se lançait donc dans une poursuite téméraire de Matark et de ses nombreux Comanches, et pas un seul cavalier noir sous ses ordres n'avait peur de rattraper les Indiens ni n'appréhendait l'issue du combat : « Ils ont le nombre mais nous avons la puissance de feu. »

La poursuite se prolongea une journée et demie, mais, au moment où la cavalerie parut sur le point de rattraper les Comanches et de les châtier, une farce tragique se joua une fois de plus sur les plaines : alors que Reed et ses hommes talonnaient les Indiens de très près, ceux-ci obliquèrent simplement vers le nord, atteignirent la rivière Rouge, la traversèrent avec leurs chevaux, et se réfugièrent à Camp Hope, où les accueillit à bras ouverts Earnshaw Rusk, quaker de Pennsylvanie.

Selon les termes précis de la politique de paix du général Grant, l'armée avait la liberté de mettre les Indiens au pas entre les frontières du Texas, donc au sud de la rivière Rouge ; dans le Territoire indien, c'étaient les quakers qui faisaient la loi. Aucun soldat ne pouvait toucher à un Comanche ni bien sûr lui tirer dessus dès qu'il se trouvait au nord du fleuve, sous la protection d'Earnshaw Rusk.

Quand il vit Matark et ses hommes passer à gué, Reed comprit que ses ennuis ne faisaient que commencer. Sans tenir compte des directives officielles, il entra dans Camp Hope au petit trot avec tous ses hommes et demanda à voir l'agent du gouvernement. Les Indiens, sans leurs chevaux et apparemment aussi innocents que des anges, le regardèrent passer avec des sourires insolents.

« Agent Rusk ? Je suis le capitaine Reed de Fort Garner.

– J'ai entendu sur toi des rapports chaleureux, capitaine.

– Je suis venu arrêter le chef Matark des Comanches.

– Tu ne peux pas faire une chose pareille. Matark et ses hommes sont maintenant sous ma responsabilité, et selon les termes…

– Je connais les termes de la loi, monsieur Rusk. Mais le chef Matark vient d'attaquer un convoi destiné à l'armée et de massacrer dix citoyens américains, dont huit soldats sous mes ordres.

– Je suis certain que tu as reçu des rapports erronés et tendancieux, répondit Rusk.

– Et moi, je suis certain du contraire, parce que j'ai compté personnellement les cadavres.

– C'est ta parole contre la sienne, capitaine Reed, et nous savons tous ce que tes soldats pensent des Indiens.

– Voulez-vous me remettre le chef Matark ?

– Certainement pas.

– Me permettez-vous de l'arrêter ?

– Je te l'interdis.

– Alors que puis-je faire ?

– Rien. Tu es le maître au sud de la rivière Rouge. Mais, au nord, c'est moi qui commande. J'ai le devoir de concilier ces Indiens par des voies pacifiques. »

Et les deux Américains s'affrontèrent. Le soldat représentait les anciennes méthodes de traiter les Indiens ; le paysan autodidacte de Pennsylvanie, les méthodes nouvelles. Reed, le baptiste, croyait en un Dieu seigneur des armées, juge sévère qui administrait des châtiments rigoureux ; Rusk le quaker voyait en Jésus une image de compassion, pour qui tous les hommes étaient frères. Reed ne faisait confiance qu'à la force ; Rusk croyait sans raison qu'il pourrait persuader les Indiens d'entrer de plein gré dans les réserves où les guerriers apprendraient l'agriculture, les squaws la couture, et les enfants la langue de Shakespeare. Reed se donnait pour tâche d'évacuer le pays pour que les éleveurs blancs s'y installent, et il comptait les protéger, ainsi que leur bétail, contre les maraudeurs indiens ; Rusk voulait aider les nouveaux venus au visage pâle et les anciens occupants à la peau rouge à trouver un moyen raisonnable de partager les plaines.

Ils avaient l'air aussi différents que deux hommes du même âge peuvent l'être. Reed, ni grand ni fort, avait les cheveux coupés ras et ne portait pas de moustache. Il se tenait très droit et parlait d'un ton sec. Il avait le regard perçant et le menton en avant. Il avait gravi les échelons dans l'armée de l'Union par sa seule force de caractère : instituteur d'une petite ville du Vermont, mobilisé d'office, il était devenu général, à la tête d'une brigade entière. Il aimait l'ordre de la vie militaire ; il obéissait et s'attendait à être obéi, attitude qui se manifestait dans chacun de ses actes. Il semblait toujours prêt à se porter volontaire pour la mission la plus difficile et la plus dangereuse. Par pur hasard, il était tombé sur la carrière pour laquelle il était le mieux adapté et il se proposait de la suivre dans l'honneur aussi longtemps qu'il vivrait.

Earnshaw Rusk, dégingandé, avait des cheveux et une barbe aussi hirsutes que ses vêtements étaient mal coupés. Il avait le regard si faible qu'il n'aimait pas regarder les gens dans les yeux, et, parfois, au moment le plus gênant, sa voix se fêlait comme s'il se mettait à chanter. Ses parents quakers l'avaient habitué à ne jamais exprimer une opinion personnelle, car les quakers préféraient prendre les décisions par consensus tacite, et non en votant de façon exhibitionniste ; mais on lui avait également enseigné que s'il avait raison, il devait « foncer sans répit ni retard ». Quand un quaker croyait en son bon droit, il était difficile de le déloger de sa position.

« Agent Rusk, dit Reed comme s'il abordait un problème nouveau, nous partageons vous et moi une responsabilité difficile.

– C'est exact.

– Vous donnez refuge, dans votre camp...

– Nous ne donnons refuge à personne, capitaine. Nous offrons un foyer à des Indiens qui désirent aborder la civilisation.

– Cette fois, vous donnez refuge à un tueur hostile, le chef Matark des Comanches.

– Je connais Matark. Je ne peux pas croire...

– N'avez-vous pas entendu parler du massacre de Bear Creek ?

– J'ai entendu les rumeurs méchantes que colportent les gens.

– N'avez-vous pas entendu parler de la petite Emma Larkin ?

– Je ne connais pas ce nom.

– A Bear Creek, Matark a massacré quinze hommes, femmes et enfants de la façon la plus horrible. Voulez-vous apprendre les détails ?

– Les histoires que se racontent les soldats autour des feux de camp ne m'intéressent pas. »

Reed n'hésita pas :

« Quand nous retrouverons la fillette – et nous la retrouverons, agent Rusk, faites-moi confiance –, vous découvrirez qu'ils lui ont brûlé le nez et les oreilles. Vous découvrirez qu'elle n'a pas vécu un seul jour sans être violée plusieurs fois. Elle sera sans doute enceinte, mais nous la retrouverons, et vous comprendrez !

– Quelles histoires répugnantes ! lui lança Rusk.

– Sans doute. Mais elles n'en sont pas moins vraies. J'ai recueilli les cadavres découpés en morceaux. Je les ai rassemblés le mieux que j'ai pu, puis je les ai enterrés.

– Tu portes une accusation horrible sur une simple conjecture », s'entêta Rusk.

La querelle s'envenima, car le tutoiement biblique du quaker semblait proclamer sa vertu supérieure, comme pour dire : Je suis plus chrétien que toi, j'appartiens à un ordre moral plus élevé. Cette attitude excédait les soldats, qui interprétaient ce pacifisme comme l'attitude d'un simple d'esprit incapable de distinguer l'aurore du couchant.

Reed, qui s'était juré de ne pas s'emporter en présence de ce quaker intraitable, lui adressa un sourire glacial :

« Je ne fais pas de conjectures, agent Rusk. Je suis sûr de mon fait.

– Tu es terriblement injuste à l'égard de Matark. »

Sur une impulsion, car c'était un homme bon qui cherchait à défendre d'autres hommes bons, il fit appeler Matark, et les trois hommes se trouvèrent face à face. Le chef indien semblait venir d'une chasse innocente, il avait les traits au repos, le corps souple et vif ; jamais on ne l'aurait cru capable de commettre un acte de violence, à plus forte raison un massacre. Mais Reed remarqua qu'il resta tout près de Rusk, comme s'il comprenait que cet homme était devenu son protecteur officiel.

« Voici mon ami le chef Matark », commença Rusk. Il s'attendait sans doute à ce que les deux hommes se serrent la main, mais Reed refusa de toucher l'Indien. « Chef, le capitaine Reed m'apprend que tu as attaqué un convoi d'armes.

– Mensonges, mensonges.

– Les hommes qui étaient sur les lieux confirment ses dires. Ce sont des soldats noirs, nous pouvons les croire sur parole.

– Sans doute des Kiowas. Pas des Comanches. Pas du tout. »

Rusk sourit et leva les mains vers Reed :

« Tu vois, j'étais sûr qu'il s'agissait d'autres Indiens. Les Kiowas nous causent bien des ennuis. Des chefs comme Satanta et Satank.

– Aucun Comanche de Matark n'est allé du côté de Three Cairns ?

– Aucun. Jamais si loin vers le sud. Nous sommes des Indiens chasseurs, nous ne faisons pas la guerre. Nous restons sur la réserve. »

Reed ne répondit pas. Il demanda soudain :

« Qu'avez-vous fait de la fille Larkin ? »

Matark se raidit, ce que Reed remarqua aussitôt, puis lança :

« Les Kiowas ont tué sa famille. Nous l'avons sauvée. Elle est en sécurité avec nous. »

Reed inclina la tête, il imaginait très bien ce que signifiait « en sécurité » dans cette situation. Rusk remarqua lui aussi le changement d'attitude de Matark.

« Est-il vrai que tu gardes une fillette blanche ? demanda-t-il au chef.

– Pour sa sécurité. Pour la protéger des Kiowas. »

Même Rusk sentit l'hypocrisie de cette réponse : tout enfant blanc en captivité parmi les Indiens aurait dû être rendu à des protecteurs blancs, à plus forte raison dans le cas d'une fillette. Pour la première fois depuis son arrivée dans l'Ouest, le quaker éprouva un vague doute sur la bonté naturelle des Comanches. Mais il ne souleva pas la question, croyant en toute sincérité à l'innocence de Matark, calomnié par les soldats grossiers de Fort Garner. Rusk ne comprenait pas encore les problèmes des colons blancs au Texas, et il refusait d'admettre que ses Indiens lançaient des expéditions au-delà de la frontière, puis cherchaient refuge au nord du fleuve, en Territoire indien.

Reed et Matark, en revanche, se comprenaient mutuellement : pour eux, il s'agissait d'un duel à mort. Si Matark avait eu un peu plus de temps, il se serait emparé du convoi de Reed et aurait abattu jusqu'au dernier les soldats qui le protégeaient ; de la même façon, si Reed avait pu rattraper les Indiens au sud de la rivière Rouge, il les aurait anéantis. C'était la guerre, incessante et brutale, et les deux adversaires s'étonnaient de la naïveté de l'agent Rusk, qui semblait ne pas comprendre.

Le capitaine Reed n'obtint rien à Camp Hope et il accepta son humiliation en silence. A son retour à Fort Garner, il aborda un autre problème qui menaçait de saper l'efficacité de ses officiers. Il convoqua Logan.

« Avez-vous parlé au colonel Minor depuis son retour ? Il a été grièvement blessé à la hanche gauche.

– Deux ou trois minutes. Il souriait.

– C'est un homme très bien. Il s'est conduit courageusement à Three Cairns.

– Personne n'en a jamais douté.

– Il mettra longtemps à se rétablir. Nous devrions peut-être le renvoyer chez lui.

– Cela ne lui plaira pas. Il m'a recommandé de vous le dire. »

Reed se demanda si Minor avait vraiment parlé à Logan ou si celui-ci cherchait seulement à garder Nellie Minor dans le fort.

« Major, dit-il, Johnny Minor va passer des heures difficiles avec cette blessure. Il aura besoin de l'aide de tous, et surtout de celle de sa femme.

– C'est certain.

– J'apprécierais, major, que vous rencontriez moins la femme de Minor.

– Oui, général. »

Reed n'ajouta rien, et annonça à sa femme :

« Je crois que la question de Nellie Minor est réglée.

– Dieu merci, répondit-elle. Ce genre de chose prend parfois des proportions affreuses dans un fort isolé. »

Rien n'était cependant réglé ; même si le major Logan était prêt à mettre un terme à l'aventure, Nellie Minor ne voulait rien entendre. Un matin, après avoir pansé la blessure infectée de son mari, elle prit un cheval et se rendit au réservoir, après avoir supplié Logan de venir l'y rejoindre. Ils laissèrent leurs chevaux errer dans le vallon où les Indiens les avaient observés avant l'attaque du convoi et se livrèrent de nouveau à leurs ébats passionnés. Lorsqu'ils s'allongèrent côte à côte, les yeux fixés sur le ciel bleu, Logan dit :

« C'est la dernière fois. Je ne peux pas continuer de faire l'amour avec la femme d'un camarade blessé.

– Ah, les hommes ! Tu sais bien qu'il ne m'aime pas !

– Oh, si. Et maintenant il a besoin de toi.

– Besoin ! Besoin ! Vous n'avez tous que ce mot à la bouche. J'ai besoin de certaines choses, moi aussi. »

Dès qu'elle apprit l'escapade, Mme Reed fit venir Nellie et son amant pour leur communiquer une nouvelle surprenante :

« J'ai consulté le chirurgien de Fort Richardson. Le colonel Minor était encore trop faible pour être transporté et j'ai dû attendre. Vous en avez profité pour faire des folies.

– Absolument pas… » répondit Nellie.

Mme Reed n'en tint aucun compte.

« Votre mari va beaucoup mieux à présent, madame Minor. Une ambulance arrivera demain pour l'emmener. Et mon mari recommandera qu'après sa convalescence il soit affecté auprès du général Sheridan, à Chicago. Vous l'accompagnerez quand il quittera ce fort.

– Rien ne justifie ce renvoi, protesta Logan.

– Mme Minor n'est pas renvoyée. Elle accompagnera simplement son mari, comme toute bonne épouse doit le faire.

– Mais…

– Surtout lorsque celui-ci a été blessé au cours d'une charge valeureuse contre les Comanches. »

Quand l'épouse de Johnny Minor et son amant irlandais quittèrent les quartiers du commandant, tout le monde comprit qu'ils étaient en disgrâce. Comme sa réputation ne pouvait pas tomber plus bas, Nellie se rendit directement aux écuries, demanda à un cavalier de lui seller son cheval et partit en direction du réservoir. Un instant plus tard, sans prendre le temps de réfléchir aux conséquences, Logan la suivit.

Il la rattrapa avant qu'elle ne parvienne au réservoir. Quand il vit l'agitation extrême de la jeune femme, il comprit pour la première fois que leurs étreintes signifiaient pour Nellie beaucoup plus qu'une simple aventure. Cela comptait tellement dans sa vie qu'elle ne pouvait pas se résoudre à y renoncer, malgré tout ce qu'une femme froide de Nouvelle-Angleterre comme Mme Reed avait pu dire et faire pour protéger le fort de son mari.

« Je n'irai pas à Chicago. Je ne veux pas gâcher ma vie avec cet infirme.

– Il le faudra. Tu ne peux pas rester.

– Je descendrai de l'ambulance dès que nous arriverons à Jacksborough. Quitte l'armée, Jim, et viens me rejoindre.

– Mais qu'est-ce que je ferai ? » Il ne connaissait que les chevaux et leur utilisation au combat. Il n'avait nullement désiré cette affectation à un régiment de cavaliers noirs, mais il l'avait acceptée, car aucune autre voie ne s'offrait à lui. Et voici que même cette situation précaire se trouvait menacée ! « Je ne peux pas quitter mon régiment. »

Elle s'assit par terre, près de l'eau grise, et l'attira contre elle. Quand ils eurent fait l'amour – pour la dernière fois, se jura Logan –, elle tendit la main vers l'endroit où il avait posé son ceinturon et elle prit dans l'étui le lourd Colts d'officier. Elle appliqua le canon contre sa tempe :

« Je crois qu'il vaut mieux mettre un terme à ce cauchemar.

– Nellie ! Pose ça ! »

Il voulut lui enlever l'arme des mains, puis il s'aperçut qu'elle braquait le revolver vers lui. D'un geste sûr, elle débloqua la sécurité. La dernière chose qu'il vit, ce fut le canon d'acier gris tourné vers son front, et le doigt de Nellie qui appuyait sur la détente.

Dès qu'il bascula, elle plaça, résolument et sans regrets, le canon de l'arme dans sa bouche, la mire contre le palais, puis elle appuya sur la détente une seconde fois.

On parlait encore de la tragédie quand arriva un émissaire spécial du quartier général, à Saint Louis, en réponse à une requête urgente du gouverneur du Texas. Le major Comstock, après avoir révélé ses objectifs à Reed, demanda la permission de s'adresser aux officiers.

« Messieurs, comme vous l'avez sans doute appris, les Texas Rangers vont reprendre du service pour la première fois depuis la fin de la guerre. C'est devenu nécessaire depuis que le bandit Benito Garza s'est remis à attaquer les colons américains le long du río Grande. Ils ont besoin de notre aide.

– A en croire les Texans, grommela Wetzel, leurs Rangers sont capables de battre tout le monde. Pourquoi ont-ils besoin de nous ? »

La réponse de Comstock était si imprévue que les officiers s'étonnèrent.

« Garza se terre du côté mexicain du fleuve. L'armée américaine ne peut l'en déloger. De ce sanctuaire, il effectue des sorties aux États-Unis, pour voler et tuer. Si nous l'attrapons chez nous, nous pourrons bien entendu l'éliminer, mais nous ne pouvons pas le poursuivre s'il s'enfuit au Mexique. Interdit par la loi internationale. Rigoureusement défendu par Washington.

– Alors pourquoi y allons-nous ? demanda Wetzel.

– Pour apporter notre appui aux Rangers. Ils ont le droit de traverser le fleuve. Comme ils n'appartiennent pas légalement à notre armée, ils pourront poursuivre les bandits.

– Nos soldats resteront du côté américain de la frontière pendant que les Rangers rattraperont les Mexicains ? demanda Reed.

– Exactement. Et vous n'irez pas plus loin. Parce que, si vous pénétrez au Mexique pour appréhender Garza, vous devenez un bandit comme lui. »

Comstock exposa en détail cette situation inhabituelle, mais Wetzel fit observer :

« N'est-ce pas comme notre frontière avec le Territoire indien ? Les Comanches s'infiltrent, font leur coup, puis retraversent la frontière et réclament l'immunité.

– Exactement, sauf que dans le cas de Garza une puissance étrangère est impliquée. »

Mais qui envoyer ? Reed fit observer que la mort du jeune Toomey à Three Cairns, celle de Logan au réservoir et la blessure grave de Minor avaient réduit son encadrement, surtout dans la cavalerie.

« Mais ce lieutenant Renfro ?

– Détaché dans les bureaux, à Washington. Et ils ne veulent pas le lâcher, dirait-on.

– Je vois le genre », répondit Comstock, écœuré.

On convint finalement que l'homme de la situation serait Wetzel.

« Capitaine Wetzel, lui demanda l'employé du quartier général, puis-je compter sur vous pour conduire vos hommes sur la rive du río Grande et ne pas franchir la frontière, quelles que soient les provocations ?

– Aucun soldat sous mes ordres ne posera les pieds au Mexique.

– Bien. Vos cavaliers seront des Noirs, bien entendu.

– Nous enverrons la compagnie R, intervint Reed. Mais le seul officier que je peux détacher est le jeune Asperson, l'enfant prodige qu'on vient de nous envoyer de West Point. » Wetzel poussa un grognement, et Reed s'empressa d'ajouter : « Le sergent-chef Jaxifer compensera largement. »

Le lendemain matin, le clairon sonna le réveil une demi-heure avant l'aurore. Les colonnes se constituèrent, Reed fit ses adieux, et le major Comstock, sur son étalon noir, prit Wetzel à part pour lui confirmer ses ordres :

« Le général Sheridan m'a bien recommandé de dire à l'officier qui prendrait la tête de ce détachement de ne pas entrer au Mexique.

– Je vous ai donné ma parole.

– Mais il a ajouté que cet officier ne devra pas oublier qu'il est responsable de l'honneur des États-Unis. Dans une situation extrême, il devra suivre les grandes traditions de l'armée... telles qu'il les interprétera... sur le terrain. »

Le soleil se levait derrière les baraquements de Fort Garner. Les deux officiers se saluèrent.

Le détachement de Wetzel comprenait quarante-huit fantassins et une compagnie incomplète de soldats-bisons – tous aguerris et disciplinés. Ils se dirigèrent vers le sud, puis obliquèrent vers San Antonio et gagnèrent, plus à l'est, la petite ville de Bravo, sur le fleuve. Ils établiraient leur quartier général à Fort Grimm, où les rejoindraient les Rangers.

En chemin, un seul problème se posa : Wetzel n'aimait pas les Noirs et ne parvenait pas à se montrer aimable avec eux. Il essayait sincèrement d'être juste, mais invariablement les soldats-bisons héritaient du plus mauvais emplacement pour leurs tentes, de la plus mauvaise nourriture et des corvées les plus pénibles. La situation était aggravée par le comportement peu brillant de leur jeune officier, le lieutenant Asperson, héritier d'une vieille famille de Nouvelle-Angleterre. Un de ses cousins, sénateur du Massachusetts, avait obtenu pour lui l'entrée à West Point, puis une affectation à un poste important. L'état-major, agacé par les pressions politiques, avait promis au sénateur Asperson que son neveu obtiendrait « le meilleur poste » et l'avait envoyé à Fort Garner, l'un des plus dangereux.

Armstrong Asperson, maladroit, inepte, aux épaules tombantes, aurait dû serrer les dents et lutter pour s'adapter au monde normal. Au contraire, quelle que soit la catastrophe qui l'accablait (et il semblait les attirer sur sa tête), il souriait aux anges en montrant toutes ses belles dents. Se mettait-il à pleuvoir alors que ses hommes n'avaient pas de ponchos ? Il souriait. Wetzel lui lançait-il sa semonce quotidienne ? Il souriait. Au bout d'une semaine de présence au fort, il se rendit rue des Battoirs pour donner son linge à laver, et l'une des lavandières traça son portrait en une phrase qui fit aussitôt le tour du quartier : « Ils ont remonté la pendule mais ils ont oublié deux rouages. »

Armstrong Asperson, avec ses deux rouages en moins, se dirigeait vers sa première bataille ; son capitaine et sa compagnie n'arrivaient pas à croire qu'ils allaient bientôt se battre aux côtés de cet épouvantail souriant. Wetzel le traitait avec mépris et Jaxifer avec condescendance : « Ne le quittez pas des yeux, les gars, et restez près de lui pour l'empêcher de se tirer une balle dans les orteils. »

Jaxifer, qui avait passé toute sa vie à se protéger des caprices de maîtres blancs, s'adapta sans peine aux injustices de Wetzel et à l'incapacité d'Asperson. De Wetzel, il disait : « Regardez, il est fantassin. Il n'y connaît rien à la cavalerie. Fermez vos gueules, les gars. » Et d'Asperson : « Souvenez-vous, même le général Grant a dû faire ses débuts. Peut-être n'est-il pas parti d'aussi bas qu'Asperson, mais tout de même. »

Grâce aux conseils de Jaxifer, la longue marche s'acheva

sans incident, et, deux jours après leur arrivée à Bravo, ils virent enfin un Texas Ranger. Il ne leur fit aucun effet. L'homme ne portait pas d'uniforme et avait même l'air ridicule avec ses deux fusils et ses quatre Colts fixés à sa selle. Rien de commun avec la netteté militaire. Petit et nerveux, plus près de cinquante ans que de quarante, il se présenta à la tente de Wetzel vêtu d'un long duster de toile blanche qui lui tombait sur les chevilles.

Sans saluer, le petit homme à l'air timide lança :

« C'est vous, Wetzel ? Je suis Macnab.

– Vous ? dit Wetzel sans dissimuler sa surprise. Je vous croyais beaucoup plus grand.

– Je parais plus grand à cheval, répondit Macnab sans sourire. Je suis content d'avoir votre appui. » Sans autre formalité, il se mit à dessiner des cartes sur le sable, devant la tente de Wetzel. « C'est dur, par ici, dit-il. Peut-être encore plus dur que contre les Comanches.

– Dans ce cas, nous aurons du mal.

– Le vrai problème, c'est Benito Garza. Je le connais depuis mon enfance. Il est beaucoup plus malin que moi et, sans vouloir vous offenser, sans doute beaucoup plus malin que la plupart de vos hommes. Rusé comme un opossum.

– C'est ce que j'ai appris. Comment opère-t-il ? »

Macnab remit son explication à plus tard, car le cuisinier annonça le dîner en faisant sonner son triangle.

Au coucher du soleil, pendant que Wetzel fumait son cigare, Macnab reprit son exposé devant sa carte de sable :

« Garza attend que quelque chose se produise de notre côté de la frontière. Et il se produit toujours quelque chose.

– Comme la pendaison d'un propriétaire mexicain ?

– Les Mexicains font tout pour qu'on les pende, répondit Macnab. Quand cela arrive, Garza se croit en droit de lancer des représailles, et il le fait.

– Dans la même région ? »

Macnab chercha un brin d'herbe, le trouva, et se mit à le mâchonner.

« Ce serait trop facile. Il nous induit toujours en erreur. Quatre fois de suite, il attaquera à deux pas de l'endroit où un Mexicain a été pendu. La fois suivante, à quatre-vingts kilomètres.

– Comment pouvez-vous prévoir ses interventions ?

– Nous en sommes incapables. » Le silence se prolongea ; puis, dans les ombres de plus en plus denses, Macnab dit à mi-voix : « Capitaine Wetzel, voulez-vous que je vous dise ce qui se passe en ce moment ?

– Je vous en prie.

– Nous avons de bonnes raisons de croire que Garza s'est installé dans un ranch, El Solitario, à une quinzaine de kilomètres au sud d'ici. Il y a réuni de quarante à cinquante hommes, c'est leur base pour exécuter leurs vengeances le long du fleuve. »

Deux minutes s'écoulèrent sans un mot, car chacun des trois hommes qui participaient à la réunion savait ce que Macnab avait en tête : il traverserait le fleuve avec ses Rangers pour opérer une descente soudaine sur le ranch caché, abattrait Garza et compterait sur l'armée des États-Unis pour couvrir sa retraite sur le río Grande.

« C'est réalisable », dit-il doucement.

Sur le retour, Wetzel donna un brusque coup de pied dans la poussière du chemin :

« Vous voulez dire : si quelqu'un intervient ici pour contenir les Mexicains qui vous poursuivront ?

– Sinon, rien n'est possible. »

Wetzel se pencha en arrière et croisa les bras comme un maître d'école allemand irrité :

« J'ai reçu l'ordre le plus strict de ne pas mettre le pied en territoire mexicain.

– Je n'en doute pas, répondit Macnab doucement. Mais que ferez-vous si mes seize Rangers reviennent suivis par cinquante Mexicains sur le point de nous rattraper avant le fleuve ?

– J'alignerai mes hommes sur cette rive du río Grande, leurs armes prêtes. Le sergent Gerton et sa mitrailleuse Gatling seront en batterie pour balayer le fleuve si les Mexicains tentent de passer de ce côté. Et je prierai pour vous.

– Ne permettrez-vous pas à vos hommes d'avancer au milieu du río Grande pour m'aider ?

– Est-ce la frontière entre les deux pays ?

– Oui.

– Mes meilleurs fusils y seront.

– Mais vous n'irez pas plus loin ?
– Absolument pas. »

La consultation s'acheva sur ces mots. Sans trahir sa déception, Macnab revint dans son camp, en amont malheureusement, car vers l'aval des hommes du Tennessee arrivés depuis peu massacrèrent cette nuit-là quatre Mexicains qui essayaient d'empêcher la saisie illégale de leurs terres ancestrales.

Le lendemain vers midi, Otto Macnab revint discuter avec Wetzel :

« Je suis certain que Garza réagira dans les trois jours qui viennent. Mais où ?...

– Avons-nous intérêt à disperser nos forces ?

– Je n'en sais rien. S'il part maintenant, dans trois jours il peut être n'importe où. Ses espions ont dû l'informer de votre arrivée. Je crois qu'il attaquera tout près, pour vous couvrir de ridicule.

– Donc, nous ne bougeons pas ?

– C'est ce que je crois. »

Garza, mis en fureur par le meurtre de paysans qui essayaient de protéger la terre appartenant jadis à sa mère Trinidad de Saldaña, avait résolu de bien montrer aux nouveaux venus que sa lutte n'aurait pas de fin. Comme Macnab l'avait prédit, il remplirait mieux son objectif en attaquant près du camp de l'armée. Il laissa passer cinq jours, puis six, puis sept, pour déconcerter les Rangers et les soldats. Le soir du huitième jour, il traversa le río Grande avec ses trente meilleurs hommes, dévasta deux ranches à l'est de Bravo, abattit trois Texans et regagna son repaire avant même que les Rangers et l'armée soient alertés.

El Solitario était composé de petites maisons d'adobe entourées d'un haut mur et contenait des arbres fruitiers, un puits et assez de bétail pour nourrir les hommes de Garza pendant un mois entier. C'était un ranch construit pour protéger ses habitants de toute attaque et situé assez loin du fleuve pour rendre improbable tout assaut à partir du Texas.

Macnab ne jugeait pas le ranch imprenable.

« Des informateurs nous ont appris que Garza avait emmené trente hommes. Ils se sont réfugiés à El Solitario avec vingt autres. Je vais en finir avec Benito Garza. » Il adressait ces paroles non pas à Wetzel, mais à ses seize Rangers, dont le plus jeune avait à peine seize ans. Puis il ajouta : « Je n'ordonne à personne de m'accompagner, mais j'invite les volontaires à me suivre. » Aussitôt, deux hommes firent un pas en avant. « Vous savez, je pourchasse Garza depuis trente ans. C'est devenu le but de ma vie. Je suis obligé d'y aller. Vous, non.

– Je veux sa peau, répondit un des Texans. Il a tué mon frère. »

Tous les Rangers se portèrent volontaires, mais Macnab refusa d'emmener le jeune homme :

« Non, Sam. Ce serait trop dangereux.

– Je suis ici parce qu'il a incendié notre ranch.

– Soit. Tu resteras avec l'armée et tu indiqueras le chemin aux soldats quand ils viendront à notre secours.

– Mais ils ont dit qu'ils ne le feraient pas.

– Ils l'ont dit. Mais ils viendront quand même. Tu les conduiras à l'embranchement que nous avons repéré lors de notre dernière reconnaissance. » Le jeune Sam parut déçu. « Tu te souviens de l'endroit ? Nous y arriverons ventre à terre. Tu placeras les soldats pour qu'ils nous couvrent bien. »

Il ôta son duster, le plia avec soin puis le rangea. Ses hommes mirent de côté tout ce qu'ils ne voulaient pas emporter dans cette aventure. Quand chacun fut prêt, Macnab prit sa montre, la remit à Sam et lui indiqua comment s'en servir. A 5 heures de l'après-midi, le capitaine Macnab et ses Rangers traversèrent le río Grande à gué, remontèrent vers le nord puis coupèrent à travers le mesquite épais. Toute la nuit, ils s'avancèrent avec précaution vers le ranch de Garza, mais une demi-heure avant le lever du jour ils eurent la malchance de tomber sur des Mexicains qui vivaient dans un ranch plus petit. Ils entendirent du bruit, un caquètement de poules, puis une voix cria :

« Rinches ! »

Les hommes du ranch coururent vers leurs chevaux, mais

tombèrent sous les balles des Rangers avant de les atteindre. Aucun messager ne quitterait le ranch, et, pour s'assurer qu'aucune femme ne tenterait de donner l'alarme, Macnab fit abattre tous les chevaux du corral et enfermer dans une pièce les quatre femmes.

Les Rangers arrivèrent près des murs du ranch de Garza vers l'aurore. Ils tinrent un bref conseil de guerre, non pour décider de la tactique, car ils en étaient convenus depuis longtemps, mais pour se répartir les tâches. Sur un signal, quatre Rangers forcèrent l'entrée principale, et le reste suivit. Une fusillade rapide, puis apparut sur le seuil un homme aux cheveux blancs, pistolets aux poings, prêt à se battre : Benito Garza.

Macnab, qui s'attendait à le voir surgir ainsi, appuya le canon de son fusil contre un abreuvoir de bois, et pendant une seconde se rappela un moment semblable, la veille de la bataille de Buena Vista. Ce jour-là, par pure bonté d'âme, il avait laissé à Garza la vie sauve. Puis il revit l'incroyable scène de 1848 où Garza était passé à moins d'un mètre de lui, lorsqu'il accompagnait Santa Anna dans son exil.

« Pas cette fois, Oncle Benito », murmura-t-il comme Garza faisait mine de quitter l'embrasure de la porte.

La balle le frappa au cœur et le valeureux bandit, protecteur de son peuple, parut faire un pas en avant, comme pour chercher des yeux, dans l'ombre, son vieil ennemi. Mais il bascula dans la mort sans rien voir.

« Décrochez ! » cria Macnab.

Comme prévu, trois Rangers essayèrent d'abattre les chevaux mexicains. Ils échouèrent. Un des audacieux Texans mourut avant d'avoir franchi la porte, mais les quinze autres, en comptant Macnab, quittèrent El Solitario, et la fuite désespérée vers le fleuve commença.

A 4 heures, ce matin-là, le Ranger de seize ans commença à surveiller la grande aiguille de la montre du capitaine Macnab et, à 4 heures et demie, il suivit les instructions. Il passa au galop devant les sentinelles, s'arrêta devant la tente du capitaine Wetzel et cria :

« Les Rangers attaquent El Solitario !
– Quand ? demanda Wetzel en sortant de la tente, enveloppé dans son drap de lit.
– En ce moment !
– Pourquoi ne m'a-t-on pas prévenu ?
– Je vous préviens. Le capitaine Macnab m'a dit : " A 4 heures et demie, je ne veux pas qu'il se ronge toute la nuit. "
– Clairon, sonnez le rassemblement ! »
Dans le noir, Wetzel rassembla ses hommes et leur ordonna de se préparer au combat.
« Allons-nous traverser pour nous porter à leur aide ? demanda le sergent Gerton.
– Non », répondit Wetzel.
A l'aube, il monta sur son cheval noir et partit contrôler les positions de ses hommes : les meilleurs tireurs sur la rive américaine du río Grande. Il indiqua personnellement à Gerton et à ses deux hommes l'endroit où placer la Gatling en batterie pour couvrir le fleuve. Il demanda des volontaires pour entrer dans l'eau peu profonde, les fusils braqués vers l'endroit où apparaîtraient probablement les Rangers en fuite. Puis il se rendit auprès des soldats-bisons, campés à distance respectueuse de l'infanterie blanche. Presque avec mépris, il se débarrassa du lieutenant Asperson :
« Prenez la moitié de votre compagnie et allez protéger l'autre gué. »
Il s'avança ensuite vers le sergent Jaxifer :
WETZEL : Vous savez ce qui se passe en ce moment, de l'autre côté ?
JAXIFER : Je l'imagine sans peine.
WETZEL : Vous connaissez mes ordres ?
JAXIFER : Oui, colonel.
WETZEL : Quand les Rangers arriveront au galop près du fleuve, que ferez-vous avec vos hommes ?
JAXIFER : Nous attendrons vos ordres.
WETZEL : Vous serez prêts à traverser pour contenir les Mexicains ?
JAXIFER : Nous le sommes déjà.
WETZEL (*tendant l'oreille à l'affût de coups de feu*) : J'ai appris à vous respecter, au cours de cette opération,

Jaxifer. Pourquoi avons-nous tellement d'ennuis avec nos fantassins blancs et si peu avec vos cavaliers noirs ?

JAXIFER : Parce que nous sommes noirs.

WETZEL : Que voulez-vous dire ?

JAXIFER : Vous êtes blanc, vous ne pouvez pas comprendre.

WETZEL : Expliquez-moi quand même.

JAXIFER : Dans tous les États-Unis, un Noir ne peut rien espérer de mieux qu'une place dans les soldats-bisons. Tous les Noirs en rêvent ; ils prient Dieu et ils font n'importe quoi pour les Blancs, simplement pour le privilège d'entrer dans le 10e de cavalerie. Je suis le Noir le plus important du Texas, parce que je suis sergent dans le 10e. Colonel Wetzel, j'aimerais mieux crever que perdre ma place.

WETZEL : Pourquoi ne me l'avez-vous pas dit plus tôt ?

JAXIFER : Parce que c'est notre secret. Jamais nous n'avions eu d'honneur auparavant, mais à présent nous en avons, et nous y tenons comme à la prunelle de nos yeux.

WETZEL : Qu'est-ce que cela signifie pour moi ce matin ?

JAXIFER : Sans ordre de vous, nous ne bougerons pas. Sur un ordre de vous, nous nous emparerons de Mexico ou nous mourrons.

WETZEL : Tout est prêt ?

JAXIFER : Quand vous avez envoyé Asperson là-bas, j'ai gardé les meilleurs hommes. Nous avons tous envie de traverser le fleuve.

WETZEL : Si les Mexicains commettent la moindre erreur, je me mettrai à votre tête.

JAXIFER : Nous sommes impatients de vous suivre.

Les deux hommes demeurèrent sur place, immobilisés par la tradition de leur armée. Jaxifer mourait d'envie de conduire ses hommes à la charge pour sauver les Rangers blancs ; c'était la raison d'être de sa cavalerie, mais il ne ferait rien sans ordre. Et le capitaine Wetzel, militaire depuis son adolescence, en Allemagne puis en Amérique, était aussi impatient que lui de passer à l'action. Il aimait se battre, il aimait l'ivresse de la poursuite, la fureur de l'explosion soudaine quand les armées entrent en contact. Mais il avait reçu l'ordre strict de ne pas bouger tant que le territoire américain ne serait pas envahi.

Les réflexions des deux soldats impatients furent interrompues par l'apparition du jeune Ranger.

« Où allez-vous ? lui demanda Wetzel.

– Conduire les Nègres au croisement des pistes.

– Qui vous en a donné l'ordre ?

– Le capitaine Macnab. " Quand vous entendrez des coups de feu, vous les enverrez, n'est-ce pas ? Quels que soient vos ordres ?... " C'est ce qu'il m'a dit. »

Écœuré par l'attitude si peu militaire des Rangers, et désirant se débarrasser du gamin, Wetzel lui lança :

« Ils sont par là. »

Et il lui indiqua la direction du deuxième gué, où le frêle lieutenant Asperson attendait, hilare, avec son petit groupe de soldats-bisons.

Tandis que Wetzel et Jaxifer rongeaient leur frein, Macnab et ses Rangers battaient en retraite et livraient une escarmouche d'arrière-garde sans grand espoir. Ils auraient peut-être pu se sauver sans l'aide des soldats encore hésitants si un Mexicain audacieux n'avait pas entraîné six de ses compagnons sur un raccourci conduisant au fleuve. Les sept hommes résolus atteignirent la piste de retraite juste avant Macnab, et leur fusillade obligea les Rangers à se replier en aval de l'itinéraire prévu.

Cette manœuvre les conduisit sur la piste aboutissant au deuxième gué du río Grande, gardé par Asperson et son petit détachement. Dès que les Rangers et leurs poursuivants parvinrent près du fleuve le jeune lieutenant entendit les coups de feu. Excité à la perspective de livrer sa première bataille, il lança ses soldats-bisons vers le fleuve, puis les arrêta, conformément aux ordres reçus. Le jeune Ranger, désespéré de voir les soldats s'immobiliser, joua un tour de sa façon. Il lança un galet sur le cheval d'Asperson, qui se cabra soudain.

« Par Dieu, on nous attaque ! » cria le lieutenant nerveux. Sans consulter personne, sans même vérifier, il brandit son revolver vers le ciel comme s'il s'agissait d'un sabre et lança : « A la rescousse ! »

Pour lui, aucune angoisse, aucun problème moral. Les

étrangers attaquaient les Américains ; par Dieu, il allait leur montrer ! Les soldats noirs s'élancèrent en rugissant.

Pendant la charge désorganisée, au cours de laquelle plus d'un cavalier noir dépassa son chef inexpérimenté, Asperson eut tout de même la présence d'esprit d'ordonner au clairon de sonner la charge, pour que les Rangers attaqués sachent que des secours arrivaient. Le terrain était si inégal que le clairon ne cessait de glisser des lèvres de l'homme, mais les accents hachés de la sonnerie parvinrent aux oreilles des hommes de Macnab et semèrent la confusion parmi leurs poursuivants.

Macnab déclara plus tard :

« Les soldats-bisons ont surgi du mesquite comme six armées différentes. A la débandade, peut-être, mais quel spectacle magnifique ! »

La bataille confuse – ou plutôt la mêlée – ne dura que quelques minutes. Peu de Mexicains périrent et aucun Américain, mais quand ce fut terminé Macnab et Asperson se dirigèrent vers le río Grande comme des généraux romains triomphants. Au moment où leurs chevaux firent éclabousser l'eau boueuse du fleuve, l'armée régulière, du côté américain, parut soudain prise de folie. L'avant-garde, debout dans l'eau du gué, se mit à tirer à volonté. Le sergent Gerton et ses mitrailleurs arrosèrent la rive mexicaine vide, les soldats poussèrent des vivats et Wetzel roula des yeux ronds.

A 10 heures du matin, il envoya un télégramme au quartier général :

CONFORMÉMENT HAUTE TRADITION MILITAIRE 10e CAVALERIE LIEUTENANT ASPERSON ATTAQUÉ PAR BANDITS MEXICAINS A RIPOSTÉ AVEC COURAGE EXEMPLAIRE, BENITO GARZA ÉLIMINÉ. PERTES UN RANGER, AUCUN SOLDAT, NOMBREUX MEXICAINS.

Quand le sergent Jaxifer lut à ses hommes une copie de cette précieuse confirmation de leur victoire, l'un de ses soldats s'écria :

« Peux pas piger. Ce Macnab vient de descendre son meilleur copain et il continue comme si de rien n'était. Regardez ! »

Et les cavaliers noirs regardèrent Macnab déplier son duster de toile blanche, le jeter sur ses épaules et vaquer à ses occupations habituelles.

En l'absence du capitaine Wetzel et du lieutenant Asperson, Fort Garner manquait d'officiers, et le capitaine Reed envoya un appel pressant au quartier général de Saint Louis : « Fort Garner a un besoin urgent de la présence du lieutenant Lewis Renfro, actuellement détaché à Washington. »

Dans la capitale fédérale, Renfro et sa femme tirèrent sur toutes les ficelles qu'ils purent pour conserver le poste agréable d'officier de liaison auprès de l'état-major général. Mme Renfro se montra particulièrement efficace, car elle connaissait plusieurs sénateurs et des membres du Congrès appartenant aux commissions de la Défense nationale. Comme elle était aussi jolie que rusée, ses arguments semblaient irrésistibles, mais elle tomba sur un colonel grincheux qui fit observer :

« Depuis la paix d'Appomattox, il y a sept ans maintenant, ce lieutenant Renfro a été constamment affecté à des postes sur la frontière, mais s'est débrouillé pour se faire planquer ici du début à la fin, sauf cinq semaines de grandes manœuvres. Encore un de ces combattants qui ne combattent jamais. »

Peu après, Renfro reçut l'ordre de se présenter dans les plus brefs délais à la compagnie du 10e de cavalerie à laquelle il était affecté, sur la frontière du Texas, à Fort Sam Garner.

En apprenant la douloureuse nouvelle, Daisy Renfro explosa :

« Un régiment de Nègres ! Cela marque un homme pour la vie, Lewis. Tu n'y resteras pas plus de six semaines, je t'en donne ma parole. Je ferai ce qu'il faudra. »

Elle lança sur-le-champ sa campagne pour faire rappeler son mari à Washington.

Avant l'arrivée des Renfro, Fort Garner reçut la visite de deux commissions d'inspection, car l'armée craignait des problèmes graves dans ce poste isolé. Les journaux commençaient à poser des questions auxquelles il fallait répondre.

Les premiers visiteurs venaient du quartier général de Fort Sill et avaient à leur tête l'un des personnages les plus remarquables et les plus tragiques de la guerre de Sécession. Benjamin Grierson, fils d'un paysan de Pennsylvanie, était professeur de musique non rétribué dans l'Illinois au début des hostilités. Il n'aimait pas les chevaux depuis qu'il avait reçu une ruade en pleine figure, et il avait donc protesté quand on l'avait affecté à une unité de cavalerie. Peu après, comme personne d'autre n'était disponible, on lui confia une mission fort difficile et dangereuse : « Nous devons empêcher les Confédérés d'envoyer des renforts pour la défense de Vicksburg. Organisez vos troupes comme des francs-tireurs. Passez à l'arrière des lignes ennemies sur la rive est du Mississippi et désorganisez leurs moyens de communication le plus efficacement que vous pourrez. »

Sans poste de commandement fixe, sans intendance pour l'approvisionner, l'ancien professeur de musique de trente-sept ans prit le maquis pendant seize mois, toujours sur le point d'être capturé par des forces confédérées supérieures en nombre, mais toujours là où il fallait pour faire sauter un train ou incendier un entrepôt stratégique. Il livra d'innombrables escarmouches et parvint chaque fois à fuir pour réussir son assaut suivant. A la fin de ces raids incroyables, ses hommes purent rendre compte en ces termes : « Nous avons parcouru mille kilomètres derrière les lignes ennemies. Nos pertes ? Trois morts, neuf disparus – sur mille sept cents hommes. Nous avons tué une centaine d'ennemis et en avons fait prisonniers cinq cents. Nous avons détruit plus de cent kilomètres de voie ferrée, saisi trois mille armes et mille mules et chevaux. »

Grierson demeure un cas exceptionnel dans les annales militaires : un civil sans formation qui comprenait intuitivement les arts les plus subtils de la guerre montée. Ses hommes l'adoraient, car ils savaient qu'il avait de la chance et du courage – combinaison irrésistible. Il obtint de bien meilleurs résultats dans les bois du Mississippi et de la Louisiane que des officiers de cavalerie plus chevronnés, comme Jeb Stuart, dans l'Est. Ce fut l'un des officiers de cavalerie les plus remarquables de l'histoire américaine, et on l'avait élevé au rang de général.

Mais, au lendemain de la paix, il dut affronter l'opposition inflexible de tous les officiers de West Point, qui lui reprochaient quatre choses : il était civil ; il était professeur de musique ; sur la frontière du Texas, il essayait de traiter les Indiens en adversaires honorables comme s'ils étaient des Français ou des Anglais ; et il s'était souillé en prenant la tête des soldats noirs du 10e de cavalerie, affectation « inacceptable » qu'il conserverait bon gré mal gré pendant vingt-deux ans.

Grierson, talentueux, et même génial, souffrit du mépris de ses pairs sans se plaindre. Il croyait sincèrement que, si l'on traitait les Indiens avec justice, on pourrait en faire des citoyens à part entière. Et il se vantait de la bravoure et de la compétence de ses soldats noirs, car il savait qu'ils se comportaient bien sous le feu.

A son arrivée à Fort Garner, le général Grierson, à quarante-six ans, était encore très mince et très alerte. Le Prussien Wetzel, de retour du río Grande, jugea qu'il manquait de discipline et l'accusa d'être un de ces faibles qui essaient de commander en se faisant aimer par la troupe, au lieu de s'imposer par la rigueur. Wetzel avait vu beaucoup trop d'officiers de ce genre finir de façon peu enviable. Comme la plupart des militaires de carrière, Wetzel méprisait l'ancien professeur de musique. Les autres officiers, en particulier ceux du 10e de cavalerie, pensaient tout autrement.

Le soir de son inspection, le général Grierson rédigea le rapport suivant :

> A la bataille de Three Cairns, les unités du 10e de cavalerie se sont comportées selon les plus hautes traditions du service. Le sous-lieutenant Elmer Toomey a rempli sa mission de commandant et a trouvé une mort honorable et valeureuse à leur tête. Le sergent-chef John Jaxifer a aussitôt assumé le commandement et défendu vaillamment une position exposée. Je n'accorde aucun crédit aux accusations lancées contre

le sergent-chef Jaxifer par les charretiers de Cavin and Clark. L'engagement de Three Cairns demeurera tout à l'honneur de notre régiment.

Quant à la mort du sous-lieutenant Jim Logan, l'un de nos cavaliers les plus accomplis, d'origine irlandaise, et au scandale associé à ce décès, c'est le genre de tragédie qui peut survenir dans n'importe quel groupe isolé, civil ou militaire. Je considérais Logan comme un brave et je déplore sa mort.

A tous égards, je juge ces unités du 10e de cavalerie en bonne condition, prêtes à se battre, et bien commandées. Leur taux de désertion est de un sur trois cents. Le taux de désertion des troupes blanches du fort de quarante-huit pour cent, pour une période de quatre ans et demi. Je félicite particulièrement ces hommes de troupe qui servent avec fidélité et enthousiasme ; et je n'ai que des louanges à faire à leur chef, le capitaine Reed.

Le lendemain, le général Grierson passa les troupes en revue, puis demanda au sergent-chef Jaxifer de le conduire à l'endroit où Jim Logan et l'épouse de Johnny Minor étaient morts. Plus tard, Jaxifer raconta à ses hommes : « Quand le général a vu le coin, l'eau et les oiseaux, il est descendu de cheval et il s'est mis à chialer. Je me suis écarté mais il m'a fait signe de mettre pied à terre. Il a dit deux ou trois fois : “ Deux braves garçons. ” Il pensait à Logan et à Minor. Pas un mot sur Mme Nellie. »

Ce soir-là, les Reed donnèrent une réception en l'honneur des visiteurs, et l'un des Mexicains que les soldats employaient comme palefrenier apparut avec un violon. Une des lavandières jouait du tambourin et l'on dansa. Le fourrier avait fourni la meilleure nourriture disponible et l'on parla beaucoup du bon vieux temps. Même Wetzel se détendit et raconta les exploits de son unité lors de diverses batailles. L'on se donna du « Mon général » et du « Mon colonel » comme si les anciens grades étaient encore pertinents, comme si les anciennes soldes étaient encore versées au lieu du salaire de misère concédé à ces anciens combattants héroïques.

Grierson, en pleine forme, plaisanta même avec le sévère Hermann Wetzel :

« Vos petits gars, en Prusse, vont conquérir l'Europe entière, un de ces jours.

– Peut-être pas toute l'Europe, mais au moins la France », répliqua le Prussien.

Cette nuit-là, Reed ne trouva pas le sommeil, et son épouse lui en demanda la raison. Il lui répondit :

« Ma mère avait de l'éducation, tu le sais, et elle nous faisait apprendre des poèmes par cœur. A ses yeux, le plus beau de tous les vers se trouve à la fin du sonnet de Milton à son épouse défunte.

– Je ne le connais pas, dit Louise dans le noir.

– Les treize premiers vers racontent que le poète aveugle rêve qu'elle est revenue de la tombe pour lui parler. " Amour, douceur, bonté, brillaient en sa personne. " Ma mère était comme ça, elle aussi. Puis vient le quatorzième vers et tout s'écroule. Ma mère disait que ces quelques petits mots étaient des flèches braquées vers le cœur, qui montraient ce qu'est la cécité. " Je m'éveillai, elle s'enfuit, et le jour ramena ma nuit. " » Ils demeurèrent allongés dans le noir, puis le général soupira, et l'amertume de ses pensées se diffusa dans la pièce : « Ce soir, j'étais le nouveau général. Demain le clairon sonnera, le soleil se lèvera et je redeviendrai capitaine... pour toujours. »

La deuxième commission d'enquête s'avéra fort différente. Le lieutenant général Philip Sheridan, Irlandais jusqu'au bout des ongles, tête pointue et moustaches tombantes de morse, semblait un brave rondouillard inefficace, jusqu'à ce qu'on découvre que chaque rondeur était un muscle. Il arriva au fort avec ses trois colonels favoris, dont l'avenir était, à l'entendre, infiniment prometteur. Le plus influent se nommait Ranald Mackenzie. Il était si vif « que ses yeux fendaient les pierres », prétendaient ses soldats. Il allait devancer tous les hommes de sa génération et parvenir au seuil du poste de commandant en chef, puis il perdit l'esprit, rongé par la syphilis et les responsabilités écrasantes.

Le deuxième colonel, Nelson Miles, ne sortait pas de West Point, mais son origine n'en était pas moins efficace : c'était le neveu par alliance du général William Tecumseh Sherman, le commandant en chef de l'armée de terre, et du sénateur John Sherman, dirigeant politique influent de l'Ohio. En tout début de carrière, il n'avait pas encore fait ses preuves, mais, avec l'aide de ses oncles, il obtiendrait promotion sur promotion. Vain, arrogant, impossible, on ne pouvait lui reconnaître qu'une seule qualité : il était d'un courage tout à fait exceptionnel quand il conduisait ses hommes à la bataille.

Le troisième colonel fit encore plus d'effet, sur les hommes comme sur les femmes. George Armstrong Custer, plus d'un mètre quatre-vingts, ne pesait même pas soixante-dix kilos et possédait une élégance naturelle qui forçait l'attention partout où il se rendait. Il avait trente-quatre ans comme les deux autres, mais il ne leur ressemblait à aucun égard : ils étaient vêtus d'uniformes ordinaires, impeccables et bien repassés, mais Custer avait fait couper son pantalon et sa veste sur mesure, il portait des demi-guêtres sur ses bottes « General Quimper », et une redingote étonnante, de coupe russe mais taillée dans du drap français très lourd, avec une immense capote ornée de caracul afghan autour du cou, sur les revers et aux poignets. Son visage, d'une minceur cadavéreuse, avait des creux romantiques sous les pommettes, et la chute progressive de ses cheveux le tourmentait visiblement : comme la plupart des hommes coquets, il essayait de les coiffer en travers de son front pour dissimuler sa calvitie naissante. Dans le cou, il les portait très longs, et, comme ils grisonnaient naturellement – et que sa femme leur accordait à toute occasion le concours de ses fers –, cela contribuait énormément à sa séduction. Comme la plupart des officiers de l'époque, il portait une moustache, soignée avec tant d'amour qu'elle augmentait la dignité d'un visage déjà aussi noble que celui d'un empereur romain.

Trois jeunes colonels remarquables, et il était inévitable que l'un d'eux parvienne au poste de commandant suprême. Mackenzie, sans doute le plus capable, fut victime de sa démence ; Custer allait mourir à cause de son inexcusable arrogance à la bataille de Little Big Horn ; Miles, le rusé politique, parviendrait à ses fins. Dans l'armée, comme dans toutes les entreprises humaines, le triomphe appartient à celui qui survit, que ses compétences le justifient ou non.

Sheridan et ses trois lumières perdirent peu de temps à évaluer la situation à Fort Garner.

« De second ordre à tous égards. Quand une femme mariée se conduit comme Nellie Minor, il faut la renvoyer sans ménagement, sous vingt-quatre heures. Quand un convoi important est annoncé, on n'envoie pas pour assurer sa protection un sous-lieutenant inexpérimenté. Et, quand un Indien rebelle comme Matark ravage une région, il faut le prendre et le pendre. Le capitaine Reed est à peu près acceptable, mais le seul officier qui semble avoir une bonne compréhension de la situation d'un fort de la frontière est le capitaine Hermann Wetzel, que nous recommandons particulièrement en raison de l'attention qu'il accorde aux détails. »

On n'adressa aucun reproche formel au capitaine Reed, mais une sorte de tristesse s'abattit sur le fort, comme si les jeunes colonels regrettaient qu'il ne soit pas un meilleur officier. Custer félicita cependant Mme Reed de la façon dont elle avait manœuvré pendant l'affaire Johnny Minor ; et il charma les autres épouses par sa courtoisie et la chaleur de sa compréhension.

Les femmes ne prêtèrent guère l'oreille aux références des deux autres colonels : « Custer est magnifique. » C'était la vérité : il savait se montrer prévenant, enchanteur, attentif, doté de cet éclat auquel on associe l'épithète *romantique*. Même les maris ne pouvaient le dénigrer lorsque leurs femmes le vantaient, car c'était incontestablement l'officier le plus remarquable qui fût venu à Fort Garner. On se souviendrait longtemps de ses demi-guêtres de feutre épais et de sa capote doublée de fourrure.

A l'arrivée de Lewis Renfro et de son épouse Daisy, le fort reçut un choc. Il y avait toute raison de croire que ce gratte-papier serait obèse et mou, incapable de tout comportement militaire. Or il était tout le contraire. A trente-six ans, ce fils de bonne famille de l'Ohio sorti de West Point se tenait très droit, et ses cavalcades quotidiennes dans les parcs de Washington lui avaient conservé sa ligne. Il avait l'intention de faire parler de lui en bien dans ce poste de frontière. Il prendrait la place de Minor à la tête de la compagnie S du 10e de cavalerie, sous les ordres directs du capitaine Reed, à qui il déclara d'un ton onctueux :

« Vous pouvez compter sur moi comme l'un des meilleurs officiers que vous ayez eus. Quand vous me donnerez un ordre, considérez-le comme exécuté. »

Soucieux de créer tout de suite une bonne impression, il se rendit auprès du capitaine Wetzel et lui annonça :

« Je ne permettrai aucune rivalité absurde entre cavalerie et infanterie pendant que je commanderai les soldats-bisons. Ils se montreront disciplinés. »

Mais, le même jour, il laissa entendre l'inverse à Jaxifer, à qui il mentit sans vergogne au sujet de ses expériences à ce sujet :

« J'ai servi avec des troupes noires en trois occasions différentes. Il n'y en a pas de meilleures. Si l'infanterie vous fait des ennuis, vous me trouverez de votre côté sans réserve. »

Mais quelle que fût sa duplicité au cours de ses manœuvres politiques, chaque fois qu'une expédition contre les Indiens se préparait, il voulait en prendre la tête, et il se comportait bien.

« Il sait se battre, avoua Jaxifer à ses soldats. Cette fois, nous avons un brave. »

Au cours d'une sortie animée, dirigée par Renfro, le détachement tomba sur l'avant-garde de la principale force comanche, et une furieuse bataille s'engagea : quarante Indiens sur des chevaux plus rapides, contre dix-neuf cavaliers dont la puissance de feu était supérieure. Aucun des deux camps ne put prétendre à la victoire, mais Renfro poursuivit les Indiens avec une telle ardeur que tout Comanche dont le cheval faisait le moindre écart était aussitôt rattrapé et abattu. Renfro, toujours en tête, semblait le meilleur cavalier sur le terrain ce jour-là, et, quand la poursuite s'acheva, les soldats noirs rendirent hommage à l'efficacité de leur chef.

Au cours d'une deuxième sortie, commandée par Reed, Renfro accepta sa position subordonnée de bonne grâce et fit manœuvrer son unité instantanément selon les ordres de son supérieur. C'était un excellent officier et Reed avoua à Wetzel :

« S'il était resté avec nous au lieu de se planquer à Washington, ce serait sans doute aujourd'hui l'un des jeunes colonels de Sherman. »

L'Allemand reconnut volontiers le talent du lieutenant :

« Renfro doit être un nom allemand, dit-il. Il se comporte vraiment très bien. »

Mais Lewis Renfro n'avait nullement l'intention de s'échiner sur la frontière pour devenir le quatrième jeune colonel. Il ferait son devoir à la tête de ses troupes, mais tout en continuant à tirer toutes les sonnettes pour retourner dans son bureau de Washington. Sans se soucier de la voie hiérarchique, sa femme et lui bombardaient tous les puissants de pétitions judicieuses, et on leur répondait : « Dès que l'occasion se présentera, vous reviendrez. » Leur insistance à réclamer des passe-droits incita Mme Reed à mettre Daisy en garde, et la jeune femme comparut dans la pièce où tant d'autres épouses d'officiers s'étaient fait réprimander par la « générale ». Mais Daisy Renfro ne réagit pas du tout comme celles qui l'avaient précédée.

« Ne voyez-vous pas que vos manœuvres risquent de compromettre les chances de votre mari ? demanda Louise Reed.

– Je les augmente. Lewis est né pour servir à Washington, et je ferai tout ce qui est en mon pouvoir pour qu'il y retourne.

– Mais il semble tellement capable au combat. Il pourrait devenir un des grands commandants...

– Il l'est déjà, Mme Reed. Il se bat à Washington avec une compétence dont ni Sherman ni Sheridan ne sauraient faire preuve.

– Le véritable combat se déroule ici, contre les Indiens.

– La moitié seulement, répliqua Daisy. Et je crois que la moitié la plus importante, en temps de paix, consiste à livrer les batailles au Congrès, là-bas.

– Mais, regardez ce fort, madame Renfro. La mise en place d'un établissement de ce genre ne signifie donc rien pour vous ? Quand mon mari est arrivé ici, il n'y avait pas un seul mur debout. Il a bâti un fort de torchis, et, quand la morgue sera achevée, tout sera en pierre de taille. Un témoignage permanent du courage de nos hommes. »

Mme Renfro ne put s'empêcher de sourire :

« Un acte du Congrès et ce fort disparaît ; le mesquite reprend ses droits. Lewis va retourner travailler avec le Congrès, où il pourra se montrer efficace. »

Mme Reed décida de ne pas mâcher ses mots :

« Madame Renfro, vous n'ignorez pas que le rapport sur votre mari sera écrit par le capitaine Reed. Vous risquez gros en méprisant mes conseils.

– Je ne les méprise pas. Et je suis certaine que Lewis ne méprise pas ceux de votre mari. Que peut signaler le capitaine Reed, sinon que Lewis est remarquable au combat, d'un courage hors pair et strictement fidèle aux ordres reçus ?

– Sans doute, sans doute.

– Nous essayons tous les deux de nous conduire ainsi. N'avez-vous pas remarqué que, à la moindre allusion, je suis vos instructions ?

– Mais je vous ai demandé carrément de cesser d'envoyer ces lettres.

– Cela n'a rien à voir, répliqua Daisy, sans céder d'un pouce. Il s'agit de toute l'armée et non d'un seul fort. Lewis peut jouer un rôle déterminant en obtenant pour notre armée les crédits dont elle a besoin, les appuis dont elle manque. Il n'est pas question que je cesse de l'aider à obtenir le poste qu'il mérite. »

L'entrevue s'acheva mal : les lignes de combat nettement définies et l'animosité à fleur de peau ; mais l'impasse ne se prolongea guère, car survint bientôt l'occasion pour les partisans de Renfro à Washington de ramener leur homme dans la capitale. Et ce fut un tel éclat que même les défenseurs les plus inconditionnels du lieutenant ne pouvaient espérer mieux.

Au plus chaud de l'été 1874, Renfro, Jaxifer et l'ensemble de la compagnie S – quarante-sept hommes – partirent sur la piste supposée du chef Matark, dont les braves venaient de passer l'été à ravager les ranches le long de la frontière. Le gouvernement du Texas avait averti les colons de ne pas s'aventurer trop à l'ouest, et le gouvernement des États-Unis avait expliqué que même des forts comme

Richardson et Garner ne pouvaient pas assurer la sécurité. Mais la soif insatiable de terres, caractéristique des Texans, incitait les aventuriers à s'installer toujours plus loin. De même que les quatre frères Larkin avaient défié les plaines vides et occupé leurs six mille arpents jusqu'à ce que les Comanches les massacrent, d'autres familles audacieuses plantaient leurs tentes au-delà de la ligne des forts. Au cours de cet été, soixante Blancs – hommes, femmes et enfants – avaient été abattus, et de manière si violente et horrible que leur mort choquait même les Texans habitués à ce genre de barbarie.

Après le massacre de quatre familles d'éleveurs au sud-ouest de Fort Garner, Renfro demanda l'autorisation d'effectuer une grande sortie et, fort intelligemment, il ne se dirigea pas vers l'endroit où les crimes venaient d'être commis, mais beaucoup plus à l'ouest, vers le canyon de Palo Duro et les limites extrêmes du Territoire indien. Il supposait que les Indiens triomphants avaient quitté les ranches incendiés et rentraient paisiblement vers leur sanctuaire.

Il ne se trompait pas. Renfro et ses hommes attaquèrent les Comanches en pleine célébration de leur victoire. Ils leur tombèrent dessus à l'improviste et fondirent sur eux en un assaut foudroyant. Comme tous les journaux du pays commentèrent longuement ce qui se produisit ensuite, il est essentiel d'exposer les détails exacts.

Avec Renfro à sa tête, le 10e de cavalerie chargea, et, conformément au plan de bataille, au plus vif de l'engagement la moitié des soldats obliqua vers l'ouest sous Renfro, l'autre moitié vers l'est sous Jaxifer. Renfro et ses hommes parvinrent à tourner le flanc des Comanches et semèrent la confusion parmi les Indiens – tout le monde s'accorde sur ce point.

Pendant ce temps, le sergent Jaxifer, à l'est, vit une occasion de désorganiser complètement les rangs des Comanches et fonça. Tandis que ses hommes galopaient au milieu des Indiens, il aperçut une adolescente, qu'il prit pour une Blanche, et il songea soudain : Ce doit être la petite Larkin. Ne suivant que son instinct, il fit pivoter son cheval et partit à la poursuite du groupe d'Indiens qui détenait la jeune fille. Seul, menacé par une douzaine de guerriers, il éperonna, rattrapa les Indiens en fuite et parvint miraculeusement à arracher la jeune fille à ses ravisseurs. Il assomma d'un coup de crosse le brave qui la tenait.

Il fit de nouveau volte-face, se dégagea de la mêlée indienne et chercha l'appui de ses soldats noirs stupéfaits. La bataille s'envenima, mais Jaxifer, la jeune fille dans ses bras, rallia ses hommes et prit le dessus. Au même instant Renfro le rattrapa, vit la jeune fille et comprit aussitôt l'importance magique de sa libération. Il la prit des mains du sergent.

« Vous êtes Emma Larkin ? lui dit-il.

– Oui », répondit-elle, parfaitement consciente.

Ainsi naquit la légende. Lewis Renfro, au cours d'une escarmouche contre les sauvages Comanches, avait repris, malgré son infériorité numérique de quarante-neuf contre plus de cent, la jeune captive blanche Emma Larkin, dont la famille avait été massacrée à Bear Creek en 1869, cinq longues années auparavant. L'exploit de Renfro était d'autant plus étonnant, soulignèrent les articles, que tous ses soldats étaient des Noirs, dont l'efficacité dans ce genre de combat n'était pas prouvée. Apparemment, seul son héroïsme avait permis le sauvetage.

L'incident connut un énorme succès. Le *Harper's* et plusieurs journaux de New York envoyèrent des dessinateurs au Texas pour représenter la bataille et la façon dont Emma avait été sauvée. Les gravures se multiplièrent, mais tous les dessinateurs rencontrèrent les mêmes difficultés : représenter des soldats noirs n'était pas facile, et les visages restèrent donc flous, sauf celui du lieutenant Renfro ; quant à la jeune Emma, comme elle n'avait ni nez ni oreilles, il n'était pas question de la dessiner non plus. En fait, on ne voyait que le brave officier blanc du 10e de cavalerie… Les deux fois où l'on autorisa la presse à voir Emma, plusieurs journalistes eurent un malaise, et les articles expliquèrent seulement qu'elle avait été « fort maltraitée par ses ravisseurs » ; les deux ou trois journalistes qui évoquèrent les mutilations ne parlèrent pas des viols. Les Américains, à l'époque comme par la suite, tenaient à ce que leurs récits d'héroïsme respectent la bienséance.

Plus de vingt interviews mirent en valeur l'audace

héroïque de Renfro. Personne ne songea à interroger Jaxifer. Emma révéla les faits à une femme journaliste, mais, lorsque celle-ci rencontra Jaxifer, la taille du colosse, son absence de cou et ses grosses lèvres lui firent peur. Personne n'apprit donc le rôle qu'il avait joué dans l'affaire...

Il n'en fallait pas davantage à Daisy Renfro pour obtenir le retour de son mari à Washington, et elle orchestra l'incident avec habileté. Elle sollicita et obtint un télégramme de félicitations du colonel Custer, ainsi que plusieurs lettres émouvantes de colons texans demandant au lieutenant Renfro de sauver leurs enfants tombés entre les griffes de Matark. Avant la fin du mois, Washington exigeait le retour du nouveau héros, et, quand Daisy et Lewis quittèrent Fort Garner, ils ne manquèrent pas de rendre hommage à la manière dont le capitaine et Mme Reed administraient le fort. Renfro déclara à la presse :

« On ne peut pas avoir de soldats courageux dans un fort isolé s'il n'y a pas à leur tête un commandant exemplaire. On ne saurait trouver un meilleur chef que le capitaine Reed. »

Quand le train quitta la gare de La Nouvelle-Orléans, Lewis déclara à Daisy :

« Jamais plus nous ne reverrons le Texas, Dieu merci ! Quelle désolation ! »

Emma Larkin, captive des Comanches à douze ans, avait été une sorte de Saint-Graal des plaines : tous les hommes de valeur rêvaient de la ramener. Mais Emma Larkin, libérée à dix-sept ans, vieillie avant l'âge, souillée et défigurée, constituait en réalité une gêne pour tous. Une fois passés les premiers enthousiasmes, liés à sa libération triomphale, personne ne sut quoi faire d'elle.

Les femmes du fort s'étaient évidemment réjouies de son retour, mais elles s'aperçurent vite qu'il n'y avait pas de place pour Emma dans leur vie – ni ailleurs, tout compte fait. Elle n'avait aucune famille, tous ses proches étaient morts à Bear Creek, et, si elle conservait des parents dans l'est, comme la plupart des immigrants, il ne subsistait avec eux aucun lien. Surtout, elle était d'une laideur horrible : frêle, filiforme, presque sans fesses, et avec des cicatrices affreuses aux endroits où auraient dû se trouver ses oreilles et son nez. Enfin, elle avait pris l'habitude de marmonner entre ses dents : on aurait dit un fantôme errant, échappé d'un univers inconnu. Tout le monde eut pitié d'elle pendant quelques jours, puis on souhaita la voir ailleurs.

Mme Reed prit cependant la peine de représenter les intérêts de la jeune fille au tribunal de Jacksborough, car, de toute évidence, Emma devait hériter de toutes les terres qui appartenaient autrefois à son père et à ses oncles. Des rapaces avaient essayé d'obtenir des droits sur les six mille arpents, puisque aucun Larkin survivant ne revendiquait légalement la propriété, mais, aux yeux de tous, la pauvre Emma avait subi de telles tortures que la société lui devait bien la restitution de son patrimoine. Comme toujours au Texas dès qu'il s'agit de terres, le combat devint acharné, et l'on conseilla à Mme Reed de ne pas insister, si elle ne voulait pas mettre en péril les bonnes relations de la communauté avec le fort. Elle aurait sûrement cédé sans l'appui qu'elle obtint, sans le réclamer, d'Earnshaw Rusk.

Rusk avait recueilli les Comanches vaincus de Matark, qui semblaient vivre paisiblement sur leurs terres, et les Indiens n'avaient pas manqué d'accuser le capitaine Reed et ses soldats. « Ce Renfro nous a attaqués alors que nous chassions les bisons. Nous ne faisions que chasser, et ses soldats-bisons nous ont chargés et ont tué nos braves. Il a également volé une de nos femmes. »

Cette dernière accusation, lancée avec passion et grands gestes de bras, galvanisa Rusk, car elle représentait exactement le genre de comportement qu'il avait résolu de supprimer. Par un beau jour de la fin de l'été 1874, il partit donc avec deux de ses assistants comanches déposer à Fort Garner une protestation officielle. Avant son départ, il jugea prudent d'informer ses supérieurs, au ministère de l'Intérieur, de peur que des rapports contradictoires n'émanent du fort.

Je possède enfin une accusation à toute épreuve contre l'armée à Fort Garner, et j'ai l'intention d'aller jusqu'au bout. En août de cette année, alors que mes Comanches poursuivaient des bisons sous l'autorité pacifique du chef Matark, dont je vous ai déjà parlé, ils se sont égarés (je le reconnais volontiers) sur le territoire du Texas. Mais ils se conduisaient en bons citoyens, comme je le leur ai enseigné. Le lieutenant Renfro et sa horde de cavaliers leur sont tombés dessus. Plusieurs braves ont été massacrés et une Indienne enlevée.

Je considère qu'il s'agit d'une infraction scandaleuse aux règles qui gouvernent cette région et j'irai en personne à Fort Garner exiger des réparations pour mes Indiens. Je confie Camp Hope au chef Matark pendant mon absence, qui ne devrait pas se prolonger. Mais je peux t'assurer que je parlerai à l'armée sans mâcher mes mots.

Quand le quaker, sûr de son fait, apparut au fort, Wetzel voulut arrêter les deux guerriers comanches, mais Rusk fit un tel foin que Reed dut leur accorder le libre passage, comme le prévoyait la politique de paix du président. Les discussions reprirent comme par le passé.

« Vous ne voyez donc pas, Rusk, que vos bien-aimés Indiens ne sont qu'une bande d'assassins méritant la mort ?

– Tu ne vois donc pas, capitaine Reed, que tes hommes sont une bande de sauvages indisciplinés qui ne songent qu'à harceler mes Indiens ?

– Et les meurtres des dix-sept ranchers dont je vous ai donné la liste ?

– Et tes hommes qui ont enlevé une de mes Indiennes ? »

Reed se figea, stupéfait :

« Vous ne savez pas qui était cette femme ?

– Donc tu reconnais l'enlèvement ? »

Reed faillit éclater de rire :

« Personne n'ignore qui elle est dans le monde entier, mais vous vivez à quelques kilomètres au nord et vous n'en avez pas entendu parler ? Rusk, êtes-vous vraiment innocent, ou bien stupide ?

– Je m'attends à ce que vous m'insultiez, mais je m'attends aussi...

– Louise ! cria Reed. Demande à Bertha Wetzel de conduire la jeune fille ici. »

Comme il fallait s'y attendre, Mme Wetzel, en femme

pratique de la frontière, avait offert un foyer provisoire à l'adolescente dont nul ne voulait. Elle prit Emma par la main et la conduisit au bureau du commandant.

Mme Wetzel entra la première, et Rusk ne put voir la jeune fille s'avancer, mais au milieu de la pièce Mme Wetzel s'écarta, et Emma Larkin apparut. Elle avait appris à tout supporter, et elle tenait toujours la tête haute. Elle regarda Earnshaw Rusk dans les yeux et il demeura sans voix. Pendant un long moment, ils restèrent face à face en silence – l'enfant que les tortures avaient failli rendre folle et le divin quaker persuadé de la bonté fondamentale du genre humain. Soudain, Rusk s'avança vers l'adolescente et la prit dans ses bras :

« Jésus-Christ t'a reçue dans son cœur. »

Il voulut continuer de parler mais en fut incapable, et, après quelques instants forts gênants pour Reed, Mme Wetzel et même Emma, il inclina la tête, et des larmes emplirent ses yeux.

Il était si secoué qu'il dut s'asseoir. Son univers venait de s'écrouler. Avec moins de sévérité qu'il n'en avait l'intention, Reed lui dit :

« C'est Emma Larkin. L'unique survivante du massacre de Bear Creek. Prisonnière de vos Comanches pendant cinq ans. »

Lentement Rusk reprit ses esprits. Il lança à Reed, puis à Mme Wetzel, un regard angoissé :

« Emma Larkin ? Est-ce bien vrai ?

– Oui, répondit Reed. Et je veux que vous entendiez son récit du début à la fin, hors de ma présence et de celle de Mme Wetzel... Venez, Bertha. »

Il entraîna la femme de son adjoint.

« Assieds-toi près de moi », dit Rusk après leur départ.

Dans le bureau construit avec tant de soin sous la direction de Mme Reed commença la conversation qui changerait tellement de choses le long de la rivière Rouge.

EARNSHAW : Es-tu vraiment Emma Larkin ?

EMMA (*en un murmure*) : Oui. Je me souviens de ma famille. Nous étions quinze. Voulez-vous que je vous cite leurs noms ?

EARNSHAW : Et tu étais présente à Bear Creek ?

EMMA : Bear Creek, c'est ici. C'est ici que tout est

arrivé. Mon père et ma mère ont été tués dans notre maison, tout près.

EARNSHAW : Et tu es sûre que ce sont les Indiens ?

EMMA : Ils m'ont emmenée en captivité, non ?

EARNSHAW : Mais était-ce Matark ?

EMMA : J'ai vécu avec Matark pendant quatre étés. Les fils de Matark m'ont...

EARNSHAW : Tes oreilles ?

EMMA : Les fils de Matark les ont brûlées. Lentement, un peu chaque soir.

EARNSHAW : Je ne peux pas le croire.

EMMA : Regardez-les.

EARNSHAW : Ton nez ?

EMMA : Ils prenaient des braises dans le feu, ils dansaient autour de moi, puis ils posaient les braises contre mon nez. Et quand il se formait des croûtes...

EARNSHAW : Je t'en prie (*craignant de vomir, il changea de sujet*). Est-ce qu'ils t'ont battue ?

EMMA : Surtout les femmes.

EARNSHAW : Les hommes ?

EMMA : Ils venaient la nuit. Dormir avec moi. (*Cette phrase gêna tellement Rusk qu'il interrompit de nouveau la conversation. Jamais il n'avait embrassé de femme. Il jugeait le comportement féminin très mystérieux.*)

EARNSHAW : Tu ne dois pas parler de ce genre de chose. Tu dois oublier.

EMMA : J'ai essayé. C'est vous qui avez posé les questions.

EARNSHAW : Personne ne t'a jamais traitée gentiment ?

EMMA(*après réflexion*) : Personne. Sauf un Blanc qui a le bras gauche déformé. Ils l'appelaient Petit Frère, parce qu'il leur vendait des fusils. Son nom, c'était Peavine.

EARNSHAW : Il était avec eux ?

EMMA : Souvent. Ils lui disaient ce dont ils avaient besoin et il partait le voler.

EARNSHAW : Les as-tu entendus l'appeler Crotale ?

EMMA : Non, mais tout allait mieux pour moi quand il arrivait, parce qu'il leur apportait des fusils ou autre chose, alors ils m'oubliaient pendant quelque temps. (*Elle réfléchit de nouveau.*) Il me prenait toujours à part pour me promettre qu'un jour je serais libre. J'en rêvais, mais cela ne venait jamais.

EARNSHAW : Cet homme, tu es sûre qu'il avait le bras gauche atrophié ?

EMMA : Ils l'appelaient aussi Petit Manchot. (*Comme Earnshaw et Emma parlaient tous les deux le comanche, la jeune fille pouvait répéter avec précision les noms que donnaient les Indiens à leur comanchero.*) Jamais il ne m'a battue ni insultée. Un jour Matark lui a dit, et je l'ai entendu : « Dors avec elle si tu veux... » Mais Peavine a refusé, et cette nuit-là on m'a laissée tranquille.

EARNSHAW : As-tu accompagné les Comanches quand ils descendaient au Texas ?

EMMA : Très souvent.

EARNSHAW : Et tes Indiens, ont-ils incendié les ranches au Texas ?

EMMA : Comme ici, à Bear Creek. Très souvent.

EARNSHAW : Je suis sûr que c'était il y a très longtemps.

EMMA : C'était il y a une lune, quand les soldats noirs m'ont reprise.

EARNSHAW : Ils chassaient les bisons. Je suis sûr qu'ils chassaient les bisons.

EMMA : Nous avions tous les bisons que nous voulions au nord du fleuve. Nous venions au Texas pour incendier et massacrer.

EARNSHAW (*faiblement*) : Tu veux dire... Les Comanches prévoyaient leurs attaques ? Ils frappaient au sud puis se réfugiaient au nord ?

EMMA : Et pourquoi pas ? C'était la règle du jeu. Vous faisiez les règles, nous obéissions. (*Elle avait prononcé ces mots en comanche, d'un ton de défi arrogant qui blessa Rusk si profondément qu'il ne put retenir un frisson.*)

EARNSHAW : Que vas-tu faire, à présent ?

EMMA : Je n'en sais rien. (*Elle se remettait vraiment entre les mains de Dieu, et il en fut touché.*)

EARNSHAW : Tu as sans doute des amis. De la famille.

EMMA : Je n'ai personne. Et je ne suis pas comme les autres.

EARNSHAW : Tu peux laisser tomber tes cheveux sur tes oreilles. Personne ne verra ce qui...

EMMA : Mais ça ?

EARNSHAW : Tu peux te faire un nez. Je ne sais pas encore comment, mais c'est possible, j'en suis certain… (*Avec force* :) Nous te ferons un nez. Nous te ferons des amis.

EMMA : Qui voudrait de moi comme amie ?… Vous savez que j'ai eu un enfant ?

EARNSHAW : Bonté divine ! (*Il se mit à arpenter la pièce.*) Bonté divine ! Tu ne l'as dit à personne ?

EMMA : Personne ne me l'a demandé.

EARNSHAW : Tu as eu un enfant ?

EMMA : Mes lunes sont venues. Comme les autres, j'ai eu un enfant.

EARNSHAW (*complètement désorienté*) : Tu ne dois pas parler de ça. A personne. (*Puis il surmonta sa gêne.*) Tu veux dire… Les Indiens ? Ils ?…

EMMA : Je vous l'ai dit, ils venaient la nuit. L'un après l'autre. (*A cette nouvelle épouvantable, qu'il n'avait pas pleinement comprise jusque-là, Rusk s'écarta de la jeune fille – geste qu'elle remarqua et accepta.*) Je regrette de vous en avoir parlé, monsieur Rusk.

EARNSHAW : Tu connais mon nom ?

EMMA : Nous connaissons tous votre nom. Ils vous appelaient « l'homme-qui-nous-laisse-tout-faire ».

EARNSHAW : Pourquoi ne t'ai-je jamais vue à Camp Hope ?

EMMA : Ils n'y amenaient jamais les captives…

EARNSHAW : Il y en a d'autres ?

EMMA : Chaque tribu en possède. Parfois beaucoup. Ils nous vendent et nous achètent sans cesse.

EARNSHAW : Toujours des enfants ? Toujours des fillettes ?

EMMA : Les hommes, ils les tuent tous. Les jeunes adultes, ils les gardent quelque temps, puis ils les tuent. Les garçons, ils en font de jeunes braves. Ils deviennent indiens. Les filles, ils s'en servent comme ils se servaient de moi.

EARNSHAW : Mon Dieu, qu'ai-je fait ?

EMMA : Mon enfant était un garçon. Je n'en voulais pas.

EARNSHAW : Mais c'est ton enfant.

EMMA : Je n'en ai jamais voulu et je n'en veux pas davantage maintenant. Je veux tout oublier.

EARNSHAW : Sais-tu prier ?

EMMA : Mes parents priaient. Ici, à Bear Creek. Et j'ai souvent prié pour qu'on me sauve.

EARNSHAW : Veux-tu prier avec moi ? (*Elle se mit à genoux mais Rusk la prit par le bras pour la relever.*) Je suis quaker. Nous n'éprouvons pas le besoin de nous agenouiller. Nous parlons à Dieu face à face – debout.

Et ces deux victimes de la frontière texane prièrent que Dieu accorde à Earnshaw Rusk, consterné, l'inspiration qui lui permettrait de redresser ses erreurs passées et à Emma Larkin l'appui dont elle avait besoin en une situation si épouvantable. Il termina la prière en exprimant l'espoir qu'Emma retrouverait en son cœur assez d'amour pour son fils, mais, quand il se tut, elle lui déclara sans ambages :

« Cet enfant est fini. Toute l'épreuve est finie. »

A son retour à Camp Hope, Earnshaw Rusk rassembla ses Comanches et les tança comme jamais auparavant :

« Vous m'avez menti. Vous avez traversé la rivière Rouge non pour chasser le bison, mais pour incendier et massacrer. Vous m'avez caché d'autres enfants comme Emma Larkin. Cette attitude doit cesser.

– Nous irons où nous voudrons, répliqua effrontément Matark. Et nous leur rendrons les enfants quand ils nous offriront assez d'argent.

– Tu as caché dans tes rangs l'homme qu'on appelle Peavine le Crotale, alors qu'il est recherché pour meurtres.

– C'est notre ami. Nous le protégerons toujours contre l'armée. »

Surpris par l'audace des Comanches, Rusk les supplia de faire une paix sincère et loyale avec l'armée et de ne plus entreprendre aucun raid contre le Texas.

« Noble chef Matark, je te promets qu'il n'est pas encore trop tard. Si tu vas à Fort Garner avec ta tribu et si tu t'engages solennellement à...

– Aucun Indien ne peut compter sur leur parole. Ils tuent nos bisons. Ils ravagent nos camps.

– Jusqu'à maintenant, sans doute. Mais toutes les

guerres s'achèvent un jour, et la paix apporte tellement de consolations. » Il parlait en comanche, avec une grande éloquence, et des larmes lui montèrent aux yeux lorsqu'il évoqua la solution du problème indien, ardemment désirée par tous : « Grand chef Matark, la plus belle chose que tu puisses donner à ton peuple, le présent qui vaudra la gloire à ton nom d'un bout à l'autre des plaines... c'est la paix : l'engagement irrévocable de rester au nord de la rivière Rouge ; la promesse de mener une vie nouvelle dans les vastes réserves que le Grand Père blanc t'a accordées ici.

– Elles sont immenses aujourd'hui, répondit Matark avec une étrange intuition, mais elles deviendront minuscules quand ton peuple aura besoin de nos terres.

– Si nous partons maintenant, nous pourrons obtenir une paix et l'oubli des raids passés. Tu rendras les enfants volés et tu vivras heureux près de moi.

– Nous ne pouvons pas vous faire confiance.

– Je t'en supplie, insista le quaker. Écoute la raison. Pour l'amour de Dieu et la sécurité de tes propres enfants, viens avec moi et faisons la paix. »

La réponse de Matark fut horrible. A la tête de plus de cent braves, il s'enfonça au cœur du Texas, où il incendia six ranches isolés, tua les adultes avec les tortures habituelles et s'enfuit en emmenant six autres enfants. A son retour au sanctuaire de Camp Hope, il se vanta, en présence de l'agent, « d'avoir donné une bonne leçon aux Texans ». Avec une agressivité insultante, il refusa de rendre les enfants et lança à Rusk :

« Tu n'y pourras jamais rien. »

Il se produisit alors une curieuse succession d'incidents. A la surprise du capitaine Reed, Earnshaw Rusk se rendit seul à Fort Garner et fit amende honorable :

« On m'a trompé. On m'a menti. Matark est un assassin redoutable qui garde de nombreux enfants dans ses campements. J'avais tort. Je te demande, capitaine Garner, d'envoyer tes troupes en Territoire indien et d'arrêter cette brute.

– Est-ce une requête officielle, agent Rusk ?

– Oui.
– Vous savez que vos supérieurs, à Fort Sill et à Washington...
– Je sais que ma décision va les écœurer, car elle est contraire à nos conventions. Mais, même pour un quaker, il arrive un moment où le crime doit être puni.
– Je préférerais avoir une requête écrite, monsieur Rusk.
– Tu l'auras. »
Il s'assit au bureau du capitaine et rédigea sa demande dans les formes, pour que les troupes des États-Unis entrent à Camp Hope, en Territoire indien, et arrêtent Matark, le chef des Comanches, à cause de ses innombrables crimes. Quand il signa le document, qui niait toute une vie d'éducation religieuse et contredisait ses promesses au président Grant, ses mains tremblaient. Mais il le fit, et il surprit ensuite les soldats en leur demandant de voir la jeune Emma Larkin, à qui il avait apporté quelque chose.
Sans trop se montrer, elle vivait encore chez les Wetzel, qui commençaient à voir en elle un être sensible doté de courage et de droiture, et accomplissait avec un sens de l'humour étonnant les besognes ménagères que la famille allemande lui assignait. Quand Mme Wetzel la conduisit auprès de l'agent Rusk, elle remarqua que la jeune fille semblait vraiment contente de le voir.
« Non, madame Wetzel, tu dois rester, lui demanda Earnshaw. J'ai besoin de ton aide. »
Il sortit de sa poche un nez de bois sculpté, auquel étaient fixés deux cordonnets de crin de cheval tressé. Emma se dirigea vers la fenêtre, Rusk plaça le nez au milieu du visage de la jeune fille et demanda à Mme Wetzel de le tenir ferme pendant qu'il attachait les tresses de crin derrière la tête d'Emma.
« Oh ! s'écria Mme Wetzel avec une joie sincère. Tu as un nez, maintenant ! »
Elle alla chercher son miroir, et, quand la jeune fille constata la transformation, elle se tourna vers Rusk, puis vers Mme Wetzel, puis de nouveau vers le miroir. Elle reposa le miroir, prit les deux mains de Mme Wetzel et les embrassa. Elle fit de même pour Rusk, mais reprit le miroir aussitôt, pour s'examiner. Rusk tendit la main pour attirer

des mèches de cheveux sur le peu qu'il restait des oreilles de la jeune fille. Lorsqu'elle se vit de nouveau humaine, Emma éclata en sanglots de gratitude. Puis elle bondit sur place, poussa un cri comanche effrayant et lança :

« Je suis Emma Larkin ! Je suis Emma Larkin ! »

Elle ne garda pas longtemps son nez, car Mme Wetzel le lui prit et quitta la pièce ; à son retour, elle avait remplacé les tresses de crin par un fil blanc presque invisible. Plus personne ne pouvait se rendre compte qu'un fil maintenait le nez en place. C'était une invitation à revivre, et Emma pleura à chaudes larmes.

Les hommes de Fort Garner perdirent peu de temps à organiser une attaque massive contre Camp Hope. D'autres agents quakers du Territoire indien tentèrent de s'opposer à cette infraction à la politique de paix, mais les officiers leur montrèrent la requête écrite de Rusk et foncèrent. Au cours d'une série de manœuvres audacieuses, ils capturèrent Matark et trois de ses principaux lieutenants. Ils libérèrent du même coup neuf enfants blancs, dont les récits écœurèrent tellement la frontière que la cour de Jacksborough condamna Matark et ses hommes à la pendaison.

Mais les quakers ne restèrent pas inactifs. Ils harcelèrent les tribunaux fédéraux et obtinrent non seulement des injonctions contre les pendaisons, mais aussi le transfert de Matark et de ses hommes dans une autre prison texane, moins stricte. Quelques mois plus tard, une autre cour les libérait, selon le principe qu'ayant reçu une bonne leçon ils allaient devenir de bons citoyens. Un mois après leur retour à Camp Hope, ils prirent de nouveau le large et lancèrent des raids aussi sauvages qu'auparavant tout le long de la frontière texane.

La réaction de Washington ne se fit pas attendre. Le tendre Benjamin Grierson resterait au quartier général du régiment à Fort Sill et un vrai combattant, Ranald Mackenzie, prendrait sa place à la tête de l'une des cinq colonnes convergentes chargées de soumettre tout Indien rencontré hors de sa réserve. Elles attaqueraient Matark et ses tueurs en partant du Texas, du Nouveau-Mexique, de l'Arkansas et du Territoire indien, avec le colonel Nelson Miles à la tête d'un détachement, en face de Mackenzie. Ces deux colonels farouches formeraient les mâchoires de la tenaille qui prendrait l'ennemi.

Quand Mackenzie le Grincheux se mit à la recherche de Matark, le capitaine Reed insista pour prendre la tête du détachement de trois compagnies fourni par Fort Garner, tandis que Wetzel assumerait le commandement du poste avec une compagnie d'infanterie. La malchance voulut que les hommes de Garner tombent sur le terrain le plus difficile : une série de petits canyons qui défendaient Palo Duro du côté sud. Jaxifer lança à ses hommes :

« Nous descendons un kilomètre, nous remontons un kilomètre, et nous avons avancé de cinq cents mètres ! »

Mackenzie, quand il vit le terrain que les soldats-bisons affrontaient, fit observer :

« Vous livrez votre bataille avant le premier coup de feu. »

Mais il demanda quand même à Jaxifer de presser le mouvement.

La chaleur excessive constituait un obstacle plus grave, car on était début septembre, période la plus torride de l'année sur les plaines du Texas. Plus d'un nouveau venu dans l'État se consolait de son premier mois d'août en songeant à septembre. Mais il se souvenait de septembre au New Hampshire ou à New York. Quand le septembre texan survenait, il s'effondrait.

En 1874, septembre fut exceptionnellement chaud. Toute la surface du Panhandle devenait un mirage dansant à l'horizon. Le mesquite semblait se tasser, grillé par le soleil. Les crotales faisaient de brèves apparitions puis devaient chercher de l'ombre pour protéger leur corps. Les rares bisons qui avaient survécu au massacre des tireurs d'élite payés par les sociétés commerciales erraient sans but au milieu des squelettes blanchis de leurs frères.

Une énorme concentration d'Indiens s'était réfugiée dans les divers canyons de Palo Duro pour se défendre contre l'armée en marche : Kicking Bird et ses mille Kiowas ; White Antelope et ses nombreux Cheyennes ; Matark et ses neuf cents Comanches. Ils ne se battraient pas comme une armée organisée ; les traditions indiennes ne permettaient pas ce genre de coalition efficace, mais ils se soutenaient, et les déloger de leur terrier serait difficile.

Les cinq colonnes avancèrent, sans cesse poussées par Miles et Mackenzie, mais, aux abords de Palo Duro, le supplice d'un septembre texan commença à faire des ravages. Les réserves d'eau diminuèrent et les hommes découvrirent les affres de la soif.

Quand le 10e de cavalerie de Reed n'eut plus rien à boire, Jaxifer, sans en référer à personne, ordonna à l'un de ses hommes d'abattre un cheval pour que les soldats humectent leurs lèvres de son sang. Quand l'infanterie de Reed, très en arrière, demeura deux jours sans eau, le capitaine ordonna à ses hommes d'ouvrir avec un couteau la veine de leur bras, et de se soutenir avec leur propre sang. Comme certains hésitaient, il leur montra l'exemple : il se tailla le bras et l'offrit à deux soldats tout en serrant et relâchant le poing pour faire jaillir le sang. L'un des deux hommes s'évanouit.

Au Texas, surtout sur les grandes plaines, le temps peut varier très brusquement ; au milieu de septembre, au plus fort de la chaleur et de la sécheresse, un vent du nord se leva. En moins de douze heures le thermomètre tomba de trente-sept à quatre degrés. Pendant deux jours, le vent glacial menaça la vie de ces hommes qui avaient failli mourir de chaleur quelques heures plus tôt. Le troisième jour, des pluies torrentielles s'abattirent sur toute la région. La guerre devint une poursuite dans la boue, et les chevaux de la cavalerie, plus robustes et plus lents que ceux des Indiens, se trouvèrent avantagés.

De tous les côtés, les tuniques bleues commencèrent à serrer de près les milliers d'Indiens. Ces derniers, sous la conduite de chefs habiles comme Matark, réussirent à éviter toute bataille rangée, mais non les effets dévastateurs des raids de la cavalerie, qui incendiaient leurs tentes et détruisaient leurs récoltes. La défaite la plus grave survint un jour où ils ne perdirent que cinq guerriers : sous une pluie battante, Mackenzie et Reed découvrirent un défilé dans la muraille du canyon et lancèrent avec audace leur cavalerie sur cette piste abrupte et presque inutilisable. Au fond du canyon, ils trouvèrent une concentration de

Kiowas du chef Mamanti, les Comanches intraitables d'Ohamataï et les Cheyennes d'Iron Shirt. Ils surgirent dans les campements indiens, dispersèrent l'ennemi, incendièrent toutes les tentes, mais surtout s'emparèrent de leur troupeau de chevaux et de mules : quatorze cent vingt-quatre en tout.

D'un œil exercé, Mackenzie parcourut les rangs de ces animaux, choisit trois cent soixante-dix bêtes parmi les meilleures et donna à Reed l'ordre extraordinaire de tuer le reste. Quand Reed transmit les instructions à Jaxifer, celui-ci, qui adorait les chevaux et s'occupait des siens comme si c'étaient ses enfants, voulut protester, mais Reed lança : « C'est un ordre ! » Les soldats noirs l'exécutèrent, sous l'œil horrifié des chefs indiens prisonniers.

Jamais les soldats de Mackenzie et des autres colonnes ne livrèrent aux Indiens une seule bataille rangée, mais la désolation qu'ils répandirent dans les campements indiens en incendiant sans cesse les villages, en saccageant les camps et en massacrant les chevaux, convainquit l'ennemi que toute résistance prolongée était impossible. Un chef kiowa du nom de Woman's Heart fit le premier geste. Il réunit trente-cinq de ses guerriers et leur dit :

« Nous ne pouvons plus les contenir. Allez chercher vos familles. » Les hommes supposèrent qu'ils allaient livrer une dernière bataille sans espoir, mais, quand la tribu fut rassemblée, Woman's Heart leur annonça : « Nous partons à Camp Hope.

– L'attaquer ? Il y aura des soldats.

– Non. Nous nous rendrons à l'agent. Et nous irons dans la réserve qui sera désormais notre demeure. »

Plusieurs femmes se mirent à pleurer, et les braves se retournèrent vers les murailles du canyon qui assurait leur sécurité depuis tant d'années. Puis Woman's Heart emmena ses Kiowas.

Peu après, Stone Calf et Bull Bear, des Cheyennes, se dirigèrent vers les réserves avec huit cent vingt guerriers, imités aussitôt par White Horse avec deux cents Comanches, puis par Kicking Bird et Lone Wolf avec près de cinq cents Kiowas. Les ravages et les destructions sans remords aboutirent, là où la force des armes avaient échoué. La pression irrésistible exercée par les jeunes colonels Miles et Mackenzie avait brisé l'âme de la résistance indienne.

Le dernier Comanche à opérer sur le sol texan fut le chef Matark, et, pendant ces dernières journées dans les canyons, il bénéficia du concours d'un allié redoutable : le vieux comanchero Amos Peavine. Le Crotale, sachant qu'en période de troubles il avait une meilleure occasion de faire de l'argent, s'était infiltré du Nouveau-Mexique entre les colonnes américaines avec trois chariots pleins de fusils volés au dépôt de Cavin and Clark. Dans ce contexte, le mot *volés* recouvrait de nombreuses possibilités. Après enquête, il s'avéra que le personnel de Cavin and Clark avait probablement *vendu* les armes illégales à Peavine. Un des enquêteurs suggéra par ailleurs : « Le Crotale a non seulement volé les fusils, mais deux charretiers de Cavin and Clark. Ils avaient compris qu'ils gagneraient beaucoup mieux leur vie avec lui qu'en restant dans la compagnie. »

Peavine le Crotale avait suivi les pistes rocailleuses de Palo Duro environ deux semaines avant l'armée. Après avoir vendu ses fusils et empoché ses pièces d'or mexicaines, il s'était rendu compte que, cette fois, les tuniques bleues encerclaient les Indiens et que toute tentative de fuite serait condamnée à l'échec. Il commença donc à se lier d'amitié avec quatre jeunes Blanches, âgées de treize à seize ans, maintenues en captivité par les hommes de Matark ; il se montra extrêmement gentil avec elles, leur distribua ses rations et les protégea des assauts des jeunes braves.

Après les premières défections importantes, Peavine recommanda fortement à Matark et à ses fidèles de se rendre et de se réfugier dans leur réserve du nord de la rivière Rouge. Mais le Comanche lui répliqua : « Je ne vivrai pas sur une réserve », et ses hommes pensaient de même.

La pression fut si vive du côté nord que Matark chercha un soulagement temporaire en se dirigeant vers le sud, après avoir habilement évité les soldats du colonel Mackenzie. Cela le conduisit au sud de Palo Duro, à l'endroit où le Panhandle se soude au reste du Texas. Sans se fixer nulle part, il se livra au pillage.

Les grandes tribus indiennes occupaient autrefois le pays

appelé Texas, du golfe du Mexique jusqu'aux montagnes de l'Ouest, de la rivière Rouge au nord jusqu'au río Grande vers le sud. Elles se réduisaient à présent à une poignée de Comanches, et à quelques Apaches qui seraient bientôt repoussés dans les déserts arides de l'Arizona. A Matark revenait l'honneur de livrer le dernier combat.

Des éclaireurs apprirent bientôt à Mackenzie que Matark se déchaînait dans le Sud. Il chargea donc Reed et les hommes de Fort Garner de capturer les maraudeurs. Aux premiers jours de l'hiver, une grande poursuite se déclencha sur les plaines. Matark et Peavine fondaient sur un ranch exposé et Reed s'élançait aussitôt avec Jaxifer. Matark se repliait en faisant un long détour vers l'ouest et Reed cherchait à lui couper la route en prenant au nord-ouest. Mais Peavine expliquait aux Comanches que ce serait sans doute la stratégie de Reed, et les Indiens rebroussaient chemin dans la direction opposée...

Les Indiens avaient en face d'eux un adversaire habile et patient, à la tête de cavaliers rompus au combat. Lentement mais impitoyablement, Reed se rapprocha des Indiens et les repoussa toujours plus près de Palo Duro, où les forces plus nombreuses de Mackenzie les anéantiraient.

La bataille finale qu'envisageait Reed ne se produisit pas, car une manœuvre audacieuse de Jaxifer coupa la force indienne en deux, avec des conséquences désastreuses pour les Comanches. Reed, s'apercevant soudain que son détachement n'avait en face de lui qu'une fraction des hommes de Matark, lança une attaque sans merci à 4 heures du matin, encercla le camp de Matark, tua la plupart des guerriers et fit prisonnier le grand chef comanche.

Au même moment, Jaxifer encercla l'autre moitié des Indiens. Plus d'un brave échappa à son coup de filet, mais il captura une quarantaine de personnes, dont Peavine et les quatre adolescentes blanches qu'il protégeait. Des larmes de joie dans les yeux, le Crotale expliqua aux soldats-bisons qu'il était un paisible éleveur de la région de Fort Griffin : les hommes de Matark – « Qu'ils soient maudits ! » – avaient dévasté son ranch et emmené en captivité ses quatre petites filles. Tandis que les cavaliers fêtaient leur victoire et s'occupaient des jeunes filles, le Crotale s'esquiva sans tapage avec trois des meilleurs chevaux...

En apprenant le succès de Jaxifer, Reed envoya un éclaireur à Mackenzie pour lui apprendre cette victoire inespérée, et notamment la libération de quatre adolescentes. Il interrogea ses soldats noirs sur les détails de la bataille seulement après le départ du messager vers le nord. Il apprit alors l'existence de l'homme entre deux âges qui s'était occupé des jeunes filles.

« Et vous dites qu'il avait le bras gauche atrophié ? insista-t-il, la gorge nouée.

– Oui, c'est ça. »

Sachant par avance la réponse, il demanda aux jeunes filles :

« Avait-il livré des armes aux Indiens ? » Elles le confirmèrent, ajoutant qu'il les avait toujours protégées. « Les Indiens l'appelaient-ils Petit Manchot ? » Elles acquiescèrent. « Bon Dieu, sergent Jaxifer ! s'écria-t-il en lançant un coup de pied à une selle. Vous avez eu Peavine le Crotale entre les mains et vous l'avez laissé filer ! »

Aussitôt tout le détachement de Fort Garner (cent hommes) fit bloc :

« Pourquoi parler à quiconque de la présence d'Amos Peavine ? Vous, les gamines, il vous a sauvé la vie, non ? Alors, ne dites rien. Et nous, les hommes, voulons-nous devenir la risée de toute l'armée ? Alors, pas un mot ! »

Reed lui-même ne se sentit obligé de rendre compte que des faits nus : « Le sergent Jaxifer et son détachement remarquablement discipliné du 10e de cavalerie ont mis en déroute l'autre moitié des forces de Matark, et vaillamment libéré à cette occasion quatre jeunes filles blanches, prisonnières des Comanches. »

Matark fut conduit à Camp Hope, comme l'exigeait la politique de paix, et remis entre les mains des quakers qui remplaçaient le malheureux Earnshaw Rusk. On déporta le grand chef rebelle dans une réserve reculée de Floride, d'où il lança de nombreux appels. Deux agents quakers arrivés depuis peu sur la frontière déposèrent une requête de clémence en sa faveur, en soutenant que Matark, plein de bonnes intentions au fond de son cœur, avait été entraîné malgré lui dans la tragédie d'une guerre d'extermination.

Le président Grant, sensible à ce raisonnement et se rappelant avec quels grands espoirs il avait lancé sa politique indienne, demanda à l'un de ses collaborateurs : « Mais que pense de Matark cet agent Rusk, de Pennsylvanie ? » Earnshaw, invité à présenter un rapport, réfléchit sur tout ce qu'il savait de Matark, puis fit une prière. Au bout de deux jours de tergiversations, il rédigea sa réponse :

> Je connais Matark depuis de nombreuses années. C'est un sauvage qui essaie de trouver sa voie dans une civilisation nouvelle dont il ne parvient pas à comprendre les règles. Je crois savoir tout le mal qu'il a fait, et je le condamne pour sa barbarie. Mais je t'assure, Monsieur le Président, qu'hormis les tortures, impardonnables à mes yeux, il n'a commis aucun acte plus répréhensible que ce que l'armée des États-Unis a infligé à son peuple. Sa tragédie, c'est qu'on ne lui a jamais vraiment donné la possibilité d'accepter une politique de paix durable, offerte de bonne foi par le gouvernement américain. Il me paraît déplorable de le punir à présent parce qu'il s'est battu selon des règles établies par notre propre camp.
> J'ai sondé mon cœur pour déterminer où se trouve la justice en cette affaire, et je te supplie en toute honnêteté de commuer sa peine. C'est, comme toi-même, un guerrier plein d'honneur. Permets-lui de retourner au milieu de son peuple sur les terres qu'il a toujours hantées.

Matark fut donc gracié, mais avec un avertissement sévère :

« Si jamais vous posez le pied au Texas, vous serez abattu à vue.

– Je n'ai pas envie d'aller au Texas », répondit-il avec humilité.

Comme la tentation du Texas risquait d'être irrésistible s'il s'installait à Camp Hope, d'où il apercevrait chaque matin ses terrains de chasse traditionnels, on l'envoya dans une autre région du Territoire indien. Une journaliste d'un quotidien texan l'y retrouva, quand la paix régna enfin dans les plaines :

> Le chef Matark est considéré à juste titre comme l'un des derniers Indiens qui aient guerroyé au Texas. Des centaines de milliers de Peaux-Rouges qui terrorisaient nos ranches, il demeure le symbole, et quand je l'ai trouvé assis paisiblement sur le bord d'un *arroyo* dans sa réserve, je lui ai demandé quel souvenir durable il conservait de notre État. Il m'a répondu : « Le Texas, il n'y avait pas mieux. »

Deux semaines après la publication de cette interview dans la presse texane, Matark disparut de la réserve sans crier gare et le quaker responsable de la région signala : « Il se savait à l'agonie, et, comme le veut la coutume de son peuple, il a dû se rendre en un lieu isolé pour rejoindre le Grand Esprit. »

En fait, il s'était rendu dans l'Ouest, de l'autre côté de la frontière du Nouveau-Mexique, sur l'appel d'Amos Peavine, et il s'était associé à son ancien complice pour attaquer les diligences et les caravanes qui se dirigeaient vers la Californie. Le duo meurtrier suscita de nombreux rapports inquiets à Santa Fe et à Tucson : « Un vieux Blanc au bras tout sec avec un grand Indien triste qui n'ouvre jamais la bouche. Ils vous dépouillent de tout. »

D'autres rapports, plus sinistres, précisaient ce qu'il se passait quand les voyageurs essayaient de leur résister : « Le Blanc tire si vite qu'il a tué deux hommes avant qu'on s'aperçoive de ce qui se passait. »

Les pillages devinrent si fréquents que des détachements de volontaires se formèrent au Nouveau-Mexique et en Arizona. Dans ce dernier État, par un après-midi d'août étouffant, une fusillade éclata. Quand les armes se turent, le chef Matark des Comanches, âgé de moins de cinquante ans, se trouvait parmi les morts sur le sable brûlant. Le sort d'Amos Peavine demeura plus douteux. L'enquête signala : « On l'aurait aperçu qui se dirigeait vers le nord en perdant son sang. Étant donné la région dans laquelle il a disparu, nous pouvons le tenir pour mort. »

Puis il se produisit l'un des événements les plus curieux de l'histoire du Texas. Puisque la menace comanche n'existait plus, un poste frontière comme Fort Sam Garner n'avait plus de raison d'être. Un jour d'octobre 1874, George Reed, qui l'avait construit en torchis en 1869, puis reconstruit en pierre en 1871, reçut de Lewis Renfro, à Washington, ces instructions sèches :

> Au capitaine George Reed, 14e d'infanterie, officier commandant Fort Garner (Texas).
> Vous procéderez sans délai à l'abandon de Fort Garner, situé à Bear Creek, vous démantèlerez les installations et rendrez les terrains à leurs propriétaires civils sans aucune obligation de notre part de restaurer les lieux dans leur état d'origine, et sans promesse d'indemnisation.

Reed rassembla donc ses hommes et leur apprit que les deux compagnies du 10e de cavalerie seraient réaffectées au colonel Mackenzie, à Fort Sill, tandis que les deux compagnies du 14e d'infanterie, sous les ordres du capitaine Wetzel, resteraient à Fort Garner pour désaffecter les lieux.

Lorsque Jaxifer quitta le terrain de rassemblement pour la dernière fois, Wetzel l'arrêta pour lui dire, d'un ton d'admiration, mais comme à regret :

« Vous êtes un soldat de premier ordre, Jaxifer. Et vos hommes commencent à apprendre. »

Jaxifer se retourna vers ses soldats-bisons : selles cirées, bottes noircies, cuivres étincelants, visages souriants. Il était fier de ses Noirs ; rarement une unité militaire s'était battue avec autant de courage, autant de constance, pour recevoir aussi peu de reconnaissance.

Lorsque les cavaliers disparurent dans la poussière, les fantassins de Wetzel se mirent à vider les bâtiments, à charger les chariots et à démolir les quelques constructions en bois. Ils ne touchèrent pas aux solides bâtiments de pierre, car ils appartenaient désormais à un propriétaire hors du commun, qui avait l'intention de les occuper, et pour longtemps.

Reed vérifia soigneusement les dispositions légales obtenues par sa femme en faveur d'Emma Larkin :

« Si je comprends bien, monsieur le juge, les terrains sur lesquels se trouve Fort Garner retournent à la jeune Larkin ?

– Certes. Avec les six mille arpents que nous lui avons restitués.

– Donc, selon la loi texane, elle possède aussi tous les bâtiments que nous avons édifiés ?

– Absolument. Au Texas, le gouvernement fédéral ne peut posséder aucun bien immobilier. »

Au cours d'une cérémonie discrète, en présence du juge, Reed remit la propriété à Emma :

« Vous avez fait preuve de courage. Vous avez mérité ces terres. Occupez-les dans l'honneur. »

Il l'embrassa, ainsi que Wetzel, mais le juge chuchota à Sanders :

« Piètre récompense. Les bâtiments ne valent rien et la terre à peine dix *cents* l'arpent ! »

Tandis que les hommes démantelaient encore les installations, un général doté d'un charme extraordinaire fit savoir qu'il avait l'intention de visiter le fort au prochain convoi de chariots, et l'on fit les préparatifs nécessaires pour le recevoir dans les règles.

« Comment faire ? protesta Mme Reed. La moitié de nos meubles sont déjà rangés. Il nous prendra pour des pingres. »

A son arrivée, le général, un grand gaillard bien en chair, aux manières très européennes, mit ces dames très à l'aise.

« Nous avons appris, ma femme et moi, que vous alliez quitter les lieux. C'est même pour cela que nous nous sommes hâtés. »

Et il prit dans son chariot des panières de victuailles, suffisamment pour toute la troupe.

C'était le général Yancey Quimper, soixante-deux ans, héros non seulement de San Jacinto mais aussi de Monterrey. Comme toujours, sa première pensée était pour le bien-être de la troupe.

« Donnez tout cela à vos soldats, capitaine Reed, et, pendant qu'ils festoient, permettez-moi de vous expliquer pourquoi nous sommes venus vous rendre visite de si loin... » Il ouvrit lui-même les panières de bœuf et de canard, disposa une table séparée pour les quatre cavaliers noirs restés comme estafettes, et, quand les Reed et les Wetzel eurent levé leur verre à sa santé, il leur dit : « La charmante dame à mes côtés n'est autre que la veuve du capitaine Sam Garner, dont votre fort portait le nom. Et ces deux beaux garçons qui découpent le bœuf étaient les fils de Garner. Ils sont devenus les miens, car je les ai adoptés et ils portent le nom de Quimper. » A l'entendre, il leur avait conféré de la dignité en leur ôtant le nom honorable de Garner pour leur donner le sien, pourtant beaucoup plus douteux. « Et le costaud qui ouvre le baril de bière est mon fils légitime, James, qui mérite des félicitations, car il est devenu père la semaine passée. »

Puis le général fit plaisir à tout le monde en annonçant qu'il avait apporté une surprise pour « l'officier commandant notre Fort Garner ». L'un de ses fils remit à Reed un paquet volumineux.

« Ouvrez-le, capitaine ! s'écria Quimper. Ouvrez-le pour que nous puissions tous voir ! » C'était une paire de bottes militaires de couleur fauve, décorées d'aigles et d'épées en relief, avec le mot TEXAS en lettres d'argent. « Des vraies " Quimper ", lança Yancey. Des bottes de combat pour des hommes de combat, et c'est un honneur pour moi de les offrir au commandant de notre fort.

– Mais comment avez-vous su ma pointure ?

– Ah, ah ! Ne vous manque-t-il pas une paire de vieilles bottes de l'armée ? » Reed regarda sa femme, qui haussa les épaules. « Ne lui faites pas les gros yeux, s'exclama Yancey. C'était lui. »

Il braqua l'index vers Wetzel, qui avoua : il avait subtilisé les bottes, cinq mois auparavant, pour permettre cette petite fête.

Le lendemain, Quimper révéla le motif réel de sa visite : il voulut voir la jeune Emma Larkin, et quand on la fit venir il lui demanda carrément :

« J'aimerais acheter les terres que les tribunaux vous ont accordées.

– Les tribunaux ne m'ont rien accordé, répondit Emma avec un regard farouche. Ces terres m'ont toujours appartenu. Mes parents en ont pris la concession en 1869.

– Oui, mais comme vous étiez mineure et orpheline, les juges…

– Ils ne m'ont rien donné ! » répéta-t-elle.

Quimper comprit que la jeune personne ne se laisserait pas manœuvrer facilement :

« Vous possédez six mille arpents, *más o menos*, comme nous disions dans le vieux Mexique. Plus ou moins.

– Pourquoi désirez-vous les acheter ?

– Nous avons un proverbe : si vous achetez assez de terres au Texas, la chance ne peut que vous sourire. Avec l'argent que je vous donnerai, vous pourrez mener une vie facile, n'importe où en ville. » Il lui expliqua qu'il était prêt à offrir dix *cents* l'arpent, un peu plus que la valeur du moment. « Cela vous fera six cents dollars, et vous pourrez faire des merveilles avec six cents dollars. » Quand elle lui dit non, il passa à douze *cents,* et devant son refus, il ajouta : « En raison de l'héroïsme de votre famille, douze *cents* et demi. Cela fait sept cent cinquante dollars, une somme princière pour une jeune fille comme vous. »

Au coucher du soleil, elle n'avait pas encore accepté.

A son retour chez les Wetzel, tout le monde expliqua à Emma qu'avec sept cent cinquante dollars elle pourrait acheter une belle maison à Jacksborough et apprendre la couture ou un autre métier. Jamais il ne vint à l'esprit de personne – même pas à elle-même – qu'elle pourrait se marier un jour et avoir des enfants. Elle serait toujours une épave sans foyer et ils désiraient pour son propre bien la voir installée dans ses murs :

« Nous allons partir dans quelques jours, tu le sais. Tu ne pourras pas vivre toute seule au milieu d'un fort désert, même si tu en es la propriétaire. »

Elle ne voulut rien entendre.

Le lendemain matin, les Quimper, les Wetzel et les Reed s'associèrent pour lui montrer tout l'intérêt de la proposition du général, mais elle leur cloua le bec :

« C'est la terre que mon père a choisie et colonisée. Ma famille a payé pour elle un prix affreux. Et moi aussi. Je ne la céderai jamais, même si je suis obligée de vivre ici avec les coyotes. »

Rien ne put l'en faire démordre ; ils la congédièrent comme si elle était une enfant débile.

Après son départ, Reed demanda à Quimper et à ses fils s'ils aimeraient voir comment le fort avait fonctionné pendant ses heures de gloire, et, pendant ce temps, Mme Reed et Mme Wetzel se chargèrent de distraire

Mme Quimper. Cela donna aux femmes du fort l'occasion d'éclaircir plusieurs points obscurs.

« J'ignorais que votre mari se trouvait à la bataille de Monterrey. Votre mari actuel, je veux dire...

– Bien entendu, nous connaissons tous la carrière de votre premier mari. Nous avions un petit livre pour apprendre aux soldats qui était le héros dont leur fort portait le nom. »

Mme Quimper parla sans réserve avec des femmes de soldats, qui comprenaient les complexités de la vie militaire :

« Quand le général Quimper m'a épousée, je me suis félicitée de rencontrer un homme aussi aimable et prévenant... Vous avez vu mes deux fils. Ils étaient sur le point de devenir deux voyous quand Yancey est arrivé, et il en a fait des hommes. Je lui en serai reconnaissante à jamais. Avec le recul du temps, je m'aperçois maintenant que c'était alors un grand bonhomme mou, sans caractère. Mais, quand il m'a épousée, il a épousé en même temps un caractère prêt-à-porter, si je puis dire : celui de mon premier mari. Il a commencé par s'habiller comme lui et à parler comme lui. Il est devenu plus droit, il a pris un ton militaire. Il a pris ensuite ses fils pour leur donner son nom. Puis il s'est mis à évoquer sans cesse les exploits de Sam Garner à Monterrey. Bientôt ce furent : *nos* exploits. Et enfin : *mes* exploits. Un soir, je l'ai entendu expliquer à un groupe de généraux comment *il* avait chargé l'Évêché au sommet de cette colline de Monterrey. Il avait été également très brave à Vicksburg. Il m'avait adoptée, avec mes fils et la carrière militaire de mon premier mari... Il est maintenant à la fois mon premier et mon second mari, ajouta-t-elle en souriant.

– Il avait tout de même un passé honorable, avança Mme Reed. San Jancinto et le reste. »

Mme Quimper se mit à rire.

« Au lendemain de la bataille, mon premier mari m'avait parlé de Quimper et de sa capture de Santa Anna. Le malheureux Mexicain se cachait dans un fourré. Il avait des vêtements déchirés et Yancey l'avait pris pour un simple peón. Il a découvert de qui il s'agissait beaucoup plus tard.

– Dans ce cas, comment est-il devenu général ? demanda Mme Wetzel.

– Le plus simplement du monde. Un beau matin, il a annoncé au monde : “ Je suis général. ” Comme le Texas avait soif de héros, on l'a laissé être général. »

Mme Reed versa à Mme Quimper une deuxième tasse de thé puis dit à mi-voix :

« Avez-vous entendu parler du sauvetage héroïque de la petite Emma Larkin par Lewis Renfro ?

– Tout le monde en a entendu parler. Les journaux du Texas en étaient pleins.

– C'est la même chose. »

Mme Quimper regarda d'abord Mme Reed, qui souriait, puis Mme Wetzel, qui riait carrément. Leur bonne humeur était si contagieuse qu'elle fut forcée de sourire, bien qu'elle ne comprît pas la raison de leur hilarité.

« Vous voulez dire… » Elle hésita, cherchant un mot qui ne condamnerait pas trop son mari : « … qu'il s'agit également d'une innocente supercherie ? »

Mme Wetzel ne put se retenir :

« Ce merveilleux soldat de couleur, le colosse sans cou, fort comme un bœuf… C'est lui qui a sauvé la jeune fille ! »

Et les trois femmes éclatèrent de rire en songeant aux prétendus héros dont elles avaient observé les cabrioles.

Ces journées mouvementées n'avaient pas été faciles pour Earnshaw Rusk, car l'armée le traitait avec mépris de rêveur qui refusait de regarder la réalité en face, tandis que ses amis quakers le considéraient comme un traître : n'avait-il pas, pris de panique, fait appel à la soldatesque pour régler un conflit temporaire, soluble par voie de négociation ?

Après son expulsion de Camp Hope, il avait essayé, dans sa disgrâce, de s'installer à Jacksborough, mais ce village de colons grossiers, où les hommes résolvaient leurs différends à coups de poing et de revolver, n'avait pas de place pour un homme de son étoffe. Il se rendit alors dans la petite ville qui poussait dans l'ombre de Fort Griffin, vers le sud, mais c'était un vrai trou d'enfer, dont les malandrins lui firent peur. Ensuite il travailla de nuit à l'infirmerie d'un autre fort, où nul ne savait ce qu'il avait fait à Camp Hope. Ce fut là qu'il apprit que Fort Garner allait être abandonné, et il voulut revoir le théâtre de son humiliation.

Il se rendit directement à la maison occupée autrefois par le capitaine Wetzel et sa femme, et il y trouva Emma Larkin qui faisait son ménage, aussi paisiblement qu'au cœur d'une petite ville. Elle s'était adaptée à sa nouvelle vie sans oreilles et sans nez, semblait-il. Après les premières salutations, empruntées, Rusk lui demanda où elle comptait s'établir :

« Ici, au fort, répliqua-t-elle dans un murmure. Ça me plaît et c'est à moi. »

Il accepta le thé qu'elle lui offrit dans une tasse laissée par les Wetzel ; puis elle lui montra qu'elle avait récupéré toutes sortes de choses abandonnées par les officiers et les soldats.

« Je vivrai bien. »

Il s'assit dans le fauteuil préféré de Wetzel et se lança dans un étrange discours :

« Emma, j'ai complètement gâché ma vie ! » (Il n'ajouta pas : « Et ta vie a été complètement gâchée elle aussi ! », mais la jeune fille sentit qu'il le pensait.) « Je me demande... » reprit-il.

Il s'arrêta. Du jour où il avait rencontré cette pitoyable jeune fille, il s'était interrogé sur ce qu'il adviendrait d'elle. Comment un être humain aussi brisé et offensé pourrait-il survivre ? Comment Emma pourrait-elle affronter le monde ? Ces questions sans réponse l'avaient poussé à lui sculpter le nez qu'elle portait à présent. Ce n'était pas de l'amour, car il ne comprenait guère ce mot – et très peu les émotions complexes qu'il représente –, mais certainement de la sympathie, le besoin d'aider son prochain. Et il désirait encore l'aider.

« Je me suis souvent demandé ce que tu ferais... après le départ de tes protecteurs... Et j'ai pensé... »

Il fut incapable de continuer. Rien dans sa vie solitaire, gâchée, ne l'avait préparé à prononcer les paroles qu'il se sentait contraint de dire.

Emma Larkin, meurtrie puis sauvée comme peu d'êtres humains le seraient jamais, tendit la main, la posa sur celle

du quaker et prononça son prénom pour la première fois :
« Earnshaw, on m'a donné ces terres et ces bâtiments. J'aurai besoin de quelqu'un pour m'aider.
– Le pourrai-je ? balbutia-t-il.
– Tu le pourras, Earnshaw, murmura-t-elle. Tu le pourras. »

... Le commando

Austin, en plein été. La chaleur accablait la ville comme sous une couverture oppressante qui coupait l'oxygène et mettait tout le monde mal à l'aise. Jour après jour, la température demeurait autour de trente-sept degrés et le ciel sans nuages irradiait une ardeur malsaine, comme l'intérieur d'un globe de bronze surchauffé. Les poissons du beau lac restaient vers le fond, où les assauts incessants du soleil semblaient moins violents, et, dans la campagne, le bétail haletant recherchait la moindre trace d'ombre. Il faisait vraiment chaud au Texas, et tous ceux qui en avaient les moyens fuyaient au Nouveau-Mexique.

Malgré la chaleur, nous devions tenir notre réunion de juillet à Beaumont, la célèbre ville pétrolière proche du golfe, où, dans notre optimisme, nous espérions quelques brises fraîches. Je m'attendais à une séance productive, car notre conférencier serait le professeur Garvey Jaxifer, de la faculté d'État de la Rivière-Rouge.

Je fus donc fort étonné quand Rusk et Quimper me téléphonèrent pour me demander de convoquer une séance extraordinaire de deux jours, juste avant Beaumont. Je supposai qu'ils allaient protester contre ma décision d'inviter le professeur Jaxifer, mais ils m'assurèrent que telle n'était pas leur intention.

A 9 heures donc, par un matin brûlant, Mlle Cobb, le professeur Garza et moi nous retrouvâmes à l'aéroport Browning d'Austin, où deux jets privés atterrirent coup sur coup. Je me demandai pourquoi nous avions besoin de deux avions, mais, quand le premier s'arrêta, je découvris que Lorenzo Quimper avait fait prendre nos trois collaborateurs à Dallas. Ce serait donc une réunion importante.

Les conspirateurs refusèrent de nous dire où nous allions, mais nous partîmes vers le nord-ouest – en direction d'Abilene et de Lubbock, calculai-je.

« Pourquoi tous ces mystères ? » demandai-je à Quimper, dans le même avion que moi.

En guise de réponse, il me fit un clin d'œil.

Bientôt l'un des jeunes, meilleur géographe que moi, s'écria :

« Eh ! Santa Fe ! »

Nous étions au Nouveau-Mexique.

Après avoir survolé la belle capitale du Sud-Ouest, nous avons pris au nord en suivant l'autoroute de Taos, jusqu'à un vaste ranch où nous avons atterri. La piste privée, recouverte de bitume, faisait plus de deux kilomètres.

« L'hacienda de Ransom », nous annonça Quimper.

Sur le tarmac, Rusk nous lança, comme s'il avait besoin de s'excuser :

« Il Magnifico et moi avons trouvé le Texas vraiment trop chaud. Je tiens à ce que vous preniez deux bonnes journées de détente. Faites ce que vous voulez. Il y a des hélicoptères... des chevaux de selle... la baignade... des pistes de montagne. Taos vers le haut, Santa Fe vers le bas. »

C'était le genre de geste qu'aiment faire les Texans, mais je remarquai que rien dans le ranch n'était tapageur. Les voitures étaient des camionnettes Ford avec des râteliers à fusils derrière les sièges, et non des Mercedes ; des chambres réduites au minimum avec des couvertures de Prisunic pour les nuits froides ; pas de piscine olympique mais un petit coin où se baigner, et où notre collaboratrice du SMU parut splendide. (Elle n'avait pas apporté de maillot mais la gouvernante mexicaine de Rusk lui en présenta un choix de six ou sept.)

Le moment le plus émouvant de notre visite se produisit le soir de ce premier jour, quand Quimper demanda à son pilote de nous apporter quatre paquets de belle taille, enveloppés dans du papier cadeau.

« Travailler avec vous, s'écria Lorenzo, a été fort instructif et demeure un privilège. Jamais je n'aurais cru que je m'entendrais si aimablement avec des anarchistes. »

Il choisit un des paquets et le tendit à Rusk. Celui-ci déchira le papier, révélant une longue boîte à chaussures qui contenait une paire de bottes décorées de façon incroyable. Fabriquées à l'usine de chaussures General Quimper, elles avaient fait l'objet d'une commande spéciale. Sur le devant se trouvait un taureau longhorn du Texas, espèce que Rusk tentait de perpétuer dans son ranch du comté de Larkin. Sur le côté, un derrick à pétrole, et, à l'arrière, un Learjet bleu et or.

Mlle Cobb ouvrit ensuite son cadeau : de hautes bottes fines, qui correspondaient bien à sa silhouette stricte et élégante. Sans la moindre ornementation qui fasse oublier le grain parfait du cuir, elles semblaient sculptées dans un camaïeu subtil de gris et d'argent.

« Quel est ce cuir ? s'écria la jeune femme du SMU.

– Boa constrictor de l'Amazonie », répondit Quimper, visiblement fier de l'habileté de ses ouvriers.

C'étaient des bottes comme on n'en voit qu'une fois dans sa vie, et Mlle Cobb fut si touchée par le geste de Lorenzo qu'elle serra les lèvres de peur de laisser échapper des paroles sentimentales, indignes de ses ancêtres Cobb.

Vint ensuite mon tour. Je me demandai ce que Lorenzo avait jugé convenable pour un homme ayant aussi peu de traits particuliers. Dès que j'ouvris la boîte, je m'aperçus qu'il avait tenu à rendre hommage à mon ancêtre Moses Barlow, d'El Alamo, car sur le revers de mes bottes le mot *Alamo* brillait en lettres rouges sur fond bleu pâle. Au-dessous, en vert et blanc, se trouvait la célèbre mission ; et de la semelle jusqu'au revers, à l'extérieur, une longue carabine du Kentucky, en noir. Mes bottes étaient purement texanes, et je fus très heureux de les recevoir, car jamais je n'aurais pu m'offrir de mes deniers une perfection pareille.

A cause de l'animosité permanente entre Quimper et Garza, jamais déclarée mais jamais enterrée, je me demandai ce qu'avait bien pu trouver Lorenzo pour définir la personnalité du professeur, mais, quand Efraín ouvrit son paquet, nous restâmes sans voix, car Quimper lui avait réservé le sommet de ses dons artistiques. Sur un fond de couleurs violentes, rouge, vert et blanc – les couleurs du drapeau mexicain –, il avait représenté un peón avec un grand sombrero en train de dormir devant un mur d'adobe, la silhouette du sanctuaire de Notre-Dame de Guadalupe, et un agrandissement du motif central du drapeau mexicain : l'aigle perché sur un cactus en train de tuer un crotale.

« J'ai demandé à mon meilleur ouvrier de faire le vautour en train de bouffer un ver », lança Quimper en montrant fièrement le dernier motif.

Garza le regarda avec un mélange d'affection et de stupéfaction. Depuis plus de deux cents ans, sa famille n'avait aucun lien avec le Mexique ; il ne s'était rendu dans ce pays qu'une seule fois – voyage d'ailleurs désagréable – et, bien qu'il parlât la langue et suivît la religion du Mexique, il ne se sentait aucune relation avec ce pays. Or il recevait des bottes proclamant hautement qu'il était mexicain !

Nos trois jeunes collaborateurs virent alors le pilote s'avancer avec trois autres paquets cadeaux et comprirent qu'ils leur étaient destinés. A la jeune femme du SMU, Lorenzo avait offert des bottes aussi féminines que celles de Mlle Cobb, mais en cuir rouge souple qui semblait crier : « J'ai vingt-trois ans et je ne suis pas mariée ! » Mlle Cobb lui dit :

« Toutes les jeunes femmes devraient connaître un jour le plaisir de posséder une paire de bottes comme celle-là. »

Notre jeune collaboratrice en eut les larmes aux yeux.

Les deux hommes reçurent de simples bottes de cow-boy en cuir précieux, ornées de grands chapeaux, de lassos et de revolvers. Quand les sept paires se trouvèrent côte à côte, nous battîmes des mains, mais Lorenzo ne faisait jamais les choses à moitié, et le pilote revint avec le cadeau du « patron ». Quimper s'était choisi des bottes fantastiques. Le cuir, d'un violet agressif, s'ornait d'un résumé de la culture texane : un coucou coureur au milieu du désert, un pistolet Colts, un puits de pétrole et un crotale lové.

« J'aime que mes bottes parlent à l'imagination ! lança Quimper.

– On peut entendre parler celles-ci jusqu'à la frontière californienne », répliqua Garza.

Ce soir-là, quand nous nous présentâmes à l'entrée du ranch pour aller dîner ensemble dans un restaurant de

Santa Fe, nous formions vraiment ce que Quimper appela « un commando mirobolant ».

Ragaillardis par cette fuite hors de l'Enfer texan, nous nous préparâmes pour notre réunion de Beaumont, où nous fîmes la connaissance du professeur Garvey Jaxifer, l'éminent érudit noir.

Il nous présenta un exposé bref mais sans compromis, dont voici les éléments essentiels :

« Tout au long de leur histoire, les Texans d'origine anglo-saxonne – les Anglos – ont méprisé les Indiens, les Mexicains et les Noirs. Cette tradition remonte aux conquistadores espagnols, qui considéraient les Indiens comme leurs esclaves et les traitaient de façon abominable. Les Mexicains, en tout cas ceux qui ne se classaient pas parmi les Indiens, renchérirent sur cette attitude.

« Les premiers Texans héritèrent ce mépris pour les Peaux-Rouges, renforcé par les préjugés compréhensibles nés dans des États frontières comme le Kentucky et le Tennessee, où la guerre contre les Indiens demeurait fréquente. Au Texas, la plupart des tribus indiennes rencontrées par les pionniers se montrèrent fort difficiles – les Karankawas cannibales, les impitoyables Wacos et les sauvages Kiowas. Cela ne fit qu'augmenter la haine des Blancs. Les premiers Américains durent combattre ces Indiens pour chaque pouce de terrain occupé, et cela les empêcha de percevoir les aspects positifs des autres Indiens qu'ils rencontrèrent, notamment les Cherokees.

« Plus tard, bien entendu, les Texiens se trouvèrent face à face avec les redoutables Apaches et Comanches. Même avec les plus généreuses intentions du monde, il aurait été difficile de trouver une solution au conflit qui s'ensuivit. Personne n'a le droit de fermer les yeux sur l'histoire sanglante de la frontière entre 1850 et 1875, avec ses massacres sans fin et ses tortures horribles, pour condamner les colons texans au vu de leur réaction.

« Mais le Texas a beaucoup perdu en expulsant ses Indiens, et il s'en ressent aujourd'hui encore. Tout d'abord, l'État a perdu un groupe d'hommes et de femmes qui auraient contribué à notre merveilleuse diversité s'ils étaient restés. Plus important encore, leur expulsion a encouragé les Texiens à se croire supérieurs, les maîtres absolus de tout ce qu'ils touchaient, et dotés du droit de donner des ordres aux peuples qui les entouraient. Les Indiens n'étaient plus là depuis longtemps quand leur absence commença à se faire sentir, car les Texiens reportèrent leur fureur sur les Mexicains et les Noirs. Les cicatrices de ce transfert demeurent visibles de nos jours.

« La condition des Noirs au Texas est l'un des plus grands secrets de l'histoire texane, toujours écrite comme si les Noirs n'avaient jamais existé. Or, en 1860, les Noirs constituaient trente et un pour cent de la population et représentaient une valeur marchande totale de plus de cent vingt-deux millions de dollars. Ils étaient beaucoup plus nombreux que les Indiens ou les Mexicains, et l'économie de l'État, dominée par le coton, dépendait largement d'eux.

« Malgré la preuve manifeste du contraire, deux légendes sont nées au sujet des Noirs, l'une avant la guerre civile et l'autre après ; et ces légendes sont si convaincantes, si consolantes pour les Blancs du Texas, qu'on les a honorées jusqu'à ce jour et qu'on les croit encore. Elles continuent d'affecter toutes les relations entre les deux races.

« La légende d'avant la guerre veut que les esclaves étaient heureux dans la servitude, qu'ils n'aspiraient pas à la liberté, et qu'on ne la leur accordait pas parce qu'ils ne savaient rien faire hormis récolter le coton – ils n'auraient pas pu survivre sans des Blancs pour les surveiller et leur donner des ordres. Les faits sont radicalement différents. Sur la plupart des plantations, les mécaniciens étaient des esclaves. Parmi les esclaves se recrutaient des infirmières d'une compétence et d'une compassion hors du commun. Ils étaient aussi les gardiens de la terre, et plus d'un avait économisé suffisamment pour acheter sa liberté. Encouragés et orientés, ils auraient été beaucoup plus utiles au Texas qu'en continuant de couper du coton.

« Le plus troublant de cette légende, c'est le fait que, à en croire les journaux texans, ces esclaves supposés heureux sous la tutelle généreuse de leurs maîtres blancs ne cessaient de fomenter des soulèvements, d'incendier les granges des maîtres et de menacer d'insurrection générale. Des dizaines d'articles de journaux locaux parlent d'exécutions d'esclaves pour prévenir la rébellion, et les fuites d'esclaves vers le Mexique devinrent si fréquentes qu'on organisa des forces de police le long de la frontière pour y mettre fin. J'en parle avec autorité, car mon arrière-arrière-grand-père a utilisé cet itinéraire pour échapper à sa servitude sur la plantation de vos ancêtres, Mlle Cobb. Je m'empresse d'ajouter qu'il a toujours assuré à ses enfants qu'il y avait été bien traité. Mais dès que l'occasion se présenta... Il passa au Mexique en traversant le río Grande.

– Qu'a-t-il fait là-bas ? demanda Quimper.

– Il s'est rendu à Veracruz et a pris le premier bateau pour La Nouvelle-Orléans, où il s'est engagé dans un régiment de New York.

– Il s'est battu avec le Nord ? grommela Quimper.

– Et qu'espériez-vous donc ?

– Il aurait pu rester neutre.

– Les Texiens n'avaient aucun mal à croire les deux moitiés contradictoires de cette légende d'avant la guerre, reprit le professeur : l'esclave, heureux, ne songeait qu'à massacrer son maître.

« La légende d'après la guerre se révéla plus néfaste. La genèse en est compréhensible. Le Sud venait d'être vaincu. Le Nord, surtout sous le président Lincoln, voulut se montrer généreux dans la victoire ; mais l'assassinat de Lincoln permit à des extrémistes du Congrès d'imposer au Sud une Reconstruction intolérable. L'une des ironies de l'histoire du Texas, c'est que les journaux et le peuple se réjouirent de la mort de Lincoln, qu'ils condamnèrent comme l'un des tyrans les plus odieux de l'histoire, alors que lui seul aurait permis à leur État d'éviter les déchirements qu'il allait subir. Il fallut attendre 1902 pour qu'un journal texan ait le courage d'imprimer un mot aimable sur Lincoln – et on le traîna aussitôt dans la boue.

« L'histoire vraie de la Reconstruction au Texas n'a pas encore été écrite et ne le sera probablement pas avant la fin de notre siècle ; la légende de cette époque mouvementée demeure trop virulente. En ce qui concerne les Noirs, elle prétend trois choses : que les Noirs élus quand les nordistes contrôlaient les urnes se montrèrent au mieux incompétents, au pis malhonnêtes ; qu'au moment de leur émancipation soudaine les Noirs ne surent que faire de leur liberté ; et, surtout, que les rares membres de la police d'État mise en place par le gouvernement imposé par les nordistes furent des brutes meurtrières. Rien dans l'histoire du Texas ne fit davantage de tort aux Noirs que la présence d'agents de couleur dans la police d'État, organisme détesté et méprisé.

« Une fois encore, la légende est au mieux fautive, au pis infâme. Les législateurs noirs ne furent pas plus mauvais que leurs contemporains blancs et leurs successeurs. La plupart des Noirs apprirent très vite comment utiliser leur liberté ; ils s'installèrent chez eux, montèrent de petits commerces ou revinrent travailler dans les plantations comme salariés. Quant aux policiers noirs, s'ils ont abattu, comme on les en accuse, huit ou dix Blancs sans en avoir reçu l'ordre, les Rangers ont tué plus de huit ou dix centaines d'Indiens et de Mexicains. Pourquoi traîne-t-on les premiers dans la boue alors qu'on a immortalisé les seconds ? La disproportion n'est pas facile à justifier.

« Ces haines ont engendré un curieux phénomène. De nombreux bravaches de l'Ouest se sont mis à tirer sur des Noirs sans la moindre raison, et ces crimes leur valurent l'approbation de leurs concitoyens. Billy the Kid fit ses débuts en massacrant un forgeron noir qui avait osé lancer un calembour sur son nom (il l'avait appelé *Billy la Chèvre* au lieu de *Billy l'Agneau*). Cette réaction rapide et meurtrière lui a valu plus d'une louange. Un de ses hagiographes a écrit : “ Un geste vif du poignet, une pression de l'index, et Billy réduisit pour toujours au silence ces épaisses lèvres noires, insolentes. ”

« John Wesley Hardin, tueur impitoyable qui a abattu vingt-neuf hommes avant l'âge de vingt-quatre ans, était méprisé de tous jusqu'au jour où il massacra deux agents de police noirs ; il devint aussitôt un héros du Texas. Mais le prototype du tueur texan fut Cole Yeager, du comté de Xavier, qui annonça un jour, à l'âge de dix-huit ans : “ Je ne peux pas supporter un Nègre libre. ” Il le prouva en tirant une balle dans le ventre d'un jeune Noir qui se disputait avec un Noir plus âgé. Quand on l'interrogea à ce sujet, Yeager répliqua : “ Il est dit dans la Bible : Tu respecteras tes aînés ”, et aucune charge ne fut retenue.

« Un peu plus tard, il s'élança au galop dans la grand-rue de la bourgade de Lexington, non loin de la capitale, et abattit huit Noirs, qui ne s'y attendaient guère. On excusa son geste sous prétexte que " ce genre d'incident devait se produire un jour ou l'autre ".

« Enchanté de sa réputation de tueur de Nègres, il se rendit du côté de Jefferson, dans la région du coton, et vit un dimanche matin deux Noirs bien habillés, Trajan Cobb et son épouse Pansy, qui quittaient leur petite maison pour se rendre à l'église noire. Saisi de rage à la pensée que des Noirs " essaient de s'élever au-dessus de leur condition ", Yeager sortit ses revolvers et les tua.

« Or ils travaillaient tous les deux comme salariés libres chez le sénateur Cobb, le héros de la Confédération, et, lorsque celui-ci apprit, à Washington, ce qui s'était passé, il retourna sur-le-champ au Texas, déterminé à obtenir justice. Avec sa femme, Petty Prue, il se lança à la recherche du salaud qui avait tué ses anciens esclaves.

« Les agents de la police fédérale, craignant le scandale qui éclaterait si Yeager abattait un sénateur des États-Unis manchot, essayèrent de dissuader Cobb de poursuivre sa proie, mais Cobb ne voulut rien entendre : " Quand un individu a insulté l'honneur d'un État entier, il faut s'occuper de lui ; si vous avez peur de vous mettre à ses trousses, j'irai seul. "

« Heureusement, vers cette époque, Cole Yeager tua un Blanc – d'une balle dans le dos à la suite d'une dispute pour cinquante *cents* –, et la justice eut enfin un bon prétexte pour l'arrêter. Sur l'insistance du sénateur Cobb, un juge sans peur du comté de Victoria vint dans le Nord, et Yaeger, qui avait alors abattu trente-sept êtres humains, des Noirs pour la plupart, fut condamné à la pendaison.

« Les Cobb assistèrent à l'exécution, et ils poussèrent un cri de rage quand la corde cassa et que Yeager tomba à terre indemne. Une voix dans la foule cita la vieille tradition anglaise selon laquelle, dans ces circonstances, le condamné doit être libéré, puisque Dieu est intervenu en sa faveur. Des murmures dans la foule soutinrent cette opinion, car plus d'un trouvait injuste de pendre un Blanc parce qu'il avait abattu des Nègres.

« Mais Cobb, de sa main droite indemne, sortit son

revolver et lança : “ Nous ne le pendons pas selon l’ancienne loi anglaise. Nous suivons la nouvelle loi du Texas. Pendez-moi cette ordure !... ” Et ce fut fait.

« Le comté de Robertson, non loin d’ici, fournit un exemple fort intéressant des difficultés éprouvées par les Texans pour s’adapter à l’émancipation de leurs Nègres. Un Noir, Harriel Geiger, avait été élu à l’assemblée de l’État, et pendant sa législature il avait étudié le droit à Austin, où il était devenu membre du barreau. Il défendait efficacement les inculpés noirs, ce qui irrita le juge O.D. Cannon de Robertson, décrit dans les journaux de l’époque comme un “ ségrégationniste au sang chaud ”. Dans tous les procès où un Noir se trouvait impliqué, le juge écoutait les preuves présentées par les Blancs – il ne permettait jamais à un Noir de témoigner –, puis il grommelait, crachait par terre et condamnait le Noir à une longue peine de travaux forcés. Naturellement, il ne vit pas d’un bon œil l’avocat Geiger, fort de son expérience à Austin, venir dans son palais de justice pour discuter sur des subtilités juridiques.

« Par un après-midi torride, le juge Cannon en eut assez : “ Je t’avais prévenu, Nègre, de bien regarder où tu posais les pieds, mais, dans ton insolence, tu n’as tenu aucun compte de mon conseil. ” Sur ces mots, il sortit un revolver, le braqua à un mètre de la poitrine de l’avocat, et appuya cinq fois sur la détente. Verdict du juge d’instruction : Harriel Geiger, coupable d’outrages répétés à magistrat, avait été remis à sa place comme il convenait.

« En 1892, à Paris (Texas), un Noir du nom d’Henry Smith enleva et tua la fille de trois ans d’un nommé Harry Vance. Aucune ambiguïté : ni sur le crime, ni sur la culpabilité, ni sur la condamnation à mort. Mais comment fut-il exécuté ? On lui fit traverser sur un chariot une foule de dix mille personnes, puis on le ligota à une chaise perchée en haut d’une glissière à coton. De là-haut, Vance, le père de la fillette morte, demanda à la horde de faire silence pendant qu’il exerçait sa vengeance. On lui apporta un petit brasero de forgeron où se trouvaient plusieurs fers à souder chauffés à blanc. Il les prit l’un après l’autre, commença par les pieds nus du condamné et continua en remontant. Il brûla tout ce qui dépassait, mais sans toucher au torse. Lorsqu'il parvint à la tête, il brûla la bouche, puis éteignit les yeux et appliqua les fers aux oreilles. Enfin rassasié, il offrit les fers à qui voulait partager sa vengeance, et son fils de quinze ans prit sa suite. Les dix mille Blancs poussèrent des cris de joie.

« Le Noir méritait la mort, mais aucun être humain ne mérite de mourir de cette manière. Cette scène horrible a pu avoir lieu pour une seule raison : la légende affirmait que les Noirs n'étaient pas vraiment humains.

« Pourquoi explorer davantage ces dossiers d'horreur ? La preuve est faite : la légende a contaminé profondément les relations entre les Blancs et les Noirs au Texas. Je ne vous demande pas d'attaquer la légende, ni d'en faire tout un plat. Mais, au moins, ne la perpétuez pas. N'augmentez pas sa vitalité. Laissez-la mourir. Parlez de vos Noirs du Texas comme d'êtres humains, ni meilleurs ni pires que les Tchèques, les Polonais et les Irlandais qui ont contribué, eux aussi, à construire ce grand État. »

A la fin de l'exposé du professeur Jaxifer, Lorenzo Quimper lui demanda :

« Espérez-vous que nous passions sous silence la façon dont vos hommes de couleur se sont comportés pendant la Reconstruction, au lendemain de la guerre de Sécession ? Je me rappelle très bien un récit de mon père : un homme de couleur accosta un jour mon arrière-grand-père, le général Yancey Quimper ; il voulait des bottes sans les payer. Cet individu, qui ramassait le coton six mois plus tôt, lança au général : “ Je suis député maintenant, et j'ai droit à des bottes gratuites. – Freemont, lui répliqua mon arrière-grand-père, tu n'as droit qu'à une chose : un bon coup de pied au cul ! ” Et vous savez quoi ? Cet homme de couleur a fait arrêter mon arrière-grand-père !

– Cette vieille légende de famille mérite-t-elle qu'on s'y arrête ? » demanda le professeur.

Je vis Quimper rougir. Je compris que nous allions avoir un affrontement grave, le professeur Jaxifer n'étant pas homme à céder. Mlle Cobb dut le sentir, car elle intervint aussitôt :

« Le récit que vous avez fait sur la réaction de mon grand-père à la mort de son ancien esclave est parfaitement exact, professeur. La perte de Trajan Cobb lui causa un tel chagrin qu'il fit graver sur sa tombe, à Lammermoor : À UN FIDÈLE AMI. »

Ransom Rusk émit une opinion judicieuse, que je reprends ici au nom de notre groupe tout entier :

« Professeur, vous nous avez fait l'honneur d'un exposé généreux et convaincant. Mais vous vous doutez bien que nous ne saurions réviser toute l'histoire du Texas et corriger tous les déséquilibres. Le mieux que nous pourrons faire sera de préparer une voie plus sincère et honnête pour l'avenir.

– C'est un excellent principe de départ, concéda le professeur Jaxifer. Nous ne demandons qu'une chose, nous les Noirs : n'embellissez pas la légende par de nouvelles additions. Nous ne pourrons jamais, hélas, changer les mensonges du passé... en tout cas dans ce siècle. »

11

La frontière

LA FRONTIÈRE (1876-1880)

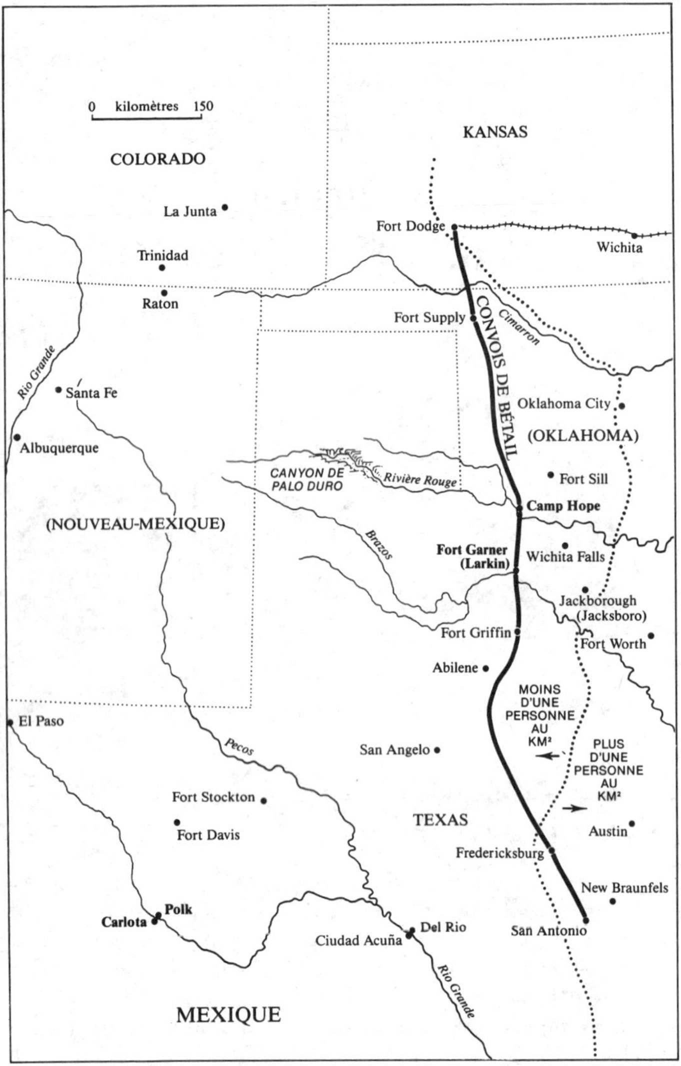

Étrange paradoxe, la véritable bataille pour cette région commença après que l'armée des États-Unis eut abandonné Fort Garner : le conflit entre la frontière primitive et la ville évoluée, lutte d'une portée encore plus vaste que la rivalité entre le Visage-Pâle et l'Indien. Les adversaires en présence furent merveilleusement divers : les bœufs à longues cornes des plaines, vivant à l'état sauvage, contre le bétail à viande, amélioré par la sélection, d'origine anglaise ; le cavalier solitaire galopant de l'horizon occidental contre le chemin de fer ahanant de l'Est ; la balle irrévocable d'un pistolet vengeur contre le tribunal civil garant d'une justice rationnelle ; la poignée de pièces mexicaines cachées dans un bas de laine contre la banque à ses débuts, avec son coffre-fort de métal ; le toucheur de bestiaux errant en liberté contre le marchand de fil de fer barbelé ; et, au sein même de Fort Garner, les errances nomades qu'avait connues Emma Larkin, avec les Comanches, contre le foyer stable et la vie ordonnée que son mari Earnshaw Rusk avait décidé d'établir.

Dès l'instant où Earnshaw Rusk fixa ses pénates dans la maison de pierre abandonnée de Fort Garner, il engagea son combat pour apporter sur cette frontière sauvage la civilisation qu'il avait connue dans les campagnes de Pennsylvanie. Quaker pacifiste, il tenait à effacer les souvenirs du poste militaire et il essaya donc de changer le nom de l'endroit. En l'honneur de la famille martyrisée de sa femme, il voulait que le futur village s'appelle Larkin. A sa stupéfaction, l'administration des postes des États-Unis continua de l'appeler Fort Garner, mais Rusk corrigeait les gens de sa voix de fausset : « En réalité, c'est Larkin ! »

Il se montra également intraitable au sujet du bétail à longues cornes :

« Je ne veux aucune de ces méchantes bêtes sur nos terres. Elles me font peur. Avec ces longues cornes sauvages, elles semblent venir du diable. Et les êtres humains qu'elles attirent sont une bande de sans-Dieu dissolus.

– Si tu ne veux pas de bétail sur nos terres, lui demanda sa femme, comment mangerons-nous ?

– Je trouverai un moyen », dit-il.

Mais ce fut elle qui passa à l'action. Auprès des Comanches, elle avait acquis une grande habileté à cheval : elle parcourut les plaines pour rassembler des mustangs sauvages dans des corrals. Elle les dressait ensuite pour les vendre aux divers postes de l'armée, au Texas et dans le Territoire indien. Elle faisait preuve d'un talent exceptionnel pour changer ces magnifiques bêtes en bons chevaux de selle car, au lieu de les briser à coups de fouet et de privations, elle les raisonnait en leur parlant doucement une langue qu'ils semblaient comprendre. Grâce à son aptitude stupéfiante à communiquer avec l'animal, elle apprenait au mustang à travailler avec elle. Jusqu'à former un couple ami.

Des officiers vinrent bientôt de forts éloignés pour acheter un *Rusk roamer*, comme on appelait les chevaux dressés par Emma. Ces mustangs atteignaient de bons prix et on les appréciait pour leur curieux mélange de douceur et d'humeur fière. Puis elle tomba enceinte et il devint manifeste que même avec l'aide maladroite d'Earnshaw elle ne pourrait plus attraper et domestiquer assez de mustangs pour faire bouillir la marmite.

Quand Emma voulut soulever la question de leurs futurs moyens d'existence, Earnshaw la devança en posant un autre problème :

« Emma, nous devons trouver des gens pour occuper ces maisons...

– Je ne veux pas que des tas de gens...

– C'est une honte de posséder d'aussi bonnes maisons que celles-ci et de les laisser vides. Un des fantassins qui vivait ici... Et sa femme qui travaillait rue des Battoirs... Ils m'ont dit qu'ils végétaient à Jacksborough. Ils ont envie de revenir.

– Comment gagneront-ils leur vie ?

– C'est l'autre question, Emma. » Les images des années à venir et du développement prochain de cette région de la vallée du Brazos dansaient devant ses yeux. Il reprit : « Nous allons faire venir un bébé dans notre foyer vide. Nous devons faire venir des gens dans nos maisons vides.

– D'où viendra l'argent pour ces extravagances ?

– Les gens font l'argent, Emma. » Avec la douce persuasion qu'il avait employée pour communiquer une vision de paix aux Comanches, il tenta de révéler à son épouse le brillant avenir qu'il voyait : « Nous possédons tes six mille arpents qu'aucune charrue ne saurait entamer. Nous possédons un merveilleux village de pierre qu'aucun orage ne saurait détruire. Et nous nous possédons nous-mêmes, sans rien d'autre que tes économies et aucune autre perspective financière. Cette terre vide, ces maisons vides, nous devons nous en servir comme argent. »

Emma garda le silence, car elle sentait s'éloigner doucement la magie de ces plaines ; elle sentait la pression des hommes en train d'envahir ses arpents déserts, ses maisons silencieuses. Elle avait peur de passer à un autre style de vie, mais elle faisait également confiance à son mari, qui lui avait donné une preuve si courageuse de son amour. S'il concevait un monde nouveau, elle devait l'écouter – écouter la voix de l'avenir :

« Tes terres vides, Emma, doivent produire quelque chose. Tes maisons vides ont été construites pour protéger des familles. Un homme est passé à cheval ce matin, pendant que tu t'occupais des mustangs, je lui ai dit qu'il était le bienvenu dans une de tes maisons. » Comme elle protestait contre cette invasion, il reprit doucement : « Emma, si le fort doit devenir une ville un jour, nous devons accueillir des gens. »

De cette manière imprévue, Frank Yeager, sa femme illettrée de l'Alabama et le petit Paul, leur fils famélique de trois ans, s'installèrent dans la maison située au nord de celle du commandant. Dès leur arrivée Emma comprit que les Rusk allaient avoir des ennuis, car Yeager était un homme grossier et sa femme une baptiste convaincue qui se croyait obligée de placer tout le monde sous la protection morale de son Église. Un soir où elle avait affirmé hautement que les quakers étaient condamnés à l'enfer en raison de leurs croyances peu orthodoxes, Earnshaw dit à sa femme :

« Elle s'est mis dans la tête de me convertir et de m'indiquer la bonne voie, mais pourquoi ne discipline-t-elle pas d'abord son propre mari ? »

Frank Yeager était un violent, difficile de caractère, qui s'adonnait à l'ivrognerie et au poker dès qu'il pouvait trouver des partenaires.

Peu de temps après l'arrivée des Yeager, Frank obtint l'appui sans réserve d'Emma pour un de ses projets :

« Une femme enceinte comme vous devrait cesser de jouer comme ça avec des mustangs sauvages. Rassemblons tous les longhorns à quatre-vingts kilomètres à la ronde. Faisons un vrai troupeau que nous conduirons à une de ces nouvelles gares de Kansas, en tête de ligne du chemin de fer. Il y a un paquet d'argent à gagner. »

Emma, qui adorait tous les animaux et surtout le bétail sauvage des plaines, répondit, tout excitée :

« Nous rassemblerons le premier lot cet après-midi. »

Deux jours plus tard, Earnshaw partit à Jacksborough inviter l'ancien soldat et son épouse lavandière à s'installer dans une autre maison du fort. Les nouveaux venus aidèrent volontiers Yeager à rassembler les bêtes. Les femmes montaient aussi bien que les hommes, et le troupeau des Rusk augmenta.

La présence d'une autre femme fut précieuse quand Emma eut son bébé, un garçon courtaud doté d'un appétit vorace, d'autant plus qu'Earnshaw se révéla totalement inutile pour la naissance et pour les premières journées difficiles. En fait, il était toujours dans les jambes de tout le monde, et l'ancienne lavandière lui lança :

« Monsieur Rusk, vous feriez mieux de partir à Jacksborough déclarer votre fils aux autorités. »

Au cours de cette visite à Jacksborough, Earnshaw apprit que deux soldats-bisons du 10e de cavalerie arrivaient à l'âge de la retraite obligatoire et, lorsqu'il découvrit que l'un d'eux était le très estimé John Jaxifer, il offrit à chacun des deux hommes une maison gratuite. La population du village d'Earnshaw s'accrut donc en même temps que le troupeau d'Emma.

Fort Garner se constituait maintenant d'Emma Rusk et de ses longhorns, d'Earnshaw et de sa vision d'une communauté, de leur fils Floyd qui grandissait tous les jours, des Yeager capables de faire presque n'importe quoi, du soldat blanc et de son épouse aux manches retroussées, des deux cavaliers noirs et de beaucoup de fusils. Rusk détestait les fusils. Emma respectait leur utilité sur la frontière. Les six autres adultes savaient se servir de leurs armes – et les Yeager enseignaient déjà à leur gamin de trois ans le maniement d'un revolver de bois. Comme Earnshaw s'insurgeait, Yeager lui répliqua :

« Un Texan qui ne sait pas tenir une arme ne mérite pas d'être texan. »

Quand les premiers longhorns d'Emma furent rassemblés à Fort Garner, Earnshaw ne cacha pas son mépris pour ces bêtes, il comprit cependant très vite qu'ils allaient fournir la base économique nécessaire non seulement à sa famille mais à la communauté qu'il désirait établir, et il leur accorda davantage d'attention. Il étudia sérieusement ces bêtes fines du Texas avec leurs cornes d'une longueur excessive, et ses instincts de quaker l'incitèrent à vouloir les améliorer. Il reconnut aussitôt qu'ils étaient admirablement adaptés à la vie en liberté sur les plaines, mais jamais ils ne produiraient de viande vendable si l'on ne les croisait pas avec le bétail plus lourd et plus gras importé d'Angleterre. Lorsqu'il proposa à Yeager d'acheter les taureaux angus ou herefords que recommandaient les experts en agriculture, le vacher efflanqué, lui-même un longhorn humain, tout en muscle et sans graisse, protesta aussitôt :

« Le longhorn, c'est le Texas. Vous le changez, vous tuez l'esprit. »

– Ces cornes ! Elles sont horribles », répliqua Earnshaw en montrant un des taureaux aux cornes si immenses – presque deux mètres entre les pointes – qu'elles en devenaient ridicules. « Mais regardez-le donc. Tout en cornes et en pattes. Pas de chair. »

Par malheur, Earnshaw dénigrait le longhorn dont Frank Yeager se montrait le plus fier.

« Mais c'est notre meilleur taureau.
– Pourquoi dis-tu cela ?
– C'est notre Moïse. Il conduit les autres à la terre promise. » Il expliqua que cette énorme créature laide s'était imposée comme le roi de cette région de la frontière texane : « Au printemps, il couvre les vaches pour qu'elles produisent des veaux gros et solides comme lui. Ces cornes ? Il en a besoin pour chasser les loups. Ces longues pattes ? Elles lui serviront à parcourir sans fatigue la piste vers les marchés du nord. Monsieur Rusk...
– Je suis quaker. Nous n'aimons pas les *monsieur*. Appelle-moi *Earnshaw*.
– Monsieur Earnshaw, un taureau longhorn comme Moïse constitue une des réussites parfaites de la création divine. Remplacez-le par ces races fantoches venues d'Angleterre... » Il cracha par terre. « Monsieur Rusk, cette frontière était occupée jadis par trois créatures puissantes : les Comanches, les bisons et les longhorns. Il ne reste plus que les longhorns. Si vous les remplacez par du gras et du lard, que va devenir le Texas ? »

Le désir d'Earnshaw d'établir un élevage profitable connut un revers déplaisant quand il voulut vendre quelques bêtes.

« Je ne peux pas trouver d'acheteurs, même à quatre dollars par tête. Or nous dépensons davantage pour eux.
– Si nous pouvons les livrer à la tête de ligne, à Dodge City, je sais qu'ils nous rapporteront quarante dollars par tête. Les marchés de l'Est ont tellement besoin de viande qu'ils prennent même les longhorns.
– Comment les livrerons-nous là-bas ?
– Je partirai avec les hommes.
– Il n'est pas question qu'ils aillent au Kansas ! répliqua Rusk aussitôt. J'ai entendu parler de la piste de Chisholm qui aboutit à Abilene (Kansas), et des débauches qui s'y produisent. Nous trouverons un conducteur de bétail de confiance. »

Rusk apprit bientôt qu'une nouvelle piste de bétail, la Great Western Trail, partait des rives du río Grande, au sud, obliquait vers le nord-ouest pour gagner San Antonio et Fredericksburg, puis traversait des espaces vides jusqu'à Fort Griffin, remontait non loin de Fort Garner, puis gagnait la colonie indienne de Camp Hope, et Fort Supply au cœur du Territoire indien. De là à Dodge City, où venaient de pénétrer les chemins de fer de l'Est, l'étape n'était pas très longue.

« Ce qui se passe là-bas, dit Earnshaw à sa femme, je préfère ne pas le savoir. »

Ce fut Emma qui entendit prononcer pour la première fois le nom de R.J. Poteet. En juin, un cuisinier mexicain de la piste du bétail lui apprit :

« M. Poteet abreuvera ses bêtes à votre réservoir demain. »

Emma monta en selle aussitôt pour s'avancer à la rencontre de cet homme.

Elle le trouva avec plus de deux mille longhorns que lui avaient confiés divers éleveurs le long de la piste du nord. Neuf vachers et le cuisinier mexicain l'assistaient, ainsi qu'un gamin de treize ans chargé des chevaux de secours de la *remuda*. Le camp était en ordre, établi sur les directives d'un homme d'ordre qui venait d'avoir cinquante ans, grand et mince comme un cyprès, d'ailleurs aussi sombre, avec une moustache en brosse et un chapeau à larges bords. Il avait des bottes si pointues et aux talons si hauts qu'il marchait vraiment comme une femme, mais, comme il descendait rarement de cheval, on ne le remarquait guère. Il parlait d'une voix grave, sonore, avec un fort accent du Sud – et une courtoisie élaborée quand il s'adressait aux femmes et aux jeunes garçons. A la façon dont ses hommes vaquaient à leurs devoirs, on voyait qu'il n'avait pas besoin de lancer des ordres. Il respectait les capacités de chacun, y compris celles des deux Noirs qui faisaient partie de son équipe. Aucun alcool n'était autorisé dans le camp, sauf celui qu'il avait, et dont il se servait comme médicament, pour les autres, en cas de crise.

« R.J. Poteet pour vous servir, madame, dit-il quand Emma s'avança à cheval. J'ai appris vos exploits avec les Comanches et je respecte profondément votre courage.

– Mon mari et moi avons deux cents belles bêtes. Bien nourries.

– L'herbe pousse sur ces terres riches.

– Et nous ne ménageons pas nos soins.

– Les longhorns se soignent eux-mêmes. Regardez l'état

des miens. Après huit cents kilomètres de piste, pour certains.

– On m'a dit que vous veillez bien sur les bêtes que l'on vous confie.

– J'essaie, madame. »

Il parlait avec une franchise sympathique, qui encouragea Emma à lui accorder sa confiance.

« Pourriez-vous... » Elle hésita. « Seriez-vous intéressé...

– Je conduis du bétail dans le Nord depuis un certain nombre d'années, madame. Vous désirez que j'emmène le vôtre à Dodge City ?

– Acceptez-vous ?

– C'est mon métier. » Il lui définit ses conditions sans même la laisser mettre pied à terre : « Nous sommes au bout du voyage, madame, mais c'est la partie décisive. Il faut que je fasse traverser à vos bêtes la rivière Rouge, puis les terres indiennes, et deux autres grands cours d'eau, le Canadian et le Cimarron. A Dodge City, il faudra que je leur trouve un acheteur, que je conclue le marché et que je vous rapporte l'argent. Cela mérite un salaire, madame.

– Je ne dis pas le contraire.

– Dix pour cent maintenant, le reste à la vente.

– Vous semblez hésiter à indiquer votre prix, monsieur Poteet.

– C'est exact, madame, parce que certains éleveurs, surtout les dames, le jugent souvent trop élevé. Mais cela représente beaucoup de travail et de responsabilités.

– Je suis ici parce que l'on peut compter sur vous.

– Madame, je vous serais obligé de bien retenir ces chiffres. Vous me devez un dollar par tête. Je vous dois cinq dollars par tête que je perds en chemin. Je n'ai donc pas l'intention d'en perdre. Si vous voulez m'accompagner à Dodge City pour vendre vos bêtes, libre à vous, et je me contente de mon dollar par tête. Si j'agis comme votre représentant pour la vente, et je suis prêt à le faire, vous pouvez être assurée que je défendrai nos intérêts de mon mieux.

– C'est ce qu'on m'a dit, monsieur Poteet.

– Les réputations ne s'établissent pas en une seule année. » Il toussa, puis acheva l'exposé de ses conditions :

« Si je m'occupe de la vente, or cela peut prendre trois minutes comme trois semaines, je garde cinq pour cent. Certains font ce travail pour moins, mais, en toute franchise, je ne les recommande pas. »

A l'heure de midi, ils rejoignirent les cow-boys près du chariot-popote, stupéfiant monument à l'ingéniosité américaine, véhicule à quatre roues duquel pendaient toutes sortes d'accessoires utiles, ouvre-boîtes, scies à os, poêles à frire, marmites à anses de métal, moules à gâteaux pourvus d'un trou sur le rebord pour qu'on puisse les accrocher à un clou, corde à linge, tables pliantes, un auvent pour protéger le cuistot mexicain du soleil, un bac pour le charbon de bois, et deux douzaines d'autres éléments fonctionnels, dont des tiroirs de toute dimension.

Au milieu de la conversation, Poteet se tourna soudain vers Emma :

« Madame, c'est téméraire de ma part et sans doute grossier. Mais ces jeunes gens essaient de comprendre le Texas. Auriez-vous le courage de leur montrer ? »

La franchise de sa requête – en fait la dignité avec laquelle il menait toutes ses affaires – donna à Emma ce courage.

Elle leva les deux mains contre ses joues pour repousser ses cheveux en arrière et exposer les cicatrices affreuses de ses oreilles. Elle entendit les cow-boys cesser de respirer. Puis, sans retirer ses mains, elle détacha les deux fils blancs qui maintenaient son nez de bois. Quand le nez tomba, l'un des hommes s'écria :

« Nom de Dieu !

– Le Texas n'a pas été conquis sans douleur, dit Poteet.

– Je ferai rassembler et compter les longhorns cet après-midi, lança Emma.

– Nous les compterons ensemble, madame », répondit Poteet.

Earnshaw Rusk avait toujours fait vœu de résister à la politique, car il avait constaté l'absence de principes qui règne dans ces milieux, et le côté implacable de ces hommes dès que les intérêts personnels sont impliqués. Il avait vu ce que la politique lui avait fait au Territoire indien, et ce qu'elle avait fait à un excellent homme comme le colonel Grierson au Texas. Il avait conclu : seul un aveugle ou un être insensible aux questions morales peut se mêler à ces combines. Cependant, lorsqu'il étudia la situation sans passion, il s'aperçut que son objectif à long terme – la civilisation de l'Ouest – demeurerait hors d'atteinte tant que le Texas n'aurait pas des représentants énergiques à Washington. Quand il interrogea diverses personnes concernées au sujet de l'homme que le Texas devrait envoyer au Sénat des États-Unis, le nom de Somerset Cobb, le notable respecté de Jefferson, revint à plusieurs reprises. Et, lorsque Cobb se sentit obligé de se présenter au Sénat pour défendre la culture de l'Ancien Sud, Rusk se sentit obligé d'appuyer activement sa candidature.

En surface, Cobb représentait pourtant tout ce à quoi Rusk s'opposait. Cobb avait possédé un grand nombre d'esclaves en Caroline du Sud et au Texas. Rusk avait risqué sa vie pour s'opposer à l'esclavage en Caroline du Nord et en Virginie. Cobb était démocrate ; Rusk, républicain comme la plupart des quakers de Pennsylvanie. Cobb s'était élevé à un grade supérieur dans l'armée des confédérés ; Rusk était pacifiste.

Surtout, Cobb s'était opposé avec vigueur à l'ingérence du Nord dans les affaires texanes. Il avait qualifié la Reconstruction d'« enfant bâtard d'une législature revancharde, mesure infâme par sa conception, cruelle dans son exécution, et à tous égards digne de mépris. » Rusk croyait au contraire que le Sud, et surtout le Texas, avait besoin d'une mise au pas sévère avant de bénéficier du droit d'exercer ses pouvoirs au sein de l'Union.

Enfin, Rusk savait que Cobb, homme du Sud, refusait de faire amende honorable pour son appui à la Confédération et donc sa trahison vis-à-vis des États-Unis. Il avait cependant l'outrecuidance de se présenter comme candidat au Sénat américain ! Rusk avait les meilleures raisons du monde de refuser cet homme et même de faire campagne contre lui. Mais lorsque l'adversaire de Cobb, un héros militaire lui aussi, parut sur le point de remporter la victoire, Earnshaw décida de soutenir Cobb le Manchot. Il quitta son ranch pour haranguer tous les électeurs qu'il rencontra, dans la région du Nord et autour de Dallas.

Pourquoi cette décision digne de don Quichotte ? Pourquoi cet homme discret et d'une timidité presque maladive se lança-t-il en pleine querelle politique ? A cause de ce que sa femme lui avait appris sur l'adversaire de Cobb, le général Yancey Quimper :

« J'aidais Mme Reed dans la grande maison quand le général Quimper est arrivé pour inspecter ce qu'il appelait son fort. Dans la cuisine, bien sûr... Mais j'ai entendu la conversation des trois femmes.

– Quelles trois femmes ?

– Mme Reed, Mme Wetzel, Mme Quimper.

– Ah bon ? Et que disaient-elles ?

– Le général Quimper n'est pas le héros de San Jacinto. C'est un lâche. Jamais il n'a affronté Sam Houston en duel, ni tiré en l'air pour lui sauver la vie. Jamais il n'a été Ranger à Monterrey, jamais il n'a vu la colline de l'Évêché. Et il n'a pas défendu la lunette du Texas à Vicksburg. Il n'a aucun droit à porter le titre de général : c'est lui-même qui se l'est décerné. »

En apprenant cette litanie de mensonges, Earnshaw réagit en quaker de Philadelphie et non en Texan ébloui par une imposture aussi pittoresque ; il jugea qu'il avait le devoir de révéler à tous les fraudes permanentes de Quimper. Pour ce faire, il commença par harceler les leaders démocrates de Dallas. Au début, ils lui rirent au nez :

« Si vous disqualifiez les menteurs et les imposteurs, vous n'aurez même pas dix hommes au Sénat des États-Unis. Et sûrement pas cinq au Texas. »

Mais il s'entêta dans sa croisade et rencontra par hasard un sénateur de l'État du Texas prêt à lui prêter une oreille attentive. Il s'agissait d'Ernst Allerkamp, l'élu des districts allemands voisins de Fredericksburg.

« Vous êtes certain de l'exactitude de vos dires concernant le général Quimper ? demanda-t-il à Rusk.

– J'ai vérifié avec soin.

– N'avez-vous pas entendu parler de l'affaire du Nueces ? »

Rusk répondit par la négative et l'Allemand l'entraîna

dans une taverne – Rusk commanda une limonade – pour lui raconter le raid au cours duquel le général Quimper et ses volontaires avaient abattu les Allemands en fuite :

« Mon père, mon frère Emil et beaucoup d'autres. Ils chantaient dans la nuit, sur la route du Mexique. Assassinés. »

Horrifié par la bestialité de ce massacre, Rusk demeura sans voix quand le sénateur Allerkamp lui apprit les pendaisons infâmes de la rivière Rouge :

« Sans aucune preuve, sans la moindre justification, sauf celle d'un prétendu patriotisme en délire... »

Il évoqua les premières pendaisons, la révulsion, la nouvelle flambée, les excès qui s'ensuivirent.

Quand il se tut, Rusk déclara :

« Nous devons chasser cet individu de la vie publique. »

Comme Rusk n'avait jamais rencontré Quimper, Allerkamp le prévint :

« Quand vous le verrez, il vous plaira. Tout le monde veut l'envoyer à Washington. Les gens disent de lui : C'est un vrai Texan. »

Rusk accompagna Allerkamp à Austin, où il continua sa campagne auprès des élus locaux, car seuls ces notables étaient alors électeurs des sénateurs représentant l'État à Washington. Il ranima tellement de vieilles rumeurs défavorables à Quimper qu'une réunion publique eut lieu avec Rusk, Allerkamp, neuf électeurs de leur opinion et le général Quimper en personne. Il se présenta dans un beau complet, cheveux blancs flottant au vent, chaussé de bottes somptueuses, avec sur les lèvres un sourire chaleureux qui s'adressait même à ses ennemis.

« Bonté divine ! murmura Earnshaw à Allerkamp dès qu'il aperçut le général. On dirait vraiment un sénateur ! »

Et il parlait également comme un sénateur. Il assura benoîtement qu'il comprenait, oui, il comprenait sans réserve pourquoi certaines personnes s'opposaient à ce qu'il siège au Sénat des États-Unis... Mais Rusk lui coupa aussitôt la parole :

« Quimper, si tu continues à solliciter les électeurs, je ferai publier ce mémorandum. Au Texas. Puis je le présenterai au Sénat à Washington. Si ce document circule, monsieur, ta vie sera ruinée. »

Et, sans laisser au général Quimper le temps de se défendre, Earnshaw Rusk, grand, mince et tout fripé, lut à haute voix le terrible réquisitoire – un mensonge ici, une erreur là, un titre revendiqué sans droit, un passé militaire emprunté, et les vantardises : Vicksburg, où les vrais héros du Texas étaient morts ; la charge de l'Évêché sur une colline qu'il n'avait jamais vue... Surtout « la prétention éhontée de t'être battu en duel avec Sam Houston. Sam Houston ? Mais il t'a toujours méprisé ».

Le général Quimper refusa de renoncer aux louanges du public, dont il se croyait sincèrement digne ; après tant d'années à ruminer sa légende, il la croyait presque vraie :

« Calomnies ! s'écria-t-il. Publiez un seul mot de ce chantage, et vous mourrez.

– Cela vous servira à quoi ? » demanda Rusk et, en montrant le sénateur Allerkamp, il ajouta : « Il te faudra le tuer lui aussi comme tu as tué son père et son frère ?

– Que voulez-vous dire ?

– Sur les bords du Nueces. A l'aurore. Un jour de honte infinie. »

Quand Quimper parcourut des yeux le cercle des visages implacables, il comprit que sa mascarade était terminée. S'il persistait à solliciter le titre de sénateur des États-Unis, son passé douteux referait surface et il serait traîné dans la boue. On l'écorcherait vif, au Texas et à Washington. Comme il était injuste d'être détruit ainsi au terme de sa vie, par un maudit quaker de Pennsylvanie, même pas un vrai Texan, et par un émigrant allemand n'ayant aucun droit de se trouver dans l'État !

Du fond de sa tragédie, il entrevit un rayon de lumière :

« Si je retire ma candidature, ce document...

– Je te le remettrai », répondit Rusk.

Les autres acquiescèrent.

« Vous ne ferez rien ?...

– Rien ne transpirera de cette réunion », promit Allerkamp.

Les autres donnèrent leur parole.

Aussitôt, Yancey Quimper, le héros de San Jacinto, de Monterrey et de Vicksburg, se sentit revivre. Il se vit en train de remonter du puits sans fond dans lequel il venait soudain de tomber. Il pourrait encore rester le général

Quimper. On se rappellerait ses hauts faits à San Jacinto. Il conserverait les bénéfices de son usine de bottes, sa femme et ses fils, et la considération des autres hommes politiques qui avaient soutenu jusque-là sa candidature au Sénat. Il n'avait que soixante-quatre ans, encore de belles années à vivre, et il jugea qu'il valait mieux les passer avec la réputation qu'il avait déjà acquise plutôt que de briguer un titre de sénateur et risquer de tout perdre.

Il se leva du fauteuil dans lequel il s'était écroulé, reprit son courage à deux mains et dévisagea les pitoyables petits bonshommes qui l'avaient vaincu.

« Stupéfiant, lança-t-il, tout ce que certains individus sont capables de faire pour remporter une élection. »

Sur ces mots, il quitta la salle, toujours général, toujours héros, toujours l'un des Texans les plus remarquables de son temps.

Quand Earnshaw retourna à son ranch de Fort Garner, il déclara à Emma :

« Comme tu le sais, je n'ai jamais vu Somerset Cobb. Prions qu'il se montre digne de nos efforts. »

Aucun Texan ne pouvait être certain que le colonel Cobb serait digne du poste élevé auquel il venait d'être élu, mais nul ne doutait de la force de caractère de sa petite femme Petty Prue. A leur arrivée à Washington, ils se heurtèrent à de l'hostilité, car Somerset était un homme du Sud, adversaire de la Reconstruction, et surtout un héros militaire de la Confédération. Son entrée au Sénat constituait une gifle au visage de tous les anciens combattants loyaux à l'Union qui s'étaient battus contre lui.

On l'accepta à contrecœur, sous la pression du président Grant qui jugeait prudent de se concilier le Texas et les autres États du Sud à la veille de l'élection présidentielle de l'automne. Mais certains sénateurs intraitables du Nord l'empêchèrent de siéger dans des commissions importantes. Pendant les premiers temps, le nouveau sénateur du Texas resta dans l'ombre et parut condamné à y demeurer jusqu'à la fin de son mandat.

Petty Prue passa alors à l'action. Cinquante-trois ans,

moins d'un mètre soixante, à peine cinquante kilos, elle fit le tour des personnages importants de la capitale, en commençant par le président lui-même. A son entrée dans le bureau présidentiel, elle s'arrêta, fit un pas en arrière et lança avec son adorable accent traînant :

« Je vous le déclare, général Grant, si vous aviez eu un frère jumeau, la guerre se serait terminée deux ans plus tôt. »

Et de ses petites mains elle indiqua une armée de l'Union descendant la vallée du Mississippi pendant que l'autre attaquait Richmond.

Elle arracha à Grant la promesse qu'il toucherait un mot aux leaders républicains du Sénat, mais il rappela à Petty Prue :

« Vous savez, Mme Cobb, que j'ai peu de poids dans cette assemblée.

– Général, vous portez le poids de la nation sur vos larges épaules. Soyez sans crainte. »

Elle attaqua sans hésiter le quartier général de l'ennemi et força la porte des bureaux de Sherman, sénateur de l'Ohio, et de John A. Logan, sénateur de l'Illinois. Elle dit au premier :

« Tout comme votre frère, William Tecumseh, a fait son devoir dans l'honneur pour le Nord, de même mon mari, le sénateur Cobb, a fait son devoir dans l'honneur pour le Sud. Il est grand temps que tous les hommes d'honneur soient pardonnés de ce qu'ils ont fait, que ce soit l'incendie d'Atlanta ou autre chose. Je suis prête à accorder mon pardon, et je pense en toute sincérité que vous l'êtes aussi. »

Le soir, elle donnait de petits dîners et flattait ses invités avec son charme du Sud, sans jamais la moindre allusion à son passé en Géorgie. Elle était une Texane, et cela depuis le jour de novembre 1849 où elle avait rompu avec Social Circle pour prendre la piste de l'Ouest. C'était une des femmes les plus séduisantes et les plus intelligentes qu'ait produites le Texas, car cet État avait le don d'emprunter des femmes valables au Tennessee, à l'Alabama et au Mississippi, pour les rendre meilleures qu'elles n'auraient été.

Au bout de quatre mois, tous les sénateurs connaissaient

Mme Cobb ; à la fin du cinquième mois, Cobb se trouva membre de trois commissions importantes, conformément au principe si souvent répété par son épouse dans ses discussions avec les collègues de son mari : « Il vous faudra admettre les hommes du Sud tôt ou tard. Pourquoi ne pas commencer bille en tête avec les meilleurs, comme mon mari ? »

La veille des vacances d'été, les Cobb donnèrent un dîner auquel ils convièrent le président et les sénateurs Sherman et Logan. Aux cigares, Petty Prue s'excusa timidement :

« Je sais que vous avez à discuter de sujets que je ne pourrais pas suivre. »

Elle s'éclipsa, non sans adresser un sourire à chacun des hommes politiques présents. Après son départ, Grant lança :

« Le Sud ne pouvait pas envoyer à Washington un meilleur représentant que votre épouse, Cobb.

– Une honte qu'elle n'ait pas emmené un républicain à Washington, fit observer Sherman, et Grant éclata de rire.

– Il vaut mieux qu'un républicain, déclara le président en prenant Somerset par le bras. Il est américain. »

Ainsi commencèrent à se panser les blessures de la guerre fratricide.

Parfois, le matin tôt, quand Emma Rusk parcourait des yeux les plaines qu'elle aimait tant, elle ne pouvait s'empêcher de penser à la fin de l'Ouest tel qu'elle l'avait connu : chaque décision d'Earnshaw pour améliorer la vie dans ce village condamne mes horizons libres. Quelques semaines plus tôt, un certain Simpson, fourrier de l'armée quand elle occupait encore le fort, était venu voir les Rusk. « Monsieur Rusk, j'aimerais disposer de ce baraquement. Je ne peux rien vous verser pour le moment, mais si le magasin que je compte fonder fait des bénéfices, et je suis sûr qu'il en fera... »

M. Simpson avait occupé le bâtiment et installé une rangée d'étagères qu'il avait garnies de marchandises achetées à Jacksborough. C'était un homme sympathique qui comprenait l'épicerie et les femmes. Avant la fin de la semaine, il avait déjà des clientes qui venaient de très loin. Avant la fin du mois il devait passer une nouvelle commande. Fort Garner possédait sa première boutique.

Mais un événement qui émut profondément Emma se produisit le 21 juin 1879, le jour le plus long de l'année, et lui causa une peine durable. Vers 9 heures du matin, John Jaxifer arriva au galop en criant :

« Des Comanches attaquent ! Au nord ! »

Comme Jaxifer avait servi dans le 10ᵉ de cavalerie, Emma et Earnshaw pensèrent qu'il savait ce qu'il disait. Effectivement, quand ils sortirent, ils virent les guerriers.

« Sont-ils revenus me chercher ? » lança Emma, consternée.

Rusk, qui détestait les armes et n'avait jamais appris à tirer, courut à la cuisine, saisit une vieille bassine et se mit à taper dessus pour alerter ses voisins. Frank Yeager arriva aussitôt, suivi de sa femme qui portait trois fusils. L'autre cavalier noir arriva en courant, armé lui aussi. Si les Indiens se proposaient d'attaquer Fort Garner, ils trouveraient à qui parler.

Mais ils ne désiraient pas la guerre. S'avançant, ils firent les signes de paix et prononcèrent des paroles rassurantes. Les Rusk, qui comprenaient leur langue, crièrent :

« Ne tirez pas ! »

Le groupe d'Indiens se composait d'un vieux chef, accompagné par quatorze braves dont le plus âgé devait avoir quatorze ans. Trois d'entre eux n'avaient même pas six ans. Le vieux chef était Wading Bird, nom reçu soixante-dix ans auparavant, d'après une avocette qui fréquentait un étang non loin du tepee de sa mère. Emma le reconnut et chuchota son nom à son mari.

« Wading Bird ! Quelle nouvelle ? cria Earnshaw en comanche.

– Voir grand chef Rusk. »

Earnshaw avait demandé à ses Indiens de ne pas lui donner ce titre, en leur expliquant que le vrai grand chef se trouvait à Washington, mais ils avaient continué de l'appeler ainsi, parce qu'ils le croyaient en mesure de satisfaire leurs requêtes.

« Que désires-tu ? » demanda Rusk, répétant la phrase

qu'il avait si souvent prononcée au cours de ses rapports avec eux.

Et, à ces mots familiers, une sorte de joie s'empara de lui : il était redevenu le jeune homme ardent à la tête de Camp Hope, avec en face de lui les chefs sages et les jeunes braves pleins de promesse qu'il allait pacifier. N'était-on pas en juin ? L'espoir chantait de nouveau dans son cœur... Mais en détournant la tête il vit que sa femme tremblait et il retomba dans le présent.

« Que désires-tu ? répéta-t-il, cette fois comme un éleveur responsable et non comme un poète.

– Un bison, grand chef Rusk.

– Nous n'avons pas de bisons.

– Si. Du côté où finit la rivière, répondit le vieil Indien en indiquant le nord, vers le réservoir.

– Avons-nous des bisons ? demanda Rusk à Yeager.

– Un vieux vient se promener par ici de temps en temps.

– Il est là-bas, assura Wading Bird.

– Que veux-tu faire de lui ? » demanda Rusk.

Le vieillard se lança dans une explication émouvante, qui laissa Earnshaw et sa femme au bord des larmes :

> Il ne reste plus beaucoup de jours, plus beaucoup de bisons sur les plaines. Tout est oublié. Nous vieillissons, toi et moi, grand chef Rusk, et la mort rampe déjà vers nous.
> Les jeunes de quelques étés n'ont jamais connu nos anciennes façons. La chasse. La poursuite. Le regard du bison quand tu le serres de près. Le martèlement des sabots. Les cris. L'extase. Le sang chaud sur les mains.
> Grand chef Rusk, tu as le bison. J'ai les jeunes qui ont besoin de se souvenir. Accorde-nous la permission de chasser ton bison comme nous chassions autrefois. A Camp Hope, tu as toujours essayé de nous comprendre. Comprends-nous maintenant.

Rusk regarda les quatorze enfants et leur demanda en comanche :

« Combien d'entre vous ont déjà vu un bison ? »

Moins de la moitié répondit par l'affirmative. Il consulta ensuite Frank Yeager. La majorité des longhorns du ranch se trouvaient dans les pâturages du sud et une chasse au bison du côté du réservoir ne ferait aucun dégât. La permission fut donc accordée et les habitants des maisons de pierre regardèrent le chef Wading Bird organiser ses jeunes braves pour la poursuite.

Il mit en tête les deux plus âgés et prit position à l'arrière avec les trois plus jeunes, qui chevauchaient leurs chevaux avec une habileté exemplaire. Quand la formation fut prête, il lança des exhortations en comanche, agita les bras et indiqua la direction du réservoir. Avec des cris aigus, les jeunes braves s'élancèrent.

Les deux Rusk, Yeager et Jaxifer les suivirent à distance respectueuse et au bout d'une heure l'ancien de la cavalerie s'écria :

« Ils l'ont vu ! »

Dans un coin reculé où les collines s'avançaient dans la direction de la rivière Rouge, les Comanches tombèrent sur leur proie traditionnelle.

Avec un cri qu'ils avaient appris mais jamais utilisé, les deux gamins de tête pressèrent leurs compagnons de les rejoindre et la poursuite commença. Earnshaw observa ce spectacle étrange, en songeant pendant un instant que peut-être le bison solitaire connaissait son rôle dans ce rituel ancestral, comprenait qu'il s'agissait, également pour sa race, de la dernière chasse. Il bondissait en tous sens sur des terres qui contenaient jadis des millions de ses semblables, en entraînant les chasseurs inexpérimentés dans des gorges d'où leur vieux chef avait du mal à les dégager.

Mais l'obstination des chasseurs, toujours sur ses talons, finit par épuiser la bête ; le bison s'arrêta, tête baissée comme s'il s'apprêtait à combattre des loups. Ses pattes s'étaient alourdies, son souffle semblait rauque et court.

A cet instant décisif de la dernière chasse, Emma éprouva l'envie irrépressible d'éperonner son cheval pour éloigner les jeunes Indiens du vieux monarque des plaines.

« Laissez-le vivre ! » cria-t-elle dans le vent.

Personne ne l'entendit. Elle regarda, le cœur gros, les gamins sur leurs petits chevaux encercler le bison pendant que le vieillard leur criait des encouragements, de son poste d'observation. Au milieu de l'après-midi, par cette ardente journée de juin, les jeunes Comanches tuèrent le dernier bison des environs de Fort Garner. Ils le firent en grande cérémonie, comme à l'époque où personne ne distribuait de rations aux postes indiens, l'époque où les Comanches vivaient et mouraient avec les bisons, prospéraient quand les animaux prospéraient et jeûnaient lorsqu'ils leur échappaient.

Cette dernière chasse de 1879 ne s'acheva nullement en un rituel solennel, car après la mort de la grande bête, quand on eut tranché son foie pour le distribuer aux jeunes chasseurs, le chef Wading Bird retourna au fort, apparemment pour remercier son ancien protecteur. Pourtant, dès qu'elle le vit, Emma sentit que sa visite ne concernait pas Earnshaw mais elle-même, et elle ne se trompait pas. Dès que les enfants eurent entravé leurs montures, l'Indien leur demanda de filer pour lui permettre de parler aux Rusk.

« Grand Chef, Petite Femme qui vivait autrefois avec nous, je désire prononcer des paroles, des paroles importantes.

– Assieds-toi près de nous », lui répondit Rusk sans se rendre compte que sa femme tremblait.

Non sans raison, car, lorsqu'ils s'installèrent tous les trois sous le porche de l'ancienne maison des Wetzel, Wading Bird annonça :

« J'ai amené ton fils. »

Au début, Earnshaw ne comprit pas, puis Wading Bird répéta ses paroles en regardant Emma dans les yeux. Le véritable but de cette expédition vers le sud n'était pas seulement la chasse au bison à la manière d'autrefois, mais la remise du fils de Petite Femme à sa mère. La réaction instinctive de Rusk, qu'il n'aurait pas pu taire même s'il l'avait voulu, fut d'accueillir l'enfant sans réserve :

« Wading Bird ! Il sera le bienvenu chez nous. Et il aura un petit frère, qui dort en ce moment dans la pièce voisine. »

Mais Emma ne l'entendait pas ainsi :

« Je ne veux pas dc lui. Cette époque est finie. Tout cela n'existe plus. »

Les deux hommes la regardèrent, stupéfaits : une mère qui repoussait son fils ! Pour Wading Bird, les souffrances qu'avaient endurées Emma faisaient partie de la vie normale. C'était le traitement accordé à toutes les prisonnières. Il se souvenait d'une bonne dizaine de femmes captives – des Mexicaines, des Apaches, des Blanches. Quand elles avaient eu des enfants après les premiers châtiments, elles les avaient aimés comme doivent aimer les mères, et elles les avaient aidés à devenir des braves. Telle était le mode de vie des Comanches. Mais voici qu'il offrait son fils à Petite Femme et elle le refusait ! Cela dépassait l'entendement.

Son mari ne comprenait pas davantage. Il avait vu sa joie pendant sa grossesse ; il était témoin chaque jour de son amour pour le petit Floyd. A cause de sa propre enfance douloureuse, elle entourait Floyd de soins excessifs, et continuerait sans doute longtemps. Quant au fils indien d'Emma, Earnshaw s'était souvent demandé où se trouvait l'enfant et ce qu'il pouvait bien faire. Or cet enfant était ici, à Fort Garner, à cheval, les lèvres encore tachées par le foie du bison comme au bon vieux temps ! Si seulement Emma pouvait le voir... Elle aurait envie de le garder.

« Va chercher ce garçon », dit-il à Wading Bird.

Emma poussa un gémissement.

Nuage Bleu avait huit ans. C'était un bel enfant assez grand pour son âge, vif, l'œil pétillant.

« Ressemble-t-il à son père ? » demanda Earnshaw avec la simplicité naïve des quakers, qui stupéfiait tout le monde autour de lui.

Froidement, en regardant Nuage Bleu dans les yeux, Emma répondit :

« Quel père ? Il peut en avoir plus de vingt. » Puis elle répéta : « Cette époque est finie. Emmenez-le.

– Emma, pour l'amour de Dieu, cet enfant est ton fils.

– Fini », répéta-t-elle.

Comme les deux hommes essayaient de la convaincre, elle écarta ses cheveux de ses oreilles et arracha son nez de bois. Elle avança son visage vers celui de son fils et cria :

« Souviens-toi de ce que ton peuple m'a fait ! »

Elle demeura ainsi jusqu'à ce que l'enfant se détourne.

Wading Bird prit le gamin par la main et le ramena vers ses camarades. Tristement, il monta à cheval. Tristement, il prit congé des Rusk d'un geste de la main. Earnshaw, debout à l'angle de l'aire de rassemblement, s'inclina vers le Comanche qui s'éloignait – le dernier qu'il verrait jamais. En brisant leurs promesses, ils lui avaient brisé le cœur. Et l'amour qu'il leur avait porté ne lui avait valu que de la honte. Au cours de l'entrevue avec l'enfant, il avait espéré que Nuage Bleu lui permettrait de reprendre contact avec les Indiens, mais il n'en était plus question. Lorsqu'il chercha Emma, il la trouva tapie dans un coin de la maison, en train de trembler comme à l'époque de sa captivité. Elle avait vécu, sur les plaines, des journées de soleil dont elle désirait se souvenir, mais elle avait vécu également des journées laides et sombres, qu'il lui fallait oublier. Quand remontaient les souvenirs de ces heures d'angoisse, elle éprouvait une reconnaissance infinie pour le refuge que lui offrait désormais le village de son mari.

Les difficultés d'Earnshaw à Fort Garner étaient les mêmes que dans toutes les petites communautés de l'Ouest : « Comment faire suffisamment d'argent pour nourrir mille personnes ? » Il ne fallait pas songer à établir des fermes normales. Même à cinquante mètres des cours d'eau, la terre était si aride qu'on ne pourrait pas la labourer. Exploiter le bois ? La prairie n'offrait aucun arbre. Il n'y avait aucun minerai et le village ne pouvait pas se consacrer aux transports : il n'y avait que la diligence branlante qui assurait irrégulièrement la liaison avec Jacksborough. Pour le moment, seuls les longhorns semblaient capables de fournir de l'argent.

Earnshaw en convint humblement :

« Ce sont peut-être tes longhorns, Emma, qui sauveront Larkin. »

Et il s'intéressa aussitôt à l'élevage scientifique du bétail de sa femme, allant jusqu'à acheter deux bons taureaux de race anglaise. Si le nombre seul déterminait quels faits historiques peuvent devenir légendaires, on ne parlerait guère de la poignée de vachers texans qui conduisirent leur bétail sur la piste de Chisholm aboutissant à Abilene, sur la Great Western jusqu'à Dodge City ou sur la Goodnight Loving vers le Colorado. En effet, si l'on calcule la quantité de bétail qui est passée entre les mains de ces hommes en dix ans, cela ne représente guère que vingt-cinq pour cent des bovins produits aux États-Unis ; la grande majorité était élevée et vendue à l'est du Mississippi. Ce qui a frappé les imaginations, ce n'est pas la quantité, mais la qualité étonnante des longhorns du Texas et des hommes comme R.J. Poteet, qui les conduisaient sur les pistes.

Les éleveurs sédentaires comme Earnshaw Rusk, qui ne suivit jamais un seul convoi de bétail, jouèrent également un rôle dans la légende texane, car ils comprirent que, pour rivaliser avec le bœuf à meilleure viande produit dans l'Est, il fallait élever une espèce plus marchande que le longhorn. Or, chaque fois que ces hommes aux idées avancées essayaient d'introduire des taureaux « améliorés » sur leurs ranches, tout le monde se moquait d'eux. Même un homme rationnel comme Poteet les prévint :

« Le seul bétail qui supporte les longues pistes vers le nord est le longhorn du Texas.

– S'il y a des chemins de fer au Kansas, n'en aurons-nous pas bientôt au Texas ? répliqua Rusk. A ce moment-là, notre bétail n'aura plus à franchir des centaines de kilomètres de piste. On le transportera directement à Chicago. »

Poteet éclata de rire :

« Vous connaissez l'histoire des chemins de fer au Texas ? Donnez-nous cinq mille dollars et vous aurez le train dans votre ville d'ici sept mois… Cinquante lignes de chemin de fer ont débuté ainsi, mais aucune n'a vu une locomotive sur ses rails. Et la plupart des compagnies n'ont même pas posé les rails ! » Il parcourut du regard les étendues vides entourant Fort Garner. « Vous aurez peut-être le train ici dans cent ans. Et encore… » Il conseilla à Rusk de ne faire aucune expérience avec des taureaux venus d'ailleurs : « Vous produirez un animal incapable de se rendre au marché et je n'essaierai même pas de conduire ces faiblards sur la piste du nord. »

Même Frank Yeager, le bras droit de Rusk, ne fut pas content de voir Rusk faire la sourde oreille à tous les conseils et acheter deux taureaux herefords à un éleveur du Missouri qui lui déclara :

« Excellente idée, Rusk ! Vos longhorns du Texas sont une vraie race pure, comme mes herefords d'Angleterre.

Vos vaches résistantes et mes taureaux gras produiront un animal splendide. »

Quand les bêtes arrivèrent à Fort Garner, transportées en chariots depuis Jacksborough, Yeager refusa de les décharger, et Earnshaw sollicita la collaboration de sa femme :

« Emma, tes taureaux sont arrivés et Frank fait des difficultés.

– Ce n'est pas moi qui les ai commandés, protesta-t-elle.

– Ils sont tout de même à toi. Aide-moi, je t'en prie. »

Elle persuada Yeager de décharger les animaux, mais quand celui-ci vit à quel point ils étaient gras et apathiques comparés à un longhorn efflanqué comme Moïse, son animal préféré, il refusa de s'occuper d'eux et les confia aux deux cavaliers noirs et au fantassin blanc.

Il se posa presque aussitôt un problème d'élevage qui commençait à troubler toute la frontière. Les taureaux importés avaient une valeur telle qu'il fallait les mettre sur des pâturages d'où ils ne pourraient pas s'échapper. La difficulté aurait été facile à résoudre au Missouri, où les chênes ne manquaient pas pour faire des poteaux de clôture, et où le sol était assez meuble pour les enfoncer. Mais, dans cette partie du Texas, aucun arbre n'était assez gros pour que l'on taille des pieux et fende des traverses. Même si l'on en faisait venir à prix d'or, il était presque impossible de creuser des trous dans la terre rocailleuse et calcinée pour les planter. Après de nombreuses déconvenues, Yeager ronchonna :

« Pour enfermer vos précieux taureaux, il vous faudra acheter des pieux dans l'est du Texas. »

On en fit venir plusieurs charretées, à un prix qui effraya Earnshaw.

Les clos dans lesquels il plaça les deux taureaux étaient si petits que les animaux prirent de plus en plus de graisse par manque d'exercice. Yeager émit l'opinion que, s'il plaçait une demi-douzaine de bonnes vaches longhorns avec chacun de ces messieurs, « elles ne feraient qu'une bouchée de ces pauvres gaufres ». Il se trompait : les taureaux herefords et les vaches longhorns s'accouplèrent fort bien et se mirent à produire des veaux robustes au pelage roux, d'une grande beauté et fort prometteurs.

Le problème de la clôture devint d'autant plus aigu, car il fallut bien entendu protéger la nouvelle génération. Chaque fois que les taureaux importés produisaient un veau de plus – et il y avait maintenant des centaines de ces messieurs dans les ranches de l'Ouest – la frontière texane se trouvait davantage menacée. Chaque fois qu'un longhorn valant cinq dollars cédait la place à une bête importée valant cinquante dollars, il fallait changer les méthodes et Rusk ne cessait de dire : « Il nous faut davantage de clôtures. »

Au début des années 1880, l'une des personnalités les plus révolutionnaires de l'histoire américaine apparut dans l'ouest du Texas : un jeune homme passionné, à l'enthousiasme si explosif que dix minutes de conversation avec lui suffisaient à vous donner des visions. Il se nommait Alonzo Betz, avait trente-deux ans et venait d'Eureka, dans l'Illinois. Il portait un costume bizarre, à moitié gandin de Chicago, à moitié paysan du Texas, et il parlait au rythme d'une mitrailleuse Gatling : « J'apporte une solution à vos problèmes, les gars. Je viens comme Aaron pour vous guider vers la Terre promise. » Aucun de ses auditeurs ne pouvait imaginer pourquoi Aaron entrait ainsi dans le tableau, mais Alonzo ne leur laissait guère le temps d'y réfléchir.

Il parlait avec les mains, traçait de vastes perspectives imaginaires, puis, à mesure qu'il s'animait, il dénouait sa cravate violette comme si elle ralentissait le débit de sa gorge volubile : « Voici la réponse à tous vos soucis, les gars. Je vous apporte l'avenir. »

Il proposait une de ces inventions qui modifient l'histoire – aussi importante que l'égreneuse à coton. Dès qu'il la présenta sur l'ancienne aire de rassemblement de Fort Garner, Earnshaw Rusk en apprécia toutes les applications :

« Nous appelons ceci du fil de fer barbelé, parce qu'à intervalles réguliers, comme vous pouvez voir, notre machine brevetée fixe une pointe très acérée. Nous fournissons également un piquet que même cet enfant pourrait planter dans la terre desséchée. Et, quand vous aurez entouré vos champs de mes barbelés, votre bétail sera coincé ! »

Frank Yeager éclata de rire :

« Mes longhorns enfonceront votre clôture en moins de deux ! »

Alonzo Betz sauta sur l'occasion. Il sauta littéralement à un mètre du sol, prit Yeager par le bras et s'écria :

« Vous n'avez pas tort de le croire. Tout le monde le croit au début. De l'Illinois à l'Arkansas, on n'a cessé de me répéter la même chose : Mes taureaux enfonceront votre clôture en moins de deux. Allez donc chercher vos taureaux. Nous construirons un petit enclos, vous et moi, avec mes barbelés, et nous mettrons un tas de foin ici... »

Quand ce fut fait, Yeager conduisit ses longhorns, et pendant près d'une heure tout le monde regarda les puissants animaux se tourner vers le foin entassé hors de leur portée, s'avancer vers la clôture qu'ils ne connaissaient pas, puis reculer dès qu'ils entraient en contact avec les piquants.

A la fin de la journée, Alonzo Betz, bateleur s'il en fut jamais, déclara à la foule :

« Je vais vous prouver, braves gens, que si vos longhorns n'ont pas enfoncé ma clôture ce n'est pas parce qu'ils n'avaient pas faim. Regardez bien. » Il prit un outil que personne n'avait vu auparavant : une paire de cisailles à longues poignées. « Il faut que les poignées soient longues, expliqua-t-il, pour donner plus de force à ces lames très courtes et coupantes. Regardez comme manipuler le fil de fer barbelé est facile ! »

Il s'avança vers la clôture, se mit au milieu de l'espace entre deux piquets, et en trois coups rapides de ses cisailles il ouvrit une large brèche. Aussitôt, Moïse et les longhorns affamés se précipitèrent vers le foin.

« Combien me coûtera la clôture de six mille arpents ? demanda Rusk.

– Montrez-moi votre plan. » Le représentant calcula rapidement. « Six mille arpents font deux mille quatre cents hectares. Si c'était un carré parfait, environ cinq kilomètres de côté. En tout, environ vingt kilomètres. Étant donné la configuration de votre propriété, comptez plutôt sur vingt-cinq. Je peux vous vendre le barbelé et les piquets à cent dollars le kilomètre. Pour clôturer l'ensemble, ce que je ne vous recommande pas, il vous faudrait deux mille cinq cents dollars. »

Ce chiffre stupéfia les Rusk. Il n'était pas à leur portée. Mais ils comprenaient que l'avenir de l'élevage serait déterminé par du bétail de prix, enfermé dans des pâturages de taille modérée protégés par des clôtures de barbelés.

« Que devons-nous faire ? » demanda Earnshaw.

Betz, désireux de lancer une exploitation témoin dans une région qu'il jugeait capable d'un grand essor, fit une proposition intéressante :

« Ma compagnie, D.K. Rampart Wire and Steel, d'Eureka, Illinois, désire établir une chaîne de ranches où sera présentée notre production. Pour que tout le monde puisse voir ses applications. Nous pouvons clôturer environ trois mille de vos arpents pour le prix spécial de mille cinquante dollars et nous vous remercierons de nous en donner l'occasion. »

Le marché fut conclu. Rusk, Yeager et Betz montèrent leurs chevaux et parcoururent les terres Larkin, escortés par les deux cavaliers noirs. On convint de clôturer tous les champs qui donnaient sur Bear Creek et d'entourer également le réservoir, pour contrôler l'accès à cette source permanente d'eau.

« Vous protégez votre eau. Vous protégez vos précieux taureaux. Tout est impeccable. »

A la fin de la balade, même Yeager dut avouer qu'une nouvelle ère venait de naître pour les plaines du Texas, et il se mit à étudier les brochures qui feraient de lui un spécialiste des barbelés. Mais, pour que le marché soit exécuté, encore fallait-il régler la question d'argent, éternel problème de la frontière.

Le passage du village à la ville est toujours un processus subtil. D'abord le magasin, car sans commerce il ne saurait exister de société organisée. Fort Garner en avait un bon, tenu par l'ancien fourrier. Ensuite venait l'école, et aussitôt après un bon saloon, lieu de rencontre des vachers et des jeunes femmes assez aventureuses pour tenter leur chance sur la frontière. Earnshaw, bon chrétien, n'avait guère envie de vendre un de ses baraquements à un ancien soldat qui se proposait d'ouvrir un établissement de ce genre ; mais c'était aussi un quaker de Pennsylvanie – appartenant au groupe d'hommes d'affaires le plus retors qui ait jamais traversé l'Atlantique. Le marché fut donc tout de même conclu, non pas avec Earnshaw, qui refusait de toucher à l'alcool, mais avec Emma. « Une ville a besoin d'un peu d'animation », disait-elle. Et « la Caserne », comme on appela l'endroit, remplit parfaitement cet objectif.

La quatrième condition nécessaire était une banque, qui prêterait de l'argent et servirait de point focal aux activités des environs. Fort Garner avait absolument besoin d'une banque, mais il était peu probable qu'un banquier juge les maigres économies du village dignes du risque que cela représentait. Où une banque trouverait-elle ses ressources ? Les quelques ventes de bétail ? Une propriété changeant de mains de temps en temps ? Des aides financières envoyées de villes plus stables de l'Est à des fils et des filles qui tentaient de coloniser les plaines ? Des années auraient pu s'écouler avant qu'un endroit perdu comme Fort Garner justifie l'ouverture d'une banque, mais il se trouva cependant un visionnaire aux nerfs d'acier pour oser acheter une des plus belles maisons de pierre, faire venir un gros coffre-fort de métal, puis s'intituler First National Bank of Fort Garner, Texas.

Clyde Weatherby venait de l'Indiana, patrie des maquignons les plus rusés d'Amérique. Il n'avait apporté qu'un capital fort limité, emprunté à son ancien beau-père, qui voulait le voir « foutre le camp d'Indiana et ne plus y mettre les pieds ». Mais sa vision de l'avenir était d'une merveilleuse limpidité, et il la confiait à qui voulait l'entendre : « Le secret, c'est la terre. Il se passera quelque chose ici, c'est forcé – quoi ? Je l'ignore. Donnez-moi un peu de terre avec de l'eau au bout, et je suis preneur. » Il avait l'intention bien arrêtée de mettre la main sur des terres et de les utiliser de façon positive.

Élégant avec ses complets de bonne coupe et ses cravates de cordon noir, il devint vite le banquier Weatherby, favorablement connu de tous, généreux pour prêter, sévère pour toucher les intérêts. Quand Rusk et le jeune Betz vinrent solliciter de lui un prêt pour le paiement des barbelés, il se montra enthousiaste :

« Ce sera peut-être le tournant décisif de l'Ouest », pontifia-t-il, et ses deux interlocuteurs se hâtèrent d'acquiescer. « Monsieur Rusk, demanda-t-il, quel sera le montant total ?... » Earnshaw s'expliqua, et le banquier sourit à Betz : « Nullement excessif. Votre prix est inférieur à celui de vos concurrents.

– C'est ce qu'il faut.

– Maintenant, monsieur Rusk, quelle fraction des mille cinquante dollars pouvez-vous débourser ?

– Emma et moi disposons de cinq cent cinquante dollars en espèces.

– Excellent. Vous désirez donc de moi seulement cinq cents dollars ? »

Rusk et Betz s'étonnèrent de voir le banquier associer *seulement* à une somme aussi importante. Pour eux, il s'agissait d'une fortune.

« Comment pouvons-nous les obtenir ? demanda Rusk.

– Simple comme bonjour ! Vous m'accordez une hypothèque, pour le nombre d'années que vous mettrez à rembourser le prêt. Vous n'aurez à me verser que l'intérêt, 3,75 % par an seulement. Sans vous soucier du principal.

– Combien cela fera-t-il ?

– Dix-neuf dollars par an.

– Ce sera facile, répondit Rusk.

– Vous savez, je vous préviens cependant que tous les prêts prévoient que, si la situation de la banque vient à changer, nous pourrons exiger le remboursement immédiat du principal. Mais cela ne se produit jamais.

– Et si je ne pouvais pas rembourser... Complètement, je veux dire.

– Cela s'appelle " révoquer le prêt ", mais cela ne se produit jamais.

– Mais qu'est-ce que cela signifie ? »

M. Weatherby lui expliqua la situation juridique :

« La Constitution de 1876 m'interdit de saisir votre ferme en compensation d'une dette ordinaire. Et elle m'interdit de vous prendre une hypothèque pour des fonds sans utilisation directe. Mais elle m'autorise à prendre une hypothèque sur votre exploitation pour assurer son amélioration. C'est ce que nous allons faire.

– Donc tout mon ranch sera hypothéqué ?

– Dans ce cas, absolument. Si vous ne nous remboursez pas notre argent, nous prendrons votre ranch, nous le vendrons aux enchères pour récupérer notre argent et nous vous remettrons ce qu'il restera du produit de la vente. »

En un sens, l'affaire n'avait rien de scandaleux, car à l'origine les Larkin avaient acheté leurs six mille arpents au prix moyen de quatre *cents* l'arpent. La valeur de base du domaine n'était donc que de deux cent quarante dollars, même pas la moitié du prêt que consentait la banque. Mais, dans la pratique, ces conditions étaient épouvantables. Les Rusk seraient en mesure, sur dix ans, de payer les intérêts et de rembourser environ cent dollars du principal. Mais, si une mauvaise année les empêchait de verser les intérêts – ou si la banque, à ce moment-là, décidait d'exiger le remboursement intégral –, les Rusk risquaient de perdre non seulement leurs terres mais les « améliorations », dont la valeur serait considérable. C'était l'un des systèmes les plus cruels inventés par des financiers, mais tous les tribunaux lui accordaient leur bénédiction. Il permit à des banquiers de s'approprier de vastes domaines dans l'Ouest, notamment au Texas. En signant son hypothèque de cinq cents dollars, Earnshaw Rusk mettait sans le savoir tout son avenir en danger. Mais, comme le lui assura le banquier Weatherby :

« Nous ne saisissons jamais les biens hypothéqués. »

Les Rusk donnèrent donc à Alonzo Betz trois cents dollars d'acompte, sur les cinq cent cinquante dollars qu'ils avaient ; Eureka (Illinois) envoya le fil de fer barbelé ; Frank Yeager et ses hommes se mirent à construire la clôture ; et le banquier Weatherby enferma dans son gros coffre de métal une hypothèque sur l'ensemble du ranch Larkin.

La « guerre des barbelés » commençait. Yeager et ses hommes, en enfonçant leurs piquets de métal, en tendant leurs rouleaux de fil, sonnaient le glas des plaines aux horizons sans fin, car ils leur avaient enlevé les arpents les plus riches et les meilleurs points d'eau qu'utilisaient autrefois les éleveurs itinérants. Le hasard malheureux voulut que la clôture s'achève juste au moment où arrivaient du Sud les grands convois de bétail de l'année – alors que sévissait l'une des sécheresses les plus graves de l'histoire du Texas.

Emma ne s'étonna pas lorsque la clôture provoqua des ennuis. Elle avait prévenu Earnshaw : « Tu découpes les grands espaces en petits carrés mesquins ; les gens ne le toléreront pas. » Elle pensait : Mes longhorns non plus.

Les premiers murmures survinrent quand l'école reprit, après les vacances de Pâques. Les protestations commencèrent de façon si banale que ni Rusk ni Yeager n'en gardèrent le souvenir. Jaxifer vint déposer auprès de Rusk une curieuse protestation. Les deux anciens de la cavalerie hébergeaient dans leur maison de pierre une squaw indienne, une Waco de l'Est. Elle leur servait officiellement de cuisinière et de servante. Aucun Blanc ne savait exactement à qui elle se donnait, mais le temps passant elle avait mis au monde une jolie petite fille, à moitié noire, à moitié indienne. Comme les anciens cavaliers savaient de quels avantages bénéficiaient les enfants lorsqu'ils savaient lire et écrire – alors qu'eux-mêmes étaient restés illettrés –, ils tenaient à ce que la fillette, qui que fût son père, reçût une éducation :

« La clôture que nous avons construite, monsieur Rusk, oblige l'instituteur à faire un grand détour au lieu de couper à travers champs comme avant.

– Je regrette.

– Nous nous demandons si nous ne pourrions pas faire un trou...

– Nous avons déjà posé des grilles à l'endroit où il y a des chemins. Mais couper une clôture pour un sentier de piétons ? Jamais. Ne touchez pas à cette clôture.

– Mais l'instituteur ?... »

Comme d'autres parents d'élèves ne cessaient de protester au nom du maître d'école, Rusk et Yeager décidèrent d'étudier la question. Ils s'aperçurent que cette partie de leur clôture avait été placée inconsidérément, puisqu'elle gênait l'accès à l'école. Mais la clôture avait coûté si cher, sa construction avait exigé tellement d'efforts qu'elle était devenue une vertu en soi, un bien à protéger.

« Nous donnerons des planches aux gens, promit Yeager, et ils feront de petits escaliers pour passer par-dessus. Mais il n'est pas question de couper la clôture en dehors du passage des routes. »

Les protestations suivantes furent plus graves. Une famille sans aucun lien avec le ranch ou le village vint se plaindre amèrement des ennuis que lui avait occasionnés la clôture :

« Depuis que le fort existe, nous utilisions le chemin qui suit le réservoir vers le sud, à l'endroit où le soldat et la femme se sont tués. Votre clôture nous barre la route et...

– La clôture se trouve sur nos terres, coupa Yeager sèchement.

– Oui, mais elle ferme un chemin public.

– Le seul chemin public est la route est-ouest qui vient de Three Cairns. Et nous y avons mis des grilles.

– Nous avons toujours utilisé ce chemin-là.

– Plus maintenant. Nous avons clôturé nos terres. Point final.

– Mais le chef-lieu du comté se trouve à Fort Garner ; comment pourrons-nous ?...

– Vous ferez le tour jusqu'à la route de Three Cairns.

– Faire le tour ! Vous pourriez tout de même ajouter une barrière.

– Il n'en est pas question », répliqua Yeager.

On en resta là.

Moins d'une semaine plus tard, un des vachers du ranch apporta une désolante nouvelle :

« Venez voir ce qu'ils ont fait. »

A l'endroit où la clôture fermait le chemin en question, quelqu'un avait coupé les barbelés et renversé des piquets.

« J'abattrai l'enfant de salaud qui a fait ça ! menaça Yeager.

– Je ne veux pas de coups de feu », ordonna Rusk.

Mais il y en eut. Quand Jaxifer et un autre vacher allèrent réparer la clôture, on leur tira dessus, et ils battirent aussitôt en retraite.

Ainsi commença l'un des épisodes les plus laids de l'histoire du Texas, la grande guerre des plaines. Un groupe d'éleveurs qui avait utilisé jusque-là les espaces sans limites découvrit soudain qu'un autre groupe, disposant d'un peu plus d'argent, avait clôturé les pistes traditionnelles et, beaucoup plus tragique, les points d'eau habituels. En clôturant leur réservoir au nord du village, avec trois rangs de barbelés vers l'extérieur, car c'était la limite du ranch, et deux rangs vers l'intérieur avec une barrière gardée pour protéger l'eau des pressions exercées soit par le bétail des Rusk, soit par des animaux égarés, les Rusk privaient la région d'un de ses points d'eau essentiels.

Avec le premier convoi de bétail de l'été, il devint manifeste qu'il y aurait du grabuge, car le bétail avait besoin de s'abreuver avant la longue étape désertique jusqu'à la rivière Rouge. Mais Earnshaw Rusk, le quaker paisible, refusa d'admettre que sa décision de clôturer l'eau était arbitraire, injustifiée et contraire à l'intérêt général. Ses années de négociations avec les Texans lui avaient inculqué leur loi fondamentale : « La propriété privée est sacro-sainte, et surtout la mienne. » Il continua donc de priver le bétail des autres de son eau, et de surveiller ses barbelés, même s'ils barraient à ses voisins leurs routes habituelles. Il n'était ni irrationnel ni obstiné – simplement texan.

Presque chaque jour, à l'aube, un des vachers annonçait : « Encore une clôture coupée. » Car si Alonzo Betz avait du génie pour vendre le barbelé, d'autres voyageurs avaient autant de talent pour vendre des cisailles capables de découper les clôtures en quelques secondes. Chaque jour, Rusk et Yeager devaient réparer les brèches.

La guerre n'était pas inégale, car les destructeurs – tous les partisans de la liberté et des grands espaces – pouvaient par une nuit sans lune couper une immense longueur de clôture. Parfois, des rangs entiers de fil de fer étaient cisaillés d'un poteau à l'autre sur plusieurs kilomètres – une perte colossale pour l'éleveur. D'un autre côté, l'éleveur pouvait mettre à l'affût ses vachers, ravis de jouer de la gâchette, dans les coins reculés et isolés de ses terres. Quand la fusillade se déclenchait, plus d'une paire de cisailles neuves restait accrochée aux barbelés, à côté des cadavres.

L'avantage passa bientôt aux coupeurs de clôtures, car

les hommes endurcis qui conduisaient le bétail vers le nord n'hésitèrent pas à engager des tueurs professionnels pour les escorter. Dès qu'une escarmouche se déclenchait, la puissance de feu se trouvait dans le camp des hommes de la piste. Frank Yeager l'apprit le jour où l'un de ses nouveaux vachers fut abattu en essayant d'arrêter les destructeurs. Il se vengea avec une habileté démoniaque.

Opposé à la clôture au début, il en était devenu le principal défenseur, car, l'ayant construite, il s'identifiait à elle. Toute attaque contre les barbelés le blessait personnellement. A la mort de son homme, il annonça :

« Plus de surveillance nocturne. Nous trouverons d'autres moyens. »

Il en trouva. Mettant à profit sa connaissance partielle des explosifs, il fabriqua des bombes sensibles, que l'on placerait sur les fils et qui exploseraient dès que la tension du fil diminuerait à la suite d'un coup de cisailles. Chaque bombe était garnie de grenaille que l'explosion projetterait alentour pour tuer ou blesser gravement le vandale.

Les hommes de Fort Garner dormaient désormais dans leur lit, puis partaient à l'aurore compter les cadavres. En manière de représailles, les convoyeurs de la piste commencèrent à abattre à coups de fusil le bétail des enclos, puis à mettre le feu aux pâturages desséchés. N'importe qui, même le citoyen le plus paisible, se crut en droit de couper une clôture qui le gênait. Les morts se multiplièrent. C'était la guerre ouverte sur tous les fronts.

Détail peu glorieux de cette bataille : à Fort Garner, Earnshaw Rusk, contrairement à tous ses principes et à son éducation, se transforma en général acharné à défendre sa place forte. Sans toucher lui-même un fusil, il mit au point les stratégies des combattants. Pis encore, il devint le leader de tous les autres éleveurs de la région qui avaient clôturé leurs propriétés. Il devint le général Rusk, défenseur de la clôture de barbelés.

La guerre des barbelés se termina d'une façon particulière au Texas. On n'envoya aucune force de police dans la région, aucune milice d'État, aucun détachement de l'armée. En août, les cadavres s'accumulant, un homme de taille moyenne, plus près de trente ans que de quarante, arriva discrètement en ville : le Texas Ranger Clyde

Rossiter. Il gardait les yeux mi-clos et les mains toujours très près de ses étuis à revolver. On l'avait chargé de mettre fin à la guerre des barbelés dans le comté de Larkin. Il intervint sans tapage, ne procéda à aucune arrestation, ne proféra aucune menace. Il passa beaucoup de temps sur les plaines à inspecter les clôtures et à intercepter les troupeaux qui se dirigeaient vers le nord. Partout où il allait, il expliquait que la guerre des clôtures était finie.

Il réussit à arrêter le carnage, mais les gens de la région, qui observaient tous ses actes avec admiration, remarquèrent qu'il prenait toujours le parti des gros éleveurs contre les petites gens, quel que soit le différend ; et, un soir, un groupe de citoyens demandèrent à le voir pour lui présenter ce qu'ils considéraient comme de justes requêtes. Il refusa d'écouter leurs plaintes :

« J'ai pour tâche de rétablir la paix, non de redresser d'anciennes injustices. »

Au cours d'un dîner chez les Rusk, il expliqua son attitude fondamentale :

« A ce que j'ai pu voir du Texas, les bonnes choses de notre société sont toujours le fait des gens qui ont de l'argent, et les mauvaises le fait de ceux qui n'en ont pas. Je trouve donc efficace de travailler avec les propriétaires des vastes ranches, parce qu'ils savent ce qui est le mieux, contre les gens qui n'ont rien, car ils ne comprennent rien à rien.

– La plupart des Rangers ont ces idées-là ? demanda Earnshaw.

– Notre expérience nous l'enseigne.

– As-tu un ranch à toi ?

– Oui, et je n'ai pas envie qu'on cisaille mes clôtures.

– Que dois-je faire au sujet des gens qui protestent parce que nous leur barrons la route ?

– La terre vous appartient, non ?

– Mais comment dois-je réagir ?

– Je ne suis pas ici pour décréter des lois. Seulement pour faire cesser les fusillades. Et je crois que c'est terminé. »

Mais, en bon Ranger, il voulut étudier cette guerre sous tous ses angles, et il quitta Fort Garner pendant plusieurs jours pour arpenter le pays entre la ville et Jacksborough. Il était absent quand R.J. Poteet arriva du sud avec deux mille sept cents têtes de bétail en route pour Dodge City. Lorsque Poteet arriva près du ranch Larkin et découvrit que son point d'eau traditionnel de Bear Creek était clôturé, il entreprit de couper les barbelés, méthodiquement et en faisant le moins de dégâts possible, pour que son bétail puisse se rapprocher du réservoir, dont il faudrait également couper la double clôture.

Les vachers de Rusk, postés en sentinelles, s'étonnèrent de voir avec quelle témérité cet inconnu à l'allure résolue coupait leur clôture. Ils voulurent le signaler à Rusk mais ne trouvèrent que Yeager, qui mit la main sur une carabine et partit à bride abattue vers la scène du vandalisme.

« Voyons ! Poteet ! Que faites-vous donc ?

– Je conduis mes bêtes à l'eau, comme toujours.

– C'est clôturé.

– Et pourquoi ? L'espace est resté libre depuis la nuit des temps.

– Les temps ont changé.

– C'est un tort.

– Poteet, si vos hommes touchent à cette clôture, mes hommes tireront.

– Grave erreur. J'ai des tireurs d'élite dans mon escorte. »

Sur ces entrefaites, Earnshaw Rusk arriva à son tour. Il allait donner des ordres à ses troupes mais Poteet ne lui en laissa pas le temps :

« Earnshaw, mon ami, je n'ai guère envie que vos hommes fassent une sottise. Vous voyez mon chariot-popote ? Pourquoi les abattants sont-ils en place, croyez-vous ? » Les hommes de Rusk regardèrent le chariot : il était placé à un endroit stratégique, et les volets latéraux étaient fermés. « Earnshaw, mon ami, un de mes meilleurs fusils, dans ce chariot, a son fusil braqué sur votre poitrine. Un autre vous a placé au bout de sa mire, monsieur Yeager. Voyez-vous, je me propose d'abreuver mon bétail comme d'habitude, et pour cela je dois couper vos barbelés.

– Poteet, répondit Rusk d'une voix ferme, mes hommes te tueront si tu touches cette clôture. »

Pendant de longues minutes, personne ne parla ni ne

bougea. R.J. Poteet, né en Virginie cinquante-six ans auparavant, avait par son métier de chef de convois de bétail acquis certains traits de caractère qu'il ne pouvait pas modifier. Par exemple, ses animaux devaient être soignés chaque jour, au mieux des possibilités, et cela impliquait leur donner de l'eau à boire. Depuis la fin de la guerre de Sécession, il avait conduit dans le Nord chaque année un important convoi de bétail et parfois deux – en tout vingt et un troupeaux dont certains immenses – sans jamais perdre même deux pour cent de ses bêtes, du fait des Indiens, des bandits, de la sécheresse, des orages qui affolaient les bêtes, ou de la malhonnêteté des maquignons. Il était impensable qu'il change ses façons de faire après tant d'années. Il abreuverait son troupeau coûte que coûte.

Earnshaw Rusk croyait fermement à son entreprise de civilisation. Dès qu'il voyait une nouvelle perspective s'offrir, il hâtait sa venue. Mais surtout il s'était laissé contaminer par la doctrine texane, selon laquelle la terre d'un homme n'est pas seulement son domaine mais son salut.

Personne ne tira, mais tout le monde était prêt à le faire. Puis les deux chefs discutèrent. Rusk, toujours dans le rôle du général, déclara :

« Sais-tu, Poteet, que le Ranger Rossiter est dans les parages pour mettre fin à cette guerre ? Si tu tires sur moi, il te poursuivra jusqu'au bout du monde.

– Les Rangers prennent toujours le parti des riches, lança Poteet. Je m'étonne qu'un homme ayant vos principes sollicite leur aide. Earnshaw, mon ami, que feriez-vous si vous aviez deux mille sept cents têtes de bétail à abreuver, déjà en train de sentir cette eau et sans autre point d'eau où aller ? »

Dans le silence qui suivit, la vie et les valeurs pour lesquelles les hommes se battent parurent en équilibre. Puis Earnshaw Rusk abandonna soudain ses oripeaux de général et reconnut que ses actes et ceux de Frank Yeager étaient injustifiés. Il représentait sans doute l'avenir, peut-être ses idées triompheraient-elles au cours des dix années suivantes, mais dans la situation actuelle il avait tort. Il avait tort de clôturer un point d'eau utilisé par tous « depuis la nuit des temps », comme disait Poteet. Il avait tort d'imposer arbitrairement de nouvelles règles parce qu'il était assez puissant pour obtenir un prêt de la banque. Tort surtout d'abolir les droits traditionnels de ses voisins sous prétexte qu'il possédait des barbelés et eux non.

« Que feriez-vous, *vous*, si le bétail vous appartenait ? » répéta Poteet.

L'éducation de Rusk l'avait habitué à respecter les implications morales de chaque problème. Ayant admis qu'il avait tort de clôturer son point d'eau, il se sentit obligé de redresser le tort qu'il avait commis. D'une voix très basse, il déclara :

« Si c'était mon bétail, il faudrait que je le fasse boire. »

D'un geste, il fit signe à Yeager et à ses hommes de se retirer.

« Nous remettrons vos clôtures en place, lui promit Poteet, dont les hommes commençaient déjà à cisailler les barbelés. Mais, si j'étais à votre place, je les laisserais par terre. »

Rusk ne laissait jamais un problème moral en suspens :

« Pendant quelques années encore, Poteet, tu gagneras. Mais tu dois comprendre que les anciennes façons de faire sont mortes. Il y aura bientôt des clôtures partout.

– Dommage.

– Conduiras-tu le bétail de ma femme à Dodge City ?

– Comme toujours.

– Je vais aller les compter.

– C'est toujours moi qui compte. »

Comme plus d'un homme politique, le sénateur Cobb, soutenu par Petty Prue, connut un succès foudroyant à Washington, mais non dans sa circonscription quand il revint expliquer son comportement à ses électeurs. A peine était-il de retour dans sa plantation qu'il se trouvait assailli par un groupe de citoyens en colère, avec à leur tête un certain M. Colquitt, au menton en galoche.

« Sénateur, voulut savoir l'homme, pourquoi les avez-vous laissés détruire le flottage de la rivière Rouge ? »

Ils l'entraînèrent vers l'appontement de Lammermoor, et ce qu'il vit lui fit monter les larmes aux yeux : le quai solide qu'il avait fait construire avec son cousin Reuben, en 1850, se trouvait maintenant inutilisable à vingt mètres d'un filet d'eau qu'aucun bateau ne remonterait jamais.

« Vous les avez laissés détruire la valeur de vos terres, lui lança Colquitt. Et en ville tout est pareil. Notre beau port où accostaient les bateaux de La Nouvelle-Orléans... Terminé.

– Pourquoi ne les en avez-vous pas empêchés ? » s'écria un autre homme d'une voix angoissée.

Devant la colère de ses électeurs, Cobb comprit que la question était cruciale. S'il voulait demeurer sénateur, il devait leur fournir une réponse valable. D'ailleurs, il n'était pas homme à se réfugier derrière des platitudes ou des promesses vides qu'il ne pourrait jamais tenir :

« Messieurs, leur dit-il, personne à Jefferson n'a perdu plus que moi-même à cause de la destruction du flottage. Regardez ce trou sec ! Un style de vie qui disparaît. Mais, du jour où ce savant suédois a mis au point le TNT, notre flottage était condamné. Depuis cent ans on parlait de le faire sauter, et personne n'avait réussi. Le TNT est arrivé et nos moyens d'existence s'en sont allés.

– Le flottage aurait dû rester ! s'entêta Colquitt.

– Avec le TNT, de nombreuses choses devront changer.

– Soit, mais qu'allez-vous faire ?

– Faire ? Au sujet du flottage ? Rien. Croyez-vous que la Louisiane va nous laisser le reconstruire, simplement pour que notre Jefferson, huit cent trente et un habitants, redevienne un port fluvial ? »

Après cette réponse catégorique, il comprit qu'il devait se montrer conciliant. Il invita les hommes dans son salon, où Petty Prue leur servit du thé et des gâteaux à la mélasse.

« Messieurs, reprit-il, vous m'avez demandé ce que j'allais faire. Beaucoup de choses, croyez-moi. D'abord, je vais céder de bonne grâce au TNT. Il a fait sauter notre flottage et rien ne le remettra jamais à sa place. Mais je prendrai la tête de la bataille pour faire passer le chemin de fer dans notre ville et, quand ce sera réalisé, notre coton arrivera à La Nouvelle-Orléans plus vite et en meilleur état qu'autrefois. Enfin, je vais effectuer toutes les modernisations possibles à Lammermoor. Nous avons peut-être perdu notre port, mais nous découvrirons d'autres moyens de prospérer. Au Texas, c'est ce qui se produit toujours.

– Ne pouvez-vous pas obtenir qu'en compensation Washington nous fasse cadeau du chemin de fer ? lança M. Colquitt, toujours remonté.

– J'ai essayé de leur forcer la main dans ce sens, mais on m'a répondu : " Washington doit tenir compte de l'ensemble du pays, pas seulement du petit Texas. "

– Sénateur, la vie m'a appris une chose : chaque fois que le gouvernement des États-Unis met son nez dans les affaires du Texas, c'est à notre détriment. »

Cobb éclata de rire, ainsi que sa femme :

« La vie nous a donné la même leçon, monsieur Colquitt, lança-t-elle. Le Texas est si grand que ses problèmes sont ceux d'un empire. Le Congrès est habitué à régler les petits ennuis d'États comme le Vermont ou l'Iowa. Le Texas les déconcerte. Ils n'ont aucune compréhension de nos besoins.

– Mais quel effet vous fait la baisse de valeur de votre plantation ? Qui l'achèterait maintenant qu'elle n'a plus de port ? » demanda Colquitt.

Ce fut Petty Prue qui répondit, avec force :

« La valeur vénale a baissé, c'est entendu. Beaucoup baissé. Mais vous verrez ! Elle remontera. Pour une raison ou une autre, que nous ne pouvons même pas imaginer en ce moment. C'est la règle au Texas. Changement, adaptation, déchirement. Mais, chaque fois, la valeur de la terre augmente.

– Pourquoi ne quittons-nous pas simplement l'Union ? demanda M. Colquitt (il avait vécu sa jeunesse en Caroline du Sud).

– La question a été réglée.

– Mais nous pouvons encore nous diviser en cinq États différents. J'en suis certain. »

Colquitt n'était au Texas que depuis trois ans, mais il disait déjà *nous*. Dans deux ans, il rendrait un culte passionné à tout ce qui est texan.

« Nous le pouvons, mais je pense que nous ne le ferons jamais.

– Et pourquoi ?

– Dans quel État se trouverait El Alamo ? » demanda le sénateur en souriant.

Si le Texas s'était révélé incapable d'empêcher le dynamitage du flottage de la rivière Rouge, il réussit à mettre fin à la guerre des barbelés. Plusieurs lois furent décrétées et appliquées, les massacres cessèrent. Voici comment les choses se passèrent, d'après le récit d'un petit fermier de la région de Fort Garner où la lutte avait été fort chaude :

> Toute personne qui coupe une clôture, où que ce soit, est arrêtée, condamnée à une amende et jetée en prison pour longtemps. Toute personne en possession d'une paire de cisailles – sur elle-même, dans sa maison, dans son chariot – fait l'objet d'une peine du même ordre. Un chef de convoi, comme R.J. Poteet, qui conduit son bétail sur des terres clôturées est envoyé en prison pour un à cinq ans.
> Mais ne croyez pas un seul instant que les gros propriétaires qui ont clôturé des terres d'usage public s'en tirent indemnes, le nez au vent. On leur demande poliment d'ôter les clôtures des terres où se trouvent des points d'eau traditionnels. Ils doivent installer des grilles s'ils ont clôturé des passages publics. Et il faut qu'ils tiennent compte des droits coutumiers des simples citoyens. Ils ne sont pas obligés de faire tout cela sur-le-champ. Le gouvernement leur accorde jusqu'à six mois de délai. S'ils n'ont pas effectué les modifications en temps voulu, on leur donne des avertissements. S'ils n'en tiennent aucun compte pendant un certain temps, disons trois ans, ils sont sévèrement réprimandés... par écrit. Des amendes ? La prison ? Pour les gros propriétaires fonciers ? mais vous n'y songez pas !

L'impulsion donnée par Rusk pour transformer son hameau en petite ville se poursuivit inexorablement, souvent dans des directions qu'il n'avait pas prévues. Une fois mises en place les quatre pierres angulaires – le magasin, l'école, le saloon et la banque –, il consacra son attention aux trois institutions suivantes de sa liste : les Églises, la presse, le chemin de fer. Il connut un curieux mélange de succès et d'échecs.

Le banquier Weatherby, impatient lui aussi de voir sa ville – et sa banque – prendre de l'importance, l'aida à résoudre la question des Églises.

« Earnshaw, lui dit-il un jour où Rusk venait payer

l'intérêt de son emprunt, une ville prospère mieux si elle possède des Églises fortes.

– Comment les attirer ici ?

– Nous avons déjà plusieurs groupes religieux spontanés. Ils seraient ravis de recevoir des terres à titre gratuit. Et nous pourrions demander aux journaux de Fort Worth d'annoncer que nous offrons une parcelle gratuite à toute religion reconnue. »

Le conseil était judicieux. Dès que la nouvelle se répandit dans le Texas, huit Églises différentes prirent des renseignements et six choisirent une parcelle et se mirent à construire. Les baptistes, venus en premier, s'octroyèrent le meilleur emplacement au milieu de la ville ; les méthodistes s'installèrent non loin ; les presbytériens optèrent pour un endroit calme ; les épiscopaliens préférèrent une parcelle à la périphérie de l'agglomération et achetèrent un terrain attenant parce qu'ils désiraient beaucoup de place, pour un vaste bâtiment. L'Église du Christ se contenterait pendant les douze premières années d'un édifice de bois, et un petit groupe, qui s'intitulait les Sauveurs de la Bible, ne dressa qu'une simple tente.

Ce fut l'une des meilleures affaires conclues par Rusk, parce que les Églises apportèrent la stabilité ; elles encouragèrent les colons venus de villes plus anciennes à établir leur résidence ; et elles déposèrent le produit de leurs quêtes à la First National Bank de Fort Garner.

Lorsque la banque eut quelques années d'existence, un fonctionnaire de Washington vint informer Weatherby que la raison sociale de son établissement ne pouvait pas convenir :

« On ne peut pas donner l'appellation *nationale* à la première banque venue. Enlevez-moi cette enseigne. »

L'émissaire de Washington écouta par la même occasion les plaintes de Rusk concernant le nom de l'endroit :

« Ne pouvez-vous pas signaler au gouvernement que nous désirons un meilleur nom ? Fort Garner ! Le fort n'a existé que quelques années. Et c'est un nom militariste et ridicule. Larkin conviendrait bien mieux. »

Earnshaw n'obtint pas gain de cause, mais cela lui inspira une campagne qui durerait vingt ans. Chaque fois qu'il mettait une lettre à la poste, il demandait au préposé :

« Quand le nom va-t-il changer ? – La décision est entre les mains des dieux », répliquait le postier. Les dieux devaient être contre le changement, ou bien fort négligents, car le nom resta le même, si bien qu'Earnshaw, furieux, finit par écrire au président :

> Monsieur le Président,
>
> J'essaie depuis des années de faire changer le nom de notre bureau de poste, de Fort Garner en Larkin, et l'on ne m'a même pas fait la courtoisie d'une réponse raisonnable. L'État du Texas a un si grand nombre de bureaux de poste qui comportent le mot *fort* qu'on dirait un défilé militaire et non un État civil. Fort Worth, Fort Davis, Fort Griffin, Fort Stockton, Fort Garner, et j'en passe. Nous vous serions reconnaissants de demander au ministre des Postes d'appeler désormais notre ville *Larkin*.
>
> *Earnshaw Rusk.*

Il ne reçut pas de réponse, mais son attention fut soudain détournée par une question plus importante. Un brillant jeune homme du Massachusetts, pourvu d'un diplôme d'études supérieures et répondant au nom de Charles Fordson, parcourait l'Ouest depuis quelque temps avec deux mules, un chariot et un chargement qui représentait le Progrès depuis l'époque de Gutenberg. C'était une presse à imprimer, complétée par dix plateaux de caractères amovibles. Le tout cherchait un foyer.

Dès qu'il apprit l'arrivée du jeune homme, Rusk le prit à part, lui montra les cinq bâtiments encore vides et lui assura :

« Nous avons besoin de toi, et tu ne trouveras pas de meilleures perspectives d'avenir dans tout le Texas. Larkin ! La future métropole. Installe-toi au milieu de nous et fais fortune. »

Le maillon vital du journal s'ajouta ainsi à la chaîne encore fragile de la civilisation. Le jeune Charles Fordson écouta les belles paroles d'Earnshaw et décida que son journal avait de bonnes chances de réussir. Mais il l'appela *le Défenseur du comté de Larkin,* craignant que la ville seule ne lui fournisse pas une clientèle suffisante pour justifier son entreprise.

Au cours d'une période calme de l'hiver 1881, Fordson voulut distraire son public accablé par les temps difficiles, en publiant une série d'articles bien construits qui combinaient le ton de l'information et celui de l'éditorial. Voici quelques paragraphes caractéristiques de son propos :

> Dans le comté de Larkin, depuis deux ans, il s'est produit quatre exécutions par balle dans les rues du chef-lieu, et dix dans les campagnes environnantes...
> Au moins la moitié des quatorze victimes méritaient sans doute de mourir, et nous félicitons les citoyens bien intentionnés qui se sont chargés de leur châtiment. Mais il demeure malaisé de prétendre que les autres sont morts selon tel ou tel principe de justice. Ils ont été assassinés ; et ils n'auraient pas dû l'être...
> La seule solution à ce problème est une mise en application plus stricte de la loi, par nos agents de police, par nos jurés, par nos juges. Ce journal exige que l'on mette fin à toutes les illégalités dans le comté de Larkin et, plus généralement, au Texas...

Les articles provoquèrent une réaction à laquelle le journaliste Fordson ne s'attendait guère. Quelques citoyens, comme le pasteur baptiste et trois veuves qui avaient perdu leurs maris au cours de fusillades, applaudirent à tant de bon sens, mais l'opinion générale fut que, « si un freluquet du Massachusetts tremblait dans son froc pour quelques coups de pétard, il ferait mieux de décamper dans les jupes de sa mère ».

Conséquence plus grave, le gouverneur lança une attaque enflammée contre le réformateur en puissance. Sa défense du Texas, publiée d'un bout à l'autre de l'État, valut au comté de Larkin un mépris général :

> Des paltoquets sans caractère, nouveaux venus dans notre grand État, ont fait observer dans la presse publique que le Texas est un pays sans loi. Rien ne saurait être plus éloigné de la vérité. Nos forces de police sont célèbres dans toute la nation, nos magistrats sont des exemples de modération et nos citoyens se soumettent de bon gré à toutes les lois justes que décrètent nos assemblées...

Les théories du gouverneur furent mises à l'épreuve au cours de l'affaire des frères Parmenteer, fils de fermier. Les deux enfants, comme il arrive souvent dans les familles, suivirent des voies radicalement différentes. L'aîné, Daniel, réussit ses études, fit son droit à Austin, fut admis au barreau et devint l'un des notables du comté de Larkin, où il épousa la fille d'un pasteur et éleva quatre beaux enfants.

Son jeune frère Cletus n'aimait pas les études, détestait les professeurs et méprisait les lois. A dix-huit ans, il avait une réputation de voyou – qui ne s'améliora pas avec les années. Au début, il se contentait de terroriser les garçons et les filles de son âge, et ils décidèrent tous de le fuir. Puis il se mit à voler de petites choses, que ses parents remboursèrent. Enfin il se lança dans la plus dangereuse des entreprises : le vol de chevaux et de bétail. C'était dépasser les bornes.

Devenu un hors-la-loi, il participa à deux meurtres et, à la suite d'un raid au Nouveau-Mexique, la police mit sa tête à prix dans ce territoire. Comme d'habitude, on n'en tint aucun compte au Texas. Il devint un de ces oisifs instables, vifs de la gâchette – le déshonneur de sa famille respectable. Aucune femme ne voulait de lui. Il ne s'associait qu'à d'autres petits truands, et l'on prédit dans tout le comté qu'un jour ou l'autre le jeune Cletus finirait pendu.

Les choses en étaient là quand, par un beau jour du printemps 1881, la ville en pleine croissance de Fort Garner entendit les échos familiers d'une fusillade, puis un cri : « Parmenteer a tué le juge Bates ! » On se précipita dans les rues : la nouvelle était exacte. En plein midi, dans la rue principale, un juge honorable – pas tant que cela, à vrai dire – avait été abattu sans pitié, en présence de plus de vingt témoins, tous certains d'avoir reconnu Parmenteer. Mais ce n'était pas Cletus le hors-la-loi qui avait tiré : c'était Daniel, l'avocat bien-pensant.

Le juge était mort. Aucun doute à cet égard : quatre balles l'avaient éventré et il gisait dans son sang au milieu de la rue. L'avocat Parmenteer se dirigea d'un pas ferme, sans la moindre émotion, vers le bureau du shérif, à qui il remit son arme en disant : « Une bonne action, par une belle journée », verdict auquel souscrivit la ville entière.

La plupart des villes texanes avaient connu des incidents

de ce genre, mais ce crime troubla beaucoup le rédacteur du *Défenseur du comté de Larkin.*

« Jackson, lança le jeune homme à son assistant, nous avons un problème.

– Je ne vois pas lequel. Laissez-moi parler avec les deux douzaines de témoins de la fusillade.

– Les faits ? Mais les faits ne posent aucun problème. La question, c'est : comment les présenterons-nous ?

– Nous dirons simplement. *L'avocat Daniel Parmenteer...*

– A fait quoi ?

– A tué le juge Bates.

– Ce n'est pas possible. *L'avocat Parmenteer a tué le juge Bates.* Beaucoup trop net, trop accusateur.

– Publions la vérité : *L'avocat Parmenteer, frère du hors-la-loi notoire...*

– Stop ! Aucune allusion au frère. Ils nous tireraient dessus tous les deux.

– Vous avez peut-être raison. *L'avocat Parmenteer a assassiné...*

– Impossible, Jackson. Le mot *assassiné* implique une certaine culpabilité.

– Pourquoi pas : *l'avocat Parmenteer tire sur le juge* ?

– Cela m'effraie pour deux raisons. Si nous insistons sur le fait qu'il est avocat, nous aurons l'air de plaider en sa faveur. Et nous ne pouvons pas employer le mot *tirer*, car cela suppose qu'il avait l'intention de le tuer.

– Bon Dieu ! Il s'est dirigé vers lui et, si ce que l'on raconte partout est exact, il lui a dit trois mots et il l'a truffé de plomb. Si ce n'est pas tirer sur quelqu'un...

– Vous ne comprenez pas, Jackson. Nous ne pouvons pas imprimer un seul mot semblant mettre en question les motifs ou les actes de deux de nos notables. »

Fordson et Jackson se creusèrent donc la tête. Ils ne pouvaient presque rien imprimer sans mettre en fureur soit l'avocat Parmenteer, soit la famille du juge Bates. Ils ne pouvaient pas publier que l'avocat avait agi ainsi parce qu'il avait perdu un procès, ni que le juge Bates était un vieil ivrogne qui acceptait des pots-de-vin à gauche et à droite – notamment dans l'affaire que Parmenteer avait perdue.

En fait, le *Défenseur* ne pouvait rien dire, sauf que

l'incident s'était produit ; et même une affirmation aussi simple posait des problèmes délicats : quand il fallut choisir le titre de l'article, le jeune Fordson se retrouva à la case départ. Il écarta :

MEURTRE REGRETTABLE DANS LA GRAND-RUE

pour trois raisons : *grand-rue* impliquait que le shérif n'était pas à la hauteur ; *meurtre* était manifestement trop fort, puisque le gouverneur en personne avait affirmé dans sa lettre désormais célèbre que « les Texans ne se tuent pas à tort et à travers » ; et *regrettable* pouvait valoir des ennuis au journal car il laissait entendre que le meurtre était injustifié – l'avocat Parmenteer risquait d'entrer en trombe dans les bureaux du *Défenseur* pour accomplir un autre meurtre, cette fois parfaitement justifié.

Les deux journalistes écartèrent l'un après l'autre les adjectifs classiques dans ces circonstances : *déplorable*, *brutal, sauvage*. Puis, dans un trait de génie, Fordson trouva un titre qui avait des chances de passer :

MALHEUREUSE RENCONTRE À FORT GARNER

« *Rencontre* ? Qu'est-ce que ça veut dire ? demanda Jackson.

– C'est une expression française polie pour dire qu'un homme a reçu du plomb dans les tripes. Mais l'épithète *malheureuse* ne me plaît pas beaucoup. Les partisans de Parmenteer risquent de s'en offenser. Nous ne voulons pas nous trouver à l'origine d'une vendetta, n'est-ce pas ?... Pas de gros titre, conclut-il, résigné. Pas d'interviews des témoins. »

Cette semaine-là, en page trois, noyé au milieu des avis de réunion et des avis d'arrivages au magasin, fut publié un article discret intitulé :

RENCONTRE À FORT GARNER

sans adjectif, sans détails sanglants, sans parti pris.

On félicita le journaliste pour son bon goût, et Daniel Parmenteer le salua d'un signe de tête quand il le croisa.

L'avocat ne fut pas arrêté pour le meurtre parce qu'on ne trouva à Fort Garner personne qui l'ait vu le commettre. Le magistrat nommé par la suite, ravi d'occuper la place de l'indigne juge Bates, soutint que, l'affaire s'étant produite avant sa nomination, il n'avait pas lieu de poursuivre.

En fait, l'affaire Parmenteer-Bates serait tombée dans les oubliettes comme cent autres meurtres de la frontière si l'autre Parmenteer, Cletus le hors-la-loi, n'était pas revenu soudain en ville en tirant à tous les vents, puis reparti en volant un cheval. On aurait pardonné les coups de feu, signe de bonne humeur, mais le vol d'un cheval prenait à rebrousse-poil la conscience morale texane. Un groupe de volontaires s'organisa sans délai : « Messieurs, nous ne tolérerons pas les vols de chevaux dans ce comté. » Seize justiciers amateurs prononcèrent serment devant le shérif et se mirent aux trousses du coupable.

La malchance voulut que le chef des volontaires – désigné non par le shérif mais par acclamation – fût le frère cadet du défunt juge Bates, et il mena la chasse avec une telle ardeur revancharde qu'à la tombée de la nuit le groupe rejoignit le fugitif, dont le cheval volé s'était mis à boiter. De toute évidence, d'après les récits qui se répandirent par la suite, Cletus Parmenteer avait essayé de se rendre, estimant sans doute que son frère pourrait le défendre contre l'inculpation de vol. Mais cela ne faisait pas l'affaire d'Anson Bates, à la tête des justiciers.

Un des membres du groupe expliqua ensuite à Daniel Parmenteer :

« Anson a rejoint votre frère et lui a déclaré : " Nous ne voulons pas de voyous de ton espèce dans notre prison. " Et il lui a tiré six balles en pleine poitrine. Il était pas plus loin de lui que je le suis de vous en ce moment. »

L'avocat Parmenteer réagit en allant tuer Anson Bates, au moment où celui-ci sortait de chez le coiffeur.

« Il était sans armes. Et cet enfant de salaud ne l'a même pas appelé pour qu'il puisse se défendre », expliqua à son clan un parent des Bates.

La vendetta était bien engagée. Le clan Bates tua quatre Parmenteer, mais ne put jamais abattre l'avocat Daniel, qui se déplaçait constamment d'un bout à l'autre du comté, toujours armé. Ses partisans supprimèrent cinq hommes du clan Bates et le conflit fit tache d'huile, comme presque toujours, dans les comtés voisins. Les Bates et les Parmenteer tombaient comme les feuilles en automne, mais la plupart des morts portaient d'autres noms. Victimes typiques : un certain Ashton, cultivateur du comté de Jack, ou un certain Lawson, de Young, qui pour d'obscures raisons avaient pris parti pour un camp ou pour l'autre. Fin 1881, le conflit Bates-Parmenteer avait provoqué la mort violente de dix-sept personnes, et les Bates avaient juré que l'hécatombe durerait « jusqu'à ce que le salopard Daniel Parmenteer mange la poussière, percé de la tête aux orteils ».

En décembre 1881, des récits de la vendetta du comté de Larkin parvinrent aux journaux de l'Est, et l'un d'eux fit observer que plus de Blancs étaient morts au cours de ce règlement de comptes qu'en dix ans de guerre indienne dans la même région. Même le gouverneur reconnut qu'il fallait entreprendre quelque chose, et ce qu'il décida était si différent de ce qu'un gouverneur de l'Est aurait fait que la solution attira, autant que le problème, l'attention du reste des États-Unis.

Il convoqua dans son bureau d'Austin un petit bonhomme sec et nerveux de soixante et un ans, et lui dit :

« Otto, c'est sûrement la dernière mission dont je vous chargerai. Vous avez mérité votre retraite, mais vous demeurez notre meilleur justicier. Allez là-bas, et calmez un peu ces maudits cinglés. »

Le Ranger Otto Macnab retourna donc à son ranch de Fredericksburg, sella son meilleur cheval, chargea sur sa mule une tente, des rations et une petite caisse de munitions, puis se prépara à partir vers le nord. Sa femme Franziska, âgée de cinquante-quatre ans, l'avait souvent vu faire ce genre de préparatifs, toujours avec appréhension car elle avait assisté avec Otto à de nombreuses obsèques de Rangers qui avaient perdu la vie dans des missions solitaires du même genre. Elle n'essaya cependant pas de le retenir.

Il accepta le duster de toile blanche qu'elle lui tendit – le cinquième qu'elle lui avait fait durant toutes ces années – puis il l'embrassa :

« Veille bien sur le ranch. Assure-toi que les enfants s'occupent de tout. »

Il n'emprunta pas les grandes routes mais les anciennes pistes à travers les étendues désolées des comtés de l'Ouest, jusqu'au comté de Jack où il s'informa discrètement des derniers événements relatifs à la vendetta de Larkin. Dans une auberge où personne ne le connaissait, un paysan déclara à toute la tablée :

« Ça va aller de mal en pis...

– Je ne crois pas, lança un autre. Un ami m'a annoncé que le gouverneur allait envoyer un Ranger.

– Peut-être, mais les Bates ont engagé des renforts.

– Que racontes-tu ? demanda l'optimiste.

– J'ai appris que Vidal, le cousin de Bates, est parti au Nouveau-Mexique chercher Peavine le Crotale pour régler le compte de l'avocat Parmenteer.

– Cela provoquera une nouvelle vague de meurtres ! lança le deuxième paysan après un long silence.

– C'est certain. »

L'un d'eux se tourna vers Macnab :

« Vous connaissez Peavine ? Son bras gauche est comme un bout de bois, mais son bras droit lui suffit.

– Jamais entendu parler de lui. Si c'est un tueur du Nouveau-Mexique...

– C'est un tueur du Texas. Il file de l'autre côté de la frontière pour éviter la corde.

– Un dur ?

– Le pire de tous. Les Bates ne rendent pas service au Texas en le faisant revenir. Et, pour Parmenteer, ce n'est pas un cadeau. »

Le lendemain matin, Otto se dirigea vers le comté de Larkin, à l'ouest, sachant que Peavine le Crotale arrivait lui aussi, mais de l'est. Si quelqu'un, du haut du ciel, avait pu suivre les mouvements de ces deux hommes, il aurait pu prédire qu'ils se rencontreraient du côté de la ville de Fort Garner, et il aurait compris qu'il y aurait des dégâts considérables : Macnab n'était pas homme à tourner le dos à une confrontation difficile, et Peavine avait acquis une telle expérience en vingt ans de danger incessant qu'il passait encore pour l'un des deux ou trois hommes les plus dangereux de l'Ouest.

Otto arriva en ville un jeudi en fin d'après-midi, petit cavalier solitaire traînant derrière lui une mule chargée avec soin, qui ne levait jamais la tête. Il arriva par la route poussiéreuse de Jacksborough, descendit lentement la grand-rue et attacha son cheval à la barre, devant le saloon. Les témoins remarquèrent qu'il n'attachait pas sa mule, preuve qu'il utilisait l'animal depuis longtemps. Personne ne se douta qu'il était Ranger, car il ne portait aucun signe distinctif.

Dans le saloon, il provoqua peu de commentaires, et lorsqu'il demanda, de sa voix tranquille : « Où peut-on se loger ici ? », on lui indiqua aimablement la maison d'une veuve qui prenait des pensionnaires.

« On y mange bien ?

– Il n'y a pas mieux en ville », lui assurèrent les hommes.

Mais, à leur haussement d'épaules, il comprit que ce ne serait pas merveilleux. Il commanda une bière mais n'en but que quelques gouttes ; puis il gagna la porte, détacha son cheval et le conduisit par la bride. La mule suivit derrière.

Il s'installa donc chez la veuve Holley, où il se présenta sous le nom de Jallow, ce qui provoqua une discussion avec les autres pensionnaires :

« D'où vient ce nom-là ?

– Je me le suis souvent demandé. Ma mère disait que c'était allemand, mais elle venait d'Irlande.

– Et vous, d'où venez-vous ?

– De Galveston.

– Pour aller où ?

– Ici.

– Vous cherchez des terres ? »

Il hocha la tête et les hommes lui donnèrent des conseils, qu'il écouta attentivement.

Il passa les cinq journées suivantes à visiter des propriétés à vendre et à écouter les commentaires sur la région. Ce qu'on lui dit du quaker Rusk et de la façon dont il avait fait la connaissance de sa femme lui fit beaucoup d'effet. Bien entendu, Rusk n'avait pas de terres à vendre.

Il se promenait toute la journée mais retournait régulièrement chez Mme Holley prendre ses repas à midi et le soir, pour ne manquer aucun commérage. Il parvint à deux conclusions : les Bates étaient vraiment une bande de salopards qui avaient fait venir du Nouveau-Mexique un tueur notoire ; et l'avocat Parmenteer lui parut un des hommes les plus exécrables qu'il eût rencontrés depuis longtemps. Un soir, après une discussion orageuse avec ce sale bonhomme à propos d'une ferme à l'ouest de la ville, il grommela : « S'il y a eu au monde un seul individu qui vous donne envie de le tuer, c'est bien ce Daniel Parmenteer. »

L'avocat, hypocrite, vindicatif, détestable dans ses relations personnelles, avait une peur bleue de se faire tuer. Il jugeait manifestement que sa seule protection serait d'éliminer les Bates avec tout leur clan et, pour y parvenir, il avait institué la pire sorte de milice urbaine : celle où les volontaires se présentent par haine de leurs voisins.

Le sixième jour, Otto se leva comme à son habitude, se rasa, enfila ses vêtements de tous les jours, prit le petit déjeuner avec les pensionnaires et se rendit à l'écurie où il sella son cheval et fixa ses deux pistolets à sa ceinture. Il se rendit à l'endroit où vivaient les frères Bates, vers l'est de la ville. Il descendit de cheval d'un geste souple et entra vivement dans la maison des Bates, ses armes braquées.

« Sam et Ed, vous êtes en état d'arrestation. Otto Macnab, Texas Ranger. »

Avant que les hommes stupéfaits puissent réagir, il leur passa les menottes aux poignets et les attacha à la même corde. Il les fit marcher rapidement jusqu'à la sortie de la ville, où il les ligota à un gros arbre, en les prévenant qu'il les abattrait s'ils essayaient de s'enfuir.

Il revint ensuite en ville, se glissa dans les bureaux de Daniel Parmenteer, l'arrêta et lui passa les menottes de la même façon. Il conduisit l'avocat dans la rue et frappa à la porte du bureau du shérif pour lui demander d'appeler son adjoint et de venir dare-dare. Comme le shérif voulait poser des questions, il lança : « Otto Macnab, Texas Ranger », puis conduisit Parmenteer à la sortie de la ville, où il le ligota lui aussi à un arbre.

A l'arrivée du shérif, Macnab déclara aux détenus et à la foule qui s'était rassemblée :

« Bates, Parmenteer, bonnes gens du comté de Larkin, la bagarre est terminée. Fini le massacre. Je m'appelle Otto

Macnab, Texas Ranger, et je vous signale que le calme règne de nouveau dans cette ville. »

Cette promesse était la bienvenue, et plus d'un applaudit.

Otto se campa alors devant les frères Bates :

« On vous a fait du tort, je le reconnais. Et vous avez répliqué. Mais maintenant, ça suffit. Nous ne tolérerons pas un seul geste de plus. »

Prenant à sa ceinture un long couteau au tranchant effilé, il libéra les deux hommes.

A Parmenteer, il déclara :

« Daniel, vous vous êtes cru obligé de venger votre frère Cletus, et vous l'avez fait. Nous le comprenons tous, mais nous ne pouvons plus tolérer un seul meurtre. La vendetta est terminée. »

Il coupa également sa corde.

Mais Parmenteer posa aussitôt la question qui brûlait toutes les lèvres :

« Et Peavine ? Ils l'ont fait venir du Nouveau-Mexique pour me tuer.

– C'est ce que j'ai appris, répondit Macnab sans prononcer un mot plus haut que l'autre. Je vais aller de ce pas avertir Peavine de ne pas poser le pied dans cette ville. Il y est interdit. » Il se tourna vers le shérif. « A vous de jouer. Surveillez ces hommes. Maintenez la paix. »

Il retourna à pied au centre de la ville pour récupérer son cheval, chargea de nouveau sa mule, enfonça son chapeau de feutre sur son front, et quitta Fort Garner pour aller au-devant du Crotale.

Il chevaucha trois jours vers la frontière du Nouveau-Mexique et le dernier soir il aperçut des silhouettes à l'horizon. Sans hâter ni ralentir le pas de son cheval, il se dirigea vers elles.

C'étaient trois soldats de Fort Elliott, partis en patrouille, et ils campèrent ensemble à la belle étoile – les provisions des soldats étaient bien meilleures que tout ce qu'Otto put leur offrir. Il apprit qu'ils avaient croisé deux hommes, du nom de Bates et de Peavine.

« Peavine le Manchot ?

– Ouais. Son bras gauche est tout sec. Il dit que les Indiens lui ont fait ça. Dans le Territoire.

– Bates et Peavine seraient encore à Fort Elliott ?

– Ils aidaient le capitaine à chasser les wapitis… Pour la popote. »

Le matin venu, les soldats continuèrent leur patrouille. Macnab prit la piste du fort et vers midi il aperçut deux hommes qui venaient de l'est, chacun avec deux chevaux. Il s'assura qu'ils l'avaient vu et se dirigea résolument vers eux. Dès qu'il parvint à portée de voix il cria :

« Peavine ! Bates ! Je suis Otto Macnab, Texas Ranger. » Sans dégainer ses armes, il continua d'avancer : « On m'a envoyé dans le comté de Larkin pour faire cesser les meurtres. Il y a quatre jours, j'ai arrêté vos neveux, Sam et Ed, ainsi que l'avocat Parmenteer.

– C'est un tueur ! lança Bates.

– Je le sais, mais votre clan n'est pas innocent non plus, Bates. Et désormais, tout est terminé. » Aucun des deux hommes ne répondit, et Macnab ajouta : « Crotale, vous ne devez pas entrer dans le comté de Larkin. Rebroussez chemin vers le Nouveau-Mexique. Bates, vous êtes libre d'agir à votre guise. »

Ce fut un instant d'angoisse. Les deux hommes, qui surveillaient les mains de Macnab, comprirent qu'au moindre geste agressif le Ranger dégainerait et abattrait l'un d'eux. Mais le survivant tuerait à coup sûr Macnab. Selon toute probabilité, le Ranger tirerait d'abord sur Peavine, et le Crotale évita de faire le moindre faux mouvement.

Sans trahir d'émotion, Macnab lança :

« Vous pouvez me tuer, mais vous savez que tous les Rangers du Texas se mettraient à vos trousses dès demain matin et ne renonceraient jamais. Ils vous poursuivraient jusqu'en Californie, Peavine, mais ils finiraient par vous avoir. » Le silence qui suivit fut très long, puis Macnab reprit, d'une voix douce : « Allons, séparez-vous… Le Crotale va rentrer chez lui, et Bates retourner avec moi vers une ville différente où chacun peut vivre en paix. »

Il sc mit à l'écart pour donner aux deux hommes la possibilité de discuter entre eux. Ils le firent pendant presque une demi-heure, tandis qu'Otto attendait patiemment, sans descendre de cheval ni éloigner ses mains des crosses de ses armes. Il se rapprocha de sa mule et donna deux ou trois coups de pied à son chargement comme pour l'arranger.

Peavine s'avança enfin vers Macnab :

« Je repars. »

Otto hocha la tête, satisfait, tandis que le tueur tournait bride et s'éloignait vers l'ouest. A peine eut-il fait quelques pas que Macnab lui cria :

« Si tu tentes de revenir, je te tuerai. »

Le Crotale ne répondit pas.

Fin décembre 1883, le Ranger Otto Macnab avait donc toute raison de croire qu'il avait mis fin à la vendetta, comme il en avait reçu l'ordre, mais il craignait tout de même que le Crotale ne se glisse discrètement à Fort Garner et termine le contrat pour lequel on l'avait engagé. Macnab se montra donc très prudent dans son rapport au gouverneur :

Fort Garner,
comté de Larkin.
27 décembre 1883.

Excellence,

Conformément à vos ordres, je me suis rendu dans cette ville, j'ai arrêté les meneurs des deux clans de la vendetta du comté de Larkin et je les ai convaincus de respecter la paix. Ils se sont montrés raisonnables et dociles, et je n'escompte plus le moindre ennui de leur part.

Mais il demeure possible que le tueur à gages Crotale Peavine, qui se terre au Nouveau-Mexique, revienne pour relancer une vague de meurtres, car les Bates l'avaient engagé. Je ne sais pas si je dois rester ici ou retourner dans ma famille ; j'attends vos instructions à ce sujet.

Otto Macnab.

Le gouverneur pensa qu'il pouvait rappeler le Ranger sans risque, mais, dix jours après le départ d'Otto, Peavine apparut à Fort Garner. Il se dirigea directement vers le bureau de l'avocat Parmenteer, ouvrit d'un coup de pied la porte de derrière et abattit Parmenteer d'une balle dans le dos avant que l'avocat ait pu poser la main sur son revolver.

Macnab, sur le chemin du retour, s'arrêta un soir chez un fermier du village de Lampasas, qu'il avait aidé une dizaine d'années auparavant, quand les bandits menaçaient la région.

« On aurait eu besoin de vous dans le Nord, lui dit aussitôt le paysan.

– Que s'est-il passé ?

– Encore les cinglés du comté de Larkin.

– Qu'ont-ils fait ?

– Peavine le Crotale a abattu Daniel Parmenteer d'une balle dans le dos. L'enfer s'est déchaîné et il doit bien y avoir une douzaine de cadavres. »

Macnab ne répondit pas. Il mangea son dîner, côte de bœuf trop cuite, dans son jus marron, et accepta le lit que le fermier lui offrait, par reconnaissance des services d'autrefois. Il partit le lendemain à l'aube. Accablé par la défaite, il ne se dirigea pas vers chez lui mais vers Austin, où il déclara au gouverneur :

« Il faut que je l'attrape. »

Le gouverneur, qui avait pris toute la responsabilité du drame pour avoir renvoyé Macnab chez lui, lui répliqua :

« Tuez-moi ce salaud, même si vous devez le poursuivre jusqu'en Alaska.

– Vous pouvez y compter », lui assura Macnab.

Il prit la route de l'ouest, pour tout expliquer à sa femme et, comme elle se montrait déçue de le voir repartir aussitôt, il lui dit simplement :

« Le monde est plein de boue. Si les bons n'essaient pas de le nettoyer, les méchants en feront un cloaque. »

Emma Rusk pensait souvent qu'elle avait des problèmes avec son fils blanc, Floyd, parce qu'elle avait rejeté son fils indien Nuage Bleu. Malgré tout l'amour jamais démenti dont elle entourait Floyd, celui-ci refusait de l'aimer. Au début, c'était un enfant normal, robuste et vif, mais à partir de six ans, dès qu'il commença à prendre conscience de ce que ses parents étaient – et des différences majeures entre eux et les autres pères et mères – il s'éloigna d'eux, et Emma souffrit beaucoup de le voir réagir à la vie avec une telle amertume. Il n'était pas « difficile » mais carrément « infernal ». Parfois elle se demandait s'il n'aurait pas mieux valu qu'il s'installe chez les Yeager : ces gens rudes et directs lui auraient peut-être inculqué un grain de bon sens.

Plus que toute autre chose, il détestait sa mère, car il la voyait différente des autres femmes. Lorsque, par hasard, il la rencontrait sans son nez, il blêmissait et se détournait, saisi d'horreur. Quand il comprit comment naissent les enfants, il éprouva la plus vive des répulsions, car les autres enfants des maisons de pierre lui avaient appris la longue captivité de sa mère et tout ce que les Indiens lui avaient fait subir. Il ne savait pas trop ce qu'était un viol, mais des bouches bavardes qui n'en savaient guère plus long que lui s'étaient empressées de lui préciser que de nombreux Indiens avaient violé sa mère, et le ton avait suffi à lui faire comprendre que c'était très mal.

Son antipathie avait donc deux raisons : la différence physique de sa mère, et le fait que des Indiens avaient abusé d'elle. Il devint incapable d'accepter l'amour qu'elle lui offrait. Il interprétait tout ce qu'elle faisait ou tentait de faire comme une compensation pour une faute énorme à laquelle elle aurait participé. Le temps passant, il finit par trouver sa vue insupportable, comme si elle lui rappelait l'existence d'une tare affreuse en lui-même.

Il se braqua également contre Earnshaw car les mêmes enfants cruels, toujours prêts à croire le pire et à le répéter aussitôt (comme la plupart des enfants à cet âge), lui avaient appris que son père était un quaker « pas comme les autres ». Par exemple, disaient-ils, il était si lâche qu'il refusait de se battre. « Au réservoir, qu'il avait clôturé avec M. Yeager, Poteet l'a forcé à céder. Il était jaune de trouille. » Dans une région où le revolver demeurait la marque de l'homme, le fait qu'Earnshaw refusait de toucher à une arme confirmait cette accusation.

Il s'était également produit une vilaine affaire avec un mauvais garçon en cavale qui avait tenté à Fort Garner un hold-up sans envergure. Il avait choisi pour son premier coup la demeure des Rusk. Trouvant Earnshaw sans arme, il avait terrorisé la maisonnée jusqu'à ce que Floyd s'enfuît chez les Yeager en criant : « Un voleur est en train de tuer papa ! » Une minute plus tard, Frank Yeager avait traversé l'ancienne aire de rassemblement et abattu d'une balle le cambrioleur débutant. Devant le cadavre, Yeager avait répété : « Earnshaw, un Texan sans armes est comme un longhorn sans cornes. Ce n'est pas naturel. »

Floyd considérait donc sa mère comme souillée par ce qu'elle avait subi chez les Indiens, et son père comme émasculé parce que Frank Yeager avait dû protéger la maison des Rusk à sa place. C'était donc, à la veille de l'adolescence, un gamin désemparé et malheureux, qui songeait souvent à ce qu'il devrait faire pour compenser les défauts auxquels il se trouvait lié. A l'égard de sa mère, il ne pouvait rien, sauf continuer à repousser l'amour dont elle essayait de l'entourer ; mais les carences manifestes du caractère de son père semblaient faciles à corriger. Avant tout, il pouvait se conduire à l'opposé de son père minable, et il s'y attacha systématiquement.

Il demanda à Jaxifer :

« Si je trouve l'argent, vous m'aiderez ?

– Peut-être. A quoi ?

– Combien me demanderez-vous pour un pistolet ?

– Et pour quoi faire, un pistolet ?

– Comme quand l'homme est entré dans notre maison.

– Ouais. Un homme doit avoir une arme. C'est l'époque qui veut ça. »

Il fut convenu que Jaxifer fournirait à Floyd un pistolet en bon état de marche et quelques cartouches pour six dollars. Le problème de l'enfant devint : comment réunir tout cet argent ?

A cette époque troublée, le gouvernement des États-Unis ne fournissait pas assez de monnaie pour permettre aux gens de régler leurs affaires. Ceci ne signifie pas qu'il n'y avait pas assez d'argent pour faire la charité aux paresseux et aux instables qui refusaient de travailler : il n'y en avait pas assez pour payer les hommes et les femmes qui s'éreintaient à la tâche. La raison de ce manque de numéraire était manifestement l'avarice. Les rares qui avaient la chance de disposer d'argent, ceux qui pouvaient en obtenir grâce à leur fonction, avaient compris qu'ils avaient tout avantage à maintenir un volume monétaire insuffisant, puisque les démunis étaient obligés de travailler deux fois plus pour gagner une maigre part de ce que les nantis possédaient déjà.

Sur la frontière texane, il y avait une si faible quantité de numéraire – à cause des décisions politiques formulées par les maîtres financiers de New York et de Boston – que des cow-boys durs à la tâche comme les deux anciens cavaliers noirs ne voyaient que rarement des espèces sonnantes. Et, quand ils en recevaient, c'était en général des pièces mexicaines, françaises ou anglaises datant du XVIIIe siècle, les pièces espagnoles demeurant encore les plus prisées. Le système convenait parfaitement aux riches, qui pouvaient exiger des taux d'intérêts usuraires pour l'argent qu'ils avaient accumulé, mais handicapait les pauvres désireux de réunir quelques sous pour lancer une affaire ou la développer.

Earnshaw Rusk, avec une intuition peu commune, s'était aperçu très vite du danger que faisait courir à la nation cette politique monétaire. Emma et lui avaient pu prendre un bon départ grâce aux vastes concessions de terres obtenues par les Larkin, puis aux chevaux sauvages et au bétail qui erraient en liberté dans la région lors de leur arrivée, mais Earnshaw se rendait compte que la génération suivante de pionniers avait beaucoup de mal. Par égard pour eux, il écrivait fréquemment des lettres au *Défenseur* pour expliquer son interprétation de la question monétaire. Insensiblement, sans même s'en apercevoir sur le moment, il passa de la simple prise de conscience du problème à la défense du système de l'argent libre, demandant que l'on frappe des quantités largement supérieures de pièces de ce métal. Bientôt il prit ouvertement parti pour le billet vert – il fallait imprimer et faire circuler davantage de papier-monnaie – et il finit par passer pour un populiste extrémiste, persuadé que le gouvernement devait protéger ses citoyens au lieu de les harceler.

Longtemps avant qu'un orateur et penseur beaucoup plus éminent que lui n'aborde le sujet, Earnshaw avait averti les gens du comté de Larkin : « Nous sommes les esclaves de l'or. » Les gens bien-pensants de la ville l'accusèrent aussitôt d'être révolutionnaire, socialiste et athée, et donnèrent raison à son fils quand celui-ci s'opposa aux opinions de son père, adhéra publiquement à la religion telle que la pratiquait Mme Yeager, et défendit avec énergie l'utilisation des armes. Dans une de ses « lettres à la rédaction », Earnshaw avait écrit :

> Je crois que le même revenu familial permet d'acheter de moins en moins chaque semaine, même si le volume monétaire total diminue. C'est contradictoire et je ne saurais l'expliquer.

La raison en était simple : Floyd Rusk dérobait systématiquement autant qu'il pouvait dans les poches de sa mère et de son père. Mais à peine avait-il payé à Jaxifer deux dollars et demi, pour le revolver promis, que son père le surprit en train de voler deux pièces mexicaines.

« Pourquoi touches-tu à ce bocal, Floyd ?

– Je regardais toutes ces pièces différentes.

– Tu sais que tu ne dois pas toucher à ce bocal. Personne n'a le droit, sauf ta mère. Même pas moi.

– Elle m'a dit que je pouvais. »

Earnshaw comprit que son fils mentait, parce que Emma tenait tellement aux quelques pièces qu'elle parvenait à amasser qu'elle ne permettait à personne de s'en approcher. Rusk savait qu'il aurait dû confondre son fils, mais il n'en fit rien, pour ne pas impliquer Emma. Il savait qu'elle souffrait déjà beaucoup à cause de son fils et ne voulut pas aggraver les choses :

« Ne touche plus à ce bocal. Ta mère ne serait pas contente. »

Il ne parla pas de l'incident à sa femme, ni ne devina que son fils avait également pioché dans ses propres réserves. S'il avait su que le total des chapardages s'élevait à la somme considérable de presque six dollars, il aurait pris peur. Et il aurait éprouvé un chagrin infini s'il avait appris que les vols avaient été calculés et organisés sur une longue période. Son fils était sur le point de devenir un voleur accompli et, avant la fin de l'année, il serait un voleur armé d'un bon revolver de cavalerie, caché dans un coin secret de la maison des Rusk.

Les rumeurs allèrent bon train quand le Ranger Macnab réapparut à Fort Garner. Il frappa à la porte de Mme Holley pour demander une chambre pour quelques jours, et tout le monde comprit qu'il était venu régler le compte de Peavine le Crotale, si toutefois il parvenait à mettre la main sur le tueur fugitif. Floyd Rusk, possesseur d'une arme bien à lui, ne quittait pas le Ranger d'une semelle. Il lui demanda conseil sur la façon dont les vrais tueurs d'élite maniaient leurs armes. Otto lui livra alors le grand secret :

« Une seule méthode, mon petit. Savoir que l'on a raison et foncer. »

Mais Floyd ne comprit pas et demanda à Otto s'il allait s'attaquer à Peavine.

« Les Rangers s'attaquent toujours aux malfaiteurs », répondit-il.

Puis il disparut, en direction du sud. Mais Floyd, apprenti tireur d'élite, expliqua à Molly Yeager, gamine effrontée qui s'intéressait elle aussi à ce genre de chose :

« Quand un Ranger part vers le sud, tu peux être sûre qu'en réalité il s'en va dans une autre direction. Macnab se dirige vers l'ouest, pour traquer le Crotale. »

Floyd avait deviné juste. Après un long détour vers le sud, Macnab changea progressivement de cap pour se diriger vers le canyon de Palo Duro. Aux abords de la dépression, il vit des traces qui l'incitèrent à obliquer franchement au sud-ouest, vers un petit village, au-delà de la frontière du Nouveau-Mexique.

Il entra dans la bourgade, et tout se déroula comme dans cent épisodes semblables sur la longue frontière : un Ranger entre avec précaution dans un village, regarde ici et là, pose quelques questions, hoche la tête et passe son chemin. Seulement, ce jour-là, lorsque Macnab sortit du village en direction de l'ouest, un petit homme au corps noueux, presque septuagénaire, le regarda s'éloigner, attendit qu'il eût parcouru quelques dizaines de mètres puis se glissa hors de sa cachette, leva son bras gauche desséché pour caler son arme et tira quatre balles dans le dos du Ranger.

Au prix d'un suprême effort, Macnab resta en selle. Il se savait gravement touché mais espérait que les balles ne seraient pas mortelles. Avec le peu de force qu'il lui restait, il se tourna face à son agresseur, qui tira de nouveau : une balle au visage, une balle à la poitrine. Sans un cri, le petit

Ranger glissa de sa selle et tomba lourdement dans la poussière du Nouveau-Mexique.

Cinq Texas Rangers prirent la piste pour tuer Amos Peavine. Ils le pourchassèrent pendant de nombreuses semaines puis tombèrent sur lui un matin à 7 heures dans une auberge sale de l'Arizona. Quand le coroner examina le corps, il constata qu'il avait reçu plusieurs balles : sept en plein dos, deux du côté gauche et deux autres du côté droit, mais venant également de derrière. Étant donné le long règne de tueur du Crotale et le soulagement que représentait sa mort justifiée, le coroner ne vit aucune raison de publier que les Rangers l'avaient abattu de onze balles tirées dans le dos.

Quand Floyd Rusk, à Fort Garner, apprit la nouvelle, il déclara à Molly Yeager :

« Je parie qu'il est mort comme un homme. Je parie que les cinq Rangers ont eu les jetons quand ils se sont trouvés en face du Crotale. »

Floyd, l'apprenti tireur d'élite, avait appris la valeur de l'argent en volant ce qu'il lui fallait pour acheter un revolver ; son père allait l'apprendre à son tour, et dans un jeu aussi dangereux. Il avait réduit au minimum les dépenses de sa famille et utilisé ses économies pour rembourser une partie de son emprunt à la banque, mais au début de 1885 il devait encore cent trente-cinq dollars et, malgré toutes ses précautions, il ne voyait pas comment il pourrait les réunir.

Bien entendu, il payait les intérêts régulièrement, car il savait que, s'il négligeait de le faire, M. Weatherby pourrait le déclarer « défaillant » et mettre la main sur son ranch. Les conditions du prêt étaient fort claires à cet égard, et cette possibilité terrifiait tellement Rusk qu'il payait toujours avec un ou deux jours d'avance.

Comme l'argent se faisait de plus en plus rare, le banquier le tenait à la gorge d'une autre manière. Récemment, par deux fois, M. Weatherby avait révoqué, sans préavis et de façon arbitraire, les prêts d'éleveurs sans méfiance : il avait exigé le remboursement du principal, à un moment où il était certain que ces hommes n'avaient aucun moyen de le rembourser. Dans chaque cas, conformément à la loi texane, les éleveurs avaient été jugés défaillants : l'homme gardait la maison et les abords, mais la banque devenait propriétaire du reste du ranch, accumulant ainsi de vastes domaines.

« Ce n'est pas juste ! lança Earnshaw lorsqu'il apprit la deuxième saisie. Un homme dépense deux mille dollars pour sa terre, plus deux mille dollars pour la mettre en valeur. Il travaille pendant sept ans et paie régulièrement ses intérêts, puis il perd tout parce qu'il n'est pas en mesure de réunir du jour au lendemain cent soixante-quinze dollars. »

Rusk se méprenait souvent en matière d'affaires. En l'occurrence il n'avait raison qu'en partie. Dans le cas cité, où la banque avait saisi pour récupérer cent soixante-quinze dollars de dette pendante, le ranch avait été vendu aux enchères et toute somme au-delà de la créance bancaire appartenait à l'éleveur. Mais la combine consistait à truquer la vente de façon que la banque ou l'un de ses complices se fasse adjuger le ranch pour une bouchée de pain. Le propriétaire saisi ne recevait alors rien ou presque.

Rusk découvrit vite que les tribunaux, la presse, les Églises et les us et coutumes de la campagne acceptaient et défendaient ce genre d'extorsion, en tout bien tout honneur. Saisi de rage, il se sentit obligé de protester dans les colonnes du *Défenseur*.

> L'Alliance des éleveurs et des cultivateurs a sans doute raison de soutenir que les lois d'un pays doivent protéger le propriétaire foncier, le petit commerçant, la jeune fille qui essaie de se lancer. Aucune loi ne devrait permettre à une banque de priver un homme de sa résidence et des moyens de gagner sa vie. Si les États-Unis avaient organisé leurs finances de façon que le numéraire circule en quantités raisonnables, chacun pourrait payer ses dettes, et ceux qui refuseraient de le faire pourraient être punis. Mais l'État maintient le volume monétaire à un niveau si bas que même un homme prudent ne peut pas accumuler suffisamment

d'argent pour payer ses dettes comme il le désirerait. Il y a quelque chose de pourri dans une société où un bon éleveur comme Nils Bergstrom perd son ranch parce qu'il ne peut pas réunir une petite somme en espèces.

Nul ne lut la lettre d'Earnshaw avec plus de colère que le banquier Weatherby et, quand la crise économique s'aggrava, il informa les Rusk qu'il se trouvait obligé d'exiger le principal de leur prêt : cent trente-cinq dollars, payables sous trente jours, comme le précisaient les termes du contrat.

« Mais tu m'as promis que tu ne ferais jamais une chose pareille, protesta Rusk.

– Les temps changent, répliqua Weatherby. La banque a besoin de son argent, et tout de suite. »

Ce fut un mois d'enfer : dans Fort Garner et dans tout le comté de Larkin, il n'existait personne à qui les Rusk puissent emprunter cent trente-cinq dollars ; certains ranches valant six mille ou sept mille dollars, terres et bétail réunis, disposaient d'à peine trente dollars en liquide, et il n'était pas question de prêter ces maigres fonds nécessaires à l'exploitation quotidienne.

Les Rusk eux-mêmes, dont le ranch valait au bas mot neuf mille dollars, en comptant les clôtures et le bétail, ne purent même pas réunir cinquante dollars, et M. Weatherby refusa d'envisager un remboursement partiel. La loi lui accordait le total, et il avait résolu de l'exiger ou de faire saisir le ranch.

Earnshaw, désespéré, éclata en sanglots, ce qui écœura davantage son fils, qui lança soudain :

« Il faut tuer ce Weatherby.

– Floyd ! » crièrent d'une seule voix son père et sa mère.

La violence de leur réaction lui coupa le souffle. Ce fut pourtant lui qui proposa la seule solution à même de sauver la famille :

« M. Poteet va passer bientôt. Pourquoi n'irions-nous pas à sa rencontre ? »

Ses parents reconnurent le bon sens de cet avis et, avant la tombée de la nuit, Earnshaw et Frank Yeager prirent la piste du sud, sur laquelle ils étaient certains de trouver le chef de convoi. Il n'y avait plus de Comanches pour les menacer, et ils ne risquaient pas de perdre leur chemin car, au cours des années, les milliers de têtes de bétail en route pour Dodge City avaient tracé sur les plaines une large avenue creusée d'ornières, qu'un aveugle aurait pu suivre. Ils éperonnèrent leurs chevaux dans la poussière.

Le lendemain soir, ils tombèrent sur un petit troupeau, et les cavaliers leur dirent : « Poteet ne peut pas être bien loin. Il nous serre toujours de près. »

Le troisième jour, ils aperçurent un énorme nuage de poussière, semblable sans doute à celui de l'Ancien Testament quand les israélites traversèrent le désert avec l'aide de Dieu. Ils s'élancèrent au galop. C'était Poteet, et Rusk lui expliqua aussitôt ses malheurs.

« C'est un crime que des banques s'emparent de ces terres, et un crime que le gouvernement les protège. » Il était en selle, avec seulement le pied gauche dans l'étrier, comme s'il allait descendre de cheval, mais il voulait d'abord discuter. « Vous vous êtes mis dans cette situation, Rusk, parce que vous avez acheté cette clôture. Contre toute raison et contre la nature. En voici le châtiment. »

Earnshaw ne protesta pas, car de toute évidence Poteet avait pris le parti des Rusk, et non celui de la banque.

« Je vous prêterai cet argent, bien entendu. »

Et, avant la tombée de la nuit, Earnshaw avait reçu les fonds qu'il lui fallait pour sauver son ranch.

« Ce n'est pas un prêt, lui dit Poteet quand les deux hommes voulurent le remercier. C'est une prime pour toutes les affaires que nous avons faites ensemble. » Il s'arrêta pour évoquer ces années fructueuses, puis : « Vous savez, Rusk, n'ayez pas trop de rancœur contre Weatherby. Il fait seulement partie du système.

– Que voulez-vous dire ?

– La vie, au Texas, ressemble à un éternel jeu de dés, un jeu de hasard gigantesque. Pour réussir, il faut du nerf : le courage de saisir la grande chance. Ceux qui y parviennent réussissent dans les grandes largeurs. Cent hommes ont essayé de conduire des convois de bétail sur cette piste. Ils ont échoué. Certains, comme Sanderson, Peters et moi, ont pris de grands risques et réussi en grand... Il y a des années, Rusk, quand je vous ai vu miser si gros sur ces barbelés, je vous ai détesté parce que vous détruisiez les grands espaces, mais je vous ai beaucoup admiré pour ce que vous faisiez dans votre propre intérêt.

– Pourquoi dites-vous qu'un manieur d'argent comme Weatherby est nécessaire ?

– Parce qu'il est la verge qui nous châtie quand nos jeux de hasard tournent au vinaigre. Il représente le bras droit de Dieu, celui qui donne le fouet. Cette fois, vous allez lui échapper, mais évitez de le tenter à l'avenir car, si le Texas se montre généreux quand il récompense ses joueurs, il punit impitoyablement tous ceux qui tombent. »

Le lendemain matin, quand ils quittèrent Poteet, Rusk et Yeager se hâtèrent de retourner à Fort Garner. Quand ils comptèrent les cent trente-cinq dollars, le banquier Weatherby, malgré son dépit de voir le ranch Larkin lui échapper, ne trahit ni sa déception ni son antipathie. Il fit même une proposition qui renversa les deux hommes :

« Vous n'êtes pas obligé de payer la totalité. Si vous désirez prolonger votre hypothèque, la banque sera enchantée de...

– Nous remboursons, répondit Rusk.

– Êtes-vous associés ?

– Oui, en un sens. Quand un homme travaille pour moi aussi bien que Frank Yeager, je lui donne une part de mes bénéfices. Il aura deux cents arpents, au nord du réservoir.

– Vous devriez déclarer cette donation au cadastre, conseilla Weatherby. Il vaut toujours mieux mettre ces choses-là noir sur blanc. »

Au début de 1885, Rusk et tous les citoyens de Fort Garner tournés vers l'avenir eurent l'occasion de se réjouir : « Le chemin de fer Fort Worth-Denver repart ! » ; et tout le monde se mit à rêver : « Ne pourrait-on pas obtenir une bifurcation jusqu'à notre ville ? »

En 1881, des ambitieux de Fort Worth et de Denver avaient tenté de réunir leurs deux villes par une voie ferrée, et ils avaient commencé les travaux en partant de Fort Worth vers l'ouest. Pendant la crise de 1883, ils s'étaient trouvés à court d'argent et leur ligne n'avait pas dépassé Wichita Falls, au nord de Fort Garner. Mais des temps prospères s'annonçaient, on avait de nouveau engagé des ouvriers et commandé des rails.

Quand la bonne nouvelle fut confirmée, Rusk se dépensa sans compter : sa haute silhouette gauche parcourut la ville et les ranches des environs. Il estimait qu'il fallait offrir à la compagnie des avantages financiers pour l'inciter à lancer une déviation vers le sud.

Toujours très sensible à la façon dont l'Ouest pouvait se développer, Rusk sentait que l'existence même de sa ville était en jeu : la voie ferrée accélérerait sa croissance. Au départ, il avait rêvé de faire dévier la ligne principale vers le sud pour la faire passer à Fort Garner, mais c'était Wichita Falls qui avait profité de l'aubaine. A présent, il était en droit d'espérer une ligne secondaire, et il avait résolu de l'obtenir.

Il demanda à tous les citoyens de la ville de contribuer à une bourse que l'on offrirait aux barons du chemin de fer, à Fort Worth, pour les convaincre que la ligne de Fort Garner serait pour eux d'un grand intérêt. L'épicier Simpson versa sa contribution avec enthousiasme, et le propriétaire du saloon ne se fit pas prier, non plus que le journaliste Fordson. Les ranchers de l'est de la ville avaient tout avantage à posséder une voie ferrée pour transporter leur bétail, et les citoyens ordinaires qui avaient envie de disposer d'un lien avec le reste du monde furent invités à se joindre à la croisade. Mais on aurait surpris Rusk si on lui avait indiqué par avance quel volontaire se donnerait le plus de mal.

La campagne était lancée depuis quatre jours lorsque le banquier Weatherby se présenta spontanément chez les Rusk, se fit inviter à entrer et déclara, avec une chaleur sincère démentant son désir de voler le ranch Larkin quelques mois plus tôt :

« Je suis vraiment blessé, Earnshaw, que vous ne soyez pas venu d'abord vers moi avec votre projet de chemin de fer. C'est une question vitale pour notre ville. »

Sur ces mots, il remit une contribution de mille dollars et proposa de se rendre immédiatement à Fort Worth avec Rusk, car c'était au siège de la société que l'on prenait les décisions concernant le tracé de la voie.

Rusk eut envie de lui crier : « Écoute, Weatherby ! Tu as

essayé de me voler mes terres et tu m'invites à présent à voyager avec toi en ami. Pourquoi ? » Mais il garda le silence, obscurément conscient que le banquier jouait simplement le jeu du développement du Texas. En juillet, le banquier A s'efforce de voler la terre du rancher B, mais en août A et B s'unissent pour truander le rancher C. Le « poker du Texas », a-t-on dit, parce que, tôt ou tard, B et C s'associeront contre le banquier A.

Chemin faisant, Weatherby enseigna à Rusk la bonne façon d'aborder les hommes du chemin de fer et, lorsqu'ils parvinrent à l'hôtel où se réunissaient les directeurs de la ligne Fort Worth-Denver, les deux rusés complices de la campagne étaient prêts à discuter de détails complexes avec les banquiers et les ingénieurs de la grande ville.

Hélas, il y avait dix-huit autres délégations du même genre et, lorsqu'ils purent parler aux personnages influents, le tracé de la ligne était déjà fixé. « Messieurs, s'excusèrent les directeurs, nous vous remercions de votre visite et nous apprécions l'offre que vous nous faites, car nous savons que ce genre de somme n'est pas facile à réunir, mais nous devons consacrer tous nos fonds à la construction de la ligne principale, vers Denver. Il n'est pas question pour l'instant de déviation ou de ligne secondaire. »

Rusk était accablé et, dans sa naïveté, il trahit son accablement, mais Clyde Weatherby, en adroit négociateur, masqua sa déception, souhaita la réussite à ces financiers du Colorado et du Texas, puis conclut :

« Plus tard, quand vous aurez assez d'argent pour établir une déviation vers le sud, et il le faudra tôt ou tard car nous sommes en train d'amasser de grandes richesses, je veux que vous vous souveniez de nous. Fort Garner, la ville-jardin de l'Ouest. »

Ce jovial banquier leur plut et ils lui promirent de ne pas l'oublier. Sur le chemin du retour, Weatherby prit Rusk à partie :

« Earnshaw, je vous aime bien, mais nous devons travailler d'une tout autre manière. L'avenir de notre ville est en jeu. Ou nous attirons une ligne de chemin de fer, ou nous mourons. » Avant même d'arriver à Fort Garner, il avait conçu un plan. « Confiez-moi l'argent. Je vais le distribuer à gauche et à droite, à l'endroit où il sera le plus efficace. En outre, vous donnerez trente ou quarante arpents de vos terres et j'en donnerai autant des miennes.

– Qu'en ferez-vous donc ?

– Je les offrirai aux gens qui détermineront où passera la première bretelle vers le sud.

– Pourquoi ?

– Pour acheter leur soutien. Pour m'assurer leurs votes quand nous en aurons besoin.

– Mais n'est-ce pas de la corruption ?

– Sans le moindre doute, et que Dieu me pardonne. Mais nous voulons une ligne de chemin de fer, oui ou non ? »

Si Rusk s'était montré irréprochable dans ses premières démarches, Clyde Weatherby se révéla totalement dépourvu de scrupules dans les manœuvres qui suivirent, mais au bout de six semaines mouvementées il dut avouer à Earnshaw :

« J'ai dépensé tout l'argent et je n'ai abouti à rien. Aucun espoir de ligne secondaire vers le sud.

– Sommes-nous condamnés ? demanda Rusk.

– Absolument pas, lança Weatherby, comme saisi de rage contre une force invisible. Les gens à qui nous avons donné de l'argent et des terres se souviendront de nous. Mais je demande une dernière contribution. De tout le monde. Nous allons voir si les gens d'Abilene ont du bon sens. »

Il repartit pour la nouvelle ville du Texas qui portait le même nom que la célèbre tête de ligne du Kansas. Avant son départ, il confia à Rusk et à Simpson :

« S'ils ne viennent pas à notre rencontre vers le sud, bon Dieu, nous irons à la leur vers le nord ! » Mais lorsqu'il revint, sans le moindre sou et sans la moindre promesse, il dit à ses complices : « Rien pour le moment, mais dans ce genre d'affaires il faut semer les graines et prier qu'il en naisse quelque chose de bon. J'ai semé des graines un peu partout, et je vous donne ma parole sur la Bible que d'ici cinq ans quelque chose en poussera. »

Les habitants de Fort Garner, pleins d'espoir, regardèrent donc passer les années, tandis que les voies ferrées poussaient vers d'autres villes, mais jamais vers la leur.

Trois semaines après les obsèques de son mari, dans le cimetière familial des bords du Pedernales, Franziska Macnab apprit du Capitole d'Austin que son jeune frère Ernst venait de mourir dans son bureau du Sénat ; le décès s'était produit à 9 heures du soir alors que l'assemblée n'était pas en session ; il travaillait tard.

Ce deuxième décès en moins d'un mois lui fit sentir à quel point elle était seule désormais. Sa mère s'était éteinte quelques années auparavant. Son père bien-aimé et son frère Emil, le plus jeune, avaient trouvé la mort dans l'horrible affaire du Nueces, et maintenant Ernst et Otto venaient de mourir. Le temps passait, une époque s'achevait, la sienne.

Ses trois enfants, sur l'encouragement de leur mère, vivaient leur propre vie, et cela la laissait dans une solitude pesante. Elle éprouva le désir de renouer avec son seul frère encore en vie, Theo, qui avait provoqué l'admiration de tout l'État en 1875 par ses efforts héroïques pour reconstruire la ville d'Indianola après le cyclone destructeur de cette année-là. Plus de quarante établissements commerciaux avaient été détruits près des eaux en folie de la baie de Matagorda, plus de trois cents personnes avaient perdu la vie, mais, alors que des dizaines de ses concitoyens avaient annoncé qu'ils abandonnaient le site, Theo avait déclaré aux journaux de Galveston et de Victoria : « Je reconstruirai mon affaire de fournitures de marine plus grande que dans le passé. »

Et il l'avait fait. Par ses encouragements à d'autres négociants, il avait suscité la rénovation de la ville détruite et assuré sa nouvelle prospérité. Son magasin qui servait les nombreux bateaux relâchant à Indianola avait doublé d'importance et, lorsqu'il devint l'agent de la compagnie de chemins de fer Gulf, Western Texas and Pacific R.C., il passa pour le marchand le plus influent d'Indianola. Il gérait ses affaires d'un bureau qui se trouvait sur les quais, à la hauteur de la longue jetée s'enfonçant dans la baie. C'était là qu'il recevait les capitaines des vapeurs de la Morgan Line lorsqu'ils arrivaient avec leurs cargaisons en provenance de La Nouvelle-Orléans.

Malgré les dégâts du cyclone, Theo continuait de se

représenter Indianola, l'endroit où il avait posé le pied pour la première fois sur la terre texane, comme la principale voie d'accès à l'Ouest, et ses lettres à Fredericksburg témoignaient de son optimisme :

> Si tu descendais nos rues principales avec moi, tu te croirais revenue à Neu Braunfels, car deux noms sur trois sont allemands. En fait, c'est un port allemand, des centaines d'hommes comme moi en sont tombés amoureux dès qu'ils l'ont vu du pont du bateau, et ne l'ont plus quitté.
> Nous avons à présent notre usine à glace, et nous ne dépendons plus des bateaux frigorifiques qui nous apportaient la glace de rivière de Nouvelle-Angleterre. Nous avons un palais de justice neuf, plusieurs hôtels et au moins six bons restaurants, des boutiques avec les dernières modes de New York et de Londres, notre journal et tout ce qui fait l'enchantement d'une grande ville. Tu te plairais ici, car c'est un reflet de notre vieille Allemagne transplanté dans le nouveau Texas.

Franziska, à la lecture de ces lettres, se demandait si elle ne ferait pas mieux de s'installer définitivement à Indianola, près de son frère, jusqu'à la fin de ses jours, mais après plusieurs mois de réflexion elle décida de demeurer tout de même à Fredericksburg, où la retenaient ses souvenirs les plus chers. Otto avait tellement aimé le Pedernales, les dindons sauvages dans les bosquets de chênes, les biches qui venaient jusque dans le jardin, les cailles furtives à l'automne, les javelinas à la recherche de glands.

Mais, au printemps 1886, Theo lui fit une proposition tentante :

« Me voici veuf, il ne reste plus que toi et moi, viens passer l'été à Indianola. Il fait beaucoup plus frais avec la brise de mer qui souffle chaque après-midi. »

Franziska confia donc la ferme aux enfants d'Emil, tous mariés, puis monta dans la diligence de San Antonio, où elle prit le nouveau train qui reliait cette ville à Houston. Elle descendit à Victoria, d'où le célèbre train, déjà ancien, la conduirait à Indianola. Il partait de Victoria à 9 heures du matin et faisait son entrée dans la gare terminus à 1 heure et demie de l'après-midi.

Elle retrouva son frère le vendredi 13 août 1886 et partagea avec lui des semaines qui comptèrent parmi les plus belles de sa vie, car Theo parlait de ses grands espoirs pour l'avenir, ce qui passionnait Franziska, et de ses souvenirs du margravat, ce qui rappelait à sa sœur toutes ses joies d'enfant. Ils avaient pris de l'âge, Theo avait soixante-quatre ans, Franziska cinquante-sept : l'amertume du passé s'était estompée, seuls les bons souvenirs demeuraient.

Un dimanche, il lui proposa une magnifique promenade en voiture, dans un de ses cabriolets, le long des grands bayous à l'est de la ville. Chemin faisant, il lui expliqua le passage d'un cyclone :

« D'abord une première tempête soufflant d'ouest en est. Du vacarme et de la pluie, mais guère de dégâts. Puis un calme absolu, comme par une journée d'été, lorsque l'œil passe au-dessus de vous. Enfin, une tempête beaucoup plus violente, d'est en ouest – c'est elle qui détruit tout.

– Pourquoi l'une tue-t-elle et non l'autre ?

– Aucune ne tue. A part une chute d'arbre, ou un accident imprévisible.

– Mais alors ?

– C'est cela qui tue... » Il montra les terres plates, vides, en train de rôtir sous le soleil, si calmes, si paisibles qu'on ne les imaginait pas en train de menacer quiconque. « Vois-tu, Franziska, le raz de marée projette d'immenses quantités d'eau sur ces étendues plates, des quantités vraiment incroyables. Et, quand le vent s'arrête, il faut bien que cette eau aille quelque part. Elle repart vers la mer avec une violence inouïe.

– Comment avez-vous survécu ?

– J'ai emmené notre famille à l'étage supérieur du bâtiment le plus solide de la ville et je nous ai tous attachés, debout, à de grands lits de fer.

– Cela a marché ?

– Quand l'eau s'est retirée en entraînant tout, nous l'avons vue emporter les gens dans la mort. Elle a essayé de nous aspirer, jusque dans cette chambre. Mais nous étions bien attachés. » Il eut un petit rire. « L'eau avait arraché les vêtements de ma femme, tous ! Elle criait aux gens qui venaient nous sauver de ne pas s'approcher ! L'eau peut faire des choses très étranges.

– N'as-tu pas peur pour l'avenir ?

– L'histoire prouve que jamais un cyclone ne passe deux fois au même endroit. »

Le mercredi suivant, Franziska et son frère invitèrent quelques amis au restaurant de fruits de mer de John Mathuly. Les invités, qui portaient des noms allemands pour la plupart, firent un excellent repas : « Huîtres fines, crabes savoureux et autres chairs succulentes, jamais surpassées de ce côté-ci de Baltimore, se vantait le menu, et égalées seulement dans de rares établissements de premier ordre, dans cette ville germanique. » A la fin du dîner on chanta, et à 10 heures on servit des glaces, accompagnées par des biscuits de quatre sortes, préparés par Franziska dans l'après-midi. De nouveaux chants, puis Theo prononça une allocution sur « les progrès sans limites que provoque le mariage du rail et de la vapeur » – allusion au nouveau lien ferroviaire Indianola-San Antonio-Brownsville.

Quand ils sortirent du restaurant (certains hommes chantonnaient encore), Franziska prit conscience d'un changement violent du temps. Pendant le dîner, un vent extrêmement humide s'était mis à souffler du golfe. Cela la troubla mais son frère s'en réjouit :

« De la pluie ! Nous en avons besoin depuis juillet ! »

Mais le vent n'apporta pas la pluie. Le lendemain matin, quand elle se leva, Franziska trouva Indianola enveloppée dans des tourbillons de poussière. Lorsqu'elle accompagna son frère au bureau du capitaine Isaac Reed, du Service de communications des États-Unis et responsable de la surveillance météorologique dans la région, celui-ci leur montra le télégramme qu'il venait de recevoir de Washington :

CYCLONE VENANT DES ANTILLES PASSE DANS GOLFE SUD KEY WEST. PROVOQUE FORTS VENTS FLORIDE SUD. PRÉVOIR BOURRASQUES VIOLENTES SUR CÔTE EST GOLFE CE SOIR.

« Ce n'est pas grave ? demanda Franziska.

– Nous suivons ces cyclones de près. Quatre-vingt-dix-neuf fois sur cent, ils se dissipent et ne provoquent qu'une forte marée. »

Plus tard dans la matinée, les vents s'intensifièrent et le capitaine Reed reçut de Washington un télégramme le prévenant de l'arrivée imminente du cyclone. Il était déjà trop tard. Avant même que Reed puisse répondre, les lignes télégraphiques battaient à tous les vents.

Reed ne manquait pas de courage. Alors même que son bureau d'observation semblait sur le point d'être emporté, il resta pour visser au sol son anémomètre : la vitesse maximum du vent fut donc enregistrée. Cent soixante-quatre kilomètres-heure – puis le bâtiment et l'appareil s'envolèrent. Reed et un médecin, le docteur Rosencranz, reçurent des poutres sur la tête puis les vagues les submergèrent. On ne retrouva pas leurs corps.

Au moment où le bâtiment s'écroula, une lampe à pétrole tomba par terre et ses flammes, fouettées par des vents de tempête qui soufflaient à deux cent quarante-quatre kilomètres-heure, mirent le feu à toute la grand-rue de la ville en moins de onze minutes.

L'ouragan de 1875, qui ne devait jamais se reproduire, se déchaînait de nouveau avec une violence inouïe. Theo Allerkamp, dont le magasin prit feu dès le début de l'incendie, parvint à échapper à la déflagration provoquée par la mise à feu de ses bidons de térébenthine et de goudron. Pendant un instant d'angoisse, il regarda la rue qu'il avait reconstruite livrée aux flammes jusqu'aux toits et assaillie par les eaux sur ses fondations. Les maisons crachaient des flammèches, emportées par la tempête sur des centaines de mètres, puis soupiraient et s'effondraient quand l'inondation irrésistible déchirait leurs murs.

« *Mein Gott!* cria-t-il. Que fais-Tu donc ? »

Sachant comment fonctionne un cyclone, il criait à tous les hommes désemparés par l'ampleur du désastre : « Préparez-vous pour le reflux des eaux ! » Pour prendre les précautions qui avaient sauvé sa famille la fois précédente, il gagna au plus vite sa maison, où sa sœur, plaquée au mur, se protégeait de son mieux contre les vents violents en train de détruire l'œuvre de son frère.

« Oh, Theo, dit-elle en l'apercevant, comment un tel châtiment peut-il frapper un homme bon ? »

Sans perdre de temps en lamentations, il l'entraîna au dernier étage de sa maison, bâtie pour résister à des inondations comme celle de 1875, et prit des cordes pour attacher sa sœur contre un mur quand les eaux commenceraient à se retirer.

Vaine précaution. Le vent, qui soufflait par intermittence à deux cent soixante-cinq kilomètres-heure, avait projeté dans le ciel d'été des météores en flammes. Les nuages étaient pleins de braises, il y en avait des milliers qui traçaient des paraboles dans l'espace assombri, comme à la recherche des rares maisons encore debout.

« Nous allons brûler ! » cria Theo. Sans désespoir ni crainte. Il arracha les cordes qui attachaient sa sœur au mur et les lui glissa dans les mains : « Aux arbres ! »

Avant qu'ils puissent s'enfuir, cent flammèches tombèrent sur la maison Allerkamp, et autant sur chaque maison voisine. En une sorte d'immense soupir, audible malgré le rugissement du vent, le quartier explosa en flammes. Tous ceux qui ne l'avaient pas prévu périrent.

Au cours d'une brève accalmie, Theo et sa sœur se dirigèrent vers les rares arbres d'Indianola, de petites plantes rabougries méritant à peine ce nom. Franziska les atteignit, mais non son frère. Une vague plus violente que les autres le saisit, le fit basculer comme un simple jouet, puis le projeta avec une force terrible contre une des maisons qui venaient de prendre feu. Rien n'aurait pu le sauver. Il mourut au cœur de la ville qu'il avait construite, puis reconstruite, au bord de la mer.

Franziska, accablée de douleur, ne se laissa pas aller à la panique. Elle attendit patiemment un instant de calme relatif entre deux bourrasques, puis se retourna vers l'endroit où son frère avait disparu, espérant le voir réapparaître miraculeusement en vie. En vain. Le vent cessa soudain, faisant place à un silence terrifiant qui semblait annoncer un danger encore plus grand. Elle se mit à grimper comme un écureuil vers les plus hautes branches. Au moment de s'attacher, elle aperçut au pied de l'arbre une jeune mère avec deux enfants en bas âge, tous si affolés qu'ils ne pouvaient plus raisonner. Franziska redescendit et entreprit de faire monter les trois autres dans les branches, ses mains et ses genoux mis en sang par l'écorce.

Ils étaient attachés dans l'arbre tous les quatre, le vendredi matin, quand se déchaîna la tempête la plus cruelle. De leur perchoir, ils virent la ville continuer de brûler, tandis que les grandes eaux se retiraient.

Ce fut d'abord un léger courant en direction de la baie de Matagorda, puis le reflux s'accéléra – à peu près la vitesse d'un torrent de montagne –, enfin la puissance latente se déchaîna et l'eau aspira tout dans un tourbillon tumultueux. Les rares maisons épargnées par l'incendie et qui avaient résisté à la montée des eaux s'effondrèrent alors comme par simple épuisement : elles avaient bien lutté mais la bataille était perdue.

Quand les tourbillons rageurs disparurent, quand les vents rugissants se calmèrent et que les flammes s'éteignirent, Franziska Macnab dénoua ses cordes et aida les autres à descendre.

Les deux enfants ne retrouvèrent pas leur père. Franziska ne retrouva pas le cadavre de son frère. Certains survivants, hébétés, furent même incapables de reconnaître l'endroit où s'élevait leur maison la veille. Le vendredi à midi, quand le soleil brilla de nouveau de toute son ardeur estivale, il éclaira une ville totalement détruite. Indianola n'existait plus, seulement des rues calcinées, des jardins sans maisons, là où régnaient jadis le commerce et la tendresse, les discussions politiques et l'optimisme texan. Au jeu de hasard incessant caractéristique du Texas (à en croire R.J. Poteet), Indianola avait à nouveau perdu.

A 2 heures de l'après-midi, sous un soleil de plus en plus accablant, tout le monde voulait de l'eau, mais il n'y en avait pas une goutte à boire dans la ville entière. Ni aucun toit sous lequel s'abriter. A 4 heures, un peu partout, les enfants pleuraient, et il fallut interrompre le ramassage des cadavres pour préparer tant bien que mal la nuit, qui s'annonçait affreuse.

Franziska, conservant ses dernières gouttes de salive pour parler, consolait les enfants, mettait son doigt dans sa bouche puis le frottait contre leurs lèvres. La nuit passa ainsi, au milieu des gémissements.

A l'aurore, des gens d'une ville voisine, moins touchée, apportèrent de l'eau et Franziska consentit enfin à pleurer : « L'eau nous a détruits, l'eau nous sauve. » Jamais elle n'oublierait ces premières gouttes – une demi-tasse par personne.

Emma Rusk, en sécurité dans sa petite ville à sept cents kilomètres au nord-ouest d'Indianola, apprit le désastre grâce au télégraphe le lendemain même, mais elle n'y accorda guère d'attention, car elle était préoccupée par son fils, plus difficile d'année en année. Non seulement il s'efforçait sans cesse de démontrer au monde qu'il ne ressemblait en rien à des parents qu'il méprisait, mais il s'était mis à manger comme un ogre. A douze ans, il pesait plus de soixante-douze kilos et, chaque fois que sa mère voulait l'empêcher de se goinfrer, il ricanait : « Je n'ai pas envie de devenir comme mon père, un avorton qu'un rien effraie. »

Elle avait envie de le gifler quand il lançait ce genre de phrases, mais il parlait ainsi tellement souvent depuis peu, et avec un tel venin, qu'elle ne savait que faire. Désespérée par l'attitude de son fils à son égard – il soupçonnait à présent sa mère de s'être livrée aux pires déviations sexuelles pendant son séjour avec les Indiens –, elle fut encore plus atterrée par le comportement de Floyd avec la fille de Yeager, la jeune Molly, âgée de onze ans.

« Earnshaw, dit-elle à son mari qui ne s'apercevait de rien, j'ai vraiment peur que Floyd ne joue un jeu dangereux avec la petite Molly.

– Quel jeu ? »

Elle fit asseoir son mari et lui expliqua que, si Molly était la petite friponne qu'elle paraissait être, Floyd risquait d'avoir de gros ennuis s'il continuait à disparaître avec elle de temps en temps. N'obtenant rien d'Earnshaw, elle alla parler carrément à Mme Yeager, femme d'une extrême maigreur, affligée d'un goitre, n'ayant qu'une passion : les hymnes religieux qu'elle chantait très fort et très faux.

« Madame Yeager, je suis inquiète pour Molly et notre Floyd.

– Ah bon ?

– Ils sont souvent seuls ensemble. Il risque d'arriver quelque chose.

– Que la volonté de Dieu soit faite, répondit Mme Yeager.

– Je veux dire : votre fille risque de se retrouver avec un enfant.

– Quoi ? lança Mme Yeager en sautant de sa chaise pour se mettre à arpenter sa cuisine. Vous pensez que cette petite drôlesse... »

Avant qu'Emma ne puisse l'arrêter, Mme Yeager s'élançait sous la véranda pour appeler Molly. Celle-ci apparut, toute rondelette, mal peignée, mais un visage très séduisant. Sa mère commença par lui flanquer une bonne beigne puis cria :

« Que je ne te voie pas aller derrière les meules de foin ! »

Il n'y avait pas une seule meule de foin à deux cents kilomètres à la ronde, mais c'était la phrase que sa mère lui avait enfoncée dans la tête et rien d'autre ne lui était venu à l'esprit.

Molly, désarçonnée par la gifle inefficace, lança un regard noir à Emma, cause probable de l'algarade, et tenta de prendre la fuite, mais Mme Yeager la prit par un bras et la fit tourner comme une toupie, au milieu de cris perçants – ceux de la fille rivalisant avec ceux de la mère.

Emma ne pouvait ni comprendre ni approuver ce genre de leçon de discipline, et elle quitta la maison des Yeager en laissant la mère et la fille à leurs hurlements. De retour chez elle, elle décida que si son mari refusait de parler à leur fils elle devait le faire et, lorsque Floyd arriva en traînant les pieds pour lui demander : « A quelle heure on mange ? », elle le fit asseoir et lui annonça qu'elle ne voulait plus le voir traîner avec Molly Yeager.

« Et pourquoi donc ? demanda-t-il grossièrement.

– Parce que ce n'est pas convenable. »

Son fils la regarda fixement, puis braqua vers elle son index droit boudiné :

« Tu étais convenable avec les Indiens ? »

Sur ces mots, il quitta la pièce comme si ses paroles l'étouffaient.

Ce fut cette scène déchirante qui poussa Emma à parler à R.J. Poteet quand celui-ci revint à Fort Garner, avec son convoi de bétail :

« R.J., mon fils ne vaut rien, vraiment rien. Pourriez-vous l'emmener à Dodge City et lui apprendre comment devenir un homme ?

– Ce que j'ai vu de votre fils ne me plaît guère, Emma. »

A soixante-quatre ans, Poteet conservait son franc-parler.

« Comment avez-vous pu le juger ?

– Je regarde tous les enfants, dans les familles que nous rencontrons sur la piste. » Il se tourna vers trois de ses jeunes cow-boys. « Un garçon s'épanouit comme une fleur au printemps. C'est le bon moment et il le sait en son for intérieur. Il y a l'heure du premier cheval. L'heure du revolver. L'heure de courtiser une jolie fille. Et, au Texas, l'heure de mettre son caractère à l'épreuve, sur la piste de Chisholm, ou bien sur celle-ci, qui mène à Dodge City.

– Quel rapport avec Floyd ?

– Depuis trois ans, Emma, j'invite votre fils, sans en avoir l'air, à m'accompagner dans le Nord. Pour les autres gamins, je n'ai eu qu'à lancer une vague allusion et ils étaient à cheval, en train de me harceler. Dans trois ans, ce seront tous des hommes.

– Floyd n'a pas réagi ?

– Votre fils est un garçon difficile, Emma. Il ne me plaît pas. »

Elle fut tentée de lui répondre : « A moi non plus », mais au lieu de cela elle le supplia :

« Emmenez-le, je vous prie. C'est peut-être sa dernière chance.

– Je le ferai pour vous, Emma », répondit-il, et il l'empêcha de lui témoigner sa générosité : « Je me fais vieux. Je le sens dans mes os. L'hiver dernier, j'avais décidé de ne plus repartir dans le Nord. D'ailleurs, je n'avais pas le choix. Le Kansas a voté une loi interdisant l'entrée des longhorns du Texas.

– Et pour quelle raison ?

– Ils prétendent que nous leur apportons des tiques. La

fièvre du Texas. Fatale pour leur bétail. Ils m'ont averti : terminé après cette année. Je ne voulais pas assister à la fin de tout ça. C'est trop triste. Mais de nombreuses familles des environs de San Antonio avaient rassemblé des bêtes. Il fallait bien qu'elles les vendent, sinon elles se ruinaient. Et j'ai accepté un dernier convoi. » Il garda le silence, les yeux perdus sur les étendues vides qu'il avait contribué à coloniser. « Jamais je n'ai réuni une si bonne équipe. Regardez-moi ces gars ! Les deux qui font la pointe... J'aurais aimé que ce soit mon meilleur convoi, et vous me forcez à prendre votre pas-grand-chose de fils... » Il se baissa, ramassa quelques cailloux qu'il lança sur le sabot gauche de son cheval. Ce devait être un signal car l'animal se rapprocha et se frotta contre son maître. « J'emmènerai le gamin. Et je vous le ramènerai. Pour le meilleur ou pour le pire. »

Ce fut un curieux voyage. A la vitesse de vingt-cinq kilomètres par jour, le troupeau mit quatre jours pour gagner la rivière Rouge, et cette période d'essai permit à Floyd Rusk d'apprendre beaucoup de choses sur les convois de bétail :

« Petit, le nouveau se tient toujours à la queue, là-bas, dans la poussière. C'est pour cette raison que les vachers portent des *bandanas*. Comme tu n'en as pas, je vais te donner le mien. Cadeau d'un vieux cow-boy à un jeune. »

Poteet souriait en disant cela, mais Floyd ne lui rendit pas son sourire, ni ne le remercia. Ce soir-là, quand les hommes se rassemblèrent près du chariot-popote, il demanda :

« Pendant combien de temps je reste dans la poussière ?

– Jusqu'à Dodge, lui répondit Poteet. Pour ton deuxième convoi, tu auras une meilleure place. » Floyd ne dissimula pas sa colère. Il devint si blême que sa rage fut visible à travers la couche de poussière sur ses joues. « Les règles sont les mêmes pour tous. Si elles ne te plaisent pas, petit, tu peux toujours laisser tomber. Mais décide-toi avant la traversée de la rivière Rouge, parce que rentrer chez toi depuis l'autre côté ne sera pas facile. »

Floyd serra les dents et accepta le défi. Malgré son embonpoint presque grotesque, il savait manier un cheval, et il ne se rendit donc pas ridicule. En fait, il se comporta même assez bien pendant le passage à gué de la rivière Rouge ; du côté texan, il poussait les bêtes dans l'eau avec une habileté certaine.

« Tu sais monter », reconnut volontiers Poteet.

Ce témoignage de satisfaction n'adoucit pas l'attitude de Floyd. Pendant toute la traversée de l'ancien Territoire indien, il demeura l'adolescent revêche et désagréable auquel Poteet s'était attendu. Il se rendait utile, car il connaissait bien le bétail, mais c'était un vrai rabat-joie, et quand le troupeau arriva à la frontière du Kansas tous les autres jeunes l'avaient exclu.

Mais, au cours de ses longues années sur la piste, Poteet avait vu des garçons encore moins prometteurs que Floyd Rusk découvrir leur personnalité, parfois à la suite d'une bonne correction, parfois simplement pour se prouver qu'ils savaient se comporter aussi bien que n'importe quel ancien. Il suffisait souvent d'un an, et du contact permanent avec de vrais hommes, droits et probes. Poteet espérait que cela se produirait pour Floyd, et il demanda à ses deux hommes de pointe de s'occuper du jeune homme. Comme celui-ci repoussait leurs efforts généreux, ils dirent à Poteet : « Au diable ce gamin. Conduisez-le à Dodge comme le reste du bétail et renvoyez-le chez lui. »

Poteet n'essaya pas de discuter. Il savait qu'avec trois mille têtes de bétail derrière eux, des longhorns pour plus de la moitié, ils n'avaient guère le temps de se soucier d'un chenapan obèse et grincheux, mais il refusa tout de même de baisser les bras aussi facilement. Si le fils d'Emma pouvait être sauvé, il s'y emploierait. Un jour, en voyant le gamin se gaver au chariot-popote, il le prit à part et lui dit gentiment :

« Petit, à ta place, je mangerais moins. Quand tu voudras te trouver une femme… Tu sais, les jolies filles ne courent pas après les gars trop…

– Je ne veux pas ressembler à mon imbécile de père. »

Poteet serra les poings. Il allait étaler le gamin sur la piste mais il se ravisa : ce serait inefficace. Il baissa le bras et dit très doucement :

« Petit, si tu parles mal de ton père ou de ta mère une fois de plus en ma présence, que Dieu me garde, je te flanquerai une dégelée que tu ne seras pas près d'oublier.

– Vous n'oseriez pas. »

Poteet fit un pas vers lui et lui assura, sans la moindre colère :

« Petit, tu ne le sais pas, et il n'existe peut-être aucun moyen de te le faire comprendre, mais tu te trouves au milieu d'une grande bataille. Pour ton âme. Pour ton âme immortelle. Je crois que tu vas perdre. Je crois que tu seras un misérable pour le reste de tes jours. Mais, jusqu'à la fin de ce voyage, essaie au moins de te conduire comme un homme. »

Il s'éloigna, profondément secoué par cette vilaine scène, effrayé par l'acte de violence qu'il avait failli commettre. Son poing s'était trouvé à quelques centimètres de ce gros visage flasque. Et il était certain que le gamin méprisait également sa mère ! Mon Dieu, quel souci ! Et pour son dernier convoi à Dodge City... Puis il songea à la peine des parents de Floyd, qui devraient se charger de leur fils à son retour au comté de Larkin.

Quand le troupeau parvint à la rive sud du Kansas, les hommes purent voir, de l'autre côté, les maisons basses de Dodge City, et leurs yeux se mirent à pétiller car c'était, au dire même des citoyens de la ville, « la plus pourrie des petites cités de l'Ouest ». Elle abritait les célèbres dancings, le bureau du shérif occupé jadis par Bat Masterson et Wyatt Earp, le théâtre de variétés dirigé par Luke Short et, beaucoup plus important pour la stabilité de la ville, des agents toujours en fonds, comme J.L. Mitchener, qui achetaient les longhorns pour les expédier dans l'Est.

Lorsque les vachers se préparèrent à faire passer leur bétail sur le pont à péage conduisant en ville, les anciens prévinrent Poteet :

« Dodge est une ville dangereuse pour les jeunes. Qu'allons-nous faire de ce pauvre type de Floyd jusqu'à notre retour au Texas ?

– Je lui parlerai. »

Le soir venu, Poteet réunit donc les jeunes qui faisaient la piste pour la première fois et les mit en garde comme s'il était leur père :

« Mes enfants, demain, quand vous franchirez le pont, vous entrerez dans un monde différent. La ligne Atchison-Topeka-Santa Fe traverse la ville. Vous pouvez voir son château d'eau d'ici. Au nord des voies ferrées, les notables de Dodge ont fait le ménage, tout est propre. Plus de combats au pistolet. Plus personne n'entre dans les saloons à cheval. Au nord des voies, des églises, des écoles, des journaux.

– Dites-leur ce qu'il y a au sud, coupa un des hommes de pointe.

– De ce côté-ci de la ligne, c'est comme au bon vieux temps. Des saloons, des dancings, des salles de jeux. Si vous restez au nord, les meilleurs éléments vous protégeront. Allez au sud, et vous serez seuls. » Il se tourna carrément vers Floyd, puis ajouta : « Je suppose que tu iras au sud. Si tu le fais, évite de te faire tuer. J'ai l'habitude de ramener tous les gamins à leurs mères. »

Comme il s'éloignait, Floyd demanda à l'un des vachers de pointe :

« Luke Short sera en ville ? C'est un Texan, et il a tué beaucoup d'hommes.

– Il y a beau temps que Luke s'est fait jeter. Fais le malin, et tu te feras jeter toi aussi. »

Pendant la longue marche vers Dodge, Floyd avait passé des heures à penser à ce qu'il ferait en ville. Les filles figuraient dans ses plans, ainsi que l'utilisation de son arme cachée, une cavalcade au grand galop dans Front Street, un bain brûlant et des bons repas. Mille adolescents venant du Texas jusqu'aux têtes de lignes s'étaient bercés de rêves semblables, mais peu étaient arrivés avec autant de rêves pervers que Floyd Rusk, car il se voyait comme la réincarnation de Wyatt Earp et de Luke Short – sans être d'ailleurs capable d'expliquer tout ce que cela supposait.

Dès que les longhorns du dernier convoi à entrer au Kansas en provenance du Texas se trouvèrent dans les corrals de Mitchener, à la tête de ligne, Floyd réclama une part de son salaire et se dirigea vers le quartier mal famé du sud. Avec un instinct infaillible, il dénicha le saloon le plus mal fréquenté, le Lady Gay, qui appartenait autrefois à Jim Masterson. Les premières danses qu'il vit le laissèrent sans voix car les filles étaient aguichantes au-delà de tous ses espoirs. En entendant les quolibets vulgaires que lançaient les cow-boys à leur sujet, il se troubla : il avait curieusement l'impression que ces hommes adressaient des insultes publiques à sa mère. Quand deux grandes gueules appartenant à un convoi venu de Del Rio traitèrent les filles de « souillures », pris soudain de fureur, il leur ordonna de se taire.

Les hommes dévisagèrent ce gros gamin grotesque, et il est incontestable que l'un d'eux fit le geste de le bousculer. Il n'en eut pas le temps : Floyd dégaina et abattit les deux hommes.

Avant même que la fumée se soit dissipée, les deux hommes de pointe de Poteet bondirent, entraînèrent Floyd hors du saloon et le cachèrent dans un ravin au sud du fleuve, car ils savaient que Poteet, d'une droiture inflexible, refuserait de couvrir un de ses cow-boys si celui-ci avait commis un meurtre.

Une fois Floyd en sécurité, les deux hommes se rendirent au nord des voies, à l'hôtel respectable où Poteet était descendu.

« Le gros Floyd a tué deux cow-boys de Del Rio. »

Poteet serra les dents et demanda :

« Vous l'avez livré au shérif ?

– Non, nous l'avons caché. Nous le prendrons sur le chemin du retour.

– Pourquoi ? Il a tué quelqu'un.

– Monsieur Poteet, ce n'était pas très clair. Les types allaient peut-être dégainer. Ma parole. N'est-ce pas, Charley ?

– Où ce gamin a-t-il trouvé une arme ?

– Il s'exerçait beaucoup quand vous n'étiez pas là. »

Soudain Poteet parut s'effondrer :

« Mon Dieu, la pauvre femme ! Avoir mis au monde un tel salopard ! »

Après la vente du bétail, quand on traîna Floyd devant Poteet, le vieil homme des plaines essaya de lui faire prendre conscience de la gravité de son acte :

« Petit, le jour où un jeune gars tue son premier homme, ses ennuis ne font que commencer. Parce que c'est tellement facile ! Une pression du doigt... Il sera donc tenté de recommencer. La plupart des tueurs débutent à ton âge, en descendant quelqu'un. Billy the Kid, et maintenant il est mort. John Wesley Hardin a tué son premier homme à quinze ans... »

Ces paroles n'eurent pas l'effet escompté :

« Ils ne pendront jamais John Wesley. Jamais...

– Petit, est-ce que tu m'écoutes ? Hardin est en prison pour vingt-cinq ans. Est-ce que tu te rends compte que, si mes hommes de pointe ne t'avaient pas sauvé, les gens de là-bas t'auraient pendu ?

– Personne ne me pendra jamais. »

Si Poteet n'avait pas promis à Emma de ramener son fils sain et sauf, il aurait flanqué une raclée à Floyd et serait revenu le livrer au shérif de Dodge City. Par égard pour Emma, il n'en fit rien. Mais ses deux hommes de pointe, qui lui avaient sauvé la vie, n'étaient pas du même avis et en fin d'après-midi, sur la piste, ils murmurèrent à Poteet :

« Nous pensons qu'il faudrait faire un procès. »

Le chef de convoi accepta.

Juste avant le dîner, l'un des hommes de pointe se dirigea vers le chariot-popote, où Floyd arrivait toujours le premier :

« Floyd, tu es en état d'arrestation.

– Et pourquoi ? lança-t-il de sa voix geignarde.

– Nous savons que tu as tué deux hommes sans raison, à Dodge City.

– Ils étaient en train de dégainer.

– Nous savons que tu es un sale lâche, une ordure, et nous allons te punir, tout de suite. »

Floyd se mit à trembler. Deux autres cow-boys lui ligotèrent les poignets et les chevilles. Le procès commença dans les règles, avec Poteet comme juge.

« Quelle accusation portez-vous contre cet homme ?

– A Dodge City, il a délibérément abattu deux cow-boys du Texas.

– Sans provocation ?

– Aucune. »

Floyd essaya de lever ses mains liées :

« Ils allaient me tuer.

– Allaient-ils le tuer ? demanda le juge Poteet.

– Non. Il a agi sans honneur. »

Poteet demanda aux cow-boys de voter pour déterminer si Floyd était coupable. Le vote fut unanime.

« Floyd Rusk, déclara le juge d'un ton solennel, vous vous êtes conduit sans honneur du début à la fin de ce convoi. Vous n'avez écouté aucun conseil. Vous avez perdu le respect de vos camarades, et en ma présence vous avez traité votre père avec mépris. Il n'est pas surprenant qu'à Dodge City vous ayez assassiné deux hommes. Et maintenant, par Dieu, vous serez pendu.

– Oh, non ! » s'écria le gamin, désespéré.

Les cow-boys se montrèrent inflexibles. Ils le posèrent en amazone sur un gros cheval rouan et le conduisirent ainsi sous la plus grosse branche d'un chêne, à laquelle ils avaient fixé une corde. Quand le gamin eut le nœud autour du cou, Poteet s'avança et lui dit :

« Floyd Rusk, sur la piste vous n'avez pas fait preuve d'une seule qualité qui justifierait votre grâce. Vous avez tué et vous méritez de mourir. Tom, quand je baisserai la main, fouette le cheval. »

Saisi de terreur, le gamin obèse fixa la main fatale, sentit l'homme fouetter le cheval, puis la corde se serrer autour de son cou dès que la bête partit au galop. Mais il sentit aussi R.J. Poteet qui le rattrapait dans sa chute, puis il s'évanouit.

« Emma, lança Poteet à son amie, c'était mon dernier convoi. Et votre chèque est plus gros que jamais.

– Mais Floyd ?

– Il ne vaut rien, Emma. S'il continue dans la même voie, vous assisterez à sa pendaison. » Elle se mit à pleurer et il s'avança vers elle, mais sans essayer de la consoler. « Vous l'apprendrez tôt ou tard, autant que ce soit tout de suite. Votre fils a tué deux hommes à Dodge City. Il les a abattus avec un revolver déniché je ne sais où... Mes hommes lui ont sauvé la vie. Et, sur la piste, ils ont organisé son procès pour qu'il comprenne la gravité de son acte.

– Comment a-t-il réagi ?

– Quand il est revenu à lui et qu'il a compris le tour que

nous lui avions joué, il m'a craché à la figure, et il m'a envoyé au diable en me lançant des insultes. »

Emma enfouit son visage dans ses mains. Quand elle cessa de sangloter, Poteet lui dit doucement :

« Il est en vie, Emma, parce que je vous avais promis de le ramener vivant. Si c'était mon propre fils, il serait déjà mort. » Il se tourna vers les plaines, mais l'immensité semblait découpée par les clôtures. « Mon dernier convoi, murmura-t-il, et j'aurais voulu partir en beauté. Parfois les choses s'achèvent en queue de poisson. C'est seulement la fin d'une époque que nous avons tous aimée. »

Il fit ses adieux à cette femme courageuse avec qui il se sentait tellement d'affinités, puis il dirigea les pas de son cheval vers San Antonio. Les plaines ne verraient plus cet homme, ni aucun autre de sa trempe.

On se rappela cette année-là, autour de la petite place de Fort Garner, comme « l'année où Earnshaw et Emma ont livré bataille ». Il n'y eut bien entendu aucune querelle ouverte, et l'on évita d'échanger des paroles amères, mais les divergences n'en étaient pas moins profondes et les positions acharnées. Quand l'année s'acheva, tout le monde, y compris les participants, avait une conscience plus claire des valeurs qui animaient ces deux lutteurs, si différents, de la frontière.

La bataille du Taureau, comme on l'appela, fut une affaire complexe. Dès 1880, quand Alonzo Betz, le vendeur des barbelés démoniaques, avait fait la démonstration de l'efficacité de sa clôture pour mettre à la raison les plus gros longhorns, Emma s'était étonnée de voir son taureau Moïse se soumettre au fil fragile. En fait, c'était la soumission de Moïse qui avait établi la réputation du barbelé de Betz, « seigneur des plaines ». Emma ne s'était jamais expliqué l'attitude « lâche » du taureau, et elle n'avait pas caché son dégoût.

Quand les nouvelles clôtures de Betz avaient entouré la majeure partie des terres Larkin, quand les taureaux herefords et shorthorns importés à prix d'or d'Angleterre avaient pu y paître en toute sécurité pour féconder les vaches longhorns, Earnshaw avait supplié son épouse de se débarrasser de ses taureaux longhorns pour pouvoir « améliorer » tout le bétail Rusk. Mais il suffisait de prononcer ce mot pour irriter Emma : « Quelle amélioration ? Changer des bêtes fortes et saines en mollassons tout flasques ? »

Il lui expliqua patiemment que le but de l'élevage est de produire autant de bonne viande que possible, dans le plus bref délai possible et en consommant le minimum de nourriture, toujours précieuse.

« La valeur de ton bétail, Emma, c'est ce que l'on t'en donne à Dodge City.

– Je croyais que l'important, pour le bétail, c'était d'être du bétail, des animaux créés par Dieu, non par l'homme.

– N'est-ce pas blasphémer qu'entraîner Dieu là-dedans ?

– Non, cela tombe sous le sens. Quand je regarde Moïse…

– Un nom très mal choisi pour un animal.

– Ne conduit-il pas les autres ? Eh bien, je l'aime tel qu'il est.

– Comment peux-tu dire une chose pareille !

– Je la dis. »

Elle n'expliqua pas qu'elle appréciait son grand taureau têtu parce que, comme elle, il avait survécu aux plaines du Texas. Elle ne s'identifiait nullement avec le taureau, ni ne le considérait comme sa propre image, mais il lui plaisait, et elle ne voulait pas que des bœufs importés l'excluent de ses terres.

Les Rusk durent convenir de laisser Moïse hors des clôtures, libre d'errer à son habitude, et ils lui donnèrent comme compagnie une douzaine de vaches et un autre taureau, qui se reproduisirent dans les taillis, tandis que leurs veaux restaient des années sans marque. Jamais le troupeau en liberté ne s'accrut dans des proportions fabuleuses comme le bétail dont on s'occupait, mais un autre taureau s'y ajouta pour renouveler le sang. Le ranch Rusk conservait donc sur ses terres non clôturées une solide réserve de longhorns. Dans tout le Texas, la race était sur le point de s'éteindre, « améliorée » chaque année par des croisements pour donner le beau bétail tellement apprécié sur les marchés du Nord. Mais, dans le comté de Larkin, Moïse et son harem maintenaient la pureté de l'espèce.

Aucun autre bovidé au monde ne pouvait produire des cornes d'une aussi prodigieuse envergure. Elles partaient droit des tempes, puis tournaient vers l'avant, se relevaient en une courbe gracieuse et vrillaient vers l'extérieur.

Caractéristique curieuse, seuls les bœufs et les vaches produisaient ces grandes cornes, et d'ailleurs pas toujours : quelque facteur génétique inexpliqué provoquait la croissance extraordinaire des cornes, puis leur faisait prendre avec l'âge la « vrille texane », comme on disait. Jamais un taureau longhorn ne présentait cette vrille et ceux qui s'ornaient de cornes de taille maximale demeuraient fort rares. Ils avaient des cornes puissantes, des armes droites pour se protéger et pour tuer, en cas de besoin, comparables aux cornes d'un bon taureau de n'importe quelle espèce.

Donc le célèbre longhorn du Texas de l'imagerie traditionnelle, avec ses belles cornes à l'air menaçant, est toujours soit un mâle castré, soit une vache. Moïse, par exemple, avait des cornes qui sortaient de son front, parallèlement au sol, sur environ quarante-cinq centimètres de chaque côté. Ensuite elles tournaient vers l'avant, à angle droit, et s'achevaient en pointe très aiguë. Heureusement, Moïse avait un tempérament placide, sauf quand le comportement d'un autre longhorn l'offensait. Il se montrait alors très féroce.

Pendant les premières années de clôtures et de taureaux importés, Moïse s'était tenu à l'écart avec ses vaches. Il cachait les jeunes veaux dans les *arroyos* isolés et exerçait ses cornes aussi dangereuses que des sabres sur les loups qui se risquaient à les attaquer. Il empalait le premier loup malchanceux et la meute détalait en hurlant.

Emma ne voyait pas son fier taureau plus de trois ou quatre fois par saison, mais elle éprouvait une étrange allégresse à le savoir en liberté sur les plaines. Et elle avait remarqué plusieurs choses : jamais les vaches longhorns n'avaient besoin d'assistance pour mettre bas. Le bétail dorloté par Earnshaw rapportait évidemment davantage, mais Earnshaw devait payer le vétérinaire à la saison des naissances. En outre, se disait-elle, mes longhorns vivent avec presque rien. L'hiver où les herefords sont morts de froid et de faim, mes longhorns ont atteint le printemps.

Des squelettes ambulants sans doute, mais vivants. Trois semaines de bonne herbe et ils s'accouplaient déjà. Et que mangeaient-ils pendant les blizzards ? Tout ce qu'ils pouvaient trouver sous la neige : des cactus, le bois de vieux piquets de clôture, des branches. Quelles merveilleuses bêtes !

Les choses auraient continué ainsi si Earnshaw, toujours dans le but d'« améliorer » le troupeau de sa femme, n'avait pas ordonné à son vacher mexicain Gonzáles de « rassembler cette bande de vaches plus ou moins sauvages et de les enfermer dans la clôture pour qu'on s'occupe d'elles un peu mieux ».

Le rassemblement ne fut pas facile mais, avec l'aide qualifiée de deux cow-boys noirs, Moïse se trouva privé de son harem. Les vaches recevraient les hommages de bons taureaux et, trois générations plus tard, les traits caractéristiques des célèbres longhorns auraient disparu dans les espèces plus marchandes qui naîtraient de la sélection.

Emma Rusk n'approuva pas la décision :

« Earnshaw, nous ne sommes pas obligés d'utiliser pour tes expériences absolument toutes les vaches des plaines. Laisse Moïse et ses vaches en liberté comme ils l'ont toujours été.

– Emma, ou bien on élève du bétail comme il faut, ou bien on n'en élève pas du tout. L'utilité du longhorn ne cesse de diminuer...

– Ces bêtes ont leur propre utilité, Earnshaw. Joue au bon Dieu avec ton bétail anglais. Laisse le mien en liberté.

– Jamais tu n'auras des bêtes de premier choix.

– Je n'ai pas envie de bêtes de premier choix. J'ai envie du bétail qui a vécu ici. »

Elle perdit, comme les cinq ou six autres éleveurs du Texas qui essayaient eux aussi de maintenir l'espèce. De même qu'Emma, ils furent submergés par le progrès. Mais, si Emma se montra impuissante à protéger les droits de son taureau, Moïse avait les moyens de se défendre lui-même. Pendant le fameux essai du fil de fer barbelé, on ne l'avait tenté que par un tas de foin, et les barbes du fil l'avaient suffisamment piqué pour qu'il renonce. Mais on l'insultait maintenant dans l'essence même de son être : on lui enlevait ses vaches. Il ne le tolérerait pas.

Parmi les deux douzaines de vaches longhorns emprisonnées derrière les barbelés pour les faire saillir par les taureaux anglais, se trouvait une vache extraordinaire baptisée Bertha et bien connue pour deux de ses vertus : elle donnait naissance à un veau robuste chaque année et, par une quelconque aberration, elle possédait la plus étonnante paire de cornes jamais vue au Texas. Ces grandes cornes partaient droit comme celles d'un taureau et à l'endroit de la vrille texane elles restaient horizontales mais revenaient en deux énormes demi-cercles, de sorte que les pointes se trouvaient à trois doigts de ses yeux.

Il serait ridicule de prétendre que Moïse s'était attaché à Bertha. Il honorait toutes les vaches sans discrimination. D'ailleurs, quand on lui avait enlevé Bertha et ses autres vaches, elles n'étaient pas dans leur saison, et il n'avait ressenti aucune impulsion d'aller les rejoindre. Mais leur saison vint et des sentiments viscéraux s'emparèrent de lui.

Il huma l'air, baissa la tête et partit en droite ligne vers ses vaches. Il franchit les ravines profondes et les arroyos encore humides des récentes pluies, puis se trouva en face de la première ligne de fil de fer barbelé. Sans ralentir sa marche, il entraîna les trois rangs de clôture. Les piquets arrachés retombèrent, inutiles.

Sans même sentir les coupures des barbelés sur sa poitrine, il continua. Il franchit la deuxième clôture aussi facilement que la première. Près de l'endroit où trois clôtures concentriques protégeaient les précieux taureaux importés, enfermés avec ses vaches, il arracha le barbelé avec la même aisance déconcertante et, déjà tout ensanglanté, chercha des yeux le maître taureau qui avait usurpé sa place. Tête basse, cornes parallèles au sol, il poussa un beuglement rauque et fonça.

« Patron ! Patron ! cria Gonzáles le lendemain, au soleil levant. C'est horrible !

– Que s'est-il passé ?

– Moïse ! »

Dans un coin du corral gisait, au milieu de ses entrailles sanglantes, le hereford qu'Earnshaw avait payé cent quatre-vingts dollars. Moïse était reparti avec ses vaches, en ne laissant qu'une traînée de sang. Rusk, tremblant de rage, revint en ville :

« Ton taureau a éventré le mien », lança-t-il à sa femme.

Emma appréciait la compétence avec laquelle Earnshaw avait valorisé son troupeau, et la perte du taureau anglais la désola sincèrement. Mais, quand elle vit les clôtures jetées à terre et prit conscience de la puissance sauvage que cela représentait – la puissance primitive des espaces libres dont elle avait fait partie autrefois –, elle exulta en son for intérieur.

« Laisse Moïse tranquille, Earnshaw. Il est né pour la liberté. »

Grâce à sa défense têtue de son taureau, un coin du Texas put conserver dans sa pureté l'espèce longhorn. Quand Moïse mourut, Emma lui choisit un remplaçant parmi les taureaux qu'il avait engendrés avec Bertha. Moïse II se révéla presque aussi bon taureau que son père. Plus tard, Moïse VII, XII et XIX seraient reconnus comme les taureaux les plus remarquables de leur espèce – grâce à l'amour d'Emma Larkin pour ses animaux.

Par une froide matinée pluvieuse de mars, le banquier Weatherby envoya un de ses cinq commis chercher Earnshaw Rusk, et le quaker en éprouva un certain malaise. Depuis quelque temps, il soupçonnait Clyde Weatherby d'avoir empoché les fonds réunis par les commerçants de Fort Garner pour le chemin de fer (ainsi que les arpents de terre offerts par Rusk) au lieu de les avoir utilisés à soudoyer les hommes influents de la région Wichita Falls-Abilene. Il supposait que Weatherby allait maintenant avouer son méfait ou solliciter d'autres fonds. Il n'obtiendra plus un seul sou de moi, se jura Rusk en traversant la rue pour se rendre à la banque.

Mais, dans le bureau de Weatherby, Rusk trouva Simpson, le tenancier du saloon, Fordson et trois autres notables. Le banquier étala une carte sur la table et annonça :

« Nous avons réussi. Je vous avais promis le chemin de fer, nous l'avons. »

Il leur expliqua l'affaire, si compliquée que Rusk et Simpson se perdirent vite dans les détails, mais c'était une opération typiquement texane. De la ligne Fort Worth-Denver, au nord, une voie serait construite vers le sud par une nouvelle compagnie, le Wichita Standard. Et une autre ligne viendrait d'Abilene vers le nord, l'Abilene Major.

« Comment les joindre ? Nous construirons une troisième ligne nous-mêmes : la Fort Garner United Railway. Président ? Votre humble serviteur. Secrétaire ? Earnshaw Rusk, ici présent. »

Les hommes applaudirent, puis se mirent à danser. Certains pleurèrent. D'autres commandèrent de la bière et du champagne. Rusk fit venir sa femme, et d'autres l'imitèrent. Bientôt toute la ville dansait et chantait : elle était sauvée.

Emma s'était dit qu'après avoir obtenu son chemin de fer Earnshaw se calmerait, mais c'était le genre de quaker de Pennsylvanie qui se sent vivre seulement s'il est engagé dans une croisade quelconque. A plus de cinquante ans, avec un chemin de fer à son actif, Rusk avait décidé que Larkin, chef-lieu du comté de Larkin, aurait un palais de justice digne de ce nom, et il orienta tous ses efforts dans ce sens.

Secrétaire d'une compagnie de chemin de fer en exploitation, il bénéficiait d'une carte lui donnant droit à voyager gratuitement dans tout le Texas, et il prenait un plaisir enfantin à se rendre d'un comté à l'autre pour inspecter les palais de justice. Au cours d'un de ces pèlerinages, il apprit à apprécier un groupe d'excellents bâtiments conçus manifestement par le même architecte, inspiré et plein d'audace, dont on sentait la façon dans chaque plan. Il écrivit à sa femme :

> Personne ne peut me dire son nom mais il construit des palais de justice qui ressemblent à la personnification de la loi. Il aime les tours et les tourelles, et moi aussi. Il aime les lignes nettes, un peu lourdes, et, en bon quaker éduqué dans l'austérité, je les aime aussi. Il fait preuve d'un sens merveilleux de la couleur, fort remarquable car il utilise la pierre. C'est le seul homme au Texas qualifié pour bâtir notre palais de justice, qui sera un hommage à ton héroïque famille.

Dans la ville de Waxahachie, où était en construction le plus beau palais de justice du Texas, poème médiéval de pierre et de couleurs vives, Rusk apprit que l'architecte s'appelait James Riely Gordon et découvrit que ce génie habitait Victoria. Il se déplaça jusque dans cette charmante ville du sud de l'État pour rencontrer le grand homme. A sa vive surprise, Gordon n'avait que trente et un ans, mais il possédait une grande maîtrise et des manières courtoises qui lui permettaient de dominer n'importe quelle situation. Né en Virginie, il y avait acquis un ton et une allure aristocratiques. Rusk lui plut sur-le-champ, car il respectait le sérieux, la simplicité et l'honnêteté des quakers.

Oui, construire le palais de justice du comté de Larkin l'intéressait, car ce serait le premier édifice qu'il bâtirait dans l'Ouest. Oui, il croyait y parvenir pour un prix raisonnable. Oui, il essaierait de ne pas toucher aux bâtiments de pierre existant autour de l'ancienne aire de rassemblement du fort. Mais quand il vit l'exiguïté de l'espace, sur le plan que lui montrait Rusk, il protesta :

« Cher monsieur, comment voulez-vous que j'élève un de mes palais de justice dans un endroit aussi étroit ! Pour avoir de l'allure, un palais de justice a besoin d'air. »

Rusk, qui souriait pourtant rarement, faillit éclater de rire :

« Monsieur Gordon ! Vous avez sous les yeux un vieux diagramme qui n'est pas à l'échelle. Le terrain de parade est très vaste. »

Il lui tendit six photographies montrant le bel appareil des maisons de pierre et des quartiers d'infanterie.

« J'aurais tout cet espace, et ces beaux bâtiments comme toile de fond ? demanda Gordon, visiblement enchanté.

– C'est pour cela que j'ai pensé à vous. Un décor noble attend votre talent.

– J'accepte ! » s'écria l'architecte.

Mais, le jour du départ de Rusk, il l'avertit :

« Je dessincrai le palais de justice. Et vous paierez pour la construction. Avant mon arrivée à Fort Garner, je veux que toutes les questions financières soient réglées et la trésorerie garantie. Je refuse de travailler dans le noir.

– Combien vous faudra-t-il ?

– J'ai préparé quelques esquisses depuis notre première conversation. Pas moins de quatre-vingt mille dollars.

– Je ne les ai pas en ce moment. Mais, quand vous arriverez chez nous, ils seront sur la table. »

Pendant tout le trajet de retour, Rusk se creusa la cervelle : comment allait-il persuader les autorités du comté de Larkin de financer son dernier rêve ? « Bonté divine, jamais ils n'approuveront quatre-vingt mille dollars. Le comté de Bascomb a bâti son tribunal pour moins de neuf mille ! »

Lorsqu'il arriva près de Fort Garner, il se rendit compte que la seule solution consistait à réunir les notables et à leur avouer que dans un excès d'enthousiasme il s'était engagé en leur nom pour cette somme énorme. Devant eux, dans le bureau du journaliste Fordson, il se mit à trembler. Mais à peine eut-il évoqué le problème qu'il reçut le soutien surprenant du banquier Weatherby, le mieux placé pour réunir l'argent :

« L'État du Texas, en songeant à des villes comme la nôtre, a voté une loi qui nous autorise à emprunter des fonds pour la construction des palais de justice.

– Oh, jamais plus je n'emprunterai de l'argent ! s'écria Rusk.

– Ce ne sera pas un emprunt à la manière d'autrefois. Nous émettrons des obligations. C'est toute la ville qui emprunte et c'est l'État qui avance les fonds.

– Va-t-on me demander de signer des papiers ?

– Voyons, mon cher ! C'est un nouveau système. La ville signe. La ville obtient un beau palais de justice. Et tout le monde prospère. »

Weatherby soutint sans réserve l'emprunt public pour le nouvel édifice, expliquant mieux que quiconque les perspectives d'avenir du Texas : « Construisons de belles choses, pour que nos enfants aient plus tard une bonne base pour développer leurs propres entreprises. » Lors d'une réunion publique, Frank Yeager, devenu rancher sur les terres cédées par Rusk, protesta bruyamment que le comté de Larkin pouvait faire des économies en utilisant comme palais de justice un des anciens bâtiments du fort. Weatherby stupéfia Rusk en lui chuchotant :

« Fouette-moi ce cul d'âne ! »

Earnshaw se leva pour le faire :

« Mon cher Frank, ce n'est qu'une petite écurie à peine suffisante pour une petite ville perdue au bord des plaines.

– Et que sommes-nous donc ? lança Yeager.

– Petits aujourd'hui, mais pas demain. Je veux un édifice noble qui symbolise notre grandeur latente. Je veux parler à l'imagination de nos citoyens. » Ayant réduit Yeager au silence, il s'adressa à toute la population du comté de Larkin : « Je veux un palais de justice digne du nouveau Texas. »

Il avait dix jours avant l'arrivée de l'architecte. Le neuvième jour, Weatherby et lui étaient assurés que les fonds arriveraient à temps.

Le séjour de James Riely Gordon dans la petite ville de la frontière fut presque un désastre car le jeune architecte austère, l'un des hommes les plus entiers et entêtés de l'histoire du Texas, et son artiste le plus éminent, se rendit directement dans sa chambre et ne parla à personne, même pas à Rusk. Il mangea seul et se coucha. Le lendemain matin, il ne voulut voir personne. Dans l'après-midi, il arpenta d'un pas digne l'ancienne aire de rassemblement, vérifia les bâtiments, s'assura que les maisons de pierre étaient en bon état.

Il prit le repas du soir tout seul, puis daigna enfin, à 7 heures du soir, paraître devant les notables de la ville. Son allure fit sensation car il se présenta à ces pionniers de la frontière d'un air guindé, vêtu d'une redingote noire sur un pantalon rayé gris et un gilet d'un blanc tirant sur le crème. Il portait un col dur de sept centimètres de haut duquel sortait comme par magie une cravate fauve ornée d'une épingle au diamant énorme. Les revers de sa redingote et de son gilet étaient rehaussés par un liséré de gros grain de soie d'une nuance légèrement différente.

Il avait une grosse tête carrée et une calvitie naissante qu'il masquait en forçant ses quelques boucles à couvrir une vaste surface de peau nue. Son pince-nez accentuait son air condescendant. Personne n'était aussi mal venu que lui pour s'adresser à un groupe d'éleveurs de la frontière, et si le vote avait eu lieu à ce moment-là Gordon aurait été renvoyé dans ses bureaux sur-le-champ.

Puis il se mit à parler, et l'immense autorité qu'il avait

acquise par ses voyages, ses études, la conception et la construction de ses bâtiments se manifesta aussitôt.

> Vous avez un site magnifique. Ce vieux fort est un trésor, un monument à la gloire d'une époque héroïque. Ses bâtiments de pierre tout simples formeront un cadre noble à ce que je ferai, et je serai fier de participer à la puissance de votre ville.
> J'ai étudié le devis sous tous ses angles, en tenant compte notamment de la difficulté que représente l'envoi des matériaux de très loin. Je crois pouvoir vous construire ce que vous désirez pour soixante-dix-neuf mille dollars, mais si vous m'imposez des changements inconsidérés le coût sera plus élevé. Avez-vous réuni le financement ?

Après s'être assuré de la disponibilité des fonds, il étonna les notables en leur expliquant – au lieu de le leur demander – ce que devait être leur nouveau palais de justice.

> Je ne désire construire que du sublime. Et un palais de justice sublime doit posséder quatre caractéristiques, visibles de tous. Pour le criminel que l'on doit juger, il doit représenter la majesté de la loi, impressionnante et inattaquable. Aux yeux du citoyen responsable qui s'y rend pour solliciter la justice, il doit symboliser la stabilité, l'équité et la continuité de la vie. Aux officiels élus qui y travaillent, en particulier les magistrats, il doit rappeler leur lourde responsabilité dans le maintien de l'honneur du système et de son développement ; je veux que le juge en arrivant à son bureau chaque matin se dise : « Je fais partie d'une tradition noble qui remonte aux temps d'Hammourabi et du Lévitique. » Enfin, pour la ville, le comté et l'État, le palais de justice doit exprimer la beauté. Il doit s'élever vers le ciel et affirmer son existence. Il doit paraître de plus en plus beau avec le passage des ans, des décennies et des siècles.

Ensuite, pour appuyer ses arguments, il demanda à Earnshaw Rusk d'aller chercher le chevalet qui se trouvait dans sa chambre. Tous les assistants s'émerveillèrent devant la belle aquarelle qu'il venait de terminer. Elle représentait le palais de justice au milieu de l'ancien fort.

Il était beau, incontestablement une œuvre d'art ; à la fois lourd pour en imposer et délicat de proportions, un vrai kaléidoscope de couleurs, car trois genres de pierre extraits localement seraient utilisés, outre du grès rouge vif alternant avec des couches de calcaire d'un blanc laiteux. Enfin, il posséderait la plus fantastique collection d'appendices décoratifs qu'un artiste eut jamais conçue : des tourelles en miniature, des balustrades, des arcs de quatre étages de hauteur, des tours mauresques à chaque angle, des galeries voûtées ouvertes à tous les vents, des rangées de fenêtres, des clochetons et, par-dessus le tout, une sorte de pièce montée en pierre rouge et blanche, à cinq niveaux superposés, s'achevant en une tour aux multiples tourelles et clochetons, sur laquelle s'élèverait une flèche magistrale de plus de six mètres de haut.

Chamarré, clinquant, flamboyant, ridiculement surchargé, l'édifice n'en conservait pas moins sa grandeur et sa noblesse. C'était un palais de justice idéalement conçu pour l'esprit du Texas. Comme ses quinze frères sortis de l'imagination de Gordon, on ne l'imaginait que dans le cadre du Texas. Le commentaire de Frank Yeager résuma l'opinion générale :

« Avec un bâtiment comme ça, on verra où sont passés nos soixante-dix-neuf mille dollars. Ça ne vous laisse pas d'amertume dans la bouche. »

Chaque notable voulut apporter des changements. Rusk par exemple tenait à avoir quatre hautes tours, une à chaque angle. Gordon écouta chaque recommandation comme si elle émanait de Vitruve, mais dès que le critique cessait de parler, l'architecte cessait aussitôt d'acquiescer de la tête. Il se mettait à expliquer patiemment pourquoi la suggestion, excellente dans ses intentions, ne pouvait pas s'intégrer à l'ensemble. La soirée avançait et l'on comprit que de toute manière James Riely Gordon bâtirait le palais de justice qu'il désirait, persuadé qu'une fois fini l'édifice obtiendrait l'accord de tous les citoyens. A la fin de la réunion, debout autour de l'aquarelle, les ranchers commençaient déjà à parler de « *notre* palais de justice » et de « *notre* architecte ».

La construction du palais de justice de Larkin fut une des merveilles de l'époque et posa plus d'un problème dont un particulièrement délicat. Pour les finitions de la façade, Gordon dut installer en ville l'équipe d'ouvriers italiens qu'il avait fait venir au Texas pour ses autres édifices civils. Ces hommes n'étaient nullement dans le ton de cette frontière encore bien rude. Tous catholiques, ils avaient insisté pour qu'un prêtre de leur religion leur rende visite régulièrement. Ensuite, ils préféraient de loin leur régime alimentaire traditionnel et ne parvenaient pas à s'adapter aux biftecks gras du comté de Larkin, baignant dans leur jus. Mais le plus grave, c'était que ces hommes seuls, travaillant dans des petites villes et se déplaçant sans cesse d'un bout du Texas à l'autre, recherchaient – souvent de façon maladroite – de la compagnie féminine. La population locale, féminine et masculine, s'en offensa.

Luigi Esposito, sculpteur très apprécié par Gordon qui lui confiait les motifs les plus difficiles, célibataire âgé de vingt-sept ans, tomba amoureux d'une charmante jeune fille, Mabel Fister, qui travaillait pour le juge du comté dont on avait établi les bureaux provisoires dans l'une des anciennes casernes de la cavalerie. Weegee, comme l'appelaient les Texans, voyait la jeune fille soir et matin, la trouvait fort belle et passa bientôt son temps à espérer ses apparitions. Il savait à quelle heure elle allait au travail et à quel moment elle quittait le bureau du juge ; il la guettait dès qu'elle sortait faire une course. Chaque fois qu'elle se montrait, il cessait de travailler pour la suivre des yeux.

Il sculptait à ce moment-là les quatres statues qui décoreraient les angles du deuxième niveau. Gordon avait décidé que ce seraient des personnages féminins représentant la Justice, la Religion, la Maternité et la Beauté. Pris par sa passion, Weegee commença par cette dernière et réalisa un portrait vraiment splendide de Mabel Fister. Un matin, quand la statue fut terminée, il s'avança hardiment vers la jeune fille, à l'heure où elle arrivait à son travail. Il ne parlait pas un mot d'anglais, mais il voulait lui expliquer que cette statue était un hommage à sa beauté.

Elle fut gênée et même outrée qu'il osât s'imposer à elle de cette manière. Elle ne parlait pas italien et n'avait certainement aucun désir de l'apprendre, mais elle lui fit comprendre son mécontentement. L'art de l'étranger lui déplaisait autant que sa hardiesse.

Weegee sculpta ensuite la Maternité, toujours à la ressemblance de Mabel, et il fut de nouveau repoussé lorsqu'il essaya d'intéresser la jeune fille à la statue. Il s'attaqua alors à la Religion et cette fois la belle Mabel devint un personnage hautain et désagréable – qu'il lui montra un soir où elle quittait son bureau en même temps que le juge. Bien entendu, elle refusa d'écouter les explications incompréhensibles de l'Italien sur son art et sa profonde affection pour elle.

Avant de commencer la Justice, qu'il tenait à réussir plus que toute autre, il demanda à l'interprète de l'équipe d'organiser un rendez-vous avec Mabel pour qu'il puisse lui expliquer en termes compréhensibles l'amour qu'il ressentait pour elle. Un après-midi, Earnshaw Rusk se rendit donc auprès de Weegee et écouta l'interprète lui raconter l'histoire du sculpteur. Rusk examina les trois statues et convint :

« J'aurais cru que n'importe quelle jeune fille serait fière de se voir immortalisée de si belle façon.

– Acceptez-vous de lui parler ? » supplia Weegee.

Earnshaw le lui promit. Il demanda à Emma de l'accompagner et ils se rendirent ensemble auprès de la belle secrétaire.

« Mademoiselle Fister, Luigi Esposito, le sculpteur de talent, nous a demandé de...

– Je ne veux pas avoir affaire à lui. C'est un poison.

– Voyons, mademoiselle Fister, il travaille dans un pays étranger », lui fit observer Emma.

Quand Mabel posa les yeux sur son nez, elle décida qu'elle n'en écouterait pas davantage.

« Il n'est pas question que je parle à un papiste.

– A Rome, on pense que Jésus a été le premier catholique, répliqua Rusk.

– Nous ne sommes pas à Rome.

– Très peu de jeunes filles ont été représentées dans le marbre par des jeunes gens qui les aimaient.

– Quelle parole déplacée, monsieur Rusk ! Je m'étonne de l'entendre dans votre bouche.

– Personne n'a jamais besoin de s'excuser pour avoir prononcé des paroles d'amour. Je vous serais profondément reconnaissant de... »

Mlle Fister se montra intraitable. Elle refusait de parler à Weegee et espérait qu'il aurait bientôt terminé son travail et disparaîtrait : « Il n'a pas sa place au Texas. » Quand la Justice fut terminée, Weegee n'essaya pas de la montrer à la jeune Texane, mais ses camarades s'aperçurent que Mabel Fister avait été durement traitée. La Justice était autoritaire, cruelle et sans pitié – nullement conforme aux intentions de James Riely Gordon. L'architecte demanda même à Luigi de la recommencer, mais l'Italien lui fit dire par l'interprète :

« Vous ne changez jamais vos plans, et moi je ne change pas mes statues. »

Emma Rusk, déjà ulcérée par la rebuffade de Mlle Fister, allait vivre une nouvelle crise affective. Son fils Floyd, âgé de près de vingt ans, aussi gros et insoumis que par le passé, s'était lié à l'un des ouvriers italiens, qui avait travaillé au Brésil, et avait obtenu de lui un morceau de bois tropical fort étrange : du balsa, lui dit l'Italien, plus léger que le même volume de plume, mais cependant relativement solide. Floyd donna un dollar au bonhomme pour un morceau pas plus gros que le poing, puis s'amusa avec, le fit flotter, le pesa...

Ses observations le satisfirent et il vérifia que le balsa acceptait bien le vernis. Il se retira dans sa chambre et après plusieurs essais avortés il en ressortit, fort gêné, la main tendue pour offrir à sa mère un nez joliment sculpté qui ne pesait pour ainsi dire rien. Il se fixait par un cordonnet très fin, qu'il avait lui-même tressé.

Il tint à ce qu'elle l'essaie, en précisant qu'il l'avait tellement bien verni et poli qu'il résisterait à l'eau. Mais, quand Emma ôta le nez de bois lourd sculpté dans le chêne par Earnshaw, Floyd la vit de nouveau telle qu'elle était et s'enfuit de la maison, hanté par les images de sa mère entre les mains de ses ravisseurs comanches.

Deux jours plus tard, quand il revint, ni lui ni sa mère ne reparlèrent du nez. Elle le portait, et il était cent fois plus agréable ; il était également plus beau que l'ancien et sa légèreté donnait à Emma une liberté de mouvement dont elle n'avait pas joui depuis sa tendre enfance.

Elle se sentait donc plus jeune et plus présentable quand

elle se rendit au bureau du juge pour parler à Mabel Fister :

« Ma jeune amie, la dernière fois vous avez prononcé des paroles fort stupides. Ne m'interrompez pas !... Si Dieu peut accepter tous les hommes comme ses enfants, vous pouvez vous montrer courtoise à l'égard de cet homme de talent, si loin de chez lui.

– Jamais je n'épouserai un Italien !

– Mais qui parle de mariage ? Je parle de politesse banale. De simple humanité.

– Je n'ai pas besoin que vous me rappeliez...

– Vous me fuyez. Je comprends pourquoi. Je ferais peut-être de même à votre place. Mais ne fuyez pas la bonté et l'humanité, mademoiselle Fister. Nous en avons tous besoin. »

Emma n'aboutit à rien mais, avec une hardiesse dont elle ne se serait pas crue capable, elle rechercha Esposito et lui dit, avec l'aide de l'interprète :

« Mlle Fister n'a jamais voyagé. Elle se figure que cette petite ville est l'univers. Pardonnez-lui. »

Luigi ne répondit pas. Il s'inclina cérémonieusement vers Emma comme pour la remercier de sa sollicitude. Puis il se retourna brusquement, entra dans son atelier et, sans aucun ordre de Gordon, se consacra avec une concentration passionnée à sa sculpture secrète pour le cinquième emplacement prévu. Quand la statue fut terminée, il demanda à ses trois camarades de travail de l'aider à la cimenter à sa place, au centre de la façade sud, entre la Beauté et la Maternité. Les autres Italiens éclatèrent de rire à en perdre le souffle quand ils virent la farce que Luigi avait jouée aux Américains. Ils recouvrirent la statue d'une bâche et décidèrent de la dévoiler au moment le plus propice ; puis les trois maçons se rendirent dans leur logement, où ils s'enivrèrent, tandis que Luigi prenait un pistolet et se faisait sauter la cervelle.

Quand le palais de justice, d'une beauté tapageuse, fut enfin terminé, vint le moment de dévoiler les quatre sculptures symboliques et la mystérieuse création de Luigi

Esposito. Comme on les présenta dans l'ordre où elles avaient été réalisées, tout le monde put voir que son modèle était devenu de plus en plus revêche et laid – comme si la Justice, au Texas, était condamnée à la sévérité et aux incertitudes.

Les commentaires fusèrent, mais l'on attendait surtout la cinquième statue ; quand les trois Italiens qui l'avaient mise en place retirèrent la bâche avec un sourire vengeur, la foule resta sans voix : Weegee avait sculpté les organes sexuels d'une femme, représentés dans tous leurs détails les plus intimes. Avant la tombée de la nuit, le bruit courut, lancé par les ouvriers, que Weegee avait sculpté « sur le vif ». Ils juraient avoir vu Mabel Fister poser pour lui.

Et la chose se trouvait maintenant au milieu de la façade sud du magnifique palais de justice, immortalisée dans la pierre. Deux jours plus tard, Mlle Fister quitta Larkin pour Abilene et ne revint jamais.

Earnshaw, bien entendu, voulut que l'on enlève cette sculpture lascive, mais à sa vive surprise Emma s'y opposa :

« Cela fait partie de l'histoire du palais de justice. Qu'elle reste. »

Clyde Weatherby fut du même avis et prédit :

« Dix personnes viendront pour voir le palais, mais dix mille pour admirer la pose peu commune de Mabel Fister. »

Il ne se trompait pas.

Une surprenante nouvelle de Jacksborough détourna bientôt l'attention de la statue. Floyd Rusk avait disparu depuis plusieurs jours et ses parents craignaient qu'il se fût rendu à Fort Griffin, où se réunissaient des joueurs notoires. Mais il était allé à Jacksborough avec Molly Yeager, qu'il avait épousée là-bas. C'était une jeune écervelée, presque aussi ronde et bouffie que son mari, et Emma n'avait guère d'espoir de la voir se changer en bonne épouse, mais elle dit à Earnshaw :

« Si j'ai critiqué Mlle Fister pour son manque de courtoisie à l'égard de son Italien, je ne dois pas tomber dans le même travers pour Molly. »

Ce qu'elle n'avoua pas à son mari, c'est que chaque jour son nez de balsa lui rappelait qu'à sa manière son fils Floyd l'aimait – cela lui suffisait.

Comme on se rapprochait de la fin du siècle, il se produisit une joyeuse mascarade. Un fonctionnaire de Washington, désireux de prendre des vacances au frais de l'État, était venu à Jacksborough juste après le mariage de Floyd et avait licencié le receveur principal des postes sans fournir la moindre explication pour cet acte arbitraire. Il avait ensuite annoncé que désormais la ville s'appellerait Jacksboro, sur quoi, en grande pompe, il avait réengagé comme receveur principal l'homme qu'il venait de limoger.

Après la fête, au cours de laquelle il s'enivra comme un Polonais, il prit la diligence de Fort Garner et, à son arrivée, licencia également le préposé des postes sans explication. Comme Earnshaw voulait protester contre cette injustice, l'homme de Washington lui fit observer :

« C'est votre faute. Vous vous êtes tellement agité que cette ville s'appelle désormais Larkin. »

Et le préposé fut réengagé par une lettre du président McKinley.

Pendant les festivités du baptême de la ville, Emma Rusk, à l'écart, entendit de loin Weatherby monter en épingle les bienfaits que son mari avait apportés à la région :

« Il a introduit le fil de fer barbelé qui devait assurer notre fortune, il a trouvé le moyen de nous relier au réseau du chemin de fer, il a été l'artisan de notre noble palais de justice, et maintenant il nous a donné un beau nom. »

L'orateur continua en faisant observer que c'était un bel exemple pour les jeunes qui, etc.

Emma cessa d'écouter. Les yeux tournés vers les plaines, elle calculait le prix qu'il avait fallu payer pour les prétendues « améliorations ». Elle murmura : « Les bisons qui pullulaient sur ces plaines, les Indiens qui les chassaient, les longhorns qui paissaient en toute liberté, les espaces sans limites ni clôtures... Où sont-ils donc ?... Nos enfants verront-ils jamais pareille splendeur ?... » Elle n'espérait pas de réponse car elle savait que les beautés auxquelles elle s'était accrochée pendant ses années les plus sombres étaient disparues à jamais.

... Le commando

J'essayai de rester poli quand le gouverneur voulut se mêler du programme de notre session d'août, à Galveston. Je lui expliquai que nous avions l'intention d'inviter un climatologue à Wichita Falls, pour nous parler des conditions atmosphériques au Texas :

« Les tornades et les cyclones...

– Ce sont les tempêtes dans le ciel du Texas. Ce qui me préoccupe davantage, ce sont les tempêtes ici-bas, sur terre. »

Je lui répondis qu'il serait difficile de décommander le professeur Clay.

« Vous voulez dire Lewis Clay ? C'est l'un des meilleurs. » Un gouverneur était censé connaître tout le monde dans son État, semblait-il. Sans me consulter, il décrocha pour appeler sa secrétaire. « Passez-moi Lewis Clay, l'homme qui m'a soutenu à Wichita Falls. » A la minute suivante, il parlait à notre spécialiste du temps : « Lewis, ici votre vieux copain le gouverneur. J'apprends que vous allez à Galveston avec les hommes de mon commando. Écoutez, Lewis, je suis obligé de supprimer la réunion du matin. » Long silence, puis : « Lewis, dans l'administration d'un grand État, il arrive parfois que des événements inattendus prennent le pas sur d'autres. » Nouveau silence, puis : « Lewis, ils vous réserveront tout l'après-midi. »

Quand il raccrocha, j'étais plus furieux que jamais, car rien ne me semblait justifier cette intrusion, mais la séance en deux parties de Galveston se révéla l'une des plus instructives de notre enquête, car nous traitâmes d'abord des graves tempêtes de l'âme humaine, puis des tempêtes du ciel dont elles semblent souvent le reflet. Le soir venu, notre commando comprenait beaucoup mieux le cadre spirituel et physique du Texas.

La réunion impromptue de la matinée fut monopolisée par trois Texans tourmentés qui avaient contribué à l'élection du gouverneur et qui venaient de le prévenir que, s'ils n'avaient pas l'occasion de présenter leurs opinions sur les fondations spirituelles de l'histoire du Texas, ils lanceraient une campagne dans l'État entier contre notre entreprise, contre les membres du commando et contre le gouverneur lui-même, qui s'était montré vraiment inconsidéré dans le choix des membres du comité. Lorsque j'ouvris la séance, dans une belle salle dominant le paisible golfe du Mexique, je me trouvai en face de trois citoyens résolus, armés de tableaux, d'études et de recommandations dactylographiées.

Jusqu'alors ils ne se connaissaient pas personnellement, bien qu'ils eussent échangé des lettres sur les menaces planant sur leur État. Le premier, grand et cadavéreux, originaire de Corpus Christi, semblait un prophète de l'Ancien Testament enclin à prédire des catastrophes. Il n'était pas prêtre ordonné mais tout prêt à conseiller les prêtres sur la conduite qu'ils devaient tenir et sur ce qu'il leur fallait dire dans leurs sermons. Il avait un visage pointu, anguleux, avec des sourcils fournis et une voix grave pleine de menaces. Quand il parlait, on l'écoutait.

Le deuxième personnage, ménagère austère d'Abilene, semblait avoir beaucoup de mal à mettre de l'ordre dans tous ses papiers. D'une cinquantaine d'années, elle avait élevé ses trois enfants avec rigueur et elle entendait faire de même avec l'État entier. Son point fort ? Quand elle se mettait à parler, elle était capable de continuer des heures sans tenir compte des objections ou des obstructions : c'était un bulldozer verbal, extrêmement efficace pour niveler l'opposition, par la force sinon par la raison.

Le troisième homme, originaire de San Angelo, semblait jovial et conciliant. Il inclina aimablement la tête au moment des présentations et ne se montra jamais agressif ni offensant, dans ses paroles comme par son ton. Mais il était souvent plus efficace que ses deux collègues, car il commençait chaque observation par une phrase du genre : « Ne serait-il pas dangereux d'enseigner à nos enfants que… », pour continuer par une vérité bien établie que tout le monde acceptait sauf lui – par exemple le fait que le Texas se compose d'une vingtaine de groupes ethniques radicalement différents. La femme et lui s'opposaient à la notification d'une précision de ce genre dans nos conclusions, sous prétexte que ce serait « souligner des différences traumatisantes, capables de semer la discorde au sein de notre population, alors qu'il faudrait au contraire rappeler constamment que le Texas a été colonisé essentiellement par un groupe dominant, les bonnes gens venues d'États civilisés comme le Kentucky et la Géorgie, qui possédaient des antécédents anglo-saxons et protestants ».

La séance mouvementée se prolongea quatre heures, de 9 heures du matin à 1 heure de l'après-midi, et les membres de notre commando se fatiguèrent de digérer toutes ces idées particularistes sans doute longtemps avant que les trois protestataires se lassent de les présenter. J'eus l'impression qu'ils auraient pu continuer ainsi tout l'après-midi, voire le lendemain.

En bref, leur argumentation était fort simple : « Le caractère essentiel du Texas s'était constitué en 1844 et il fallait n'enseigner à nos enfants que les valeurs dominantes à l'époque. » D'ailleurs, ils s'intéressaient davantage à ce qu'il ne fallait *pas* enseigner. Ils avaient dressé une liste de sujets interdits, à éviter absolument.

L'homme de San Angelo nous demanda de minimiser l'influence supposée des Espagnols, des Mexicains, des Allemands, des Tchèques et des Vietnamiens :

« Quant aux hommes de couleur, il n'est même pas besoin d'évoquer leur existence. Ils n'ont joué aucun rôle déterminant dans l'histoire du Texas, et il serait dangereux de troubler de jeunes esprits avec les problèmes de l'esclavage, qui a rarement existé au Texas, et toujours sous une forme très bienveillante... Les Indiens du Texas étaient de cruels assassins ? Mais pourquoi s'attarder sur des détails si déplaisants ? Le fait que nous les ayons tous jetés dehors prouve qu'ils n'ont exercé strictement aucune influence sur notre État. Inutile de vous montrer durs avec eux. Faites comme s'ils n'avaient pas existé : ils ont disparu depuis si longtemps. » Il nous recommanda ensuite d'éviter d'évoquer la résurgence du Ku Klux Klan après 1920 : « Certains ont déclaré que c'est une tache sur notre blason, et il faut que ces commentaires cessent. Il vaudrait mieux ne plus en parler du tout et, si l'on en parle, présenter la chose comme la réaction logique de citoyens loyaux et pieux, désireux de protéger le Texas contre les menées extrémistes des hommes de couleur, des catholiques, des juifs et des libres penseurs. »

La femme d'Abilene se montra plus douce dans ses conseils :

« Le but des écoles est de protéger nos enfants des laideurs de la vie. Nous ne voyons pas pourquoi il faudrait parler de la Grande Dépression. Et nous sommes épouvantés de voir que certains livres scolaires annoncent que des jeunes filles ont eu des enfants en dehors des liens du mariage. Il vaut mieux passer ce genre de chose sous silence. » Elle reconnut que nous serions sans doute obligés d'évoquer Abraham Lincoln et Franklin D. Roosevelt, mais elle espérait que nous éviterions d'en célébrer les louanges : « C'étaient de pires ennemis du Texas que la gale du coton. »

L'homme de Corpus Christi fulmina ensuite contre l'humanisme laïque et ce qu'il appelait les quatre D : danse, déviation, drogue et démocratie :

« Et quand je dis *déviation*, je l'entends au sens le plus large. Il existe dans l'histoire du Texas un merveilleux courant central. Dévier de ce grand axe à n'importe quel égard, c'est courir de gros risques. » Je lui demandai de me citer un exemple. « Les syndicats, lança-t-il. Tout le Texas s'offusquerait si vous parliez des syndicats de travailleurs. Nous avons tout fait pour purifier notre État de ce genre d'actions anti-américaines, nous avons organisé des campagnes pour la défense du droit au travail. J'ai sous les yeux des livres de classe qui parlent de communistes comme s'il s'agissait de citoyens respectables. » Quand il prêcha contre la danse, je crois que nous l'avons tous écouté avec le sourire aux lèvres, mais sur la question de la drogue nous l'avons soutenu sans réserve. « Je ne parviens pas à comprendre comment un grand pays comme le nôtre a laissé cette malédiction s'abattre sur ses jeunes. Quelles erreurs terribles avons-nous commises ? Il faut extirper cette plaie du Texas. »

Au moment de lever la séance, je fis observer à nos trois citoyens bien intentionnés qu'ils nous recommandaient apparemment de passer sous silence une bonne partie de l'histoire du Texas, et l'homme de Corpus Christi me répliqua :

« Un bon livre d'histoire se caractérise par ce qu'il omet. »

Je n'étais évidemment pas de son avis.

Après le déjeuner, le professeur Clay débuta sa présentation du climat texan par quelques diapositives saisissantes :

« Ma résidence à Wichita Falls à 19 h 9 le soir du 10 avril 1979. C'est moi, là, qui regarde le ciel. La deuxième image, prise par un voisin, de l'autre côté de la rue, vous montre ce que nous regardions. » Il s'agissait d'une photographie étonnante, souvent reproduite car elle avait fixé dans tous ses détails la structure d'une grande tornade sur le point de frapper. « Remarquez trois choses : l'énorme nuage noir en haut, de la taille d'un comté. La cheminée circulaire nettement définie qui descend vers le sol. Et le bec du nuage destructeur, qui traîne à l'arrière, pareil au bec suceur d'un aspirateur. »

Comme Clay allait passer à la diapositive suivante, Rusk l'arrêta :

« Pourquoi le bec est-il à la traîne ?

– Une question d'aérodynamisme. Il s'attarde sur le sol qu'il détruit. » Puis il nous montra le plus remarquable de ces clichés : « La résidence de la famille Clay une minute après le passage de la tornade. »

Aucun élément vertical de l'ancienne maison n'était visible. Une destruction totale. Même la lourde baignoire avait été enlevée.

« Comment cette photo a-t-elle été prise ? demanda Rusk.

– Et vous ? Que vous est-il arrivé ? voulut savoir Mlle Cobb.

– C'est le mystère des tornades. Leur chemin de destruction est aussi nettement défini qu'un trait de crayon. De notre côté de la rue, tout fut balayé. A l'endroit où le photographe se tenait, à peine une bourrasque.

– Mais vous ? insita Mlle Cobb.

– Juste avant l'arrivée de la tornade, mon voisin me cria : " Lewis, par ici ! " Il pouvait voir vers où la pointe du crayon se dirigeait.

– Miraculeux, lança Quimper.

– Non, le corrigea Clay. Le miracle, ce fut que la tornade souleva non seulement la baignoire au milieu de nos décombres, mais également ma mère. Elle l'emporta avec la baignoire et la déposa, toujours avec la baignoire, aussi doucement qu'on pouvait le souhaiter, à quatre cents mètres de là ! »

Puis il nous apprit comment se forment les tornades qui frappent chaque année le Texas avec une grande violence :

« Le développement d'une tornade exige quatre conditions. Un front froid descend des montagnes Rocheuses à l'ouest. Il se heurte à l'air humide venant du golfe. Cela se produit quatre-vingt-dix fois par an et explique les orages normaux, sans conséquence. Mais parfois un troisième facteur entre en jeu : de l'air très sec arrivant du Mexique. Quand cette masse heurte le front, déjà agité, il en résulte des orages particulièrement violents, mais rarement pis. Enfin, si une quatrième masse d'air intervient – un puissant jetstream à dix mille mètres d'altitude –, c'est comme si l'on posait un couvercle sur l'ensemble du système. Des tornades se forment et se déchaînent, causant les dégâts que vous avez observés à Wichita Falls.

– De quelle gravité, ces dégâts ? demanda Quimper.

– La tornade de Wichita Falls a fait le vide sur une bande de treize kilomètres de long sur deux kilomètres cinq cents de large. Quatre cents millions de dollars de destruction, quarante-deux morts, plusieurs centaines de blessés graves. La plupart des tornades du Texas se produisent en mai. Nous en essuyons en moyenne cent trente-deux par an. Toujours en moyenne, elles causent chaque année treize morts. Par un après-midi de septembre 1967, le Texas a essuyé cent quinze tornades – un record. La cheminée tourne dans le sens inverse des aiguilles d'une montre et peut se déplacer par rapport au sol à la vitesse de cinquante-cinq kilomètres-heure, presque toujours dans la direction sud-ouest nord-est. La vitesse du vent de la cheminée est de l'ordre de quatre cent quatre-vingts kilomètres-heure. »

Les deux heures qui suivirent furent hallucinantes, car il nous analysa de la même manière les grands hurricanes, cyclones qui naissent au large de la côte africaine et traversent l'Atlantique jusqu'au golfe du Mexique. Il nous décrivit ce qui s'était produit à Galveston le 8 septembre 1900 :

« Le plus grave des désastres naturels qui ait frappé les États-Unis. Une ville entière anéantie. Des quartiers rasés par un orage d'une telle violence que le niveau de la mer repoussée par le vent s'éleva de quatre mètres. Plus de huit mille morts en une seule nuit. »

Une belle série de clichés pris par quatre photographes différents le même jour de mars 1983 nous montra : Amarillo sous une tempête de neige, par moins deux degrés, Abilene sous une énorme tempête par neuf degrés, Austin au début d'un orage du nord (le *blue norther*) par trente-deux degrés et Brownsville au milieu d'une vague de chaleur intolérable par quarante degrés.

« Du nord-ouest au sud-est, une différence de quarante-deux degrés. Je me demande combien de pays présentent des variations aussi étonnantes. » Il parla ensuite du célèbre blue norther qui stupéfie les Texans depuis l'époque de Cabeza de Vaca : « Ces chutes phénoménales de température peuvent se produire à n'importe quel mois de l'année, mais elles sont évidemment plus spectaculaires en plein été, quand la baisse soudaine saute davantage aux yeux de tous. Pourtant, le plus violent des blue northers s'est abattu le 3 février 1899. Température à midi : trente-huit degrés. Quelques heures après : moins vingt degrés ! Une chute fabuleuse de cinquante-huit degrés. »

Je m'intéressai davantage encore à ses statistiques sur les sécheresses au Texas :

« Chaque décennie, nous sommes accablés par une période sèche. La dernière s'est produite pendant les mauvaises années de 1953 à 1957. Nous avons vraiment souffert. Et le calcul des probabilités montre qu'un de ces jours nous souffrirons de nouveau. »

Clay ne manquait pas de bon sens. Après avoir étudié le temps du Texas pendant des décennies, il en était venu à considérer l'État comme un gigantesque champ de bataille sur lequel, et au-dessus duquel, les éléments se livraient une guerre incessante, avec des conséquences déterminantes sur les gens qui occupaient le sol :

« Aucun être humain ne peut logiquement songer s'installer ici avec nos étés torrides et nos violentes tempêtes dans le ciel et sur la mer, à moins qu'il ne possède le désir de lutter et la certitude qu'avec du courage il pourra survivre. C'est un pays héroïque, qui a besoin d'hommes héroïques. »

12

La ville

LE GISEMENT DE LARKIN

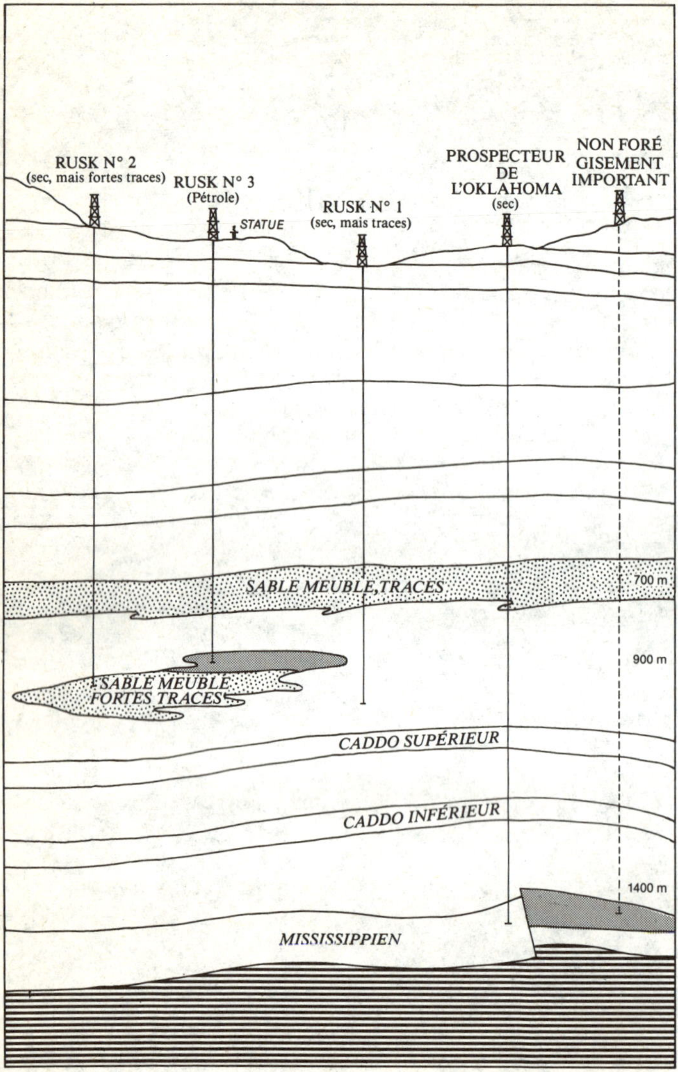

Le recensement de 1900 illustre un fait de base : le Texas était encore un État rural. Sur 3 048 710 habitants, seulement 17,1 % de sa population était classée « urbaine », et cette épithète était trompeuse car toute bourgade de plus de 2 500 habitants appartenait à la catégorie des villes.

La plus grande agglomération demeurait San Antonio avec 53 221 habitants, des Allemands pour la plupart, car les Hispaniques, qui donneraient par la suite son cachet à la ville, ne comptaient à l'époque que pour 10 %. Houston venait ensuite avec 44 633 habitants, puis Dallas avec ses 42 638 citoyens. De futures grandes villes comme Amarillo et Lubbock, qui joueraient par la suite un rôle déterminant dans l'histoire texane, n'étaient même pas encore classées « urbaines » ; la première n'avait que 1 442 habitants, la deuxième 112.

Mais c'était pourtant dans les petites agglomérations de ce genre que se développait le caractère de l'État. Trois d'entre elles offrent un intérêt particulier : la ville frontière Larkin, dans l'Ouest, avec sa population de 388 habitants ; le marché agricole de Waxahachie, dans la région du Centre-Nord, juste au sud de Dallas, avec ses 4 215 citoyens ; et la passionnante bourgade hispanique de Bravo, à l'extrême sud de l'État, sur la rive nord du río Grande, dans une région où l'irrigation tranformerait l'ancien maquis en une zone de culture comptant parmi les plus intensives de l'Amérique. Bravo et ses 389 habitants gardaient du côté américain un petit pont sur le fleuve ; Escandón, agglomération beaucoup plus populeuse, marquait l'autre bout du pont, du côté mexicain.

Lorsque le XIXe siècle toucha à sa fin, la ville de Larkin, chef-lieu du comté du même nom, se trouva mêlée à une controverse qui préoccupa plus d'une autre communauté : quand commençait en réalité le nouveau siècle ?

La tradition et l'opinion populaire s'accordaient pour prétendre que le vieux siècle mourrait le 31 décembre 1899 à minuit, et que le nouveau débuterait à la minute suivante. Pour n'importe quel esprit pratique, le nom même de la nouvelle année, 1900, indiquait qu'un nouveau système de comptage commençait. Soutenir le contraire serait ridicule : « Même un cheval a assez de bon sens pour se rendre compte que ce sera un nouveau siècle, sinon pourquoi donner un nouveau nom ? »

Mais Earnshaw Rusk, comme la plupart des Texans et des Texanes cultivés, savait que le XXe siècle ne pouvait pas matériellement commencer avant la dernière minute du 31 décembre 1900. La logique, l'histoire et les mathématiques le confirmaient. Pourtant ces zélotes eurent bien du mal à persuader leurs concitoyens de repousser les festivités prévues jusqu'à cette date.

« Les idiots comme Earnshaw Rusk n'entendent rien à rien, dit l'un des cow-boys. Je sonnerai la cloche de l'église le soir de la Saint-Sylvestre, et Jim Bob Loomis allumera le grand feu. »

Rusk considérait ces projets comme une insulte à l'intelligence humaine.

« Voulez-vous donc me dire, demanda-t-il à Jim Bob Loomis, combien d'années possède un siècle ? »

Il avait renoncé au tutoiement quaker en public.

« Cent, répondit Jim Bob.

– A l'époque du Christ, quand on a commencé à compter, y a-t-il eu une année 0 ?

– Pas que je sache.

– Donc le Ier siècle a forcément commencé par l'an 1.

– C'est ce que je pense.

– Alors, à la fin de l'an 99, combien d'années le Ier siècle avait-il ?

– Quatre-vingt-dix-neuf, on dirait.

– Mais oui. Et l'année 100 n'avait rien de spécial. Le IIe siècle n'a pu commencer qu'au début de 101. »

Jim Bob braqua un index vengeur vers le quaker efflanqué :

« Ce que vous dites, c'est de l'athéisme, et le révérend Hislop nous a mis en garde contre les idées de ce genre. »

Pour quelque raison théologique qui ne fut jamais élucidée, le révérend Hislop, de l'Église méthodiste, avait pris violemment parti en faveur de 1900 comme début du siècle, et toute opinion contraire s'élevait, à l'entendre, contre la volonté de Dieu.

Rusk tenta de lui ouvrir les yeux.

« Comment le premier siècle a-t-il pu commencer à l'an 1, finir à l'an 99 et avoir tout de même cent ans ?

– Parce que Dieu l'a voulu ainsi ! » lui répliqua le pasteur.

Cela devint l'opinion générale de la communauté. Après tout, si Dieu avait voulu que son premier siècle n'eût que quatre-vingt-dix-neuf ans, c'était pour Lui un tout petit miracle...

Vers la fin de décembre 1899, le tas de bois accumulé pour le feu de joie, au sud de l'ancienne aire de rassemblement, commença à prendre de la hauteur. Chaque famille ajoutait son fagot et sa bûche. Jim Bob surveillait la mise en place, mais il fallut bientôt une échelle pour atteindre le haut du bûcher, et les enfants des écoles prirent le relais. Les dames patronnesses des deux Églises principales – baptiste et méthodiste – s'unirent pour préparer un punch sans alcool, et la fanfare répéta bruyamment un répertoire de marches militaires.

« Emma, lança Earnshaw, que tous ces préparatifs irritaient, comment les gens peuvent-ils s'aveugler à ce point devant les réalités ?

– Calme-toi donc ! J'aime bien 1900 moi aussi. C'est comme le début de quelque chose de neuf. »

Ce genre de raisonnement écœurait son mari, qui alla rejoindre sept autres hommes – aucune femme ne s'embarqua sur une voie aussi ridicule – persuadés que le nouveau siècle (en tout cas le leur) commencerait le 31 décembre 1900 à minuit, et pas avant. Ils refusèrent de participer aux festivités et n'entendirent donc pas le révérend Hislop entonner la prière qui saluait le siècle.

Malheureusement, l'année 1900 n'apporta que sécheresse, bétail mourant dans les pâturages grillés et espoirs frustrés. Le banquier Weatherby, toujours prêt à développer les perspectives commerciales de sa ville et à risquer son capital sur l'avenir, avait formé un consortium pour réunir un crédit de treize mille dollars et inciter une scierie à s'installer pour débiter des grumes qu'amènerait le chemin de fer. Hélas, en juillet l'opération capota, et les hommes de Larkin perdirent leur mise. On entendit même l'optimiste Weatherby lancer en refermant les livres sur ce dernier échec :

« Si Dieu avait voulu une scierie dans cette ville, il nous aurait donné des arbres et non des serpents à sonnettes. »

Rusk perdit huit cents dollars dans l'affaire, et il lança à Emma :

« J'avais averti tout le monde que 1900 était une année de mauvais augure.

– Tu es aussi insensé que le révérend Hislop ! railla-t-elle.

– Qu'est-ce que tu racontes ?

– Il dit que Dieu a béni l'année 1900. Tu prétends que la nature l'a maudite. Je ne vois pas grande différence. »

Emma Rusk, à quarante-trois ans, croyait en Dieu et fréquentait à l'occasion l'église méthodiste, mais elle évitait les discussions théologiques :

« C'est bien d'avoir des églises en ville. Cela civilise les gens, surtout les jeunes, et cela mérite notre soutien. Mais les mystères qu'elles essaient de vendre... certaines choses que prêche le révérend Hislop... je pourrais très bien m'en passer. »

Elle déplora les pertes de son mari dans l'affaire de la scierie.

« Nous aurions mieux fait de donner cet argent à Floyd pour l'aider à élever nos deux petites-filles. Ne me parle plus jamais de scierie ! »

Elle pensait de son fils davantage de bien que par le passé. A vingt-cinq ans, il devenait de plus en plus homme. Il demeurait encore beaucoup trop gros, cent sept kilos, et sa femme Molly, avec ses cent kilos, paraissait encore plus énorme que lui. Mais ils avaient engendré deux filles au regard vif : Bertha, quatre ans, et Linda, onze mois. Les enfants seraient, semblait-il, aussi grandes que leur grand-père et posséderaient à l'égard du monde la même attitude ouverte que leur grand-mère. Elles ne paraissaient pas particulièrement intelligentes, mais Bertha possédait le don de sa mère pour organiser son petit monde comme elle l'entendait.

Emma estimait que son fils avait une bonne chance de devenir quelqu'un, malgré son caractère hargneux et l'horreur qu'il éprouvait pour son père, car Floyd ne rechignait pas à la tâche. « L'ennui, disait Emma, c'est qu'il ne s'accroche à rien. Si je devais lui confier le soin de notre bétail, Dieu sait ce qui se produirait. » Heureusement, elle pouvait compter sur Paul Yeager, plus âgé que Floyd de deux ans mais plus sage de deux siècles. Les Yeager possédaient maintenant un ranch de taille considérable, au nord du réservoir ; mais, comme le père le fit observer à Emma un matin :

« Earnshaw nous a donné nos deux cents premiers arpents, mais il n'a jamais fait enregistrer la donation officiellement. Voudriez-vous lui rappeler que mon fils et moi avons beaucoup travaillé sur ces terres ? Nous nous sentirions plus tranquilles si...

– Mais bien entendu. Je lui dirai de s'en occuper. »

Au milieu de décembre 1900, elle rappela à son mari :

« Ce n'est pas juste de laisser les Yeager en suspens sans titre de propriété. Va donc au palais de justice régler cette affaire, je te prie.

– Tu as raison. »

Earnshaw était parfaitement d'accord pour légaliser la donation, et il assura qu'il s'en occuperait dès qu'avec ses logiciens il aurait fêté le nouveau siècle dans les règles.

Les sept citoyens têtus qui s'étaient rangés du côté de Rusk dans sa défense de la raison n'avaient pas la tâche facile. Aucune Église n'accepta de les aider, car tout le monde savait depuis lontemps que Dieu s'était décidé en faveur de 1900. On leur refusa le droit d'utiliser un bâtiment public, et seule une de leurs huit épouses leur accorda son concours. Ils se réunirent cependant le soir du 31 décembre 1900 vers 11 heures.

Le bruit courut plus tard, après les événements tragiques de la soirée, qu'Earnshaw Rusk, le quaker qui personnifiait la tempérance, s'était saoulé comme une grive à coups de vin pendant cette fausse « nuit du siècle ». D'autres, comme Jim Bob Loomis, l'architecte du feu de joie lors de la vraie fête, prétendirent que Dieu était intervenu en raison du blasphème de Rusk. Quoi qu'il en soit, quand Rusk quitta la soirée et traversa l'ancienne aire de rassemblement, devant son beau palais de justice, deux jeunes cow-boys du ranch Rusk entrèrent à bride abattue sur la place à peu près comme leurs pères avaient défilé jadis à Dodge City.

Earnshaw vit le premier gamin et parvint à éviter le cheval qui se cabrait. Il ne vit pas le second, dont le cheval, pris de panique, renversa Earnshaw puis lui passa sur la tête.

Le quaker de cinquante-neuf ans était dans une telle forme physique que son cœur et ses poumons continuèrent à fonctionner bien qu'il fût inconscient. Jamais il ne reprendrait connaissance. Pendant trois jours d'angoisse, il survécut, car son corps refusait de se rendre. Emma resta près de son lit, dans l'espoir qu'il la reconnaîtrait, et même Floyd vint présenter ses parcimonieux respects ; mais il n'avait jamais aimé son père et il jugeait normal qu'Earnshaw meure de cette manière dérisoire, en défendant une de ses causes absurdes.

Le quatrième jour, une hémorragie cérébrale provoqua la paralysie générale ; mais Earnshaw continua de tenir bon. Comme si son horloge humaine, remontée des dizaines d'années plus tôt, continuait sur sa lancée sans vouloir en dévier.

« On dirait qu'il refuse de mourir, déclara le docteur. Il est mort, mais son cœur refuse de l'admettre. »

Le sixième jour, son cerveau atteint se dégrada tellement que la Mort entra enfin dans la pièce et dit à mi-voix :

« Viens, mon gars. J'ai gagné. »

Earnshaw s'obstina malgré tout. Il crispa les poings, s'agrippa aux montants du lit, essaya de s'accrocher avec ses jambes... Quand la fin arriva on eut du mal à le séparer du lit.

Le jour des obsèques, quatre Comanches de la réserve de Camp Hope se présentèrent en ville, et on leur permit de psalmodier leurs mélopées sur la tombe de l'ancien agent Rusk. Ce paganisme – et ce rappel de ce qu'il était advenu à Emma des décennies auparavant – mit en fureur Floyd Rusk et son épouse. Et leur rage redoubla quand ils virent Emma Rusk, sans oreilles et avec un nez de bois, se joindre aux Indiens pour leur lamentation funèbre, dans la langue comanche, comme au temps où son infortuné mari espérait encore civiliser ces charognards des plaines texanes.

La tragédie de Lammermoor – et il n'y a pas d'autre expression – avait commencé le matin de 1892 où un des commis était rentré des champs en disant :

« Maître Cobb, il y a quelque chose de terrible dans les capsules de coton. »

Laurel Cobb, le fils du sénateur Cobb et de Petty Prue, qui dirigeait la plantation, se hâta d'aller constater les dégâts. A son retour, il annonça à sa femme Sue Beth :

« La moitié des pieds de coton est infestée par un insecte.

– Beaucoup de pertes ?

– Tout. Le cœur de la peluche a été rongé.

– Nous n'avons plus de coton ?

– Exactement. »

Le charançon du coton, apparu en 1892 dans les champs de l'est du Texas, devint chaque année un fléau plus redoutable. Des plantations entières étaient touchées, et il n'existait aucune mesure capable d'arrêter ces dévastations. Le charançon pondait ses œufs dans la capsule en train de mûrir ; les larves naissaient et dévoraient les meilleures parties de la peluche. Quand le charançon avait terminé, le pied de coton ne valait plus rien.

Lorsque tout allait bien, Cobb pensait (comme tout le monde au Texas) : Que le gouvernement ne se mêle pas de mes affaires. Mais les ennuis étaient venus, et il escomptait maintenant une aide immédiate. Il fut le premier de la région à demander une intervention de l'État. Un jeune expert sorti des Arts et Métiers vint communiquer aux planteurs locaux ce que l'on connaissait du fléau :

> Le coton poussait à l'origine dans plusieurs parties du monde, notamment en Inde et en Égypte, mais l'espèce que

nous cultivons vient du Mexique, et c'est une des meilleures. Lorsque nous avons introduit ce coton dans le Nord, nous avons laissé au Mexique ses pires ennemis, mais voici qu'ils commencent à le rattraper. Le charançon de la capsule a traversé la frontière. Il vient de toucher le Texas et il avance, semble-t-il, d'environ trois cent trente kilomètres par an. Il arrivera bientôt au Mississippi et en Alabama. Il continuera ensuite vers la Géorgie et les Carolines.

Nous ne connaissons rien qui soit capable de l'arrêter ou de le tuer. Nous ne pouvons que prier pour qu'il suive son cours puis s'arrête, comme une mauvaise grippe ; à moins qu'un autre insecte ne s'attaque à lui et le tienne en échec. Mon conseil ? Partez sur de meilleures terres, plus à l'ouest, où le charançon ne fait pas la loi. N'oubliez pas que cet insecte a besoin d'humidité, et il s'en ira forcément vers l'est, à la recherche des climats humides.

De 1892 à 1900, Cobb regarda tomber en ruine sa magnifique plantation, « la fierté du bayou », comme il disait. Les champs qui avaient expédié à La Nouvelle-Orléans des bateaux, puis des trains entiers de balles pouvaient à peine produire une cinquantaine de quintaux.

Au début du siècle, en proie à l'amertume, il confia à sa femme :

« Sue Beth, ne fermons pas les yeux plus longtemps. Nos champs sont condamnés.

– Tu crois que Lammermoor est fini ?

– Sauf si nous avons un moyen de tuer cette vermine. Ou un nouvel engrais. Ou une nouvelle espèce de coton, résistant à ce fléau...

– Mais tu ne comptes plus sur ces miracles ? »

Il ne répondit pas. A la place, il sortit de sa poche un rapport du Comité consultatif des producteurs de coton :

« Ces gens affirment qu'il y a de nouvelles terres excellentes du côté de Waxahachie.

– Quel nom curieux pour une ville.

– Je n'y suis pas allé, mais, d'après ce qu'on en dit, ce serait peut-être notre salut. »

Il prit le train. A son retour il débordait d'enthousiasme :

« Je peux acquérir mille arpents à trente et un *cents* l'arpent.

– Et le charançon n'a pas atteint la région ?

– Si. Seulement les précipitations sont si faibles qu'on parvient à éviter qu'il pullule.

– Tu as donc décidé d'aller là-bas ?

– Oui.

– Pourrons-nous vendre cette plantation ?

– Qui serait assez fou pour l'acheter ?

– Alors nous allons tout perdre ?

– Nous perdrons très peu. Nous la céderons à Devereaux. Il prétend qu'il peut la gérer en se contentant d'un petit bénéfice. »

Devereaux Cobb était un charmant personnage sorti tout droit du XVIIIe siècle. Quarante ans, féru de littérature classique, c'était le dernier fils de Reuben Cobb, le rouquin de Géorgie mort à Vicksburg. Il n'avait hérité ni de la vertu ni du courage de son père. Grand et mou, célibataire que les femmes effrayaient, il s'était consacré à l'entretien de la demeure à colonnes construite par ses parents ; il essayait sans grand succès de maintenir bien vivantes les traditions les plus chères du Sud profond. Il n'avait pas un bataillon d'esclaves pour soigner les pelouses, comme au bon vieux temps, mais des Noirs salariés qui se soumettaient à tous ses caprices en l'appelant Maître Devvy, tandis qu'il les rebaptisait Suétone et Trajan. Au demeurant, une âme douce, image de ce qu'il y avait de meilleur dans un monde que les hommes du Sud, au Texas, s'étaient efforcés de sauver.

Comme sa mère Petty Prue, devenue veuve, avait épousé en secondes noces Cobb le Manchot – le sénateur –, Devereaux avait droit à au moins la moitié des biens Cobb de Jefferson ; or voici que Laurel et sa femme lui offraient leur moitié :

« Tu étais destiné à devenir le gardien d'une magnifique plantation, Devereaux. Nous laissons Lammermoor en de bonnes mains.

– Je l'espère », répondit-il.

En rentrant du cabinet de l'avocat, où il venait de signer l'acte de cession, Laurel déclara à Sue Beth :

« Devereaux n'appartient pas au présent. Il estime qu'il doit s'accrocher à Lammermoor pour défendre la tradition du Sud. C'est un beau geste. »

Ils imaginèrent Devereaux, célibataire de quarante ans,

en train d'occuper seul, avec une majesté solennelle, les maisons qui abritaient jadis des vingtaines et des trentaines de personnes. Il regrouperait les deux bibliothèques, vendrait les pianos de trop et tenterait de s'en tirer avec quatre domestiques noirs qui viendraient de la ville. Il abandonnerait une partie des champs aux charançons et aux mauvaises herbes, et il ferait travailler les autres en métayage dans l'espoir de gagner ainsi suffisamment pour survivre. Les après-midi seraient longs et torrides, les nuits d'été pleines d'insectes. Plus jamais un seul vapeur n'accosterait le quai, car la rivière Rouge coulait désormais sans entrave vers le Mississippi. « On a coupé la gorge à Jefferson », disaient les anciens.

Comme à l'époque héroïque, les gens des États du Nord croyaient qu'au Texas tout prospérait. C'était encore la vérité, au moins pour quelques années, mais échouer se révélait aussi facile au Texas qu'au Massachusetts ou en Virginie-Occidentale. Les forêts de l'est du Texas contenaient autant de plantations avortées que les plaines et les prairies de l'ouest de l'État possédaient de poutres calcinées à l'endroit où s'élevaient autrefois des fermes et des ranches. On a dit que l'emblème du Texas devrait être une maison abandonnée dont on aperçoit à peine les ruines.

« Devereaux survivra, dit Laurel en aidant Sue Beth à terminer ses paquets, mais j'aurais préféré qu'il se marie avant notre départ.

– J'y ai beaucoup réfléchi », lui répondit son épouse.

Comme sa belle-mère Petty Prue, c'était une femme pratique. Elle avait du mal à admettre qu'un bon parti comme Devereaux hérite d'une si belle demeure sans avoir une épouse pour l'aider à la tenir.

Elle avait déjà passé Jefferson au peigne fin pour lui trouver une femme digne d'occuper Lammermoor.

« J'aurais accepté n'importe quelle candidate valable entre dix-neuf et cinquante ans. Mais personne à Jefferson ne m'a paru à la hauteur.

– C'est à Devereaux de juger, lui répliqua son mari. Sais-tu seulement s'il a envie de se marier ?

– Il fera ce que je lui dirai », répondit-elle.

Et elle partit aussitôt dans la ville de Marshall, toute proche mais dans le comté voisin, où elle trouva une jeune et jolie veuve ayant une fille en bas âge. La candidate venait d'une famille d'excellente réputation, originaire de l'Alabama (ce qui renforça sa position aux yeux de Sue Beth) : « Jamais Devereaux n'envisagerait d'épouser une femme qui ne soit pas du Sud. Celle-ci l'est, et elle a un charme fou. »

Sans doute. A vingt-neuf ans, elle avait beaucoup d'allure, et sa fille de deux ans, Belle, était élevée comme une grande dame. La mère parlait à voix douce et se tenait très droite quand on la présentait à des inconnus. Au dire d'une de ses voisines, « l'image parfaite de la féminité du Sud, sous son meilleur jour ».

Sue Beth, désireuse d'assurer l'avenir de Devereaux avant de quitter Jefferson, aurait aimé aborder le problème sans ambages, mais elle savait que ce serait contraire aux conventions observées par les femmes du Sud. Elle dit, sans avoir l'air d'y toucher :

« J'aimerais que vous veniez nous rendre visite à Lammermoor un de ces jours. »

Comme si elle n'avait aucune idée de ce qui se tramait, la veuve répondit doucement :

« On m'a assuré que c'est une demeure merveilleuse.

– Absolument. Hélas, nous devons la quitter.

– Ah bon ?

– Et à notre départ, Devereaux... » Sue Beth hésita une fraction de seconde : « Devereaux prendra le domaine en main, bien entendu.

– On m'a parlé de lui comme de l'un des derniers aristocrates du Sud. »

Elle connaissait le nom de tous les gentlemen célibataires des deux comtés voisins.

« Vous me feriez beaucoup d'honneur, ainsi qu'à mon mari, si vous acceptiez, avec votre charmante fille...

– Tout l'honneur sera pour moi. »

Quand la veuve et sa fille s'installèrent dans le nouveau train de Jefferson avec les Cobb, le but de leur visite à Lammermoor était fort clair, sans qu'on y eût fait la moindre allusion directe.

A la gare, Devereaux attendait, affreusement gêné, avec un chariot bâché conduit par Suétone. Après des présentations maladroites, Sue Beth chuchota à son invitée :

« Vous verrez, c'est un célibataire endurci, mais il est charmant.

– Il vient du meilleur sang de Caroline du Sud et de Géorgie, ajouta Laurel, ce qui était aussi important. La plantation lui appartient et elle est entièrement payée. »

Ce genre de rencontre se produisait souvent sur la frontière texane, où la mort frappait sans discrimination et où les veuvages étaient monnaie courante. Une ferme de quatre-vingts arpents manquait d'une maîtresse de maison pour embellir la demeure. Aussitôt les amis quadrillaient le pays ; on faisait des présentations hâtives ; un pasteur qui ne connaissait ni l'épousée ni l'époux arrivait ; et la vie texane continuait.

Lammermoor célébra un de ces mariages.

La distance de Lammermoor à Waxahachie, environ deux cent quarante kilomètres, correspond à peu près à la distance de New York à Baltimore ou de Berlin à Hambourg. Mais, au Texas, les Cobb durent franchir trois zones de végétation de type radicalement différent : la ceinture des conifères, la forêt de chênes et les terres noires et riches dont Waxahachie était devenue la capitale. Surtout, les Cobb avaient quitté le pays des bayous, où l'on enregistrait jusqu'à cent trente centimètres de pluie par an, pour une région de terres plus faciles à exploiter, avec environ quatre-vingt-dix centimètres de pluie.

La couche d'humus mesurait de quarante-cinq à soixante-dix centimètres d'épaisseur, sans aucun gros caillou, et souvent sans incident de terrain. Comme les anciens propriétaires avaient abattu les arbres, Cobb pouvait utiliser la terre sans délai. Le charançon était monté jusque-là depuis le Mexique, mais, le temps que les Cobb s'installent, l'agronome, autrefois pessimiste, annonçait déjà des nouvelles plus souriantes.

> Nous en savons beaucoup plus long maintenant que lors de ma visite à Jefferson, pendant les années noires. Nous nous sommes battus contre cette vermine, et nous ne nous en sommes pas si mal tirés. Avant tout, Cobb, vous devez

planter une variété de coton dont les capsules se forment très tôt, le plus tôt possible, car cela vous donnera une chance de récolter avant l'attaque du charançon. Ensuite, plantez un rang de maïs entre deux rangs de coton. Le charançon adore le maïs. Il le mangera au lieu de s'attaquer à vos capsules. Encore plus important, il vous faudra brûler tous vos pieds de coton sur place en août, le 15 septembre au plus tard, pour que les bestioles n'aient aucun endroit pour se reproduire. Bien entendu, vous êtes davantage en sécurité à Waxahachie, parce que les précipitations sont largement inférieures. Enfin, nous ne sommes pas encore certains que cela marchera, mais nous avons obtenu des résultats prometteurs avec des traitements à l'arsenic. Cela empoisonne les petits salopards.

Cobb lança son exploitation en suivant ces conseils à la lettre, et, à la fin de l'année, il obtint une si belle récolte qu'il jugea raisonnable de construire son égreneuse personnelle. Il devint aussitôt l'un des planteurs les plus en vue de la région. A sa vive surprise, il se retrouva en train de produire le meilleur coton du monde sans l'aide d'esclaves et sans un seul salarié noir sur sa plantation. Uniquement des Blancs.

Calculant ses bénéfices avec beaucoup de prudence, il fit bâtir une maison modeste pour Sue Beth et les enfants. Il utilisa le reste de l'argent à fonder une sorte de caisse des planteurs de coton, destinée à financer des cultivateurs moins aisés qui désiraient s'installer à leur tour. Il se félicita de voir le prix de la livre de coton passer de huit *cents* en 1901 à douze *cents* en 1903. En 1905, quand le prix resta à ce niveau, il se retrouva parmi les rois du coton, dans la mesure où le charançon des capsules permettait aux planteurs de se réjouir sans réserve.

« J'aimerais que nous puissions cultiver autre chose », se plaignait-il un soir, conscient de dépendre totalement du coton.

Mais il ne trouva aucune autre culture capable d'assurer des revenus aussi élevés et aussi constants. Dès 1764, les Cobb d'Edisto, en Caroline du Sud, avaient songé à diversifier leur exploitation, mais la présence des esclaves pour sarcler les champs et séparer la fibre de la graine les avait maintenus emprisonnés dans cette économie ; ils avaient effectué des études statistiques démontrant que leur fidélité à cette seule production les pénalisait, mais, au moment où ils allaient tenter autre chose, Eli Whitney avait inventé l'égreneuse – miracle qui révolutionnerait l'industrie cotonnière –, et ils étaient demeurés pris au piège du coton.

Au Texas, il en avait été de même. Tous les Cobb qui s'y étaient installés avaient songé à diversifier – « pour rompre notre dépendance à l'égard de La Nouvelle-Orléans et de l'Angleterre », avait clamé le sénateur Cobb dans plus d'un discours –, mais aucun ne l'avait fait, et, dans leur nouveau foyer, sur des terres qui auraient accueilli facilement d'autres formes de culture, Laurel Cobb et sa femme persistaient avec leur coton.

« Nous sommes prisonniers de cette maudite fibre textile, s'écria Laurel un jour. Elle nous ligote comme les fils d'une araignée immobilisent ses victimes... Mais c'est une servitude sublime, ajouta-t-il en riant. Aucun cultivateur au monde ne possède une plus belle vie qu'un propriétaire de plantation de coton ayant sa propre égreneuse. »

Ce genre de discours allait faire du Texas la première région productrice de coton du monde entier. Les naïfs croyaient que les Carolines et la Géorgie demeuraient les capitales du royaume cotonnier, mais le centre de gravité se déplaçait inexorablement vers l'ouest pour se fixer au Texas. Par les belles matinées d'automne, quand Laurel et Sue Beth se rendaient à Waxahachie, la splendeur qui les entourait et dont ils faisaient partie ne cessait jamais de les éblouir.

« Dieu, quel spectacle ! » s'écria Laurel un jour où le beau soleil d'octobre baignait la place centrale.

Waxahachie possédait en effet une place de proportions agréables, pas trop grande et bordée sur les quatre côtés de belles maisons basses, dont certaines très élégantes, mais assez spacieuse tout de même pour servir d'écrin au chef-d'œuvre de pierre rose et grise conçu par l'architecte James Ricly Gordon. Avec un budget deux fois plus important que celui d'un comté pauvre comme Larkin, Gordon avait bâti pour la justice un palais de conte de fées, haut de dix étages, surchargé de chemins de ronde, de tourelles, de flèches, de clochers et de châteaux miniatures s'élevant dans les airs. Un véritable trésor d'orfèvrerie, mais aussi un palais de justice solide et massif, l'un des plus beaux édifices du Texas.

Pourtant, ce matin-là, Laurel ne s'extasia pas sur ce chef-d'œuvre mais sur les deux mille et quelques balles du meilleur coton que les planteurs de la région avaient apportées sur la place, la toile de jute brune dissimulant à peine la blancheur de la récolte.

Car la richesse du Texas, c'était vraiment ces montagnes de balles de coton, ces pyramides, ces amoncellements devant lesquels les acheteurs venaient faire leur choix. Des trains emporteraient les balles dans toutes les régions du pays, en Europe, et même en Asie, partout où l'on avait besoin de vêtements.

« Regarde ! lança Laurel à sa femme en arrêtant son cheval. Et il en sera toujours ainsi. » Il compara soudain cette scène pleine d'animation à leurs hésitations et à leurs déboires quand ils vivaient encore sur la plantation des bois sombres de Jefferson, et il embrassa sa femme en s'écriant : « Dieu, comme je suis content d'être venu à Waxahachie ! »

Dans la série de comtés hispanophones situés le long de la rive texane du río Grande, se tenaient trois types d'élections fort différents. Tout d'abord les élections générales de novembre, comme dans l'ensemble de l'État, au cours desquelles les démocrates s'opposaient aux républicains pour le poste de gouverneur du Texas ou la présidence des États-Unis. Mais, à cause des animosités prolongées datant des années de la Reconstruction, où des républicains noirs avaient brimé l'État, aucun républicain ne serait élu à une magistrature civile importante, au Texas, pendant près d'un siècle. Les élections de novembre n'étaient donc qu'une simple formalité.

L'élection qui comptait avait lieu en été quand les démocrates, aux convictions souvent « mortelles », se battaient entre eux au cours des « primaires », pour désigner leur candidat à la présidence. Les esprits s'échauffaient tellement qu'on en venait parfois aux coups de feu.

Jusqu'en 1906, les démocrates avaient désigné leur candidat au cours de « conventions », ce qui encourageait les combines, mais l'on avait voté cette année-là une réforme imposant la nomination par élection publique, avec de nombreuses conditions complexes, pour que les notables des professions libérales continuent de dominer la vie politique. Les chicanes et les combines s'épanouirent aussitôt à l'échelle de l'État entier, et nulle part ces nouvelles primaires ne furent plus corrompues que le long du río Grande, où une circonscription peuplée de 356 personnes, en comptant les jeunes (qui n'avaient pas encore le droit de vote) et les enfants en bas âge, pouvait annoncer, le soir du scrutin, la victoire de son démocrate préféré par 343 voix contre 14. Souvent des démocrates texans d'une probité sans tache, l'un juge de la région de la rivière Rouge, au nord, l'autre sénateur de l'État originaire de Dallas, faisaient des campagnes de très haut niveau dans l'ensemble de l'État et voyaient leur sort déterminé dans les comtés dits « mexicains » du río Grande, où les élections donnaient lieu aux fraudes les plus grossières.

Mais c'était dans le troisième type d'élection que la politique texane, le long du río Grande, se montrait sous son jour le plus cru : les élections locales, où républicains et démocrates convoitaient à chances plus ou moins égales les postes vacants dans l'administration des villes et des comtés. La victoire allait tantôt à l'un, tantôt à l'autre. Et une élection dans ces régions pouvait devenir effrayante.

Puisque le Texas ne votait jamais républicain aux élections générales, comment ce parti pouvait-il espérer obtenir des victoires au niveau local, le long du fleuve ? La réponse était triple : les citoyens du Texas ne parlant pas anglais pouvaient facilement être manipulés par leurs « patrons » ; des citoyens du Mexique pouvaient recevoir de fausses cartes électorales et se déclarer républicains ou démocrates ; enfin la présence des ponts frontaliers mettait la main-d'œuvre à la merci de truands liés à la politique. Ces ponts n'avaient rien de bien reluisant, ce n'étaient souvent que des ponts de bois à une seule voie, mais ils étaient contrôlés par des douaniers nommés par Washington, et, comme en ces années les républicains – les présidents McKinley, Theodore Roosevelt et Taft – gouvernaient le pays, c'étaient leurs protégés républicains qui faisaient la loi sur les ponts. Les républicains avaient le pouvoir d'engager les percepteurs de péage et les inspecteurs des douanes, les républicains contrôlaient l'afflux des subventions fédérales, et les fonctionnaires républicains, souvent venus d'États républicains du Nord, recevaient du pouvoir central l'avertissement suivant : « Oubliez les élections nationales et les élections de l'État, mais, aux scrutins locaux, que votre comté vote républicain, sinon... »

A cent kilomètres en amont de l'endroit où le río Grande débouche dans le golfe du Mexique, un pont de bois branlant reliait le Mexique et les États-Unis, et sur chaque rive du fleuve une petite ville banale s'était établie. Le pont était évidemment plus important que les deux agglomérations.

Comme il semblait de règle, tout le long du río Grande et le long de la frontière terrestre jusqu'au Nouveau-Mexique, en Arizona et en Californie, la ville mexicaine devenait vite plus vaste et plus peuplée que la ville américaine.

Cela tombait sous le sens : aucune ville texane le long de la frontière mexicaine n'attirait de citoyens texans désireux de s'y établir de façon permanente. Le contraire n'était pas vrai : les citoyens mexicains accablés de misère dans le nord du Mexique rêvaient de ces villes frontières, d'où l'on pouvait obtenir des emplois sur l'autre rive et où les magasins américains pleins de marchandises à bas prix constituaient une tentation permanente. Il existait cent raisons pour que les Mexicains affluent vers le río Grande, et ils ne s'en privaient pas.

Du côté mexicain du pont dont nous parlons, la ville portait le nom d'Escandón, l'homme remarquable qui avait exploré autre fois cette région ; elle avait deux mille habitants. Bravo, du côté texan, ne comptait même pas la moitié de ce nombre. Et le pont était si capital que l'histoire du comté se réduisait bien souvent à celle du pont.

En ces premières années du siècle, le bureau des douanes de Bravo était occupé par un homme implacable, doté de grandes capacités et d'un charme considérable, un énorme

Irlandais roux, à la grande gueule, importé de New York, répondant au nom de Tim Coke et formé à l'école de corruption républicaine créée pour combattre la corruption encore plus flagrante des démocrates de la municipalité new-yorkaise. Avec le concours sans vergogne de trois fonctionnaires venus des villes de l'Est comme lui et de neuf gros-bras locaux, Tim Coke avait depuis longtemps déclaré la guerre aux démocrates du comté de Saldaña, et en 1908 il se persuada qu'il avait enfin une chance de remporter une victoire : « Ce comté est mûr pour devenir républicain et le rester une fois pour toutes. »

Dans le comté de Saldaña comme partout le long du río Grande, où un nombre considérable d'électeurs ne lisaient pas l'anglais, on représentait les deux grands partis par des couleurs. A Saldaña, les républicains avaient toujours été les rouges et les démocrates les bleus, et le jour du scrutin, chaque parti « aidait » ses votants importés à voter pour le candidat qui les avait payés. Les couleurs se révélaient également utiles pour les Hispaniques fixés au Texas, et donc en droit de voter, mais qui ne maîtrisaient pas encore la langue anglaise : « Pablo, quand on te tendra le bulletin, tu verras un petit point rouge au bon endroit. C'est là que tu feras ta grosse croix et tu recevras ton dollar. » Avant le dépôt du bulletin, les scrutateurs républicains effaceraient la marque rouge révélatrice, sachant pertinemment que leurs homologues démocrates faisaient de même avec leurs marques bleues.

Toute élection au comté de Saldaña pouvait devenir fort animée, et pour deux bonnes raisons. Tout d'abord, quand on commençait à compter les voix après la fermeture des bureaux de vote, les rouges et les bleus célébraient l'événement avec leurs électeurs importés : tequila, plats mexicains épicés et whisky. Si les rouges gagnaient, leurs partisans devenaient de plus en plus tapageurs, tandis que les bleus, vaincus, se montraient de plus en plus jaloux. Les échanges de coups de feu étaient si courants lors des élections à Saldaña que certains Anglos assuraient : « Mieux vaudrait qu'un camp domine nettement. Il ferait la fête et nous laisserait tous tranquilles. »

La deuxième raison des incidents, c'était que les démocrates, privés du patronage lié au bureau des douanes, devaient mettre les bouchées doubles. Or, depuis quelques années, ils avaient remis leur sort entre les mains d'un des leaders politiques les plus compétents que le Texas ait jamais produits. Horace Vigil était un Anglo, cela ne faisait aucun doute : plus grand que le Mexicain moyen, plus robuste et plus blanc de peau, il avait cette belle confiance que donne l'appartenance au groupe majoritaire. Mais la prononciation de son nom, avec le *g* à l'espagnole, indiquait que dans un passé plus ou moins lointain il avait eu des ancêtres mexicains ou espagnols. Il tenait sans doute d'eux sa bonne humeur et sa bienveillance, car il était extrêmement courtois, et, lorsqu'il parlait en espagnol, on aurait dit un hidalgo de naissance.

La première fois que les gens virent Vigil s'opposer à Tim Coke, ils pensèrent sans doute : Quel combat inégal ! Car le grand Irlandais, avec ses façons franches et sympathiques, se trouvait en pleine force de l'âge et semblait tout dominer autour de lui. Sur le pont, il était incontestablement le patron, alors que Vigil, plus âgé de douze ans et légèrement voûté, semblait un homme discret cherchant surtout à passer inaperçu. Il y réussissait de deux manières : en tournant un peu le torse sur la gauche, pour créer l'impression que par méfiance, ou même par lâcheté, il voulait éviter un désagrément imminent ; enfin, en parlant en public d'une voix si basse qu'il donnait l'impression de marmonner. Les femmes, surtout, disaient de lui : « Ce cher señor Vigil. »

Mais, s'il offrait au public l'apparence d'un grand-père bafouilleur et bien intentionné, en privé, entouré uniquement de ses lieutenants hispanophones, il pouvait brailler des ordres d'une voix extrêmement impérieuse. Lorsqu'il défendait ses intérêts personnels ou soutenait ceux du parti démocrate, il pouvait se montrer sans pitié, et des observateurs du système signalèrent : « Ne touchez pas à son affaire de bière, ni à la façon dont il achète ses majorités démocrates. »

Il dirigeait depuis des années une affaire de bois de construction et une usine à glace. En développant cette dernière, il s'était lancé dans le commerce lucratif de la bière, et il contrôlait maintenant la façon dont les hommes du comté bâtissaient leur maison, dont ils restaient au frais en été, et dont ils se détendaient quand les journées torrides du río Grande devenaient les nuits ardentes du río Grande. Il n'avait pas fait d'études et manquait de formation politique, mais il comprenait les deux facteurs essentiels pour gouverner son comté : il détestait les douaniers – « Ils pillent l'argent de la population, n'apportent rien à la communauté, viennent tous du Nord et sont républicains » – et il adorait les Mexicains – « enfants du bon Dieu au cœur chaleureux, respectueux à l'égard de leurs parents, et toujours loyaux jusqu'à un certain point ».

C'était un *patrón* américain, un de ces leaders locaux farouchement indépendants si fréquents au Mexique : des dictateurs qui se soumettent du bout des lèvres au gouvernement central mais continuent de régner sur leur région en appliquant leurs propres idées. Horace Vigil décidait qui serait juge, et quels verdicts rendrait ce juge lorsqu'il occuperait son poste ; il ne percevait pas les impôts, mais il les dépensait, rarement pour lui-même mais avec une joyeuse libéralité pour ses partisans mexicains ; il déterminait quelle fille de quel ami obtiendrait une place d'institutrice ; c'était vers lui que les gens se tournaient quand ils avaient besoin d'argent pour un mariage ou des obsèques.

En retour, Vigil ne demandait que deux choses : « Votez bleu et achetez ma bière. » Toute personne qui votait rouge se trouvait immédiatement exclue. Et ceux qui essayaient d'acheter leur bière directement aux brasseries de San Antonio trouvaient un beau matin à leur réveil leur établissement en feu, ou leurs robinets de bière à la pression grands ouverts sans clients assoiffés pour écluser le flot.

L'élection de 1908 fut le théâtre de la grande confrontation entre Coke et Vigil. Avant le scrutin, le douanier Coke avait installé un si grand nombre de Mexicains dans les cabanes du nord du fleuve que Vigil commença à s'alarmer. Deux fois à la fin du siècle précédent, Coke lui avait volé les élections de cette manière ; et, avec Teddy Roosevelt qui faisait tant de bruit à la Maison-Blanche, l'Irlandais pouvait compter sur l'appui énergique des tribunaux fédéraux. Le ministère de la Justice, à Washington, avait donné le mot : « Brisez l'entreprise de ce Vigil ! » Et Coke s'était juré de réussir.

Le vendredi précédant le scrutin, Vigil reçut une nouvelle agaçante :

« Señor Vigil, le señor Coke a fait venir du Mexique cent cinquante rouges de plus. »

C'était exact. La moitié de ces hommes avait déjà voté au cours d'élections précédentes, et reçu pour sa peine un dollar et plusieurs bons repas ; mais l'autre moitié n'avait jamais mis le pied au Texas. Comme les Mexicains importés en début de semaine par les démocrates, ils étaient regroupés dans des cabanes entourées de murs d'adobe, où ils tuaient le temps en attendant que les douaniers viennent leur montrer comment ils devraient voter.

Vigil, inquiet, appela son premier lieutenant, jeune homme souriant de dix-huit ans :

« Héctor, il faut que tu passes au Mexique nous trouver au moins cent voix de plus.

– Oui, señor. »

Il avait passé les trois années précédentes à dire « Oui, señor » à Vigil et il savait donc comment procéder. Il se rendit auprès du trésorier de la campagne et lui demanda vingt dollars pour régaler ses électeurs de l'autre côté de la frontière. S'il parvenait à les faire traverser à la nage et à les rassembler discrètement dans les cabanes des bleus, d'autre argent lui serait remis. Les pièces en sécurité dans sa ceinture, il entra au Mexique, mais non par le pont, car les républicains toujours à l'affût l'auraient repéré et Coke aurait braillé : « Hilario, ramène-moi cent rouges de plus. » Héctor prit à l'ouest puis traversa à la nage, avec son cheval, à trois ou quatre kilomètres de la ville. Puis il redescendit vers Escandón, où il rassembla un groupe d'hommes fort sympathiques capables de bien dépenser un dollar.

Ce jeune homme entreprenant se nommait Héctor Garza et descendait de la famille Garza qui avait émigré de San Antonio dans la région vers 1790. C'était le petit-fils du hors-la-loi Benito Garza, qui avait fait tellement de ravages au Texas vers 1850. Mais Héctor et ses parents s'étaient toujours montrés d'excellents citoyens des États-Unis ; il adorait le Texas et désirait le voir bien gouverné – raison pour laquelle il s'était mis au service d'Horace Vigil.

Comme la vaste majorité des Hispaniques, il n'avait reçu qu'une éducation fragmentaire. En partie parce que le Texas ne jugeait pas nécessaire d'éduquer des paysans hispaniques ; en partie aussi parce que, à l'instar de Benito Garza, il avait un esprit épris de liberté, qui refusait de se laisser prendre au piège d'une école. En fait, il avait appris ce qu'il savait en observant Vigil, et il avait confiance : s'il continuait de travailler pour le distributeur de bière, il apprendrait sur le comté de Saldaña tout ce qui pourrait lui être utile.

Si l'élection de 1908 s'était déroulée comme prévu, les démocrates, grâce aux électeurs rassemblés à la dernière minute par Garza, auraient triomphé avec une marge considérable ; mais un commerçant mexicain d'Escandón qui servait d'espion au bureau des douanes signala à Tim Coke l'afflux secret d'électeurs bleus, et Coke ordonna à ses sbires :

« Ramenez-moi d'Escandón tout Mexicain capable de mettre un pied devant l'autre et une croix sur un bulletin. »

Cela fut fait.

Le samedi, Vigil, mis au courant, réunit son conseil de guerre et déclara :

« La crise est très grave. Coke et ses nordistes essaient de nous voler cette élection. Si nous parvenons à vaincre, nous tiendrons ce comté pour les cinquante années qui viennent. La prochaine fois, Teddy Roosevelt ne sera plus à la Maison-Blanche, et la pression de Washington cessera. Il faut donc faire l'impossible. Même si le bureau 37 doit nous donner cinq cents bleus contre sept rouges.

– Mais le bureau 37 n'a que cent soixante-dix-neuf électeurs déclarés.

– Le jour de l'élection, il en aura davantage. »

Malgré le bureau 37, Vigil savait qu'il avait besoin d'un autre miracle pour triompher. Le lendemain matin, le miracle se produisit ; vers midi, un homme arriva en criant :

« Une jeune fille morte ! Dans les broussailles près du fleuve ! »

Les autorités de la ville, démocrates et républicains, allèrent aussitôt vérifier le rapport et les trois quarts des citoyens de Bravo oublièrent l'élection.

Horace Vigil réunit aussitôt ses hommes et leur demanda :

« Comment pouvons-nous exploiter cette triste affaire à notre avantage ? »

Tout fut envisagé. Dès la fin de la réunion, Héctor Garza joua le rôle qu'on lui avait dévolu dans la stratégie générale. Il se répandit dans la ville en murmurant aux citoyens :

« Les Rangers ont découvert des faits mystérieux, mais sans rien préciser. »

Et, la veille de l'élection, les électeurs du comté de Saldaña purent lire dans leur journal une stupéfiante manchette :

TIM COKE, LE LEADER RÉPUBLICAIN,
ARRÊTÉ POUR UN MEURTRE SCANDALEUX.

Horace Vigil avait exigé que justice soit faite. Des inspecteurs de police à sa botte avaient aussitôt découvert des indices – peu décisifs à vrai dire – convergeant vers Tim Coke, et l'on avait arrêté l'Irlandais sans plus attendre. Le juge local, ami de Vigil lui aussi, avait refusé d'accorder la liberté sous caution, et, à l'ouverture des bureaux de vote, Coke se trouvait donc encore en prison.

Les républicains se démenèrent comme des diables pour conserver leur légère avance. Ils firent voter leurs Mexicains, volèrent des bulletins partout où ils purent et appliquèrent toutes les combines que Tim Coke avait apprises lors des élections à la mairie de New York. Mais l'inculpation de meurtre qui planait sur la tête de leur leader – surtout le meurtre d'une jeune fille – les priva de nombreuses voix qui leur seraient revenues sans cela.

Vigil et Garza, cependant, alimentaient l'enthousiasme de leurs partisans pour la cause bleue, pure de toute souillure, et l'on put fêter la victoire démocrate avant même que le bureau 37 ait transmis son relevé de scrutin traditionnel : 343 contre 14, en faveur des bleus.

Le mercredi, quand la police libéra Coke, Vigil lui présenta ses excuses en personne :

« Une déplorable erreur. Le mouchard mexicain ne

parlait pas un mot d'anglais et les Rangers ont mal interprété ses indications. »

Et, à l'intention de la presse, il rédigea la déclaration suivante : « Tout citoyen bien-pensant désapprouve qu'un membre respecté de notre communauté ait été soumis à un traitement aussi indigne. Tout le comté de Saldaña présente ses excuses à Tim Coke, responsable de notre pont Bravo-Escandón, et promet solennellement qu'une erreur pareille ne se reproduira jamais. »

Avec l'ardent Teddy Roosevelt sur le point de quitter la Maison-Blanche, et le bureau 37 fidèle à son habitude de ne transmettre ses résultats qu'à l'aube, les démocrates de Saldaña semblaient bien en place pour les décennies suivantes.

Laurel Cobb n'avait jamais envisagé de briguer le siège du Sénat des États-Unis qu'avait occupé autrefois son père, mais, en 1919, un enchaînement surprenant d'événements l'obligea à changer d'avis. Pour commencer, une tente « revivaliste » se planta sur ses terres, puis il se mit à enseigner à l'école du dimanche – ce qui provoqua le fameux procès d'excommunication au sein de la congrégation des baptistes du Jourdain.

Les petites villes du nord du Texas ne semblaient jamais aussi animées et charmantes que par les étés torrides quand quelque évangéliste errant plantait sa tente près d'un bosquet et organisait un *revival.* Si l'homme était connu pour sa piété ou son éloquence, les gens affluaient de soixante ou même cent kilomètres à la ronde, plantaient eux aussi leur tente ou logeaient chez des gens de l'endroit. On tenait des réunions de famille ; les jeunes se faisaient la cour ; des chœurs venaient d'églises lointaines ; il y avait de la nourriture à profusion ; et, pendant une quinzaine de jours d'allégresse, la fête ne cessait jamais. Bien entendu, le principal centre d'attraction demeurait l'éloquence religieuse, enflammée, qui permettait à des gens menant unc vie au demeurant assez terne d'entrevoir une existence plus prometteuse.

Le revivalisme est un aspect important de la culture

texane ; certains le considèrent même comme essentiel, car c'est lui qui a lancé la population dans la lutte contre l'alcoolisme et fait du Texas un État « sec » ; il a renforcé l'emprise des Églises locales, maintenu les magasins fermés le dimanche et défini la religion en termes fondamentalistes. Mais ce fut aussi une grande fête sociale, et toute famille qui refusait d'y participer se retrouvait pour ainsi dire en quarantaine.

Certains évangélistes itinérants vitupéraient, certains lançaient des menaces, mais d'autres n'étaient que des acteurs de vaudeville avec un vernis de religiosité à la sauce de l'Ancien Testament. Chacun avait ses partisans fidèles, mais l'un d'eux excellait sur tous les plans de la vocation. Elder Fry n'était lié à aucune Église protestante, mais se sentait chez lui avec toutes et rendait hommage autant aux méthodistes qu'aux baptistes, aux presbytériens et aux campbellites. Il ne venait pas dans une communauté pour dénigrer – comme tant d'autres – les ecclésiastiques de l'endroit, en prétendant qu'il détenait tout seul la vérité et que les autres s'égaraient ; il venait pour aider, pour raviver les flammes de la foi ; de sorte qu'après son départ la tâche des pasteurs locaux se trouvait facilitée. On disait de Fry : « Parfois il tonne mais il n'invective jamais. Il évoque les châtiments de l'au-delà mais sans chercher à terrifier. Jamais il ne détruit, il construit. » Si l'expression « homme de Dieu » a jamais eu un sens, Elder Fry essayait d'être un de ces hommes.

Au cours de l'été 1919, il conduisit son cabriolet au sud de Waxahachie vers la plantation Cobb (comme on appelait la propriété) et discuta avec Laurel et son épouse :

« Je sais qu'une tente revivaliste cause des problèmes au propriétaire, mais, si vous me permettez d'utiliser un champ éloigné, nos visiteurs ne viendront que par une seule route et nous ferons peu de dégâts...

– Elder Fry, lança aussitôt Sue Beth, nous considérons la belle vie que nous menons comme un don de Dieu, et nous ne pouvons faire moins que L'en remercier. Ce sera pour quinze jours, comme d'habitude.

– Plus je vieillis, plus je pense que nous devrions réduire à une semaine. Ce serait moitié moins de travail pour tout le monde ; mais, à vous dire le vrai, madame Cobb, j'ai besoin d'une semaine pour instruire, une semaine pour inspirer et du dernier jour pour les réjouissances et le salut. Oui, ce sera quinze jours. »

Son allure était trompeuse : soixante-six ans, cheveux blancs, il parlait presque comme un enfant, d'une voix douce incapable d'emplir une tente. Pendant la première semaine d'un revival, certains avaient du mal à l'entendre, mais pendant la deuxième, quand il devenait inspiré, il semblait soudain un autre homme, plus grand, plus acharné, armé d'une voix tonnante qui lançait son message passionné : Jésus-Christ était venu sur terre pour sauver les êtres humains, condamnés aux ténèbres sans son intervention divine. Jamais il n'essayait de forcer une conversion et il ne promettait aucune guérison ; il présentait simplement le témoignage d'un homme ayant vécu une longue vie au service de Dieu, persuadé sans conteste que le Paradis attendait une fidélité aussi parfaite.

Laurel ordonna à ses domestiques d'aider le vieil homme à planter sa tente et disposa lui-même les sièges. Sue Beth participa à l'organisation des tables de pique-nique, partie importante des festivités, et les ouvriers agricoles réparèrent la route donnant accès au champ. Le revival de Waxahachie en 1919 fut l'un des plus réussis ; il fit très beau et la foule s'y rendit en grand nombre. La guerre qui venait de s'achever en Europe avait à peine touché la vie quotidienne de l'État, mais de nombreux jeunes Texans avaient donné leur vie et tout le monde désirait célébrer le retour de la paix, surtout que, selon la thèse d'Elder Fry, Dieu lui-même était responsable de la victoire. Quand Cobb écouta les longs sermons, il ne put s'empêcher de remarquer qu'aux yeux de Fry Dieu veillait sur les États-Unis avec une attention particulière, en se préoccupant surtout du Texas :

« Il aime le Texas, et cela Le chagrine chaque fois qu'un village vote en faveur de la vente d'alcool. Ne Lui faites pas ce chagrin ! Cessez de mal vous comporter car cela ne peut que L'offenser ! »

Pendant la deuxième semaine, Fry logea chez les Cobb, sur leur insistance, et ils eurent avec lui plusieurs longues conversations :

« Mes chers amis, je trouve dans le nord du Texas un

degré de conscience spirituelle sans équivalent nulle part. Dieu a choisi votre région pour une mission spéciale. Il tient le Texas près de son cœur, car c'est là qu'Il voit le mieux la mise en œuvre de sa sainte Bible. »

Le mercredi de la dernière semaine, il lança la progression de ton et de passion qui valait à ses revivals des fins si éclatantes, et, le vendredi, il prêcha avec une telle conviction que Cobb put croire qu'il s'adressait précisément à lui. Laurel n'était pas extrêmement religieux comme son épouse, mais il estimait que la société s'améliorait quand elle suivait la Bible, et, le samedi soir, il était donc prêt à se laisser émouvoir par le sermon final de Fry, sur le thème du serviteur fidèle. En écoutant la voix majestueuse de cet homme bon et doux, Cobb eut le sentiment d'éprouver en lui-même une métamorphose méritant bien d'être qualifiée de seconde naissance.

Ce fut sans doute une régénération, car, le lundi, lorsque le pasteur baptiste de la région vint à la plantation demander un service, Laurel l'accueillit à bras ouverts.

« Entrez, révérend Teeder. N'avons-nous pas vécu deux semaines magnifiques ? »

Très différent de Fry, le pasteur en convint, quoique à regret :

« Mais Elder Fry me paraît manquer de cette flamme qui anime les vrais hommes de Dieu. »

Cobb ne voulut pas discuter en ces heures où son cœur débordait de gratitude :

« Il a gagné un grand nombre d'âmes, fit-il observer simplement.

– Pour le moment, peut-être, répondit Teeder. Mais sûrement pas pour longtemps. Je crois qu'il faut lancer un message beaucoup plus strict que le sien. »

Teeder et les Cobb appartenaient à l'Église des baptistes du Jourdain, située dans un joli village au sud de Waxahachie. Comme elle se trouvait au centre d'une région rurale, elle avait beaucoup plus de fidèles qu'on ne s'y attendait, et un pasteur d'une ferveur peu banale. En 1919, Simon Teeder se trouvait au faîte de sa carrière ecclésiastique ; il avait fait ses débuts dans une communauté pieuse du Mississippi avant d'être promu à cette excellente paroisse du Texas, et il était sur le point de recevoir la charge d'une église vraiment importante dans le nouvel État d'Oklahoma. C'était un homme passionné, persuadé qu'il connaissait la volonté de Dieu et acharné à assurer son triomphe.

Il avait su convaincre les membres de sa congrégation texane qu'il s'intéressait personnellement au bien-être de chacun d'eux, et, dès son arrivée, il avait mis en place les deux instances qui l'aideraient dans son œuvre. Après avoir bien étudié les caractères de ses paroissiens, il avait proposé les noms de sept hommes dévots pour l'élection du conseil de l'Église, chargé de donner des avis sur la doctrine. Puis il avait choisi pour son bureau de diacres un groupe d'hommes très différents, respectés pour leur habileté en affaires : ils veilleraient sur les questions financières et pratiques qui se poseraient à la congrégation.

Une fois cette structure établie – sept membres dévots au conseil et dix-neuf diacres prospères –, il exerça sur sa paroisse rurale une autorité sévère et sans partage.

> L'Église des baptistes du Jourdain se fonde sur des principes solides, et, si nous vivons tous selon ces principes, si nous les glorifions dans nos cœurs, jamais nous n'aurons la moindre confusion dans cette Église, jamais le moindre scandale dans notre congrégation.
>
> Tout d'abord, nous croyons en la Bible, parole de Dieu révélée à l'homme, et nous acceptons sans réserve tout ce qui est écrit dans ce saint Livre. Nous ne reconnaissons aucune remise en question moderne, aucune théorie rabaissant la parole sublime. Si vous ne pouvez pas accepter la Bible telle qu'elle est écrite, cette Église ne peut pas vous accepter.
>
> En second lieu, nous croyons que tout homme désirant devenir membre de notre Église doit se soumettre à la discipline d'une vie chrétienne, au sens le plus fort de cet engagement.
>
> Enfin, nous condamnons toutes les formes de vie relâchée et licencieuse qui se sont glissées chez nous depuis la fin de la guerre. Toute personne qui désire appartenir à cette Église doit prononcer le serment solennel d'éviter l'alcool, les jeux de hasard, les courses de chevaux, les luttes de foire, la vie dissolue avec les femmes et autres comportements immoraux. En particulier, jeunes et vieux doivent éviter la danse, principal agent par lequel le diable nous séduit.

Une fois ces règles sévères diffusées et bien comprises, le révérend Teeder rendit visite à plusieurs membres de sa congrégation et les pria d'assumer davantage de responsabilités pour le succès des baptistes du Jourdain. Grâce à son imagination et à son esprit d'entreprise, son Église s'était améliorée d'année en année.

Jusque-là, il n'avait pas sollicité les Cobb, car il avait de bonnes raisons de penser que Laurel accepterait mal le fondamentalisme sévère qu'il prêchait, or il ne voulait aucun dissident, aucun libéral perverti dans sa congrégation. Mais, en apprenant que Cobb avait apporté un soutien actif au revival d'Elder Fry, Teeder avait changé d'avis. Il discuta avec les sept membres de son conseil, et ils convinrent que Laurel méritait d'être conservé au sein de l'Église. C'était dans cette perspective qu'il s'était rendu à la plantation.

« Frère Laurel, dit-il à la fin de la conversation sur le revival de Fry, Dieu a une mission importante à vous confier, et je vous supplie d'accepter.

– Je verse au denier du culte. Depuis des années.

– Il ne s'agit pas d'argent, bien que Dieu remarque et apprécie votre générosité. C'est vous qu'Il désire.

– Je n'ai aucune vocation pour le ministère, répondit Laurel.

– Non, seul un petit nombre reçoit l'appel, et c'est davantage un fardeau qu'une gloire. Je parle de beaucoup plus simple.

– Quoi ?

– J'aimerais que vous donniez des leçons à l'école du dimanche. Chaque dimanche. Au groupe de jeunes garçons que je réunirai.

– Je ne crois pas que je saurais.

– Oh, mais si ! Les jeunes ont peur du pasteur. Ils ne le voient qu'en chaire. Mais si un homme comme vous, pareil à eux mais plus âgé, un propriétaire de plantation qui se débat avec les problèmes de ses champs comme leurs pères avec les leurs… Cela ferait une grande différence. »

Les deux hommes discutèrent pendant plus d'une heure, et Cobb songea que la paroisse pouvait se féliciter d'avoir un pasteur si dévoué. En 1918, il avait participé au comité de recherche du ministre, et on l'avait envoyé au Mississippi pour écouter Teeder prêcher : « Un peu trop passionné pour mon goût, mais une fois en chaire il brille comme un brandon en flammes. Je voterai pour lui. »

A la fin de l'heure, Teeder avait bel et bien pris Laurel Cobb au piège, mais il n'était pas au bout de ses surprises.

« Révérend, lui lança Cobb, si vous avez une faiblesse, c'est celle de parler de votre Église comme si elle ne se composait que d'hommes. Vous ne tenez aucun compte des femmes.

– Je suis en cela Jésus et saint Paul. Ils ont placé leur Église entre les mains des hommes. Il n'y avait aucune femme apôtre, aucune femme prédicateur, aucune femme à la tête des nombreuses Églises d'Asie. La responsabilité d'une femme consiste à se trouver un mari chrétien, à l'assister et à élever des enfants qui suivront la voie du christianisme.

– Je ne donnerai pas de leçons à une classe de garçons. Si vous voulez mon concours, organisez également une classe de filles, car je tiens à ce qu'elles fassent partie de notre Église, elles aussi.

– C'est impossible.

– Alors ma participation devient impossible. »

Sur ces mots, Laurel appela sa femme pour qu'elle se joigne à la conversation. Comprenant où son mari voulait en venir, Sue Beth l'approuva sans réserve :

« Révérend Teeder, il est grand temps que les femmes soient davantage intégrées à notre Église.

– Elles ne peuvent pas appartenir au conseil ni au bureau des diacres. C'est l'affaire d'hommes.

– Mais enfin...

– Notre Église offre aux femmes de nombreuses occasions de participer. Vous êtes trop délicate pour prendre des décisions, mais il y a beaucoup d'autres travaux importants à accomplir. Notre petite église semble deux fois plus sainte lorsque vous la décorez de fleurs...

– Nous sommes en droit d'espérer davantage, insista Sue Beth.

– Jésus et saint Paul ont décidé du caractère de notre Église, coupa le révérend Teeder. Et vous devez trouver votre bonheur dans le cadre des règles qu'ils ont établies. »

La première rencontre se termina donc sans vainqueur ni

vaincu, mais, au moment de prendre congé, Teeder accorda cependant une concession :

« Pour cette classe de filles à l'école du dimanche, vous avez peut-être raison. Réfléchissons-y chacun de notre côté. »

Cobb comprit que Teeder voulait d'abord en discuter avec son conseil et ses diacres.

Le samedi suivant, Cobb dit à sa femme :

« J'ai l'impression que tout le monde va approuver la classe de filles. Elle devrait exister depuis longtemps. »

Effectivement, le dimanche, après les services du culte, le révérend Teeder, accompagné du président du conseil, le sévère Willis Wilbarger, arrêta Laurel à la sortie de l'église :

« Cobb, les hommes ont approuvé votre idée d'une classe de filles ; au sein même de leur groupe, ils ont inscrit onze fillettes pour dimanche prochain. »

La classe obtint un grand succès – onze élèves au premier cours, puis dix-neuf et enfin plus de trente. Cobb se montrait très strict, il exigeait que ses jeunes apprennent par cœur des versets importants et préparent des chapitres entiers pour en discuter la semaine suivante. Il ramenait toujours la leçon de morale à des exemples pratiques liés à la vie de Waxahachie et de la région, si bien que Jane Ellen Wilbarger se plaignit bientôt à son père que « M. Cobb parlait toujours de Waxahachie et jamais du ciel », reproche que le dévot au visage aigri rapporta aux membres du conseil.

Une délégation conduite par le révérend Teeder et le conseiller Wilbarger se rendit chez les Cobb pour signaler à Laurel que la religion baptiste se préoccupait avant tout du spirituel et non du temporel. Laurel en conclut que la jeune miss Jane Ellen Wilbarger prenait soigneusement note du moindre mot qui tombait de ses lèvres.

Les véritables ennuis survinrent au printemps suivant, quand le journal de Waxahachie, à l'instigation du conseiller Wilbarger, documenté par les bavardages de sa fille, publia la liste de quarante-deux garçons et filles, baptistes du Jourdain, qui avaient imprudemment participé à un bal du Country Club, où de nombreux témoins dignes de foi les avaient vus danser « le bunny hug, le fox-trot, l'ours grizzly, le tango et autres extravagances africaines ». Sur les dix neuf jeunes filles citées, quinze appartenaient à la classe de Laurel Cobb – détail que l'article ne manquait pas de souligner.

Le journal paraissait le mercredi après-midi, et, longtemps avant l'heure de la prière, ce soir-là, des fidèles outrés se téléphonèrent et parcoururent la campagne dans leurs vieux cabriolets à cheval. Pendant le service, auquel assistèrent presque tous les paroissiens, aucune allusion au scandale. Mais, pendant la longue prière, la voix du révérend Teeder se brisa à plusieurs reprises tandis qu'il demandait à Dieu de l'inspirer pour les tâches périlleuses qui l'attendaient. A la fin de la prière, il demanda aux diacres et aux conseillers de rester pour discuter de l'infamie qui avait souillé leur communauté et menaçait les fondements de leur Église.

Cobb ne fut évidemment pas admis à assister à cette triste réunion, mais, le jeudi à midi, il en eut des échos :

« Laurel, ils vont exclure de l'Église toutes tes fillettes qui sont allées à ce bal, et ils vont adresser un blâme en t'accusant d'avoir provoqué leur péché.

– C'est absurde. Ces jeunes filles… »

Le vendredi, en assemblée générale, Cobb fut incapable d'empêcher la congrégation de présenter une résolution chassant les jeunes filles de l'Église. Mais, avant le vote de confirmation, il demanda la parole. On la lui refusa. Sans tenir compte de cette rebuffade, il se leva et défendit les jeunes de sa voix calme et forte.

> Elles ont dansé ! Eh, quoi ? Les invités des noces de Cana n'ont-ils pas dansé ? Les jeunes enfants ne dansent-ils pas de joie quand on leur offre un bonbon ? Votre cœur ne danse-t-il pas à l'arrivée du printemps ?
>
> Chasser ces fillettes chrétiennes du sein de leur Église pour un acte aussi banal serait une erreur d'une amplitude énorme. Ne rendez pas ridicules, en infligeant un châtiment aussi sévère, l'Église elle-même et les hommes qui la dirigent.
>
> Je m'oppose à votre verdict pour trois raisons. Danser n'est

pas un péché mortel. Des enfants ne doivent pas se voir refuser les bienfaits de leur Église à cause d'une infraction à une règle établie par l'homme. Et, en tant que leur éducateur, je connais la bonté que renferme leur cœur. Vous ne devez pas leur faire cette injustice.

Le révérend Teeder ne voulait pas de débat public sur ce qui était essentiellement une question de discipline au sein de son Église, mais il ne pouvait pas permettre à un laïc de mettre son autorité en question :

« La loi de l'Église interdit la danse, tonna-t-il.

– Elle ne le devrait pas, répliqua Cobb sur le même ton.

– C'est de l'apostasie ! cria le conseiller Wilbarger depuis sa place. Rétractez ! Repentez-vous ! »

La réunion, commencée dans le calme, s'acheva au milieu d'amères récriminations.

Le dimanche, le révérend Teeder prononça un sermon passionné et bien étayé de quatre-vingt-dix minutes pour la défense de la discipline de l'Église. Sans jamais élever la voix, sans condamner personne individuellement, mais en soutenant sans réserve le droit de l'Église à établir ses propres règles, il commenta l'exhortation de saint Paul qui se trouve dans la deuxième épître aux Thessaloniciens, chapitre III, verset 6.

> Nous vous ordonnons, frères, au nom du Seigneur Jésus-Christ, de vous écarter de tout frère qui marche dans l'indiscipline et sans suivre la tradition qu'il a reçue de nous.

A la quatre-vingt-cinquième minute de son prêche, il s'écarta soudain de sa chaire et tendit le pied gauche vers le public.

> Il y a neuf ans, lança-t-il, mon Église au Mississippi se trouva confrontée à un scandale moins grave que celui d'aujourd'hui. J'ai alors prêché pendant une heure et demie avec la jambe levée, comme ceci, sans que personne ne puisse s'en apercevoir, parce que j'avais un abcès enflammé. Je faillis m'évanouir de douleur, mais je continuai, parce que j'avais le devoir d'expliquer à mes fidèles pourquoi nous étions obligés d'expulser un de nos diacres qui avait transgressé notre loi. Ce soir, je charge cette congrégation du devoir

> d'expulser un de ses membres. Que la volonté de Dieu soit faite.

Les anciens se réunirent en secret le lundi soir, et le bruit courut aussitôt que Laurel Cobb serait convoqué en assemblée publique, où il serait jugé. On l'accuserait d'avoir « détruit la moralité des jeunes filles de la paroisse en les encourageant à des exhibitions de danses indécentes et lascives, puis de les avoir défendues contre les critiques légitimes de l'Église ».

Le procès aurait lieu le jeudi soir, Cobb n'aurait donc que deux jours pour se préparer, ce qui l'accabla. Il déclara à sa femme :

« J'aime notre Église, mais je ne peux pas garder le silence quand elle commet une erreur désastreuse. As-tu vu le règlement qu'ils se proposent d'appliquer à la minute où je serai expulsé ? »

Il lui montra le document stupéfiant mis au point par le conseiller Wilbarger et ses pareils pour servir de base à la foi baptiste :

> En tant que chrétiens et frères responsables les uns des autres, nous nous engageons à ne pas boire, jouer aux cartes et aux jeux de hasard, danser ou regarder d'autres gens danser, et assister à des parties de cartes, des spectacles de music-hall ou de cinéma, ainsi que toute autre distraction et mondanité dégradantes. Nous chasserons de notre Église toute personne qui participera au comportement que nous avons interdit.

Les Cobb déclarèrent d'un commun accord qu'il s'agissait du pire des extrémismes. Ils avaient vu des pièces de théâtre qui n'étaient pas du tout dégradantes, au contraire, et ils ne pouvaient pas admettre que tous les films valaient à leur spectateur la damnation éternelle, même si certains s'avéraient pernicieux. Mais, quand ils tentèrent de réunir des partisans pour la défense de Laurel et d'une discipline religieuse plus raisonnable, ils se heurtèrent à un mur de silence. Le mardi soir, il semblait inévitable que Cobb fût exclu au cours de l'assemblée publique.

Mais, le mercredi matin, ils furent réveillés par un membre peu ordinaire de leur Église, un homme à qui ils n'avaient jamais adressé la parole. Il mesurait un mètre cinquante-sept, ne pesait guère que soixante kilos et avait un menton en galoche qu'il tendait en avant comme s'il cherchait constamment la bagarre. Ses cheveux d'un blanc de neige étaient coupés en brosse courte, et ses yeux bleus tout ronds défiaient tout interlocuteur de réfuter le moindre de ses mots sous peine de se faire briser le crâne. Il se nommait Adolf Lakarz, fils d'émigrés tchèques, et il gagnait sa vie en cannant des chaises et en effectuant de petits travaux de menuiserie. C'était à tous égards un homme difficile : quand on lui proposait un travail, il l'étudiait, faisait ses calculs sur un calepin et fixait un prix, avec sa mâchoire tellement tendue que le client avait peur de protester.

Cette attitude était trompeuse. Un jour où il avait demandé à une vieille dame de la paroisse trois dollars trente-cinq pour remettre en état son fauteuil à bascule, la cliente avait protesté :

« Beaucoup trop. »

Il avait recalculé :

« Vous avez raison. Deux dollars vingt-cinq.

– C'est plus logique », avait-elle répondu.

Elle avait expliqué plus tard :

« M. Lakarz vous regarde toujours comme si vous étiez le mal sur le point de l'attaquer, et je suppose qu'en politique il doit avoir raison d'agir ainsi. »

Sa visite à la plantation Cobb avait un but très clair :

« Cobb, ce qu'ils vous font est injuste. Mes parents sont venus au Texas pour échapper à ce genre de tyrannie. Il faut que nous les empêchions d'agir.

– Comment ? »

Les deux hommes s'assirent près d'une vieille pompe, le dos tourné au soleil levant, et discutèrent de stratégie. Et Cobb comprit vite qu'il avait en Lakarz un partisan qui livrerait cette bataille jusqu'au bout, même si la fin devait être sanglante.

« Vous comprenez, Lakarz, que vous risquez de perdre votre clientèle ?

– C'est la raison pour laquelle nous sommes venus en Amérique. »

Quand 9 heures sonnèrent dans la cuisine, ils n'avaient

encore rien décidé. Puis Sue Beth montra au menuisier les propositions pour la nouvelle discipline. Quand il lut les interdits qui frappaient le théâtre, le cinéma et toutes les distractions en général, il devint enragé, mais tout en gardant la tête froide.

« Par Dieu, Cobb ! s'écria-t-il. Nous les tenons. »

Sans s'expliquer davantage, il courut vers sa guimbarde d'occasion et partit vers le palais de justice du comté, à Waxahachie.

A 2 heures de l'après-midi, la communauté fut secouée par un scandale beaucoup plus retentissant que le bal des jeunes élèves de Laurel Cobb. Deux agents de police pénétrèrent dans le bureau du conseiller Willis Wilbarger et l'arrêtèrent pour avoir joué gros jeu au poker dans un bouge illégal du nord de la ville.

Adolf Lakarz n'avait jamais participé aux parties, mais il en avait eu des échos et, sans doute dans l'intention d'étaler le linge sale de la communauté pendant les élections, il avait noté les dates des réunions, le nom des participants et le montant des enjeux. Quand le juge du comté vit ces preuves et entendit les témoignages de quatre ou cinq joueurs convoqués à son cabinet, il délivra un mandat d'amener ; les joueurs n'avaient jamais aimé Wilbarger, qui pestait quand il perdait et se vantait dès qu'il gagnait. « En plus, dit l'un des hommes au juge, il était tellement bigot et hypocrite ! Jamais il ne nous laissait boire pendant les parties. C'était contre la loi de Dieu, prétendait-il. »

La croisade tourna court. Le révérend Teeder, outré que l'« élément criminel » ait osé attaquer un membre de son conseil, était plus déterminé que jamais à expulser Cobb, et il insista même pour qu'Adolf Lakarz subisse le même sort. Par une chaude journée d'août sous une vaste tente utilisée en général pour les revivals, les braves paysans de la région de Waxahachie se réunirent donc pour juger ces deux hommes.

Trois membres du conseil déclamèrent les accusations contre Cobb, et deux autres évoquèrent les méfaits de Lakarz ; Wilbarger, encore en prison, ne pouvait bien entendu animer l'accusation. Cobb refusa de répondre aux attaques, car il estimait à juste titre que l'affaire était devenue trop ridicule pour qu'il ne soit pas acquitté ; mais

Lakarz, qui avait pris délibérément parti en faveur de la liberté morale, refusa de se taire. Il savait que de grandes questions étaient en jeu : en Europe centrale, ses ancêtres avaient livré ce genre de combat pendant des siècles.

> Chers frères en Dieu de l'Église baptiste du Jourdain, mon trésor le plus cher est ma femme, que j'ai fait venir de Moravie au prix de difficultés sans nombre. Mon second trésor est mon appartenance à cette Église, que j'aime en tant que bastion de la liberté et de l'amour de Dieu.
> C'est une erreur de condamner des jeunes filles parce qu'elles ont dansé. Nos plus grands musiciens ont composé des gigues, des gavottes et des valses pour que les jeunes dansent.
> C'est une erreur de condamner Laurel Cobb pour avoir enseigné à ses jeunes élèves la joie de la vie, la joie du message du Christ. Je ne suis pas assez sage pour vous dire comment vous devez vivre, mais vous êtes trop sages pour édicter ce genre de sottises...

Il brandit les nouvelles règles et, avec un mépris mordant, il lut les interdits contre Shakespeare, Mendelssohn et Sarah Bernhardt. Quand il se tut, personne ne prit la parole.

Le moment du vote était venu. Blême de rage, le révérend Teeder demanda à tous ceux qui aimaient Dieu, la vertu et une Église disciplinée de se lever pour montrer qu'ils désiraient l'expulsion de Cobb et de Lakarz. Le vote fut fort confus ; vingt-six personnes seulement se levèrent dans la foule, et, quand elles se virent en si petit nombre, elles voulurent se rasseoir. Mais, en cet instant de victoire, Adolf Lakarz cria d'une voix tonnante :

« Forcez-les à rester debout. Je veux savoir le nom et voir le visage de chaque homme qui a voté contre moi. »

Avec son crayon et son calepin, il sillonna la foule, le menton en avant, les yeux lançant des flammes. Il se campa devant chacun, nota son nom et son adresse. Pendant le restant de sa vie à Waxahachie, il ne parlerait jamais à ces vingt-six individus.

Le scandale du bal des jeunes filles de l'école du dimanche s'était produit à Waxahachie, mais cet intermède cocasse aurait pu survenir dans n'importe quelle ville texane de l'époque. Ne peut-on pardonner un excès de piété mal placée ? La folie beaucoup plus grave qui s'empara de Larkin vers la même période était en revanche une aberration dont nul ne saurait rire, car elle faillit détruire la stabilité de l'État entier.

Personne ne put se rappeler quand, précisément, les choses avaient débuté.

« C'était du patriotisme, rien d'autre, a déclaré un homme. J'ai vu les jeunes revenir de la guerre et je me suis demandé : Que puis-je faire pour protéger nos libertés ?... Tout a commencé pour les meilleures raisons du monde. »

D'autres ont prétendu que le mouvement avait été déclenché par un revival très animé, organisé à Larkin par l'évangéliste tonitruant de Fort Worth, J. Frank Norris, personnage fort différent de l'idéaliste Elder Fry. Norris, très agressif, lançait des diatribes pleines de soufre contre les patrons de saloon, les habitués des champs de courses, les professeurs libéraux et les femmes qui portaient les cheveux à la garçonne ou des jupes ne cachant pas les chevilles. Il s'opposait bien entendu à la danse, « appât dont se servent les femmes louches pour tenter les hommes ».

Mais sa bête noire, c'était l'Église catholique romaine, qu'il accablait d'accusations déchaînées et pittoresques :

« C'est la machine ecclésiastique la plus sinistre et sanguinaire de tous les temps ; l'ennemi du foyer, du mariage et de toute émotion humaine convenable. Le pape a tiré des plans pour s'emparer du Texas, mais j'ai mon plan pour le vaincre. »

Un de ses auditeurs, qui n'était pas particulièrement religieux, a assuré :

« Quand J. Frank Norris criait : " J'ai besoin de votre aide, bonnes gens de La Fourche-des-Deux-Rivières... ", je savais qu'il s'adressait directement à moi, et je me sentais tout feu tout flamme. Je me voyais déjà bras droit de Dieu brandissant l'épée prête à frapper. »

Un historien de l'université du Texas publia par la suite des documents démontrant qu'en tout cas, à Larkin, tout n'avait pas commencé par Norris mais par l'arrivée de trois personnages qui ne se connaissaient pas auparavant mais qui agirent bientôt de concert : un homme de Géorgie qui raconta des histoires passionnantes sur les exploits de son groupe ; un homme du Mississippi qui assura aux gens de Larkin que dans son État on prenait les choses en main ; et surtout un représentant en machines agricoles descendu de l'Indiana qui apporta cette nouvelle étonnante : « Là-haut, nos petits gars font la loi dans l'État. »

A vrai dire, il est fort difficile d'évaluer le rôle exact joué par la religion. Très peu de pasteurs participèrent, mais presque tous les hommes qui se trouvèrent impliqués étaient de fidèles dévots de telle ou telle Église protestante ; le mouvement défendait énergiquement la religion, et les symboles populaires du christianisme apparaissaient dans ses rituels.

Quelle qu'en soit la cause, au début de décembre 1919 commencèrent à apparaître, dans tout le comté de Larkin, des hommes vêtus de longues robes blanches, de masques et parfois de hauts chapeaux coniques. Le Ku Klux Klan, né au lendemain de la guerre de Sécession, venait d'opérer sa violente résurrection.

A Larkin, ce ne fut pas un règne de terreur ; personne ne l'a jamais prétendu. Le Klan local ne procéda à aucune pendaison, à aucune condamnation au bûcher. Il ne se produisit que quelques flagellations jugées nécessaires. Le Klan passait pour un groupe de patriotes indiscutés, tous chrétiens fervents, qui désiraient restaurer les vertus historiques de 1836 et de 1861. C'était un mouvement d'hommes qui résistaient à l'évolution industrielle et au bouleversement des valeurs morales ; ils avaient décidé de protéger et de restaurer ce qu'ils considéraient comme le meilleur de la vie américaine, et, au cours de leurs réunions comme dans leurs publications, ils s'assuraient entre eux que tels étaient leurs seuls objectifs.

Le Klan de Larkin n'était pas non plus une simple révolte contre les Noirs ; d'ailleurs, au bout de quelques jours, il ne resta plus un seul Noir en ville. Au début, il y avait deux familles : les descendants des deux cavaliers noirs qui étaient restés quand le 10e de cavalerie avait quitté Fort Garner s'étaient partagé une Indienne, puis une Blanche sans foyer. La nouvelle génération était donc fort mêlée.

Ce fut l'un des premiers problèmes auxquels s'attaqua le Klan, dès que l'organisation fut bien en place. Un comité de quatre hommes en grande tenue traversa la ville une nuit de décembre pour se rendre chez les familles noires. Il n'y eut aucune violence, un simple avertissement : « Nous ne voulons pas d'individus de votre genre dans cette ville. » On suggéra aux Noirs d'aller s'installer à Fort Griffin, où l'on acceptait n'importe qui, et on leur remit un don de vingt-six dollars pour les aider à couvrir les frais du déménagement.

Une des deux familles quitta la ville le lendemain matin. L'autre, qui répondait au nom de Jaxifer, décida de rester. Mais, le lendemain à minuit, une grande croix en flammes fut plantée devant leur porte. Les Jaxifer décampèrent à Fort Griffin sans demander leur reste et Larkin ne connut plus jamais ce genre d'ennui. Les hommes du Klan commandèrent cependant quatre grands écriteaux calligraphiés, qu'ils plantèrent sur les voies d'accès à la ville :

NÈGRES !
ÉVITEZ CETTE VILLE
APRÈS LE COUCHER DU SOLEIL !
AVERTISSEMENT !

Et Larkin put se vanter qu'« aucun maudit Nègre n'avait depuis passé la nuit entre ses murs ».

Le Klan ne s'attacha pas non plus particulièrement à l'élimination des juifs. Le vieux banquier Weatherby, l'un des premiers fondateurs du Klan, informa simplement les trois commerçants juifs de la ville des décisions suivantes : « Notre comité de prêt ne désire plus financer votre affaire, et nous pensons tous que vous feriez mieux de vous installer ailleurs. » Ils le firent.

L'opposition violente au catholicisme posait des problèmes plus complexes, parce que le comté contenait un nombre assez important de familles appartenant à cette « secte » proscrite. Certaines grandes gueules au sein du Klan désiraient « balancer » hors du Texas tous ces maudits « lèche-culs du pape », mais, même dans une ville aussi bien organisée que Larkin, faisaient observer les autres, il s'en était infiltré beaucoup plus qu'on ne pensait. On ne les avait pas accueillis à bras ouverts, et l'on surveillait de près leur comportement, mais, n'étant en tout cas ni noirs, ni indiens, ni juifs, ils semblaient relativement acceptables.

Le Klan de Larkin n'annonça jamais publiquement que les catholiques seraient autorisés à rester, et, à la moindre infraction aux règles édictées par le Klan, toute personne ayant un nom à consonance irlandaise recevait de la visite. On la prévenait que, si elle persistait dans son comportement antichrétien, elle écoperait d'une dégelée.

Quand la ville fut enfin « nettoyée », habitée seulement par des Blancs appartenant aux grandes confessions protestantes et par des catholiques sachant se tenir, chacun reconnut que Larkin était l'une des plus belles petites villes du Texas. Ses hommes se consacraient à son essor économique ; ses femmes assistaient fidèlement aux offices religieux ; et son taux de criminalité était si bas qu'il ne méritait pas qu'on en parle. Les nouveaux écriteaux que le Klan fit planter en 1920 contenaient une part de vérité :

LARKIN :
LA MEILLEURE PETITE VILLE DU TEXAS !
REGARDEZ-NOUS PROSPÉREZ.

Si le Klan avait évité la violence contre les Noirs, les juifs et les catholiques, quelles étaient donc ses cibles ? Un incident du printemps 1921 illustre bien les préoccupations du mouvement. Le Klan s'attaqua alors à un pas-grand-chose d'une cinquantaine d'années qui avait travaillé aux écuries de chevaux de louage quand Larkin avait encore des chevaux. Devenu gardien et balayeur au garage Chevrolet, il vivait depuis des années avec une femme molle et paresseuse, appelée Nora, qui tenait sa maison – ou plutôt ne la tenait pas, car elle aurait été bien incapable de tenir même une étable. Bref, Jake et Nora vivaient dans le chaos et le péché, et les bien-pensants du Klan jugèrent qu'il était grand temps de mettre un terme à cette conduite impie.

Dans l'ordre et la discipline, comme pour chacune de

leurs interventions, ils apparurent à la masure de Jake un mardi soir avec une torche enflammée que tout le monde put voir, et, dans leurs robes blanches, le visage caché par des masques, ils dictèrent la loi : « Ce genre d'attitude immorale doit cesser à Larkin. Épouse cette femme avant vendredi au coucher du soleil, sinon tu en subiras les conséquences. »

Jake et Nora n'avaient aucun besoin du mariage, et, même s'ils en avaient eu envie, ils n'auraient su comment faire. A coups d'essais et d'erreurs, ils avaient adopté un mode de vie qui leur convenait et qui provoquait manifestement moins de querelles de ménage que beaucoup d'unions plus conventionnelles de la ville. Les hommes du Klan avaient raison sur un point : il n'était pas désirable que ce genre de concubinage se multiplie dans la communauté, mais Jake estimait qu'une marge d'un ou deux était acceptable, surtout quand ces gens travaillaient bien, ne faisaient aucun scandale et n'engendraient pas des hordes d'enfants indisciplinés.

Le mercredi, les hommes du Klan qui avaient lancé l'ultimatum à Jake et à Nora observèrent quelles mesures correctrices le couple se proposait de prendre. Comme il ne se passait apparemment rien, deux responsables du Klan décidèrent d'aller revoir le couple le jeudi soir, pour leur parler de façon amicale :

« Jake, tu n'as pas l'air de comprendre. Si tu n'épouses pas cette femme...

– Qui êtes-vous, tous, derrière ces masques ? De quel droit ?...

– Nous sommes la conscience de cette communauté. Nous avons résolu d'extirper les attitudes immorales.

– Laissez-nous tranquilles ! Occupez-vous donc de M. Henderson et de sa secrétaire. »

L'audace de cette réplique stupéfia les deux hommes du Klan, bien entendu au courant des relations de M. Henderson avec sa secrétaire. Mais le Klan ne faisait pas la morale à des gens comme M. Henderson. Voir un individu tel que Jake citer ce nom dans la discussion leur parut scandaleux. Le ton de la conversation se fit plus menaçant :

« Jake, Nora, mariez-vous avant demain soir, si vous ne voulez pas en subir les conséquences. »

Jake était bien décidé à lutter jusqu'au bout, mais Nora demanda, en toute sincérité :

« Mais comment se marie-t-on ?

– Nous vous conduirons devant le juge de paix demain matin, lui répondirent les deux visiteurs en cagoule, ou, si vous préférez un mariage religieux, le révérend Hislop y consentira volontiers.

– Foutez-moi le camp d'ici ! » cria Jake.

Les deux hommes s'en allèrent.

Le lendemain, Jake travailla au garage Chevrolet comme d'habitude, sans le moindre remords pour son obstination. Les hommes du Klan surveillèrent sa maison : rien ne s'y passa non plus. A 8 heures du soir, sept ku-kluxers (comme on disait) se réunirent avec le représentant de l'Indiana ; après une prière pour que Dieu leur inspire d'agir avec justice, charité et modération, ils se dirigèrent avec une croix en flammes vers la demeure de Jake. Ils plantèrent la croix en face de la porte d'entrée, puis appelèrent les deux mécréants.

Dès que Jake apparut, on se saisit de lui, sans lui faire de mal, et on lui ôta sa chemise. On appliqua sur son dos une couche généreuse de goudron, puis un homme qui avait apporté un sac de plumes les lança à pleines poignées sur le goudron. On le ligota à une grosse poutre que portaient quatre hommes du Klan et on le maintint ainsi pieds et poings liés à la poutre, pendant que les gardiens de l'ordre moral s'occupaient de Nora la catin.

Partout dans le monde, en tous temps et en tous lieux, chaque fois que des hommes partent en croisade pour sauver la morale, ils jugent bon de commencer par punir les femmes : « Vous portez des jupes trop courtes... Vous tentez les hommes... Vous avez des attitudes lascives... Restez donc à votre place... » Cela tient bien entendu au mystère inhérent à la femme, à sa capacité de survie, à son pouvoir d'enfanter. Partout dans le monde, on la soupçonne de posséder des connaissances secrètes dont les hommes seraient exclus. Les femmes sont donc dangereuses, et les hommes légifèrent pour les tenir en respect. Toutes les religions, qui traitent elles aussi de mystères, le savent depuis la nuit des temps, et c'est la raison pour laquelle les religions musulmane, juive, catholique et mormone comportent des interdits si sévères à l'encontre des femmes ; la raison pour laquelle d'autres Églises ont eu tellement d'ennuis lorsqu'elles ont essayé récemment d'ordonner des femmes ministres ou prêtres.

Les hommes du Ku Klux Klan étaient aussi déconcertés par la sexualité que les réformateurs du passé, et, par cette nuit sombre, ils n'hésitèrent pas à considérer Nora, avec ses trois dents manquantes sur le devant, comme la tentatrice qui avait attiré Jake sur la voie de l'immoralité. Mais que faire d'elle ? Personne n'avait envie de la déshabiller, même les plus ardents à la punir. Deux hommes la traînèrent près de la croix en flammes et passèrent sa robe au goudron, le devant et l'arrière, puis l'arrosèrent de plumes.

On l'attacha ensuite derrière son homme à la poutre, qu'il fallut deux ku-kluxers de plus pour soulever, puis les cagoules défilèrent avec les deux malheureux dans les rues de Larkin, derrière une pancarte qui proclamait (*sic*) :

L'IMORALITÉ CESSERA
À LARKIN.

Jake et Nora ne réagirent pas comme les hommes du Klan l'avaient escompté. Ils ne se marièrent pas. A la fin de la longue procession, ils rentrèrent chez eux, grattèrent le goudron et ne dirent rien à personne. Le samedi matin, Jake reprit son travail au garage comme si de rien n'était et salua tous les passants. Il n'avait aucune idée de l'identité de ses justiciers. A midi, il rentra déjeuner chez lui comme à l'accoutumée. Le samedi en fin d'après-midi Nora fit ses courses du week-end, et le dimanche, comme d'habitude, Jake alla pêcher au réservoir, qui contenait des perches de belle taille, tandis que Nora restait assise sur sa pelouse où l'on voyait encore les restes de la croix brûlée.

Cette attitude mit les ku-kluxers en fureur. Le dimanche même, après l'office, ils tinrent une assemblée spéciale où l'on discuta passionnément de la nécessité de flageller les deux coupables. L'homme de l'Indiana proposa une flagellation publique sur la place du palais de justice, mais l'homme de Géorgie s'y opposa avec vigueur :

« Nous nous sommes rendu compte que cela ne fait

aucun bien. Cela suscite les sympathies. Et les femmes ont peur. »

A la place, les hommes trouvèrent un vieux chariot et un cheval sans valeur, les conduisirent devant chez Jake le lundi soir, firent asseoir le couple adultère à l'arrière, entassèrent dans le chariot tout ce qu'ils trouvèrent dans la cabane, puis conduisirent le tout vers l'ouest jusqu'à ce que disparaisse à l'horizon la belle tour du palais de justice, qui proclamait le règne de l'ordre et de la justice dans cette région du Texas. Les hommes du Klan installèrent alors Jake sur le siège du cocher et lui tendirent les rênes :

« Fort Griffin se trouve au bout de la route. Ils acceptent n'importe qui. »

La bande encagoulée retourna à Larkin après le coucher du soleil, mais, deux heures plus tard, Jake et Nora, avec le vieux cheval dont Jake s'était souvent occupé chez le loueur, revinrent à leur tour. Sans fanfare, ils suivirent les rues familières jusqu'à leur cabane, déchargèrent leurs affaires et se mirent au lit.

C'était le lundi. Le mercredi soir, on trouva Jake derrière le garage, tué d'un coup de feu.

Aucune accusation ne fut déposée contre les ku-kluxers pour la bonne raison que nul ne savait au juste de qui il s'agissait – ni d'ailleurs s'ils étaient coupables. Bien entendu, chacun savait que Floyd Rusk – incapable de dissimuler sa taille et son embonpoint, même sous un drap de lit – était l'un des meneurs, voire peut-être *le* chef, car on le remarquait à chaque procession, chaque fois qu'on brûlait une croix. Mais personne n'aurait pu jurer qu'il avait vu de ses yeux Floyd Rusk passer Jake au goudron.

On savait aussi que Clyde Weatherby était un membre actif, tout comme le quincaillier, le médecin, l'instituteur et le pharmacien. Une cinquantaine d'autres, parmi les meilleurs éléments de la communauté, avaient adhéré ensuite au mouvement. Poussés par leur patriotisme et leur religion, ces hommes bien intentionnés commencèrent à passer au crible tous les aspects de la vie à Larkin, bien décidés à maintenir leur petite ville dans le grand courant de la morale américaine telle qu'ils la percevaient.

Ils obligèrent six hommes à épouser leur compagne. Ils sermonnèrent, sur un ton presque paternel, deux adolescentes qui semblaient enclines à la débauche, et ils contraignirent à fermer boutique un épicier dont plusieurs ménagères s'étaient plaintes. Ils ne le passèrent pas au goudron et aux plumes, car ce châtiment était réservé aux infractions sexuelles, mais ils lui ordonnèrent d'aller s'installer à Fort Griffin où l'honnêteté des commerçants n'était pas aussi sévèrement contrôlée.

Au début de 1922, ces hommes avaient donné à Larkin le visage qu'ils désiraient ; certains catholiques, craignant que les représailles s'orientent maintenant vers eux, décidèrent de déménager, et la ville devint l'une des plus homogènes que l'on puisse trouver au Texas, une communauté de chrétiens protestants qui comprenaient les règles et dont les infractions étaient sévèrement punies. On n'assista à aucun des excès associés au Ku Klux Klan dans d'autres régions. Au bout de deux années d'efforts, quand les ku-kluxers se réunissaient la nuit, ils pouvaient prétendre à bon droit qu'ils avaient purifié Larkin. Forts de cette victoire, ils voulurent s'attaquer au Texas entier, puis à l'ensemble des États-Unis.

En 1922, ils firent un bon départ en élisant leur homme, Earle B. Mayfield, un épicier de Tyler, au Sénat des États-Unis ; mais ce triomphe eut des suites amères, car l'auguste assemblée invalida cet homme accusé d'appartenir au Klan. Le jour où elle l'accepta enfin, il ne fut pas réélu. Les ku-kluxers de Larkin se consolèrent de leur déception en remportant une victoire éclatante au lycée de la ville : le principal, membre enthousiaste du Klan, fit imprimer en pleine page sur le bulletin annuel du lycée un magnifique ku-kluxer en grande tenue, drap de lit, masque et cagoule pointue, à cheval sur un étalon blanc sous une banderole portant les mots : DIEU, PATRIE, PROTESTANTISME, SUPRÉMATIE. En bas de la page, on pouvait lire, en belles lettres calligraphiées : COMME LE KLAN, L'ÉQUIPE DE FOOTBALL TRIOMPHERA.

Mais, même dans la petite ville en pleine expansion, le Klan essuya des échecs. Le nouveau rédacteur en chef du

Défenseur, jeune efféminé de l'Arkansas, eut la témérité de l'attaquer dans un éditorial, puis dans une série d'articles, pour expliquer son opposition à ce qu'il appelait « le terrorisme de minuit ». Cette expression malheureuse mit les hommes du Klan en fureur : « Nous sommes obligés de veiller sur la morale de Larkin la nuit, parce que dans la journée nos affaires nous occupent. Le terrorisme, c'est tirer sur des innocents ; et personne ne peut prétendre que nous l'avons fait. »

Ils traitèrent le journal avec modération. Tout d'abord ils se rendirent, masqués, auprès du rédacteur pour lui expliquer leurs motifs louables, en lui faisant remarquer tout le bien qu'ils avaient fait à Larkin : n'avaient-ils pas éliminé le vice et augmenté la participation aux offices religieux ?... Cela ne fit aucun effet sur le jeune homme.

Ensuite ils le menacèrent. Trois ku-kluxers, dont un immense, lui rendirent visite à 2 heures du matin pour lui conseiller de cesser tout commentaire sur le Klan, « sinon, lui dirent-ils, notre prochaine visite sera plus sérieuse ».

Le jeune journaliste, malgré les apparences, devait être taillé dans le bois robuste de l'Arkansas, car il ne tint aucun compte des menaces. Le comité directeur du Klan se réunit aussitôt pour décider ce que l'on tenterait ensuite. Les délibérations eurent lieu à la banque, après la fermeture et sans cagoules. Neuf hommes, rasés de près, bien habillés, témoignage de prospérité et de vie décente, se mirent à discuter gravement des solutions :

« Nous pouvons le couvrir de goudron et de plumes. Nous pouvons le fouetter publiquement. Nous pouvons le tuer. Mais, de toute manière, il nous faut réduire ce salopard au silence... »

Chaque option avait ses partisans, et, après discussion, l'accord sembla se faire sur une bonne flagellation devant le palais de justice. Mais Floyd Rusk, en soufflant comme un phoque, exprima la voix de la raison :

« Messieurs, dans ce pays, on apprend vite à ne jamais frotter son nez à la presse. Si vous fouettez ce journaliste en public, ou même en privé, toute la presse du Texas et des États-Unis va fondre sur notre ville. Et, si vous le tuez, Washington fera venir sa police fédérale.

– Que pouvons-nous faire ? demanda le banquier.

– C'est vous qui détenez la solution.

– Laquelle ?

– Achetez le journal. Mettez ce type à la porte. » Rusk écouta les réactions, jaugea le poids des diverses opinions puis déclara : « C'est rapide, c'est efficace et c'est légal. »

Sans même enfiler leurs cagoules, les membres clés du Klan rassemblèrent des fonds pour acheter le journal, puis, sans le moindre scandale, chassèrent le jeune rédacteur en chef de son emploi et de la ville. Cette source de critique fut tarie une fois pour toutes. Avant d'engager un nouveau rédacteur, originaire de Dallas, les hommes du Klan vérifièrent qu'il soutenait leur mouvement et y avait participé.

Un autre problème fut moins facile à résoudre. Le révérend Hislop n'était nullement un libéral insupportable comme le journaliste de l'Arkansas, puisqu'il avait les mêmes bêtes noires que le Klan : l'immoralité, l'adultère, l'ivrognerie, les pratiques commerciales louches et les excès de la jeunesse comme les danses indécentes. Mais il proclamait que la lutte contre ces maux devait se faire dans le cadre de l'Église. Il estimait que Jésus n'aurait pas approuvé les processions en cagoule et les croix en feu, car ce dernier symbole était trop précieux pour qu'on en abuse. Hislop n'était pas un héros, il garda donc ses opinions pour lui ; mais, comme toujours lorsqu'un homme de bonne volonté essaie de dissimuler, les faits avaient tendance à révéler la vérité.

Les ku-kluxers, désireux d'adopter une procédure qui s'était révélée efficace dans de nombreuses petites villes texanes, décidèrent que chaque dimanche matin, un comité de six membres du Klan en grande tenue se dirigerait en groupe vers l'église baptiste, ou méthodiste, de façon à arriver juste au moment de la quête. En silence, avec une dignité impressionnante, ils entreraient par le fond, s'avanceraient en bloc dans l'allée centrale, puis poseraient sur l'autel une enveloppe contenant une somme importante en espèces. « Pour l'œuvre de Dieu », lancerait le chef d'une voix forte, puis les six hommes tourneraient les talons et sortiraient.

Ce genre d'apparat faisait beaucoup d'effet sur les

citoyens et valait au Klan de nombreux soutiens, surtout quand les rumeurs amplifiaient le montant de l'offrande : « Ils ont donné deux cents dollars pour les pauvres et nécessiteux de la ville. » Plus d'un croyait que Dieu les avait élus comme son bras droit, et presque toutes les interventions publiques du Klan justifiaient cette opinion. Certains en vinrent à penser que le Klan prendrait bientôt en main l'ensemble du Texas, et que ce serait le début d'une ère de justice et d'honnêteté.

Le révérend Hislop ne voyait pas du tout les choses sous cet angle. Sudiste irréductible, défenseur acharné de la Confédération, il comprenait les émotions qui avaient provoqué la naissance du premier Klan, au cours des années sombres, après 1865. S'il avait vécu à l'époque, sans doute serait-il devenu ku-kluxer, car « une action correctrice était nécessaire ». Mais il avait des doutes sur les motifs profonds du Klan resurgi de ses cendres pendant les années vingt.

« Ils défendent le bien, je l'avoue, et ils soutiennent également les programmes d'action de l'Église. Ils sont contre le péché, et cela les place de mon côté. Mais les châtiments relèvent des cours de justice. Dans toute l'histoire humaine, le progrès est allé dans ce sens. Quand l'Église a voulu rendre justice, en Espagne ou à Salem, elle a fait du mauvais travail. Lorsque ces hommes, sans doute de bonne volonté, dispensent leur justice de minuit aux carrefours, ils font aussi du sale boulot. Je n'accepterai plus leurs offrandes du dimanche. »

Il avait eu du mal à parvenir à cette décision, mais elle n'en était pas moins inébranlable. Hislop, cependant, ne désirait créer aucun scandale public, et, le dimanche, quand les six ku-kluxers en cagoule s'avancèrent dans l'église en faisant claquer les talons de leurs bottes, il accepta leur offrande ; mais, l'après-midi même, il demanda à Floyd Rusk et au représentant de l'Indiana de passer le voir à son presbytère.

« Il est inconvenant que vous vous introduisiez ainsi dans la maison de Dieu. Il est inconvenant que vous assumiez certains devoirs de l'Église.

– Pourquoi me dites-vous ceci ? demanda Rusk.

– Croyez-vous pouvoir cacher ça sous un drap de lit ?

lança le pasteur en braquant l'index sur le ventre énorme du rancher.

– Mais pourquoi vous opposez-vous au Klan ? demanda Rusk. Il soutient la volonté de Dieu.

– Je ne sais pas toujours très bien ce qu'est la volonté de Dieu.

– N'est-ce pas parler comme un athée ? s'étonna Rusk.

– Je dis simplement que je ne vois rien de positif dans le fait de barbouiller de goudron une femme comme Nora.

– Elle exerçait une mauvaise influence, c'est certain.

– C'est ce qu'ils croyaient à Salem, dès qu'une vieille femme marmonnait entre ses dents. Et ils la pendaient. Qu'allez-vous donc faire à Nora, maintenant ?

– Nora n'a rien à voir dans tout ceci. Nous sommes en train de faire de Larkin une ville chrétienne.

– A certains égards, peut-être. Mais, monsieur Rusk, ne voyez-vous pas que pour chaque brebis égarée que vous corrigez, il y en a six autres, dans notre ville, qui volent leurs clients, s'approprient des fonds... La vie est aussi injuste ici qu'à Chicago ou Atlanta, mais vous ne mettez le doigt que sur de malheureux petits pécheurs.

– Vous parlez vraiment comme un athée, révérend Hislop. Vous devriez vous méfier.

– Je me méfie, monsieur Rusk. Je vous demande poliment, en tant que chrétien qui approuve une bonne part de ce que vous faites, de ne plus entrer dans mon église de cette manière pour apporter vos offrandes. J'ai besoin de l'argent et vous pouvez le donner sur le plateau comme les autres, mais je ne veux pas de tout ce décorum. »

Le dimanche suivant, les six ku-kluxers en grande tenue entrèrent dans l'église comme d'habitude, avec à leur tête une silhouette de grande taille et au fort embonpoint qui lança d'une voix sonore en arrivant près de l'autel :

« Pour l'œuvre de Dieu. »

Sans leur laisser le temps de tourner les talons, le révérend Hislop leur déclara sans élever la voix :

« Messieurs, Dieu vous remercie pour votre offrande, son œuvre a besoin de toute l'aide possible. Mais vous ne devez pas entrer dans son église sous ce déguisement. Vous ne devez pas associer Dieu à vos entreprises, si positives qu'elles soient parfois. Reprenez vos offrandes, je vous prie. »

Aucun ku-kluxer ne parla. Sur un signal du plus gros, ils descendirent l'allée et ressortirent en laissant l'argent où ils l'avaient posé.

Les dimanches précédents, les diacres qui faisaient passer les assiettes de la quête et les apportaient à l'autel, où les offrandes étaient bénies, avaient soulevé la donation du Klan d'un geste plein de panache pour la poser sur les offrandes plus modestes. Ce jour-là, le révérend leur demanda de ne pas le faire. Sous ses yeux stupéfaits, un des diacres membre du Klan prit cependant l'enveloppe à l'endroit où Rusk l'avait laissée et la posa avec le même geste sur les autres, comme si le pouvoir exercé par le Klan dans la ville et dans l'église lui conférait la préséance.

La bataille s'engagea. Avec au moins quatre-vingts pour cent des fidèles de l'Église dans le camp du Klan contre leur pasteur. Le dimanche suivant, la même scène se reproduisit. Floyd Rusk, dans son drap de lit, effectua la donation ; le révérend Hislop la refusa ; et le diacre l'accepta.

Le mardi suivant, les anciens de l'Église se réunirent avec le révérend Hislop, homme tranquille qui déplorait la controverse. Ils l'informèrent que Larkin n'avait plus besoin de ses services.

« Vous avez perdu la confiance de vos fidèles, lui expliqua le banquier Weatherby. Quand cela se produit, le pasteur doit se retirer.

– Vous êtes les anciens, à vous de décider, répondit Hislop.

– Mais nous voulons vous faciliter les choses, assura l'homme de l'Indiana. A Waynesboro (Pennsylvanie), charmante petite ville au milieu des collines, une église méthodiste recherche un pasteur, et l'évêque de la région nous a avisés qu'il verrait d'un bon œil votre installation là-bas. »

Comme lors de l'achat du journal et de l'élimination de son rédacteur en chef, l'Église méthodiste de Larkin fut donc « purifiée » sans scandale public. Le révérend Hislop prêcha le dimanche suivant ; il refusa l'offrande du Klan ; les diacres l'acceptèrent ; et, le jeudi, il disparut sans bruit.

Le Klan régna désormais sur la petite ville. Tous les

Noirs étaient partis ; tous les juifs avaient disparu ; aucun Mexicain n'était admis dans les limites de l'agglomération ; et les catholiques des basses classes s'étaient éclipsés. Une ville d'ordre, de prospérité modeste et de décence chrétienne. Toutes les voix susceptibles de protester avaient été réduites au silence. Bien entendu, comme le révérend Hislop l'avait fait observer, il s'y produisait autant de délits « acceptables » que dans n'importe quel comté d'Amérique : des avocats détournaient les deniers publics ; des médecins exécutaient des avortements ; des hommes politiques truquaient des élections pour parvenir à leurs fins ; et plus d'un diacre des Églises buvait un peu et participait de temps en temps à une partie de poker. Il y avait bon nombre d'adultères et pas mal de jongleries avec les chiffres sur les livres de compte, mais les vices sociaux criants qui auraient offensé la morale petite-bourgeoise du district – la cohabitation patente ou les bals lascifs – avaient été éliminés.

Puis, juste au moment où les ku-kluxers se frottaient les mains, arriva en ville un petit homme sale, à l'œil vif, répondant au nom de Dewey Kimbro. Il allait offrir une autre option, irrésistible, et tout s'effondra.

Au début il parut plein de mystère : la trentaine, cheveux roux, légèrement voûté malgré sa petite taille. Il partait souvent à cheval en pleine campagne et ne disait rien à personne de ses chevauchées. D'ailleurs, il parlait peu, et, quand il le faisait, on croyait entendre tantôt un professeur d'université, tantôt le plus grossier des cow-boys. Personne n'aurait deviné de quel milieu il sortait.

Il attira l'attention du Klan, qui n'aimait pas voir des inconnus se promener sur son domaine. Plusieurs longues conversations évoquèrent le problème qu'il posait, avec toujours Floyd Rusk menant l'attaque :

« Je ne veux pas qu'il traîne sur mon ranch.

– Quand il a transféré ses fonds chez nous, il nous a posé des questions à votre sujet, Floyd, lui répondit le banquier.

– Ah bon ? Il ferait bien de se tenir à l'écart. »

Les choses restèrent en suspens, et Kimbro continua

d'attirer l'attention par ses excursions, un jour ici un jour là, jusqu'au jour où Rusk exigea que ses ku-kluxers passent à l'action :

« Chassons-le de la ville. Il n'y a pas de place ici pour des types dans son genre. »

Les autres lui firent observer qu'il avait déposé à la banque de Larkin près de mille dollars, somme qui forçait le respect.

« Que savons-nous de lui ? demanda Rusk avec l'intuition matoise du paysan pour voir venir les ennuis.

– Il prend pension chez Nora.

– La femme que nous avons passée au goudron et aux plumes ?

– Elle-même.

– Mais enfin ! lança un troisième. Vous ne pensez tout de même pas qu'il ait des relations sexuelles avec une gueuse comme elle !

– Ce n'est pas bon signe, assura Rusk. Tenons-le à l'œil. »

Puis Kimbro commit sa grande erreur. Il fit venir de Jacksboro, par l'autobus Reo qui reliait les deux villes, une beauté de vingt ans nommée Esther, avec les joues peinturlurées et une robe à fleurs qu'elle n'aurait pas pu se payer avec son salaire de commise. Kimbro l'installa chez Nora, et, le troisième soir après son arrivée, le couple reçut la visite du Klan encagoulé.

« Vous êtes mariés, vous deux ?

– Ça vous regarde ? lança Kimbro, mais Esther aurait pu poser la même question.

– Absolument. Nous ne voulons pas de gens de votre espèce dans cette ville.

– J'y suis. Et elle aussi.

– Et vous vous figurez que vous pourrez rester ?

– J'en ai bien l'intention. Jusqu'à ce que j'aie terminé mon travail.

– Quel travail ? demanda une silhouette masquée.

– Ça me regarde.

– Ça suffit ! lança un gros ku-kluxer. Kimbro, si c'est ton vrai nom, tu as jusqu'à jeudi soir pour quitter la ville. Et vous, mademoiselle, vous avez tout intérêt à filer avec lui. »

Le mardi et le mercredi, Dewey Kimbro continua ses promenades à la campagne sur son cheval moucheté. Des espions le suivirent pendant longtemps : il chevauchait un moment puis s'arrêtait, parfois il mettait pied à terre, puis il repartait. Il ne rencontrait personne, ne faisait apparemment rien, et, au crépuscule, retournait en ville, où Esther et Nora l'attendaient pour dîner.

Ils étaient couchés tous les trois – Kimbro et la fille dans la même chambre – quand apparurent quatre hommes en cagoule armés de fouets. Ils frappèrent à la porte et demandèrent à Kimbro de sortir. Sous les cagoules se trouvaient Lew et Les Tumlinson, jumeaux qui dirigeaient l'affaire de charbon et bois en gros, Ed Boatright, le patron de l'agence Chevrolet où travaillait jadis Jake, et Floyd Rusk, le gros rancher.

Comme Kimbro refusait de sortir, les jumeaux Tumlinson enfoncèrent la porte à coups de pied, pénétrèrent dans la petite maison de Nora et mirent les pièces à sac jusqu'à ce qu'ils trouvent dans leur lit Kimbro et sa catin. Ils le sortirent de sous les couvertures et le traînèrent dans le couloir, puis sur la pelouse. A peu près au même endroit que le soir où ils avaient passé Jake et Nora au goudron, Rusk et Boatright avaient planté une grande croix, et ils allaient y mettre le feu quand les jumeaux leur crièrent :

« Nous le tenons ! »

Dès que la croix en flammes éclaira la scène, la foule des spectateurs se rua vers le spectacle, et les ku-kluxers en cagoule se lancèrent suffisamment d'appels pour que tout le monde reconnût les justiciers à leur voix :

« Voilà Lew Tumlinson, c'est sûr. Et, s'il est là, son frère aussi. Le gros, nous le connaissons tous. Je crois que l'autre, c'est Ed Boatright. »

Dewey Kimbro, à qui rien n'échappait jamais, même dans ces circonstances, entendit prononcer ces noms. Et il entendit aussi le plus gros des quatre lancer :

« Déshabillez-le ! »

Quand sa chemise de nuit fut déchirée, il entendit encore la même voix crier.

« Allez-y ! Bien... »

Il refusa de s'évanouir. Il refusa de hurler. A la lueur de la croix en feu, il supporta en silence les vingt premiers coups des trois fouets. Puis il cessa de compter et s'évanouit malgré tout.

Le lendemain matin à 9 heures, il surgit soudain dans la cuisine de Floyd Rusk. Le gros bonhomme, expert en revolvers depuis le plus jeune âge, voulut dégainer un de ses gros six-coups. Avant qu'il ne relève l'arme, il se trouva en face du canon d'un pistolet allemand, petit mais non moins mortel, braqué juste entre ses deux yeux.

Pendant de longues minutes, les deux hommes demeurèrent figés ainsi, Rusk presque prêt à tirer son énorme revolver, Kimbro certain de décharger le premier son arme plus petite. Rusk remit enfin son six-coups dans l'étui, mais Kimbro l'avertit :

« Posez-le plutôt à un endroit où je puisse le surveiller. » Floyd s'exécuta, le front en sueur. « Nous pouvons nous asseoir, à présent, monsieur Rusk, et parler raisonnablement. »

Le gros rancher prit sa place devant la table de la cuisine, avec son arme à portée de Kimbro mais non de lui-même. Ainsi débuta une conversation qui devait modifier l'histoire du comté de Larkin.

« Monsieur Rusk, vous m'avez fouetté hier soir...

– Attendez une minute !

– Vous avez raison. Vous n'avez pas tenu vous-même le manche du fouet. Mais vous avez ordonné aux jumeaux Tumlinson et à Ed Boatright... » Rusk ruisselait de sueur comme s'il avait la fièvre. « Je devrais vous tuer pour ça ! continua Kimbro. Je le ferai peut-être un jour. Mais, en attendant, nous avons besoin l'un de l'autre, vous et moi, et vous avez pour moi plus de valeur vivant que mort.

– Pourquoi ?

– Je possède un secret, monsieur Rusk. Je le possède depuis l'âge de onze ans. Vous vous rappelez Mme Jackson, qui tenait le petit magasin ?

– Oui, je crois bien.

– Mais vous avez sans doute oublié un gamin de l'est du Texas venu passer un été chez elle.

– Est-ce vous ?

– Oui.

– Et quel secret avez-vous découvert ?

– Sur vos terres... Au-delà du réservoir...

– Ce ne sont pas mes terres : mon père les a données aux Yeager.

– Je le sais. Promises par votre père en 1870. Donation régularisée par vous en 1909.

– Ce n'est donc plus à moi. »

Kimbro se tourna sur sa chaise, car il souffrait encore beaucoup des coups de fouet. Il avait une déclaration importante à faire, et il voulait être parfaitement maître de soi, mais, juste au moment où il allait révéler le but de sa visite, Molly Rusk entra dans la cuisine, énorme femme à l'air avachi qui, contre toutes les règles de la nature, se trouvait enceinte. Elle avait un visage rond et béat que rendait encore plus placide le miracle de son état. Avec la simplicité qui marquait la plupart de ses actes, elle jeta un coup d'œil à Kimbro et demanda :

« N'est-ce pas vous qu'ils ont fouetté la nuit dernière ?

– Si, c'est moi », répondit-il.

Elle allait demander pourquoi il se trouvait ce matin dans sa cuisine, mais Rusk lui dit, avec respect :

« Laisse-nous seuls, Molly, je t'en prie. »

Elle se retira en présentant ses excuses.

A peine avait-elle refermé la porte qu'elle revint :

« Il y a du café sur le fourneau », dit-elle. Puis : « Floyd, ne fais rien de violent avec ce revolver.

– C'est la vérité, ces terres ne vous appartiennent plus, monsieur Rusk, dit Kimbro. Votre père les avait promises à Yeager, mais, quand vous les avez transmises légalement, vous avez eu la sagesse de conserver les droits minéraliers. »

Rusk s'adossa à sa chaise, puis posa ses grosses mains sur le bord de la table et fixa le petit inconnu. Enfin, d'une voix émerveillée, il demanda :

« Vous pensez que... »

Kimbro acquiesça d'un signe de tête, puis, après avoir encore changé de position pour soulager son dos, il lança :

« L'été où je suis resté ici, je me suis beaucoup promené. J'ai toujours aimé ça.

– Et qu'avez-vous trouvé près du réservoir ?

– Une petite butte que personne d'autre n'avait remarquée. J'ai écarté les rochers et je suis tombé sur... Devinez quoi ?

– De l'or ?
– Beaucoup mieux. Du charbon.
– Du charbon ?
– Ouais. J'en ai ramené à la maison et je l'ai fait brûler. Des braises rouges, et il brûlait longtemps. Alors j'ai continué de chercher.
– Et vous avez trouvé une mine de charbon ?
– Non. Un filon sans intérêt, qui s'épuiserait tout de suite. Alors j'ai recouvert l'endroit. Si vous m'accompagnez là-bas ce matin, vous trouverez encore les traces de ce charbon, gisant au même endroit comme depuis la nuit des temps.
– Et qu'est-ce que cela signifie ?
– Vous ne le savez pas ? Je le savais à dix ans. Je l'avais lu dans un livre... Je lisais beaucoup, monsieur Rusk.
– Et qu'aviez-vous appris à dix ans ? »
Kimbro hésita puis changea complètement de sujet :
« Monsieur Rusk, je veux conclure un marché avec vous. Tout de suite. Parole de gentleman. Une association, vous et moi. Soixante-quinze pour vous, vingt-cinq pour moi.
– Qu'est-ce que vous racontez ? Je ne sais même pas de quoi il s'agit.
– Vous l'apprendrez dans deux minutes. Si vous me donnez votre accord.
– Vous me faites confiance ? Après ce qui s'est passé la nuit dernière ?
– J'y suis bien obligé. Et, par Dieu, vous devez me faire confiance vous aussi, lança Kimbro en tapant sur la table.
– Est-ce que ça vaut le coup pour moi ? J'ai beaucoup de bétail, vous savez.
– Et vous perdez votre chemise avec votre bétail, non ?
– Ma foi, le marché en ce moment...
– Soixante-quinze contre vingt-cinq, pour mon secret et la compétence nécessaire à l'exploiter. »
De nouveau, Rusk se pencha en arrière :
« Que savez-vous de moi, en tant que personne, je veux dire ?
– Que vous êtes un salaud. Jusqu'à la moelle. Mais que, quand vous donnez votre parole, vous vous y tenez.
– C'est vrai. Vous savez, Kimbro, quand j'avais qua-

torze ans, ou dans ces eaux-là, je suis monté à Dodge City avec un…

– Vous êtes allé à Dodge City ?

– Oui, avec le plus grand chef de convoi du Texas, R.J. Poteet. Il essayait de faire de moi un homme, mais je m'y refusais. A Dodge, j'ai tué deux types. Ouais. A l'âge de quinze ans, je crois. Les deux hommes de pointe m'ont sauvé de justesse, et, sur le chemin du retour au Texas, Pottet et ses gars ont tenu un procès sauvage, parce qu'ils savaient fort bien que je n'étais pas en légitime défense. Ils m'ont jugé coupable et m'ont passé la corde au cou. J'étais vraiment certain… » Il transpirait tellement qu'il demanda : « Pouvez-vous me faire passer cette serviette ?

– Pas un geste vers votre arme.

– Ils ont fouetté le cheval sur lequel je me trouvais, je suis tombé, j'ai senti la corde mordre dans mon cou. Puis Poteet m'a rattrapé ; il m'a fait un sermon sur ma méchanceté, et je lui ai craché à la figure. » Il éclata d'un rire nerveux. « J'étais mort de peur, vraiment pétrifié. Mais je ne voulais pas le montrer. Poteet a posé la main sur son arme, puis m'a repoussé. » Énorme, déjà âgé de quarante-sept ans, il se mit à se balancer sur sa chaise de cuisine. Puis il posa de nouveau les mains sur la table et lança : « Cette pendaison a fait de moi ce que je suis, Kimbro. Elle m'a enseigné deux choses. Vous avez découvert l'une d'elles : je suis un homme de parole, qu'il pleuve ou qu'il vente. La deuxième, c'est que je n'ai jamais eu peur de me servir de mon arme en cas de besoin. Si vous vous associez à moi, prenez garde.

– C'est pour cela que j'ai acheté ceci, dit Kimbro en montrant le pistolet qu'il avait braqué vers Rusk pendant toute leur discussion.

– Alors, qu'aviez-vous appris ?

– Associés ? » Les deux hommes échangèrent une poignée de main. « A dix ans, je savais déjà que le charbon et le pétrole sont une même substance, sous des formes différentes, reprit Kimbro.

– Du pétrole ? »

Le mot vibra dans la cuisine silencieuse comme si une bombe venait d'exploser. Tout le Texas avait entendu parler des gisements fantastiques de l'est de l'État, qui avaient rendu certains fermiers multimillionnaires en dollars.

« A quatorze ans, continua Kimbro, j'ai étudié toute la physique et la chimie que m'offrait mon petit lycée, et, à dix-sept ans, je me suis fait inscrire à l'École des mines.

– Vous avez un diplôme universitaire ?

– Je n'ai fait que trois ans. Mais cela m'a suffi pour en savoir plus sur le pétrole que les professeurs. J'ai travaillé pour Humble, puis pour Gulf. Sur le terrain. Comme géologue. J'ai aussi travaillé sur les puits et je connais bien la recherche. Monsieur Rusk, j'ai fait le tour de tout ce qui touche au pétrole et je suis peut-être le plus grand *ruissologue* du monde.

– Qu'est-ce que c'est ?

– Un terme de mépris que donnent les professeurs aux hommes de terrain comme moi. Nous étudions le cours des ruisseaux, les pentes et les formes du sol, et nous nous servons de notre intuition autant que de nos connaissances... Mais, par Dieu, nous trouvons du pétrole ! s'écria-t-il en tapant sur la table. Et la façon dont nous le trouvons met les professeurs en fureur.

– Et vous croyez qu'il y a du pétrole dans mes terres ?

– A voir le cours des ruisseaux et la pente de vos champs, je suis certain que nous sommes assis en ce moment au milieu d'un gisement important.

– Du vrai pétrole ?

– Oui. Peut-être pas des flots spectaculaires. Mais du bon pétrole, en quantité, prisonnier des roches au-dessous de nous.

– Si vous avez raison, cela nous rapporterait vraiment ?

– Une fortune, si l'affaire est bien menée.

– Ce qui veut dire ?

– Combien de terres possédez-vous par ici ?

– Je suis sûr que vous avez vérifié au cadastre. Plus de sept mille arpents.

– Où se trouvent ces terres par rapport au réservoir ?

– Au sud, et un peu sur l'autre rive de Bear Creek, à l'ouest.

– Si j'ai raison, le gisement s'étend au nord et à l'est du réservoir. Pouvez-vous acheter ces terres ?

– Écoutez, je n'ai pas beaucoup d'argent liquide.

– Pouvez-vous prendre à bail les droits minéraliers ? Je veux dire tout de suite. Pas demain, maintenant.

– Il faut faire si vite ?

– A la minute où quelqu'un soupçonnera ce que nous avons en tête... Si même on devine que je suis ruissologue... Il sera trop tard.

– Mais comment fonctionnent les baux dont vous parlez ? »

Kimbro dut se lever pour soulager son dos endolori, puis il se rassit sur le bord de la chaise :

« La situation peut se présenter sous trois aspects. En premier lieu, vous possédez vos sept mille arpents et tous les droits minéraliers afférents. En deuxième lieu, Yeager est propriétaire des terres qui nous intéressent, en surface, mais n'a aucun droit sur le sous-sol. Tant pis pour lui, tant mieux pour nous.

– Soit. Mais avons-nous le droit de pénétrer chez lui pour creuser nos puits ?

– Oui, si nous ne faisons pas de dégâts en surface. Si nous en faisons, nous lui versons des dommages, et il ne peut rien nous reprocher.

– Ça ne lui plaira pas.

– Ça ne leur plaît jamais, mais c'est la loi. La troisième situation est la plus fréquente. Le fermier X possède un bout de terre et les droits correspondants. Nous allons le voir et nous lui disons : “ Cher monsieur, nous désirons louer les droits minéraliers de vos terres. Pour dix ans. Et nous vous donnerons cinquante *cents* de loyer par arpent chaque année. Beaucoup d'argent sur dix ans. ”

– Quels droits obtenons-nous en échange ?

– Celui de creuser des puits n'importe où sur sa ferme, autant que nous le voudrons, pendant dix ans.

– Et que reçoit-il ?

– Cinquante *cents* par arpent, en espèces, tous les ans, même si nous ne trouvons rien.

– Et si nous trouvons du pétrole ?

– Le huitième de ce que nous gagnerons, aussi longtemps que le puits produira. Pour l'éternité si lui et le puits durent jusque-là.

– Qui reçoit les sept autres huitièmes ?

– Nous.

– Est-ce une bonne affaire ? Pour tout le monde, je veux dire.

– Pour le paysan, c'est très équitable. Il a un puits de pétrole sans prendre le moindre risque. Pour vous et moi, c'est également avantageux. Le pétrole était à lui, mais nous prenons tous les risques.

– Et, entre vous et moi, soixante-quinze contre vingt-cinq ?

– Franchement, Rusk, d'autres vous offriraient quatre-vingts. Mais la plupart d'entre eux ne découvriraient jamais un seul seau de pétrole. Je sais où se trouve le pétrole. Pour vous, c'est un très bon marché. Et pour moi... Si j'avais les terres, ou l'argent pour les acheter, je ne vous dirais même pas bonjour. Mais je n'ai ni l'un ni l'autre.

– Que devons-nous faire ? »

Rusk demanda la permission de se verser du café ; Kimbro poussa le gros revolver vers lui.

« Je vous fais confiance, Rusk. Obligé. Nous sommes associés. »

Quand les récits du procès de l'école du dimanche de Waxahachie se répandirent au Texas, accompagnés de rires ironiques, les électeurs s'aperçurent qu'ils avaient en Laurel Cobb, le fils du célèbre sénateur d'après la Reconstruction, un homme de bon sens et de courage peu commun ; une campagne s'organisa pour l'envoyer à Washington occuper le siège de son père.

Avant 1913, Laurel aurait eu peu de chance d'obtenir le siège, car les sénateurs des États-Unis étaient alors élus par le corps législatif de chaque État. Il n'aurait obtenu qu'un soutien limité, du fait qu'il était plus libéral que les cadres en place du Parti démocrate.

Mais, après l'adoption du Septième Amendement, les sénateurs furent élus au suffrage universel, et la population désirait Cobb. Ce fut Adolf Lakarz, le petit bonhomme qui l'avait défendu pendant l'affaire de l'école du dimanche, qui persuada Cobb de se présenter :

« Si vous vous êtes battu pour la justice dans la paroisse, vous ferez de même dans le pays. »

Dès que Cobb accepta le défi, il se mit sérieusement en campagne pour les « primaires » des démocrates, et cela le conduisit au comté de Saldaña, où régnait Horace Vigil et son habile assistant Héctor Garza.

Cobb, connaissant la réputation équivoque de Vigil, avait dès l'abord refusé d'aller faire sa cour au vieux patrón, mais Lakarz avait vite mis fin à ce genre de révolte :

« Laurel, vous êtes l'un des quatre démocrates qui briguent ce siège au Sénat, et les trois autres commettraient n'importe quel délit, hormis peut-être le meurtre, pour vous empêcher d'être élu. La concurrence sera particulièrement acharnée pour les voix que Vigil tient dans sa manche. Nous en avons besoin, et, s'il faut lui baiser le cul pour les obtenir, commencez à vous incliner.

– Comment un homme peut-il contrôler tellement de voix ?

– Il dispose du bon vieux bureau 37.

– Je croyais que le gouvernement l'avait supprimé. »

Lakarz éclata de rire :

« Le Texas a essayé. Plus d'une fois. Les fédéraux ont essayé chaque fois qu'un président républicain a pris le pouvoir. Mais le vieux Horace tient bon.

– Cela me paraît illégal », dit Cobb.

Lakarz le corrigea :

« Non, simplement texan. »

Cobb et Lakarz, partis en voiture de Waxahachie, suivirent ce que l'on pouvait considérer comme l'épine dorsale du Texas habité, puis traversèrent les étendues désertes qui avaient servi de terrain de chasse au ranger Otto Macnab et au bandit Benito Garza.

« Quelle chaleur, se plaignit Cobb.

– Oh oh, monsieur le candidat, ne dites jamais une chose pareille ! Ici, une journée comme celle-ci est " revigorante ", et, si vous voulez obtenir leurs votes, vous avez intérêt à la trouver " revigorante ".

– J'imagine qu'il fait un temps magnifique en hiver.

– Dites-le à tout le monde, et vous avez gagné. Surtout, ne tarissez pas d'éloges sur les Mexicains. Sans leur soutien, jamais vous n'irez à Washington. »

Aux environs de Bravo, Cobb vit un spectacle étonnant :

« Est-ce que ce sont vraiment des palmiers ? »

Sur des kilomètres, les grands arbres oscillaient sous le soleil, comme sur les rives du Nil. Parfois, dans leur ombre indécise, s'étendaient quelques vergers expérimentaux d'orangers et de pamplemoussiers. Sous la chaleur accablante, de nouvelles cultures se répandaient discrètement, et les exploitants qui s'étaient lancés dans ces entreprises devenaient plus riches que leurs voisins d'autres régions de l'État, en dépit des puits de pétrole.

« Vigil n'a guère besoin de se soucier des élections. Il possède déjà un paradis... » fit observer Cobb.

Ils trouvèrent le patrón dans le bâtiment aux murs d'adobe d'où il dirigeait son affaire de bière. Il avait pris de l'âge et s'était voûté davantage, mais nul ne pouvait en douter : il demeurait le dictateur rusé de son comté. Comme toujours avec des inconnus, il parlait en murmurant :

« Je n'ai jamais rencontré votre papa, mais on m'a dit qu'il était très bien. Je sais qu'il a pourchassé un tueur qui avait tiré sur deux de ses Nègres. A l'époque, il fallait du courage. »

Il s'assit, au milieu de son entourage habituel de jeunes gens, fils de « clients » qui l'avaient déjà servi dans le passé. Ils allaient chercher ses cigarettes, indiquaient au juge comment juger les affaires auxquelles s'intéressait particulièrement M. Vigil, contrôlaient le compte des bulletins de vote et distribuaient des aumônes aux nécessiteux. Peu de choses avaient changé sur le plan politique. Horace demeurait le patrón, dispensait sa justice sévère et, pour les citoyens de Saldaña, restait señor Vigil.

Le vieil homme toussa :

« Monsieur Cobb, des quatre candidats démocrates, c'est vous que je préfère. Dites-moi, que puis-je faire pour vous aider ? »

Le vieux dictateur plut à Cobb, qui sentit sa chaleur humaine et respecta son autorité :

« N'est-ce pas plutôt à vous de me le dire ?

– C'est logique, parce que je connais ce territoire. Il n'est pas aussi vaste qu'autrefois, mais il compte davantage d'électeurs, et a donc plus de poids... Héctor, dit-il à son bras droit, je tiens à ce que tu fasses la connaissance de l'homme que nous allons envoyer à Washington reprendre la place de son père. »

A peine la campagne avait-elle commencé à Saldaña qu'il se produisit un de ces événements politiques qui surprenaient les observateurs extérieurs. Horace Vigil, qui avait combattu le douanier républicain Tim Coke pendant des années, apprit que son adversaire quittait le pont Bravo-Escandón pour un meilleur poste à New York. Il organisa donc une soirée d'adieux et offrit comme cadeau une Chevrolet, avec laquelle les Coke pourraient gagner leur nouveau poste. Dans son discours de remerciement, Coke déclara :

« Je suis désolé de quitter Saldaña juste au moment où les démocrates vont s'entre-déchirer pour leurs élections primaires. J'aimerais tellement voir mon vieil ami Horace se casser le nez. Mais je le proclame hardiment : que tous mes amis républicains oublient à quel parti ils appartiennent et se rendent aux urnes en masse. Et qu'ils votent pour l'homme de Vigil, Laurel Cobb, avec deux ou trois bulletins comme ils l'ont toujours fait pour moi. En trente ans de combat contre ce salopard de Vigil, j'ai toujours eu du respect pour lui. Jamais je ne savais quel coup de pied, quel croc-en-jambe, infâme ou criminel, il allait me lancer, mais se battre contre lui était drôle. Je me fais une joie d'aller me battre contre les voyous démocrates de la mairie de New York. Ce sont les pires serpents qu'on ait jamais chassés d'Irlande. Mais les démocrates du Texas ? De vrais crotales ! »

Trois jours avant l'élection, Lakarz revint à Bravo pour une réunion de tactique et il apprit une nouvelle désespérante. Vigil lui-même semblait navré :

« Des réformateurs de Washington, une bande de républicains ! Ils viennent contrôler le bureau 37.

– Mais il nous faut ces voix.

– Nous aurons le droit de les compter et de transmettre le total dont nous aurons besoin. La loi du Texas nous le garantit. Mais, aussitôt après la fin du compte des voix, il nous faudra remettre les urnes aux fédéraux.

– Que croyez-vous qu'ils feront ?

– Ils m'enverront en prison, s'ils peuvent prouver quoi que ce soit. » Lakarz se rendit compte que cette perspective effrayait le vieil homme, qui ajouta : « La prison ne me tente guère, mais, s'il n'y a pas d'autre moyen de gagner cette élection…

– Nos amis ne le permettront jamais. »

Le vieux guerrier n'en était pas si certain, mais il n'était pas de ceux qui se lamentent sur leur sort :

« Quand les urnes arriveront à Bravo, les votes seront recomptés en présence d'un juge fédéral. Nous risquons gros.

– Avez-vous un plan ?

– Normalement, nous penserions à soudoyer le juge. Mais, cette fois, il s'agit d'un juge fédéral. Il faut que je réfléchisse. »

Le conseil de guerre siégea le samedi après-midi, et Héctor Garza, un peu plus grand et un peu plus audacieux que ses collègues, mit au point la tactique de la victoire.

« Nous avons besoin du secret absolu. Et, quand les fédéraux nous tomberont dessus, nous pourrons jurer de bonne foi que nous ne savons rien.

– Tu crois qu'ils nous attaqueront ? demanda Vigil.

– C'est certain. Les républicains y veilleront. Mais je connais un moyen de les tenir en échec. »

Héctor ne communiqua donc son plan à personne, même pas à Vigil. Le soir de l'élection il annonça à Lakarz :

« Dès que les voix seront comptées dans l'État, dites-nous de combien vous aurez besoin de votes pour gagner. »

Tard dans la nuit, Vigil téléphona à Garza, qui montait la garde au bureau 37 :

« Il faut que tu nous donnes plus de quatre cent dix voix. »

Une heure plus tard, les trois scrutateurs officiels certifièrent que le vote avait été de 422 contre 7.

Quand les hommes de Washington, qui attendaient à Bravo, apprirent la nouvelle, ils s'écrièrent :

« Nous les tenons. Impossible qu'un vote soit aussi tranché. » Ils avaient hâte de mettre la main sur l'urne révélatrice. « Cette fois, Vigil va sous les verrous. Et pas dans une prison du comté. A la centrale fédérale. »

Mais il se produisit un incident singulier. L'urne du bureau 37 disparut. Oui, elle disparut sur la route nationale 117 ; et, comme les scrutateurs officiels avaient légalement transmis les résultats du vote, ces résultats ne pourraient plus être contestés. Le vote ridicule de 422 contre 7 permit à Laurel Cobb de remporter l'élection avec une marge de vingt-sept voix.

Comment un objet de la taille d'une urne électorale peut-il disparaître ? Cela n'a jamais été clairement expliqué. Les scrutateurs avaient remis l'urne à un certain M. Hernández, qui la remit à un M. Robles, qui lui en donna quittance, puis la remit à un M. Solórzano. Et c'est là que l'urne disparut, parce que M. Solórzano put prouver qu'il se trouvait à San Antonio au moment de toute l'affaire.

Les journaux du Texas qui avaient soutenu tel ou tel adversaire de Cobb réclamèrent une enquête à cor et à cri. La presse plus impartiale de New York et de Washington écrivit dans ses éditoriaux qu'« il était grand temps de purifier la politique américaine de la tare du comté de Saldaña ». Mais l'affaire devint beaucoup plus complexe quand on apprit que le mystérieux M. Solórzano était à la solde des hommes de Washington.

Héctor Garza ne révéla à personne son rôle dans ce coup fourré, mais Horace Vigil, dans un sursaut de vertu offensée, publia une déclaration déplorant le manque de sérieux de ces hommes, dont la négligence avait permis à certains de mettre en doute la bonne foi des braves scrutateurs du bureau 37. « Je regrette personnellement la perte de cette urne, car si le juge fédéral avait compté ses bulletins, les résultats auraient démontré ce que j'ai toujours prétendu. Les contrôleurs du bureau 37 sont honnêtes. On ne saurait leur reprocher qu'une certaine lenteur. »

Cette fois-là, leur lenteur permit à un homme de cœur d'entrer au Sénat.

Par une matinée grise d'octobre 1922, les enfants des écoles assis près de la fenêtre lancèrent :

« Regardez ce qui arrive ! »

Leurs camarades tendirent le cou et virent trois gros camions qui arrivaient sur la route de Jacksboro. Ils portaient de longues poutres, des quantités de tuyaux, et dix des hommes les plus costauds que le comté de Larkin ait vus depuis longtemps. Deux gamins qui avaient lu des magazines scientifiques crièrent :

« Un derrick ! »

Ce fut par ce cri de joie frénétique que débuta le boom de Larkin.

Les camions entrèrent sur la place du Palais, s'arrêtèrent devant le bureau du shérif et se firent indiquer l'emplacement du réservoir Larkin. Puis, le nez sur les cartes qu'on leur avait données, le chauffeur de tête prit la direction des terres dont la surface appartenait aux Yeager mais les droits minéraliers à Floyd Rusk.

A peine les trois camions eurent-ils quitté la ville que Rusk apparut dans sa camionnette, accompagné par Dewey Kimbro. Le nouveau rédacteur du journal leur cria :

« Que se passe-t-il ?

– Nous forons un puits de pétrole », répliqua Rusk.

Toute la ville ou presque suivit les camions jusqu'à une dépression bien nette, à l'est du réservoir, où Rusk n° 1 allait être creusé. Ce qu'ils virent alimenta les conversations pendant plusieurs jours : dès que Paul Yeager, brave homme de quarante-neuf ans qui n'élevait jamais la voix, vit les trois hommes du camion de tête ouvrir sa barrière pour s'engager sur ses terres, il s'élança à leur rencontre.

« Vous êtes chez les Yeager. N'entrez pas.

– Nous savons que nous sommes chez les Yeager. C'est la propriété que nous cherchons. »

Le camion se mit à rouler vers la barrière ouverte.

« Je vous ordonne de vous arrêter ! lança Yeager, un ton plus haut.

– Monsieur, vous n'avez rien à nous ordonner. »

Dans les minutes mouvementées qui suivirent, tandis que Yeager essayait d'arrêter les camions, la population de Larkin reçut une leçon sur la loi du Texas.

« Monsieur Yeager, expliqua le responsable du derrick, les droits minéraliers de cette terre appartiennent à M. Floyd Rusk, et il nous a demandé…

– Ah, voici Rusk. Floyd, qu'est-ce que ça veut dire ?

– C'est un derrick, Paul. Nous pensons qu'il y a peut-être du pétrole sous ces terres.

– Vous ne pouvez pas entrer.
– Mais… C'est la loi, voyons.
– Je n'en crois rien.
– Vérifie, Paul. Parce que nous entrerons.
– Tu n'as pas le droit de faire passer ces gros camions sur mes récoltes.
– Si, Paul. Du moment que nous te versons une compensation pour les dégâts. C'est la loi. »

Sur ces mots, le gros Floyd Rusk écarta gentiment son beau-frère, et les trois camions entrèrent, se frayèrent un chemin au milieu du champ et s'arrêtèrent à l'endroit intuitivement choisi par le « ruissologue » Dewey Kimbro.

L'avocat que consulta Yeager voulut contester le droit de Rusk à s'installer sur la propriété d'autrui et de détruire sa récolte, mais il dut vite se rendre à l'évidence :

« La loi du Texas le protège, Paul. Il n'y a aucune ambiguïté. »

Et la ville regarda donc creuser Rusk n° 1 dans le vallon… L'efficacité de l'équipe les stupéfia, car les hommes se mirent au travail comme une colonie de fourmis acharnées. Ils appliquaient un ancien système, en vogue vers 1910 : ils creusaient les fondations du derrick, installaient les cuves dans lesquelles on conserverait les eaux de rejet pour analyse, puis ils édifiaient la pyramide de bois, haute de plus de vingt mètres, balise optimiste du paysage texan, qui proclamait : « Ici se trouve peut-être du pétrole. »

Après avoir installé les poulies au sommet du derrick puis tendu les câbles métalliques, les hommes fixèrent un bout de câble à l'énorme cabestan qui le soulevait et l'abaissait, et l'autre bout au trépan que l'on ferait tomber avec une force considérable pour creuser le trou. Le forage ne se faisait nullement par rotation ; le trépan pulvériserait les rochers en tombant par la seule force de son poids.

Comment pouvait-on provoquer la chute répétée du trépan de deux tonnes ?

« Vous voyez cette grosse poutre de bois fixée d'un côté et libre de l'autre, au-dessus du trou ? Nous l'appelons la *walking beam*, le balancier ; chaque fois qu'elle s'élève, elle soulève tous les lourds outils au fond du trou. Quand elle retombe… Bam ! Ils brisent le rocher en miettes. »

Les gens de la ville avaient du mal à se représenter la force exercée par cette chute, et l'efficacité des outils utilisés pour écraser le rocher, mais, quand le balancier eut opéré pendant environ deux heures, le chef de chantier fit signe de retirer le trépan du trou. Les câbles remontèrent les lourds outils pour que l'on puisse enlever la partie émoussée par les chocs et mettre en place un deuxième trépan, coupant comme un couteau, le temps d'affûter le premier.

« Comment vont-ils procéder ? » demanda un ouvrier du garage.

On lui montra une sorte d'atelier de forgeron où deux colosses armés de marteaux de dix kilos faisaient chauffer au rouge le trépan usé pour le reforger en bonne forme.

Au journaliste qui voulait partager avec ses lecteurs les complexités du procédé, le chef de chantier expliqua :

« Une tête de trépan peut creuser dix mètres, davantage si l'on tombe sur des schistes. Mais si l'on tombe sur du grès vraiment dur ou du calcaire compact... Un mètre, et il faut relever pour affûter.

– D'où vient l'eau que je vois couler dans les cuves ?

– Quand on a de la chance, le trou se lubrifie tout seul. Sinon on verse de l'eau dans le trou. Il faut que le fond reste mouillé pour que le trépan puisse mordre. Et puis il faut que nous remontions des prélèvements. » Il montra au journaliste un outil ingénieux, la « cuvette » ou tube à sédiments, que l'on faisait descendre dans le trou après avoir retiré le trépan : « Vous voyez ce truc, au-dessous ? Au moment où la cuvette se pose sur le fond, le clapet s'ouvre et l'eau rentre. Quand on la soulève, le tube se referme. On remonte le câble et on verse le contenu dans la fosse des boues. »

Le journaliste regarda le grand trou carré que l'équipe avait préparé – dix mètres de côté, vingt-cinq centimètres de profondeur – et crut que cette fosse servait à évacuer les eaux usées.

« Oh, non ! Vous voyez ce type ? C'est l'un de nos hommes les plus importants. Il analyse l'eau de chaque cuvette. La nature des roches. Leur consistance. Le genre de sable.

– Pourquoi ?

– Sa tâche consiste à tracer un tableau fidèle de l'intérieur de notre puits. Couche par couche, s'il le peut. Parce que c'est seulement dans ces conditions que nous savons où nous en sommes. »

Le travail du derrick, vingt-quatre heures sur vingt-quatre, était si fascinant qu'il occupa les esprits de tout le comté de Larkin – voire de tout le Texas. Des hommes fouillaient les secrets de la terre, tapissaient le trou de coffrage pour le maintenir ouvert, cimentaient même certaines parois, pêchaient comme des gamins des morceaux d'outils brisés, tombés au fond, calculaient le relèvement d'une couche et la composition de ses roches... Et, chaque matin, l'on espérait apprendre la nouvelle : « Rusk n° 1 est tombé sur la nappe ! »

Mais la ville avait des préoccupations d'un autre ordre, d'ailleurs aussi pittoresques, car *roughneck*, le mot qui désigne en anglais les foreurs de puits de pétrole, est synonyme de « voyou ». Jamais Larkin n'avait vu ce genre de personnage ! Costauds, carrés d'épaules et armés de gros bras, d'une saleté incroyable à cause de leur travail sur le derrick, ils comptaient parmi les spécialistes les plus compétents du pays. Les trois meilleurs venaient des puits de pétrole de Pennsylvanie, où leurs ancêtres foraient depuis 1859, date à laquelle le colonel Drake avait mis en service le premier puits américain, à Titusville. Il avait trouvé la nappe à vingt-trois mètres de la surface ! Les quelques Texans qui avaient travaillé en Arkansas et en Louisiane, quand la recherche pétrolière se concentrait sur ces États, étaient presque aussi capables, mais les Texans n'ayant jamais quitté le Texas donnaient vraiment le ton à toute la bande. C'étaient des hommes violents, toujours conscients qu'ils pouvaient perdre un doigt ou un bras s'ils s'amusaient avec le câble du trépan ou ne sautaient pas assez vite si quelque chose tournait mal du côté du balancier.

Au travail, ils respectaient une discipline stricte, car la sécurité de tous dépendait de l'application de chacun, mais, en dehors du travail, ils tenaient à ce qu'on les laisse vivre à leur manière, et ce qu'ils désiraient le plus était évidemment l'alcool, les femmes et une bonne partie de poker. Cela leur valut l'hostilité du Ku Klux Klan, qui régentait

Larkin selon une morale différente. Les ennuis commencèrent vraiment quand les trois hommes de Rusk n° 1 firent venir de Fort Griffin de charmantes jeunes personnes qu'ils installèrent chez Nora, où le ruissologue Dewey Kimbro et son amie Esther continuaient de loger.

Deux soirs plus tard, les ku-kluxers étaient au courant de la chose, et trois d'entre eux, en cagoule, se rendirent chez Nora pour mettre un terme à ces frivolités. Ils y rencontrèrent les trois roughnecks qui leur lancèrent :

« Qu'est-ce que c'est que cette merde ? Enlevez vos liquettes !

– Nous vous avertissons : chassez ces filles de la ville avant jeudi soir, si vous ne voulez pas en subir les conséquences.

– Revenez encore ici en chemise de nuit et vous vous ferez botter le cul. Maintenant, du vent. »

Les ku-kluxers revinrent le jeudi soir, comme promis. Mais les trois protecteurs des filles se trouvaient d'équipe de nuit, et les défenseurs de la moralité publique se contentèrent d'arrêter les jeunes personnes et de les conduire en prison. Lorsque les roughnecks arrivèrent chez Nora après une dure nuit sur le derrick, ils s'attendaient sans doute à une tendre compagnie. A la place, ils trouvèrent Nora en larmes :

« Ils m'ont prévenue que si les filles revenaient, y compris Esther, ils mettraient le feu à ma maison. »

Les roughnecks allèrent chercher les deux autres membres de leur équipe et se rendirent à la prison, où ils informèrent le gardien – pas le shérif – que, s'il ne libérait pas les jeunes femmes à la minute, ils saccageraient tout. Le gardien ouvrit les portes, et les huit bambochards – trois filles et cinq hommes – quittèrent la prison à grand tapage et retournèrent chez Nora organiser une petite fête matinale avec Esther.

Le Klan se réunit le soir même pour décider d'une ligne d'action à l'égard des intrus. La plupart des hommes se tournèrent naturellement vers Floyd Rusk.

« A mon avis, leur dit-il, le plus important c'est de creuser le puits. Si nous trouvons du pétrole, comme me l'a assuré Kimbro, nous aurons tous assez d'argent pour régler l'autre question plus tard. »

Cette décision de temporiser provoqua évidemment des murmures.

« Vous me connaissez, répliqua Rusk. J'ai toujours défendu la loi et l'ordre.

– Où sont la loi et l'ordre quand une bande de vauriens peut forcer la porte de notre prison et libérer nos détenus ?

– Les hommes du pétrole sont différents », répondit Rusk.

On en resta là. Au Texas, quand il y avait conflit entre la morale et le pétrole, c'était toujours la première qui devait céder... pour quelque temps.

Dewey Kimbro s'était trompé pour Rusk n° 1. Il creusa jusqu'à mille mètres et son trou resta sec. Le grand boom du pétrole à Larkin éclata comme une bulle de savon, mais tout ce déploiement d'efforts n'avait pas été vain, car, vers sept cents mètres, Dewey avait repéré dans les boues les signes d'une formation de sable meuble, qui lui donnait d'immenses espoirs. Il n'en parla qu'à Rusk :

« Laissons-les croire que nous avons échoué, et prenez à bail autant de droits minéraliers que vous pourrez à l'ouest de notre n° 1, parce que cette couche de sable est prometteuse. »

Rusk fit donc la tournée de tous les propriétaires : « Nous nous sommes trompés. Mais peut-être qu'à long terme... » Il offrait vingt-cinq *cents* l'arpent pour leurs droits sur le sous-sol. Lorsqu'il se fut assuré ainsi le contrôle d'une vaste superficie, il demanda à Kimbro :

« Et maintenant ?

– Je suis absolument certain que nous avons là-dessous une concentration importante. J'en vois des preuves où que je me trouve. Le pétrole est là, monsieur Rusk.

– Soit, mais où ?

– A l'est de n° 1 ou à l'ouest ? Je ne suis pas certain.

– Mais votre intuition ?... »

Kimbro conduisit Rusk sur les lieux et lui montra qu'il avait placé n° 1 au fond de la dépression :

« Voyez ces pentes vers l'ouest. Je crois que c'est là. Bon Dieu, je crois vraiment qu'un gisement se cache sous nos pieds, au-dessous de la première couche de sable meuble. Sans doute vers mille mètres.

– Nous n'avons les moyens financiers que pour une deuxième tentative. Où creusons-nous ?

– Tout près du réservoir, je pense. »

Il montra un endroit proche de la statue que les romantiques avaient érigée pour marquer le lieu où Nellie Minor et Jim Logan s'étaient suicidés par noyade – car telle était maintenant la légende –, mais Rusk présenta des objections :

« Toutes les femmes de la ville vont pousser les hauts cris si nous touchons à cet endroit-là. »

Ils allèrent donc plus à l'ouest. Sur une légère pente, Dewey enfonça son talon dans le sol et s'écria :

« Rusk n° 2. Et je sais qu'il sera bon.

– Si vous en savez tant, pourquoi les grandes compagnies ne font-elles rien ? N'ont-ils pas envoyé des espions ici ?

– Les gros du pétrole ont besoin de petits comme moi pour leur trouver des gisements. Ensuite, ils foncent. A nous le petit profit. A eux la grosse prise.

– Je veux la grosse prise, Kimbro.

– Moi aussi. Creusons ici, où j'ai marqué Rusk n° 2.

– C'est sur la terre des Yeager.

– Vous avez les droits.

– Il va nous faire des ennuis si nous recommençons.

– La loi est de notre côté. »

Et l'on commença Rusk n° 2 avec la même équipe de roughnecks – et les mêmes filles chez Nora. Quand il y avait des chances de trouver du pétrole, même le Klan devait s'adapter.

Avec les agents de neuf grosses compagnies épiant le moindre geste de Dewey Kimbro, Floyd Rusk fora un deuxième puits sec jusqu'à mille trente et quelques mètres, et son argent commença à s'épuiser. Il avait investi la majeure partie de ses liquidités dans les salaires de l'équipe de forage et presque toutes ses économies dans l'achat des droits.

Mais Dewey Kimbro, comme tous les prospecteurs inspirés, voulait risquer davantage d'argent :

« Monsieur Rusk, Dieu me pardonne, mais nous devons prendre davantage de droits. Même s'il vous faut mettre au clou l'alliance de votre femme, trouvez un prêteur sur gages et signez des contrats. Ils sont encore pour une bouchée de pain. Les gens se moquent de nous, mais ils ne savent pas ce que nous avons découvert.

– Que me racontez-vous ?

– D'autres signes trahissent la présence de pétrole. Je les ai vus de mes yeux quand j'ai analysé les échantillons de boue, à neuf cents mètres.

– Des signes révélateurs ?

– Révélateurs ! Mon Dieu, ne comprenez-vous pas ce que je vous dis ? Sur Rusk n° 1, nous avons eu des indications vers sept cents mètres. Sur Rusk n° 2, nous trouvons maintenant des traces à sept cents mètres et à neuf cents mètres. Cela veut dire qu'il y a du pétrole quelque part là-dessous. Je vous le garantis : notre prochain puits tombera dans le mille. Je suis sûr que le gisement se trouve entre n° 1 et n° 2. Et il nous faut ces droits.

– Trouvez l'argent vous-même. Je n'en ai plus. »

Et Dewey Kimbro se mit en devoir de séduire l'État du Texas pour qu'il finance son rêve fou d'un gisement de pétrole à Larkin, région qui n'en avait jamais produit un seul verre. Il fit appel à ses anciens camarades de lycée et d'université ; ils gagnaient souvent très bien leur vie, mais refusèrent de risquer l'argent qu'ils gagnaient. Il supplia ses relations sur les gisements pétroliers de l'Est, mais, selon les études qu'ils avaient faites, Larkin n'offrait aucune perspective. Il essaya enfin de saigner tous les flambeurs ayant déjà misé, à un moment ou un autre, sur le pétrole texan : il alla jusqu'au Nevada et en Alabama.

C'était l'époque de la fièvre du pétrole, et personne n'avait contracté la maladie sous une forme plus virulente que Dewey Kimbro.

Sauf peut-être Floyd Rusk. Quand il s'était rendu compte que toutes ses économies et même son ranch étaient engagés dans cette aventure, il devint monomaniaque à son tour. Il fallait qu'il aille jusqu'au bout, car il croyait avoir reconnu les formations et les couches que lui montrait Kimbro. Des millions d'années auparavant, un lac de pétrole s'était réfugié entre les couches de grès et de calcaire, et il le voulait !

Mais il n'avait plus d'argent. Les deux forages avaient

épuisé ses fonds, et, comme Kimbro n'avait guère de succès dans ses emprunts, Floyd ne savait vraiment plus à quel saint se vouer. Un matin, l'équipe annonça qu'elle allait emporter son matériel de forage dans l'est de l'État sur des sites plus prometteurs si Rusk ne payait pas rapidement, et celui-ci dut s'adresser à la seule personne qu'il ne désirait pas mettre dans la confidence.

Emma Larkin Rusk, l'ancienne captive des Comanches, avait soixante-six ans. Ce n'était qu'une ombre frêle pesant à peine plus de quarante kilos. Les cicatrices de ses oreilles se voyaient sous les mèches de cheveux trop clairsemés pour masquer encore son infirmité, et son nez de balsa semblait lui aller moins bien depuis qu'elle avait perdu tellement de poids. Mais elle gardait l'esprit vif et elle était déjà au courant des ennuis de son fils.

« Mes deux premiers puits étaient secs, lui dit-il.

– Je sais.

– Mais nous sommes sûrs de réussir au troisième.

– Pourquoi ne le creuses-tu pas ?

– Plus d'argent.

– Du tout ?

– Plus un sou.

– Et tu voudrais que je t'en prête ?

– Oui. »

Elle se figea, mains croisées, et regarda son fils sans charme, ce glouton qui n'avait jamais rien fait de bien. Quand elle avait voulu faire de lui un homme, avec R.J. Poteet, il avait manqué le coche. En 1901, à la mort de son mari, elle lui avait confié la gestion du ranch, mais il avait tellement cafouillé qu'elle avait dû reprendre les rênes pour le sauver. Et maintenant, il voulait lui emprunter les économies de toute sa vie, le petit capital qui lui permettait de vivre chez elle sans imposer sa présence à Molly.

Il n'existait aucune raison au monde pour qu'elle prête à cet homme grotesque l'argent qu'il désirait. Hormis les sentiments. N'avait-il pas sculpté le nez qui lui avait tellement changé la vie ? Leurs relations étaient toujours demeurées lamentables, mais, pour ce seul geste, elle l'aimait. Elle avait connu de grandes terreurs dans sa vie, et fort peu d'amour, hormis celui que son rêveur de mari lui avait si généreusement dispensé. Elle appréciait donc le moindre geste, la moindre prévenance. Floyd était son fils et, à un moment crucial de sa malheureuse existence, il l'avait tout de même aimée. Elle lui prêterait l'argent.

Mais la vie avait fait d'elle une femme rusée, et, avant de se séparer de ses fonds, elle conclut un marché.

« Quel intérêt ? lui demanda Floyd.

– Aucun », répondit-elle, et il la remercia. Puis elle ajouta : « Mais je veux cinq mille arpents pour mes longhorns.

– Promis, dit-il, car il n'était pas en position de discuter.

– Clôturés ?

– Oui. »

Quand ils allèrent inspecter les terres qu'elle venait d'acquérir ainsi pour ses animaux préférés, elle découvrit que le puits projeté s'élèverait très près de la statue des deux amants, et Floyd s'attendit à la voir protester.

Elle n'en fit rien.

« Pourquoi pas ? dit-elle en regardant le derrick prêt à assembler. Ils vivaient à une époque de remous. Ils s'adapteront mieux que personne à un boom du pétrole... s'il y en a un. Et j'espère que tu réussiras, Floyd. Je l'espère de tout mon cœur. »

Et Rusk continua de chevaucher sa chimère, avec l'argent d'Emma Larkin.

Les jours d'angoisse commencèrent. Même avec la participation d'Emma l'association n'avait pas assez de fonds pour le forage de ce troisième puits, et cela signifiait que le tandem mal assorti – le gros Floyd et Dewey, mince et tenace comme un rat – risquait une double catastrophe. Les contrats de droits minéraliers allaient tomber à échéance à la fin des douze mois, et l'équipe de forage avait hâte de repartir dans l'Est. Les deux associés savaient qu'ils avaient moins de deux mois pour résoudre ces problèmes.

Les contrats de droits, au Texas, prévoyaient que, si un bail expirait le 30 juin 1923 (le cas de Rusk), le détenteur pouvait commencer à forer au moment de son choix jusqu'à minuit moins une le 30 juin. S'il ne pouvait pas, pour une raison quelconque, commencer les travaux, le contrat était nul et non avenu, les droits pouvaient être cédés à un autre prospecteur. Mais si le détenteur lançait le forage avant l'échéance, toutes les clauses du bail prenaient effet et demeuraient valides pour des siècles. Les deux associés, chacun de leur côté, se mirent donc une fois de plus en quête de fonds.

Rusk resta à Larkin, tanna tout le monde, supplia qu'on lui prête de l'argent, et devint très amer quand il vit que même ses camarades du Ku Klux Klan lui fermaient leur bourse. Certains refusaient par conviction, estimant que, sans l'avidité de Rusk, jamais les dix roughnecks avec leurs habitudes inspirées par le diable ne se seraient installés en ville. Mais certains le repoussèrent simplement parce qu'ils le considéraient comme un gros bonhomme agressif et arrogant qui méritait de se faire rabattre le caquet.

Kimbro, au contraire, partit par monts et par vaux, à la recherche du spéculateur capable de miser la somme qui lui permettrait d'attaquer pour la troisième fois le gisement caché. Il alla partout, parla à tout le monde, et offrit presque n'importe quel appât : « Vous me prêtez l'argent pour moins d'un an à dix pour cent d'intérêt, et je vous cède un trente-deuxième de ma participation. » Il offrit un seizième, puis un huitième, mais ne trouva aucun preneur.

A son retour à Larkin, en avril 1923, c'était presque un homme vaincu, mais un bon prospecteur ne trahit jamais son désespoir. Chaque matin, quand il était en ville, il passait au café miteux où se réunissaient pour raconter leurs vantardises les ouvriers du pétrole qui avaient commencé à s'infiltrer dans la région, et affichait une confiance sans réserve. « Nous devons commencer le forage du n° 3 incessamment. De gros investisseurs de Tulsa, vous savez. » Mais chaque jour rapprochait l'entreprise de l'effondrement.

Un matin, Floyd entra en coup de vent dans le café, emmena Dewey dans les toilettes et éclata presque en sanglots :

« Les hommes vont remporter leur matériel à Jacksboro.

– Il ne faut pas les laisser faire. S'ils quittent le coin, nous ne les reverrons jamais. »

Les deux associés, avec de larges sourires comme s'ils venaient de conclure un marché fantastique dans les toilettes, traversèrent la salle sans un mot pour partir à la recherche du chef d'équipe.

Rusk avait raison. Les hommes préparaient le matériel pour le charger sur les camions.

« Attendez ! leur cria Dewey. Nous vous offrons un seizième de nos sept huitièmes ! »

Ils acceptèrent le risque, parce qu'ils avaient vu, eux aussi, les signes attestant la présence de pétrole.

« Pouvons-nous nous permettre de leur donner autant ? » demanda Rusk ensuite.

Dewey lui expliqua la philosophie du prospecteur :

« Si le puits est sec, peu importe le pourcentage qu'ils auront. Et, si le pétrole coule à flots, comme je le crois, qui leur en voudra de prendre leur part ? »

Une semaine avant la fin des baux, les associés n'avaient pas encore réuni des fonds suffisants, mais deux amis de Kimbro proposèrent leurs économies, en échange d'un huitième de sa part pour l'un et d'un seizième pour l'autre – les droits de propriété du puits devinrent si fractionnés que Floyd eut du mal à démêler les proportions.

Trois jours avant l'échéance, toute l'opération faillit capoter sous le scandale. Les deux amis de Kimbro, méfiants, entendirent courir le bruit que le prospecteur leur avait monté un tour à sa façon, et se rendirent en ville pour l'égorger.

« Il a vendu deux cents pour cent de son puits. Il l'a bradé dans tout l'est du Texas.

– Qu'est-ce que ça veut dire ? demandèrent les gens de Larkin.

– Vous ne voyez pas ? Si le puits est sec, comme les deux autres, il ne nous doit rien. Il a empoché deux fois l'argent nécessaire au forage, n'en a dépensé qu'un quart, et il filera en riant avec notre beau pognon. »

Ils trouvèrent Dewey Kimbro en train d'arpenter les collines pour décider de l'emplacement exact de son dernier puits. Il n'avait pas vendu deux cents pour cent, et il était certain de trouver du pétrole. Il jouait tout ce qu'il possédait sur un seul coup de dés. Joueurs eux aussi, ils acceptèrent de partager le risque.

Deux jours avant l'échéance, Rusk et Kimbro eurent enfin un peu de chance. Un prospecteur de l'Oklahoma s'était dit que, si Dewey Kimbro, ancien employé de Humble et de Gulf, croyait en la présence de pétrole dans la région de Larkin, l'endroit méritait bien un essai. Son équipe avait foré un puits à l'est de Rusk n° 1. Ils ignoraient bien entendu que Dewey avait trouvé des signes positifs dans la direction opposée. Ils avaient creusé jusqu'à mille cinq cents mètres, mais ils étaient passés à côté du gisement. Ils annoncèrent leur échec le 28 juin.

La nouvelle aida Kimbro de deux manières : elle confirmait son intuition que le gisement ne se trouvait pas à l'est de Rusk n° 1 ; et elle désespéra tellement les propriétaires terriens de Larkin – trois puits, trois seaux de poussière – qu'ils étaient prêts à se débarrasser de leurs droits sans valeur dans toute la région. Redoublant d'énergie, Dewey lança à Rusk et à ses deux amis :

« C'est le moment de ramasser tous les droits disponibles dans le secteur. Bon Dieu ! Personne ne prêtera donc dix mille dollars ? »

Condamné à la ruine totale si Rusk n° 3 ne touchait pas au but, il passa deux jours à engager jusqu'à son dernier sou, persuadé qu'il allait enfin tomber sur la fortune. A coups de télégrammes, d'appels téléphoniques et de prières ardentes à tous les spéculateurs de la région Larkin-Jacksboro-Fort Griffin, il réunit une belle somme qu'il consacra à l'achat des droits de toute la région entourant le gisement.

A 6 heures du matin, le 30 juin 1923, Dewey Kimbro apparut au café des pétroliers avec un sourire si confiant et naturel qu'un nouveau venu l'aurait cru sur le point de forer un puits avec tout le poids de Gulf Oil derrière lui. Lorsque Rusk entra à son tour, transpirant comme un porc, Dewey lui prit le poignet et lança à mi-voix :

« Essuyez-vous la figure ! »

Dewey s'était déjà trouvé dans des situations aussi périlleuses ; pour Floyd, c'était la première fois.

Et, par un après-midi d'août 1923, un traîne-savate qui contemplait le forage de Rusk n° 3 revint à Larkin au volant de sa Ford en criant :

« Ils ont du pétrole ! »

Les habitants, espérant voir un énorme jet noir s'élever au-dessus de la plaine, se précipitèrent vers le réservoir, où les roughnecks dansaient en criant de joie et se lançaient de grandes claques sur les épaules. Pas une goutte de liquide ne jaillissait ; le gisement Larkin n'avait ni l'ampleur ni la pression souterraine suffisante pour offrir un spectacle aussi éblouissant, mais Dewey Kimbro annonça :

« Cent dix barils par jour, pendant des années. »

Il ne se trompait pas. Le gisement Larkin serait lent mais constant. Vaste en étendue mais peu profond, c'était le genre de gisement qui permet de forer des puits presque n'importe où dans ses limites avec l'assurance paisible que, vers neuf cents mètres, dans la couche de sable meuble, une quantité modeste de pétrole pourra être puisée pendant des années.

« Le plus beau, annonça Kimbro à Rusk quand ils rentrèrent, à minuit, c'est que nous connaissons assez bien le périmètre du gisement. Notre premier forage et celui du prospecteur de l'Oklahoma nous ont montré ses limites vers l'est ; notre n° 2 nous a indiqué où il s'achève à l'ouest. Il nous suffira d'explorer au nord et au sud.

– Nous contrôlons tous les droits. Et pour toujours… » répondit Rusk.

Pendant un instant d'allégresse, ces deux hommes qui voulaient naguère se tuer dansèrent ensemble dans la cuisine sans lumière.

Au début de l'automne 1923, Larkin devint le pôle d'attraction de tout le Texas. Tous les prospecteurs d'Amérique y convergèrent pour tenter leur chance sur le pourtour du gisement encore mal défini. Pour un œil non expérimenté, le gisement Larkin ne ressemblait nullement à une nappe pétrolifère typique : à peine un puits était-il foré que l'on démontait le derrick pour le transporter sur un autre endroit et effectuer un nouveau forage. Le pompage des profondeurs à la surface était confié à un « petit cheval », appareil peu romantique, bas sur le sol, qu'on ne remarquait pas de loin. Le petit cheval, qui marchait à l'essence, relevait et abaissait sans cesse son bras, aspirant le pétrole qui allait transformer les joueurs de Larkin en millionnaires.

Les compagnies, grosses et petites, dépêchèrent leurs avocats pour acheter des droits minéraliers, mais, où qu'ils aillent, ils se trouvaient en face de Floyd Rusk : ou bien la terre lui appartenait, ou bien il possédait les contrats de droits, ou bien il avait un pouvoir pour gérer les contrats détenus par son associé Dewey Kimbro.

Rusk fit alors la preuve de sa compétence matoise et de sa voracité sans limites. Il s'aperçut très vite que Kimbro et lui contrôlaient plus de terrain qu'ils ne pourraient jamais en exploiter. S'ils n'agissaient pas vite, ils perdraient une partie de leurs contrats à court terme et verraient d'autres hommes aspirer le pétrole. Comme s'il était impliqué dans ce genre d'affaires depuis des générations, Rusk céda ses contrats à de grandes compagnies, en les dispersant pour qu'elles fassent le moins de mal possible à ce qu'il conservait, et en utilisant l'argent de ces ventes pour creuser de nouveaux puits.

« On peut très bien gagner sa vie en achetant et vendant des droits sans jamais creuser un seul mètre de puits, déclara-t-il à Kimbro. Laissons les idiots faire une partie du sale travail. »

Et une différence fondamentale entre les deux associés se fit jour. Kimbro aimait le pétrole lui-même, la recherche sans fin, même les échecs qui vous brisent le cœur, le coup de chance, la rencontre de l'or noir à la surface, alors que Rusk ne s'intéressait au pétrole que dans la mesure où il lui remplissait les poches. Il adorait les contrats délicats, l'exploitation, l'accumulation de richesse que le pétrole permettait.

Laissé à lui-même, Kimbro aurait arpenté tout le Texas à la recherche de nouveaux gisements, les aurait explorés, puis aurait laissé à Floyd Rusk le soin de les exploiter. Il ne s'intéressait à l'argent que dans la mesure où cela lui permettait de découvrir d'autres puits. Mais, tenu en laisse par Rusk, il demeura dans les parages du gisement Larkin, que les deux associés manipulèrent comme s'il s'agissait d'une vaste partie de poker. Plus d'une grande compagnie classa dans ses dossiers un mémorandum recommandant que l'on fasse assassiner Floyd Rusk ou qu'on lui donne un siège au conseil d'administration : « Cet enfant de salaud s'y connaît en pétrole. »

Ils n'avaient raison qu'en partie, car, si Rusk maîtrisa vite les complexités des contrats, jamais il ne put se représenter le lac d'or noir qui s'étendait sous son ranch et sous les terrains dont il possédait les droits minéraliers. Jamais Kimbro ne parvint à lui expliquer qu'un gisement de pétrole est l'une des merveilles de la nature, dans un état d'équilibre fragile :

« Nom de Dieu, Floyd, notre gisement a une vie limitée. La pression, qui fait remonter le pétrole, doit être maintenue à tout prix. » Kimbro traça des cartes du réservoir souterrain et montra à Floyd comment le piège de roches dures maintenait le lac de pétrole en position, puis comment l'eau et les gaz fournissaient la pression qui permettait au pétrole de remonter à la surface. « Détruisez cette pression, ou diminuez-la trop, et votre gisement est perdu. »

Il stupéfia Rusk en lui apprenant que, si l'on continuait à forer des puits sans discernement autour de Rusk n° 3, la pression baisserait à tous les sites et l'on ne pourrait même pas recueillir dix pour cent de tout le pétrole contenu dans le gisement. Quand Floyd comprit enfin, sa réaction fut exactement l'inverse de celle que Kimbro escomptait :

« Par Dieu, si c'est limité, prenons le nôtre tout de suite ! »

Il creusa donc de plus en plus de puits sur sa propriété et produisit bientôt plus de brut que le marché ne pouvait en consommer. Sur les terrains dont il avait cédé les droits minéraliers, il encouragea chacun à faire de même, et bien entendu le prix tomba brusquement d'un dollar le baril à même pas dix *cents* ! Même alors, il ne comprit pas la nécessité d'une plus grande discipline. En vrai Texan, il beugla :

« Nous ne voulons pas que le gouvernement se mêle de nos affaires. Nous avons découvert ce gisement. Nous l'avons mis en exploitation, et, par Dieu, nous le gérerons à notre idée. »

Cette attitude de gaspillage n'était nullement absurde de son point de vue personnel, car il avait plus d'une manière de multiplier sa richesse. Il possédait en totalité trente-trois puits ; il contrôlait soixante-quinze pour cent de dix-neuf autres ; et il recevait des loyers énormes chaque année pour les contrats qu'il avait cédés aux grandes compagnies. A la fin des douze premiers mois, il avait gagné quatre millions de dollars et, selon toute vraisemblance, il doublerait, triplerait et quadruplerait cette somme.

Sa chance fabuleuse influa peu sur son apparence, car il dépensait rarement un sou pour lui-même. Il continua de déplacer sa masse énorme dans sa camionnette Ford ; il porta la même tenue de rancher, le même Stetson râpé, la même paire de bottes General Quimper – les meilleur marché de la gamme. Le matin, au petit déjeuner, dans le café dont les trente tables étaient maintenant occupées par les hommes du pétrole, jamais il ne faisait mettre les additions à son compte, sauf s'il avait personnellement invité quelqu'un, ce qui était rare. Il ne donnait pas d'argent à l'Église baptiste, ni à l'école, ni à l'hôpital. En fait il s'occupait très peu de ses revenus et aurait été bien en peine de dire à quiconque combien il avait accumulé.

Mais il acheta trois bons taureaux, car, au Texas, pétrole et élevage allaient de pair, relation symbiotique jamais comprise par les prospecteurs de pétrole venus du Nord. Sur mille puits de pétrole texans, neuf cents ont été forés pour qu'un rêveur sans le sou puisse s'offrir un ranch, et l'on dit volontiers : « Rien ne fait mieux pousser le bétail qu'un bon pâturage, une pincée de phosphore dans le sol et la liberté de se gratter le dos à un derrick. »

Avec son premier gros chèque de Gulf Oil pour ses droits, Rusk acheta cinq mille arpents de plus pour son ranch. Quand il reçut son deuxième chèque, il alla voir Paul Yeager :

« Je crois que mon père à commis une erreur en te promettant ces terres, et moi une faute encore plus grave en légalisant la donation. Paul, je veux les racheter. Quel est ton prix ?

– Elles ne sont pas à vendre.

– Paul, tu n'as pas les droits minéraliers. Pour toi, ce ne sont que des cailloux avec un peu d'herbe. Tu n'en feras jamais rien. J'en ai besoin.

– Je te l'ai dit : je ne vends pas.

– Tu sais que nous allons encore installer six ou sept puits sur tes champs ?

– Sûrement pas.

– Voyons, Paul, c'est la loi. Fixe-moi ton prix. Soixante dollars l'arpent ? Quatre-vingts dollars ? »

Rusk fut incapable de conclure l'affaire. Quelques jours plus tard, il envoya ses hommes du côté du réservoir pour forer un puits de plus sur les terres de Yeager. Ils revinrent presque aussitôt avec une histoire horrible :

« Nous nous sommes dirigés vers le nord des terres Yeager comme vous nous l'aviez indiqué, mais il nous attendait à la barrière avec un fusil de chasse. Nous lui avons expliqué que nous étions dans notre droit, mais il a dit : " Plus de loi ! Si vous entrez sur mes terres, je tire… " Nous avons continué de rouler, comme vous nous aviez dit, et, nom de Dieu ! Il a tiré…

– Il a tué quelqu'un ?

– Elmer est salement blessé. Le médecin s'occupe de lui. »

Saisi de fureur, Floyd sillonna la ville à la recherche du shérif, le trouva, réunit une bande de ses hommes et partit régler la question de Paul Yeager. Ils le trouvèrent debout à la barrière de son ranch, le fusil de chasse toujours à la main.

« N'entrez pas, lança-t-il.

– Paul, la loi dit que…

– Recule, gros lard ! Je ne veux plus de tes camions sur mes terres.

– Yeager ! cria le shérif. Remettez-moi cette arme et… »

Yeager tira. Non sur le shérif mais sur Rusk, qui, avec une souplesse extraordinaire, se jeta au sol, dégaina ses Colts et tua son beau-frère de deux balles dans la tête.

Bien entendu, il y avait dix-sept témoins, dont le shérif, pour attester que Paul Yeager avait voulu tuer Floyd Rusk et que celui-ci l'avait abattu en état de légitime défense. Il n'y eut pas de procès. Après les obsèques, Rusk demanda au shérif d'aller au ranch des Yeager et d'offrir à la veuve un bon prix pour ses terres, sans révéler le nom de l'acquéreur. Avant la fin du mois, Rusk avait récupéré les arpents que son père n'aurait jamais dû donner et ses derricks pouvaient se déplacer partout selon son bon plaisir.

Si Floyd Rusk demeura peu touché par sa richesse soudaine, ce ne fut pas le cas de Molly. Dès que le premier chèque de Gulf Oil eut démontré qu'il s'agissait d'une prospérité réelle, elle alla voir Ed Boatright, au garage Chevrolet, loua une voiture avec chauffeur, et partit pour Neiman-Marcus, le grand magasin de Dallas. Elle se rendit dans le salon le plus cher et annonça d'une voix forte qu'elle voulait la première vendeuse et une très grande poubelle.

On la conduisit dans un coin discret où l'on ne présentait que ce qui se faisait de mieux – tissus anglais, ligne française –, et elle se mit à se déshabiller en lançant chaque vêtement de son vieux costume dans la poubelle qu'on lui avait apportée. Quand elle n'eut plus rien sur la peau, sauf sa culotte, elle s'écria :

« Je veux que vous les jetiez au feu.

– Nous allons les emporter au sous-sol.

– Je veux que vous les fassiez brûler ici. Je ne veux plus revoir ces maudits haillons.

– Mais madame...

– Pas de madame ! Brûlez-les. »

On appela le directeur. Comme Molly était presque nue, il ne lui parla pas directement et donna l'ordre de ne rien brûler à l'étage. Molly tempêta de plus belle. Il demanda :

« Mais qui est donc cette cinglée ?

– La femme du type qui a trouvé du pétrole à Larkin.

– Brûlez ! »

On fit venir des pompiers, mais, pour qu'ils puissent entrer, on demanda à Molly d'enfiler un peignoir.

« Je l'achète », dit-elle.

Ainsi drapée, elle regarda les soldats du feu superviser la destruction de son ancienne garde-robe. Quand le feu s'éteignit, elle battit des mains. Puis elle acheta à la place cinq mille six cents dollars de vêtements et commanda pour trois mille huit cents dollars d'autres articles qui seraient livrés directement à Larkin quand ils arriveraient de New York et de Londres.

Elle renvoya le chauffeur d'Ed Boatright avec ses nombreux achats sur le siège arrière de sa Chevrolet, elle acheta une grosse Packard neuve à un marchand de voitures de Dallas recommandé par Neiman-Marcus et elle engagea un des chauffeurs de la maison pour la ramener à Larkin.

En quatre mois, la population de Larkin sauta de 2329 habitants à plus de 19700, et le changement fut littéralement révolutionnaire. Prenons l'exemple du logement. Comment une aussi petite ville aurait-elle pu faire face avec les bâtiments existants à un tel afflux de population ? Il fallut rechercher des solutions extraordinaires. Les résidents de longue date restèrent bouche bée quand ils virent arriver sur la route de Jacksboro un convoi de soixante mules traînant quinze remorques plates sur lesquelles se trouvaient quinze maisons arrachées à leurs fondations, dans l'Est. On se battait pour une tente, et toute personne possédant une chambre d'amis pouvait la louer trois dollars par jour. De nombreux lits servaient vingt-quatre heures sur vingt-quatre, partagés par trois hommes : huit heures chacun. On s'arrachait tout ce qui se mangeait, n'importe où, dans n'importe quelles conditions.

Tous les commerçants triplèrent leur chiffre d'affaires le premier mois, et, à la fin de l'année, tous ceux qui vendaient aux hommes du pétrole ce dont ils avaient besoin se retrouvèrent fabuleusement riches. Les Tumlinson avaient six camions sur la route pour transporter le bois nécessaire à la construction des derricks et des bâtiments annexes, sur les sites. Ils firent venir d'énormes quantités de charbon pour l'hiver et tout l'outillage et la quincaillerie qu'ils purent trouver à Fort Worth et à Dallas. L'un des jumeaux déclara :

« En fait, nous sommes une plaque tournante. Ce que nous pouvons faire venir ne reste pas au-delà du weekend. »

Ed Boatright vendit toutes les voitures sur lesquelles il

pouvait mettre la main et avait maintenant six mécaniciens pour assurer leur entretien :

« Les chemins des gisements de pétrole sont capables de tuer n'importe quelle voiture, mais mes hommes ont du génie... »

L'afflux de l'argent modifia bien des choses, car c'étaient justement les piliers du Ku Klux Klan réactionnaire qui gagnaient le plus d'argent. Des meneurs comme les jumeaux Tumlinson ou Ed Boatright étaient trop préoccupés par leurs commerces en pleine expansion pour surveiller la moralité publique. Un homme plus âgé, qui avait pris le Klan très au sérieux, essaya de rassembler ses cohortes comme autrefois, mais les jeunes lui répondirent :

« Laissons cette affaire de pétrole suivre son cours... Nous avons besoin de ces nouveaux bâtiments et du reste... Nous nous occuperons ensuite de ce qui aura débordé. »

Le Klan n'avait nullement l'intention de fermer boutique ; ses motivations étaient trop profondes et violentes, mais il tenait à ne pas manquer son dollar tant que l'occasion se présentait.

Certaines activités du boom valurent sans doute des remords de conscience à plus d'un citoyen de Larkin, membre du Klan ou non. La fameuse Nora, que le Klan avait punie autrefois, dirigeait à présent une maison abritant onze jeunes femmes – certaines venaient même de Denver ! –, et nul ne pouvait ignorer quel genre de commerce elles exerçaient. Le fondateur de la prospérité de Larkin, Dewey Kimbro, logeait toujours là-bas avec son amie Esther, mais on pouvait lui pardonner car il allait devenir millionnaire — ce qui excuse bien des choses.

Au demeurant, les ci-devant puritains auraient été ravis que le pittoresque sordide de leur ville ne dépasse pas le seuil discret de la maison de Nora, mais Larkin reçut une sacrée gifle quand un journaliste du *New York Times* vint vérifier sur place le bruit selon lequel « Larkin était la petite ville la plus pourrie de toute l'Amérique ». Il fouina pendant neuf ou dix jours et recueillit les habituels ragots sur « un saloon baptisé “ le Seau de Sang ” et une salle de jeux appelée “ la Perdition du Missionnaire ” ». Il en allait de même dans presque chaque ville du pétrole en pleine prospérité et dans chaque tête de ligne temporaire de l'Ouest, mais l'article du *New York Times* choqua parce qu'il révélait en détail comment les bourgeois de la ville profitaient du boom :

> Chaque dimanche matin, peu après l'aurore, le shérif et ses sbires enthousiastes font le tour des bouges et des cercles de jeu pour arrêter les dames de la nuit qui s'y trouvent encore et les conduire à la prison dans le fourgon capitonné Ford appartenant à la police. Cela se produit dans toutes les villes de la frontière, et n'a donc rien de remarquable.
> Ce qui surprend, c'est que lundi matin ces dames, dont certaines sont d'une beauté hors du commun, s'alignent au balcon du beau palais de justice rouge et blanc, sur la place publique ; les gens du pétrole et les jeunes de la ville se rassemblent devant elles sans se faire prier, puis un juge se présente sur le balcon à son tour, lève le bras de la première des jeunes personnes et annonce le montant de l'amende qui lui a été infligée.
> Et les enchères commencent. Les hommes, en contrebas, se disputent avec ardeur le privilège de payer l'amende de la donzelle, la mise à prix étant bien entendu le montant de l'amende. Si Mary Belle a été condamnée à trois dollars, les enchères commencent à ce prix, mais l'amende peut monter aussi haut que les charmes de Mary Belle le justifient, et les cris des enchérisseurs rendent la cérémonie fort passionnante.
> Le vainqueur paie le montant de l'amende et reçoit en échange tous les droits sur la jeune personne pendant les vingt-quatre heures suivantes. Du mardi au samedi, bien entendu, elle travaille à sa place habituelle, mais le dimanche elle sera arrêtée et le lundi l'enchère se reproduira.
> Quand nous avons demandé à un notable de Larkin comment se justifiait un comportement de cette espèce, il nous a expliqué : « Il faut bien que nous trouvions quelque part de quoi payer les renforts de police. »

Lorsque l'article parvint à New York, les rédacteurs du *Times* jugèrent, non sans raison, d'appliquer une fois encore la célèbre devise de leur journal : « Toutes les nouvelles dignes d'être imprimées. » Et ils censurèrent le passage pour respecter leurs principes. Cette décision froissa tellement le jeune journaliste qu'il envoya l'article sans en changer une ligne à un de ses confrères de Chicago, dont le journal non seulement publia l'histoire, mais demanda des photos par télégramme. Un homme de l'art prit une série de clichés très démonstratifs, et l'accompagna d'une légende précisant que les charmantes personnes, ce lundi-là, avaient atteint le prix moyen de neuf dollars quatre-vingts, soit six dollars quatre-vingts de plus que leur amende de base.

Ces détails étaient amusants, mais un autre aspect du boom s'avérait plus sinistre. Toute ville qui se trouvait au centre d'une découverte d'or noir, surtout quand le gisement était prometteur, attirait inévitablement des éléments criminels. Au début de l'hiver 1924, Larkin vit affluer une armada de joueurs, de cambrioleurs, d'escrocs, de voleurs, d'assassins en cavale, et autres déchets de l'humanité.

« Cette ville devient ingouvernable », s'écria Floyd Rusk le matin de janvier où l'on trouva deux cadavres dans une ruelle voisine du palais de justice.

Il ne connaissait pas encore l'identité des morts.

« Mon Dieu, Floyd ! C'est Lew Tumlinson. »

Or, jamais il ne s'était mêlé à la pègre, et il n'avait pas été volé. Son cadavre se trouvait assez loin de son affaire de bois de construction, mais dans un quartier respectable de la ville, et personne ne se rappelait l'avoir vu fricoter avec les jeunes dames importées. Sa mort demeura un mystère, qu'on oublia vite.

Les échanges de coups de feu provoquaient en moyenne un cadavre toutes les deux semaines et demie – nullement un record pour une ville du pétrole. En général, les morts étaient consécutives à des parties de cartes et de dés, ou bien à des rixes pour les beaux yeux d'une femme. Presque personne ne tirait pour l'argent, comme au temps où Peavine le Crotale hantait la contrée. Le *Défenseur* écrivit dans un éditorial : « Il est bien naturel que des hommes trop longtemps contraints à des besognes moins aventureuses trouvent un exutoire à la tension de leur esprit dans une ville du pétrole. »

Puis l'on trouva le cadavre d'Ed Boatright, et les gens de la ville commencèrent à se demander : « Ces hors-la-loi vont-ils nous tuer tous ? Est-ce que la situation nous échappe ? » Certains anciens ku-kluxers songèrent à reconstituer leur milice pour remettre la ville à la raison. Mais la vie continua, avec de temps en temps un flambeur ou un roughneck recevant du plomb dans les côtes, jusqu'au jour de mars où, à la suite d'une malencontreuse fusillade, on retrouva l'autre jumeau Tumlinson le nez dans le caniveau.

La terreur régna du jour au lendemain. Les responsables des compagnies pétrolières engagèrent des gardes armés. Mais le plus effrayé de tous les habitants de Larkin ne fut autre que Floyd Rusk. Avec sa fortune toute neuve, il semblait une cible idéale. Quand des amis lui suggérèrent de prendre un garde du corps, il les écouta. Un soir dans sa cuisine – il n'avait pas encore de bureau –, tandis qu'il songeait au triste état dans lequel sa ville venait de tomber, une pensée terrifiante lui traversa l'esprit : Boatright ! Les deux Tumlinson ! Ils étaient avec moi quand nous avons fouetté Dewey Kimbro.

Il se mit à transpirer. Le lendemain matin, Kimbro n'avait-il pas prononcé les noms de Boatright et des Tumlinson ? Il s'effondra sur sa chaise et fixa le mur nu. Trois déjà morts. Bientôt le quatrième. Ce petit salopard de Dewey a attendu que la ville soit pleine de voyous et de vauriens. Il guette le moment où il y a du grabuge dans les rues, et… Il avait un pistolet à la main le jour où il est venu me parler… Il a résolu de me tuer.

Prenant un porte-plume dans le compotier (c'était toujours là que Molly et lui le rangeaient), il rédigea une lettre au gouverneur du Texas, dont il avait subventionné la campagne électorale.

> La ville de Larkin, comté de Larkin, n'est plus gouvernable. Envoyez-nous, s'il vous plaît, la milice.
>
> *Floyd Rusk.*

Il arriva en ville à cheval, comme son grand-père en 1883. Comme lui, il ne se présenta à personne, partagea un lit avec des ouvriers du pétrole et fréquenta discrètement les saloons et les salles de jeu. Il se rendit dans les claques où les prostituées menaient leurs débauches et étudia les alentours de la banque, déjà dévalisée une fois. Il arpenta le cimetière pour examiner les tombes sommaires, à la recherche d'un nom correspondant à sa liste imprimée de desperados à arrêter à vue. Au bout de cinq journées bien remplies, pendant lesquelles personne n'avait deviné qui il était, il s'était fait une idée claire des tenants et des aboutissants de Larkin.

Il avait vingt-cinq ans, ne mesurait guère plus d'un mètre soixante-dix et ne pesait que soixante-cinq kilos. Il avait les yeux bleus, si fréquents parmi les hors-la-loi et les hommes de loi de la frontière. Il maniait son revolver à une vitesse fulgurante et avait tendance à l'utiliser davantage que son grand-père. Comme ce dernier, il ne craignait rien. Il trouvait naturel qu'on l'envoie tout seul nettoyer une ville du pétrole en révolte contre la loi, car c'était son métier. Le sixième jour, il commença.

Il se présenta, toujours discrètement, au café où les hommes du pétrole et les gens de la ville discutaient à partir de 6 heures chaque matin, frappa sur un verre avec une petite cuillère pour attirer l'attention, puis annonça :

« Je suis Oscar Macnab, Texas Ranger, envoyé par le gouverneur pour mettre de l'ordre dans cette ville. » Avant que quiconque puisse réagir, il bondit comme un chat, revolver braqué, et arrêta trois hommes qui revendaient du matériel de forage volé. Il les poussa dans un coin de la pièce et les remit au shérif, effrayé, en l'avertissant : « Quand je passerai à votre bureau, je veux voir ces trois-là en prison. »

Il engagea comme adjoints trois citoyens de bonne réputation – il n'avait aucun droit légal de le faire – et leur demanda s'ils étaient armés. L'un d'eux ne l'était pas, chose rare à Larkin. Il se fit donc prêter un revolver et quitta le café avec ses adjoints pour nettoyer la ville.

Par bonheur, la plupart des chenapans et des fauteurs de trouble étaient encore au lit à cette heure matinale. Il eut donc peu de mal à les trouver. En chemises de nuit ou en pantalons enfilés à la hâte, les joueurs, les aigrefins et les maquereaux se retrouvèrent bientôt dans les sous-sols du palais de justice. En tout, trois douzaines de malfaiteurs. Ce n'était pas une prison, mais les soupiraux avaient des barreaux, et Macnab posta à la porte deux hommes armés de fusils de chasse, à qui il donna des ordres qui glacèrent le sang des détenus :

« Si l'un d'eux tente de s'évader, n'hésitez pas. Tirez dans le tas. »

Puis il se rendit au bureau du shérif et lui demanda de réunir les agents de la ville. En présence de ses nouveaux adjoints, il demanda d'un ton méprisant :

« Pourquoi avez-vous laissé cette ville dégénérer ainsi ?

– Parce que toute la population le désirait », lui fut-il répondu, ce qui n'était pas loin de la vérité.

Oscar Macnab, malgré sa jeunesse et ses fanfaronnades, n'était pas stupide. Après avoir inculqué un peu d'honneur aux agents de la police locale, il alla au bureau du télégraphe envoyer une dépêche au quartier général des Rangers : BESOIN D'AIDE. ENVOYEZ LOUP SOLITAIRE. Puis il entreprit de consolider sa position avant que la racaille ne s'aperçoive qu'il était tout seul.

Il se rendit chez Floyd Rusk et s'assit en face de lui dans la cuisine, sans revolver visible, sans expression sur ses traits.

« Si j'ai bien compris, c'est vous qui avez écrit au gouverneur. Racontez-moi un peu… »

Rusk n'attendait que cette occasion. Il déversa un tel flot de renseignements et de plaintes que Macnab dut plus d'une fois le remettre sur la voie :

« Mais vous faisiez *vous aussi* partie des hommes qui ont fouetté Dewey Kimbro cette nuit-là, non ? » Puis : « Je ne comprends plus. Maintenant, Dewey Kimbro serait votre associé ? Et en tant qu'associé vous le trouvez parfait ? » Et enfin : « Avez-vous le moindre indice prouvant que Kimbro ait abattu vos trois comparses ?

– Ils n'ont jamais été mes comparses, Ranger Macnab. Le Klan les avait désignés pour faire ce travail.

– A ce qu'on m'a dit, n'étiez-vous pas le patron du Klan ? »

Il n'accusait pas Rusk, il posait simplement la question ; Floyd se défendit avec véhémence :

« Je n'étais pas le *kleagle*. A vrai dire, nous n'en avons jamais eu.

– Mais vous preniez les décisions ?

– Je n'étais qu'un membre comme les autres.

– Je vous crois. A votre avis, de membre comme les autres, pourquoi votre groupe avait-il décidé de fouetter Dewey Kimbro ?

– Eh bien, euh... Sa conduite était immorale. Il vivait avec cette femme... Vous avez dû la rencontrer : Esther. Nous lui avons dit de cesser ou de quitter la ville.

– Vous ne lui avez rien dit. Vous l'avez fouetté.

– Nous l'avions averti. Nous prévenions tout le monde. Nous ne tolérions pas l'immoralité. »

Macnab sourit de toutes ses dents :

« J'ai l'impression que vous en tolérez pas mal en ce moment. Toutes ces femmes dans leurs maisons de passe...

– Les temps ont changé, Ranger Macnab. »

A quel point ? Macnab l'ignorait car il n'avait pas encore assisté aux enchères du lundi. Le juge n'avait pas cru bon de modifier son programme à cause de la simple présence d'un Ranger, et Macnab n'intervint pas. Il demeura à l'écart, abasourdi, et décida de ne rien faire tant qu'il n'aurait pas reçu l'aide demandée.

Membre légendaire des Texas Rangers, Lone Wolf Gonzaullas, le Loup solitaire, était un fort bel homme de trente ans passés, connu pour ses vêtements toujours impeccables et sa courtoisie typiquement sudiste. Mais sa réputation lui venait surtout de sa façon d'utiliser les revolvers à crosse de nacre que lui avaient offerts les citoyens d'une ville où il avait rétabli l'ordre et la loi. Surtout, il devait être le seul capitaine de Rangers ayant du sang espagnol dans les veines.

Comme Oscar, il arriva à Larkin à cheval, et comme Otto il ne signala sa présence à personne, sauf à son collègue Ranger. Il étudia la situation, vérifia la prison et la cave du palais de justice, puis il dit à Oscar :

« Tu as très bien manœuvré jusqu'ici. A présent, il nous faut quelque chose qui attire leur attention.

– A quoi songez-vous ?

– Dans des endroits comme celui-ci, je m'en suis souvent bien sorti avec un poteau à piaffer.

– Qu'est-ce que c'est ?

– Trouve-moi deux pelles. »

Ils partirent à la sortie de la ville, creusèrent un grand trou et préparèrent des pierres. Puis, avec leurs deux chevaux, ils tirèrent un poteau de téléphone de quatre mètres, qu'ils plantèrent dans le trou et calèrent avec les pierres.

Ensuite les deux Rangers firent le tour des saloons et des bouges et ramassèrent au hasard toutes les têtes qui ne leur revenaient pas. Ils les traînèrent à la sortie de la ville et fixèrent leurs menottes à des chaînes attachées au poteau.

« Maintenant, piaffez ! lança Gonzaullas, pendant que les gens convenables de la ville se moquent de vous. »

Il resta pour monter la garde et Macnab descendit au sous-sol du palais de justice pour aller chercher sa quarantaine de détenus. A la pointe du revolver, il les conduisit au poteau à piaffer, où Gonzaullas les enchaîna à leur tour.

« Réfléchissez ! Vous avez jusqu'à 4 heures cet après-midi. Ensuite, nous prendrons des décisions. »

Ils se mirent à transpirer sous le soleil ardent, puis un des hommes, qui avait bu de la bière, gémit :

« Il faut que j'aille aux toilettes.

– Personne ne t'en empêche », répliqua Lone Wolf.

Cette humiliation brisa la volonté des voyous.

A 4 heures, Gonzaullas révéla son plan :

« Si vous avez quitté la ville avant le coucher du soleil, plus d'ennuis. Si vous restez en ville après la tombée de la nuit, attention. Ranger Macnab, commencez à les libérer. » Otto ouvrit les menottes, dénoua les cordes, et les prisonniers commencèrent à préparer leur fuite. Quand ils furent presque tous libérés, Lone Wolf s'adressa aux citoyens de Larkin : « Messieurs, tout est terminé. »

Il tourna les talons, glissa dans ses étuis ses revolvers à crosse de nacre, se dirigea vers son cheval, fit signe à Macnab et revint en ville, car il désirait parler à Floyd Rusk.

Les deux Rangers s'installèrent en face de Floyd, dans la cuisine, pour examiner l'accusation de ce dernier contre Dewey Kimbro. Gonzaullas mena l'interrogatoire :

« Pendant la période où les jumeaux Tumlinson et Boatright ont été assassinés, combien d'autres morts violentes dans la ville ?

– Neuf ou dix.

– Pourquoi considérez-vous que leur cas est spécial ?

– Les autres étaient des vauriens… des gens d'ailleurs. »

Gonzaullas passa deux jours à interroger les citoyens de Larkin, notamment Nora et Esther, qu'il rencontra ensemble :

« Nora, vous prétendez que Jake et vous avez été enduits de goudron et couverts de plumes, puis que Jake a été assassiné ?

– Oui.

– Vous savez qui l'a fait ?

– Je le devine sans peine.

– Et vous, mademoiselle Esther, vous dites que votre ami Kimbro a été fouetté sous vos yeux ? Savez-vous par qui ?

– J'ai entendu des noms.

– Lesquels ?

– Lew Tumlinson.

– Qui d'autre ?

– Son frère Les et Ed Boatright.

– Ils sont morts tous les trois.

– Ils méritaient la mort.

– Kimbro connaissait-il ces noms ?

– Il m'a recommandé de ne jamais les oublier… Il avait le dos en sang…

– Vous croyez qu'il a abattu ces trois hommes ? Pour se venger ?

– Je suis contente que quelqu'un l'ait fait. Ils étaient revenus, vous savez. Pour me menacer du fouet, si je restais en ville.

– Pourquoi êtes-vous restée ?

– Dewey a conclu un marché avec M. Rusk. Le fait que je reste faisait partie du marché, m'a dit Dewey.

– Mais si Dewey, comme vous dites, est l'associé de M. Rusk, il a dû gagner beaucoup d'argent. Pourquoi vit-il dans une maison comme celle-ci ? Pourquoi vivez-vous ici, vous aussi ?

– Nous aimons la vie simple. »

Gonzaullas et Macnab conclurent que Dewey Kimbro avait probablement abattu ses trois agresseurs du Klan, mais il n'y aurait jamais la moindre preuve. Un matin, quand la ville parut définitivement soumise, Lone Wolf suggéra à Macnab :

« Nous ferions bien de nous occuper des premiers rôles. »

Ils convoquèrent Kimbro dans la cuisine de Floyd Rusk.

Sur un ton glacial, Macnab exposa la situation, car il était officiellement responsable bien que Gonzaullas fût son aîné de huit ans :

« Rusk, vous étiez cette nuit-là à la tête de la bande qui a flagellé Kimbro. Kimbro, nous savons que vous avez appris les noms des hommes qui vous ont fouetté, et nous avons de bonnes raisons de penser que vous avez abattu ces hommes l'un après l'autre, par vengeance. Mais nous ne pouvons pas le prouver.

« Nous savons autre chose. Vous avez tué trois hommes, Kimbro ; mais vous en avez également tué trois, monsieur Rusk : deux à Dodge City et M. Yeager à la barrière de son ranch. Le Ranger Gonzaullas et moi avons tué également plus d'un homme, dans l'exercice de nos fonctions. Nous sommes donc tous égaux dans cette pièce, à cet égard. Ranger Gonzaullas, voulez-vous leur indiquer ce que nous recommandons ?

– C'est simple. Les coups de fouet ont été donnés il y a longtemps. Si vous oubliez tout, nous ferons de même. Vous êtes associés depuis des mois ; de bons associés, m'a-t-on dit, des hommes de confiance. Monsieur Rusk, vous nous avez dit que vous aviez peur de vous faire tuer. Par M. Kimbro, bien sûr. Mais j'ai une surprise pour vous. Savez-vous que M. Kimbro nous a avoué qu'il avait, *lui*, peur que *vous* l'abattiez ? Pour obtenir sa part dans votre association, comme vous avez obtenu les terres de Yeager. Et nous estimons qu'il avait bien raison d'avoir peur. »

Rusk, incrédule, se tourna vers son associé :

« Dewey ! Mon Dieu ! Jamais je ne vous tirerai dessus.

– La question est donc réglée, reprit Lone Wolf en posant les mains sur la table. Vous voici associés pour le meilleur ou pour le pire, comme on dit aux noces. Choisissez le meilleur, parce que après notre départ, si nous apprenons que l'un d'entre vous a été tué, nous reviendrons arrêter le survivant.

– Aucun tribunal du pays ne condamnera un homme qui… » commença Rusk.

Mais Gonzaullas le coupa :

« Expliquez-lui, Macnab.
– Le procès n'aura pas lieu. Vous serez abattu, par lui ou par moi, quand vous essaierez de résister à l'arrestation. »

Ainsi fut nettoyée une fois pour toutes, après dix-huit mois d'enfer, la ville pétrolière de Larkin. Une solution texane à un problème texan, et elle fut efficace. Réduite à 3 673 habitants, dont sept millionnaires en dollars, la ville continua son petit bonhomme de chemin.

En 1927, le gouvernement fédéral s'aperçut que la race longhorn était sur le point de s'éteindre dans les plaines de l'Ouest, tout comme le pigeon voyageur et le bison. Les protestations des amis de la nature attirèrent l'attention, et un décret présenté par le sénateur du Wyoming John B. Kendrick accorda trois mille dollars pour la sauvegarde de l'espèce.

On créa une vaste réserve dans les monts Wichita, en Oklahoma, non loin de la frontière texane, puis l'on découvrit que dans tous les États-Unis il y avait, semblait-il, à peine trois douzaines de vaches longhorns authentiques et même pas un bon taureau. On eut plus de chance dans les ranches du Mexique, où les bêtes, restées isolées, avaient parfois conservé les caractéristiques du longhorn texan. Certains éleveurs protestèrent contre l'idée d'importer de l'étranger les éléments constitutifs d'un troupeau destiné à la sauvegarde d'une race purement texane, mais les spécialistes fédéraux les réduisirent au silence en faisant observer : « Au départ, les bêtes étaient venues du Mexique, et quand vous en aviez au Texas vous n'avez pas su en prendre soin. » Le bétail célèbre du Texas fut donc sauvé en Oklahoma par un sénateur du Wyoming qui fit venir des animaux du Mexique.

Mais, vers la fin de leurs recherches, les agents fédéraux apprirent l'existence d'une enclave magique près de la petite ville de Larkin (Texas), où une vieille femme sans nez, au sale caractère, élevait des longhorns depuis aussi loin que remontaient les mémoires. Ils se rendirent aussitôt de la réserve de Wichita à celle d'Emma Larkin, et, dès qu'ils virent Moïse VI en train de paître paisiblement au milieu de ses vaches, avec ses grandes et lourdes cornes bien droites, ils exultèrent :

« Enfin un vrai longhorn ! »

Tout à fait remarquables, les génisses et les taurillons nés de ce taureau présentaient presque toute la « vrille » texane, certains à un degré tellement exagéré que leurs cornes semblaient des pièces de musée.

« Pouvons-nous acheter l'ensemble de votre troupeau ? demandèrent les agents fédéraux dix minutes après avoir vu les longhorns d'Emma.

– Pas question, lança-t-elle.

– Pouvez-vous nous céder le taureau que vous appelez Moïse VI ?

– Même pas si vous me menaciez d'une balle dans la peau.

– Que pouvez-vous nous donner ? C'est un projet fédéral pour sauver la race... »

Ils lui expliquèrent leur tentative et lui montrèrent des photographies du terrain de leur réserve, ce qui l'intéressa, et, quand elle vit les quelques malheureuses bêtes faméliques qu'ils avaient pu réunir jusque-là, elle fut écœurée :

« Vous ne pouvez pas sauver une espèce avec ces éléments-là !

– Nous le savons bien... » répondirent-ils, laissant Emma tirer ses conclusions elle-même.

Elle ne répondit pas, continua de se balancer dans son fauteuil à bascule, petite vieille hantée par sa vision des vastes plaines qu'elle avait tant aimées. Elle revit son père et ses frères en train d'arpenter la région de Larkin et décider d'établir leurs cabanes sur les rives du Brazos. Elle revit des scènes de sa vie au milieu des Comanches, quand elle galopait avec eux du Kansas au Chihuahua. Puis elle revit R.J. Poteet conduisant ses immenses troupeaux de longhorns au marché de Dodge City. De cette multitude d'animaux tourbillonnants se détachaient les bêtes qu'elle avait jugées dignes d'être sauvées. Avec amour, elle se rappela le matin où Earnshaw était arrivé en criant : « Ton taureau a éventré mon taureau ! » Puis elle imagina Moïse, le premier Moïse, en train d'enfoncer la clôture. Le barbelé l'avait empêché de se jeter sur le foin parce qu'il n'avait pas vraiment faim, mais, le jour où ses vaches l'avaient appelé,

Moïse l'avait déchiqueté comme des fils de la Vierge par un matin glacé.

Elle prit sa décision :

« Je vais vous céder Moïse VI et quatre taurillons que vous choisirez parmi les veaux de l'année. Mais surtout, je vous donnerai des vaches descendant en ligne directe de Bertha. J'ai toujours pensé que les cornes spectaculaires de mes longhorns leur venaient de Bertha. Vous voulez voir une photo d'elle ? »

Emma n'accepta pas que les hommes de Wichita chargent ses animaux dans des camions et les conduisent en Oklahoma ; elle insista pour les livrer elle-même. Quand elle vit Moïse se débattre sur la rampe et lancer des coups de cornes à tous ceux qui voulaient l'approcher, elle fut certaine que pendant la douzaine d'années qu'il lui restait il établirait fermement sa lignée.

Elle regarda ses bêtes se disperser dans les prairies de leur nouveau domaine, et l'un des agents fédéraux lui demanda :

« Vous n'êtes pas trop triste de perdre votre merveilleux taureau ?

– Vous n'avez pas vu son fils, à Larkin ! Celui que j'ai mis de côté pour en faire Moïse VII. Il sera deux fois plus beau que son père. »

Elle ne vit pas sa prédiction se réaliser. Sur le chemin du retour, elle sentit un pincement violent dans sa poitrine.

« Voulez-vous conduire un peu plus vite ? » demanda-t-elle.

Chaque fois que la douleur augmentait, elle suppliait le chauffeur d'accélérer. La voiture arriva près de la frontière texane, sur les rives de la rivière Rouge, fleuve sans fond dont les méandres protégeaient depuis toujours le Texas, vers le nord. Emma Larkin avait hâte de le traverser.

« Pouvez-vous, je vous prie, aller un peu plus vite ? » supplia-t-elle de son filet de voix habituel.

Les occupants de la voiture comprirent seulement plus tard qu'elle tenait absolument à rentrer au Texas pour y mourir.

… Le commando

Comme nous tenions à analyser ce qui donne au Texas son caractère unique, nous invitâmes le doyen des journalistes spécialisés dans les comptes rendus des championnats scolaires de football américain. C'était pour notre réunion d'octobre, à Waco. Il n'avait pas le temps de nous préparer un exposé, mais serait ravi de répondre à nos questions n'importe quel lundi ou mardi, car ce sont les jours où les équipes ne s'entraînent pas.

Il se nommait Pepper Hatfield et travaillait pour *le Défenseur de Larkin*. Quand j'allai avec Mlle Cobb l'accueillir à l'aéroport, nous vîmes s'avancer vers nous un homme de soixante-treize ans, qui conservait en toute chose la joie et l'enthousiasme de sa jeunesse.

« Le meilleur boulot du monde. J'adore ça. Les exploits de ces jeunes m'émerveillent toujours. »

Ses yeux brillaient, ses cheveux en brosse militaire étaient d'un gris d'acier ; il avait dans la voix comme une fêlure joyeuse.

Il lança notre discussion de trois heures sur une note très philosophique :

« Le caractère essentiel du Texas, en tout cas pendant notre siècle, s'est formé grâce à trois expériences ; mais, avant de vous les énumérer, je vous rappelle une vérité fondamentale à propos de tout ce qui est vraiment texan. Les facteurs significatifs n'ont jamais été déterminés par les grandes villes. Jamais Houston, Dallas ou San Antonio n'ont défini ce qu'est un Texan. L'imagerie texane vient tout droit des petites villes. Depuis toujours, et ce n'est pas fini. Le brave petit gars avec sa camionnette, ses six boîtes de bière dans leur carton et son fusil sur le râtelier au-dessus de sa tête, c'est une création de la petite ville. Moins de huit mille habitants, je dirais. »

Mlle Cobb refusa cette image :

« Vous ne pensez tout de même pas que les Texans se définissent par la camionnette et les six boîtes de bière ?

– Non, répondit Hatfield, un peu agacé qu'une femme

l'interrompe sur la question du football. Je veux dire seulement que même ces caractéristiques modernes sont des créations de la petite ville.

– Mais vos trois expériences essentielles ?

– Le ranch, le puits de pétrole, le match de football du vendredi soir... Chose curieuse, les livres, les pièces de théâtre, les films et les émissions de télévision ont idéalisé les deux premiers à profusion. Combien avons-nous de films de cow-boys ? Combien de séries de télévision sur les magnats du pétrole au Texas ? Vous vous souvenez de *la Rivière Rouge* ? De *Géant* ? Le ranch et le pétrole. Je pourrais vous nommer dix autres titres.

« Cela parce que les films ne sont pas faits par des Texans ; des gens du dehors ont défini, semble-t-il, la façon dont nous devrions nous voir. Mais jamais il n'y a eu un grand roman ou un grand film sur un match de football du vendredi soir. Pourquoi ? Parce qu'en dehors du Texas personne n'apprécie la grandeur de cette tradition.

« Jamais je n'ai rencontré une seule personne de l'extérieur qui comprenne ce que signifie, pour un Texan, le football des équipes de lycée. Le ranch nous a donné le cow-boy et, maintenant qu'il n'en reste pour ainsi dire plus, le costume – ce qui est le plus important. Le Stetson et les bottes General Quimper. C'est ça le Texas... De même pour l'homme du pétrole. Il n'est peut-être plus le facteur économique dominant, depuis les entourloupettes de l'OPEP et l'essor de la Silicon Valley du côté de Dallas, mais, sur le plan émotionnel, il demeure l'empereur des plaines texanes. Le mieux qui soit arrivé au pétrole, c'est qu'il a cessé d'être le monopole de l'est du Texas pour passer dans le Centre, où j'ai grandi, puis sur le Bassin permien, vraiment dans l'Ouest. Cela l'a rendu universellement texan, comme le bétail ne le fut jamais, et il nous en reste une imagerie puissante. Pas seulement celle du puits de pétrole, mais celle du prospecteur. »

Pepper nous rappela ensuite les grandes équipes de lycée et les joueurs qu'il avait connus :

« J'ai débuté tout jeune, en suivant les équipes inoubliables de Larkin, avec leur entraîneur Cotton Hamey ; elles ont remporté trois championnats. J'ai connu mon premier coup d'éclat avec un article pour un journal de Dallas, où j'avais baptisé les redoutables avants de l'équipe d'Hamey « les Cinq Derricks ». Ils m'épouvantaient. Ils avaient l'air plus âgés que mon père, vraiment pas en âge de fréquenter le lycée de Larkin, mais les limites d'âge étaient plus élastiques à l'époque qu'aujourd'hui. Mon deuxième article prouvait que, lorsque ces cinq hommes s'étaient enrôlés en dernière année à Larkin, ils avaient déjà joué, en tout, vingt-trois saisons de football scolaire ; l'un d'eux passa dix ans en classe de terminale.

– Je n'étais pas au courant, dit Rusk. Pourtant, mon père était passionné de football, comme vous le savez sans doute.

– Personne n'a jamais lu mon deuxième article, figurez-vous. Votre père a appris son existence avant que je l'aie terminé. Il est venu me voir un soir : " Petit, m'a-t-il dit, tu ne vas pas publier ce tas de mensonges ?... " Je lui ai montré ma documentation, mais il l'a écartée d'un geste : " Petit, irais-tu pisser sur la tombe de ta mère ? Souiller le football texan, c'est du pareil au même... " Il a pris mon article et ma documentation, les a déchirés et a tourné les talons. Le lendemain, le rédacteur en chef du *Défenseur de Larkin* m'a convoqué : " M. Rusk vous a chaudement recommandé pour un poste dans notre journal... " Et voilà ! J'y suis encore.

« Si vous voulez comprendre le vrai caractère texan, rappelez-vous certains faits de base. La population de Larkin, au lendemain du boom du pétrole, était retombée à son niveau normal, ou presque : 3 600 personnes. Mais, pendant les grandes années, quand les Antilopes jouaient sur leur terrain, il y avait 4 200 spectateurs à chaque match. Lorsque l'équipe partait en déplacement contre les rivaux acharnés : Ranger, Cisco, Breckenridge ou Jacksboro, 1 900 citoyens de Larkin, sur 3 600 habitants, partaient pour faire la claque.

« C'était de la folie collective. Rien dans la vie n'était plus important que le football du vendredi. Et, dès que l'électricité permit de jouer en nocturne, un public plus nombreux assista aux matches et le terrain de football devint une sorte de cathédrale sous les étoiles. Le football du vendredi soir, une des inventions les plus sublimes de l'homme, devint la rencontre de la communauté entière en quête de chaleur spirituelle.

« Si un commerçant ne soutenait pas l'équipe à cent pour cent, son affaire périclitait. La banque aurait dû fermer boutique si son directeur n'avait pas assisté à tous les matches, et prévu les sommes nécessaires aux maillots, chaussures, repas des séances d'entraînement et autres frais. Chaque citoyen de Larkin devait cotiser pour les Antilopes, sinon... Et il en est toujours de même dans l'ensemble de l'État.

– Tout cela ressemble beaucoup à la naissance d'un mythe macho, fit observer Mlle Cobb. Une bande d'hommes jouant comme des gamins, toutes les femmes exclues.

– Ah ! Vous faites une grave erreur, madame ! Parce que le génie du football texan, justement, c'est d'avoir compris dès le début qu'il fallait faire participer les jeunes filles. A Larkin, nous avons lancé la tradition des majorettes supporters : défilés, uniformes à volants, cannes qui virevoltent dans les airs, tout le spectacle. Un bon vendredi, dans un grand lycée, il y a de quoi occuper deux cents garçons, en comptant l'orchestre, mais on voit toujours arriver trois cents jolies filles, pour une activité ou une autre. Les filles jouent donc un rôle aussi important que les garçons. Sinon, le spectacle aurait perdu depuis longtemps son attrait pour le public. » Comme tous les entraîneurs et les journalistes spécialisés dans le football au Texas, Pepper voulait passer pour un parfait gentleman, et il sourit à Mlle Cobb. « Vous avez cependant raison sur un point, madame. Le football américain s'accompagne d'une forte image macho. Si les Mexicains n'ont pas la confiance des Texans, s'ils sont méprisés même, parfois, c'est parce qu'ils ne jouent pas à ce jeu. Ils y sont vraiment lamentables... Mettez-les sur un cheval, ils font des merveilles. Mais ils sont incapables de jouer au seul jeu qui compte vraiment.

– N'accentuez-vous pas un peu trop les valeurs, monsieur Hatfield ?

– Pas du tout ! Les Texans reconnaissent vite les vraies valeurs. On ne saurait les abuser longtemps. C'est la raison pour laquelle soixante-dix-huit pour cent de nos administrateurs de lycée sont d'anciens entraîneurs de football.

– Cela explique peut-être le triste état de l'enseignement secondaire au Texas, répliqua Mlle Cobb.

– Attendez une minute ! Retirez vos paroles, je vous prie ! Les conseils des lycées engagent des entraîneurs de football comme administrateurs parce qu'ils savent qu'un homme lié au football a la tête bien placée sur les épaules. Il comprend l'ordre des priorités et ne se laisse pas embrouiller les idées par la poésie, l'algèbre et tout ça. Il sait que, s'il parvient à impliquer ses étudiants, garçons et filles, dans un bon programme de football, le reste coulera de source.

– J'ai lu que l'an dernier, lança Mlle Cobb, les universités du Texas ont diplômé cinq cents entraîneurs de football et seulement deux professeurs de calcul intégral. Est-ce la proportion que vous recommandez ?

– Pour de nombreux jeunes Texans, le football du lycée sera le moment le plus noble, le plus exaltant de toute leur vie. On peut toujours engager des professeurs du Massachusetts pour enseigner le calcul intégral. »

Il expliqua ensuite la relation symbiotique qui existe entre le football et le pétrole :

« Ne sous-estimez jamais l'importance du pétrole. C'est de là que vient l'argent. De grandes équipes comme Breckenridge, Larkin et Ranger ont été financées par des hommes du pétrole. Le football et la prospection participent du même esprit de jeu. On creuse un puits sec et on perd sa chemise. On s'attaque à l'équipe de Waco et on prend une dégelée de quatre-vingt-trois à zéro. Les hommes du pétrole et ceux du football sont faits pour s'entendre. »

Son regard se voila. Il avait pris de l'âge mais il pouvait se rappeler chaque match décisif auquel il avait assisté, chaque gamin doué dont il avait décrit les exploits comme s'il livrait bataille non sur les terrains de football du Texas, mais sous les murs de Troie ou dans les plaines de Megiddo.

« Merci, monsieur Hatfield, lui dit Mlle Cobb du fond du cœur. Nous avons besoin que l'on nous rappelle les valeurs que vous représentez. Voyez-vous, on m'a envoyée au lycée dans le Nord.

– Madame, vous êtes passée à côté du cœur du Texas. »

13

Les envahisseurs

L'EMPIRE TEXIEN

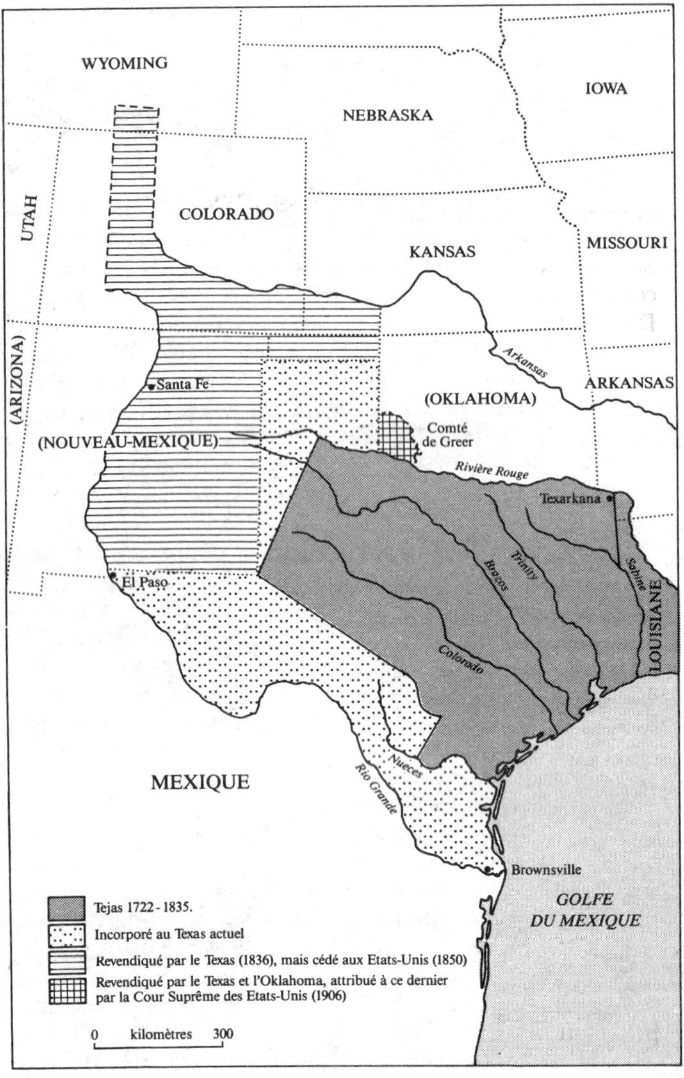

De 1928 à 1968, la petite ville pétrolière – de même que l'État – assista à de nombreux changements. Au cours de la Seconde Guerre mondiale, les combattants texans se conduisirent avec leur courage habituel : un fils du Texas, Dwight D. Eisenhower, conduisit les armées alliées à la victoire en Europe, tandis qu'un autre, Chester W. Nimitz, faisait de même avec la flotte du Pacifique ; un troisième, Ira Eaker, envoya les avions de sa 8e escadre aérienne dévaster les usines militaires nazies. Un petit gars du Texas, le GI Audie Murphy, était si impatient de se battre qu'il mentit sur son âge et gagna tant de médailles que leur poids le faisait pencher vers l'avant quand il marchait.

La conquête de Washington par les hommes politiques texans fut aussi déterminante. Jusque-là, les Texans possédant des qualités de dirigeants avaient jugé la politique texane plus importante que celle des États-Unis. Ce provincialisme avait empêché le Texas de jouer dans les affaires nationales le rôle auquel il avait droit. Mais trois démocrates entreprenants, agressifs et retors entrèrent en scène. En 1931, Cactus Jack Garner devint speaker de la Chambre des représentants, à Washington, puis peu après son puissant vice-président. En 1940, Sam Rayburn prit à son tour le siège de speaker et le conserva, à part deux brèves interruptions, jusqu'en 1961. Enfin, Lyndon Johnson démontra ses compétences remarquables au cours d'une carrière exceptionnelle : membre du Congrès, puis leader de la majorité du Sénat, vice-président de la République et enfin, le 22 novembre 1963, dans un avion sur l'aéroport de Love Field, à Dallas, trente-sixième président des États-Unis.

Parallèlement à ces succès dans la guerre et la politique,

le Texas passa au premier plan d'un autre aspect de la vie américaine, qui semblait parfois jouer un rôle aussi important. Des films commencèrent à peindre la vie texane, forçant le public à reconnaître la grandeur et la puissance de l'État. Des millions de spectateurs dans le monde allèrent voir *Géant* et les grands westerns de John Wayne, notamment *Fort Alamo* et *la Rivière Rouge.* D'autres excellents films, sans impliquer directement le Texas, faisaient revivre sa légende : *Cimarron* (1931), *la Chevauchée fantastique* (1939), *Le train sifflera trois fois* (1952), *l'Homme des vallées perdues* (1953). Jusqu'en Italie, les « westerns spaghetti » créèrent une vision noble et fière de l'Ouest, dont le Texas bénéficia amplement. L'État passa pour héroïque, pittoresque et authentique. Les hommes y étaient grands, les femmes belles, les longhorns magnifiques. Même les salauds mexicains avaient du caractère, voire du charme, et chaque année la légende embellissait.

Bien entendu, cela n'avait pas que des avantages. Dans d'autres États, l'on commença à jalouser le Texas et à le considérer comme le refuge des cow-boys ratés, des voleurs de chevaux et des marginaux, un ramassis d'hommes qui traitaient avec mépris les Indiens, les Mexicains et les femmes. Les plaisanteries sur la vantardise des Texans firent fureur.

Des milliers d'Américains éprouvèrent bientôt pour l'État un curieux sentiment fait de haine et d'amour mêlés. Mais l'amour l'emportait sur la haine et, à partir du milieu des années soixante, des citoyens de ce que les Texans appelaient « les régions moins favorisées du pays » commencèrent à migrer vers le Texas, attirés par le mythe, la possibilité de trouver des emplois, un climat agréable en hiver, et un style de vie décontracté.

Pour comprendre les diverses facettes de l'attraction exercée par le Texas, il suffit d'analyser les cas étroitement liés de Ben Talbot et d'Eloy Múzquiz. Ni l'un ni l'autre n'étaient nés au Texas, mais tous deux s'y plurent au point de ne plus vouloir en partir.

Talbot, grand et mince, de caractère réservé, était né dans le nord du Vermont, près de la frontière canadienne. Comme son père avait servi de nombreuses années dans la police des frontières qui vérifiait les déplacements des

Canadiens au sud de Montréal, Talbot décida de s'engager dans la même unité, à la fin de ses études à l'université du Vermont en 1944. A la place, on l'envoya dans le Pacifique-Sud. Dans la chaleur étouffante et moite des îles de Bougainville et de Guadalcanal, il fit vœu, s'il en sortait vivant, de ne jamais plus vivre dans un climat chaud – « Vive le Vermont ! » –, et par les nuits équatoriales, baigné de sueur sous sa moustiquaire, il rêvait de l'affectation glaciale de son père le long de la frontière canadienne.

A son retour aux États-Unis, il avait obtenu de telles références au cours de son affectation militaire que le nouveau Service d'immigration et de naturalisation était presque forcé de l'accepter. Dès qu'il eut prêté serment, son père lui dit :

« Bûche ton espagnol, maîtrise bien la langue et fais tes années obligatoires sur la frontière mexicaine. Nous sommes tous obligés d'apprendre l'espagnol et de faire nos années là-bas. Mais ensuite, débrouille-toi pour qu'on te nomme ici en permanence.

– C'est bien mon intention. »

Le professeur d'espagnol crut que jamais il ne parviendrait à enseigner à Talbot un seul mot de cette belle langue chantante car, avec son accent du Vermont, il prononçait toutes les syllabes sur le même ton plat nasillard.

« Talbot, vous ne chantez donc jamais les mots, même quand vous avez le cœur gai ? lançait son professeur.

– Je chante les cantiques. Les mots, je les parle », répondait Talbot.

Mais il apprenait le vocabulaire par cœur et associait habilement les mots en phrases correctes, et son professeur dut avouer :

« Talbot, vous parlez un espagnol parfait, à ceci près que ce n'est pas de l'espagnol.

– Vous en faites pas, ils comprendront ! » répliqua Ben.

Effectivement, lorsqu'il arriva à El Paso pour sa première affectation et qu'il commença à arrêter les *wetbacks*, ces immigrants mexicains qui essayaient de s'infiltrer illégalement dans le pays, ceux-ci le comprirent fort bien car il parlait très lentement, comme une mécanique au ralenti, en articulant chaque syllabe avec son accent du Vermont. Les officiers plus anciens écoutaient les sons qui sortaient de ses lèvres et observaient avec un sourire mi-figue mi-raisin les regards médusés des Mexicains. En général, vers la troisième question, l'immigrant comprenait enfin que le grand Américain en uniforme parlait espagnol et son visage s'éclairait. Souvent, le détenu, soulagé d'avoir trouvé la solution du mystère, se hâtait de déballer tout ce qu'il savait. A la fin de sa période d'essai, son supérieur écrivit dans son rapport : « Talbot paraît si raide et menaçant, il parle un espagnol si horrible que cela terrorise d'abord les hommes qu'il interroge. Mais ensuite ils découvrent une certaine sympathie dans son regard, ils voient avec quelle lenteur, avec quel soin il prononce chaque syllabe de leur langue, et je crois qu'ils ont pitié de lui. De toute manière, il obtient de meilleurs résultats que la plupart. »

Son intention affichée de faire de son mieux le long de cette frontière pour pouvoir obtenir un poste à ses yeux plus agréable du côté canadien fut déçue une première fois lorsqu'on l'affecta à Las Cruces, au Nouveau-Mexique. Au bout de quelques semaines, il découvrit qu'il n'avait qu'une envie : retourner à El Paso. A cause du travail, bien entendu. Il ne ressentait aucune nostalgie pour la ville elle-même, ni surtout pour la nourriture et la chaleur, mais l'animation de cette cité bilingue, avec Ciudad Juárez sur l'autre rive du fleuve, lui manquait. Ses supérieurs devinèrent sans doute ses sentiments car, après avoir chassé les illégaux pendant six mois dans la brousse du Nouveau-Mexique, il se retrouva à El Paso – et pour de longues années.

Son enfance dans les bois du Vermont lui avait permis d'apprendre les subtilités de la chasse au lever, et il lisait les traces de tous les animaux, y compris l'homme, à livre ouvert. Un seul coup d'œil sur une berge sèche non loin d'El Paso lui permettait de déterminer combien de Mexicains l'avaient traversée au cours de la nuit, leur âge approximatif d'après les chaussures, s'il s'agissait d'un groupe ou de plusieurs individus isolés, et la direction probable qu'ils avaient prise. Avec un instinct presque infaillible, il prévoyait, ou « devinait » comme il disait, l'endroit où les fugitifs traversaient une grande route, et souvent ils le trouvaient là à les attendre.

Jamais il n'insultait un Mexicain qu'il arrêtait. Il les appelait tous *Juan,* qu'il prononçait *jouant,* leur parlait sans s'impatienter, leur offrait du café ou un verre d'eau fraîche, partageait ses sandwiches avec eux, leur expliquait dans son espagnol laborieux qu'ils ne seraient pas maltraités mais qu'il était obligé de les renvoyer chez eux. Bien entendu, dès qu'ils se retrouvaient de l'autre côté du río Grande, rien ne les empêchait de rebrousser chemin pour une nouvelle tentative. Tout le monde en était conscient.

Rien ne pouvait les décourager, ni les efforts intelligents de Talbot ni les barrages sur les grandes routes, ni les avions de surveillance qui survolaient la région ni les dangers que représentait une course éperdue dans un chantier caillouteux pour sauter dans un train de marchandises en marche. Ils arrivaient seuls, par deux, par groupes bien organisés de dix-huit ou vingt, parfois par centaines. Ils faisaient partie du flot ininterrompu des paysans mexicains qui quittaient leur patrie à la recherche d'emplois dans un pays plus riche. Combien d'entre eux franchissaient-ils la frontière illégalement ? Des milliers et des milliers. Combien se faisaient arrêter ? Seulement dix ou quinze pour cent. Mais, si des hommes intègres comme Ben Talbot n'étaient pas intervenus avec diligence depuis la création de la police des frontières en 1924, le flot vers le nord aurait été trois fois plus important.

Au début de 1960, Talbot envoya à ses supérieurs un rapport bien documenté affirmant qu'à son avis plus de deux millions d'immigrants illégaux de nationalité mexicaine s'étaient infiltrés aux États-Unis au cours des dix années précédentes. Et le mouvement de population ne semblait pas diminuer : « Les pressions qui les poussent à partir dans le Nord – la pauvreté, l'indifférence cruelle de leur gouvernement, la répartition injuste des richesses dans un pays riche, et l'aiguillon déterminant d'une croissance démographique encouragée à la fois par l'Église et par l'État – demeurent apparemment aussi contraignantes. Le volume actuel n'a aucune chance de diminuer et nous devons commencer à songer à ses conséquences lorsque tout le sud du Texas deviendra une enclave hispanique *de facto.* » Les deux derniers paragraphes de son rapport étaient révélateurs :

Un exemple suffira à exprimer, à mon sens, la gravité de la situation : le cas d'un certain Eloy Múzquiz, citoyen de Zacatecas, à mille quatre cents kilomètres au sud de la frontière. Agé de trente et un ans, il sourit en toutes circonstances, et il est apparemment bon citoyen, qu'il se trouve au Mexique ou aux États-Unis. Il quitte sa résidence de Zacatecas chaque hiver vers le 10 février, se rend en autocar à Ciudad Juárez, traverse illégalement le río Grande et ou bien il m'échappe, ou bien je l'arrête. Si je l'arrête, je le renvoie au Mexique. L'après-midi même, il retraverse le fleuve et m'évite. Il saute sur un train de marchandises en direction de l'est, jusqu'à je ne sais quelle gare, et travaille au Texas jusqu'au 15 décembre, date à laquelle il réapparaît à El Paso. Comme il quitte les États-Unis, nous le laissons évidemment passer. Il reprend l'autocar de Zacatecas, joue avec ses enfants, remet sa femme enceinte et, le 12 février, le voici de nouveau à Ciudad Juárez, essayant de franchir notre frontière. Il réussit à tous coups, et juste avant Noël nous le revoyons arriver, le sourire aux lèvres, marchant d'un pas vif. Il nous souhaite de bonnes fêtes en passant. Eloy Múzquiz est notre problème permanent.

Autre chose : j'aimerais retirer ma demande de réaffectation sur la frontière Vermont-Canada. J'ai appris maintenant l'espagnol comme on le parle ici, et j'éprouve de plus en plus d'intérêt pour El Paso et ses problèmes. J'aimerais continuer sur la frontière Texas-Mexique.

Tout ce que disait Talbot de Múzquiz était exact, mais le Mexicain avait cependant réussi à dissimuler certains faits cruciaux. Oui, il souriait tout le temps, même quand on l'arrêtait sur les voies de chemin de fer. Oui, c'était un bon citoyen dans ses deux pays.

Il rentrait chez lui chaque année pour passer Noël avec ses enfants et il jugeait sa visite réussie si, à son départ, il laissait sa femme de nouveau enceinte : sa fille et ses deux fils étaient tous nés en septembre. Il prenait chaque année un train de marchandises de la Southern Pacific en direction de l'est et il réapparaissait à El Paso au milieu de décembre avec un rouleau de billets de cinquante dollars plus volumineux chaque année. Il les remettait à sa femme à Zacatecas. Mais il restait un grand trou dans les dossiers de Ben Talbot : que faisait-il entre le 12 février et le 15 décembre ?

En 1961, par exemple, Múzquiz arriva à Ciudad Juárez comme prévu et se rendit à son habitude dans une épicerie mexicaine où il garnit son petit sac à dos de toile avec tout ce qu'il lui faudrait pour son voyage dans le Nord-Est : deux petites boîtes de sardines, six oranges douces, quatre boîtes d'abricots avec beaucoup de sirop, deux boîtes très importantes de haricots fricassés, et un grand sac contenant la nourriture essentielle pour une excursion aux États-Unis, du *pinole,* mélange de maïs séché, de cacahuètes grillées et de sucre de canne brut, le tout broyé en poudre fine. Délayé dans de l'eau, cela fournissait une boisson nourrissante, mais on pouvait aussi le manger sec, et le goût était délicieux.

« Quatre pincées de pinole vous maintiennent un homme sur la route pendant une journée entière. Avec un sac de cette taille, dit-il à la marchande, je peux aller au Canada... » Eloy Múzquiz quitta la boutique le plus naturellement du monde vers 1 heure de l'après-midi et se dirigea vers le lit asséché du fleuve. Il attendit le moment propice et il passa aux États-Unis. Non sans précautions, il se dirigea vers l'est d'El Paso où se trouvait la gare de triage de la Southern Pacific et se cacha derrière des wagons en stationnement, à l'endroit où les locomotives manœuvraient avant de s'accrocher aux longues files de wagons pleins, prêts à traverser tout le Texas vers San Antonio, puis Houston.

C'était le train qu'il prendrait quelques heures plus tard et, pendant cette attente, il se rappela les précautions qu'il avait apprises au cours de ses précédents voyages. S'il se met à pleuvoir, ne pas tenter sa chance. Laisser partir le train. C'est comme ça qu'Elizondo a perdu ses jambes – en glissant dans la boue. S'il y a des rochers à l'endroit où tu dois sauter, laisse le train partir. C'est comme ça que Gutiérrez est mort : il a trébuché et il est passé sous les roues. Souviens-toi : ne pose jamais les mains sur l'attelage. C'est comme ça que Cortinas a perdu son bras gauche – la locomotive s'était arrêtée brusquement. Et si le wagon dans lequel tu sautes contient du fret susceptible de se déplacer, ne reste pas, même si tu dois sauter en marche. Quand les blocs de marbre ont glissé sur le côté, ils ont écrasé Alarcón, n'est-ce pas ? Et Salcedo a été étouffé sous le blé quand le chargement de son fourgon s'est déplacé.

Sur les trains de voyageurs à destination de l'Est, la mort était souvent du voyage et il fallait toujours bloquer les portes avec des cales de bois pour les empêcher de se refermer irrévocablement. Un jour, quarante trimards s'étaient fait prendre ainsi dans un wagon de marchandises immobilisé par le blizzard. Le froid les avait tous tués. Une autre fois, c'est la chaleur – près de cinquante degrés – qui avait tué trente-sept hommes.

A 2 h 10, Eloy Múzquiz regarda le convoi se former, calcula comment il procéderait et choisit un wagon dans lequel il pourrait voyager relativement en sécurité. A 2 h 20, il mit son balluchon en place et attacha les ficelles du bas du sac autour de sa ceinture pour que ses provisions ne ballottent pas dans son dos lorsqu'il se mettrait à courir. A 2 h 25, le mécanicien lança un coup de sifflet et les lourdes roues se mirent en branle.

Tant que le train restait immobile, les wetbacks n'osaient pas monter, de peur que la patrouille des gardes-frontières ne les arrête, mais, dès que les wagons démarraient, c'était la ruée générale, un si grand nombre de Mexicains se précipitaient vers le train que la police n'avait aucune chance d'intercepter tout le monde. Eloy et soixante-dix autres, pareils à une horde de fourmis se précipitant sur un morceau de choix, s'élancèrent vers les fourgons et les armatures de métal, au-dessous. Múzquiz, en tête, était sur le point de bondir quand la haute silhouette de Ben Talbot sortit de sa cachette pour les intercepter, lui et deux autres illégaux.

Au jeu d'El Paso, il existait deux règles : les officiers américains ne maltraitaient jamais leurs prisonniers ; et aucun illégal mexicain ne frappait un officier de l'immigration, ni ne tirait sur lui. C'était une bataille sans répit, livrée à toute heure du jour et de la nuit, mais dans l'honneur. Lorsque Talbot arrêta les trois Mexicains, ce fut comme s'ils avaient joué aux barres ensemble.

« OK, *compadres* ? » lança Talbot.

Eloy le regarda en souriant, comme s'ils étaient frères, et se laissa tranquillement emmener.

On le conduisit à un poste de police, où l'on releva son identité pour la huitième fois, puis on le reconduisit à

Ciudad Juárez. Du même pas paisible, il se dirigea vers le fleuve, le franchit entre deux patrouilles, retourna à la gare de triage et se dirigea vers le train suivant, un convoi de plus de cent cinquante wagons de marchandises. Avec son habileté habituelle, son balluchon bien serré dans son dos, il courut le long des voies, bondit et se retrouva dans un wagon dont le chargement était bien arrimé.

La police des frontières, à El Paso, supposait toujours que Múzquiz restait dans le train jusqu'à San Antonio, puis se perdait dans cette métropole en pleine expansion, où le nombre des citoyens hispanophones allait toujours croissant. L'officier Talbot avait envoyé des avis de recherche dans cette ville, pour que les services d'immigration essaient d'arrêter Eloy, mais Múzquiz était trop malin pour agir de façon aussi prévisible.

Lorsque le train de marchandises s'arrêtait pour prendre de l'eau à Fort Stockton, quatre cents kilomètres à l'est d'El Paso, il restait caché une vingtaine de minutes, sachant que *la Migra* – les services d'immigration – pourchasserait tous ceux qui sauteraient aussitôt des wagons. Quand cela se produisait, il observait le manège par une fente entre deux planches, puis se glissait sans bruit hors de son wagon et se dirigeait discrètement vers une vieille camionnette Ford rouillée, abandonnée depuis des années sur le bas-côté d'une route déserte. Il ouvrait la portière grinçante très doucement, de crainte qu'elle ne tombe, il se couchait sur le siège, refermait la porte et dormait quelques heures. C'était la quatrième fois qu'il procédait ainsi en quatre ans.

Au crépuscule, le train parti depuis longtemps vers Houston, Eloy s'en allait à pied sur la route qu'il connaissait bien maintenant : Monahans, Odessa, Midland et Lubbock : trois cent cinquante-sept kilomètres qu'il arpentait allègrement. Il faisait un peu d'auto-stop, refusait quelques offres d'emploi, puis payait en dollars américains le billet d'autocar qui le transporterait de Midland à Lubbock. Cette fois-là, à la gare routière de Midland, une femme lui demanda s'il cherchait du travail et parut manifestement déçue qu'il lui réponde non.

En arrivant sur la plaine incroyablement plate des environs de Lubbock, son cœur battait plus vite, car c'était une région qu'il connaissait et qu'il aimait. A la gare routière, il salua plusieurs connaissances et leur promit que, le printemps venu, il s'occuperait de nouveau de leurs pelouses, mais il partit à pied sur la nationale 114 et, presque aussitôt, un rancher qui le reconnut le conduisit dans sa camionnette à Levelland. Avec son large sourire habituel, il remercia le brave homme et se dirigea vers l'égreneuse à coton, où il se présenta au contremaître :

« Me voici de retour.

– Où vas-tu travailler jusqu'à ce que nous commencions la saison ?

– Chez M. Hockaday. Il m'a demandé.

– Très bien. Mais sois là le 1er août, nous comptons sur toi.

– Comme d'habitude. »

Cette année-là, il eut quatorze emplois différents. Tous ceux qui le rencontraient sollicitaient son aide, car on le savait digne de confiance, sympathique et père de trois enfants à Zacatecas, où il envoyait les neuf dixièmes de son salaire. Il acceptait tous les travaux. Une femme fort riche s'était débrouillée pour lui faire obtenir un permis de conduire, ce qui était absolument illégal, et il lui servait de chauffeur. Il balayait les magasins après minuit, et il lui arrivait même de garder les enfants pour de jeunes couples.

En 1968, Múzquiz était devenu indispensable : il assurait l'entretien et la bonne marche de l'égreneuse locale. Fin novembre, il alla voir le propriétaire de l'installation. Avant même d'avoir ouvert la bouche, les larmes lui montèrent aux yeux. L'homme lui demanda en espagnol de quoi il s'agissait et Eloy lui tendit une lettre de son fils aîné : la señora Múzquiz, épouse courageuse qui avait élevé sa famille sans son mari, venait de mourir.

« Mon cher ami, c'est une tragédie. Je suis de tout cœur avec vous.

– Señor, si je fais venir mes enfants dans le Nord, pourrez-vous leur trouver du travail ?

– Comment les ferez-vous passer ?

– Je passe bien moi-même. Señor, j'aime beaucoup Lubbock. J'aime le Texas. Maintenant, c'est chez moi.

– N'importe quel rancher voudra employer un homme comme vous. Si vos enfants sont travailleurs…

– Ils le sont. Leur mère y a veillé. »

Soudain ce fut le propriétaire de l'égreneuse qui sentit les larmes lui monter aux yeux :

« Nous leur trouverons une place. Voici de l'argent pour vos frais de voyage. »

Quand Eloy descendit de l'autocar à El Paso, il trouva Ben Talbot qui l'attendait. Il supposa qu'on allait l'arrêter. Le grand officier qui parlait un espagnol si particulier le prit par le bras, le conduisit dans un bar, et lui dit, en sirotant une anisette :

« Eloy, les patrons m'ont secoué les puces. Ils disent que je te laisse entrer et sortir du pays comme s'il t'appartenait. Ils veulent que je t'arrête.

– Général Talbot... [Múzquiz appelait tous les officiers " général ", aux États-Unis comme au Mexique, car il avait remarqué que ce genre d'erreur provoquait rarement des représailles.] Vous ne pouvez pas m'arrêter. Ma femme vient de mourir. »

Talbot examina la lettre tachée de sueur, se moucha et prononça son avertissement solennel :

« Eloy, retourne à Zacatecas. Veille sur tes enfants. Mais ne repasse plus la frontière. Parce que, la prochaine fois que je t'attrape, il faudra que je te mette en prison : les patrons sont formels.

– Mais il faut que je revienne, général Talbot. Et que je ramène mes enfants.

– Nom de Dieu, Eloy ! Jamais tu ne pourras passer sous notre nez avec trois gosses. Tu seras pris. Et envoyé au trou. Que deviendront alors tes enfants ?

– Général Talbot, il faut que nous revenions. On a besoin de nous. »

C'est cette dernière phrase qui permet de replacer dans sa juste perspective le problème de la frontière : on avait besoin de ces Mexicains qui traversaient le río Grande en quantités innombrables, bien qu'ils fussent pour la plupart illettrés, sans aucun désir de s'américaniser, à l'inverse des immigrants venus d'Europe au début du siècle, fidèles à leur langue espagnole et à leurs coutumes mexicaines... Oh, on avait maints travers à leur reprocher, mais personne ne pouvait se passer d'eux. Ni les éleveurs manquant de vachers, ni les jeunes mamans sans personne pour les aider, ni les restaurateurs, ni les hôteliers, ni les commerçants.

Tous les services dont dépendait la vie quotidienne du Texas avaient besoin de ces Mexicains. Et, tant que ce serait vrai, des millions d'entre eux seraient incités à franchir la frontière.

Vers le 12 février, l'officier de la police des frontières Ben Talbot – qui portait à présent des bottes de cow-boy, un grand chapeau et une cravate bolo quand il n'était pas de service (il se rappelait à peine qu'il était né dans le Vermont) – commença à guetter le retour de son vieil ami et adversaire Eloy Múzquiz sur le chemin du paradis, cette fois avec ses trois enfants. Il téléphona donc à un officier mexicain de Juárez avec qui il était en bons termes :

« Vous n'avez pas vu un homme d'une quarantaine d'années, avec trois gosses, qui faisait ses courses avant de traverser ?

– Non, mais je vais ouvrir l'œil. » Et peu après il rappela : « Ouais. Il a acheté des sardines, des haricots fricassés, du jus de fruits en boîte et un grand sac de pinole.

– Prévenez-moi quand il traversera. »

Comme s'il suivait un horaire précis, celui qui lui avait porté bonheur dans le passé, Eloy décida de traverser le fleuve avec ses trois enfants à 1 heure de l'après-midi, puis il se dirigea vers la gare de triage. De loin, Talbot – qui les surveillait avec ses jumelles – vit le père enseigner aux enfants comment courir pour sauter sur le train en marche. Il vit les locomotives sous pression, puis les mouvements furtifs des illégaux qui se rapprochaient des wagons encore immobiles. Il sentit la tension de chacun. Puis il s'aperçut, bouleversé, que son collègue Dan Carlisle avait repéré Eloy et ses enfants et se plaçait de façon à pouvoir les intercepter. Sans hésiter, il l'appela sur son talkie-walkie :

« 303 ! Ici 202. Je suis sur un groupe qui risque de me donner du mal.

– Ici 303. Peux pas t'aider. Je surveille mon groupe.

– Absolument besoin de toi.

– Tu veux que je vienne ?

– Sans traîner ! »

Et il vit, soulagé, Carlisle abandonner sa cachette pour se diriger vers lui... A son arrivée, il va falloir que je m'explique, se dit-il.

Dans ses jumelles, il regarda le mécanicien monter dans

la locomotive, il vit les cheminots agiter leurs drapeaux, et il se concentra sur la ligne des wagons prêts à s'ébranler. Les roues bougèrent, les wagons avancèrent. Bientôt le long convoi commença à prendre de la vitesse.

Ses mains se mirent à trembler : il vit Múzquiz pousser ses trois enfants vers les wagons. « Dieu du ciel, pria Talbot, faites qu'ils ne glissent pas. » Les deux garçons s'accrochèrent et se hissèrent.

Puis ce fut le tour de la fillette, âgée de douze ans. Talbot serra les dents. Son père la poussait sur la voie, sa robe longue volait sous le soleil de février. « Plus vite, petite ! » cria Talbot dans sa barbe. Puis il poussa un soupir de soulagement : Eloy venait de la soulever et la lançait vers le train, où ses frères l'attrapèrent. « Bravo, Múzquiz ! »

Le souffle lui manqua soudain : au même instant, un des nombreux wetbacks glissa et tomba sous les roues impitoyables qui avaient broyé tant d'autres immigrants pleins d'espoir, dans les mêmes circonstances. Était-ce Múzquiz ? Talbot vit l'homme, qui glissait, essayer désespérément de s'accrocher à des rochers ; enfin ses doigts sanglants en saisirent un. Eloy sauta par-dessus l'homme tombé, s'agrippa à une bonne prise, se lança dans le wagon et disparut.

A l'arrêt de Fort Stockton, Múzquiz expliqua à ses enfants pourquoi il fallait attendre que l'effervescence se calme. Puis il les conduisit vers la camionnette Ford rouillée, toujours au même endroit. Ils y dormirent plusieurs heures, tous les quatre en tas, avant de s'engager sur la route de Midland où ils prirent l'autocar de Lubbock.

A leur arrivée à Levelland, on les accueillit à bras ouverts, car de nombreuses familles avaient besoin de leur aide. Une fois en sécurité dans la cabane de deux pièces que leur avait proposée le propriétaire de la plantation, Múzquiz dit à ses enfants :

« Nous voici arrivés chez nous. Nous n'en partirons jamais. »

Si Ben Talbot éprouvait un sentiment quasi fraternel à l'égard d'Eloy Múzquiz, dont il respectait l'honnêteté et le courage, il ne ressentait que mépris pour un autre Mexicain qui mobilisait son attention quand il était de service et même lorsqu'il se reposait près de la piscine avec sa femme María Luz, dans la maison qu'ils avaient fait construire aux environs d'El Paso. Ses notes trahissent à quel point il le détestait :

> Surnom : *El Lobo*, le Loup. Nom inconnu. Lieu de naissance inconnu. Fréquente la *cantina* El Azteca. Environ trente-deux ans, mince, moustache bien taillée, cure-dents au coin des lèvres. Toujours présent dès qu'une combine est dans l'air. Jamais là au moment où les ennuis se mettent à pleuvoir. Demeure la plupart du temps à Ciudad Juárez mais n'hésite pas à se montrer à El Paso quand ses affaires l'exigent. Profession : coyote – passeur qui organise la traversée de la frontière pour des groupes de wetbacks, jusqu'à un lieu de rendez-vous dans le désert. Il touche toujours sa commission, mais souvent il les abandonne.
> 1. A enfermé soixante-trois wetbacks dans un fourgon clos où seize auraient eu du mal à tenir. Leur a fait traverser le désert ainsi jusqu'à Van Horn, sous une chaleur accablante. Plus de vingt morts.
> 2. A fait entrer dix-sept wetbacks, par la trappe de visite, dans un wagon-citerne vide ayant contenu de l'essence. A refermé la trappe étanche à El Paso. Tous morts quand on a ouvert la trappe à Fort Stockton.
> 3. A entassé vingt-deux hommes dans une Chevrolet plus deux dans le coffre arrière. Pour protéger les ressorts de la voiture, il avait glissé des cales de bois entre la suspension et le châssis. Avec le frottement, le bois a pris feu. Il a quitté la voiture en courant, sans prendre le temps d'ouvrir le coffre. Deux morts, carbonisés.
> 4. Au moins à deux reprises, a escorté dans le désert des groupes de jeunes filles désirant travailler comme serveuses, et les a vendues à des souteneurs d'Oklahoma City.

Talbot s'était promis d'arrêter cet individu au cours d'une de ses incursions au nord du fleuve, mais El Lobo se montrait si rusé, si méfiant, qu'il déjouait tous les pièges. Talbot, écœuré, le voyait souvent se présenter à El Paso pour escorter une paysanne enceinte à la maternité de la ville – il se faisait payer pour ce service. Comme il ne contrevenait à aucune loi pendant ces missions et comme aucune mort citée dans son dossier ne pouvait être retenue contre lui faute de preuves, il continuait d'aller et venir en toute impunité. Pas pour longtemps : des événements en train de se dérouler dans une petite ville mexicaine poussiéreuse, loin de la frontière, allaient le mettre en danger.

Sur les plaines sablonneuses et désertiques du nord du Mexique, à mi-chemin entre les villes de Chihuahua et de Ciudad Juárez, se trouve le village d'adobe de Moctezuma : sept petites cabanes, dont une tenait lieu de magasin et servait des boissons prétendues fraîches aux automobilistes américains. L'endroit, qui portait le nom pompeux de *La Tienda del Norte,* était tenu par la famille Guzmán, une veuve avec deux filles.

La fille aînée, mariée à l'homme qui tenait la station-service Pemex voisine, avait pour tâche de laver le pare-brise de toutes les voitures qui s'arrêtaient, et de passer commande à la compagnie de l'État, détentrice du monopole des produits pétroliers, pour tout ce que son mari pensait vendre aux automobilistes se trouvant à court d'essence sur ce tronçon assez effrayant de la route. Si l'on ne faisait pas le plein à Moctezuma, on risquait la panne sèche avant d'arriver à Chihuahua.

C'était le flot constant de grosses voitures se dirigeant vers le sud qui provoquait la rancœur de ce paisible hameau, car les Mexicains pouvaient constater la richesse de ces gens qui s'arrêtaient pour prendre de l'essence ou une limonade fraîche. « Ils sont tous plus riches que l'archevêque. Ce doit être bien de vivre dans ces Estados-Unidos, où l'argent est si facile ! »

La jeune femme, Eufemia, y avait souvent pensé en servant les riches voyageurs, mais plus encore maintenant qu'elle se trouvait enceinte. Son état provoqua de nombreux palabres parmi les habitants de Moctezuma, car la décision qu'elle prendrait pouvait changer toute la vie de l'enfant. Deux vieilles du village conseillèrent à Encarnación, sa mère :

« C'est essentiel. C'est une question de vie ou de mort. Il faut que tu la conduises à El Paso.

– Sans doute, mais ni son mari ni un seul de ses amis n'y est déjà allé. Qui expliquera à Eufemia ce qu'elle doit faire ?

– Accompagne-la à Ciudad Juárez, lui conseilla une des vieilles, et confie-la à mon cousin. Il s'appelle El Lobo. Il fait passer les gens aux Estados-Unidos, c'est son métier. »

L'autre femme précisa :

« Passer à El Paso ne pose aucun problème, il suffit de traverser le pont. C'est pour aller d'El Paso dans le reste des États-Unis qu'on a besoin d'El Lobo.

– Tu penses qu'Eufemia peut simplement aller à Juárez, traverser et se rendre à l'hôpital de la ville sans se faire prendre ?

– Ce ne serait pas la première. »

Effectivement, d'autres femmes enceintes de villages voisins, à l'écart de la grand-route, étaient allées à Juárez, avaient franchi la frontière, accouché à El Paso puis étaient retournées chez elles avec le merveilleux certificat, plus précieux que son poids en or, affirmant que l'enfant, fils ou fille d'Untel et d'Unetelle, était né à l'intérieur des frontières des États-Unis.

Ce certificat signifiait que, toute sa vie durant, l'enfant pourrait entrer au pays de Cocagne, devenir citoyen à part entière, obtenir une éducation gratuite, et vivre la belle vie. Sans ce document, il était condamné à une existence de pauvreté sans espoir dans le nord du Mexique. Les femmes comme Eufemia étaient donc prêtes à subir n'importe quelles épreuves pour s'assurer que leur enfant à naître partirait d'un bon pied dans la vie et, au début de leur neuvième mois, même les plus pauvres, les moins bien éduquées prenaient la route d'El Paso.

Mais ces avantages n'expliquaient pourtant pas pourquoi un si grand nombre de citoyens de Moctezuma rêvaient de vivre aux États-Unis. Rien ne distinguait leurs terres de celles du Nouveau-Mexique ou de l'Arizona, et elles étaient en fait meilleures que de nombreux secteurs de l'ouest du Texas. Les hommes ? Ils ne différaient guère de la population prospère de ces États américains. Le climat ? Identique. La triste vérité, c'était qu'au Mexique rien n'avait été mis en œuvre pour que la richesse incontestable du pays, presque sans égale dans toutes les Amériques, soit équitablement répartie. Les riches y devenaient immensément riches – les Guzmán pouvaient voir les grosses voitures monter vers le nord pour s'approvisionner dans les magasins américains de l'autre rive du río Grande, puis revenir chargées de biens de consommation auxquels eux-mêmes n'auraient jamais accès. Dans le système mexicain, jamais cette richesse ne descendait jusqu'au niveau des paysans qui accomplissaient la plupart des travaux. A vrai dire, il serait difficile d'imaginer un système plus cynique : Encarnación et ses trois enfants étaient bel et bien pris au piège. Depuis les années vingt, les dirigeants politiques prêchaient le triomphe de *la Revolución*, mais la même minorité réactionnaire était restée au pouvoir et volait de façon éhontée la richesse de la nation en laissant les masses aux portes de la famine.

Tous les jeunes de Moctezuma ne songeaient qu'à entrer aux États-Unis et, si une femme enceinte voulait s'assurer que son enfant obtienne par sa naissance le droit d'accès à ce système économique supérieur, elle était prête à toutes les combines pour y parvenir. Le flot à destination du Nord semblait intarissable.

Les Guzmán mirent au point le plan suivant : Cándido, le frère d'Eufemia, âgé de dix-sept ans et malin, conduirait sa sœur à Juárez, où il prendrait contact avec El Lobo. Pour une somme modique, que Cándido emporterait dans sa chaussure, El Lobo conduirait Eufemia de l'autre côté du pont deux ou trois jours avant la date supposée de son accouchement. Elle s'installerait chez des amis d'El Lobo et, quand la naissance paraîtrait imminente, on la conduirait non loin de l'hôpital. Au dernier moment – c'était essentiel, mais les femmes du voisinage l'aideraient à déterminer l'instant crucial –, on la conduirait dans la salle des urgences où elle donnerait naissance, espérait-elle, à un fils. Puis ses nouvelles amies lui expliqueraient comment se procurer un certificat de naissance et comment en faire trois ou quatre photocopies. Elle retraverserait le pont, retrouverait son frère et reviendrait à Moctezuma. Dix-huit ans plus tard, elle ferait ses adieux à son fils qui partirait s'installer dans son pays de naissance.

Ce système provoquait inévitablement la rupture de la famille, car l'enfant en possession du précieux document quitterait le Mexique sans retour. L'avantage, c'était qu'un jeune homme possédant la nationalité américaine aurait le droit de faire venir sa famille de Moctezuma au titre du « décret de compassion ». En réalité, dès l'instant où elle serait admise à la maternité d'El Paso, Eufemia pouvait espérer à juste titre obtenir la nationalité américaine, pour elle-même et peut-être jusqu'à douze membres de sa famille.

« Fais bien attention, l'avertit un homme d'un certain âge qui avait travaillé illégalement au Texas. Il arrive là-bas bien des choses qu'aucune femme dans son bon sens ne peut souhaiter. Mais c'est mieux qu'ici. Ça vaut la peine. »

Cándido et sa sœur partirent vers le nord avec un des camions-citernes de Pemex. Aux environs de Juárez, le chauffeur leur dit :

« Rien n'est plus facile que d'entrer à El Paso. Tout le monde peut passer le pont librement. Mais impossible de quitter la ville pour continuer vers le nord. Il y a des gardes et des barrages partout.

– Je n'ai pas l'intention d'aller aux États-Unis, répondit Cándido.

– C'est ce que tout le monde dit ! Mais, quand tu auras vu, tu auras envie. »

Bien que Juárez fût une grande ville, ils trouvèrent El Lobo sans mal :

« Je ferai entrer ta sœur à l'hôpital au bon moment. Et je peux aussi te conduire dans n'importe quelle belle ville du Texas, Cándido. Beaucoup de travail.

– Je ne veux pas y aller.

– Quinze dollars. Jusqu'à Fort Stockton, avec un bon boulot à la clé.

– Occupez-vous de ma sœur. C'est tout. »

On convint que Cándido accompagnerait Eufemia jusqu'à la maison où elle attendrait, puis la conduirait à l'hôpital le moment venu. Il se débrouilla très bien et sa sœur eut le moins de tracas possible. Dans la maison, six autres femmes enceintes discutèrent avec elle. Elle les vit partir à l'hôpital l'une après l'autre ; puis deux d'entre elles revinrent avec leur enfant – deux petites filles – et montrèrent les précieux certificats de naissance.

« Vous avez de la chance, leur dit-elle.

– Tu en auras toi aussi. »

Elle en eut. Cándido la conduisit près de l'hôpital. Quand les douleurs devinrent intenses, il la traîna vers l'entrée des urgences où un jeune interne moustachu cria : « Encore une princesse aztèque ! » Avant que Cándido ait pu poser la moindre question, sa sœur avait été emmenée.

La ville d'El Paso dépensait environ mille deux cents dollars pour mettre au monde un bébé mexicain et soigner la mère jusqu'à ce qu'elle puisse repartir, mais jamais l'administration de l'hôpital ne pouvait obtenir du flot incessant de femmes enceintes plus de soixante-quinze dollars, et la plupart, comme Eufemia, étaient trop pauvres pour verser quoi que ce fût. Pourquoi le Texas laissait-il fonctionner ce système absurde ? « Je vais vous le dire, expliqua l'officier Ben Talbot à un journaliste de Chicago. Nous gardons les femmes enceintes par charité. Et nous profitons de la main-d'œuvre bon marché que les Mexicains nous fournissent. » Charité et profit : l'une des combinaisons les plus fertiles de l'histoire du monde.

Le chauffeur de Pemex avait raison. Dès qu'il vit les richesses d'El Paso et la belle vie qui s'offrait même aux pauvres Mexicains, Cándido eut envie de rester aux États-Unis, non dans la ville surpeuplée mais dans l'arrière-pays, où il apprit qu'il y avait du travail partout. La tentation de retraverser le pont international fut la plus forte : il accompagna sa sœur avec son enfant jusqu'au camion Pemex en partance vers le sud, et il tenta sa chance.

Comme il n'avait pas fait appel aux services d'El Lobo, à peine eut-il dépassé de quelques kilomètres les barrages de l'Immigration qu'un officier de la police des frontières, nommé Ben Talbot, le ramassa sur la route et le refoula au Mexique.

La fois suivante, il paya El Lobo, qui le déposa assez loin dans les terres, mais il eut de nouveau la malchance de tomber sur le nommé Talbot, malchance qui se répéta lors de sa troisième tentative :

« Je t'ai déjà vu quelque part ! » lui lança l'officier et, en le renvoyant sur le pont, il le prévint : « Si je te rattrape, la taule ! »

Cándido retourna donc à Moctezuma, mais hanté par le souvenir des richesses de l'Amérique. En juin de l'année suivante, il travaillait encore au garage de son beau-frère mais sa sœur cadette, Manuela, annonça à la famille qu'elle voulait tenter sa chance aux États-Unis. De nouveau les femmes de Moctezuma décidèrent que Cándido devait l'accompagner à Ciudad Juárez où, pour quinze dollars, El Lobo la conduirait non à El Paso où elle se ferait prendre par la police des frontières mais à un passage sûr qu'il avait utilisé avec succès, à cent dix kilomètres de la ville vers l'est. Un homme qui avait déjà utilisé cet itinéraire, piloté par El Lobo, leur expliqua :

« Ce n'est pas facile. On traverse le río Grande. On marche deux kilomètres dans les terres, et un camion vient vous prendre. Il faut verser quinze dcllars de plus. Mais personne ne peut réussir seul. Cándido, préviens ta sœur de ne jamais essayer de passer toute seule. »

Pour Cándido, les journées qui suivirent furent un supplice car l'ancien désir de passer aux États-Unis revint le hanter, mais il savait que s'il s'en allait sa mère resterait seule : Eufemia mariée, Manuela partie, si je pars moi aussi, qui s'occupera d'elle ? Puis il songea à sa sœur : Je ne peux pas la laisser dans un camion en plein désert. Le jour où il devait prendre le camion Pemex avec Manuela, il ne s'était pas encore décidé, mais lorsqu'il dit adieu à sa mère il la serra dans ses bras avec une ferveur peu commune et éclata en sanglots. Elle dut comprendre ce qui le tourmentait car elle lui dit :

« Fais pour le mieux. »

A leur arrivée à Ciudad Juárez, lorsque Cándido se retrouva en face d'El Lobo, il comprit qu'il ne devait pas confier Manuela à un homme aussi corrompu.

Le camion qui transportait les émigrants quitta Juárez à 5 heures du soir avec dix-sept passagers – onze hommes et six femmes, à quinze dollars par tête – et prit une route mal entretenue où il croisa d'autres camions, vides, qui revenaient de déposer leurs chargements humains. A la tombée de la nuit, les émigrants s'arrêtèrent dans un endroit désert à l'est de Banderas, et Cándido dut se décider :

« Tu vas avec eux, oui ou non ? Quinze dollars tout de suite.

– Je ne quitte pas ma sœur », répondit le jeune homme.

Les eaux du río Grande étaient si basses à cet endroit que les Mexicains purent le traverser presque entièrement en marchant. Il ne fallait nager que sur les derniers mètres, du côté américain, et les passeurs américains avaient posté là deux Mexicains pour aider les femmes. Quand tout le monde fut en sécurité sur la berge, El Lobo lança un appel de phares et disparut.

Ils étaient à présent dans l'un des coins les plus déserts du Texas, une bande de terre le long du fleuve que même les pionniers les plus intrépides n'avaient pas tenté de coloniser. Un terrain très accidenté et rocailleux par endroits, sans un arbre, avec seulement des pistes de terre : Cándido se félicita d'être resté avec sa sœur.

On conduisit les dix-huit wetbacks vers un camion en triste état, qui avait capoté plus d'une fois sur ces pistes, mais, avant de les laisser monter, le passeur, un nommé Hanson, brailla :

« Quinze tickets chacun, et je vous dépose sur une petite route après Fort Stockton. »

Il vérifia les paiements à la lumière des phares, compta ses clients, les entassa entre les ridelles et se dirigea vers le nord. Un de ses acolytes, perché sur la cabine du camion, braquait un fusil de chasse sur les Mexicains :

« Que personne n'essaie de sauter en marche. Nous ne voulons pas que la Migra apprenne comment nous procédons. »

Vers 9 heures, la lune se leva et sa lueur permit aux Mexicains de voir le territoire désert qu'ils traversaient.

« Ce ne sont pas les Estados-Unidos ! s'écria une femme.

– Oh mais si ! répliqua en espagnol l'homme au fusil. Comme ça sur quatre cent cinquante kilomètres. »

A 4 heures du matin, alors qu'ils se trouvaient loin de la frontière, le chauffeur, voyant l'occasion de gagner beaucoup d'argent sans responsabilité, fit tousser le moteur puis cala.

« Nom de Dieu ! cria-t-il. Il faut que je répare. »

Il fit descendre tous les Mexicains et leur ordonna de se tenir à l'écart pendant la réparation. Bien entendu le moteur toussa puis repartit aussitôt. Les Mexicains, ravis, se dirigèrent vers le camion, mais les deux Anglos démarrèrent et filèrent dans le désert en les laissant en plan, sans guide, sans provisions et surtout sans eau.

Ce fut un voyage en enfer. A 10 heures du matin, le deuxième jour, sous un soleil de plomb, le premier Mexicain mourut, un homme de quarante ans, étouffé par sa langue gonflée. A 11 heures, six autres étaient morts, mais les deux Guzmán étaient encore en vie.

« Manuela, murmura Cándido, il faut trouver des plantes, n'importe quoi. »

Ils ne trouvèrent rien. Pas une seule de ces grandes cactées qui sauvent si souvent la vie des voyageurs égarés. A midi, trois autres Mexicains étaient morts. Le ciel au-dessus de leur tête était d'un bleu profond ; pas l'ombre d'un nuage et le soleil frappait sans merci. A 2 heures, plus de la moitié de wetbacks – quel ncm ironique, « dos mouillé », vu les circonstances ! – étaient morts. En fin d'après-midi, Manuela ouvrit la bouche pour réclamer une dernière fois de l'eau, lança à son frère un regard affolé et mourut.

Trois hommes parvinrent sur la nationale 80, à deux cent trente kilomètres à l'ouest de Fort Stockton. A bout de forces, ils firent signe à plusieurs automobilistes de s'arrêter, mais en vain. Cándido se jeta finalement devant une voiture tandis que ses deux compagnons faisaient de grands signes. C'était inutile, car au volant de la voiture se trouvait l'officier Talbot, parti à leur recherche.

« Les pauvres salauds, dit-il à son compagnon. Donnons-leur d'abord à boire. »

Ils se rendirent à Van Horn, où Talbot les fit écrouer, mais après leur avoir donné toute l'eau qu'ils purent avaler.

On les refoula au Mexique, évidemment. Comme Cándido avait trop honte pour revenir à Moctezuma annoncer à sa famille la mort de Manuela, il retourna à El Paso, trouva un emploi, économisa de l'argent, acheta un revolver, se fit pousser la moustache et alla trouver El Lobo comme s'il ne l'avait jamais vu :

« C'est vrai que vous faites passer des gens aux Estados-Unidos ?

– Quinze dollars pour moi. Quinze dollars pour les hommes de l'autre côté.

– D'accord.

– Je vous ferai passer les barrages au nord d'El Paso.

– On m'a dit que par Banderas c'était bien mieux.

– A vous de choisir. »

Cette fois, le groupe de dix-neuf illégaux suivit le río Grande jusqu'au village de Banderas, où chacun paya la somme prévue et traversa à la nage. Sur l'autre rive, Hanson les attendait avec le même camion déglingué et le même acolyte au même fusil. Ils quittèrent le fleuve à la tombée de la nuit, roulèrent jusqu'à 3 heures du matin, puis le camion tomba en panne comme la fois précédente.

« Descendez tous et mettez-vous là, le temps que je répare », lança Hanson.

Mais Cándido et deux autres wetbacks qu'il avait recrutés en route l'abattirent ainsi que son complice. Cándido se mit au volant et se dirigea au jugé vers la nationale 80. Ils arrivèrent dans les environs de Fort Stockton longtemps avant l'aurore. Ils se débarrassèrent du camion dans un ravin, se serrèrent la main et se dispersèrent dans la ville, puis dans la trame de la vie américaine.

Cándido, de nouveau seul, partit vers l'ouest pour donner l'impression, si la police l'interrogeait au sujet des meurtres du désert, qu'il se trouvait aux États-Unis depuis longtemps. A peine eut-il franchi quelques kilomètres qu'il vit arriver sur lui une camionnette venant d'El Paso. Dès que le conducteur aperçut Cándido, en qui il avait reconnu un wetback, il freina brusquement :

« Tu cherches quelque chose, vieux ? »

Le conducteur était un gros bonhomme épanoui, approchant de la quarantaine, habillé comme un shérif, ce qui terrifia Cándido :

« *Solamente español, señor…* » balbutia-t-il.

L'homme le surprit en lui répondant, dans un espagnol parfait :

« Amigo, si tu cherches du travail, tu as rencontré l'homme qu'il te faut. »

Il invita Cándido à s'asseoir à ses côtés et ils partirent vers Fort Stockton. A peu de distance au nord de la ville, ils arrivèrent dans un ranch de la frontière, avec un grand portail surchargé de décorations et un panneau qui annonçait :

EL RANCHO ESTUPENDO
LORENZO QUIMPER
PROPRIÉTAIRE

« Entre, et trouve-toi de quoi bouffer », lui dit le rancher.

Ce fut ainsi que Cándido Guzmán devint résident permanent des États-Unis et employé à vie de Lorenzo Quimper, propriétaire de neuf ranches pour lesquels il avait besoin de main-d'œuvre de confiance. Peu d'immigrants avaient pris autant de risques que Cándido pour trouver un refuge au Texas, peu serviraient le Texas avec autant de fidélité.

Bien loin de là, dans la ville de Detroit, près de la frontière canadienne, la vie n'était pas rose pour la famille Morrison. Todd, le père, se rendait compte que la filiale de Chrysler pour laquelle il travaillait allait bientôt fermer ses portes. Le couperet était déjà tombé sur sa femme Maggie, car un vendredi matin, trois semaines plus tôt, le directeur de son école lui avait présenté la feuille de papier gris redoutée par tous les instituteurs :

> Le Conseil pédagogique des écoles publiques du quartier des Cascades, réuni en séance plénière, a voté hier soir les mesures nécessaires à assurer la survie de nos établissements. J'ai le regret de vous informer que votre contrat ne sera pas renouvelé à son expiration, à la fin du trimestre de printemps 1968, et que votre emploi et votre rémunération cesseront à cette date.

Les Morrison pouvaient survivre sans le salaire de Maggie, mais à condition que Todd conserve sa place ; leurs deux enfants – Beth, élève très brillante de treize ans, et Lonnie, âgé de onze ans – avaient déclaré que sous aucun prétexte ils ne quitteraient le lycée des Cascades, qu'ils aimaient et où se trouvaient tous leurs amis.

Les Morrison pratiquaient depuis longtemps l'art de la démocratie familiale et discutaient abondamment de la plupart des problèmes. Ils n'esquivèrent pas celui-là, si déplaisant qu'il fût :

« Mes enfants, si la situation ne s'améliore pas chez Chrysler, je perdrai mon emploi. Que ferons-nous ?

– Ce serait terriblement injuste ! s'écria Beth.

– On a mis ta mère à la porte, non ?

– Oui, mais le Conseil pédagogique n'est qu'un tas de crétins.

– Nous devons envisager ce qui se produira si je perds ma place, insista Todd.

– Tu pourrais devenir policier, proposa Lonnie. J'ai lu dans le journal que la police engage des hommes.

– Pas à mon âge. Et sûrement pas avec mon salaire actuel », répondit son père.

Il avait trente-sept ans, sa femme trente-trois ; c'était le moment de la vie où ils avaient besoin de chaque sou pour profiter de ce qu'ils aimaient – un film de temps en temps, quelques livres – et donner à leurs enfants une existence saine, une éducation rationnelle, des vêtements convenables. Tout cela coûtait de l'argent. Leur maison n'était hypothéquée que pour six mille dollars, et jamais ils n'avaient fait d'extravagances en matière de voitures ou de réceptions. Ils avaient une Plymouth neuve et une très vieille Ford.

Normalement, ils auraient dû se trouver au sommet de leurs carrières : Todd à la veille d'une promotion rapide et Maggie se préparant à assumer un poste de directrice. Mais leur univers était en train de s'effondrer et ils ne voyaient pas comment enrayer le processus.

« Que ferons-nous si je suis viré ? » répéta Todd, tandis que ses trois conseillers ne pipaient mot. « Ni Ford ni General Motors ne m'engageront, c'est certain. En toute franchise, ma spécialité est finie, à moins de trouver un emploi au Japon. »

Les Morrison éclatèrent de rire, puis Beth demanda :

« Aller ailleurs ? Quelles sont les possibilités pratiques ?

– En fait, je ne les connais pas. Pour ta mère, aucune place d'institutrice par ici, ni dans une ville comme New York. Mais on m'a dit qu'il y avait des possibilités en

Californie et dans des villes en plein essor comme Atlanta.

– Ni l'une ni l'autre ne m'intéressent, lança Beth carrément, de son ton curieusement adulte.

– Il faudra que tu t'intéresses à ce que nous serons obligés de faire, mademoiselle Beth, lui répliqua sa mère. Ne l'oublie pas.

– Je le sais. Je n'ai pas envie de quitter les Cascades. Mais, s'il le faut, il le faut.

– Je vote pour la Californie, lança Lonnie. Le surf... »

Todd fit comme s'il n'avait rien entendu :

« Je crois que je vais devoir chercher un nouvel emploi.

– Dans quel secteur ? demanda Beth.

– Je fais bien ce que je fais en ce moment...

– Sans aucun doute, se hâta de répondre Maggie.

– Je suis capable de maintenir une organisation sur ses pieds. Peut-être directeur du personnel. Ou alors dans le commercial.

– Tu te débrouillerais très bien dans les relations avec le personnel, lança Maggie en desservant la table. Mais où ? »

Trois semaines passèrent. Maggie posa sa candidature dans vingt écoles de quartier et reçut vingt réponses négatives. « Le nombre des élèves ne cesse de diminuer. Tout le monde s'en va ailleurs. Nous serons obligés de partir. »

Pendant le mois qui suivit, les nouvelles de Chrysler furent si déprimantes que Todd n'osait même plus en discuter devant ses enfants. Ce fut alors au cours d'une de ces réunions quasi silencieuses que le mot *Texas* fut prononcé pour la première fois :

« On m'a dit que le secteur de l'électronique part en flèche du côté de Dallas », dit Todd.

Beth refusa d'en discuter – le Texas était trop grand, trop chaud, trop bruyant – mais Lonnie sauta au plafond :

« Des cow-boys ! Ouah ! »

Le vendredi suivant, Todd fut mis à la porte.

Acculés, les Morrison s'organisèrent : Todd étudia les offres d'emploi dans les journaux ; Maggie continua de faire le tour des écoles ; Beth se chargea du ménage et

Lonnie se porta volontaire pour toutes les corvées. Mais chaque semaine les économies de la famille diminuaient, et les enfants le savaient.

Todd se présenta pour trois douzaines de postes différents et chaque fois on le refusa.

« Je suis trop vieux pour ci, trop jeune pour ça. Je connais bien la chaîne de montage et les ventes, mais il n'y a aucune place dans ces domaines. C'est l'enfer. »

Ce fut Maggie qui lui trouva une place, et de façon très curieuse. Elle se trouvait dans le quartier industriel de la ville pour poser sa candidature dans une école d'enfants « à problèmes ». Elle y rencontra une femme dont le mari venait de lancer une nouvelle affaire.

« Ils révisent les moteurs de voitures, Todd. Ils ont une nouvelle machine pour diagnostiquer les points faibles, d'autres machines pour les réparer. Ils ont eu beaucoup de succès à Detroit et à Cleveland, et ils désirent s'établir un peu partout, en offrant à des garagistes leur marque et leur matériel. Cette femme m'a dit qu'il y avait une belle occasion à saisir. »

Le lendemain matin, Todd se rendit au bureau de la nouvelle compagnie. Engine Experts avait mis au point une technique permettant de prolonger de plusieurs années l'espérance de vie d'un moteur d'automobile. Le coût d'installation du système était assez onéreux, mais les quatre machines déjà en service se révélaient tout à fait rentables et Todd, rassuré, commença à négocier avec les patrons.

« Nous voulons pénétrer le marché de Dallas et de Houston. Aller où sont les voitures : c'est notre devise.

– Je n'ai pas les fonds nécessaires pour participer, avoua Todd en toute sincérité.

– Ce n'est pas ce que nous recherchons, lui répondit l'un des associés. Vous connaissez les voitures. Vous avez du bon sens. Nous aimerions vous envoyer au Texas. Vous étudierez les bons emplacements, ceux que nous appelons les “ inévitables ”. Vous prendrez pour nous une option sur de bons coins de rues où passent beaucoup de voitures – avec l'autorisation d'installer une entreprise industrielle, bien entendu. Cela vous intéresse ?

– Quelles sont les chances que je me ramasse ?

– Nous vous maintiendrons à flot pendant un an, que vous nagiez ou que vous couliez. Mais nous pensons que vous nagerez, surtout au Texas : les transports publics sont déficients et tout le monde y est fou de sa bagnole. »

Ils proposèrent donc à Todd Morrison une mission d'un an au Texas – Dallas ou Houston au choix – pour rechercher huit emplacements, acheter les terrains et obtenir les permis nécessaires à la mise en place d'ateliers Engine Experts. Le soir même, il remit à sa femme et à ses enfants des crayons et du papier, puis leur demanda de prendre des notes tandis qu'il analysait leur situation :

« Il y a six mois, la famille disposait des revenus suivants : père, vingt-six mille dollars ; mère, huit mille dollars. Total… Combien, Lonnie ?

– Trente-quatre mille dollars.

– Nous avons perdu nos emplois. Salaires actuels : zéro. Nous pouvons retirer une certaine somme de la maison. Nos économies s'amenuisent de jour en jour, mais il nous reste dix-neuf mille dollars. Nous aurions pu mettre davantage de côté, mais nous ne nous attendions pas à ça.

– Nous pouvons dépenser moins, dit Beth. Je n'ai pas besoin de leçons particulières.

– Il faudra bien dépenser moins, sinon nous crèverons de faim. Mais on vient de m'offrir un emploi au Texas…

– Hourra ! cria Lonnie. Je pourrai avoir un cheval ?

– Le salaire sera de dix-huit mille dollars, avec une prime si je m'en sors bien.

– Tu t'en sortiras bien », dit Maggie.

On en resta là. Les Morrison du Michigan, famille profondément attachée à cet État, iraient s'installer à Houston, Texas. Par un matin de juillet 1968, des larmes dans les yeux, ils quittèrent le Michigan pour toujours et prirent la route du sud. Les troubles socio-économiques qui les forçaient à partir étaient à peu près les mêmes qu'en 1820 et 1850, lors des premières migrations massives vers le Texas. Ils partaient eux aussi à la recherche d'une vie meilleure.

Au cours de ce même été 1968, une famille d'immigrants très différents – la mère, le père et quatre filles – s'installa discrètement dans la petite ville pétrolière de Larkin. Trois semaines plus tard, ils avaient rendu fous de rage les propriétaires des plus belles demeures. Ils étaient si fantasques, surtout la mère, qu'un observateur extérieur aurait pu croire revenus les jours de colère du boom de 1922.

Ils vivaient surtout la nuit et menaient leur plus grand tapage après le coucher du soleil, la mère et les filles toujours en vadrouille : vacarme, vandalisme et autres actes furtifs. Elles opéraient en bande, accompagnées parfois par le père, faiblard et inefficace, et elles prenaient à leurs déprédations un plaisir manifeste qui faisait redoubler la colère des bons citoyens.

Malgré sa mauvaise réputation – on l'accusait de plus de péchés qu'elle n'en commettait –, la nouvelle famille de Larkin faisait en réalité plus de bien que de mal. Et tous possédaient une étrange beauté, que leurs ennemis refusaient de reconnaître.

C'étaient des *armadillos,* des tatous, inconnus jusque-là dans la région, envahisseurs venus eux aussi du Mexique. Partout où ils apparaissaient, ils apportaient à la fois de la joie et de l'irritation. Les adversaires de ces fascinants petits animaux, pas plus gros que des petits chiens, les accusaient de dévorer les œufs de caille (un mensonge éhonté), ou de massacrer les couvées de poussins (encore plus faux) et de dévaster les belles pelouses (accusation aussi justifiée que très grave). Les ranchers avaient coutume de dire : « Ils creusent tellement de trous que mon bétail trébuche et se brise les pattes. Quatre cents dollars de perdus. »

Aucun animal au monde ne peut creuser un trou aussi vite qu'un armadillo et, quand la mère et les quatre filles décidaient de s'ébattre sur une pelouse ou dans un potager bien cultivé, les dégâts pouvaient être horribles. L'armadillo possède un long museau en forme de sonde, deux pattes de devant armées chacune de quatre griffes de plus de sept centimètres et deux pattes de derrière pourvues de cinq griffes en forme de pelles. Ces outils d'excavation peuvent travailler à une vitesse incroyable.

« Verticalement, disait M. Kramer, ils peuvent creuser

plus vite que moi avec ma pelle. Le nez tâte les endroits les plus mous, les pattes de devant s'enfoncent comme des pistons, mais le plus étonnant, ce sont celles de derrière : elles ramassent la terre meuble et l'envoient à un mètre cinquante vers l'arrière. »

M. Kramer était un de ces curieux personnages (on en trouve dans toutes les communautés) qui mesurent régulièrement les précipitations pour téléphoner les renseignements au Bureau de la météo, qui relèvent l'heure de la première gelée, notent la force et la direction du vent pendant chaque orage et vous font remarquer que pendant le dernier coup de vent du nord la température est tombée en trois heures de 26,9° à 9,7°. Ancien membre d'une équipe de prospection pétrolière, il avait toujours aimé la nature ; il avait traîné sa tête aux cheveux blonds coupés en brosse courte dans toutes sortes de coins.

Les premiers armadillos de Larkin furent observés un mardi, et le vendredi M. Kramer avait déjà commandé trois monographies. Plus il en apprit sur ces animaux, et plus il les aima. Bientôt il les défendit contre leurs détracteurs – tous ses voisins dont les « sales bêtes » avaient détruit la pelouse.

« Petit dégât, disait-il, mais savez-vous tout le bien qu'ils font aux rosiers ? Les miens étaient envahis de vermine. Jamais une belle fleur, même avec tous les insecticides. Une nuit de lune, j'ai vu arriver les cinq armadillos, et je me suis dit : Finie ma pelouse !... Mais pas du tout. Ils étaient venus chasser les insectes. Quand je me suis réveillé le lendemain matin pour vérifier le pluviomètre, que croyez-vous ? Plus un seul puceron. »

Mais les explications de M. Kramer restaient lettre morte.

« Avez-vous vu leur langue ? demandait-il. Elle peut jaillir à quinze centimètres, et elle est très collante. Flac ! Avalée la fourmi, gobée la bestiole. Cet animal fait la police des jardins et détruit les parasites. »

Un jour où Mme Colc se plaignait à vous fendre le cœur des dégâts causés à sa pelouse, M. Kramer la coupa avec une question assez révoltante :

« Mme Cole, avez-vous examiné l'estomac d'un armadillo ?... Eh bien, je l'ai fait. Plusieurs fois. J'ai disséqué les cadavres que j'ai trouvés sur la nationale. Savez-vous ce que les estomacs contenaient ? Des insectes, des pucerons, de petites racines, des mouches, des fourmis, toutes les bestioles que vous ne pouvez pas sentir. Et vous direz à M. Cole que, sur mes dix-sept autopsies, je n'ai jamais trouvé la moindre trace d'œuf d'oiseau, et sûrement pas d'œuf de caille. »

Quand il eut terminé son rapport sur les ventres d'armadillos, Mme Cole était plus que jamais décidée à éliminer ces sales bêtes destructrices.

Mais ce fut lorsqu'il voulut vanter la beauté de l'armadillo que M. Kramer perdit définitivement la sympathie des citoyens de Larkin, car tous considéraient le petit animal comme le survivant sans grâce d'une autre ère géologique, une créature qui aurait dû disparaître en même temps que les dinosaures. Sa présence en plein XXe siècle était ressentie comme une insulte. Pour M. Kramer, au contraire, cette héroïque continuité constituait l'un des grands atouts de l'espèce.

« Armadillo ? Qu'est-ce que cela signifie ? Le " petit cuirassé ". Si vous le regardez en toute objectivité, vous avouerez que ce petit animal splendide ressemble à un de ces chevaux en armure du Moyen Age. Le dos, le corps, les pattes sont protégés par son étonnante cuirasse, joliment façonnée pour couler sur le corps de l'animal. Et regardez la précision technique... » Il prenait alors un des trois armadillos qu'il avait apprivoisés après la mort de leurs parents sous la balle d'un chasseur, pour montrer le miracle auquel il faisait allusion : « C'est une véritable armure, à l'avant et à l'arrière. Touchez donc ! Plus dure que votre ongle, faite de la même substance. Elle protège les épaules et le bassin. Mais ici, au milieu, se trouvent neuf bandes de cuirasse flexible, un peu comme un accordéon. Toujours neuf, jamais sept ou dix. Sans ces pièces détachées, l'animal ne pourrait pas se déplacer comme il le fait. Merveilleux, non ? Rien de pareil dans l'ensemble du règne animal. Un vrai survivant de l'ère des dinosaures. »

Il n'en restait pas là. Et ce qu'il ajoutait convertit plusieurs de ses amis à ses vues :

« Ce n'est pas l'armure qui me fascine le plus, ni les neuf plaques flexibles. Un bel exemple de technique, rien de plus. Mais avez-vous remarqué la beauté des motifs ? C'est de l'art, de l'art pur. Comme seuls pouvaient en concevoir Léonard de Vinci, Michel-Ange ou peut-être Dieu. »

Et, pour convaincre les femmes de ses voisins, il leur demandait :

« Savez-vous comment ils se reproduisent ?... Toujours quatre petits, toujours identiques et du même sexe. On n'a jamais vu une mère armadillo donner naissance à des mâles et des femelles en même temps. Impossible, et savez-vous pourquoi ? Parce que l'œuf fécondé se divise en quatre, rarement plus, rarement moins. Les petits qui en sortent sont donc forcément du même sexe. Mais le croiriez-vous ? La mère peut conserver cet œuf quadruple fécondé dans son ventre pendant huit semaines, durée de gestation normale, ou, si la situation ne lui paraît pas propice, jusqu'à vingt-deux mois, autant que l'éléphant. Elle met bas en réaction à un besoin qu'elle perçoit. Quel besoin, nul ne saurait le dire. »

Chaque fois qu'il regardait un armadillo défoncer sa pelouse, M. Kramer ne voyait pas un petit tank destructeur doté de pouvoirs d'excavation incroyables, mais un symbole de la majesté de la Création, du passage du temps, du mystère de la naissance, de toute la beauté qui existe dans le monde sous des manifestations si différentes. Un armadillo n'est sûrement ni plus beau ni plus mystérieux qu'un papillon ou une pomme de pin, mais beaucoup plus amusant. Et M. Kramer se disait, fort satisfait : Tous les autres animaux du monde ont des territoires de moins en moins étendus, seul l'armadillo agrandit obstinément le sien. Parfois, en observant la mère et ses quatre filles en route pour une autre dévastation, il s'écriait en riant dans sa barbe : « Les voilà parties : les cinq cavalières de l'Apocalypse ! »

Quelqu'un, à Larkin, donnait un autre nom aux petits destructeurs. Ransom Rusk, principal héritier et seul gestionnaire des intérêts Rusk dans le gisement de Larkin, avait l'intention bien arrêtée d'effacer le souvenir des ancêtres dont il était affligé : le naïf et généreux Earnshaw

Rusk, son épouse sans nez, leur fils Floyd à l'obésité indécente, père de Ransom, et Molly sa mère grosse et sotte. Il voulait les oublier tous. Il était grand, mince, assez beau, l'opposé de son père, et à l'âge de quarante-cinq ans il était parvenu au sommet de sa puissance. Il avait épousé une diplômée de Nouvelle-Angleterre que sa mère, désireuse de se dissocier d'une lignée de planteurs de coton, avait appelée Fleurette dans l'espoir qu'un peu d'élégance française déteindrait sur elle.

Fleurette et Ransom Rusk, las de la maison modeste dont la cuisine avait servi de bureau à Floyd jusqu'à sa mort, avaient engagé un architecte de Boston pour se faire bâtir une belle demeure. Celui-ci avait suggéré une innovation qui distinguerait leur maison de toutes les autres de la région : « C'est très à la mode, dans les plus grandes propriétés d'Angleterre. Un boulingrin. Un terrain de boules. On peut aussi y jouer au croquet, bien entendu. » Fleurette avait applaudi des deux mains.

Son grand plaisir était devenu de recevoir pour ce qu'elle appelait « un agréable après-midi de boules », et elle savait vraiment rendre un après-midi plaisant. Très peu de millionnaires de la région – il y en avait bien deux douzaines dans les environs de Larkin, grâce à ces bons puits qui ne produisaient jamais beaucoup plus de cent barils par jour, mais rarement moins – savaient jouer aux boules, mais ils inventaient des règles et s'amusaient bien.

Ransom Rusk, malgré la place de choix qu'il occupait sur le gisement Larkin, n'était pas remarquablement riche selon les normes texanes, souvent définies ainsi : de un à vingt millions de dollars, *aisé* ; de cinquante à cinq cents millions, *riche* ; de cinq cents millions à un milliard, *gros riche* ; de un à cinq milliards, *riche texan.* Du fait de ses autres intérêts pétroliers dans diverses régions de l'État, ainsi que de ses investissements prudents dans diverses affaires de Fort Worth, il était devenu « riche », mais dans les niveaux inférieurs de cette catégorie médiane. Ses attitudes à l'égard de la richesse étaient contradictoires, car il avait manifestement l'ambition ardente d'acquérir et d'exercer du pouvoir sous toutes ses formes, et donc d'accroître sa richesse à cette fin. Mais il restait indifférent au niveau mathématique de cette richesse, et passait souvent une année entière sans connaître ses bilans, même de manière vague. Poussé par le besoin de manipuler des millions, il ne se souciait pas de les compter. En revanche, il avait hérité de son père un jugement très sûr en matière de pétrole et l'avait développé dans tous les domaines de la finance. Il cherchait sans cesse de nouvelles occasions et savait les exploiter lorsqu'il les trouvait.

Un matin, comme il ruminait sur ses affaires de Fort Worth, il entendit Fleurette pousser un cri : « Oh, mon Dieu ! » Croyant qu'elle venait de faire une chute, il se précipita dans la chambre. Debout près de la fenêtre, elle tendait le bras vers son boulingrin, entièrement ravagé au cours de la nuit.

« On dirait une bombe atomique ! s'écria Ransom. Ce sont ces maudits armadillos. »

Mais Fleurette n'entendit pas cette explication, car elle sanglotait comme si elle avait perdu trois enfants.

« Tais-toi ! lui ordonna Ransom. Je vais m'occuper de ces petits salopards. »

Il sortit en claquant la porte, inspecta le boulingrin labouré et appela les jardiniers :

« Est-ce réparable ?

– Nous le remettrons en état, monsieur Rusk. Mais il vous faudra tenir les armadillos en dehors.

– Je vais m'occuper d'eux. A coups de fusil. »

Et du même pas il alla à la quincaillerie acheter une boîte de cartouches pour sa carabine .22. Le hasard voulut qu'il rencontre près de la caisse le bon M. Kramer, retraité, ancien employé de Rusk sur le gisement de Larkin.

« Pourquoi ces balles, monsieur Rusk ?

– Armadillos, répondit Ransom.

– Oh, vous ne devez pas faire ça ! Ce sont des animaux précieux. Il faut les protéger, non les tuer.

– Ils ont défoncé la pelouse de ma femme la nuit dernière.

– Son boulingrin ? On m'a dit qu'il était très beau.

– Dieu sait combien il a coûté. Et ils l'ont détruit.

– Petit malheur », répondit Kramer d'un ton léger.

Rusk commença bien entendu par clôturer le boulingrin de son épouse avec un grillage résistant, comme ceux qui entourent les courts de tennis ; mais deux nuits après la mise en place – à grands frais – de la clôture neuve, le boulingrin fut de nouveau retourné. M. Kramer, consulté, montra aux Rusk que les petits animaux avaient simplement creusé sous la clôture.

« Il vous faut rempiéter votre grillage : creuser une tranchée de deux mètres et y couler du béton.

– Savez-vous combien cela me coûtera ?

– On m'a dit que vous aviez de l'argent », répondit Kramer.

On abattit donc la clôture, on fit venir des pelleteuses, on coula des camions entiers de béton dans la tranchée, puis on remit la clôture en place : deux mètres quarante au-dessus du sol, un mètre quatre-vingts au-dessous. Les armadillos étaient battus.

Quatre jours plus tard, Fleurette Rusk à son réveil poussa un autre cri de désespoir.

« Encore ces maudits armadillos ? » cria Rusk en se précipitant dans sa chambre.

Il ne se trompait pas. Quant il étudia le désastre avec M. Kramer, l'ami de la nature, celui-ci lui expliqua avec son enthousiasme habituel :

« Vous voyez ce trou, Ransom ? Ils ont creusé sous la barrière de béton et sont remontés de l'autre côté. Cela ne leur a pas pris plus d'une demi-heure. »

Le ton scientifique de Kramer et le plaisir évident qu'il prenait à décrire les talents de ses petits amis fouisseurs mirent Rusk en rage, et il jura de tuer les sales bêtes. Kramer parvint toutefois à le convaincre de tenter encore une expérience :

« Pourquoi ne pas planter une palissade au-dessous de la base en béton ?

– Comment cela ?

– Très simple : il suffit d'enfoncer des pieux métalliques avec un bélier hydraulique. Jusqu'à six mètres. Mais il faudra que les pieux soient très serrés. »

Quand ce fut fait, Rusk calcula que son boulingrin lui coûtait deux cent dix-huit mille dollars. Mais la palissade arrêta les prédateurs, la mère et ses quatre filles qu'il avait surnommées « Lady Macbeth et ses sorcières ». Lady Macbeth n'osa pas creuser aussi profond.

Mais elle ne s'avoua pas battue pour autant et un matin Ransom fut encore dérangé par un cri perçant :

« Regarde ces maudites bêtes ! »

La mère avait réussi à grimper de son côté de la palissade et descendait à la verticale. Elle montrait la voie à ses filles.

Pendant plusieurs minutes, Rusk resta à la fenêtre à regarder l'étrange procession d'armadillos grimper sur sa chère clôture. Une des filles retomba à plusieurs reprises sur le dos et il éclata de rire.

« Je ne trouve pas ça drôle ! cria sa femme.

– Regarde cette petite idiote. Elle ne sait pas se servir de ses pattes de devant pour s'accrocher. »

Fleurette explosa :

« On dirait que tu l'encourages ! »

Et Rusk comprit que c'était la vérité. En fait, il se vengeait des réflexions incessantes de sa femme : « Ne porte pas ce grand chapeau de vacher en hiver, ça te donne un air péquenot », « Ne mets pas ces bottes pour aller au bal, on dirait un Texan ». Fleurette avait décrété ainsi une vingtaine d'interdits, et Ransom s'aperçut ce matin-là que, dans le match Fleurette contre Lady Macbeth, il se rangeait du côté des petits animaux.

Mais il était bon bougre et il téléphona à M. Kramer :

« Ces cinglés d'armadillos peuvent monter sur le grillage. Que faisons-nous ? »

M. Kramer remarqua aussitôt la différence. Jusque-là, c'était toujours ces « maudits armadillos » ou pis. S'il les traitait de cinglés, il commençait à les aimer.

« Je vais vous dire, Ransom. Nous allons faire venir les gens de la clôture et nous leur ferons installer en haut une bande de grillage en dévers. Quand les armadillos parviendront à cette bande, ils tomberont.

– Cela ne leur fera pas de mal ?

– Il y a six semaines, vous vouliez les tuer. Maintenant vous me demandez si cela leur fera du mal. Ransom, vous apprenez vite.

– Kramer, tous vos conscils me coûtent beaucoup d'argent.

– Vous en avez à dépenser. »

Les gens de la clôture arrivèrent. Oui, ils pouvaient installer une bordure en saillie, parallèle au sol, qu'aucun armadillo ne pourrait franchir. Quand ce fut fait, Rusk passa la nuit à sa fenêtre avec une puissante lampe torche, et vit la mère armadillo et ses filles tenter leur chance. Il éclata de rire la première fois qu'elles retombèrent. Ransom Rusk avait enfin vaincu Lady Macbeth et ses sorcières, pour la somme de deux cent trente-huit mille dollars.

« Qu'as-tu à ricaner dans le noir ? lui lança Fleurette.

– Ce sont les armadillos qui essaient d'entrer dans ton boulingrin.

– Tu aurais dû les tuer il y a des mois !

– Ils y mettent une telle ardeur que j'ai bien envie de les laisser entrer.

– Si tu fais ça, je te quitte ! » dit-elle.

Ce fut le début du sensationnel divorce de Ransom et Fleurette Rusk. Bien entendu, des questions plus graves que les armadillos entrèrent en ligne de compte, et la plupart tournaient autour du mari. Il avait désiré une femme de l'Est avec son expérience des mondanités, tout en insistant pour demeurer texan. Il espérait oublier sa grand-mère sans nez, son étrange grand-père quaker et surtout ses parents, obèses et ridicules, mais Fleurette ne cessait de les ramener dans la conversation, notamment en présence de nouvelles relations. Sans doute avait-il eu envie d'une épouse – il avait courtisé Fleurette avec ardeur –, mais il aimait surtout rester seul avec sa multitude de projets. S'il avait épousé une femme d'une patience divine et d'une compréhension sublime, son mariage aurait sans doute été un succès, mais Fleurette s'était montrée de plus en plus frivole et écervelée. Jamais une femme plus sage n'aurait monté en épingle l'affaire des armadillos jusqu'à en faire une cause célèbre mais, quand on en arriva là, il n'était plus question de reculer.

Elle l'accusa de nombreuses cruautés. Elle jura dans sa déposition que la vie avec cette brute était devenue impossible et, une fois le procès en route, elle fit la seule chose capable de lui assurer une victoire sans partage : elle engagea comme avocat, pour plaider au tribunal du comté de Larkin, Sac-à-Puces Moomer, de Dallas.

L'avocat de Ransom frémit en apprenant que Sac-à-Puces entrait dans la danse :

« Ransom, nous sommes fichus.

– Pourquoi ?

– Sac-à-Puces peut démolir n'importe quelle affaire. Quand il entre dans une salle d'audience, tout peut arriver. Vous voulez vraiment que l'on aille jusqu'au bout ?

– Et comment ! Je veux me débarrasser de ce boulet. »

L'avocat jugea nécessaire de lui expliquer un peu le personnage :

« Sac-à-Puces Moomer est un génie. Très intelligent, sans le moindre sens moral. Capable de tout pour gagner. Et je vous préviens tout de suite que dans votre affaire, il gagnera... Son surnom ? Quand il plaide, il se gratte à tout bout de champ comme un singe. Il se gratte ici. Il se gratte là. Mais, deux fois dans chaque affaire, il s'arrête, regarde le jury, croise les bras et se gratte à deux mains. Les jurés le savent et attendent ces moments, car Sac-à-Puces fait alors des révélations importantes... Êtes-vous assez solide pour vous attaquer à lui ? Dites-vous bien qu'il vous accusera de tout. »

Ransom s'estima assez solide et le procès s'ouvrit, dans le majestueux palais de justice conçu soixante-dix ans auparavant par James Riely Gordon. Quand les avocats commencèrent à se jeter de la boue, plus d'un observateur regretta qu'un aussi beau palais ne soit pas réservé à des affaires plus nobles.

Le juge, sérieux et conscient du caractère sensationnel du procès, fit sans doute de son mieux, mais que pouvait-il contre les tours de passe-passe de Sac-à-Puces Moomer ?

« Ma cliente, messieurs les jurés, cette belle femme en détresse que vous voyez là, ne réclame que vingt-deux millions de dollars. Je sais, cela peut vous paraître beaucoup, surtout s'il vous faut travailler aussi dur que moi pour gagner votre croûte, ajouta-t-il en s'essuyant le front, les poignets et les doigts. Mais je démontrerai que le défendeur, ce sale individu, là-bas...

– Objection, Votre Honneur.

– Objection reçue. Monsieur Moomer, pas de calomnies contre le défendeur.

– Cet homme dénué de sentiments, d'honneur et de générosité…
– Objection, Votre Honneur.
– Objection reçue. Maître Moomer, vous ne devez pas attaquer le défendeur.
– Je vous démontrerai, braves gens du jury, que Ransom Rusk, après avoir hérité tout son argent de son père sans jamais lever le petit doigt de sa vie…
– Objection, Votre Honneur !
– Objection reçue. Le jury ne tiendra aucun compte de ce que l'avocat Moomer a dit au sujet du défendeur. »

Sac-à-Puces, qui portait un cordonnet noué en guise de cravate, des bretelles et une ceinture, se coiffait en avant à la Jules César. Il ne cessait de se gratter et de bafouiller, bref il jouait à la perfection le rôle du brave gars de la campagne qui fait de son mieux pour défendre les intérêts d'une femme bafouée. Puis, le troisième jour, il s'arrêta brusquement, croisa les bras et se mit à se gratter énergiquement tandis que le jury souriait d'un air entendu. Quand il eut fini de se gratter, il demanda, d'un ton insistant :

« Messieurs les jurés, avez-vous envisagé la possibilité que Ransom Rusk ait eu des relations, euh… discrètes, avec un monsieur de la région dont je me refuse à divulguer le nom à cause de mon sens inné de la décence ? »

Il y eut une tempête d'objections, les journalistes se précipitèrent vers les téléphones, mais le procès continua dans le brouhaha général.

La deuxième fois que Sac-à-Puces se gratta à deux mains, les jurés se penchèrent en avant, d'avance réjouis par la perspective d'un nouveau scandale :

« Vous êtes-vous demandé comment Ransom Rusk a acquis sa fortune ? Ne l'a-t-il pas fait en contrevenant à toutes les règles de la décence, à toutes les conventions qui, dans le monde des affaires, lient les hommes d'honneur ? »

Le juge ordonna évidemment que la phrase soit rayée des minutes du procès, mais comment le jury aurait-il pu oublier qu'il l'avait entendue ? Ils recommandèrent d'accorder à Fleurette les vingt-deux millions de dollars qu'elle réclamait. Le juge réduisit la somme, quelques jours plus tard, à quinze millions. Sac-à-Puces avait averti Fleurette :

« Nous réclamons vingt-deux pour en avoir douze. » Ses honoraires seraient de quarante pour cent, soit six millions de dollars.

Le lendemain du verdict, alors qu'il était encore question de vingt-deux millions de dollars, Ransom entra dans la grande maison donnant sur Bear Creek et regarda d'un œil satisfait le soleil couchant. Dans le noir, M. Kramer s'arrêta pour vérifier la clôture neuve. Ransom lui dit :

« Je suis plus heureux ce soir que je ne l'ai été pendant des années. Libéré de ce boulet.

– Pourquoi l'aviez-vous épousée ? »

Tous les hommes de Larkin jugeaient depuis longtemps que Fleurette était une épouse impossible.

« Pour les plus mauvaises raisons du monde. Des raisons dont j'ai honte, croyez-moi. Comme beaucoup de jeunes Texans, je suis allé dans une école du Nord, à Lawrenceville (New Jersey). Une des meilleures. Des professeurs rigoureux et le reste. Ils avaient organisé la journée des Pères, vous voyez le tableau. Mes parents sont venus. Riches à en être dégoûtants. Mon père, qui pesait cent cinquante kilos, et ma mère, une vraie caricature : la femme d'un magnat texan du pétrole. Lui, un cul-terreux ; elle, ridicule avec ses gros bijoux et ses robes criardes. Les trois jours les plus affreux de ma vie, parce que tous mes copains savaient qu'ils représentaient le Texas. Par gentillesse, aucun ne me lança de vannes. Mais ils avaient vu, et je savais qu'ils riaient dans mon dos. Enfin, Dieu merci, ils repartirent, et j'entendis un des garçons de mon dortoir dire : " Un vrai derrick ambulant, avec les dollars qui suintent de partout. Pauvre Ransom... " » Il frissonna dans le noir. « J'ai décidé ce jour-là que je ne serais plus ni Texas ni pétrole. Je suis sorti avec les jeunes filles les plus raffinées de Vassar et de Wellesley. Je me suis mis à discuter d'art, de philosophie, de tout ce qui se situait à l'opposé de mon père et de ma mère. Et j'ai donc rencontré Fleurette. Le nom français a beaucoup joué. Et sa détermination à paraître si raffinée, si Nouvelle-Angleterre.

– A vous parler franchement, Ransom, vous étiez tombé sur un sacré porc-épic. Mais vous vous en tirez bien. Surtout si vous avez les moyens de payer ce que le tribunal lui accorde.

– Kramer, avez-vous des cisailles ?
– Dans ma camionnette. »

A son retour avec cet outil autrefois banni de toute la région, Rusk le lui prit des mains et se dirigea vers la clôture protégeant le boulingrin de son ancienne femme. Il coupa, verticalement depuis le sol, d'abord un trait, puis un autre un mètre plus loin. Il demanda à M. Kramer de l'aider à dégager le passage.

La lune se leva.

« Les voici ! » s'écria Ransom avec la même joie que M. Kramer.

Le lendemain matin, les destructeurs cuirassés avaient entièrement défoncé le boulingrin et Ransom Rusk, plus pauvre de vingt-deux millions de dollars, plus deux cent trente-huit mille dollars de clôture, se sentit beaucoup plus heureux qu'il ne l'avait été depuis bien longtemps.

Dès que Todd Morrison se mit à étudier Houston de près, ce qu'il découvrit lui plut :

« Dans cette ville, il y a de la place pour un homme entreprenant, dit-il à sa femme. Et je crois que je peux entreprendre. »

Avec les fonds que lui fournirent les hommes de Detroit, il se mit à la recherche de terrains, et les possibilités l'emballèrent.

« Cette ville est incroyable ! dit-il un soir à sa famille. Une population aussi nombreuse et aucun plan d'urbanisme. On peut construire ce qu'on veut où on veut, personne ne peut rien vous refuser. » Il fit observer que cette remarquable liberté d'action n'avait pas abouti à un fouillis indescriptible : « Le bon sens s'impose de lui-même. Les promoteurs ne délirent pas. Ils font ce qu'il leur plaît, mais ils tiennent compte de l'ensemble. »

Comme pour de nombreuses activités dans une démocratie, l'argent confirmait le bon sens. Aucun promoteur n'aurait songé à édifier sa nouvelle tour d'appartements de luxe au milieu de taudis : il achetait quatre cents taudis, les abattait et sur cette table rase édifiait son Taj Mahal. Un autre plaçait son énorme Shangri-La à quelque distance et, naturellement, tout ce qui se trouvait entre les deux édifices se transformait aussitôt. Houston n'était pas à proprement parler une ville, mais un amalgame de quartiers d'une beauté stupéfiante reliés par des espaces vides pas encore mis en valeur. « Un plan d'urbanisme par plaques, comme la scarlatine », disait Todd, en riant. Houston demeurait sans doute le dernier bastion de la libre entreprise, le laissez-faire dans toute sa splendeur, et cela plaisait énormément aux Morrison de Detroit (Michigan).

Todd s'aperçut que la plupart des emplacements qu'il visait étaient contrôlés par un agent immobilier de soixante-trois ans, Gabe Klinowitz, travailleur et connaissant bien la façon dont il faut procéder à Houston. Petit, rondelet, il fumait le cigare et portait le complet d'affaires traditionnel alors que tout le monde en ville s'habillait de manière plus détendue. Il était intelligent et la réussite de son cabinet d'affaires le prouvait.

Au cours de sa première conversation avec Todd, il révéla un de ses principes de base :

« Je cherche le jeune malin qui vient juste d'entrer dans la carrière. Je l'aide à débuter d'un bon pied. Puis je m'attends à faire de bonnes affaires avec lui pendant les trente années suivantes. »

Todd lui répondit qu'il écouterait ses conseils d'une oreille attentive.

« D'abord, lui dit Gabe, il vous faut maîtriser la question des abords.

– Je vous demande pardon ? »

Klinowitz prit une feuille de papier et montra à Todd le secret de l'achat de terrains pour le compte d'une grande société, comme une compagnie pétrolière :

« Vous trouvez un emplacement, à l'angle de deux routes fréquentées. Le propriétaire a un hectare, qu'il refuse de morceler. La compagnie, disons Mobil ou Humble dans le temps, n'utilise que le quart, juste à l'angle. Cela vous laisse trois quarts d'hectare, entourant le coin des deux routes comme un L majuscule : les abords. En tant qu'acheteur vous devez acheter la parcelle entière, mais pas avant d'avoir trouvé quelqu'un comme moi pour vous soulager des abords. Vous voyez l'intérêt ? » Todd répondant par la négative, Klinowitz lui demanda d'inscrire les chiffres : « Vous achetez personnellement l'ensemble au paysan pour soixante mille dollars. Vous avez déjà conclu la vente de l'angle à Mobil pour soixante-quinze mille dollars. Et vous me vendez les abords, tous ces bons terrains, pour cinquante mille dollars. Votre bénéfice sur la transaction : soixante-cinq mille dollars. »

Morrison étudia le schéma, puis fit remarquer le défaut de la cuirasse :

« Mais j'achète pour la compagnie, pas à mon nom.

– Bientôt, je suis sûr que vous achèterez à votre nom », lui répondit Klinowitz.

C'était un homme droit, vif, et d'une honnêteté sans faille. Il faisait constamment des affaires très délicates, mais insistait pour que tous les participants en comprennent les subtilités. Il se démenait comme un beau diable pour expliquer à un paysan tous les avantages et les inconvénients du marché qu'il lui proposait. Souvent Todd l'entendait assurer : « Si vous attendez huit ou dix ans, vous obtiendrez sans doute un meilleur prix. Mais pourquoi attendre ? Et, en ce moment, personne ne vous offrira de meilleures conditions que moi. »

En observant un certain nombre de marchés, Morrison apprit un des secrets de la réussite exemplaire de Gabe Klinowitz dans l'immobilier de Houston :

« Todd, il faut se coucher tous les soirs en se disant : Ça durera toujours. Moi, j'en suis persuadé. Houston va se développer, se développer sans fin. Vous m'avez dit l'autre jour que comparés à ceux de Detroit nos prix sont scandaleux. Todd, je vous en donne ma parole, l'hectare que vous avez acheté aujourd'hui soixante mille dollars en vaudra un jour six cent mille. Vous devez vous dire ça tous les soirs et vous devez le croire : ça durera toujours. »

Un jour, prenant Todd par le bras, il lui expliqua.

« Si vous me dites : " Gabe, ce rêve peut s'effondrer... ", je serai le premier à avouer : " Oui. Possible. Mais de façon temporaire. Pour deux ou trois mauvaises années. Puis nous repartirons en flèche... " Oui, Todd, ça durera toujours. » Et il donna alors à son nouvel ami un conseil à long terme : « Restez toujours dans une position qui vous permettra d'essuyer quelques mauvaises années.

Renvoyez les trois quarts de votre personnel. Mettez votre femme et vos gosses à la diète. Rentrez vos cornes. Formez le cercle avec les chariots. Mais ne perdez jamais la foi. L'immobilier de Houston se relèvera toujours de ses cendres. » Il entra dans des détails plus pratiques : « Dans ces conditions, peu importe le prix que vous payez pour un bon emplacement aujourd'hui. Vous pensez que le coin vaut quarante mille dollars, et le propriétaire en veut soixante ? Donnez-lui ses soixante, mais n'acceptez qu'à vos propres conditions.

– Lesquelles ?

– Versement comptant le plus bas possible. Délais de crédit maxima. Minimum d'intérêt. » Et, comme Todd jugeait imprudent de payer plus que la valeur du moment, Klinowitz lui révéla son principe le plus important : « Il faut laisser toujours quelque chose sur la table pour l'autre gars. Dans cinq ou six ans, quand le reste de la propriété sera à vendre, il reviendra chez moi parce qu'il se souviendra que je l'ai traité honnêtement en 1969. J'ai laissé un petit quelque chose sur la table. »

Et Todd Morrison commença à parcourir les routes de campagne, non pas à la recherche d'emplacements pour ses employeurs car il avait réglé ce problème grâce aux pistes que lui avaient fournies Klinowitz, mais en quête d'une propriété à l'abandon qu'il pourrait acheter lui-même. Et l'occasion se présenta sous une forme à laquelle il ne s'attendait guère.

Il avait pris des options commerciales sur deux terrains situés à deux des croisements de la route 1960, encore fréquentée uniquement par des paysans mais destinée à prendre de l'essor étant donné la poussée de la population vers le nord de la ville. Mais l'un des patrons d'Engine Experts, venu de Detroit, décida que ces deux parcelles étaient trop éloignées du centre pour que la compagnie puisse les utiliser. Todd reçut l'ordre de s'en débarrasser.

« Nous avons huit mille dollars d'engagés pour l'option, protesta-t-il.

– C'est pour cela que l'on prend des options. Pour avoir le temps de corriger les erreurs », répondit l'homme.

Il n'en voulait nullement à Morrison car il appréciait pleinement son travail à Houston, mais sa décision choqua

Todd et le lança dans une carrière à laquelle il n'avait nullement l'intention de se consacrer.

Sans dire à Klinowitz qu'il était contraint de se débarrasser de ces deux options, il lui annonça :

« Je ferais mieux de rester plus près de la ville. Sur un marché que je connais bien. J'ai huit mille dollars engagés dans ces deux options de la route 1960. Dois-je perdre mes arrhes ou existe-t-il un moyen de me tirer d'affaire ? »

Klinowitz alla voir les emplacements, les jugea excellents et lui en offrit douze mille dollars sur-le-champ.

« Pourquoi me donnez-vous douze alors que vous savez pertinemment que je me contenterai de huit ? demanda Todd.

– Il faut toujours laisser un petit quelque chose sur la table. »

Morrison se trouva alors confronté à un problème moral grave. Fallait-il qu'il signale aux hommes de Detroit les quatre mille dollars de bénéfice qu'il avait faits dans l'affaire ou qu'il empoche l'aubaine sans rien dire ? Il ne consulta personne, ni Klinowitz, ni sa femme, ni bien entendu les patrons de Detroit, mais il en discuta avec lui-même : Premièrement, j'agissais en tant que leur agent. Deuxièmement, ils se sont moqués de l'affaire. Troisièmement, quelles chances ont-ils de le découvrir ? En fin de compte, il décida de garder l'argent : cette somme augmentée de sa prime de fin d'année (trois mille dollars) et de ce que sa femme gagnait comme réceptionniste dans une autre agence immobilière lui permit d'entamer l'année suivante avec une cagnotte de plus de onze mille dollars et plusieurs idées fort alléchantes.

En janvier, comme il explorait d'autres possibilités le long de la route 1960, il tomba sur un coin de terre arable que possédait un vieux M. Hooker. Alors même qu'il discutait avec lui de l'achat éventuel d'une parcelle, une camionnette blanche s'arrêta, tous freins bloqués, dans un nuage de poussière. Le conducteur devait travailler dans le pétrole car une inscription en grosses lettres sur le flanc de la Ford proclamait : ROY BUB HOOKER, FORAGES. De la cabine munie d'un râtelier à deux fusils derrière la tête du conducteur, descendit un grand gaillard jovial de vingt-quatre ans, en salopette, portant des bottes de cow-boy bon marché et un foulard à carreaux. Le péquenot typique du Texas, pas de doute, mais dès qu'il ouvrait la bouche on se rendait compte qu'il avait reçu une bonne éducation. Il ne la devait pas à ses professeurs, car il n'avait guère aimé l'école, mais à sa mère, qui lui avait enseigné un vocabulaire convenable et des manières acceptables – malgré son peu d'inclination à les adopter.

Il tendit la main à Morrison :

« Salut. Je suis Roy Bub Hooker, son fils. Ma sœur ne pouvait pas dire Robert, alors c'est devenu *Bubbah.* Et ensuite Roy Bub. »

Todd comprit qu'il devrait traiter les détails de la vente avec lui.

Il savait négocier et il connaissait les prix de toutes les parcelles à peu près semblables le long de la route 1960. Todd le prévint dès l'abord :

« Écoutez, Roy Bub ! Deux choses. D'abord je ne suis pas millionnaire, ensuite je ne suis même pas sûr d'avoir envie d'acheter.

– Qui a dit que mon vieux voulait vendre ? » lança l'autre.

Aucun accord ne fut conclu ce jour-là et l'incertitude fit passer à Todd des nuits blanches aux côtés de Maggie, épuisée après ses longues heures de travail, au bureau puis dans la maison. Aimait-elle Houston ? se demandait-il parfois. En tout cas, elle n'épargnait pas sa peine pour tirer le meilleur parti de la vie que Houston leur offrait, et Todd lui en était reconnaissant.

Au début de février, il décida de la mettre dans la confidence :

« Maggie, c'est la chance de ma vie. Roy Bub Hooker a une procuration de son père pour vendre. Il cédera à soixante et onze mille dollars. Si je trouve une chaîne de stations-service pour m'acheter l'angle à soixante mille dollars, nous pouvons nous porter acquéreurs. Il nous restera plus d'un hectare, bien situé, pour une bouchée de pain. Ensuite si... Je répète : si...

– Es-tu en train de me convaincre ou de te convaincre ?

– Tu sais comment marche l'immobilier à Houston en ce moment. Je n'ai à convaincre personne.

– Je sais ce qui se passe pour les autres. Ceux qui ont de l'argent ou des terrains. Je ne suis pas sûre de ce qui se passera pour nous.

– Accepterais-tu que nous prenions le risque ? Toutes nos économies ? »

Elle fit une curieuse réponse :

« Il faudra que tu préviennes Detroit, bien entendu.

– Pourquoi ?

– Si tu achètes des terrains par-dessous la table... La tentation serait toujours grande de leur filer les mauvaises affaires. Pas de combines en douce. »

Le dimanche, il la conduisit au croisement de la route 1960 et dès qu'elle vit l'emplacement elle eut envie de l'acheter. Ils dînèrent avec Roy Bub et l'homme lui plut encore plus que son terrain.

« Vous n'êtes pas comme les autres, Roy Bub. Ne changez jamais.

– A la minute où nous vendons ce coin, je me paie une Cadillac.

– Ça m'étonnerait.

– Vous avez sûrement raison, avoua-t-il, mais, tout de même, si votre mari achète ce terrain, je ferai installer une stéréo de première dans ma camionnette. »

Maggie frissonna :

« Le nouveau Texas, dit-elle. Roy Bub sur l'autoroute à cent quarante avec sa stéréo à pleine gomme. Vous n'entendrez même pas les sirènes quand les flics vous prendront en chasse.

– Madame, c'est exactement ce que j'ai dans l'idée. »

Le 4 février, elle donna son accord. Le 5, suivant la stratégie de Gabe Klinowitz, Todd accepta le prix de Roy Bub mais dicta ses conditions de crédit :

« Neuf mille comptant à la signature, pour ta stéréo. Paiement sur onze ans. Six pour cent d'intérêt. »

Roy Bub avait passé beaucoup de temps à étudier la valeur exacte de ses terres, mais ignorait les taux d'intérêts pratiqués. Il ne se rendit pas compte qu'il aurait pu obtenir sept et demi pour cent.

Mais les difficultés de Todd Morrison ne faisaient que

commencer. Il s'aperçut qu'aucune compagnie n'était prête à installer une station-service si loin de la ville : « Oui, l'emplacement est excellent. Mais nous attendrons que la circulation augmente – si elle augmente... »

Mars, avril et mai passèrent sans une « touche », et au cours de ses nuits sans sommeil il commença à songer au 1er janvier suivant : comment verserait-il à Roy Bub l'intérêt et la première tranche de principal ? Où dénicherait-il l'argent ? Et il n'avait trouvé personne non plus pour lui acheter les abords. L'avenir s'annonçait bien sombre, il allait rejoindre le cortège sans fin des flambeurs texans qui avaient tout risqué sur un coup de dés. Le jeu du Texas ! Ceux qui le jouaient avaient des sueurs froides au milieu de la nuit. Ils serraient les dents et se disaient : « Tout ira bien. »

Son sauveur, il fallait s'y attendre, fut Gabe Klinowitz :

« Todd, je crois que vous avez le couteau sous la gorge.

– Oui. Par ma faute.

– Avez-vous prévenu vos patrons de Detroit ?

– Non.

– Vous devriez le faire. Responsabilité morale. Quand les avocats oublient ce genre de chose, ils vont en prison. Vous, vous risquez de vous faire virer. »

Il connaissait bien les milieux du pétrole, des assurances, de l'immobilier et des conseillers juridiques : les gens qui essaient de « prendre la corde » se font taper sur les doigts.

« Je les mettrai au courant quand tout sera réglé.

– J'espère que ce ne sera pas trop tard... J'ai appris qu'un indépendant cherche un bon emplacement sur la route 1960, dit-il en changeant brusquement de ton.

– Les indépendants ne paient que le minimum.

– Mais ils paient. » Comme Todd ne répondait rien, il ajouta : « N'oubliez pas le vieux conseil : quand on ne peut plus dormir la nuit, il faut vendre jusqu'à ce que le sommeil vous revienne.

– Ce qui veut dire ?

– Avant tout, Todd, vous devez récupérer quelques liquidités. Si je vous offrais quarante mille dollars aujourd'hui, vous devriez sauter sur l'occasion. Gagner un peu moins sur l'affaire mais rester en mesure de tenir bon pour le reste des abords.

– Pouvez-vous m'obtenir quarante mille ?

– Je compte faire mieux. Cinquante et un, peut-être cinquante-trois.

– Bon Dieu ! Cela me tirerait d'un sacré mauvais pas ! » Il serra la main de Gabe et lui demanda : « Mais pourquoi feriez-vous cela pour moi ? Vous savez que vous pouvez me prendre l'ensemble à n'importe quel prix et ramasser le paquet.

– Todd, j'ai seize affaires en train. Je pense que vous serez encore dans ce turbin quand je partirai les pieds devant. Nous conclurons ensemble des centaines de marchés dans les années qui viennent. Je peux attendre pour " ramasser le paquet ", alors que vous avez besoin de vos fragiles profits tout de suite. »

Ils échangèrent donc la poignée de main solennelle et Todd Morrison reconnut :

« Un homme comme vous vaut des millions. »

Puis, juste au moment où Todd allait signer les papiers que Gabe lui avait envoyés, Gulf Oil décida qu'il serait intéressant, finalement, de faire un essai sur la route 1960. Ils avaient appris que Todd possédait un bon coin. Les genoux tremblants, Todd leur annonça :

« Je crois que je pourrai vous donner la parcelle centrale, au croisement, pour soixante et onze mille dollars. »

Le représentant de Gulf Oil, impatient de traiter, accepta la proposition et le marché fut conclu.

Au septième ciel, mais manifestement nerveux, Todd dut informer Klinowitz qu'il refusait l'offre de l'indépendant malgré leur accord verbal.

« Rien n'était signé, vous comprenez, Gabe. Et Gulf avait tellement envie de ce terrain. Ils exigeaient une réponse immédiate. J'ai essayé de vous téléphoner, mais vous étiez sorti. »

Chacun des deux savait que leur poignée de main avait marqué la conclusion du marché, mais Gabe Klinowitz répondit simplement :

« Je leur trouverai autre chose... A propos, j'espère que vous allez enfin informer Detroit que vous négociez aussi en votre nom. Ce jeu a certaines règles, vous savez.

– Absolument », répondit Todd.

Mais la lettre dont il avait cent fois rédigé le brouillon

dans sa tête, la lettre qu'il devait envoyer sans faute, ne fut jamais écrite.

Dans la vallée du río Grande, tout allait mal pour Héctor Garza. A soixante-dix-huit ans, beaucoup moins agile qu'à l'époque où il aidait Horace Vigil à gouverner la vallée, il voyait sa communauté mexicaine tomber de plus en plus bas, car la dictature se trouvait maintenant entre les mains d'un neveu d'Horace, Norman Vigil ; austère et cupide, il considérait la région comme son fief mais n'accordait pas aux paysans comme Héctor les égards qui leur étaient dus. « Ils détient son pouvoir de nous, se plaignait Héctor aux jeunes de son entourage, mais il ne nous montre aucune reconnaissance. Et pis encore : aucun respect. »

Héctor aurait pu protester beaucoup plus violemment, car Norman Vigil n'affichait nullement les largesses du patrón mexicain typique, qui vole et règne en grand style. C'était un sale type qui prenait tout sans rien partager : « Il envoie ses camions de bière dans trois comtés mais ne donne pas un sou pour les équipes locales de base-ball. » Jamais un sou non plus pour les hôpitaux et les écoles, et Héctor estimait que le mince filet de sang qui maintenait Horace Vigil au sein de la communauté hispanique s'était vraiment tari dans les veines de Norman. « Il n'est pas du tout mexicain, disait-il. C'est un pur *gringo,* et, dans cette vallée, c'est vraiment le pire. »

Expliquer comment Vigil conservait son pouvoir n'est pas facile, car les Anglos avec lesquels il s'associait exclusivement ne représentaient pas plus de douze pour cent de la population, et les Hispaniques, quatre-vingt-huit. Mais Vigil veillait toujours à ce que les Anglos restent à la tête des conseils des écoles et des lycées, des services de police, de toutes les banques et de la plupart des commerces de détail. Il dominait toute la vie politique et déterminait qui pouvait se présenter à tel ou tel poste. Bien entendu, il ne pouvait pas mettre lui-même dans les urnes tous les bulletins en faveur de ses candidats, mais son pouvoir économique lui permettait de faire régner la terreur parmi les Mexicains de la région, qu'il forçait à voter pour ses hommes ; et bien entendu il contrôlait le bureau 37, dont il pouvait obtenir n'importe quel nombre de voix en faveur de son candidat démocrate préféré. Il était enfin protégé par les fonctionnaires de l'État, qui appréciaient ses votes, et au cours des « primaires » du Sénat, en 1948, quand le jeune démocrate plein d'avenir Lyndon Johnson avait battu l'ancien gouverneur Coke Stevenson, le favori, par 87 voix d'écart sur presque un million de suffrages exprimés, Norman Vigil avait obtenu du bureau 37 le résultat suivant : Stevenson 13, Johnson 344. Jamais les enquêteurs de l'État ne traiteraient durement un homme aussi précieux tant que les démocrates resteraient au pouvoir.

Mais la principale raison pour laquelle continuait le règne dictatorial de Vigil était particulière au Texas, bien que dans d'autres États la police fût aussi sévère : depuis plusieurs décennies, le capitaine des Texas Rangers le long du río Grande était Oscar Macnab, maintenant âgé de soixante-neuf ans et retiré du service actif, mais jouant encore un rôle de premier plan dans la politique du comté de Saldaña, où il soutenait bien entendu Norman Vigil.

Macnab avait fait ses preuves, comme jeune Ranger, sur les gisements de pétrole de Larkin. De tempérament calme, résolu à aller jusqu'au bout de tout ce qu'il entreprenait, sévère et juste selon ses propres normes de justice, il avait été muté sur le río Grande en 1940 et, pendant toute la Seconde Guerre mondiale, il avait gouverné le territoire à peu près comme il l'entendait. Il avait acquis la méfiance traditionnelle des Rangers à l'égard des Indiens, des Noirs et de ce qu'il appelait les *Meskins* ; et bien entendu leur respect traditionnel pour toute personne ayant amassé une somme inhabituelle d'argent. La vie dans la vallée du río Grande lui convenait donc à merveille : les gens importants, blancs et américains, comme Norman Vigil, devaient être protégés ; les Hispaniques, bruns de peau, comme Héctor Garza, devaient être maintenus à leur place ; et les vrais Mexicains, comme ceux qui traversaient la frontière à la nage pour voter en faveur du candidat de Vigil le jour des élections, devaient être éliminés s'ils essayaient de sortir du rang.

En près de trente ans de règne sur le comté de Saldaña,

Macnab était devenu le bras droit de Norman Vigil : il arrêtait les hommes que Vigil désirait voir en prison, et il faisait peur à ceux que Vigil voulait chasser de la région. Aux élections, il assurait la police des bureaux de vote et ne laissait jamais approcher des urnes les fauteurs de troubles et les électeurs suspects de libéralisme. Après le décompte des bulletins, il veillait à ce que personne ne proteste et, si le contestataire insistait, il l'expulsait du comté *manu militari*.

Jamais le capitaine Macnab ne se considérait comme le complice et le protecteur du dictateur local, mais il l'était. Il n'aurait pas non plus admis avoir des préjugés contre les Mexicains ou les Hispaniques : « Je n'aime pas les Meskins. Je ne leur fais pas confiance. Et, si je leur donne un ordre, je ne veux pas avoir à le répéter. Mais je n'ai absolument aucun préjugé contre eux. J'ai résolu plus d'un meurtre où seuls des Meskins étaient impliqués, et je recommencerai à l'occasion. Mais vous ne pouvez pas me forcer à les aimer. »

Il avait eu parfois dans sa compagnie des Rangers qui faisaient des cartons sur les Mexicains presque sans provocation. Il avouait, en privé : « Ce sont de vrais salopards qui devraient être jugés pour meurtre. Mais c'est la frontière, ajoutait-il, et je vous affirme que l'un dans l'autre la justice règne. J'y veille. »

Pour Macnab, la justice consistait à identifier les intérêts des puissants, Norman Vigil (par exemple) ou les gros propriétaires terriens, puis à protéger ces intérêts et à les aider à progresser en cas de besoin ; dans une société d'ordre, il n'y avait pas d'autre solution. Ainsi, quand les ouvriers agricoles des plantations d'agrumes – désormais la principale richesse de la région – avaient voulu former un syndicat, décision vraiment antitexane s'il en fut jamais, le capitaine Macnab avait sauté sur tous les prétextes pour s'opposer à leurs efforts. Il les avait arrêtés, menacés et empêchés de tenir des réunions publiques. Jamais il ne les avait contrés en tant qu'agitateurs syndicaux, ce qu'ils étaient en fait, mais en tant qu'intrus mettant en danger la paix de cette vallée tranquille et agréable. « S'ils ont envie de faire un syndicat, qu'ils aillent donc dans le New Jersey où tout est permis. » Il se montra également très strict quand les instituteurs manifestèrent pour de meilleurs salaires dans les écoles du comté de Saldaña : « Faire grève et même parler de grève est antiaméricain et ne sera pas toléré dans mon secteur. »

Depuis toujours la communauté hispanophone appelait les Rangers *Rinches,* et le capitaine Macnab devint donc le premier Rinche de son secteur. C'était lui qui faisait appliquer la loi par les Hispaniques, disciplinait leurs enfants commes les Anglos le désiraient et dictait le comportement de tout le monde. Si un Hispanique se conduisait bien, et n'agaçait pas les planteurs d'agrumes en réclamant un meilleur salaire, le capitaine Macnab ne lui faisait jamais le moindre ennui.

Au cours de ses vingt premières années de service le long du río Grande, il arrêta seulement deux Blancs. L'un s'était enfermé dans un taudis avec sa femme après une querelle de ménage et menaçait de la tuer si quiconque approchait. Macnab n'hésita pas. Revolver au poing, il entra et sauva la femme affolée – qui refusa ensuite de porter plainte contre son mari. L'autre était un ivrogne invétéré qui essayait de prononcer un sermon dans l'église baptiste ; il n'eut aucun mal à le faire sortir.

Mais il avait jugé nécessaire d'arrêter des centaines de Mexicains qui ne semblaient pas s'adapter à la vie texane. Ils volaient, ils battaient leurs femmes, ils refusaient d'envoyer leurs enfants à l'école, ou bien ils filaient avec des voitures qui appartenaient à des Blancs... Jamais Macnab ne disait un mot des innombrables Hispaniques qui respectaient scrupuleusement les lois. Comme parmi les Suédois du Minnesota ou les Tchèques de l'Iowa, il y avait parmi les Hispaniques du Texas des bons et des mauvais éléments. Macnab n'avait affaire qu'aux mauvais. Et il plaçait dans ce groupe toute personne d'origine mexicaine qui essayait, si peu que ce fût, de modifier n'importe quel aspect de la vie dans la vallée. Il fut donc outré quand Norman Vigil, installé dans une belle maison spacieuse, loin de son entreprise de distribution de bière, le convoqua à une réunion impromptue.

« Capitaine, je vois venir de gros ennuis.

– Lesquels ?

– Cet Héctor Garza, qui travaillait autrefois pour mon

oncle, veut présenter un de ces maudits Meskins à la mairie. Dire que je lui faisais confiance !

– Vous avez déjà un maire, non ?

– Un brave homme. Je l'ai choisi moi-même. Il travaillait pour moi dans une des plantations.

– Alors pourquoi Héctor ?...

– " Il est temps que les Meskins aient leur propre maire ! " Voilà ce qu'il dit.

– Mais quel âge a-t-il donc ?

– A ne pas croire. Plus de soixante-quinze ans.

– Pourquoi ne passe-t-il pas la main au lieu de nous faire des ennuis ?

– Quel âge avez-vous, capitaine ?

– Soixante-neuf ans, mais je n'essaie pas de régenter le service des Rangers. Dites-lui de laisser tomber.

– Il ne le fera pas. Il considère cette élection comme sa dernière bataille.

– Ce sera sûrement la dernière qu'il livrera s'il essaie de semer le désordre dans ce comté. Tout va pour le mieux, non ? Que personne ne fasse de vagues.

– Il ne voit pas les choses sous cet angle. Un de mes hommes l'a entendu parler : " Le moment est venu d'écouter la masse, nous sommes la masse... " Voilà ce qu'il dit.

– Il ne brigue pas le poste de maire lui-même, à son âge ?

– Oh, non ! Il présente son petit-fils.

– Simón ? Celui qui a fait ses études dans une université du Kansas ?

– Ouais. Donnez un livre à un de ces Meskins, il se prend aussitôt pour Charlemagne.

– Il aurait fallu freiner Simón il y a des années. »

Ainsi débuta ce que la presse nationale appela bientôt l'incident de Bravo. Héctor Garza, sur la fin de sa vie, jugeait que, puisque ses Hispaniques constituaient plus de quatre-vingt-cinq pour cent de la population de sa vallée, ils devaient avoir leur mot à dire dans la façon dont elle était gouvernée. Mais, dès qu'il évoqua cette opinion en public, il sc trouva confronté au pouvoir politique de Norman Vigil et au pouvoir policier d'Oscar Macnab.

La confrontation débuta discrètement, car Macnab essaya d'abord toutes les combines politiques possibles pour désarçonner les Hispaniques. Toujours vêtu de son complet de whipcord beige, avec son grand chapeau et ses bottes, il apparaissait soudain partout où ils avaient l'intention de tenir une réunion publique et il les prévenait, calmement mais fermement, que c'était illégal sans une autorisation du juge. Il présidait bien entendu à l'audience du juge et orientait sa décision. Il n'hésitait pas à employer la force pour disperser toute réunion politique « illégale », car cette forme de subversion mettait la communauté en danger. Chaque fois que les deux Garza imaginaient un nouveau moyen de neutraliser sa tyrannie tranquille, il survenait avec un nouveau prétexte pour les harceler.

Jamais il ne touchait à Héctor ou à son petit-fils, mais il les fit cependant arrêter deux fois pour obstruction de la voie publique, et il veilla à ce qu'ils passent trois nuits en prison. Avec le menu fretin des Hispaniques, il pouvait se montrer extrêmement violent. Il les tabassait et les menaçait de pis s'ils persistaient dans leur intention d'élire un maire mexicain au lieu du brave homme qui dirigeait la ville, avec l'aide de Norman Vigil, depuis une douzaine d'années.

Un matin, excédé par l'entêtement des Meskins, Macnab entra au quartier général des Garza et demanda à voir Héctor :

« Qu'est-ce que vous essayez de faire, hein ?

– De gouverner la ville, comme notre majorité nous en donne le droit.

– Votre majorité, comme vous dites, n'a pas le droit d'empiéter sur les prérogatives des gens bien qui nous ont donné un bon gouvernement depuis le début de ce siècle.

– Cela ne nous suffit plus, capitaine.

– Cela vous suffira si je le dis. Cessez donc ces sottises, Héctor, et retournez dans votre patio. Ce genre de choses ne vous concerne pas.

– Bien au contraire. Elles nous concernent de plus en plus. M. Vigil ne peut plus régenter cette ville comme il l'entend. »

Et le Ranger Macnab s'en alla, furieux, prêt à faire venir tous les renforts nécessaires pour abattre cette insurrection par la force.

Mais Héctor Garza avait déjà envoyé un appel à l'aide du côté de Washington, et un certain Thomas Henderson arriva en ville, grand et mince avec un complet de serge bleu marine. Il convoqua aussitôt Norman Vigil et Oscar Macnab dans sa chambre d'hôtel :

« Henderson, du ministère de la Justice. Je suis ici pour veiller à ce que les droits civiques de vos concitoyens hispaniques soient respectés au cours de la prochaine élection. Deux adjoints m'accompagnent. Prenez garde. »

Les Vigil du comté de Saldaña combattaient Washington depuis 1880 et n'avaient jamais laissé un seul représentant du gouvernement fédéral s'introduire dans la structure du pouvoir le long du río Grande. Norman supposa qu'il pourrait résister comme par le passé, mais Henderson n'adressa pas ses injonctions par l'entremise de Bravo mais par le biais de la cour fédérale de Corpus Christi et il s'opposa à toutes les manigances conçues par Vigil et les Rangers. Enfin, agacé de voir ces hommes se conduire comme si le XXe siècle n'était pas encore commencé, il se rendit auprès d'Oscar Macnab, pour qui il éprouvait un respect considérable :

« Capitaine, pourquoi un homme de bon sens comme vous se range-t-il toujours derrière un individu comme Norman Vigil ?

– Parce qu'il représente la loi.

– Avez-vous jamais entendu parler de justice ?

– J'ai remarqué, cher monsieur, que si un homme se met à parler de justice tous les autres commencent à avoir des ennuis. La loi, je la comprends. Elle est claire et précise. Norman Vigil représente la loi dans cette communauté depuis aussi loin que remontent mes souvenirs. La justice, c'est une chose que les gens brandissent très haut dans le vent…

– Pourquoi vous rangez-vous toujours du côté de la minorité blanche contre la majorité mexicaine ?

– Nous vivons dans un pays blanc, monsieur Henderson. Chaque fois que vos collègues de Washington l'oublient, vous vous attirez les pires ennuis. Nous ne voulons pas de ces ennuis par ici. Nous cherchons à les éviter le plus longtemps possible.

– Vous semblez classer tous les Mexicains parmi les escrocs et les fauteurs de troubles.

– A ce que j'ai pu voir, c'est parmi eux qu'escrocs et fauteurs de troubles se recrutent.

– Capitaine Macnab, l'élection est dans deux semaines. Si vous ne changez pas d'attitude d'ici là, le lendemain de l'élection je vous traînerai devant la cour fédérale avec une inculpation longue comme ça. »

Dans dix situations semblables, M. Henderson avait pu instiller une certaine crainte dans les cœurs des tyrans locaux, mais jamais il n'avait essayé d'intervenir dans un comté du Texas peuplé de nombreux Hispaniques et de quelques Blancs résolus. Il fut stupéfait de voir Vigil et Macnab le défier effrontément et, le jour de l'élection, il ne s'attendait guère à la violence sans frein avec laquelle ces deux hommes refusèrent l'accès aux urnes à tous les Hispaniques qui se présentaient. Au milieu des échauffourées, il put constater que Vigil avait fait venir du sud du río Grande plus de cent paysans mexicains qui recevaient deux dollars par tête pour voter contre les intérêts de leurs cousins hispaniques du nord du fleuve.

Garza perdit la partie, car le bureau 37, dont plus de quatre-vingt-dix pour cent des électeurs étaient des Hispaniques, fournit une majorité écrasante en faveur du candidat de Vigil. Ce dernier resterait donc patrón pendant quatre ans de plus.

Héctor et son petit-fils firent le vœu de reprendre le combat à l'élection suivante mais, peu après leur défaite, Héctor tomba malade, entra dans un état comateux et mourut sans avoir repris conscience. Depuis son enfance au début du siècle jusqu'à la mort d'Horace Vigil dans les années vingt, il avait loyalement servi le dictateur. Ensuite il avait suivi fidèlement Norman, le neveu de son premier maître. Mais, au cours des années soixante-dix, il avait enfin pris conscience du prix que payaient les Hispaniques à cause de cette allégeance. Il avait alors tenté de la briser. En vain, mais il avait inspiré son petit-fils, et il était certain que Simón continuerait cette croisade.

En attendant, la loi et l'ordre – à la mode du río Grande – demeuraient en place.

Avec un peu d'argent dans leurs poches, les Morrison de Detroit vécurent des heures passionnantes au Texas. Quand les grands patrons d'Engine Experts découvrirent que Todd achetait et vendait des terrains à son compte sans les tenir au courant, ils le mirent à la porte sans prendre de gants. La perte de ce travail salarié obligea Todd à se concentrer davantage sur ses affaires et, en suivant toujours les conseils de Gabe Klinowitz, il augmenta ses commissions et ses bénéfices de marchand de biens. Maggie obtint à son tour une licence d'agent immobilier et travailla avec beaucoup de succès pour un gros cabinet du centre-ville. Elle écrivit à ses amies de Detroit :

> Chaque semaine, nous nous plaisons davantage ici. Todd réussit formidablement bien dans son domaine et, avec ma licence, je suis devenue Mme Immobilier.
> Ce qui nous a paru le plus dur ? Vous ne devinerez jamais : la taille des cafards. Ils sont aussi gros que des moineaux et d'une agressivité extrême.
> Le vacarme et l'animation de Houston vous surprendraient. Detroit était en train de mourir, mais cette ville déborde davantage de vie chaque matin. La vie à grande vitesse ! Avec les hauts et les bas des montagnes russes !
> C'est un vrai plaisir, et la moitié de vos gosses devraient faire leur balluchon sans délai pour rappliquer par ici ; car ici, c'est demain. Je ne vous aurais sans doute pas donné ce conseil il y a quinze ans, car en été la température !... Aïe ! Mais la climatisation a transformé la ville, et on devrait élever un monument à Westinghouse ou à celui qui l'a inventée. Un grand pas vers la civilisation.
> Le barbecue, dont on parle tant, nous a beaucoup déçus. Rien de commun avec les grillades délicieuses que nous achetions à Detroit. Ici, de grosses tranches de bœuf trop cuit, sans sauce et sans goût, sauf si l'on aime l'odeur du mesquite carbonisé, ce qui n'est pas mon cas.

Todd aborda les années les plus intéressantes de sa vie. Il avait trouvé en Roy Bub Hooker un homme qui aimait le plein air autant que lui, et après la vente de son terrain, quand il eut acheté sa magnifique stéréo pour son camion, Hooker l'emmena dans les environs de Houston pour bavarder de terrains, écouter de la musique country, et partager sa passion pour la nature.

« Todd, rien au monde n'est plus intéressant que de traquer une bande de dindons sauvages. Je te jure, ces animaux ont des radars, ils te flairent à tous les coups. La seule chose qui sauve le chasseur, c'est qu'il n'y a pas plus bête au monde : ils s'échappent devant toi, tracent un cercle et reviennent à l'endroit où tu les attends.

– Le mieux que j'aie connu, c'est la chasse au chevreuil à queue blanche, dans le nord du Michigan, quand le sol est couvert de neige. Des glaçons dans les arbres, les herbes sèches craquent. Soudain, le mâle surgit d'un creux du terrain. Tu es tenté de lui tirer dans le dos, mais ce serait le meilleur moyen de le perdre. On ne peut pas tuer un chevreuil en le tirant de l'arrière. Alors tu attends. Et, quand il se retourne, pan ! Tu n'as que quelques secondes. »

Ils continuèrent à discuter chasse, la chasse au dindon, que Todd n'avait jamais pratiquée, la chasse au wapiti, que Roy Bub jugeait méprisable, mais ils s'entendirent sur la chasse à la caille, et ce fut le début d'une longue amitié :

« Todd, je me suis trouvé deux associés, pour ainsi dire. Un jeune type dans le pétrole, qui ira très loin, et un dentiste qui adore les chiens. On a loué un coin, à la semaine, mais si tu voulais te mettre avec nous... »

Todd apprit alors, fort étonné, que pour chasser au Texas il fallait louer une chasse.

« Au Michigan et en Pennsylvanie, quand un homme a envie de chasser, il achète un fusil, prend un permis et peut aller n'importe où dans la nature, ou presque, et tuer tout ce qu'il lui chante. Des millions d'hectares l'attendent, avec des millions de chevreuils.

– Au Texas, ce n'est pas comme ça. Chaque pouce de terrain appartient à quelqu'un et, si tu entres sur les terres de quelqu'un sans autorisation, le propriétaire t'envoie une balle dans le cul.

– Préhistorique ! répondit Todd. Où se trouve votre chasse ?

– Du côté de Falfurrias.

– Connais pas. C'est à combien ? Soixante kilomètres ?

– Trois cent cinquante.

– Tu rigoles ! Je ne ferais même pas trois cents bornes pour tuer un ours blanc.

– C'est le Texas, vieux. On fait trois cents bornes pour un bon match de foot. Et souvent autant pour un mauvais… »

Todd fit la connaissance du dentiste et de l'industriel, tous deux plus jeunes – moins de trente-cinq ans –, et ils lui plurent car c'étaient de vrais hommes de plein air. Bien entendu, chacun avait ses préférences. Le dentiste, par exemple, n'emportait jamais de fusil à la chasse. Il adorait les chiens et avait aménagé à l'arrière de son break Chevrolet six casiers séparés, deux rangées de trois, pour emmener ses chiens de race : deux pointers anglais, deux setters anglais, et les deux chiens qu'il aimait le plus : des épagneuls bretons. Il les avait dressés à la perfection. Sur le terrain, il aimait que tout le monde, hommes et chiens, s'installe dans sa voiture. Roy Bub prenait le volant et Todd se mettait au poste d'observation : un fauteuil vissé au toit du break. Dès qu'il apercevait des cailles, il criait : « A gauche ! A gauche ! » ou autre chose, en fonction de l'endroit où se trouvait la compagnie.

Aussitôt la voiture s'arrêtait, le dentiste se précipitait, lâchait le chien de son choix pour la poursuite et l'envoyait dans la direction indiquée par Todd. Les trois autres étaient déjà descendus de voiture avec leurs fusils, tous suivaient alors le chien, qui débusquait les cailles et les pourchassait quand elles se mettaient à courir.

Suivre les oiseaux et le chien n'était pas une petite affaire avec un lourd fusil, toujours prêt à tirer, mais, soudain, de dix à quinze cailles prenaient leur envol dans toutes les directions. Aussitôt les coups de feu retentissaient, chaque chasseur tirant aussi vite que son arme le lui permettait. Quinze oiseaux à quinze hauteurs et dans quinze directions différentes, peut-être douze cartouches, pas plus de trois cailles touchées.

Puis venait le plaisir de trouver la caille abattue, et le chien jouait alors le premier rôle car il parcourait le terrain ici et là, en cercles frénétiques, jusqu'à ce qu'il repère l'odcur du sang dc l'oiscau.

« C'est sans doute la plus belle chasse du monde », avouait Todd un jour où l'équipe de trois fusils et six chiens avait abattu quarante-sept cailles, délice très apprécié par les familles des trois chasseurs mariés – Roy Bub n'avait pas encore de femme, mais quatre candidates bien placées qu'il sortait alternativement dans des bouges différents. Maggie Morrison faisait cuire les siennes après les avoir laissées mariner dans du vinaigre à l'estragon, avec trois ou quatre herbes odorantes.

Une année, en septembre, l'industriel du pétrole fit une proposition étonnante à ses trois camarades :

« J'ai repéré quatre mille huit cents arpents du meilleur terrain à cailles qui existe au Texas. Juste au nord de Falfurrias. Le propriétaire en veut quatre dollars vingt *cents* l'arpent, uniquement pour la caille ; cinq dollars pour cailles, chevreuils et un dindon chacun ; à six dollars, il loue pour douze mois l'ensemble de la chasse, y compris les javelinas, et tous les chevreuils et les dindons que nous pourrons tuer légalement. »

Un mardi après-midi, les quatre hommes se dégagèrent de leurs obligations à Houston, prirent la route de Victoria puis gagnèrent Kingsville et la propriété en question. Ils parcoururent les trois cent quatre-vingt-cinq kilomètres en un peu moins de trois heures, grâce au dépisteur électronique que Roy Bub avait installé sur la voiture du dentiste : l'appareil le prévenait de la présence des radars de la police de la route. Ils arrivèrent sur le terrain une heure avant le coucher du soleil.

« Regardez ce huisache et ce mesquite, s'écria Roy Bub, le plus compétent des quatre. Pas de grands arbres mais de magnifiques arbustes qui offrent un abri de choix. Et le mesquite n'est pas trop rapproché, la caille est donc obligée de sortir en terrain découvert. »

Le propriétaire était un brave éleveur qui leur dit franchement :

« J'aimerais louer le tout pour six dollars, mais vous êtes jeunes et vous travaillez tous les quatre. Si vous désirez une période d'essai uniquement pour la caille à l'automne, je suis d'accord pour vous louer la chasse à quatre dollars vingt, comme j'ai dit. Cela vous permettra de bien la connaître. De savoir si vous vous y sentez chez vous. Nous verrons alors s'il est possible de conclure un marché à long terme.

– Avez-vous d'autres preneurs éventuels ? » lui demanda l'industriel du pétrole.

Les vingt mille dollars à payer représentaient une belle somme, et vingt-huit mille dollars pour l'année entière, tous gibiers confondus, c'était vraiment trop pour les quatre amis.

« Oui, répondit le propriétaire, mais on m'a dit que vous étiez sérieux, que vous n'épuiseriez pas le gibier. A long terme, je préfère des gens comme vous. »

Roy Bub et Morrison n'avaient pas les moyens de payer toute leur part, mais ils promirent de s'occuper de la chasse hors saison : de tracer les chemins dans le mesquite et de surveiller les cailles, les dindons et le gibier en général. Le marché fut conclu. Ils construisirent un abri, plantèrent des semences le long des pistes pour faire pousser les herbes, taillèrent les haies où nicheraient les cailles et soignèrent les chiens.

Le premier automne fut très encourageant. Avec le dentiste qui lançait ses chiens et Todd qui repérait les couvées depuis son perchoir, ils découvrirent des cailles presque tous les jours, et les trois tireurs devinrent de vrais experts.

Pendant l'hiver, après la fermeture de la chasse, ils quittèrent Houston au moins deux fois par mois, le vendredi soir, pour travailler sur leur chasse. Ils transformèrent l'abri en une vraie maison, avec huit couchettes, deux toilettes temporaires et une douche portative. Ils améliorèrent tous les chemins d'un bout à l'autre de la propriété. En mars, tout le monde, sauf Roy Bub, emmena sa femme et ses enfants pour une petite fête : les gosses dans des sacs de couchage, les adultes sous des couvertures à la belle étoile. Maggie dit aux autres femmes :

« Je n'aimerais pas faire la cuisine dans ces conditions quatre samedis par mois, mais ce que nos hommes ont fait vaut vraiment le coup. »

En juin, après une réunion sérieuse dans leur « pavillon de chasse », Roy Bub se rendit chez le propriétaire et l'invita à se joindre à eux. L'industriel du pétrole lui dit sans préambule :

« Monsieur Cossiter, vous savez que nous aimons votre chasse. Nous aimerions la louer à l'année, à dix dollars l'arpent ; cela fait vingt-huit mille huit cents dollars. Nous nous demandions si vous ne pourriez pas baisser un peu.

– Messieurs, vous vous occupez de mes terres mieux que

moi. Vingt-six mille. Pour autant d'années que vous le voudrez.

– Marché conclu, répondit l'industriel.

– Bon Dieu ! s'écria Roy Bub. Nous aurions pu l'avoir à vingt mille !

– Faites-moi une route goudronnée à quatre voies en plein milieu de mes terres pour que je puisse les subdiviser ensuite, je vous donne la chasse à vingt mille. »

Maggie Morrison avait remarqué que Roy Bub s'était senti totalement isolé pendant leur réunion en famille. Peu après leur retour, Roy Bub invita toute l'équipe à son mariage, qui devait être célébré à minuit le mardi suivant au Davy Crockett, célèbre boîte de Houston, sur la route des puits de pétrole, près de Beaumont.

« Devons-nous vraiment assister à ce genre de charivari ? » demanda Maggie.

Le Davy Crockett n'avait en effet rien de commun avec une église paroissiale.

« Non seulement nous y allons, mais les enfants nous accompagnent », lui répondit Todd.

Maggie, fort mécontente, alla en discuter avec Roy Bub :

« Je ne trouve pas convenable qu'un homme dans le pétrole, comme vous, se marie au Davy Crockett. »

Il la dévisagea d'un air amusé :

« Je ne suis pas dans le pétrole.

– Mais votre camion blanc, le premier jour : ROY BUB HOOKER, FORAGES.

– Je ne fore pas des puits de pétrole. J'ai mis ça sur la portière pour que les gens le croient, c'est tout.

– Qu'est-ce que vous forez ?

– Des fosses septiques. Quand vos chiottes s'engorgent, vous m'appelez. J'ai envie de me marier au Davy Crockett, pas ailleurs. »

A 10 heures du soir, les six adultes et les sept enfants arrivèrent sur l'immense parc de stationnement non goudronné déjà envahi de camionnettes dont les occupants gambillaient à l'intérieur de l'établissement.

L'industriel du pétrole, qui connaissait la boîte, réunit la petite bande et les avertit :

« Personne ne frappe personne, quoi qu'il arrive. Compris ? »

Et il les précéda dans l'immense salle.

Le Davy Crockett, le Copacabana des classes laborieuses, abritait plus de mille prétendus cow-boys en bottes et en Stetson qu'ils ne quittaient jamais. Ils dansaient le *cotton-eyed Joe* et le *two-step* avec un abandon qui aurait horrifié n'importe quel chorégraphe. Il y avait de nombreux bars, des orchestres de danse allaient et venaient sans cesse, l'atmosphère était à la joie tapageuse.

Les Morrison étaient entrés depuis dix minutes lorsqu'un des cow-boys s'inclina poliment vers la jeune Beth et l'invita à danser. Maggie voulut s'interposer, mais sa fille était déjà partie. Elle n'eut plus ni le désir ni l'occasion de revenir auprès de ses parents car toute une bande de beaux garçons ne cessa de l'inviter.

Roy Bub, déjà un peu ivre, accueillit tout le monde avec enthousiasme. La mariée fit son apparition vers 11 heures et quart : vingt-deux ans, blonde oxygénée, très hauts talons, corsage de soie décolleté, blue-jean tendu à craquer, un sourire à faire fondre plusieurs icebergs. Roy Bub se précipita aussitôt vers elle, lui prit la main et annonça en beuglant :

« Karleen Wyspianski, mais que son nom ne vous fasse pas peur, elle va en changer dans une heure ! Elle est serveuse dans un restaurant de grand luxe, la coqueluche de l'endroit, et j'ai mis la main dessus avant que le patron ne s'en avise. »

Elle avait grandi dans une des petites enclaves étrangères, si nombreuses au Texas et si peu connues en dehors de l'État. Dans son cas, c'était Panna Maria, colonie polonaise remontant à 1850, dont les habitants parlaient encore leur langue d'origine. Elle avait quitté le lycée juste avant la fin de ses études secondaires pour aller à Houston, où elle était passée d'un métier à l'autre, améliorant chaque fois son salaire. Son emploi actuel, à cause des gros pourboires, lui rapportait plus de cent cinquante dollars par semaine, et si elle avait épousé le patron, comme elle en avait l'ambition, elle aurait partagé les bénéfices d'une affaire prospère.

Mais elle était tombée amoureuse de Roy Bub et de sa camionnette blanche. Le fait qu'il allait à la chasse presque chaque week-end ne la désolait pas, car c'étaient les jours où elle avait le plus de travail. Elle aimait bien le retrouver au Davy Crockett les mardis, mercredis et jeudis. Ils dansaient bien, dépensaient sans compter et ne boudaient jamais une bonne ribouldingue lorsqu'elle se présentait.

Karleen sentait depuis quelque temps que Roy Bub avait l'intention de la demander tôt ou tard en mariage, mais elle n'était nullement pressée car elle menait une vie agréable et ne pensait pas que son mariage l'améliorerait de façon sensible. Elle aimait cependant l'énergique foreur de puits, et lorsqu'à son retour de la réunion de famille à Falfurrias il lui avait annoncé carrément : « Karleen, on ferait bien de s'épouser », elle avait répondu sans hésiter : « D'accord. »

Ni l'un ni l'autre n'avait envisagé un seul instant de se marier ailleurs qu'au Davy Crockett. Karleen était catholique et entendait le rester, mais ne se souciait guère des questions religieuses. Roy Bub, baptiste, n'empêchait personne d'aller à l'église de son choix, du moment qu'on ne l'obligeait pas à aller à la sienne. Ils élèveraient leurs enfants dans une religion chrétienne – peu importait laquelle, mais ils y étaient décidés.

A minuit moins le quart, le pasteur qui devait célébrer le mariage arriva. Le révérend Fassbender, énorme et gras comme un moine, n'était assigné à aucune église déterminée mais faisait beaucoup de bien dans son rôle de ministre itinérant. Les mariages au Davy Crockett, où les cow-boys le vénéraient, étaient une de ses spécialités. Vêtu de noir, avec un col d'ecclésiastique de taille imposante, il transpirait déjà, sainteté et sueur mêlées, lorsqu'il traversa la foule en distribuant les bénédictions : « Que le Christ soit avec vous, mes enfants... »

Le mariage fut très émouvant. On dégagea la piste devant l'une des estrades d'orchestre ; le révérend Fassbender, d'un geste, mit fin à toutes les frivolités et agit comme s'il se trouvait dans une cathédrale – ce qui était le cas en un sens, puisque la boîte était le lieu de culte de tous les jeunes ouvriers des raffineries de Houston –, puis deux orchestres entonnèrent la *Marche nuptiale* de Mendelssohn… Maggie Morrison et plus d'une femme de l'assistance y allèrent de leur larme.

Karleen dans son jean moulant et Roy Bub avec son col aussi serré que le pantalon de la mariée (le seul jour de l'année où il ait boutonné sa chemise) formaient un authentique couple du Davy Crockett. Tout le monde applaudit quand ils s'avancèrent vers le pasteur, qui mit aussitôt fin aux vivats :

« Mes chers enfants, nous sommes réunis ici, en présence de Dieu… »

Maggie se pencha vers Beth pour lui murmurer :

« Jésus a assisté à des noces comme celles-là, dans une grande boîte de nuit, du côté de Cana. »

A la fin de la cérémonie, la garde d'honneur des cow-boys tira une salve dans le parc à voitures. Puis les compagnons de chasse du marié virent d'un œil ému la camionnette blanche conduite jusqu'à la porte pour servir de limousine au cours du voyage de noces. Pendant la bénédiction nuptiale, les copains de Roy Bub l'avaient décorée avec des kilomètres de papier hygiénique multicolore, des guirlandes mexicaines et un balai, fixé à la cabine. Mais ce que Maggie apprécia le plus, au moment où la camionnette s'en alla, ce fut le nouvel autocollant que Roy Bub avait apposé à sa ridelle arrière, car le gros cœur rouge était bien dans le ton de cette joyeuse nuit :

SI VOUS ❤ NEW YORK,
ALLEZ VOUS FAIRE VOIR LÀ-BAS.

Dès que le divorce Rusk révéla au monde la fortune que possédait Ransom, une ribambelle de jolies femmes – et le Texas en a plus que sa part – se mit à calculer le moyen le plus efficace de devenir la prochaine Mme Rusk, mais Ransom, plus austère que jamais, consacrait toute son attention à multiplier par des facteurs élevés la belle fortune qu'il possédait déjà. Il ne devint pas un reclus, mais son divorce l'avait rendu timide. Instinctivement, il estimait que s'il conservait cinquante millions de dollars après la ponction de Fleurette il devait les transformer rapidement en cinq cents millions, et entrer dans la catégorie des gros riches.

Sa première décision dans ce sens fut de transférer ses activités de la petite ville agréable de Larkin (3 934 habitants) au cœur de Fort Worth (393 476 habitants). Il choisit Fort Worth plutôt que Dallas parce que Fort Worth demeurait une vraie ville de l'Ouest, axée sur l'élevage, le pétrole et les spéculations téméraires dans ces deux domaines. Dallas, au contraire, ressemblait davantage à une version texane de New York ou de Boston, avec d'énormes opérations financières et immobilières, mais sans contact réel avec les traditions anciennes qui ont valu au Texas sa grandeur. Bref, un prospecteur de pétrole et éleveur de longhorns comme Ransom Rusk se sentait chez lui à Fort Worth, non à Dallas : « Ces requins sont trop malins pour moi. Je me sens plus en sécurité avec les ablettes. »

Il devint le principal associé d'une compagnie qui fabriquait et vendait des installations de forage. Le derrick de bois qui avait permis la découverte de Rusk n° 3 en 1923 avait coûté à l'époque dix-neuf mille dollars ; ceux qu'il fabriquait maintenant valaient plus d'un million chacun. Il avait également pris une participation dans une affaire d'injection de boues – procédé ingénieux permettant de pomper dans un puits, au moment du forage, un liquide visqueux dont on modifie les propriétés en fonction de la profondeur et de la nature du trou pour boucher les failles et assurer une production régulière du pétrole. Mais surtout, il parcourait le Texas, comme un chien de chasse à la poursuite d'opossums, pour rechercher des terrains prometteurs susceptibles d'être prospectés. Cela le conduisit sur la Crau d'Austin, formation pétrolifère des environs de Victoria, où il fit un malheur, ainsi que sur le gisement Spraberry, où il acheta soixante-dix contrats qui produisirent de la poussière – et sept, un fleuve d'or noir.

Au terme d'une campagne de prospection comptant parmi les plus agressives de l'histoire récente du pétrole, la valeur des possessions de Rusk avait triplé. Il estimait, à bon droit : « Ce n'est qu'un début. Il faut maintenant que je tombe sur le gros gisement. »

Il se trouvait dans cette humeur quand frappa à la porte de son bureau de Fort Worth un homme dont l'intuition visionnaire n'avait jamais faibli, mais qui ne semblait plus capable de faire partager ses rêves au monde de la finance. Depuis 1923, le temps n'avait guère montré de tendresse pour Dewey Kimbro, vieillard miteux de soixante et onze ans, délesté de toutes ses dents et surtout des millions qu'il avait gagnés sur le gisement Larkin. Quand il se présenta devant le fils de son ancien associé, c'était un petit vieux desséché, trois fois marié, chaque fois de plus en plus mal.

« Monsieur Rusk, mon métier, c'est de trouver du pétrole. J'ai découvert trois magnifiques gisements, vous le savez. Je vous demande de me financer, parce que j'ai l'œil sur une possibilité réelle au nord de Fort Stockton.

– N'est-ce pas dans le Bassin permien ?

– Sur le bord.

– Tout le monde sait que les bons gisements du Bassin permien ont été exploités. »

Ils parlaient d'un des plus grands gisements du monde, de découverte récente, au milieu d'un vaste plateau aride dont on avait dit un jour : « Toute créature vivante dans ce pays abandonné par Dieu a des épines, des crocs, du venin ou des griffes – y compris les hommes. » Un pays de cactus, de scorpions, de mesquite et de crotales. Des héros intrépides avaient essayé d'y mettre du bétail ; une administration cynique avait fait don à l'université du Texas de vastes étendues de terres nues dans la région, faute de pouvoir lui donner de l'argent. On avait foré un puits ici, un puits là, avec encore plus de poussière à huit cents mètres de profondeur qu'à la surface.

Puis, le 28 mai 1923, lorsque le dernier puits sec était descendu à mille mètres, les ouvriers qui prenaient leur petit déjeuner entendirent un grondement monstrueux et sentirent la terre trembler. Dans les profondeurs de la terre, une accumulation de pétrole sous haute pression brisa la mince couche de roche qui l'avait emprisonnée pendant deux cent trente millions d'années, remonta dans le coffrage du puits et explosa à plusieurs dizaines de mètres dans les airs. Santa Rita n° 1 avait révélé l'existence d'un immense lac souterrain de pétrole sous le Bassin permien. Les premiers puits, et des centaines d'autres, se trouvaient sur les terres de l'université, qui acquit dès lors des revenus largement supérieurs à ceux de n'importe quelle autre université au monde.

Mais, en 1969, l'époque de ces richesses explosives était bien finie. Le Permien n'était plus qu'un gisement respectable produisant davantage de pétrole que la plupart, mais ne faisant plus jaillir de colonnes d'or noir vers le ciel. On exploitait les puits, on ne prospectait plus. Et Ransom Rusk répondit au prospecteur préféré de son père :

« Dewey, le Bassin permien est un gisement déjà découvert.

– N'en croyez rien, monsieur Rusk. Les produits pétroliers se présentent à plus de dix niveaux différents. Le pétrole facile est peut-être fini, mais le gaz ? En profondeur ?

– Dewey, soyez donc raisonnable. S'il y avait du pétrole ou du gaz là-bas, les gros bonnets l'auraient découvert.

– Non, monsieur Rusk », répondit d'un ton plaintif le vieux prospecteur, toujours debout car, Ransom ne l'ayant pas invité à s'asseoir, il craignait de paraître présomptueux. « Les gros bonnets ne découvrent que ce que les petits comme moi leur montrent. Je sais où se trouve le pétrole, mais j'ai besoin de votre argent pour acheter les contrats et forer le puits. Et ce sera un puits très profond.

– Dewey, vous avez essayé de fourguer cette affaire dans tout le Texas. Ce que je vais faire, parce que vous avez été un bon associé de mon père, c'est vous donner quatre cents dollars. Allez vous faire faire un dentier.

– J'y pensais justement, monsieur Rusk. Seulement, ce dont j'ai vraiment besoin, c'est de votre soutien dans cette nouvelle entreprise. »

Rusk ne lui donna rien de plus que les quatre cents dollars, mais Kimbro ne les dépensa pas chez le dentiste. Il s'en servit pour se rendre dans d'autres centres pétroliers, à la recherche d'un financement qui lui permettrait de poursuivre son dernier rêve. Pendant ce temps-là, Ransom reçut la visite d'un homme qui désirait également sa contribution, mais pour une entreprise fort différente. C'était M. Kramer, l'ancien ouvrier du pétrole qui se passionnait pour la vitesse du vent et les armadillos.

« Monsieur Rusk, je n'irai pas par quatre chemins : je vous demande quatre mille dollars pour prendre des armadillos au piège et les envoyer à l'Institut de la lèpre en Louisiane.

– De quoi parlez-vous ?

– Vous ne le savez peut-être pas, car peu de gens sont au courant, mais l'armadillo semble être le seul animal en dehors de l'homme capable de contracter la lèpre. La température basse de leur corps, entre 29,7 et 35°, encourage le bacille.

– Vous voulez dire que ces petites bêtes, sur ma pelouse...

– Ne craignez rien. Leur variété de lèpre n'est pas contagieuse pour l'homme. Mais l'armadillo représente pour nos savants l'unique possibilité de conduire des expériences sur ce qui provoque la maladie et la guérit.

– Bien entendu, je vous enverrai cet argent. Ainsi, nos petits bulldozers vont pouvoir se rendre utiles à l'homme ?

– Absolument. La nature est étrange, n'est-ce pas ? L'armadillo a survécu des millions d'années, et il peut contracter une maladie qui existe sans doute elle aussi depuis des millions d'années.

– Mais pas de précipitation, je vous prie. Ne prenez pas dans vos pièges ma Lady Macbeth et ses quatre sorcières.

– Ses huit sorcières ! Elle vient de mettre bas. Encore quatre femelles.

– Mais d'où viennent les mâles ?

– Ne me le demandez pas. Mais l'équilibre est toujours respecté. »

Cent soixante kilomètres séparaient Fort Worth de Larkin, une heure et vingt minutes de voyage avec la voiture de Rusk. Les deux hommes décidèrent donc d'aller étudier sur place la question des armadillos. Chemin faisant, Ransom demanda à M. Kramer ce qu'il pensait de Dewey Kimbro, qui hantait les puits de pétrole à l'époque où Kramer y travaillait.

« Un vrai Texan. Toujours sur le point de faire le gros coup. Il gaspille son argent avec les femmes. Vous paierez son enterrement un jour, deux cents dollars, parce qu'il mourra sans un sou vaillant.

– Il a découvert pas mal de puits.

– Vous ne songez tout de même pas à le financer ?

– La plupart des bons gisements du Texas, même les plus abondants, ont été découverts par des géologues un peu cinglés, dans le genre de Dewey. Il a des idées...

– Je le reconnais volontiers, monsieur Rusk. Les gens comme moi travaillent dans le pétrole, c'est leur moyen d'existence. Nous sommes bien payés, nous faisons des économies, nous prenons notre retraite dans des conditions agréables. Les gens comme Dewey Kimbro ne prennent jamais leur retraite. La veille de sa mort, sans un sou dans sa poche, il lancera un nouveau forage. Pour moi, le pétrole, c'était un travail. Pour lui, c'est un rêve. »

A Larkin, Rusk nota, le sourire aux lèvres, que Lady Macbeth et ses huit assistantes avaient complètement labouré l'ancien boulingrin.

« Où comptez-vous poser vos pièges pour envoyer ces armadillos au laboratoire de Lousiane ? » demanda-t-il à Kramer.

Celui-ci le conduisit sur les rives de Bear Creek, où vivait une tribu de cinquante petits cuirassés. Un peu plus en amont, un autre clan d'une quarantaine avait établi son quartier général.

« Ils aiment les sols humides. Les deux seules choses capables de détruire l'armadillo sont un hiver très froid et une sécheresse prolongée.

– Il leur faut beaucoup d'eau ?

– Non. Comme les chameaux, ils peuvent survivre presque sans eau mais, quand le soleil cuit la terre au cours d'une sécheresse, ils ont de plus en plus de mal à creuser – et cela signifie qu'ils meurent de faim. »

Kramer laissa Ransom Rusk jouer avec les trois armadillos apprivoisés qu'il gardait dans sa cuisine et dans sa cour. Le multimillionnaire eut du mal à expliquer pourquoi il prenait tellement de plaisir à leur compagnie :

« Ils n'invitent pas aux caresses, et ils ne réagissent guère aux avances, pourquoi sont-ils aussi fascinants ?... Il me vient à l'esprit, Kramer, que si nous pouvions dresser ces petits diables ils creuseraient nos puits de pétrole en deux fois moins de temps. »

Les armadillos durent sentir que Rusk était leur ami car, lorsqu'il s'assit, ils vinrent s'installer sur ses pieds et sur ses genoux. Ils n'avaient pas de dents capables de mordre un homme et, quand ils étaient au calme, ils ne sortaient pas leurs dix-huit redoutables griffes, pointues comme des lances.

En fait, ce qui vous touchait dans ces animaux, c'était la beauté extraordinaire de leur armure et la conscience qu'ils appartenaient à un passé extrêmement lointain. Parfois Rusk en prenait un dans ses mains, regardait son museau absurde – tout en nez avec de petits yeux ronds à peine capables de voir – et demandait à Kramer : « Dans quel bourbier s'est caché celui-ci pendant vingt millions d'années ? »

Il fournit les fonds pour les recherches sur la lèpre mais fut ravi d'apprendre que plus de vingt armadillos vivaient maintenant sur ses terres. Aucun d'eux n'était apprivoisé, mais ils formaient une procession magnifique, au crépuscule, quand ils partaient fouiller la pelouse de tel ou tel voisin.

A son retour à Fort Worth, Rusk trouva Dewey Kimbro, toujours sans dents, faisant le pied de grue à la porte de son bureau et discutant passionnément avec sa secrétaire. Dès que le vieux prospecteur l'aperçut, il bondit, lui prit le bras et ne le lâcha plus :

« Monsieur Rusk, je ne veux pas parler de *si,* ni de *comment,* ni même de *combien.* Seulement de *quand.*

– Que voulez-vous dire ?

– J'ai repéré un gisement. Vous devez prendre les contrats. Et payer pour le forage d'exploration.

– Écoutez, Kimbro...

– Non, c'est vous qui allez m'écouter. D'où vous vient l'argent que vous possédez (d'après les journaux, plus de cent cinquante millions) ? Du puits que j'ai découvert pour votre papa. Je suis un homme du pétrole, monsieur Rusk. Vous me devez ce dernier forage, parce que je sais où l'on trouve le pétrole. »

L'argument porta. Chaque année, en moyenne, Rusk dépensait trois millions de dollars sur les « intuitions » d'hommes ayant un passé beaucoup moins brillant que

Dewey Kimbro et moins passionnés par le monde du pétrole. Et il devait bien au vieux prospecteur un dernier coup d'essai :

« D'accord...

– Et pas de combines. Je suis trop vieux pour les combines.

– Mon père m'a toujours dit que vous étiez totalement honnête, Dewey, mais que si l'on vous faisait tort vous preniez tout votre temps, puis vous abattiez le type d'une balle dans le dos... au milieu de la nuit.

– Votre père ne vous a jamais dit comment il a réussi à reprendre les terres de Yeager ? Il m'a fait harceler ce pauvre diable jusqu'à ce qu'il braque son fusil de chasse. Et, à ce moment-là, votre père l'a descendu.

– Marché conclu. Et où se trouvent ces précieuses terres qui vont nous rendre riches ?

– Vous, plus riche. Moi, riche. »

Il conduisit Rusk vers un vaste ranch, El Estupendo, niché entre les mesas au nord de Fort Stockton.

« Cette terre ne pourrait même pas nourrir des chèvres », se lamenta Rusk.

Mais il en aurait fallu davantage pour refroidir l'enthousiasme de Dewey. Au cours de leur visite discrète, il montra au financier les failles dont les bords saillaient, à moitié dissimulés par le mesquite.

« Oui, il y aura peut-être du pétrole là-dessous, avoua Rusk.

– C'est forcé ! » répondit le vieux prospecteur.

El Estupendo était l'un des neuf ranches accumulés par Lorenzo Quimper selon le principe établi par son célèbre ancêtre Yancey : « Si tu mets la main sur assez de terres au Texas, il en sortira quelque chose de bon. » Quimper n'était pas sur les lieux ; un jeune Mexicain dirigeait le ranch en son absence :

« Je m'appelle Cándido Guzmán, dit le régisseur en un anglais laborieux. Le patron, c'est M. Quimper.

– Où est-il ?

– Qui sait ? Peut-être au ranch de Polk, sur le río Grande. »

Ils passèrent une série de coups de fil et trouvèrent Quimper non dans un de ses ranches de l'Ouest, mais dans sa nouvelle propriété sur les rives du lac Travis, près d'Austin. Dès qu'il entendit le nom de Rusk, il ordonna à Guzmán :

« Qu'il ne bouge pas. Je prends l'avion et j'arrive. »

Il courut à son Beechcraft et demanda à son pilote de se poser sur la piste sommaire d'El Estupendo, où Cándido l'attendait, comme toujours, avec sa camionnette.

« De quoi il retourne ? lança-t-il (c'était son expression préférée).

– Pétrole, répondit Guzmán. J'ai téléphoné à Fort Stockton pour prendre des renseignements sur l'autre, Kimbro. Et on m'a dit : Pétrole.

– Ma foi, quand un homme a neuf ranches au Texas, il faut bien que l'un d'eux ait du pétrole, non ?

– Monsieur Quimper, les journaux disent que deux de vos ranches ont déjà du pétrole, lui fit remarquer Cándido.

– On n'en a jamais trop. »

Quand Rusk et Quimper se rencontrèrent dans une grange à toit de tôle du ranch, ils représentaient à eux deux une puissance énorme. Rusk plus âgé, plus prudent ; Quimper plus impatient de sauter sur une occasion pleine de promesses. Physiquement ils ne se ressemblaient guère : Rusk plus mince, plus requin ; Quimper plus rond, apparemment plus épanoui. Ransom parlait peu ; on ne pouvait arrêter Quimper, qui émaillait ses phrases d'images texanes dans le genre : « Plus sage qu'un arbre plein de hiboux », ou : « Nous allons creuser ce foutu puits et clouer la peau du raton sur la porte de la grange. » Il connaissait plus d'une vérité sur le pétrole au Texas :

« Mon papa me disait toujours : " Lorenzo, dans une affaire de pétrole, contente-toi d'une cession de droits qui te donne un huitième. Laisse les autres pigeons creuser leur puits et toucher leurs sept huitièmes. C'est encore toi qui finiras gagnant. " Et, chaque fois, j'ai constaté qu'il avait raison. Messieurs, vous aurez votre contrat, mais à certains égards je suis plus sage que mon père. Les contrats ne sont plus de dix ans comme dans le temps. Deux ans. Et pas cinquante *cents* l'arpent, comme mon père. Trois dollars. Parce que c'est de la terre de premier ordre. Et pas un huitième, mais trois seizièmes.

– On m'avait prévenu que vous étiez un vrai salopard,

Quimper, lui répondit Rusk. Mais vous possédez les terres, vous avez fait votre droit et, même si vous n'avez pas fini vos études, je crois qu'on va vous nommer au conseil d'administration de l'université. Donc vous n'êtes pas bête. Marché conclu. »

Ils échangèrent une poignée de main et l'exploration des étendues désertes au nord de Fort Stockton commença.

Ils laissèrent à Kimbro le soin de déterminer où l'on forerait le premier puits, mais ils suivirent le vieux prospecteur de loin.

« Les vautours guettent le vieillard qui va mourir, leur lança-t-il un matin tandis que le forage s'enfonçait toujours davantage sans résultat. Mais ils attendent en vain. »

Cette attente forcée eut une conséquence positive : elle donna à Rusk l'occasion de renouer connaissance avec un homme très doué qui travaillait sur les gisements de pétrole. C'était Pierre Soult, lointain descendant d'un des plus remarquables maréchaux de Napoléon Ier, une des gloires de la France dans le domaine du génie civil et militaire.

Pierre Soult avait déjà travaillé avec Rusk ; il avait mis au point le procédé remarquable d'exploration sismique. On creusait un trou dans la terre, on le garnissait de dynamite puis on plaçait une douzaine de détecteurs sensibles à diverses distances et on faisait exploser la charge. Les détecteurs enregistraient la durée mise par les vibrations pour pénétrer dans la terre, se réfléchir sur une couche de granit, par exemple, puis rebondir à la surface. Une analyse précise et délicate des échos ainsi enregistrés permettait de dessiner les couches de terrain, et Soult pouvait indiquer à ses clients ce qui se trouvait sous terre et où il valait mieux creuser.

« Exploration sismique, expliquait Soult. Nous sommes comme les savants qui détectent et enregistrent des tremblements de terre à des milliers de kilomètres. Avec notre dynamite, nous créons un petit tremblement de terre que nous enregistrons à sept ou huit cents mètres. »

Bien entendu, son appareillage était beaucoup plus perfectionné que lors des premières explorations de Rusk ; quand celui-ci lui en fit le compliment, Soult lui répondit :

« J'ai vraiment fait le tour de la sismique. Je songe très

sérieusement à un nouvel appareil pour résoudre des problèmes mathématiques utiles dans tous les domaines. Un projet très ambitieux. Une calculatrice qu'on pourrait tenir dans sa main.

– Pardon ?

– Étant donné les progrès techniques récents, je crois que nous allons bientôt pouvoir mettre dans une petite boîte de poche plus de mathématiques que Newton et Einstein n'en ont maîtrisé à eux deux.

– Venez me voir quand vous aurez terminé ici... Si vous trouvez du pétrole.

– S'il y en a, nous le trouverons. Mes petits tremblements de terre s'en chargeront. »

Par un après-midi torride – température quarante degrés, humidité sept pour cent –, alors qu'à plus de sept mille mètres de profondeur la sonde n'avait indiqué aucune trace de carbone, un rugissement venu du cœur de la terre annonça un jaillissement de pétrole et de gaz si puissant qu'au moment où il parvint à la surface il arracha le derrick et les bâtiments, s'enflamma à une étincelle produite par des poutrelles d'acier qui s'étaient heurtées et se mit à brûler comme une torche, visible à près de cent vingt kilomètres de distance sur ces terres plates et arides.

Cinq membres de l'équipe de forage furent brûlés vifs. Cent mille dollars de produits pétroliers partaient chaque jour en fumée. Les hommes de Dewey Kimbro essayèrent toutes les techniques connues pour éteindre les flammes déchaînées d'Estupendo n° 1. Ils versèrent des tonnes de boue pour bloquer le flot de pétrole, ils essayèrent de dynamiter le trou pour supprimer l'oxygène et souffler la torche comme on souffle une bougie. Sans succès. Les flammes grondaient en plein ciel dans la nuit et, le jour venu, aidaient le soleil à illuminer le Texas.

Red Adair, le Texan spécialisé dans le dangereux métier d'éteindre les incendies de puits de pétrole, arriva sur les lieux. Il lui fallut trois semaines pour venir à bout de cette formidable conflagration. Rusk, les yeux gonflés à force de regarder les flammes, lança à son nouvel associé :

« Quimper, cela crève le cœur de voir une telle fortune disparaître en fumée. Mais quand on sait qu'il en reste encore un million de fois plus au fond... »

Les droits sur le gisement Estupendo permirent à Quimper de doubler sa fortune. Il entra dans la catégorie des riches. Pour sa part, Dewey Kimbro reçut plus de deux millions. Il acheta un dentier mais, deux ans plus tard, il se remettait déjà à arpenter les gisements marginaux, l'oreille à l'affût d'une piste dans les cafés au petit déjeuner, et comme toujours à la recherche d'un financier pour une nouvelle exploration. Il avait englouti sa fortune en divorces, puis avec une quatrième femme, et enfin en honoraires d'avocats pour se débarrasser d'elle au bout de sept mois de vie conjugale.

Quand Ransom Rusk apprit qu'il possédait environ quatre cents millions de dollars, il ne changea rien à son mode de vie. Il conservait ses quatre serviteurs dans sa maison de Larkin mais, comme il essayait d'éviter toute relation sérieuse avec les femmes, la demeure voyait très peu de réceptions et de dîners. Il passait le plus clair de son temps à Fort Worth, où il dut agrandir ses modestes bureaux car il lui fallut engager un comptable à plein temps pour suivre ses participations complexes dans les nombreuses affaires de pétrole où il était impliqué.

Mais il n'en avait jamais assez. Il était toujours à l'affût du gros gisement ou du prospecteur chanceux qui le conduirait au puits miracle, à la recherche de ce qu'il appelait « le facteur multiplicateur ». C'est dans cet état d'esprit qu'il convoqua Pierre Soult, le spécialiste des sismographes.

« Ce que vous m'avez dit pendant le forage d'Estupendo n° 1 est-il exact ?

– A propos des calculatrices de poche ?

– Oui. De combien auriez-vous besoin ?

– Il nous faut inventer une nouvelle méthode pour fabriquer des éléments au silicone. Je crois que je l'ai découverte.

– Combien ?

– Il faudra engager des cerveaux, vous savez. Les meilleurs cerveaux produits par Paris, Cambridge et l'Institut de technologie du Massachusetts.

– Mais combien, nom de Dieu ?

– Les vrais cerveaux coûtent cher. Disons vingt millions de dollars.

– Si nous devons faire quelque chose ensemble, faisons-le à la texane. Vous pouvez compter sur cinquante millions. »

Ils échangèrent une poignée de main. Étant donné la direction dans laquelle le monde se développait, cet investissement serait sans doute l'initiative la plus sage de Ransom Rusk.

Le fait de passer beaucoup de temps près du nouveau puits, à Midland, ville républicaine à quatre-vingt-dix-huit pour cent, produisit un changement profond en Ransom Rusk. Déjà conservateur (comme beaucoup de magnats du pétrole, toujours prêts à prendre eux-mêmes d'énormes risques mais désireux que rien ne change pour les autres), il devint carrément réactionnaire et défendit le principe que tout gouvernement est mauvais dans la mesure où il empêche les hommes entreprenants de mener le jeu selon leurs propres règles. Mais cela ne l'empêchait pas de profiter des exemptions fiscales accordées à l'industrie du pétrole, et il était prêt à rayer de la vie publique tout homme politique qui aurait voulu les abroger.

Sa position était défendable : « Je risque des sommes fabuleuses dans la prospection pétrolière. Cinquante, soixante millions, et les trois quarts s'en vont à vau-l'eau. Je mérite qu'on me protège. »

Bien entendu, le quart de ses investissements qui n'était pas perdu lui rapportait des revenus énormes, qu'il dépensait avec libéralité en essayant d'éliminer de la scène les candidats refusant de soutenir l'industrie pétrolière : « C'est la règle de base de la légitime défense. L'homme qui attaque mes intérêts est mon ennemi. » Il s'aperçut vite que seuls les républicains protégeaient ses intérêts ; il se lança donc en campagne contre les démocrates et n'hésita pas à engager dans la lutte des sommes vraiment colossales.

Il n'avait jamais aimé Lyndon Johnson, mais Johnson avait toujours défendu le pétrole, et Rusk lui apporta de généreuses contributions de la main gauche tandis que de la main droite il continuait d'arroser les républicains. Il se réjouit en silence quand Johnson décida de ne pas se présenter à l'élection de 1968 mais, quand on désigna Hubert Humphrey pour lui succéder, il poussa les hauts cris : « Ce type est un idiot, un minable bafouilleur. Le pays va s'effondrer s'il est élu. » Et il dépensa des millions pour le vaincre, ainsi que tous les sénateurs démocrates qui se présentaient cette année-là, et plus de seize membres du Congrès dont les prises de positions l'avaient irrité.

Il fut ravi de voir les républicains choisir comme candidat Richard Nixon, car celui-ci avait démontré pendant des années qu'il savait ce dont avait besoin le pays. Ransom invita Nixon au Texas, dépensa sans compter pour influencer ses confrères du pétrole et se mordit littéralement les doigts d'angoisse, le soir de l'élection, quand on eut l'impression qu'Humphrey et Wallace allaient triompher. Il ne se coucha pas cette nuit-là et, quand Nixon remporta la victoire à l'aurore, avec une marge vraiment précaire, il cria aux pièces vides de sa maison de Larkin :

« La république est sauvée ! »

Vers la même époque, un autre aspect de la vie texane subissait un changement radical, qui se révélera sans doute, à longue échéance, plus important pour l'État que le pétrole ou la finance. Sherwood Cobb, petit-fils de feu le sénateur des États-Unis installé à Waxahachie, avait constaté à regret que la plantation de famille, juste au sud de cette charmante ville, n'était plus viable : trop de charançons, une productivité en baisse, des terres qui avaient atteint un prix excessif. La seule solution était de déplacer toute son opération cotonnière plus à l'est de l'État, où la terre demeurait bon marché, même sur les plateaux élevés où les charançons ne pourraient pas survivre aux hivers rigoureux.

Nancy Nell Cobb, qui avait grandi à la campagne, interrogea son mari sur la sécheresse extrême de la région où il se proposait de faire pousser son coton, plante qui exige beaucoup d'eau. Il lui répondit :

« L'aridité empêche les parasites de se reproduire.

– Si les parasites ne peuvent pas vivre, ton coton non plus. Jefferson recevait cent quinze centimètres de pluie par an et le coton poussait à merveille. Waxahachie reçoit quatre-vingt-dix centimètres et le coton s'en est bien tiré jusqu'à ce que le charançon nous attaque. Mais Lubbock n'a reçu que quarante centimètres d'eau l'an dernier : je ne vois pas comment ton coton poussera. »

Il lui révéla alors l'un des miracles des États-Unis, et la façon dont le Texas pourrait en bénéficier. Il étala sous ses yeux une carte que le ministère de l'Agriculture avait envoyée aux planteurs de la région de Waxahachie pour les inciter à s'installer sur les hautes plaines, où la production semblait en plein essor. La carte montrait que, sous huit États de l'Ouest – du Dakota du Sud au Texas –, se trouvait cachée la plus grande ressource en eau du pays après le Mississippi.

« Considère qu'il s'agit d'un vaste lac souterrain. Une nappe plus grande que la plupart des pays d'Europe. Il suffit de creuser pour trouver de l'eau. C'est la nappe aquifère d'Ogallala, d'après la petite ville du Nebraska où elle a été découverte. Des langues se tendent en tous sens pour recueillir d'immenses ruissellements souterrains. Et la nappe nous livrera l'eau juste au-dessous de notre ferme.

– Comment peux-tu le savoir ? C'est une nappe cachée...

– Elle a été étudiée dans tous les États. Elle forme comme de vastes réservoirs communicants. Et inépuisables.

– L'eau est dans le sol et n'importe qui peut l'utiliser ?

– C'est ce qui nous permettra de faire pousser du coton à Lubbock. On paie pour les puits une fois pour toutes, et on a de l'eau pour le reste de sa vie. »

Nancy Nell avait du mal à croire qu'on pouvait planter du coton dans des terres ne recevant pas plus de quarante centimètres de pluie par an, alors que le coton en exigeait au moins quatre-vingt-dix.

« Cela me paraît un risque énorme, avoua-t-elle à Sherwood. Je crois que nous ferions mieux de rester ici et de lutter contre les charançons avec des traitements chimiques, comme les Anderson.

– Nancy Nell ! s'écria-t-il en prononçant son nom comme s'il n'avait qu'une seule syllabe. Des centaines de planteurs sont déjà installés sur ces terres arides et produisent le meilleur coton du Texas. Avec l'expérience qu'ils sont en train d'accumuler, ce sera dans dix ans le meilleur coton du monde. Je veux être dans le coup. »

Pour lui montrer les terres où il comptait établir leur demeure, il réveilla toute la famille un matin à 4 heures, remplit la grosse Buick et prit la route de l'ouest, avec le même enthousiasme que son grand-père au début du siècle, quand il avait entraîné sa famille de l'atmosphère vieux Sud de Jefferson vers les terres noires et les espaces découverts de Waxahachie.

Ils se dirigèrent vers Fort Worth, évitèrent les embouteillages du petit déjeuner à Dallas, puis Sherwood attira l'attention des enfants sur l'une des merveilles du Texas, existant depuis cinq mille années : chaque fois que l'on s'éloigne d'est en ouest de vingt-cinq kilomètres, les précipitations annuelles diminuent de deux centimètres et demi. Circonstance étrange : le 98e méridien coïncide *grosso modo* avec l'isohyète des soixante-quinze centimètres de précipitations par an. A l'est de cette ligne, l'agriculture sous pluie est possible ; à l'ouest, elle ne l'est pas. Ceux qui s'y installent ne peuvent compter que sur l'élevage et les ressources du sous-sol.

« C'est comme si l'on avait édifié un mur sur cette ligne, expliqua Cobb à sa famille lorsqu'ils croisèrent le 98e méridien. Pour prévenir les agriculteurs : Halte ! Désormais il ne pleut plus assez pour cultiver la terre... Ce qui nous sauvera, c'est ce qui se cache en dessous, car chaque kilomètre nous rapproche de l'Ogallala – et c'est synonyme de coton. »

Au-delà du 98e méridien, ils entrèrent vraiment dans l'Ouest : Jacksboro, Three Cairns où l'État avait élevé un monument commémorant le combat du 10e de cavalerie contre les Comanches, puis Larkin où ils s'arrêtèrent pour admirer le célèbre palais de justice et les statues de Mabel Fister – sans indiquer aux enfants où se trouvait la cinquième sculpture.

A l'ouest de Larkin commençaient les grandes plaines. Parfois, on n'apercevait même pas un arbre, où que l'on se tourne, mais le paysage demeurait animé par de douces collines ; enfin ils pénétrèrent sur les plateaux, aussi plats qu'on puisse l'imaginer et entièrement vides. Émerveillés par l'immensité du pays qu'ils se proposaient d'occuper, ils traversèrent Lubbock et continuèrent vers l'ouest jusqu'à leurs six mille arpents – dans leur état actuel, sans irrigation, ils n'auraient pas pu y élever une vache tous les vingt-cinq hectares !

Ils avaient parcouru, dans la journée, cinq cent soixante kilomètres sans partir de la frontière de l'est et sans arriver à la frontière de l'ouest, et ils avaient traversé quatre paysages aussi différents l'un de l'autre que l'Italie du Portugal : les prairies noires de Waxahachie, la région de Larkin, les basses plaines où l'on ne trouvait que de toutes petites villes, enfin les hautes plaines de Lubbock. Quand ils s'arrêtèrent dans la bourgade de Levelland, 10445 habitants, où ils passeraient la nuit, Sherwood annonça :

« Notre ferme sera au nord de la ville. Si nous menons bien notre affaire, nous en ferons une mine d'or. Toute la terre dont nous pourrons avoir besoin et toute l'eau qu'il faudra. »

Ce soir-là, affamés par le long voyage, ils dévorèrent le meilleur bifteck grillé qu'ils eussent mangé depuis longtemps, tandis que le juke-box du restaurant débitait une rengaine à la mode depuis peu : *It takes a lot of squares to make the world go round.*

Quand ils inspectèrent la propriété le lendemain matin, Nancy Nell et les enfants en restèrent bouche bée, car elle était encore plus plate que tout ce qu'ils avaient vu la veille – sans un seul arbre ni buisson de taille remarquable. L'horizon semblait si loin que Nancy Nell demanda :

« Combien d'autres fermes pouvons-nous voir depuis ici ?

– Seize au Montana et sept au Canada », lança son mari en riant. Il montra aux enfants où la maison s'élèverait, et leur assura qu'elle serait sensationnelle : « Avec l'argent que l'on nous donnera pour notre ancienne propriété, nous pourrons bâtir ici un petit paradis.

– Planteras-tu un brise-vent du côté nord-ouest ? demanda Nancy Nell.

– Dès demain. »

Mais, comme ses ancêtres quand ils s'étaient installés sur de nouvelles terres au Texas, la première chose qu'il construisit fut l'égreneuse à coton. Comme eux, il comptait bien devenir l'un des premiers planteurs de la région.

Avant même de poser les fondations de la maison, il passa un contrat avec les frères Erickson, les spécialistes des puits profonds, qui se firent un plaisir de le mettre au courant de la situation :

« A soixante mètres au-dessous de nous se trouve une formation rocheuse épaisse et imperméable, le lit rouge. La nappe d'Ogallala repose dessus. Le niveau de l'eau s'élève jusqu'à dix mètres de la surface, mais pour ne prendre aucun risque, pour que même la sécheresse la plus violente ne vous touche pas, nous vous forerons des puits de trente mètres.

– Combien ?

– Nous avons calculé que pour cultiver les bonnes parcelles du centre de votre propriété il vous en faudrait six.

– J'aurais cru que cinq suffiraient.

– Sans doute. Vous pourriez vous contenter de cinq, mais vous forceriez sur chaque puits. Suivez notre conseil, creusez-en six.

– Combien ?

– Vous aurez les meilleurs puits du monde pour trois mille cinq cents dollars chacun, tout compris, avec un moteur de Chevrolet 1952 transformé, placé dans un caisson de béton à un mètre sous terre pour le protéger de la pluie et de la poussière.

– Comment marche-t-il ?

– Nous fournissons un réservoir de butane de huit hectolitres. La citerne viendra vous le remplir. »

Les Erickson lui indiquèrent aussi où louer un tracteur, en attendant d'en acheter un, pour faire une levée de terre d'une quarantaine de centimètres autour de toutes les parcelles qu'il désirait planter en coton.

« C'est le seul moyen de garder la moindre goutte d'eau qui tombera.

– Nous recevons quarante centimètres d'eau par an, ajouta son frère. Vous pouvez y compter autant qu'un pécheur sur la miséricorde divine. Mais il faut vraiment être là l'après-midi où tout dégringole ! »

Cobb consulta les spécialistes de Lubbock au sujet des variétés de coton les mieux adaptées à ses nouvelles terres et, quand il eut semé ses premiers champs, au tracteur, sans main-d'œuvre mexicaine importée pour ce travail éreintant, il apprit la meilleure de toutes les nouvelles :

« Cette année, le coton de Lubbock atteint les plus hauts prix sur les marchés.

– On dirait que nous jouons sur du velours, répondit Cobb en parcourant des yeux ses champs bordés de levées de terre.

– Il n'y a qu'un petit nuage à l'horizon, le prévint l'expert. Chaque année, du Dakota du Sud jusqu'à Lubbock, la nappe d'Ogallala semble baisser de trois à cinq centimètres.

– Vous voulez dire que le niveau risque de baisser de façon permanente ?

– Sauf si nous utilisons l'eau rationnellement. »

Avec un mari qui faisait de bonnes affaires, des enfants adaptés à leurs nouvelles écoles et un petit cercle d'amies, Maggie Morrison, sans prendre conscience d'un changement dans sa vie, devenait peu à peu texane. Ses lettres à ses anciennes amies de Detroit le trahissent :

> Ce soir, je suis vraiment contente d'être au Texas. C'est si grand, si vivant, si chargé d'avenir. En fait, je suis de si bonne humeur que j'ai envie de me faire pardonner les choses désagréables que j'ai pu dire, même de nos cafards texans. Je t'ai écrit qu'ils étaient gros comme des moineaux ? J'en ai vu un ce matin aussi gros qu'un pinson. Mais un industriel du pétrole qui m'a acheté des terres m'a appris que les cafards sont peut-être la forme de vie la plus ancienne existant sur terre ; il m'a montré un fossile trouvé par ses géologues dans la couche de pennsylvanien : il daterait de trois cent trente millions d'années. Tout ce qui peut survivre à la chaleur du Texas mérite mon respect.

Au moment même où elle tentait de défendre la vie culturelle à Houston, elle reçut une gifle imprévue qui lui coupa le souffle. Sa fille Beth, âgée de quinze ans, la jeune intellectuelle qui écrivait des poèmes en secret, s'avança timidement dans la pièce où sa mère se reposait, affalée sur son grand fauteuil.

« Maman, je vais être majorette.

– Tu vas quoi ?

– Pour toutes les filles, c'est ce qu'il y a de mieux. On ne peut le devenir que si la classe vous a élue.

– Qu'est-ce que tu racontes ?

– Que je commence l'entraînement de majorette demain matin. Il faut que j'arrive au lycée une heure plus tôt.

– Beth ! Tu es tombée sur la tête !

– Non, maman. C'est ce dont j'ai le plus envie.

– Il n'en est pas question. Majorette, vraiment ! Beth, les majorettes sont de jolies petites sottes, incapables de faire quoi que ce soit d'autre. Tu es bonne en maths. Tu écris des poèmes. Tu es capable de réussir dans le domaine de ton choix, mais pour l'amour de Dieu... Majorette !

– Toutes les filles...

– Assieds-toi, Beth. Tu dois comprendre une chose, et te l'enfoncer dans le crâne une fois pour toutes : tu n'es pas *toutes les filles*. Tu as une intelligence hors du commun, héritée de ta grand-mère, je pense. Dieu sait que cette bénédiction a sauté une génération – la mienne. Mais tu es spéciale, Beth. Tu pourrais obtenir des diplômes exceptionnels à l'université du Michigan. Tu n'es pas une majorette.

– Je n'ai pas envie d'aller à l'université du Michigan.

– Et où donc veux-tu aller ?

– Université du Texas. Avec tous les bons copains. Ou à A & M. C'est vraiment au poil.

– Pour l'amour de Dieu, cesse de dire *vraiment au poil.* Et A & M n'est pas *vraiment au poil.* Devenir majorette n'est pas *vraiment au poil.* »

Beth s'entêta tellement à vouloir obtenir ce que toute lycéenne du Texas est censée désirer que sa mère finit par lui concéder :

« Nous en parlerons avec ton père quand il rentrera de Falfurrias. »

Vers 11 heures et demie ce soir-là, lorsque Roy Bub Hooker arrêta le break des chasseurs devant la maison des Morrison, Maggie lança, vers le haut de l'escalier :

« Beth, descends tout de suite, il faut crever l'abcès. »

Todd prit le parti de sa fille :

« Je ne vois pas en quoi un ou deux défilés de majorettes pourraient lui faire du mal, si c'est dans le programme de son lycée.

– Voyons, Todd, cela représente un recul. C'est renoncer à toutes les conquêtes que les femmes commencent à réaliser. Bientôt tu vas lui faire faire des concours de beauté. En maillot de bain !

– Je ne vois rien à redire aux maillots de bain, quand ils sont bien remplis. »

Beth laissa ses parents vider la querelle et fut ravie de voir son père l'emporter. Mais elle découvrit le lendemain que sa victoire n'était qu'apparente, car à 7 heures et demie, au moment où Beth voulut partir, sa mère lui bloqua la porte. Les copains attendaient dans la voiture :

« Hé, beauté ! Le temps passe !

– Beth ne peut pas aller avec vous, leur lança Mme Morrison. J'en suis vraiment désolée. »

Dans le vestibule, Beth, livide, en tremblait :

« Maman, cria-t-elle, si je ne peux pas devenir majorette, j'en mourrai !

– Ne pas vivre au niveau auquel ton intelligence te permet d'accéder serait pire que mourir. Et maintenant, mange ton porridge et va au lycée *étudier,* comme une étudiante bien élevée que tu es. »

Pendant trois journées détestables, la lutte se poursuivit, M. Morrison soutenant sa fille et Mme Morrison refusant de lui laisser « franchir ce premier pas vers la médiocrité ». Le problème fut résolu d'une manière que Maggie, formée au Michigan, ne pouvait pas prévoir. Le vendredi de la même semaine, un appel téléphonique à son cabinet immobilier la convoqua au bureau de M. Sanderson, proviseur du lycée Smith-le-Sourd, dans le nord de Houston.

« Madame Morrison, savez-vous que vous avez une fille tout à fait supérieure ?

– Et j'entends qu'elle le reste.

– Vous n'y parviendrez pas en vous opposant à son désir naturel de devenir une de nos majorettes.

– Je ne trouve pas cela *naturel.*

– Tous les lycées sérieux du Texas en ont.

– Ce n'est pas une raison. »

Son agressivité l'étonna, mais elle avait conscience de se battre pour sauver l'intelligence de sa fille.

« Madame Morrison, je crois que nous devons avoir une conversation sérieuse. Asseyez-vous, je vous prie... J'aimerais que davantage de mères se soucient comme vous de l'avenir de leurs filles. Vous pouvez venir me voir à ce sujet n'importe quand, en toute liberté.

– Je suis venue, et ce que vous voulez faire de ma fille ne me plaît pas.

– Madame Morrison, elle n'est plus au Michigan. Elle est au Texas, et c'est toute la différence du monde. Aucune jeune fille texane ne peut rien rêver de mieux que d'être choisie pour le défilé des majorettes – sauf bien entendu si on la désigne pour lancer le bâton. Cela suppose l'approbation de tous ses condisciples. C'est paraître devant ses pairs comme la plus jolie et la plus populaire. Madame Morrison, croyez-moi, c'est quelque chose !

– Est-il exact, monsieur Sanderson, que votre lycée a onze entraîneurs de football américain ?

– Nous en avons besoin. Dans cet État, la compétition est serrée.

– Et est-il exact que quatre professeurs de Beth sur cinq, cette année, n'ont aucune compétence dans la matière qu'ils devraient enseigner parce qu'ils s'occupent avant tout d'entraîner les équipes de football ?

– Nos entraîneurs sont les meilleurs jeunes gens que l'État du Texas ait vus naître. Votre fille a de la chance de se trouver dans leurs classes.

– Mais comment un entraîneur spécialisé dans le jeu d'avants peut-il enseigner la poésie à une jeune fille ?

– Au lycée Smith-le-Sourd, nous ne mettons pas l'accent sur la poésie.

– Et sur quoi mettez-vous l'accent ?

– Madame Morrison, je dirige l'un des meilleurs lycées du Texas. Tout le monde vous le dira. Y compris votre fille Beth. Nous ne traversons pas une période facile, avec la drogue et le reste, les nouvelles pressions sociales, les Noirs et les Hispaniques qui frappent à la porte. Tenir en main un grand lycée comme celui-ci n'est pas une petite affaire. L'un des ciments les plus solides dont nous disposons est le football. Je tiens à ce que chaque enfant de ce lycée soit impliqué d'une manière ou d'une autre dans le destin de notre équipe.

– Même les filles ?

– Surtout les jeunes filles. A Smith-le-Sourd, le football

n'est pas l'empire des garçons... Mais j'ai gardé la meilleure nouvelle pour la fin, madame Morrison. Voici un rapport que j'ai reçu de Mme Crane, la semaine dernière, avant que vous ne nous stupéfiiez tous en refusant à Beth sa place logique dans le système. »

Il lui tendit une feuille dactylographiée par la femme qui orientait les activités des filles – et enseignait l'histoire universelle à ses moments perdus.

> J'ai observé Beth Morrison attentivement. Elle possède à mon avis les mains, l'habileté naturelle et le sens inné de l'équilibre qui sont nécessaires pour faire virevolter un bâton dans les airs, à la tête d'un défilé de majorettes.
> Laissons-la pour l'instant dans les rangs des majorettes, mais ne la perdons pas de vue, parce que je la crois capable de lancer le bâton au niveau universitaire.

M. Sanderson se balançait sur ses talons tandis que Maggie lisait ce rapport : il songeait au nombre de mères de la région que cette nouvelle aurait transportées de joie. Leur fille lançant le bâton à la tête des majorettes d'un grand lycée de Houston !... Il laissa à cette femme du Nord le temps de revenir de sa surprise, puis sourit et leva les bras pour signifier que cela résolvait tous les problèmes.

« Madame Morrison, votre Beth a une chance de réaliser le rêve de toutes les jeunes filles. »

Maggie comprit qu'elle était battue, mais elle s'entêta :

« Je ne suis pas certaine que Beth trouve le bonheur en faisant pirouetter un bâton.

– Si elle a l'intention de faire sa vie au Texas, lui répondit sèchement le proviseur, je n'en doute absolument pas... Vous êtes heureuse ici, et votre mari l'est aussi, non ? ajouta-t-il d'un ton plus amène. On m'a dit qu'il réussissait merveilleusement.

– Nous sommes de plus en plus heureux.

– Alors tournez-vous vers l'avenir, madame Morrison. C'est tout ce que je vous demande. »

Et Beth Morrison rentra donc à la maison un jour avec de gros pompons et un uniforme « vraiment cool ». Apparemment, Mme Crane apprécia la coordination des gestes de Beth car, deux semaines plus tard, Beth arriva avec un bâton d'argent et une nouvelle sensationnelle :

« Mme Hollyday, qui entraîne toutes les filles “ vraiment cool ”, a accepté de me donner des leçons particulières, le samedi et le dimanche. Cinquante dollars le premier cours. »

Beth Morrison, qui se destinait à une carrière littéraire à l'université du Michigan, avait manifestement changé de voie.

Au cours de ces mois passionnants, son père jouait un jeu beaucoup plus audacieux que le football ou l'art de lancer en l'air un bâton de majorette. Son mentor, Gabe Klinowitz, lui avait appris à monter un « consortium immobilier » et il en avait déjà lancé trois, avec un succès surprenant.

« Il faut trouver, expliqua-t-il à sa femme, un groupe de gens ayant de l'argent à investir, des médecins et des dentistes par exemple, parce qu'ils ont souvent des liquidités, et des industriels du pétrole, quand on peut leur mettre le grappin dessus. Il faut que le groupe compte moins de trente-six personnes, sinon le fisc proteste : ce n'est plus une association, c'est une offre d'actions ordinaires et l'on tombe sous une réglementation plus stricte. Mais supposons que je trouve sept associés, à vingt mille dollars chacun. Il y a à Houston beaucoup de monde avec vingt mille dollars dans la poche et l'envie de jouer un peu avec. » A ces mots, il s'arrêta soudain : « Mon Dieu, Maggie ! comme Detroit me semble loin ! Personne, là-bas, n'avait même deux mille dollars devant lui. » Puis il reprit : « Tout le monde sait qu'on ne dirige pas une affaire à sept. Ils conviennent donc que tu seras gérant, puisque tu as le temps, n'est-ce pas ? Et l'on met ça noir sur blanc dans les statuts – très important. C'est toi qui prends les décisions. Et avec les cent quarante mille dollars des sept... Tu ne mets pas d'argent, tu es le gérant... Donc, avec leur pognon comme premier versement comptant, tu achètes un bon coin de terre qui vaut trois millions de dollars. Immense avenir. Tu reçois comme honoraires dix pour cent du gâteau, plus cinq pour cent de commission quand tu revendras.

« Avec leurs cent quarante mille dollars, tu as sous le coude cent arpents de terrains de premier choix, qui vaudront des millions plus tard, et tu n'as versé que des arrhes. Tu bénéficies de longs délais, tout le monde est content. Vient maintenant le moment le plus délicat, et il faut que tu aies des nerfs d'acier. Tu dois vendre ce magnifique coin de paysage de façon que tes investisseurs retrouvent leurs fonds, plus un bénéfice raisonnable. Et à qui le vends-tu ? A toi-même. Tu brandis une poignée de billets comme si tu avais l'intention de les mettre dans l'affaire, tu réunis un nouveau groupe d'investisseurs qui paient pour tout et, puisque les statuts t'y autorisent, tu vends l'affaire au nouveau groupe sans signaler à tes anciens associés que tu es partie prenante du nouveau consortium.

« Tu possèdes déjà dix pour cent du prix de vente, plus cinq pour cent de commission pour la vente. Et c'est là le plus beau de la manœuvre : tu laisses sur la table…

– *Tu laisses sur la table* ?… Qu'est-ce que ça veut dire ?

– Gabe m'a donné ce tuyau : toujours laisser quelque chose sur la table pour l'homme en face de toi. Donc tu veilles bien à ce que tes premiers associés fassent un bon bénéfice. Rien de sensationnel, mais appréciable. Tout le monde est content. *Subito presto* un nouveau tour de passe-passe et tu te retrouves avec quarante pour cent du troisième consortium qui possède à présent cent arpents magnifiques. Alors que tu as commencé avec rien du tout dans ton escarcelle. Bien entendu, ajouta-t-il en riant, tu reçois à chaque fois une commission généreuse, qui t'assure quelques liquidités.

– Cela me paraît bien illégal.

– C'est aussi légal que la Banque d'Angleterre. Il te suffit de contenter tes associés pour qu'ils n'aient pas envie de vider leur gérant. »

C'était légal, mais sûrement pas honorable ; après la vente du troisième consortium, bien au-dessous de la valeur vénale, à un autre groupe contrôlé par Morrison, Gabe Klinowitz, qui comptait parmi les associés, alla voir Todd :

« Mauvais jour, mon cher. Je me retire de vos affaires.

– Mais… Vous y avez gagné de l'argent.

– Oui. Vous y avez veillé. Mais beaucoup moins que je n'aurais dû. Comme vos autres associés. Vous nous donnez juste ce qu'il faut de bénéfices pour que nous n'envisagions pas de vous poursuivre en justice. Je ne peux pas me permettre un scandale public, et eux non plus. Mais nous savons ce que vous avez combiné.

– Écoutez, Gabe. Vous et moi...

– Oui. Vous et moi... Et c'est même le plus triste : que vous m'ayez fait ça, à moi, alors que vous me devez tant.

– Je ne cesse d'y songer. Je disais à Maggie l'autre jour...

– Todd, si vous êtes capable de faire ça à un ami, vous le ferez un jour à un inconnu. Et vous vous retrouverez en prison... Ou dans un corbillard.

– Écoutez...

– Au Texas, le jeu n'est pas tendre. A Houston, moins tendre qu'ailleurs. Mais nous jouons franc. Une poignée de main est une poignée de main et, par Dieu ! vous avez intérêt à ne pas l'oublier. Par deux fois avec moi, vous avez abusé de notre poignée de main, Todd. Dans l'affaire de Gulf Oil et dans celle-ci. Tôt ou tard, si vous continuez ainsi, quelqu'un poussera un bon coup de sifflet qui fera venir le shérif ou le croque-mort. Salut, Todd. Gardez le nez propre. En ce moment, il est très sale. »

Comme s'il sentait intuitivement que ce qu'il faisait était immoral sinon illégal, Todd tint ses amis chasseurs de cailles à l'écart de ses premiers consortiums. Mais, quand ils apprirent les bénéfices importants réalisés à l'occasion de ces affaires, ils voulurent y participer. Lorsqu'il eut parfaitement maîtrisé toutes les subtilités du jeu, il leur proposa au cours d'un week-end dans leur chasse :

« Écoutez, les amis, vous insistez toujours pour avoir une part du gâteau ? J'ai une piste : un coin splendide au nord de la route 1960, mais bien au sud de la 2920, près de Tomball, deux cents arpents splendides, à près de dix mille dollars l'arpent.

– Hé ! s'écria l'homme du pétrole, ça fait deux millions !

– Nous n'avons pas besoin de les mettre sur la table. Le plus que nous aurons à verser en liquide, c'est peut-être dix mille chacun. Le reste, hypothèques, prêts à long terme, aux taux d'intérêt qu'exigera le vendeur, parce que la propriété atteindra des prix sensationnels. Laissons le temps se soucier des hypothèques et des intérêts. »

Ils arrivaient dans la banlieue de Victoria, et Roy Bub Hooker, au volant comme d'habitude, ralentit et lui lança :

« Espèce de salopard ! Quand tu as acheté mon terrain, tu n'avais pas dix *cents* à ton nom, hein ? Tout n'était que tours de passe-passe et entrechats !

– Est-ce que tu as perdu un dollar dans l'affaire, cow-boy ?

– Non. Mais je me suis souvent demandé qui avait perdu.

– Personne, je t'assure. Nous avons tous joué le jeu du Texas et, cette fois-là, ça a marché. Et cela marchera encore demain. »

Sa dernière conversation avec Gabe Klinowitz l'avait effrayé, et il s'était juré qu'avec ses trois amis il jouerait le jeu en toute honnêteté : il leur ferait partager tous les bénéfices que procurerait l'affaire. Et il vendrait à un inconnu, non à un autre de ses consortiums, sans rien dissimuler à ses associés.

Mais quelques mois plus tard, quand vint le moment de liquider le Consortium des chasseurs de cailles, comme ils l'avaient appelé, Todd ne put résister à la tentation de monter un consortium secret, dont il posséderait une part non publiée et serait le gérant occulte. Il vendit les terrains de Tomball à ce consortium pour à peu près la moitié de la valeur vénale du moment.

En plus de sa part dans le Consortium des chasseurs de cailles, il s'adjugea une commission de dix pour cent sur la vente et la part du lion dans le nouveau groupe. Todd Morrison était devenu multimillionnaire.

Lorsque Maggie Morrison remplit la déclaration d'impôts de la famille, elle découvrit qu'au moment de la liquidation des Chasseurs de cailles son mari avait oublié par inadvertance de distribuer à ses trois amis une part des bénéfices auxquels ils avaient légalement droit. Elle attira l'attention de son mari sur cette négligence. Ne voulant pas avouer que ce détournement n'avait rien d'accidentel, Todd feignit l'étonnement :

« Maggie, tu as raison. Ils ont quarante mille dollars à se partager.

– Au moins. »

Et, lors du week-end suivant à Falfurrias, il annonça : « Mes amis, les derniers comptes de notre consortium montrent que nous avons gagné quarante-huit mille dollars de plus que prévu. » Mais, quand les cris de joie cessèrent et que vint le moment de partager l'aubaine entre ses trois associés, il continua en disant : « Cela fait douze mille dollars de plus pour chacun de nous. Venez lundi. Nous pourrons tous nous acheter des Cadillac neuves. »

Quand les Cobb s'installèrent dans leur nouvelle maison, au nord de Levelland, Sherwood fit aussitôt de son égreneuse la meilleure de la région, et il soutint avec enthousiasme l'équipe locale de football. Tout le monde décida aussitôt que « ces Cobb sont des gens sur qui l'on peut compter ».

Au bout de trois ans d'exploitation, Sherwood réunit Nancy et les enfants dans la cuisine et étala les chiffres sous leurs yeux : « Dans notre ancienne propriété de Lammermoor, cent dix-neuf livres de coton à l'arpent, au prix de neuf *cents* la livre. A Waxahachie, deux cent trente-neuf livres, vendues vingt-huit *cents* la livre. Ici à Levelland, trois cent quatre-vingt-onze livres à quarante-deux *cents*. Bénéfice annuel de notre coton, de notre égreneuse et de nos autres opérations : cent quarante mille dollars. » Au vu de ces chiffres, il conseilla à sa famille de ne pas se plaindre des inconvénients de la vie au milieu des hauts plateaux : « C'est la capitale mondiale du coton, et aucune égreneuse des États-Unis n'a traité cette année autant de coton que la nôtre. J'investis chaque sou que nous avons gagné dans d'autres terres et d'autres puits. Et cela durera toujours. »

Par un après-midi torride de mai, Ransom Rusk et M. Kramer s'installèrent dans le patio de Rusk pour discuter des envois récents d'armadillos au Centre de recherches sur la lèpre, en Louisiane. On faisait de nouvelles découvertes chaque mois, signala Kramer, et l'on était sur le point de trouver un traitement définitif de la maladie de Hansen :

« Ils ne veulent plus l'appeler la lèpre. La Bible a donné une mauvaise réputation à cette maladie tout à fait banale. »

A la vive surprise des deux hommes, Lady Macbeth et ses sorcières, toujours au nombre de huit, sortirent de leur retraite longtemps avant le coucher du soleil. C'était si inhabituel que Rusk le fit remarquer.

« Il se prépare du grabuge », répondit Kramer.

Il observa pendant plusieurs minutes les petits insectivores qui couraient en tous sens tandis que le soleil se reflétait sur leur armure.

Soudain, la mère rassembla ses quatre « petites dernières » et les bouscula vers l'entrée de leur terrier, au milieu de l'ancien boulingrin. Au moment où elle arrivait elle-même à l'entrée, les quatre aînées se mirent à galoper sur la pelouse et la devancèrent d'une courte tête.

« Elles doivent savoir quelque chose », dit Kramer.

Avant qu'il ait pu se perdre en conjectures, une servante entra dans le patio :

« La radio annonce une tornade ! »

Kramer se précipita dans le bureau pour téléphoner à un ami qui l'aidait dans ses observations météorologiques. Il échangea quelques mots avec lui puis courut prévenir Rusk :

« C'est grave. Il faut que j'aille surveiller mes anémomètres...

– Restez ici ! » lui ordonna Rusk, d'une voix si impérative que le météorologue amateur se figea.

Du premier étage de la maison, ils scrutèrent le ciel vers le sud-ouest, supposant que si la tornade continuait d'avancer elle suivrait son corridor habituel vers le nord. A peine étaient-ils arrivés à leur poste d'observation qu'ils furent témoins d'un spectacle susceptible de plonger dans l'horreur toute personne ayant déjà assisté à une tornade. Comme aspirés par une force colossale, les quelques nuages qui filtraient la chaleur disparaissaient les uns après les autres pour faire place à une énorme formation noire.

« C'est une vraie ! » lança Kramer à mi-voix.

Il baissa la tête et se dirigea vers une colonnade solide,

derrière laquelle il pensait se cacher, mais Rusk le prit par le bras :

« Nous avons une cave. »

Ils restèrent quelques minutes à observer le nuage effrayant.

Il arrivait tout droit sur Larkin, de la direction de Wichita Falls. Ce fut Kramer qui repéra le tourbillon, doigt menaçant braqué vers le sol, cheminée noire qui tournait et tournoyait en détruisant tout ce qui avait le malheur de se trouver sur son passage. Les dégâts allaient êtres énormes.

« Et une grosse ! » dit Kramer.

Mais Rusk ne bougeait pas, hypnotisé par la puissance redoutable de ce doigt vengeur qui arrachait les arbres, lançait les automobiles en l'air et désintégrait les maisons. Avant que Kramer ne l'entraîne vers le rez-de-chaussée, il remarqua que le nuage au-dessus du tourbillon avançait plus vite que le suceur du bas de la colonne – il restait à la traîne, essayait de rattraper son retard et détruisait tout pendant cette accélération.

Rusk, d'un calme parfait, fit le tour de la maison :

« Tout le monde dans la cave ! »

Il précéda les domestiques vers la lourde porte qui s'ouvrait sur un escalier de fer. La petite pièce sombre en sous-sol était pourvue d'une réserve : bouteilles d'eau, aliments déshydratés, médicaments et couvertures. Une fois la porte refermée, les membres de la maisonnée étaient aussi en sécurité qu'on peut l'être au-dessous de l'aiguille d'une tornade.

Les murs tremblèrent, les fenêtres volèrent en éclats lorsque la succion les arracha à leurs cadres. Un rugissement pareil à celui d'un train sur un pont métallique fit vibrer la porte de la cave. La maison, solidement construite, frémit comme une cabane d'adobe. Pendant un instant, on eut l'impression que toutes les pièces, au-dessus, étaient en train de s'écrouler. Une servante mexicaine se mit à pleurer. Rusk lui redonna courage de la façon la plus efficace du monde :

« Magdalena, quand la tempête se calmera, les gens du dehors auront besoin de votre aide. » Puis il donna ses ordres : « Dès que j'ouvrirai la porte, mettez-vous à la recherche des blessés. Si vous trouvez des morts, vous les apporterez sur la pelouse. »

Rusk ouvrit, et tout le monde se précipita pour évaluer la désolation. Il ne restait plus une seule fenêtre en place du côté sud et du côté ouest de la maison. De vastes pans de toit avaient été arrachés. Dans le jardin, plusieurs arbres avaient été déracinés. Et, comme pour démontrer la puissance grotesque de la tornade, un petit bungalow qui se trouvait à quatre-vingts mètres avait été soulevé dans les airs puis déposé, à l'envers mais presque intact, au milieu du boulingrin.

Et les survivants se mirent à chercher les victimes parmi les décombres. Certaines étaient miraculeusement sauvées quelques minutes avant l'instant où elles auraient suffoqué. D'autres ne seraient retrouvées que deux jours plus tard. M. Kramer sauva quatre hommes en leur envoyant de l'oxygène par un tuyau de métal enfoncé au milieu de décombres impossibles à dégager rapidement. Une femme hagarde cherchait son fils de cinq ans que la tornade avait arraché à son étreinte, aspiré dans les airs et emporté elle ne savait où. Elle fouillait, désespérée, la masse des immeubles endommagés autour d'elle quand une voisine aperçut l'enfant à quatre cents mètres de là, indemne.

Quatorze personnes moururent ce jour-là à Larkin, dont dix dans leur automobile – un lourd tribut pour une aussi petite ville.

« Bon Dieu ! s'écria Kramer aux hommes qui l'aidaient à sortir un cadavre d'une des voitures écrasées. Combien de fois faudra-t-il répéter qu'en cas de tornade la voiture est le dernier endroit où se réfugier ? Le vent a soulevé celle-ci à plus de cent mètres en l'air avant de la jeter par terre. Il va falloir un chalumeau pour sortir ce pauvre type. »

Le cadavre à l'intérieur de la voiture était celui de Dewey Kimbro. Pendant soixante-dix ans, il avait arpenté le Texas à la recherche de signes révélateurs de richesses souterraines. Quatre fois, ses découvertes l'avaient fait millionnaire ; quatre fois, il avait laissé l'argent lui filer entre les doigts. Son testament témoignait de sa galanterie coutumière car il accordait deux cent mille dollars à chacune des cinq femmes avec qui il avait vécu – y compris la belle Esther qu'il avait fait venir à Larkin mais jamais épousée.

Quand la population apprit sa générosité à l'égard des femmes qui lui avaient valu tellement d'ennuis, ils oublièrent les défauts qu'ils lui avaient si souvent reprochés et tout le monde de dire, lors de ses obsèques : « Ce bon vieux Dewey, quel personnage ! »

Bien entendu, quand le tribunal voulut appliquer les termes de son testament, il découvrit qu'il n'y avait pas plus de trois mille dollars à distribuer... Sur la pierre tombale, offerte par Ransom Rusk, l'on inscrivit :

CI-GÎT UN VRAI PROSPECTEUR TEXAN.

...Le commando

Depuis vingt-huit ans, Lorenzo Quimper participait aux grandes Olympiades texanes – l'homme contre le mesquite – et le score s'établissait ainsi : Mesquite 126, Quimper 5. C'était beaucoup mieux que la plupart de ses collègues.

Chaque fois que Lorenzo avait acheté un nouveau ranch, il avait commencé de la même manière, comme s'il suivait la partition d'un ballet rituel : « Cándido, il faut dégager ces champs de mesquite ! » En 1969, il avait attaqué à la tronçonneuse au lieu de la hache, et sa main-d'œuvre mexicaine avait fait du beau travail : « La prairie est complètement propre. » Mais, comme ce maudit mesquite a une racine pivotante très profonde, plus d'innombrables racines latérales pour chaque tige qui sort du sol, le pénible nettoyage en surface ne fut qu'une taille régénératrice. A peine deux ans plus tard : « Nom de Dieu, Cándido ! Il y en a encore plus qu'avant ! »

En 1971, il décida de brûler le mesquite, mais ce fut une erreur catastrophique car les cendres servirent d'engrais parfait pour les racines. Un an plus tard, les champs étaient vraiment luxuriants – mais de mesquite, et non d'herbe.

En 1972, suivant les conseils des savants agronomes, il coupa de nouveau les arbres et versa de l'acide sur les racines visibles – ce qui les tua, et définitivement. Mais l'acide n'atteignit que six pour cent des racines, et les survivantes, stimulées, regagnèrent vite le terrain perdu.

« On croirait qu'il y a là-dessous des diablotins qui les houspillent pour qu'elles sortent de terre ! se plaignit-il un jour.

– Patron, c'est sûrement ça », lui répondit Cándido.

En 1974, un nouveau groupe d'agronomes comprenant des hommes du grand King Ranch, dans le sud du Texas, où l'on combattait le mesquite depuis un demi-siècle, se rendirent sur les ranches de Quimper pour présenter une nouvelle technique : « Nous coupons l'arbuste à la base du tronc puis, avec deux énormes tracteurs, nous traînons une chaîne qui coupe tout dans le sol. Nous n'arrachons pas seulement les racines principales, nous taillons toutes les racines secondaires. »

Pendant trois ans, les ranches Quimper eurent belle allure, avec un minimum de mesquite, mais, en 1977, les arbustes contre-attaquèrent avec une violence redoublée : « Ils dormaient, monsieur Quimper. Ils reprenaient des forces. » Il y en avait tellement, lorsqu'ils réapparurent, qu'en 1978 Lorenzo baissa les bras. Ses champs fournirent donc un peu d'herbe pour son bétail et beaucoup de mesquite où pouvaient se cacher ses cailles, ses chevreuils et ses dindons sauvages.

Bien entendu, Il Magnifico ne se sentit pas battu à plate couture : comme le score l'indique, il avait gagné cinq fois, mais seulement parce qu'il avait déversé sur ses champs une petite fortune en dynamite, tracteurs, chaînes, acide, et efforts humains. Il calcula qu'en dépensant six mille dollars par arpent n'importe qui pourrait supprimer efficacement le mesquite d'un terrain valant trois cent vingt dollars l'arpent. Ces succès étaient des victoires à la Pyrrhus, mais il avait eu tout de même sa vengeance, si limitée qu'elle fût.

Comme notre réunion de juin devait avoir lieu dans la communauté allemande de Fredericksburg, tout près du « ranch de base » de Quimper, sur le lac Travis à l'ouest d'Austin, Lorenzo nous invita à passer la soirée précédente chez lui. A notre entrée dans son salon, nous constatâmes qu'il avait fini par triompher de ses mesquites. Il avait ordonné à Cándido de couper deux cents de leurs plus gros troncs – la plupart n'atteignaient même pas quatre mètres de haut et vingt centimètres de diamètre – et ses hommes avaient taillé dans les cœurs des arbustes des carrés de sept centimètres et demi de côté sur deux centimètres et demi d'épaisseur. En les utilisant comme des lames de parquet, ils les avaient fixés sur une lourde base de ciment puis en avaient poli la surface avec une de ces grosses ponceuses dont on se sert en général pour le marbre.

Après une couche de vernis aux silicones, le résultat était saisissant. Les motifs étranges du bois de mesquite formaient une œuvre d'art très élaborée où le violet dominait, mais avec des plaques et des touches de rouge, de vert, de jaune et de bistre.

Notre session du lendemain fut inoubliable car elle se composait en fait de trois rendez-vous, chacun unique en son genre. Nous prîmes le petit déjeuner à Fredericksburg, une des plus belles petites villes du Texas, avec une grand-rue d'une largeur étonnante, de bons restaurants allemands, de la musique européenne et des citoyens toujours enchantés d'accueillir des visiteurs. Nous y rencontrâmes les représentants de six minorités du Texas : Allemands, Tchèques, Italiens, Polonais, Écossais et Wendes. Nous aurions pu discuter avec vingt autres groupes du même genre si nous en avions eu le temps, car le Texas est vraiment un État construit à partir de minorités.

A la fin des discours, chaque minorité présenta son groupe de danseurs en costumes du pays d'origine, avec des orchestres jouant d'étranges instruments. Des personnes âgées nous offrirent ensuite des plats nationaux d'une complexité merveilleuse. C'était vraiment un Texas comme peu de visiteurs du dehors l'imaginent – sans un seul homme impliqué dans le pétrole, et sans un seul cow-boy.

Après le déjeuner, nous nous rendîmes à vingt-cinq kilomètres vers l'est, dans deux réserves naturelles adjacentes, l'une dépendant du Texas et l'autre fédérale – toutes les deux en l'honneur de Lyndon Baines Johnson. Au cœur de ces réserves, dominant le Pedernales, se trouve une maison sans prétention, d'une seule pièce, convertie en centre de loisirs. C'est là que nous avons tenu notre session de l'après-midi, une réunion publique au cours de laquelle trois professeurs de New York et de Boston nous parlèrent du rôle joué par Johnson pendant son séjour à la Maison-Blanche. En traversant ce pays des collines que L.B.J. avait tant aimé, nous sentîmes la présence de ce grand bonhomme dégingandé, sensation d'autant plus émouvante que Lady Bird en personne vint sans s'annoncer nous inviter à prendre un verre dans son ranch, sur l'autre rive du Pedernales. L'histoire du Texas nous parut très réelle ce jour-là.

A la fin de notre réunion, vers 6 heures et demie, Il Magnifico nous réservait une autre surprise :

« Ma bourgeoise et moi avons organisé une petite sauterie au ranch, en l'honneur de notre fille, Sue Dene : c'est son seizième anniversaire et nous vous invitons tous. Vous y passerez la nuit. »

L'entrée du ranch, marquée par un énorme portique de pierre dans un style emprunté à l'Assyrie ancienne, avec des blocs monstrueux de granit entassés un peu n'importe comment, faisait beaucoup d'effet. Des agents de police en uniforme, engagés pour la soirée, nous dirigèrent vers une aire de rassemblement – six hectares de prés nettoyés en permanence par un troupeau de moutons – où plusieurs centaines de personnes attendaient les événements.

Quand tout le monde fut descendu de voiture, un coup de sifflet retentit, la police s'agita et un train de neuf wagons sur pneumatiques, traînés par un tracteur en guise de locomotive, vint nous chercher pour nous conduire à l'endroit où la réception d'anniversaire devait avoir lieu. Le train nous conduisit le long d'un chemin de campagne, à travers un bosquet de chênes, jusqu'à un autre champ vide, que nous traversâmes lentement. Enfin nous arrivâmes, et ce que nous vîmes nous coupa le souffle.

Pour prouver à sa fille qu'il l'aimait, Quimper avait organisé une fête foraine au grand complet : la grande roue, deux manèges, des autos tamponneuses, la baraque des miroirs magiques, les bonimenteurs qui braillaient à tue-tête pour attirer le chaland vers tel ou tel stand, et même une ménagerie avec lions, tigres et ours. Six clowns faisaient des cabrioles impossibles et le numéro de fildefériste était hallucinant.

Au milieu du spectacle, le principal clown arriva sur la

place dans une Mercedes 450 SL en klaxonnant à tout rompre. La voiture (immatriculée Q-SUE, bien entendu) était le cadeau d'anniversaire de la jeune Sue. Mlle Cobb murmura :

« Chaque jeune fille ne mérite-t-elle pas une Mercedes pour ses seize ans ? »

Mais une brève conversation entre Lorenzo Quimper et sa femme détourna mon attention :

« Chérie, nous avons des ennuis. Les buffets se vident.

– Impossible. J'ai préparé les petits fours moi-même. Il y en a des milliers. Et pour les barbecues...

– Une centaine de voisins ont aperçu les lumières et viennent se joindre à la fête. »

C'était une réception pleine de chaleur humaine et, selon les normes d'un « riche Texan », ni ridicule ni ostentatoire. Les Quimper possédaient le ranch, avaient l'argent et prenaient plaisir à recevoir leurs voisins et leurs amis. Surtout, ils tenaient à ce que leur fille et ses amies rencontrent le genre de jeunes gens « qu'il fallait », car ils songeaient déjà au mariage. Comme disait Mme Quimper : « Si elles ne rencontrent pas les garçons des bonnes écoles et des bonnes familles, elles épousent le premier venu. »

Nous étions installés dans le salon des Quimper, en train de nous féliciter de l'une des meilleures journées de notre commando, quand toute la façade s'effondra : en effet, Mme Quimper fit entrer dans la pièce un des professeurs qui s'était adressé à nous dans l'après-midi, un certain Steer, de Harvard, quarante-huit ans, onctueux et sûr de lui avec ses tempes argentées, son nœud papillon et son complet de Londres.

« Quelle coïncidence, mon fils qui fait ses études à SMU est l'un des jeunes gens qui dansent avec les jeunes personnes, surtout Mlle Grady si j'ai bien compris. C'est lui qui m'a entraîné. Je ne me doutais nullement qu'il s'agissait de vous.

– Nous sommes ravis de vous recevoir », répondit Lorenzo en lui tendant une assiette.

La conversation débuta bien, car Steer demanda à Quimper et à Rusk :

« Au Texas, vous considère-t-on comme des industriels du pétrole ou des éleveurs, des oilmen ou des ranchers ?

– Dans cet État, répondit notre hôte, même si un homme a trente puits de pétrole et un petit ranch de rien du tout avec six bœufs dessus, il s'appelle *rancher*.

– J'ai beaucoup d'amis, ajouta Rusk pour se montrer aimable, qui ne portent jamais un Stetson au Texas, mais en achètent un pour aller à New York ou à Boston.

– Vous découvrirez, professeur Steer, dit Mlle Cobb, que les ranchers du Texas aiment se vanter de leur taureau primé, de leur pilote d'avion, et de leur fille à marier... Dans cet ordre. »

Trompé par la chaleur apparente de ce préambule, Steer se confia :

« Je suis content de vous trouver ici : j'ai évité d'aborder certains points fondamentaux cet après-midi. Trop délicat pour le public qui écoutait.

– Quoi par exemple ? » demanda Quimper.

Et le professeur me surprit par la franchise de sa réponse :

« Je crois que le Texas est destiné à jouer le rôle de Rome par rapport à la Grèce que nous représentons.

– Vous ? demanda Mlle Cobb.

– L'aristocratie intellectuelle de l'Est. L'*establishment*.

– Que voulez-vous dire ? demanda Quimper.

– Quand la Grèce a succombé sous la force de Rome, répondit Steer, elle a servi à Rome de phare intellectuel en lui offrant l'art, l'histoire, la philosophie, la logique et une conception du monde. Rome ne possédait rien de tout cela et n'était pas capable de les créer à partir de ses propres ressources. Elle emprunta tout ce qui compte à la Grèce : des professeurs grecs, des directeurs grecs. Et la symbiose se révéla fructueuse.

– Symbiose ? Qu'est-ce que ça veut dire ? demanda Quimper d'un ton naïf (alors que je l'avais déjà entendu utiliser plusieurs fois ce mot).

– C'est une relation d'interdépendance.

– Et vous croyez que la symbiose Texas-Massachusetts serait fructueuse ? demanda Quimper.

– Absolument. Vous hériteriez de notre domination au Congrès et vous fourniriez l'argent, l'énergie et, oui, la vitalité, je suppose. Très nécessaire à la survie d'un organisme.

– Et que nous donneriez-vous en retour ? demanda Lorenzo, tout miel et tout sucre.

– L'analyse intellectuelle, répondit Steer. L'orientation philosophique, la mémoire historique. Croyez-moi, un État fruste comme le Texas ne pourra pas s'en sortir seul. Rome ne l'a pas pu.

– Est-ce que le Texas sera accepté ? Par votre establishment, je veux dire ? demanda Quimper.

– Oh... Quand le temps aura arrondi vos angles vifs. Quand *Dallas* cessera de hanter les écrans de télévision. Quand vos réserves de pétrole s'épuiseront et que vous ne pourrez plus nous terroriser avec votre argent. » Jusqu'à ces mots, ni Rusk ni Quimper n'avaient cherché à contester l'analyse de notre visiteur, mais Steer continua, s'enferrant un peu plus à chaque mot. « Le vrai test, lança-t-il, ce sera quand l'une de vos universités deviendra valable. Ce jour-là, le reste de l'Amérique pourra peut-être tolérer vos extravagances. »

Pendant le silence de mauvais augure qui suivit, je regardai le professeur Garza qui souriait en silence. Il haussa les épaules comme pour me dire : « Nous sommes trop bien équilibrés, tous les deux, pour nous mêler de ça. »

Je ne vis donc pas Rusk se lever de son fauteuil et redresser de toute leur hauteur ses épaules tombantes, mais je me retournai brusquement quand j'entendis sa grosse voix grave lancer :

« Sortez d'ici !

– Comment ? Comment ? balbutia Steer.

– Foutez le camp d'ici », rugit Rusk, perdant son calme.

Je m'aperçus qu'il essayait de saisir notre visiteur au collet.

« Je vous en prie ! » criai-je en m'interposant.

Quimper s'avança comme s'il voulait lui aussi éjecter l'homme de Harvard. Je me tournai vers Mlle Cobb pour lui demander de l'aide, mais je me rendis compte, stupéfait, qu'elle encourageait les deux hommes.

Je parvins cependant à faire sortir notre visiteur dénué de tact avant que Rusk ou Quimper ne l'ait mis à mal, et je m'aperçus que mes compagnons ne faisaient preuve d'aucun remords. Ils avaient été mortellement insultés à travers cette atteinte à la dignité du Texas, et ils avaient encaissé plus qu'ils ne pouvaient tolérer. Ils étaient vraiment ravis de l'avoir vidé.

« Pourquoi cette rage ? leur demandai-je.

– Chaque fois qu'un Yankee dénigre le Texas, il m'insulte personnellement », répondit Rusk.

Mme Quimper apparut avec une nouvelle assiette de brochettes et j'eus le privilège d'assister à la victoire honorable de Quimper dans sa guerre contre le mesquite. Garza lui demanda :

« Comment faites-vous des grillades aussi délicieuses ?

– Je vais vous montrer », répondit Lorenzo en le prenant par le bras. Il nous conduisit à un énorme tas de bois derrière la maison : plusieurs stères de bûches de mesquite, de cinquante centimètres de long. « Dans chacun de mes ranches, j'ai des équipes qui passent tout leur temps à couper le mesquite. Nous en avons fait une culture profitable.

– Comment ? s'étonna Garza.

– Nous en livrons à tous les plus grands restaurants d'Amérique. Au Twenty-One à New York, au Plaza, vous voyez le genre. Toutes les fines gueules veulent manger du bœuf à la texane… Je suis devenu le roi du mesquite texan, dit-il en lançant un coup de pied aimable à son tas de bois. Je gagne plus avec ça qu'avec mes bottes. Comme je dis toujours : un Texan n'est jamais battu tant que les asticots ne jouent pas du tambour dans ses oreilles. » Puis il sourit, claqua des doigts et s'écria : « Dès demain j'arrête toutes les livraisons vers Boston. L'establishment ne mérite pas mon mesquite. »

14

Puissance et changement

LA PLUVIOMÉTRIE DU TEXAS

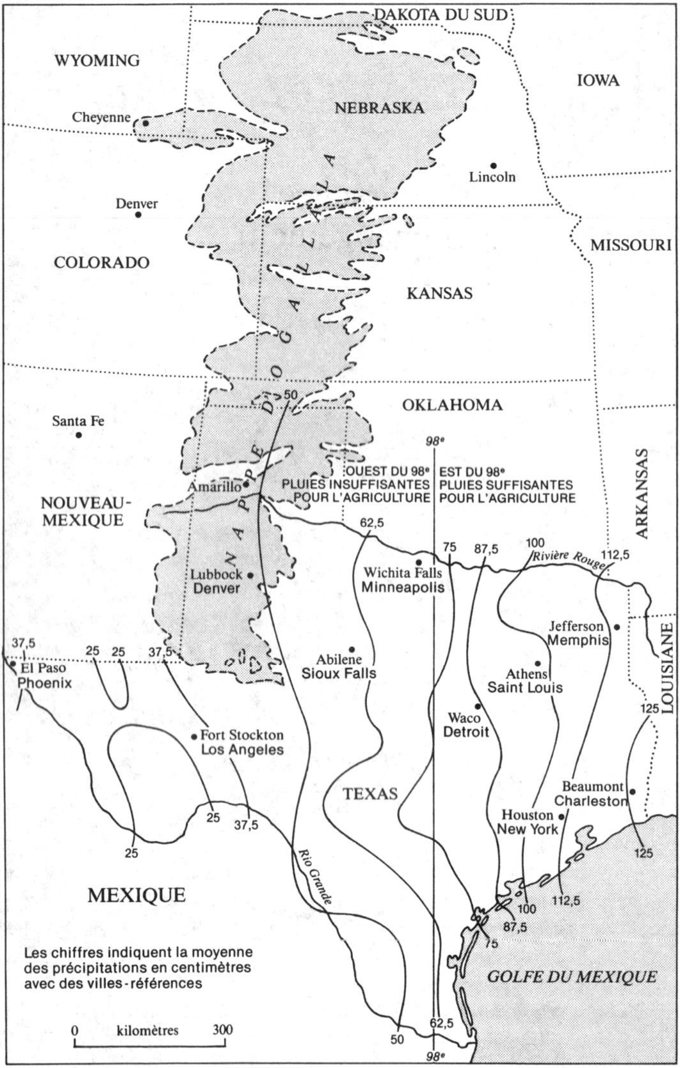

Pendant la majeure partie de l'histoire du Texas, la population de l'État fut pauvre.

En 1724, quand les Garza de Zacatecas prirent la piste du Nord, ils étaient pour ainsi dire des esclaves, logés de façon lamentable, mal nourris et sans le moindre vêtement de rechange. Les premiers Quimper vécurent dans une grotte creusée dans la terre, sans voir un morceau de pain d'un bout de l'année à l'autre. Les Macnab obtinrent des terres par ruse, mais furent toujours de pauvres propriétaires terriens, et, lorsque le jeune Otto s'engagea dans les Texas Rangers, il risqua sa vie pour une solde de misère – quand on la lui versait –, et encore fallait-il qu'il fournisse son cheval, ses armes et sa tenue. Comme la quantité d'argent en circulation était faible, il en voyait rarement la couleur.

Tous les Allerkamp travaillèrent comme des portefaix, et des années s'écoulèrent avant qu'ils ne puissent se considérer dans l'aisance. Les deux familles Cobb de Caroline et de Géorgie possédaient de vrais esclaves, une égreneuse prospère et une scierie, mais il n'en était pas de même pour leurs amis de Jefferson. Sur cent esclaves Cobb, les quatre-vingt-dix qui travaillaient dans la plantation vivaient dans la misère, bien nourris mais sans logement ni vêtements décents. Et, pendant la guerre de Sécession puis la Reconstruction, même les Blancs des belles demeures du Sud connurent des privations.

Quand l'armée se retira de Fort Garner, Emma Larkin et son mari Earnshaw Rusk possédèrent de belles bâtisses de pierre et des milliers d'arpents, mais sans un sou pour les exploiter ; ils limitèrent leurs dépenses, mais, comme ils pouvaient à peine économiser quelques dollars, ils faillirent perdre leurs biens.

Telle était la situation du Texas : beaucoup de terres, une existence chiche, le rêve de jours meilleurs. Mais, avec la découverte en 1901 de gisements de pétrole pour ainsi dire inépuisables, à Spindletop, près de Beaumont, certains Texans commencèrent à accumuler de fabuleuses fortunes, et, en 1920, même des familles installées loin dans l'Ouest, comme les Rusk de Larkin, participaient à l'aubaine. Au Texas, on pouvait passer de la pauvreté terrienne à la richesse pétrolière en une génération... ou un week-end.

Et la misère perpétuelle du Texas disparut derrière l'étalage ostentatoire de la fortune. On commença à raconter l'histoire de l'État avec le signe $ suivi de grands nombres – parfois même de très grands nombres, car un peu partout certains Texans chanceux devinrent milliardaires. Pour le reste du pays et du monde, ce fut comme si le roi dollar gouvernait l'État.

Par exemple, vers 1980, l'État tout entier parut « sur une série », comme disent les joueurs : chaque coup de dés sortait un numéro gagnant. Tout cela était si prometteur que plus d'un enthousiaste proclamait : « Ça ne cessera jamais. »

Tout semblait confirmer que le Texas prendrait bientôt la tête du pays, car le recensement révéla qu'avec le nouvel accroissement de population – plus de trois millions de citoyens en dix ans – l'État obtiendrait trois sièges de plus au Congrès, tandis que les États en perte de vitesse du Nord-Est perdraient deux fois ce nombre.

Comme toujours le pétrole était le moteur de la chance. Quand il passa à trente-six dollars le baril (avec l'aide des États arabes), la banque de Ransom Rusk, à Midland, annonça à ses clients : « Le brut montera à soixante dollars, c'est le moment de développer votre affaire. » Et elle avança les fonds nécessaires à cette nouvelle partie du jeu le plus risqué du monde.

Les compagnies aériennes solidement implantées au Texas, comme Braniff et Continental, enfin libérées des réglementations mesquines du Bureau de l'aéronautique civile, se posèrent dans des dizaines de nouvelles villes et amassèrent des bénéfices astronomiques, tandis que Tex-Tek, le constructeur de calculatrices et d'ordinateurs basé à Dallas, « montait en tête de cette espèce de grand tableau noir qu'il y a à Wall Street ». Les actions de cette jeune compagnie d'électronique avaient fait en quelques années deux douzaines de millionnaires, et trois ou quatre investisseurs de la première heure, comme Ransom Rusk, empochèrent chacun un demi-milliard de dollars.

Mais le plus sensationnel fut cependant l'essor de l'immobilier à Houston, car aucun plafond n'était en vue. Les paysans qui avaient des terres au nord et à l'ouest de la ville pouvaient réclamer presque n'importe quel prix – cent vingt-cinq mille dollars l'hectare, puis deux cent cinquante mille –, et plus d'un acheteur croyait que, le temps d'un soupir, il pourrait le céder à deux millions et demi ! Des investisseurs d'Allemagne et d'Arabie Saoudite payaient n'importe quel prix pour une parcelle à Houston ; mais les plus gros bénéfices allaient être faits sur le dos d'hommes politiques mexicains qui volaient leur pays comme des bandits de grand chemin, puis planquaient leur pactole en sécurité dans des hôtels et des immeubles d'appartements de Houston. Il suffisait alors d'avoir les moyens d'acheter : on trouvait toujours preneur à plus haut prix, qu'il s'agisse de bureaux, d'hôtels, d'appartements, de maisons. Et, si l'immobilier faisait mine de fléchir, la ville pouvait toujours compter sur son industrie pétrolière.

L'optimisme texan ne fleurissait nulle part mieux qu'à Larkin, où, de l'avis de Ransom Rusk, la semaine qui débuta le 2 novembre 1980 fut la meilleure qu'il ait connue. A cinquante-sept ans il s'était résigné : il passerait le reste de ses jours en célibataire, dans sa maison de Larkin tenue uniquement par des Mexicains clandestins, qui travaillaient fort bien et lui enseignaient l'espagnol. Le boulingrin qui avait joué un rôle de premier plan dans sa vie conjugale était devenu une jolie pelouse que la tondeuse rasait deux fois par mois.

Il passa le dimanche de cette semaine-là avec ses animaux, car depuis son divorce ses relations avec les êtres humains s'étaient faites plus rares. Il consacra le début de la matinée à ses armadillos – une mère, un père et quatre mâles cette fois. Ils s'étaient établis dans le jardin de Rusk et dans son affection. Ils avaient appris à venir chercher des racines de légumes quand il les sifflait. Leurs cuirasses dorées scintillaient dans la lumière de l'aube.

Vers 10 heures du matin, il se rendit en voiture à son ranch, également tenu par des Mexicains illégaux. Il ne se souvenait pas d'avoir passé une plus belle journée. Sept ans plus tôt, il s'était débarrassé de tous ses herefords, l'espèce introduite par son grand-père Earnshaw, pour se consacrer à l'élevage des longhorns texans, dont sa grand-mère Emma Larkin Rusk avait conservé la souche contre vents et marées. Son troupeau ne comprenait plus que des descendants de Moïse et de Bertha.

Le dimanche matin, il aimait assister à un rituel qui recréait la grandeur de la vie de frontière, en voie de disparition. Il lançait un grand sac de papier dans sa Jeep et descendait le chemin qui conduisait à un vaste champ clôturé dans lequel se trouvait, au loin, un beau bosquet d'arbres. Il arrêtait sa Jeep sur une hauteur, klaxonnait trois fois, puis s'écartait de la voiture en froissant bruyamment son sac de papier.

Ce dimanche-là, il continua au moins dix minutes sans résultat, puis, lentement, du côté des arbres, de vagues formes commencèrent à apparaître, hésitantes, prudentes – c'étaient des animaux méfiants. Mais le bruit du sac de papier, qui annonçait de la nourriture, leur donna du courage, et d'énormes bœufs longhorns, aux belles taches grises et marron, s'avancèrent timidement vers Rusk.

D'abord un, puis un autre ; enfin, plus de trente quittèrent les arbres. Une fois en terrain découvert, voyant qu'aucun danger ne les menaçait, ils partirent d'un pas tranquille, puis passèrent au petit trot – merveilleux animaux qui n'auraient pas pu survivre si des Texans ne les avaient pas aimés. Ils se rapprochèrent et Rusk contempla de nouveau leurs cornes fabuleuses.

Quand les premiers bœufs se mirent à manger tout autour de lui, si près qu'il aurait pu les toucher en tendant le bras, un vieil animal d'une taille énorme sortit des bois et s'avança vers le festin d'un pas majestueux. Aussitôt les autres s'écartèrent. C'était Montezuma, le seigneur du troupeau, et il continua d'avancer jusque sous le nez de Rusk : il voulait manger dans sa main. Pendant un instant, les deux survivants, les deux grands joueurs de la plaine, restèrent face à face. Les grandes cornes de Montezuma encerclaient pratiquement Rusk.

Au milieu de ces animaux incroyables, il ne put s'empêcher, en homme d'affaires qu'il était, de faire quelques calculs : Après la guerre entre les États, quand le Texas fut sans un sou, nos grands-parents ont conduit dix millions de longhorns dans des villes à bétail comme Dodge City. A quarante dollars par tête, cela représente quatre cents millions de dollars injectés dans l'économie du Texas à une époque où pas un sou ne lui parvenait d'autres sources... Montezuma, tes longues cornes ont reconstruit cet État.

Il salua ses trésors, puis rentra chez lui dans un nouveau bâtiment attenant à sa maison. Son valet mexicain lui servit une boisson fraîche et il regarda à la télévision son équipe favorite, les Cow-Boys de Dallas, jouer contre Saint Louis (Missouri). Si le match avait eu lieu à Dallas, il serait allé dans sa loge du stade avec, comme d'habitude, douze ou quinze de ses relations d'affaires. Il poussa des cris de joie devant l'écran quand Wolfgang Macnab, trois-quarts centre qu'il avait fait entrer à l'université du Texas grâce à une bourse, perça les lignes de Saint Louis comme un diable vengeur.

Le bâtiment où il se trouvait portait le nom de « pavillon africain », car il ressemblait à une case de pierre qu'il avait vue dans le célèbre parc Kruger, en Afrique du Sud. Il l'avait construit après son divorce, quand il s'était lié à un groupe d'hommes seuls comme lui qui partaient en safari chaque année au Kenya. Dans les magnifiques réserves d'animaux, ils chassaient le koudou, la girafe et le lion, puis rapportaient les têtes chez eux pour les exposer sur leurs murs texans. Le pavillon de Rusk était l'un des plus beaux, et regarder ses Cow-Boys écraser leurs adversaires au milieu de ses magnifiques trophées constituait pour Rusk un plaisir de choix.

Le lundi, quand il arriva à son bureau de Fort Worth, ses deux comptables voulurent le voir. Mauvais signe, se dit-il, car ils le dérangeaient rarement pour lui annoncer de bonnes nouvelles. Mais ce jour-là fit exception :

« Monsieur Rusk, nous avons pensé qu'une curieuse nouvelle concernant Mid-Continent Gas était susceptible de vous intéresser. »

Rusk sourit – un de ses minces sourires ironiques –, car il

songea à l'époque où le gisement Carpenter regorgeait de gaz naturel :

« Vous vous souvenez comment, par ma stupidité, j'ai complètement manqué le coche ? » Mais, à peine le gisement était-il en exploitation qu'il avait vu l'occasion d'un coup de dés fabuleux : « Les propriétaires n'avaient aucun moyen de livrer leur gaz sur le marché. Alors j'ai organisé Mid-Continent, et je leur ai assuré trente-deux *cents* pour mille pieds cubes de tout le gaz qu'ils pourraient produire pendant quarante ans. A peine un *cent* le mètre cube ! Ils ont sauté sur l'occasion, persuadés qu'ils allaient me coller du gaz que je ne pourrais pas commercialiser moi non plus.

– J'ai travaillé sur le gazoduc que vous avez construit dans les montagnes, lui rappela le chef comptable. Personne ne croyait que vous réussiriez, moi compris. Un sacré boulot, monsieur Rusk. »

Malgré tous les conseils des spécialistes, en prenant tous les risques sur ses épaules, Rusk avait lancé son gazoduc à travers plus de cent kilomètres d'enfer. Mais, quand ce fut terminé, il avait trouvé pour son gaz un marché insatiable :

« Je l'achetais trente-deux *cents*, je le vendais un dollar dix, et je croyais faire fortune. Quand il est passé à trois dollars vingt-deux *cents*, j'ai vraiment fait fortune. Un bénéfice de mille pour cent. Or, depuis deux ans, nous vendons notre gaz neuf dollars dix-huit *cents* ! Un bénéfice de presque trois mille pour cent. Parce que nous avons su prendre des risques insurmontables.

– C'est justement ce que je voulais vous montrer », lui dit le comptable.

Sur une feuille blanche, presque aussi vide qu'un court de tennis avant la partie, ils lui présentèrent deux chiffres.

Nouvelle valeur estimée
de Mid-Continent Gas $ 448 000 000.
Nouvelle valeur estimée
de vos biens : Gas $ 1 060 000 000.

Rusk regarda les chiffres : il était devenu un « riche texan ». C'était en partie dû aux ruades de l'Organisation des pays exportateurs de pétrole : le prix du pétrole avait tellement augmenté qu'il avait accumulé quatre-vingt-dix millions de dollars sans s'en apercevoir.

Jamais personne n'avait entendu Ransom Rusk dire du mal de l'OPEP. Ses commentaires entre amis commençaient toujours par : « Ces Arabes sont peut-être des maîtres chanteurs, mais ils font le travail à notre place. » Si le pétrole était resté à dix dollars le baril au lieu de monter à quarante, il ne serait jamais devenu milliardaire. « Il montera à soixante », annonça-t-il. Et, confiant en cet espoir, il doubla son parc de matériel de forage et ses équipes de prospection. Il croyait aussi que la moitié nord des États-Unis devrait, bon gré mal gré, s'habituer à payer beaucoup plus cher le gaz texan, dont il était devenu l'un des principaux fournisseurs : « Ils ont trop longtemps fait leurs choux gras sur notre dos. Je ne veux pas les étrangler, mais il faut qu'ils payent leur part des frais de transport. »

A ceux qui prétendaient que c'était du vol pur et simple, et une tentative consciente de dépouiller New York et Boston de leur rôle de phares des États-Unis pour accumuler le pouvoir dans la fameuse Sun Belt, il répliquait : « Le pouvoir de ce pays doit revenir à ceux d'entre nous qui voient son avenir clairement et qui utilisent de façon créatrice les moyens que Dieu nous a donnés. L'avenir doit être déterminé dans la région du pays qui possède notre mélange détonant : pétrole, intelligence, courage. »

Jamais il ne défendait ses opinions avec arrogance ; il les avançait calmement, mais avec une force irrésistible. Quand les chauffeurs de poids lourds employés par ses compagnies de transport de pétrole collèrent sur leurs véhicules des slogans insultants : LAISSONS GELER LES SALAUDS DU NORD, il les obligea à les enlever. Mais il leur laissa en mettre d'autres, qui représentaient mieux ses pensées : PAS DE YANKEES AU PAYS DE DIEU. Il éclata de rire en voyant la publicité de la bière Lone Star, qui se proclamait : LA BIÈRE NATIONALE DU TEXAS.

« Oui, confia-t-il à ses amis, nous sommes une nation, un pays à nous tout seuls. Et nous avons le devoir d'imposer nos idées dans le pays ami qui se trouve au nord. »

Bien entendu, il ne parlait pas du Canada.

Ce serait une erreur de se représenter Rusk comme un gnome desséché, aux desseins diaboliques, se cachant tous les soirs dans sa chambre forte pour compter ses ducats. Il était grand, droit, avec de gros sourcils, une belle allure, fort capable de sourire quand il n'était pas concentré sur un problème précis. Jamais il ne songeait à sa fortune. Il savait qu'elle était fabuleuse et entendait qu'elle le reste, comme le prouvait le soutien financier audacieux qu'il avait accordé à Pierre Soult et à ses Texas Technologies. L'idée de TexTek n'était pas seulement bonne : elle était superbe. Sous la direction inspirée du Français, la compagnie avait pris possession des marchés avant même que ses concurrents ne se rendent compte qu'elle s'intéressait à ce domaine. Ordinateurs de bureau, systèmes de traitement de texte, programmes, TexTek avait eu l'initiative de toutes les nouveautés, et l'investissement de Rusk s'était multiplié plusieurs fois.

Ces bénéfices lui donnaient les moyens d'agir sans hésiter dans tous les domaines qui le concernaient : par exemple, la mise au pas des agitateurs parmi la main-d'œuvre et l'expulsion de la vie publique de libéraux aux cerveaux cotonneux, comme bon nombre de sénateurs du Nord. Mais jamais il ne se considérait comme un réactionnaire : « Je représente l'expérience du Texas. La terre, toujours la terre. Ma grand-mère n'avait ni nez ni oreilles, mais elle possédait cette terre magnifique, où nous sommes. Mon grand-père, quaker illuminé, n'était qu'un rêveur, mais il a garni cette terre de grands taureaux importés d'Angleterre. Mon père ? Il a sondé la terre à la recherche de pétrole. Et c'est parce que j'étudiais la terre au moyen de la prospection sismique que je suis tombé sur TexTek. Jamais nous n'avons nourri de sinistres desseins, jamais nous n'avons joué de mauvais tours. Nous sommes restés près de la terre et nous avons accumulé de la puissance. J'ai maintenant le devoir de l'utiliser avec sagacité. »

Mais ce qui rendit cette semaine-là si mémorable, ce ne fut ni le paisible dimanche à la campagne, ni l'étonnante nouvelle financière du lundi, mais les élections du mardi, point culminant des efforts de Rusk pour ramener l'ensemble des États-Unis sur la voie du bon sens. Il se leva tôt, dans son appartement spartiate de Fort Worth, et partit en voiture voter à Larkin. Il utilisait rarement un de ses

Mexicains comme chauffeur, car il aimait sentir sa grosse voiture dévorer les magnifiques autoroutes texanes. En ce jour passionnant, où il avait tout son temps, il choisit un itinéraire légèrement plus long que la route directe, par Jacksboro. Il préférait ce trajet parce qu'il passait par Mineral Wells : il aimait s'arrêter à l'entrée de la ville pour admirer un énorme bâtiment qui se détachait sur le ciel. Cinquante ans auparavant, c'était un des plus grands hôtels de luxe d'Amérique. Des vedettes de Hollywood, des banquiers de New York, toute la bonne société venait y « prendre les eaux ». Combien de chambres ? Et que de gloire ! Aujourd'hui ? Une écorce vide en train de pourrir. Trois fois, des investisseurs enthousiastes étaient venus lui présenter des projets destinés à redonner vie à l'ancienne station thermale. Il leur avait répondu : « C'était une excellente idée en son temps. Mais ce temps n'est plus. Regardez donc ces fenêtres vides : c'est un fantôme de la grandeur texane. Et regardez le petit motel tout près, il ne désemplit pas. Il faut changer avec le temps, sinon le temps vous écrase sous son rouleau compresseur. »

De Mineral Wells, il se rendit à Graham, où il possédait une douzaine de puits de pétrole, puis continua vers Larkin, où, comme toujours à 10 heures du matin, la foule des électrices envahissait les bureaux de vote. Il déposa son bulletin dans l'urne, au sous-sol du beau palais de justice, puis se rendit chez lui pour donner et recevoir quelques coups de téléphone.

Six ans plus tôt, il s'était réuni avec une poignée d'autres industriels texans du pétrole pour discuter discrètement de l'avenir de leur État et du pays – dans cet ordre. Rusk les avait avertis :

« Dieu et le mode de vie américain nous ont permis d'accumuler une puissance fantastique dans cette république, et ce serait de la lâcheté que ne pas appliquer cette puissance intelligemment. Cela signifie que nous devons vaincre les communistes en place, quel que soit l'État à partir duquel ils opèrent, et les remplacer par des Américains dignes de ce nom.

– Avons-nous le droit d'intervenir dans d'autres États ? demanda un timide de Dallas.

– Quand McGovern a lancé son vote de sénateur du

Dakota du Sud contre nos intérêts, il s'est mêlé de nos affaires comme s'il était sénateur du Texas. Je dis : Allons le déloger du Dakota du Sud. Nous devons protéger le Dakota du Sud de ses propres erreurs.

– Vous voulez que nous participions aux campagnes de tous les États ?

– Partout où un élu risque de voter contre les intérêts du Texas. Et, pour parvenir à ce nettoyage de la vie publique, il nous faudra dépenser de l'argent... beaucoup d'argent. Nous luttons pour l'avenir de ce grand pays. »

Il avait fait campagne pour Ronald Reagan, personnage séduisant qui avait souvent évoqué les dangers du communisme devant des groupes d'industriels texans. Il fallait, disait-il, museler la bureaucratie centralisatrice et éliminer absolument la dette nationale. Mais Rusk avait également repéré plusieurs sénateurs démocrates à abattre, des libéraux enragés, ainsi que toute une pléiade de représentants ayant ouvertement pris parti contre « les gros du pétrole ».

Il fallait éviter leur réélection à tout prix, et, avant même la fermeture des bureaux de vote, Rusk apprit de ses amis dans tout le pays : « Ransom ! Nous allons les virer tous. Un jour de gloire pour la république ! »

Avant la tombée de la nuit au Texas, il était certain que Reagan l'avait emporté. Il ne se coucha pas, car il voulait entendre les résultats provisoires de l'Alaska. En apprenant que ses candidats avaient une légère avance, qui se consoliderait sans doute avec l'arrivée des résultats des circonscriptions rurales, il s'enfonça dans son fauteuil et fixa le plafond : un homme se consacre à ce en quoi il croit profondément, et au plus fort de la bagarre, il a intérêt à lancer toutes ses réserves dans l'entreprise. Quelle a été notre participation, d'une manière ou d'une autre ? Onze millions de dollars, plus ou moins. Vraiment une bagatelle pour assurer un bon gouvernement.

A l'aube, il apprit que les démocrates conserveraient leur siège à Hawaii, mais quelle importance ? « De toute façon, ce sont tous des Japs. Nous nous occuperons d'eux la prochaine fois. »

Le mercredi matin, il déclara à ses amis conspirateurs, réunis en conférence : « Nous allons reconstruire le pays un peu plus à l'image du Texas. » Et, comme un industriel de Midland lui demandait ce qu'il entendait par là, il répondit : « Religion, patriotisme, les vertus d'autrefois, et la volonté de résister à toute agression. C'est cela qui fait la grandeur d'un pays. » Son père, le gros Floyd, avait défendu à peu près les mêmes valeurs soixante ans plus tôt – sous une cagoule blanche.

Mais, juste au moment où le Texas semblait invincible, des changements commencèrent à se produire dans tous les aspects de la vie texane, d'abord de façon subtile, comme un tourbillon de fumée inoffensif à l'horizon de la prairie, puis avec la violence d'un feu de brousse menaçant de détruire toutes les valeurs supposées.

Sherwood Cobb, dans son exploitation de coton des environs de Lubbock, fut l'un des premiers à déceler l'évolution. Il se produisit, un après-midi, un événement qui évoqua aussitôt le jour de 1892 où un ancien esclave était venu annoncer aux maîtres de Lammermoor que les charançons avaient dévoré la récolte. La nouvelle avait changé la vie du Texas et voici qu'un autre pseudo-esclave, brun cette fois et non noir, Eloy Múzquiz, Mexicain illégal, se présentait dans la cuisine des Cobb pour annoncer un désastre de la même ampleur :

« Monsieur Cobb ! Le puits n° 9, pas d'eau !

– Panne d'électricité ?

– Non. Nous avons essayé. Beaucoup d'étincelles.

– La pompe est peut-être fichue », répondit Cobb, l'estomac noué.

Depuis quelques mois, il savait que la nappe d'eau dont dépendait la région de Lubbock avait baissé jusqu'au niveau de danger. La « panne » du n° 9, un puits fiable, était-elle un avertissement ? La puissante nappe aquifère d'Ogallala était-elle en train de s'épuiser ? Il préféra ne pas hasarder de conjecture.

Au cours des dix premières années à Levelland, les Cobb avaient constaté qu'ils étaient tombés, par un hasard heureux, sur un vrai paradis. Bien entendu, il avait fallu posséder un don spécial pour se rendre compte qu'il s'agissait d'un paradis, car leurs terres étaient si plates qu'à la moindre brume de chaleur l'horizon se perdait : le plateau continuait sans fin. Il n'y avait aucun arbre, et ce que l'on appelait une haie dans la région pouvait n'avoir que quinze centimètres de hauteur et disparaître sous la poussière. Il fallait couvrir des distances effrayantes pour aller dans les magasins et les villes, et, quand le soleil commençait à taper vraiment, en juin, la température moyenne restait au-dessus de trente-deux degrés, jour et nuit, pendant près de quatre mois. En 1980, il avait fait plus de trente-huit degrés pendant vingt jours d'affilée.

Mais, avec la climatisation, c'était supportable ; et pendant les mois d'hiver, pour compenser, on avait soixante centimètres de neige : l'« or blanc », comme disaient les agriculteurs, car elle s'infiltrait lentement dans le sol. Bien entendu la neige s'accompagnait souvent de froids extrêmes, le thermomètre était même tombé un jour à moins vingt-sept.

Les précipitations annuelles dépassaient rarement quarante centimètres, mais grâce à l'eau de la nappe souterraine le coton semblait littéralement jaillir du sol. « Ce que j'apprécie le plus, disait Sherwood Cobb, c'est que l'on peut amener l'eau exactement où l'on veut, quand on veut. » Et il ajoutait à l'eau les engrais et les minéraux nécessaires à la croissance. Il fertilisait en irriguant. « Nous calculons ce que nous prenons au sol, et nous le lui rendons. Bien menée, une agriculture de ce genre peut durer toujours. »

Les résultats étaient plus que satisfaisants. Dans l'Est, une balle à l'arpent ; ici deux balles – et de qualité supérieure. Une égreneuse comme celle des Cobb sur la route de Levelland à Shallowater produisait des balles de « pur argent », si constante était la qualité, et si assurée la valeur. Les intermédiaires de Lubbock dominaient les marchés mondiaux car ce qu'ils offraient, en quantité et en qualité, déterminait les normes et les prix.

« Vous vous rendez compte ! exultait Cobb. Trouver de la terre où il y a assez d'eau et où aucun charançon ne peut survivre ! »

C'était le rêve de tous les planteurs de coton, et la raison pour laquelle un si grand nombre de planteurs de l'est du Texas s'étaient réinstallés dans l'Ouest.

Mais ce jour-là, quand il sauta dans sa camionnette pour aller examiner le puits n° 9, il soupçonna que les belles années touchaient à leur fin. Il inspecta le puits quelques minutes puis ordonna à Múzquiz :

« Va chercher les Erickson. »

Les frères puisatiers arrivèrent, et Cobb serra les dents quand ils lui annoncèrent la fatale nouvelle :

« Partout pareil. L'Ogallala a baissé très vite... La sécheresse qui n'en finit pas... Tous les puits que vous avez creusés...

– Que puis-je faire ?

– Nous pouvons encore traquer l'eau.

– Comment ?

– En recreusant tous vos puits.

– Plus profond ? De combien ?

– Le lit rocheux sur lequel repose la nappe se trouve à soixante mètres. Nos puits de 1968 ne descendaient qu'à trente mètres. »

Leur devis démontra à Cobb que recreuser un puits existant coûterait deux fois plus que le forage du même puits à l'origine :

« Le creusement, quinze cents dollars. L'installation de la pompe submersible, cinq mille dollars. Câblage électrique et protection du système, mille dollars de plus. Total par puits : sept mille cinq cents dollars. Vingt puits : cent cinquante mille.

– Ai-je une autre solution ? demanda Cobb.

– Non, répondit l'aîné.

– Chaque année, la nappe ne baisse que très peu, ajouta le plus jeune. Mais le taux est constant, et il tombera bientôt au-dessous du niveau de vos pompes actuelles. Si nous descendons jusqu'au lit étanche, vous êtes tranquille jusqu'à la fin du siècle.

– C'est logique, Cobb, reprit son frère. Vous n'avez pas envie de nous faire recreuser vos puits deux ou trois fois, simplement pour suivre la baisse du niveau. Creusez-les comme il faut une fois pour toutes. Jusqu'au fond. »

Et Cobb commença à traquer l'eau dans les profondeurs.

Même les nombreuses exploitations qui actionnaient leurs pompes avec des éoliennes durent recreuser leurs puits, mais, quand les tuyaux s'enfoncèrent jusqu'au rocher, ils eurent de l'eau assurée, car on pouvait compter sur le vent dans les hautes plaines : « Parfois même pour arracher l'éolienne comme une meule de foin ! »

Lorsque Cobb vérifia le niveau de l'eau aux nouvelles pompes que les Erickson venaient d'installer, il constata qu'il avait encore baissé de trois centimètres, et il décida de poser sa candidature à la Commission des eaux.

Le deuxième Texan qui prit conscience des grands changements en cours vivait à l'autre bout de l'État. Gabe Klinowitz, l'agent immobilier qui avait épaulé Todd Morrison à ses débuts, connaissait mieux que personne la valeur des terrains. Sa dernière grande spéculation impliquait un groupe de sept hommes politiques mexicains qui cherchaient à investir les fonds sur lesquels ils avaient mis la main.

Ils avaient étonné le Texan par l'ambition de leur projet, mais, sur leur ordre, il avait rassemblé discrètement les terrains, acquis à prix d'or, et les avait regardés dépenser cent soixante-dix millions de dollars dans « les Remparts », ensemble d'appartements de grand standing, sans doute les plus luxueux de Houston. Irrité par cet étalage éhonté de richesse par des citoyens d'un pays qui envoyait travailler et manger au Texas un fleuve constant de paysans mourant de faim, Gabe alla discuter avec l'un des professeurs de l'université de Houston, spécialisé dans les questions financières de l'Amérique latine :

« Dites-moi, monsieur Shagrin, comment ces gens peuvent-ils disposer de tellement d'argent ?

– Très simple. Ils ont appris le grand jeu, et ils sont plus malins que nos banquiers de New York.

– Je ne vous suis plus.

– Cela ne m'étonne pas. Il m'a fallu deux ans pour en percer à jour toutes les subtilités. » Il étala sur son bureau une série de chiffres si invraisemblables que même Klinowitz, pourtant habitué aux chicanes de la race humaine, n'en revenait pas. « De sources irréfutables au sein du gouvernement des États-Unis, j'apprends que nos grandes banques ont prêté aux pays latino-américains trois cents millions de dollars. Et de sources tout aussi fiables, dans les pays bénéficiaires de ces prêts, j'apprends que des hommes politiques habiles et des magiciens du milieu des affaires ont transféré de leurs pays pauvres cent milliards de dollars vers des comptes suisses secrets ou des investissements profitables, ici même aux États-Unis.

– Voudriez-vous me donner un synonyme du mot *transféré ?*

– Volontiers : *détourné, escroqué,* ou, pourquoi pas, tout bêtement, *volé ?* Choisissez, de toute manière le résultat est le même, ajouta-t-il en riant. L'argent que les États-Unis ont prêté n'est plus dans le pays où nous espérions qu'il serait utilisé à des projets constructifs.

– Mais les prêts originaux seront-ils remboursés ?

– Je ne vois pas comment ils pourraient l'être, puisque l'argent a disparu de ces pays. Comment voulez-vous que le gouvernement mexicain récupère l'argent que votre groupe a gaspillé ici, à Houston ?

– Vous possédez les chiffres relatifs au Mexique ?

– Je n'ai pas réuni le montant exact de tous les prêts, mais je peux prouver qu'en 1950 le Mexique nous a emprunté seize milliards de dollars et a permis aux " manipulateurs " de siphonner plus de sept milliards de ces mêmes dollars dans leurs comptes privés.

– En tant que contribuable américain, j'aimerais savoir ce qu'il adviendra si les prêts d'origine ne sont pas remboursés.

– Vous l'avez déjà deviné. D'une manière ou d'une autre, c'est vous qui paierez. »

Gabe se rembrunit :

« Mais si l'argent américain était resté au Mexique, aurait-il permis de supprimer ou d'adoucir la misère dont nous sommes témoins ?

– Vous touchez là un point très douloureux, monsieur Klinowitz. Depuis l'origine des temps, le Mexique a toujours été beaucoup plus riche que le Texas. Tout ce que nous avons fait pour notre peuple, ils auraient pu le faire pour le leur.

– Qu'est-ce qui a mal tourné ?

– J'ai employé le mot *transféré.* Il ne comporte aucun jugement moral. »

Klinowitz ne fut donc pas surpris de voir le peso se dévaluer en flèche, puisque les fonds qui auraient dû le soutenir avaient été *transférés* : trente-six pesos au dollar un jour, quatre-vingt-treize le lendemain, cent quarante-sept à la fin de la semaine, puis cent quatre-vingt-treize, sans espoir d'arrêt. Il était donc prêt, et presque ravi, quand les politiciens mexicains tirèrent soudain la sonnette d'alarme : « Arrêtez les travaux pour le moment. »

Mais les Mexicains réunirent suffisamment d'argent pour reprendre la construction, et Gabe s'en félicita. Comme il le confia à Maggie Morrison :

« J'ai l'estomac noué chaque fois qu'un de mes clients fait le plongeon... A votre place, Maggie, ajouta-t-il avec un sourire rusé, je garderais quand même un œil sur ces trois tours des Remparts.

– Je ne fais pas de locations, répondit-elle. C'est un vrai casse-tête.

– Je ne pensais pas à des locations. J'ai appris que, lorsqu'un immeuble a des ennuis une fois, il en a encore.

– Et que pourrais-je faire pour les gens des Remparts ?

– Maggie ! Ah, si j'avais trente ans et quelques œufs dans mon panier ! Dans un marché fluctuant comme celui-ci, un marchand de biens audacieux peut réaliser des miracles.

– Je ne compte jamais sur les miracles, répondit-elle prudemment.

– C'est quand le marché s'effondre qu'on gagne vraiment de l'argent. Songez à tous les locaux vacants en ce moment dans cette ville. »

Et elle remarqua deux faits surprenants. La baisse importante et soudaine des valeurs pétrolières avait provoqué la faillite de nombreuses petites sociétés associées à cette industrie, et les locaux qu'auraient dû louer ces entreprises demeuraient vacants. Lorsqu'elle fit les totaux, elle parvint au chiffre phénoménal de deux millions huit cent quatre-vingt mille mètres carrés de bureaux inoccupés au centre de la ville la plus recherchée d'Amérique.

Plus alarmant encore, les riches Mexicains, à la suite de la dévaluation catastrophique du peso, n'avaient plus les moyens de venir à Houston. Douze ou treize hôtels comptant parmi les plus grands du Texas commençaient à battre de l'aile. De bons établissements, habitués à des taux d'occupation de l'ordre de soixante-dix à quatre-vingts pour cent grâce à la clientèle mexicaine, fermaient provisoirement leurs portes, tandis que d'autres imposaient une semaine de cinq jours pour freiner un peu l'hémorragie.

L'intuition que Maggie avait acquise au Michigan, toutes les leçons qu'elle avait reçues de vieux renards texans comme Gabe Klinowitz l'incitèrent aussitôt à un coup d'audace. Elle aurait aimé consulter son mari, mais il avait d'autres soucis. N'écoutant que son instinct, elle analysa le chaos qui semblait avoir frappé le milieu des affaires. Chaque soir, elle passait en voiture devant les Remparts pour vérifier comment les sept politiciens mexicains s'en sortaient avec leur bel ensemble d'immeubles. Tout ce qu'elle voyait lui suggérait : Gabe avait raison, ils ont de gros ennuis.

La chute vertigineuse du peso ne mit pas en danger seulement les investisseurs mexicains à Houston, car tout le long de la frontière, de Brownsville à El Paso, les ponts du río Grande, qui déversaient naguère des milliers d'acheteurs à la peau basanée dans les magasins américains, où les appareils photo, les beaux vêtements, les chaînes stéréo et les parfums se vendaient à des prix largement inférieurs à ceux du Mexique, demeuraient à présent presque vides. Le peso dévalué n'achetait plus rien. Pendant trois journées pénibles, le pont Bravo-Escandón, qui voyait passer depuis si longtemps un flot incessant de Mexicains, ne reçut aucun visiteur. Puis l'activité reprit, mais d'une manière vraiment honteuse pour les États-Unis.

Des citoyens américains passèrent en masse au Mexique pour acheter à des prix ridiculement bas toute l'essence, les aliments pour bébé, les légumes et la viande que les marchés mexicains étaient en mesure d'offrir – car, si le peso était au plus bas, le dollar se trouvait au plus haut. Du sud de la frontière s'élevèrent des protestations justifiées : « Les Norte-Americanos nous pillent et nous allons mourir de faim. » Ce fut au cours de cette période de crise que l'irascible Simón Garza, devenu maire de Bravo à la suite des troubles des années soixante, s'imposa au premier plan de l'actualité. Sa décision, fort simple mais illégale, de mettre en place ses agents de police au bout du pont international côté Bravo, pour interdire à ses concitoyens d'aller au Mexique acheter à bas prix les aliments de première nécessité pour les Mexicains, lui valut l'approbation de l'État entier.

« Nous refusons de profiter du malheur d'autrui », répétait-il, et son message fut applaudi même par ceux qui avaient jusque-là privé le Mexique de ses vivres et de son carburant. Bientôt le gouvernement mexicain interdit l'exportation de ses denrées de base, et la situation se stabilisa, avec un taux de change choquant de cent quatre-vingt-treize pesos pour un dollar (au marché noir).

Mais le maire Garza dut alors résoudre ses propres problèmes : avec la cessation totale des achats mexicains en ville, les magasins de Bravo commencèrent à fermer leurs portes, comme partout le long du río Grande. Pour prendre conseil sur le meilleur moyen d'éviter l'asphyxie de sa communauté, il assista à une réunion des maires de la vallée, tenue à Laredo, et il put voir cette ville importante en proie à la panique : quarante pour cent des grands magasins de luxe avaient déjà fermé. Leurs affaires n'avaient pas décliné, elles s'étaient arrêtées : la seule solution consistait à licencier les employés et fermer les portes.

N'était-ce pas la preuve flagrante de la relation symbiotique entre le nord du Mexique et le sud du Texas ? Chaque rive du fleuve, privée de ses moyens d'existence, subissait une crise économique violente. Du côté américain, le chômage passa à vingt pour cent, puis à quarante pour cent. On songea à déclarer toute la région zone sinistrée.

Parmi tous les responsables des deux rives du fleuve, un homme s'imposa par le calme avec lequel il affronta la catastrophe et par les mesures qu'il prit pour en alléger l'impact : Simón Garza. Il avait grandi à une rude école : il avait combattu les derniers avatars de la dynastie d'Horace Vigil ; il avait lutté contre les Texas Rangers, déterminés à maintenir cette dynastie au pouvoir ; et il avait tout fait pour que ses concitoyens hispaniques entrent à l'université pour apprendre les règles de la vie américaine. « Mangez des tortillas à la maison. Parlez espagnol pendant vos loisirs. Mais apprenez les leçons d'Adam Smith et de Milton Friedman. » Dans cette campagne en faveur de l'éducation de ses administrés, il reçut évidemment l'appui de son frère Efraín, professeur aux Arts et Métiers, qui dénichait partout des bourses d'études auxquelles les jeunes gens et les jeunes filles doués de Bravo pouvaient se présenter. « Nous devons organiser la révolution de l'esprit », ne cessaient de répéter les frères Garza.

Ce fut Simón qui persuada le président Reagan, par un télégramme sincère et sans exagération à la Maison-Blanche, de venir en personne dans la vallée constater la désolation provoquée par la chute du peso. Il conduisit le président, plein de bonnes intentions, sur le pont vide et devant les magasins barricadés. On le photographia avec Reagan plus de cent fois et, quand les maires se réunirent de nouveau à Laredo, tous les journalistes du Nord, pour qui la situation le long du río Grande était un mystère, découvrirent soudain qu'en Simón Garza le Texas possédait un homme politique hispanique qui parlait raison et utilisait fort intelligemment les prérogatives de sa charge. Et l'on monta en épingle la déclaration reconnaissante du maire d'Escandón, qui rappela aux journalistes en espagnol :

« Garza sait toujours ce qu'il faut faire. Il a fermé le pont pour nous éviter de mourir de faim. »

Personne ne l'oublierait.

Dans ses bureaux modestes de Fort Worth, Ransom Rusk subissait de tels assauts de tous les côtés qu'il s'écria :

« Dieu pique une de ses colères contre le Texas ! »

Tandis qu'il essayait de mettre un peu d'ordre dans la série de catastrophes, le directeur de sa banque, à Midland, voulut lui parler d'urgence :

« Le mieux serait que vous veniez sur place nous aider. »

Il prit donc son avion privé pour se rendre à l'aéroport de Midland-Odessa, plaque tournante du complexe pétrolier texan, où l'attendaient les trois directeurs de ses compagnies de services. Tout ce qui touchait de près ou de loin au pétrole était ruiné.

« Monsieur Rusk, Activated Mud n'a plus un seul client. Je crois qu'il faut licencier tout le monde. »

Electronic Logging se portait un peu mieux : le déclin était « seulement » de quatre-vingt-douze pour cent. Mais ce fut lorsqu'il se rendit sur l'immense aire de stationnement, entre les deux villes pétrolières, qu'il eut la preuve visuelle de la catastrophe survenue sur cette région en pleine prospérité. En rangs serrés, pareils à des dinosaures d'une époque révolue, dix-neuf installations géantes de forage (sur les vingt-trois qu'il possédait) rouillaient sous le soleil de plomb. Elles auraient dû se dresser fièrement sur tous les gisements dispersés dans la campagne entre le golfe et la frontière du Nouveau-Mexique. Leurs tours gisaient, couchées, désarticulées ; leurs moteurs silencieux ramassaient la poussière.

« Combien avons-nous payé le dernier modèle ? demanda Rusk.

– Électronique spéciale. Toutes les options. Treize millions de dollars chaque derrick.

– Cela fait deux cent quarante-sept millions de dollars à l'eau, murmura Rusk, calculant de tête.

– Pas tout à fait, répliqua l'ingénieur. Si le pétrole remonte, et il remontera...

– Combien pourrions-nous obtenir pour tout ça ? coupa Rusk en lançant un coup de pied à une poutrelle.

– En ce moment ? Peut-être cent cinquante mille dollars de chaque. Si nous trouvons preneur.

– Un pour cent de la valeur. J'appelle ça une perte sèche. »

Rusk prit sa décision au milieu des dinosaures paralysés. Très bien organisé dans la vie, il abordait tout juste la soixantaine. Il aurait dû pouvoir profiter un peu de sa position dans le monde, de sa puissance et de son milliard de dollars. Au lieu de cela, il se trouvait assailli de tous les côtés, et les fondations mêmes de sa fortune s'écroulaient. Mais il n'avait pas l'intention de baisser les bras en pleurnichant. Il contre-attaquerait avec toute l'énergie accumulée pendant des années. Il sortirait de cet orage, rassemblerait toutes ses ressources et se préparerait à riposter quand la situation se montrerait plus favorable.

« Fermez les portes d'Activated Mud. Purement et simplement. Nous trouverons des emplois pour les cadres supérieurs jusqu'à ce que le pétrole reprenne. Quant à

Electronic Logging, ce doit être une valeur permanente. Que me suggérez-vous ? »

On convint qu'une entreprise d'enregistrement électronique travaillerait toujours tant qu'il resterait un seul prospecteur indépendant au Texas.

« Monsieur Rusk, je crois que vous devriez conserver une poignée de nos spécialistes, quoi qu'il arrive.

– C'est aussi mon avis, mais tranchez dans le vif. Et tout ça ? » demanda-t-il en effleurant de la pointe de sa botte de cow-boy, presque avec amour, le derrick le plus proche. « Qu'allons-nous faire de cette ferraille ? »

Il n'existait aucune solution rationnelle. Sauf si la prospection repartait brusquement, jamais ces mastodontes humiliés ne se relèveraient. Ils resteraient sans valeur.

Aucun conseiller de Rusk n'ayant d'idée positive à proposer, Rusk trancha le nœud gordien :

« Écumez le Texas. Trouvez-moi des jeunes gens prêts à prendre des risques. Vendez-leur ces dix-neuf derricks inutilisés au prix qu'ils pourront vous en offrir. Mais débarrassez-vous d'eux. Nous garderons les quatre qui travaillent. Pour le jour où tout reprendra.

– Vous êtes prêt à vendre, quelle que soit l'offre ?

– Absolument. Le jeu du pétrole doit passer en de plus jeunes mains.

– Monsieur Rusk, j'aimerais recevoir ces instructions sans ambiguïté. Vous voulez vendre ces derricks de treize millions de dollars pour cent cinquante mille ?

– Pour cent mille si vous ne pouvez pas en tirer davantage. »

Sa décision prise, il continua vers Midland, où les directeurs de la banque dans laquelle il avait investi une fortune étaient en proie à la panique – même s'ils gardaient apparemment leur calme.

« Ransom, tout s'effondre. Nous sommes sur des sables mouvants.

– C'est si mauvais que ça ? »

Ils lui expliquèrent ce dont il se doutait déjà :

« Vous êtes venu de l'aéroport en voiture, vous avez donc vu que tout est paralysé – vos entreprises, mais aussi les autres. Vous avez remarqué la ribambelle de motels ? Il y a deux ans, il y avait la queue, et on ne pouvait pas garder une chambre plus de trois nuits de suite. Tout le monde venait à Odessa pour participer à l'action.

– J'ai remarqué que les parkings étaient vides.

– Paul possède trois de ces motels. Taux d'occupation, huit pour cent. Des cessations de paiement partout. »

Rusk se tourna vers Paul Mesmer, le propriétaire de motels, visiblement abattu par l'adversité, et il se jura de ne se laisser aller à cette détresse dans aucune circonstance.

« Annoncez le pire ! » lança-t-il.

Et il écouta, bouleversé mais sans le laisser paraître, ces hommes intègres qui s'attendaient à voir le pétrole monter jusqu'à soixante dollars le baril lui expliquer ce qui les attendait lorsqu'il tombait à vingt-sept dollars.

« En tout franchise...

– C'est ce que j'attends de vous : de la franchise.

– Nous serons peut-être obligés de fermer les guichets.

– Le trou est de quel ordre ?

– Un milliard deux cent cinquante millions de dollars.

– C'est une somme coquette. Les dépôts des clients sont protégés ?

– En partie.

– Et nous, les investisseurs ?

– Complètement ruinés. »

Rusk écouta la nouvelle sans ciller. Il possédait seize millions de dollars en actions de la banque. Les perdre en plus de ses lourds revers dans l'industrie du pétrole serait un sérieux handicap, non une catastrophe irréversible. Mais il n'aimait pas reconnaître qu'il avait commis une erreur de jugement. Il demanda :

« Existe-t-il un moyen d'empêcher la banqueroute et l'intervention de la justice fédérale ?

– Il faudrait rajouter de l'argent. Si chaque gros actionnaire...

– Combien voulez-vous de moi ?

– Pour nous tirer d'affaire ?... Cinq millions de dollars.

– D'accord.

– Avant de signer quoi que ce soit, Ransom, vous rendez-vous compte que tout ce que vous nous donnerez est exposé à un risque énorme ?... »

Il ne répondit pas à la question. Il fixa les directeurs en

état de siège, rudes hommes des plaines qui avaient joué gros jeu et beaucoup gagné quand tout allait comme sur du velours. Maintenant que les choses tournaient à l'aigre, ils étaient prêts à ponter de vraies fortunes. C'étaient des joueurs texans, non des pleurnicheurs.

« La façon dont vous menez les choses me plaît », dit-il et il reprit son avion pour Fort Worth.

Mais, pendant le trajet de retour, il eut soudain une vision (il ne put trouver un autre mot) : l'action allait se déplacer vers Dallas. Houston avait des ennuis avec ses affaires immobilières, Midland était ébranlée par la chute des prix du pétrole, le río Grande avait jusqu'à quarante-cinq pour cent de chômeurs. Le flambeau va passer à Dallas. C'est là que se livrera maintenant le grand combat pour l'âme du Texas. C'est là que je veux être.

Il ordonna donc à son pilote d'atterrir non à Meacham Field, l'aéroport municipal de Fort Worth, mais à Love Field, près de Dallas. Il demanda par radio à son chauffeur d'aller l'attendre à sa nouvelle destination, et il se rendit aussitôt vers un ensemble imposant d'immeubles neufs de Dallas-Nord, à vingt-cinq kilomètres du centre traditionnel de la ville. Dans une des nombreuses agences immobilières qui offraient des bureaux dans les tours récentes, il loua ce qui allait devenir un des foyers de la puissance de Dallas : Ransom Rusk Enterprises.

A peine était-il installé depuis quelques semaines que se confirma la sagesse de sa décision. Il demeurait un des principaux actionnaires de TexTek, et on le convoqua à une réunion du conseil d'administration : l'énorme conglomérat avait des ennuis. Pierre Soult, le génie fondateur du secteur électronique de la compagnie, venait de mourir, et la nouvelle direction semblait en désarroi.

« A la suite de la concurrence accrue du Japon et d'un effondrement imprévisible des jeux électroniques et des ordinateurs destinés aux particuliers, nous avons essuyé une perte de cent millions de dollars pendant le premier trimestre, et le prochain s'annonce au moins aussi mauvais.

– Quand le public sera-t-il informé ? demanda Rusk en songeant aux conséquences sur son énorme paquet d'actions.

– Demain. »

Rusk était donc sur place quand on annonça à Wall Street les pertes effrayantes de TexTek, et il regarda, les lèvres serrées, la valeur nominale de la compagnie baisser d'un milliard de dollars en une seule séance de bourse, à New York.

Il était également aux premières loges, en tant que gros investisseur de Braniff, quand la compagnie aérienne, jadis la fierté de Dallas, commença à battre de l'aile, tentant vainement de reprendre de la vitesse mais toujours prête à capoter. Au cours d'une réunion paniquée, il donna à la direction de Braniff le conseil qu'il avait donné à ses directeurs d'Odessa :

« Tranchez dans le vif. Décidez impitoyablement ce que vous devez supprimer pour survivre. Et n'attendez pas demain. »

Il conseilla de cesser tous les vols, naguère profitables, vers l'Amérique latine. Il essaya d'arrêter les pertes fantastiques sur les nouveaux vols que la compagnie avait lancés inconsidérément à une date récente. Il s'évertua à réunir de nouveaux fonds, mais il dut tout de même se rendre à l'évidence : Nous avons fait l'impossible, mais la faillite est inévitable.

Et les voyageurs texans qui traversaient l'immense aéroport moderne de Dallas-Fort Worth regardaient, honteux, les avions multicolores de Braniff immobilisés sans emploi sur les pistes de garage. Combien représentaient, en argent et en honneur perdus, leurs ailes brisées ?

Un banquier de New York, envoyé au Texas pour analyser l'humeur, déclara dans son rapport confidentiel :

> Partout en dehors du Texas, notamment dans des États moins favorisés comme le Michigan, l'Ohio et la Pennsylvanie, on commençait à considérer Houston et Dallas comme des villes où les chiffres ne pouvaient qu'augmenter. Nous savons maintenant qu'ils peuvent également baisser. Houston, Midland, Abilene, El Paso, Laredo, et la région dite du Triangle d'or sont des zones sinistrées, et dans certaines industries le chômage a dépassé cinquante pour cent. Des amis bien informés m'ont appris, par exemple, qu'un magnat comme Ransom Rusk, impliqué dans tous les domaines en déroute, a subi des pertes vertigineuses. En douze mois, au moins trois cent vingt-cinq millions de dollars.

Comment Rusk réagit-il à ces pertes, beaucoup plus fortes que ce banquier du Nord ne les avait estimées ? Dans son bureau, les yeux posés sur la ville de Dallas où de nouveaux immeubles ne cessaient de se construire, il se dit simplement : C'est le moment ou jamais de s'accrocher. Le travail attend. Il ne fit pas le dos rond, il n'esquiva pas les journalistes curieux de voir l'effet que lui faisaient ces revers fantastiques. Il afficha un sourire glacé, tendit la mâchoire en avant et prédit :

« Toute l'économie du Texas reprendra vie. Le peso mexicain se stabilisera. Le pétrole remontera. Nous reverrons des derricks dans les champs. Braniff volera de nouveau, j'en fais mon affaire. TexTek a déjà douze inventions nouvelles prêtes à conquérir les marchés. Et les Cow-Boys de Dallas gagneront le championnat d'Amérique.

– Donc vous n'êtes pas pessimiste ?

– Ce mot n'appartient pas à mon vocabulaire. »

A la fin de la mauvaise année, quand ses comptables lui présentèrent le montant définitif de ses pertes, beaucoup plus élevées que nul ne le soupçonnait, il éclata de rire et leur demanda :

« Combien avez-vous d'amis qui peuvent se vanter d'avoir perdu presque un demi-milliard de dollars en un an ?

– Pas beaucoup. »

Mais son aplomb allait être secoué par une série de tragédies familiales dont sont victimes nombre de très riches Texans. Son père, le gros Floyd, avait eu deux filles, Bertha et Linda, nées presque une génération avant Ransom. Chacune d'elles avait eu quatre enfants, si bien que Ransom avait huit nièces et neveux, dont il gérait les biens.

L'une de ses nièces, Mae, avait épousé un jeune bon à rien qui lui avait fait une cour éhontée, l'avait prise dans ses rets, puis s'était révélé incapable de suivre le rythme qu'imposait l'intérêt de Mae pour la vie à la texane. Il avait fui ses carences en se suicidant.

Victor, cousin de Mae fort sympathique, n'était guère mieux tombé. Son épouse, jolie femme mais sans caractère ni volonté, s'était mise à boire. Sa santé s'était dégradée si vite qu'il avait fallu la mettre dans une institution. C'était l'un des meilleurs établissements pour alcooliques du Texas, mais son système d'alarme en cas d'incendie tomba en panne, et, quand un pensionnaire du rez-de-chaussée s'endormit en fumant une cigarette, toute une aile prit feu. Seuls les efforts héroïques de deux balayeuses mexicaines sauvèrent Mme Rusk. Elle survécut, mais couverte de brûlures horribles, et tout espoir de l'arracher à son alcoolisme disparut. Elle ne quitterait plus l'hôpital.

Les deux cousins, Victor et Mae, commencèrent à se voir davantage, d'abord accablés par leur chagrin, puis parce que naquit entre eux un amour passionné, malgré leur lien du sang. Victor estimait indigne de divorcer de son épouse handicapée. Il garnit la Mercedes de Mae de bidons d'essence, emmena Mae avec lui, partit sur l'autoroute de Fort Worth à cent cinquante à l'heure, et se jeta sur un mur de béton.

Ransom dut répondre aux questions de la presse et s'occuper des enfants. La douleur dont il fut le témoin à l'occasion de ces deux obligations le rendit plus compréhensif. Il réunit tous les jeunes et leur dit :

« Vous savez tous ce qui s'est passé. Vous comprenez la situation mieux que personne. Alors qu'allez-vous faire ? Retrousser vos manches, serrer les dents et vous faire le serment que pareille chose ne vous arrivera jamais. »

Tout en parlant, il imaginait les Rusk intrépides qui les avaient précédés, et il commença à voir ses ancêtres d'un œil moins critique. Sa mère manquait peut-être d'élégance, mais elle avait maintenu ses enfants unis et sur le droit chemin pendant que son mari cherchait du pétrole. Emma Larkin n'avait peut-être ni nez ni oreilles, mais il se rendait compte à présent qu'elle possédait une force de caractère remarquable.

« N'oubliez jamais, reprit-il, que votre arrière-grand-mère Emma a vécu des tragédies bien plus horribles que ne seront jamais les vôtres... Et n'oubliez pas non plus que votre ancêtre, celui qu'on appelait le gros Floyd, a accepté de risquer jusqu'à son dernier sou pour le puits de pétrole qui a fait la fortune de notre famille. Il possédait du courage, et vous devez en avoir vous aussi. » Il regarda l'effet de ses paroles sur ces jeunes gens, et se dit : Cette génération ne se laissera pas abattre. Puis il songea que, pour bâtir une vie heureuse, il fallait quelque chose de plus fondamental que la volonté de lutter, et il ajouta à mi-voix : « Je vous aime beaucoup. Je serai ici pour vous aider quoi qu'il arrive. Restons unis. »

Puis, parfaitement certain qu'il récupérerait ses millions perdus en moins de deux ans, il partit au Kenya avec ses amis, pour chasser le fauve.

Au moment où Ransom Rusk se lançait dans de nouveaux combats à Dallas-Nord, une petite bonne femme aux yeux noirs et pétillants, âgée de vingt-cinq ans, s'engageait dans une aventure plus passionnante à Dallas-Sud.

En réalité, Dallas se compose de trois villes séparées, et l'on peut vivre dans l'une d'elles sans se rendre compte de l'existence des deux autres. Dallas-Centre est la ville historique des rives du Trinity : deux cabanes de bois en 1844 et guère davantage en 1860. Malgré ce départ lent, Dallas-Centre devint prospère, et représente maintenant le cœur d'une métropole de plus d'un million d'habitants, trois millions banlieue comprise.

Dallas-Nord, où Rusk avait son nouveau bureau, est un ghetto doré de demeures semblables à des palais, de gratte-ciel flambant neufs, de centres commerciaux luxueux où l'on mène une vie à la fois « attirante et affolante », selon l'expression d'un critique. Attirante ? Sans aucun doute : en raison du gaspillage éhonté de richesses. Mais le vrai secret de Dallas-Nord, c'est qu'il s'agit d'un monde clos où l'on vit heureux sans s'aventurer dans la cohue de Dallas-Centre.

Et presque personne de Dallas-Nord n'a jamais traversé le Trinity pour se rendre à Dallas-Sud, où vivent les Noirs et les Hispaniques. Même les gens de Dallas-Centre y vont rarement. C'est une ville en soi, pauvre, mal entretenue et constamment en lutte contre ses voisines plus riches du Nord. Les habitants des États du Nord et du monde entier, que la télévision et les journaux entretiennent dans l'illusion que Dallas est une ville de milliardaires, recevraient un choc s'ils débarquaient à Dallas-Sud.

L'appauvrissement de ce quartier a plus d'une raison. Le Texas, quoique le plus riche des États, compte parmi les plus avares quand il s'agit d'aider ses pauvres. Sur certains plans, comme par exemple pour les allocations chômage, il demeure le dernier des cinquante États. Il ne fait pas bon être pauvre au Texas ; à Dallas-Sud, la misère engendre vraiment le malheur.

Mais c'était pourtant là qu'Enriqueta Múzquiz vivait des heures exaltantes. Depuis l'après-midi de février 1969 où elle avait sauté à bord d'un wagon de marchandises de la Southern Pacific à El Paso, elle n'avait pas quitté le Texas. Elle avait passé les premières années à Lubbock, où elle avait souffert de la discrimination raciale insolente de l'ouest du Texas, plus acharnée que dans la vallée du río Grande ; dans les régions du Nord, les Hispaniques demeuraient trop peu nombreux pour qu'on les traite avec égards.

« Quand j'étais jeune, expliquait-elle à ses élèves de l'école primaire, on ne laissait entrer aucun Hispanique dans les grands restaurants ; et, dans les cinémas, on nous regardait d'un sale œil. Il n'était pas question d'aller au lycée. Les garçons ne pouvaient pas se faire couper les cheveux chez les coiffeurs normaux. On nous méprisait partout. »

Lorsqu'elle donnait ce genre de leçon, ce qui arrivait fréquemment dans toutes ses classes, elle finissait par le récit de ce qui demeurait le triomphe de sa vie :

> En 1974, la Cour suprême des États-Unis a rendu dans l'affaire *Lau contre Nichols* une décision dont vous devez vous souvenir, car c'est notre Déclaration d'indépendance. Elle ne nous concerne pas directement, car il s'agit d'un jeune Chinois nommé Lau, mais elle dit : « Bien qu'il soit chinois et ne parle pas un mot d'anglais, les États-Unis d'Amérique doivent lui donner une éducation ; et comme il ne comprend pas l'anglais, cette éducation doit lui être donnée en chinois. » Vous comprenez bien ? La Cour suprême ne peut dire que la même chose pour vous, mes enfants. Si vous ne parlez pas anglais, on doit vous éduquer en espagnol – et c'est la raison de ma présence ici.

La señorita Múzquiz – comme elle voulait que ses élèves l'appellent, bien qu'elle fût depuis longtemps citoyenne des États-Unis, de même que ses frères et son père – ne parlait qu'en espagnol à ses trente élèves du cours moyen et ses trente-trois élèves du cours élémentaire ; et, dans cette langue (qu'elle devait en principe utiliser seulement de façon temporaire, comme un pont vers l'anglais), elle passait la moitié de son temps à les haranguer sur les injustices de la vie américaine, en soulignant notamment les avanies dont ils souffraient à Dallas.

Elle agissait ainsi parce qu'elle se considérait comme le bras vengeur de toutes les souffrances subies par son peuple au Texas. Elle s'efforçait de créer chez ses élèves une conscience ardente de leur héritage espagnol et des splendeurs de la culture mexicaine ; et elle prévoyait qu'un jour tous les hispanophones de la région du río Grande, au nord et au sud du fleuve, formeraient une sorte de république *de facto* à moitié mexicaine et à moitié américaine, où l'on utiliserait à la fois le peso et le dollar. Une monnaie commune s'imposerait – ainsi qu'une langue commune : l'espagnol.

« Bien entendu, disait-elle, connaître l'anglais comme deuxième langue serait un avantage – pour travailler dans les magasins, par exemple –, mais la langue de tous les jours serait l'espagnol. Et le mode de vie, mexicain : familles nombreuses très liées, prêtres qui feraient leurs sermons en espagnol.

– De quelle nationalité serions-nous ? demandaient parfois les plus âgés des enfants.

– Quelle importance ? répondait-elle. Ni le Mexique ni les États-Unis ne gouverneraient la région. Ce serait une union des deux, et l'on franchirait librement le fleuve.

– Et de quelle taille serait cette région ? » demandaient les enfants.

Sur une carte qu'elle gardait dans sa classe – une carte du Mexique en espagnol, coupée vers le nord de sorte que le Texas n'y figurait pas en entier –, elle montrait avec sa règle une vaste zone comprenant San Antonio, San Angelo et El Paso au nord, Monterrey, Saltillo et Chihuahua au sud.

« Le nouveau pays de nos rêves existe déjà. On y parle l'espagnol au nord du fleuve et on y comprend l'anglais au sud. Le commerce entre les deux moitiés est déjà florissant et ne cessera d'augmenter avec les années. Entre Brownsville et Matamoros, à l'embouchure du fleuve, qui peut voir une différence ?

– Mais ce pays ira-t-il jusqu'en Californie ? demanda un enfant un jour.

– Il y va déjà.

– Señorita Múzquiz, j'ai vécu à San Angelo. On n'y parle pas beaucoup espagnol.

– Cela ne saurait tarder. Nous irons de plus en plus nombreux vers le nord pour occuper le terrain. »

Le rêve de la señorita Múzquiz n'avait rien d'insensé. Des foules entières, le long de cette immense frontière, effectuaient déjà le changement qu'elle annonçait et défendait avec ses élèves pendant la journée et avec ses amis le soir. Tous les sociologues, même les moins intéressés par la question, se rendaient compte que l'afflux intarissable de citoyens mexicains aux États-Unis créerait inévitablement une nouvelle société, avec de nouvelles attitudes et peut-être de nouvelles affiliations politiques.

Les idées de la señorita Múzquiz se trouvèrent confirmées en été 1982, lorsqu'elle participa à un séminaire sur cette question, à Los Angeles. A son retour, elle annonça à ses amis texans une nouvelle passionnante :

> Los Angeles est déjà la deuxième ville hispanophone du monde, avant même Madrid et Barcelone. Seule Mexico est plus peuplée qu'elle. L'alimentation, la culture, les façons de penser sont totalement mexicaines, et notre journal, *la Opinión*, vend soixante mille exemplaires chaque jour. Plus de dix cinémas ne projettent des films qu'en version espagnole, et les écoles sont pleines d'instituteurs dévoués comme moi, qui maintiennent vivante notre langue magnifique et rappellent à nos enfants leur patrimoine culturel mexicain.
>
> Ce qui se passe est simple par ses méthodes, splendide par ses conséquences. Nous sommes en train de reconquérir les terres que Santa Anna a perdues le siècle dernier par sa folle vanité. De vastes régions, qui devraient être mexicaines en toute logique, sont en train de nous revenir. Sans la moindre

bataille... sans un seul coup de feu... sans animosité. Simplement le mouvement inexorable des gens vers le nord. Les Anglos contrôlent encore les banques, les journaux, les tribunaux, mais nous possédons la puissance qui finit toujours par triompher : la puissance du nombre.

Le bien-fondé de ses conceptions éclata au grand jour, quand les agents de l'Immigration, au cours d'une descente dans un grand ranch au sud de Dallas, arrêtèrent une vingtaine d'immigrants illégaux qui avaient échappé à la police des frontières. Tout le monde à Dallas approuva l'arrestation, mais, quand les officiels étudièrent l'affaire de plus près, ils découvrirent que le propriétaire du ranch, Lorenzo Quimper, avait obtenu la naturalisation de son régisseur, Cándido Guzmán, et que Cándido avait fait venir de sa ville natale de Moctezuma six de ses neveux possédant la preuve qu'ils étaient nés à l'hôpital américain d'El Paso. Au lieu d'avoir presque deux douzaines de wetbacks à déporter, la police n'en eut même pas quinze – et l'on en fit des gorges chaudes à Dallas.

La señorita Múzquiz choisit cette affaire comme thème de ses deux cours suivants, et les jeunes Hispaniques apprirent la brutalité du gouvernement et l'héroïsme des Mexicains, légaux ou illégaux, qui étaient venus si loin dans le Nord sans se faire arrêter :

« Ce sont les héros de notre conquête. Et, comme mon père, ils resteront. »

Elle évitait soigneusement d'employer le mot *revolución*, et, même quand elle le pensait sans le dire, elle lui adjoignait toujours l'épithète *pacífica*. Elle n'imaginait ni sang versé ni insurrection, parce que c'était inutile. Tout ce qu'elle désirait pouvait être atteint au moyen d'une pénétration lente mais constante. Pour l'instant, elle n'incluait pas dans son imminente confédération des villes texanes situées aussi au nord que Dallas : « Pas avant la fin de ce siècle, en tout cas, disait-elle. Les Anglos sont trop forts. Mais c'est inscrit dans l'avenir. C'est l'inévitable triomphe du lit conjugal. Les femmes mexicaines ont davantage d'enfants que les femmes anglos. »

Dans toutes ses autres activités, la señorita Múzquiz respectait la légalité la plus stricte, mais dans ses classes elle n'appliquait pas les règles dans l'esprit où elles avaient été promulguées. Son inspecteur fit remarquer : « L'une des meilleures institutrices de Dallas. Son seul défaut, c'est qu'elle est lente à faire passer ses élèves à l'anglais. »

Cette lenteur n'était pas accidentelle. A peine ces nouveaux enseignants en langue espagnole étaient-ils en place qu'ils soutinrent la théorie dite de la « maintenance » : lorsque leurs élèves avaient atteint le niveau où ils pourraient passer à l'enseignement en anglais, l'instruction en espagnol continuait, selon le principe que la maîtrise d'une deuxième langue serait utile aux États-Unis. L'enseignement de l'espagnol devint un but en soi au lieu de rester un moyen d'éduquer des enfants ne parlant pas encore l'anglais. Et, en espagnol, ils apprenaient de certains instituteurs comme la señorita Múzquiz qu'ils appartenaient à un groupe opprimé, victime de discrimination, et tenu de promouvoir les grands changements sociaux qui transformeraient leur morceau d'Amérique en patrie mexicaine reconquise.

Mais la señorita Múzquiz n'allait pas appliquer son programme sans soulever des protestations, et notamment celles d'un professeur d'histoire charismatique qui avait travaillé pendant cinq ans avec le Peace Corps dans divers pays d'Amérique du Sud et qui en avait ramené quelques opinions bien tranchées et bien documentées sur cette partie du monde. Roy Aspen – université du Texas, Stanford, université d'Hawaii – avait trente-sept ans et un tempérament d'acier. Il attira l'attention de la señorita Múzquiz en 1983, lorsqu'il donna une conférence dont on discuta beaucoup : « L'erreur du bilinguisme », dans laquelle il soulignait avec une précision érudite les dangers inhérents à l'utilisation de deux langues maternelles dans un même pays.

S'il s'en était strictement tenu à son sujet, sa conférence serait peut-être passée inaperçue, mais il avait ajouté deux paragraphes qui allaient lui valoir, bien inutilement, des attaques :

> Un corollaire important de notre thème peut se formuler en une question simple mais que nous évitons systématiquement de poser : Pourquoi les régions de l'hémisphère occidental

qui sont tombées sous la domination espagnole n'ont-elles pas réussi à établir des systèmes rationnels de gouvernements indépendants ?... Les faits sont accablants. Aucun pays américain issu des anciennes colonies espagnoles, sauf peut-être Costa Rica, n'a appris à se gouverner dans l'ordre et la justice. Ceux qui sont nés d'une autre culture l'ont pu.
Peut-être refuserez-vous de reconnaître que les pays non espagnols ont établi des gouvernements responsables et une répartition équitable de la richesse et que les pays espagnols n'y sont pas parvenus – mais ce sont pourtant les faits. Encourager un bilinguisme qui risque d'introduire au Texas les systèmes de gouvernement corrompus de nos voisins du Sud serait de la folie, une folie suicidaire.

Quand elle quitta la salle de conférence, la señorita Múzquiz tremblait. Et, aux amis hispaniques qu'elle rencontra ce soir-là, elle dit :

« Nous devons déclarer la guerre à ce porc raciste. Il fait revivre la légende noire, discréditée pourtant depuis un siècle. »

Et elle envoya au courrier des lecteurs du plus grand journal de la ville une lettre qui provoqua de vives réactions dans le public :

J'en ai jusque-là d'entendre que les pays hispanophones ne sont pas capables de se gouverner. Depuis que Lázaro Cárdenas a été élu président de la république du Mexique en 1934, ce pays bien gouverné du sud de chez nous a eu une succession ininterrompue d'hommes politiques brillants, qui ont tous rempli sans incident les six années de leur mandat...
Au cours de cette même période, aux États-Unis, Roosevelt est mort avant la fin de son mandat, Truman, Ford et Reagan ont été victimes d'attentats, Kennedy a été assassiné, Nixon blackboulé, et Johnson, Ford et Carter n'ont pas été réélus au bout de quatre ans.
C'est le Mexique qui est stable et bien gouverné. Les États-Unis terrifient leurs voisins par leur irresponsabilité réactionnaire.
Quant au système américain tellement vanté de distribution équitable du revenu, nous qui vivons à Dallas-Sud nous avons rarement l'occasion de le voir en application.

Son attaque était si audacieuse et ses arguments si évidents que ses amis hispaniques l'encouragèrent à continuer de combattre. Et, lorsque le professeur Aspen répliqua d'un ton acerbe que, si la señorita Múzquiz n'était pas satisfaite, le retour au Mexique était toujours plus facile que la traversée illégale de la frontière dans l'autre sens, les sympathisants de la jeune femme, excédés, l'encouragèrent à lancer ce qui devint le célèbre débat Múzquiz-Aspen de 1984 sur l'éducation bilingue.

Les protagonistes combattaient à armes égales. Une jeune et jolie femme d'origine mexicaine contre un professeur compétent d'origine suédoise mais qui connaissait l'Amérique latine mieux qu'elle. Chacun parlait avec une conviction absolument sincère, sans jamais mâcher ses mots.

> SEÑORITA MÚZQUIZ : Examinons cette accusation anglo du vide culturel du Mexique. Où existe-t-il aux États-Unis un musée qui arrive à la cheville du nouveau Musée archéologique de Mexico ? Il célèbre avec une joie explosive les gloires du Mexique. Où puis-je aller aux États-Unis voir dans toute sa grandeur votre patrimoine culturel indien ? Avez-vous honte de votre histoire ?
> Ne me parlez pas du Metropolitan Museum de New York ou du musée Mellon de Washington. De beaux bâtiments, sans doute, mais remplis d'œuvres européennes et non américaines. Un vide intellectuel ? Où se trouve le vide intellectuel ?
> Autre chose : informez-vous auprès des services sociaux, ici même, à Dallas. Vous verrez qu'ils ont sur leurs registres trois cent seize noms d'Anglos, responsables à tout autre égard, qui ne se sont pas conformés à des ordonnances de justice leur imposant de contribuer à l'alimentation et à l'éducation d'enfants qu'ils ont abandonnés. Et vos bureaux de poste attesteront que les travailleurs mexicains de cette même zone métropolitaine – les plus pauvres parmi les pauvres et sans autre obligation que la simple décence humaine – envoient à leurs familles, au sud de la frontière, plus de quatre cent mille dollars chaque mois. Laquelle des deux sociétés est-elle la plus civilisée ?

Le professeur Aspen se garda bien de répondre et lança le problème sur un autre plan.

> PROFESSEUR ASPEN : Quand on considère la tragédie qui menace le Canada, où les francophones sont prêts à briser le

pays pour défendre leur langue ; la Belgique, où les francophones et les citoyens de langue flamande ne cessent de s'opposer, parfois avec violence ; l'île de Chypre, déchirée par la querelle de langue et de civilisation entre Turcs et Grecs ; ou bien l'Afrique du Sud, où les différences de langue ont provoqué et provoqueront encore des conflits sanglants ; ou encore l'Inde, où des émeutes linguistiques ont dégénéré en massacres ; partout où la langue devient un facteur de division, on ne peut que déplorer ces antagonismes hérités du passé.

Mais pourquoi créer de toutes pièces un handicap aussi lourd qu'une dualité de langue ? Alors que les États-Unis bénéficient d'une langue dominante utilisée par de nombreux pays dans le monde ? Pourquoi introduire consciemment un séparatisme linguistique, et l'encourager en dépensant les deniers publics dans une entreprise de bilinguisme inévitablement destinée à détruire l'unité de ce pays ?

Si nous continuons d'éduquer en espagnol nos immigrants hispanophones et leurs enfants, si nous leur enseignons dans cette langue les sujets essentiels que sont la littérature et l'histoire, nous assisterons avant la fin de notre siècle à la naissance du séparatisme que nous déplorons au Canada – mais en plus grave, car la minorité hispanique aura, sur notre frontière sud, un pays et tout un continent parlant la même langue et prêts à subventionner ce séparatisme.

A la fin du débat, les journalistes assaillirent Aspen.

« Vous opposez-vous personnellement à la señorita Múzquiz ?

– Pas du tout. Elle joue un rôle utile en servant de porte-parole aux immigrants mexicains. Le Texas bénéficie de ses travailleurs mexicains et ils ont droit à être défendus. Mais, quand les idées de Miss Múzquiz sont si erronées qu'elles risquent de faire commettre à notre pays tout entier une erreur irréversible, il faut les corriger.

– Que pensez-vous de sa déclaration : “ Si l'histoire s'était montrée juste, Los Angeles et Houston seraient aujourd'hui des villes mexicaines ” ? »

Aspen réfléchit un instant :

« Spéculation intéressante. Les villes seraient mexicaines, mais seraient-elles Los Angeles et Houston ? Avec la désorganisation traditionnelle des Mexicains, elles ressembleraient davantage à Guaymas et à Tampico. »

« Miss » Múzquiz répliqua en niant que les enseignants comme elle maintenaient leurs élèves emprisonnés dans l'espagnol alors qu'il leur faudrait mener leur vie adulte en anglais ; elle nia qu'elle enseignait un « impérialisme mexicain » ; elle nia que la décision de la Cour suprême empiétait sur les droits traditionnels des Américains. Persuadée d'agir seulement dans l'intérêt de ses élèves, elle nia sans hésiter qu'elle et ses pareils empêchaient pratiquement leurs élèves d'apprendre l'anglais.

Puis, en termes sobres, elle rappela au public les handicaps graves dont avaient souffert les immigrants mexicains au Texas, la cruauté avec laquelle on avait insulté leur culture, la rigueur des Texas Rangers à leur égard le long de la frontière, et le mépris désinvolte avec lequel on les traitait trop souvent.

> Nous vivons côte à côte avec les Américains depuis 1810, et nous avons fait toutes les concessions, écrasés par leur puissance supérieure. Ils avaient les urnes électorales, les fusils, les tribunaux et les banques dans leur camp. Nous sommes descendus dans les caniveaux et nous les avons laissés usurper les trottoirs. Mais, quand ils nous demandent, en plus, de renoncer à notre langue et à notre mode de vie, nous répondons *non*.

Les sociologues ont trouvé un nom pour définir ces moments : « rites de passage ». Cette théorie leur permet de prédire certains événements inévitables dans toutes les sociétés, primitives ou évoluées. A deux ans, les enfants commencent à affirmer leur personnalité, souvent avec des conséquences qui modifient les relations de la famille. A quinze ans, les jeunes mâles commencent à concentrer leur attention sur les jeunes filles, qui concentraient leur attention sur les garçons depuis l'âge de treize ans ; et, vers vingt-sept ans, les jeunes hommes commencent à contester le pouvoir des vieux chefs de la tribu – étapes inévitables, du berceau au tombeau.

A Houston, des règles du même genre dictaient le comportement de chacun. Parmi la minorité fortunée de la société, tous les hommes de la trentaine comme Roy Bub

Hooker, Todd Morrison et leurs deux amis, l'industriel du pétrole et le dentiste, avaient envie d'une chasse à la caille dans le Sud, sur les limites du grand King Ranch ; vers la quarantaine, ils voudraient un avion personnel pour aller plus vite sur leur réserve de chasse ; après quarante ans, ils commenceraient comme tout bon Texan intelligent à prendre leurs vacances d'été et d'hiver au Colorado, et, vers la cinquantaine, aussi inévitablement qu'un coup de tonnerre après un éclair, ils désireraient un ranch dans la magnifique région des collines, à l'ouest d'Austin. Quand cette aspiration se réaliserait, ils quitteraient presque automatiquement le Parti démocrate pour adhérer au Parti républicain.

Au moment rituel, ces besoins touchèrent les quatre membres du groupe de chasse de Roy Bub, avec les résultats que l'on pouvait prévoir. Ces hommes avaient réussi de façon inégale dans leur profession. L'homme du pétrole avait réussi au-delà de toute attente, Todd Morrison, ancien citoyen de Detroit, entrait dans la catégorie aisée des millionnaires de l'immobilier, avec une vingtaine de millions investis ici et là. Mais le dentiste demeurait embourbé au niveau d'un ou deux millions de dollars, et Roy Bub Hooker creusait toujours des fosses d'aisances sans l'ombre du premier million.

Morrison et l'industriel achetèrent donc l'avion, un Beechcraft à quatre places, mais ce fut Roy Bub qui prit des leçons pour le piloter, et, pendant trois années mémorables, ils se rendirent à Falfurrias, sur leur chasse, presque chaque week-end pendant la saison et au moins deux fois par mois après. C'était devenu un modeste Shangri-La, mais cela ne les empêcha pas de tomber dans le piège du plus grand « besoin » rituel de Houston : un ranch bien à eux, à l'ouest d'Austin.

Morrison et l'industriel avaient l'argent, mais ils considéraient depuis toujours Roy Bub comme leur spécialiste de la nature. Lorsqu'ils commencèrent à chercher sérieusement un ranch, ils lui confièrent le soin de le trouver. Roy Bub et un ou deux amis s'envolaient souvent pour de longues excursions de reconnaissance dans les magnifiques collines et vallées s'étendant au-delà de la faille des Balcones.

Peu de voyageurs venant du nord visitent ce pays merveilleux au centre du Texas, bel ensemble de petits cours d'eaux serpentant dans des vallées couvertes de prairies et entourées de collines, avec des centaines d'arpents de fleurs bleues au printemps et, ici et là, le miroir d'un lac artificiel s'étalant entre les sinuosités du terrain. Quel plaisir de l'admirer depuis les grandes routes qui le traversent, mais on ne se fatiguait jamais de le survoler à basse altitude comme nos quatre amis chasseurs dans leur avion particulier. C'était le cœur d'or du Texas, et, après avoir foré son troisième puits de pétrole ou construit son quatrième gratte-ciel, tout homme entreprenant avait le droit d'en posséder une part.

Ce fut donc Roy Bub qui repéra leur ranch de rêve. Il était parti vers l'ouest d'Austin et il longeait la rive sud d'un immense lac, apparu un beau jour parmi les collines, lorsqu'il aperçut une petite rivière serpentant vers ce lac paisiblement, comme sans but, se refusant sans doute à perdre son identité dans l'énorme masse d'eau. Il lança à Morrison, qui l'accompagnait :

« Ce doit être le Pedernales » (bien entendu, il prononçait le nom à la texane : *Perdnaliss*). Il suivit la rivière vers l'ouest, puis vira soudain sur l'aile et s'écria : « Le voilà ! »

Ils se trouvaient au-dessus du magnifique ranch installé par Lyndon Johnson. Pendant plusieurs minutes, ils tournèrent au-dessus de ce monument du Texas dédié à un homme vraiment typique du Texas. Morrison étudia la piste d'atterrissage construite avec les impôts fédéraux, les routes goudronnées par l'État, les clôtures offertes par des amis, le bétail donné par d'autres amis. Il pensa : C'était un combinard ? Qu'importe ! C'était un bon président, et un jour tout cela tombera dans le domaine public. J'aimerais bien être président, même pour un seul mandat.

Après le ranch de Johnson, Roy Bub repéra une vaste étendue de bonnes terres sur la rive nord du Pedernales, avec tout ce que nos quatre chasseurs recherchaient : un long terrain en bordure de rivière, de la végétation basse pour abriter des outardes et des dindons, beaucoup d'arbres pour le gros gibier, une sorte de garenne au bord de l'eau, et de vastes espaces vides pour les animaux en liberté. C'était le premier ranch Allerkamp de cinq mille arpents auquel s'étaient ajoutés les biens de Macnab – d'une surface égale. Roy Bub atterrit à Fredericksburg, où il découvrit que la propriété se trouvait en vente. Ils s'assurèrent sur place qu'elle convenait parfaitement à leur but. Roy Bub confirma à ses associés que c'était le meilleur ranch du Texas, et Morrison les persuada qu'il s'agissait d'une affaire en or, malgré le prix réclamé par les propriétaires allemands. Le marché fut conclu : l'industriel et Morrison engagèrent presque tout l'argent ; le dentiste et Roy Bub se partagèrent le travail...

Les quatre chasseurs et leurs familles n'avaient même pas occupé leur ranch pendant deux ans que les inévitables pressions des « rites de passage » s'exerçaient déjà. Le dentiste découvrit qu'il avait gagné assez d'argent pour abandonner son cabinet et se consacrer exclusivement à l'élevage et à la vente de ses chiens de chasse ; il se retira de l'association et ouvrit un chenil aux environs de Houston. Au même moment, l'homme du pétrole fut frappé d'une maladie insidieuse, fréquente parmi les industriels texans :

« Toute ma vie j'ai rêvé d'aller chasser en Angleterre et en Écosse, sur les landes. Ah, les petits déjeuners de chasse avec des harengs saurs sous les arbres argentés de givre !... Les fidèles porte-carniers. Les longs week-ends. Messieurs j'ai loué une chasse le long d'une bonne rivière à saumon, du côté d'Inverness. Vous êtes invités pour la saison. »

Son aventure écossaise le passionna tellement qu'il décida d'installer le quartier général de ses affaires dans les Highlands, et il annonça un soir à Morrison et à Roy Bub qu'il désirait vendre sa part du ranch Allerkamp. Todd lui répondit, presque enchanté :

« Je crois que je pourrai prendre ta place.

– Je préférerais que ce soit Roy Bub. Qu'il ait lui aussi sa part. »

Il s'entêta dans cette décision et conclut avec Hooker un accord de paiement à long terme sans intérêt :

« Je te dois bien cela, Roy Bub, c'est toi qui m'as appris à aimer la nature. »

Six mois plus tard, les magazines de Houston montrèrent des photos du célèbre industriel texan dans son pavillon de chasse des Highlands, où il recevait Lord Duncraven, directeur de Shell Oil pour le Royaume-Uni, et Sir Hilary

Cobham, financier impliqué dans les opérations pétrolières en mer du Nord. C'était un bel instantané, sur lequel l'homme de Houston ressemblait plus à un laird écossais que les natifs du pays.

Todd Morrison et Roy Bub Hooker possédaient maintenant un ranch sur le Pedernales et la moitié d'un Beechcraft. L'industriel du pétrole, entièrement accaparé par ses affaires écossaises, proposa de leur revendre sa part de l'avion pour une bouchée de pain ; Todd et Roy Bub sautèrent sur l'occasion. Une fois le marché conclu avec cet ami d'une générosité remarquable, ils n'entendirent plus parler de lui, il avait gravi d'un coup cinq échelons de la hiérarchie sociale.

Morrison gagnait assez d'argent avec ses nombreuses affaires immobilières pour assurer à lui seul l'entretien du ranch. Il fit établir une piste d'atterrissage, loin de la rivière, et les avions privés de plus d'un magnat de l'immobilier se posèrent bientôt à Allerkamp : tous les promoteurs et leurs épouses savaient qu'ils pouvaient venir s'y détendre.

Malgré toutes les affaires qu'il menait de front, Todd trouvait toujours du temps à consacrer à la nature, et il écouta donc d'une oreille sympathique la proposition intéressante que lui fit Roy Bub :

« Écoute, mon pote, je crois que nous possédons une vraie mine d'or. Voilà ce que nous devrions faire. D'abord clôturer…

– C'est déjà clôturé.

– Je pense à une clôture capable de retenir le gros gibier. »

L'idée était surprenante, et Todd garda le silence, sans quitter des yeux le spécialiste des fosses septiques. Puis il demanda lentement :

« Des clôtures de deux mètres cinquante ? Tu penses à des animaux exotiques ?

– Et comment ! Todd, avec ton argent, avec ma connaissance et mon amour des animaux, nous pourrions gagner une fortune sur ce ranch.

– Tu sais combien coûtent les clôtures à gros gibier ?

– Ouais ! lança Roy Bub en sortant un devis de sa poche. La meilleure qualité, presque six mille dollars le kilomètre.

Si nous avions un carré parfait, nos dix mille arpents représenteraient une vingtaine de kilomètres. Mais il faudra compter plus de trente.

– Bon Dieu, Roy Bub ! Cent quatre-vingt mille dollars seulement pour les clôtures. Sans les animaux, qui ne sont pas donnés.

– Todd, je suis sur une piste : les meilleurs exotiques des États-Unis. Tout le monde veut traiter avec moi. Je pourrai réunir les animaux nécessaires au départ pour environ cent trente mille dollars, crois-moi. »

Karleen et Maggie vinrent leur demander s'ils désiraient prendre un verre, et les hommes sollicitèrent leur avis.

« Je crois qu'on pourrait trouver meilleur marché que six mille dollars le kilomètre pour la clôture, dit Roy Bub.

– Je crois que, tant que l'immobilier reste en hausse, on peut tenter le coup, lança Maggie.

– Roy Bub aime tellement les animaux, dit Karleen. Il faudrait sans doute que nous nous installions ici...

– Bien entendu », répondit son mari.

Il parvint à obtenir un meilleur prix pour les clôtures et il tint sa promesse pour les animaux : il trouva à bas prix des moutons aoudads, des cerfs sikas, des béliers mouflons et huit wapitis. Il surprit Morrison en achetant neuf autruches et six girafes :

« Nous ne permettrons à personne de les chasser, mais elles ajoutent de la couleur locale au décor. »

Dès que les animaux seraient habitués – et il en arrivait chaque mois d'Afrique du Sud : des élands et des antilopes –, on inviterait les chasseurs de gros gibier à venir exercer leurs talents contre ces animaux en liberté.

« Dans deux ans, dit Roy Bub, quand nous aurons aménagé le pavillon de chasse et que nous aurons engagé, Karleen des cuisinières et moi des guides, nous pourrons nous lancer. »

Ils feraient payer très cher le privilège de tuer un de leurs animaux exotiques, mais la brochure préparée par Roy Bub faisait remarquer : « C'est diablement meilleur marché de venir à Allerkamp tuer votre éland, que de prendre l'avion pour Nairobi. »

Quand tout fut en place, et que Morrison eut payé toutes les factures pour l'achat et le transport des animaux, Roy

Bub ajouta une commande imprévue qu'il paya de sa poche. Un matin, il téléphona à Houston, tout excité :

« Todd, Maggie ! Venez vite en avion. C'est unique ! »

En arrivant au ranch, ils virent une vaste remorque contenant sans doute des animaux :

« Vous ne devinerez jamais », leur cria Roy Bub.

Le camion se rendit sur une petite parcelle où la chasse était interdite. On installa la rampe et les portes s'ouvrirent. Tout le monde eut le souffle coupé. Roy Bub avait acquis dans un zoo surpeuplé quatre animaux de l'espèce la plus belle qui soit au monde : l'antilope sable, de la taille d'un cheval, à la robe d'un brun pourpré très doux, à la démarche vraiment majestueuse, et portant sur la tête les plus belles cornes du règne animal.

Quand les antilopes sable se sentirent en liberté, elles humèrent l'air inconnu, tapèrent de leurs sabots le sol rocailleux semblable à celui de leur habitat naturel, en Afrique du Sud, levèrent leur tête majestueuse, puis s'éloignèrent lentement. Alors toutes les personnes présentes purent voir leurs cornes magnifiques, en forme de lyre, dans toute leur splendeur. Elles s'arrêtèrent à l'orée du bosquet, comme pour faire apprécier leur beauté, puis se dispersèrent dans les taillis de leur nouvelle demeure.

Parfois, il se passait un mois entier sans qu'une seule personne ne voie l'une des antilopes sable. Puis un de ces animaux royaux apparaissait soudain au visiteur errant sans but sur les chemins du ranch, sa couleur pourpre pailletée d'or par le soleil couchant. La première fois qu'il apercevait ces cornes sans pareilles, le visiteur demandait :

« Quelle créature extraordinaire ai-je donc vu ?

– Pourpre avec d'immenses cornes ? L'une de nos antilopes sable, répondait Roy Bub fièrement, la gloire d'Allerkamp.

– Combien, pour en chasser une ?

– Il n'est pas question de les tuer. »

Pendant les premières années de la crise, aucun agent immobilier de Houston n'évita les conséquences fâcheuses ; mais, comme Maggie Morrison ne s'était jamais occupée de locations, elle ne fut pas directement touchée par la chute du peso et ses effets sur les hôtels et les immeubles d'appartements. La baisse du prix des produits pétroliers ne l'atteignit pas tout de suite non plus. Associée à l'un des cabinets d'affaires les plus solides de la ville, elle continua à se spécialiser dans la recherche de maisons de luxe pour les directeurs venus du Nord que leurs sociétés mutaient dans la région de Houston : « Je me demande qui dirige la baraque, là-haut. Tous les vice-présidents brillants viennent s'installer par ici. »

Elle n'avait pas encore eu le courage de monter, comme son mari, une grosse opération avec des financements extérieurs venus du Canada ou d'Arabie Saoudite, mais elle s'en sortait très bien, et ses revenus lui auraient suffi si elle en avait eu besoin. Elle avait pris des habitudes de pensée texanes et estimait qu'un risque méritait bien d'être pris tant que les chances de réussir s'élevaient à quarante pour cent. « De toute manière, Todd, même si tout s'effondre, nous pourrons nous faire engager comme assistants dans le bureau de quelqu'un et lui acheter son affaire six mois plus tard. »

Le fait qu'elle était devenue totalement texane se manifestait notamment dans les lettres qu'elle envoyait encore parfois à ses amies de Detroit. Elle ne parlait plus jamais de retour.

> Savez-vous ce qu'il arrive à ma ravissante idiote de fille ? Elle vient d'épouser l'un des plus beaux joueurs de football américain que Dieu ait créé, Wolfgang Macnab, plus d'un mètre quatre-vingt-cinq, cent dix kilos de muscles, trois-quarts vedette de notre meilleure équipe – un personnage, fils, petit-fils et frère de Texas Rangers. Son frère Cletus est bien entendu venu à la noce : un mètre quatre-vingt-dix, le vrai Ranger au complet, avec chapeau et revolver dans son étui sous l'aisselle. Vous auriez dû voir ma petite Beth entre ces deux colosses splendides devant le pasteur – baptiste, bien entendu. Je n'ai pu qu'essuyer mes larmes et me rappeler le verset : « Il les a créés mâle et femelle. »
> Mais, ô surprise, que croyez-vous qu'ils aient acheté avec le produit de la quête effectuée par leurs camarades de l'université ? Une gravure de Picasso. Ouais, ces péquenots indécrottables ont acheté un Picasso. Et les journaux annon-

cent aujourd'hui que Wolfgang est sélectionné pour l'équipe des Cow-Boys de Dallas, la meilleure des États-Unis. Je ne serai pas la mère d'une poétesse mais la belle-mère d'un champion de football. Et je crie comme tout le reste du Texas : « Finies les grandes écoles du Nord, le monde réel, c'est ici. »

Vers la même époque, Maggie s'aperçut que son mari se trouvait fréquemment dans des situations délicates, dont il se tirait par des manœuvres parfois douteuses. Par exemple, quand l'industriel du pétrole qui chassait avec Todd avait quitté le ranch du Pedernales pour sa chasse d'Écosse, il lui avait déclaré :

« Maggie, je n'éprouve aucun plaisir à vous parler ainsi, mais nous vous aimons beaucoup, ma femme et moi. Protégez-vous. J'ai participé à quatre affaires avec votre mari, et, dans chaque cas, il s'est montré fort malin. Les lotissements Lambert, le ranch de Falfurrias, l'avion, et enfin Allerkamp. Il n'est pas carré. Il joue au plus fin, même avec ses amis. Il cherche toujours un petit avantage. C'est l'une des raisons pour lesquelles je m'en vais en Écosse.

– Est-ce qu'il a agi… Je veux dire… de façon…

– Illégale ?… La ligne est bien mince, et pas très nette. Quand on traite de grosses affaires, on rencontre de grands problèmes. Mais il ne faut jamais finasser avec ses associés.

– Il a traité Roy Bub de façon honnête, non ? »

Le simple fait de poser la question montrait qu'elle avait des doutes.

« Il n'y a pas plus brave homme que Roy Bub au Texas, tout le monde le traite de façon honnête. Mais même Roy Bub ferait bien de se méfier, parce qu'il s'apercevra un jour qu'il ne possède plus un seul arpent de ce ranch. " Salut Roy Bub, ravi de t'avoir connu. "

– Je ne peux pas le croire.

– Et faites attention vous aussi, Lady Maggie, sinon vous vous retrouverez sur la touche, avec le reste d'entre nous. »

Il ne la revit plus, et le dentiste aussi parut oublier complètement Maggie après l'ouverture de son grand chenil. Un jour où elle faisait arpenter des parcelles pour diviser les terrains d'angles et les « abords », elle s'arrêta au chenil et demanda carrément :

« Est-ce à cause de mon mari que vous vous êtes retiré d'Allerkamp ?

– Au bout d'un certain temps, Maggie, lui répondit franchement l'ancien compagnon de chasse de Todd, tout le monde se lasse de faire des affaires avec votre mari. Faites attention. »

Bien entendu, quand la récession s'aggrava en 1982, même des couples en excellente position comme les Morrison commencèrent à en subir les conséquences. Todd n'eut une vague conscience de la crise économique qu'en voyant sur l'aéroport réservé de Houston la plupart des avions privés mis en vente. Le choc fut brutal, et il discuta aussitôt stratégie avec son épouse :

« C'est le moment ou jamais de risquer le gros coup.

– Mais tu es fou ! Tout s'écroule.

– Justement. C'est dans ces conditions que les meilleures occasions se présentent. Un bon agent immobilier, et tu en fais partie, Maggie, peut faire sa pelote dans un marché à la hausse. Mais il peut crever le plafond quand tout va à la baisse. Parce que les gens sont obligés de vendre, et qu'il n'y a plus d'acheteurs.

– Comment pouvons-nous acheter ?

– A crédit. En hypothéquant tout ce que nous avons. Nous cherchons des vendeurs en détresse, et nous achetons à tout va. »

Quand ce fut fait et qu'ils eurent épuisé tous leurs fonds, Todd dit à sa femme :

« Les cailles commencent à rôtir. Va à Dallas essayer de trouver un gros paquet. »

Ce fut dans ces circonstances que Maggie Morrison, ancienne institutrice de banlieue à Detroit licenciée par la crise, entra pour la première fois dans le bureau de Ransom Rusk, à Dallas, pour essayer de l'intéresser à une spéculation immobilière de Houston exigeant la modeste somme de cent quarante-trois millions de dollars. Au cours des huit premières minutes de leur entretien elle en apprit davantage sur le financement à la texane qu'au cours des huit mois précédents :

« Monsieur Rusk, excusez-moi de venir faire appel à vous alors que les journaux annoncent que vous subissez des revers.

– Ma chère madame Morrison, lui répondit-il en riant, c'est justement en ces moments-là qu'un homme comme moi cherche de nouvelles entreprises. Les anciennes ont fait long feu.

– Vous êtes prêt à étudier mon affaire ?

– Je suis toujours prêt à étudier une affaire. S'il y a une marge suffisante. C'est comme cela que je me suis lancé dans TexTek. »

Après lui avoir exposé la situation, elle lui demanda :

« Combien comptez-vous que mon mari et moi investissions de notre côté ?

– Tout ce que vous avez, jusqu'au dernier sou. Je veux que vous soyez aussi impliqués que moi... Tenez, ajouta-t-il. Vous voulez cent quarante-trois millions ? J'en mettrai vingt-cinq sur la table si vous en mettez quatre.

– Mais il nous manquera plus de cent millions. Où les trouverons-nous ?

– Les banques, répondit Rusk. Vous serez surprise de voir à quel point elles adorent prêter de l'argent dès qu'on a une idée positive. Et la vôtre est très positive.

– Pourquoi faites-vous cela ? lui demanda-t-elle avant de prendre congé.

– Oh ! Gagner, perdre... Peu m'importe au fond. Mais j'aime vraiment rester dans le jeu. »

A force de concentrer son attention sur les gros éleveurs comme Lorenzo Quimper, les magnats du pétrole comme Ransom Rusk, les riches planteurs de coton comme Sherwood Cobb ou les grands truands de l'immobilier comme Todd Morrison, on en vient à croire qu'au Texas la puissance se trouve seulement entre les mains d'hommes qui manipulent de vastes sommes d'argent. Il n'en est rien. A bien des égards, dans la vie du Texas, ce sont les voix des « petites gens de la cambrousse » qui ont le plus de poids. Ce sont eux, par exemple, qui ont interdit au Texas les paris sur les courses de chevaux. Ils n'ont autorisé aucune loterie de l'État. Et, avec une fréquence saine et rassurante, ils votent d'une manière qui surprend les grandes villes.

Un excellent exemple de cette obstination populaire se produisit à Larkin en 1980 : des libéraux mal inspirés voulurent rappeler à la ville qu'un de ses premiers occupants était un respectable tenancier de saloon, et que l'alcool avait été banni seulement par le mouvement voué à l'échec de la prohibition : « Il est grand temps que notre ville ait des magasins vendant de l'alcool et des bars où un citoyen soumis aux lois puisse prendre un verre en tout bien tout honneur. » Prêt à soutenir leurs propos avec des espèces sonnantes, ces gens dynamiques réunirent un énorme trésor de guerre, engagèrent Kraft and Killeen, le cabinet de relations publiques de Dallas, et réclamèrent à cor et à cri un référendum. La guerre était déclarée.

D'après la loi texane, tout comté a le droit d'interdire la vente de l'alcool sur son territoire, si la majorité vote dans ce sens. Sur deux cent cinquante-quatre comtés, soixante-quatorze s'étaient mis au régime sec ; mais il y avait tellement de subtilités dans les interdits qu'un nouveau venu y perdait sa soif ! Un comté interdisait tout, le vin, la bière, le whisky ; un autre autorisait la bière mais interdisait vin et whisky ; un troisième, un quatrième et un cinquième créaient leur propre éventail d'alcools autorisés et interdits. En fin de compte, la vente de l'alcool n'était libre que dans trente-six comtés au total.

Après les années dissipées du boom pétrolier, Larkin avait opté pour le régime sec. Au cours des années soixante et soixante-dix, tous les efforts pour abroger le décret avaient échoué. « Notre ville, se flattait le révérend Craig, pasteur de la première église baptiste de Larkin, est un havre de décence et de sobriété dans un État qui offre trop d'exemples du contraire. » Craig était un bon ministre de Dieu, particulièrement apprécié pour l'intérêt paternel qu'il portait aux orphelins et l'attention filiale avec laquelle il traitait les personnes âgées sans famille. Une grande partie du bien qui se faisait à Larkin pouvait être attribuée à ses initiatives, et des hommes d'affaires comme Ransom Rusk lui donnaient assez de fonds pour couvrir ses nombreux petits actes de charité discrète. Il prêchait bien, sans invectiver ses fidèles, et se montrait œcuménique à l'égard des Églises moins importantes que la sienne établies à

Larkin. Il incitait ses ouailles à accueillir même les Mexicains et les Noirs dans l'église, s'il en passait par là.

« Craig ajoute à notre ville une touche d'humanité et d'honneur », déclara un des magnats du pétrole en apportant son offrande annuelle, et tout le monde partageait cet avis. Les jeunes appréciaient ses efforts pour se mettre au diapason de l'époque : il avait encouragé ses diacres à autoriser la danse aux kermesses du patronage, décision vraiment révolutionnaire, quand on songeait au passé.

En matière de morale, Craig ne se montrait nullement fanatique, et il avait à plusieurs reprises aidé des prostituées abandonnées par leur souteneur, persuadé que Jésus aurait agi de même ; il servait de père adoptif aux enfants qui avaient des problèmes ; mais il pouvait se montrer vraiment énergique dans l'exercice de deux de ses obligations baptistes : il croyait en une interprétation littérale de la Bible et il avait en horreur le démon rhum : « J'ai assisté à tant de tragédies humaines provoquées par l'alcool que je n'arrive pas à comprendre qu'un homme laisse cette vile substance franchir ses lèvres. Quant aux femmes qui boivent, c'est une malédiction. »

A bien des égards, Craig représentait la force la plus déterminante de Larkin, et, quand un magnat du pétrole brava toutes les lois non écrites du nord du Texas, Craig prêcha contre lui deux sermons si virulents que l'homme se trouva pour ainsi dire excommunié, non seulement de l'Église baptiste, mais de la communauté. Le mécréant dut se réfugier à Dallas, où il fut d'ailleurs très heureux.

C'était en grande partie à cause de Craig que Larkin demeurait encore au régime sec, car l'énergique pasteur avait repoussé à deux reprises les tentatives des défenseurs de l'alcool. Il se prépara à livrer un troisième combat. Il fermait les yeux sur le fait qu'une large majorité de ses ouailles s'envoyait un petit coup en douce de temps en temps, mais il louait fréquemment sa congrégation de ne cacher dans son sein aucun ivrogne invétéré. Il n'éprouvait que mépris pour les comtés du río Grande qui, en raison d'une nombreuse population hispanique, refusaient de bannir l'alcool, et, dans ses sermons les plus incendiaires, il évoquait parfois « nos cousins du Sud pour lesquels l'ivrognerie est un style de vie », refusant de reconnaître que la consommation légale et modérée de l'alcool provoquait en fait moins d'ivrognes que le code sévère de Larkin.

Bien entendu, étant donné la complexité du système, toute personne désirant boire un verre pouvait en trouver un, et chaque comté avait sa part d'alcooliques, car la loi contenait une faille dont les bambocheurs n'hésitaient pas à profiter. Un comté respectable comme Larkin pouvait adopter le régime sec alors que son voisin plus coulant restait obstinément alcoolique. Et, comme la plupart des comtés, surtout dans l'Ouest, étaient carrés et petits – environ cinquante kilomètres de côté avec le chef-lieu en plein centre –, une ville au cœur d'un comté sec se trouvait en général à moins de vingt-cinq kilomètres d'une source intarissable d'alcool. Dans le cas de Larkin, la distance des lèvres à la coupe (en l'occurrence le comté de Bascomb, « cloaque nauséeux de tous les péchés », selon l'expression du révérend Craig) n'était que de vingt kilomètres, par la nationale 23.

Quand on afficha officiellement au palais de justice de Larkin qu'un référendum aurait lieu au printemps 1980, Craig étudia en tremblant les forces coalisées contre lui et annonça à ses diacres :

« Mes frères, le combat que nous allons livrer déterminera le caractère de notre comté pour le reste de ce siècle. Regardez les forces qui nous assaillent ! Toutes les distilleries d'Amérique. Toutes les brasseries du Texas. Tous les tenanciers de saloons des comtés alcooliques de la rivière Rouge, Kraft and Killeen de Dallas... Frère Carnwath, dites à ces messieurs à quoi nous nous attaquons.

– Nous avons de bonnes raisons de croire qu'ils ont amassé, pour nous écraser, plus de sept cent mille dollars, car ils savent que, s'ils peuvent introduire une bouteille de whisky ici, ils pourront en déverser des fleuves entiers sur n'importe quel comté du Texas.

– Messieurs, lança Craig, le sort en est jeté. Une fois de plus, c'est David contre Goliath, et une fois de plus Dieu soutiendra celui dont le cœur est pur, si faible qu'il puisse paraître au départ. »

C'était effectivement le petit David contre les puissances des ténèbres, mais le jeune berger n'était nullement sans défense, car Craig organisa des groupes sur trois niveaux :

les Sages de la communauté, les Enfants pour un Texas décent, et entre les deux une association nombreuse et puissante : les Chiens de garde de la citadelle.

Vue de l'extérieur, la situation à Larkin semblait paradoxale : « Tout le monde, dans cette ville insensée, boit comme un trou, mais veut empêcher les autres de boire. » Une lettre adressée par une fidèle baptiste à une amie du Nouveau-Mexique explique ce trait curieux du Texas :

> Bien entendu, Albert prend un petit verre de temps en temps, mais seulement en société quand nous sommes chez des gens qui boivent de l'alcool. Et même moi, les jours de fête, je ne suis pas contre un petit coup dans une ambiance sympathique. On m'a dit aussi que les élèves du lycée, surtout les plus âgés, qui travaillent le soir et le samedi, boivent une bière à l'occasion. Mais tous ceux d'entre nous qui ont le droit de voter préfèrent bannir l'alcool des magasins, et nous ne voulons pas de saloons dans nos rues calmes.
>
> Nous agissons ainsi, je pense, parce que nous savons que limiter le mal, ne serait-ce qu'un tout petit peu, ne peut faire que du bien. C'est indiquer à la communauté que nous ne permettrons jamais au mal de s'épanouir et de tout envahir. Les trois soirs précédant le vote, le révérend Craig fera des réunions de prières au cours desquelles nous nous engagerons à combattre le démon, car nous sommes tous convaincus que l'alcool est une des principales armes avec lesquelles il attaque les hommes et les sociétés.

La croisade contre l'alcool, si souvent lancée et relancée dans ce que le révérend Craig appelait « nos comtés chrétiens du Nord », avait pourtant une conséquence grave, dont les gens de Larkin n'aimaient pas discuter. La nationale 23, qui conduisait à Bascomb, était devenue une route très fréquentée, et, quand les jeunes, garçons et filles, descendus dans le comté voisin pour boire un peu, revenaient – souvent en buvant l'alcool au goulot –, il y avait fréquemment des accidents. Très souvent aussi, quelque ivrogne solitaire venant du sud percutait bille en tête une innocente voiture contenant quatre passagers encore sobres. Les manchettes répétaient à l'envi :

TRAGÉDIE SUR LA ROUTE DU RHUM.

De temps en temps, un journaliste critiquait la fâcheuse habitude des jeunes de boire au goulot en revenant de Bascomb, mais personne n'attribuait le carnage au fait que la vente d'alcool était interdite à Larkin.

Cette année-là, comme chaque fois, des forces extérieures déversèrent donc des sommes énormes dans l'espoir d'obtenir le droit de vendre leur production, tandis que les baptistes se battaient pour défendre un *statu quo* hérité de leurs parents bien-pensants. Dans chaque camp, les partisans étaient raisonnables, patriotes et poussés par des motifs respectables, mais il y avait entre eux tellement d'animosité qu'aucun terrain d'entente ne pouvait être établi.

Les observateurs de la campagne se refusaient à en prédire l'issue : « On ne peut jamais savoir l'effet de tant d'argent d'un côté et tant de prières de l'autre. »

Précision utile : au Texas, le résultat d'un plébiscite sur l'alcool n'est valable que quelques années, à la suite de quoi le camp vaincu peut tenter de nouveau sa chance. En général, les perdants lèchent leurs blessures pendant environ six ans avant de repasser à l'attaque, mais quelle que puisse être l'issue, elle n'est jamais définitive. Selon les termes du révérend Craig, cinq jours avant le référendum : « Dans ce monde de péché, les forces du mal ne restent jamais en repos. »

Cette année-là, les forces du mal semblaient vraiment sur le point de triompher, car leurs représentants à Dallas, l'agence de relations publiques Kraft and Killeen, avaient mené une campagne éblouissante, centrée non pas sur l'alcool, mais sur les droits de l'homme (le droit de boire) et les avantages d'une société libre (liberté de consommer). Mais, au dernier moment, les partisans du régime sec reçurent un appui inattendu. Dans la ville « pétrolière » de San Angelo, à deux cent soixante kilomètres au sud-ouest de Larkin, un prêtre catholique, le père Uecker, avait enfin pris conscience qu'en douze mois il avait célébré les obsèques de cinq jeunes impétueux de sa congrégation, abattus à coups de feu au cours de bagarres entre saoulards survenues dans des bâtiments dépendant de son église. A grand renfort de publicité, il annonça qu'il ne louerait plus la salle de son patronage pour les bals ou les soirées où l'on vendrait de l'alcool.

Cela ferait perdre à la trésorerie de l'Église plus de trois mille dollars de loyer, mais il estimait que c'était un petit prix à payer si cela permettait d'arrêter ou même de ralentir le massacre. Le père Uecker termina sa déclaration par un paragraphe qui diminuait sans doute l'impact de sa décision aux yeux des baptistes de Larkin, mais ils n'en exploitèrent pas moins au maximum cette aide inespérée.

> Nous sommes persuadés que Jésus lui-même a participé avec joie aux noces de Cana, où l'on a sans doute dansé et bu du vin. Nous croyons aussi que le vin fait partie de la Création de Dieu, et donc qu'il est bon. Nous croyons que la danse peut être un divertissement très sain. Nous nions catégoriquement que boire et danser soient mauvais en soi. Mais il nous paraît impossible, ici et maintenant, de tolérer des bals publics avec les abus que provoque l'alcool.

Les cinq morts tragiques de San Angelo et l'utilisation habile de la déclaration du prêtre catholique par le révérend Craig, qui se garda bien de rappeler que le père Uecker n'était pas prohibitionniste, assurèrent suffisamment de voix aux partisans du régime sec pour que le comté de Larkin obéisse une fois encore à la voix de son chef religieux. A l'annonce des résultats, les cloches sonnèrent, et plusieurs fidèles de diverses observances, dont le fils du pasteur, âgé de seize ans, parcoururent la ville en voiture en klaxonnant à tout rompre pour fêter la victoire.

Les trois autres jeunes de la voiture où se trouvait le jeune Craig étaient si emballés qu'à la fin du défilé spontané en ville ils prirent joyeusement la route du Rhum vers les bouges du comté de Bascomb, burent sans la moindre modération, puis rentrèrent en zigzaguant vers Larkin avec deux bouteilles d'Old Alamo, une pour les sièges avant, l'autre pour la banquette arrière.

Au croisement de la nationale 23 et de la vicinale 578, le chauffeur mêla dans sa tête les phares venant droit sur lui et ceux qui arrivaient de la 578. En un instant de confiance suprême, il décida de passer en plein milieu. Au lieu de cela il heurta de plein fouet la voiture qui venait de la droite. Le chauffeur, le jeune Craig, les deux autres passagers, l'homme et la femme dans l'autre voiture furent tués, non sur le coup, mais dans les flammes qui les engloutirent.

Lorsque Maggie Morrison, quarante-sept ans, découvrit à quel point il était facile d'emprunter d'énormes sommes d'argent au Texas, surtout aux magnats du pétrole, elle étudia le marché immobilier de Houston avec un soin particulier, et elle apprit qu'à la suite de la dévaluation brutale du peso de nombreux beaux bâtiments se trouvaient acculés à la faillite. Des occasions sensationnelles s'offraient, mais seulement si l'on avait foi en une reprise du marché. Elle possédait cette foi.

Quatorze années passées dans l'ambiance dynamique de Houston avaient presque effacé ses souvenirs de Detroit. Elle avait cessé de comparer le Texas au Michigan, elle acceptait sa nouvelle patrie comme un monde en soi, n'obéissant qu'à ses propres règles. Elle aimait maintenant le côté western du costume, le caractère décontracté des relations sociales, l'accent texan, et elle adorait littéralement la cuisine mexicaine, surtout l'arôme d'un *chile relleno* frais ou d'une *enchilada* vraiment bien faite. Sa passion pour Houston même n'avait cessé de s'affirmer. Elle fut ravie d'apprendre, après le recensement de 1980 extrapolé pour 1981, que « sa » ville arrivait au quatrième rang des États-Unis, après avoir dépassé Philadelphie et avec toutes les chances de rattraper Chicago avant la fin du siècle.

Mais plus elle étudiait l'économie, sans se laisser aveugler par les apparences, plus elle constatait que Houston était en mauvaise posture. Dans tous les secteurs, elle pouvait reconnaître des signes révélateurs : les grandes compagnies pétrolières licenciaient du personnel et les petites résolvaient le problème de façon plus simple en déposant leur bilan. Cela se répercutait sur l'ensemble du milieu des affaires : les prospecteurs fermaient boutique, le matériel se bradait à dix pour cent de sa valeur, les banques en difficulté exigeaient le remboursement de leurs prêts. Le nombre des inscriptions dans les universités diminuait parce que les parents n'avaient plus les moyens de payer les droits, les magasins de détail commençaient à renvoyer leurs vendeurs.

La crise qui intéressait le plus Maggie était évidemment celle de l'immobilier, et toujours, dans son bureau du quinzième étage dominant le Buffalo Bayou, elle en revenait au magnifique ensemble construit par les hommes politiques mexicains de Gabe Klinowitz : les Remparts. Leurs façades de verre brillaient dans le soleil couchant, mais ils n'étaient occupés qu'à quinze pour cent. Si les locations étaient restées au niveau spectaculaire de 1980, les Mexicains auraient gagné une fortune, mais ils étaient maintenant acculés à la catastrophe. « Je suis sûre qu'ils ont investi au moins cent soixante-dix millions de dollars dans ces trois tours », dit Maggie à son mari, mais il était tellement préoccupé par son ranch de gibier exotique, avec Roy Bub Hooker, qu'il ne réagit pas à la proposition intéressante qu'elle lui faisait. Elle resta seule en face de la proie qui semblait l'hypnotiser.

Une nuit où la lune scintillait sur les immenses façades, elle prit sa décision ; le lendemain matin, elle enfila son meilleur tailleur d'affaires et prit l'avion de Dallas.

« Monsieur Rusk, ces pauvres Mexicains ont sur les bras cet investissement énorme...

– N'ayez jamais pitié de votre adversaire. S'il a commis une sottise, faites-lui un croche-pied pendant qu'il est en perte d'équilibre.

– Ils n'ont aucune possibilité de rembourser une partie de leurs dettes et ils doivent payer en ce moment jusqu'à dix-neuf pour cent d'intérêts.

– Vous êtes sûre qu'ils ont investi cent soixante-dix millions ? A quel chiffre seraient-ils disposés à traiter si nous prenons leur place ?

– J'ai l'impression que nous pourrions arracher l'affaire pour cinquante millions. Peut-être même quarante.

– Voyez ce que vous pouvez faire. »

Elle partit donc traiter avec les Mexicains. Rusk lui avait promis : « Je mettrai treize millions si vous en ajoutez deux. Mais débrouillez-vous pour convaincre les banques de Houston de nous prêter le reste à un intérêt convenable. » Elle assura aux promoteurs qu'en fait son offre de quarante millions de dollars était équitable :

« Messieurs, la majeure partie de ce que vous appelez vos pertes sont des pertes sur le papier. Le marché s'est contracté. Si vous aviez investi dans le pétrole, vous auriez subi des taux de baisse plus importants. »

Avec les banques qui avaient prêté aux Mexicains, elle se montra courtoise mais ferme :

« Que pouvez-vous faire d'autre ? Vos prêts ne seront jamais remboursés, pas plus que ceux que vous avez consentis à l'industrie pétrolière. Aidez-moi à refinancer ce désastre et vous recevrez plus que vous n'êtes en droit de l'espérer dans les circonstances. »

Et, juste au moment où elle avait placé tout le monde sur la sellette, sa fille Beth annonça qu'elle allait avoir un enfant, et Maggie abandonna les négociations pendant une semaine, en laissant en suspens les Mexicains, les banquiers de Houston et Ransom Rusk. Elle n'avait pas prévu cela, mais c'était la meilleure manœuvre qu'elle pouvait faire, car le jour où elle retournerait à la table de négociation tous les acteurs seraient impatients de trouver un terrain d'entente.

Maggie savait, depuis des années maintenant, qu'elle avait une personnalité beaucoup plus forte que celle de son mari ; elle était mieux adaptée que lui aux tensions et aux responsabilités de la finance texane. Jamais elle ne l'aurait exprimé avec autant d'arrogance, mais elle avait du caractère et il n'en avait pas. L'affaire qu'elle allait traiter en engageant jusqu'à son dernier sou serait scrupuleusement honnête et aussi équitable pour chaque participant que les exigences de la situation économique le permettaient. Elle désirait une juste part des bénéfices, mais était prête à subir sa part des pertes si elle s'était trompée dans ses calculs. Une institutrice du Michigan qui croyait en Adam Smith.

Elle avait laissé loin derrière elle son mari désinvolte et beau parleur : il jouait des petits jeux, elle jonglait avec des empires. C'était un bon mari et un bon père, mais Maggie ne pouvait s'empêcher de penser que dans les moments de tension il s'était montré fuyant – un homme de petite envergure. Elle espérait de tout son cœur qu'il éviterait les ennuis et s'en tiendrait à l'argent facile qu'il avait amassé, mais elle n'était pas très sûre qu'il y parviendrait.

Enfin, elle versa des larmes. Durcie par le monde brutal de l'immobilier de Houston, elle ne s'était pas permis cette faiblesse depuis les larmes de joie qu'elle avait versées au mariage de Beth avec Wolfgang Macnab... Oh Todd ! songea-t-elle. Nous aurions dû nous aimer mieux ! Dans sa générosité, elle s'attribuait sans raison la moitié des torts.

Pendant que les hommes politiques mexicains et les banquiers texans étaient sur des charbons ardents, elle passa des jours entiers avec sa fille, pour parler mariage, enfants et responsabilités. Et, un après-midi, elle attira l'attention de Beth sur les Remparts :

« Ces immeubles ne sont pas seulement beaux, ils sont en excellent état. Seulement, le taux d'occupation n'est que de quinze pour cent. Des larmes gelées. Des monuments à des rêves brisés.

– Maman, pourquoi veux-tu être mêlée à cet échec ?

– Parce que je suis persuadée que Houston est l'endroit le plus vivant d'Amérique. Je sais que le marché rebondira.

– Mais, si tu le sais, les autres le savent aussi, non ?

– Peut-être, mais je suis la seule à avoir la foi.

– Vas-tu jouer tout ton argent sur ces tours ? »

La mère et la fille regardèrent longuement les Remparts, véritable œuvre d'art et symbole de la moderne Houston, dont Maggie serait très fière de devenir propriétaire si elle parvenait à l'acheter au quart de sa valeur.

« Fais-tu tout ceci par vanité, maman ? »

Maggie se posa la question. N'était-il pas excitant d'opérer dans ce que l'on considérait naguère une chasse réservée aux hommes, en réussissant mieux que la plupart ? Oui, elle était fière de sa réussite. Et n'était-il pas exaltant de jouer avec des fonds aussi énormes – les siens et ceux des autres ? Elle était prête à l'avouer à sa fille, mais, à ce moment critique de leurs deux vies, elle jugea mal venu d'évoquer des impulsions aussi triviales et presque dégradantes.

« Beth, tu aimes vraiment le Texas, n'est-ce pas ?

– J'en suis amoureuse. Je ne me souviens même plus de Detroit.

– Le regrettes-tu ?

– Non ! Ici se trouvent la liberté, l'animation, l'avenir. Wolfgang et moi voyons des possibilités illimitées. Je ne pense pas à une vie trépidante, pas du tout. Mais un homme comme Wolfgang, avec moi à ses côtés, peut faire n'importe quoi à partir d'une base au Texas. N'importe quoi.

– J'ai la même impression, Beth.

– Mais papa n'est pas à tes côtés.

– Non... »

Elles changèrent de sujet, et, au bout d'un moment, Maggie se confia :

« Je vais risquer toutes mes économies. Mais crois-tu que ta mère... Tu me connais, je suis prudente... Crois-tu que je prendrais de tels risques en aveugle ?

– Je ne suis plus très sûre de te connaître.

– Regarde-toi ! Comme tu étais à ton arrivée ici : jeune poétesse et le reste. Puis majorette. Maintenant, dame de la société. Je ne te connais plus, moi non plus... Mais je suis très fière de toi telle que tu es, se hâta-t-elle d'ajouter. Magnifique métamorphose.

– Quelles sécurités as-tu, maman ?

– M. Rusk entre dans l'affaire avec moi, et nous serions bien fous d'acheter ce mouton à cinq pattes, lança-t-elle en braquant un index méprisant vers les tours. Jamais nous ne pourrons l'amortir. Tout cet espace que personne ne veut louer...

– C'est bien mon avis. Du verre, du verre, et rien par-derrière.

– Mais ! reprit Maggie en souriant. Mais j'ai trouvé un groupe d'acheteurs éventuels. Des Canadiens. Ils ont derrière eux une chaîne d'hôtels qui marche très bien. Ils croient que, s'ils achètent l'ensemble à un prix assez bas, ils pourront monter à l'intérieur une opération rentable.

– Pourquoi n'achètent-ils pas directement ?

– Parce qu'ils ont besoin de quelqu'un comme moi pour mettre au point les détails.

– Et, si la deuxième partie de l'affaire se passe bien, tu vas ramasser le paquet, n'est-ce pas ?

– Tu as toujours su trouver des expressions délicates, Beth. Mais la réponse est oui.

– Et, si tu peux refiler les Remparts à la chaîne d'hôtels…

– Une seconde !… La chaîne d'hôtels n'avance pas un sou. Elle offre seulement un contrat de gestion, mais très alléchant, je dois dire.

– Comment connais-tu la teneur du contrat ? »

Maggie Morrison ébaucha un sourire :

« Souvent, Beth, une paysanne à l'air bête venue de Detroit peut apprendre des choses qu'un milliardaire comme Ransom Rusk n'apprendra jamais.

– Mais, si ton projet se casse le nez ? Si tes acheteurs ne donnent pas suite ?

– Je perds tout. Peut-être pas tout, parce que nous achetons à vingt-quatre pour cent de la valeur. Si nous sommes pris à la gorge, nous en trouverons sans doute dix-huit pour cent. »

L'affaire fut conclue en quelques jours. Rusk et Maggie déboursèrent douze millions de dollars, les banques se montrèrent enchantées d'avancer le reste, même les Mexicains parurent soulagés de récupérer quarante-deux millions sur leur investissement de cent soixante-dix millions. Ils avaient craint de tout perdre.

En juillet 1983, quand tout parut aller un peu mieux à Houston, Maggie revendit les Remparts aux Canadiens, qui voulaient convertir les étages supérieurs en appartements de grand luxe pour leurs épouses. Elle parvint à leur arracher soixante-deux millions de dollars. Rusk et elle allaient gagner vingt millions pour environ un an de travail. Généreusement, Rusk partagea le bénéfice par moitié avec Maggie. C'était, lui dit-il, la commission traditionnelle du promoteur de l'affaire.

Quand la vente fut terminée – *finalisée,* dans le jargon de Houston –, Maggie invita sa fille à un déjeuner de victoire :

« Pourquoi ai-je pris tellement de risques ? Je voulais vous assurer à ton frère Lonnie et à toi le meilleur départ possible dans la vie texane. J'ai peur que ton père perde tout ce qu'il a dans son ranch exotique.

– Maman ! Wolfgang et moi gagnons bien notre vie. Beaucoup plus que ce dont je rêvais.

– Pour le moment. Mais on n'est pas joueur de football à vie. »

C'était en août 1983. A la fin du repas, la télévision du restaurant se mit à diffuser des avis d'alerte sur le premier cyclone de la saison – Alicia –, qui se déplaçait au-dessus du golfe avec des vents de l'ordre de deux cents kilomètres-heure – probablement en direction de Galveston. Les deux femmes se turent pour écouter, Maggie d'une oreille plus attentive, car les cyclones influencent les valeurs de l'immobilier.

« Pauvre Galveston ! dit-elle. En 1900, la ville a été complètement balayée par un cyclone comme celui-ci.

– J'en ai entendu parler. Six mille noyés, la plus grande catastrophe naturelle dans l'histoire de l'Amérique.

– Mais cela ne se renouvellera plus. On a construit un mur de protection du côté de la mer.

– Espérons-le... » répondit Beth.

Le lendemain et le surlendemain, Maggie continua de suivre le cyclone tropical, mais d'un œil distrait, car les vents étaient tombés à la vitesse relativement bénigne de cent vingt kilomètres-heure. La côte du Texas avait l'habitude d'affronter ces vents-là. Elle avait presque oublié le danger quand l'orage s'arrêta brusquement, à quatre-vingts kilomètres au large, et se mit à tourner sur lui-même comme s'il ne savait pas où atterrir.

Aussitôt, tous ceux qui connaissaient des rudiments de météorologie tropicale commencèrent à s'affoler, car ce tourbillon stationnaire signifiait que l'œil du cyclone était en train d'acquérir des vitesses incroyables, de l'ordre de deux cent soixante kilomètres-heure. La tempête accumulait tellement d'énergie qu'elle détruirait tout à l'endroit où elle frapperait... et elle se dirigea soudain vers Galveston.

Par la grâce d'une nature clémente, l'orage d'une violence inouïe obliqua au dernier moment et toucha terre sur des plages relativement peu peuplées ; au lieu de milliers de morts, il n'y en eut qu'une vingtaine. Avec un soupir de soulagement, tout Galveston alla dans les églises rendre des actions de grâce pour son salut. Le grand cyclone de 1983 était passé...

Par un curieux caprice des vents en altitude, après avoir franchi la côte, l'orage rebroussa chemin et frappa Houston – non de l'est comme on pouvait s'y attendre, mais du sud-ouest ; les vents arrivèrent à une vitesse qu'aucun architecte n'avait prévue, et il s'enroula autour des tours en créant des courants et des tourbillons d'une puissance jamais vue.

La splendide architecture moderne de Houston, gratte-ciel défiant les nuages, châteaux de verre si brillants au soleil levant ou couchant, reçut une gifle d'une violence telle que les panneaux de verre, l'un après l'autre, éclatèrent. Les glaces d'un bâtiment virevoltaient dans les airs puis foudroyaient les glaces du bâtiment voisin, qui lançaient des éclats à leur tour vers les autres buildings de la ville.

Maggie Morrison, en dépit de tous les conseils de prudence, voulut voir ce qui se passait aux Remparts, bien qu'elle n'en fût plus la propriétaire. Sur le côté des tours abrité de l'orage, à l'endroit où l'on s'y attendait le moins, le vent se mit à aspirer les vitres, qu'il arracha de leurs cadres. En tombant dans la rue, elles formèrent une étonnante pluie mortelle d'éclats de verre – il y en avait des millions, grands et petits – qui crépitèrent sur l'asphalte et les trottoirs, blessant tout le monde sur leur passage, et couvrant les rues de glaçons qui ne fondraient jamais.

Mon Dieu ! Mes immeubles !... Maggie, dans son refuge, derrière un mur de béton, se mit à pleurer sur la tragédie, dont elle n'était pas directement victime mais pour laquelle elle éprouvait une responsabilité personnelle.

Debout dans le vent hurlant, au milieu de la pluie de verre, elle pleura pour les rêves brisés des industriels du pétrole dont l'univers s'était écroulé ; elle pleura pour tous les nouveaux chômeurs, dont la plupart avaient tout abandonné dans le Nord, attirés par la sécurité d'emploi que semblait promettre Houston ; elle sanglota pour les Mexicains qui avaient pris des risques énormes et vu le sol se dérober sous leurs pas ; elle pleura surtout pour les Canadiens qui avaient acheté ces immeubles trois semaines plus tôt. Les Remparts, appartements vides et fenêtres brisées, étaient l'affaire des nouveaux acheteurs – pas le moindre doute à cet égard –, mais Maggie n'avait évité la catastrophe que de vingt jours. Si elle avait perdu du temps dans ses négociations, c'est elle qui aurait subi le désastre.

« C'est sans doute la route la plus dangereuse d'Amérique », lança le Ranger Cletus Macnab à son colosse de frère.

Ils venaient de quitter Fort Stockton en direction des deux petites villes frontières, face à face de chaque côté du río Grande : Polk au Texas, Carlota au Chihuahua, de l'autre côté du pont branlant.

« Elle ne me paraît pas en mauvais état », répondit Wolfgang.

Effectivement, le revêtement de bitume était excellent et la route pas plus étroite que n'importe quelle voie secondaire. A l'est et à l'ouest, des plaines désertes et des poteaux pour indiquer les hauteurs d'eau, en cas de crue, dans les creux où construire un pont aurait coûté trop cher – il n'aurait presque jamais servi. Wolfgang regarda les raies noires graduant les poteaux blancs :

« L'eau peut vraiment monter à quatre mètres au-dessus de ces cailloux ? C'est sec comme un coup de trique.

– Mon vieux, quand la pluie dégringole des montagnes, le niveau peut monter de cinq mètres en dix minutes. Adieu à celui qui se fait prendre dans les ravins.

– C'est ce que tu voulais dire en parlant de danger ?

– Oh, non ! Les usagers de la route apprennent à se méfier quand ils voient l'eau monter. Ces poteaux sont pour les touristes.

– Alors, où est le danger ? »

Le Ranger, avec ses bottes texanes, son complet de rancher en whipcord beige clair et l'inévitable Stetson, montra devant eux une voiture qui se dirigeait à pleine vitesse vers le sud.

« Sur cette route, Wolfgang, je n'arrêterais cette voiture qu'avec des précautions extrêmes. Et si je la voyais en panne sur le bas-côté, je ne m'en approcherais que le revolver au poing.

– Pourquoi cette voiture-là ?

– Ici, n'importe laquelle. Il y a de grandes chances qu'elle a été volée dans le Nord. Regarde : des plaques du Minnesota. Que fait-elle donc sur cette route ? Je vais te le dire. Une Buick du dernier modèle. Un truand l'a volée là-haut et la conduit au Mexique où il la vendra un million.

– Il y a un marché ?

– Tu plaisantes ! On a arrêté le chef de je ne sais quel service de la police mexicaine qui dirigeait une organisation employant des centaines de types : ils achetaient le long de la frontière des voitures américaines volées, changeaient les numéros, donnaient une nouvelle couche de peinture et les revendaient dans tout le Mexique à des prix scandaleux... Si j'essaie de les arrêter, ils me tireront dessus.

– Si c'est connu, pourquoi personne ne... On a tout de même jeté ce commissaire de police en prison ?

– Que crois-tu donc ? C'est le nord du Mexique, un monde à part, la loi n'a pas le même sens qu'ailleurs.

– Donc, tu évites tout contact avec les voitures qui se dirigent vers le sud ?

– Sur cette route ? J'évite aussi celles qui vont vers le nord. » Il montra une Pontiac à la ligne basse, recarrossée, qui les croisa à vive allure ; elle avait des plaques du Kansas. « Probablement bourrée de marijuana ou de cocaïne, dit-il. S'ils font le trafic, ils m'arroseront de balles.

– Alors, tu ne fais rien ?

– J'avertis les gars de la brigade des stupéfiants un peu plus loin. Ils les intercepteront avec des pistolets-mitrailleurs. » Il régla son poste de radio. « Vic ? Ici Macnab. Une Pontiac quatre portes modèle 1982. Plaques du Kanzas se terminant par 721. Sur la nationale 69 en direction du nord...

– Et je suppose que de nombreuses voitures venant du sud transportent des wetbacks.

– Nous ne nous en occupons pas.

– Ah bon ? Mais c'est illégal.

– C'est la police des frontières qui s'en charge. Nous leur laissons le champ libre. Bien entendu, ajouta-t-il, si un wetback commet un délit...

– Ils vous donnent beaucoup de mal ?

– Dans le temps, presque jamais. Aujourd'hui, un plus grand nombre de délinquants passe la frontière. Il y a des vols. Un meurtre de temps en temps. Mais nous les retrouvons sans mal. »

Wolfgang, quatre ans de moins que son frère, un peu moins grand mais beaucoup plus costaud, songea à cette curieuse situation puis s'écria :

« Grand-papa Oscar prendrait le mors aux dents s'il

apprenait comment vous menez la barque. Tu te souviens à quel point il détestait les Meskins, et comment il les traitait.

– Tout a changé, Wolfgang. Je travaille en liaison étroite avec la police mexicaine, de l'autre côté du fleuve. D'ailleurs, sans leur aide, je n'arriverais à rien. » Au bord de la dépression qui les conduirait jusqu'au río Grande, Cletus ralentit et demanda d'un ton grave : « Tu es certain de vouloir rester jusqu'au bout ? Ce n'est pas de la rigolade, tu sais.

– Je t'ai demandé de venir, non ?

– Sans doute. Mais de l'autre côté du pont...

– C'est justement ça que je tiens à voir.

– Ainsi soit-il, petit frère. Allons-y. »

Ils dévalèrent vers la ville américaine de Polk. Elle porte le nom du président originaire du Tennessee qui s'est battu pour que le Texas entre dans l'Union, mais c'est un hommage indigne de ce grand homme d'État : seize cents habitants vivant pour la plupart dans des cabanes d'adobe croulantes à la manière mexicaine.

Cependant, comme toutes ses pareilles le long du fleuve, la ville avait pour les frères Macnab un charme pénétrant :

« Ce devait être exactement comme ça en 1840, au temps de notre ancêtre Otto. J'adore ces rues poussiéreuses, les Mexicaines qui regardent entre les volets de bois, les chiens qui se grattent les puces.

– Qui oserait dire que nous sommes aux États-Unis d'Amérique ? lança Wolfgang.

– Nous n'y sommes plus. C'est quelque chose de nouveau. Peut-être l'appellerons-nous un jour le Texique. Ou le Mexas. »

Cletus ne s'arrêta pas à Polk, car il voulait que le moins de gens possible le sachent sur le sentier de la guerre. Au pont international, vraiment en triste état, les douaniers américains et mexicains lui firent signe de passer sans inspection ni question. Cette confiance était un hommage aux années de travail patient qu'il avait vécues le long de la frontière.

« Jamais je n'ai refusé de croire sur parole un policier du Mexique. S'ils affirment qu'un homme entre mes mains est un bon citoyen qui s'est attiré exceptionnellement des ennuis de mon côté de la frontière, je le conduis ici et je l'envoie au Mexique à coups de pied au cul. Ils font de même pour moi quand un petit malin de chez nous s'attire des ennuis au Chihuahua. Vivre et laisser vivre, c'est le principe. Jamais ils ne m'ont induit en erreur pour une livraison d'héroïne ou un autre gros coup, alors je laisse leurs amis traverser, s'ils ne sont pas trop nombreux et s'ils choisissent un endroit bien discret, loin des ponts. »

A leur arrivée à Carlota – du nom de la jeune épouse tragique de l'empereur Maximilien, fusillé en 1867 –, Cletus suivit un dédale de rues pour arriver sans se faire trop remarquer au bureau du chef de la police. Comme c'est souvent le cas, la ville mexicaine était beaucoup plus jolie et beaucoup plus grande que sa jumelle américaine ; elle donnait une impression d'évolution rapide, alors que Polk semblait régresser.

« Macnab ! Nous n'avons pas vu l'avion… » commença le *jefe* mexicain en espagnol. Il s'arrêta, bouche bée, et tendit le doigt vers le frère du Ranger. « Wolfgang Macnab ! Le trois-quarts des Cow-Boys de Dallas ! »

Quand sa découverte fut confirmée, tout travail cessa brusquement dans les bureaux : les hommes et les femmes se réunirent autour du colosse qu'ils avaient vu si souvent à la télévision. Ils voulaient savoir ce qu'il pensait des équipes de Pittsburgh, de Miami et d'Oakland.

« Vous avez déjà joué cinq saisons en professionnel, n'est-ce pas ?

– Six. Et cette année sera sans doute la dernière.

– Oh, non ! protestèrent les hommes.

– Vous voulez sans doute vous consacrer à votre carrière de peintre ? » demanda une secrétaire qui le couvait des yeux.

Wolfgang s'inclina devant elle comme si c'était une duchesse. La presse de Dallas avait monté en épingle ses talents d'artiste peintre, et, même dans la lointaine Carlota, tout le monde semblait au courant. Pendant que son frère discutait avec le jefe, il prit un crayon et esquissa un portrait de la secrétaire. Il griffonna au-dessous *A una princesa bellísima*, et quand il tendit la feuille à la jeune femme elle sentit les larmes lui monter aux yeux.

« Nous partons », lança le jefe en faisant signe à deux de

ses inspecteurs, qui entassèrent un véritable arsenal à l'arrière d'une vieille Land-Rover.

Le soleil ne se coucherait que dans plusieurs heures. Ils roulèrent vers le sud de Carlota jusqu'à une petite cantina où ils se régalèrent d'un bon plat de chili et de tamales. Pendant le repas, Cletus expliqua la situation :

« On nous l'a signalé il y a deux jours. Des voleurs de La Junta, au Colorado. Nous avons de bonnes raisons de croire qu'ils appartiennent à une bande. Trafic de cocaïne. Ils ont volé un Beechcraft, un bimoteur, et ils ont traversé directement la frontière entre le Nouveau-Mexique et le Texas, très à l'ouest des postes d'observation de Fort Stockton, puis ils sont passés au Mexique, vers un terrain d'atterrissage qu'ils ont déjà utilisé.

– Sur le plateau, au sud des canyons ?

– Exactement. Tous les indices concordent. Leurs réservoirs ne leur permettent pas d'aller plus au sud. Nous pensons qu'ils tenteront d'effectuer le voyage de retour ce soir, après la tombée de la nuit.

– Qu'est-ce que vous voulez ? Eux, la cocaïne ou l'avion ?

– Les trois, mais dans l'ordre inverse : d'abord l'avion, puis la drogue, enfin les hommes.

– Et s'il faut tirer ?

– Nous tirerons. Cet avion ne doit absolument pas décoller. Mon frère et moi repartirons avec lui. Je veux que ce genre de trafic cesse.

– Compris », répondit le jefe, puis il posa une question curieuse : « Macnab, vous êtes bien certain que ce sont des citoyens américains, pas des mexicains ?

– Vous avez ma parole. Les trois hommes de l'avion sont des Américains. Des Anglo-Saxons, ils n'ont même pas des noms espagnols. Les gens sur place, ceux qui leur fournissent la drogue et l'essence, sont évidemment des vôtres.

– Nous nous occuperons de ces salopards. Mais nous ne voulons plus que des Rinches tuent des Mexicains.

– *Compadre*, dit Macnab en posant la main sur l'épaule du jefe, l'efficacité que je peux avoir le long de cette frontière serait réduite à rien si je tuais ne serait-ce qu'un poulet mexicain – à plus forte raison un contrebandier.

– Je le sais, Macnab. Donc pas un coup de feu sur les gens qui restent à terre.

– Promis. »

Ils tournèrent le dos au soleil couchant et roulèrent lentement pour éviter de soulever de la poussière. Vers neuf heures ils s'arrêtèrent et continuèrent en rampant dans l'herbe basse jusqu'à un terrain d'atterrissage isolé, où se trouvait le Beechcraft volé, portes ouvertes, étincelant au clair de lune. Les trois contrebandiers américains, faciles à reconnaître, dirigeaient le chargement de l'appareil. Il transporterait deux sortes de fret : de grosses balles, probablement de la marijuana, et des paquets plus petits, d'héroïne ou de cocaïne. Cletus, remarquant le soin avec lequel ils arrimaient la cargaison, chuchota à son frère :

« Comme disent les journaux, valeur à la revente : plusieurs millions de dollars. Seulement, cette drogue-là ne sera jamais revendue. »

Quand l'avion fut chargé, le jefe lança le signal, et ses hommes s'élancèrent en tirant en l'air pour que les fournisseurs mexicains puissent s'échapper. Cletus courut droit sur l'avion, en tirant, mais sans l'intention de tuer. Les contrebandiers américains, effrayés par les rafales venant, semblait-il, de tous les côtés, essayèrent de riposter, puis coururent vers un camion et disparurent dans la nuit.

Dès qu'ils furent partis – tous indemnes –, la police mexicaine encercla l'avion pour le protéger d'une contre-attaque, tandis que les frères Macnab montaient dans la carlingue. L'officier mexicain referma la porte et fit un signe de la main. Cletus baissa la glace et cria :

« Ramenez ma voiture à Alpine, comme la dernière fois ! »

Le jefe salua.

Avec une habileté qui surprit Wolfgang, son frère fit pivoter l'avion, emballa les moteurs, vérifia les freins et décolla dans la nuit :

« Du travail propre, vieux. J'aurais pu tuer un ou deux de ces salopards, mais j'ai tiré trop tard. Cela aurait imposé au jefe des paperasses énormes. Nous les arrêterons chez nous un de ces soirs.

– Déçu ?

– Quoi ? Nous avons l'avion. Nous avons la cargaison. Que demander de plus ? »

Leur retour à l'aéroport américain d'Alpine les forçait à survoler les canyons secrets du río Grande à l'est de Polk et de Carlota. Dans la nuit argentée, Wolfgang admira le merveilleux spectacle du fleuve tortueux profondément encastré au milieu de falaises abruptes tombant d'une hauteur vertigineuse. C'était un Texas inconnu, une frontière demeurée inchangée pendant dix mille ans.

« C'est quelque chose ! cria Wolfgang.

– Je récupère en moyenne sept avions volés tous les ans.

– Mon Dieu ! Pourquoi la police...

– Qui pourrait surveiller tous les aérodromes d'Amérique ? Cet avion vient de La Junta, tu te rends compte ? C'est la nouvelle forme de trafic sur cette vieille frontière. »

La brigade des stupéfiants les attendait pour saisir la drogue, et un représentant de la compagnie d'assurances prit possession de l'appareil, mais un coup de téléphone des Rangers de Monahans, au nord de Fort Stockton, empêcha Cletus d'assister à l'opération jusqu'à la fin.

« Cletus, une vendeuse du magasin ouvert la nuit a été assassinée cette nuit, vers 11 heures. Certainement un wetback. Il file vers le sud.

– Pas de panique. Avant minuit ? Beaucoup de liquide ? Des clopinettes ? Mais la bonne femme est raide ? Mack, je pense qu'il gagnera Stockton en autostop, essaiera d'attraper l'autocar du matin pour Fort Davis, descendra à Marfa, puis essaiera de revenir à Carlota, comme ils font tous. Je vais intercepter l'autocar.

– Il faut attraper ce salaud. C'était une brave gamine.

– Nous saurons s'il arrive à Stockton. Nous préviendrons Marfa et la police du pont, à Polk. Nous ne laisserons pas échapper ce *paisano*. »

Accélérateur au plancher, les deux Macnab partirent pour Marfa et arrivèrent à l'arrêt d'autocar un quart d'heure avant le Stockton-Davis spécial :

« Veux-tu monter dans l'autocar avec moi ? demanda Cletus à Wolfgang. Au cas où il essaierait de fuir ?

– Pourquoi es-tu si certain qu'il viendra par ici ?

– La loi des grands nombres. Nous jouons toujours sur la loi des grands nombres. »

Le trois-quarts accompagna donc son frère, mais en montant par la porte de l'arrière. Sa simple carrure effraierait sans doute l'assassin. Cletus était prêt à tirer, mais toute précaution serait prise pour éviter la fusillade.

« Le voici ! »

Les deux Macnab écartèrent les gens qui attendaient et, dès que l'autocar s'immobilisa, sautèrent à bord comme des chats. Le wetback, effrayé, était tapi sur le dernier siège du fond. Sans toucher à son arme, Cletus lui dit en excellent espagnol :

« D'accord, paisano. La partie est terminée. »

Ils fouillèrent l'homme, trouvèrent l'arme du crime, la petite somme volée dans le magasin et deux sucres d'orge.

Ils restèrent trois heures avec la police de Marfa ; il fallait téléphoner à Monahans et à Fort Stockton. Pendant que Cletus travaillait, des fanatiques des Cow-Boys de Dallas se rassemblèrent autour de son frère.

De toute évidence, la capture d'un assassin mexicain dans la rue principale était un événement important dans le village de Marfa, mais avoir en ville un des célèbres Cow-Boys de Dallas, si près qu'on pouvait le toucher, dépassait l'imagination...

Les deux frères, qui commençaient à manquer de sommeil, gagnèrent Alpine pour récupérer leur voiture. Le chauffeur mexicain de Carlota l'avait ramenée comme prévu – mais dans quel état ! A Wolfgang qui s'en étonnait, Cletus expliqua :

« Le jefe a dû charger dans la voiture une vingtaine de wetbacks, avec cigarettes, sandwiches et tortillas.

– Pourquoi ?

– Pour les mettre sur la bonne route. Le jefe a dû toucher dix dollars par tête. Le chauffeur, cinq.

– Et tu le permets ? N'est-ce pas illégal ?

– Mon vieux, ici c'est comme ça. Tu crois que je pourrais entrer au Mexique, moi, un Texas Ranger, et ramener un avion volé – sans autorisation, sans papiers, sans vérification – si je ne leur donnais pas quelque chose en échange ?

– Mais...

– Mon petit frère, tu joues à un jeu dur, le football

américain. Mon jeu est plus dur encore, c'est celui de la vie et de la mort. La prochaine fois que j'irai là-bas, il en sera de même. Le jefe tirera trop haut pour ne tuer aucun Mexicain. Je tirerai trop tard pour ne pas salir le décor avec des cadavres américains. J'aurai l'avion, et le jefe vingt passages de wetbacks aux États-Unis, sur lesquels il prendra sa *mordida* habituelle.

– Sa quoi ?

– Le mot le plus utile, sur la frontière. Il signifie : " petit coup de dents ". Parfois le coup de dents n'est pas si petit. C'est l'huile qui lubrifie les rouages dans tout le Mexique. Synonyme oriental : bakchich.

– Tout le scénario n'est-il pas illégal ?

– Sans doute. Si je repérais ma voiture pleine de wetbacks, j'arrêterais tout le monde et j'appellerais la police des frontières. Mais, quand la voiture arrive, je me débrouille pour me trouver ailleurs. Jamais je ne l'ai repérée.

– Curieuse manière de faire régner l'ordre sur une frontière.

– Il n'y en a pas d'autre. Même grand-père Oscar comprendrait. Et le vieil Otto également. A vrai dire, ils faisaient pareil. Mon petit-fils agira sans doute de même s'il travaille à Polk un jour. Comment pourrait-il en être autrement ? »

« Au diable la Birmanie !... » lança Ransom Rusk, assis dans sa belle demeure de Larkin avec un atlas mondial sur les genoux.

Il essayait de trouver un pays étranger un peu plus petit que le Texas, pour pouvoir lancer dans son prochain exposé au Boosters Club : « Le Texas est un pays à lui seul, plus grand que... » Il avait espéré pouvoir citer une nation de premier plan, comme la France, mais ce serait rapetisser le Texas, avec ses 683 000 kilomètres carrés. La France n'en avait que 550 000 et l'Espagne, à laquelle il songea ensuite, encore moins. Non, la comparaison n'était valable qu'avec la Birmanie, mais qui avait entendu parler de la Birmanie ?

Il vérifia de nouveau les chiffres et referma l'atlas ! Zut, les gens de notre club croiraient que c'est en Afrique !

Il songeait beaucoup à l'Afrique depuis quelque temps, car il avait passé ses trois dernières vacances au Kenya, à réunir des trophées pour son pavillon africain : éléphant, éland et zèbre. Il savait évidemment que la Birmanie n'était pas en Afrique, mais pouvait-on comparer le Texas à la Birmanie sans insulter le plus grand État des États-Unis ?

Il eut une autre idée. Il ferait préparer par sa secrétaire une carte du Texas avec cinq points extrêmes : par exemple, El Paso à l'ouest et Brownsville au sud. Voici ce qu'il dirait : La plus grande distance entre deux points du Texas, du recoin le plus éloigné du Panhandle, au nord-ouest, jusqu'à Brownsville, est de mille deux cent quatre-vingts kilomètres. Et quand on reporte cette distance vers le reste des États-Unis, on obtient des résultats surprenants.

> A El Paso, on est plus près de Los Angeles que de l'autre côté du Texas.
> A l'extrême est du Texas, on est plus près de Tampa, en Floride, que d'El Paso.
> Dans le Panhandle, on est plus près de Bismark, au Dakota du Nord, que de Brownsville.
> Et sur le pont de Brownsville, à près de treize cents kilomètres du Panhandle, on n'est qu'à sept cent soixante kilomètres de Mexico et à onze cents kilomètres du Yucatán.

Comme il terminait ces comparaisons, qui montraient certains points du Texas plus proches de Chicago que d'El Paso, il reçut un appel urgent de Todd Morrison, au ranch Allerkamp.

« Si vous descendez tout de suite en avion, j'aurai peut-être une chose très intéressante à vous montrer. »

Rusk appela aussitôt son pilote et s'envola vers le Pedernales.

Pendant le vol, il essaya de se rappeler s'il avait rencontré Todd Morrison par Maggie, ou l'inverse. Il les appréciait tous les deux, lui à cause de son ranch de gros gibier exotique, elle pour ses capacités dans le domaine des grosses affaires immobilières. Remarquable, la façon dont elle avait mené l'histoire des Remparts ! Elle nous a fait prendre le train en marche juste au bon moment, puis nous en a fait sauter trois semaines avant le cyclone. Je ne sais pas si c'est de l'intelligence ou de la chance, mais elle manipule l'argent mieux que la plupart des hommes. Je connais au moins dix situations où je pourrais utiliser de façon très rentable une femme ayant ses capacités.

Mais il s'intéressait davantage à Todd Morrison, car cet homme avait fait preuve de force de caractère pour monter son ranch et le peupler d'animaux comptant parmi les plus beaux du Texas : Je n'ai jamais su quelle était la participation de l'autre associé, Roy Bub Hooker, mais peu m'importe, car je ne me sens pas à l'aise avec lui. On paie très cher pour tirer un de ses animaux, et il fait la gueule comme si on avait abattu sa cousine.

Todd avait eu raison, pensait-il, de passer de l'immobilier à la gestion d'un ranch. N'importe qui peut gagner son dollar à Houston, mais il faut vraiment du talent pour faire sa pelote à Fredericksburg... songea-t-il en souriant.

L'avion atterrit sur la longue piste bitumée que Morrison avait fait construire en bordure du ranch. Rusk ordonna au pilote de prendre ses fusils et rejoignit le rancher grisonnant de cinquante-deux ans.

« Comment ça va, l'ami ? Quelle grande nouvelle ?

– Quel est l'animal, peut-être la plus belle bête de la Création, que vous n'avez jamais pu chasser ?

– L'antilope sable ?

– Juste.

– Vous en avez une en liberté ?

– Oui.

– M. Hooker m'avait dit que vos antilopes ne seraient jamais mises en liberté.

– Ce n'est pas lui le patron. C'est moi.

– Et vous avez décidé que votre troupeau... Combien en avez-vous ?

– Huit. Et nous pouvons bien nous priver d'un des mâles.

– Où est-il ?

– Dans le grand enclos. Dans les rocailles. Il vous faudra peut-être deux jours avant de le trouver.

– C'est tout l'intérêt de la chasse. »

Ils ne partirent pas cet après-midi-là, parce que les guides les prévinrent que la nuit tomberait vite. Ils n'auraient pas l'occasion de tirer. Au dîner, dans la vieille maison construite par les Allerkamp d'Allemagne au milieu du siècle dernier, Rusk remarqua l'absence de Roy Bub Hooker. Il décida de ne pas en parler : peut-être les deux associés étaient-ils en froid ; à moins que Morrison eût racheté les parts de son ami.

Le lendemain à l'aube, Rusk, Morrison et deux guides ouvrirent sans bruit les hautes portes de fer qui protégeaient l'un des enclos, d'environ mille six cents hectares, complètement clôturé et contenant toute sorte de gros gibier africain vivant de la même façon ou presque que dans le *veldt*. Même sol, mêmes arbres bas et espacés, avec des escarpements rocheux ressemblant beaucoup aux *kopje* d'Afrique du Sud. Un habitat splendide, avec à peu près la même quantité d'eau. Il ne serait pas facile de trouver l'animal magnifique qui errait dans cette immensité.

« Il y a ici soixante élans, lui assura Morrisson. De la taille d'un cheval, mais je n'en ai pas vu un seul. Nous n'en verrons peut-être pas. »

En fait, pendant toute la matinée, ils virent seulement quelques chevreuils texans, qu'il était interdit de chasser, sauf pendant quelques jours à l'automne.

A midi, Morrison annonça :

« Pendant les heures de chaleur, ils se reposent. Impossible de trouver une antilope sable à ce moment-là, même avec un aimant et une boule de cristal. »

Tout le monde rentra déjeuner au ranch. L'après-midi, ils virent des oryx, deux zèbres, mais pas une seule antilope sable.

« Vous m'assurez qu'il est bien là ?

– Ma parole. Nous avons vérifié avant votre arrivée, en hélicoptère. Il est là. »

Ils restèrent dans l'enclos jusqu'à la nuit, sans succès, puis retournèrent au pavillon de chasse échanger des récits de chasses dans diverses parties du monde. Tous ceux qui avaient participé à des grands safaris d'Afrique estimaient que les deux grands enclos d'Allerkamp offraient un terrain et une ambiance presque identiques à ce qui se fait de mieux sur le continent noir.

Un guide lança :

« Je regrette que Roy Bub ne soit pas là pour vous expliquer son idée, parce que je suis d'accord avec lui. Ça marcherait, et nous en apprendrions vraiment beaucoup sur le comportement animal.

– Où est Roy Bub ? » demanda Rusk.

Le guide fit la sourde oreille, préférant expliquer le projet de Hooker :

« Un enclos d'un kilomètre cinq cents de large sur huit kilomètres de long, pour nos chevreuils à queue blanche. Du couvert en suffisance. Beaucoup de terrain rocailleux. Et nous y mettrions cent chevreuils. Et vous partiriez d'un côté, monsieur Rusk, avec un autre chasseur, pour arpenter l'enclos du matin au coucher du soleil. A vous de tuer une de ces bêtes !

– Nous aurions sans doute du mal à les débusquer, si j'en crois mon expérience d'aujourd'hui avec l'antilope.

– Du mal, vous en auriez. Qu'en pensez-vous, monsieur Morrison ? Un enclos long et étroit...

– C'est faisable. Mais cela représente une grosse dépense en clôture pour une surface très limitée.

– Nous en reparlerons, si vous voulez bien », répondit Rusk.

Morrison sourit de toutes ses dents, car si un milliardaire enthousiaste prononçait une phrase si rassurante, il en sortirait quelque chose.

Toute la matinée, Rusk, Morrison et les deux guides sillonnèrent le grand enclos, et, juste au moment où la chaleur de midi devenait excessive, de sorte que tous les animaux y compris l'homme se mettaient à couvert, l'un des guides murmura :

« Mouvement, à 2 heures ! »

Rusk regarda droit devant lui puis légèrement à droite : une ombre bougeait, trahissant la présence d'un animal de grande taille. Les trois autres se figèrent tandis que Rusk s'avançait sans bruit vers une position plus favorable. Quand ce fut fait, il vit dans la direction d'où le vent soufflait une des plus glorieuses créations de la nature, une grande antilope sable mâle, à la robe splendide, avec un visage au masque blanc et noir, et les magnifiques cornes recourbées en arrière qui forment le trait le plus remarquable de l'espèce.

L'animal était si parfait d'attitude et d'allure que même un chasseur invétéré comme Rusk ne put s'empêcher de l'observer avec admiration : Comment Dieu a-t-Il pu créer une bête aussi splendide ? Pourquoi tous ces efforts pour la rendre parfaite ? Les cornes ? Qui aurait pu imaginer de telles cornes ?... Il s'était mis à transpirer soudain, et si le vent avait tourné ne serait-ce qu'une fraction de seconde, l'antilope aurait senti sa présence et se serait enfoncée sans retour dans les ombres profondes.

« Mais quand donc va-t-il tirer ? » murmura le guide à Morrison.

Il arrivait que certains chasseurs texans viennent au ranch, chassent un élan ou un zèbre pendant deux jours, puis refusent de tuer l'animal quand ils le découvraient enfin : « Il était trop beau. Je n'ai pas envie d'un trophée à ce point ! » L'homme payait toujours comme s'il avait tué l'animal – trois mille dollars pour un élan, quatre mille dollars pour un zèbre – et retournait chez lui enchanté.

« Faites confiance à Ransom Rusk, répondit Morrison. En toutes choses, il va jusqu'à l'hallali. »

Puis le coup de feu explosa et l'air de midi vola en éclats. Les trois spectateurs s'élancèrent vers la grande antilope morte. On se lança des claques dans le dos, on se félicita joyeusement, puis le guide annonça dans son talkie-walkie :

« Clarence, M. Rusk vient d'avoir son antilope sable. Enclos n° 3, près de l'épaulement des Roches. Arrive avec le camion. Non, la Jeep ne sera pas suffisante. »

Ils dépouillèrent l'animal sur place, puis le camion arriva et quatre hommes posèrent le splendide animal sur le plateau. Au moment où ils quittaient l'enclos, comme le guide descendait du camion pour refermer la clôture, ils tombèrent sur Roy Bub Hooker, qui revenait à l'improviste d'Austin, où il organisait avec les services de protection de la faune sauvage l'importation par avion de deux lots d'animaux du Kenya.

Dès qu'il vit l'antilope morte, il reconnut le mâle, devenu chef de troupeau, dont il donnait le sperme à d'autres ranches et zoos d'Amérique qui s'efforçaient d'éviter l'extinction de l'espèce. Ce n'était pas n'importe quel animal : il était d'une lignée précieuse méritant d'être conservée.

Roy Bub ne cria pas, il hurla comme si on l'avait écorché. Cet homme robuste de trente-sept ans se mit à pousser des hurlements stridents d'enfant blessé.

« Qu'avez-vous fait ? » Comprenant que le coupable était Ransom Rusk, il se jeta sur lui, les poings levés : « Sale ordure ! Espèce de tueur ! Venir ici pour... » Rusk était plus que capable de se défendre et il repoussa l'enragé, mais cela n'arrêta pas Roy Bub : « Foutez le camp d'ici ! Foutez le camp ! »

Sous les regards épouvantés de Morrison et des guides, Roy Bub prit son fusil, toujours dans sa voiture. Mais ce fut Rusk, calme et froid comme une bise du nord, qui réagit le premier :

« Roy Bub ! Espèce de connard ! Posez cette arme ! »

La violence du ton, la précision de l'ordre et l'utilisation imprévue d'une insulte aussi grossière figèrent sur place l'éleveur de gros gibier. Il baissa son fusil, puis lança d'une voix qui tremblait :

« Emportez votre antilope sable, nom de Dieu, et foutez-moi le camp ! Ne revenez jamais, sinon je vous tue. »

Secoué, Rusk se dirigea vers la voiture qui devait le conduire à son avion, et il entendit Roy Bub crier à Todd Morrison, son associé :

« Salaud ! C'est toi que je devrais tuer !

– Enfin, Roy Bub, nous dirigeons une affaire, pas un zoo subventionné », répondit la voix hésitante de Morrison.

Ils ne se rencontrèrent pas à Allerkamp. Non pas parce que Rusk avait peur de retourner là-bas, mais il ne voulait pas discuter de cette affaire importante en présence de Todd Morrison. Ils se rencontrèrent dans une suite de l'hôtel Driskill à Austin. Rusk avait étalé sur une table des cartes et des plans cadastraux. Il était arrivé le premier et, à l'entrée de Roy Bub, il s'avança pour lui serrer la main, les deux bras tendus comme pour accueillir un vieil ami :

« Roy Bub, je vous présente mes excuses », dit-il ; et, sans lui laisser le temps de répondre, il ajouta : « Vous m'avez hanté. Toute ma vie, j'ai admiré les hommes qui prennent parti pour quelque chose et qui sont prêts à se battre pour leur idée. Roy Bub, vous êtes un homme comme je les aime. Pardonnez-moi. »

Ils prirent des bières fraîches dans le réfrigérateur de la suite, puis Roy Bub demanda :

« Pourquoi m'avez-vous fait venir ?

– J'aime les animaux autant que vous.

– Vous avez une curieuse façon de le montrer.

– Je crois que j'étais hypnotisé. Un jour à Gorongosa, c'est au Mozambique, j'ai vu un groupe d'antilopes sable et je me suis juré... » Il s'arrêta, baissa la tête, puis lança : « Merde ! J'ai vraiment tanné Morrison pour qu'il accepte. Mais il m'a appelé une semaine où il savait que vous ne seriez pas là. J'aurais dû me douter de quelque chose.

– C'était un animal très précieux, monsieur Rusk. Il se trouvait sur les ordinateurs de tous les zoos, c'était le père du troupeau reconstitué. C'était... »

Sa voix se brisa et il vida la bouteille de bière jusqu'à la dernière goutte.

« Je sais. Le directeur du zoo de San Diego m'a appelé pour m'abreuver d'insultes. Ce que je voudrais faire, Roy Bub, c'est racheter Morrison, lui laisser son bénéfice et organiser avec vous...

– Jamais il ne vendra sa part.

– Sa part ? Il est propriétaire de tout.

– Pas du tout. Nous avons acheté Allerkamp ensemble... C'est moi qui l'ai trouvé. C'est moi qui ai fait les recherches au bureau du cadastre...

– Le ranch a été acheté à son nom, Roy Bub. Il en est le seul propriétaire. Vous avez sans doute certains droits, mais...

– Lui ? Seul propriétaire ? » lança Roy Bub en élevant la voix.

Rusk lui montra les documents officiels. Il y avait beaucoup de bla-bla-bla sur ceci et cela, mais de toute évidence la terre appartenait bel et bien à Todd Morrison.

Quand Roy Bub eut fini de lire et que Rusk lui eut expliqué chaque détour du labyrinthe juridique dans lequel Morrison avait entortillé son prétendu ami, celui-ci ne cria pas, ne jura pas :

« Monsieur Rusk, dans tout ce que nous avons fait avec ce salaud, il m'a mené en bateau. Achetez-lui l'affaire et lavons-nous les mains.

– Je me suis aperçu que dans ses affaires immobilières il n'agit pas autrement. Je ne comprends pas : sa femme est tellement honnête.

– Todd Morrison ! répéta Roy Bub en rendant les documents. Alors qu'il avait absolument besoin de moi pour faire marcher le ranch ! Jamais je n'aurais cru...

– Vous disposez de dix mille arpents. J'ai étudié la situation dans la région du Pedernales. Je crois que nous pourrions ajouter trente mille arpents. Ce ne sera pas d'un seul tenant mais nous pourrons organiser des échanges. Tant qu'à faire quelque chose, faisons-le à la texane.

– Vous vous rendez compte de la somme que cela implique ? Nous avons payé cher le ranch Allerkamp.

– Cela reste possible, répondit Rusk. Si cela se fait, accepterez-vous de diriger l'affaire ? Je veux que ce soit de premier ordre, sur tous les plans.

– Le genre motel de luxe, comme on en voit dans d'autres ranches, ne me plaît pas beaucoup, monsieur Rusk.

– Au diable les clients, je pensais avant tout aux animaux. »

Roy Bub hésita un instant, puis décida de faire partager à son interlocuteur sa vision d'Allerkamp :

« Monsieur Rusk, si vous avez l'argent, et on me dit que vous l'avez, une des meilleures choses au monde que vous pourriez faire serait de créer une véritable réserve de gibier près du Pedernales. Bien entendu, nous louerions des enclos pour la chasse et ferions payer le maximum pour le privilège de tuer du gibier facile à remplacer : les élands, les chevreuils, les zèbres. Mais, dans les endroits les plus reculés, où l'on ne pourrait se rendre qu'avec des appareils photo, nous cacherions des animaux en danger. Éviter la disparition d'espèces animales serait une bonne chose, monsieur Rusk. Je croyais que tel était notre but à Allerkamp – sûrement pas de tuer des antilopes sable pour quelques misérables dollars. »

Ils restèrent deux jours au Driskill pour mettre au point tous les détails, puis Roy Bub demanda :

« Comment pouvez-vous être si certain que Morrison vendra ?

– Pour de l'argent, il fera n'importe quoi. Ne vous tracassez pas. Et, quand nous traiterons, Roy Bub, je tiens à ce qu'il vous remette une part du prix de vente.

– Vous pouvez essayer, mais il ne renonce jamais à un sou, surtout si c'est une vieille pièce qu'il peut revendre deux sous à un collectionneur. »

Ils échangèrent la poignée de main traditionnelle, puis l'avocat de Rusk à Austin annonça à Roy Bub :

« Monsieur Hooker, vous avez dix millions de dollars pour l'achat d'animaux. Remuez ciel et terre, et traitez toujours au plus bas prix possible.

– Dix millions ! lança Roy Bub bouche bée.

– A la texane... » répondit Rusk en le prenant par les épaules.

Le surlendemain soir, l'avocat d'Austin appela Rusk, qui se trouvait à Larkin en train de surveiller les ébats de ses armadillos :

« Monsieur Rusk ! Vous avez appris la nouvelle ?

– Quoi ?

– Roy Bub Hooker vient de tuer Todd Morrison. Trois balles dans la peau. »

Le silence se prolongea un instant, puis Rusk ordonna d'une voix très calme :

« Demandez à Sac-à-Puces Moomer de m'appeler... Tout de suite. »

Dans sa défense historique de Roy Bub Hooker, Sac-à-Puces prit plusieurs décisions fort sages. Sous prétexte d'éviter les préjugés d'un jury local, il fit changer de juridiction. L'affaire passa du comté de Gillespie, où se trouvait le ranch Allerkamp, au comté beaucoup plus « rustique » de Bascomb, où les jurés étaient davantage habitués à un bon petit meurtre de temps en temps. Puis il engagea deux détectives privés pour fouiner dans toutes les affaires auxquelles avait été mêlé, au Michigan et au Texas, Todd Morrison « de Detroit » – pendant tout le procès jamais il ne prononcerait le nom du mort sans lui apposer cette étiquette.

Le procureur de Bascomb, ayant appris la nature de ces enquêtes, convoqua son substitut et lui déclara :

« Welton, je ne plaiderai pas dans cette affaire Roy Bub Hooker. Je vous confie ce soin. Non, non, ne me remerciez pas. En toute franchise, je me désiste parce que je n'ai aucun désir d'affronter Sac-à-Puces Moomer sous les yeux de la presse locale. Vous êtes jeune. Vous pourrez accuser le choc.

– Que voulez-vous dire ? demanda le jeune diplômé de Yale.

– Vous n'avez jamais vu Sac-à-Puces en action. Avec ceinture et bretelles, les deux. Il fait claquer ses bretelles quand il lance une de ses expressions de cul-terreux dans le genre : “ D'accord, les taureaux s'intéressent aux vaches, mais seulement à la bonne saison !... ”

– J'en fais mon affaire. C'est gagné d'avance. Hooker a tué Morrison devant cinq témoins, dont trois l'avaient entendu le menacer de mort le jour de l'incident de l'antilope sable.

– Welton, vous êtes à côté de la question, répondit le vieux procureur. Sac-à-Puces ne va pas défendre Hooker. Il va accuser Morrison.

– Pas si je...

– Welton, peu importe ce que vous direz ou ce que fera le juge. Sac-à-Puces va mener ce procès à sa guise et il va accabler Morrison de crimes si hideux que le jury félicitera Hooker d'avoir ôté cette canaille du sol sacré de notre beau Texas.

– Aucun juge ne le permettra...

– Permettra ? C'est Sac-à-Puces qui détermine ce qui est permis et ce qui ne l'est pas. Je vais vous donner deux conseils. Étudiez bien le Michigan et Detroit, parce que c'est eux que l'on va juger, pas Hooker. Et quand Sac-à-Puces s'arrêtera soudain, mettra ses deux mains sous sa robe et commencera à se gratter, retenez votre souffle, parce que ce qu'il dira ensuite vous assènera le coup de grâce.

– J'ai déjà manœuvré des exhibitionnistes, répondit le jeune substitut.

– Oh, mais Sac-à-Puces Moomer n'est pas un exhibitionniste. Il croit en tout ce qu'il dit. Il protège le Texas contre le XXe siècle. »

M. Welton, diplômé de Yale, n'eut besoin que d'une matinée pour exposer l'accusation, et ses arguments étaient irréfutables.

« Mesdames et messieurs les jurés, je vous prouverai que Robert Burling Hooker, dit Roy Bub, a menacé de mort son associé Todd Morrison, et je vous présenterai trois témoins qui ont entendu ses menaces. Je vous montrerai que deux personnes d'excellente réputation ont entendu la dispute entre les deux hommes le jour du crime, et je ferai venir à la barre cinq hommes ayant vu de leurs yeux ce crime. En outre, je vous présenterai le fusil de Hooker et un expert prouvera que c'est bien de cette arme qu'est partie la balle mortelle pour Todd Morrison. Jamais vous ne ferez partie d'un jury où les preuves rendront votre décision de vote plus automatique. Roy Bub Hooker a tué son associé Todd Morrison et vous aurez l'impression d'avoir assisté au meurtre. »

Sac-à-Puces, renfrogné devant sa table, ne contesta aucune de ces preuves, mais il prit la peine de témoigner une courtoisie extrême à la veuve de Todd Morrison qui venait chaque jour au procès, silhouette sombre et digne, accompagnée par sa fille, la célèbre majorette de l'université du Texas, et son gendre Wolfgang Macnab, le colosse des Cow-Boys de Dallas. (Certains dirigeants des Cow-Boys avaient déploré que son nom fût associé à une affaire de meurtre et lui avaient même suggéré une partie de chasse en Alaska, mais il avait répondu : « Si la famille de Beth a des ennuis, j'ai des ennuis. » Il assista, impassible, au déballage par Sac-à-Puces de tous les détails répugnants de la vie de son beau-père.)

Le fils de Mme Morrison, Lonnie, ingénieur électronicien, assistait également au procès chaque jour, avec sa femme – pour qui Sac-à-Puces se montrait également d'une courtoisie onctueuse. Un des spectateurs murmura : « On croirait vraiment qu'il défend le clan Morrison et non Roy Bub. »

Ransom Rusk n'assista pas au procès, bien qu'il payât pour la défense. La partie civile ignorait que Roy Bub l'avait menacé de mort, lui aussi, et Sac-à-Puces ne risquait pas d'évoquer ce genre d'incident. Mais, le matin du troisième jour, quand le juge suspendit l'audience pour le déjeuner, Sac-à-Puces sauta dans sa voiture pour se rendre non pas au restaurant que fréquentaient les avocats mais chez Rusk, à Larkin :

« Je me trompe peut-être, Ransom, mais j'ai bien observé Mme Morrison. Si nous pouvions la faire témoigner, elle confirmerait tout ce que j'essaie de prouver. Elle sait que son mari était un petit escroc. Elle sait qu'il a truandé tous ceux avec qui il a traité des affaires.

– Laissez-la tranquille. Elle a assez de problèmes comme ça.

– Son gendre déposerait dans le même sens. C'est un garçon intelligent. Il était au courant.

– Sac-à-Puces ! Ne touchez pas à la famille.

– Je suis à peu près sûr que nous pouvons gagner sans ces témoignages. Mais un témoin surprise envelopperait l'affaire comme un cadeau de Noël.

– Vieux brigand. Vous savez que vous ne pouvez pas faire témoigner une femme contre son mari.

– C'est ce qu'on dit toujours. Mais il y a plus d'une manière...

– Sac-à-Puces !

– Vous voulez que ce brave garçon sorte du palais de justice libre comme l'air, non ? »

Avec Sac-à-Puces, l'accusé était toujours « ce brave garçon » ; son vil adversaire, vivant ou mort, « un ignoble corrompu ».

« Bien sûr. Et vous êtes capable de le faire acquitter. » Il raccompagna l'avocat à la porte : « Pendant mon procès de divorce, quand vous m'avez accusé de sodomie, c'était de la rigolade. Mais cette affaire est sérieuse. Utilisez vos meilleures armes, Sac-à-Puces, mais n'impliquez pas la famille Morrison. »

Le quatrième jour de ce qui aurait dû être un procès simple et limpide, Sac-à-Puces passa la matinée entière à interroger les deux autres membres du quatuor de chasseurs à l'origine de l'association Morrison-Hooker, l'industriel du pétrole qui avait transféré ses affections sur l'Écosse, et le dentiste qui aimait les chiens. Chacun d'eux, à sa manière, prouva qu'il était un vrai chasseur, et chacun révéla des secrets du comportement de Morrison montrant qu'il ne l'avait jamais été.

« Jamais il ne donnait sa chance au gibier, déclara l'industriel avec un accent anglais prononcé.

– Vous voulez dire qu'il aurait tiré une caille au sol ? demanda Sac-à-Puces, horrifié.

– Sans doute.

– Objection ! lança le substitut. L'honorable avocat de la défense souffle ses réponses au témoin.

– Objection retenue ! Le jury ne tiendra pas compte des dernières déclarations. »

Sac-à-Puces s'écarta du témoin, comme détaché du procès, en secouant la tête, visiblement accablé, puis murmura entre ses dents (mais assez fort pour que toute la salle l'entendît) :

« Tirer sur un oiseau au sol ! Je ne peux pas le croire. » Il soupira, revint au procès et demanda au témoin : « Et il a tué une biche quand la chasse était fermée, sans même de permis pour en chasser à la saison ?

– Objection !

– Retenue ! »

Le numéro recommença, avec Sac-à-Puces qui murmurait :

« Une biche hors saison ! Je ne peux pas le croire. » Puis, avec une patience extrême : « Monsieur Hooker, l'homme que vous appelez Roy Bub faisait-il des choses pareilles ?

– Oh, non ! C'est Roy Bub qui nous a enseigné l'art et les règles de la chasse.

– Et en ce qui concerne les arrangements financiers de votre location à Falfurrias, si je comprends bien, des paroles plus ou moins aigres ont été échangées...

– Je crois que c'était le dentiste... à propos de ses chiens.

– Oui, oui. Des paroles vraiment très amères. Nous y reviendrons. Mais dans votre cas, c'était une question d'argent, non ? »

Et, peu à peu, toutes les combines de Todd Morrison furent révélées au grand jour.

Le dentiste fut un témoin exemplaire :

« Dans tous mes rapports avec Morrison, il a invariablement essayé de m'arnaquer. Ce n'était pas un type bien.

– Mais vous étiez son associé, en quelque sorte... pour cette chasse louée.

– Au début, je croyais qu'il n'avait pas un sou, alors je l'ai aidé. Plus tard, je me suis aperçu qu'il était plus riche que moi. Il n'était pas correct. »

Le cinquième jour, Sac-à-Puces détruisit Todd Morrison à coups de preuves et d'insinuations, puis, après un silence dramatique, glissa ses deux mains sous les aisselles et commença à se gratter. Les jurés, qui attendaient cet instant, sourirent d'un air entendu.

> Maintenant, vous savez tous comme moi que les gens du Michigan n'adhèrent pas aux mêmes principes moraux élevés qui gouvernent le comportement au Texas. Ils sont peut-être de braves gens à leurs yeux, et ça leur suffit sans doute dans le climat moral plus souple de Detroit ou de Pontiac. Mais, quand ils s'installent au Texas – et ils sont nombreux à le faire –, ils doivent affronter un code moral beaucoup plus strict. Ici, un homme est censé se conduire comme un homme. Un chasseur a des normes de comportement bien définies, qu'un nouveau venu du Michigan a du mal à honorer. Je n'ai rien contre le Michigan. Je suis sûr qu'il y a des gens très bien, là-bas, sans doute beaucoup. Mais, quand ils viennent au Texas, ils sont tenus à un code de conduite plus noble et il faut bien avouer qu'un grand nombre n'y parviennent pas. Ils ne sont pas à la hauteur du Texas. Ils ne sont pas prêts à se régler sur nos normes plus exigeantes.
> Todd Morrison était un de ceux-là. Ne le jugez pas trop sévèrement, parce qu'il n'a pas connu mieux. Il n'avait pas grandi avec le vent pur de la prairie, pour emporter les toiles d'araignée où les êtres humains ordinaires s'empêtrent. Jamais il n'avait chevauché sur les plaines sans fin. Il n'avait pas reçu les dures leçons de l'honneur et de la loyauté. Ne condamnez pas ce pauvre homme qui a perdu son chemin dans un pays nouveau pour lui, et plus astreignant. J'aimerais plutôt que vous lui pardonniez. [De nouveau, il se gratta.] Et je veux que vous compreniez pourquoi un bon Texan sincère et craignant Dieu, né au cœur même du code d'honneur de la chasse, a senti qu'il avait le devoir de

l'exécuter. Vous savez en effet que Todd Morrison, malheureux étranger qui ne s'était jamais adapté et ne pouvait se soumettre à nos valeurs morales strictes, méritait la mort.

Le premier juré demanda au magistrat s'il était nécessaire de quitter les bancs du jury avant de rendre le verdict.

« Cela ferait meilleur effet », répondit le juge.

Les jurés sortirent donc à la file indienne, et revinrent aussitôt.

Pendant les deux premières années où Sherwood Cobb siégea à la Commission des eaux, il n'aboutit à rien dans sa campagne en faveur d'un plan de contrôle des eaux au Texas ; mais deux catastrophes naturelles attirèrent soudain l'attention de l'État sur la menace que représentent les limites imposées par la nature.

A peu près tous les dix ans, une région du Texas est victime d'une sécheresse, mais l'État est si vaste que les autres régions n'en souffrent pas. Puis, environ tous les quarts de siècle, de grands secteurs de l'État sont frappés en même temps : fermes ruinées et ranches décimés. La nature rappelle aux joueurs qu'ils ne doivent pas outrepasser certaines limites. En 1932, la grande sécheresse avait frappé l'Oklahoma, et en 1933 elle avait également touché le Texas et transformé de vastes régions de ces deux États en champs de poussière. En 1950, une sécheresse extraordinaire s'était prolongée sept ans. Et voilà qu'une autre série d'années sèches frappait la partie occidentale de l'État. Des étangs s'asséchaient, des cours d'eau réputés permanents tarissaient, et même une ville côtière supposée à l'abri du fléau, comme Corpus Christi, avait dû imposer un rationnement de l'eau.

Quand Cobb sillonna l'État à la recherche de citoyens susceptibles de soutenir son plan de contrôle des eaux, on commença donc à l'écouter. Il s'adressait aux agriculteurs, aux éleveurs et aux hommes d'affaires, mais il ne se contentait pas de parler : il essayait d'aider des ranchers sur le point de perdre leur bétail. Il incita des agriculteurs des terres riches de l'Est à aller chercher du bétail des régions arides pour les abreuver gratuitement jusqu'à la fin de la crise. Il organisa des ventes aux enchères où des éleveurs sans eau purent vendre leurs bêtes à des acheteurs d'autres États, dont les prairies avaient de l'eau. Comme le déclara un rancher contraint de vendre en panique : « Je préfère que mes animaux vivent et fassent gagner de l'argent à un autre, plutôt que de les voir mourir sous mes yeux. » Cobb persuada d'autres éleveurs texans d'adopter la même attitude.

Bref, Sherwood Cobb agit en ces circonstances dramatiques comme son ancêtre le sénateur Somerset Cobb avait répondu aux désastres de la guerre de Sécession et de la Reconstruction. Comme un autre de ses ancêtres, le sénateur Laurel Cobb, avait réagi aux grands changements des années vingt. Il avait retroussé ses manches et... au travail ! De même que Ransom Rusk avait serré les dents pour surmonter ses énormes revers financiers, Cobb accepta le défi des revers naturels, mais à peine était-il engagé dans cette œuvre de reconstruction que le Texas reçut un assaut final d'une telle amplitude que même Cobb en fut ébranlé.

Selon une légende populaire, une fois tous les cent ans, il neige à Brownsville, le point le plus méridional du Texas, pays de palmiers et de bougainvillées. Le jour de Noël 1983, le long du río Grande, la température baissa soudain au-dessous de zéro, avec des conséquences épouvantables.

Quand Cobb arriva, le surlendemain, envoyé en mission par le ministère de l'Agriculture, il découvrit que la vague de froid avait détruit tous les vergers d'agrumes. Plus un seul avocatier. Toutes les orangeraies avaient gelé. Les vents glacés avaient tué les célèbres palmiers de Corpus Christi et des autres villes du Sud. Une seule gelée exceptionnelle avait détruit des centaines de millions de dollars, et des comtés qui avaient vu leurs magasins fermer leurs portes par suite de la chute du peso voyaient maintenant leur agriculture anéantie par la chute de la température. La vallée, déjà touchée, était en détresse.

Dans la région sinistrée, Cobb rencontra cependant un des élus locaux qui semblait avoir le même sens des réalités que lui. C'était le maire de Bravo, Simón Garza, qui sillonnait la vallée sans cesse pour organiser des opérations d'assistance. Les deux hommes décidèrent de travailler ensemble, bien que Garza eût dix ans de moins que Cobb, et ils conclurent un pacte qui durerait sans doute des années.

« Garza, vous êtes l'homme le plus réaliste que j'aie rencontré. Les hommes vivent de la terre. L'éleveur dans l'Ouest, comme le planteur d'orangers ici ou le cultivateur le long de la côte. Nous sommes limités par ce que la terre nous permet de faire ; quand nous l'oublions, les ennuis commencent.

– Comme l'a écrit un journaliste l'autre jour : Dieu s'est donné la peine de nous rappeler que même les Texans sont mortels... Nous traversons des années de vaches maigres, mais nous pourrons construire à partir de là. »

Les deux hommes, optimistes comme tous les Texans sont tenus de l'être, continuèrent sans bruit d'organiser le sauvetage de la culture des agrumes dans la vallée.

Le meurtre de Todd Morrison avait bouleversé Maggie – non pas à cause de sa conduite douteuse, qui avait provoqué sa mort, car elle s'attendait plus ou moins à quelque chose dans ce genre, mais du fait que Roy Bub avait tenu l'arme. Elle savait qu'il était d'une intégrité absolue. Savoir qu'un homme comme lui avait appuyé sur la détente décuplait la douleur de la veuve.

Quand le verdict fut rendu – et elle jugea l'acquittement mérité –, elle apprit qu'elle allait hériter de l'ensemble d'Allerkamp, dont une bonne partie appartenait moralement à Roy Bub. Avec l'honnêteté qui la caractérisait, elle alla consulter Rusk à Dallas :

« Je ne peux pas conserver Allerkamp. Le ranch appartient en partie à Roy Bub, mais je ne peux pas lui faire de proposition, parce qu'on croirait que nous avons comploté pour l'élimination de mon mari.

– Attendez que le testament soit exécuté. Prenez Allerkamp et n'ouvrez pas la bouche.

– Cela me ferait mal au ventre.

– Maggie, je ne devrais pas vous le dire, mais je me suis occupé de Roy Bub. Je lui ai donné ce qu'on appelle la commission du découvreur.

– Qu'a-t-il découvert ?

– Allerkamp. Avant sa mort, Todd allait me vendre Allerkamp.

– Mais Roy Bub ?

– Votre mari ne s'en est jamais soucié.

– Cela ne m'étonne pas. Houston avait pourri Todd.

– Nous avions fixé un prix équitable. Je vous montrerai les papiers. Son avocat et le mien confirmeront leur authenticité. Vous devriez autoriser la conclusion de l'affaire.

– Que me reviendra-t-il ?

– Quatre millions de dollars. »

Le marché fut conclu, et le jour même Maggie prit trois dispositions qui symbolisèrent son changement d'attitude. Elle se rendit en voiture à Fredericksburg pour voir la manière dont Roy Bub Hooker allait exploiter les immenses terrains qui feraient du nouvel Allerkamp l'un des plus beaux ranches exotiques du Texas, et elle déclara aux deux associés :

« Vous faites bon usage de ces terres. Je vous souhaite de réussir au-delà de vos rêves. »

Ensuite, elle quitta son appartement snob le long du Buffalo Bayou. Comme elle l'avoua à ses enfants : « J'ai honte d'être en face de ces trois tours des Remparts, que j'ai achetées à des Mexicains en détresse pour les revendre à des Canadiens trois semaines avant le cyclone. Cela me paraît immoral. »

Elle s'installa dans un bel immeuble d'appartements bourgeois vers l'ouest du centre-ville, le Saint James, où elle acheta l'un des plus petits logements, au vingt-troisième étage, pour cinq cent trente-huit mille dollars. La décoration lui coûta quatre-vingt-douze mille dollars de plus. Ce fut là, en face d'un vaste parc, qu'elle conçut ses affaires immobilières, mais chaque matin elle continuait d'aller à son bureau en voiture.

Le troisième changement fut sans doute le plus important. En s'installant au Saint James, elle se trouva tout près de l'autoroute 610, anneau magique qui encercle le centre de Houston. Deux ou trois fois par semaine, après dîner, quand la circulation infernale se calmait un peu, elle descendait à son garage, montait dans sa Mercedes et partait vers l'est jusqu'à la première bretelle d'accès. Elle se faufilait sur l'autoroute la plus fréquentée de toute l'Amérique et commençait le circuit de soixante kilomètres autour de la ville, en repérant sa position sur un cadran d'horloge imaginaire.

Entrée à 9 heures, plein ouest. L'aéroport, avec son énorme trafic aérien et un afflux incessant de voitures, se trouvait à midi. A 3 heures, Maggie entrait dans la zone industrielle animée qui se serrait autour du canal maritime de Houston, avec ses centaines d'usines liées à l'industrie du pétrole. Ce secteur l'intéressait particulièrement parce qu'elle y voyait de nombreuses perspectives de croissance. A 6 heures, au sud, le centre hospitalier et le bel astrodôme dominaient le paysage urbain. Au bout de cinquante minutes, elle était de retour à Westheimer, pour jeter un dernier regard à la ville, qu'elle aimait de plus en plus.

Parfois un ami l'accompagnait :

« Maggie, vous ne devriez pas rouler ainsi toute seule. C'est une vraie jungle, la route la plus mal famée d'Amérique. Vous savez qu'aux heures de pointe la police ne s'y risque pas, même pour prendre l'identité d'un banal chauffard ? Ils se sont fait trop souvent tabasser par des automobilistes fous de rage. Certains ont reçu des balles dans le ventre.

– Jamais je n'y vais aux heures de pointe.

– Pour l'amour du ciel, ne conduisez pas avec votre glace baissée.

– C'est ma ville. Je l'aime et j'aime la regarder. »

Une nuit où elle conduisait ainsi, un œil sur les terrains à l'extérieur du cercle, la pleine lune éclaira un secteur de la ville qu'elle n'avait jamais étudié sérieusement. Il se trouvait à 10 heures – au nord-ouest – et comprenait quinze parcelles de maisons vétustes à abattre sans grande perte. Elle passa sur une voie plus lente pour examiner l'endroit à loisir. Avec des bulldozers imaginaires, elle rasa les maisons puis édifia deux tours jumelles avec le centre commercial qui les desservirait : quarante-huit étages à chaque tour ; six appartements par étage ; les quatre premiers étages en bureaux. Cinq cents appartements plus six *penthouses* superbes à trois millions et demi chacune.

Elle baptisa ses tours imaginaires Futura, et, chaque fois qu'elle repassait sur ce tronçon de périphérique, la nuit, son cœur battait plus vite. Un jour, après le travail, elle se rendit sur place et s'aperçut que dix-sept parcelles suffiraient pour son projet. Elle consulta discrètement Gabe Klinowitz sur les prix dans le secteur et elle se mit à dresser dans sa tête les plans d'un grand ensemble de qualité. Lorsqu'elle chiffra les coûts, comme on dit dans la profession, elle se convainquit que pour deux cent dix millions de dollars elle pourrait probablement acquérir la terre, raser les constructions existantes et construire son chef-d'œuvre.

Dès qu'elle eut son devis bien en tête, elle comprit qu'elle n'avait qu'une seule source à sa disposition pour réunir une somme pareille, elle partit donc à Dallas présenter son idée à Ransom Rusk, qui se relevait peu à peu des chocs des années précédentes. Il était engagé dans la campagne pour la réélection de Ronald Reagan :

« Trop de Noirs et de Mexicains vont voter, on ne peut plus faire de prévisions sérieuses. Mais c'est une des élections cruciales de notre histoire. Si l'enthousiasme pour Reagan est suffisant, nous reprendrons même le contrôle de la Chambre des représentants. Et cela nous permettra de redresser vraiment le pays. Reagan, un grand patriote, à la Maison-Blanche. Les hommes de son choix à la Cour suprême. Un Congrès républicain. Et nous pourrons nous attaquer aux législatures des États. Maggie, nous allons donner un peu de nerf à ce pays. Nettoyer la situation en Amérique centrale. Mettre fin au scandale de l'État-providence. Replacer l'Amérique sur ses étriers. Nous effacerons une fois pour toutes la souillure de Franklin D. Roosevelt. »

Démocrate depuis sa naissance, issue d'une famille appartenant à la classe ouvrière, Maggie souriait chaque fois que Rusk fulminait ainsi, car elle ne le prenait pas au sérieux. Mais elle l'entendit bientôt affirmer des idées qui l'étonnèrent :

« Les démocrates sont des bandits. Ils font inscrire sur les listes électorales des Mexicains qui ne comprennent rien aux problèmes. Le droit de vote devrait être réservé aux gens à qui appartient le pays et qui paient des impôts.

– Vous le pensez vraiment ?

– J'ai calculé l'autre jour que mes efforts assurent l'emploi de quatre mille travailleurs. En comptant une moyenne de quatre personnes par famille, je donne à manger à seize mille citoyens. Est-il normal que mon avis compte moins que celui de deux traîne-savates mexicains qui ne savent pas lire un mot d'anglais ? » Comme elle voulait discuter, il avoua : « Oui, j'aimerais que l'on institue un suffrage censitaire. Seuls les gens qui jouent un rôle effectif dans la société savent ce qui est bon pour elle. »

Elle n'était pas encore prête à accepter cette opinion qui se répandait de plus en plus dans le pays, mais, en août, quand Rusk l'invita à l'accompagner à la convention nationale républicaine, à Dallas, elle eut l'occasion de le voir au milieu d'hommes comme lui. Il connaissait personnellement tous les dirigeants, et il était reçu dans la suite du président Reagan, un homme charmant, et dans celle du vice-président Bush, Texan très rassurant de Midland. Elle remarqua que Rusk était également très apprécié par les prélats protestants célèbres, qui avaient convergé en masse à Dallas pour démontrer que Dieu était un républicain et l'Amérique un pays chrétien.

Ce fut une semaine passionnante et Maggie fut très fière d'assister, de sa place d'honneur, au défilé sans fin des délégués, tous nets et impeccables, venus de tous les États du pays : banquiers, directeurs, négociants, femmes d'un certain âge aux cheveux bleutés. Et de temps en temps, mais pas trop souvent, un Noir ou un Hispanique, pour varier le tableau. Dans ces heures d'euphorie, Maggie commença à penser elle aussi qu'un pays doit être gouverné par ceux auxquels il appartient. L'expression était un peu dure, et, si les journaux s'en étaient emparés, ils auraient sans doute taillé Rusk en pièces. Mais elle résumait une vérité fondamentale de l'Amérique et elle méritait qu'on l'étudie en profondeur.

Le lendemain de la convention, terminée sur une note de triomphe, Maggie présenta à Rusk son projet immobilier grandiose. Elle fut au désespoir quand elle le vit réagir comme si l'affaire était trop grosse pour qu'il songe à la financer.

« Ransom, vous me laissez tomber ?

– Non. Mais je laisse tomber Houston. Ce n'est pas le moment de construire un nouvel immeuble là-bas.

– J'adore Houston, répondit-elle, sur la défensive. Cette ville m'a donné de la vie... de la maturité... et même une sorte de bonheur.

– Soyez réaliste. Les nouveaux immeubles restent vides.

– Mais, Ransom, je suis certaine que l'immobilier à Houston n'est pas fini, il s'en faut. » Elle hésita, adressa à Rusk un regard suppliant, vit son froncement de sourcils obstiné et demanda doucement : « Suggérez-vous Dallas ?

– Je n'y songe pas. Déjà trop construit.

– Alors quoi ?

– Austin. »

Jamais Maggie n'avait songé à déplacer ses opérations d'une ville de plus de deux millions d'habitants à une de deux cent mille, mais Rusk se montrait formel :

« Austin aujourd'hui, c'est Houston il y a vingt ans.

– La ville peut-elle absorber un projet comme Futura ? »

Il évita de répondre à la question :

« Quel nom affreux ! On dirait une marque de savonnette.

– Que proposez-vous ?

– Un nom élégant, qui ajoute une certaine classe. Un nom anglais. Comme Bristol Towers ou Warwick Lodge. Mais cela s'est déjà trop fait. » Puis il claqua des doigts : « Choisissons Nottingham. Notre image de marque ? Robin des Bois avec son petit bonnet ridicule. Nous en ferons l'adresse la plus à la mode du Texas. »

Maggie retint son sourire en songeant à Rusk-Robin des Bois en train de voler les pauvres pour aider les riches !

« Où trouverons-nous les deux cents millions ? dit-elle.

– En Allemagne fédérale ou dans les pays arabes, répondit-il sans hésiter. Ils rêvent d'investir au Texas. »

Il appela aussitôt ses banquiers de Francfort :

« Karl Philip, avez-vous toujours les fonds dont vous m'avez parlé le mois dernier ? Bien. Je vous retiens deux cent dix millions. » Il y eut un silence que Maggie interpréta comme un choc, à l'autre bout du fil, mais il n'en était rien. « Non, pas Houston. La ville marque le pas. Dallas non plus, trop construit. Austin. » Nouveau silence.

« La capitale de l'État, la nouvelle Silicon Valley de l'Amérique. Le taux de croissance le plus élevé. Si ça bouge ? Comme au temps du boom du pétrole. »

Quand il raccrocha, il donna à Maggie une directive fort simple :

« Prenez tout de suite mon avion. Destination Austin, repérez l'endroit parfait et faites acheter les parcelles discrètement par un homme de paille. »

Dans une voiture de location, elle explora les beautés de cette adorable petite ville qu'elle connaissait à peine. A midi, elle avait déjà compté douze grues géantes en train de construire de grands immeubles : Mon Dieu, c'est vraiment le nouvel Houston. L'après-midi, elle tomba sur un jeune homme récemment arrivé d'Indianapolis, Paul Sampson, l'image de Todd Morrison en 1969 : la même audace, la même impatience, la même adresse pour « monter des coups ». Il travaillait pour une grande agence immobilière, mais l'on sentait qu'avant deux ans il serait à son compte. Avant la tombée de la nuit, il avait montré à Maggie seize emplacements où l'on pourrait construire de grands immeubles.

Le soir elle téléphona à Rusk :

« Ransom, l'immobilier est dans un tel essor, ici, que la bulle va forcément éclater. »

Très calme, il la rassura :

« Elle éclatera, c'est évident. Tout a une fin tôt ou tard. Notre problème, c'est d'entrer vite dans le coup et d'en sortir avant les autres.

– Vous voulez que je continue ?

– Avec l'argent des Allemands, qu'avons-nous à perdre ? »

Le lendemain matin, elle apporta à Paul Sampson le genre de proposition que son mari recevait à Houston en 1970 :

« Pouvez-vous me réunir six parcelles sans faire de vagues ? La commission habituelle ?

– Tout ce que vous voudrez », répondit-il, et elle se rendit compte qu'il avait les paumes moites. « Où les voulez-vous ? Au cœur de la ville ?

– Montrez-moi les possibilités. » Comme il insistait sur un quartier en lequel elle n'avait pas confiance, elle lui lança : « Vous possédez un terrain dans le coin, n'est-ce pas ?

– Écoutez, madame, protesta-t-il, si vous ne me faites pas confiance, nous ne pourrons pas faire des affaires ensemble.

– Si vous essayez de me fourguer les rogatons que vous avez sur les bras, nous ne ferons sûrement jamais des affaires ensemble. »

Surpris par la perspicacité de Maggie, il cessa de lui recommander son terrain de troisième ordre et la conduisit vers les quartiers plus intéressants. A la fin du quatrième jour, elle avait trouvé son bonheur, plus loin du centre qu'elle ne comptait aller : un vaste terrain sur une hauteur avec une vue splendide sur le lac Travis et sur la célèbre région des collines.

« Vous croyez que des gens viendront s'installer si loin ? demanda Sampson.

– Oui, quand ils verront ce que nous allons construire », répondit-elle.

Et elle le chargea d'acheter quatre parcelles d'environ quatre hectares chacune.

« Puis-je vous demander ce que vous vous proposez de construire ? demanda le jeune homme.

– Un terrain de chasse pour Robin des Bois. »

Ce soir-là, elle rentra en avion à Larkin pour rendre compte à Rusk. Il la félicita, puis, oubliant cette affaire de deux cents millions comme s'il s'agissait du travail banal d'une journée banale, il s'installa devant ses deux postes de télévision pour suivre les résultats des élections.

Dès que les premières victoires furent annoncées, Rusk exulta :

« Maggie, nous allons donner un coup de fouet à ce pays ! » Vers 9 heures, quand le triomphe des républicains parut incontestable, il s'écria : « Nous avons la Maison-Blanche, la Cour suprême, le Sénat et assez de démocrates de droite qui voteront avec nous pour contrôler la Chambre. Maggie, nous avons conquis le pays ! Aussi longtemps que nous vivrons, vous et moi, les choses seront dirigées à notre façon. »

Quand il fut manifeste que toutes les régions où le dépouillement était terminé avaient choisi Reagan – sauf

Washington, capitale du pays et siège du pouvoir –, Rusk grommela :

« Si cette ville pleine de Nègres n'est pas dans la ligne de l'opinion nationale, il faut lui supprimer le droit de vote.

– Ransom ! répliqua Maggie sèchement. Ne prononcez plus jamais ce mot-là !

– Je me surveillerai en votre présence.

– Jamais ! répéta-t-elle. Et j'y tiens ! Un homme qui a votre situation se rabaisse quand il parle ainsi. »

Il se détourna de la télévision, la regarda comme s'il la rencontrait pour la première fois – ou comme si, jusque-là, il l'avait regardée sans la voir –, puis il se replongea dans l'euphorie de la victoire.

A 2 heures du matin, il la raccompagna en voiture à l'un des motels de Larkin et lui promit :

« Demain à la première heure, je finalise le financement. »

Toute sa vie, il avait été capable de concentrer son attention entière sur quelque chose – l'élection du président par exemple –, puis de démarrer le lendemain sur un autre projet sans le moindre rapport avec le précédent.

A cet égard, il était vraiment comme le Texas : les premiers pionniers avaient vécu du bétail ; les survivants, du coton et des esclaves ; puis étaient venus les grands ranches vides, le pétrole, les ordinateurs... Que se passerait-il ensuite ? Dieu seul le savait. Mais Maggie espérait bien que Rusk et elle pourraient revendre leur part du Nottingham avant que la bulle de savon n'éclate à Austin.

... Le commando

Pendant les deux années d'activité de notre commando, nous avions souvent subi des attaques insidieuses lancées contre le Texas, et toujours axées (semblait-il) sur l'opulence de notre État. L'extérieur enviait nos richesses ou nous reprochait notre façon de les dépenser. Vers la fin de nos délibérations, en décembre 1984, j'eus l'occasion de participer à trois explosions typiques de l'opulence texane, et je vais les relater ici, sans émettre le moindre jugement de valeur.

La rédaction de notre rapport ne posa guère de difficultés. Ransom Rusk insista pour présenter un amendement qui critiquait notre insistance sur les aspects multiculturels de l'histoire du Texas et réclamait un retour aux valeurs simples, anglo-saxonnes et protestantes, qui avaient fait la grandeur de l'État. Le professeur Garza soumit également une note défendant l'éducation bilingue et recommandant qu'elle continue au moins jusqu'à la fin de l'enseignement primaire.

Comme aucun autre membre n'accepta de signer les deux amendements, Garza nous reprocha aimablement « notre attitude d'autruche qui refuse toujours de regarder la réalité en face ».

« Que voulez-vous dire, Efraín ? lui demanda Mlle Cobb.

– J'aimerais que chacun de vous réponde honnêtement : combien d'immigrants mexicains illégaux employez-vous ?

– La question est justifiée, répondit Rusk. Sur divers projets, une quarantaine.

– J'en ai cinq ou six sur chacun de mes neuf ranches, et quatre de plus chez moi », répondit Quimper.

Mlle Cobb employait deux servantes et deux hommes, et je les surpris en avouant que j'avais une femme de ménage qui venait chez moi trois fois par semaine.

« J'emploie un couple, nous avoua Garza à son tour. Des gens irremplaçables. Et ce comité, qui dépend entièrement des Mexicains pour sa vie quotidienne, pense que ce problème va disparaître du jour au lendemain ? Soit ! Soit... »

Sur le plan des principes, j'étais de l'avis de Mlle Cobb quand elle proposa l'amendement suivant : « Nous recommandons fortement que, dans l'enseignement primaire et le premier cycle de l'enseignement secondaire, l'histoire du Texas soit enseignée uniquement par des éducateurs formés pour cette matière. » Mais, à notre vive surprise, Quimper, Rusk et Garza refusèrent d'intégrer la phrase à notre rapport.

Comme Quimper le fit observer :

« Il faut bien que nous casions quelque part nos entraîneurs de football après la saison. »

Mlle Cobb me demanda alors de signer l'amendement avec elle, mais je lui répondis qu'il me paraissait déplacé qu'un président s'avoue incapable de tenir ses chevaux bien groupés. La vérité, c'est que je n'avais pas envie de me mettre à dos tous les fanatiques de football. L'histoire du Texas est peut-être importante, mais le football du Texas est sacré.

Je fus directement impliqué dans le premier étalage d'opulence texane. Le jour de décembre où notre rapport devait être signé, j'annonçai que ma mission temporaire au Texas s'était avérée si sympathique que je renonçais à mon poste de Boulder pour accepter une chaire au Département des études texanes de l'université. Mes collègues et nos jeunes amis me félicitèrent, et, quand on me demanda pourquoi j'avais pris cette décision, je répondis :

« C'était facile. Regardez tout ce qui s'est passé ici depuis notre première réunion. Le peso mexicain s'est effondré, ce qui a fait de la vallée du río Grande une région sinistrée. Puis le cyclone Alicia a failli détruire Houston, qui souffrait déjà de presque quatre millions de mètres carrés de locaux commerciaux inoccupés. Ensuite, la vague de froid de 1983 a détruit les agrumes – vraiment le coup de grâce pour la vallée. Et l'Ouest n'a pas été épargné : une banque de Midland a dû essuyer plus d'un milliard de dollars de pertes et la nappe aquifère d'Ogallala a baissé si vite que tous les agriculteurs sont pris de panique. La région de Dallas a eu, elle aussi, sa part, avec la faillite de Braniff et TexTek qui a perdu en bourse un milliard de dollars en un jour. La sécheresse a touché tout l'État et, comble de malheur, les Cow-Boys de Dallas ont perdu trois ans de suite. Les gifles que l'État a dû encaisser en quelques années auraient suffi à abattre n'importe quel pays ordinaire.

– Et que voulez-vous prouver par là ? demanda Rusk.

– Je respecte un État capable de se reprendre, de retrousser ses manches et de continuer sa route comme si de rien n'était. Et j'aime la façon dont le neveu de Lorena, à Lubbock, se bat pour faire accepter une réglementation intelligente de l'utilisation des eaux. »

Mais Mlle Cobb expliqua ma décision de façon beaucoup plus simple, et sans doute plus proche de la vérité :

« Le Texas l'a séduit. C'est pour ça qu'il revient. »

Je ne la contredis pas.

Puis Rusk lança sa bombe :

« Barlow, bien que vous soyez un libéral, presque un communiste, nous nous sommes cotisés, Miss Lorena, Lorenzo et moi, pour doter votre chaire des études texanes d'un petit pécule.

– Un million de tickets », lança Quimper.

Nos assistants en eurent le souffle coupé.

« Selon les termes de la donation, expliqua Mlle Cobb, Barlow ne peut pas dépenser un sou pour lui-même, mais il peut consacrer l'intérêt annuel à l'achat de livres pour la bibliothèque et à l'attribution de bourses pour ses étudiants. Des bourses peu généreuses, mais suffisantes pour vivre. Je crois que nos jeunes collaborateurs seront intéressés, non ? »

L'aubaine, inespérée, eut sur nos assistants un effet étonnant : la jeune femme du SMU se mit à pleurer ; le jeune homme d'El Paso parut pétrifié ; et celui de Texas Tech fit la seule chose sensée dans la circonstance : il embrassa Mlle Cobb. Moi ? Je gardai un silence reconnaissant.

Nous passâmes à l'ordre du jour. Garza, Mlle Cobb et moi désirions conclure le rapport par deux paragraphes décisifs. Sachant qu'ils provoqueraient de vives réactions du public, nous tenions à ce qu'ils expriment exactement notre pensée, rien de plus :

> Tout État qui acquiert une grande puissance est tenu de montrer la voie sur le plan moral et intellectuel. Nous sommes persuadés que le Texas est capable de montrer la voie. Mais nous ne voyons pas dans quels domaines significatifs il y parviendra. Quand le Massachusetts a pris la tête de notre pays, sa puissance s'est manifestée par sa supériorité religieuse et intellectuelle. Quand la Virginie est passée au premier plan, ce fut à cause de l'éducation, de la philosophie et du style de ses citoyens. Quand New York a repris le flambeau, la ville est devenue le centre de l'édition, du théâtre et des arts. Quand la Californie a supplanté New York, ce fut grâce à Hollywood, à la télévision et à un style de vie séduisant.
>
> Dans quels secteurs le Texas est-il qualifié pour montrer la

voie ? Il n'a aucune maison d'édition importante, aucun art en dehors de l'imagerie des cow-boys, aucune prééminence dans le domaine de l'esprit. De toute évidence il possède d'autres atouts, mais d'un genre auquel la société accorde moins de prix. Il est en tête du pays pour la consommation de musique populaire, il a du panache, et il éprouve une dévotion sans réserve pour le football. Il court le risque de devenir la Sparte de l'Amérique plutôt que son Athènes. Et l'histoire ne traite pas ses Sparte avec faveur.

Quand Rusk lut ce texte, il explosa :

« On croirait entendre une bande de communistes. Franchement, Lorena, je suis stupéfait que vous ayez apposé votre signature sur une déclaration de ce genre.

– Vous faites erreur, Ransom. Je n'ai pas donné mon accord à ce texte. Je l'ai rédigé. Ce sont les autres qui l'ont soutenu.

– Les sénateurs Cobb se retourneront dans leur tombe. Ils aimaient le Texas.

– Moi aussi. Je ne le laisserai pas devenir une Sparte sans réagir.

– Quimper ! s'écria Rusk. Aidez-moi à retrancher ces inepties. »

A la vive surprise de tous, Lorenzo se rangea dans notre camp :

« Ransom, c'est un excellent avertissement. Donnez-moi cette feuille. Je signe.

– Êtes-vous tous devenus fous ? beugla Rusk.

– Je me suis intéressé au vrai Magnifico, le Médicis. Et qu'ai-je découvert ? C'était en son temps le patron de la Mafia florentine, comme mon père celui de la Mafia texane. Mais l'on se souvient de lui comme d'un protecteur des beaux-arts. Il a essayé d'obliger Florence à penser. J'aimerais faire de même pour le Texas.

– Si vous conservez ces deux paragraphes, je les désavouerai dans un amendement.

– Vous n'en ferez rien, Ransom, lui répondit Mlle Cobb le plus calmement du monde, car vous vous rendriez ridicule et vous ne pouvez pas vous le permettre. »

Comme il continuait de renâcler, elle le rassura en lui laissant modifier quelques épithètes et déplacer des virgules. Quand ce fut fait, Rusk demanda à Mlle Cobb :

« Est-ce que Sparte était si mauvaise que ça ?
– Pire. On s'y ennuyait à mourir. Et nous devons éviter ça au Texas.
– Seul un connard peut dire qu'on s'ennuie au Texas », grommela-t-il entre ses dents.
On n'en parla plus.

Le million de dollars de ma chaire fut donc le premier étalage « indécent » de l'opulence texane. Le deuxième et le troisième, longtemps après notre rapport de septembre, furent également le fait de Ransom Rusk, mais à l'initiative de Lorenzo Quimper pour l'un et de Lorena Cobb pour l'autre. Chacun fut assez merveilleux – à la texane.

Lors du dîner de fin d'année qui suivit notre dernière session, Quimper dit, au moment des liqueurs :

« Ransom, vous êtes assis sur une montagne de fric et vous n'en faites rien de bien constructif. Vous êtes la honte de l'État du Texas.
– Que devrais-je faire ? » demanda Rusk.

C'était une erreur, car Quimper avait étudié un projet dans le moindre détail. Il lui avait fallu plusieurs mois d'appels téléphoniques pour lui donner corps, et quand tout fut en place il lança une de ces extravagances dont on parlerait encore des années plus tard.

« Nous allons présenter au grand public Ransom Rusk, le milliardaire mystérieux du Texas, m'expliqua-t-il dans mon bureau d'Austin. Tout le monde doit savoir qu'il est l'homme charmant et généreux que nous avons découvert au cours de nos réunions.
– Qu'allez-vous lui offrir ? Une exécution en masse de démocrates ?
– Non, nous allons monter une vente aux enchères de taureaux. A la texane. Ransom est fier de ses longhorns, qui comptent parmi les plus beaux d'Amérique, mais presque personne n'a pu les voir. Nous allons vendre quatre-vingt-trois des plus belles bêtes que vous ayez jamais vues.
– Cela suppose beaucoup de gens. Peut-être trois ou quatre cents personnes. »

Lorenzo me regarda comme si j'avais perdu l'esprit :

« Mon cher, je pense à cinq ou six mille !

– Mais pourquoi tellement de gens viendraient-ils à des enchères de…

– La moitié du Texas se battra pour y assister », me dit-il en me prenant par l'épaule, parfaitement sûr de lui.

Le vendredi précédant les enchères, au coucher du soleil, onze Learjet étaient alignés sur la pelouse près de la piste d'atterrissage de Larkin ; le lendemain matin, plus de quatre-vingts avions de plus petite taille atterrirent. Cinq hélicoptères permettaient de déposer les invités de marque au ranch, situé à une vingtaine de kilomètres. Le samedi, dix-huit énormes autocars bleu et blanc, avec chauffeur en uniforme, firent la navette entre les motels et les auberges, l'aéroport, et le ranch de Rusk.

A quatre barrages, des gardes armés en uniforme nous arrêtèrent pour inspecter nos invitations, puis les autocars nous déposèrent sur un immense terrain préparé pour la circonstance, où se dressaient trente-six WC amovibles, vert et blanc.

« L'expérience m'a appris, m'expliqua Quimper, que la répartition efficace est vingt et un pour les dames, quinze pour les messieurs. »

Plus de cent employés de Rusk et des élèves du lycée engagés pour la journée, tous habillés aux couleurs du ranch (or et bleu), sillonnaient la foule immense en offrant des boissons. Vingt jeunes filles charmantes, en tenue légère, tenaient autant de buvettes où elles servaient sans fin bière, Coca-Cola, boissons à la menthe et orangeade glacée. Un orchestre mariachi de sept musiciens (deux trompettes sonores, deux guitares, deux violons et une guitare basse) se promenait au milieu de la foule en jouant *Guadalajara* et *Cu-cu-ru-cu-cu Paloma* – ce qui m'enchanta.

A midi, quatre stands servirent de délicieuses grillades avec des haricots *pinto,* de la salade, des petits pains complets, du fromage, des cornichons et des gâteaux à la noix de coco. Enfin, à 1 heure, tout le monde se rapprocha de la vaste tente sous laquelle se dressait une grande estrade, derrière une aire solidement clôturée où seraient présentés les longhorns un par un pendant la durée de la vente.

Les deux commissaires-priseurs apparurent et la foule les applaudit. Ils avaient la quarantaine, les cheveux argentés avant l'âge, et ils devaient avoir les poumons tannés à force de crier.

« Les frères Reyes, me souffla Quimper pendant qu'ils s'inclinaient. Leur père était un paysan sans le sou de Durango, au Mexique. Il a traversé le río Grande à la nage et travaillé à un dollar par jour. Ses quatorze enfants ont fait des études supérieures. Une bonne leçon, non ? »

Les frères Reyes étaient de véritables mitrailleuses verbales, crépitant dans un jargon auquel je ne comprenais pas un mot jusqu'au moment où ils faisaient claquer un bout de chêne sur une planche sonore et lançaient : « Une fois, deux fois, adjugé, vendu. Au ranch Big L d'Okmulgee, en Oklahoma. »

Comme il y avait quatre-vingt-trois animaux en vente, tous parfaits, et que le prix moyen semblait de l'ordre de trente mille dollars, le résultat de la vente serait manifestement supérieur à deux millions de dollars. Cela expliquait qu'un enchérisseur ne pouvait s'installer sous la tente plus de dix minutes sans qu'une des jeunes filles, en costume Rusk, lui présente un plateau de boissons glacées.

« Nous voulons que tout le monde soit content », me souffla Quimper.

Mais je lui fis observer une curiosité de cette vente :

« Lorenzo, vous vendez seulement quatre-vingt-trois bêtes. Les mêmes acheteurs en prennent deux ou trois. Il y a donc sous cette tente seulement trente ou quarante personnes qui s'intéressent sérieusement aux enchères.

– Vous avez raison. Le reste est comme vous. Ils viennent pour le pique-nique gratuit et pour le spectacle... Et pour voir la tête de Ransom Rusk. »

Il avait une allure splendide. Grand, mince, souriant dans sa tenue de cow-boy au grand complet. Au bout de l'estrade des commissaires-priseurs, il se bornait à hocher la tête quand un animal d'une plus grande beauté que les autres était vendu. Il ne parlait que si l'un des frères Reyes interrompait les enchères pour lui lancer :

« Monsieur Rusk, ce taureau a rapporté gros au concours annuel de Ferguson, n'est-ce pas ?

– Absolument. Cent neuf mille dollars. »

Et le mitraillage verbal des frères Reyes reprenait.

Mon voisin, un éleveur compétent, m'expliqua :

« Nous appelons cela une vente de taureaux, et, comme vous voyez, il s'y vend effectivement des taureaux. Mais de plusieurs façons. Vous pouvez acheter un taureau et l'emmener sur votre ranch. Ou vous pouvez acheter une partie du taureau – les bénéfices de la vente de sperme congelé –, mais le taureau reste ici. Ou vous pouvez acheter une paillette de sa semence pour féconder vos vaches sur votre ranch.

« Quant aux vaches, me dit-il, vous pouvez acquérir une vache, purement et simplement, comme celle qui se vend en ce moment. Ou bien une vache certifiée pleine d'un taureau donné. Ensuite, une vache pleine avec le veau à son côté – c'est ce qu'on appelle dans notre jargon un " trois-coups ". Acheter un nombre suffisant de trois-coups vous donne un bon départ.

– Cela me paraît assez simple.

– Jeune homme, me lança-t-il, ne croyez pas ça. Au bon vieux temps, une grande vache longhorn comme Measler, qui n'a pas eu sa pareille en quarante ans, pouvait produire un veau par an... Soit quinze ou seize dans toute sa vie, tous valant leur pesant d'or. Aujourd'hui, nous pourrions l'alimenter avec des hormones, cueillir les œufs à mesure qu'elle les produit dans ses ovaires, les féconder artificiellement et obtenir d'elle non pas un veau par an, mais trente ou quarante.

– Cela me paraît indécent ! m'écriai-je. Mais qui fait la gestation ?

– Une technique spéciale : nous implantons les ovules fécondés, un par un, dans l'utérus de la première vache venue.

– Une longhorn ?

– Même pas. N'importe quelle vache, du moment qu'elle est forte, saine et capable de donner du bon lait à son petit.

– Et cette vache de rien du tout produit un veau longhorn ?

– Mais oui. Et ce n'est pas fini. Les laboratoires peuvent fendre un œuf fertilisé en deux, implanter chaque moitié dans une vache réceptrice et produire des jumeaux identiques trois fois sur dix.

– Est-ce que ce n'est pas jouer au bon Dieu ?

– Jeune homme, nous faisons aux longhorns aujourd'hui ce que les savants feront aux hommes demain. »

Soudain la foule se tut : un taureau splendide entrait dans l'arène. Un vétérinaire de la réserve Wichita, en Oklahoma, prit le micro et annonça :

« Mesdames et messieurs, en 1927, la race longhorn du Texas était sur le point de disparaître de la terre. C'est ici, à Larkin, sur le ranch de la grand-mère de notre hôte, Emma Larkin Rusk, que nous avons trouvé la poignée de beaux animaux nécessaires à la reconstruction du troupeau.

« Jamais aucun taureau n'a joué un rôle aussi décisif pour la perpétuation de sa race que le célèbre Moïse VI, cédé par Emma Rusk à notre réserve. Nous vous présentons aujourd'hui son dernier descendant, le symbole même de l'espèce : Moïse XIX.

– Mesdames et messieurs, enchaînèrent les frères Reyes, Moïse XIX appartient à un consortium. Il vit sur ce ranch, mais il est à la disposition de tous les éleveurs. Nous vendons aujourd'hui un dixième des droits sur le plus éminent des longhorns actuellement en vie. Un dixième seulement, mesdames et messieurs. Le taureau reste ici, mais vous participez à toutes les ventes de sperme. Ai-je entendu une offre à cinquante mille dollars ? »

Je tressaillis : si les Reyes débutaient à ce prix, cela signifiait que Moïse était évalué à plus d'un demi-million de dollars ! Quelques secondes plus tard les enchères s'élevaient à quatre-vingt mille et, quand le marteau tomba, ce fut sur une enchère de cent dix mille dollars. Moïse, dont les ancêtres n'avaient survécu que grâce à l'affection d'Emma Larkin Rusk, valait un million cent mille dollars...

A la tombée de la nuit, on servit six mille bols de chili accompagnés de sucreries mexicaines, et les visiteurs s'installèrent devant la grande scène que Quimper avait fait construire pour l'occasion. Le premier des trois orchestres engagés pour distraire la foule jusqu'à 2 heures du matin se mit à jouer.

C'était une belle nuit, avec de la musique country and western. Les gens se promenaient, bavardaient avec des amis, prenaient des rendez-vous, concluaient des affaires. Des candidats locaux circulaient en serrant des mains, et des femmes comptant parmi les plus belles de toute l'Amérique prêtaient leur grâce à la soirée.

J'aurais dû me douter qu'il se tramait quelque chose lorsque je vis parmi ces beautés une jeune femme que j'avais naguère applaudie à l'université du Texas. C'était alors Beth Morrison, la célèbre majorette, coqueluche de tout le Texas – devenue Mme Wolfgang Macnab, l'épouse du trois-quarts des Cow-Boys de Dallas. Les chroniques mondaines racontaient qu'ils allaient souvent à New York, où ils fréquentaient le milieu des artistes peintres.

Je me demandais pourquoi Beth, considérée comme l'une de nos jeunes intellectuelles en vue, s'était donné la peine d'assister à une enchère de bétail à Larkin, quand mon attention fut détournée par Lorenzo Quimper, qui venait de monter sur la scène pour annoncer à la foule :

« Mes amis, mon cher associé Ransom Rusk, qui a organisé cette petite fête, était exactement comme les caricaturistes représentent un riche producteur de pétrole du Texas, solitaire et motivé uniquement par l'argent. Comme il avait peur des gens, je l'ai forcé à inviter six mille de ses amis les plus intimes pour partager avec lui un moment de joie transcendante. Mes amis ! rugit Quimper. Ransom Rusk, cet ours mal léché, cet égoïste assis sur son coffre-fort à minuit pour compter ses millions, va se marier ! »

Tout le monde se mit à hurler et à siffler. Rusk, dans une tenue de rancher de whipcord bleu avec une paire de bottes dorées offertes par Quimper, monta sur la scène et salua. Il prit le microphone et lança en montrant Lorenzo :

« Grande-Gueule a raison. Je vais me marier. Et vous serez les premiers à connaître ma future femme. »

Il alla chercher dans les coulisses Maggie Morrison, quarante-neuf ans, l'image même de la femme ayant réussi dans la spéculation immobilière. Elle portait, sur l'insistance de Lorenzo, un costume mexicain China Poblana, avec bottes Quimper et chapeau de paille dont le bord s'ornait de vingt-quatre clochettes d'argent. Une femme chaleureuse, souriante, au charme certain. Je me dis : Rusk a de la chance.

Quand la fille et le gendre de la mariée montèrent à leur tour sur la scène, la foule reconnut aussitôt ses héros et trépigna de joie.

« Maman, dit Beth, c'est merveilleux... Papa, bienvenue dans la famille. »

Et elle embrassa Rusk sur les deux joues.

Quand le couple retourna au Texas en août, après une lune de miel précipitée à Rome, Paris et Londres, Mlle Cobb me téléphona pour me prier de me rendre d'urgence à Dallas où notre commando démobilisé devait rencontrer Ransom Rusk et son épouse.

« Ransom, dit Lorena dès notre entrée, les réunions de notre comité m'ont permis de voir en vous un être vraiment humain. Et le fait que vous ayez eu le courage d'épouser cette femme merveilleuse confirme mon impression.

– Ce préambule me paraît lourd de menaces, répondit Rusk.

– Il l'est. »

Aucun d'entre nous ne savait ce qu'elle avait en tête.

« Votre ami Lorenzo vous a rendu un grand service quand il vous a forcé la main pour organiser votre immense kermesse, le jour des enchères. C'est la meilleure chose que vous ayez faite, Ransom, mais ça ne suffit pas.

– Qu'avez-vous en tête ? demanda-t-il d'un ton bourru.

– Vous êtes l'un des hommes les plus riches de notre État. Peut-être le plus riche. Mais vous n'avez absolument rien fait pour le Texas. A mon avis, c'est scandaleux.

– Attendez une minute...

– Oh, je sais, une bourse ici et là pour un joueur de football, une subvention pour des recherches sur la lèpre. Je pensais à quelque chose qui soit à la mesure de votre fortune.

– Quoi, par exemple ?

– Avez-vous jamais, dans votre petite vie étriquée, visité

le grand complexe de musées de Fort Worth ? Savez-vous que Fort Worth, que tout le monde à Dallas considère comme une ville de vachers, possède un groupe de musées qui compte parmi les plus remarquables du monde ?

– Où voulez-vous en venir ?

– Ransom, il y a encore une bonne parcelle à bâtir disponible dans l'enceinte des musées. Je voudrais que vous y installiez un musée Rusk. Construit et garni avec ce qu'il y a de mieux.

– Mais enfin, Lorena...

– Ransom, un jour ou l'autre vous mourrez. Que restera-t-il pour qu'on se souvienne de vous ? Une poignée de puits de pétrole ? Qui s'en soucie ? Sincèrement, Ransom, posez-vous cette question. Nous nous reverrons dans deux semaines.

– Écoutez une minute, Lorena ! »

Elle ne voulut rien entendre.

« Ransom, lui dit-elle, je vous parle de votre âme. Demandez à Maggie, elle sait ce que je veux dire. » Avant de franchir la porte, elle ajouta : « A ma façon, moi aussi, je vous aime, Ransom, et je ne supporte pas l'idée de vous voir entrer dans la tombe sans laisser de souvenir. »

Rusk me demanda de rester après le départ des autres, et ce fut le début d'une des périodes les plus animées de ma vie, car il voulait discuter avec moi de tout ce qu'impliquerait la donation d'un quatrième musée au complexe de Fort Worth. Il fallait avant tout décider quel domaine le musée couvrirait.

Il me demanda s'il pourrait acheter assez de peintures européennes pour rivaliser avec le musée Kimbell, déjà établi dans le complexe de Fort Worth, et je fus obligé de lui répondre non : « Surtout, c'est déjà fait. »

Je n'oublierai jamais la journée que je passai avec lui au Kimbell – il voulait découvrir ce qui justifiait un bâtiment aussi splendide et il désirait tout savoir. Je me souviens notamment de ses commentaires sur plusieurs tableaux. Le chef-d'œuvre de la collection est un merveilleux Giovanni Bellini, *la Mère et l'Enfant*, et, quand Rusk eut fini de l'examiner, il me lança :

« C'est du grand art. On sent de la vénération. » Mais il détesta le grand Duccio, où les spectateurs vêtus à l'italienne se bouchent le nez quand le cadavre de Lazare est ressuscité des morts. « Une insulte à la Bible ! » Il apprécia surtout l'excellente architecture du musée lui-même et la façon dont son style s'intègre au paysage : « Que coûterait un bâtiment capable de lui faire pendant ? » Renseignements pris, je lui annonçai dix-huit à vingt millions, même pour un édifice moins vaste. Il se borna à hocher la tête.

A 3 heures du matin, trois jours avant notre rencontre avec Mlle Cobb, mon téléphone se mit à sonner avec insistance.

« Venez tout de suite ! me cria Rusk dans les oreilles. Je vous ai envoyé mon chauffeur. »

A mon arrivée dans son logement modeste de Dallas, duquel Mme Rusk partageait l'unique chambre et l'unique salle de bains, je les trouvai tous les deux en robe de chambre entourés par un maelström de journaux.

« J'ai trouvé mon musée ! J'étais en train de lire dans mon lit en ruminant toutes les possibilités, puis je me suis demandé quelle était la chose la plus importante au Texas. Les journaux m'ont donné la réponse : le sport ! »

Dès qu'il eut prononcé ce mot sacré, je pus voir un nouveau bâtiment s'élever dans le bel ensemble de Fort Worth. Ni lui, ni moi, ni à plus forte raison Maggie Rusk ne l'imaginions comme un de ces ramassis de souvenirs sportifs où de vieux maillots voisinent avec des gants de boxe usés et des coupes à l'argenture ternie. Chaque État, chaque lycée même, possède ce genre de vitrines, souvent lamentables. Non, nous nous représentions un vrai musée de peinture et de sculpture où seraient réunis les plus beaux exemples d'œuvres inspirées par le sport.

« Uniquement des tableaux de premier ordre, comme la Madone que nous avons vue au Kimbell », lança Rusk à 4 heures du matin.

Quand il répéta la même phrase à Mlle Cobb, trois jours plus tard, elle réfléchit un instant, puis s'écria avec enthousiasme :

« Ce pourrait être vraiment remarquable, Ransom. Mais pas de chauvinisme américain. Soyez universel.

– Vous pensez à des œuvres venues du monde entier ?

– Nous oublions trop souvent, en Amérique, que nos trois grands sports, notre football, le base-ball et le basketball, ne sont pas pratiqués hors de nos frontières aussi intensément qu'ici, à de rares exceptions près. Si vous n'êtes pas universel, vous paraîtrez forcément... Comment dirais-je ? Péquenot. »

S'il est une chose qu'un nouveau riche texan ne veut pas paraître, c'est bien celle-là.

« Vous avez raison, Lorena », se hâta de répondre Rusk, puis il se tourna vers moi et lança son ukase : « Barlow, nous le ferons universel. »

Je me rendis la semaine suivante à New York, où je consultai les marchands de tableaux et les critiques d'art. Après les premières réactions de surprise, l'un d'eux m'avoua :

« Nous-mêmes étions mal informés des possibilités dans ce domaine. Mais, à la réflexion, nous avons dressé une liste impressionnante d'artistes qui ont traité des thèmes liés au sport. Des anciennes statues grecques. Des athlètes romains. Degas et ses jockeys. Les incomparables portraits de chevaux de course par Stubbs.

– Jamais entendu parler de celui-là.

– George Stubbs ? C'est un Anglais, 1724-1806. Personne n'a peint les chevaux mieux que Stubbs.

– Où puis-je acheter une de ses toiles ? Évidemment un chef-d'œuvre reconnu de tous. »

Les experts m'expliquèrent que pour trouver un Degas ou un Stubbs sur le marché il fallait d'abord s'armer d'une patience infinie, puis d'une grande habileté pour négocier l'achat. Rusk sentit que son bâtiment serait construit avant que j'aie une seule toile à accrocher à ses murs.

Mais il se produisit bientôt une rencontre qui nous remit les pieds sur terre, et la réalité n'était pas moins passionnante que le rêve. Un marchand de tableaux frappa à ma porte avec sept toiles à me présenter :

« Des œuvres modernes mais d'une qualité justifiant leur présence dans un musée. »

L'une d'elles, d'un peintre dont je n'avais jamais entendu parler, Jon Corbino, représentait des athlètes en train de prendre des poses sur une plage. Une autre toile, très drôle, de Fletcher Martin, représentait une fin de partie de base-ball...

« Avec votre permission, me dit le marchand, j'ai

apporté une toile européenne que vous pourriez peut-être envisager. Elle n'a rien d'américain, et le sport qu'elle représente n'est plus du tout pratiqué de la même façon de nos jours, mais voulez-vous la voir ? »

Il posa sur le chevalet un tableau de petite taille, peint par le maître hollandais Hendrick Avercamp (1585-1634), représentant un canal glacé près d'Amsterdam avec de petits bonshommes en costumes anciens qui jouaient avec animation à une sorte de hockey sur glace.

C'était le symbole même du sport – hors du temps, dans un cadre naturel, avec du mouvement et une image de la réalité. En plus, il s'agissait d'une œuvre d'art incontestable.

« Acquisition numéro un ! » m'écriai-je.

Mais Rusk m'avait devancé. Jamais il ne cesserait de me surprendre. Deux semaines plus tard, à mon retour à Fort Worth, je découvris qu'il avait déjà installé dans le foyer de son musée encore en construction une magnifique copie italienne, ancienne, de l'œuvre inspirée par le sport qui demeure la plus célèbre du monde, l'étonnant *Discobole* de Myron.

« Où l'avez-vous trouvée ?

– Dans un vieux palazzo italien. Je l'avais remarquée pendant ma lune de miel, et je m'en étais toujours souvenu. »

Un marchand de tableaux de New York vint me voir à Dallas avec des diapositives de huit tableaux associés au sport, dont un cow-boy en plein rodéo de Thomas Hart Benton, et j'étais en train de prendre les dispositions pour leur acquisition, quand Ransom Rusk m'appela d'urgence. Il était à Larkin :

« Venez tout de suite ! Une catastrophe. »

Comme Rusk appuyait rarement sur le bouton « Panique », je présentai mes excuses, sautai dans la voiture toujours à ma disposition quand je travaillais pour lui à Dallas, et m'engageai sur l'autoroute. Je trouvai dans le pavillon africain Rusk et M. Kramer, l'ami des armadillos, en grande discussion avec un certain docteur Philippe

L'Heureux, de Louisiane – visage en lame de couteau, barbiche et petits yeux perçants. Il me tendit sa carte et, comme je butais sur son nom, il me dit :

« Prononcez Larue. La moitié de ma famille a adopté cette orthographe en arrivant en Amérique.

– Annoncez-lui la mauvaise nouvelle ! ordonna Rusk.

– Nous avons toutes raisons de croire que l'armadillo n'est pas seulement un bon cobaye, si je puis dire, pour l'étude de la lèpre, mais peut transmettre la maladie à l'homme. La menace est réelle. Nous avons observé au Texas cinq cas de personnes contaminées. Tous les armadillos qui se trouvent en contact avec la population doivent être supprimés.

– Vous songez à les empoisonner ? demanda Rusk.

– Ou à les tuer au fusil. »

M. Kramer se leva, nerveux, puis regarda l'ancien boulingrin :

« Jamais je ne pourrai tirer sur un armadillo.

– Je vous assure que le danger est réel. Vous pouvez soit les détruire…

– Il n'en est pas question, lança Rusk. Ce sont mes amis.

– … ou les prendre au piège et les envoyer tous dans notre Centre de recherches de Carville, en Louisiane. Ce serait nous rendre un immense service. La lèpre est une maladie horrible si on la laisse se développer, mineure si on la soigne à temps. Vos armadillos pourraient nous aider à résoudre ses mystères.

– Nous vous les enverrons. »

Je restai à Larkin avec L'Heureux pendant le reste de la semaine, tandis que Rusk faisait poser les pièges sur sa pelouse par ses illégaux mexicains. Quand les jeunes armadillos furent tous pris et mis en cage pour le voyage, Rusk prêta ses Mexicains à Kramer pour l'aider à prendre tous les armadillos des environs. L'Heureux nous avoua :

« Je me sens beaucoup mieux. Je vous assure que vous êtes plus à l'abri du mal que la semaine dernière. »

Il rentra en Louisiane dans l'après-midi, de sorte que seuls Rusk, Kramer et moi étions présents quand, à la tombée de la nuit, la vieille mère armadillo sortit toute seule de terre et se planta au beau milieu du boulingrin, comme stupéfaite de la disparition de ses huit petits.

« Ne la prenez pas au piège, monsieur Rusk, s'écria Kramer. Elle sait qu'elle est chez elle ici. »

Normalement, n'importe quel homme agile peut attraper un armadillo à la course, et comme il y avait trois Mexicains prêts à la pourchasser ils auraient dû la coincer, mais elle plongea entre leurs jambes et leur échappa.

« Il faudra que vous lui tiriez dessus, dit une voix. J'ai vu des vieilles bêtes comme celle-là éviter tous les pièges. »

Rusk demanda donc à l'un de ses domestiques de lui apporter le fusil dont il se servait pour les éléphants et les buffles du Cap. Il tendit l'arme à M. Kramer :

« Occupez-vous d'elle ! »

Mais M. Kramer refusa :

« Elle est sous votre responsabilité, pas sous la mienne. »

Je trouvai normal que Ransom, après avoir en un sens parrainé les armadillos à Larkin, élimine maintenant la colonie. Quand leur mère à tous ressortit de son trou pour étudier le silence de mauvais augure, il épaula et visa.

Mais il fut incapable d'appuyer sur la détente. Il me lança un regard suppliant :

« Je ne peux pas »...

Et je me retrouvai avec le fusil entre les mains.

Pan !

Les armadillos de Larkin avaient cessé d'exister.

Pendant les mois qui suivirent parvinrent à mon nouveau bureau de Fort Worth une série de télex qui ne manquèrent pas de me réjouir.

LE LOUVRE A LE PLAISIR DE VOUS ANNONCER L'ENVOI DES *COURSES À AUTEUIL* DE DEGAS, DES *LUTTEURS SUR LA PLACE* DE CÉZANNE ET DU *DUEL À MINUIT* DE LA TOUR.

De Tokyo, un musée nous enverrait neuf estampes japonaises d'une qualité remarquable représentant les plus grands champions anciens de sumo, dont une de Tanikaze, artiste de la fin du XVIIIe siècle.

Le câble du Prado de Madrid provoqua allégresse et scandale, car on nous enverrait les précieuses gravures originales d'une série de Goya sur la course de taureaux, et une grande toile du même maître. Notre population mexicaine nous félicita sans réserve de cet hommage à l'art hispanique, mais un groupe de femmes faisant campagne contre les corridas nous avertit qu'elles organiseraient des manifestations pour empêcher notre ouverture officielle si nous acceptions les Goya. La presse monta évidemment en épingle cet incident ridicule.

L'Écosse nous promit une série rare de gravures représentant le développement du golf. Rusk l'apprécia, mais un autre télex de Londres nous valut de sérieux ennuis.

> NOUS VOUS ENVERRONS UNE REMARQUABLE COLLECTION, SUFFISANTE POUR GARNIR DEUX SALLES, SUR LE SPORT LE PLUS POPULAIRE AU MONDE SI LA FRÉQUANTATION DU PUBLIC EN EST LE CRITÈRE : LES COURSES DE CHEVAUX.

J'en fus enchanté, car j'adore les chevaux, mais un groupe anonyme de patriotes irlandais menaça de placer une bombe dans notre musée si nous exposions cet envoi anglais.

La soirée inaugurale serait incontestablement un succès, et le musée Rusk le premier de ce genre dans le monde. La construction s'achevait, je commençais déjà à répartir les œuvres dans les salles, quand il me vint à l'esprit que c'était plutôt la prérogative d'un directeur. Or nous n'avions pas de directeur, et je le signalai aussitôt à Rusk.

« Mon cher Barlow, j'en ai un sous la main », m'assura-t-il et je l'entendis passer le coup de téléphone le plus surprenant de toute ma carrière. « Donnez-moi Tom Landry », dit-il à sa secrétaire. Peu après il était en communication avec l'entraîneur des Cow-Boys de Dallas : « Tom ? Ici Ransom. Oui, Tom, j'ai besoin de votre avis confidentiel. Wolfgang Macnab est-il ce qu'on appelle viril ? » J'entendis l'écho de la voix de Landry qui défendait sans doute son trois-quarts. « Je sais tout ça, Tom, lui répondit Rusk. Mais vous connaissez les ragots qui courent. Les colosses qui plaquent sec sur le terrain et s'embrassent dans les vestiaires. » Nouvelles protestations de Landry, et Rusk dut lui mettre les points sur les *i* : « Tom, pouvez-vous m'assurer que Wolfgang est viril ? Vous voyez bien ce que je veux dire... Pas un non-conformiste, quoi. » Apparemment, Landry voulait savoir ce que Rusk avait en tête, et il dut se montrer agressif, car Rusk lui répliqua : « Bien sûr, c'est mon gendre, mais il y a beaucoup en jeu et je dois être certain. Avec ces types qui étudient les beaux-arts, on ne sait jamais. » Landry dut s'insurger encore, car Rusk ajouta : « Vous devriez voir ces soi-disant experts de New York qui ont dépensé mon argent ! Oui, pour mon nouveau musée. S'il vous arrivait de quitter Dallas pour venir à Forth Worth, la ville de Dieu, vous seriez au courant ! »

Rassuré sur ce point délicat par Landry, Rusk convoqua Wolfgang Macnab dans son bureau et lui annonça tout de go :

« Mon cher, je veux que tu sois le directeur de mon Musée des sports. Ne réponds pas tout de suite. Tu as encore une ou deux années dans le football professionnel. Bravo, va jusqu'au bout, mais, à notre grande conférence de presse de vendredi, j'aimerais annoncer que tu es notre directeur.

– J'adore les arts. Je ne suis pas sans compétence dans ce domaine. Mais directeur d'un grand musée ?...

– Si tu es capable de plaquer les avants de Pittsburgh, tu pourras tout de même t'occuper d'une poignée de tableaux !

– Je prends l'art beaucoup plus au sérieux que le football, vous comprenez...

– Si c'était l'inverse, je ne voudrais pas de toi. »

Le jeune homme montra alors sa maturité en posant une question cruciale :

« En tant que directeur, disposerai-je d'un petit budget pour l'acquisition de nouvelles œuvres ?

– Bien entendu. Dès aujourd'hui, si tu acceptes le poste, tu auras un dépôt de trente-deux millions de dollars. »

Macnab resta sans voix, non moins étonné que moi. Rusk se leva et lui posa la main sur l'épaule : « Mon petit, n'oublie jamais : quand tu représentes le Texas, voyage toujours en première classe. »

Les faits et l'imaginaire

Ce roman se compose d'un véritable entrelacement entre l'imaginaire et les faits historiques. Voici quelques indications qui permettront au lecteur de faire la part des choses.

Le « commando » du gouverneur : Ce comité est purement imaginaire, comme tous ses membres, y compris le gouverneur. Les séances du comité, à la fin de chaque chapitre, appartiennent à la fiction, ainsi que tous les participants invités.

8. Le Ranger : Les Rangers Macnab, Komax et Garner sont imaginaires. Jack Hays est historique. Harry Saxon et le colonel Cobb sont imaginaires. Les généraux Taylor et Scott sont réels. Chaque action importante des Rangers est historique, mais les lieux ont été parfois transposés. L'assassin du Ranger Allsens est authentique, comme les représailles qui suivirent.

9. Loyautés : Edisto Island, Social Circle et la ville de Jefferson sont réels ; les familles qui y sont évoquées sont imaginaires. Les événements durant le siège de Vicksburg sont historiques, de même que les différents comportements de Sam Houston. Le commerce du coton à Bagdad est historique, ainsi que Bagdad, aujourd'hui disparue. Le massacre des Allemands et les pendaisons le long de la rivière Rouge sont authentiques.

10. Le fort : Fort Sam Garner et sa garnison militaire sont imaginaires. Les officiers qui y passent, Sherman, Grierson, Miles, Mackenzie et Custer, sont historiques. Le chef

Matark, Earnshaw Rusk et Emma Larkin sont imaginaires, mais inspirés par des personnages réels. Des quakers ont effectivement administré certains camps de Comanches, mais Camp Hope est imaginaire, de même que Three Cairns. Crotale Peavine est imaginaire.

11. La frontière : Tous les citoyens de Fort Sam Garner sont imaginaires. L'architecte James Riely Gordon a existé, et l'on peut voir aujourd'hui dans le palais de justice qu'il a construit à Waxahachie les célèbres sculptures de son palais de justice idéal du comté de Larkin. La rivalité des Parmenteer et des Bates est imaginaire, mais construite sur le modèle de nombreuses affaires semblables et réelles. La piste de Dodge City est historique, mais R.J. Poteet est imaginaire. De même qu'Alonzo Betz, mais les conséquences de son fil de fer barbelé sont historiques. La destruction d'Indianola s'est produite comme je l'ai décrite.

12. La ville : Tous les personnages sont imaginaires, y compris le revivaliste Elder Fry, mais le procès religieux de Laurel Cobb se fonde sur un événement réel, dont les détails ont été fournis par un des fils de l'accusé. Le gisement de pétrole de Larkin est imaginaire, mais ses caractéristiques correspondent précisément à ceux de cette région du Texas. Le Ranger Lone Wolf Gonzaullas a existé. Les détails concernant les joueurs de football américain sont imaginaires mais inspirés par plusieurs équipes de l'époque. Les pratiques politiques des comtés de Bravo et de Saldaña sont imaginaires, mais les exemples du même genre abondaient à l'époque et continuent encore d'exister en certains endroits.

13. Les envahisseurs : Tous les personnages et tous les incidents sont imaginaires, mais la tornade de Larkin est inspirée par de terrifiants exemples historiques.

14. Puissance et changement : Tous les personnages et incidents sont imaginaires, sauf que la tempête de l'été 1983 a bel et bien eu lieu.

Remerciements

C'est William Clements, alors gouverneur du Texas, qui a organisé mes trente mois de recherches sur place ; il a tenu toutes les promesses qu'il m'avait faites et je lui en suis très reconnaissant. Ma voisine Margaret Wilson et mon propriétaire, Jack Taylor, m'ont beaucoup aidé à obtenir certains rendez-vous avec les personnalités énumérées ci-dessous. Et je désire remercier particulièrement tous les hommes et toutes les femmes qui m'ont éclairé sur telle ou telle facette de la vie et de l'histoire du Texas.

La terre : Virginia Madison, Hallie Stillwell, et le professeur Barton Warnock de l'université Sul Ross sur la région d'Alpine. Horace Goar sur les formations géologiques de l'est du Texas ; Clayton Williams sur l'ouest de l'État.

L'eau : C'est l'eau, non le pétrole, qui constitue le sang du Texas, et de la nappe aquifère d'Ogallala dépend l'irrigation de l'Ouest. Pendant mes nombreux séjours dans cette région, m'ont aidé notamment : le docteur Idris Traylor de Texas Tech, pour les données fondamentales ; David Underwood, de Lubbock, et Joe Unfred, sur l'utilisation ; Derrel Oliver, de Muleshoe, pour les puits profonds. Les données sur les précipitations et la climatologie en général ont été vérifiées grâce à l'ouvrage récent de George W. Bomar, *Texas Weather*. M. Bomar, du Département des ressources en eaux, section « climat », m'a fourni personnellement les données de la carte des précipitations. David Murrah, de Texas Tech, m'a aidé dans le choix d'ouvrages de référence.

Les animaux : R.P. Marshall, de King Ranch, a passé deux journées avec moi pour m'instruire des habitudes de la caille. V.W. Lehman m'a permis de lire le manuscrit de son étude magistrale sur la caille, devenue un beau livre illustré et l'ouvrage qui fait autorité. Sam Lewis, de San Angelo, la langue la plus déliée du Texas, m'a fait connaître l'armadillo, et Don English, propriétaire actuel de l'élevage historique d'armadillos de la ferme Appelt, m'a permis d'observer à loisir ces étonnantes créatures. Le professeur Robin Doughty a vérifié les données scientifiques récentes sur ces petits animaux controversés. Horace Goar m'a longuement parlé du dindon sauvage et invité à une chasse. Bob Ramsey, de Hunt, m'a montré comment on piste un chevreuil (et enseigné l'art de fabriquer des pointes de flèche comme un homme des cavernes).

Le coton : Comme la culture, l'égrenage et l'utilisation de cette importante fibre naturelle formeraient un leitmotiv du roman, j'ai effectué des recherches importantes dans trois parties différentes de l'État. Les professeurs Ray Frisbie et Joe Knox Walker, de Texas A & M, m'ont éclairé sur la lutte contre le charançon. La famille Harris Underwood de Lubbock, sur la culture irriguée. Mike McDonald, sur la préparation du coton pour son utilisation industrielle. Robert Hale, de Littlefield, sur la confection des tissus traditionnels de l'Ouest.

L'élevage : La vie au ranch demeure un des traits saillants du Texas, et j'ai eu le privilège de visiter certains élevages comptant parmi les plus célèbres et les plus typiques. Mary Lewis Kleburg et Tom Kleburg, de l'immense King Ranch, m'ont toujours accueilli à bras ouverts. B.K. Johnson, de La Pryor, m'a beaucoup appris ; j'ai assisté à deux de ses ventes de bétail. Bill Blakemore m'a fait visiter ses vastes terres près d'Alpine ; dans la même région, D.J. Sibley et Jane, son épouse, m'ont reçu dans leur château de conte de fées au sommet d'une montagne, avec ses remparts et ses six tours – une pour chacun des drapeaux du Texas. Les Presnall Cage, de Falfurrias, non seulement m'ont fait visiter leur ranch mais m'ont montré le premier parquet de mesquite que j'aie pu voir. A Dripping Springs, les H.C.

Carter m'ont offert amitié et compétence, et les Hardy Bowman m'ont autorisé à participer à une réception d'anniversaire dans leur ranch. Nancy Negley, de San Antonio et du ranch Las Palomas, a organisé à mon intention une chasse à la caille et au dindon. Les Elizio Garcias, d'Encino, m'ont fait visiter l'un des plus anciens ranches du Texas. Au Mexique, Charlie et Sabela Sellers, de Sabinas, m'ont reçu de façon merveilleuse, Bill Moody et Violet Jarrett, de Del Rio, m'ont expliqué le fonctionnement de leurs élevages, de même que Mac et Eleanor McCollum, de Houston. Dans son ranch, près de Brownwood, Thomas Cutbirth m'a exposé la technique du traditionnel barbecue.

Les ranches d'animaux exotiques : Je me suis intéressé particulièrement à la manière dont certains ranchers du Texas s'efforcent de protéger plusieurs espèces sauvages en voie de disparition dans d'autres parties du monde. Le célèbre YO Ranch, de Kerrville, m'a permis de sillonner ses enclos. Le docteur Stephen Seager, vétérinaire d'A & M, m'a invité à participer à ses recherches sur le terrain. Thomas Mantzell, de Fort Worth, possède plus d'antilopes sable dans son ranch que je n'en ai vu en Afrique. Lou et Wanda Waters, d'Utopia, ont un ranch magnifique et John Mecum Jr., de Houston, m'a invité à visiter son immense ranch d'animaux exotiques, en plusieurs parcelles, le long du río Grande. Dale Priour, d'Ingram, m'a fourni les données techniques.

Les longhorns : Charlene et Red McCombs, de Johnson City, m'ont invité à leur ranch en plusieurs circonstances et ont consacré des heures à m'expliquer le sauvetage de cette espèce historique. Jack Montgomery, de Yuma (Colorado), a relu mes chapitres sur les longhorns. Joan et H.C. Carter, de Dripping Springs, m'ont aidé en toute occasion, de même que Walter Shreiner du YO Ranch. Don et Linda Wiley, d'Austin, m'ont fait visiter plusieurs élevages de longhorns.

Le passé espagnol : Le maire de San Antonio, Henry Cisneros, s'est montré extrêmement aimable. Victor Neimeyer, de l'Institut des études latino-américaines à l'université du Texas, a organisé pour moi des rendez-vous précieux au Mexique, où le docteur Israel Cavazos, de Monterrey, et Jesus Alfonso Arreola et Javier Guerra Escandón, de Saltillo, m'ont offert des commentaires pénétrants. D'innombrables rencontres, au Mexique et au Texas, m'ont aidé à comprendre les données de base, et le fait que j'avais déjà écrit un ouvrage sur la culture espagnole a souvent fait avancer les discussions.

La vie des missions espagnoles : Le docteur Félix O. Almaráz Jr., de San Antonio, m'a fait visiter en détail les grandes missions de cette ville. Ben Pingenot, d'Eagle Pass, m'a fait partager sa connaissance incomparable de San Juan Bautista, mission cruciale pour l'étude de la première colonisation du Tejas. Charles Long, le conservateur passionné d'El Alamo, m'a inculqué à maintes reprises son érudition sur cette mission historique. Gilbert R. Cruz, l'historien des parcs nationaux, m'a fourni des précisions complémentaires. De nombreuses visites aux autres monuments de San Antonio m'ont été très utiles, notamment celle où j'ai découvert le palais du gouverneur, entièrement restauré.

Première colonisation américaine : Drew McCoy, de Brazoria, m'a fait visiter cette région cruciale. Les responsables du Star of the Republic Museum, à Washington-on-the-Brazos, m'ont vraiment éclairé sur cette époque, ainsi que les conservateurs d'autres collections intéressantes, notamment Dorman Winfrey de la Texas State Library. Pour ma compréhension des réactions des premiers pionniers par rapport au pays qu'ils occupaient, je suis redevable à l'excellente étude géograpique de D.W. Meinig : *Imperial Texas*. Clifton Caldwell m'a généreusement fait profiter de ses travaux de recherche.

La piste : John S. Mohlenrich, du Service des parcs nationaux, m'a beaucoup appris sur l'histoire de cette voie importante, que j'ai suivie deux fois. J'ai énormément apprécié les acteurs Rangers qui représentaient des personnages historiques aux différents arrêts. Rita Stephens, de

Natchez, m'a éclairé sur la vie d'autrefois, le long du Mississippi.

Les pionniers d'origine écossaise et les « Scots-Irish » : Myra et Gordon Porter, de Carnoustie, en Écosse, propriétaires des terres que j'ai décrites sous le nom de Glen Lyon, m'ont fait visiter tout le nord de l'Écosse. Ailsa et Alfred Fyffe, de Cupar, mes condisciples à Saint Andrews en 1932, m'ont aidé pour la partie écossaise, et l'ont relue.

Les trois batailles : Qui veut écrire sur El Alamo trouve le terrain fort bien préparé par deux beaux livres, dont les interprétations ne coïncident pas toujours : *Thirteen Days of Glory,* par Lon Tinkle, et *A Time to Stand,* par Walter Lord. Je les ai utilisés, mais bien entendu sans les suivre à la lettre. J'ai passé de nombreuses heures à l'intérieur d'El Alamo, à discuter avec les spécialistes. Le personnel de la bibliothèque des Daughters of the Republic of Texas s'est montré très efficace. Pour mon étude de la tragédie de Goliad, je dois beaucoup à Charles Faupel et à Mary Jane Plumb, qui habitent la petite ville de ce nom. Pour les données de base de la bataille du San Jacinto, moment critique de l'histoire du Texas, je suis redevable au docteur Thomas H. Kreneck, qui m'a fait visiter le site, et à J.P. Bryan, de Houston. Pour la conduite de Sam Houston avant la bataille, j'ai suivi une publication récente du docteur Archie P. McDonald, de l'université Stephen F. Austin.

Les Allemands : Irma Goeth Guenther, petite-fille d'une jeune femme venue d'Allemagne au Texas en 1845 et auteur d'un journal intime étonnant, m'a adressé des lettres absolument charmantes. Clifford et Sarah Harle, de Fredericksburg, m'ont aidé au-delà des exigences les plus inespérées de l'hospitalité. Les souvenirs d'Ella Gold, vivants et précis, m'ont souvent inspiré. Matthew Gouger, de Kerrville, m'a fait visiter des sites significatifs ; August Faltin, de Comfort, m'a aidé à maintes reprises, et les publications de Glen E. Lich, du Shreiner College, m'ont beaucoup servi.

Les Texas Rangers : Gaines, de Graffenreid, bon génie qui a inspiré le Texas Ranger Hall of Fame de Waco, m'a aidé en toutes circonstances, ainsi que sa complice Alva Stem. Les anciens Rangers Alfred Alee et Walter Russel m'ont beaucoup appris, et ce dernier m'a offert un gros bâton de marche dont il se servait jadis. H. Joaquin Jackson, d'Uvalde, m'a donné de nombreux renseignements, et les journées que j'ai passées avec Clayton McKinney, d'Alpine, comptent parmi les plus intéressantes de mon séjour au Texas. Pour le rôle joué par les Texas Rangers pendant la guerre du Mexique, je dois beaucoup au docteur Thomas H. Kreneck, qui m'a permis de lire son manuscrit sur ce sujet.

La Caroline du Sud : Mary Frampton, d'Edisto Island, m'a offert si généreusement de partager ses souvenirs sur la vie à Edisto qu'elle mérite des remerciements spéciaux. A Alan Powell, de la Charleston Historical Society, je dois une idée qui s'est révélée très précieuse pour la mise en structure du roman.

Jefferson : J'ai vécu de nombreuses heures dans cette vieille ville pleine de charme. Mme Lucille Bullard m'a souvent reçu, et j'ai passé une journée fructueuse avec Wyatt Moore, de Karnack, qui fait autorité sur l'époque où Jefferson était encore un grand port fluvial. De nombreux citoyens de la ville m'ont aidé, notamment Mme Lucille Terry. Le professeur Fred Tarpley, de l'East Texas State University, m'a permis de lire le manuscrit de son livre, *Jefferson : Riverport of the Southwest,* le meilleur ouvrage sur ce sujet ; il a également organisé pour moi plusieurs rencontres intéressantes.

L'esclavage : J'ai beaucoup étudié cette question douloureuse. Randolph B. Campbell de la North Texas State University, m'a permis de lire son manuscrit remarquable sur la façon dont l'esclavage se pratiquait dans la région Marshall/Jefferson. C'est maintenant un bel ouvrage : *A Southern Community in Crisis.* Doris Pemberton, de Houston, m'a parlé à plusieurs reprises. Plusieurs bibliothécaires ont attiré mon attention sur des études importantes. Le docteur James Byrd, de Commerce, et Traylor Russell, de Mount Pleasant, m'ont également offert leurs opinions.

Vicksburg : Ce grand champ de bataille m'a évidemment hanté. J'ai effectué trois voyages de recherche sur les lieux, en suivant les traces du 2e régiment d'infanterie texan. Katherine C. Garvin m'a beaucoup aidé, et le personnel du site a répondu à mes nombreuses questions.

Les forts de la frontière : J'ai visité à fond une douzaine de ces sites, préservés de façon diverse. A Fort Belknap, Barbara Ledbetter, historien local enthousiaste, m'a inspiré. En toutes circonstances, Robert Wooster, qui préparait un doctorat d'histoire militaire de l'Ouest, a guidé mes pas. Il est en train d'écrire un ouvrage sur le sujet. J'ai eu également l'honneur d'être expulsé de Fort Davis, parc national des États-Unis et peut-être le fort le mieux restauré du Texas. Hélas, je ne l'ai pas vu.

Fort Garner et Larkin : Pour construire ce fort et cette ville imaginaires, j'ai travaillé avec des gens de toute la région. J'ai visité notamment tous les palais de justice construits par l'architecte de génie James Riely Gordon. C'est à Waxahachie que j'ai rencontré M.E. Singleton, plus jeune que moi mais dont le grand-père, si improbable que cela paraisse, s'était battu à San Jacinto.

Le pétrole : Martin Allday, de Midland, m'a organisé trois séminaires d'étude sur les gisements de pétrole de l'Ouest, dont j'ai visité la plupart en détail. Parmi les nombreuses personnes qui m'ont consacré généreusement leur temps et leur savoir, je voudrais citer notamment : J.M. Fullinwider, B.J. Pevehouse, Tom Sealy, J.C. Williamson, Ford Chapman, Patsy Yeager, Tom Fowler et Joe Hirman Moore. Don Evans m'a accompagné sur le terrain. John Cox m'a aidé pour les questions de financement de la recherche pétrolière. Bill Benson, de Cheyenne (Wyoming), m'a fait connaître la région de Graham, sur laquelle je devais écrire, et Joe Benson et Ken Andrews m'expliquèrent en détail les principes du partage des droits sur les gisements. A Livingston, Ben Ogletree m'a fait un cadeau unique : un matin à 3 heures, j'étais à ses côtés à l'instant où le pétrole a jailli du puits qu'il était en train de forer ; persuadé que je lui avais porté bonheur, il a donné mon nom à ce gisement important.

La religion : J'ai eu de nombreuses discussions sur le rôle de la religion au Texas, mais la plus riche demeure un séminaire de trois jours avec des érudits de l'Abilene Christian University : les professeurs Ian Fair, Richard Hughes, Bill Humble et R.L. Roberts. Gary McCaleb, chargé des relations publiques de cette université, s'est montré très précieux. Dans une petite église rurale de McMahan, j'ai entendu chanter le chœur unique Sacred Harp Shaped Note. William N. Stokes Jr. m'a communiqué son rapport stupéfiant sur la façon dont son père avait été soumis au jugement de l'Église pour avoir autorisé ses élèves de l'école du dimanche de Vernon à aller au bal.

Le football : A Abilene également, j'ai participé à un séminaire sur la deuxième religion du Texas, le football scolaire et universitaire, avec Wally Bullington, A.E. Wells, W.L. Lawson, David Bourland et surtout Beverly Ball qui m'a raconté des histoires passionnantes sur le rôle des jeunes étudiantes et des professeurs femmes ; George Brazeale, qui rend compte des matches entre équipes de lycées pour l'*Austin American Statesman*, m'a été précieux, mais je dois également beaucoup à Dave Campbell, de Waco, éditeur d'un magazine sur le football au Texas, qui a toujours un succès fou. Au niveau universitaire, l'entraîneur Darrell Royal, ancien de l'université du Texas, a partagé avec moi ses connaissances et ses idées.

Les problèmes de la frontière : A trois reprises, j'ai travaillé avec la police des frontières, le long du río Grande. Les officiers James J. Fulgham, Dennis L. Cogburn, Clifford Green et William Selzer m'ont autorisé à les accompagner au cours des patrouilles dans la région de Laredo. A El Paso, j'ai travaillé avec Alan E. Eliason, William G. Harrington, Dale Cozart et Raymond Reaves.

Les problèmes mexicains : Je me trouvais avec Isidra Vizcaya Canales, directrice d'usine à Monterrey, quand le peso a été dévalué. J'étais à Mexico avec une délégation officielle du gouvernement des États-Unis quand les relations entre les deux pays se sont dégradées. J'ai organisé des rencontres dans plusieurs régions du Texas pour obtenir un large éventail d'opinions. Nulle part je n'ai rencontré l'unanimité sur ce que serait la situation en 2010. A Corpus Christi, le docteur Hector P. Garcia m'a aidé, et, dans la même ville, Tony Bonilla, le président de la célèbre LULAC (Ligue des citoyens de l'Amérique latine unie), m'a ouvert les yeux sur bien des problèmes. Yolanda et Mario Ysaguirre, de Brownsville, se sont montrés particulièrement charmants et ont organisé pour moi une excursion à Bagdad. Dans cette ville, j'ai apprécié mes conversations avec Paredes Manzano et Robert Vezzetti.

Les affaires au Texas : Dans les derniers chapitres du livre, il était inévitable que j'aborde le sujet des affaires et de l'argent. J'ai eu le privilège de parler, parfois longuement, avec les « spécialistes » suivants : Trammel Crow, Vester Hughes, John Bucik et Bunker Hunt, de Dallas ; Gerald Hines, Walter Mischer Sr., et George Mitchell, de Houston ; Clayton Williams, Bill Blakemore et John Cox, de Midland. David Adickes, ami artiste que j'avais connu au Japon il y a bien longtemps, m'a permis d'étudier les dossiers de ses spéculations immobilières. Bien d'autres personnes ont parlé avec moi des problèmes financiers, notamment John M. Stemmons, Louis Sklar et Larry Budner.

Les dancings populaires : J'ai éprouvé beaucoup de plaisir à discuter avec les patrons des deux « boîtes » les plus célèbres du Texas : Sherman Cryer, du *Gilley's*, à Pasadena (Texas), et Billy Bob Barnett, du *Billy Bob's*, à Fort Worth. Chacun d'eux était un roman entier à lui seul, et les deux boîtes sont vraiment stupéfiantes.

La vallée du río Grande : J'ai tenu à représenter en toute sincérité le monde unique, mexicano-américain, de la vallée et de ses plantations d'agrumes. M'y ont aidé : le professeur Julian Sauls, de l'USDA Citrus Laboratory, Leslie Whitlock du Citrus Commitee, le professeur Dick

108°
105°
102°
36°
33°
30°
27°
Taos
Santa Fe
Albuquerque
ARIZONA
NOUVEAU-MEXIQUE
Amarillo
CANYON
PALO DU
CAP ROCK ESCARPMENT
Plainview
Muleshoc
Lubbock
Levelland
LLANO
ESTACADO
Big Spring
Midland
Odessa
El Paso
Ciudad Juárez
Pecos
San Ang
Fort Stockton
Fort Davis
Alpine
Candelaria
Marathon
Ruidosa
Presidio
BIG BEND
NATIONAL
PARK
Ciudad Acuna
Del R
Eagle Pass
CHIHUAHUA
Chihuahua
COAHUILA
M E X I Q U E
Monclova
DURANGO
Torreón
Monte

UJOURD'HUI

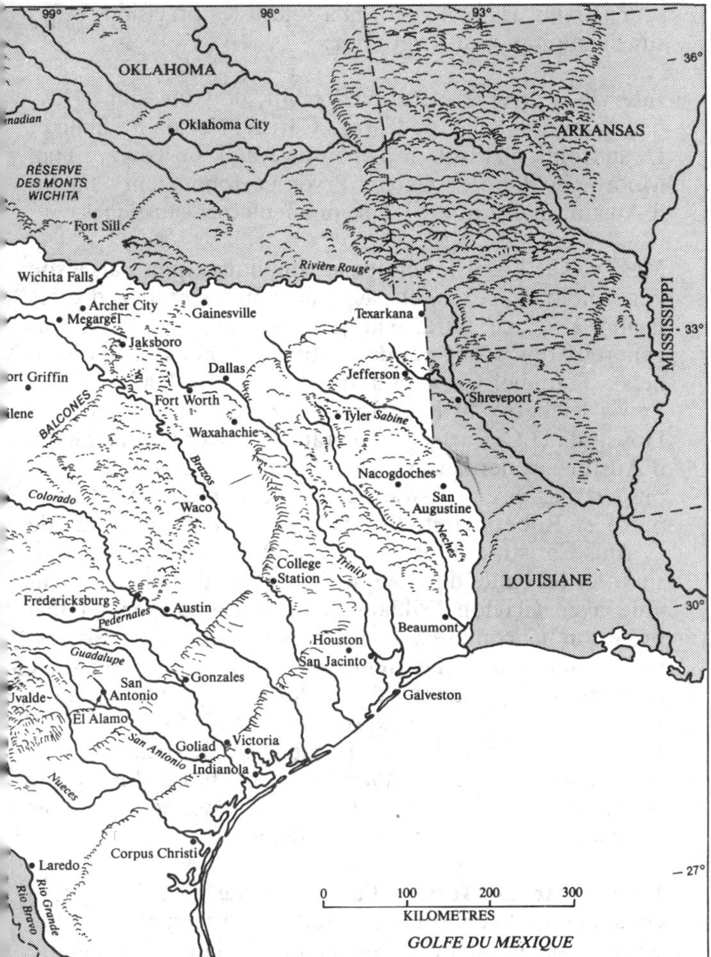

OKLAHOMA
Oklahoma City
ARKANSAS
RÉSERVE DES MONTS WICHITA
Fort Sill
Rivière Rouge
Wichita Falls
Archer City
Megargel
Gainesville
Texarkana
Jaksboro
Dallas
Jefferson
Fort Worth
Shreveport
Tyler
Sabine
BALCONES
Waxahachie
Brazos
Nacogdoches
San Augustine
Colorado
Waco
Neches
College Station
Trinity
LOUISIANE
MISSISSIPPI
Fredericksburg
Pedernales
Austin
Beaumont
Houston
San Jacinto
Guadalupe
Gonzales
San Antonio
Galveston
El Alamo
San Antonio
Goliad
Victoria
Indianola
Nueces
Corpus Christi
Laredo
Rio Grande
Rio Bravo
McAllen
Reynosa
Brownsville
Matamoros
TAMAULIPAS
0 100 200 300
KILOMETRES
GOLFE DU MEXIQUE
99°
96°
93°
36°
33°
30°
27°

Hoag, du Texas A&I Citrus Center, et Clyde White, président du Texas Cooperative Exchange. L'ancien gouverneur Allan Shivers et son épouse m'ont invité à visiter leur maison à Sharyland, près de Mission, où leur régisseur, Blaine H. Holcomb, m'a fourni les précisions utiles sur l'exploitation des agrumes.

Interviews diverses : Robert Nesbitt, de Galveston ; Hayden et Annie Blake, de Corpus Christi ; Nelson Franklin et Dean Cobb, d'Austin ; Ed et Susan Auler, de Tow ; et Tom Moore, de Lajitas. Cactus Pryor et John Henry Faulk, d'Austin, m'ont offert leurs commentaires caustiques.

Mes vols : La liste ci-dessus implique que j'ai visité l'ensemble du Texas, et pas seulement les régions d'accès facile. Pour ce faire, j'ai pu compter sur des voisins généreux qui m'ont permis d'utiliser leurs avions personnels : Trammel Crow et John Blanton, de Dallas ; Mary Lewis Kleberg, du King Ranch ; Walter Mischer Sr., de Houston ; H.C. Carter, Joe Hiram Moore et Howell Finch, d'Austin – ce dernier m'emmena à très basse altitude sur la plupart des gisements de pétrole de l'Ouest ; Bill Blakemore et Robert Holt, de Midland ; Charles C. Butt, de Corpus Christi, et Presnall Cage de Falfurrias, qui m'a fait survoler les bancs de sable de Padre Island. J'ai également volé avec Clayton Williams à plusieurs reprises. Il m'a prêté son hélicoptère pendant deux jours pour explorer les régions sauvages de l'extrême ouest de l'État, et Bob Macy m'a fait visiter depuis le ciel les champs de coton de Levelland. Lorsque j'ai exprimé devant Clifford Green, de Laredo, le désir de voir le río Grande de près depuis le ciel, il m'a emmené dans un monomoteur à si basse altitude que je devais regarder au-dessus de ma tête pour voir les sommets des falaises bordant le fleuve.

L'université du Texas : J'ai profité de la collaboration constante et du concours érudit de nombreux membres du corps enseignant. Le président Peter Flawn s'est montré compréhensif et efficace ; le doyen William Livingston a résolu, toujours au plus vite, mes problèmes les plus délicats ; Don Carleton, directeur du Barker Texas History

Center, m'a fourni un bureau et son appui incessant ; son excellente équipe m'a trouvé tous les ouvrages dont j'avais besoin. Le docteur Lewis L. Gould, président du Département d'histoire, m'a aidé en toutes circonstances, ainsi que le docteur L. Tuffly Ellis, directeur de la Texas State Historical Association. Jack McGuire de l'Institute of Texan Cultures, à San Antonio, m'a communiqué des éléments pour mes recherches sur les ethnies, et Dorman Winfrey, directeur de la Texas State Library, s'est mis en quatre pour m'aider. John Wheat, spécialiste des études espagnoles, m'a offert une collaboration précieuse. L'université, avec ses dix-huit bibliothèques contenant au total plus de cinq millions de volumes, est un fantastique lieu de travail.

Le « Texas Handbook » : On ne saurait écrire sur le Texas sans utiliser le *Texas Handbook*, encyclopédie unique en son genre, actuellement en trois volumes, qui contient un trésor inépuisable pour la recherche historique. L'ouvrage va être complété en une œuvre monumentale de six gros volumes, qui exigeront dix années de travail. Ce sera *le* « manuel » indispensable pour qui voudra étudier le Texas, un ouvrage de référence sans équivalent dans aucun autre État.

Mes collaborateurs : John Kings, qui avait organisé mon bureau et collaboré à mes recherches pour *Colorado Saga*, s'est montré de nouveau un éditeur et un collègue compréhensif. J'ai eu énormément de plaisir à travailler avec Robert Wooster et Frank de la Teja, qui font des études supérieures, l'un d'histoire de l'Ouest, l'autre de civilisation latino-américaine ; Lisa Kaufman m'a apporté sa compétence en matière de traitement de texte et ses commentaires pertinents ; son ordinateur était un prêt très apprécié de Kenneth Olson, président de Digital Corporation. Debbie Brothers a accordé toute son attention à la coordination des révisions finales. Anders Saustrup, très au fait des moindres détails de l'histoire du Texas, a vérifié avec un soin extrême l'ensemble du manuscrit. Melissa a contribué à l'établissement des cartes, dressées par Charles Shaw. A sa manière généreuse, T.R. Fehrenbach, l'auteur de *Lone Star : A History of Texas and the Texans*, m'a offert, depuis San Antonio, son aide et ses opinions inspirées chaque fois que j'en ai eu besoin.

J'aimerais aussi remercier les dizaines de Texans loyaux et enthousiastes qui m'ont envoyé des lettres, des journaux intimes, des manuscrits, des livres et des documents racontant l'histoire de leurs ancêtres, dont la force d'âme et l'ingéniosité ont contribué aux caractéristiques uniques de cet État. Leur intérêt à tous s'est avéré remarquable, généreux, sans précédent dans mon expérience et très encourageant pour un homme du Nord comme moi.
Merci à tous.

Table

Cartes

COMPOSITION : IMPRIMERIE BUSSIÈRE À SAINT-AMAND
IMPRESSION : BRODARD ET TAUPIN À LA FLÈCHE
DÉPÔT LÉGAL FÉVRIER 1989. N° 10509 (6190A-5)

Collection Points

SÉRIE ROMAN

DERNIERS TITRES PARUS

R159. Vertes Demeures, *par William Henry Hudson*
R160. Les Grandes Vacances, *par Francis Ambrière*
R161. Ceux de 14, *par Maurice Genevoix*
R162. Les Villes invisibles, *par Italo Calvino*
R163. L'Agent secret, *par Graham Greene*
R164. La Lézarde, *par Edouard Glissant*
R165. Le Grand Escroc, *par Herman Melville*
R166. Lettre à un ami perdu, *par Patrick Besson*
R167. Evaristo Carriego, *par Jorge Luis Borges*
R168. La Guitare, *par Michel del Castillo*
R169. Épitaphe pour un espion, *par Eric Ambler*
R170. Fin de saison au Palazzo Pedrotti, *par Frédéric Vitoux*
R171. Jeunes Années. Autobiographie 1, *par Julien Green*
R172. Jeunes Années. Autobiographie 2, *par Julien Green*
R173. Les Égarés, *par Frédérick Tristan*
R174. Une affaire de famille, *par Christian Giudicelli*
R175. Le Testament amoureux, *par Rezvani*
R176. C'était cela notre amour, *par Marie Susini*
R177. Souvenirs du triangle d'or, *par Alain Robbe-Grillet*
R178. Les Lauriers du lac de Constance, *par Marie Chaix*
R179. Plan B, *par Chester Himes*
R180. Le Sommeil agité, *par Jean-Marc Roberts*
R181. Roman Roi, *par Renaud Camus*
R182. Vingt Ans et des poussières
par Didier van Cauwelaert
R183. Le Château des destins croisés
par Italo Calvino
R184. Le Vent de la nuit, *par Michel del Castillo*
R185. Une curieuse solitude, *par Philippe Sollers*
R186. Les Trafiquants d'armes, *par Eric Ambler*
R187. Un printemps froid, *par Danièle Sallenave*
R188. Mickey l'Ange, *par Geneviève Dormann*
R189. Histoire de la mer, *par Jean Cayrol*
R190. Senso, *par Camillo Boito*
R191. Sous le soleil de Satan, *par Georges Bernanos*
R192. Niembsch ou l'immobilité, *par Peter Härtling*
R193. Prends garde à la douceur des choses
par Raphaële Billetdoux
R194. L'Agneau carnivore, *par Agustin Gomez-Arcos*
R195. L'Imposture, *par Georges Bernanos*
R196. Ararat, *par D. M. Thomas*
R197. La Croisière de l'angoisse, *par Eric Ambler*
R198. Léviathan, *par Julien Green*
R199. Sarnia, *par Gerald Basil Edwards*

R200. Le Colleur d'affiches, *par Michel del Castillo*
R201. Un mariage poids moyen, *par John Irving*
R202. John l'Enfer, *par Didier Decoin*
R203. Les Chambres de bois, *par Anne Hébert*
R204. Mémoires d'un jeune homme rangé
par Tristan Bernard
R205. Le Sourire du Chat, *par François Maspero*
R206. L'Inquisiteur, *par Henri Gougaud*
R207. La Nuit américaine, *par Christopher Frank*
R208. Jeunesse dans une ville normande
par Jacques-Pierre Amette
R209. Fantôme d'une puce, *par Michel Braudeau*
R210. L'Avenir radieux, *par Alexandre Zinoviev*
R211. Constance D., *par Christian Combaz*
R212. Épaves, *par Julien Green*
R213. La Leçon du maître, *par Henry James*
R214. Récit des temps perdus, *par Aris Fakinos*
R215. La Fosse aux chiens, *par John Cowper Powys*
R216. Les Portes de la forêt, *par Elie Wiesel*
R217. L'Affaire Deltchev, *par Eric Ambler*
R218. Les amandiers sont morts de leurs blessures
par Tahar Ben Jelloun
R219. L'Admiroir, *par Anny Duperey*
R220. Les Grands Cimetières sous la lune, *par Georges Bernanos*
R221. La Créature, *par Étienne Barilier*
R222. Un Anglais sous les tropiques, *par William Boyd*
R223. La Gloire de Dina, *par Michel del Castillo*
R224. Poisson d'amour, *par Didier van Cauwelaert*
R225. Les Yeux fermés, *par Marie Susini*
R226. Cobra, *par Severo Sarduy*
R227. Cavalerie rouge, *par Isaac Babel*
R228. Tous les soleils, *par Bertrand Visage*
R229. Pétersbourg, *par Andréi Biély*
R230. Récits d'un jeune médecin, *par Mikhaïl Boulgakov*
R231. La Maison des prophètes, *par Nicolas Saudray*
R232. Trois Heures du matin à New York
par Herbert Lieberman
R233. La Mère du printemps, *par Driss Chraïbi*
R234. Adrienne Mesurat, *par Julien Green*
R235. Jusqu'à la mort, *par Amos Oz*
R236. Les Envoûtés, *par Witold Gombrowicz*
R237. Frontière des ténèbres, *par Eric Ambler*
R238. Les Deux Sacrements, *par Heinrich Böll*
R239. Cherchant qui dévorer, *par Luc Estang*
R240. Le Tournant, *par Klaus Mann*
R241. Aurélia, *par France Huser*
R242. Le Sixième Hiver, *par Douglas Orgill et John Gribbin*
R243. Naissance d'un spectre, *par Frédérick Tristan*
R244. Lorelei, *par Maurice Genevoix*
R245. Le Bois de la nuit, *par Djuna Barnes*
R246. La Caverne céleste, *par Patrick Grainville*

R247. L'Alliance, tome 1, *par James A. Michener*
R248. L'Alliance, tome 2, *par James A. Michener*
R249. Juliette, chemin des Cerisiers, *par Marie Chaix*
R250. Le Baiser de la femme-araignée, *par Manuel Puig*
R251. Le Vésuve, *par Emmanuel Roblès*
R252. Comme neige au soleil, *par William Boyd*
R253. Palomar, *par Italo Calvino*
R254. Le Visionnaire, *par Julien Green*
R255. La Revanche, *par Henry James*
R256. Les Années-lumière, *par Rezvani*
R257. La Crypte des capucins, *par Joseph Roth*
R258. La Femme publique, *par Dominique Garnier*
R259. Maggie Cassidy, *par Jack Kerouac*
R260. Mélancolie Nord, *par Michel Rio*
R261. Énergie du désespoir, *par Eric Ambler*
R262. L'Aube, *par Elie Wiesel*
R263. Le Paradis des orages, *par Patrick Grainville*
R264. L'Ouverture des bras de l'homme, *par Raphaële Billetdoux*
R265. Méchant, *par Jean-Marc Roberts*
R266. Un policeman, *par Didier Decoin*
R267. Les Corps étrangers, *par Jean Cayrol*
R268. Naissance d'une passion, *par Michel Braudeau*
R269. Dara, *par Patrick Besson*
R270. Parias, *par Pascal Bruckner*
R271. Le Soleil et la Roue, *par Rose Vincent*
R272. Le Malfaiteur, *par Julien Green*
R273. Scarlett, si possible, *par Katherine Pancol*
R274. Journal d'une fille de Harlem, *par Julius Horwitz*
R275. Le Nez de Mazarin, *par Anny Duperey*
R276. La Chasse à la licorne, *par Emmanuel Roblès*
R277. Red Fox, *par Anthony Hyde*
R278. Minuit, *par Julien Green*
R279. L'Enfer, *par René Belletto*
R280. Et si on parlait d'amour, *par Claire Gallois*
R281. Pologne, *par James A. Michener*
R282. Notre homme, *par Louis Gardel*
R283. La Nuit du solstice, *par Herbert Lieberman*
R284. Place de Sienne, côté ombre
par Carlo Fruttero et Franco Lucentini
R285. Meurtre au comité central
par Manuel Vázquez Montalbán
R286. L'Isolé soleil, *par Daniel Maximin*
R287. Samedi soir, dimanche matin, *par Alan Sillitoe*
R288. Petit Louis, dit XIV, *par Claude Duneton*
R289. Le Perchoir du perroquet, *par Michel Rio*
R290. L'Enfant pain, *par Agustin Gomez-Arcos*
R291. Les Années Lula, *par Rezvani*
R292. Michael K, sa vie, son temps, *par J. M. Coetzee*
R293. La Connaissance de la douleur, *par Carlo Emilio Gadda*
R294. Complot à Genève, *par Eric Ambler*
R295. Serena, *par Giovanni Arpino*

R296. L'Enfant de sable, *par Tahar Ben Jelloun*
R297. Le Premier Regard, *par Marie Susini*
R298. Regardez-moi, *par Anita Brookner*
R299. La Vie fantôme, *par Danièle Sallenave*
R300. L'Enchanteur, *par Vladimir Nabokov*
R301. L'Ile atlantique, *par Tony Duvert*
R302. Le Grand Cahier, *par Agota Kristof*
R303. Le Manège espagnol, *par Michel del Castillo*
R304. Le Berceau du chat, *par Kurt Vonnegut*
R305. Une histoire américaine, *par Jacques Godbout*
R306. Les Fontaines du grand abîme, *par Luc Estang*
R307. Le Mauvais Lieu, *par Julien Green*
R308. Aventures dans le commerce des peaux en Alaska *par John Hawkes*
R309. La Vie et demie, *par Sony Labou Tansi*
R310. Jeune Fille en silence, *par Raphaële Billetdoux*
R311. La Maison près du marais, *par Herbert Lieberman*
R312. Godelureaux, *par Éric Ollivier*
R313. La Chambre ouverte, *par France Huser*
R314. L'Œuvre de Dieu, la part du Diable, *par John Irving*
R315. Les Silences ou la vie d'une femme, *par Marie Chaix*
R316. Les Vacances du fantôme, *par Didier van Cauwelaert*
R317. Le Levantin, *par Eric Ambler*
R318. Béno s'en va-t-en guerre, *par Jean-Luc Benoziglio*
R319. Miss Lonelyhearts, *par Nathanaël West*
R320. Cosmicomics, *par Italo Calvino*
R321. Un été à Jérusalem, *par Chochana Boukhobza*
R322. Liaisons étrangères, *par Alison Lurie*
R323. L'Amazone, *par Michel Braudeau*
R324. Le Mystère de la crypte ensorcelée, *par Eduardo Mendoza*
R325. Le Cri, *par Chochana Boukhobza*
R326. Femmes devant un paysage fluvial, *par Heinrich Böll*
R327. La Grotte, *par Georges Buis*
R328. Bar des flots noirs, *par Olivier Rolin*
R329. Le Stade de Wimbledon, *par Daniele Del Giudice*
R330. Le Bruit du temps, *par Ossip E. Mandelstam*
R331. La Diane rousse, *par Patrick Grainville*
R332. Les Éblouissements, *par Pierre Mertens*
R333. Talgo, *par Vassilis Alexakis*
R334. La Vie trop brève d'Edwin Mullhouse *par Steven Millhauser*
R335. Les Enfants pillards, *par Jean Cayrol*
R336. Les Mystères de Buenos Aires, *par Manuel Puig*
R337. Le Démon de l'oubli, *par Michel del Castillo*
R338. Christophe Colomb, *par Stephen Marlowe*
R339. Le Chevalier et la Reine, *par Christopher Frank*
R340. Autobiographie de tout le monde, *par Gertrude Stein*
R341. Archipel, *par Michel Rio*
R342. Texas, tome 1, *par James A. Michener*
R343. Texas, tome 2, *par James A. Michener*
R344. Loyola's blues, *par Erik Orsenna*